LES LIONNES

DU MÊME AUTEUR

Petits désastres de la vie ordinaire
Seuil, 1995

Fiction & Cie

Lucy Ellmann

LES LIONNES

roman

Traduit de l'anglais par Claro

OUVRAGE TRADUIT AVEC LE CONCOURS
DU CENTRE NATIONAL DU LIVRE

Seuil
*57, rue Gaston-Tessier, Paris XIXe*

COLLECTION
« Fiction & Cie »
fondée par Denis Roche
dirigée par Bernard Comment

Titre original : *Ducks, Newburyport*
Éditeur original : Galley Beggar Press
ISBN original : 978-1-913111-99-1

ISBN 978-2-02-143483-5

www.seuil.com
www.fictionetcie.com

Pour
Bathsheba
et
Pepito

AVERTISSEMENT

Ceci est une œuvre de pure supposition.

Les États-Unis d'Amérique sont sans doute le pays au monde le plus riche en ruisseaux limpides et en voies navigables, et aucun peuple ne mérite autant ces avantages, ni n'est destiné à en faire un aussi bon usage, que ses citoyens industrieux et intrépides.

Zadok Cramer

J'imagine un champ que vous traversez entre Grover's Corners, Ohio, et Parkersburg, Ohio. Dans ce champ, on dénombre 51 écureuils, 206 souris, 6 serpents et des millions de bestioles, d'insectes, de fourmis et d'araignées. Tous en train d'hiberner.

Thornton Wilder

Quand on n'est que vigueur, lutte et solitude, vos petits – parce qu'ils sont doux, potelés, vulnérables – peuvent vous sembler des proies.

Être réveillée par le coup de patte au visage d'un lionceau endormi. Dans la tanière étroite, la promiscuité moite et dense des corps lui donnait parfois des montées de chaleur proches de la nausée ou de l'ennui. Étirant ses longs membres aussi loin que le permettait l'espace, elle avait hâte de s'engager sur sa sente sinueuse, vers les lointains, en quête d'un cerf. Dans ses rêves, elle en massacrait des hardes entières. Elle recherchait la prise ferme sur la nuque du cerf, la rapide déchirure de la peau, sa gueule s'emplissant enfin de cette chose humide, chaude et nécessaire.

Car la vie n'est en réalité que cela, se détendre et bondir, bondir et se détendre.

Elle n'était désormais que vigilance, mais la somnolence de sa portée était contagieuse. Chaque matin, elle s'étonnait brièvement de leur présence têtue. Ils l'inquiétaient, ils étaient si dépendants : si jamais elle mourait, eux aussi mourraient, et vite. Et elle les oublierait. Mais pour l'instant, elle leur était dévolue. Ils étaient moins un souci conscient que l'unique but de son être – des vies engendrées par son corps, créées en elle et délivrées ici-bas à force de douleurs et de halètements. Elle les avait portés, et maintenant elle les nourrissait avec son lait. Ils faisaient encore partie d'elle.

La première semaine, c'étaient des masses informes rampant jusqu'à elle, exigeant tendresse, patience, toilettage. L'air tremblait des vibrations de ses ronronnements. Elle apprenait à marcher différemment autour de leurs formes frétillantes. Plus ils se tortillaient, plus elle devait les éviter adroitement.

Elle ne les laissait jamais seuls plus d'une demi-heure. La simple pensée de ses petits piaillant et se bousculant dans la tanière atténuait sa détermination, la rendait moins sûre de ses pas, gâchait sa joie de tuer. Elle cédait alors à la faim, s'abaissant même à manger les lièvres qui s'aventuraient près de sa tanière. Et, un jour, un harle insipide, tout en plumes, pattes, bec et os.

Ses petits, qui se rendormaient à moitié les uns sur les autres, ne savaient jamais combien de temps elle était partie, ni à quelle distance d'eux elle errait. Elle pouvait fort bien être quelque part dans la tanière, à seulement quelques centimètres d'eux. L'espérant, ils se traînaient jusqu'à la paroi tels des bébés phoques dépourvus de pattes, leur queue courte et ronde très différente de la corde musculeuse qu'elle deviendrait plus tard. Ils faisaient le tour de la tanière en cercles lents, piaulant adorablement, guettant le moindre signe d'elle, juste le bout de son énorme patte ou de ses longues moustaches. Guettant sa chaleur, sa langue, sa croupe lisse et musclée, ils la cherchaient avec opiniâtreté, car eux aussi étaient des chasseurs, aveugles, forts et intrépides. Trop courageux pour désespérer.

*

Le fait que les ratons laveurs sont en train de jouer avec un pot de yaourt vide dans l'allée, le fait que dans le silence du petit matin on dirait des coups de feu, le fait que, même dans le brouillard, avec du verglas sur la route et des congères qui leur bloquent la vue, les voitures déboulent encore à toute vitesse au carrefour, lieu de nombreux incidents, le fait qu'un pick-up a dérapé un jour accidentellement jusque dans notre garage, et la prochaine fois ça pourrait bien être notre *maison*, ou un *enfant*, le Premier Dessin du Jour, herbicide, mouchoirs, le fait qu'une camionnette a tué Dilly, le fait que ça faisait trois ans qu'elle évitait avec succès les voitures, le fait qu'elle savait très bien ce qu'était une voiture, mais au cours de ces années la circulation s'est accrue, le fait que c'est la folie maintenant, le fait qu'après que Dilly s'est fait écraser les enfants ont peint un grand panneau d'avertissement avec un gros chat noir dessus et l'ont fixé juste à côté de la palissade, mais personne ne le remarque, le fait que les gens vont tous trop vite pour le voir, ♫ *Allez la mère Michel vot' chat n'est pas perdu* ♫, le fait que le refus de priorité est la cause d'un accident sur cinq dans l'Ohio, le fait que les accidents de la route ont augmenté de vingt pour cent depuis 2009, cenellier, marronnier, noyer noir, noyer blanc, noyer cendré, le fait que Stacy est assez grande pour avoir conscience des dangers mais pas nos autres enfants, le fait qu'un petit garçon a été tué dans son lit l'autre jour par une voiture qui a dérapé et foncé dans sa maison, Ben endormi, le fait qu'il y a deux cardinaux en ce moment même dans les lilas, sucre roux, le fait que onze pour cent des Américains continuent de rouler quand l'aiguille de la jauge est dans le rouge, le fait que, tu parles, on dirait plutôt que c'est quatre-vingts pour cent, Ronny, grain pour volaille, le fait qu'il existe des macrophages, le fait que j'ai rêvé que j'allais en avion jusqu'en Inde pour rapporter une cuillerée à café de cannelle, mais une fois chez moi je m'apercevais qu'il me fallait aussi des amandes effilées, sécurité, en attente, allez savoir, pas dans mon jardin, le fait qu'on doit remplir nos déclarations d'impôts et essayer de se rappeler nos moindres revenus et nos moindres dépenses, le fait que celles-ci l'emportent sur ceux-là, Family Dollar, Zyker's, mot de passe, nom d'utilisateur, « Votre carte est désormais activée et prête à l'emploi », le fait que non seulement on doit calculer nos revenus et nos dépenses mais qu'on doit également trouver le moyen de gagner *plus* d'argent, et continuer de gagner de l'argent jusqu'à ce qu'on soit mort, Medicare Pour Tous, MPT, le fait que quand Leo sera assez vieux pour avoir la Sécurité sociale ça ne couvrira sûrement pas le prix d'un sandwich au jambon, encore moins celui d'une bouteille de vin, le fait qu'on se prépare une vieillesse sans vin, *oi veh*, veillée, le fait que Leo doit se rendre demain à Philadelphie et que seule je ne m'en sors pas trop, le fait que Ben sait beaucoup de choses pour un garçon de son âge, peut-être un peu *trop*, le fait qu'il dit que les médicaments opèrent à un niveau moléculaire qui peut être évalué en recourant à des logarithmes et des courbes de Schild, mais moi je les avale juste et je prie pour que ça marche, petit déjeuner, sonnerie du réveil, lessive, Spinbrush, le fait qu'on doit organiser un cocktail et que je ne sais pas quoi mettre, le fait que le seul côté amusant c'est de préparer les canapés, promotion canapé, cocktails, cocorico, mince alors, le fait que les mots surgissent dans ma tête comme ça tout le temps, et zut, le fait que je dois faire la pâte pour les roulés à la cannelle, le fait qu'au moins on n'organise plus de dîners à la maison, le fait que j'y ai mis le holà, ♫ *Arrête je t'en conjure* ♫, arête de poisson, dans l'eau comme dans l'air, le fait que nos soirées sont de toute façon toujours ratées, vu que les gosses déboulent en plein milieu dans leur combinaison pyjama et tuent les conversations par leur gentillesse, le fait qu'ils ressemblent à des oursons polaires et qu'ils le savent, le fait qu'ils finissent parfois par servir à boire aux invités aussi, le fait que j'ignore ce que penserait Pranump de tout ça, d'autant qu'elle est abstème, absinthe, biscuits, crackers, saltines, Fritos, Doritos, Frito-Lay, cacahuètes Planters, amandes fumées Blue Diamond, Prohibition, *Certains l'aiment chaud*, le fait que les ours polaires et les morses n'auront bientôt nulle part où aller, parce que la glace polaire fond, sticks fromage-ananas, carrés de cheddar, bus scolaire, cardamome concassée, cerises confites, zest, le fait que les morses peuvent nager pendant six cent cinquante kilomètres, d'accord, mais pas *éternellement*, nom d'un chien, le fait que les animaux ne sont pas fiers d'être irrationnels, comme nous, le fait que, selon Ben, la moitié des mammifères sur la planète auront disparu d'ici 2050, deux cents espèces par jour ou quelque chose dans le genre, le fait que Ben dit que tout le monde sur terre va bientôt mourir de faim ou mourir de pneumonie atypique ou suffoquer, Ebola,

H5N1, le fait que le H5N1 n'a qu'à muter encore plusieurs fois et on sera tous fichus donc tout ça n'aura peut-être servi à rien, l'aventure humaine, mais avant que ça arrive, on doit remplir notre déclaration d'impôts, et Leo doit réparer la porte du garage, le fait qu'elle continue de se coincer, bouton qui manque, joints de la salle de bains, le fait que Stacy aimerait sûrement ça, qu'il y ait une pandémie planétaire, du moment qu'on en fasse partie, nous, ses proches, le fait que j'ignore pourquoi on a relâché nos pauvres petites tortues d'eau douce dans l'étang de Northwestern, le fait qu'on se disait qu'elles seraient heureuses là-bas, libres, le fait que personne ne nous a jamais dit que c'étaient des tortues *tropicales*, le fait qu'on pensait vraiment qu'elles aimeraient nager en toute liberté, dans cet étang glacial, le fait qu'un jour j'ai vu un chien mort de la rage là-bas, près de l'étang, donc en théorie nos tortues auraient pu d'abord contracter la rage, avant de mourir gelées, le fait qu'on n'était peut-être pas très doués avec les animaux, le bourdon au Bread Loaf, le fait que ce qu'on préférait c'était aller au Big Building, où travaillait Papa, parce qu'ils nous donnaient parfois un stylo, le fait qu'on adorait grimper sur le gros rocher peint dehors, le fait qu'il y avait un énorme rocher juste devant le bâtiment, le fait que j'ignore si quelqu'un a traîné ce truc jusque-là ou s'il était là quand ils ont construit la fac et qu'ils ne pouvaient pas le déplacer, le fait que la peinture dessus était écaillée et qu'on pouvait voir de nombreuses couches en dessous, bleu, rouge, jaune, vert, Yves Rocher, le fait que je crois qu'ils le repeignaient chaque année d'une nouvelle couleur, Wolfgang Amadeus Mozart, le fait que Mozart avait un étourneau, le fait que les étourneaux femelles chantent également, pas juste les mâles, murmurations, allumettes Ohio Blue Tip, coup de fil, pas évident, le fait que je ne sais pas où est mon téléphone, le fait que je ne sais *jamais* où il est, le fait que les téléphones essaient toujours de se cacher, le fait qu'il y a des tremblements de terre et des tornades et des tsunamis et des éruptions volcaniques, le fait que où ai-je vu ce coussin en velours rouge avec finition dorée, grand oiseau de Gillian à paillettes, feutre et paillettes, période de Noël, seule avec Maman dans leur chambre au crépuscule, minuscule, minuter, minimiser, miser, remiser, le fait que Stacy ne parle jamais de Frank, enfin pas à moi en tout cas, Rex le Robot qui parle et marche, le fait que je ne crois pas que son père lui manque, *Reader's Digest*, Hardee's dans la Deuxième Rue, Arby's, Hy-Vee, la chambre de Maman et Papa en fin d'après-midi, le fait que j'ai toujours aimé les paillettes sur le velours, le fait que je ne pense pas que ça gêne Stacy d'avoir un beau-père, le fait que ces temps-ci la plupart des enfants ont des demi-frères et des demi-sœurs, donc ils doivent y être habitués, le fait qu'on forme vraiment un foyer Joy, Pledge, Crest, Tide, Dove, Woolite, Palmolive, Clorox, Rolaids, Pepto-Bismol, Alka-Seltzer, Desitin, Advil, Aleve, Tylenol, Anacin, Bayer, Excedrin, vitamine C, Kleenex, Kotex, Tampax, Altoid, Barbazol, Almay, Revlon, Cetaphil, Right Guard, Old Spice, Gillette, Coton-Tige, Johnson & Johnson, vaseline, Listerine, Head'n'Shoulders, Safe Owl, Eagle Brand, Jolly Green Giant, Land O'Lakes, Lucerne, Sealtest, Clover, Blue Bonnet, Half & Half, Snyder, VanCamp, Wish-Bone, French's, Skyline, Empress, Gerber, Nabisco, Heinz, Kraft, Quaker Oats, Sunkist, Purina, Vlasic, Oreo, Shredded Wheat, Arm & Hammer, Jell-O, Pez, Sara Lee, Chock Full o' Nuts, Libby's, Pepperidge Farm, Fleischmann's, Morton, General Mills, King Arthur, Bell's, Reese's Pieces on ne peut plus normal, comme tout le monde, « Houston, nous avons un problème », même avec tous ces macrophages et ces tardigrades ou je ne sais quoi qui rôdent par ici, le fait qu'on se sent seul quand on se lève tôt avec tous les macrophages et les tardigrades, « Du nerf », le fait que si on prend deux sacs de Land O'Lakes, qu'on les découpe et qu'on les plie comme il faut, on dirait que les genoux de la laitière sont ses, bon, qu'elle a de gros, de très gros, oh mon Dieu, le fait que je ne sais pas pourquoi je pense à *ça*, bonté divine, le fait qu'il existe un tout petit lac du nom de lac Yueyaquan au beau milieu du désert chinois, le fait que pourquoi je sais un truc pareil, des morses qui nagent, le fait qu'ils ont retrouvé le fossile d'un pingouin d'un mètre cinquante, le fait qu'il était *énorme*, et tout ce que les paléontologues ont trouvé à dire c'est « Cool », ma boucle d'oreille égarée, projet lié à l'eau de Ben, Ben qui dort, Gillian qui dort, le fait que je suis étonnée de ne pas entendre les pas lourdauds de Jake dans l'escalier, en train de suçoter sa petite couverture, mon Petit Oreiller, mont Rushmore, président Taft, le fait que ce qu'il y a de mieux quand on a quatre enfants c'est que les gens vous laissent tranquille, le fait que je me cache sans doute beaucoup trop derrière les enfants, plus qu'il n'est strictement nécessaire, mères dévouées, mères protectrices, mères tigresses, base-ball, Boule magique, le fait que personne n'a vraiment envie de vous voir quand vous avez des enfants, même vos meilleures amies, Nanya, Anat, Jess, le fait qu'elles supposent toutes que je suis tellement prise par mes gosses que je plane un peu, et elles ont raison, ça oui, la plupart du temps, lucioles, libellules, demoiselles, volucelles, drosophiles, entorse au poignet, le fait que je ne connais même pas l'adresse de Jess, le fait que le problème c'est que vous négligez tous ces gens, vos vieilles connaissances, puis les enfants s'en vont et alors vous faites quoi, bourdons, colibris, passereaux, huarts, le fait que Ben dit qu'il existe au moins soixante milliards de planètes comme la Terre, rien que dans la Voie lactée, et je me demande s'il existe des mères sur toutes ces planètes, le fait que je me demande si on y trouve des coopératives laitières comme Land O'Lakes, ours polaires, icebergs, laitue, le *Titanic*, le fait que le naufrage du *Bourgogne* est peut-être pire que celui du *Titanic*, même s'il y a eu davantage de morts avec le *Titanic*, le fait que le *Titanic* avait tout juste assez de canots de sauvetage pour un tiers de ses passagers, et que personne ne savait comment les abaisser, le fait que c'est trop bête, le fait que l'épave du *Titanic* repose par deux milles marins de fond, toucher le fond, le fait que je préfère le beurre Lucerne à celui de Land O'Lakes, AEP, ATM, AA, AAA, A-AAAABA Serruriers, IBM, ICBM, BM, le fait qu'on mange trop de viande, même si Leo dit qu'on mange trop de *glucides*, le fait que d'une année sur l'autre ils décident que les nouilles sont nocives, mais je n'y crois pas, le fait que les nouilles me semblent plutôt innocentes, dans l'ensemble, et pratiques quand on a des enfants, le fait qu'on ne parle jamais des dangers des Krispy Kremes et des rôtis de porc, attention danger, hydrangea, le fait qu'on a du mal à croire que le mot « hydrangea » peut servir mais c'est chouette de l'avoir en réserve, le fait que c'est le genre de mot qu'il est franchement gênant de ne pas retrouver quand on en a besoin, le fait que c'est comme oublier le nom de Hamlet, ou Cher ou Miley Cyrus ou ce genre, le fait que les Irlandais « s'enivrent de souvenirs », le fait que les gens *s'attendent* à ce que vous connaissiez des mots comme hydrangea, c'est vrai, en tout cas certaines personnes, hydrangea, *hydrangea*, et si ce n'est pas le cas pas ils vous trouvent bizarre, le fait que je devrais juste noter ce fichu mot quelque part pour ne pas l'oublier de nouveau, mais je risque d'oublier où je l'ai noté, et de toute façon je ne crois pas que j'oublierai « hydrangea » de nouveau, le fait que j'ai fait un effort cette fois, pommes, économe, le fait que je pourrais le mettre sur le frigo, le bout de papier, pas l'économe, le fait que personne ne le remarquera parmi tous les magnets et le reste, et quand bien même personne ne saura pourquoi je l'ai mis là, le fait qu'un jour j'ai oublié le nom de *Casanova* et j'ai dû le cacher, le fait que j'ai oublié comment ce nom m'est revenu mais il m'est revenu, le fait que je crois qu'il va et vient à sa guise, le fait que je dois aller au petit coin, gogues, Magog, démagogue, le fait que j'attends parfois presque trop, allumer la lumière, interrupteur, *Cette relève arrive fort à point*, le fait qu'on doit tous aller aux toilettes en permanence et que c'est une vraie, une sacrée corvée, savon, pleine lune, le fait que j'ai maintenant un truc dans l'œil, *Selon eux ce sont des œufs*, vaseline, coton-tige, le fait que je suis sûre qu'on a de la vaseline dans la salle de bains des enfants, NE PAS TOUCHER, le fait que j'ai une sciatique chaque fois que je vais dans la salle de bains des enfants, bon, disons un élancement, le fait que je n'aime pas me pencher, et que le siège est trop bas, le fait que j'ai une sciatique chaque fois que je suis tendue, le fait que c'est pour ça que je n'ose pas passer l'aspirateur en ce moment, ou ramasser des trucs lourds, ou lessiver le sol de la cuisine, ou me servir du lavabo des enfants, qui est bien trop bas pour moi, orecchiette, origami, ocakbasi, poule, polenta, tarte à la polenta, tardigrade, dégradé, décédé, ♫ *Pourquoi l'Hottentot se lève-t-il si tôt ? Le courage !* ♫, du café et des donuts, du café et un beignet, bonne beigne, opération du cœur, Huit Morts dans une Collision, le fait que je dois faire la vaisselle avant qu'ils soient tous réveillés, je dois, le fait que je suis une feignasse, pétasse, radasse, bad-ass, brontosaure, ptérodactyle, raptors, T-Rex, têtes jivaros, petit tracteur jaune, le fait que c'est assez rapide de faire la vaisselle, dix minutes max, franchement, alors pourquoi cette résistance, le fait que je dois tous les jours me faire violence, genre *dix* fois par jour, le fait que les tâches ménagères ne m'enthousiasment pas spécialement, mais la vaisselle sale c'est déprimant, comme disait Anat, et je n'ai pas envie que les enfants soient déprimés, ni Leo d'ailleurs, ni moi, le fait que Leo n'a vraiment aucune idée de ce qui se passe ici toute la journée, le fait qu'il deviendrait sûrement dingue si jamais il découvrait ce que signifie vraiment nourrir, habiller, loger et occuper un troupeau d'enfants, une *troupeauté*, le fait que je passe désormais mes journées à répondre à leurs besoins et demandes, nettoyer les toilettes, préparer les paniers-repas, étiqueter leurs effets personnels, leur laver et brosser les cheveux, pinailler sur tout, chercher les choses égarées, faire des fanouropitas pour les retrouver, supplice de la planche, Fanourios, « Haut les cœurs, mes chéris ! », KP, mess des officiers, grain au moulin, le saint des choses perdues, et des causes perdues aussi, le fait que je suis une cause perdue, saints, catholiques, grec orthodoxe, San Martín, le fait que j'aime bien ce San Martín, le fait qu'ils lui font un croissant spécial en Pologne, le fait qu'il aimait vraiment aider les pauvres, or *nous sommes* pauvres, défalquer, hypothéquer, pique-niquer, paniquer, combat de coqs, vendredi 13, vendredi soir, le fait qu'il y a la poussière à faire, le balai à passer, des vêtements à repasser, les lits à faire, les draps à changer, les serviettes et les vêtements à laver, démangeaison, poussière dans l'œil, s'occuper des poules, nourrir les poissons rouges, faire les carreaux, laver la voiture, me laver moi aussi, traquer les moutons sous le lit comme Elmer Fudd le Jour de l'Ouverture de la chasse, le fait que Maman et Papa se sont *mariés* le Jour de l'Ouverture de la chasse, le fait que ce jour s'appelle le Douze Glorieux, le fait qu'aucun de mes enfants ne doit le savoir, ni n'arrive à prononcer « douze glorieux » comme il faut, et c'est contagieux, le fait que j'oublie comment prononcer certains mots moi aussi, le fait que je passe trop de temps avec des jeunes enfants, « pestacle », « crocrodile », « dousse Glorieux », le fait qu'on a l'impression qu'il faut des années pour bien prononcer ce « z », *Douce nuit*, le fait qu'on est censé garder son sapin de Noël jusqu'à l'Épiphanie mais plus personne ne le fait, le fait que c'est horrible de voir tous ces cadavres de sapins dans la rue, le fait que je ne sais pas quand tombe l'Épiphanie mais je suppose que ça doit être passé maintenant, le fait que « et douze gluantes » est une façon de dire douze huîtres dans un restau, treize à la douzaine, ces Stars Qui Avaient Un Boulot Normal Avant, le fait qu'il y a aussi l'aspirateur à passer, le fortin à tenir, les appels à filtrer, les repas à planifier, les différends à régler, retrouver le téléphone des autres plutôt que le mien, *La Fureur de vivre*, réparer, coudre, fabriquer des étuis à crayons pour tout le monde, juste parce que j'en ai fait un pour Stacy il y a des années, et puis bien sûr, à mes heures perdues, préparer un million de tartes, le fait que, sérieusement, je passe ma vie à faire les courses, hacher, émincer, trancher, retrancher, déranger, refroidir, chauffer, faire bouillir et frire, macrophages, mardi, dentiste, poubelle, gruau, cruauté, le fait que si j'avais su dans quoi je m'embarquais, tout le travail que ça impliquait, le chaos permanent, avant de les avoir, bon, Walter Matthau, Harry Belafonte, les aider à faire leurs devoirs, et devoir écouter leurs plaintes, leurs cris, leurs soupirs, et leurs Gameboy, et les numéros de danse, et tous les chocs et bruits de casse inexpliqués, *Sur les quais*, ou laisser entrer et sortir les chats, sortir et entrer, s'occuper encore un peu des poules, *Raison et Sensibilité*, *Persuasion*, *Orgueil et Préjugés*, le fait que je n'ai plus franchement l'habitude d'avoir un seul moment pour moi, uno momento, no problemo, disons, pour lire un *livre* ou je ne sais quoi, n'importe quoi, Histoires de Vengeances, Comment Les Protéines Vous Aident, ♫ *Figaro, Figaro, Figaro !* ♫, le fait que je parle comme la bonne à tout faire, ♫ *per carità* ♫, le fait que si j'essaie de lire quoi que ce soit ces temps-ci, Jake s'assoit aussitôt sur mes genoux et me demande de lui lire un de *ses* livres, le bébé de la tribu, le fait que moi aussi j'ai été un jour le bébé de la tribu, Pourquoi Vous N'Arrivez Pas À Vous Concentrer, le fait que j'ai renoncé il y a longtemps à demander à Leo de faire sa part domestique, le fait que ça ne sert à rien d'être deux à baisser les bras, le fait que j'ai essayé de lui jouer un jour un petit tour, quand il est entré dans la cuisine et qu'il m'a demandé à quoi servait ma jolie spatule en bois carré et j'ai dit « Une spatule ? C'est une daguette ! » et il a dit « Une quoi ? » et j'ai dit « Une daguette ! C'est un vieil ustensile de cuisine écossais, utilisé uniquement pour certaines tâches », le fait que ma blague était censée prendre de l'ampleur, mais ça a capoté parce que Leo n'a jamais demandé *quelles* tâches, le fait qu'il est juste retourné dans son bureau, d'où une certaine déception, le fait que j'étais sur le point de lui dire qu'une daguette sert à frapper les maris écossais sur le popotin, après quoi j'allais lui courir après avec, avant d'avouer un jour que c'est juste une petite spatule carrée, et je ne me souviens même pas où je l'ai trouvée, mais certainement pas en Écosse, où je ne suis jamais allée, le fait que je continue à appeler ça une daguette, et un de ces jours je compte refaire ma blague, si j'en ai l'occasion, « cette blague va faire un tabac, ha ha », Tetra Brik, oiseau de paradis, le King's Ransome, soirées pyjamas, Playboy Bunnies, uniforme d'infirmière, vêtements de poupée, soubrette, écolières japonaises, tablier, robe d'intérieur, le fait que je n'ai jamais voulu acheter une vraie robe d'intérieur parce que posséder une robe d'intérieur laisse à penser que vous allez accomplir des tâches ingrates, et de toute façon je dois accomplir des tâches ingrates, mais sans la tenue protectrice, *Et c'est cela qui changea tout*, le fait que je n'aime pas qu'on me *voie* faire des tâches ménagères, pour diverses raisons, le fait que ça me gêne, le fait que je ne veux pas qu'on me voie frotter et transpirer et porter et récurer et déchirer des choses, le fait que je suppose que je ne tire pas assez de fierté des tâches ménagères, le fait que ça prouve peut-être que je ne tire pas assez de fierté de mon ménage, le fait que je ne tire *aucune* fierté des tâches ménagères, pour autant que je sache, ce qui n'est pas très amish de ma part, fière Hausfrau, femme au foyer, ménagère, le fait que j'appartiens à une longue lignée de gens qui ne tiraient aucune fierté des tâches ménagères, à l'exception d'Abby bien sûr, le fait qu'elle en retirait vraiment quelque chose, ou du moins je l'espère, le fait que je pense que ça lui donnait de la satisfaction, le fait qu'elle aimait sa méthode, sa routine, et tout faire comme il faut, tous les jours, des croissants polonais, le fait que Papa ne savait vraiment pas faire les lits, le fait que c'était une catastrophe, le fait que faire les lits n'avait clairement aucun intérêt pour lui, le fait qu'avant je disais aux enfants de faire leur lit, mais c'est plus facile si c'est moi qui m'en occupe, le fait que je tire de la fierté de mes tartes, enfin parfois, mais ça s'arrête là, et quand c'est le cas, ma fierté reste privée, parce que Maman nous a appris à ne jamais être fier, le fait que certaines mères enseignent le contraire maintenant à leurs enfants, elles les félicitent sans cesse comme si c'étaient des petits dieux, leur répètent combien ils sont géniaux et ce quasiment en tout, E-G-O, $E = mc^2$, le fait que peut-être *Einstein*, lui, avait le droit d'être fier, le fait qu'on peut être *positif* sans être excessivement fier, positif-négatif, négatifs, circuits électriques, le fait qu'on devrait peut-être acheter une voiture électrique, ou une hybride, le fait que par ailleurs les voitures électriques sont *pires*, d'après Leo, parce qu'elles fonctionnent au charbon, au départ, au lieu d'utiliser de l'essence, le fait que les ordinateurs pompent toute l'énergie dans le monde, le fait que plus rien de ce qu'on fait ne semble innocent, le fait que même faire cuire une tarte a de nombreuses répercussions, le fait que plus on cuisine plus c'est l'usine, Crooked Creek, le fait que c'était quoi déjà ce jeu où on devait trancher un dilemme moral, mères au foyer, le fait que quand je passe l'aspirateur je me demande si les stars passent l'aspirateur, ou les extraterrestres sur d'autres planètes, le fait qu'il est fort peu probable que nous soyons les seules créatures dans tout l'univers que la poussière dérange, le fait que les extraterrestres doivent penser qu'on est des vrais ploucs de ne pas passer davantage le plumeau sur notre lune, le fait que ça les rend sûrement dingues là-bas, de devoir regarder notre petite lune vérolée et toute poussiéreuse située à des millions et des milliards d'années, ♫ *Bois à ma santé, des yeux seulement* ♫, sois fidèle à toi-même, le fait que j'ignore s'il y a des bouquins de SF qui traitent du ménage sur d'autres planètes mais je suis sûre qu'un torchon en microfibre serait pratique, tout là-bas dans le cosmos, Magog, ♫ *Mad Dogs and Englishmen* ♫, ménagères, femmes fatales, mères qui travaillent, jeunes mariées, Des Maladies Dont Vous N'Avez Jamais Entendu Parler, le fait que je ne sais pas pourquoi il faudrait porter une robe blanche sauf nécessité absolue, le fait que les enfants défavorisés s'en sortent mieux à l'école si vous leur donnez des lunettes, du moins à ceux qui ont *besoin* de lunettes, le fait que je crois que j'ai eu besoin de lunettes avant d'en avoir vraiment, maintenant que j'y pense, le fait que j'ai pour ainsi dire arrêté de regarder le tableau noir dès le CM1, le fait que je croyais être idiote alors que j'étais juste myope, ou peut-être les deux, le fait que je portais une robe gris argenté à mon premier mariage, et une jolie robe d'été en coton bleu et blanc au second, mais jamais *blanche*, le fait que qui a envie de porter du blanc, saletés, taches, détachant, décolorant, amidon, le fait que je sais bien que je devrais apprendre aux enfants à faire leur part de ménage comme les gosses d'autrefois, le fait que Laura Ingalls Wilder avait toujours des corvées à faire, et elle a eu encore plus de corvées quand Mary est devenue aveugle, Des Passagers Paniquent Après Un Avertissement Du Pilote, pingouin fossile, « Cool », le fait que la vie des Ingalls était globalement *amish*, et qu'ils ont l'air d'être heureux eux aussi, même s'ils sont pauvres, boîte à cheveux, le fait que Laura Ingalls Wilder tait certaines choses, comme ce frère mort et toutes les fois où ils ont perdu leurs terres, et leurs fermes, et leurs chevaux d'attelage, même leur chien, comment il s'appelle déjà, Jack, le fait qu'ils ont tous failli mourir de faim pendant ce rude hiver, le fait que je crois que son éditeur lui a demandé de le changer en « long hiver », le fait que les hivers « rudes » sont moins attrayants, je suppose, moins exportables, portable, le fait que dans un des derniers volumes, Laura et Almanzo découvrent un tumulus indien alors qu'ils sont allés flirter en buggy, près de Silver Lake, le fait que dans la vraie vie ils ont tous les deux contracté la diphtérie quand Rose était encore bébé, et elle a dû rester avec Ma et Pa, Charles et Caroline, le fait qu'autrefois les enfants devaient passer des années au lit quand ils avaient la diphtérie, le fait qu'Almanzo était vraiment malade et qu'il est retourné travailler à la ferme trop tôt et a fait une rechute, le fait qu'après ça il a toujours boité, les types de chez Chartier, céleri-rave, cerisier, clopin, cane, tacot, toaster, ceinture de Van Allen, seuil de tolérance, le fait que Pa fait très amish, surtout avec sa barbe et tout ça, le fait que la seule chose *non* amish chez eux c'est l'intérêt que porte Laura aux robes et aux chapeaux quand elle grandit, et Mary aussi, le fait que leurs vêtements sont de moins en moins « modestes », le fait qu'un jour Laura veut à tout prix couper ses boucles, ce que des amish trouveraient frivole je suppose, le fait que Kelly McGillis se moque de Harrison Ford parce que le pantalon qu'elle lui a donné est trop court, même pour un amish, corvées, traire les vaches, bâtir une grange, le fait qu'autrefois les enfants faisaient des corvées, et touchaient des appointements, et maintenant ils ont juste des appareils et des sandwiches, le fait que Laura Ingalls Wilder voulait à tout prix être blonde comme Mary, mais plus tard elle est fière de ses cheveux longs, et de ses bouclettes, le fait que Ma réprouvait les bouclettes mais Laura l'a quand même fait, le fait que jamais Stacy ne penserait à me demander mon avis en ce qui concerne ses cheveux, le fait qu'elle va sûrement les teindre bientôt en vert, crinoline, Carrie, Cap Garland, le fait que les crinolines sont dangereuses dans une tempête de neige, le fait que toute son enfance Laura a envié les cheveux blonds de Mary, le fait que je ne saisis toujours pas la nuance entre envie et jalousie, le fait que parfois je saisis la nuance mais tout de suite après je ne sais plus, le fait que je trouve que ça veut dire la même chose, envie, jalousie, envie, le fait que Laura aurait peut-être été plus heureuse si elle avait été amish et pas empêtrée dans ses problèmes de cheveux et ses projets de couture farfelus, le fait que les robes qu'elles cousent ont l'air vraiment très *compliquées*, le fait que la robe de Mary pour l'université avec les manches évasées est tellement ajustée qu'au début elle n'arrive pas à l'enfiler, ce qui inquiète tout le monde, mais ils arrivent finalement à la lui passer, je ne sais plus comment, le fait que je pense qu'ils ont dû serrer encore plus son corset, le fait que des pages et des pages sont consacrées aux vêtements de Mary pour l'université, le fait que c'est plutôt incroyable qu'ils tiennent tous dans la malle, pas juste sur Mary, mais ils y arrivent, le fait qu'il restait même de la place, que Ma remplit de journaux, de la place dans la *malle*, pas dans la robe, le fait que ces manches larges et évasées avec des poignets à dentelle larges, serrées en haut mais évasées au bout, ne me semblent pas très jolies, mais je suppose que c'était la mode alors, poules Leghorn, robe marron, ménage, corvées, cheveux, le fait qu'à l'âge d'environ onze ans la petite Anne du *Bonheur au bout du chemin* sait comment organiser une réception, tarte aux mûres, Mme Muir, le fait qu'elle savait préparer le dîner de Matthew et même guérir le croup avec Ipecac, ibex, Prudential, Anne Shirley, Chuck Schumer, Chuck, le fait que chez Mo's ils avaient tout un jargon pour les œufs, deux jumeaux sur le dos, deux en miroir, deux qui rient, un doublé baveux, le fait que je n'arrivais pas à suivre, Mo's Deli and Diner, empotée, le fait que j'étais tellement nerveuse qu'un jour j'ai laissé tomber un plateau d'assiettes sales, comme Maman avec les verres à son premier travail, le fait qu'elle a bossé dans un country club, le fait qu'elle n'a pas tenu longtemps comme serveuse et moi non plus, balourde, palourde, le fait que les vraies serveuses donnent l'impression que c'est facile mais en fait c'est beaucoup de responsabilités, pas de la tarte, le fait que je suis de nouveau dans la restauration, aller-retour, sur le vif, au plat, à la coque, brouillés, battus, œufs Benedict, Washington Square Diner, pour deux, à emporter, sans verdure, le fait que l'orgueil précède la chute, omelette aux champignons et salade de chou, le fait qu'Ethan jouait beaucoup au flipper à la fac, le fait que je crois qu'il touchait sa bille, le fait qu'il devrait se trouver un flipper pour chez lui, chutes de Paterson, le fait qu'un train de ligne New Jersey Transit a déraillé à Penn Station, ou était-ce Hoboken, « traqués jusqu'à ce qu'ils dépareillent », Montclair, NJ, 11 Septembre, tarte à la hollandaise, Mo's, le fait que jamais on ne verra Stacy donner de l'Ipecac à qui que ce soit, le fait que j'ai cru un temps que les enfants allaient finir par aimer les lits bien faits et se mettre à faire eux-mêmes leur lit, mais ce n'est pas demain la veille, le fait que c'était vraiment stupide de ma part, le fait que le jour où je me mettrai à payer Stace pour garder les enfants, ils voudront tous que je les paie, pour n'importe quelle tâche domestique, le fait que je ne suis pas pour payer des membres de votre famille à vous aider à faire la vaisselle, le fait que ce ne sont pas des *invités*, et ce ne sont pas non plus des *esclaves*, comme me le rappelle en permanence Stacy, le fait que si on n'a pas les moyens de payer une femme de ménage, je vois mal comment je pourrais payer quatre petits ronchons voraces et ingérables, « la cuisinière solitaire », le fait que j'ai bataillé pour instaurer des tours de lave-vaisselle, même s'il doit être possible pour un enfant de plus de huit ans de se servir d'un lave-vaisselle, le fait que ce n'est pas comme si je leur demandais de faire la vaisselle *à la main* ou je ne sais quoi, des membres, des wombats, le fait que je suis à la merci de quatre petits garnements, *La Mélodie du bonheur*, le fait que Jake et Gillian acceptent de mettre la table, quand je le leur demande, mais je ne sais pas combien de temps ça va durer, *Le Quotidien d'un médecin chez les amish*, le fait que je dois avoir encore ce livre quelque part, le fait qu'Elto Lehman a l'air d'être un type bien, le fait qu'il a ouvert une maternité rien que pour les femmes amish, le fait qu'ils grandissent et ont moins envie de m'aider, ketchup, moutarde, sauce barbecue, le fait que le ketchup empêche le fer forgé de rouiller, mais je n'ai rien en fer forgé, le fait que les enfants sont bien plus gentils avant l'âge de raison, le fait que le meilleur âge c'est deux ans, le fait que les enfants de deux ans dégagent une sorte de politesse, quand ils ne font pas de crises et tout, et j'adore leur peau charnue et lisse et les quatre petites fossettes sur leurs mains, et les tout-petits ne vous critiquent pas autant, du moins pas de manière aussi vicieuse ou *vexante* que les ados, le fait que les tout-petits font preuve d'un peu de compassion, vraiment, ou alors j'ai oublié comment sont les enfants de deux ans, le fait que j'ai raté les meilleures années de la vie de Jake, occupée que j'étais à « accepter le changement », autrement dit à suivre une chimio, cure-dents, le fait que mon oncologue m'a dit d'accepter le changement « coûte que coûte », et pour ce qui est de coûter, ça, on peut dire qu'elle m'a coûté cher, le fait que c'était quoi ce médicament qu'on me filait contre la nausée, Bupadell ou Budpell, un truc comme ça, Budapest, Buskydell, Buscopan, le fait que Leo s'est occupé de tout à la maison, et qu'il s'en est très bien sorti, a priori, alors je suppose qu'il sait ce qui se passe ici, le fait qu'on ne devrait jamais sous-estimer Leo, même si Jake s'est mis à manger les croquettes du chat à un moment, pas bien grave, et un jour on l'a retrouvé caché dans le placard sous les escaliers, Jakey, pas Leo, en larmes et tout, ce qui n'était pas très rassurant, calmants, nausées, le fait qu'on a traité son problème d'addiction aux croquettes en lui donnant des petites boîtes de raisins secs et de pop-corn, le fait que ce qu'il aimait c'était sortir des trucs qui se mangent d'une boîte, n'importe quoi du moment que c'était dans une boîte, goitre, gouaille, encore du café, « Rentrez le ventre », café arrosé, rhum arrangé, pop-corn caramélisé, cookies aux céréales et aux raisins secs, le fait que j'ai remonté de la cave tous ces plats roses de Mamie pour que les enfants puissent s'entraîner avec le lave-vaisselle, le fait qu'ils sont très laids, si laids que ça m'était égal s'il y avait un peu de casse, le fait qu'ils sont rose vif avec un filigrane doré, exactement le genre de chose qu'elle aimait, le fait que Mamie a toujours aimé les dorures, sur tout, les lampes, les pieds de chaise avec des pattes de lion, verres à bulles, le fait qu'elle a amassé plein d'horreurs dans ce style, le fait qu'Ethan a hérité des lampes, et Phoebe et moi on les a peintes pour lui, afin de cacher une partie des dorures, le fait que moi j'ai eu droit à tous ses bijoux en toc, et à quelques robes en mousseline qui sont parties en lambeaux avant même que je trouve comment les trimballer, *La Bonne Ménagère*, Économie domest., *Freaky Friday*, le fait que Phoebe a eu la collection de cuillers, qu'elle réclamait depuis ses six ans, le fait que Stacy a vraiment saboté tout mon projet lave-vaisselle, en disant que je faisais des autres mes esclaves, le fait qu'elle n'est plus la même depuis qu'elle a étudié le chemin de fer clandestin, le fait qu'à ses yeux on est tous des esclaves, le fait que je suis une esclave, que Leo est un esclave, que les orphelins sur l'île-du-Prince-Édouard étaient tous des esclaves, le fait que selon elle les orphelins dans *Le Bonheur au bout du chemin* étaient tous exploités comme des ouvriers agricoles non payés, et que c'est par hasard que Marilla et Matthew se sont pris d'affection pour Anne et n'ont pas fait d'elle une esclave, le fait qu'ils l'ont élevée davantage comme leur propre fille, même si elle a toutes sortes de corvées à faire, ainsi que je l'ai fait remarquer, mais cette discussion m'a fatiguée et j'ai laissé tomber mon idée du partage des tâches domestiques, ah, quelle idiote, litote, le fait que personne ici n'a envie de traiter les enfants comme des esclaves, non mais, et maintenant c'est moi ici leur esclave, le fait que j'ai plus ou moins arrêté de demander à Stacy de faire *quoi que ce soit*, par crainte de ses bouderies et de ses crises, « Nous t'écoutons, ô jeunesse américaine », ketchup, sauce dip, ETHS, le fait que je serais ravie si Stacy pouvait mettre son linge sale dans le panier de temps en temps, dans cette tanière qu'est sa chambre, le fait qu'elle déteste que j'entre dans sa chambre mais parfois je suis obligée, le fait que les cochons sont plus propres que les humains, marcassins, le fait que les cochons font eux-mêmes leur lit, même si je ne suis pas sûre qu'ils le fassent tous les matins, le fait qu'ils sont plus propres et plus intelligents qu'on ne le croit, et ne méritent pas de finir en bacon, mais tout le monde adore le bacon, c'est à n'y rien comprendre, eh oui, le fait qu'autrefois je trouvais que les capucines étaient moches mais maintenant je les trouve jolies, et j'ai envie d'en planter cette année, le fait qu'il faut les planter en mai, le fait que j'oublierai sûrement, le fait que quand Almanzo Wilder était petit, il rentrait de l'école et trayait les vaches et nettoyait les écuries, ôtait les harnais des chevaux, volapük, le fait qu'*Un enfant de la terre* est le deuxième livre pour enfants écrit par Laura Ingalls Wilder, le fait que je mène une existence chiche et solitaire depuis la mort de Maman, mais j'ai Leo à mes côtés, « mon compagnon pour la vie », aïe, le fait que maintenant c'est au *côté* que j'ai mal, le fait que Leo a mal à la cheville et au genou et au pouce et le dos qui le démange et il refuse d'aller voir le médecin, le fait que j'ignore si c'est par souci d'économie ou parce qu'il déteste aller chez le médecin, ou alors il a eu un jour une mauvaise expérience avec un médecin qui l'a dégoûté pour la vie, ou je ne sais quoi, le fait qu'on dit que les hommes détestent aller chez le médecin, *Selon eux ce sont des œufs*, Obamacare, cotisations, vaccins contre la grippe, le fait que Jake a le rhume en permanence, sans doute parce qu'il ne mange que des SpaghettiO, ou des raisins secs, des donuts et des bagels et du pop-corn, boîtes, granulés de plastique, le fait que j'ai essayé de lui faire aimer de nouvelles choses comme les raviolis en boîte, « ravololi », ou le cassoulet en boîte, mais il refuse même d'en goûter, le fait que 630 000 habitants de l'Ohio ont bénéficié de l'Obamacare l'an dernier et que Trump veut leur retirer leur couverture sociale, et s'il y parvient il y a des chances pour que certains de ces pauvres diables *meurent*, le fait que je suis heureuse de ne pas dépendre de l'Obamacare, génocide, féminicide, le fait que je ne reverrai jamais Maman, ou Abby, ou Bathsheba, ou Pepito, et ce sont là des tristesses permanentes, le fait que je n'ai jamais aimé l'idée qu'il y ait quoi que ce soit de permanent, les cicatrices et tout ça, les dents cassées, « jamais depuis la mort de sa tendre mère », Anne Elliott, Ah la Macarena, faire un dab, on fait comme d'hab, le fait qu'Anne Elliott pense à sa mère chaque fois qu'elle joue du piano, et c'est ce que *moi* je ressens, mais sans le piano, le fait que c'est ce que je ressens *tout le temps*, le fait que je ne me suis pas sentie aimée depuis que Maman est tombée malade, bon, sauf par

Leo, bien sûr, et par Abby, et peut-être par Phoebe et Ethan, mais ils habitent loin, et Papa, et Chuck peut-être, et Nanya, je suppose, ou Anat parfois, et les poules, le fait qu'au moins les poules m'aiment vraiment, le fait qu'on tue cinquante ou soixante milliards de poules par an, pas *moi*, d'autres gens, le fait que la maladie de Maman a brisé ma vie, le fait que ça m'a brisée, le fait que je suis *brisée*, cœur brisé, opération du cœur, cicatrice au cœur, brisure, Yueyaquan, Leo, le fait que cet abruti de médecin m'a prescrit des antibiotiques contre la bronchite, mais à contrecœur, le fait qu'il avait l'air de me *détester*, et je n'ai jamais su pourquoi, mais c'était il y a des années, le fait que je peux être très rancunière, le fait que ça m'arrive de me rappeler trop de choses, peut-être, *Persuasion*, plain-chant, parties chantées chez Schubert, les choux du Vermont, vers mon Dieu je vais, Valparaiso, porter le chapeau, le fait que la meilleure façon de récurer les joints c'est de faire appel à toutes ses frustrations, toutes ses humiliations aussi, échecs, ratages, ratés, ratures, râteau, torsion, action, énergie, statique, dynamique, analyse du stress, « Du nerf », le fait que je *déteste* ça, le fait que je me laisse aller quand Leo n'est pas là, mais il y a les marcassins, le fait que les marcassins existent, le fait qu'en ce moment même, quelque part sur terre, il doit y avoir des marcassins, de gentils marcassins avec des rayures horizontales noires et marron et blanches et des petites pattes miniatures, le fait que je trouve que ces rayures horizontales font que ça vaut le coup de vivre, le fait que j'ai la gorge sèche et un bouton sur le menton, le fait que j'ai encore des *boutons* à mon âge, le fait qu'on a encore une trentaine de cartons pleins dans le grenier et que je n'ai aucune idée de ce qu'il y a dedans, le fait que Stace et moi on a emménagé ici il y a dix ans, mais j'ai trop peur de me faire mal au dos en trimballant tous ces trucs, et je n'ai pas le temps, le fait que je n'ai pas pu le faire quand j'étais enceinte, le fait que je ne peux pas demander à Leo de le faire non plus, de déplacer des cartons je veux dire, pas de tomber enceinte, le fait qu'il a toujours des devoirs à corriger, ou des articles à rédiger, Papa qui fait les lits, le fait qu'en ce moment il travaille sur la dynamique vibratoire, rien que ça, en lien avec les ponts, avec des références aux frisettes des cheveux, tutus, danseuses du ventre, gelée, gélinotte, vipérines des Canaries, écume de mer, mouvements de queue des chiens, alors je ne me sens pas de lui demander de passer ses week-ends à farfouiller dans de vieux cartons au grenier, franchement non, franchise, frise, le fait que construire des ponts semble un peu plus important, Martin Luther King, Jr, les SEABEE, le fait que « le lâche connaît mille morts avant de mourir ; le brave n'y goûte qu'une seule fois », mais qui a dit ça, le fait que les liquides ne s'étalent pas pour emplir un espace, le fait que quand je lui ai dit un jour que je ne comprenais rien à ce qu'il racontait sur l'ingénierie il a ri et dit que « la Troisième Loi de Newton c'est Ne Réveillez Pas Le Chien Qui Dort », et j'ai dit que je croyais que la Troisième Loi de Newton c'était qu'une tartine qui tombe atterrit toujours sur le côté beurré, mais Leo a dit que ça c'est juste en aérodynamique, le fait qu'il m'a dit un jour que les particules électromagnétiques se repoussent et s'attirent en permanence comme dans une immense séance de speed-dating, mais que je n'ai pas à m'en faire, puisque c'est grâce au génie civil que je suis ici, le fait que sans la mutuelle de Leo on serait finis, finis, brisés, fauchés, mousse de polymère extrudé, le fait que je déteste le mot « extrudé », c'est tellement laid, *Marnie*, extrusion angulaire de canaux égaux, ruptures fragiles, tonnelage et polissage, voitures électriques, élastique, plastique, le fait qu'il y a un autre mot que je déteste aussi, un truc qui commence par F je crois, fortitude, non, un verbe, fumiger, quelque chose de long, pas forniquer, c'est sûr, oh là là, ça ressemble plus à fructifier, ou fanfreluche, fluctuer, fluctuation, ou fermentation, ce genre de mot, oh je ne sais plus, le fait que je crois qu'il doit s'agir de ragoûtant, mais ça ne commence pas du tout par un F, le fait que ragoûtant semble dire le contraire de ce qu'il signifie, le fait que ça fait penser à quelqu'un qui vomit, Ne Réveillez Pas Le Chien Qui Dort, chiens couchés, comme un chien, Jakey qui dort, le fait que si ça se trouve tous les parents aiment regarder leurs enfants dormir, entre autres parce que ça veut dire que les parents peuvent se reposer, pause-café, posture, questure, break-dance, beat-box, centre de gravité, le fait que ce chien sur YouTube qui jouait du piano et hurlait semblait vraiment bien s'amuser, arrêt sur image, « Emballé c'est pesé », sois sympa, fais un pas, le fait que je ne sais pas si c'est juste que « extrudé » est un mot laid ou si c'est le *fait* d'extruder que je n'aime pas, le fait que, bon, les nouilles sont extrudées, et ça ne me gêne pas, mais je n'aime pas trop les chips extrudées, le fait que *in*truder ne semble pas aussi moche que *ex*truder, loin de là, même si Stacy n'apprécie pas quand je fais intrusion, bien sûr, le fait que j'oublie toujours comment s'écrit tutu, muumuu, tipi, pipi, le fait que les *crinolines* vibrent aussi, ou n'importe quelle jupe large en fait, selon comment vous marchez, le fait que je devrais le dire à Leo, le fait que les crinolines ressemblent en réalité aux méduses, mégoter, gigoter, gigot, gros nigaud, mais il sait sûrement tout ça, meuh-meuh, sci-fi, sit-com, mimi cracra, caca, mama, papa, Scarlett O'Hara, 7 h 13, le fait que la plupart des gens de mon âge ont mal au dos à force de s'occuper de leur *jardin*, pas de leur grenier, le fait que déplacer des plantes en pot est épuisant, ou de la terre, tout ça, terre à terre, la grande terreur, débiner, biner ou tailler ou faucher ou désherber ou élaguer ou porter de gros arrosoirs ou je ne sais quoi, ou manœuvrer des brouettes dans des fossés, ou repositionner la tondeuse, le fait que le dos humain n'a tout simplement pas été conçu pour le jardinage, ♫ *dans tes yeux* ♫, purement et simplement, tout bonnement, *Marie trempe ton pain dans la soupe*, Holmes County, hors-sol, do-si-do, le massif de lierre dans notre jardin de New Haven, cochons d'Inde, colibris, ouragans, avions de ligne, le fait qu'environ aux trois quarts de *Pas si simple* on voit soudain Meryl Streep devant sa maison, en train de cueillir de grosses tomates mûres dans son potager impeccablement entretenu, qu'on n'a encore jamais vu avant, le fait qu'il n'y a pas l'ombre d'un jardinier, le fait qu'on est censé croire qu'elle est la seule en charge de ce potager immaculé, tout en dirigeant une boulangerie branchée dans le centre-ville, mouais, le fait qu'elle n'aurait même pas le temps de *désherber*, encore moins de planter et d'arroser et de cueillir et tout le reste, le fait que Leo et moi ne comprenons toujours pas pourquoi elle a besoin au début d'une nouvelle cuisine, le fait qu'elle doit embaucher Steve Martin comme architecte, le fait qu'Alec Baldwin semble nettement plus drôle, « Lâche-toi », le fait que côté légumes on n'a pas fait d'étincelles, je dois bien le dire, aubergines, carottes, bouillie, hachis, pasta al forno, le fait que j'aime les orchidées, surtout les sabots-de-Vénus, le fait que j'aime les fleurs qui ressemblent à des chaussures, le fait que je crois que je ne suis pas douée avec les fleurs en général, le fait que mes roses ne sont qu'épines, à peine une rose en vue, et elles ont perdu leur parfum, ♫ *Poussant ma p'tit' brouett'* ♫, le fait qu'elle aurait vraiment dû rester avec Alec Baldwin, ça ne marchera jamais avec Steve Martin, le fait qu'il a l'air tellement, mais alors tellement dénué de *passion*, le fait que qui peut vouloir ça, le fait qu'ils ont découvert le plus petit bégonia du monde au Pérou, le plus petit bégonia jamais trouvé, et maintenant ils ont construit un *sentier* qui y mène et du coup tout le monde peut le piétiner, le fait que non mais franchement, c'est quoi le *problème* avec ces gens, le seul et unique *bégonia nain*, le fait que pourquoi ils pensent que c'est une bonne idée, le fait que Trump veut qu'on creuse des mines et qu'on cherche du pétrole dans tous les parcs nationaux, MAGA, MSM, le fait que bientôt il va faire raser la barbe de Lincoln sur le mont Rushmore, le fait que je croyais que le mont Rushmore était apparu tel quel, quand j'étais petite, le fait que je croyais que c'était un phénomène naturel, le fait que j'étais vraiment pas maligne alors, le fait que j'ai mis longtemps avant de comprendre mon erreur, idem pour le Père Noël, mais finalement j'ai pigé, enfin je crois, ça s'est mis en place, Gutzon Borglum, le fait que le Père Noël n'existe pas et que la géologie n'a pas sculpté des portraits de présidents, le fait qu'elle a aidé, « Rapid Sssity, Sssouth Dakota », James Mason, Trump Tower, concours de beauté, harcèlement sexuel, « harsssèlement sexsssuel », George Washington, le fait que Roger Ailes est né à Warren, dans l'Ohio, Teddy Roosevelt, Thomas Jefferson, Roger Ailes, mais d'autres gens viennent de là-bas eux aussi, le fait que j'aime la façon dont les gens gesticulent quand ils indiquent des directions, j'adore ça, Un Batteur De Deux Ans Autodidacte, le fait que selon moi si vous ne gesticulez pas vous n'*indiquez* pas vraiment de directions, le fait que les filles des vidéos Morning Routine que regarde Stacy gesticulent beaucoup mais elles sont juste en roue libre, le fait que je n'aime pas « exubérant » ou « exsuder » non plus, le fait que c'est presque aussi moche que « extruder », exécrable, le fait qu'un jour Papa a demandé à ce Gavin comment ça se passait à l'école, et Gavin a répondu « exécrable », ce qui m'a mise mal à l'aise mais Papa a adoré, le fait que je crois que Papa aurait aimé que j'aie du vocabulaire comme Gavin et que je dise des choses comme « exécrable », le fait que Gavin était un nouveau, le fait que je ne le connaissais quasiment pas et que donc c'était plutôt agaçant que Papa s'entiche à ce point de lui, le fait que vous trouvez des feuilles mortes là où vous ne vous y attendez pas, comme dans notre vestibule, forclos, flauberte, lanceur d'alerte, desserte, réticule, vestibule, résidu, animalcule, investiture, le fait que ce que *moi* j'appelle notre vestibule, je crois que Leo appelle ça l'entrée, ou le hall, le fait que je ne me rappelle jamais comment il l'appelle, le fait qu'il y a certaines choses au sujet desquelles les couples ne sont jamais d'accord, le fait que ça dépend de votre éducation, le fait que est-ce que ça veut dire que les frères et sœurs, ou les sœurs et sœurs ou les frères et frères incestueux s'entendent sur davantage de choses, vu qu'ils ont été élevés de la même façon, le fait que si vous avez un fils de votre père, votre fils est aussi votre *frère*, le fait qu'il serait à la fois le fils de votre père et son petit-fils, bizarre, le fait que personne ne parle de ces choses, mais ce genre de chose est sûrement très répandu et on n'y peut rien, exsuder, extruder, exeunt, exit, poursuivi par un ours, avant-nef, le fait que Leo ne trouve pas que notre vestibule soit assez grand pour mériter le mot « vestibule », le fait qu'il pense qu'un vestibule est comme le porche d'une église, mais *pas* l'avant-nef, où on dépose le cercueil, juste une entrée couverte quand on va à l'église, le fait que dans une maison, il pense que c'est l'endroit où on laisse son manteau et ses chaussures et sa batte de base-ball et la laisse du chien et toutes les affaires pour la pluie, impers, impairs, revers, Revere Ware, le fait que peut-être on y reste même assis un moment, sur un banc ou autre chose, si on est fatigué quand on rentre chez soi et qu'on veut se poser, ou ôter ses bottes pleines de boue, le fait qu'il veut parler d'un endroit comme un porche fermé peut-être, et je crois qu'avoir un tel endroit est une super idée, mais qui en a un, le fait que dans ma famille on a toujours appelé la zone entre la porte principale et la porte intérieure un vestibule, un point c'est tout, le fait que j'ai toujours cru que c'était juste pour empêcher les courants d'air, quand les gens vont et viennent, pas pour entasser toutes sortes de matériel, les skis et les parapluies et les cannes et les pelles pour déneiger et les pulls et les guimauves et les paniers de pique-nique, *sept huit neuf dans un panier neuf*, le fait que cette rime m'a toujours déçue, je ne sais pas trop pourquoi, Waterlow Park par temps humide, Maman à mes côtés, le fait que Leo m'a trouvé un tabouret pour que je puisse reposer mes pieds quand je cuisine, mais malheureusement ça me fait mal au dos, du coup maintenant c'est surtout pour que Jake en tombe, le fait qu'il est bien trop haut pour moi, le fait que Jake aime s'y percher pour me regarder cuisiner, ou quand il attend que je vienne faire ses lacets, le fait que je le fais tourner chaque fois que je passe devant, le fait qu'il faut toujours occuper les enfants, parties articulées en plastique cassantes, lassant, le fait qu'il fait parfois des coloriages, assis au comptoir, un livre de coloriage avec des camions, le fait qu'il les colorie tous en jaune, parfois en rouge, le fait qu'il aime les couleurs unies, ce gamin, le fait que ce n'est jamais rouge avec un peu de jaune ou jaune avec un peu de rouge, le fait qu'il aime juste la couleur pure, pur jaune, pur rouge, parfois peut-être le noir, le fait qu'il y a eu des larmes, mouchoirs, quand les autres enfants ajoutent une autre couleur, le fait qu'on doit en permanence racheter des lots entiers de feutres, juste pour les jaunes, le fait que j'ai toujours trouvé ces feutres métalliques décevants, le fait que, franchement, ce doré n'a pas *du tout* l'air doré, le fait que Jake préfère le tabouret à la chaise haute parce qu'il tourne, tour de reins, bâton tournant, bâton de mikado, le fait que j'ai toujours détesté les mikados, encore aujourd'hui, le fait que quand j'y joue je me sens crétine, mensch, meshuggeneh, le fait que je me sens déjà bien assez empotée comme ça, superstructure segmentée précontrainte, joint epoxy ou joint sec, armature d'assemblage surbaissée, pont-levis, pont à bascule, pont levant, pont à poutres treillis ou poutres caissons, aïe, le fait que maintenant j'ai une crampe à la jambe, et des fourmillements, et la chair de poule, le petit juif, le fait qu'*Un long hiver* est le meilleur tome de la série, le fait que c'est carrément *Une longue galère*, le fait que chaque fois qu'il neige beaucoup, je pense à Laura se réveillant avec de la glace sur tous les clous au plafond, et Pa se rendant à la concession avec l'attelage pour aller chercher de la paille pour faire des fétus pour entretenir le feu dans le poêle pour qu'ils aient assez chaud pour survivre, et pour que Ma puisse cuisiner un peu, le fait que les chevaux tombaient sans cesse dans les trous enneigés du Grand Marais, parce que la neige se déposait juste sur l'herbe, le fait que les Ingalls n'ont pas grand-chose à manger parce que le convoi a été retenu et tout ça, le fait qu'il ne peut pas passer avant des mois, le fait que faire des allumettes avec de la paille est un travail plutôt laborieux, le fait que Laura et Pa devaient les tordre en bâtonnets, le fait que la maison n'était pas isolée, du coup la glace se formait à l'intérieur, comme dans *Le Docteur Jivago*, Lara, Byron, Julie Christie, Omar Sharif, le fait que Laura et Pa avaient froid et attrapaient des ampoules à force de tordre la paille, ils devaient rentrer sans cesse pour se chauffer près du poêle, le fait qu'ils arrivaient à peine à alimenter le poêle, et tous les membres de la famille réunis parvenaient à peine à moudre assez de blé pour faire une miche par jour, pour toute la famille, même en s'y mettant à tour de rôle, le fait que dans la vraie vie ils devaient également nourrir des parasites, des rapaces qui ne faisaient pas leur part normale de corvées, tout comme *mes enfants*, le fait que je suis contente qu'elle n'en ait pas parlé dans ses livres, le fait que Mike Pence ne peut pas rester seul avec une femme au cas où il serait tenté de pécher, RFRA, Machinchose, Roe versus Wade, le fait que certains pro-life veulent que les femmes soient *condamnées à mort* pour avoir *avorté*, ce qui paraît assez absurde, le fait que, grâce à Laura Ingalls Wilder, je saurais plus ou moins comment m'y prendre maintenant si jamais on n'avait pas de chauffage, du moment qu'on ait accès à beaucoup de paille, le fait que je suppose que si on n'avait pas de paille je pourrais commencer à tordre tous nos papiers, documents, livres de coloriage, les poèmes de Byron, le fait qu'on a plein de papiers, plus que tous les gens que je connais, sauf peut-être cette pauvre Julie Shriver à Peolia College, le fait qu'elle a failli être enterrée sous des tonnes de papier à son bureau un jour, le fait qu'une pile s'est renversée et qu'elle a disparu dessous pendant un moment et qu'on a dû voler à son secours, c'est ce qu'on raconte en tout cas, le fait qu'elle a fait un grand ménage après ça, mais personne n'ose plus approcher de son bureau, même maintenant, de peur de faire tomber des milliers de copies non corrigées par terre, le fait que je n'ai jamais essayé de classer les *nôtres*, c'est sûr, le fait que j'ai grandi dans une maison pleine de papiers en désordre, et ça sera pareil apparemment pour mes enfants, le fait que je ne sais pas vraiment comment ils confectionnaient ces bâtonnets de paille, le fait que Laura Ingalls Wilder n'explique jamais les choses si bien que ça, moi en tout cas je n'arrive jamais à suivre ses explications, le fait que ses descriptions pour fabriquer des trucs sont complètement incompréhensibles, le fait que chaque fois qu'elle essaie de décrire comment faire certaines choses, comme une luge ou une balle, ou toute une porte d'entrée avec gonds et loquet, ou un bidon à lait ou je ne sais quoi, on n'en sait pas plus après, même si c'est sympa de sa part d'essayer, le fait que je pense que les enfants se contentent de sauter ces passages, le fait qu'ils manquent vraiment de curiosité, et ne seraient sans doute d'*aucune* utilité en cas de rude hiver, le fait qu'ils joueraient au mikado, au lieu de fabriquer des allumettes, le fait que même moi je ne sais pas la différence entre la paille et le foin, sinon que les chevaux préfèrent l'un à l'autre, mais c'est tout, homme de paille, Bonhomme en Fer-Blanc,

Lion Poltron, ♫ *Courage !* ♫, Toto, Tintin, le fait que je suis une adulte qui ne connaît pas la différence entre la paille et le foin, entre le lin et le coton, ou le calicot ou la mousseline, ou la porcelaine et la céramique, et tout un tas d'autres choses dont je ne me souviens pas pour l'instant, bon, les acteurs, le fait que je confonds tout le temps Yul Brynner et Charles Boyer, Warren Beatty et Burt Reynolds, Charlton Heston et Burt Lancaster, le fait que je confonds pratiquement tout, le fait que je dois y aller à l'instinct en permanence, bluffer en toutes circonstances, les Idoles d'Hollywood, le fait que les chevaux préfèrent le *foin*, en fait, mais qu'ils peuvent manger de la paille à la rigueur, en cas de rigueur, rigole, rigoler, guili guili, ♫ *tu me fais tourner la tête* ♫, un acre ou deux, hectare, lieues, mon Dieu, le fait qu'Almanzo et l'autre type, Cap Garland, ont parcouru soixante kilomètres, trente aller et trente retour, dans le froid et la neige, par moins cinq ou zéro, pour aller chercher des semences de blé afin que les habitants de De Smet ne meurent pas de faim, le fait que c'est une histoire vraie, et qu'ils sont partis sans savoir s'il allait y avoir une tempête de neige, ni s'ils trouveraient même des semences de blé là-bas, le fait qu'il y avait juste une rumeur comme quoi un type passait l'hiver dans sa ferme avec plein de blé, le fait qu'ils n'avaient aucune idée d'où exactement, ni même s'il leur en vendrait, et c'était déjà assez difficile comme ça de savoir où était le *sud*, le fait qu'ils étaient vraiment courageux, le fait que peut-être ce n'est pas l'histoire d'héroïsme la plus dramatique mais ils risquaient leur peau, et leurs chevaux, et ils ont failli ne jamais trouver l'endroit à temps mais finalement ils ont vu un petit panache de fumée qui sortait de la neige, et c'était la maison du type, le fait qu'elle était tellement recouverte de neige qu'elle était presque invisible, hormis le petit panache de fumée sortant de la cheminée, le fait qu'il n'avait même pas fait de gros feu dedans, il était comme un coq en pâte à cause du manteau de neige par-dessus, naphtaline, le fait qu'il a marchandé dur mais ils ont fait affaire avec lui et versé le blé dans des sacs qu'ils avaient apportés, le fait qu'il a insisté pour qu'ils passent la nuit chez lui mais ils ont préféré prendre le risque de rentrer, et les chevaux arrivaient à peine à marcher et n'arrêtaient pas de trébucher à cause des trous cachés par la neige, mais ils sont arrivés juste avant qu'une nouvelle tempête de neige sévisse trois jours d'affilée, le fait qu'ils ont eu de la chance de rentrer vivants, et la *ville* a eu de la chance qu'ils y arrivent, parce que sinon, les Ingalls et tous les autres habitants seraient morts de faim, le fait qu'il n'y aurait pas la série *La Petite Maison dans la prairie*, le fait que le convoi n'est pas arrivé à De Smet avant le mois de juin, le fait qu'il y a eu des incidents quand l'épicier a essayé de faire du profit sur le blé qu'ils avaient rapporté, le fait que ça a rendu Cap Garland furieux, le fait que Cap Garland se mettait rarement en colère, mais là c'était trop, parce que Almanzo et lui avaient risqué leur vie pour aller chercher ce blé et que personne ne les avait payés pour ça, le fait que *tout le monde* s'est emporté contre l'épicier, et les habitants ont menacé de l'étriper ou alors de prendre le blé sans payer, ou du moins de ne plus fréquenter son épicerie à l'avenir, le fait que Pa a calmé les esprits, en tout cas c'est comme ça que Laura Ingalls Wilder raconte la chose, le fait que Pa a persuadé l'épicier d'acheter le blé pour la somme qu'ils avaient dépensée, et a insisté pour que tous le partagent équitablement, en fonction des besoins de chaque famille, le fait que j'ai toujours aimé ce passage, le fait que parfois les gens s'entraident vraiment, bien public, intérêt général, principal, Pepito, le fait que parfois ce n'est pas chacun pour soi, marcassins, bonbons de Noël, ginseng, Maman, le fait que les filles Ingalls offrent à leur mère une *boîte à cheveux* à Noël, le fait que je n'aime pas trop ce terme, le fait que j'espère que personne ici ne m'en offrira jamais, tricot, gommettes, le fait que ce qui me tue c'est dans quel *but* ils voulaient garder les cheveux qui tombaient, pour faire une pelote à aiguilles bien flippante ou je ne sais quoi, le fait qu'on appelle ça parfois un récipient à cheveux, le fait que Leo connaît un type à Newcomerstown qui s'est fait faire un costume avec les poils de son caniche, récupérés après plusieurs passages au salon de toilettage canin, le fait que c'était un joli caniche couleur pêche, apparemment, et son poil faisait un très beau costume, mais les autres chiens couraient après le type partout en ville dès qu'il mettait son manteau en poil de caniche, le fait que je ne suis pas sûre que Laura Ingalls Wilder ait jamais évoqué d'anniversaires, juste des Noëls, moule à gâteaux **1**, le fait que De Smet est un drôle de nom pour un endroit, De Smet, de semoule, deux semaines, Smetana, le fait qu'il existe trois ou quatre De Smet, un dans le Montana et un dans l'Idaho, je crois, mais celui où vivait Laura Ingalls Wilder se trouve dans le Dakota du Sud, le fait que je ne sais pas trop quel genre de gâteau d'anniversaire faire pour Gillian cette fois-ci, peut-être juste un **8**, le fait qu'elle est peut-être trop âgée pour un gâteau à thème style My Little Pony, mouchoirs, lait de chèvre, le fait qu'elle est tellement fan de *La Petite Maison* que je devrais essayer de lui faire une cabane en rondins qui se mange, le fait que j'ai besoin d'un mouchoir, et peut-être d'un petit déjeuner, le fait que tout ce que j'ai pris c'est une petite tasse de café, trop occupée à pétrir et caraméliser, dévitaliser, avaliser, le fait que, bon sang, j'ai faim comme un *De Smettien*, mais quand on mange on doit aller aux toilettes, bon, on est bien obligé, et j'en ai assez d'aller aux toilettes, le fait que ça m'a toujours barbée, le fait que j'avais toujours envie d'aller aux toilettes quand j'étais petite et qu'on était au cinéma, TOILETTES PAYANTES 5¢ LES PERSONNES PRISES EN TRAIN DE SE GLISSER SOUS LA PORTE SERONT PASSIBLES DE POURSUITES CONFORMÉMENT AUX LOIS EN VIGUEUR, le fait que Laura Ingalls Wilder ne parle jamais d'aller aux toilettes, le fait que comment ils faisaient quand il y avait une tempête de neige, le fait qu'on va avoir droit nous aussi à un sacré blizzard, busard, bizarre, bazar, zigzag, ziggurat, rêve, trêve, épée d'un mètre vingt, le fait qu'hier j'ai retrouvé une fiche avec la recette de la sauce BBQ d'Abby, de sa propre écriture, et ça m'a emplie de, de, Yul Brynner, semences de blé, le fait qu'elle dit qu'il faut 1 gros oignon, 2 cs de beurre, 60 ml de jus de citron, 2 cs de vinaigre, 1 cs de sauce Worcestershire, 2 cs de sucre brun, 120 ml d'eau, 1 bocal de sauce pimentée, sel & poivre, le fait que j'en mettrai peut-être aujourd'hui sur les pilons, congélo, glaçons en forme d'animaux, échantillons d'eau, analyses d'urine, PCB, le fait que les orques ont du PCB en elles, et les orques enceintes transmettent le PCB au fœtus, le fait que je n'ai pas la sauce piquante d'Abby, mais je pourrais prendre de la Hunt et ajouter un peu de piment en poudre ou du paprika, le fait que les enfants n'aiment pas quand c'est trop épicé, le fait qu'on laisse l'oignon dorer dans du beurre, puis on ajoute le reste des ingrédients et on fait cuire lentement pendant vingt minutes jusqu'à ce que ça épaississe, et c'est tout, et on peut la garder longtemps au frigo, enfin selon elle, disons deux semaines, le fait qu'elle dit d'en mettre sur « les travers de porc, le poulet, les côtelettes de p., les hamburgers et les hot-dogs », le fait que j'ai toujours aimé ça, être assise dans la cuisine d'Abby, le fait que j'adorais sa cuisine accueillante avec le papier peint imitation briques et le plafonnier en cuivre à l'ancienne qu'on pouvait monter ou abaisser au-dessus de la table, et les petits jouets en fer forgé sur leur petite étagère en bois, et son frigo avec tous ses magnets, tellement plus propre que le nôtre, avec à l'intérieur tous les genres de condiments imaginables pour sandwiches, le fait que son congélo était plein de sa glace préférée, choc-choc-chip, le fait que parfois je ne sais plus écrire « réfrigérateur », ce qui est gênant, et « de fait » et « en fait » me posent aussi un gros problème, la United Way, le fait que dans « frigo » le G ne se prononce pas comme dans « réfrigérateur », de fait et en fait, coton et lin, capucines, le fait que je ne dirai jamais aux enfants que je confonds de fait et en fait et j'espère juste qu'ils n'ont pas le même problème et me demanderont de l'aide, effectif, affectif, affection, soustraction, obstruction à la justice, le fait que Trump passe son temps à entraver, crosses de fougère, écosser les petits pois, conserves maison, le fait que quelqu'un devrait vraiment s'attaquer à ce problème, le régler une bonne fois pour toutes, je veux parler de de fait et d'en fait, pas d'entrave à la justice, le fait que ça peut aller quand on ne fait que parler, parce que personne ne peut savoir que vous confondez de fait et en fait, concours d'orthographe, concours de capitonnage, de crochet, arbre généalogique, Maman, ♫ *non mais quelle peste !* ♫, le fait que le Sénat pourrait décider qu'à partir de maintenant on dira « de fait », et jamais « en fait », et qu'on laissera tomber complètement « en fait », qu'on n'en parle plus, *Mirage de la vie*, S'élever en Gravissant, le fait qu'Abby était une vraie fée du logis, alors que moi je suis nulle, une empotée, « Divorcée, fauchée et négligée », le fait qu'elle était tellement soigneuse que même son grenier et sa cave étaient bien rangés, ce qui me paraît presque anormal, mais plutôt chouette, bien sûr, le fait que j'adorais l'odeur de vieux sapin dans son grenier, tsunami, ouragan, croquettes de pdt, vents rectilignes, cyclone, le fait qu'elle serait horrifiée par notre grenier, Alec Baldwin, mais je ne sais pas, les greniers et les caves semblent appeler le désordre, je trouve, et ce n'est pas bien de les contrarier, vieux objets, vieux papiers, paperasse, le fait qu'un grenier est mieux adapté à la chasse aux bonbons s'il est en désordre, le fait qu'Abby avait les coudées franches, ça oui, mal aux hanches, chancre, mouche, bouton, chère Abby, « Chère Abby », beurre d'arachide, petit pot de beurre, ♫ *roule la galette* ♫, remorque, orque, ces pauvres petites tortues d'eau douce, le fait qu'on a encore toute la camelote de Tante Sophie, qu'elle a laissée aux parents de Leo, le fait que je ne devrais pas parler de camelote, un peu de respect ne fait pas de mal, « un pet vaginal », non mais pourquoi, pourquoi est-ce que, mon Dieu, s'épiler la raie des fesses, non mais, qu'est-ce qui m'arrive aujourd'hui, le fait qu'on a récupéré tout ça, Dans La Famille Depuis 1946, comme la commode d'angle en cerisier de Tante Sophie, le rocking-chair, la vieille pendule, la chaise à dossier haut avec les jolis tiroirs sur le côté, la chaise haute en rotin qui est maintenant trop petite pour Jake, toutes ces porcelaines de Bavière, les tapis, pas aussi beaux que ceux d'Abby, les armes, les moules à balles, les moules à bougies, la tête d'élan qui fait peur aux enfants à Halloween, et la vieille baratte à beurre de Tante Sophie, une écumoire à crème ornée, le fait que je pense qu'il y a quelques vieux jouets amish dans l'une des malles, tous très fragiles, et puis il y a le joug, le fait qu'on a les parents de Tante Sophie dans notre chambre, leur photo dans un cadre, pas les parents, et le médaillon avec le trèfle à quatre feuilles dedans, le fait qu'il est dans ma boîte à bijoux avec la montre à pendentif de Tante Sophie durement gagnée, commémorant quarante ans de parties de bridge à son club, le fait que c'est une étrange chaîne épaisse et carrée en or, le fait que les seules choses dont on s'est débarrassés dans la foulée ce sont les armes, le fait que Tante Sophie avait une carabine et un fusil de chasse, et des moules à balles, et même si c'étaient des antiquités ou je ne sais quoi on n'en voulait pas chez nous, même si quelqu'un les démilitarise ou je ne sais quoi, bref ce qu'ils font avec les armes anciennes pour qu'on ne puisse plus s'en servir, le fait que je pense qu'ils remplissent le canon avec du ciment ou un truc du genre, L'Auteur Du Crime Était Lourdement Armé, le fait que les enfants finiraient par les trouver et jouer avec un jour ou l'autre, le fait qu'ils essaient parfois de s'amuser avec le joug, mais ça c'est pas grave, le fait que s'ils veulent jouer aux bœufs, c'est leur problème, mais pas aux cow-boys et aux Indiens avec de vraies armes anciennes, pitié, le fait qu'Abby faisait son ménage tous les matins dans un ordre précis, le fait qu'elle avait minuté chaque tâche de sorte qu'elle savait exactement ce qu'elle devait faire et quand, et c'est une des raisons pour lesquelles c'était si agréable d'aller là-bas, le fait qu'elle s'acquittait de toutes ses tâches matinales puis on avait droit à un sandwich et après on faisait la vaisselle, et ensuite elle préparait le souper, pour Hoag quand il rentrerait, et après il y avait toujours du temps pour papoter, jusqu'à 17 heures, et c'était l'heure de l'apéro, le fait qu'on buvait alors un verre et on papotait encore un peu, le fait qu'on prenait d'habitude un Canadian Club et ginger ale, soigneusement dosé par Abby, moins soigneusement par moi, ou alors un Scotch et soda, le fait que j'ai bu mes premiers Scotch et soda chez Abby quand j'avais dix-neuf ans, le fait que chez Mo's ils appelaient l'eau de Seltz du « jus de ballon », le fait qu'Abby n'était pas très à l'aise avec les cocktails, le fait qu'elle préférait que ça soit moi qui prépare les boissons, le fait que Hoag et elle aimaient bien boire un verre de temps en temps, disons une vodka-orange le 1er Mai peut-être, mais en général ils ne prenaient pas d'apéro sauf s'il y avait des invités, du coup ces énormes bonbonnes d'alcool trônaient pendant des mois sans qu'on y touche sur son petit meuble en acajou, ♫ *Bois à ma santé, des yeux seulement* ♫, le fait que Maman et Papa buvaient un verre tous les soirs, le fait que l'heure de l'apéro c'était 17 h 30 pour eux, pas 17 heures, le fait que Papa aimait bien manger du fromage et des biscuits apéritifs avec, ou des olives, ou des dips, le fait que Maman préférait un petit bol de chips, le fait que Leo est rarement rentré à temps pour un petit verre avant le repas, ce qui fait que je n'en prends pas, ♫ *Et je ne demanderai pas de vin* ♫, le fait que Maman et Papa nous chantaient toujours « Bois à ma santé, des yeux seulement » quand on était petits, comme berceuse, « côtelettes de p. », le fait que maintenant les gens seraient sûrement effrayés et diraient que c'est mal de parler d'alcool devant des enfants, même si la chanson parle en fait de promettre de *ne pas* en prendre, le fait qu'ils chantaient souvent aussi « Aide-moi à rentrer chez moi », mais Maman remplaçait toujours le « J'ai pris un p'tit verre y a une heure », par « J'ai pris un café y a une heure », ♫ *Et ça m'a fait tourner la tête* ♫, donc *en fait* c'étaient des parents responsables, le fait que ce type, là, Anthony, changeait toujours la phrase en ♫ *Laisse-moi rentrer chez moi, je suis lasse et veux me reposer* ♫, le fait que je chante encore ces mêmes chansons à mes enfants dans la voiture, le fait que parfois il faut juste se fier à son instinct et faire les choses comme les faisaient votre mère et votre père, Coco Pops, Trois Étapes Faciles Pour, le fait qu'un jour quelqu'un a traité Maman d'alcoolique parce qu'elle prenait un whiskey-soda tous les soirs, ce qui était vraiment stupide, le fait que Maman a toujours été abstème, le fait qu'elle était l'essence de l'abstémiosité, un whiskey-soda le soir et c'est tout, jamais d'excès, le fait que c'est son *père* qui était alcoolique, pas Maman, abstémiosité, abstémiose fossilifère, le fait qu'on dirait une maladie, un peu comme halitose, symbiose, osmose, hôtesse digne d'une altesse, le fait que Maman n'a jamais été accro à *quoi que ce soit*, sauf peut-être au solitaire, mais ça ne risque pas de vous abîmer la santé, si seulement ils l'avaient laissée tranquille avec ça, et bon, d'accord, *fumer*, le fait que c'était peut-être son seul vice, et même après être tombée malade elle a continué de fumer, le fait qu'elle a fumé jusqu'au bout, le fait qu'ils sont morts tous les deux trop jeunes, première ligne, lutte contre le cancer, Mohawk Valley 4-H Club, le fait que je ferais mieux de penser à mes *canapés*, Irma Rombauer, le fait qu'elle a parfois d'excellentes idées, le fait que je ne crois pas que des bâtonnets de crevettes avec un peu de *concombre* au bout vont faire l'affaire, pas pour les collègues de Leo, même à Newcomerstown où ils ne vont pas s'attendre à grand-chose, haute cuisine, grand orchestre, standing ovation, le fait que des feuilles d'artichaut avec un peu de mayo et une crevette ça me semble mieux, mais je n'ai pas trop envie que les gens écrasent des feuilles d'artichaut sur le tapis, le fait qu'Irma Rombauer était originaire de Cincinnati, le fait qu'elle conseille de faire bouillir des jeunes tiges de céleri dans du bouillon de poule puis on les pose sur des feuilles de laitue braisées, et ensuite, bon après j'ai oublié mais c'est le genre de truc qui vous glisse des doigts à une soirée, le fait qu'elle a l'air de penser que tant que vous décorez tout avec un peu de mayo ça fera l'affaire, le fait qu'elle misait tout sur la mayo, le fait que la mayo enlève la *colle*, le fait que ça y est je l'ai retrouvée, sa recette aux crevettes, et elle veut que vous disposiez six ou huit crevettes glacées sur les tiges de céleri, 6 ou 8, Œufs à la Diable en Gelée, ailes de poulet, tarama, Qu'Arrive-T-Il À Votre Corps Quand Vous Mangez Des Œufs, le fait que je n'ai trouvé aucune recette intéressante même *en ligne*, le fait que c'est toujours emmental et roulés au jambon, courge à la ricotta, crostinis au pecorino et à l'orange, araignées au fromage, pics de salade, Croustibilles nappées de chocolat, Croustibilles, le fait que les Croustibilles c'est pour les *enfants*, le fait que ce qu'il y a de mieux dans les cocktail parties c'est quand elles sont finies et qu'on peut enfin se poser chez soi et se détendre, le fait que je me cache toujours derrière les hors-d'œuvre pendant nos soirées, ou les boissons, le fait que si vous vous agitez suffisamment vous n'êtes pas obligé de parler aux gens, le fait que c'est *Leo* qui aime parler aux gens, le fait que mais d'où venait ce petit flamant rose avec des bottes bleues, peut-être un jouet Cracker Jack, hors-d'œuvre, canapés, le fait que l'alcool est mauvais pour la santé, même un petit verre de vin, mais le chocolat ça va, comme je le rappelle à mes clients, frelons, guêpes, guêtres, le fait que la plupart des gens qu'on croise sont accros au chocolat, le fait que c'est sans doute pire que l'épidémie d'opioïdes, mais pas aussi dangereux, hydrangea, le fait que le chocolat contient de la caféine, le fait que je viens juste de le découvrir, Une Serveuse Reçoit Un Pourboire De 1 000 $ Parce Qu'Elle Croit En Dieu, le fait que *je suis* accro aux puzzles en ligne et que j'aimerais bien en faire un maintenant plutôt qu'une centaine de roulés à la cannelle, le fait que les gens ne se rendent pas compte du boulot que c'est de faire des roulés à la cannelle, et je ne pourrais pas en faire sans ma machine à pétrir rouge pompier, le fait que sans elle je serais perdue, *perdue*, le fait que je pourrais peut-être en faire avec un mixeur d'une autre couleur, mais que je ne pourrais sûrement pas faire autant de pâte sans pétrisseuse, et ça ne serait sûrement pas aussi drôle si elle n'était pas rouge pompier, Rosa la Rouge, le fait que rien que de la voir ça me rend heureuse parfois, le fait que je parie que mon mixeur est rentabilisé à présent, enfin en tout cas je l'espère, le fait que ces trucs sont tellement chers, le fait que certains coûtent des milliers de dollars, le fait que même les lampadaires coûtent des milliers de dollars ces jours-ci, pommes d'amour, le fait que tout le monde semble avoir un salaire à six chiffres et être prêt à dépenser des milliers de dollars pour un lampadaire mais pas moi, le fait que je touchais le salaire minimum quand je travaillais chez Mo's mais maintenant il y a des serveuses à New York qui ont des salaires à six chiffres, et c'est avant les pourboires de mille dollars, réduction des impôts, le fait que j'espère que les serveurs du Washington Square Diner se font plein de fric eux aussi, le fait que c'est notre restau, le fait que Washington Square est romantique sous la neige, le fait qu'il est temps que j'aille voir les poules, le fait que ce qui est génial dans les puzzles en ligne c'est que chaque pièce est dans le bon sens, dès le début, comme ça c'est plus facile de savoir où elle va, et aussi vous ne vous retrouvez jamais avec une pièce en moins à la fin, ce qui est un calvaire, dans le fruit le ver, Come-Back Imminent De L'Enfant Star, enfant star, puzzle de nuages bleu et blanc, le fait que la première fois que j'ai mangé une fondue c'était chez une amie quelque part dans le centre d'Evanston, le fait qu'ils étaient peut-être riches, bref, après cette fondue j'ai toujours pensé que ces gens-là savaient vivre, le fait que c'est une autre famille qui m'a appris à manger les avocats, le fait qu'ils n'étaient pas riches du tout mais eux aussi savaient vivre, enfin j'ai trouvé, le fait que je dormais souvent chez eux, Melanie, le fait que ça me rend dingue, une pièce manquante dans un puzzle, je veux dire, le fait que j'ai vraiment apprécié cette fondue, et je n'en ai jamais mangé d'aussi bonne depuis, le fait que la plupart des fondues sont au fromage mais celle-ci était une sorte de sauce au vin fluide et foncée ou je ne sais quoi, dans laquelle on trempait des petits morceaux de viande, le fait que je devrais faire de la fondue aux enfants un de ces jours, parce que c'est sympa de faire des petits plats, sauf quand vous cuisinez toute la journée, bien sûr, le fait que dans certains restaus on vous laisse préparer votre repas vous-même, ou assembler votre sandwich, le fait que je trouve que tant qu'à faire autant rester chez soi, feuilleté fromage-pdt, plateau de fromages, soupe aux palourdes, crackers au fromage, Irma Rombauer, cookies aux céréales et aux raisins secs, boulettes de viande sur des pics, mini hot-dogs, le fait qu'une vieille femme de quatre-vingt-huit ans s'est fait agresser dans son lit, et qu'elle a dû *ramper* jusque chez son voisin pour qu'on la secoure, tortues d'eau douce, le fait que les écrevisses ont envahi un parc à Berlin, mais qu'est-ce que ça peut me faire, le fait que *deux* de nos robinets ont besoin d'un nouveau joint, le fait que celui de la salle de bains du haut est HS depuis un moment, NE PAS UTILISER, le fait que Jake ne peut pas déchiffrer ces mots mais de toute façon il est trop petit pour se servir de ce lavabo, le fait qu'Arnie Tulip ne se déplacera jamais pour une si petite réparation, le fait que c'est pareil pour le type des fenêtres, Mike Machinchose, bref, le fait que c'est davantage un charpentier qu'un type spécialisé dans les fenêtres, ♫ *There's no business like show business like no business I know* ♫, le fait que j'ai essayé de faire venir Arnie en lui disant qu'il pourrait vérifier également nos *tuyaux d'écoulement*, et le robinet des poules, mais ça n'a pas eu l'air d'arrondir les angles, Mr Muscle, le Géant Vert, le fait que Leo saurait sûrement changer un joint s'il avait le temps, Des Moments À Vous Faire Fondre, mais il ne le fait pas, et pendant des semaines il a dû se raser dans la salle de bains des enfants, où l'eau chaude coule très bien mais le lavabo est tout petit et très bas, sur son trente et un, manchon à joint, le manchot que poursuit Harrison Ford, Traitement Anticernes, moineaux, étourneaux, tapis de sol, four à gril d'Abby, KSC, DCCC, CC&G, Détachant Express Shockwave, Autoroute 1, la ligne B, le fait que nos fenêtres sont en sale état, salaison, en toute saison, m'en a tout l'air pépère, le fait que j'ai l'impression que celles de la cuisine risquent de tomber au moindre coup de vent, surtout celle-ci, aïe, toucher du bois, croiser les doigts, se tourner les pouces, le fait qu'elle ne ferme plus correctement, pattes de lapin en porte-clés, ce gosse en fauteuil roulant pneumatique, 750 mètres carrés, 35 arpents, Une Femme Incarcérée Pendant Dix Ans, le fait qu'un cambrioleur pourrait la dégonder et se glisser à l'intérieur en une seconde, mais heureusement ça ne se voit pas de l'extérieur, et ils n'essaieraient probablement pas en plein hiver, le fait que ça ne doit pas être drôle de cambrioler les gens en plein hiver, à but non lucratif, iFlip4, le fait que certaines personnes vivent dans des maisons sans chauffage, ici même dans l'Ohio, des gens malades avec des enfants et tout, le fait que cette militante de Black Lives Matter s'est fait tabasser par son petit ami, le fait qu'elle était enceinte et qu'il l'a tabassée pour qu'elle perde le bébé, le fait qu'il lui a fait avaler des laxatifs, en lui disant que c'était de l'*acide*, le fait que les gens se font entre eux des trucs pas possibles, antitussif, peste bubonique, lèpre, lapereau, pro, prodiges, tiges de céleri, sauce au petit-suisse, horloge coucou, vieille pendule, horloge de grand-père, horloge de grand-mère,

Mamie, le fait que remplacer une fenêtre entière nous coûterait environ mille dollars, et qu'on n'a *pas* mille dollars à dépenser, saisie, longue distance, chaise longue, Charles River, canot, brins de paille tressés, le fait qu'on est fauchés parce que j'ai eu le cancer, le fait que ça nous a brisés, fauchés, le fait que je ne devrais pas dire ça, parce qu'on va bien, je vais bien et suis en train de faire des tonnes de roulés à la cannelle mais, sciatique, hanche, Advil, calmants, mutuelle de Leo, le fait que Phoebe nous a bien aidés et qu'on ne pourra jamais la rembourser, et Jake a eu sa phase la plus choupine et j'ai *raté* ça, « T'as raté le match, Oscar, tu l'as raté ! », et ça fait mal, Land O'Lakes, Sealtest, kif-kif, Jake qui mange des croquettes pour chat, raisins secs, pâtes alphabet, couches, donuts, honnête, le fait que des croquettes venues de Chine ont causé la mort de tas de chiens et de chats en Amérique, il y a longtemps, mais c'était bien avant que Jake s'intéresse aux croquettes pour chat, heureusement, le fait que rien que la semaine dernière ils ont dû rappeler des friandises pour chien chinoises, le fait qu'elles n'étaient pas *létales*, ou fatales, fausse, boss, cheik, imam, pharaon, Cléopâtre, le Sphinx, asphyxie, le fait que ça a juste rendu des chiens malades, le fait qu'un chien ne devrait pas *mourir* en mangeant, un chien mange de tout, ça c'est clair, ni en mangeant des croquettes non plus, des croquettes pour chien, raquette, raclette, fromage à fondue, le fait que ça semble vraiment injuste, « Tu l'as dit bouffi », assurance, retraite, engageant, engagement, BLM, le fait que les enfants disent toujours que c'est injuste, le fait que c'est leur devise, leur mantra, fondue, le fait qu'on ne sait jamais ce qu'il y a dans les croquettes, on est censé faire confiance aux fabricants, le fait que les usines de croquettes doivent dégager une sacrée odeur, je suis sûre, *Bouillonne, bouillonne, touille et trouble*, Iago, le fait que Leo dit qu'il ne pense jamais à Shakespeare, le fait que Shakespeare ne lui traverse jamais l'esprit, le fait que les croquettes pour chat qu'on prend sont *américaines*, mais de toute façon Jake ne mange plus que des SpaghettiO, « Ne dénoyautez jamais les quetsches », et je ne sais pas quoi faire, son obsession pour les SpaghettiO, le fait que je n'ai pas lu tous les livres que je veux lire, pas même la moitié, le fait que ça ne prend pas *si* longtemps que ça de lire un livre alors pourquoi je n'y arrive pas, sauf que les enfants m'interrompent toujours quand j'essaie de lire quelque chose, le fait que même le chat m'interrompt, le fait que la dernière chose que j'ai lue c'était un livre sur les amish et combien ils ont été remarquables lors du massacre de Nickel Mines, le fait que cette abomination *était* vraiment « injuste », le fait que ces enfants n'ont pas été simplement blessés et tués mais terriblement effrayés, le fait que Fred, le mari de Tante Sophia, n'a jamais aimé les amish à cause de leur pacifisme pendant la Première Guerre mondiale, le fait qu'il avait été gazé et que ça l'a dégoûté pour de bon du pacifisme, le fait qu'on pourrait penser qu'avoir connu une guerre aurait l'effet *inverse*, de fait, en fait, le fait qu'il a vécu encore vingt-cinq ans après avoir été gazé mais les effets secondaires ont fini par le tuer, et il est mort d'une maladie liée aux gaz neurotoxiques, le fait qu'après sa mort leurs voisins amish se sont *pliés en quatre* pour Tante Sophia, le fait qu'ils lui ont apporté à manger, lui ont installé des doubles fenêtres, ils l'aidaient dans le jardin, tondaient sa pelouse, amish, chiche, disette, opérette, opération, opérationnel, sensationnel, le fait que c'est en tout cas ce que disait la mère de Leo, que les amish s'étaient pliés en quatre pour Tante Sophia, et que grâce à eux Tante Sophia a pu rester chez elle jusqu'à la fin, et chaque fois que sa machine à laver tombait en panne ils accouraient pour la dépanner, traversaient les champs en courant, le fait que les amish savaient réparer n'importe quelle sorte de machine, même si eux-mêmes n'utilisaient jamais le moindre appareil, le fait que Tante Sophia a pu vivre seule pendant des années, jusqu'au jour où ses cheveux ont pris feu, *au feu les pompiers, v'là la maison qui brûle*, le fait que c'est juste horrible, le fait qu'elle essayait d'allumer le poêle à bois, comme elle le faisait tous les matins, mais elle avait oublié d'attacher ses cheveux et ils ont pris feu au contact des braises et en quelques secondes elle était en feu, le fait qu'elle a couru sous le porche et appelé à l'aide, mais il était déjà trop tard et personne n'a pu la sauver, le fait qu'elle est morte le jour même, comme l'épouse de Longfellow, concours de beauté, réunion trimestrielle, Croc Blocks Road, Equestria, Fluttershy, Sugar Belle, le livre sur le médecin amish, le fait que maintenant que Jake passe la moitié de la journée à la garderie je pourrais sûrement lire plus, sauf que je suis toujours en retard sur tout, beurre doux, moutarde, mayonnaise, coleslaw, sauce barbecue, faire des tartes, parler de mes tartes, livrer des tartes, le fait qu'une femme qui semblait avoir la maladie de Crohn depuis six ans avait en fait un sachet de ketchup Heinz dans le corps quelque part, le fait qu'une autre femme est restée pendant six mois avec une paillette dans l'œil, qui avait sauté d'une carte de Noël quand elle l'avait ouverte, le fait que les deux femmes vont bien maintenant, Un Singe Éploré Adopte Une Poule, le fait que je dois m'attaquer à la montagne, tumulus, Miamisburg Mound, Serpent Mound, le fait que cette montagne de chemises, draps et serviettes surgit toujours dans mon champ de vision, quand je suis en train de faire des tartes, et ça me met mal à l'aise, mais comment voulez-vous repasser alors que vous êtes en train de pétrir de la pâte ou de faire du caramel, Grave Mound, le fait que je suppose que je pourrais au moins les plier, le fait que le désordre dérange les gens, le fait que la réaction dégoûtée de Nanya est la première chose que j'ai aimée chez elle, le fait qu'elle a une façon très jolie de tordre le nez, le fait que j'ai essayé de l'imiter pendant un temps mais je crois que j'effrayais les gens alors j'ai arrêté, le fait que j'ai offert à Leo deux livres pour son anniversaire et qu'il les a lus tous les deux en une semaine, le fait que l'un d'eux parlait de ce bateau, le *Bourgogne*, quand l'équipage a donné des coups de pied et de couteau aux passagers pour pouvoir monter sur les canots de sauvetage, le fait que trois cents femmes ont péri noyées, et qu'une seule a survécu, le fait que De Scott Evans était à bord avec ses trois filles, et qu'ils sont tous morts aussi, le fait que De Scott Evans peignait des natures mortes en trompe-l'œil, avant que tout ça arrive, Trump-l'œil, Trump trompe, le fait qu'il a réalisé un magnifique portrait d'un chat coincé dans une caisse de transport, De Scott Evans, pas

Trump, le fait qu'aucun enfant n'a survécu au naufrage, alors que de nombreux enfants ont survécu à celui du *Titanic*, qui s'est produit quelques années plus tard, le fait qu'à mon avis l'équipage du *Titanic* s'est mieux comporté, le fait que les hommes d'équipage du *Bourgogne* sont devenus des *monstres*, le fait qu'un des membres d'équipage qui a aidé des femmes et des enfants à monter dans les canots du *Titanic* a pris part plus tard à l'évacuation de Dunkerque, le fait qu'il a sauvé des tas de gens avec son petit bateau, et avant ça il avait été cow-boy et ensuite vagabond du rail, quetsches dénoyautées, beautés noyées, « En vain ai-je lutté », le fait que quand Elizabeth annonce à sa mère qu'elle va épouser Darcy, Mrs Bennet en reste *sans voix*, pour une fois dans sa vie, sifflet coupé, et c'est drôle, le fait que peut-être des mini croque-monsieur feraient l'affaire, et des croque-madame, ou des biscuits au gouda, ou alors je pourrais juste servir des crevettes avec une sauce piquante et c'est tout, avec du raifort dedans, le fait que tout le monde aime ça, le fait qu'un jour j'ai préparé des sushis maison qui ont épaté les gens, le fait que je ne sais pas trop si c'était bon ou mauvais, un succès ou un échec, le fait que je crois avoir mis trop de wasabi, le fait que comment Papy a-t-il *pu* dire ça à Maman, quand elle a publié son premier et unique livre, « Ce livre sera soit un succès soit un échec », six ans et six mois, le fait que c'est le temps pendant lequel cette femme a dû vivre avec un sachet de ketchup dans le ventre, six ans, opération mini-invasive, le fait que des wontons frits ça serait trop difficile, je veux dire comme canapés, pas en chirurgie mini-invasive, le fait que les chirurgiens ont si ça se trouve souvent affaire à des wontons frits, jeu d'enfant, nombril, nombreux, dans l'ombre, Ce Que Les Scientifiques Ont Trouvé Au Fond De L'Océan, le fait que je crois qu'on devrait faire simple, le fait que je ne suis pas censée faire étalage de mes talents dans ce domaine, simplement veiller à ce que les gens passent un bon moment, le fait qu'on pourrait servir des biscuits aux foies de volaille et des galettes de pommes de terre, non, des blinis peut-être, et des mini-beignets au maïs, Comparez Les Prix, Open House, groupes armés, Ces Articles

En Ligne Qui Font Peur, le fait que j'aimerais échapper à ces soirées, pollution à Gaza, La Tragédie D'Une Mère Sans Passeport, le fait qu'il neige de nouveau, et Jake a raté le camion de sablage jaune, le fait qu'on sort tout juste de la dernière tempête de neige et en voilà une autre, le fait que Fanny Trollope dit que tout est « colossal » en Amérique, tout est « *fortissimo* », et je commence à me dire qu'elle a raison, le fait qu'on a des hivers beaucoup plus froids à présent, et des étés beaucoup plus chauds aussi, avec beaucoup plus de, aaÏÏÏe, d'insectes, plus d'insectes, le fait que, bon sang de bonsoir, ce petit camion jaune m'a encore eue, oh, *aïe*, boîte, coite, roide, bien moite, oh non pitié, le fait que j'étais en train de me dire que Jake aurait adoré voir le camion de sablage quand j'ai marché sur son petit camion jaune, bien fait pour moi, lumières orange qui clignotent, tempête de neige, tornade, 2012, sabord, sable, dunes de sable, *bon sang* ça m'a fait mal, nom d'un chien, même à travers mon *chausson*, le fait que Jake adore les camions jaunes avec des lumières orange qui clignotent, bon, tous les enfants aiment les lumières qui clignotent, que ce soit des feux d'artifice ou des cierges magiques ou des guirlandes de Noël ou les lumières la nuit, nuit de Noël, ennui mortel, ou juste les écrans d'ordinateur, dépendance, épidémie d'opioïdes, marche contre le cancer, jeux d'ordinateur, le fait que les chiens semblent tous avoir maintenant des lumières sur leur collier, et j'aime les regarder courir la nuit, le fait que la seule chose qu'on voit c'est la petite lumière qui monte et descend dans l'obscurité, le fait que je ne sais pas si les aurores boréales intéressent tant que ça les enfants, ou les étoiles filantes, le fait que c'est vraiment dommage qu'il ait raté ça, le camion de sablage, pas les étoiles filantes, et de toute façon il n'y a pas d'étoiles filantes, pour autant que je sache, et d'ailleurs on n'aurait pas pu en voir avec toute cette neige, le fait que ce que Jake aime vraiment ce sont les grues sur chenilles avec flèches en treillis, le fait qu'il est aux anges quand il peut en voir une, le fait qu'il est temps d'aller les réveiller, grand temps, tant pis, mais c'est tellement calme sans eux dans les pattes, le fait qu'il a été gazé pendant la guerre, Fred je veux dire, le fait que, doux Jésus, on doit avoir le cœur qui se serre quand on découvre qu'on a été gazé, gaz lacrymo, le fait que le réveil de Stacy vient de sonner et donc ils vont bientôt descendre, le fait que j'aurais dû sortir les poubelles dans l'allée hier soir mais je ne l'ai pas fait à cause de mon dos, le fait que, oh et puis zut, les éboueurs ne passeront probablement pas aujourd'hui vu que *eux aussi* ont mal au dos, ou à cause de la neige, *Ils disent que la poule pond*, le fait que je n'aime pas manier la pelle et que le facteur n'est pas toujours très satisfait de mon travail, le fait que je ne peux pas lui en vouloir, le fait que je n'en suis pas très satisfaite non plus, le fait que quand ça monte à plus de soixante centimètres il faut une souffleuse, le fait qu'on a à présent un service de déneigement, mais eux non plus n'aiment pas manier la pelle, le fait que ces types ne viennent jamais quand on a besoin d'eux, tunnels de neige, le fait que j'ai toujours peur que Leo fasse une crise cardiaque en déblayant la neige un jour, comme ça a l'air d'arriver à tous les Américains au grand cœur, le fait qu'après la mort de Hoag le voisin d'Abby s'est occupé de déblayer son allée, jusqu'au jour où il a fait une crise cardiaque en essayant de déblayer sa propre allée après une tempête de neige, le fait qu'il a survécu, mais il a arrêté de déblayer, il est tombé en avant, le fait que chaque fois que le temps change, les crises cardiaques et les accidents de voiture augmentent brièvement, ST, DST, le fait que je trouve que c'est dangereux, Un Chien Repêché Dans Un Fleuve Gelé, neige par effet de lac, le fait que trois cents femmes se sont noyées et qu'une seule a été sauvée, le *Bourgogne*, le fait que je me demande ce qu'*elle* est devenue, après ça, le fait que les types du service de déneigement nous ont oubliés pendant des semaines l'an dernier et que j'ai dû m'en occuper, un bon mètre de neige, le fait que le *Bourgogne* n'était pas très loin de l'île de Sable mais ça n'a rien changé, le fait que l'épave se trouve près des Grands Bancs, *En pleine tempête*, le fait que ce n'était pas une tempête, c'est un autre bateau qui les a éperonnés en plein brouillard, front, chasse, Projet Grinch Dust, croissants, gâteau à la noisette, yeux noisette, noisette de sorcière, chasse aux sorcières, casse-noisettes, noix de muscade, le fait que Jeff Bridges commande un gâteau aux noisettes dans *Manipulations*, Captain Wentworth, bridges, dentiste, le fait qu'il essaie toujours de prendre en défaut les cuisines de la Maison-Blanche mais ils ont toujours ce qu'il veut, même des sandwiches au requin, le fait que la seule chose qu'ils n'ont pas au final c'est du munster, le fait que le problème c'était que tous les gens du quartier avaient besoin qu'on déneige leur trottoir en même temps, mais on aurait pu penser qu'ils prévoiraient le coup et embaucheraient plus de types, le fait qu'au moins on nous a remboursés, mais on aurait préféré qu'ils déneigent devant chez *nous*, bon sang, le fait qu'autrefois des gamins du voisinage déblayaient votre porche, ou ratissaient les feuilles mortes, pour se faire un peu d'argent de poche, Prochainement Sur Vos Écrans, un pas en arrière, Comment Le Yoga Nu M'A Aidé, nouveaux produits locaux, tiges d'ancrage, tympans, le fait que de nos jours quand les adolescents ont besoin d'argent ils vont juste bosser dans un KFC ou chez Hardees ou Pizza Hut ou Dunkin' Donuts, un endroit où ils peuvent rester au chaud et parler à leurs potes toute la soirée, même si c'est ni plus ni moins de l'esclavage, le fait qu'au moins on ne vous frappe pas, manœuvrer un chasse-neige, Louisa May Alcott, joues roses, le fait qu'un éléphanteau est né dans un zoo le jour de Noël, un poney pie, un hongre, My Little Pony, Night Glider, Double Diamond, monter dans un howdah, Gillian imitant l'éléphant, Miley Cyrus Refuse, le fait que les adolescents ne livrent plus non plus les journaux, le fait qu'ils laissent les vieux le faire, en voiture, pas à vélo, inhalateur, sac amniotique, fluide, doulas, ♫ *J'ai perdu la boule à cause d'une poule* ♫, Gekelmukpechunk, Coshochgunk, le fait que je me trompe peut-être complètement, et que les vieux sont en fait les mêmes petits vendeurs de journaux qui n'ont jamais trouvé d'autre job ou demandé de promotion, le fait qu'ils ont continué de livrer le journal pendant soixante-dix ou quatre-vingts ans, Interstate 70, le fait que c'est très triste de voir des vieilles personnes continuer de travailler jusqu'à ce qu'elles tombent, mais elles sont sans doute obligées de faire ça pour payer leurs soins médicaux, le fait qu'allez savoir, si ça se trouve elles *aiment* ce boulot, le fait que des tas de jeunes gens n'ont plus les moyens d'acheter une maison, ni même de payer un loyer, le fait qu'ils vivent dans leur voiture, mais comment font-ils quand ils ont besoin de, de, d'aller aux toilettes, ah, activité, le fait que je viens d'entendre une porte claquer, oh les voilà, qui me parlent tous en même temps, le fait que chaque matin je dois survivre à ce chaos, *Un Million clefs en main*, le fait que Cary Grant et Myrna Loy sont des « troglodytes modernes » parce qu'ils vivent dans un appartement à Manhattan, le fait qu'on croirait qu'on parle de macareux ou je ne sais quoi, vivre dans des canyons, le fait que Gillian a perdu ses devoirs, une fois de plus, le fait qu'ils me traitent comme Rex le Robot qui parle et qui marche, le fait qu'ils n'ont pas de respect, le fait que cette maison est devenue incontrôlable, aïe, et maintenant Stacy me fait les gros yeux, le fait que j'ignore quelle bourde j'ai encore commise, le fait que mon *pantalon de jogging* l'agace, allons bon, le fait que je ne sais jamais quoi mettre et que ça énerve Stacy, le fait qu'elle a sans doute raison mais, bon sang, j'essaie juste d'être pragmatique, le fait que je ne vais pas me faire belle pour caraméliser des pommes, le fait que je m'habille n'importe comment, le fait que je ne fais pas d'effort de ce côté-là, côté vêtements, le fait que je suis partagée entre être à l'aise et être présentable, déchirée, le fait que la moitié de mes fringues sont déchirées aussi, maintenant que j'y pense, mais je les aime bien quand même, le fait que où est passé mon chemisier grec ou mexicain, celui avec les broderies, le fait qu'il était rouge et blanc, circuit pour petites voitures, le fait que je ne suis allée qu'une seule fois sur ce circuit, et c'était avec le père d'un ami, le fait que Papa ne nous emmenait jamais, le fait que ce chemisier était joli, le fait que c'était un vêtement simple, ample, avec des tas de broderies, taré, et très confortable, le fait que c'était juste deux carrés de tissu cousus ensemble en fait, avec des trous pour les bras sur les côtés et un autre pour la tête, Miley, smiley, amas, « Tous sur maman », passer une robe, passer aux aveux, Twister, *Friends*, le fait que je crois que c'était une sorte de poncho, mais en mieux parce qu'il avait des manches, ou tout comme, le fait qu'elle dit que je peux porter mes pulls amples si je mets un jean moulant avec, mais je n'ai pas envie de porter un jean moulant toute la journée, le fait que j'aimais vraiment ce truc, même si ça fait des années que je n'y ai pas pensé, le fait qu'il n'était pas juste informe et flottant et tout, le fait que je trouve qu'il m'allait bien, le fait que je me demande s'il est au grenier, le fait que si c'est le cas, je ne le retrouverai jamais, le fait qu'il est plus probable que Stacy l'a aperçu un jour dans ma penderie et l'a jeté à la poubelle, le fait que c'est le genre de chose qu'elle ferait, le fait qu'elle le fait probablement plus que je ne le crois, parce que mes vêtements disparaissent toujours sans raison, La Vérité Sur L'Alcool, triompher de l'adversité, le fait que maintenant elle veut que je *change de look*, le fait que je crois qu'elle pense que les femmes de cinquante ans passent leur temps à changer de look et à se faire refaire le corps comme à la télé, mais je ne suis pas obsédée par mon apparence, Miss America, misanthropie, mission impossible, le fait que les changements de look sont devenus la norme, arlequin, bouffon, le fait que Trump a traité Melania de « monstre » quand elle était enceinte, et peut-être qu'elle est un monstre, mais il peut parler, ce gros lard, « les attraper par la —— », le fait que l'idée de changer de look me fiche les chocottes, le fait que je suis trop timide pour ce genre de chose, le fait que c'est pareil pour la manucure, sans parler des « personal shoppers », le fait que la première fois que j'ai entendu parler de « personal shoppers » ça m'a horrifiée, le fait que je ne peux pas imaginer plus *atroce* qu'un inconnu qui vous dit quoi porter, hijab, le fait qu'une esthéticienne s'est fait écraser par une cliente qui refusait de payer, le fait que j'ignore comment on peut apprécier ses ongles après avoir tué son esthéticienne, le fait que ce que Stacy ne comprend pas, c'est que je suis une travailleuse manuelle, et l'avantage quand on est une travailleuse manuelle c'est qu'il est inutile de se faire belle pour aller travailler, le fait que j'espère que Stacy n'aura jamais à l'apprendre à ses dépens, changement de look, clôture, code postal, 43832, courses NASCAR, drapé, poupée, Pépé, sous-développé, folklorique, le fait qu'une policière a mené une double vie pendant neuf ans, Le Motel De La Peur, le fait que personne ne sait vraiment ce qu'elle fabriquait, mais tous les policiers ne mènent-ils pas une double vie, disons quand ils ne sont pas en service, Good Cop, Bad Cop, cluster de cancer, le fait que comment vous faites si votre enfant meurt du cancer parce que votre ville est polluée, le fait que l'auteur du livre sur le massacre de Nickel Mines avait l'air de penser que les amish sont juste censés accepter que leur enfant puisse se faire tuer à l'école n'importe quel jour de la semaine, mais aucune mère ne peut accepter ça, c'est impossible, le fait qu'ils doivent être fous, le fait que peu importe à quel point une femme peut être religieuse, le fait qu'on ne peut tout simplement pas *surmonter* ce genre de chose, le fait que ce n'est pas juste ma tenue qui agace Stace, le fait que c'est *tout* ce que je fais, ou ne fais pas, le fait que, bon sang, elle m'espionne en douce, le fait qu'on a presque l'impression qu'elle me scrute toute la journée, toute la sainte journée, sainte-nitouche, pas touche, bouche-à-bouche, mise en bouche, le fait qu'elle semble vraiment épier le moindre de mes mouvements, attendre que je fasse quelque chose qu'elle pourra critiquer, ou alors c'est juste pour être encore plus dégoûtée par moi, le fait qu'elle me rend nerveuse, le fait qu'elle me fiche tellement la trouille que j'ai peur de *toutes* les jeunes femmes maintenant, parce que quand je les regarde je vois une autre mamanphobe potentielle, le fait que je me demande toujours comment elles traitent leur propre mère, le fait que j'évite les jeunes femmes chaque fois que c'est possible, le fait qu'elles me font peur, ça oui, *J'ai froid, si froid aux pieds, mais personne ne le sait*, le fait que l'automne dernier quand j'ai pris la vieille trottinette, afin de pouvoir remorquer Jakey sur la sienne, Stacy nous a foudroyés du regard, le fait que dans ces moments-là j'ai tendance à me marrer, ce qui n'arrange pas les choses, nichoir à martinet, nichoir doré, nichoir hanté, Usher, le fait que je veux des martinets, Dean Martin, ♫ *That's amore* ♫, marlin, les chats d'Hemingway, le fait que pour attirer les martinets vous avez besoin d'un nichoir spécial avec des tas de compartiments séparés qui soient assez profonds pour que les chouettes ne puissent pas attraper les bébés martinets, martyr, partir, et il faut une petite entrée semi-circulaire pour empêcher les moineaux et les étourneaux d'entrer, parce qu'ils mangent les œufs de martinets, Keys de Floride, Un Iguane Retrouvé En Train De Nager Dans L'Océan À Six Kilomètres Des Côtes, le fait que le type qui sauve l'iguane l'appelle mon pote, « tu vas où, mon pote ? tu fais quoi, mon pote ? », le fait que, maintenant que j'y pense, j'ai besoin d'un nichoir à martinets comme d'un trou dans la tête, le fait qu'il faut vérifier les compartiments toutes les semaines, et vous débarrasser des parasites et des nids de moineaux et de je ne sais quoi encore, mites et tiques et cetera, le fait que non merci, très peu pour moi, les vers, précautions, maladies, scarlatine, Scarlatti, Scarlett O'Hara, Tara, O'Hara, terroir, terreur, terrorisme, téraoctet, tétraoctet, ptérodactyle, fractal, fraction, le fait qu'ils étudient les fractions en cinquième ou en quatrième, je ne sais plus, le fait que je dois m'occuper de toute ma marmaille et de mes poules, le fait que je n'ai pas besoin de mites en plus du reste, le fait que je n'ai pas le temps de monter et descendre en permanence un petit immeuble à martinets, le fait que j'aime bien voir ces trucs dans le jardin des autres, le fait qu'un nichoir n'irait pas dans le nôtre, le fait qu'on a trop d'arbres, le fait que les nichoirs doivent être installés dans une clairière large et exposée, et ils doivent être à environ quatre mètres cinquante du sol, sans arbre à proximité, le fait que les martinets viennent jusqu'ici depuis le Brésil, mousse, alors ils méritent vraiment un nichoir digne de ce nom, plantes d'aquarium, le fait que je n'ai même pas le temps de faire pousser des carottes, alors comment je ferais pour m'occuper d'une caravane de martinets migrants, *Envoyez-moi vos fatigués, vos pauvres*, le fait que Ingres et Liszt se connaissaient, le fait que Liszt a l'air horriblement ambitieux, un peu m'as-tu-vu, même, le fait que ça se sent dans sa musique, excentrique, pacotille, *vos rives surpeuplées*, zanahoria, le fait que je me ferais sûrement mal au dos en actionnant la manivelle pour faire descendre mon nichoir à martinets, quetsches, pain et fromage, coing, poire et cannelle, le fait que je n'ai jamais vérifié si les nichoirs *amish* étaient réglables, mais ils le sont sans doute, le fait que je préférerais avoir un nichoir à martinets si on pouvait laisser les martinets se débrouiller tout seuls, le fait qu'en tant que mère vous apprenez à être non interventionniste, à bonne distance, pas bouger, vacances à la maison, le fait que les choses ne sont jamais faciles, le fait qu'un martinet ne fait pas le printemps, c'est l'hirondelle qui s'en charge, le fait qu'un tiens vaut mieux que deux tu l'auras, Laura Ingalls Wilder, tour de table, faire tourner les tables, le fait que les martinets faisaient autrefois leur nid dans des arbres creux mais maintenant qu'on a abattu toutes les forêts, ils semblent avoir vraiment besoin de nichoirs, le fait qu'on leur doit en quelque sorte une solution de remplacement, « Encore quatre ans ! », réfugiés, détenus, camps d'internement pour Japonais, île de Manus, le fait que les oiseaux ont réussi, le fait qu'ils ont la belle vie, le fait qu'ils se lèvent, cherchent à manger autour d'eux, pas besoin de cuisiner, quelques prises de bec, ça vole et ça roucoule, en meute ou seul, non, pas en *meute*, puis la journée s'achève et ils vont se percher, le fait que le froid ne semble pas les déranger, le fait que ça doit être dur pour les oiseaux en cage de regarder des oiseaux libres voler dehors, le fait que Gillian a super bien illustré son exposé sur les mouettes, le fait que où est passé ce truc, mouette, miette, le fait qu'on n'a pas pu le perdre, perdreau, pilaf, génie civil, tribus gullah et tribus geechee, le fait que les Geechee des îles parlent plus vite que les Geechee du continent, le fait qu'ils méprisent un peu les Geechee du continent, le fait que cette Geechee des îles disait « Ils peuvent pas parler plus vite ? On n'a pas toute la journée », le fait que non seulement ils volent, mais ils n'ont jamais à payer d'*impôts*, les oiseaux, hein, pas les Geechee, le fait que les Geechee doivent payer des impôts, de plus en plus d'impôts, île de Sapelo, le fait que ma première voiture était une, était une, le fait que les gens font toute une histoire de leur voiture et des marques de voiture, alors qu'à mes yeux elles se ressemblent toutes, morts à cause d'une crise d'asthme, le fait que les oiseaux sont des reptiles volants, à sang froid, tueur, le fait que les poules ne volent pas mais ce n'est pas grave parce qu'elles ont droit à un poulailler bien chaud, le fait que les poules sont très proches des dinosaures, le fait que, mal au dos ou pas, impôts ou pas, neige ou pas, succès ou échec, je dois livrer ces tartes à qui de droit aujourd'hui, le fait que je ferais mieux de rester ici, bien au chaud, à regarder par la fenêtre la neige sur le toit des Kinkel, le fait que la neige est vraiment bleue en ce moment, et scintille, le fait qu'ils ont une nouvelle salle de bains toute en marbre, et un placard faux vintage dans le couloir en bas, Marie Kondo, taekwondo, mère qui travaille, pancake, le fait que je crois que c'est *moi* qui ai inventé le faux vintage, mais jamais je ne dirais ça à Doreen, le fait que je ne voudrais pas gâcher sa fierté d'avoir un nouveau placard, le fait que je parie que ça coûte cher, le fait qu'elle a payé pour lui donner un aspect usé, Maman, pêches à la crème, massif de lierre, les portions individuelles exactes d'Abby, et une en plus pour avoir des restes, Pourquoi Votre Chien Déteste Votre Téléphone Portable, marijuana thérapeutique, bonbons, le fait qu'il y a un film sur la drogue qui s'appelle *Reefer*, non, c'est *Reefer Madness*, colibris, Leo, Osez Évaluer Votre Personnalité, le fait que la meilleure façon d'accomplir des tâches que vous n'aimez pas, selon moi, c'est de faire comme si ce n'était pas vraiment *vous* qui les faisiez, comme si vous étiez provisoirement dans le corps de quelqu'un d'autre à qui tout ça arrive, stable sauf en cas d'exposition aux flammes, Le Tueur De Veuves Condamné À Perpétuité, carpé avant, godille, natation synchronisée, SURPRISES EN TRAIN DE SE GLISSER, le fait que les gens passent leur temps à penser à ce qui leur plaît, orienter ses pensées, orientation, tentation, le fait que certaines personnes sont plus attachées au passé que moi, le fait qu'Elizabeth Bennet recommande de ne se souvenir que des choses agréables, mais ce n'est pas si facile, le fait que je ne me souviens pas de grand-chose, et tout ce dont je me souviens me rend triste, Revêtement Prévu, attentivité, le fait que ma mémoire est si intermittente que parfois je dis juste aux gens que je vis dans l'Instant, mec, mais ils ne pigent pas toujours, le fait que je ne sais pas ce qu'est l'attentivité, le fait que si vous n'avez pas de mémoire, vous vous faites laminer par ceux qui ont une meilleure mémoire que vous, comme toutes les personnes de ma famille par exemple, *Souvenez-vous souvenez-vous du 5 novembre*, changements de look, Stacy, TV, le fait qu'ils savent que je ne me rappelle rien de rien et qu'ils adorent me taquiner là-dessus, y aller de leurs souvenirs quand ça leur chante, le fait que parfois je me demande vaguement s'ils n'inventent pas, histoire de me battre sur le terrain des souvenirs, le fait que parfois ça semble arriver vraiment à propos, le fait que les enfants adorent me torturer au sujet du passé, quand il n'y a rien d'autre à faire en voiture, disons, ou dans un magasin, ou devant nos amis, le fait qu'ils ont l'air de se dire, allez, moquons-nous de Maman, le fait que Leo dit que lui non plus ne se souvient de rien et que ça doit venir d'un truc dans l'eau, et c'est vrai, il y a quelque chose dans l'eau, des tas de choses, genre nitrates, plomb, mercure, eaux usées, PFOA et PFC et PFA, et des petits pois, probablement du *pipi*, qui vient de Parkersburg, ♫ *Sur les rives de l'Ohio* ♫, mais Leo dit ça par gentillesse, parce que j'avais déjà une mauvaise mémoire bien avant de boire l'eau de Tuscarawas, bien avant de le rencontrer, même s'il est probable que l'eau d'Evanston et de New Haven n'était pas terrible non plus, H_2O, le fait qu'on trouve parfois des poissons morts sur la rive du lac Michigan, nos pauvres tortues d'eau douce, Tumulus Funéraire, Circleville, canards, le fait que je pense que la vraie raison pour laquelle je n'ai pas de mémoire, c'est que je trouve le passé insupportable et donc je l'occulte, le fait que si ça se trouve tout le monde fait pareil, appareil, ♫ *Comptez vos joies, pas vos moutons* ♫, marcassins, le fait que mon passé n'est sans doute pas pire que des tas d'autres, mais je n'arrive pas à y penser sans être contrariée, alors j'essaie de ne pas y penser, le fait que c'est la seule solution que j'ai trouvée pour l'instant, le fait que j'ai toutes ces photos qui moisissent là-haut dans le grenier, le fait que tout le monde numérise ses photos, ou bien les efface, spilogale, vipérine des Canaries de Doreen et Jerry, Scioto River, mais regarder toutes ces photos me paralyse de tristesse, et je n'ai pas vraiment le temps d'être paralysée, de pleurer sur de vieilles photos, la plupart du temps en tout cas, le fait que de toute façon je crois qu'on a tendance à se rappeler trop de choses, sincèrement, la tuerie de Nickel Mines, le naufrage du *Bourgogne*, l'île de Sable, le fait que, après tout, le présent est plus pertinent que le passé, l'Instant, le fait qu'on l'a davantage sous les yeux, PFOA, PTA, ACA, ACLU, DuPont, ponts branlants, ♫ *Le Pont de Londres s'écroule* ♫, la vieille fiche jaunie avec la recette de la sauce barbecue d'Abby, le fait que je me rappelle le discours de Declan Kiberd à Notre Dame, le fait que ça je m'en souviens, et il a dit que les gens *fétichisaient* le passé, en Irlande, le fait qu'il a dit que les Irlandais s'enivraient de souvenirs, comme Hamlet et le spectre, le fait que je ne comprends pas les gens qui ressassent le passé, deviennent tout nostalgiques, le fait que le passé me fait *peur*, le fait que le passé est un berceau moisi, bouffi de regrets, penser à Maman ou à Pepito, ou même à Pierre, ou à Dilly, ou à mon déguisement d'oiseau, au paquet de Marlboro de Phoebe, aux films que je suis allée voir avec Chuck, le fait que je ne vois pas vraiment pourquoi j'occulte tout ça, vu que ce n'est pas si *horrible*, le fait que personne ne m'a jamais flanqué de coup de poêle sur la tête, ni tiré dans le ventre ou balancée d'un avion, avec ou sans parachute, ou volé mon mari, pas encore en tout cas, le fait que c'est juste que c'est *passé*, c'est tout, et que je ne peux rien y faire, alors pourquoi y revenir, Revere Ware, Teflon, fleuve Ohio, Mississippi, le fait que je n'ai jamais été prise dans une avalanche ou dans une guerre, même si j'ai été dans un accident de bus, sur Lake Shore Drive, congères, fémur cassé de Lynn, mais je n'ai rien eu, le fait que je n'ai pas non plus été violée, ou quasi pas, et quand j'ai eu le cancer on m'a guérie, enfin j'espère, alors dans l'ensemble je n'ai pas grand-chose à déplorer ou ressasser, harissa, le fait que, cela dit, le moindre souvenir m'évoque des choses auxquelles je n'ai pas trop envie de penser, Fukushima, le fait que Chuck et moi ne sommes allés au cinéma qu'une seule fois, déchets nucléaires, Nagasaki, le fait que Maman a été très malade, le fait que j'ai dû me servir du lave-vaisselle industriel chez Mo's et nettoyer les toilettes, l'Ohio, la Monongahela, la Cuyahoga, le Potomac, le fait que même les tortues de mer maintenant ont du PFOA dans le corps, baleines beluga, suricates, panier-repas, le fait que le fleuve Ohio était important pour le Chemin de fer clandestin, de même que l'Ohio, le fait que parfois j'oublie les choses agréables, pas juste les mauvaises, et ça rend tristes les autres, comme Leo, mais c'est plus fort que moi, catastrophe, énormité, désastre en mer, bonbons en forme de cœur, mixeur rouge pompier, premiers émois, maïs soufflé, caméra, Opal et Frederick, le fait que j'oublie aussitôt toutes les choses qu'on fait ensemble en famille, les visites en famille au zoo ou toutes les fêtes foraines, fil de soie, soif, le Taft Museum ou notre visite au Mausolée de McKinley, oh, toutes ces marches, le fait que je me les rappelle très bien, punaise, le fait qu'il y en avait plus d'une centaine, avec des tas de gens qui les montaient et les descendaient en haletant, le fait que j'avais peur que quelqu'un fasse une crise cardiaque en montant là-haut, et ç'aurait pu être *moi*, le fait qu'on a du mal à croire que McKinley voulait vraiment un escalier en forme d'épée, ou même une cascade, casse-cou, casse-tête, Cassius Clay, l'aiment chaud, « Bienstock, je devrais vous virer ! », zoo de Chicago, Planétarium, musée des Sciences, musée des Beaux-Arts, le fait que je crois qu'on allait au musée des Sciences le jour où le bus a eu un accident, sans doute le musée des Sciences, avec tous ces boutons à presser, le fait que McKinley et Garfield ont tous deux été abattus pendant leur mandat, statistique, hémostatique, hémisphère, enfermement, harcèlement, le fait que huit présidents différents sont originaires de l'Ohio, McKinley, Garfield, Taft, Ulysses S. Grant et j'ai oublié les autres, Harding, le fait que comme McKinley a été assassiné, pauvre homme, j'ai dû me taper une centaine de marches en plein cagnard, Alaska, Denali, déni, #résiste, le fait que c'était comme Laurel et Hardy au piano, le fait qu'on aurait dû descendre les marches, pas les monter, ho-hisse, le fait que j'ai également oublié les disques de jazz que Leo a passés la veille de notre mariage, et ça le contrarie vraiment, le fait que je ne me souviens pas trop de l'hôtel où on est descendus à Amherst non plus, quand il m'a demandée en mariage, même si je sais que j'ai cassé un verre, de pur bonheur, le fait qu'on a acheté à Stacy un piano miniature dans une brocante le lendemain, le fait que ça je m'en souviens, ♫ *love's old sweet song* ♫, euphorie, sieste, Maman, le fait que je ne me souviens pas trop non plus du motel où on a dormi près des tumulus de Chillicothe, alors que c'était *mon* idée d'aller là-bas, contenants à usage unique, compte unique, le fait que chaque année j'oublie comment faire cuire les asperges et que je dois chercher, et les artichauts, Soirée Restes, le fait que les choses ont tellement meilleur goût quand on a oublié l'effort pour les cuisiner, le fait que c'est comme d'oublier les douleurs liées au travail, ou l'effort qu'implique de peindre une pièce, le fait que le pire c'est le papier peint, le fait qu'avec le papier peint on a vraiment besoin d'un professionnel, le fait qu'on n'a pas envie de voir des bulles et des plis partout, des bosses, des taches, le fait que je m'encollerais sûrement moi-même au mur, le fait que maintenant j'ai oublié pourquoi j'étais venue dans le garde-manger, le fait que je devrais d'abord finir de remplir le lave-vaisselle, le fait que le goût du lait tiède et l'odeur du toast brûlé me rappellent toujours notre première année à Londres, je ne sais pas pourquoi, le fait que bien sûr tout le monde se rappelle des choses différentes de l'enfance, le fait que c'est pour ça qu'on a besoin des frères et des sœurs, pour vous rappeler ce que vous oubliez, ou vous raconter ce qui est arrivé de *leur* point de vue, mais j'ai vraiment l'impression d'être celle qui a le moins de souvenirs, le « bébé de la famille », du coup je ne sers à rien, le fait que Jake a plein de souvenirs, alors qu'il est le plus jeune, le fait qu'il est très fort aussi pour se rappeler ses rêves, comme celui qu'il a fait sur des pancakes en forêt, « Pourquoi est-ce qu'ils portaient des casques ? », nématomorphes, trottinette, Leo m'embrassant dans Orange Street, le fait que quand les gens m'interrogent sur le passé je dois souvent esquiver, eskimo, glaces de chez Mo's, ou changer de sujet, ou juste reconnaître que je ne me rappelle pas ce que tout le monde se rappelle parfaitement, toast brûlé, biscottes, Pepito, le fait qu'avec quatre enfants une mère ne peut pas se souvenir de tous les moments émouvants, ♫ *le savon zon-zon qui a raison* ♫, bien remonté, la supérette de Central Street, le fait que je me souviens des gros condiments aigres qu'on achetait là-bas quand il faisait chaud, assis les jambes croisées, punch hawaïen, gant de boxe, pomme d'amour, pom-pom girls qui souffrent, se serrer les coudes, vivre et laisser vivre, d'une pierre deux coups, le fait qu'à Peolia j'étais même incapable de me rappeler les choses que j'étais censée enseigner à moins de potasser la veille au soir, dézinguer Ulysses S. Grant, l'assassinat de Lincoln, les mercenaires confédérés, canal de l'Ohio, Netawatwes, Heckewelder, McKinley, Serpent Mound et Alligator Mound, le fait que la seule chose dont ils voulaient entendre parler, c'était de la guerre de Sécession, et du grand rôle qu'avait joué l'Ohio au cours de cette guerre, serpents de mer australiens venimeux, le fait qu'ils étaient nettement moins intéressés par les tumulus indiens, le fait que les tumulus indiens étaient un vrai calvaire à monter, comme les cent marches de McKinley, le fait que trente-cinq mille Ohiens sont morts pendant la guerre de Sécession, CBS, CNN, MSNBC, le fait que les alligators n'ont pas peur des requins, le fait que Stacy a assisté à un de mes cours, et je ne m'en souvenais pas non plus, jusqu'à ce qu'elle en parle, le fait qu'elle devait être malade ce jour-là ou je ne sais quoi, et il était trop tard pour annuler le cours, le fait que ça devait être lors de ma première année, le fait qu'elle devait avoir sept ou huit ans, le fait que j'espère juste qu'elle n'a pas assisté au cours sur les coutumes funéraires des Hopewell, quand j'ai disserté sur les enterrements en position allongée, pliée, en chien de fusil et sur les objets funéraires, incinération, décomposition, cauchemars, ♫ *Les Z'Animo me rendent zinzin, les Z'Animo me rendent zozo* ♫, le fait que je viens juste de me souvenir de mon rêve de la nuit dernière, le fait que j'étais à la piscine mais je partais et prenais un train miniature, le fait qu'il y avait une grande noce au beau milieu de la ville et je passais juste devant dans le train miniature, le fait qu'on habitait ailleurs mais que je cherchais un endroit plus central, position de repli, le fait qu'enseigner m'a vraiment défoulée, en chien de fusil, le fait que je finissais toujours par passer la moitié de la nuit à me préparer et après j'étais crevée pendant tous mes cours, tumulus funéraires, Ces Chiens De Berger Héroïques, Numéro Gagnant Au Loto, veste de safari, quinine, seltz, D'Adorables Pandas Partagent Un Bout De Bambou, position allongée, le fait que je me rappelle avoir acheté le pantalon que je porte en ce moment, le fait que ça remonte à environ huit ans, et je me souviens d'avoir hésité, parce qu'il est vraiment moche, comme l'a fait remarquer Stacy, mais il s'est révélé en fait très utile, dodo, do-si-do, do ré mi fa sol la si do, le fait que les femmes qui prennent la pilule ont vingt pour cent plus de risques d'avoir un cancer du sein, le fait que c'est la mère de Sally-Ann qui me l'a dit, le fait que le premier mot qu'a dit Jake c'est « dangereux », le fait que j'ai peut-être un peu trop multiplié les avertissements, concernant les escaliers et les prises de courant et les couteaux à steak, le fait qu'il essayait peut-être simplement de dire « hydrangea », danger d'hydrangea, le fait que Jakey est souvent dans son monde, un monde plein à ras bord de granulés, de pelleteuses jaunes, de raisins secs et de donuts, le fait que quand Leo lui a demandé comment s'était passée sa journée à la garderie, Jake a dit « Ssssuper bien ! », en faisant siffler le « super » et on aurait dit le serpent du *Livre de la jungle*, comment il s'appelle déjà, baigneur, bassinet, brocart, brochettes, bruschetta, le fait que je viens d'oublier le nom du serpent, « Sssssuper ! », Sornette peut-être, non, Kaa, Kaa le serpent, le fait que personne n'utilise le mot « énormité » à bon escient, le fait qu'il y a toujours quelqu'un pour l'utiliser de travers, le fait que les gens pensent que ça a à voir avec l'ampleur, l'énorme, quelque chose de gigantesque, de maousse, mais ce n'est pas ça du tout, le fait que c'est une *catastrophe*, pas une taille, le fait que j'essayais d'expliquer ça à Ben quand Stacy est intervenue et a dit que je lui parlais avec *condescendance*, mais ce n'était pas voulu, le fait qu'elle déteste quand j'ajuste ce que je dis au niveau des enfants, le fait qu'elle dit qu'on devrait parler à ses enfants exactement comme on parle à n'importe qui d'autre, mais je pensais l'avoir fait, le faire, en chien de fusil, fluctuation, fructifier, fruité, lacet, procès, ce qu'on sait, séparer, parer, le fait qu'elle me met mal à l'aise maintenant, le fait que j'ignorais que je leur parlais avec condescendance, le fait que ce n'est pas parce qu'on parle parfois *lentement* et *clairement* à un enfant que ça veut forcément dire qu'on fait preuve de condescendance, le fait que « existentiel » est là encore un mot que personne ne comprend plus, le fait que tout le monde semble croire que ça veut juste dire qu'on *existe*, le fait qu'on l'utilise pour désigner quelque chose de viable, rien à voir avec Sartre et le sentiment d'aliénation et boire beaucoup de vin au Café de Flore, écologie, mais qu'est-ce que j'en sais, le fait que je ne connais rien à la philosophie française d'abord, le fait que ce truc me passe au-dessus de la tête, me rentre par une oreille et ressort par l'autre, fermer la porte de l'écurie après que le cheval s'est emballé, le fait que les gens emportaient autrefois des animaux vivants quand ils voyageaient en mer, et ils les tuaient en chemin pour se nourrir, le fait qu'ils le font peut-être encore, le fait que la pauvre bête doit croire qu'elle part en voyage, « Pas si vite, Goldberg ! », le fait que Gillian a eu sa première crise existentielle l'autre soir, la tête dans l'oreiller, le fait que quand je lui ai demandé ce qui se passait, elle m'a dit que le *sens de la vie* l'angoissait, le sens de la vie, le fait que je n'ai pas su quoi dire, le fait que vous ne pouvez pas dire à un petit enfant qu'il est fort possible que la vie n'ait *pas* de sens, le fait que quel enfant a envie d'entendre ça, le fait que ça pourrait la déstabiliser et faire d'elle une adepte de Moon, le fait que de toute façon on veut tous dire quelque chose de différent quand on parle du « sens de la vie », le fait que pour certains c'est faire le bien, alors que d'autres pensent que la glace et le pop-corn et les feuilletons télé donnent un sens à leur vie, la collection d'ours en peluche de Gillian, le fait que qu'est-ce que j'en sais, moi, le fait que le simple fait d'être une mère ne signifie pas que vous avez toutes les réponses, le fait que j'ai dit que ça ne devrait pas l'angoisser, gousset, Gillian, fossiles, affolée, face à la défaite, les Faits de la Vie, les oiseaux et les abeilles, le bourdon au Bread Loaf, le fait que j'ai parfois l'impression que ma mémoire contient des époques très, très anciennes, comme la période sombre, des choses venues de loin qui sont très sombres, puis vient l'époque *médiévale* qui n'est pas aussi insondable mais néanmoins encore très floue, foule, fourrure, curry, tuerie, et puis il y a la Renaissance, qui est la partie la plus récupérable, et ensuite les choses récentes qui sont claires et très *nettes*, comme Gillian qui pleure en pensant au sens de la vie, le fait que j'aimerais pouvoir oublier tout ça, et vivre dans un brouillard, un brouillard clément, préhistorique, forêt pétrifiée, ours en peluche, micro-ondes, mascara, Mr Schaeffer, le fait qu'il y a tous ces gens avec qui j'aurais dû rester en contact et maintenant j'ai oublié leurs noms, des profs et des gens comme ça, ou des amis de Maman et Papa, le fait qu'ils semblent appartenir au passé alors qu'ils sont probablement tous en vie et doivent habiter à quinze kilomètres d'ici, pour ce que j'en sais, en tout cas quelque part, et ils mangent et dorment et se lèvent et vont aux toilettes en pleine nuit comme tout le monde, le fait que juste parce que je les ai négligés ça ne veut pas dire qu'ils n'existent pas, le fait que peut-être eux aussi pensent au sens de la vie, et boivent du café tous les matins et travaillent et voient des gens et aiment des gens et se disputent avec eux et changent même de sexe, et que pour *eux* c'est *moi* qui suis du passé, aucune mauvaise volonté ou je ne sais quoi, le fait qu'on déterre de temps en temps des reliques du passé, des souvenirs ou des associations, mais c'est tellement nébuleux qu'on ne peut pas en déchiffrer le sens, le fait que je me rappelle souvent ce courant d'air tiède par la fenêtre dans le Michigan, ou le bourdon du Bread Loaf, et où est-ce que ça me mène, abeille, corbeille, Un Corbillard Royal, Les Rois Du Pétrole, Nappes De Pétrole Sur La Mer, Amère Déception À Wall Street, caisse claire, le fait que Stacy a essayé de me réconforter au sujet de ma mauvaise mémoire un soir au dîner, le fait que je venais d'admettre que je ne me rappelais jamais rien, et elle a dit « On devrait oublier le passé, ne pas prédire l'avenir et arborer fièrement le présent », le fait que j'ignore d'où ça vient mais c'était *chouette*, le fait que personne n'a su quoi dire, mais peut-être qu'une famille qui est confuse ensemble reste soudée, Une Fille Avec 2 Papas, triangle, poitrine, enceinte, eau de toilette, gamelle des poules, *Samson et Dalila*, Un Chien Aux Poils Emmêlés Trouvé Dans Une Grange, le fait que les enfants veulent vraiment un chien, le fait qu'on a fait des choses terribles aux animaux, Bayer, 3M, DuPont, usines de produits chimiques, plantes d'aquarium, le fait que Ben sait des tas de choses, mais tout ce qui l'intéresse vraiment c'est l'Abominable Homme des Neiges, le Yéti, Sasquatch, Big Foot, Skookum, le Monstre du Loch Ness, et l'Homme-Mite, chimères, le fait que j'adorais quand il ne parlait que de *pirates*, le fait qu'il voit sans cesse des Abominables Hommes des Neiges dans le jardin, le fait qu'on vit dans le Triangle de Sasquatch, ce qui peut expliquer mon *propre* état, squameux, squelette, exquis, Lady Di, château d'eau, le fait qu'il vient de piquer le toast de Gillian, d'eau, biscotte, le fait qu'on mangeait des biscottes à Channing, et je ne savais pas que c'en était, le fait que je ne sais toujours pas ce que sont les biscottes, mais c'était bon avec du lait tiède, biscotte et lait, le fait que c'est comme de nourrir toute une *armée* ici, « Une armée marche avec son estomac », nombril, qui sort, qui rentre, œuf sur le plat, plan-plan, tout simple, Simplet, Grincheux, Dormeur, quel œuf, Budington, le fait que Gary Cooper essaie de trouver une rime à Budington pendant tout *L'Extravagant Mr Deeds*, mais n'en trouve jamais, le fait que je pense qu'ils ont complètement oublié, le fait que qu'est-ce qui rime avec Budington, autochtone, kilotonne, belle personne, le fait que Clarence Budington Kelland a écrit l'histoire originale dont est inspiré *L'Extravagant Mr Deeds*, le fait qu'on le surnommait Bud, le fait que je ne sais pas si c'est une bonne idée de faire des haricots verts ce soir finalement, le fait que je pense que des haricots blancs ça serait peut-être mieux, et quelques betteraves à la Harvard, mais des haricots blancs ça serait peut-être trop avec des boulettes de bœuf haché, Babœuf, bon port, vaille que vaille, Lawrence Weiler, hot-dogs, croquettes au fromage, poulet à la royale, potée, gratin de maïs, génoise, tarte en serpentin, serpents de mer australiens, le fait que c'est peut-être ça que je devrais faire pour notre cocktail, des mini-boulettes de viande servies avec des nachos, machos, monsieur muscle, grosse bite, oh mon Dieu, qu'est-ce qui m'arrive, le fait que les îles flottantes je trouve ça gênant, le fait qu'on voit des masses blanches trembloter, comme des plaques tectoniques qui se percutent et se mélangent, et les éclats de chocolat font penser à des débris, le fait que ça évoque vraiment un désastre, en miniature, le fait que même les serpents meurent pendant les tremblements de terre, parce que leurs tunnels s'effondrent sur eux, le fait qu'on pense toujours que les animaux vont s'en sortir mais les serpents ont du mal, le fait que les oiseaux et les papillons y arrivent, et d'autres insectes, et les gens en avion ou en hélicoptère ont de la chance, ils regardent les ponts et les autoroutes qui s'effondrent et tout, le fait que les animaux savent souvent qu'un tremblement de terre se prépare, les poissons rouges, aliments TetraFin, boulettes au jambon, le fait que les chiens peuvent être dressés pour prédire les crises d'épilepsie de leurs maîtres, mais ça ne marche pas dans l'autre sens, le fait que Maman faisait *tout le temps* des boulettes de bœuf, je ne sais pas pourquoi, elle appelait ça des polpettes, le fait que je les aimais bien mais le nom me rebutait un peu, polpette, poulpe, le fait qu'elle ne les préparait peut-être pas comme il faut, poulpe, kraken, le fait que le riz n'était pas toujours assez cuit, le fait que c'est horrible de ma part de penser à ça *maintenant*, le fait que je suis sûre qu'elle faisait de son mieux, le fait que je crois qu'on doit utiliser du riz déjà cuit, et peut-être qu'elle oubliait, le fait que les recettes changent tout le temps parce qu'on oublie, évoluer, revolver, l'Exposition universelle de Chicago, maquettes de Thorne, kilotonne, gloutonne, déconne, boutonne, *La pub ça paye*, le fait que, non, on est censé mettre du riz *cru*, et tout est censé cuire pendant que les boulettes cuisent, et les boulettes sont censées ressembler à des oursins à cause des grains de riz qui dépassent comme des piquants, mais le riz doit rester *dur*, le fait que c'est peut-être pour ça que ce n'est pas si bon, mais le mot « boulette » est amusant, alors que « *polpette* » c'est bizarre, le fait que les gens disent rarement « polpette », le fait que je devrais demander à Phoebe et Ethan s'ils aimaient les polpettes de Maman, Comment La Perche Avale Sa Proie, le fait que je me demande si le Yéti est aussi empoté que moi, le fait que j'ai rêvé qu'une femme me prenait à bord de son SUV, le fait que j'ignorais qui c'était mais elle conduisait si vite que je n'arrivais pas à mettre ma ceinture de sécurité, à cause de la force de gravité, et je ne comprenais pas pourquoi quelqu'un avait besoin de rouler aussi vite, le fait que j'avais envie de dire quelque chose mais je me retenais, ragoût d'opossum, énormité, le fait qu'elle finissait par ralentir un peu, extinction, animal écrasé, cerf mort, La Femme Qui Adore Les Homards, le fait que je n'ai pas du tout aimé ce truc de réalité virtuelle, le fait que le programme sous-marin était effrayant, le fait qu'ils ont dit que ça allait juste être *joli*, mais en fait j'ai eu comme le vertige et j'ai été attaquée par des *méduses*, elles venaient toutes vers moi et passaient juste au-dessus de ma tête, de plus en plus grosses et de plus en plus proches, le fait qu'on pouvait les écarter avec les mains mais c'était difficile de toutes les repérer et je ne savais vraiment pas ce qui allait se passer si j'en ratais une et qu'elle me rentrait dedans, le fait que je croyais presque qu'elle allait me piquer, le fait que la réalité virtuelle vous donne l'impression d'être stupide, le fait que j'avais l'impression que j'allais tomber à tout moment, pile devant Brad et Ben, et quelle idiote je ferais, étalée sur le sol du centre de réalité virtuelle dans mon gros pull ample, en train de chasser des méduses avec la main, le fait que vous n'avez jamais envie que des gosses de dix ans se moquent de vous si vous pouvez l'éviter, Marlon Brando sur une moto, J'Ai 74 Ans Et J'Adore Boxer, le fait que le doyen de l'humanité vient de mourir, le fait que c'était un survivant d'Auschwitz, le fait que Stacy a appris ça en cours d'éducation civique, le fait que les méduses font penser à des *herbes*, et leur population augmente très vite, le fait qu'elles évoluent en énormes bandes, donc j'en déduis qu'au moins elles sont gentilles *entre elles*, mais pas trop avec les autres, le fait qu'un gros banc de méduses venimeuses s'est emmêlé dans une pisciculture, et que 56 000 saumons sont morts *en souffrant*, en à peu près une demi-heure, La Vraie Cause De Votre Fatigue, la mort du frère de Kim Jong-un, VR, VX, marée rouge, le fait que les méduses existent depuis cinq cent soixante millions d'années, et qu'il y en a cinq cent soixante millions qui se trémoussent dans les mers, à quelques-unes près, le fait que ça fait un sacré paquet de méduses, mais rien à côté de la population humaine, mais bon, le fait que c'est une drôle de coïncidence, cinq cent soixante millions d'années et cinq cent soixante millions de méduses, une année par méduse, le fait que peut-être un scientifique s'est complètement trompé dans ses chiffres, le fait que quelqu'un a dit que la méduse séchée serait peut-être la chips du vingt et unième siècle, beuââârk, le fait que je suis sûre que les méduses ne veulent pas devenir la prochaine chips, le fait que les poissons ressentent la douleur, le fait qu'ils le niaient avant, les scientifiques, pas les poissons, le fait que c'est dans quel film que Marlon Brando roule à moto et se dirige vers une ville pleine de tocards, autocars, douleur, James Mason, James Dean, *Certains l'aiment chaud*, force brute, le fait qu'il y a sûrement un film qui s'intitule *Force brute*, le fait qu'Alec Guinness a dit à James Dean de ne pas monter dans cette voiture, le fait qu'il a dit que James Dean mourrait dans la semaine s'il roulait dans ce machin, mais James Dean ne l'a pas écouté et il est mort *le jour même*, il n'a même pas tenu une semaine, le fait que je me demande si les stars d'Hollywood ont plus d'accidents de la route que les autres, le fait que ça paraît évident, mais peut-être que c'est autant que la moyenne nationale, le fait qu'on est un pays de casse-cou, le fait que onze pour cent des conducteurs continuent de rouler quand le réservoir est vide, se bercer d'illusions, le fait qu'on pourrait manger du hachis parmentier ce soir, un « Parmentier », le fait que j'ai failli marcher à l'instant sur le *globe de neige* de Gillian, le fait que la Grande Barrière de corail est en train de mourir, le fait qu'elle ne peut exister que si l'océan reste à une certaine température, ce qu'il ne fera *sûrement pas*, et il y a aussi une sorte d'étoile de mer à épines qui mange tout le corail, le globe, le fait que les charonias sont les seuls prédateurs naturels des étoiles de mer, mais les charonias sont vendus comme souvenirs aux touristes, du coup ils ne mangent plus les étoiles de mer épineuses, le fait que ça ne doit pas être facile de manger des étoiles de mer épineuses, le fait que personne d'autre ne veut le faire, biscuits apéritifs Graham, cookies Girl Scout, Gloria Grahame, le fait que les biscuits Graham sont de plus en plus sucrés, mais Leo les aime quand même, dépendance, volonté, Production Utile, le fait qu'il ne veut plus de bonbons à la guimauve, le fait que les tortues se coincent dans les bagues en plastique des cannettes, et que le plastique ronge leurs écailles pendant des années, jusqu'à ce que la tortue soit toute *déformée*, Des Poules En Pantalon, le fait qu'une tortue ressemblait à une femme en corset serré, comme Vivien Leigh dans *Autant en emporte le vent*, le fait qu'une tortue n'est pas censée avoir une taille de guêpe, silhouette de sablier, signe infini, prochain gâteau d'anniversaire de Gillian, patiner dans Ackerman Park, le fait que ces tortues souffrent toute leur vie, afin qu'on puisse porter six cannettes de Coke plus facilement, le fait que je ne sais pas où devrait finir tout le plastique du monde, mais pas sur une tortue, étang de l'université Northwestern, le fait que le nouveau carnet de Leo est fabriqué avec de la pierre, ou de la poussière de pierre, et c'était censé être écologique, le fait que c'est pour ça qu'il l'a acheté, mais il s'est alors aperçu que ce papier pierreux contenait une petite quantité de plastique, ce qui le rendait *non recyclable*, « Goodbye, Charlie », le fait que la grippe espagnole a fait plus de victimes que la Première Guerre mondiale, le fait que si vous attrapez la grippe espagnole vous avez l'impression de vous noyer et c'est parce que *de fait* vous vous noyez, oh mon Dieu, le fait que la Co-op de Yale n'est plus ce qu'elle était, Harvard Coop, coupé Ford, cou coupé, cou de poulet, « Ne vous frottez pas à l'Ivy League », le fait que je devrais vraiment me détendre sinon ça va nuire à mes roulés à la cannelle, rouleau à pâtisserie flexible, le fait que je devrais être plus flexible, ne pas me noyer dans un verre d'eau, Half Moon Bay, des hauts et des bas, le fait que je ferais mieux de manger un truc surtout, mais si on mange trop on n'a plus envie de cuisiner, et je ne peux pas me permettre de ralentir la cadence, le fait que j'ai des tonnes de tartes à faire aujourd'hui, île de Pâques, le fait que je n'y arriverais pas même si j'essayais, avec tous ces minuteurs sur le point de se déclencher, le fait que l'adolescent moyen regarde son téléphone *deux mille fois* par jour, le fait que je n'y crois pas, deux mille fois, le fait que les médias mainstream sont des coprophiles, mince alors, le fait que je ne pense pas avoir déjà employé le mot coprophile une seule fois dans toute ma vie, le fait que j'ai été corrompue par Internet, Le Divorce De Katie Vire À L'Aigre, poules, Sikhs, le fait que « Sikh » doit se prononcer *sic*, dit Léo, pas *chic* comme on l'entend souvent, *Je ne sais pas mais eux si*, polluer la nappe phréatique, le fait que Frederick miaule, *Car il fait partie de la tribu du Tigre*, le fait que je parie que Ben est le seul enfant de son école à aimer vraiment ces films qu'ils passent en cours de science, sur les millions de morts de la grippe espagnole, le fait que « curriculum » est un mot très laid, vraiment très laid, mais ce n'est pas celui auquel je pensais tout à l'heure, le fait que la devise de l'école est « Former les corps, former les esprits, former la liberté », le fait que la liberté figure en *dernier*, le fait que les écoles ne raffolent pas de la liberté, en règle générale, le fait que cette école a toutes sortes de règles et de règlements, le fait que les enfants ne sont pas censés manger de bonbons ou boire de boissons gazeuses dans le bus scolaire, ou porter des vêtements avec des dessins dessus ou des phrases qui parlent de sexe, de drogue, d'alcool, de violence, de mort ou de haine, et on ne peut pas mettre du ruban adhésif sur les déchirures dans les vêtements, mais bon qui fait ça, ou exposer son nombril, ou porter des leggings ou un pyjama, *en revanche* on peut sécher une journée pour aller chasser le cerf, le fait que Ben est un bon élève, globalement, et qu'il aime les trucs scientifiques, mais il déteste les maths, le fait qu'il a demandé un jour à la *police* de l'aider, le fait que je ne pouvais pas l'aider, le fait que dès que j'ai vu des chiffres entre parenthèses je me suis aussitôt bloquée, parenthèses, entre parenthèses, aide parentale, le fait que Leo n'était pas à la maison, alors Ben a décroché le téléphone et appelé la police, nichoirs, carburant à base d'algues, le fait qu'ils ont dit d'envoyer le problème sur Facebook, et c'est devenu un truc marrant, le fait qu'un officier de police lui a répondu tout de suite et lui a donné la réponse, le fait que ce n'était pas tout à fait la bonne réponse mais pas loin, et sa prof de maths a trouvé toute cette histoire hilarante, le fait qu'elle est toujours gaie, pas comme certains profs de maths, grande gueule, le fait qu'elle a un sacré rire aussi, Mrs M., le fait qu'elle commence chaque cours par un cri collectif, le fait que j'ai eu un Mr T. quand j'étais à l'école, Serpent Mound, Holmes County, Tuscarawas, Coshocton, glace aux éclats de bretzel au caramel, soupe taco, Haïti, le fait que Haïti est désormais un pays indépendant, mais ça a pris beaucoup de temps, le fait que c'est le premier endroit où est allé Colomb, Columbo, colonne, calomnie, Les Pires Écarts De Salaires Entre Stars, pom-pom girls obligées de faire le grand écart en ayant toujours la banane, Une Séquence Éprouvante, le fait que le banana split a été inventé en 1904, le fait que quelqu'un a vraiment dû l'inventer, le banana split, le fait que les banana splits ne sont pas spontanés comme les ligaments déchirés, le fait qu'il faut pas mal réfléchir pour arriver à un banana split, péniche aménagée, Sophia Loren, le fait qu'en 2004 les gens ont fêté le centenaire du banana split, le fait qu'il y a eu toutes sortes de défilés et de festivités, j'ai oublié où, peut-être à Latrobe, le fait que c'est là qu'a été inventé le banana split, dans une pharmacie de Latrobe, en Pennsylvanie, ou peut-être dans un snack-bar, pas une pharmacie, fontaine à soda, franchise, caoutchoucs, voituriers, concours de dégustation de banana splits, le concours de Miss Banana Split, le concours de Little Miss Banana Split, Frank, Chuck, meringue, gâteau de riz, le fait qu'il existe une chose comme le *gâteau de riz*, le fait que j'espère qu'on ne me demandera jamais d'en faire un, le fait que Cathy ne me demanderait jamais une telle chose, le fait que d'abord vous faites cuire un bol de riz dans du lait et ensuite vous mettez de la meringue dessus, le fait que manger un truc pareil, le fait que ça doit vraiment vous donner la nausée rien que de cuisiner ça, alors en *manger*, le fait qu'heureusement personne ici ne m'en demandera jamais, c'est sûr et certain, parce que personne dans cette famille n'est disposé à manger du gâteau de riz sous quelque forme que ce soit, même sous forme de tarte, le fait qu'ils préféreraient manger un funnel cake, un tunnel cake, des œufs en neige, le fait que Maman aimait bien le gâteau de riz, et Papa aussi, mais je l'associe plus à Maman, le fait qu'elle aurait peut-être apprécié un bon gros gâteau de riz, bien chaud, à moins que ce soit meilleur glacé, « au shaker, pas à la cuillère », mais j'en doute, le fait que le sien était cuit avec du lait, du beurre, du sucre brun et de la muscade, comme le porridge amish, mais en moins épais, rituel, bourreau, Burroughs, Tarzan, Tarzana, le fait que les amish raffolent du sucre, le fait que Papa aimait également la semoule, soûle, flux, réflexe, Latrobe, lactose, l'effondrement du Silver Bridge, corrosion sous contrainte, accélération, inertie, mouvement, liquide céphalorachidien, le fait qu'une fois que ce pont s'est mis à se fissurer, tout le bazar s'est effondré en *une minute*, en pleine heure de pointe, avec plein de gens qui traversaient le pont, le fait que *ça* c'est une énormité, le fait que Leo a dit qu'ils ne s'y étaient pas assez préparés, Gallipolis, l'Homme-Mite, humanoïdes volants, meringue, le fait qu'après la mort de Maman on a fait d'Abby la matriarche officielle de la famille et elle a cru qu'on disait « meringue de la famille », ce qui lui allait encore mieux, le fait que j'aimerais qu'elle soit là maintenant, le fait qu'on s'amuserait bien, le fait que je pense ça une dizaine de fois par jour, sans même m'en rendre compte, le fait que sa recette de salade de pommes de terre allemande inclut des patates, de l'aneth et des graines de carvi grillées, avec une vinaigrette, le fait qu'on fait frire un demi-oignon, grossièrement émincé, jusqu'à ce qu'il soit doré, le fait que certaines personnes ajoutent de la saucisse allemande à la fin mais pas Abby, Maigrissez Maintenant Payez Plus Tard, le fait que le principal c'est l'aneth et le vinaigre et les graines de carvi grillées, Ces Ingrédients À Éviter Mais Que Tout Le Monde Utilise, le fait que j'aimerais souvent retourner dans la maison propre et bien rangée d'Abby, avec de la neige dehors et de la crème glacée dedans, le fait qu'elle était fière de son mobilier de style colonial et qu'elle l'entretenait à la cire, chiffon spécial, Abby et son Swiffer, le fait que c'est le premier chiffon Swiffer que j'ai vu, et maintenant tout le monde en a, le fait qu'Abby était bien en avance sur son temps, le fait que j'aimais beaucoup ses tapis, le fait qu'elle a natté tous ces tapis puis cousu les nattes ensemble en un disque plat, le fait qu'elle faisait tapis sur tapis, juste après s'être mariée, le fait que j'ignore si elle utilisait de vraies nattes ou si elle achetait le tissu quelque part, mais ils étaient jolis, et *utiles*, le fait qu'ils lui ont fait une vie entière, ginger whiskey, le fait que j'aimerais être là-bas maintenant, et pas qu'un peu, juste elle et moi et il est dix-sept heures, l'heure de l'apéro, le fait qu'au lieu de ça je suis à Newcomerstown, et il est 7 h 36 du matin, le fait que je suis levée depuis des heures, encore un café, le fait qu'elle était si fière de sa maison qu'elle faisait refaire le toit tous les dix ans, que ça soit nécessaire ou pas, le fait que Maman trouvait ça extravagant, le fait qu'Abby faisait repeindre tout l'intérieur tous les cinq ans aussi, tout beau tout neuf, et toujours dans les deux mêmes nuances, cette couleur foncée, et un brun terne pour les volets, ou non, une fois la partie *principale* était brun clair, avec des volets jaune-beigeâtre, le fait que c'était beau à voir quand même, dans les deux cas, le fait que j'ai tricoté une couverture pour bébé chez Abby quand j'étais enceinte de Stace, le fait que c'est Abby qui m'a appris, le fait que c'était horrible la fois où Abby nous a écrit qu'elle avait jeté toutes les lettres de Maman, le fait que, oh là là, Papa était furieux, le fait que toute notre *histoire* était dans ces lettres, a-t-il dit, le fait qu'elle avait gardé les photos, mais ça l'a mis encore plus en colère, le fait qu'il se fichait des photos, le fait que Papa n'a néanmoins jamais dit à Abby ce qu'il ressentait, parce que c'était déjà trop tard, mais il m'a dit à *moi* qu'il aurait fait *n'importe quoi* pour avoir ces lettres, le fait que Maman écrivait de super lettres, et elle écrivait à Abby environ une fois par semaine, donc il devait y en avoir un sacré paquet à jeter, le fait qu'il a dit

« Toute notre histoire était dans ces lettres », le fait que certaines personnes sont juste allergiques au papier, le fait qu'Abby passait son temps à jeter des choses, le fait qu'elle était fière de son ménage, le fait que leur maison n'était jamais encombrée de papiers comme la nôtre, le fait que la maison d'Abby était pleine de pelotes de laine, soigneusement empilées, bien sûr, et d'aigles décoratifs, et aussi de crème glacée, et de tapis, mais c'est à peu près tout, le fait qu'un adolescent a tué la petite amie de son père le jour de Noël, le fait qu'elle essayait de protéger sa fille, le fait qu'il a poignardé la fille également mais elle a survécu et maintenant elle a juré de l'envoyer en prison même si c'est la dernière chose qu'elle doit faire de sa vie, le fait que les gens font de ces choses, le fait que pourquoi faire une chose pareille, et à Noël en plus, ampoule fluorescente, Maman, gâteau de riz, sérum, mastectomie, souliers noirs, le fait que ça n'a pas suffi que Maman soit paralysée à vie, le fait qu'elle a dû en plus avoir le cancer du sein, le fait que j'ai pleuré avec Papa dans la cuisine quand on l'a appris, ampoule fluo à rayures blanches, noir dehors, la neige, dépérissement de la cime, petit canard inuit en ivoire pour plateau de jeux, Monopoly, deux grosses chaussures de neige inuits dans un musée, le fait que j'ignore comment les Inuits pouvaient marcher avec ces trucs, le fait que ça serait comme marcher sur deux gros couvercles de panier à linge, le fait que j'ai rêvé que Phoebe m'offrait une paire de chaussures compensées hautes et larges de trente centimètres, la même qu'une paire qu'*elle aussi* portait dans le rêve, et elles étaient étonnamment confortables, le fait que c'était comme marcher sur de gros coussins cubiques, et assez belles, le fait que j'aimerais bien revoir ce canard inuit, sconse tacheté, scones à la rose, pagnes en peau de sconse, Maman, le pain de maïs de Ma Ingalls avec l'empreinte de sa main dessus, le fait que la mère de Laura Ingalls Wilder appuyait toujours sa main sur le dessus du pain de maïs avant de le faire cuire, et Pa disait que c'était bien comme ça, le pain de maïs de Ma avec son empreinte de main dessus, pain trempé, trompé, Trump, logo, Vos Enfants Connaissent-Ils La Valeur De L'Argent ?, 7 h 59, le fait que je n'arrive même pas à croire que j'ai enseigné à Peolia, le fait qu'enseigner est pour moi quelque chose de bizarre, le fait qu'enseigner exige de l'entrain, le fait que je croyais que je m'y habituerais, ou du moins que je m'en sortirais, entorse au poignet, ♫ *L'homme qui a fait sauter la banque à Monte-Carlo* ♫, 24 000 $ pour un bras cassé, 100 000 $ pour une jambe, le fait que je n'ai pas fait de procès à Peolia quand je me suis cassé le poignet sur mon lieu de travail, le fait que ma réticence à intenter un procès n'avait rien à voir avec ma loyauté envers Peolia, loin de là, le fait que je n'ai jamais éprouvé la *moindre* loyauté à l'égard de Peolia, le fait que je n'ai toujours ressenti que du *mépris* pour Peolia College et que c'est encore le cas, le fait que la seule raison pour laquelle je n'ai pas intenté de procès c'est à cause de la *façon* dont je me suis cassé le poignet, en trébuchant sur une de ces belles racines d'arbre, le fait qu'ils ont de très beaux arbres là-bas, chêne rouge, frêne blanc, pruche de l'ouest, caryer, et d'énormes paviers, et leurs racines courent comme des artères, tout le long de la colline, le fait que j'avais peur de parler de la racine à Moira, cet arbre aurait été condamné, le fait que ça ressemblerait bien à Peolia d'abattre l'arbre pour se venger, juste pour faire plaisir aux assurances, ou peut-être même toute la forêt, pourquoi pas, ainsi que la bande de types qui vit au fond des bois en mangeant des pancakes et du bacon dans une clairière, bûcherons, OSH, OshKosh B'gosh, « Mon civet n'a pas froid aux yeux », le fait que, oh ça oui, je suis sûre que Peolia ne se gênerait pas pour s'en prendre à un vieil arbre, Sécurité du Campus, sécurité, épingles de sûreté, le fait qu'ils feraient n'importe quoi pour éviter un procès, couches, bouillottes, poche extérieure, le fait que c'est peut-être pour ça que Moira m'a demandé de raconter très précisément ce qui s'était passé, au cas où j'aurais de quoi leur intenter un procès, litige, ligature, légitime, illégitime, enfants, orphelins, juste au cas où il y aurait un arbre qu'ils pourraient abattre dans un geste mélodramatique en mon honneur, le fait qu'elle se fichait pas mal de mon poignet, le fait que je n'ai même pas compris que j'aurais pu bénéficier d'un arrêt maladie tous frais payés, touffe rayée, le fait que j'ai gâché mes vacances à récupérer, le fait que j'avais juste donné mon dernier cours du semestre quand je me le suis cassé, le fait que j'étais crevée, et tout excitée que mes cours soient finis, et que je n'ai pas regardé où j'allais, idiote, blessure idiote au poignet, le fait qu'il était méchant et impatient, le type qui m'a installé une attelle provisoire, le fait qu'il a bousillé ma robe préférée, le fait qu'il aurait dû mettre une serviette sur mes genoux mais non, c'était trop pour lui, le fait que j'étais encore sous le choc, et que j'avais mal, et il a été brutal avec moi, ce qui n'est pas très sympa, le fait qu'une gentille étudiante m'a emmenée à l'infirmerie, le fait que je n'ai jamais su qui c'était, sans quoi je l'aurais remerciée plus tard, le fait que je ne m'étais encore jamais cassé d'os avant, le fait que j'ai eu très peur de ce que ça allait coûter, 5 000 $ ou 10 000 $, plus les frais d'ambulance, le fait que c'était une toute jeune fille mais elle était très gentille, ♫ *vos joies, plutôt que vos moutons* ♫, le fait que j'ai téléphoné à Leo depuis l'ambulance, et tout ce que j'ai trouvé à dire c'est « Je suis désolée », d'avoir tout gâché, vestibule, réticule, pagode, belvédère, hydrangea, signalisation, et tout ça était horriblement *gênant*, le fait que je déteste attirer l'attention sur moi, bureau de poste, boîte aux lettres, le fait que ma vie est une gêne perpétuelle, pour moi *et* pour ma famille, le fait que je suis incapable de me détendre vraiment, parce que je ne sais jamais dans quel stupide pétrin je vais me fourrer la prochaine fois, le fait que tout le monde ressent peut-être ça, le fait que se détendre semble une chose du passé, du moins pour les MAMANS, « névrose de la graphie », Philip Seymour Hoffman, Dustin Hoffman, *Les Contes d'Hoffmann*, le fait que j'aime bien cette poupée chantante mécanique qui se renverse tout le temps, le fait que maintenant tout le monde a son propre robot, Aliments pour Convalescents, le fait qu'on est quasi infirme avec une main dans le plâtre, le fait que Leo devait m'aider à *m'habiller*, le fait qu'il y a plein de choses qu'on ne peut pas faire quand on n'a qu'une main, le fait que je ne pouvais pas non plus mouiller mon plâtre sous la douche, le fait que je devais mettre un sac en plastique autour à chaque fois, Le Maillot De Bain De JFK À Vendre, le fait que comment on se douche avec un *pied* cassé, le fait que Fukushima relâche trois cents tonnes de déchets radioactifs par *jour* dans l'océan Pacifique, et que l'Amazone aussi est polluée, Amazon, drones, Jeff Bezos, « les conséquences de l'affaire Dahlberg », le fait que Peolia paie mal tout le monde, oh, ils sont horribles, et pas de mutuelle, enfin, pas pour moi en tout cas parce que j'étais à mi-temps, le fait que travailler à mi-temps ne veut pas dire que vous avez un *corps* à mi-temps, le fait que ça ne veut pas dire que vous pouvez arriver au travail à moitié en forme, quoique, maintenant que j'y pense, c'est comme ça que la plupart des gens arrivaient à Peolia, le fait que tout le monde est fatigué à Peolia College, le fait qu'ils étaient tout chamboulés à l'idée de me filer trois mois de congé pour que je soigne mon cancer, alors même que ça ne leur coûtait pas un rond, « Z'avez mal ? », garçon au supermarché, sevrage, le fait qu'ils ont en fait toute une histoire, médocs, quotes-parts, clôture, chaos, ichor, imago, magot, le fait que c'était quoi mon mot de passe à Peolia, j'ai oublié, le fait que c'était quelque chose comme L7PS33YD4T, pas facile à retenir, le fait qu'ils me l'ont *donné*, et je n'ai jamais su si je pouvais le changer ou pas, le fait que le bureau de la pauvre Julie, avec ses piles de papiers, formulaires et devoirs et dissertations et Dieu sait quoi, le fait qu'elle avait très peu de place pour travailler, elle devait travailler n'importe où si elle voulait accomplir une tâche, Julie Shriver, le fait qu'elle me doit toujours de l'argent, *Moira*, pas Julie, bonbons contre la toux au marrube, pension, Les Symptômes Terrifiants De La Paralysie Du Sommeil, mardi, le fait qu'ils n'ont pas de cœur, alors qu'ils sont pleins aux as, par cœur, rancœur, arnaqueur, beurk, le fait que l'essentiel de leur argent vient d'*un seul type,* Alfred Peolia, qui se retournerait sûrement dans sa tombe s'il savait ce qu'ils ont fait de son argent, comme les sommes qu'ils ont dépensées en signalisation par exemple, le fait qu'on ne voit presque plus les *bâtiments* à Peolia tellement il y a de panneaux qui vous disent où ils sont, comme les Laboratoires de Chimie, la Fac de Droit, les

Cuisines d'Alfred, la Piscine, la Bibliothèque Virtuelle, mais il n'y avait pas le moindre panneau pour signaler les racines d'arbres, du genre ATTENTION RACINES RÉSILIENTES, le fait que c'est assez sidérant qu'ils aient fait venir Paul Violi pour une lecture, « Le Catalogue des Nouveaux Étonnements », le fait que pour une fois ils ont organisé un événement qui n'était pas destiné à lever des fonds, le fait que Peolia College est *nul*, à la fois comme employeur et comme institution d'enseignement, Alfred, « Ne vous frottez pas à l'Ivy League », le fait que ce n'est pas l'Ivy League, ça non, le fait que les étudiants ne semblent pas réaliser à quel point c'est minable, la plupart en tout cas, le fait qu'ils sont trop occupés avec leurs fraternités et leurs sororités et les prêts et les fêtes en plein air, et à changer de disciplines principales, dissolvant principal, ammoniac, le fait que l'équipe de foot est nulle elle aussi, les Possums, connue aussi sous le nom de « Pipossums », Toison et Tabou, le fait que Leo ne sait pas faire cuire les pâtes, le fait qu'il respecte le temps de cuisson sur le paquet, puis se met à hurler si les pâtes ne sont pas cuites dans le temps indiqué, le fait qu'il vaut mieux que ça soit moi qui fasse cuire les pâtes, bête de somme, chewing-gum, le fait que j'adorais la glace au chewing-gum quand j'étais petite, parce que vous aviez quelque chose à mâcher, une fois qu'il n'y avait plus de glace, le fait que je n'ai jamais été faite pour enseigner, le fait que je n'ai jamais vraiment pris le pli, jamais pris mes aises, le fait que j'avais le trac avant chaque cours, ♫ *Qu'ont-ils que je n'ai pas ? Le courage !* ♫, et que j'ai toujours eu l'impression d'être une *imposture*, je veux dire à enseigner l'histoire locale à des gens du coin, qui étaient tous quasiment *nés* ici, le fait que je sais *quoi* au juste sur les plateaux appalachiens, Zadok Cramer, et les frères Wright, et Gnadenhutten et tout ça, le village historique de Schoenbrunn, et les coutumes amish, et le dernier des Wyandots, le fait que l'histoire de l'Ohio que j'enseignais est de l'eau passée sous les ponts, le Silver Bridge, « Bridge over Troubled Waters », le fait que plus personne n'achète de tennis chères, de *baskets* je veux dire, le fait que ce qu'il y a de mieux dans l'Histoire c'est qu'elle est écrite, et donc même moi je peux tout oublier, le fait qu'on peut bien sûr la déformer, Fox News, fake news, barbouze, le fait qu'on ne trouve plus de livres dans les bibliothèques, le fait que Peolia a été probablement la première fac à remiser tous les livres quelque part, le fait que les étudiants fixent des écrans toute la journée, puis décrochent un boulot à vie dans lequel ils fixent des écrans toute la journée, le fait que Leo est un prof génial et que tous ses étudiants et ses étudiantes et ses collègues l'*adorent*, le fait que cette femme nous envoie encore un cake aux fruits pour Noël, le fait que c'est quoi son nom déjà, Carole Forge, le fait que Monty lui donne de la nougatine toute l'année, et Bettina lui a tricoté cette souris, le fait que je suis sûre qu'elle en pinçait pour lui, et peut-être encore aujourd'hui, le fait que je crois qu'il a donné la souris à Gillian, tas de linge, madeleines, boulangerie de Collins Street, roulés à la cannelle, « Blue Tail Fly », crianza, le fait que ma machine à pétrir rouge fonctionne dans son coin, le fait que l'étudiante indonésienne qu'avait Leo l'an dernier lui faisait des tas de cadeaux, comme deux porte-clés en bois sculpté, une réplique d'un temple près de chez elle, et une sorte de figurine indonésienne en balsa ou je ne sais quoi, et après elle lui a donné un signet dans un joli petit sachet renforcé en mousse, en batik ou je ne sais quoi, un minuscule porte-monnaie, dont Leo a dit qu'il était de la même taille que son salaire, le fait que j'ai pris ce porte-monnaie, le fait qu'il est allé l'écouter jouer du gamelan un jour à Philly, Bali, crépuscule, opuscule, le fait que les femmes de Bali sont les plus belles femmes du monde, du moins c'est ce qu'on dit, le fait que ça me rend vraiment *malade* que mes étudiants ne m'aimaient pas, mais ça me rendait encore plus malade de devoir leur faire cours, mais en amour comme à la guerre, purement et simplement, Les Armes Intelligentes Le Sont-Elles Vraiment ?, « la sensation de luxe que procure le cuir », le fait qu'enseigner me rendait vraiment malade, le fait que ça m'a filé des rhumes, peut-être même le cancer, le fait que j'avais tout le temps peur de ces mômes, le fait que ce n'étaient même pas des mômes, le fait que certains étaient plus âgés que moi, « (un pique-nique, la foudre) », mais quand même, le fait que l'enseignement était néanmoins le meilleur côté du job, le fait que c'était une respiration comparé à l'administratif, les emails, les dossiers d'admission, et les comités, et les réunions, et toutes les heures sup non payées qu'on est censé faire juste pour l'amour du travail, mais vraiment c'est se raccrocher à son poste, le fait que ces formulaires d'heures sup n'aboutissaient à rien, le fait que j'ai dépensé une fortune en vêtements aussi, parce qu'il faut avoir l'air professionnel, le fait que pas étonnant que j'aie trébuché sur cette *racine d'arbre*, le fait que, bon sang, ce job a dû me vieillir de vingt ans, le fait que mon visage a littéralement commencé à tomber en morceaux, Stacy à la rescousse, cavalerie, clairon, lynchage, Botox, scalpel, le fait qu'elle a de grands projets de chirurgie esthétique pour *nous deux*, le fait que je parie qu'elle m'obligerait à en faire si on avait les moyens, le fait qu'elle dit qu'il faut faire son premier lifting à quarante-cinq ans, ce qui veut dire que je ferais mieux de me bouger, le fait qu'elle dit que même Marilyn Monroe s'était fait refaire le menton, le fait que je trouve juste ça triste, le fait que Marilyn Monroe se soit fait refaire une partie du visage, « Je n'ai qu'un mot à te dire, Ben », granulés, le fait que *tiens*, en voilà une qui n'a jamais pu se détendre, « Laissez-moi aller m'allonger sur mon lit pour que je me détende », le fait que Marilyn Monroe portait un soutien-gorge *jour et nuit*, parce que ses seins étaient son gagne-pain, crosses de fougère, crosse de pape, graisse d'oie, cidre de pomme, microfibres, microfiches, m'en fiche, Des Maladies Dont Vous N'Avez Encore Jamais Entendu Parler, château d'eau avec l'inscription FLORENCE Y'ALL, balles de popcorn, coton, plantations, esclaves, Chappaquiddick, Chuck, fourche Ohio-Kentucky-Indiana, croix, tripoint, Purple People Bridge, le fait qu'un ado vient d'abattre trois gosses dans la cafétéria d'une école, le fait qu'une usine a explosé à West Columbus, le fait que des footballeurs ont traîné une fille inconsciente nue à Steubenville, lui ont pissé dessus, le fait que trois adolescentes ont été retenues prisonnières à Cleveland pendant *dix ans*, le fait que pendant cinquante et quelques années, des centaines de milliers de litres de

PFOA ont été déversés dans l'Ohio River, alors même que tout le monde savait que c'était toxique, et deux millions de litres et demi de C-8, le fait que ce fermier, à qui appartenait la terre qu'ils ont ravagée, a dit « Cette vache a beaucoup souffert », nappe phréatique, déchet toxique, histoire de l'Ohio, le fait qu'ils mettent du PFOA dans le fil dentaire, le fait qu'on en trouve dans toutes sortes de choses, LBJ, IME, IGA, IBM, le fait que ces gens-là, le fait que parfois je me demande comment ils dorment la nuit, le fait que DuPont a aidé à fabriquer les bombes atomiques balancées sur Hiroshima et Nagasaki, le fait que ce coq gonflable de six mètres devant la Maison-Blanche ressemble vraiment à Trump, Des Oryctéropes Et Des Suricates Brûlés Vifs Lors D'Un Incendie Au Zoo de Londres, prisons, Peine de Mort, le fait qu'ils en sont encore à se demander s'il faut juger les enfants comme des « jeunes » ou des « adultes », le fait que pourquoi est-ce que c'est toujours à l'ordre du jour, le fait que je ne comprends pas, vu que les jeunes ne sont pas des adultes, ce sont des jeunes, « les satanés livres pour la jeunesse de ma mère », le fait que même si c'est un taré de douze ans qui a dissous son père dans un bain d'acide, ça reste un *gosse*, le fait que le zoo de Cincinnati a fait abattre son gorille, Harambe, Cincy, Sin City, sans raison, le fait que Ronny pense que tout le monde devrait être en prison, ou alors exécuté, bon, presque tout le monde, le fait qu'une des rares personnes à qui je suis obligée de parler en dehors de la famille ces jours-ci c'est Ronny, parce qu'il passe toujours « dire bonjour », même si je n'ai pas commandé de grain pour les poules, Hamburger Heaven, parmesan râpé, yaourt aux mûres, oryctéropes, suricates, cible facile, saison de la chasse, le Douze Glorieux, Winchester, Luger, Remington, Browning, le fait qu'on en arrive au stade où, à cause de toutes ses visites à l'improviste, je dois maintenant essayer d'être en permanence présentable, juste pour Ronny, un type que je connais à peine, bon sang, et il fait toujours des remarques sur mon apparence, ce qui me met *mal à l'aise*, c'est comme la *Caméra cachée*, le fait que la *Caméra cachée* a pourri nos existences, parce qu'on ne peut même plus ramasser une pièce par terre sans se demander si elle n'est pas collée au trottoir et que dans la minute qui suit vous allez passer pour un crétin à la télé, le fait que je continue quand même à ramasser les pièces, quand j'en vois, le fait qu'on a *besoin d'argent*, le fait que quelqu'un a fait une expérience pour voir combien de personnes aideraient un chien enfermé dans une voiture en pleine canicule et presque *personne* n'est intervenu, enfin, très peu de gens, le fait qu'ils ont filmé des tas de gens qui se contentaient de le regarder avant de s'éloigner, le laissant souffrir là, voire mourir peut-être, le fait que j'espère que j'aurais le courage d'aider un chien qui suffoque mais je ne peux pas en être sûre parce que je suis tellement lâche dans les confrontations, et j'essaie toujours de rester polie, le fait que je suis peut-être trop *timide* pour aider un chien, Lion Poltron, parce que je ne sais pas trop ce que je ferais si ça impliquait de parler à des gens, le fait que Maman trouvait grossier de commenter l'apparence des gens, mais Trump fait ça *toute la journée*, « Triste », le fait que tout le monde est *obsédé* par l'apparence d'autrui de nos jours, *Pauvre Jeoffry ! Pauvre Jeoffry !*, complètement obsédé, et par sa *propre* apparence aussi, le fait que je parie que si tout le monde arrêtait tout à coup de commenter l'apparence des gens pendant une minute, les conversations s'arrêteraient *net*, mais ça n'arrivera jamais parce que les gens éclateraient de rire si vous leur demandiez de ne plus commenter l'apparence d'autrui, le fait qu'ils ne comprendraient pas, revolver de calibre 38, gueule, canon, recourbe-cils, le fait que pourquoi y a-t-il un recourbe-cils dans le tiroir de l'argenterie, j'aimerais bien le savoir, eye-liner, bâton hémostatique, crème hydratante, crème pour les mains, le fait que je déteste quand les gens disent que j'ai bonne mine, le fait que vous vous demandez juste à quel point vous faisiez peine à voir la fois précédente, le fait que je ne remarque même jamais si les gens ont bonne mine ou pas, le fait que en quoi ça me regarde, le fait que je leur demande juste, le fait que maintenant on est tous censés être des experts en diagnostics, le fait que je ne remarque jamais non plus comment les autres sont *habillés*, surtout les hommes, mais tout le monde passe son temps à regarder ce que portent les autres, le fait que les gens ont l'air de ne jamais se lasser, fringologie, démangeaison à la cheville, le fait que les gens me disent parfois que j'ai l'air fatiguée lors des réunions parents-profs, mais qui ne serait pas fatigué à une réunion de parents d'élèves, et après on se sent encore plus fatigué, Mamie Hazleton, le fait que je pense qu'elle est juste jalouse parce que je suis mince, le fait qu'elle me dit toujours à quel point j'ai l'air lessivée, le teint cireux, pâle, frêle, lasse, fluette, le fait qu'elle voudrait quoi, que je rentre chez moi, que je me pose et boive un daiquiri, le fait que peut-être ils se croient utiles à leur façon, en vous disant de faire un break, crac, poignet cassé, caisse vide, fauché, le fait que de toute façon je devrais me préparer *moi-même* mon daiquiri et que personne ici ne me laisserait le boire en paix, colibris, Old Lyme, oasis, Leo, le fait que j'aime songer à ce jardin secret envahi par les roses, et aux oiseaux apprivoisés qui se promènent sur l'herbe, sans même nous remarquer en train de s'embrasser, le fait qu'on s'est embrassés dans Orange Street aussi, 30 Tonnes Qui Ont Explosé, Half & Half, Sweet'N Low, le fait qu'il y avait un bassin à poissons à Old Lyme avec des nénuphars mais pas de poissons, Leo, téléphone portable, mais c'était magnifique, *Ils disent que la poule pond*, le fait qu'en fait je crois que je passe presque autant de temps à m'inquiéter pour mon *moral* que pour mon *apparence*, le fait que franchement je passe ma journée à faire tout mon possible pour rester d'*humeur égale*, le fait que c'est ma priorité numéro un, le fait que ça peut sembler un objectif plutôt modeste, pour un objectif, mais en fait c'est un sacré défi, le fait que ça ressemble un peu à *L'Île des dauphins bleus* ici parfois, le fait que l'héroïne est coincée sur une île et doit se débrouiller pendant *vingt ans*, toute seule, se fabriquer des colliers que personne ne verra jamais, et copiner avec les chiens sauvages, le fait que j'aimerais que l'apparence soit moins importante mais non, le fait que Maman a dit qu'elle ne nous faisait pas de compliment sur notre apparence parce qu'elle ne voulait pas que ça nous monte à la tête, mais j'aurais franchement bien aimé ne serait-ce qu'un commentaire approbateur de sa part de temps en temps, même une seule fois, même si elle m'a inscrite à un concours du plus beau bébé, le fait qu'elle devait aimer mes bouclettes, Mention Honorable, bébé de la famille, le fait que Leo me fait des compliments et que ça ne me monte pas à la tête, le fait qu'il me dit que je suis jolie, et m'appelle ma douce, et dit qu'il aime mes yeux, le fait que je fais de temps en temps un compliment aux enfants mais je n'en fais pas toute une affaire, le fait que je ne veux pas qu'ils n'aient aucune confiance en eux, ni qu'ils se vantent non plus, ou deviennent frivoles ou obsédés, ou ressentent une pression, ou entrent en concurrence avec leurs amis sur qui est le plus beau, le fait qu'ils le font sûrement beaucoup, harcèlement, filles des vidéos Morning Routine, La Reine Du Concours De Beauté Démissionne, le fait que certaines mères *obligent* leurs filles à se maquiller, le fait que je ne m'imagine pas faire ça, le fait que je veux juste que mes enfants soient sûrs d'eux en société, pas comme moi, le fait que je crois avoir raté ça avec Stacy, qui n'est pas sûre d'elle en société et s'inquiète sans cesse pour son apparence, et avec Ben, qui n'est pas sûr de lui en société et enchaîne les phobies, et avec Gillian, qui n'est pas sûre d'elle en société et s'angoisse au sujet du sens de la vie et toutes sortes d'autres trucs, le fait que, oh bon sang, Jake est peut-être la seule personne saine de la bande, même avec sa fixette sur les SpaghettiO, le fait que je suis sûre que c'est ma faute, le fait que l'insécurité est contagieuse, couverture de sécurité, le fait que c'est moi qui suis toujours là, leur modèle, le serviteur de la famille Addams, la Main, le fait que ce n'est pas une façon de se lancer dans la vie, le fait que j'aimerais qu'ils tiennent davantage de Leo, Appalachia, bluegrass, banjo, Beethoven, le fait que l'école est elle aussi obsédée par les apparences, avec tous leurs règlements sur les pyjamas et les jeans déchirés et les collants filés, le fait que Stacy est accro à ses vidéos Morning Routine, le fait qu'elle n'arrive pas à en décoller, jour après jour, le fait que toutes ces ados ne parlent que de leur maquillage, et de leurs animaux, le fait qu'elles semblent toutes avoir un lapin ou un chien miniature, et une voiture et un portable, et elles commencent la journée en buvant de grands gobelets de café Starbucks, le fait que j'ignore comment elles se procurent ces derniers vu qu'elles semblent ne jamais sortir, le fait qu'elles ont l'air de passer la journée chez elles à se filmer en train de se ravaler la façade, le fait qu'elles sont complètement dingues de maquillage, le fait qu'elles ont toutes des valises pleines de produits de beauté, et qu'elles sont expertes en la matière, le fait qu'elles donnent l'impression que cacher ses boutons est une *joie*, le fait qu'elles se tartinent sans fin les joues avec un pinceau et du blush, le fait que ça doit être agréable, un peu comme d'enfoncer son visage dans la fourrure rose de votre lapin, le fait que je n'ai jamais eu de pinceau de maquillage de toute ma vie, le fait qu'elles s'évanouiraient sûrement si elles l'apprenaient, le fait que quand j'avais leur âge je traînais dans New Haven, morne et désœuvrée, alors qu'elles se filment toutes en train de parfaire leur ombre à paupières, et transmettent les résultats à des centaines de milliers de fans, le fait qu'elles aiment aussi les crèmes hydratantes, comme si les ados avaient besoin de s'hydrater la peau, le fait que je me demande parfois si elles ne sont pas payées par les fabricants de cosmétiques, le fait que allez savoir, le fait que ces filles parlent de l'amour comme si elles parlaient de sardines ou de cirage, sauf que la plupart d'entre elles ne sont sûrement jamais tombées amoureuses, ni même n'ont entendu parler des sardines, le fait qu'elles sont trop occupées à se mettre du fard à paupières, et à donner des conseils comme « l'amitié est quelque chose de réciproque », et « tout le monde connaît des bas », le fait qu'une fille en Pennsylvanie a dit « on ne peut pas connaître le bonheur si on est tout le temps triste », et a eu 2 478 vues, le fait que même Stace reconnaît qu'elles sont parfois très superficielles, même si elles essaient d'être gentilles, un peu supérieures mais gentilles, avec leurs followers, les dernières sonates de Beethoven, leggings, couverture rose, pyjamas roses, pyjamas interdits, rosée, lapin à nez rose, caniche rose, la vie en rose, le fait que Stace regarde des tonnes de ces vidéos à la suite puis elle craque, elle déprime vraiment, et comment lui en vouloir, le fait qu'on dirait *moi* quand j'ai fait trop de puzzles en ligne, montagnes Rocheuses, Glacier Lake, Salt Mountain, Montana, Rocky Ridge Farm, River Roost, le fait qu'on a appelé notre maison River Roost, mais qu'on doit quand même toujours préciser aux gens le numéro dans la rue, alors à quoi ça sert de lui donner un nom, Odorama, plant de citrouilles, pièces de puzzle roses, orange, blanches, bleues et vertes, aneth, carvi, carrelage fendu, pantalon fendu, fondue, carte maîtresse, maîtresse femme, le fait que je croyais au début qu'un pourliche était un petit chien, le fait qu'on faisait pot commun, chez Mo's, menue monnaie, plan propre, trois fois rien, le fait qu'il est temps de mettre la main à la pâte, je veux dire de faire la pâte, le fait que j'avais un rouleau à pâtisserie avec des formes de cœur aux deux extrémités, et j'ai fini par comprendre que ces cœurs me portaient sur les nerfs parce qu'ils laissaient des marques de cœur dans la pâte, qu'il fallait alors malaxer encore un peu pour effacer ces formes, le fait que personne n'a envie d'être gêné sans cesse par des formes de cœur, Chagrin Falls, Ohio, le fait que je ne peux pas juste empêcher cette gosse de regarder les vidéos Morning Routine, tout comme je ne peux pas arrêter de faire des puzzles, le fait qu'une fois qu'on est accro, on est accro, came, drame, alarme, sortir du placard, sortir en boîte, le fait que j'ai de la peine pour ces filles, sincèrement, parce qu'elles consacrent vraiment toute leur vie à se maquiller et se démaquiller, le fait qu'elles passent au moins deux heures à se maquiller le matin et presque autant à se démaquiller le soir, le fait que ça leur prend minimum quatre heures par jour, le fait que la plupart des femmes n'ont pas le *temps*, passe-temps, temps perdu, le fait qu'elles se filment le soir aussi, mais ces vidéos sont moins regardées, le fait que c'est moins important, je crois, la tête qu'on a quand on va se coucher, le fait que seul votre toutou vous verra, fake news, Indemnités Compensatoires, suppositoires, femmes modèles, pièces de puzzle, Starbucks, le fait que ces filles feraient mieux de faire leurs devoirs, comme dirait Papa, le fait que ça serait moins grave si elles n'encourageaient pas les autres filles à faire pareil, avec leurs vidéos, mais Stacy les regarde toutes avidement et essaie de copier toutes leurs procédures, le fait qu'elle ne passe pas deux heures à se maquiller le matin, mais elle compense en passant des heures à regarder d'autres filles le faire, le fait que, au final, elle doit penser en permanence au maquillage, et dépenser tout son argent là-dedans, le fait que Phoebe se levait plus tôt pour se maquiller au lycée, mais pas deux heures plus tôt, le fait que je la regardais faire, mais ça ne me donnait pas envie de l'imiter, le fait que j'attendais d'en avoir envie mais ça n'est jamais arrivé, le fait que je suppose que je ne suis pas obsédée par mon apparence, rouge à lèvres, baleines, blanc de baleine, la couche de réflexion, Une Miss Beauté Accusée D'Être Trop Grosse, Mamie Hazleton, le fait que je préfère penser à une salade de pommes de terre, acheter de l'aneth, du vinaigre de cidre, des graines de carvi, Debbie Stabishen, aneth, vinaigre de cidre, graines de carvi, le fait que Debbie peut enfiler une petite robe osée sans même se regarder dans le miroir, le fait que pour elle c'est queue-de-cheval et bretelles fines, puis elle ôte son chouchou et secoue ses longs cheveux raides et sort de chez elle en courant comme une fille dans une pub pour shampooing, et je sais que Stacy est baba devant elle, le fait que pour certaines filles c'est facile, et pour toutes les autres c'est la galère, le fait que je suis sûre que Debbie Stabishen a ses propres problèmes, le fait que son père est sympa cela dit, Cancer, Lion, Lions de Detroit, la part du lion, le fait qu'avant je faisais des régimes accélérés, le fait que je ne sais pas pourquoi, le fait qu'on a l'impression d'accomplir quelque chose, le fait que pendant un mois je n'ai mangé que des bananes, mais une fois que vous avez des enfants vous n'avez plus le temps pour ça, le fait que je ne me regarde pas dans la glace deux mille fois par jour non plus, le fait qu'un homme ne connaît pas vraiment une femme tant qu'il n'a pas compris que se préparer à sortir prend du temps, le fait qu'ils croient qu'on se regarde toutes dans la glace pour s'admirer mais en fait non, le fait qu'on essaie juste de vérifier si on est prête à affronter les regards, le fait qu'aujourd'hui même les garçons utilisent des produits de beauté, comme au dix-huitième siècle, le fait que je me demande combien de gosses seraient prêts à aller à l'école en pyjama, s'ils avaient le droit, le fait que, maintenant que j'y pense, c'est un peu ce que j'ai fait après que Maman est tombée malade, mais à l'envers, le fait que je n'ai plus quitté mes vêtements d'école, le fait que je dormais avec pour ne pas avoir à m'habiller le matin, le fait que si *ça* c'est pas une routine du matin, le fait que Gillian dit qu'elle aimerait aller à l'école en pyjama, mais seulement si tout le monde faisait pareil, comme pour l'une de ces nuits blanches qu'ils organisent dans les musées, le fait que certaines personnes mangent de la *ficelle*, juste pour nettoyer leur, bon, pas envie d'y penser, le fait que, par comparaison, quel mal y aurait-il à ce que tout le monde aille en pyjama à l'école, le fait que Claude Rains est parfait dans le rôle du politicien véreux dans *Mr Smith va au Sénat*, le fait que je le trouve néanmoins séduisant, « Il y a une qualité », le fait que ce Claude que j'ai rencontré au Strand était sacrément beau, mais on ne devrait pas penser à l'apparence des gens, Debbie Stabishen, le fait que je me demande si elle travaille son air nonchalant, le fait que Claude m'a offert un CD des *Quatre Saisons* de Vivaldi, et m'a dit qu'il m'aimait et après ça je ne l'ai jamais revu, le fait que c'est comme s'il était parti sur la lune, le fait que s'il y est allé ça doit sûrement être le type le plus beau là-bas, le fait qu'il était peut-être gêné de m'offrir les *Quatre Saisons*, le fait que pourquoi les gens disent qu'ils vous aiment quand ce n'est pas le cas, le fait que ça me plaît quand Claude Rains dit à Bette Davis qu'elle est son petit agneau, mouton noir, bouton, *Manipulation*, le fait que certains artistes s'enrichissent très vite alors que Nanya se débat pour *survivre*, et pleure chaque fois qu'elle entend parler d'enfants morts aux infos, eau de rose, la torpeur des êtres entravés, le fait que certains artistes percent sans problème tandis que les magnifiques peintures de roses et de sachets de thé de Nanya languissent dans notre cuisine semi-rurale de Tuscarawas County, au lieu d'être exposées à la Biennale de Venise, gondoles, gnocchi, Mandela, Gargantua, ocarina, le fait que ses sachets de thé rose et jaune ont l'air d'être *en fleur*, comme les roses, le fait que Nanya est toujours bien habillée, le fait qu'elle peut porter des chaussures rouges avec une robe ocre et des leggings vert feuillage, et elle est super, en plus de son petit air soucieux, le fait que son père avait une ferme autrefois mais je ne crois pas que ça marchait, rose jaune, camion en plastique jaune, le fait que Claude était artiste lui aussi, le fait qu'il était originaire de Porto Rico, banana split, le fait que Nanya ne vient jamais me voir, le fait que je l'invite toujours mais qui a envie de passer du temps dans une maison pleine d'enfants, le fait qu'elle est trop occupée et que je suis trop occupée moi aussi, entre les tartes et les gâteaux et les poules, le fait que mais *où* ai-je mis la cardamome, le fait que je me vautre dans la domesticité et je sais que c'est stupide, couverture pour bébé tricotée main, four à gril, tapis d'Abby, Maman, Les Ventes D'Aspirateurs Décollent, les cookies Eid, le fait que j'ignore comment je me suis embarquée dans ce truc, le fait que je ne m'en souviens pas, le fait que j'ai toujours su que je n'avais pas l'étoffe d'une mère, mais j'aime tellement les bébés, ou du moins les tout-petits, les bambins, tous sur le pont, sauve qui peut, repoussez l'abordage, Ortho-Conseil, le fait que j'aime bien quand ils savent marcher et parler, mais pas trop bien, et quand leurs jambes sont toutes potelées, le fait qu'ils ont tous le même nez retroussé, le fait qu'un jean d'enfant de deux ans suspendu à un fil à linge est un truc adorable, le fait qu'un tout-petit peut pas mal gigoter bien sûr, alors que vous n'avez qu'une envie c'est de le garder sur vos genoux et de frotter votre joue contre la sienne et de sentir ses cheveux tout soyeux, pinceau à blush, fourrure de lapin rose, Claude Rains, ode à la reine, meringue de la famille, chewing-gum, halage, péniches, chevaux, le fait que, et c'est le côté négatif, les petits enfants mangent parfois des croquettes pour chats, le fait que Mrs Bethnel a donné une étoile autocollante à Gillian pour son dessin de péniche, pyjamas, mouche à miel, le bourdon du Bread Loaf, le fait qu'il a passé des heures rien que sur un verre de bière, le fait que personne d'autre dans la famille n'a jamais reçu d'étoile de Mrs Bethnel avant, le fait que je pense que Gillian s'est inspirée de notre croisière sur un canal en septembre dernier, le *Monticello III*, feuilles jaune vif sur fond noir, eaux vertes, eaux étales, ATTENTION DANGER, ♫ *I've got a mule, her name is Sal* ♫, raisins secs, mouchoirs, Homme Armé, NE PAS UTILISER, achat avec reprise, fausses alertes, le fait qu'un des types sur notre bateau avait une arme sur lui, le fait que tout le monde a une arme à présent, même les types qui font une croisière, qui devrait être quelque chose de paisible, « Préparez-vous ! », le fait que dans *Mr Smith va au Sénat* Gary Cooper est un pacifiste, et dans *Le train sifflera trois fois* il doit défendre à contrecœur une ville de lâches, le fait que dans *La Loi du Seigneur* il a une arme, bien qu'il soit un quaker, ce qui est plutôt étrange, austère, Jane Austen, le fait que c'est comme si Anne Elliott tirait sur le capitaine Wentworth, ce qui arriverait sûrement de nos jours, quand il se pavane devant elle avec les filles Musgrove, l'air très distant et froid, ronds de jambe, le fait que Grace Kelly le laisse tomber dans *Le train sifflera trois fois*, Gary Cooper, pas Wentworth, le fait que je n'ai jamais aimé ce passage, le fait qu'elle baisse les bras, le fait que « le monsieur va tenter sa chance » signifie qu'un client a commandé un hachis parmentier, achat impulsif, le fait que ces types armés se promènent partout dans Coshocton le premier vendredi du mois juste pour faire peur aux gens et que ni la police ni personne n'y peut rien, le fait que les gens disent toujours que « ce n'est pas ça notre pays », mais bon, c'est *quand même* un peu ça, si on y réfléchit bien, ce que j'essaie de ne pas faire, le fait que ces types armés ont un blanc-seing, alors qu'une mère épuisée, visiblement défaite et fragile qui traîne quatre enfants derrière elle n'est pas bien vue, le fait qu'en tant que nouvelle venue dans cette ville je ne me suis jamais sentie vraiment la bienvenue, le fait que je ne suis ici que pour Leo, bizut, et peut-être pour les condiments, conserves maison, conversation, canaliser, canoë, bien installé, bien implanté, plant de tomate, bien conservée, pastèque, ail de mi-saison, betteraves, concombres, *Les Dents de la mer*, le fait qu'il y a des alligators dans les canaux de Miami, martinets, hushpuppies, huche à pain, le fait que certaines personnes vont s'installer à *Paris*, mince alors, le fait que des *tas* de gens vivent à Paris, surtout parce qu'ils sont Parisiens, et nous on est ici à Newcomerstown, le fait qu'il y a déjà trop d'Américains à Paris, le fait que c'est gênant, le fait que les Parisiens doivent nous détester, le fait que personne ne nous a beaucoup dérangés Leo et moi pendant notre lune de miel, abeille, ciel, à part ces deux types chez Chartier, le fait qu'on a dû s'asseoir à leur table pour déjeuner et qu'ils se sont ouvertement moqués de nous en français pendant tout le repas, le fait qu'on ne comprenait pas vraiment tout ce qu'ils disaient, mais ça se voit quand on se moque de vous, même si c'est en français, le fait qu'on a pigé le principal, le fait que ce n'était pas très difficile, vu qu'ils éclataient de rire chaque fois qu'on disait ou faisait quelque chose, le fait qu'on n'y pouvait rien, le fait que l'un d'eux s'est tellement marré que ses lunettes sont tombées par terre et se sont cassées, le fait que ça les a calmés, le fait que des lunettes ne peuvent pas supporter autant de fous rires, fourrure, fourrage, Pommes au Four, le fait que ça oui ce n'était pas le déjeuner le plus romantique qu'on ait fait, mais le serveur était gentil avec nous, le fait qu'il en avait sans doute ras le bol de ces deux zozos lui aussi, le fait que je parie qu'ils déjeunaient là tous les jours et se moquaient de *lui*, le fait que Chartier sert du bon céleri-rave, le fait que j'ai rêvé que je devais suivre un cours sur les chutes de Paterson mais je ratais la sortie éducative, et du coup mon devoir devait être théorique, je devais me baser sur notre baignoire en train de se remplir, ce qui n'est pas tout à fait pareil que d'aller voir les chutes de Paterson, feu de camp, Wo-He-Lo, WOC, Nawat Itsaragrisil, le fait que Leo et moi sommes allés voir les chutes de Paterson en plein hiver et tout était recouvert de glace et très glissant, le fait qu'on pouvait tomber dedans et disparaître sous la surface, eau noire, écume blanche, roches noires, neige blanche, le fait que ça semblait impossible qu'il y ait autant d'eau en mouvement en même temps, des litres et des litres d'eau à la seconde, le fait que je me demande si les Parisiens associent les balayeurs avec les croissants, parce qu'ils sont toujours en train de nettoyer les rues quand vous allez acheter les croissants le matin, le fait qu'ils se mettent peut-être tous à saliver quand ils voient couler de l'eau, chocolat, café au lait, le fait que chaque ville devrait nettoyer à grande eau ses rues le matin comme ça, enfant à problèmes, course de chevaux, demi-lune, quart de lune, quart de tour, le fait que tout ce que j'ai fait pendant notre lune de miel c'est rester au lit, pas parce qu'on a trop, bon, passons, mais à cause du torticolis que j'ai attrapé, en traînant mes bagages depuis la gare du Nord, le fait qu'on aurait dû prendre un taxi depuis la gare mais l'hôtel semblait vraiment tout proche sur le plan, le fait que c'est ma faute, le fait que j'avais mal calculé, le fait que ça m'a quand même plu de rester couchée, et d'écouter les bruits de Paris, le fait que j'ai *encore* mal à la nuque aujourd'hui, à force d'avoir surveillé le caramel en train de prendre hier, le fait que la première tarte Tatin que j'ai goûtée c'était chez André Allard rue de l'Éperon à Saint-Germain, avec ses murs couleur moutarde et des canards partout, coin-coin, eau noire, eau étale, canard aux olives, le fait que les secondes noces sont peut-être toujours meilleures que les premières, mais personne ne vous le dit, le fait que c'est un secret bien gardé, mal à la hanche, le fait que Cathy en est aussi à son deuxième mariage, même s'ils ne sont pas vraiment mariés, le fait qu'Anat en est à sa deuxième *hanche*, le fait qu'elle a usé la première, le fait que les prothèses de hanche ne durent qu'une vingtaine d'années, je crois, le fait que ça a commencé au Zyker's, mes maux de hanche *à moi*, quand j'ai soulevé cette palette de SpaghettiO, ah ce Jake, le fait qu'il aura ma peau, yaourt, granulés en plastique, le fait que ce n'est pas toujours bien, les seconds mariages, le fait que le deuxième mari d'Anat était cinglé, et quand elle l'a viré il a écrit à tous les gens de sa famille, y compris à sa méchante sœur, en accusant Anat de tenir un bordel dans le foyer conjugal, le fait que personne n'a jamais compris pourquoi il avait fait ça, poursuite en voiture de O. J. Simpson, le fait que maintenant il vit quelque part dans un mobile-home, le fait que cet homme semblait vraiment avoir les pieds les plus nauséabonds du monde, le fait que ce n'était pas sa faute bien sûr, ou alors peut-être que si, le fait qu'il était juste *horrible* avec Bree, le fait que la mère de la petite fille qui a été enlevée et assassinée le mois dernier vient de se suicider, le fait que c'est tellement triste, le fait que si un de mes enfants se faisait enlever et assassiner moi aussi je me suiciderais, et le pauvre Leo resterait seul à élever nos autres enfants, touchons du bois, l'arme de Ronny à côté de lui sur le siège avant, Browning sans Recul, dernières paroles célèbres, le tas de linge sale dans la salle de bains, la pile à repasser, Cathy qui sourit, escalier raide menant à la cave chez Abby, le fait qu'Abby avait une façon géniale de balancer le linge sale dans ces escaliers menant à la cave, le fait qu'elle avait un côté rebelle, le fait qu'elle a fini par tomber dans cet escalier, sans doute en allant faire une lessive, le fait que si seulement j'avais habité plus près, le fait que je me serais doutée que quelque chose n'allait pas et j'aurais pu l'aider, le fait que je regrette de ne pas l'avoir vue davantage mais c'était comme si j'étais paralysée ou je ne sais quoi, du fait d'avoir tous ces *gosses*, une mère qui travaille, le fait que je ne pouvais pas aider Abby, le fait qu'elle se montrait si compréhensive, le fait qu'elle avait toujours voulu avoir des tas d'enfants, le fait qu'après avoir mis les SpaghettiO dans le chariot, j'ai dû tous les *ressortir* pour que la caissière puisse scanner chaque article, bon sang, et à un moment je crois que je me suis vraiment fait mal au dos, et maintenant la douleur est montée dans ma hanche, le fait qu'ensuite ça va descendre dans le genou puis le pied, et après ça mon compte est bon, « restez bien cambré », la courbe en S, le fait que je devrais être en train de faire ces exercices, mais je n'ai pas le temps, le fait qu'ils me font du bien à chaque fois, et ils ne sont pas compliqués, le fait que ce sont juste des étirements, McKenzie, Robin McKenzie, un type super, le fait qu'il a dû aider *tellement* de gens, le fait que j'ai des maux de ventre tous les jours à présent et j'ignore pourquoi, le fait que je me bourre de Pepto-Bismol, le fait que je tombe en morceaux, cannelle, le fait que j'ai rêvé qu'on allait être bombardés à 22 h 30 et qu'on le savait tous, le fait que Maman et Papa étaient là, et Leo, et peut-être les enfants, jeter un œil aux roulés, le fait qu'on était tous réunis dans la cuisine et je regrettais un peu qu'on n'ait pas une cave où se cacher, mais je me disais alors que ça serait peut-être pire parce qu'on pourrait se prendre toute la maison sur la tête, le fait qu'on était tous assis là à se regarder, et je me disais, alors c'est comme ça quand on est bombardé, le fait qu'on reste assis en espérant que ça arrivera à quelqu'un d'*autre* à l'autre bout de la ville et que votre maison sera épargnée, le fait que j'ai rêvé de Trump l'autre nuit aussi, le fait qu'il m'avouait qu'il n'en pouvait plus de ce boulot, DSA, le fait que Bathsheba est morte et qu'elle me manque encore tous les jours, son poil noir et soyeux, ses yeux jaunes qui me regardaient, Bathsheba en boule contre mon cou quand elle était petite, le fait que Laura Ingalls Wilder dit que des grandes oreilles et une longue queue sont le signe certain d'un bon souricier, le fait que Bathsheba n'avait pas de grandes oreilles mais elle excellait dans tout ce qu'elle faisait, le fait que ses oreilles étaient parfaites, pareil pour sa queue, le fait que je suis sûre que c'était une bonne chasseuse de souris, même si je ne sais plus si c'était le cas, le fait que les fennecs ont d'*énormes* oreilles, pas juste pour mieux entendre mais pour les aider à se rafraîchir dans le désert, le fait qu'ils vivent en Afrique et mangent des tas d'insectes, et ils restent en couple toute leur vie, le fait que les narvals ont deux dents de devant, et l'une en grandissant devient la défense pointue, comme la défense d'une licorne, le fait que les gens les tuaient autrefois pour leur défense, le fait qu'Opal est douée pour attraper des souris, et elle n'a pas non plus de grandes oreilles, le fait qu'elle attrape aussi des oiseaux, mais surtout des souris, le fait qu'elle dispose tous les organes en rang devant la porte de derrière, mieux vaut prévenir que guérir, de Charybde en Scylla, par la peau des fesses, le fait que Bathsheba était tendre avec moi, *tendre*, roulés à la cannelle, le fait qu'Ivo Pogorelich joue du Beethoven, le fait qu'on peut écouter n'importe quelle musique maintenant, le fait qu'on vit tous comme des rois, le fait qu'il suffit de taper dans ses mains, ou de cliquer sur la souris, « bonne souricière », et des orchestres entiers jouent pour vous, le fait que Pogorelich a épousé sa prof de piano, qui était beaucoup plus âgée que lui, le fait que tous ces athlètes prennent aujourd'hui des substances pour augmenter leurs performances, *tous*, le fait qu'ils doivent passer la moitié de leur vie à faire des analyses d'urine, le fait que ça ne me plairait pas, le fait que je suis suffisamment timide comme ça pour ne pas avoir en plus à apporter des analyses d'urine tout le temps, petit pot de Jake, bouteilles de lait pleines d'urine de Howard Hughes, crise d'opioïdes, marée rouge, le fait qu'à New York la dernière fois, on a vu un homme avec un gros trou dans le nez, comme une troisième narine, et Leo a dit que c'était à cause de la cocaïne, le fait que je croyais que c'était dû à l'acné, le fait que Katharine Hepburn a pustulé, je veux dire postulé pour un poste d'ambassadrice à l'Unicef, le fait aussi qu'elle était très sportive, elle faisait du golf et du tennis et de la natation, le fait que dans les films on la voit souvent faire du golf et du tennis et de la natation, ♫ *The Stars and Stripes Forever* ♫, le fait qu'on n'est pas très sports dans la famille, le fait que, d'accord, on regarde des matchs de base-ball et de tennis de temps en temps, « Allez les Yankees ! », et des épreuves de slalom peut-être aussi, mais pas de foot, et je n'aime pas trop le *saut* à ski, Salzbourg, le fait que c'est toujours pareil, le fait que je ne skierais jamais, pourquoi vouloir se casser une jambe, le fait que de toute façon je suis fragile de la cheville, le fait que je me fais facilement des entorses, le fait qu'on fait semblant de s'intéresser au foot, pour faire plaisir aux enfants, mais on se force, entorse, le fait que tous les autres parents *adorent* ça, alors que moi ça me laisse de glace, de marbre, mise sur la touche par les *autres* mères, le fait qu'elles demandent toujours où est Leo, comme si on n'avait rien de mieux à faire que de regarder des gosses taper dans un ballon, le fait que les autres parents crient et les encouragent à s'en casser la voix, le fait que ce n'est pas bien, je trouve, de transmettre aux enfants cet esprit de compétition en toutes choses, le fait qu'on trouve que les autres parents sont trop impliqués, mais eux pensent sans doute que nous ne sommes pas assez impliqués, suprématistes blancs, « Elle s'apprête à fermer la bibliothèque ! », bouillie, laitue abîmée, le fait que la femme qui s'est fait abattre par son petit ami à Erie laisse cinq orphelins et une sœur jumelle sans jumelle, ensemble, collier assorti, le fait qu'il se passe plein de choses horribles comme ça, mais on doit *quand même* remplir notre déclaration d'impôts et faire réparer nos fenêtres, reparaître, repeindre, le fait qu'on aurait dû les faire repeindre l'an dernier, le fait que je devrais vraiment faire refaire les joints aussi, bon sang, le fait qu'entre les puzzles et ma sciatique et le Pepto-Bismol et l'Alka-Seltzer et ma hanche, je ne fais rien comme il faut, procrastination, le fait que deux gamines sont mortes dans leur lit au Texas à cause d'une explosion dans une usine de produits chimiques, le fait qu'apparemment personne ne contrôle assez les usines de produits chimiques, le fait qu'on ne les inspecte pas et qu'on les construit au milieu de zones résidentielles sans jamais se demander à quel point les substances à l'intérieur sont toxiques ou inflammables, le fait que cette usine était construite en *bois* et pleine de produits chimiques inflammables dans des cuves ouvertes, le fait que le nitrate d'ammoniac pour engrais n'est stable que tant qu'il n'est pas exposé aux flammes, mais quand un incendie s'est déclenché et que des cendres sont retombées sur du nitrate d'ammoniac pour engrais, tout a explosé, et des tas de pompiers sont morts également, le fait que c'étaient des pompiers bénévoles et qu'ils n'étaient pas formés pour affronter ce genre de chose, parce que personne dans l'usine de produits chimiques ne leur avait dit ce qu'il y avait là-dedans, le fait que je ne sais pas pourquoi on n'arrête pas tout pour se réunir et régler le problème afin qu'aucune petite fille ne meure ainsi dans son lit, franchement je n'en sais rien, idem pour les pompiers, mais personne ne répare rien, ni les robinets, ni les cadres de fenêtres, ni l'Ohio River, le fait que le sel de mer contient désormais des microplastiques, le fait que maintenant les cœlacanthes meurent à force d'ingérer les sachets de chips qui traînent au fond des océans, le fait que je me dis parfois que les gens n'ont jamais été aussi tristes qu'aujourd'hui, parce qu'on sait qu'on a *tout* fichu en l'air, même les géraniums si ça se trouve, le fait que, bon sang de bonsoir, je suis sûre que les gens n'ont pas toujours vécu dans un tel état d'inquiétude permanente,

*

Ce qu'on loue chez les poètes, la lionne l'avait déjà : chaque muscle exercé en vue de pas précis, chaque sens à l'affût du vent, du clair de lune et des autres créatures, proies ou rivales.

Pour elle, le mouvement était tout. Elle le voyait, le goûtait, le sentait. Elle réagissait plus vite qu'elle n'entendait. Un couguar doit savoir comment se comporte chaque fleur, afin de ne pas la confondre avec un reflet sur une roche nue, ou le museau d'une biche. Elle connaissait la différence entre une minuscule motte de neige qui tombe et le bruit que fait un rongeur en détalant. Elle percevait tout, depuis le castor qui nage dans le cours d'eau tout en bas jusqu'au frémissement d'une branche nue au-dessus, suivi de la goutte d'eau tombant d'un glaçon.

Elle savait que les poissons vivent dans l'eau et les oiseaux dans l'air et tous les autres animaux sur terre ou dans les arbres. Elle connaissait la pluie, le feu, la neige, la grêle, le tonnerre, les éclairs, les rafales. Elle connaissait les saisons, et comment s'y préparer. Elle connaissait la lumière et l'obscurité, la chaleur et le froid, la paix, le danger, se tapir et bondir, bondir et se tapir.

Rien ne la blessait sur son étroite sente, la sente qu'elle avait toujours arpentée, la sente dont elle seule se souvenait parce qu'elle l'avait créée. La sente suivait un ruisseau au cours tranquille qui allait son bonhomme de chemin en sinuant le long de son lit tracé. La rivière ronronnait elle aussi, tandis que l'eau crachotait, graillonnait, toussotait, crissait, giclait et luisait sur les pierres.

À un certain endroit, le cours d'eau revenait sur lui-même pour former une double hélice sinueuse entre deux péninsules imbriquées – une petite farce de la nature à l'intention de ceux qui craignent l'eau. La terre elle aussi sait bondir et se tapir. Sans broncher, la femelle couguar franchit un coude du ruisseau, traversa l'affleurement herbeux entre les deux, nagea de nouveau, et rejoignit sa sente de l'autre côté.

Mais elle évitait le lac à présent. Un jour, elle avait nagé jusqu'à l'île située au milieu, à la poursuite d'un aigle qu'elle avait vu patauger maladroitement dans l'eau, apparemment blessé. Cela avait été une erreur. L'aigle n'était pas blessé, ne se noyait pas. Il était juste en train de haler sa propre prise – un poisson presque aussi gros que l'oiseau lui-même – en utilisant ses ailes comme des avirons. L'aigle atteignit l'île et traîna le poisson avec lui. La femelle couguar, épuisée, se rapprocha à la nage, guettant toujours plus ou moins une occasion de les dévorer tous les deux, mais quand enfin elle eut repris pied non loin du rivage, l'aigle s'envola lourdement et alla se percher sur la cime d'un arbre pour déguster tranquillement son poisson.

Elle apprécia l'île au début. Cette dernière était vaste, sans autres fauves pour l'embêter. Elle resta là, régnant sur les lieux jusqu'à ce que tous les animaux susceptibles de voler ou de nager jusqu'à un endroit sûr soient partis. Puis elle commença à avoir faim. Elle était agacée par les carouges à épaulettes qui ne cessaient de lui foncer dessus, surgis de nulle part, craignant pour leurs petits soigneusement cachés. Elle n'avait que faire d'oisillons ! Tout ce qu'elle désirait, c'était une existence paisible. C'étaient ces carouges qui avaient fini par la décider à revenir sur la terre ferme.

Ce soir-là, sa sente secrète la mena près d'un poulain blanc avec une ligne noire sur le chanfrein. Il ne broncha pas, trop innocent pour comprendre ce qu'il voyait. Elle l'étudia – son droit de manger ce qu'elle voulait. Mais la jument était trop proche et pouvait ruer, un risque à éviter quand vos petits sont restés seuls dans la tanière.

Elle continua donc d'arpenter sa sente protégée. Passant derrière une chute d'eau, elle lapa la surface bleu, vert et blanc de l'eau qui lui masquait momentanément le monde.

Dans une clairière, elle sentit des chevreuils non loin de là, au silence qu'ils déplacent avec eux – le silence des animaux évasifs qui guettent les ennuis entre deux mastications hâtives et tremblantes.

Une approche prudente, une accélération soudaine, se tapir, se détendre, bondir.

Elle dévora les entrailles et mit de côté le reste, creusant avec ses griffes une légère dépression dans la terre gelée. Quelques brindilles par-dessus complétèrent l'enterrement symbolique. D'autres créatures s'attaqueraient à cette charogne à leur propre péril. Car elle lui appartenait, et elle était reine.

En rentrant chez elle, les mamelles gonflées, elle fut un instant troublée par la luminosité du ciel. Avait-elle laissé ses petits si longtemps ? Mais ce n'étaient que des nuages éclairés par la lune qui luisaient entre les branches basses. Le ciel au-delà était toujours d'un bleu de nuit.

Une douce brume s'attardait dans les broussailles. Les lignes blanches et horizontales des larges branches couvertes de neige se détachaient dans l'obscurité sous ses pas tandis qu'elle se hâtait de retourner auprès de ses petits.

*

le fait qu'un jeune marié au volant de sa voiture a défoncé le mur d'une maison, blessant quatre personnes à l'intérieur, le fait qu'il avait dû faire la fête toute la nuit, ♫ *que je sois à temps à l'église* ♫, le plan lisse et beige du comptoir, Un Pogona Qui Raffole Des Muffins Aux Myrtilles, ♫ *Petit pigeon, de grâce épargne mes myrtilles* ♫, DUI, DNR, ramiers, racine de ginseng, vieille pendule, écrémeuse, spatule, daguette, tête d'élan, le fait que Tante Sophia est enterrée dans le cimetière de East State Street avec tous les autres membres de la famille de Leo et c'est là qu'on finira sûrement aussi, le fait que la plupart des gens vivent et meurent où ils sont nés, ou bien partent de chez eux et vont vivre ailleurs pendant des dizaines d'années mais reviennent pour mourir, comme des oiseaux migrateurs, le fait que les oiseaux reviennent aux mêmes endroits année après année, ou alors ils font envoyer leurs cendres chez eux après leur mort, les gens je veux dire, pas les oiseaux, le fait qu'Abby est morte pas très loin de là où elle est née, enfin bon, à environ soixante-dix kilomètres, mais c'est encore le Massachusetts, le fait que la plupart des gens vivent là où ils se trouvent, les animaux aussi, à moins qu'il se passe quelque chose de vraiment grave qui les chasse, le fait que Recy Taylor a quitté Abbeville, Alabama, mais a dû s'y réinstaller sur le tard, le fait qu'elle a dû détester ça, le fait que je ne veux pas être enterrée à Evanston ou New Haven ou, bon, où que ce soit, le fait que je ne veux pas *mourir*, je veux dire disparaître, vieille histoire, chaîne Histoire, M4BL, pas avec quatre enfants à charge, le fait que les mères sont *importantes*, même si personne ne le pense, maman opossum se dandinant sous le poids de onze gros bébés opossums cramponnés sur son dos, le fait que les maquereaux migrent aussi, et les baleines, Rachel Carson, le fait que les éléphants ont un endroit où aller quand ils sont prêts à mourir, World's Worst Parker, aucun homme n'est une île, Newburyport, coin-coin, le fait que la famille de Lincoln a fait rapatrier son corps à Springfield, et McKingley a eu son mausolée à Canton, *L'Anthologie de Spoon River*, le fait que je ne pense pas que les gens devraient fumer dans un parc où jouent des enfants, ni vapoter, pas en présence d'enfants, mais on ne peut rien dire de peur que les gens vous menacent avec une arme, le fait qu'on ne peut pas savoir ce que les gens ont dans la poche ces temps-ci, Barry, couette, le fait que j'ai rêvé que je gambadais gaiment dans le salon d'un vieil hôtel quelque part, en petite culotte, le fait que c'était une sorte de vaste salon de thé, le fait que ce n'était même pas une jolie petite culotte, le fait que c'était le genre résistant, pratique, et je courais entre les tables à la recherche des minuscules ascenseurs dont je croyais me souvenir, le fait que les ascenseurs vous emmenaient à la gare sous l'hôtel, le fait que c'était comme un vieil endroit familier pour moi, peut-être en Irlande ou je ne sais où, le fait que ça me semblait très familier, un endroit que je connaissais depuis des années, le fait que je le connaissais par cœur, et je me sentais même à l'aise en petite culotte ici, mais ce n'est pas un endroit réel, ce qui vaut mieux, le fait que la dernière fois que je me suis sentie à l'aise en courant en petite culotte doit remonter à mes cinq ans, même si avec Leo bien sûr ça passe, le fait que tout le monde dans cet hôtel était très tolérant concernant ma nudité, du coup ça ne me gênait qu'à moitié, et dans l'ensemble c'était un rêve agréable, mais maintenant cette histoire de culotte me gêne, le fait que ce rêve était vraiment bizarre, banc rasant de nuages gris lilas, sentier pierreux et sinueux, Cathy qui sourit, le fait que le Country Shoppe marche du tonnerre, au point que selon Leo ça devrait s'appeler *Cashville* là-bas, pas Byesville, le fait qu'ils vendent des tas de confitures, des lasagnes jambon fromage, le fait que Cathy prétend qu'ils ne vendent que des produits américains et des trucs locaux, mais qu'elle veut bien faire une exception pour mes tartes Tatin vu que je suis américaine, même si la recette est française, le fait que je sois née dans l'Illinois aide sûrement aussi, le fait que tout le monde pense que je viens de Nouvelle-Angleterre mais c'est faux, le fait que Cathy a une gamine de neuf ans qui fait tous les bijoux, le fait que cette gamine est douée avec les perles, une gorgée de café, le fait que de nombreux enfants sont battus par leurs parents, le fait que je dois faire quarante-cinq bornes pour livrer mes tartes là-bas et dans tous les autres endroits où j'ai des commandes aujourd'hui, avec la neige et le verglas, le fait que j'aimerais qu'il y ait une méthode plus facile, comme lancer les tartes par la vitre en passant, le fait que ça serait chouette s'ils pouvaient dérouler un toboggan à tartes, incliné juste ce qu'il faut pour qu'elles ne prennent pas trop de vitesse, parce qu'il ne faudrait pas qu'elles s'écrasent, bataille de tartes, le fait que je veux juste qu'elles glissent jusque dans les bras accueillants des propriétaires ou d'une serveuse, sans que j'aie besoin de quitter l'habitacle chaud de ma voiture ou de parler à des gens, le fait que je pourrais juste saluer gaiment depuis la voiture en passant, le fait que, mon Dieu, ce que je peux être timide, le fait que je le suis même quand je parle à Cathy une fois sur deux, et maintenant c'est ma meilleure amie, enfin du moins dans le coin, Nanya, Mandy, Anat, le fait que la voiture de ce jeune marié est carrément rentrée dans la maison, le fait que la boucle d'oreille que j'ai retrouvée hier dans le lave-vaisselle n'a plus la partie qui rentre dans l'oreille, le petit crochet en argent, le fait que je devrais peut-être la filer à la gamine de neuf ans de Cathy pour qu'elle la répare, mes boucles d'oreilles bleu ciel perdues il y a longtemps, Frank, le fait que Frank mangeait toujours de la glace au lit, en regardant la télé, et pendant qu'il faisait ça j'ai perdu mes boucles d'oreilles préférées derrière la tête de lit et je ne les ai jamais retrouvées, le fait que vos boucles d'oreilles préférées disparaissent toujours dans l'espace entre le lit et le mur, le fait que ce n'était pas la faute de Frank, je suppose, mais j'associe encore la chose à lui et à son appart en désordre, et à sa glace, éclats de chocolat à la menthe, le fait que c'était juste après qu'on s'était mis ensemble, mauvais augure, le fait que les boucles d'oreilles se perdent si facilement, et bien sûr celles que vous portez la plupart du temps ne sont pas vos préférées, ce sont celles auxquelles vous ne tenez pas vraiment, mais alors vous les perdez et elles vous manquent aussi, parce que sans elles vous allez devoir finalement porter vos préférées, le fait que j'en avais une paire avec des fausses perles, ou des coquillages, et juste des incrustations dorées et tout ça, le fait que ces coquillages argent me manquent un peu, isotopes du plutonium, platine, perles, feutre et paillettes, notre cocktail party, le fait que je me demande bien ce que je vais mettre pour l'occasion, le fait que je n'ai plus rien de chic, le fait que je n'ai pas acheté de vêtements depuis, depuis que j'ai eu le cancer probablement, Target, mer à boire, goutte d'eau, sommet de l'iceberg, à la une à la deux, ni une ni deux, à trois, le fait que je mets la même tenue tous les jours, parce que c'est ma tenue de cuisine, juste des leggings ou un pantalon de survêtement et des tee-shirts longs qui camouflent un peu mon derrière, gagner sa croûte, le fait que depuis mon cancer je suis horriblement complexée par mon derrière, le fait que j'ai l'impression de l'avoir assez montré comme ça à des inconnus pour le restant de mes jours, le fait que j'ai du mal à comprendre pourquoi il faut toujours avoir le derrière de quelqu'un sous les yeux, courir en petite culotte, se faufiler entre les tables, protège-slip, le fait que toutes ces jeunes infirmières à la radiothérapie avaient sûrement l'habitude de voir ces choses-là mais moi je n'avais pas l'habitude de montrer mes fesses et que des doigts glacés les positionnent comme ci et comme ça sur une table, puis les bombardent de rayons, « Mrs Robinson, vous êtes en train de », le fait que personne ne s'était guère intéressé à mon derrière avant, et il n'y avait pas grand-chose à dire dessus, pas de seins, pas de fesses, mais Leo m'aime bien, lui, le fait que Leo m'aime et que ça rend la vie possible, le fait que c'est quoi déjà cette chanson, le fait que peut-être ce dont j'ai envie c'est d'un *muumuu*, le fait qu'on doit pouvoir en trouver sur eBay, le fait que je ne connais même pas la plupart des invités qui seront là, le fait que ce sont tous des collègues de Leo, et je déteste les fêtes, y aller ou en organiser, ombrelles à cockail, chapeaux pointus, Groucho Marx, talons hauts, olives, guacamole, le fait que je ne sais pas pourquoi les gens aiment ça, le fait que j'ai du mal à croire que c'est sincère, mais ça doit bien l'être sinon personne ne ferait de fêtes, ce qui me conviendrait parfaitement, roulés à la cannelle, test d'aptitude d'entrée à la fac, SAT, USA, PFOA, NBC, ABC, CBS, Fox News, intox, boxe, opossum, limande, oursin plat, pièce d'un dollar, pièce de cinquante *cents*, le fait que je me retrouve toujours obligée de parler avec quelqu'un avec qui je n'ai pas spécialement envie de parler, Pittsburgh, Bettina, Susan B. Anthony, edelweiss, le fait que Maman et Papa semblaient apprécier ce genre de soirées, même si Maman était timide, le fait que Papa était timide lui aussi à sa façon mais il était aussi très sociable, le fait qu'il savait tenir compagnie, compatible, cohérent, consentement, Didon, Ruth M. Arthur, *Mort d'un commis voyageur*, le fait qu'ils étaient quand même nerveux avant une fête, le fait qu'ils étaient tellement tendus avant les fêtes que Phoebe et moi nous étions juré de ne jamais organiser de fêtes quand nous serions grandes, le fait que je crois que Phoebe a changé d'avis plus tard mais pas moi, le fait que je devrais peut-être installer une corne sur le toit de la voiture, et corner quand j'approche du toboggan à tartes Tatin, « A-HOO-GA ! », pour prévenir le restau que les tartes arrivent, ou alors une clochette ou une sirène, même si on en entend bien assez comme ça par ici ces derniers temps, les alarmes de voiture aussi, le fait qu'une sirène à tartes pourrait faire sursauter les types qui se trimballent armés, ce qui pourrait être amusant sauf s'ils réagissaient instinctivement et me tiraient dessus, réflexe, le fait que je ne devrais pas avoir ces pensées, oh non, vivre et laisser vivre, pas vrai, mieux vaut prévenir, un tiens vaut mieux, le fait qu'une sirène ça serait un peu exagéré parce que mes tartes ne relèvent pas vraiment de l'urgence, ce sont juste des tartes, toboggan, le fait que si quelqu'un venait jusqu'à la voiture pour les prendre ça me suffirait, le fait que, ça oui, ça m'aiderait beaucoup, et qu'on ait trop froid pour qu'ils me fassent la conversation, le fait que je crois que je n'aime pas livrer mes tartes mais le truc, c'est qu'à force de passer ma journée à faire des tartes je suis toute coincée de partout, et parfois je ne me sens pas la force de sortir de la voiture, le fait que je crois que je me fais vieille, le fait que je devrais faire du yoga ou je ne sais quoi, Pilates, aérobic, ou manger plus de chou kale ou de brocoli, tout ça, le fait que je dois prendre des antioxydants et vite, algues, le fait qu'avant j'étais souple, le fait que j'avais les articulations des hanches si souples que le médecin m'a dit que j'étais vraiment flexible, le fait que les tapis de yoga sont déprimants, le fait que je n'arrive pas à croire qu'on est censé les trimballer et les apporter au cours de yoga et les dérouler et s'allonger dessus, le fait que comment ce truc peut être confortable, le fait qu'il faut vraiment se détester pour faire ça, le fait qu'il faut se détester pour battre un enfant aussi, Toto dans le panier, Dorothy, les Munchkins, le fait que j'ai toujours eu très peur des Munchkins, le fait que je n'arrivais pas à les comprendre, le fait que le magnet d'oryctérope sur le frigo a une tête et une queue articulées, le fait que Stacy me l'a offert quand j'étais à l'hôpital, le fait que j'avais peur du Bonhomme en Fer-Blanc, de l'Épouvantail, du Lion Poltron, et du Magicien d'Oz, et aussi de la méchante dame qui emporte Toto dans le panier de son vélo, et de la sorcière, L. Frank Baum, le fait qu'ils me faisaient tous peur mais je ne le montrais pas parce que tout le monde semblait trouver que c'était un film merveilleux, le fait que c'est un sacré film d'épouvante, le fait qu'ils le passaient toujours à la période de Noël, comme si c'était un événement familial ou je ne sais quoi, comme si c'était obligatoire, et on le regardait avidement chaque année, discothèque, mouvements de danse, le fait que j'avais peur aussi des discothèques, même si ça n'a rien à voir avec L. Frank Baum, magnet oryctérope, génocide, le fait que j'ai toujours détesté les comédies musicales, café, le fait que la queue de l'oryctérope est toute pliée et ne tient qu'à un fil et je dois la réparer là tout de suite avant qu'elle se détache complètement, Massacre de Nickel Mines, puzzles, le fait qu'avoir eu le cancer une fois ne veut pas dire que vous ne l'aurez plus jamais, loin de là, le fait que je me dis toujours que j'en ai un autre et que je ne verrai pas grandir mes enfants, le fait qu'heureusement j'ai oublié le traitement que j'ai dû subir, « elle nous a quittés », la mort et les impôts, mardi, dentiste, passeports, renouvellement de passeport, facture de carte de crédit, tas de linge sale, fenêtres fichues, robinet qui fuit, le fait qu'ils m'ont guérie et je remercie le ciel et Leo remercie le ciel et je remercie Leo et je remercie les médecins et je remercie le ciel que les enfants aient à peine remarqué ce qui se passait, enfin pour autant que je sache, sauf peut-être Stace, Kaiser, HMO, la gentille infirmière dans la salle d'attente du Département d'Oncologie, primes d'assurance-maladie, franchises, prestations, le fait que je me suis rétablie et tout, mais je ne suis pas sûre d'avoir retrouvé mon état d'esprit, mon équilibre, équateur, équation, statue équestre, le fait qu'à un certain niveau je pense encore que je suis toujours en train de mourir, Définissez Vos Objectifs, le fait que bien sûr j'ai eu le cancer le plus gênant qui soit, le fait que la vie dans son ensemble est une énorme gêne pour moi, le fait que toute ma vie je me suis toujours donnée en spectacle, à se demander ce qui va suivre, apoplexie, gangrène, ou une grosse oreille enflée comme Ben après que l'abeille l'a piqué, le fait que son oreille était si grosse qu'il a pu la voir pendant quelque temps, voir sa propre oreille, le pauvre chou, le fait que ce n'est jamais censé arriver, le fait que ce genre de chose ne devrait jamais vous arriver en Amérique, oryctérope, mais les accidents ça arrive, « Nous ne sommes pas comme ça », le fait que j'utilise des clichés même quand je me parle à moi-même, le fait que Gillian aime chanter à tue-tête des berceuses aux chats, le fait que si elle chantait plus fort ça briserait des lustres, si on en avait, le fait qu'un steward a sermonné une femme avec des bébés, des jumeaux, et quelqu'un sur Twitter a dit qu'il espérait que le steward mourrait d'un cancer de l'anus, ce qui n'était pas une remarque très aimable, même au sujet d'un steward, mes boucles d'oreilles bleu ciel, perdues, Phoebe et moi cachées derrière le canapé à Evanston, John Evans, Evanston, aspirateur, chevreaux sautant sur la table de pique-nique, yoga avec des chèvres, le fait que les chèvres veulent toujours monter sur quelque chose, le fait qu'elles veulent toutes êtres des bouquetins, le fait que je ne me vois pas escalader des montagnes, le fait que je déteste les collines, le fait que la brume bleue sur les Blue Ridge Mountains est due aux terpènes, le fait qu'un tiers des gens attrapent le cancer, mais on peut en soigner toutes sortes de nos jours, ou les contrôler, le fait que c'est le cas du cancer de la peau par exemple, certains en tout cas, rubans roses contre le cancer du sein, lèpre, Ebola, pansements, œufs Benedict, tas de linge, fête, fête de voisinage, fête de départ, Arvo Pärt, « Spiegel im Spiegel », le fait que Leo et moi parlions de Stacy et du fait qu'elle ne supporte personne à part les vegans, alors j'ai dit qu'elle doit voir le monde et décider par elle-même ce qui est bon et ce qui est mauvais, le fait que jusqu'ici elle sait surtout décider ce qui est mal, le fait que j'ai dit que c'est un « processus d'acceptation et de rejet », le fait que j'ignore d'où c'est sorti mais ça a plu à Leo, le fait que je ne sais pas d'où je sors ça mais c'est vrai, le fait que l'adolescence est un processus d'acceptation et de rejet, le fait que j'ai rêvé que Leo gagnait une belle encyclopédie, ancienne, à la reliure bleu foncé, et tout était écrit en allemand, le fait qu'il y avait beaucoup de volumes, le fait qu'elle datait des années 30 et que Leo l'avait gagnée grâce à un slogan publicitaire qu'il avait rédigé au lycée, le fait que j'aimerais pouvoir me rappeler ce slogan, mais je ne crois pas que c'était dit dans le rêve, le fait que j'aurais bien aimé rêvé du slogan plutôt que de l'encyclopédie bleu foncé, le fait que pendant ce temps Leo a rêvé que nous avions tous de nouvelles chaussures bleues et qu'il devait témoigner devant le Congrès à leur sujet, le fait que c'est une sacrée coïncidence, les chaussures bleues et l'encyclopédie bleue, le fait qu'on a mangé du bleu au dîner, peut-être, ou alors on avait juste le blues, le fait que ces trois jeunes infirmières du service radiographie devaient me voir en petite tenue, zéro tenue, même, le fait qu'elles étaient toujours à tourner autour de mon postérieur, le fait que mon oncologue n'est venu me voir qu'une seule fois quand j'étais à l'hôpital, accepter le changement, le fait que c'est bien qu'elle ne soit pas venue davantage sinon ça m'aurait coûté encore plus, lumières blanches et violentes, fenêtres noires, le fait que j'ai détesté être malade en public, dans une salle d'hôpital, être juste allongée et malade, le fait que ça me rendait folle, le fait que j'ai dû demander à une infirmière de m'aider à prendre un bain tous les jours, le fait que je ne pouvais pas y arriver toute seule, le fait qu'elles s'y prenaient très bien mais que c'était humiliant, salle de bains minable, poignées en métal, parce qu'elles devaient m'abaisser dedans, le fait qu'ensuite elles m'y laissaient pendant un temps, le fait que je me revois essayer de sortir de la baignoire toute seule mais je n'étais pas assez forte et je devais attendre qu'elles reviennent, le fait que pourquoi est-ce que je pense à ça, « Demi-tour ! », le fait que je ne supportais pas la nourriture de l'hôpital et que Leo m'apportait du bouillon de poule, dans une thermos, mon propre bouillon de poule fait maison, mais j'avais dû oublier de le saler avant de le congeler, le fait qu'aujourd'hui encore le bouillon de poule sans sel m'écœure un peu, le fait qu'on dit toujours aux patients atteints du cancer d'engranger des souvenirs, eh bien c'est ça mes souvenirs, les jolies et jeunes infirmières de la radio qui s'occupaient de mon postérieur, et tenter de boire du bouillon de poule sans sel, le fait que quand j'ai appris que j'avais un cancer j'ai essayé d'être joyeuse, le fait qu'au début vous n'y croyez pas, le fait que ce soir-là, après avoir vu l'oncologue, je suis allée dans la cuisine chercher mes clés de voiture, le fait que j'avais juste envie de rouler, et de ne jamais revenir, et d'épargner aux autres des tas de soucis, à ma famille et à tous les médecins, et aux infirmières et aux radiologues et à tous les autres, le fait que j'avais même de la peine pour notre *mutuelle*, et ce n'est pas facile, avoir de la peine pour une mutuelle, HMO, Laura Ingalls Wilder, Mrs Brewster, le fait que Laura se donne du mal pour enseigner à la petite Brewster School, certificat d'enseignant, cantine d'ouvriers, mais Almanzo vient la chercher en schlitte, le fait qu'une schlitte est une sorte de grosse luge, le fait qu'un jour on a utilisé la luge pour aller faire les courses, quand la voiture était en panne, et c'était plutôt amusant, le fait que quelque chose n'allait pas du tout chez Mrs Brewster, je trouve, brandir ce couteau, le fait que tout le monde s'efforçait d'être gentil avec moi et tout, mais moi je me disais juste que je n'allais pas tarder à mourir, et que donc ça ne valait pas l'argent qu'on avait dépensé pour tout ça, le fait que l'oncologue avait donné l'impression que ça représentait un sacré boulot, pour tout le monde, trois semaines d'une séance de ceci, deux semaines de cela, repos total de trois mois, le fait qu'elle voulait me bombarder et m'empoisonner et me remettre d'aplomb juste après et que tout paraissait *impossible*, le fait que je crois que j'ai eu peur, Lion Poltron, le fait que Leo a senti qu'il se passait quelque chose, et il m'a rejointe dans la cuisine et m'a fait asseoir et forcée à lui parler, le fait qu'il m'a déconseillé de m'enfuir, parce qu'il a dit qu'il ne voulait pas me perdre, fenêtres noires, lumière de la cuisine vive et blanche, arbres se détachant contre la neige bleue, le fait qu'il n'arrêtait pas de me dire que nous allions surmonter ça, chaussures bleues, encyclopédie bleue, et on l'a surmonté, le fait qu'il m'a aidée tout ce temps, le fait qu'il a tout fait, la cuisine, le ménage, même aller me chercher des livres à la bibliothèque et des DVD quand j'étais clouée sur le canapé pendant des mois et trop faible pour bouger, manger des M&M's, le fait que je pense qu'on a tous mangé des tonnes de M&M's, Maman après son opération, Pepito à son chevet, le fait que je pense que ce qu'ils veulent dire vraiment par « engranger des souvenirs » est plus quelque chose comme aller à la plage avec vos enfants, ou emmener votre fille à un concert de Céline Dion, pas juste rester chez soi à avoir la nausée et manger des M&M's ensemble, Medicare & Medicaid, Frank, xéropaysage, le fait que toutes les xérophytes ne sont pas des cactées, mais toutes les poules ont été des poulets, Zyker's, le fait que Zyker's possède des magasins ACE Hardware un peu partout, ailes de poulet à la mode Buffalo, le fait qu'à Evanston il semblait neiger uniquement devant la maison, le fait que je me revois encore regarder depuis le salon par notre fenêtre à carreaux, regarder tomber la neige, le fait que le jardin derrière la maison était toujours étincelant de boutons-d'or, ou c'est ce qui me semble aujourd'hui, le rebord de la fenêtre où s'asseoir dans le salon, Pepito qui aboie, gueules-de-loup, mûres, le fait que quand je me réveillais je regardais par la fenêtre de ma chambre pour voir si Pepito était dehors, Phoebe qui se maquillait, le fait qu'il y avait une balançoire sous le mûrier, coin cuisine, le fait que Maman faisait pousser du muguet et des gueules-de-loup que Pepito piétinait, le fait que je me méfiais toujours un peu des gueules-de-loup, le fait que je les associais peut-être avec la bouche de *Maman* quand elle s'énervait, ce qui était rare mais effrayant, coin fenêtre, le fait que c'était une mère au tempérament très égal, marcher en évitant les fissures, le fait que toutes les familles devraient peut-être avoir un chien, le fait qu'on n'avait que des chats, le fait que j'ai rêvé qu'on avait un grand chien mince et tout frisé, le fait qu'il était couleur abricot pâle, le fait que je pense que c'était une race qui n'existe pas vraiment, le fait qu'on formerait peut-être plus une famille si on avait un chien, mais jamais on ne pourrait avoir un chien aussi gentil que Pepito, le fait qu'il était comme mon petit frère, un membre de la famille à part entière, Leo, airelles, les gros chiffres dans mon livre d'arithmétique en primaire, le fait que Phoebe avait des cochons d'Inde, Ethan des hamsters, et moi des souris, Edward, ma souris Edward, le fait que quand Stace a décidé de devenir actrice Leo et moi avons lu *Le Roi Lear* en entier avec elle, le fait que ça nous a pris trois soirées, en nous répartissant les rôles, selon quels personnages apparaissaient dans la scène, et c'était chouette, et après ça elle a complètement renoncé à l'idée d'être actrice, le fait que je n'arrive pas à croire qu'on ait fait ça, le fait qu'elle supporte à peine d'être dans la même pièce que moi ces temps-ci, La Victime Revit Son Agression, Vos Avis Sur La Corée Du Nord, le fait qu'un ado a abattu toute sa famille, juste après que sa sœur aînée s'était acheté une nouvelle Hyundai, mais je ne crois pas que c'était là le mobile, le fait que les parricides sont de plus en plus fréquents, familicide, le fait que l'homme qui a poignardé et étranglé sa femme s'est plaint d'être incarcéré le jour de son anniversaire, le fait que le lave-vaisselle a un casier du bas pliant, qui se plie souvent, le fait que je ne comprends pas pourquoi il doit être comme ça, le fait que c'est peut-être pour laver les casseroles, mais je ne mettrais jamais mes casseroles Revere Ware dedans, le fait qu'elles sont trop précieuses pour aller au lave-vaisselle, le fait que Maman avait des casseroles Revere Ware, et Abby des casseroles Revere Ware, et moi deux ou trois casseroles Revere Ware, héritées de Maman, mais pas assez pour partager entre les quatre enfants, le fait qu'ils devront acheter un jour leurs propres Revere Ware, le fait qu'Abby avait une jolie mini-poêle Revere Ware que je rêverais de posséder, bon en fait j'aurais aimé hériter de toutes les Revere Ware d'Abby, le fait que je suis sûre que Barry ne voulait pas des vieilles casseroles et poêles de sa maman, pas plus qu'il ne voulait de ses tapis et de ses plantes et de la courtepointe qu'elle a laissée pour moi et qu'il ne m'a jamais envoyée, pains fourrés au homard, chips, CC&G, le fait que j'aimerais avoir cette courtepointe, le fait que c'est Abby qui l'a faite elle-même, le fait que je parie qu'il l'a jetée tout de suite, le fait que c'est un vrai glouton, et que donc les Revere Ware ne lui conviendraient pas, le fait que sa première épouse et lui aimaient les Boston Pops, comment elle s'appelait déjà, le fait qu'ils ont été obligés de donner leur bobtail quand ils ont eu Bruce, parce que Bruce était allergique aux chiens, le fait que toute cette famille avait le chic pour se débarrasser de trucs, maintenant que j'y pense, les lettres de Maman, le chien, le fait que Barry adore jeter, le fait que finalement il a jeté toute la maison d'Abby et s'est installé dans le Missouri, et je n'ai plus eu de ses nouvelles, et je suppose qu'il m'a jetée moi aussi, le fait que j'aimerais qu'on ait vécu là-bas, dans la maison d'Abby, je veux dire, pas dans le Missouri, le fait que Laura Ingalls Wilder a fini dans le Missouri, le fait que je pense toujours à la nouvelle femme de Barry, comment elle s'appelle, comme la « nouvelle », mais ça doit faire quinze ans maintenant qu'ils sont mariés, le fait qu'elle m'a toujours paru sympa, les rares fois où je l'ai vue, et Abby l'aimait bien aussi, je crois, même si elle était très attachée à sa première épouse, comment déjà, escaliers de la cave, linge sale, canards, Newburyport, le fait que les casseroles Revere Ware ont ce joli fond en cuivre, qui empêche que les aliments brûlent ou je ne sais quoi, le fait que, bon, ça a une utilité, le fait que Barry doit avoir des casseroles tout en cuivre maintenant, le fait que les Indiens ont extrait le cuivre pendant des milliers d'années dans l'Ohio, le fait que je n'aime pas les mines et les carrières, le fait qu'en Angleterre ils utilisaient des poneys qui n'avaient presque jamais le droit de remonter à la surface, le fait qu'ils passaient toute leur vie dans la mine, à tirer du charbon dans le noir, le fait que comment peut-on mettre au point un système pareil, confier un travail aussi dur à un cheval, le fait que les choses qu'on a faites aux animaux, Revere Ware, poumons américains, tuberculose, bouton perdu, oryctérope, le fait que j'ignore pourquoi on a ce vieux calendrier de l'Association contre les maladies pulmonaires sur le frigo, le fait que, selon l'Association contre les maladies pulmonaires, deux cent mille Américains meurent de la pollution atmosphérique chaque année, et sept millions d'écoliers américains ont de l'asthme, le fait que ces sept millions d'enfants doivent survivre dans le smog comme des poneys de mine et aller à l'école pour regarder des films sur les victimes de la grippe espagnole, « J'en ai ma claque et j'y retournerai pas », le fait que la police a tiré à sept reprises sur une femme enceinte, parce qu'elle avait pété les plombs, le fait que la grossesse peut vous perturber beaucoup, à cause des hormones et tout ça, bétail sans hormones, le fait que Mary Todd Lincoln souffrait peut-être d'une carence en vitamine, anémie, poulets, le fait que les gens n'arrêtent pas de manger du poulet, Chick-Fil-A, le fait que soixante ou soixante-dix millions de poulets meurent chaque année pour qu'on ait des boulettes de poulet, du poulet à la King, du gumbo de poulet, du poulet à la Kiev, du poulet Vesuvio, du poulet Stroganoff, du poulet tetrazzini, du poulet cacciatore, du poulet à la toscane, du poulet au riz mélangé, des chilaquiles au poulet, des blancs de poulet grillés, cassolette au poulet, blancs de poulet aux myrtilles, fajitas au poivron mariné et au poulet, poulet lo mein, nuggets de poulet, nuggets de poulet au piment, poulet en papillote, poulet à l'étouffée, poulet à la Boston, sandwich au poulet, poulet en croûte, poulet Cornell, ailes de poulet fumées, poulet aux pâtes, tourte au poulet, picante de poulet aux pêches, prévention des incendies, le fait qu'il n'y a rien ce matin pour le petit déjeuner hormis la pâte des roulés à la cannelle, le fait que j'ai faim mais pas si faim que ça, le fait que Gillian mangerait toute ma pâte si je la laissais faire, pas de problème, œufs, garde-manger, fenêtres à carreaux, fenêtres « acariâtres », le fait que les chats peuvent manger des tas de choses sans attraper la salmonelle, le fait que le poulet cacciatore était une des spécialités de Maman, pêches et crème, dèche et crime, cardamome, cannelle, Margaret Wise Brown, Laura Ingalls Wilder, Robert Louis Stevenson, Wolfgang Amadeus Mozart, tarte à la mélasse, tarte à la crème, tarte à la vanille, Chesapeake Bay, le fait que je mangerais bien un œuf, je crois, mais j'en ai besoin pour d'autres choses, le fait qu'on a beau avoir quatorze poules dans le jardin on manque toujours d'œufs, *Printemps silencieux*, le cycle de la vie d'un maquereau, recycler, surcycler, patient en observation pour la nuit, pygargue à tête blanche, le fait qu'un jour où j'allais de chez Abby à Fort Lauderdale, pour aller voir Mamie, le bus s'est arrêté quelque part dans le Kentucky ou le Tennessee, et là dans la cafétéria de l'arrêt de bus j'ai mangé les meilleurs œufs brouillés de ma vie, œufs au plat, œufs miroir, œuf mollet, œufs brouillés sur toast, le fait que depuis j'ai essayé de refaire ces œufs du Kentucky ou du Tennessee chaque fois que je fais des œufs brouillés, mais il faut une plaque en fonte de super qualité, le fait que je me souviens exactement de comment il s'y prenait, et ça durait environ une seconde, inutile de remuer et touiller, le fait que ça ne sert à rien, le fait qu'il faut aller très vite, un aller-retour, arrêt de bus au milieu de nulle part, et ils étaient parfaits, toilettes de l'arrêt de bus, portefeuille, gentille dame, « et une couche de soleil bien luisante », le fait que c'est comme ça qu'ils désignent les toasts beurrés à la confiture, le fait que la confiture n'est qu'un autre genre de vibrations pour Leo, pont effondré, encéphalite de Saint-Louis, Moment Déchirant Pour Un Papa, le verre vert foncé dans la partie haute des fenêtres du bus, Greyhound, le fait qu'après avoir mangé mes œufs brouillés je suis allée aux toilettes et j'ai oublié mon portefeuille à côté du lavabo, parce que j'ai fait vite, peur que le bus parte sans moi, le fait qu'une très gentille dame a couru après moi avec mon portefeuille, le fait que j'ai toujours eu un faible pour cet État depuis, que ce soit l'un ou l'autre, le fait que ça devait être le Tennessee, le fait que Mamie écrivait de très mauvais haïkus sur les animaux du zoo, et aussi de longs poèmes interminables sur les girafes et les pélicans, les flamants roses, le fait qu'on ne lui a jamais dit qu'ils étaient mauvais, et elle est sans doute morte persuadée d'être une grande poétesse, bon, pas de mal à ça, le fait qu'elle ressemble à Shirley Jackson, pas *Mamie*, cette fonctionnaire dans le Kentucky qui refuse de marier les couples gay, mais Shirley Jackson n'aurait jamais empêché des couples gay de se marier, le fait que Shirley Jackson ne s'est jamais vraiment plainte de rien, pas même de son mari, qui était un peu volage, avec ses étudiantes, Bennington, adultère, *Manipulations*, le fait que Shirley Jackson était peut-être trop occupée à écrire des livres pour remarquer son manège, *Harriet la petite espionne*, le fait que j'aimais beaucoup ce livre, le fait que j'ai voulu un temps être une espionne, mais je ne me rappelle plus aucun détail, sauf qu'elle aimait les sandwiches à la tomate, embargo de Xenia, le fait que Leo travaille avec toutes sortes de jeunes femmes, des étudiantes et des collègues, mais j'ai confiance en lui, implicitement, le fait qu'il n'est pas comme le mari de Shirley Jackson, Leo endormi dans notre lit, Leo dans son bureau, Bettina, puzzle, Stacy, tas de linge sale, le fait que je ne m'inquiète pas du tout, Département d'Ingénierie, même si elles sont toutes jeunes et jolies là-bas, le fait que ce sont ces gens qui seront là ce soir à notre fête, avec moi dans mon muumuu, effondrement du Silver Bridge, le fait que les gens comme Shirley Jackson ont du *tact*, et c'est une chose rare de nos jours, Un Chien Se Reconnaît À La Télé Et Panique, le fait qu'elle n'a jamais fait de scène, mais elle était souvent déprimée, le fait qu'elle n'aimait pas son côté avaricieux, et elle se moquait des critiques de livres qu'il rédigeait, mais je crois qu'elle le laissait flirter à sa guise, fleur thé, flatteur, panthère, Mignons Pandas, gommettes, le fait que Maman avait du tact elle aussi, mais que je ne suis pas sûre d'en avoir, « *De la grâce ?!* », le fait que je ne serais sûrement pas aussi à l'aise si Leo était un coureur de jupons, parce que je suis du genre jalouse, oh ça oui je suis jalouse, par exemple s'il prend ne serait-ce qu'un verre de vin sans moi je suis jalouse, mais certains hommes sont décents, le fait qu'ils ne sont pas tous Bill Clinton, ou Trump, à galocher la première venue, le fait que Bill Clinton essaie toujours de mordre les lèvres des femmes, le fait qu'il n'arrivait pas à détacher son regard de Melania pendant l'investiture, alors même qu'elle portait cette robe camisole bleue, le fait que je ne devrais pas trop m'ériger en juge, mais je ne sais pas si les robes-manteaux sont une bonne idée, bon sang, qu'est-ce qui m'arrive, le fait qu'être mariée à Bill Clinton doit être une autre paire de manches, c'est sûr, chapeau de Ranger, scénario, « Je n'ai pas couché avec cette femme », le fait que Leo pense que Bill a dû promettre la présidence à Hillary afin qu'elle passe l'éponge, mais bon elle n'a pas gagné, et où ça nous a menés, le fait que George Bailey offre la lune à Mary dans *La vie est belle*, le fait qu'ils n'avaient pas beaucoup d'argent, Shirley Jackson et Machinchose, avec lui qui enseignait et rédigeait des critiques de livres et flirtait, le fait qu'il la brusquait pour qu'elle écrive, joindre les deux bouts, comment il s'appelait déjà, infidélités, perle rare, le fait qu'on a encore des feuilles mortes dans les coins du sous-sol, le fait que Hillary devait bien savoir que Bill n'était pas un saint quand elle l'a épousé, le fait que je ne l'aime pas beaucoup mais il n'y avait personne d'autre pour qui voter, pays libre, Hyman, le fait que le mari de Shirley Jackson s'appelait *Hyman*, hymen, amen, vers à soie, étoiles de mer, papier-toilette, petit oreiller, le fait que Mamie me laissait à peine sortir de sa résidence, même une minute, alors que j'avais dix-neuf ans et quelque, et qu'elle refusait que je boive un verre de bière, le fait qu'il faisait très chaud dehors, et son frigo était bien fourni en bières, mais c'était pour les hommes seulement, comme le réparateur ou Uncle Bud Bar, le fait que je ne lui ai jamais vraiment pardonné de m'avoir refusé une bière, et c'est idiot, le fait que est-ce que je vais ressasser ça jusqu'à la fin de mes jours, la cuisine sombre, sans fenêtre, de Mamie, le fait qu'elle m'a retenue quasiment prisonnière dans son appartement pendant ce qui m'a paru toute une semaine, en attendant de fêter ses quatre-vingt-dix ans, marée rouge, le fait que je suppose qu'elle se sentait responsable de moi, le fait qu'elle m'a laissée aller nager un jour mais c'est à peu près tout, avec aussi la fois où elle m'a emmenée voir Howard Keel, verre d'eau sur la table basse près du canapé, roulé à la cannelle, mixeur rouge, le fait qu'elle avait la belle bibliothèque vitrée de Papy dans sa chambre, pleine de livres de poésie et de droit, et sa grande collection de cuillers souvenirs dans la table basse en verre du salon, le fait qu'elle aimait vraiment le verre, les assiettes en verre et les tables en verre et une grosse bonbonnière ancienne en cristal, avec dedans ces bonbons d'autrefois tout tordus et rayés, uniquement pour les grandes occasions, le fait que Phoebe s'est approprié la collection de cuillers dans son héritage dès qu'elle a su écrire son nom sur un bout de papier qu'elle a glissé dans la vitrine, le fait que Phoebe voulait vraiment ces cuillers, j'ignore pourquoi, le fait que la plupart ne sont pas si jolies, juste des cuillers souvenirs dégotées dans tous les endroits où Mamie et Papy sont allés en Amérique au cours de voyages professionnels ou autres, le fait que l'une a les chutes du Niagara gravées dessus et l'autre l'Exposition universelle de Chicago, le fait que je me demande si ça arrive à Phoebe de les polir, mais elles ne sont même pas en argent, pour la plupart, peut-être en plaqué argent, le fait que Mamie a dû passer la moitié de sa vie à acheter ces choses, et à les polir, et à polir la vitrine où elles étaient rangées, pour pouvoir les montrer, le fait que Phoebe a maintenant une table en verre, le fait que j'ai écopé je ne sais pourquoi de quelques cuillers avec des roses dessus, le fait que Mamie laissait des verres d'eau la nuit pour attraper les insectes assoiffés, mais que je devais me rappeler chaque nuit de ne pas boire une gorgée au cas où il y aurait eu des insectes dedans, mais il n'y en avait jamais, le fait que ça ne marchait pas, les insectes n'avaient pas soif à ce point, le fait que Mamie espérait vraiment qu'elle trouverait un insecte dans chacun de ces verres au matin, le fait que chez Mo's un verre d'eau se disait « de l'air liquide », douze en vie, « et un direct sans verdure », Hyman, homme à femmes, Howard Keel, le fait que Mamie avait passé tellement de temps seule dans cet appartement qu'elle avait fini par remplir l'endroit de verres d'eau, le fait que tous ses verres avaient de grosses bosses en verre au fond, une histoire de non-condensation, anticoagulant, cloaque, Coca-Cola, condensation, constipation, le fait que les verres étaient toujours couverts de condensation, et donc ces bulles de verre ne servaient à rien, le fait qu'il fallait sans cesse les essuyer et vérifier le sous-verre, qui collait au verre puis tombait, donnant l'impression que vous saccagiez les lieux, le fait que je ne sais pas pourquoi je suis si dure avec Mamie, si ce n'est qu'elle l'était avec Maman, le fait qu'elle aurait pu me traîner à trente concerts de Howard Keel, le fait que j'associe ce dernier à Mamie, le fait que Mamie et Papy ont été d'emblée méchants avec Maman, pas seulement après que Maman est tombée malade, le fait que je ne crois pas que Mamie m'aimait beaucoup non plus, rien à voir avec l'amour qu'elle portait à Howard Keel, le fait qu'elle avait encore le béguin pour lui, à quatre-vingt-dix ans passés, le fait qu'elle m'a néanmoins appris quelques recettes utiles pendant mon séjour, le bouillon de poule, la 'hallah, le yaourt, le fait que je me souviens encore de toutes ces choses, mais je ne fais plus de yaourts, le fait que les enfants n'aiment que ceux qu'on trouve dans les magasins, le fait que le yaourt de Mamie avait parfois des problèmes de coagulation, mais il était quand même bon, juste à l'ancienne, plus léger que ne l'est aujourd'hui le yaourt, et pas du tout homogène, le fait que pour le bouillon de poule il faut des os de poulet, du céleri, de l'oignon, des carottes, des pommes de terre, du gingembre, de l'ail, du poivre noir en grains, quelques graines de coriandre, une feuille de laurier, une pincée de sucre, un verre de vin blanc ou de vermouth, ou un demi-verre de gin, le fait que je ne me souviens pas si Mamie mettait du vin dans le sien, le fait qu'elle était si radine avec la bière que j'en doute un peu, le fait qu'on fait bouillir le tout, puis on laisse mijoter pendant au moins huit heures, ou encore mieux douze, si on veut faire ressortir la *glucosamine*, le fait que plus c'est gélatineux mieux c'est, gélatineux, visqueux, viscose, le fait que si on le fait cuire assez longtemps ça vire au doré, rayonne, radon, nylon, gelée, pudding, dynamique des mouvements vibratoires, argent colloïdal, le fait que certaines personnes le font cuire pendant *vingt-quatre* heures, mais c'est peut-être trop, le fait qu'ensuite on le laisse refroidir et on le passe, et on le *sale*, et on le met au congélateur le plus vite possible, le fait que je préférerais avoir la recette des donuts du père de Maman, tapioca, le fait que Papa adorait quand Maman lui en faisait, le fait que chez Mo's ils appelaient le tapioca des « yeux de poisson », le fait qu'il faisait toujours très chaud quand j'allais chez Mamie, en Floride *ou* à Detroit, le fait que c'était toujours *suffocant*, et barbant, le fait qu'à Fort Lauderdale on devait faire la vaisselle dans l'évier de la cuisine parce que le lave-vaisselle était rempli de sacs en plastique, ce que je n'ai jamais compris, le fait qu'aujourd'hui encore je me demande si elle n'avait pas eu un problème avec des insectes, et que ça l'avait dégoûtée à jamais du lave-vaisselle, le fait que j'ai rêvé la nuit dernière qu'une grosse limace mangeait une petite limace, *beurrrk*, le fait que je devrais vraiment essayer d'être plus compréhensive avec Mamie, je veux dire *tant pis* si elle me menait à la baguette et ne se servait pas du lave-vaisselle et ne voulait pas que je boive de la bière, bon sang, le fait que c'est juste stupide, de garder rancune comme ça après tant d'années, rouge à lèvres, dans le rouge, le fait que Mamie a mis son petit ventre sur le compte de la bière quand elle a été enceinte, énormité, mais elle obéissait à son médecin, le fait que son toubib avait peut-être raison, parce qu'elle avait trois fils en bonne santé, maman opossum, le fait que tant pis si c'était une vieille femme revêche, des tas de gens deviennent un peu revêches en vieillissant, le fait que ce n'est pas un crime, mais ils ont envoyé ce télégramme, « NOUS VOUS PARDONNONS », le fait que ça, c'était impardonnable, le fait qu'il n'y avait que deux pièces dans son appartement en Floride, et donc je devais dormir sur le canapé dans la salle à manger, et Mamie dormait dans la chambre à coucher, le fait qu'à Detroit ils avaient une grande maison pour toute la famille, le fait qu'il y avait une sorte d'aperçu sur la mer, dans l'appartement en Floride, pas dans la maison de Detroit, le fait qu'elle a quitté Detroit pour aller jusqu'en Floride pour avoir un aperçu sur la mer, le fait qu'on pouvait en voir un peu plus si on sortait sur le balcon, mais il faisait toujours trop chaud pour s'y aventurer, le fait qu'on est complètement dépendant de la clim' dans un tel endroit, nager avec les pélicans, le fait que Mamie ne sortait quasiment jamais, sauf quand il y avait un concert de Howard Keel le soir, le fait qu'elle parlait de lui *en permanence*, Howard Keel, Howard Keel, le fait que je ne savais même pas qui était Howard Keel, ni pourquoi elle l'aimait tant et était tout excitée à l'idée qu'il vienne à Fort Lauderdale, le fait que maintenant je suis un peu triste pour ce pauvre homme, devoir aller jusqu'à Fort Lauderdale pour faire plaisir à ma Mamie, le fait que chaque fois que j'entends son nom la seule chose à laquelle je pense c'est à ces verres d'eau qui gouttaient, et à mon portefeuille oublié à l'arrêt de bus, mais vite récupéré, et aux œufs brouillés, et nager avec des pélicans, le fait qu'il faisait dans les 35° ou 37° tous les jours, le fait qu'il doit faire encore pire maintenant, 43° ou je ne sais quoi, vaudou, le fait qu'elle en avait peut-être assez des autres vieux dans l'immeuble, le fait que ce n'était pas vraiment une maison de retraite mais que ça faisait *penser* à une maison de retraite, plein à ras bord de vieux, quatre-vingt-dix ans, 32° dehors, lave-vaisselle, sacs en plastique, soupe aux nouilles et au poulet, le fait qu'être un pélican, le fait que ça doit être bizarre, apprendre à manier ce grand bec, narval, verre d'eau à bulles, bonbonnière en cristal, serviette de bain pour invités, le fait que j'avais un plan pour aller à Haïti quelques jours mais elle n'a pas voulu, quelque chose à propos du vaudou, muumuu, tutu, tabou, Lisa S'est Sentie « Dégoûtée » Par Son Corps, le fait que des chats disparaissent à Key West et Mandy pense que ça pourrait être lié au vaudou, le fait que son beau chat a disparu cette année, le fait que quand on était petits elle avait un pékinois, Maman, Beethoven, le fait que je ne crois pas que Mamie aimait beaucoup les femmes, le fait qu'elle aimait juste les garçons, ses trois fils, la grange à Bread Loaf, le bourdon qui zigzague, le fait que Maman était probablement sa belle-fille la plus gentille, le fait que quand Papa et Maman se sont enfuis, Mamie et Papy ont dit qu'ils n'adresseraient plus jamais la parole à Papa, tout ça parce que Maman était catholique, le fait que ce n'est que quand Ethan est né deux ans plus tard qu'ils ont envoyé ce télégramme disant « NOUS VOUS PARDONNONS », mais Maman venait de subir une césarienne en urgence et se fichait pas mal d'être pardonnée, *La Traviata*, lit au carré, cannelle, agnelle, le fait que finalement ils ont fait la paix, et pendant des années on a dû aller leur rendre visite à Detroit une fois par an, le fait que le seul bon côté c'était la piscine du motel, le fait qu'ils sont venus également à Evanston de temps en temps, Il Lutte Pour La Survie, le fait que Mamie est venue l'aider quand Phoebe et moi sommes nées, même si Maman a dit plus tard qu'elle n'aidait pas du tout, le fait que Mamie nous envoyait chaque année des cadeaux pour Hanoukka, le fait qu'on laissait la menorah dans le grenier et qu'on la descendait dans la salle à manger et qu'on allumait les bougies tous les soirs, le fait que la plupart des cadeaux n'étaient pas super, mais qui n'a pas envie d'avoir des cadeaux à ouvrir tous les soirs pendant huit jours de suite, même si c'était juste des chemises de nuit en nylon et des bijoux en toc et encore des poèmes, le fait qu'elle nous a offert un jour un livre de conte de fées très laid, le fait que je ne me rappelle pas ce qu'elle a envoyé à Ethan, le fait qu'elle a peut-être augmenté la qualité des cadeaux en l'honneur d'un garçon, comme une montre et un stylo et ce genre de choses, le fait qu'un lion a essayé d'attaquer un bébé derrière une vitre dans un zoo dans l'Utah, le fait que le bébé n'a remarqué à aucun moment ce qui se passait derrière lui, et la mère semblait trouver tout ça très drôle, le fait que le lion me paraissait horriblement maigre, et qu'il ne plaisantait pas, le fait qu'il avait faim, le fait que quand Mamie m'a eue pour elle toute seule à Fort Lauderdale elle n'arrêtait pas de me dire combien la maladie de Maman pesait à Papa, bière, bière froide, le fait qu'elle se comportait comme si c'était la faute de Maman si elle était tombée malade, le fait qu'au bout de cinq jours de ce régime j'étais complètement à bout de nerfs, le fait que je pleurais comme un veau dans la salle de bains quand Phoebe est arrivée et m'a consolée, le fait que Phoebe était alors à NYU, le fait qu'elle a dû se rendre jusqu'en Floride pour cet anniversaire elle aussi, le fait que je débutais juste à CCSU, le fait que je ne sais toujours pas à ce jour pourquoi nous sommes tous venus à cet anniversaire, ♫ *J'ignore pourquoi elle a avalé une mouche* ♫, meringue de la famille, le fait qu'on se rappelle toujours qui vous a consolé, le fait que Phoebe est super dans les situations d'urgence, le fait que Mamie n'avait même pas remarqué que je pleurais comme un veau dans la salle de bains, le fait qu'heureusement elle avait deux salles de bains, festival pyrotechnique de Gnadenhutten, le fait qu'un homme a abattu sa femme enceinte à Colombus mais qu'ils ont réussi à sauver le bébé, plus ou moins, le fait qu'un bébé sans mère lutte pour survivre en ce moment, le fait que Mamie m'a envoyé un jour une poupée qui parlait, et que ça m'a plu, mais pas à Maman et je n'ai jamais su pourquoi, mais maintenant je sais, le fait que j'ai dû moi aussi me fader des tas de jouets avec des voix électroniques, et c'est moins chantant que Howard Keel, le fait que les ratons laveurs ont arrêté de piller nos poubelles mais que les bruits de la circulation ont pris le relais, et maintenant les poules essaient de l'emporter sur le bruit des voitures, le fait qu'elles bougent tout le temps, et toujours avec une telle précipitation, les voitures, pas les poules, même si les poules aussi, le fait que où est-ce qu'ils vont donc tous, à faire crisser leurs pneus au carrefour comme des malades, pourquoi les poules ont-elles traversé la route, pourquoi la *personne* a-t-elle traversé la route, le fait que je crois que les gens essaient juste de ne pas penser à leur mère, le fait que je pense que c'est tout ce que les gens font la plupart du temps, partout dans le monde, Mère Nature, le fait que tout le monde pense à sa mère ou bien essaie de ne pas penser à sa mère, le fait que personne ne parle jamais des mères, le fait que les mères ne sont jamais mentionnées dans les soirées, même si elles ont sûrement préparé tous les plats, le fait que les mères ont probablement inventé les soirées, et les cocktail parties, le fait que le monde semble indifférent aux mères, et pourtant quand elles meurent tout est si vide, le fait que la maladie de Maman m'a brisée, brisée, le fait que mais qui a laissé ses après-ski juste devant la porte du jardin pour que je trébuche dessus en allant voir les poules,

*

Quand ils seraient prêts, elle les emmènerait loin de l'obscure et étroite tanière. Leur véritable maison était dehors, et le dehors était vaste.

Elle leur enseignerait la fraîcheur qui précède la pluie, et que la pluie a une odeur, même avant de tomber. La neige ne se mange pas, les fleurs ne sont pas des oisons. Les arbres sentent mauvais après que les lions ont pissé dessus. Fuyez la pisse des mâles. Les mergules ne sont pas intéressants. Idem pour les huarts, les grenouilles, les brochets. Elle leur montrerait comment le héron peut déranger les canards qui dorment en volant trop bas au-dessus de leurs têtes.

Elle montrerait à ses petits comment se cacher sans faire de bruit : dans les ombres, dans le brouillard, en plein soleil. Elle leur montrerait la vie innocente, la vie candide des herbivores, comment éviter les cornes, la pureté de la mise à mort. Elle leur apprendrait à se frayer sans bruit un chemin dans la forêt, à se tapir en voyant un chevreuil, à choisir le bon moment pour se détendre et bondir.

Elle leur montrerait comment prendre soin de leurs pattes. Ne jamais marcher sur un terrain instable, ou sur des choses susceptibles de s'effondrer. Tester le terrain qui grince ou glisse. Éviter les pierres pointues, le bord tranchant des rochers instables, tout ce qui se révèle soudain trop chaud, trop froid ou humide. Ne jamais tomber à travers la glace. Ne jamais tomber. Le couguar est seul dans l'immensité.

Elle connaissait les dangers de la chasse. Ayant pris à tort un mouvement brun pour un chevreuil, elle avait bondi dans les fougères pour se retrouver face à un ours, dressé sur ses pattes arrière. Surprise, la femelle couguar avait fait un saut en l'air de plus de trois mètres, et avait mal atterri. L'ours avait balancé gauchement sa patte vers elle et s'était enfui.

Un cerf furieux l'avait frappée au ventre. Les lièvres peuvent vous mordre le nez. En essayant d'attraper un dindon sur une cime instable, elle avait raté sa cible et dévalé le long d'une falaise aride, sans aucun buisson pour amortir sa chute. Elle avait manqué mourir de faim au fond du ravin, en attendant que ses pattes de devant fonctionnent de nouveau. Attristée par sa soudaine déchéance, la femelle couguar avait pensé à sa mère qui lui manquait, sa défunte mère, et compris qu'elle aussi peut-être mourrait bientôt, sinon de ces blessures, alors d'autres.

Elle avait boité quelque temps après ça.

*

le fait que je parie que Tante Sophia n'aurait jamais dit non à une petite cocktail party de derrière les fagots, le fait qu'elle nous préparait de grands banquets quatre fois par an, Thanksgiving, Noël, Pâques et le 4 Juillet, avec sa nappe spéciale drapeau américain, le 1er Mai aussi peut-être, le fait qu'elle servait toujours au moins six tartes différentes, le fait que Leo se souvient de ces festins, une grande tablée et une bonne douzaine de membres de la famille qui se gavaient à s'en faire éclater la panse, le fait que je me demande quel genre c'était, les tartes je veux dire, pas les invités, sans doute pommes, cerises, mûres, potiron, citron meringué, paw-paw peut-être, ♫ *way down yonder in the paw-paw patch* ♫, carré de potiron, tous mes potes iront, dans les choux, le fait que je suis sûre qu'elle en faisait aussi aux myrtilles, crumble aux myrtilles, framboises, mûres, fraises, et à la rhubarbe, au kaki, aux cerises aigres, aux airelles, linzer torte, tarte aux poires, tarte aux abricots, Eskimos, le fait que les Eskimos ne font pas de glaces, je ne crois pas, canard en ivoire inuit, morse, narval, le fait que Phoebe avait une poupée eskimo, comment elle s'appelait déjà, le fait qu'elle l'a eue après qu'on lui a enlevé les amygdales, glace, tarte aux mûres, tartelette garnie, tarte meringuée, tarte au sucre, tarte à la guimauve, tarte en croissant, tarte cookie, tarte à la crème anglaise, tarte à la crème et aux baies, tarte au riz au lait, tarte au citron meringuée, tarte à la chantilly et aux fruits rouges, tarte au rhum, tarte au citron vert, tarte au zeste de citron vert, tarte au chocolat, tarte aux noix de pécan, tarte à la crème pâtissière, tarte à la crème bavaroise, tarte à la crème fouettée, tarte à la crème aigre, tarte à la patate douce, aux haricots, au caramel, à la va-vite, le fait qu'il se trouve que je sais que Sophia faisait une très bonne tarte aux pêches, ou un crumble aux pêches peut-être, en hiver, avec les pêches qu'elle mettait elle-même en conserve, le fait que Mark Twain aimait les tartes, tout le monde aime les tartes, tarte aux haricots, tarte à la crème anglaise, tarte au caramel, tarte au lait ribot, tarte en croûte, tarte bouquet de roses, le fait qu'il faut vraiment que je prenne un petit déjeuner sinon je vais m'évanouir, le fait que c'est idiot de boire du café toute la matinée, le fait que même Ben mange ses céréales comme un gentil garçon, le fait qu'il est très raisonnable de ce côté-là, le fait qu'il sait qu'il aura faim s'il ne mange pas, le fait que je pourrais prendre une madeleine congelée, je suppose, et la tremper dans mon café, ou du moelleux au citron congelé, Un Incendie Dans La Réserve Tue 33 Singes Patas, mais plus personne ici ne supporte le moelleux au citron, le fait que ça m'a tellement énervée quand mon moelleux au citron est retombé, punaise, le fait que Cathy ne comprenait pas pourquoi, Cathy sous le porche en train de sourire, sentier dallé qui serpente, le fait qu'elle a dit que ça n'avait aucune importance et qu'ils le vendraient quand même, et qu'il avait encore bon goût, mais j'étais mortifiée, le fait que la vie entière est une gêne, le fait que c'était mauvais pour ma réputation et la sienne, le fait que j'ai dû veiller à ce que ça ne se reproduise plus jamais, le fait que j'ai dû faire environ trente fois ce maudit moelleux avant d'être sûre que la recette était infaillible, des saladiers partout dans la cuisine, citrons, plaques, plat à four, chaos, une énormité, le fait que c'était exactement comme Julia Child avec sa montagne d'oignons hachés, Meryl Streep je veux dire, le fait que pour *Vingt mille lieues sous les mers* ils ont fabriqué le réacteur secret du capitaine Nemo avec des saladiers en verre, le fait que c'était devenu un peu une obsession, mes expériences avec le moelleux au citron je veux dire, pas la salle des machines du capitaine Nemo, le fait que le capitaine Nemo avait d'autres chats à fouetter que le moelleux au citron, comme *la fin du monde* par exemple, le fait que de toute façon, pour moi, voir retomber mon moelleux au citron c'était la fin du monde, et je me suis dit qu'il fallait que je réussisse mon moelleux au citron une bonne fois pour toutes, le fait que c'est bizarre comme expression, « une bonne fois pour toutes », comme « il était une fois », une fois de trop, bento, bâton d'encens, sangsue, numéros équestres, Patricia Highsmith, le fait que je déteste penser aux tonnes de rouleaux de papier absorbant que j'ai dû gâcher, pour parfaire mon moelleux au citron, aux arbres qui sont morts pour mon moelleux au citron, le fait que je me demande si les nouveaux arbres plantés autour du parking du Vieux Verger sont grands maintenant, une bonne fois pour toutes, une fois de temps en temps, le fait qu'on avait besoin de ces arbres, le fait qu'il n'y avait pas d'ombre au Vieux Verger et que le siège de la voiture vous brûlait les jambes quand vous reveniez des courses, non qu'on soit allés souvent au Vieux Verger, le fait que c'est drôle que je me souvienne de ces pauvres petits arbres plantés sur un parking, faisant leur devoir, « montant la garde devant le vieux château », poussant aussi vite qu'ils pouvaient, rhododendrons, Highgate, Channing, perfectionniste, confection, convexion, convention, le fait que la plupart de ces essais de moelleux au citron sont encore dans notre congélateur, le fait qu'ils sont comestibles et tout, mais ils ne présentent pas bien, le fait que j'en glisse une tranche dans le panier-repas des enfants chaque fois que je peux, mais ils doivent sûrement la jeter, des miettes de moelleux au citron qui se décomposent dans les herbes près de la cour de récréation, des oiseaux qui les examinent et les rejettent, le vieux lion en feutre au sommet de notre sapin de Noël, « comme un tigre de Noël », coup de barre, le fait que l'été dernier une femme sur Facebook a jeté un biscuit à la glace dans l'herbe et a remarqué qu'il était encore là *trois semaines plus tard*, et il n'avait pas changé, le fait qu'il n'avait pas fondu ni rien, et même les chiens et les insectes l'avaient évité, le fait qu'il est resté là pendant des semaines à faire une tache jaune sur l'herbe, le fait que c'est un peu bizarre, comme un biscuit à la glace venu d'une autre planète, le fait que les météorites sont pleines de fer mais on en a trouvé une qui avait aussi du nickel, tout ce qui brille, le fait qu'un type s'en est servi comme cale-porte pendant trente ans et maintenant ça vaut 100 000 $, le fait que qui a envie d'acheter ce truc, une gros morceau de fer et de nickel, salade de carottes, balades à vélo, le fait que le père de Leo a toujours dit qu'on ne peut pas savoir comment les gens vont dépenser leur argent, ce qu'ils désiraient plus que l'argent, le fait que j'aime mettre du jus de citron dans ma salade de carottes et de la mayo, le fait que tous les enfants l'aiment comme ça, le fait que mon moelleux au citron c'est une autre affaire, parce que tout ce qui intéresse ces enfants c'est le glaçage, et les moelleux au citron ne sont pas glacés, ils sont nappés, et franchement qui a envie d'un truc nappé, le fait que la plupart des gens n'ont aucune envie de nappage, la poupée eskimo de Phoebe, *Coldy*, le fait que c'était ça son nom, Coldy, et j'aurais aimé qu'elle soit à moi, avec son poisson en feutre et sa lance de pêche en feutre, et son manteau à capuche qu'on pouvait enlever mais qu'on enlevait rarement, le fait que ce petit Eskimo avait vraiment l'air d'avoir froid sans son manteau, avec son poisson et sa lance toujours à la main, gênant, comme Raggedy Ann ou Pimprenelle, le fait qu'ils sont bizarres quand ils sont nus, indécents, le fait que tout le monde donne à peu près la même impression sans vêtements, enfin c'est ce qu'on dit, les nudistes je veux dire, *Ils disent que la poule pond, je ne sais pas mais eux si*, colonie de nudistes, *Playboy*, Rex le Robot qui parle et marche, le fait que j'ai à peine étalé mes un mètre vingt de pâte à la cannelle sur le plan de travail que Stacy entre et me demande où est son devoir d'anglais et Gillian et Ben commencent à se disputer pour savoir qui va prendre Frederick dans ses bras, le fait que je pense que ces enfants pensent que je ne pense qu'à eux toute la journée, mais en fait je passe l'essentiel de la journée à essayer de ne pas penser à eux parce que j'ai tous ces autres trucs à faire, Coldy, le fait que Maman a dit un jour qu'être mère c'était ouvrir des paquets de céréales pendant dix ans, bétail, le fait que les vaches et les moutons mangent de l'herbe, pas juste du grain, Maman qui fume, le fait qu'elle s'allongeait sur une serviette sur la plage et lisait un livre pendant qu'on se baignait, livre, lunettes de soleil, et je la trouvais tellement belle, Jane Austen, le fait qu'un été elle a lu *Le Pavillon des cancéreux*, un livre énorme, et il y avait une grande photo de lui au dos, de Soljenitsyne, et il avait une sorte de barbe amish, le fait que je ne sais pas s'il avait pris le pli dans le Vermont ou si c'est un truc russe, « C'est un truc de Russie », le fait qu'on ne voit jamais Soljenitsyne sourire, le fait que ma pâte ne fait plus que quatre-vingt-dix centimètres carrés maintenant, au lieu de cent vingt centimètres carrés, parce que j'ai dû voler au secours de Frederick, et les roulés que j'ai déjà faits commencent à ramollir et à envahir la plaque, le fait que quand ils s'étalent trop ils deviennent tout plats et moches et ils se dessèchent en cuisant, le fait qu'ils ne sont pas comme il faut, le fait que les roulés à la cannelle doivent être fermement torsadés, et collés les uns contre les autres, le fait que ceux-là dégénèrent, le fait que je n'ai vraiment pas le temps d'aborder la question Frederick alors que je suis en pleine opération torsade, tsss, jugement de Salomon, le fait que pourquoi ne sont-ils pas venus m'embêter pendant que je pétrissais, couteaux, planche à découper en plastique, le fait que personne ne respecte mon travail, torsades, le fait que j'aimerais avoir une grosse planche à découper en bois mais qu'on n'en trouve plus, Maman, le fait que tout ce qu'il me reste de Maman c'est mes casseroles Revere Ware, la poêle à poffertjes, deux ou trois cendriers, une chinoiserie en émail verdâtre qui sert de boîte, ses ciseaux de couture, émoussés mais encore utilisables, mon joli bracelet en argent que je n'enlève jamais, de vieux disques d'opéra que je ne peux plus écouter parce qu'on n'a pas d'électrophone, et une édition incomplète des œuvres de Jane Austen chez Chapman, le fait que *Orgueil et Préjugés* a disparu, je ne sais où, le fait qu'il a disparu il y a des années, le fait que j'ai dû le laisser à Hamden, le fait que quelqu'un l'a mis à part des autres volumes, le fait qu'il est peut-être dans un des cartons au grenier, maintenant que j'y pense, le fait je n'y ai jamais pensé, le fait que j'aime penser à Maman en train de préparer le dîner dans la cuisine de New Haven pendant que *Samson et Dalila* passait sur l'électrophone dans l'office, lumière blanche et vive, sol bleu, cuisine jaune, frigo blanc, fenêtres noires, veuves noires, Coldy, muguet, le fait qu'on doit planter les capucines en mai, chinoiserie, le fait que j'ai quelques vieilles photos aussi, dont une grande photo d'elle en train de fumer, et une petite d'elle enfant au même âge que Ben à peu près, mais elle ressemble plus à Gillian dessus, le fait que la photo est dans un cadre en tissu que Maman a brodé, le fait que c'était un cadeau pour sa mère, et on voit bien que la broderie est de Maman, le fait que même à dix ans elle avait son propre style de dessin, le fait qu'il est encore là avec toutes les cartes d'anniversaire qu'elle a faites plus tard, ses cartes d'anniversaire peintes à la main, le fait qu'elle en faisait une pour Stace chaque année quand Stace était petite, des agneaux bleus, « mon agnelle », et elle en a même fait une pour Bathsheba, avec des fleurs et un gros chat noir qui sourit, le fait que j'ai également toutes les lettes qu'elle m'a écrites quand j'étais à la fac, le fait que je n'en ai jamais jeté une seule, le fait qu'elles m'étaient toujours précieuses, le fait que j'adorais son écriture, le fait que j'ai aussi quelques-uns de ses pulls préférés, mais c'est à peu près tout, en plus des trucs qu'elle m'a donnés, comme quelques livres et d'autres trucs, UPS, FedEx, Rolex, rayons X, et ma vieille courtepointe en patchwork qui était toujours sur mon lit quand j'étais petite, le fait qu'elle part vraiment en morceaux maintenant, le fait que Jane Austen n'existe plus et n'a existé que brièvement, pas assez longtemps pour finir *Sanditon*, tragédie, énormité, baiser de Judas, robes de diplômée, robes de choriste, serviettes en papier, sensass, Uber, Lyft, plan de travail beige, le fait que certaines personnes travaillent pour Uber *et* Lyft en même temps, le fait que les gens travaillent beaucoup, le fait que Maman préférait *Persuasion*, parce que c'est triste, regrets, remords, aigrettes, pygargue.org, arrêt des activités gouvernementales, le fait qu'ils ont découvert un homard transparent dans le Maine, mais ce n'est pas un albinos, c'est autre chose, le fait que j'ai rêvé qu'on dirigeait une usine de sandwiches, on faisait des mini-sandwiches, le fait que je me suis demandé pendant des années ce qu'était ce petit truc blanc cylindrique dans la salle de bains à Evanston, qui était en général rangé dans l'armoire à pharmacie, le fait qu'il était parfois sorti et était tout humide et poisseux, avec ou sans son petit capuchon en plastique, le fait qu'il m'effrayait un peu, le fait que je me disais que ça devait avoir, bon, un usage disons intime que je n'étais pas censée connaître, le fait que je ne voulais pas savoir ce que c'était, torsades, Wayne County Amish, Soljenitsyne, Swartzentruber, Rumspringa, ados, village historique de Schoenbrunn, défouloir à enfants, marteau piqueur, le fait que je n'ai jamais eu le courage de demander ce que c'était, mais un jour j'ai remarqué que Leo avait quelque chose de semblable, et je lui ai demandé ce que c'était et c'est un *bâton homéostatique*, pour quand on se rase, mystère résolu, le fait que ça ne m'a pris que trente-cinq ans pour le découvrir, toilettes en bas, étagère près du lavabo, tortues d'eau douce, la salle d'eau sous les escaliers, le fait que c'était là que se trouvait autrefois l'entrée latérale, mais bien avant qu'on emménage, le fait que je laissais mes tortues nager dans le lavabo, pendant que je nettoyais l'aquarium, mais elles auraient dû avoir un aquarium *tropical*, le fait que je pense que toute ma vie je me sentirai coupable pour ces tortues, le fait que les tortues serpentines aiment le thon, le fait qu'on ne peut pas vraiment établir de relations avec une tortue d'eau douce, le fait que les gens peuvent s'attacher aux tortues terrestres, mais je ne sais pas si *elles* s'attachent à eux, le fait qu'elles essaient peut-être en permanence de s'échapper, le fait que la tortue de Leo s'est enfuie quand il était petit, ou alors elle s'est perdue et n'a pas su revenir, essai transformé, Pepito, boutons-d'or, mûrier, balançoire, toboggan, un musulman qui nourrit des crocodiles, le fait que les crocodiles ont toujours l'air heureux, à cause de leur drôle de sourire tordu, crocodile descendant une rampe, le fait que Stacy a retrouvé ses devoirs, mais maintenant Gillian a perdu les siens, le fait que j'ai moins mal au dos et à la nuque, mais encore un peu aux hanches, soixante-quinze milliards de poules, le fait que d'avoir des poules nous met probablement en première ligne pour la grippe aviaire, le fait que le serpent trigonocéphale n'est pas vraiment arboricole, et que son usage de la végétation est « facultatif », ou je ne sais quoi, le fait qu'il existe une île entière qui grouille de ces serpents quelque part, Zika, dengue, E. coli, méningite, staphylocoque, SARM, norovirus, virus du Nil occidental, hépatite, choléra, Shigella, vibrio, le fait qu'il y a un énorme trou noir au milieu de la Voie lactée, mais ça on le savait déjà, le fait que les astronomes ont découvert qu'une des théories sur les trous noirs était fausse, mais j'ai oublié laquelle, le fait qu'une fillette de treize ans victime d'un viol en Inde a eu le droit d'avorter, Les Chaînes De Magasins Les Plus Populaires, État par État, hutte à menstruation, le fait qu'on peut se servir d'un attendrisseur à viande pour se débarrasser des vieilles taches de sang, le fait que la police de l'Utah a arrêté une infirmière parce qu'elle refusait de leur remettre le prélèvement sanguin d'un patient inconscient qui avait eu un accident de voiture, le fait qu'elle a dit qu'ils avaient besoin d'un mandat, alors ils lui ont passé les menottes et l'ont arrêtée et l'ont fait sortir de force du bâtiment, alors qu'elle était en train de travailler, expert en langage corporel, gelée, Sun-Maid, le fait que Leo n'a jamais aimé les raisins secs parce que la fille de la pub Sun-Maid lui faisait peur, le fait que cette fille ne me dérange pas, le fait que c'est une personne souriante avec un chemisier blanc de paysanne, le fait que ce n'est pas sa faute à elle si je ne mange plus de raisins secs, le fait que personne ne sait si

Melania aime son mari, le fait qu'on a du mal à croire qu'elle l'aime mais si ce n'est pas le cas, pourquoi est-ce qu'elle reste, le fait que Leo pense que Trump doit la faire chanter, le fait qu'on a parfois l'impression que ce pays souffre du syndrome de Stockholm, comme si on était tous retenus en otages, le fait que je me demande combien de gens rêvent de bien s'entendre avec Trump, y compris chez les démocrates, le fait que j'ai fait ce genre de rêves, menottes, de force, le fait que la police utilise des menottes en plastique maintenant, le fait que je les trouve plutôt marrantes, à pendouiller sur le derrière des policiers, le fait qu'on dirait un corsage ou un truc comme ça, le fait qu'elles sont blanches, les menottes, pas forcément la peau des policiers, le fait que si les menottes étaient noires ça passerait mieux, ligue des champions, Ivy League, « Ne vous frottez pas à l'Ivy League », « Rentre le ventre », passe avant, le fait que notre maison de New Haven avait des murs blancs et des cheminées, et de grandes fenêtres basses, des lattes de plancher larges et foncées, le fait qu'elle était très ancienne, dix-huitième siècle, construite pendant la guerre d'Indépendance, ou juste après en tout cas, indépendance, #résiste, le tesson de céramique Wedgwood de Jane Wyman, le fait qu'elle était en forme de U, la maison, pas la céramique Wedgwood dont Jane Wyman possédait un tesson, le fait que la chambre de Maman et Papa donnait sur une véranda, ouverte sur trois côtés, le fait que c'était très agréable de dormir là l'été, caressée par la brise, le fait qu'il y avait plein de salles de bains, le fait qu'il y en avait quatre rien qu'à l'étage, comme le veut Myrna Loy dans *Un million clefs en main*, le fait qu'il y avait un vieux papier peint chinois d'époque dans la salle à manger, et un garde-manger, et je ne vivrai jamais plus dans une telle maison, le fait qu'il y avait en fait deux garde-manger, un en allant à la cuisine depuis la salle à manger, plein d'assiettes et tout, où Maman est tombée au tout début de sa maladie, et un à l'autre bout de la cuisine, pour garder les choses au frais, garde-manger, garder les vaches, garder les oies, gardénal, fleurs, panier de fleurs, Longaberger Homestead, salles de bains,

Blandings, le fait que Papa a demandé s'il pouvait acheter cette maison mais Yale refusait de la vendre, alors on se contentait de la louer, et après sa mort ils ont mis Maman dehors, le fait qu'ensuite ils ont laissé l'endroit tomber en ruine, le fait que je suis allée la voir un jour et le plafond du salon s'était affaissé, « un processus régulier, conséquence de la négligence », Benjamin Franklin, « Ne vous frottez pas à l'Ivy League », mais nous n'avions pas su apprécier cette maison de toute façon, le fait que la maladie de Maman nous avait tellement brisés que vivre dans ce palais ne servait à rien, enfin bon, peut-être que si, un peu, ♫ *plutôt que vos moutons* ♫, le fait que j'aimais tout autant notre maison d'Evanston, même si elle n'avait rien de spécial, escalier, rampe, renoncules, fenêtres à carreaux, le fait que je pense souvent ces derniers temps à cette maison de New Haven, je ne sais pas pourquoi, le fait que j'aime penser au massif de lierre que Pepito aimait explorer parfois, et au jardin de roses en terrasse, où Maman et moi mangions des pêches à la crème, et aux odeurs du four qui montaient de l'Institut culinaire derrière, le fait que je crois qu'ils ont déménagé à présent, le fait qu'on a tous déménagé maintenant, Coldy, Pepito, Bathsheba, Bartholomew, le fait que les cochons d'Inde de Phoebe couraient parfois dans la cour où on faisait sécher le linge, mais on devait veiller à ce que Pepito ne soit pas dehors quand les cochons d'Inde y étaient, parce qu'à Evanston il avait réussi à s'emparer d'un de ces cochons d'Inde, alors qu'on était dehors quelque part, soit Guppy ou Porcinet ou Tiny Tim, le fait que Pepito avait poursuivi Guppy ou Porcinet ou Tiny Tim partout dans la salle à manger, le fait qu'il ne lui avait pas fait de mal mais qu'il y avait des touffes de poils de cochon d'Inde sous la table, et Guppy ou Porcinet ou Tiny Tim, bref, un des cochons d'Inde, était tout effrayé, quand on l'a retrouvé, mais indemne, juste un peu traumatisé, SSPT, ADHD, RNC, Republican National Committee, GOP, le fait que je suppose qu'on ne peut pas traiter le syndrome de stress post-traumatique chez les cochons d'Inde, catatonie, le fait que Porcinet était blanc et orange et noir, le fait que Guppy et Tiny Tim avait tous deux un beau poil couleur noisette, mais Tiny Tim avait aussi des poils blancs, le fait qu'il était un peu écaille-de-tortue, tortues de terre, pêches à la crème, le fait que c'est à croire qu'on mangeait des pêches tout l'été, juste Maman et moi, au petit déjeuner sous le porche derrière la maison, en regardant le parterre de roses, le fait qu'un type de la Divinity School a tiré un jour avec un pistolet à plombs sur la fenêtre de la salle de bains à l'étage, et a failli touché Phoebe, le fait qu'il y avait un tout petit trou dans la fenêtre après ça, Myrna Loy, hydrangeas, le fait qu'on emmenait Pepito faire de longues balades sur le terrain de la Divinity School, mais je m'en souviens sous la neige, collines escarpées recouvertes de neige, Pepito qui courait partout, juste Papa et moi, le fait que je devrais y retourner un jour, le fait qu'après le départ de Maman je me suis fait prier pour me rendre dans sa nouvelle demeure, feuilles mortes sur la route, grande cave sombre, le fait que les caves font peur en général, parce qu'on se retrouve en bas tout seul et tout n'est qu'ombre et malaise, le fait que Ben se lève souvent la nuit, mais on ne peut pas *forcer* un enfant à dormir, le fait que *je* dors mal quand Leo n'est pas là, le fait que c'est moi qui suçais mon pouce dans la famille, Phoebe, elle, se rongeait les ongles, et Ethan disait des gros mots sur la plage quand il avait deux ans, et on a tous avalé un truc quand on était bébés, le fait qu'Ethan a avalé de l'encre, Phoebe de l'Ajax, et moi un bouton de matelas, le fait que j'ai dû croire que c'était un petit cookie, et donc je l'ai mangé, le fait qu'on a dû tous nous emmener à l'hôpital pour un lavage d'estomac, et j'ai trouvé ça *normal*, routine enfantine, mais aucun de mes enfants n'a avalé de truc aussi dangereux, touchons du bois, à part des croquettes bien sûr, le fait que si des chiens mangent des raisins il faut tout de suite les emmener chez le véto pour un lavage d'estomac et bien sûr ça coûte un millier de dollars, le fait que les enfants ont fait plein de chutes exigeant des points de suture et tout, à cause des matchs de foot et des toboggans et des cages à poules et des arbres, mais le pire c'est quand la poussette de Stacy m'a échappé, le fait que c'est la pire chose qui soit arrivée quand elle était petite, le fait que la poussette s'est juste mise à rouler et je n'ai pas pu la rattraper à temps et elle a basculé au bord du trottoir et Stace s'est coupée à la main, le fait que je me suis sentie tellement coupable, le fait que c'est encore le cas, le fait que j'ai détourné les yeux *une seconde* pour mettre les courses dans le coffre, le fait que les gens disent toujours ça quand il arrive quelque chose d'horrible à leurs enfants, « j'ai détourné les yeux une seconde », et il s'est fait écraser, kidnappé, emporté par les eaux, le fait que j'ai regardé autour de moi, et c'était comme cette scène dans *Babar*, et alors je l'ai vue, qui saignait et pleurait, le fait qu'elle a pleuré pendant des heures et que je me suis sentie encore plus coupable, le fait qu'aucune personne normale ne lâcherait une poussette même *une seconde*, le fait que je dois être la pire mère au monde, le fait que Leo dit que je suis une bonne mère, mais qu'est-ce qu'il en sait, le fait qu'heureusement il ne me voit pas quand ça va mal, enfin j'espère, le fait que sans Leo je ne sais pas comment je ferais pour continuer, le fait que c'est la seule personne qui semble m'apprécier, le fait qu'il m'aime, et ça rend tout supportable, le fait que Stacy s'est fait une blessure plus grave avec Frank, la fois où elle s'est entaillé le menton, et un jour elle s'est brûlé la main chez lui et il m'a appelée parce qu'il ne comprenait pas pourquoi elle pleurait comme ça, mais j'ai compris tout de suite en voyant sa main, le fait que quand elle est tombée sur le menton elle a eu une grosse entaille et on a dû l'emmener aux urgences de Dixwell Avenue, le fait qu'elle a encore une petite cicatrice sous le menton, le fait qu'il ne s'est même pas excusé, le fait qu'il semblait toujours perplexe quand quelque chose n'allait pas, comme si ça n'avait rien à voir avec lui, le fait que je crois que notre rupture l'a également rendu perplexe, même chose, rien à voir avec lui, recousu, cousu de fil blanc, lavage d'estomac, le fait qu'on ne m'a pas fait de lavage d'estomac quand j'ai avalé ce bouton de matelas, le fait qu'ils se sont servis d'une sorte de fourchette pour l'extraire, beurk, le fait que Jake suce son pouce, et Ben fait encore pipi au lit parfois, quand il est trop fatigué, et Gillian est obsédée par les vidéos de maquillage, le fait que rendre quatre humains opérationnels, les amener vivants jusqu'à l'âge adulte, c'est une sacrée entreprise, course contre la montre, Big Bang, Big Mac, sans parler de tous les conduire à l'école le matin, séances de motivation, kung-fu, karaté, vélos, verres de lait, pisse de chien dans la neige, bouteilles de lait pleines d'urine de Howard Hughes, peluches, UPS, GPS, le fait que si vous vous étranglez quand vous êtes seul vous êtes censé faire la manœuvre de Heimlich vous-même, le fait que si j'essayais je me ferais une entorse au poignet en plus de suffoquer, le fait que dans *Babar* ils se contentent de secouer Flora la tête en bas, mais je ne sais pas si ça marche quand on a avalé un bouton de matelas qui ressemblait à un cookie, le fait qu'un type a abattu deux ingénieurs indiens au Kansas juste parce qu'il croyait qu'ils étaient *iraniens*, le fait que ce type ne savait même pas sur qui il tirait, et l'un des deux est mort, le fait qu'il croit qu'il va abattre tous les Iraniens de ce monde ou quoi, le fait qu'ils lui ont fait penser à des Iraniens, le fait qu'ils prenaient juste une bière après le boulot et voilà que ce type débarque et leur tire dessus, le fait que celui qui a survécu a juste été blessé à la jambe et a réussi à s'enfuir en rampant, mais l'autre a été abattu, à bout portant, tir dans la vitre, verre renforcé, verre à l'épreuve des balles, optique, la Bête, Obamacare, Michelle, le fait que la famille du défunt en Inde est dévastée, le fait que toute l'Inde est dévastée, le fait que c'étaient tous deux des ingénieurs venus travailler sur un GPS, le fait que je ne sais pas ce qu'a pu penser ce type, Frank, *Le Mariage des moussons*, du mitti attar fait avec de l'essence de bois de santal, odeur de la pluie, terpènes, le fait qu'Ethan a aimé *Le Mariage des moussons*, le fait qu'on n'est pas toujours d'accord sur les films, le fait qu'il aime la SF, Mandy, le fait que j'ai un petit éléphant indien en bois, peint en vert pâle, avec des petites taches jaunes et des marguerites rouge et blanc sur les côtés, le fait que ce truc fait à peine un centimètre et demi de haut et qu'il y a des fils fins et tordus dessus, comme si avant il était suspendu à quelque chose, le fait qu'il faisait peut-être partie d'un mobile, le fait que je ne sais même plus d'où il vient, le fait qu'il est là depuis des années et refuse de disparaître, juste un petit éléphant vert sculpté dans le bois, le fait que même s'il n'est pas très bien fait on voit vraiment que c'est un éléphant, un tout petit éléphant vert, avec une trompe et des défenses grossièrement taillées, le fait que les traits essentiels de l'éléphant sont là, même si ça ne tiendrait pas la comparaison devant un vrai éléphant, le fait que les éléphants seraient sûrement sidérés s'ils savaient à quel point on pense à eux, toutes les fois où on les a peints et photographiés et rêvé d'eux, le fait que les éléphants ont peur des souris, même si je pense que ça dépend des éléphants, et peut-être de la souris, le fait qu'on a eu une pauvre vieille souris égarée dans la cuisine, un jour, et qui se comportait bizarrement, le fait que la pauvre n'arrêtait pas de tourner en rond, le fait que les chats l'avaient peut-être emmenée là pour jouer avec elle et l'avaient blessée, ou alors elle était juste un peu dingo et venue là d'elle-même, mais ne se comportait pas comme *Edward*, le fait qu'Edward se comportait toujours de façon très sensée, le fait qu'Edward était courageux, et intelligent, le fait qu'une souris adulte peut être amie avec un enfant, le fait qu'elle avait peut-être froid et faim, ou soif, la souris dingo, pas Edward, et qu'on aurait dû lui proposer des rafraîchissements, le fait qu'elle se comportait vraiment comme si elle avait besoin d'aller dans une clinique pour souris, ou un centre de soins pour souris âgées, le fait qu'on a essayé de l'attraper mais qu'elle a disparu, et je ne sais pas ce qui lui est arrivé, le fait que les chats l'ont probablement mangée pendant la nuit, le fait que je ne crois pas que c'était la même souris qu'on avait eue l'été d'avant, le fait que j'aimerais bien avoir cette souris netsuke pour jeu de shogi, le fait que où est-ce qu'on a vu ce truc, le fait que j'ai rêvé d'un chaton gris tout mignon avec des pattes blanc et jaune et une poitrine blanche, et de grandes oreilles blanches et pendantes comme celles d'un chien, le fait que je le voyais à une fête chez quelqu'un dans le jardin et plus tard je comprenais que ce chaton était abandonné, camarades d'école, Patty, Lynn, Maika,

Susan, alors je décidais de retourner là-bas pour le prendre, mais au lieu de ça je me retrouvais devant des bâtiments dans lesquels vivaient deux familles du Moyen-Orient, des Iraniens peut-être, le fait qu'ils étaient tous dehors sur la pelouse en attendant d'être déportés, alors je m'énervais et je prenais à partie une femme des services d'immigration, ce que je ne ferais jamais dans la vraie vie, le fait que c'était même très bizarre de faire ça en rêve, mais je lui disais, je lui disais que c'était comme le nazisme, et elle paraissait très choquée, alors j'hésitais et commençais à dire que ce n'était pas *vraiment* comme les nazis, parce que les nazis étaient des assassins, eux, mais c'était un peu comme les nazis, mais entretemps elle s'était fondue dans la foule, ICE, ♫ *La donna è mobile* ♫, oh mon Dieu, le fait que la colère ne résout rien, il ne faut pas réveiller le chien qui dort, le mal par le mal, prendre mal les choses, le fait que dans mes rêves je suis en général pleutre mais c'est pire dans la vraie vie, le fait que c'est très grossier de critiquer les gens *en leur présence*, le fait que ça ne me ressemble pas, pas mon style, le fait que je laisse ce genre de chose aux grandes gueules comme Amelia, et aux séances du Sénat sur C-SPAN, oiseaux bigames, fous à pieds bleus, *Et c'est cela qui changea tout*, le fait que les fous à pieds bleus ne sont pas monogames, le fait que leurs pattes sont étonnantes, le fait qu'elles sont vraiment bleues, le fait que je ne lis jamais de poésie, le fait que le seul poète que j'aime c'est Paul Violi, depuis qu'il a fait une lecture à Peolia, feux d'artifice chinois, le fait que à quoi pense une poule quand elle regarde un œuf, le fait que tout le monde était sidéré, pas par les œufs, par Paul Violi, le fait que sa lecture est la meilleure chose qui soit arrivée là-bas, le fait que je me souviens encore de son haïku sur la demande de rançon, non, un tanka, *Apportez cinquante mille en liquide*, et le poème sur les feux d'artifice chinois, racines d'arbre, carré de trèfles, mégots de cigarette, podium, le fait qu'on a du mal à croire qu'ils aient réussi à faire venir un type comme Paul Violi à Peolia, vraiment dur, *Commande minimum : 1 douzaine*, le fait qu'après la lecture tous les membres du Département Littérature l'ont invité à dîner, littéral, lettré, littéralement, et on ne m'a pas invitée parce que j'étais à temps partiel, Arvo Pärt, le fait que je n'avais pas les moyens de les accompagner, le fait qu'ils demandaient de toute façon à chacun de payer son repas quand ils emmenaient dîner un invité, tout le monde sauf l'invité, et alors c'était toute une histoire quand venait le moment de l'addition, pour que chacun paie en fonction de ce qu'il avait pris, le fait que c'était « horripilant », comme dirait Gavin, le fait qu'ils essaient parfois de tricher, ou de partir avant le dessert et d'échapper à l'addition, des gens avec de gros salaires en plus, Directeurs du Département, qui pinaillaient devant l'invité, chipoter, chipolatas, Mound City, coquet, coquetier, à la coque, coq en pâte, la main à la pâte, le fait que Phoebe collectionnait les coquetiers et Ethan les timbres, le fait qu'il avait plein de pièces romaines aussi, dans un album, le fait qu'il avait disposé toutes ses pièces en pyramide sur son bureau, et en rajoutait sans cesse, cochon tirelire, le fait que je ne me *rappelle* pas ce que je collectionnais, à part des petits animaux en porcelaine, et des trolls, le fait que je n'aimais pas tant que ça les trolls, mais il y en avait toujours un nouveau avec des cheveux d'une couleur différente, ou un miniature, le fait que les plus petits étaient les meilleurs, *Apportez cinquante mille en liquide*, le fait que j'aime qu'on me fasse la lecture, que ce soit Paul Violi ou n'importe qui d'autre en fait, même Ben, grand chelem, Shirley Jackson, le fait que Leo me fait parfois la lecture quand je prépare des tartes, le fait qu'il a une très belle voix, le fait qu'il faisait de la radio quand il était à la fac, le fait que je ne lis pas très bien à voix haute, *Babar*, le fait que Stacy me l'a dit, il y a longtemps, le fait qu'elle déteste *toujours* ma voix quand je lis, le fait qu'elle quitte la pièce chaque fois que je me mets à lire des comptines à Jake, et qu'elle claque la porte également quand je fais la lecture à Gillian, au moment d'aller au lit, lits, tas de linge sale, roulés à la cannelle, dentiste, robinets, le fait que Maman et Papa nous faisaient toujours la lecture au lit, et maintenant je passe deux heures le soir à faire la lecture à Jake et à Gillian, et tant pis pour Stacy, le fait que j'aime leur lire les histoires de Laura Ingalls Wilder, le fait que Gillian sait lire mais qu'elle aime quand c'est moi qui lis, bon, enfin je crois, le fait que Gillian et moi avions un rituel, vol 93 d'United Airlines, le fait que Ben lit seul le soir, le fait qu'il n'a jamais aimé les contes de fées, ou les livres du Dr Seuss, le fait que Ben ne veut lire que des trucs scientifiques et je me demande comment il fait pour dormir après ça, le fait qu'il ne dort pas très bien, le fait que je n'arrivais pas à dormir après qu'on m'avait lu le Dr Seuss quand j'étais petite, opération du cœur, ICU, DUI, Peolia, Papa, Gavin, *Madeline*, madeleines, le fait que Stacy lit beaucoup, le fait que c'est en partie pour l'école, comme *Winesburg, Ohio*, le fait que j'ignore pourquoi tous les gamins de l'Ohio doivent lire ce livre mais ils le lisent, le fait que je crois que les enseignants l'aiment bien parce qu'il y a Ohio dans le tire, le fait que ça ne parle que de pommes ridées, Brick NJ, Shanksville PA, Un Alligator Retrouvé Dans Un Salon, poupée avec une pomme en guise de tête, piège-cage, le fait qu'elle a dû lire également *Sa Majesté des mouches*, et *Des souris et des hommes* et je crois *Le premier qui pleure a perdu*, mais elle préfère les livres pour jeunes adultes, le fait qu'on peut être apparemment jeune et adulte, le fait que son livre préféré en ce moment parle d'une jeune fille détective qui ne sait pas conduire, se rend en skate sur les lieux du crime et fait des recherches sur Internet, le fait que je préfère *Harriet la petite espionne*, mais elle refuse de lire ce que je lui conseille, et peut-être qu'elle est trop grande pour ça de toute façon, le fait que certains de ses livres sont pleins de crinolines et de corsets, Angleterre, Maman, *Autant en emporte le vent*, le fait que la crinoline semble revenir à la mode chez les filles qui refusent de mettre autre chose que des jeans et des tee-shirts, le fait qu'elles se préparent peut-être au cas où il y aurait un retour en force des vêtements pas pratiques, le fait que je me demande ce qu'est devenu ce corset que Leo m'a offert, osé, bosser, baleine à bosse, grand cachalot, Leo, le fait que les crinolines sont tout sauf pratiques, et que c'est toute une histoire dès que la mère d'Almanzo doit franchir un seuil, surtout quand elle a les mains occupées, parce qu'il faut qu'elle attende que la crinoline se tasse, le fait que ça implique de forcer un peu, le fait qu'elle aimait aller et venir sans cesse, faire ceci, faire cela, du coup je suis sûre que la crinoline l'agaçait énormément, la ralentissait franchement, le fait que je n'ai jamais compris pourquoi ils faisaient des trucs tellement imposants qu'on ne pouvait pas passer une porte avec, comme les robes de mariée et tout ça, corsets et jupes bouffantes, le fait que c'est comme essayer de passer une porte avec une poussette double, bonne ménagère, le fait que Stacy aime lire des trucs sur les crinolines et les petites héritières anglaises qui se rebellent contre leur maman, le fait que dans un des livres qu'elle a lus récemment un fringant loup de mer accoste une jeune damoiselle et sa mère dans une auberge, le fait qu'il fait une remarque sur la soupe qu'elles sont en train de manger, puis disparaît et elles n'y pensent plus jusqu'à ce qu'un baron ou un lord leur en apprenne un peu plus sur ce fringant loup de mer, comme quoi il a une fortune secrète et n'a jamais été « harponné » par une femme, « Par trois fois brûlé mais jamais consumé », feu, sloop, cuirassé, voiles, contre-courant, drapeau de pirate, costume de pirate de Ben, Halloween, cargos, avaries, vérins, pont suspendu, le fait que la fille de l'histoire se contente de sourire puis replie calmement son éventail et le range dans son réticule, vestibule, et à cet instant la mère comprend que le mal est fait et que sa petite grue de fille fera tout pour mettre le grappin sur le loup de mer en question, et c'est ce qui arrive, après pas mal d'aléas et de déconvenues, et des brigands, rochers sombres et pointus, mers démontées, naufrage au clair de lune, mais pas avant que la fille soit transportée sur le rivage dans les bras d'un pirate maléfique, le fait que je ne vois pas ce que Stacy peut trouver à tout ça, le fait qu'elle n'a jamais vu l'océan, sauf dans des films hollywoodiens comme *Vingt mille lieues sous les mers*, Sabatini, témérité, *Les Trois Mousquetaires*, Mickey Mouse, le fait que les liberty-ships se cassaient toujours en deux, erreur de construction, fractures multiples, le fait que Stace devait rédiger une fiche de lecture et que je lui ai proposé d'en faire une sur le livre du naufrage, et elle a écrit ce truc et c'était excellent, le fait qu'elle a eu une mauvaise note, parce que son devoir ne citait pas assez de faits vérifiables susceptibles d'être réfutés ou étayés, le fait que, jamais de toute ma vie, de toutes les âneries, le fait que je ne pige pas, parce qu'ils n'ont jamais précisé que ça devait être un livre objectif, couper les cheveux en quatre, le fait qu'il y a du PFOA dans les eaux de Mahoning County, Gallia County, Greene County, Montgomery County, et Allen County aussi, *Scaramouche*, chat à neuf queues, Lucille Ball, les Myrtles, haut les cœurs, conserves maison, iceberg, le fait que Stacy avait raison, le fait que c'est assez effrayant comme nous menions tous des vies normales dans les années 80 et 90, pendant que toutes ces usines chimiques détruisaient le monde et qu'on ne remarquait même pas ce qui se passait, le fait qu'ils enterraient des barils de déchets chimiques toxiques juste à côté de l'Ohio River, bon sang, ou les balançaient directement dans l'océan, le fait qu'on suppose en général que les gens sont bien intentionnés, et que les Américains n'iraient pas faire du mal à d'autres Américains, le fait qu'on suppose que tout le monde est globalement gentil, et après on découvre qu'ils empoisonnaient gaiment tout le monde pour faire du profit, menacer la vie sur terre, le fait que je ne comprends pas pourquoi des gens feraient ça, Pottersville, le fait que les gens qui travaillent dans l'industrie alimentaire pourraient aussi nous empoisonner, tous les jours, s'il le voulaient, mais ne le font presque jamais, ville natale de Grant, le fait que certaines personnes dans l'Illinois ont décrété que les rivières et les cours d'eau ont le droit d'exister, le droit de *prospérer*, mais c'est juste en Illinois, le fait que je doute que quiconque s'intéresse aux droits de l'eau *ici*, échantillons de Ben, le fait qu'on doit s'efforcer néanmoins d'être optimiste, dans l'intérêt des enfants, mistigri, le fait qu'officiellement l'Illinois, le Michigan, l'Indiana et l'Ohio composent le Middle West, juste ces quatre États, Michiana, le fait que « Michiana » est un mix de Michigan et d'Indiana, le fait que l'Ohio a la forme d'un pétale, le fait qu'il paraît tellement vaste, le fait que Cincinnati paraît à des mondes d'ici, comme *Paris* ou je ne sais quoi, FLORENCE Y'ALL, et donc on ne mange jamais de bon chili, le fait que le vol 93 est passé juste au-dessus d'ici, ou pas loin en tout cas, avant de s'écraser près de Johnstown, ou New Baltimore, le fait qu'ils ont retrouvé des morceaux près d'Indian Lake, fuselage, morceaux de corps, quelle horreur non mais quelle *horreur*, le fait que ça nous a brisés, en tant que nation, mais on n'est pas censés le dire, le fait que pourquoi ferait-on une chose pareille à autrui, *Je commettrai de tels actes – lesquels, je l'ignore encore ; mais ils répandront la terreur sur terre*, le fait qu'être battant est très différent d'être battu, le fait que les deux choses ne font pas bon ménage, le fait que les gens sont probablement battus pour être battants, ou abattus, le fait que les deux paraissent injustes, le fait que Maman a traversé de terribles épreuves, le fait qu'elle a été en fauteuil roulant pendant des années, son état ne cessant d'empirer, le fait qu'on passait notre temps à plier et déplier ce fauteuil roulant, régler les repose-pieds, le fait que j'ai lavé les cheveux de Maman dans l'évier de la cuisine quand le salon de coiffure a fermé, mais je préfère me revoir attablée avec elle dans la salle à manger, chacune avec un livre, Jane Austen, Sabatini, Hardy, Muriel Spark, Toni Morrison, scotch et soda, loup de mer, Comment Détailler Une Butternut, 40 cl de concentré de tomates, le fait qu'aucun plat au monde ne requiert une telle quantité de concentré de tomates, enfin je ne crois pas, shampooiner les cheveux de Maman, le fait que le prosecco attaque les dents, le fait qu'une Chinoise a demandé un jour à Maman pendant une soirée « Êtes-vous mauvaise ? », sampans à l'aube, montagnes rondes, porcelaine Ming, vestes Mao, guerriers en terre cuite, Grande Muraille, wontons, raviolis chinois, et Maman, timide, malade, coincée dans son fauteuil roulant, a été si surprise qu'elle en est restée bouche bée, petit éléphant en bois, four à gril d'Abby, papier peint imitation briques, scotch et soda, le fait que quand la femme lui a demandé « Si vous n'êtes pas mauvaise, pourquoi vous fumez ? », le fait qu'après cet incident Maman a jeté tout ce qui était chinois, sampans à l'aube, montagnes rondes, porcelaine Ming, vestes Mao, jouets bon marché et biens électriques, tout, mais pas les raviolis chinois, ou le canard laqué et les pancakes et le porc sauce aigre-douce et les fortune cookies, le fait qu'elle ne mangeait jamais son fortune cookie, elle l'ouvrait juste pour lire sa phrase, mauvaise fortune, bon cœur, le fait que Ben est rentré à la maison avec un fortune cookie farceur, dont le message disait « Au secours, je suis retenu prisonnier dans une usine de fortune cookies ! », le fait que je crois que Paul Violi pourrait rédiger de super phrases pour les fortune cookies, *Apportez cinquante mille en liquide*, le fait que la Chine est un des rares endroits sur terre où Maman pourrait fumer, si elle était encore en vie, à l'intérieur et dehors, sans qu'on la regarde de travers, à moins que cette femme débarque de nouveau, sampans, raviolis, montagnes, Yueyaquan Crescent Lake, le fait que Maman se serait sans doute installée en Chine, juste pour pouvoir fumer, le fait que Maman est restée une fumeuse invétérée jusqu'à la fin, droits de l'eau, Fumeurs acceptés, Phoebe déguisée en paquet de Marlboro pour Halloween, le fait que je ne sais toujours pas pourquoi Leo n'a pas pris de cigare quand ces types lui en ont proposé un, le fait qu'on était là, assis sur un mur au soleil près du canal, et ces golfeurs d'âge moyen fumaient tous des cigares, mais quand ils lui en ont proposé un il a refusé, ce qui m'a vraiment surprise, parce que plus tard il a dit qu'il aurait bien aimé en fumer un et qu'il regrettait de ne pas avoir accepté leur proposition, le fait que c'étaient de très bons cigares, a-t-il dit, et Leo aime les bons cigares, le fait que ça me rend malade quand des gens fument le cigare près de moi, alors j'étais plutôt soulagée, mais à l'extérieur c'est supportable, le fait que dans un lieu clos ça peut être *atroce*, allumettes Ohio Blue Tip, Vitesse limitée à 40, **– 25 % UNIQUEMENT CETTE SEMAINE**, pur à 99 $^{44/100}$ %, le fait que 12 000 personnes meurent par balles chaque année, le fait que, ah, le beurre fond, le fait que, en plus de la Chinoise, Maman détestait les physiothérapeutes, tous sauf une, une gentille Irlandaise de Limerick, le fait que je me demande si Paul Violi a déjà écrit des limericks, le fait que James Joyce écrivait des limericks chaque fois que quelque chose l'énervait, *Pendant que Titien préparait son rouge garance*, le fait que je ne sais pas pourquoi j'ai pensé à ça maintenant, le fait que pour une raison que j'ignore les limericks sont souvent cochons, le fait que je crois que Papa aimait celui sur Titien parce qu'il est fait mention du rouge garance, chose rare, le fait qu'on n'entend pas parler tous les jours du rouge garance, le fait que je crois que Papa récitait ce limerick quand il pensait que je m'intéressais à l'art, ou que je voulais devenir artiste, le fait que l'art m'intéresse toujours, enfin je crois, Nanya, Alice Neel, « Popeye t'aime, Olive », le fait que Leo dit que Popeye balance les bras comme s'il dansait la matelote, le fait que Maman détestait ses physios parce qu'ils l'accusaient toujours de tricher pendant ses exercices, le fait que pourquoi accuser une personne à moitié paralysée de tricher pendant ses exercices, le fait que qui ferait ça, vol 93, le fait qu'elle ne pouvait de toute façon accomplir que très peu de progrès, et ce quel que soit le nombre d'exercices qu'elle faisait consciencieusement, alors pourquoi lui dire ça, le fait que ce neurochirurgien n'a pas pu s'empêcher de l'opérer, scalpel, le fait qu'il l'a paralysée, le fait que les chirurgiens adorent découper les gens, *Un jeune médecin du nom de Wayne, dont le patient souffrait de l'aine*, le fait qu'elle détestait également les gens qui l'accusaient de tricher au solitaire, ce qu'un nombre surprenant de gens faisaient, le fait que c'est une accusation plutôt stupide parce que vous êtes votre propre dupe, *un jeune médecin du nom de Payne*, ce qui est, eh bien, votre droit, vos oignons, solitaire, isolement cellulaire, le fait que certaines personnes semblaient trouver amusant de plaisanter sur sa façon de battre les cartes, mais Maman ne trouvait pas ça amusant du tout, le fait que ça la mettait vraiment hors d'elle, ordalie, le fait que je ne sais pas pourquoi ils ne la fermaient pas, mais je ne devrais pas dire ça, vivre et laisser vivre, le fait que c'étaient tous des gens très gentils qui pensaient être gentils en venant voir une femme malade dans un fauteuil roulant, le fait que c'est là encore une chose qu'elle détestait, les visites de courtoisie, le fait qu'elle aurait préféré lire un livre, tranquillement, avec moi, ou ses vrais amis, le fait que ses vrais amis habitaient presque tous à Evanston, rouspéter, répéter, le fait que ma mère n'a jamais triché de sa vie, le fait qu'elle ne trichait pas, elle avait juste sa propre méthode pour battre les cartes entre deux parties, point final, une méthode mise au point après des années d'ennui, et peut-être aussi parce que ses bras étaient faibles, le fait que son bras droit avait toujours été faible, le fait que sa mère lui a massé ce bras tous les jours pendant six mois quand Maman était bébé, Mention Honorable, cartes, le fait que j'aimerais être assise confortablement avec *Abby* en ce moment, jouer à la crapette à sa table de cuisine, le fait que quelle importance que Maman ait eu sa propre façon de battre les cartes, le fait que tout ce qu'elle faisait c'était disposer les cartes en plein de petits tas, disons huit ou neuf, puis elle les empilait méthodiquement, le fait que ce n'était pas *tricher*, c'était juste plus facile pour elle à manipuler, le fait qu'il faudrait être un *génie mathématique* pour dégager une stratégie de cette façon de battre, le fait qu'il faudrait être un champion aux échecs ou je ne sais quoi, le fait qu'elle passait presque autant de temps à les battre qu'à jouer une partie, et c'est ça qui causait tous ces soupçons, mais bon sang de bonsoir, il n'y avait aucune inquiétude à se faire, il ne se passait rien d'*immoral*, le fait qu'elle les battait juste à sa façon, à son rythme, alors qu'est-ce qu'ils, oh là là, je devrais vraiment être plus aimable envers eux, eux et leurs visites de courtoisie, courte paille, mais bon, le fait que j'ai vraiment du mal à croire que certaines personnes avaient du temps à perdre à taquiner Maman sur sa façon de battre les cartes, le fait qu'il vaut mieux ne pas penser à ces choses, le fait qu'il faut que j'arrête d'être rancunière comme ça, rancune, rançon, santon, le fait que *Maman* était la reine du ressentiment, en partie parce qu'elle avait une excellente mémoire, « Êtes-vous mauvaise ? », le fait que j'essaie d'être rancunière mais mes raisons de l'être au départ finissent par s'estomper et je me retrouve juste avec une sorte de sentiment négatif au sujet de quelqu'un, mais aucune preuve, et je ne sais pas si je dois continuer à l'être, *Ombres vers le sud*, *La Vipère*, *La*

Voleuse, frais d'ordonnance, Walgreens, Colt 45, B189, l'incendie chez Abby, Barry, le fait qu'il les a *tous* sauvés, le fait que la plupart des incendies domestiques sont dus à des bougies, mais le leur avait été provoqué par une cigarette mal éteinte dans la poubelle, le fait qu'à cette époque Abby fumait encore, le fait qu'elle a peut-être arrêté après l'incendie, le fait que je ne connais pas la capitale de la Sardaigne, le fait que ça rime à quoi ce monologue incessant dans ma tête, le fait que pourquoi est-ce que je me dis toutes ces choses, vu que *je les sais déjà*, le fait que je les savais avant de me les dire à moi-même, parce que JE SUIS MOI, Crème Miracle Whip, Medi-Wise Pharmacy, le fait que ça paraît plutôt vain de soliloquer toute la journée, loquet, le fait que Babar et Céleste soliloquent toute la journée, et les escargots, et les commentateurs sportifs, et le Ku Klux Klan, le fait que Kurz-Kasch est un nom qui vous reste en tête, le fait qu'une fois de plus je lis *Babar* à Jake, le fait que Flora vient d'avaler son hochet par erreur, le fait que les mamans éléphants passent leur temps à tirer d'embarras leurs bébés, pas seulement dans *Babar*, dans la vraie vie, le fait que les bébés éléphants tombent toujours à l'eau dans les zoos ou se coincent quelque part, et les gens filment leur mère ou leur tante en train de les sauver, le fait que les éléphants se démènent beaucoup pour garder leurs bébés en vie, mon petit éléphant vert en bois avec les défenses et la trompe grossièrement sculptées, le fait que je me demande quel effet ça ferait d'avoir une trompe, nasique, tapir, poisson-éléphant, narval, licorne, le fait que les lamantins ont un petit proboscis, le fait que Flora est en train de virer au rose, et elle est trop mignonne comme ça, on a presque envie qu'elle avale son hochet, même si en général je n'aime pas le gris et le rose ensemble, le fait que qu'est-ce qui cloche chez moi, me réjouir qu'un bébé éléphant s'étouffe avec son hochet, le fait que Jake aime bien lui aussi ce passage, Pom, Alexandre, Zéphyre, Arthur, le fait qu'il a toujours eu le sens de l'humour, Jake, même bébé, le fait que Jake était un vrai charmeur, à agiter ses petites jambes et rire tout le temps, le fait qu'on naît tous heureux, puis on apprend à être triste, le fait que Leo a déclaré l'autre jour « Jake a du charisme », le fait qu'on ne doit pas tarder à y aller, « Go, Possums ! », gober, Boltaron, Zyker's, KKK, DPRK, le fait que j'aimais le visage d'Abby, j'adorais son visage, surtout quand elle se concentrait, disons sur sa tapisserie, ou quand elle tricotait, la bouche légèrement entrouverte, le fait que j'aimerais pouvoir la voir là, maintenant, le fait que parfois les aiglons avec leur bouche ouverte me font penser à elle, ce qui me les rend sympathiques, le fait qu'Abby ne s'est jamais trouvée jolie, je ne crois pas, mais elle l'était, le fait qu'elle n'était peut-être pas jolie comme *Maman*, le fait que Maman était belle, mais Abby était quand même très séduisante, et plus gentille que je ne le réalisais, je m'en aperçois maintenant, le fait que quand Maman allait chez elle Abby faisait *tout* pour qu'elle se sente bien, sauf disposer le rouleau de papier-toilette de façon que le carré à détacher soit *devant*, le fait qu'elles se disputaient toujours là-dessus, le fait qu'Abby trouvait plus délicat qu'il se déroule par l'arrière, mais Maman trouvait que c'était plus difficile de l'attraper comme ça, le fait qu'elles se disputaient rarement pour autre chose, juste sur le papier-toilette, FFTS, aiglons, le fait qu'il faut qu'on se bouge un peu, le fait que le quotidien d'Abby était réglé comme du papier à musique, *C'était un jeune médecin du nom de Shane*, Wayne, aine, le fait qu'Arthur vient de lâcher le landau, tout comme moi avec Stace dans sa poussette, sa pauvre main blessée, le bras faible de Maman, bébés éléphants coincés dans les arbres, bébés éléphants se noyant dans la boue, le fait que je me demande bien où est passée cette robe jaune fofolle que je m'étais achetée quand j'avais onze ans, avec les manches à volants, le fait que c'est risqué d'envoyer une gamine de onze ans s'acheter ses propres fringues, le fait que j'avais dû dépenser trente dollars pour ce truc, le fait qu'Abby n'était pas frivole mais je crois qu'elle était fière de son nez, et de fait c'était un beau nez bien droit, le fait que Maman aussi avait un beau nez, mais Phoebe tient le sien sans doute des deux, le fait que je tiens le mien de Mamie, cuillers souvenirs, le fait qu'une girafe arrive,

Abby se concentrant, Flora s'étouffant, Suites du Grand Hôtel, le fait que je ne supporte presque pas qu'on me voie, le fait que me rendre à une réunion parents-profs m'est déjà très pénible, pour ne rien dire des relations sociales en général à part causer avec Cathy, JFK, My Little Pony, le fait que Rossini a étudié le violoncelle à Bologne, le fait qu'il s'est entraîné pour faire partie, partie de, Arvo Pärt, le fait qu'on se souvient toute sa vie de certains noms mais pourquoi, 12A, visas H-1B, la totale, toupie folle, Zelda Fitzgerald, numéros gagnants, requin-nourrice, singe éploré, Un « Smart-Phone » Repéré Sur Un Tableau Vieux De 80 Ans, gommettes, le fait que les premiers pionniers européens dans l'Ohio avaient des bébés à tire-larigot, le fait qu'une famille comme la nôtre ça les ferait rigoler, le fait que les ancêtres de Leo avaient vingt enfants chacun, le fait que c'est marqué sur les documents, et quand la première épouse décédait ils en prenaient une nouvelle et lui faisaient encore une douzaine d'enfants, ♫ *de l'oliphant sur un éléphant* ♫, le fait que Jane Austen avait plus de trente nièces et neveux, le fait qu'il faut avoir un sacré courage pour donner naissance à autant de bébés toute seule au milieu de nulle part, ♫ *Qu'ont-ils que je n'ai pas ? Le courage !* ♫, le fait que les femmes eskimos accouchent dans des igloos avec des ours polaires qui rôdent tout autour, ou du moins autrefois, lampes à huile, iglerk, intérieur de l'igloo, vieilles Kamik desséchées, visages burinés et souriants dans des capuches fourrées, poisson cru, trou pour pêcher, Coldy, ce petit canard inuit en ivoire, le fait qu'aujourd'hui les Inuits vivent sans doute tous dans des maisons et ont le chauffage central et des conserves et des Starbucks, et des maternités, le fait que des ours polaires doivent encore rôder dehors, quelques-uns en tout cas, le fait que depuis l'aube des temps les femmes font des bébés, et l'espèce a survécu, le fait que l'idée même d'hôpital est très récente, forceps, col de l'utérus, bouchon muqueux, utérus rétroversé, perte des eaux, péridurale, épisiotomie, coiffe, fœtus, spéculums, sac vitellin, papillons, le fait que certaines femmes veulent de nouveau se débrouiller toutes seules, le fait qu'on appelle ça l'« accouchement naturel », comme la natation en milieu naturel, quand vous nagez là où vous n'êtes pas censé nager, le fait que ça serait chouette de se passer de médecins bien sûr, et des étudiants en médecine, le fait que les obstétriciens m'ont toujours fait peur, le fait qu'ils vous dévisagent bizarrement, et vous menacent toujours d'horribles complications comme le placenta praevia, placenta accreta, hématome rétroplacentaire, pré-éclampsie puis éclampsie, grossesse ectopique et hypothyroïdie, jumeaux monozygotes, jumeaux acardiaques, TTTS, TOPS, DVT, PPCM et PGP, septicémie, hématomes chorioniques, syndrome de transfusion fœto-fétale, et cetera, hyperemesis gravidarum, amniocentèse, le fait qu'on n'en mène pas large quand ils vous balancent tous leurs mots en latin, culottes en papier ensanglantées, attendrisseur de viande, et ça coûte tellement cher aussi, le fait que chaque naissance coûte des milliers de dollars, des milliers et des milliers, HELLP, mais je suppose que je n'aurais pas osé le faire seule, netsuke, Bettina, allantoïdes, « femmes conformes et non conformes », pourcentage de fausses couches, gynandromorphisme, le fait que dans certains États les pro-life veulent que les médecins renoncent à l'extraction des fœtus morts, même après une fausse couche, le fait qu'ils disent qu'il doit rester là, dans votre corps, et être expulsé naturellement, exsuder, ce qui peut prendre des semaines ou des mois, le fait que donner naissance est une forme d'extrusion, expulser, exclure, prostré, prostate, castrat, mardi, le fait que les pro-life sont tellement véhéments qu'ils me font peur, bébé bleu, le fait que Flora vire au rose, pas au bleu, mes crayons de couleur rose pâle et bleu pâle, rouge, blanc et bleu, « The Stars and Stripes Forever », le fait que j'ai encore la couverture pour bébé bleue en acrylique qu'Abby avait tricotée pour Stace, le fait qu'elle m'en avait fait une également en jaune pâle, le fait que l'acrylique n'est pas très joli mais que ça va au lave-linge, le fait qu'Abby pensait à ce genre de chose, tâches ménagères, le fait qu'elle tricotait très bien même si elle n'avait pas toujours la meilleure laine, le fait qu'elle pouvait tricoter n'importe quoi, crapette, la table dans la cuisine d'Abby, être enceinte de Stacy, le fait que je me demande ce qu'Abby faisait vraiment avec Frank, bien qu'elle ait toujours été gentille avec lui, le fait que je suis sûre qu'elle avait envie de l'apprécier, mais il pouvait être si distant et capricieux, le fait qu'il ne semblait pas voir à quel point Abby était chouette, le fait que je ne pense pas que beaucoup de gens pourraient se permettre aujourd'hui d'avoir encore vingt bébés, ce qui est sans doute aussi bien, le fait qu'on pourrait peut-être se préoccuper plutôt de tous les orphelins, et de la surpopulation, le fait qu'il est bien sûr un peu tard pour penser à ça en ce qui me concerne, le fait que c'est excitant de fabriquer une personne, le fait qu'il n'y a sans doute rien de plus excitant, le fait qu'on n'en parle jamais, mais être enceinte c'est le pied, l'éclate, le fait que vous vous sentez tellement puissante, même si cet aspect-là est momentané, le fait que c'est une autre paire de manches quand vous devez chanter une berceuse à un bébé fiévreux toute la nuit, et emmener trois autres enfants à l'école le lendemain matin, le fait que la plupart du temps je ne me sens pas du tout puissante, surtout quand Stacy met un autocollant « Ne Pas Ressusciter » sur sa porte, NPR, en plus du panneau « Pas Le Moment », PLM, PTA, Potomac, le fait qu'il y a maintenant aussi CP, congés payés, et que j'ai toujours cru que ça voulait dire Chasse et Pêche, pêches à la crème, vivre dans le péché, repêchage, UGRR, orphelins, *La Maison aux pignons verts*, le fait qu'autrefois se reproduire n'était pas un choix, le fait que si vous naissiez vous enfantiez, et vous vous écrouliez sur place, le fait qu'un type à Miamisburg a abattu sa femme quand elle a eu ses contractions parce qu'il a décidé soudain qu'il ne voulait pas d'enfants, Pourquoi Portent-Ils Des Casques ?, le fait que certaines pro-life s'introduisent dans les cliniques où on pratique l'avortement, se font avorter, puis ressortent en douce et manifestent de nouveau, délirant, fête du Travail, sage-femme, femme de ménage, ménagère, femme au foyer, filiopiétisme, le fait que, mon Dieu, déjà, le temps file, le fait que le bus scolaire ne va pas tarder, alors où sont les bottes et le nid d'oiseau de Gillian, le fait qu'elle a besoin de son nid aujourd'hui,

Hopalong Cassidy, pudding nid d'abeilles, pudding aux pommes, Ève et la pomme, *All about Eve*, *The Lady Eve*, ni des dents ni des lèvres, le fait que je n'ai eu aucune fringale quand j'étais enceinte, pas une seule, et Leo était déçu, le fait qu'il voulait que je l'envoie chercher en pleine nuit des crackers et des pickels et de la glace, de la terre, gravide, le fait que certaines femmes enceintes mangent de la terre, lèvre gercée, baume, le fait que quand on était gosses on achetait souvent ces gros cornichons macérés à vingt-cinq *cents* aux types inquiétants dans la petite épicerie sombre, un gros cornichon macéré chacun, le fait qu'on trouvait que c'était vraiment délicieux quand il faisait très chaud, meilleur qu'un bonbon, et puis c'était marrant d'aller en acheter un, le fait que c'était important, le fait que j'aimerais bien en avoir un maintenant, le fait que ça y est j'ai envie de cornichons, le fait que je pourrais peut-être en trouver chez Zyker's la prochaine fois, des Vlasic, vaseline, le fait que la plupart des cornichons sont beaucoup trop sucrés, mais les Vlasic sont assez proches de ce que devrait être un cornichon, solitaire, Maman qui bat les cartes, le fait que tiens, voilà le nid d'oiseau, riquiqui, avec encore des plumes dedans, le fait que Stacy l'a trouvé dans le sapin de Noël qu'on a eu cette année, enfoui dedans, le fait que les aiglons savent cracher loin dès la naissance, gerbe fusante, grand baril de cornichons, le fait que je veux un gros cornichon, Big Apple, Bible, le fait que les types armés citent tout le temps la Bible, et on en a assez, le fait qu'ils pourraient lire autre chose de temps en temps, disons *Babar* ou je ne sais quoi, *Winesburg, Ohio*, ou alors du Jane Austen, le fait que Jane Austen est morte il y a deux cents ans, et qu'un jour j'aurai cinquante ans, un demi-siècle, pont en arc à tablier rigide, plan, paon, pickle, le fait que le bus arrive enfin, le fait que j'ignore pourquoi c'est moi qui dois toujours retrouver leur bonnet et leur écharpe, cours, course, tsss, doudou, d'où il sort, les droits de la nature, le fait que maintenant qu'ils sont partis on peut avoir un peu de *calme* ici, cannelle, intouchables, Dalit, Liban, Yémen, Illinois, ♫ *Se tourner les pouces toute la journée* ♫, sorgho, le fait que j'ai complètement oublié ce que j'étais en train de faire, zut, ah oui, caraméliser, le fait qu'il est temps aussi de s'occuper des poules, quatre-vingts milliards de poules par an, le fait que la petite veste de Jakey est si jolie, le fait que je dois emmener Jake à la garderie et faire des tartes Tatin, le fait que Tante Sophia a eu une triste fin, juste essayer de démarrer le poêle le matin et *schouff*, le fait que personne n'a pu la sauver, le chien Asta dans *L'Introuvable*, le fait qu'on pense que c'est le même chien que dans *L'Impossible Monsieur Bébé*, celui qui s'enfuit avec l'os de dinosaure, la clavicule intercostale, le fait que Tante Sophia nous a laissé sa chaise percée, le fait qu'elle est hexagonale, et réalisée dans un bel acajou verni, et dedans il y a ce vase ancien et profond mais bon, c'est une chaise percée, le fait qu'on l'a montée au grenier, le fait qu'on a donné les armes et les moules à balles au collègue de Leo, un type de Philadelphie, Machinchose, Arthur quelque chose, le fait que j'ai été très étonnée qu'il les veuille, et qu'il était très étonné qu'on n'en veuille pas, le fait que je suis capable d'oublier le mot « hydrangea » à tout moment, le fait que je crois qu'il s'appelait Andy en fait, et il était tellement étonné qu'on ne veuille pas d'armes chez nous, AK-47, Smith & Wesson, carabine Winchester calibre 12, vitrine d'armes au Walmart, Walgreens, le fait qu'on ne le crie pas sur les toits, le fait que la moitié des gens ici trouveraient qu'on est des parents irresponsables parce qu'on n'a pas de M-15 ou de M-16, ou même un AK-47, Quelle Arme Utilisez-Vous ?, l'affiche pro-armes sur le poteau téléphonique à Coshocton, vin rouge, tablier, aorte, Triompher De La Tragédie, trajectoire de balle, expériences avec de la gélatine, ours Haribo, le fait que tout le monde semble avoir des armes de type militaire de nos jours, pas juste des fusils de chasse, le fait qu'ils veulent tous des armes conçues pour vous détruire complètement, pas juste vous blesser, le fait que ces armes sont conçues pour tuer le plus vite possible, à la guerre, le fait qu'elles explosent à l'intérieur de votre corps et vous déchiquettent, fusillade à l'école, tuerie d'Umpqua, n'importe quoi, le fait que les chirurgiens n'en peuvent plus des blessures par balles maintenant, parce qu'elles sont trop difficiles à soigner, le fait que c'est la clavicule intercostale, et que le chien l'enterre quelque part, le fait que ça devient un peu moins drôle quand ils sont dans la campagne à chercher l'os partout, et le léopard, « David, c'est dans la boîte ? », le fait que Katharine Hepburn dit « C'est dans la boîte ? », Cinq Jours De Données Illimitées, le fait que quatorze mille personnes meurent par balles chaque année aux États-Unis, quatre-vingt-treize par *jour*, le fait que ça doit faire déjà plusieurs milliers cette année, le fait que ça c'est vraiment une énormité, le fait que « Umpqua » est un chouette mot, le fait que j'aime le prononcer, « Umpqua », le fait qu'on dirait un mot sorti de *Charlie et la Chocolaterie*, Oompa-Loompas, mais maintenant c'est fichu, maintenant tout le monde l'associe à une tuerie, c'est comme Newtown, dans le Connecticut, Newcomerstown, tasse de café, Coshocton Coffee Connection, collection, protection, « Tout doux, l'ami », le fait que quatre millions et demi de femmes par an sont menacées par une arme à feu aux États-Unis, quatre millions et demi, le fait qu'ils veulent enseigner aux profs et aux élèves comment manier une arme, pour se protéger, hors de question, pas mes enfants, le fait qu'il existe déjà des entraînements au tir, le fait que je n'élève pas une bande d'Annie Oakley prête à prendre tous les animaux du quartier comme cibles, le fait que les enfants qui savent tirer sont les plus susceptibles de le faire, le fait que ces temps-ci les enfants apportent des armes à feu à l'école et descendent d'autres enfants, soit accidentellement soit volontairement, pas à Newcomerstown peut-être, pas encore en tout cas, saison de la chasse, cible facile, fléchettes, billard, snooker, *The Music Man*, le fait que dans les cas de violence domestique les femmes ont cinq fois plus de risques d'être tuées s'il y a une arme à feu dans la maison, l'hameçon, le fait que cinquante femmes par mois sont abattues par leur mari ou leur petit ami, le fait qu'Annie Oakley était de Greenville, Umpqua, Umpqua, extruder, usufruit, adjudicateur, abducteur, la maison de Beth à Evanston, Club de remise en forme, le fait que chaque fois qu'un des enfants se rend chez quelqu'un pour la première fois je demande aux parents s'ils possèdent des armes à feu, le fait que je *déteste* faire ça mais il faut le faire, on ne sait jamais, le fait qu'on peut juste demander si toutes les armes qu'ils ont sont sous clé et ils répondent toujours oui, et alors vous devez juste prier pour qu'ils disent la vérité, le fait que je me dis que du coup ils pensent à vérifier de temps en temps, le fait que la plupart des gens ne rangent pas bien leurs armes, le fait qu'on devrait les mettre sous clé, les armes, pas les gens, ou alors les deux, le fait que les balles devraient être rangées dans un autre endroit, à part, le fait que, aussi, ce que certains estiment « en lieu sûr » peut être différent de ce qu'on imagine, le couloir sombre de Larry Gilmont l'été, le fait que certaines personnes pensent sûrement qu'accrocher une kalachnikov chargée au-dessus de la porte d'entrée est sans danger, mais les enfants savent grimper, le fait que j'ai dit à mes enfants de ne jamais toucher une arme à feu quand ils en trouvent une, et ils me l'ont promis, mais on ne sait jamais si la curiosité ne va pas l'emporter, le fait qu'un enfant ne devrait pas payer de sa vie un petit accès de curiosité, le fait que les choses ne devraient pas être aussi dangereuses, chez soi, le fait que ce n'est pas comme nager en milieu naturel, c'est rester chez soi, le fait qu'on a du mal à croire que la possession d'armes et la violence par armes ont augmenté après Sandy Hook, et pourtant, le fait qu'on pourrait croire que cette tragédie aurait calmé certaines ardeurs mais non, ce pays tout entier baigne dans les armes et les bibles, et sept enfants meurent chaque jour, le fait que soixante-dix-sept personnes ont été abattues à Colombus rien que cette année, et nous ne sommes qu'en février, veillées aux bougies partout, dîners aux chandelles, le fait que tout le monde croit que Chicago est la capitale des armes à feu mais c'est Philadelphie, défi, où Leo doit enseigner, annales du crime américaines, *La Fureur de vivre*, le planétarium Adler, Agness Adler, les miniatures de Thorne au musée des Beaux-Arts, le fait que l'auditorium est une merveille, avec toutes ses jolies lumières et ses dorures, le fait qu'un type en Caroline du Nord vient d'abattre neuf membres de sa famille, sans raison aucune, si ce n'est que sa femme et lui ont rompu il y a trois semaines, Famille « Pittoresque » Massacrée, le fait qu'il était venu discuter de garde partagée et qu'il a fini par tous les abattre, le fait qu'il s'est rendu à trois endroits différents pour tuer des gens, y compris ses propres enfants, le fait que, bon sang, il a été méthodique, le fait qu'on a vraiment besoin de ça, un type méthodique *et* armé, le fait qu'il a consacré huit heures à cette tuerie, « pour les éliminer tous », et après il s'est plaint que la police ne l'avait pas tué, lui, parce qu'il comptait sur un « suicide par la police », le fait qu'ils l'ont juste blessé à la jambe, le fait que huit personnes en sept heures, non, neuf personnes en huit heures, le fait que ça fait une moyenne de plus d'un mort par heure, prendre une vie, donner naissance, donner et prendre, le fait que les hommes détestent verser une pension alimentaire, le fait que Frank n'a jamais versé un dollar, garderie de Jake, crèche, orphelins, le fait que Lénine et Staline ont assassiné les Romanov par dépit, tout comme ce type de Caroline du Nord, le fait qu'ils en avaient juste marre de ce problème, pittoresque, le fait que les hommes sont parfois très impatients, Papa, le fait que Trotski voulait patienter, mais ils ne l'ont pas écouté, Trotski, le fait que « Trotski » est un nom beaucoup plus chouette que Lénine ou Staline, le fait que ces types étaient hyper aigris, le fait que les soldats envoyés pour tuer les Romanov avaient des Colt, des Mauser, des Nagant et des baïonnettes, ce qui les rapproche vraiment des citoyens américains d'aujourd'hui, le fait que les enfants des Romanov ne sont pas morts tout de suite et qu'il a fallu les finir au couteau et leur tirer dessus de nouveau, le fait que comment des gens peuvent en arriver à faire de telles choses, tout ce sang, Maman, le fait que je suis brisée, le fait que Cathy possède peut-être une arme à feu, le fait que je n'ai jamais osé lui demander, mais elle a un magasin et la plupart des gens qui ont un magasin possèdent des armes, le fait que même Ronny est armé, juste pour livrer du compost et du grain pour volaille et des jeux de bascule et des trampolines, sans raison aucune, le fait que quelle menace s'attend-il à devoir affronter pendant une journée normale passée à faire des livraisons, je me le demande bien, des coqs en colère peut-être, des bandits de grand chemin, Russes, socialistes, le fait que, vu que Leo et moi n'avons ni religion ni armes, c'est plutôt surprenant qu'on nous tolère, le fait que lui a le droit d'être ici, parce qu'il est né ici, mais moi je suis une intruse, extruse, le fait que j'espère que dans l'Ohio les gens aiment autant les tartes que les armes, comme ça tant que je ferai des tartes on sera les bienvenus, le fait que si ça se trouve mes tartes sont des antidotes aux tueries, le fait que, d'un autre côté, maintenant que j'y pense, elles peuvent très bien alimenter les tueries, le fait que pour ce que j'en sais certains assassins sont peut-être *boostés* par mes tartes, et s'en gavent après avoir accompli leurs crimes, le fait que si ça se trouve mes roulés à la cannelle ont donné à un type la force de, de tuer sa femme, sans raison, le fait que ça pourrait être mon nouveau slogan pour mes tartes, « Une petite douceur pour ceux qui massacrent leur famille », oh mon Dieu, pour l'amour du ciel, le fait qu'il faut que je pense à autre chose, et vite, et pas aux Romanov, MYOB, Joan Cusack, sac à dos, saccharine, carrément, quatre-quarts, excès de sucre, blessures par balles, pommes tortues, pommes d'amour, le fait que je me demande combien de criminels ont commis des crimes après avoir mangé une pomme enrobée de chocolat, parce que, reconnaissons-le, il n'y a pas que moi qui abuse du sucre dans les tartes ici, le fait que les bougies à la cire d'abeille dispensent une lumière plus proche de la lumière naturelle, le fait que ce sont les bougies les plus pures qui existent et qu'elles n'ont pas d'effets secondaires cancérigènes, mais on n'a pas de bougies à la cire d'abeille, le fait qu'on ne peut pas avoir des bougies près des enfants, le fait qu'un ami de Leo lui a un jour envoyé une pizza par la poste, achetée dans un Johnny's, mais il n'a pas utilisé de transport réfrigéré, et quand la pizza est arrivée c'était une cata, le fait qu'il ne voulait pas que ça soit dégoûtant, le fait qu'ils savait juste que Leo aimait cette pizza de chez Johnny's, alors il en a mis une dans une enveloppe matelassée, il a collé un timbre dessus et l'a postée, les Postes américaines, le fait que j'aimerais que Tastee Apple me file certaines de leurs pommes rejetées, le fait qu'ils n'utilisent que des pommes de très grande qualité, panse de porc, le fait que Sherwood Anderson n'arrête pas de dire que les vieilles pommes ridées sont délicieuses, les pommes qu'on laisse flétrir sur l'arbre après que toutes les pommes parfaites ont été cueillies, le fait que de quoi est-ce qu'il parle, le fait que je pense que c'est comme manger ces chips de pomme séchée, le fait que ça se mange, mais ce n'est pas délicieux, Winesburg, Waynesburg, Millersburg, Strasbourg, Fredericksburg, Frederick, le fait que ça symbolise quelque chose, mais quoi je ne sais plus, les pommes de Sherwood Anderson je veux dire, *Solness le constructeur*, le fait qu'on a regardé ça avec Stacy quand elle était fan de théâtre, le fait que ce Wally Shawn est très bien, et qu'il a traduit *Solness le constructeur* lui-même, et l'a mis en scène et a joué dedans, le fait que la plupart des gens font des tartes juste par gentillesse, mais moi je les fais pour de l'argent, Fort Knox, Las Vegas la nuit, artère principale, pluie de dollars, La Lutèce, Jake s'énervant contre le distributeur de chewing-gums chez Zyker's, méga sandwiches, clim, crime, crème, rhum, rots, le fait qu'il y a plein de personnages historiques haïssables dans les annales de l'histoire américaine, daube, et le type que je hais le plus c'est Quantrill, saletés, mais certaines personnes le traitent comme une *pin-up*, le fait que je ne supporte pas son visage souriant, Lawrence, Kansas, le fait qu'il a tué *deux cents* personnes, faisant autant de veuves en un jour, abolitionnistes, le fait que comment peut-on vénérer ça, Crème Miracle Whip, soucoupes volantes, la maison de Beth, le fait que j'ai souvent une petite image de la maison de Beth dans ma tête et je ne sais jamais pourquoi, mais ça me plaît, le fait que c'était juste une vieille demeure minable, rien de spécial, et je n'y suis allée qu'une fois, mais elle a fait une grosse impression sur moi, le fait que c'est la seule maison genre manoir où je suis allée, le fait que je me rappelle les grands espaces et les grosses poutres, et comme tout là-dedans était grand, la grande allée circulaire, le grand couloir, les grandes entrées, les grands meubles, et le grand escalier en spirale, le fait que Beth était grande aussi à sa façon, et que tout me faisait me sentir petite, le fait que je connaissais à peine Beth, mais je la revois encore, le fait que sa maison ne ressemblait pas à Clermont Manor, le fait que cet endroit est tellement beau qu'il vous donne des frissons, le fait que c'est ancien, et la maison de Beth ne l'était pas particulièrement, Massacre de Gnadenhutten, le fait que Robert Livingstone a fait presque naufrage mais a survécu, puis il a fini par aider beaucoup la Révolution, du coup j'imagine qu'il méritait cette demeure, Margaretville, Woodstock, Saugerties, Tastee Apple, le fait qu'il y avait deux étages à l'origine, le fait qu'ils en ont rajouté un autre plus tard, avec tous les pignons, le fait que Leo et moi l'avons vue un jour d'hiver, maison blanche, neige blanche, troncs d'arbres noirs, le fait que la maison de Florence Griswold à Old Lyme n'est *pas* un manoir, le fait que c'était une pension de famille, mais c'est une bâtisse beaucoup plus belle que celle de Beth, le fait que le manoir de Beth était quasiment neuf, je crois, mais sur le moment j'ai été très impressionnée, je crois, sinon je ne m'en souviendrais pas, le fait que j'avais été plusieurs fois chez des gosses de riches mais la sienne était beaucoup plus imposante, le fait qu'elle semblait faite en énormes blocs de granit rouge, le fait que j'ignore si c'était du granit, le fait que je crois que l'idée que je me fais des manoirs vient de là, sentiment munificent, Munchkin, le fait que la seule fois où j'y suis allée c'était pour les dix ou onze ans de Beth, et de temps en temps j'y repense, sans raison aucune, le fait que je crois que je pense à beaucoup de choses sans raison aucune en fait, le fait que je pense à Peolia College chaque fois que je vais aux toilettes et j'ignore pourquoi, DNR, et je pense à Jeremy Driscoll chaque fois que je commence un nouveau puzzle, le fait qu'il me vient juste à l'esprit, pendant un moment, sans raison aucune, office, œufs, le fait que je suis incapable de me l'ôter de la tête, le fait que Jeremy Driscoll n'est rien pour moi, mais pour une raison ou une autre son visage surgit chaque fois que je commence un puzzle, le fait que ce n'est même pas agaçant, c'est devenu plutôt amusant, le fait qu'il serait sûrement flatté à *mort* de savoir que je pense à lui à chaque fois mais ce n'est pas vraiment penser, c'est une sorte de réflexe, un tic mental, disons, toile à matelas, toilette des morts, tiques, punaises, literie d'hôtel, le fait qu'un fusible a dû être mal installé dans mon cerveau et qu'il a branché Jeremy Driscoll sur les puzzles en ligne et qu'il semble impossible de changer ça, le fait que c'est comme un dysfonctionnement permanent, trous noirs, galaxies, ou une association inconsciente à laquelle je ne peux rien, le fait que Jeremy Driscoll était un peu comme le Ned Ryerson d'*Un jour sans fin*, le fait que je me demande où il est maintenant, le fait qu'il surgit dans mes pensées parfois sans raison, même si j'essaie de penser à autre chose, comme la maison de Beth peut-être, le fait que j'ai essayé de retrouver cette sensation de manoir ailleurs, comme à la Barnes Collection, le fait qu'ils l'ont installée à Philadelphie maintenant, je crois, donc je suppose que ça ne me plairait plus, le fait que j'aimais juste aller à Merion et visiter le quartier où il se trouvait avant, Toulouse-Lautrec, le fait que Robert Livingstone a compté pour la Pennsylvanie, à sa manière, le fait que des gens meurent encore dans des fraternités de Penn State, bizutage, jeunes gens, le fait que j'ignore pourquoi ils font ces choses, le fait que la Pennsylvanie est en violet sur la carte électorale, parce qu'elle n'arrive pas à choisir entre démocrates et républicains, neige, améneigement, abaissement, Centrale électrique de Conesville, le fait que du calcium, du magnésium, des particules solides dissoutes, du sulfate, du fer, de l'arsenic, du cadmium, du chromium et du sélénium ont été retrouvés dans l'eau là-bas à Conesville, et que c'est un problème, sans raison aucune, Maman, le fait que dix personnes sur cent mille meurent à Tuscarawas County d'émissions de centrale électrique, et que ça ne devrait pas se produire, le fait que j'étais sûrement plus drôle avant que je commence à m'en faire pour tout, mais c'est plus fort que moi, TOILETTES PAYANTES 5¢, le fait que j'ai rêvé que Peolia changeait toutes ses toilettes, le fait qu'ils avaient voté contre les cabines individuelles privées, le fait qu'ils avaient décidé que c'était un concept *démodé*, le fait que ça me mettait en colère mais que je parlais très calmement, et leur disais que cette décision dégoûterait sans doute les gens de s'inscrire ici, le fait que dans la vraie vie je ne piperais sûrement pas mot, le fait que je serais bien trop timide, INTERDICTION D'ENTRER À DEUX DANS LES TOILETTES OU DE SE GLISSER SOUS LES CABINES, Babar qui sauve Alexandre de la noyade, le fait que je peux enfin emballer les roulés à la cannelle, donc tout baigne ici, beignet, benêt, idiot du village, voilage, virage, le fait que tout semble bien finir pour Babar, et c'est peut-être vrai, peut-être que les choses peuvent bien finir, aigris, aigre-doux, ma jupe avec des petits miroirs dessus, le magasin de New Haven où je l'ai achetée, le fait que où est passé mon chemisier-poncho guatémaltèque, Melanie, Chuck, Jeremy Driscoll, avocats, l'arbre aux branches basses dans le parc où j'ai trouvé la revue porno toute mouillée et déchirée quand j'étais gamine, le fait que je ne me sens pas libre de me promener dehors comme quand j'étais petite, le fait qu'on ne laisse pas non plus les enfants se promener, le fait que j'avais l'habitude d'aller où je voulais, et d'explorer les choses, de découvrir des choses, écureuil, revue porno, verre brisé sous mon pied, épines de rose, le fait que maintenant je suis trop occupée, trop gênée, le fait que Maman et Papa étaient vraiment des voyageurs intrépides, pour nous trimballer partout en Europe comme ça, une année ici, une année là, cet été en Irlande, quasi la jet-set, « Mangez maintenant, payez plus tard, Diners's Club ! », même s'ils ne faisaient pas du tout jet-set, le fait que je nous revois en voiture avec Papa traverser de longs tunnels dans les Alpes, punaises de lit, le fait que Maman disait toujours pour plaisanter que Papa descendait dans de meilleurs hôtels quand il voyageait seul, mais c'était peut-être vrai, le fait qu'avant tout le monde était plus ascétique, assez de tiques, ascétisme, abstémiosité, extravagance, folie meurtrière, fièvre acheteuse, fièvre aphteuse, le fait que Papa avait plein de problèmes de peau, bâton hémostatique, le fait que l'armoire à pharmacie était toujours pleine de petits tubes d'onguent, abstinent, pertinent, impertinent, baume, Baume de Porter, de Covington, Ohio, le fait que Papa n'était pas du tout jet-set, le fait qu'il ne voyageait que pour le travail, pas pour s'amuser, sans raison aucune, le fait qu'on est restés à Rome un an et ensuite à Londres encore un an, c'est tout, LES PERSONNES SURPRISES EN TRAIN DE SE GLISSER SOUS LA PORTE, le fait qu'on a emmené Pierre avec nous à Rome, le fait qu'on n'a pas emmené Pepito à Londres, parce qu'on ne l'a eu qu'à notre retour, le fait qu'on n'aurait pas pu emmener un chien en Angleterre à cause des restrictions de quarantaine, le fait que Maman a emmené Pepito à un cours d'éducation canine quand il était chiot, et tous les autres chiens étaient assis en cercle et Pepito voulait juste s'allonger, le fait qu'il y avait des tortues sauvages dans notre jardin à Rome, baba au rhum, le fait qu'un gentil serveur m'a appris à enrouler mes spaghetti, rouler, bouler, Billie qui tourne sur elle-même pour montrer sa robe à tout le monde, dans un restaurant de Chicago, Billie en maillot de bain à la plage, le fait que je mangeais surtout des pasta in brodo à Rome quand on dînait dehors, le fait que je n'avais que quatre ans et que les pasta in brodo sont faciles à manger, plus faciles que les spaghetti, sauf si c'est des SpaghettiO, le fait que j'ai mangé des pasta in brodo partout en Italie, et maintenant j'en fais pour mes enfants, le fait que j'ajoute parfois des haricots, alors c'est des pasta e fagioli, ou des pommes de terre, pasta e patate, le fait que Phoebe a toujours aimé la soupe de nouilles au poulet Campbell, le fait que le clan Campbell était des types violents qui vivaient en Écosse, et massacraient les gens, le fait que je n'avais que trois ans quand on est allés à Rome, Dr DeBoer, SpaghettiO, raisins secs, passer l'aspirateur, mardi, le fait que je parie qu'il serait étonné de savoir que je me souviens encore de lui, je veux dire le serveur qui m'a appris à manger les spaghetti, pas le Dr DeBoer, mais peut-être que le Dr DeBoer serait étonné lui aussi, le fait que comment peut-on oublier le chirurgien qui vous a opéré du cœur, même si on était tout petit, le fait que c'est dingue tout ce que je me rappelle, le fait de penser que je me rappelle aujourd'hui encore à quoi ressemblait Billie dans son maillot de bain, et que j'étais choquée par ses, bon, ses caractéristiques féminines, le fait que je me rappelle qu'on allait à Waterlow Park avec Maman le mercredi après-midi et qu'on mangeait des haricots sur toast au café, le fait que je devais avoir environ six ans, plus jeune que Gillian, le fait que je me souviens des massifs de rhododendrons en face de notre maison dans Hillway Avenue, à Highgate, mais c'est à peu près tout, le fait que c'est tout ce que j'ai retenu de notre année entière à Londres, et maintenant je ne me souviens pas si on est allées au café avant ou après s'être promenées dans le parc, le fait que j'ai pratiquement tout oublié de ce qui m'est arrivé, le fait que je n'ai rien retenu, le fait que comment savoir, c'est peut-être dans mon inconscient quelque part, et peut-être que si je me faisais hypnotiser je pourrais déterrer quelques trucs, mais sinon j'ai tout oublié, envolé, des années et des années de détails divers, des années de ma vie, disparues, plus une seule trace, le fait que j'aurais dû avoir une de ces caméras de surveillance dans la tête toute ma vie pour pouvoir me passer le film maintenant et voir si ça réveille des choses, je veux dire un souvenir ou deux, flics à la détente facile, gracile, agile, sois maligne, rembobine, Billie en maillot de bain, le fait que les flics eux-mêmes ne semblent jamais filmer les choses quand il faudrait, terres du milieu, le fait qu'une femme a été menottée et jetée dans une voiture de police mais qu'elle a réussi à ôter ses menottes et à s'enfuir avec la voiture, le fait qu'elle a pensé à quoi, franchement, le fait que les gens peuvent faire n'importe quoi dans ce genre de situation, le fait que les gens en viennent aux poings pour une miche de pain parfois, quand les magasins en manquent, *Petit pot de beurre*, haricots sur toast, Channing School, le fait que le mercredi je n'avais cours que le matin, le fait que ça je m'en souviens, mais pas Phoebe, parce qu'elle était plus âgée, le fait qu'elle est toujours plus âgée, le fait qu'elle sera toujours plus âgée, *quand te dépetitpotdebeurreriseras-tu*, le fait que ces mercredis après-midi étaient des moments où je me retrouvais seule avec Maman, le fait que le troisième enfant passe sans doute deux fois moins de temps seul avec sa mère que les autres enfants, même si Jake a eu plein de temps seul avec moi quand ils étaient à l'école, le fait que Maman venait me chercher pour notre petite escapade hebdomadaire, notre déjeuner dehors et une promenade, un dîner et un cinéma, rencard, le fait que les Obama avaient toujours des rencards le soir à la Maison-Blanche, le fait que des tas de gens font ça, le fait que j'aimerais bien qu'on puisse faire ça, mais ce n'est pas pratique, le fait que les enfants ne sont pas encore assez grands pour rester tout seuls, et on n'a pas de quoi payer une baby-sitter, le fait que Marcia accepterait peut-être, le fait que Stacy dit que Marcia ne sort qu'avec des types qui ont une moto, le fait qu'elle aime monter derrière eux, le fait que j'espère qu'elle met un casque, le fait que Leo a une étudiante qui ne sort qu'avec des Sud-Américains, parce qu'elle veut aller vivre là-bas un jour, feijoada, le fait qu'il y a un Brésilien sur qui elle a des vues en ce moment, mais ce n'est pas sérieux, et il part bientôt pour le Canada, donc ça veut dire retour à la case départ, ou du moins à l'écran d'ordinateur, le fait que tout le monde drague en ligne maintenant, le fait qu'on mangeait sûrement nos toasts aux haricots *avant*, maintenant que j'y pense, parce que les enfants ont toujours faim, et on faisait la balade *après*, le fait que ça serait trop compliqué d'emmener tous les enfants à Londres pendant un an, le fait que je ne saurais pas quoi faire avec eux, mais Maman semblait savoir comment se débrouiller, le fait qu'elle nous a trouvé des écoles et des uniformes d'écolier, le fait que Sylvia Plath s'est suicidée à Londres, le fait qu'en Chine une femme en train d'accoucher s'est suicidée parce que les contractions étaient trop douloureuses et qu'ils refusaient de lui faire une césarienne, parce que sa famille ne voulait pas lui donner la permission, alors elle a sauté par la fenêtre, pauvre femme, quarante et une semaines, le fait qu'accoucher n'est certes pas agréable, le fait que se suicider pendant le travail est peut-être plus répandu que je le pensais, le fait que j'ignore pourquoi j'ai voulu vivre ça quatre fois, le fait que je crois que l'instinct prend le dessus, les hormones, perpétuer l'espèce, propagation, pénétration, prononciation, promulguer, oursins retenant leurs œufs entre leurs piquants, laitance, le fait qu'au début on a habité dans un appartement à Knightsbridge, pendant deux ou trois semaines, et c'était loin de nos écoles, le fait que c'était assez sinistre, très gris, murs gris, ciel gris, le fait que je n'avais jamais vu autant de gris de ma vie, lait, le fait que les murs étaient blancs en fait, je crois, mais pour la première fois j'ai remarqué à quel point des murs blancs avaient l'air gris dans la pénombre, et ça m'a déprimée, le fait que c'était dans ce salon que Papa a essayé de m'aider à apprendre à lire, cours intensif, parce que j'étais à la traîne en classe, le fait que le livre était très ennuyeux et trop compliqué pour moi, et pendant qu'il s'énervait et me reprenait j'ai remarqué les ombres grises sur les murs gris, le fait que tout dans cet endroit semblait lugubre, et le lait avait un drôle de goût aussi, et le toast était brûlé, le fait qu'on le mangeait avec la confiture de citron vert de Rose, que je n'aimais pas beaucoup non plus, le fait que j'ai préféré la maison de Highgate, parce qu'il y avait un jardin, et c'était nettement plus proche des écoles, mes crayons rose pâle et bleu pâle, le fait qu'Ethan allait dans une école pour garçons et Phoebe et moi allions à Channing, le fait que je n'avais jamais entendu parler avant ça d'écoles pour garçons et d'écoles pour filles, le fait qu'on aimait se cacher dans les massifs de rhododendrons, dans ce petit jardin ouvert en face de notre maison, terre noire, le fait qu'on est allés sonner chez les gens à Halloween, le fait qu'on avait trouvé de chouettes costumes quelque part, mais les Anglais ne fêtent pas Halloween, le fait que les rhododendrons tuent tout ce qui pousse en dessous à cause de l'acidité de leurs feuilles mortes, et puis il y avait toutes ces cachettes à explorer, comme sous les marronniers de comment s'appelait ce parc déjà, le fait que c'était quand ça, le fait que ça remonte à quelques étés maintenant, Edward, terre nue, le fait que Phoebe et moi on se cachait sous ces rhododendrons pendant des heures, glaces à l'eau, poules, le fait que vu de profil un marronnier parfait devrait ressembler à un dôme, un demi-cercle épais et feuillu, forme d'arbre classique, les branches descendant toutes à cinquante centimètres du sol, juste assez d'espace pour que des enfants puissent y jouer l'été, mais les marronniers résistent à toutes les saisons, mélèze, balèze, alèse, le fait que les fleurs des marronniers se dressent avec ferveur, fleurs, pleurs, pâleurs, le fait que j'aime bien quand les marronniers sont sombres en dessous comme les rhododendrons, le fait qu'ils peuvent jeter une ombre dense, sombre, le fait qu'un bon marronnier prend toute la place dont il a besoin, le fait que c'est agréable de voir un arbre heureux, sain, mais on n'en trouve plus, le fait que notre marronnier est comme un village en soi, foyer pour enfants et oiseaux et écureuils, Channing School, Club des Bêtes, Tiny Tim, le fait que tout l'endroit sentait le savon d'école anglais, ça suintait des toilettes, je crois, et à la pause, la récré, on nous donnait du lait et des biscuits, ou des scones, petits pains aux raisins, toast brûlé, biscottes, récré, Temps Calme, le fait qu'ils n'appelaient pas ça la récré, ils appelaient ça « les onze », le fait que j'ai écrit quelque chose sur un hamster là-bas, et ma prof ne savait pas trop comment écrire « hamster », le fait qu'elle croyait qu'il y avait un « p » dedans, comme dans « Hampstead », alors elle est allée consulter le dictionnaire et d'autres profs, et Maman n'a jamais oublié ça, le fait qu'elle a été très impressionnée, non que ma prof ne sache pas l'écrire mais qu'elle ait fait l'effort d'aller chercher le mot dans le dictionnaire, le fait qu'aucun des profs n'était vraiment sûr de l'orthographe de « hamster », ou alors il y avait un désaccord, la religieuse qui a secoué Maman, « Coin-coin ! », Abby, le fait que je me suis toujours un peu méfiée des hamsters d'Ethan parce que certains mordaient, mais ils étaient tout mignons quand il les mettait dans son train électrique, le fait qu'Ethan s'est fait mordre plusieurs fois, le fait que ce garçon que connaît Ben a des chinchillas ou des dègues ou des phalangers volants, un truc comme ça, quelque chose d'exotique, cosse d'oiseaux de paradis blancs, peluches de Gillian, le fait que non, c'est quelqu'un d'autre qui a un dègue, le fait que la moitié des amis de Ben semblent avoir des écureuils volants, et dans la maison en plus, le fait que comment peuvent-ils voler à l'intérieur, le fait qu'ils doivent davantage bondir que voler, le fait que les phalangers sont des marsupiaux, le fait que Ben veut une gerbille, mais c'est difficile de s'en occuper, le fait que si une gerbille attrape froid ça peut lui être fatal, gerboise, gerber, le fait que les fraternités suspendent toujours les nouveaux la tête en bas dans le froid et après ils meurent de pneumonie, bergère, grèbe, le fait que la prof de CE2 de Leo était persuadée que les pieuvres avaient six pattes et après ça Leo n'a plus jamais fait confiance à ses profs, même si c'était une chouette prof par ailleurs, dit-il, « Ne jamais sauter une classe », une femme enceinte qui saute par la fenêtre, le fait qu'à Channing School on devait porter de grandes culottes en flanelle bleu marine par-dessus nos vraies culottes, le fait que ça faisait partie de l'uniforme scolaire, et des cravates, à rayures diagonales, qu'on devait apprendre à nouer, et de grosses chaussures marron et une épaisse robe-tunique en laine violet-brun qui me laissait perplexe, le fait que je n'avais encore jamais porté de trucs marron, le fait que toute cette année a été pour moi dominée par le gris et le violet-brun, et aussi la terre noire et les canards et les feuilles de Waterlow Park, ouate air l'eau, marée, table des marées, plan de travail, corbeille à papier, changements de domicile, le fait que le ciel était toujours couvert, à Londres et en dehors aussi, le fait qu'il a plu chaque fois qu'on a pris la voiture pour aller quelque part, le fait que quelqu'un a inventé des vêtements pour enfants qui se détendent à mesure que l'enfant grandit, parce qu'ils sont plissés, partout, et donc ils grandissent progressivement sur l'enfant, jusqu'à ce que le tissu soit tout tendu sur le corps je suppose, le fait que ça pourrait prendre une vie entière, le fait que je me demande si ça peut s'adapter au petit bidon de la cinquantaine, le fait que Papa m'a appris à lire, mais en s'énervant, le fait qu'il était irritable, pas moi, même si lire m'a irritée pendant un temps, mais je crois que j'ai surmonté la chose, le fait que je suppose que ça peut être économique, acheter des vêtements plissés aux enfants, le fait que c'est peut-être les fringues du futur, le fait que ça serait bien pour les gens minces qui grossissent, ou vice versa, le fait que je n'ai jamais vu de vêtements plissés dans un film de science-fiction, le fait que je devrais demander à Ethan, le fait qu'il est calé sur ces trucs-là, le fait qu'Ethan avait un uniforme très différent du nôtre, à l'école pour garçons, le fait qu'il a dû apprendre le latin, peut-être le grec, le fait que son uniforme était bleu foncé avec un short, et un blazer et une cravate et une casquette assortie, le fait que j'avais autrefois une photo de famille de notre année à Londres, le fait que je me demande où elle est passée, le fait qu'on était hilarants dans nos uniformes scolaires, tandis que Maman et Papa étaient assis dans leurs fauteuils, avec nous debout entre eux, l'air un peu ballot avec nos cravates et tout, le fait que je l'ai montrée un jour à Leo, et que Leo s'est marré, bermuda, oignon bermuda, et c'était très drôle, mais maintenant où est-elle, le fait qu'ils mettent du teflon dans les uniformes scolaires de nos jours, juste pour s'assurer que tout le monde ait le cancer le plus tôt possible je suppose, le fait que j'ai écrit mon premier poème à Channing, *Ils disent que la poule pond, je ne sais pas mais eux si*, le fait qu'il faut appuyer sur le « eux » à la fin pour que ça marche, *mais* eux *si*, le fait que Leo me demande parfois de le réciter, mais les enfants ne s'intéressent pas trop au vieux poème de Maman, le fait qu'ils ne s'intéressent qu'à leurs propres poèmes, le fait que j'ignore d'où vient ce truc, le fait que je n'avais jamais vu de poule de ma vie, sauf dans les livres, *Ils disent que la poule pond*, le fait qu'il y a plein de choses vous concernant que vous ne pouvez pas partager avec vos enfants parce que ça ne les intéresse pas trop, le fait que c'est triste mais vrai, comme Meryl Streep dans *Sur la route de Madison*, le fait que pourquoi est-ce que j'ai toujours envie de l'appeler *La Déroute de Madison*, dérouiller, rouillé, dangereux à savoir, la mort et les impôts, le fait que Jane et Rock décident de vivre ensemble dans *Tout ce que le ciel permet*, sans se soucier de ce que pensent les enfants de Jane, ou les autres, mais les enfants font alors toute une histoire, le fait que les enfants peuvent être égoïstes, surtout les enfants adultes, le fait que certains enfants ne laissent jamais rien passer, surtout quand il s'agit de leur *mère*, Syndrome du Nid vide, enfants boomerangs, le fait que davantage de garçons que de filles vivent aujourd'hui chez leurs parents, Une Rumeur Qui Fait Mouche, le fait que c'est lié à la classe sociale aussi, le fait que Jane doit tenir compte de son club de loisirs, et que Rock Hudson n'est qu'un jardinier, le fait qu'elle hésite un temps, hésite, existe, exil, le fait que Jane Wyman a été mariée un temps à Ronald Reagan, le fait qu'à la fin il doit tomber d'une falaise pour attirer l'attention, pas Reagan, Rock, ♫ *chabada-bada* ♫, 5¢, 10¢, « Bien sirupeux à souhait », bouillon de volaille, Mary Wickes, le fait que pourquoi est-ce que les gens déprécient tout tout le temps, *£1.20*, le fait qu'on a encore quelques pièces de 50 pence quelque part, Pentagone, 11 Septembre, Pennsylvanie, vol 93, le fait que Stacy n'était même pas née au moment du 11 Septembre, le fait qu'elle a grandi dans un monde post-11 Septembre, le fait que toute ma classe a joué à l'épicier en cours de maths, poudre aux yeux, cannelle en poudre, hibiscus, le fait qu'on a tous fait nos courses avec des fruits et des légumes en plastique, et que certains devaient gérer le magasin, le fait qu'il fallait être bon en maths pour gérer le magasin, meilleur que moi en tout cas, même si je n'étais pas trop mauvaise en maths à l'époque, le fait que je crois avoir tout oublié en retournant aux États-Unis, le fait que Ben a vraiment des difficultés en maths, ce qui est embêtant vu qu'il veut être scientifique, le fait qu'on devrait lui trouver un répétiteur pour les maths, mais combien ça va coûter, Tastee Apple, Inc, calcium, déchets dans l'espace, le fait que c'était peut-être un heptagone en fait, quadrupède, quart, pinte, « ma petite demi-pinte à moitié bue », le fait que Phoebe et Ethan ont été malades en voiture partout en Europe, mais pas moi, du coup je devais toujours m'asseoir au milieu et eux avaient les places près des fenêtres, le fait qu'il n'y avait sans doute pas grand-chose à voir en Angleterre, juste la pluie grise et les nuages gris et les essuie-glaces qui vont et viennent, le fait que je me revois encore en train de regarder la nuque de Maman et

Papa depuis la banquette arrière, le fait que Sylvia Plath ne se serait peut-être pas suicidée s'il n'avait pas fait aussi moche, le fait que toute cette pluie est assez choquante pour des Américains, le fait que les Anglais n'ont pas de soleil pendant des *mois*, Clermont Manor, le fait qu'on a mangé de l'agneau à moitié cru dans un restaurant en France et qu'après ça Ethan a vomi, champs verts, moutons, rivière, le fait que Papa s'est arrêté juste à temps, et après ça Ethan devait toujours s'asseoir près de la portière pour pouvoir bondir dehors et vomir, même si je ne le revois pas en train de le refaire, la crevaison en allant voir le *James Bond* à Chicago, le fait que Phoebe était parfois malade en voiture mais que je ne me rappelle pas l'avoir vue vomir, le fait que je déteste être malade en voiture, le fait que maintenant je suis malade en voiture si je suis assise à l'arrière, ou si j'essaie de *lire* en voiture, surtout si la personne conduit mal, le fait que ça peut arriver même quand c'est Leo qui conduit, le fait que je dois reconnaître qu'il a une conduite un peu nerveuse, et prend trop vite les virages, ce qui fait que vous êtes ballotté d'un côté et de l'autre, mais je ne le lui dirai jamais, le fait que regarder Google Street View me donne mal au cœur aussi, donc ça vient peut-être de moi, Mulberry Street Cam, nausées du matin, le fait qu'avant je n'étais jamais malade en voiture mais maintenant si, le fait qu'heureusement les enfants ne le sont pas, le fait qu'on a fait quelques chouettes pique-niques en Europe, le fait que Phoebe et moi devions nous occuper de trouver des endroits agréables pour pique-niquer, avec des moutons et des vaches et des ânes, des boutons-d'or, une herbe haute et verte, un champ ensoleillé, de préférence un cours d'eau, le fait qu'un jour en Italie, ou peut-être en Suisse, Maman, Phoebe et moi on a dû toutes faire nos besoins dans une grotte sombre et humide, le fait que j'ignore pourquoi je me rappelle ça et les rhododendrons et mes mercredis avec Maman, mais pas grand-chose d'autre, Waterlow Park, pastilles au cassis, Ribena, gelée au citron vert, confiture de citron vert de Rose, citron amer, le métro de Londres, le fait qu'on est allés aussi en Irlande plusieurs fois, le fait qu'on est descendus dans un grand hôtel à Dublin où il y avait des truites vivantes dans un aquarium près de la salle de restaurant, le fait que Phoebe, Ethan et moi on avait une chambre rien que pour nous, et que j'ai insisté pour dormir dans le petit lit d'enfant qui avait été laissé là par erreur, et pendant la nuit il s'est cassé et j'ai fini par terre, et j'ai dû dormir avec Phoebe le reste de la nuit, nécessaire de voyage, le fait que ça serait très bizarre de dormir avec Phoebe maintenant, le fait que je n'arrive pas à dormir quand Leo n'est pas là, le fait que les sœurs Brontë devaient toutes dormir dans le même lit je crois, ou dans la même chambre en tout cas, à partager leurs miasmes, singe qui joue du violon, promontoire de Council Bluffs, le fait que Lewis et Clark ont rencontré la tribu des Otoe sur le promontoire, Bluffs, bluffer, et plus tard les Chippewa et les Ottawa ont été contraints de vivre là, après avoir été expulsés de Chicago, après que les Chippewa et Ottawa ont été expulsés, je veux dire, pas Lewis et Clarke, ce qui est triste, le fait que les Potawatomi ont été renvoyés là eux aussi, jusqu'à ce qu'on les déplace dix ans plus tard, De Smet, le fait que tout ça s'est passé il y a moins de deux cents ans, ce qui correspond à un peu plus de quatre fois ma vie, Evanston, Winnetka, le fait que Winnetka signifie Bel Endroit en potawatomi, effets personnels, *comme nous pardonnons à ceux qui nous ont offensés*, le fait qu'on trouve des tas de sites qui parlent des nécessaires de voyage, du genre montres, portefeuilles, stylos, outillage, clés, porte-monnaie et armes, le fait qu'un type armé considère sans doute ses armes comme du nécessaire de voyage, le fait qu'un type qui voyage tient à vous montrer tous ses effets personnels, alors qu'un type armé veut juste vous montrer son arme, le fait qu'il y a une photo de deux énormes couteaux, un couteau de boucher et un couteau à pain, et tout un tas d'autres choses, le fait que ce type est peut-être cuisinier ou je ne sais quoi mais bon, le fait que c'est un peu effrayant, le fait que quand je me déplace mes effets personnels se résument à mes clés, mon portefeuille, quelques mouchoirs, des barrettes, des tampons, du rouge à lèvres, mon petit miroir bleu, de l'aspirine, des ciseaux pliants, un petit kit de couture, des bonbons, de vieux emballages de chewing-gum Bazooka, quelques crayons Ticonderoga pour débutants, des miettes, des raisins secs, des boutons arrachés, mes lunettes de soleil et un sachet individuel écrasé de Kool-Aid que j'ai eu gratos quelque part, le fait que Hillary Clinton prétend qu'elle a toujours de la sauce pimentée dans son sac à main, le fait que Leo m'a montré le site qui parle de ces trucs et que je suis complètement fascinée maintenant, le fait que lui non, le fait qu'il le regardait juste pour les photos de crayons et de carnets, le fait que Leo a toujours été raffiné, le fait que quand il était jeune il trimballait un bougeoir rouge et moderne, juste parce qu'il trouvait ça cool, le fait qu'il a été très fier quand un ami de son père a trouvé ça « branché », le fait que j'ignore s'il dormait avec son bougeoir, le fait que j'aimerais bien voir ce bougeoir, le fait que ce type avec tous les couteaux transporte aussi un inhalateur, un injecteur d'épinéphrine, et du tissu microfibre, une scie de poche, du ruban adhésif, une toupie perpétuelle, un pilulier porte-clés, une lampe torche, du sirop pour la toux, des pastilles Altoïd, un iPhone, un carnet Moleskine et un stylo, 1 800 $ dans une pince à billets, 250 $ en monnaie des États confédérés, *quoi*, des cartes de visite, un manuel de plomberie et autres travaux de bricolage, un WikiReader, un *métronome*, un couteau anti-requin, et un carnet de vol pour pilote de planeur, le fait que je préférerais un carnet de bal et un rhum planteur, le fait qu'il croit qu'il va se passer quoi, que son planeur va s'écraser dans des eaux infestées de requins, ou dans une ruche, et qu'il va devoir se fabriquer un abri avec du ruban adhésif, tout équipé avec toilettes en état de marche et piano fait maison, tout en faisant une réaction allergique, le fait que je me demande bien pourquoi il a besoin de cette monnaie sudiste, sauf s'il a l'intention de rejoindre le KKK, le fait que cette monnaie n'a plus cours, enfin je l'espère, le fait que c'est bizarre cette manie qu'ont ces baroudeurs de vous montrer tout l'argent qu'ils trimballent, comme Jason Bourne avec son sac rouge, le fait que ce type-là est plus modéré, couteau à cran d'arrêt, cartes, passeport, pistolet, baume à lèvres, boutons, un vieux couteau, c'est tout, le fait qu'il y avait un type plutôt honnête qui avait mis un vieux Kleenex dans la photo, mais certains sont vraiment fantaisistes, comme ce type qui a une sangle de suspension électronique, une lampe stroboscopique d'urgence, un mini-trépied, des écouteurs, un enroule-câbles, des pastilles de purification d'eau, des chauffe-mains, une boussole, un talkie-walkie, un mini-parapluie, des lunettes de soleil, un briquet, un cigare, et une grenade, le fait qu'il dit qu'une dragonne est chaudement conseillée en cas d'« extraction », où ranger son arme, le fait que je ne comprends rien à ce qu'il raconte, le fait que est-ce qu'il veut dire qu'il est plus facile de trouver quelque chose dans votre poche si c'est au bout d'une dragonne, ou quoi, le fait que pourquoi ne le dit-il pas tout simplement, le fait que les photos de ces baroudeurs sont comme les cartes de Memory aux anniversaires, ou comme quand les mères apportent un plateau recouvert de petits objets, vous le montrent pendant une seconde puis disparaissent et vous êtes censé faire la liste de tous les éléments sur un bloc de papier, le fait que je perdais toujours, le fait que, franchement, je redoutais ce jeu, le fait que la maman arrivait avec le plateau et que j'espérais toujours qu'elle apporte des cupcakes ou des bonbons ou je ne sais quoi, pas un tas de trucs anciens et bizarres sortis du tiroir de sa cuisine, le fait que je ne me souviens pas de *toute ma vie*, alors pourquoi je me souviendrais d'un plateau avec des pièces de monnaie, des chaînes de montre, du scotch, des cône de pin, des chewing-gums, des presse-papiers et une montre de poche, Peolia College, le fait qu'on voulait tous gagner, bien sûr, pour remporter le gros lot, le fait qu'un lot est un lot, Tang, Sanka, ginger ale, surligneur, grenade, titane, le fait que je ne savais pas orthographier « ciseaux », et donc j'avais toujours peur qu'il y ait des ciseaux sur le plateau, le fait que j'aurais juste dû faire semblant de les avoir oubliés, mais je voulais tellement remporter ce fichu lot, le fait que je suis certaine de ne jamais l'avoir eu, mais heureusement je ne me rappelle pas si c'est le cas ou pas, le fait que c'est qui cette artiste qui dispose toujours toutes sortes d'objets dans un cadre, un peu comme dans ce jeu du plateau, La Wilson, le fait qu'elle en a fait un juste avec des marteaux de piano en feutre, le fait que même moi j'aurais pu me rappeler un plateau plein de marteaux de piano si j'avais dû, le fait que les marteaux de piano sont jolis, le fait que La Wilson se déplaçait à vélo dans Akron avec son corbeau apprivoisé, le fait qu'on l'appelait La parce que son frère n'arrivait pas à prononcer son vrai nom, que j'ai oublié, quand elle était petite, le fait que j'aimerais avoir une meilleure mémoire, le fait qu'avoir une bonne mémoire c'est mieux que de connaître plein de langues étrangères, le fait que les gens sont baba devant les riches et les gens qui connaissent plein de langues, comme si c'étaient des génies ou je ne sais quoi, mais être riche ne prouve pas que vous êtes génial, et n'importe qui peut apprendre une langue, le fait que la plupart des gens en apprennent au moins une, Maman à Paris, le fait qu'elle n'a pas pu comprendre ses propres vœux lors de son mariage parce que c'était en français, Julia Child, Des Petits Jumeaux Ouistitis Nains, du temps seule avec Maman, isolationnistes, le fait que j'ai été seule avec Maman à l'hôpital quand elle a paru décliner, quelques mois avant qu'elle nous quitte, le fait que j'ai été si choquée par sa pâleur que j'ai touché sa main, et j'ai senti de l'électricité dans mon bras qui passait dans sa main, et elle est revenue à la *vie*, le fait qu'elle a vraiment semblé revenir du royaume des morts, et elle a été assez en forme pour rentrer à la maison pendant un temps après ça, le fait que je n'ai pas été là pour le refaire la fois d'après, la foi d'après, le fait que Maman avait de très belles mains, le fait que tout le monde trouve sa maman belle, le fait que est-ce que mes enfants me trouvent belle, le fait que ça leur arrive parfois, toasts aux haricots, chemins noirs et boueux, canards, bus rouges à impériale, ma peinture de vaches, le fait que ma peinture de vaches a remporté un prix à Channing, et Maman et Papa l'ont encadrée et accrochée sur le mur de leur chambre à Evanston où elle est restée pendant *des années*, à New Haven aussi, le fait que c'est peut-être ça qui m'a donné envie de peindre, le fait que je me demande où est cette peinture aujourd'hui, le fait que ça représentait deux vaches, peut-être trois, dans un champ vert, avec ciel bleu et soleil jaune, le fait que c'était une version très optimiste du climat anglais, mes crayons rose pâle et bleu pâle, le fait que mais bon sang où est cette peinture, le fait que je n'en ai aucune idée, sans doute écrabouillée sous la vieille roue de chariot dans le grenier, ou sous les lits de camp, terre noire, nuages blancs, ombres grises sur des murs blancs et glacés, rhododendrons, apprendre à lire avec Papa, le fait que Phoebe a emmené Tiny Tim à Londres, le fait qu'il est parti dans une petite cage mais qu'on lui a trouvé une caisse à cochon d'Inde turquoise de chez Harrods quand on était là-bas, et c'est là-dedans qu'il a voyagé à partir de ce jour, le fait qu'elle était en bois et avait la forme d'une grange à toit rond, rond de jambe, cuisse légère, décos de grange, Pennsylvania Dutch, Prescott, toiture, droiture, le fait qu'en français on a envie de mettre un accent circonflexe à toit, mais il n'en faut pas, enfin je crois, les fautes qu'on fait, la malle de Mary Ingalls pour aller à l'école pour aveugles, le fait qu'elle a dû aller à l'Iowa Braille and Sight Saving School, le fait que Tiny Tim était un cochon d'Inde voyageur, le fait qu'Edward n'est pas venu, lui, mais Edward n'existait pas encore, le fait que je l'ai eu plus tard, le fait que combien de gens emmènent leur cochon d'Inde avec eux à Londres, et que pense un cochon d'Inde d'aller à Londres et de revenir chez lui dans une jolie boîte de transport bleue, le fait qu'il aurait sans doute préféré aller en Amérique du Sud, morceaux de laitue, croquettes pour cochon d'Inde, crottes de cochon d'Inde, pieds de cochon d'Inde, pattes, épatant, mémoriser les horaires, le fait que je ne comprends toujours pas comment marchent les multiplications, PERSONNES SURPRISES EN TRAIN DE SE GLISSER, bouteilles de ketchup en forme de tomate, pots de miel en forme d'ours, flacons de parfum en forme de torse, le fait qu'une femme a dépensé récemment trente millions chez Harrods à Londres, en dollars, pas en livres, le fait que ça ne lui a pris que deux ans, le fait que c'était surtout en parfums et en bijoux, et que c'était son argent, le fait que je pense qu'elle avait un crédit d'impôt et que c'est pour ça qu'on a parlé d'elle, le fait que Phoebe et moi on s'est perdues dans l'aéroport en allant en Angleterre et que Maman a été furieuse, le fait qu'on était juste allées aux toilettes et qu'on n'arrivait plus à retrouver le chemin jusqu'au guichet d'enregistrement, le fait que c'était juste impossible, le fait qu'on apprend très tôt que quand les parents s'inquiètent ils s'énervent, le fait que je ne pense pas être comme ça, mais peut-être que si, le fait qu'on était inquiètes nous aussi, Phoebe et moi, mais on ne s'est pas énervées, le fait qu'on a juste eu peur de rater l'avion, le fait que je pense qu'on avait moins peur de rater l'avion que de mettre Maman en pétard, « (un pique-nique, la foudre) », le fait que Stacy s'est perdue un jour chez Macy's quand elle avait deux ans, le fait qu'on faisait quoi au juste à Atlanta, le fait que ça n'a duré que quelques minutes mais, bon sang, j'étais dans tous mes états, le fait que je n'étais pas en colère, juste terrorisée, le fait qu'on ne peut pas se mettre en colère avec un enfant de deux ans, ou du moins on essaie de ne pas, le fait qu'elle n'a pas du tout eu peur, elle courait juste en imitant la cloche, « ding-deng-dong », le fait que c'est comme ça que je sais que c'était dans un Macy's, le fait que Tiny Tim est devenu immédiatement membre du Club des Bêtes de Channing, et a vécu à l'école avec les autres animaux pendant presque toute l'année scolaire, le fait que j'espère qu'il a aimé ça, le fait que peut-être c'était plus intéressant pour lui, je veux dire que tant qu'à être un rongeur en cage, autant être avec d'autres rongeurs en cage, et non pas seul toute la journée, le fait que toutes les filles venaient s'extasier devant les animaux à la moindre occasion, surtout pendant la pause déjeuner, le fait que Phoebe a toujours été très forte pour se faire un réseau, le fait que ça m'aurait pris une année entière rien que pour découvrir qu'il y avait un club, mais elle l'a trouvé tout de suite, le fait qu'à dater de ce jour Tiny Tim n'est rentré à la maison que les week-ends, et un week-end on a rapporté aussi un lapin, le fait qu'on était tout excitées à l'idée de s'occuper de ce lapin, parce qu'on n'avait jamais eu de lapin, mais le lapin aimait courir en rond comme un fou la plupart du temps, il projetait des trucs blancs sur nos jambes, ce qui ne nous plaisait pas trop, Tiny Tim dans sa caisse de voyage turquoise, boîte à cochon d'Inde, le fait que j'avais horreur de ça quand Maman se mettait en colère, aéroport, le fait que je m'énerve beaucoup mais que j'essaie de le cacher, le fait que je rêve parfois que Maman s'emporte contre moi et ça me fait encore beaucoup de peine, même maintenant, avec toute une famille à moi dont je dois me préoccuper, les maux de Davina Beebee, le fait que Davina Beebee parle toujours de ses maux, le fait qu'elle en parle tellement qu'elle donne l'impression d'être une grosse boule de maux, mais ces maux se révèlent toujours bénins, comme un vieil ami qui ne l'a pas rappelée, « Z'avez mal ? », le fait qu'on est descendus dans une auberge du Connemara au bord de l'eau, et ils avaient des ânes qu'on pouvait monter et une portée de chiots dans la grange, le fait que ça sentait l'herbe humide, coupée, un peu comme l'estragon, le fait que j'ai toujours trouvé que les ânes sentaient l'estragon mais maintenant je crois que c'était juste l'herbe, Dingle Bay, County Cork, County Kerry, carrie, poterie, le fait que Pepito ne pouvait pas venir avec nous en Irlande, juste pour un été, alors une des étudiantes de Papa l'a emmené dans une communauté du Maine, le fait que ça ne devait pas être une super communauté, parce que quand on l'a récupéré il allait se cacher devant la porte du jardin comme s'il s'attendait à ce qu'on le frappe quand il entrait ou sortait, le fait qu'il a eu des ennuis un jour dans la communauté, pour avoir mangé la nourriture d'un autre chien, le fait que comment un chien est censé savoir à qui est telle nourriture, quand il n'a pas eu l'habitude de vivre avec d'autres chiens, le fait que c'est juste dingue, le fait que qu'est-ce que Pepito connaissait à la vie en communauté, le fait que ces gens ont même envisagé de le *donner* avant notre retour, sans même nous en parler, tout ça à cause de cet incident, Aide aux familles, office religieux, le fait qu'il a dû se sentir tellement seul là-bas sans nous, tellement perdu, et eux l'ont traité comme ça, pauvre Pepito, tout tremblant sur les marches près de la porte, le fait que c'est horrible de penser à ce qu'ils ont pu lui faire pour qu'il se comporte ainsi, Objets trouvés, le fait que le gâteau à la fanouropita vous aide à retrouver les choses, le fait que c'est différent de la spanakopita, le fait qu'il s'en est remis, et a oublié tous ces dingues de la communauté, mais nous on ne leur a jamais pardonné, et je ne leur pardonnerai jamais, jusqu'à ma mort, les âmes mortes, le fait qu'au moins il s'est bien amusé à courir partout pendant un été avec tous ces chiens, communauté, communiste, communards, le fait qu'on a accusé Phoebe d'être une rouge au collège, juste parce qu'elle n'aimait pas *Reagan*, le fait que cet été-là a été sa seule occasion de rencontrer l'amour, à Pepito, pas à Reagan, communier, bougie, Blue Tip, le fait que Phoebe a toujours prétendu que Pepito avait perdu son pucelage cet été-là, le fait que j'ignore comment elle le savait, à moins qu'il ait laissé derrière lui une portée de caniches, le fait qu'elle a peut-être tout inventé mais j'espère qu'elle a raison, parce que chez nous il était toujours en laisse ou dans le jardin, avec zéro chance d'une idylle, le fait que les poils sur son dos étaient tout rougeâtres quand il est rentré de la communauté, délavés par le soleil, parce qu'il avait couru tout le temps à l'extérieur, pendant qu'on passait l'été à essayer d'attraper les ânes pour pouvoir les monter, et à faire de la barque sur le petit lac, le fait que *Pierre* courait la gueuse partout dans Evanston, enchaînant les liaisons, mais Pepito était imprudent avec les voitures et devait rester dans le jardin ou être promené en laisse, le fait qu'il a couru un jour après une voiture quand il était petit et s'est blessé à une patte arrière, et après c'était fini, le fait qu'on l'a laissé courir en liberté dans le Maine quand même, avec une meute de chiens, le fait que la plupart des gens stérilisent leur chien aujourd'hui, le fait que ça semble toujours cruel, le fait qu'empêcher un animal de se reproduire est une sacrée décision, le fait qu'on ne sait jamais si les animaux sont heureux, Almanzo, Ashtabula, né heureux, ♫ *Né libre* ♫, le fait que Cathy recueille toujours des chats malades, le fait qu'elle dit qu'ils viennent la voir en disant « Emmène-moi chez le médecin », jeu de Candyland, le fait que j'ignore pourquoi j'aimais autant ce jeu, le fait que ce n'est pas terrible comme jeu de plateau, et qu'il n'y a même pas de bonbons à gagner, nos guirlandes de Noël à Evanston, le fait que je ne supporte plus la situation avec Stacy, le fait qu'Oprah dirait construisez un mur, un mur symbolique, transparent, protecteur, un « grand et beau mur », mais les murs ça ne marche pas, sauf peut-être la Grande Muraille de Chine, le fait que ça, ça a marché, pendant quelques milliers d'années en tout cas, quelques centaines je veux dire, armée en terre cuite, sampans, « femme mauvaise », fleurs de cerisiers, feux d'artifice, Paul Violi, Mao Tsé-toung, dynastie Ming, le fait que le mur de Trump aura des conséquences sur la faune et la flore des deux côtés, le fait qu'il y a là une « rupture », rupture décisive, incisive, déclaration de la victime, les tortues sauvages dans notre jardin à Rome, le fait qu'on faisait descendre une tortue en plastique par la fenêtre du deuxième étage, enfin j'espère que c'était une fausse tortue, ovnis, Rome, ambre gris, Inuits, appli talkie-walkie Zello, Rex le Robot qui parle et qui marche, faites le plein, à table, le fait que la nuit dernière j'ai rêvé que Stacy avait dans les cinq ans, le fait qu'elle a toujours cinq ans dans mes rêves, le fait que je conduisais avec elle sur mes genoux, en lui apprenant l'alphabet en même temps, « N comme neige », et je savais que j'aurais dû me garer et l'attacher sur son réhausseur mais il neigeait et il y avait beaucoup de circulation et c'était trop compliqué de s'arrêter, le fait qu'ensuite on était chez un antiquaire et Stacy s'intéressait à des petites souris en porcelaine et il se faisait tard et je n'aimais pas trop ces souris, mais elle si, le fait qu'après j'ai rêvé que j'étais sur un house-boat, et j'étais censée ramener un petit gamin chez lui, mais j'étais retardée parce que j'achetais du levain artisanal, le fait que dans un autre rêve, un des étudiants de Leo avait des problèmes de canoë sur la rivière et que je devais l'aider et, pour cette raison, je ratais un mariage bouddhiste où on allait poser cinq questions et maintenant je ne saurai jamais quelles étaient ces questions, le fait qu'il est temps d'y aller, mais où est

Jake, le fait qu'on peut utiliser certaines herbes quand on fait du bouillon de poule mais pas le persil, jamais le persil, parce que le persil devient amer s'il cuit trop longtemps, le fait qu'il y a autre chose qui devient amer aussi, l'épinard, la laitue, les clous de girofle, trop de clous de girofle, nos diffuseurs de parfum à Noël, poêle, marrons, marinade, le fait que rien n'est comparable à la douleur de perdre Maman quand j'avais treize ans, rien, même si je ne l'ai pas exactement *perdue*, le fait qu'elle a décliné pendant des années, le fait que j'ai regardé ma mère se déliter dans mes bras, bouillie, le fait que le monde entier repose sur de la bouillie, comme ce vieux moelleux au citron détrempé, retour à la terre, au compost, compote de compost, cours de maintien, et c'est pour ça que je n'aime pas me souvenir, la torpeur des êtres entravés, Un Tigre Rare Enfin Filmé, pansements comestibles pour ours aux pattes brûlées, le fait que toutes les formes de vie sont sorties de la bouillie et redeviendront probablement très bientôt de la bouillie, surtout si tout le monde continue de voter républicain, Walmart, ouragans, la cave propre d'Abby, le fait que la voisine d'Abby passait de temps en temps, Marie, et on enchaînait les parties de crapette, le fait que c'est le jeu de cartes le plus simple au monde, mais c'est assez marrant, et on peut parler pendant qu'on joue, en tout cas elles, elles le faisaient, le fait que j'avais toujours peur qu'elle ait un horrible problème de santé parce qu'elle fumait, le fait que j'avais peur qu'elle ait le cancer du poumon ou une crise cardiaque, le fait que quand j'ai appris qu'elle était malade j'ai couru dans la maison en pleurant, rassemblé toutes les cigarettes et les ai brûlées dans la cheminée, le fait qu'on m'a donné un mot quand j'étais à l'école, pour m'informer que ma mère était à l'hôpital et que je devais rentrer chez moi, le fait que c'est ce que j'ai fait quand je suis rentrée chez moi, j'ai brûlé ses cigarettes, le fait que Pepito est resté allongé au pied de son lit quand elle est revenue, pendant des semaines et des semaines, il est juste resté là, le fait que pendant qu'elle était à l'hôpital elle n'avait pas le droit de fumer mais dès qu'elle en est sortie elle s'est remise à fumer, le fait que fumer faisait partie de ses rares loisirs avec le solitaire, le fait que les chiens savent quand vous êtes vraiment malade, sampans, fortune cookies, sous-bocks, soupe wonton, Yueyaquan, « femme mauvaise », dame grossière, le fait qu'elle n'a pas pu marcher pendant des mois, et après seulement avec de l'aide, et un déambulateur, le fait que c'est moi qui aurais dû me coucher au pied de son lit, mais il fallait aller à l'école, le fait que Maman et Papa n'auraient pas aimé que je rate les cours, le fait que je ne me débrouillais pas très bien à l'école, mais je ne me débrouillais pas non plus très bien à la maison, le fait que les chiens sont capables de compassion, de fidélité, le fait que la mère d'Anne Elliott lui manque, le fait que sa mère est morte quand j'avais quatorze ans, le fait qu'on a *tous* besoin d'une maman, le fait que j'ai l'édition originale de *Persuasion* de Maman, avec son nom dessus, son écriture, le fait que cette femme, Kelsey Machinchose, ou Machinchose Kelsey, le fait qu'elle me rappelle Maman, le fait que j'ignore pourquoi, peut-être parce qu'elle a sauvé tout le monde, le fait qu'elle s'est opposée au thalidomide, Kelsey, pas Maman, le fait que la société pharmaceutique voulait le feu vert du FDA pour le marché américain, alors même qu'ils *savaient* que le thalidomide pouvait causer des difformités chez les bébés, et c'est Kelsey qui l'a empêché, le fait que c'est une sorte de héros nationale, héroïne, Maman avec ses lunettes de soleil, le fait qu'elle s'est opposée toute seule aux fabricants, le fait qu'ils connaissaient déjà les effets secondaires mais ont passé outre, empoisonnant les gens pour faire du profit, du profit avec du poison, Rachel Carson, *Printemps silencieux*, un rivage rocheux dans le Maine, le fait que comment ces gens peuvent-ils se regarder dans la glace, le fait que je ne me supporte quasiment pas et pourtant je n'ai jamais essayé de déformer qui que ce soit ou de polluer tout un écosystème juste pour me faire de l'argent, les gens qui vivent dans la haine, le Maine, le fait que Rachel Carson vivait dans le Maine, entre autres, le fait que la communauté de Pepito était également située dans le Maine, le fait que même après que le thalidomide a été dénoncé et interdit, des médecins ont continué à donner aux femmes enceintes toutes sortes d'autres médicaments sans s'interroger sur leur composition, et ça doit encore être le cas, le fait que Maman a toujours mis mon insuffisance cardiaque sur le compte du vaccin contre les oreillons qu'on lui a donné quand elle était enceinte de moi, gravide, dégradant, tardigrades, opération du cœur, Halloween, le fait que je suis toujours un peu déprimée quand les enfants sont partis pour l'école, angoisse de la séparation, le fait que je suis rongée par de vagues regrets, toutes les choses que j'aurais pu faire pour eux mais que j'ai oublié de faire, ou auxquelles je me suis habilement dérobée, le fait que je suis une experte dès il s'agit de me dérober, le fait que je n'ai pas le choix, sinon je n'arriverais à rien faire, ma poupée parlante, Jumbotron, Didon, *Une bougie dans sa chambre*, le fait que je dois leur paraître distante, distraite, autoritaire, ronchon, pauvres petits, le fait que, malgré tout, je déteste qu'ils quittent la maison, le fait que j'ai toujours peur qu'ils partent en se disant que je ne suis pas très *gentille*, oh mon Dieu, parce que je *suis* distante, je crois, et écervelée, et occupée parfois, échevelée, chevillée, Superwoman, l'orgueil précède la, mais au moins je ne suis pas une *maman poule* comme Jill Baynes, qui est incapable de discipline et ne fait que *gâter* ses petits, qui ne l'aiment même pas vraiment, enfin je crois, et au moins je ne suis pas une mère *velléitaire*, même si j'aime bien Erica quand elle est seule et se comporte normalement, qu'elle est elle-même, le fait que quand ses enfants sont là elle essaie toujours de trouver le côté éducatif de chaque chose, s'interrompant en pleine conversation pour s'assurer que ses enfants écoutent bien et en tirent un profit pédagogique, le fait que ça me met tellement mal à l'aise, le fait qu'elle vous donne presque envie de jouer la comédie, et c'est ce qu'elle fait, le fait qu'elle transforme la moindre réunion en une sorte de séminaire pour eux, et oui, ils sont intelligents, oui, ils se débrouillent très bien et tout, donc je suppose que c'est payant, toute cette disponibilité, possessivité, le fait que je pense que donner un coup de pouce à ses enfants est bien beau, mais ça ne veut pas dire les empêcher de vivre leur vie ne serait-ce qu'une seconde, le fait que je pense que ça leur ôte toute curiosité et toute imagination, enfin c'est ce que je pense, et au moins je ne suis pas une mère *vaniteuse* comme Davina Beebee, qui pense que tout le monde s'intéresse aux bons résultats de ses enfants ou à leurs aptitudes musicales, athlétiques, scientifiques, varape, WhatsApp, écoles virtuelles, le fait que ses enfants n'ont *jamais* besoin de la police pour faire leurs devoirs de maths, sac amniotique, Maman, poules, le fait que rien qu'à la façon dont elle parle d'eux, on sent qu'elle croit que les maladies de ses enfants vous intéressent plus que les maladies de vos *propres* enfants, le fait qu'elle est un peu à côté de ses pompes parfois, mais elle doit avoir ses propres problèmes, Paterson Falls, Facebook, le fait qu'elle veut maintenant que je fournisse de la gaze jaune et bordeaux pour la pièce de l'école, le fait qu'elle me fatigue vraiment, cette Davina Beebee, à me demander sans cesse des trucs, « mes maux », le fait que personne ne semble comprendre que j'ai un *travail* et qu'il me pompe toute mon énergie, le fait qu'elle aime bien tout critiquer aussi, ma façon de faire les choses, le fait que quand j'apporterai la gaze elle me dira sûrement que quelque chose ne va pas, ou qu'il est trop tard, ou qu'elle ne pensait pas que je le ferais et qu'elle s'est arrangée autrement, le fait qu'elle vous donne toujours l'impression que c'est votre faute, quoi que vous fassiez, le fait que c'est une de ces personnes qui pensent que sa façon de faire est la seule, Lassie, lassitude, et elle pense que ses enfants sont les seuls bons enfants et que tous les autres parents ont écopé des ratés, la lie, halali, le fait que, bon sang, elle donne tout le temps des conseils sur l'éducation, le fait qu'elle ne comprend pas que dans une famille nombreuse comme la nôtre c'est vraiment chacun pour soi et que les enfants doivent se débrouiller entre eux, et je pense que c'est comme ça que les enfants des familles nombreuses se forgent un caractère, « Dites, monsieur, je peux en ravoir », ♫ *Whe-e-e-ere is love ?* ♫, Ma, Pa, De Smet, East Street Cemetery, le fait que les enfants des familles nombreuses savent très bien se débrouiller seuls, aussi bien qu'en groupe, le fait qu'ils s'adaptent aux deux situations, Les Dolphins Envisagent De Signer, le fait que je me sens très seule dans une foule, le fait que je me sens anéantie dans une foule, le fait que les foules négligent les individus, mais il y a des gens qui aiment la foule, sinon pourquoi ils iraient au théâtre et au cinéma et à des matchs de base-ball et à des *fêtes*, muumuu, ou en pèlerinage à La Mecque pour se faire piétiner, le fait que je n'irais pas à La Mecque même si on me payait, le fait que je n'irais pas même si on me tuait, non m'sieur, le fait que je n'ai pas envie de me retrouver dans une bousculade, le fait que je déteste courir même quand il fait beau, toujours été comme ça, 11 Septembre, palissade blanche, tomber de vélo dans le massif de roses, problème cardiaque, le fait que je pense que je n'ai jamais vraiment su m'adapter après mon opération au fait de ne plus être faible, le fait que le Dr DeBoer m'a guérie de mon problème cardiaque, ma *difformité*, mais que je déteste toujours courir, le fait que j'étais le bébé de la famille, enfant maladive, et j'attirais toute l'attention, Mention Honorable, le fait que j'ai décroché une Mention Honorable dans un concours du plus beau bébé, le fait que Maman devait trouver que j'étais vraiment mignonne pour m'inscrire à ce concours de photos de bébé, région d'Utica Shale, « un échantillon stratigraphique de l'ordovicien supérieur », le fait que ce n'était pas le genre de chose qu'elle avait l'habitude de faire, le fait qu'on inscrivait Pepito et tous nos autres animaux au spectacle animalier de l'école chaque année, et ils remportaient tous des prix, mais chaque animal remportait sûrement un prix quelconque, Bassin appalachien, poisson d'avril, le fait que certains apportaient même leur poisson rouge, le fait que je crois que le concours de vélo tombait le même jour, tomber de vélo, le fait qu'il fallait contourner des tas de bornes pour prouver que vous étiez doué sur un vélo, le fait que c'était une sorte de slalom, Des OVNIS À L'Origine De La Mort De Marilyn Monroe ?, le fait que quel dommage que nos enfants n'aient pas droit à un spectacle animalier à l'école, le fait que tout ce qu'ils ont c'est un panneau électronique devant l'école, le fait qu'il change de temps en temps,

PAS DE DEVOIRS CE SOIR
CLUB DU LIVRE AVEC MARY
JOURNÉE DE L'UNITÉ
FÊTE DE L'AUTOMNE
DÉFILÉ DES MANCHOTS
JOURNÉE DE LA TROMPETTE
PAS D'ÉCOLE
GRANDE KERMESSE AUJOURD'HUI
ATELIERS DE CRÉATION
COURS DE KARATÉ OU HIRUKO
PREMIER DESSIN DU JOUR,

ce genre de chose, *Frances* Kelsey, le fait que c'est Frances Kelsey qui s'est opposée au thalidomide, Vicodin, Aleve, mises à jour, le fait que je la confonds parfois avec Rachel Carson, poisson, maquereau, baleines, années 60, Barbie Doll Bomb, le fait que le Premier Dessin du Jour est un dessin que vous faites dès le réveil, d'après vos rêves, le fait que je trouve que c'est une super idée, mais Ben déteste ça, le fait qu'il préfère construire des circuits électriques, Club des Jeunes Apprentis, le fait que j'aimerais dessiner le rêve que je viens de faire et dans lequel Leo utilisait notre carte de crédit pour acheter une Buick décapotable à un prix *exorbitant*, neige bleue dans les ombres, le fait que j'adore quand la neige vire au bleu le soir, le meilleur moment de la journée, l'heure entre chien et loup, le fait que j'aime les reflets sur les flaques et les étangs qui scintillent quand vous les longez, ou quand vous roulez, et quand le soleil traverse les feuillages, le fait que c'est mieux qu'un film, le fait que je pense qu'il suffit de voir les rayons du soleil à travers des feuillages pour se sentir en phase avec tout, même brièvement, le fait qu'on n'a pas vraiment besoin de la télé ni des vidéos Morning Routines, le fait que personne n'aime la neige fondue, beige, bécane, le fait que j'aime bien Cathy, et que Marcia est vraiment une chouette fille, soupe aux raviolis fromage poulet, salade César, mais elle mange trop, le fait que ça doit être dur de ne pas grignoter des trucs quand on prépare toute la journée ces grosses marmites de soupe,

RECHERCHE CUISINIER, pelleteuse, ballon Wiffle, clochettes, Echo Pass, le fait qu'ils vendent toutes sortes de choses chez Cathy's, émincés de bœuf, manicotti fourrés aux fruits de mer, soupe à l'italienne, bocaux de miel local et sauce maison, toutes sortes de choses, bijoux, gants de jardinage de fabrication américaine, bonbons au maïs à Halloween, parfum original ou au sirop d'érable, ou bonbon au maïs salé au chocolat, et le Maïs de l'Indépendance pour le 4 Juillet, le fait que chaque grain de maïs sucré contient sept calories, et quatre-vingt-dix milliards de bonbons au maïs sont vendus chaque année, annales, anal, oh non non non, le fait que les bonbons au maïs ont été inventés à Philadelphie mais j'ignore où on les fabrique maintenant, le fait que la plupart des gens mangent le maïs en une seule fois, mais des tas de gens aiment grignoter d'abord le bout étroit, le fait que j'ignore comment ils l'ont appris, et je déteste y penser, le fait que j'aime bien les bonbons au maïs parce que c'est censé ressembler à du grain pour poules, le fait que Cathy fait des sablés à la cannelle avec un grain de maïs sucré dessus, le fait que le maïs sucré reste entier pendant qu'on les fait cuire, et donc ne fond pas dans la pâte, le fait que les bonbons au maïs sont quasi indestructibles, le fait que Brach en fait depuis 1904, le fait qu'une héritière Brach a mystérieusement disparu dans les années 70 et qu'on ne l'a jamais retrouvée, le fait qu'elle est peut-être tombée dans un silo à bonbons au maïs, le fait que je pense que c'est le chauffeur le coupable, le colonel Moutarde dans la véranda avec un, un, le fait que ce n'est pas bien de plaisanter sur ces choses-là, le fait que Davina Beebee serait choquée, matraque, corde, revolver, le fait qu'un jour j'ai vu un épi de maïs fait entièrement avec des bonbons, le fait que j'ignore ce qui les faisait tous tenir, le fait qu'on aurait dit un épi de maïs indien, avec des grains de toutes les couleurs, le fait que le cœur était peut-être en guimauve, le fait qu'on peut recouvrir une pomme de bonbons au maïs, comme un diffuseur de parfum, le fait qu'autrefois les enfants achetaient leurs costumes d'Halloween, mais aujourd'hui très souvent ils les fabriquent, je crois, bon, par chez nous en tout cas, le fait qu'au dernier Halloween on n'a pas eu que des fantômes et des lutins et des cow-boys et des Indiens, le fait qu'on a eu des chauves-souris, des anges, des chats en tutu, des tueurs à la tronçonneuse, un gosse portant un costume à l'envers, un mini-Mozart, une déesse grecque, des centurions romains, un dinosaure, un gorille, un ours, une princesse de conte de fées, Darth Vader, le fait que les enfants ne viennent plus réclamer des bonbons autant qu'avant, maintenant que tout le monde a peur des kidnappeurs et des djihadistes et des lames de rasoir dans les pommes, pommes d'amour, le fait qu'on ne va frapper qu'aux maisons qui ont une citrouille allumée dehors, et on l'a fait très tôt l'an dernier, avant qu'il fasse nuit, ce qui est moins drôle, le fait que Ben était un pirate, Jake un laitier, et Gillian un écureuil, le fait que sa queue en panache était un gros problème, parce qu'elle n'arrivait pas à la garder en l'air et les autres enfants marchaient tout le temps dessus, le fait que Halloween n'est plus aussi chouette qu'avant, le fait que ce n'est pas censé être vraiment macabre, mais maintenant si, le Jour des Morts, le fait que quand on était petits on allait de maison en maison tout seuls, pas avec notre maman, le fait que tout l'intérêt c'était d'aller seuls dans la nuit pour une fois, entre enfants, le fait qu'on a toujours rapporté des bonbons, autant que je m'en souvienne, le fait qu'on ne nous a jamais causé d'ennuis, le fait que les gens remplissaient nos sacs jusqu'à ce qu'ils débordent, le fait que Leo s'est déguisé un jour en Frankenstein quand il était petit, le fait qu'il s'est collé des pions autour du cou, le fait que j'ai oublié mon meilleur déguisement, le fait qu'à Londres je me suis déguisée en souris, le fait que le déguisement dont je me souviens le mieux c'est le paquet de Marlboro de Phoebe, le fait que c'était très réussi, le fait que Ben veut être un soldat impérial de *Star Wars* au prochain Halloween, le capitaine Phasma, le fait que je crois qu'il n'a pas compris que le capitaine Phasma est une *femme*, le fait que les petits garçons ne veulent pas être des filles, alors on devrait peut-être l'avertir, mais on ne veut pas non plus gâcher son projet, sabot-de-Vénus, chausson de vair, le fait que Cathy est une de ces personnes qui ne s'arrêtent jamais, le fait qu'elle est increvable, l'Increvable Femme des Neiges, Madame Yéti, le fait que quand elle ne cuisine pas elle vend, et quand elle ne vend pas elle achète, elle se rend très loin en voiture pour trouver ce dont elle a besoin, et quand elle ne s'occupe pas de son papa elle s'occupe d'un nouveau chat ou ramasse les pommes de terre dans le jardin, ou va cueillir du ginseng, le fait qu'elle dit qu'elle m'emmènera en chercher à l'automne, le fait qu'on ne peut en trouver qu'entre septembre et janvier, et qu'on ne peut prendre que les plantes qui ont au moins trois ans, Jake, le fait que Jake est plus âgé que le ginseng, le fait que quand vous en déracinez un vous devez planter des baies de ginseng au même endroit, le fait que j'ignore quand on trouvera le moment pour faire ça avant que Jake aille à la maternelle, mauvaise mère, le fait que Maman n'a jamais été une maman poule, le fait qu'elle n'a jamais été du genre à s'extasier sur sa progéniture, ni à s'énerver, sauf la fois à l'aéroport, le fait que plus tard, vers la fin, elle pouvait être un peu irritable quand le dîner n'était pas prêt à l'heure, mais c'est à peu près tout, et les gens malades sont comme ça, le fait qu'elle n'a jamais servi le dîner à l'heure non plus, à Evanston, le fait qu'Ethan s'en plaignait souvent, le fait que les adolescents mangent beaucoup, la cuisine la nuit, fenêtres noires, *Samson et Dalila*, *La Traviata,* Porcinet, Tiny Tim, le fait que quand Maman est tombée malade notre famille a décliné, le fait qu'on était tous démunis, que faire, Kelsey, thalidomide, le fait qu'on ne savait même pas quoi manger, le fait que les voisins nous apportaient des plats cuisinés et qu'on les mettait au frigo et qu'on les oubliait complètement, le fait que les plats cuisinés sont censés faire l'affaire quand quelqu'un est malade, ragoûts, dégoût, le fait qu'au début les plats cuisinés affluent, puis ça diminue, le fait qu'ils n'allaient pas nous apporter des plats cuisinés pendant quinze ans, le fait que tout le monde avait de la peine pour moi parce que j'étais la plus jeune, le fait qu'Ethan était déjà à la fac, et Phoebe au lycée, mais peu importe l'âge que vous avez quand votre mère manque mourir, le fait qu'on était tous abattus, le fait qu'un jour quelqu'un a apporté un poulet pas assez cuit et nous a dit à Phoebe et moi de « finir » de le cuire nous-mêmes pour le dîner, le fait que même nous on savait que ce n'était pas sain, le fait que la dernière chose dont a besoin une famille détruite c'est d'attraper la salmonelle avec un poulet pas assez cuit, ou E. coli, hygiène alimentaire de base, science médicale, le fait qu'on devait avoir l'air pitoyables mais on n'était pas stupides, 5 000 Saumons S'Échappent, le fait que quand quelqu'un tombe malade dans une famille on est à la merci d'autrui, charité, mais je ne devrais pas dire ça, quelle ingratitude, le fait que les gens nous apportaient parfois de la sauce pour spaghetti congelée, le fait qu'il ne semble y avoir aucune limite à la quantité de sauce spaghetti que peut absorber une famille américaine, mais apparemment c'est différent quand il s'agit de moelleux au citron, le fait que Marcia fait des tonnes de sauce spaghetti tous les jours pour le Country Shoppe, le fait qu'à part les plats des voisins c'était à Papa de s'occuper des repas, et il n'a jamais trop su cuisiner, le fait qu'en général il achetait un plat tout fait ou en conserve et le réchauffait, ou on allait chercher des plats à emporter, le fait qu'il aurait sûrement adoré chez Cathy's, repas faits maison, portions familiales, Un Homme Au Téléphone Tombe Dans Une Bouche D'Égout, le fait que Papa avait deux plats fétiches, le rôti de bœuf et la crème glacée, le fait qu'on appréciait ses glaces, même s'il y avait des grumeaux, le fait que qui n'a pas envie que son père vous fasse des glaces, le fait qu'on prenait parfois la voiture pour aller acheter des raviolis et de la sauce tomate, et tout ce qu'on avait à faire c'était réchauffer les raviolis quelques minutes et verser la sauce dessus, ou alors il achetait des pizzas, le fait que les pizzas sont bien meilleures à New Haven qu'à Newcomerstown, le fait qu'Abby est venue et a pesté, je veux dire est *restée*, le fait qu'elle est venue et est restée avec nous quelque temps quand Maman est tombée malade, quand ça n'allait pas du tout et qu'on était tous sous le choc, et c'est *elle* qui nous a nourris, mais après elle a dû retourner chez elle pour s'occuper de Hoag, le fait que pendant un temps une étudiante diplômée passait l'après-midi pour nous aider, le fait que je l'aimais bien, mais elle a disparu et une *religieuse* est venue et a essayé de prendre la place de Maman et on l'a détestée, le fait qu'elle se comportait comme si Maman était morte ou je ne sais quoi, alors qu'elle était là, à l'étage, à essayer de se rétablir, le fait qu'on a toujours pensé que cette religieuse en pinçait pour Papa, c'était quoi déjà son nom, sœur quelque chose, mademoiselle Pervenche et le docteur Olive dans le Petit Salon, le fait qu'elle s'était bel et bien amourachée de lui, le fait qu'elle essayait toujours de nous empêcher de le déranger, le fait que, bon, c'est vrai, elle nous a appris à Phoebe et à moi à peler les tomates, le fait que soit vous les mettez dans l'eau bouillante pendant une minute, jusqu'à ce que la peau commence à se fendiller, soit vous les jetez dans de l'eau en ébullition et vous les laissez environ cinq minutes, jusqu'à ce que la peau se détache facilement, le fait que j'opte en général pour la méthode lente, afin qu'elles ne soient pas trop cuites, le fait que je pense à cette religieuse chaque fois que je pèle une tomate, c'est plus fort que moi, Otis, le fait qu'il doit bien exister des religieuses gentilles quelque part, mais je n'en ai jamais rencontré, sauce spaghetti congelée, SpaghettiO, la religieuse qui a secoué Maman quand elle était petite, tartes Tatin, panse de porc, clé de plombier, rebord de fenêtre, Alternative Aux Carburants Polluants, Frances Kelsey, le fait que dehors les arbres remuent dans le vent, le fait que la plupart des Américains mangent des plats étrangers, le fait qu'en règle générale la nourriture américaine est d'origine italienne, allemande, hollandaise, anglaise, juive, africaine, créole, indienne, mexicaine, japonaise et chinoise, le fait que Cathy dit que la cuisine américaine n'existe pas, à part les sandwiches à la dinde, bien sûr, et la salsepareille, le sorgho et le gruau de maïs, le fait que les Indiens cultivaient les Trois Sœurs, maïs, courge et gruau, le fait que pourquoi est-ce que je m'embête à faire des madeleines, alors que les gens ne veulent que des frites et du ketchup, le fait qu'ils recouraient aux soucis pour éloigner les insectes, trois sœurs, les Trois Grâces, les Brontë, *Hannah et ses sœurs*, le fait que trois *frères* ça paraît moins fantaisiste que trois sœurs, je ne sais pas pourquoi, le fait que même *sept* frères ça ne dérange pas, « Tous les frangins », les frères Bernie, Berné Par Un Ours, le fait que les croquettes de morue sont américaines, pour autant que je sache, le fait que je n'ai jamais mangé de croquettes de morue et j'espère ne jamais en manger, mais elles étaient très prisées par Laura Ingalls Wilder, le fait que la compote aux pommes et aux oignons était le plat préféré d'Almanzo quand il était petit, le fait que j'en fais, le fait que c'est une bonne façon d'utiliser les restes de pommes, cabane en rondins, le fait que vous faites caraméliser les oignons puis vous ajoutez de gros morceaux de pomme, de la cannelle et des clous de girofle, et vous laissez mijoter encore quelques minutes, jusqu'à ce que les pommes soient tendres mais pas en bouillie, le fait que les enfants adorent ce plat, le fait que je me remets à apprécier les clous de girofle, le fait que j'ai mis trop de clous de girofle quand on a fait ces diffuseurs de parfum pour Noël, le fait que c'était le Noël juste avant que Maman tombe malade, le fait que depuis ce jour l'odeur des clous de girofle, le fait qu'on a décidé soudain de faire des tas de diffuseurs de parfum pour offrir aux gens à Noël, le fait que Phoebe avait toujours des projets ambitieux de ce genre, le fait que ça a pris plus de temps que prévu et que l'odeur des clous de girofle nous a rendus malades, le fait que ça faisait mal aussi, les maux de Davina Beebee, le fait que les diffuseurs de parfum sont plus jolis si vous ne les recouvrez pas complètement mais ça on l'ignorait, alors on les a recouverts entièrement de clous de girofle, le fait qu'on n'a laissé aucun endroit vierge sur toute l'orange, le fait que toute l'orange était marron de clous de girofle, et on s'est vraiment abîmé les doigts en faisant ça, en enfonçant tous ces clous pointus dans les oranges, le fait qu'on aurait dû utiliser un *dé à coudre* ou je ne sais quoi, ou ne pas le faire du tout, le fait que ça m'écœure un peu rien que d'y penser, le fait que je me demande si Phoebe a réussi à surmonter ça, le fait que je ne lui ai jamais demandé, grand projet, Maman, le fait que je devrais demander aux enfants de faire des diffuseurs l'an prochain, le fait que ça les occuperait au moins pendant quelques minutes, comme s'il y avait une tempête de neige, et puis c'est sympa d'en avoir chez soi, pendant que les oranges sont encore fraîches, si les clous de girofle ne vous gênent pas trop, le fait qu'elles se dessèchent en général mais parfois elles pourrissent, et alors vous avez gaspillé des tas de clous de girofle pour rien, sans raison aucune, le fait que d'où viennent les clous de girofle, le fait qu'on n'a pas envie de les gaspiller, McCormick, le fait que je ne voudrais pas qu'ils se fassent mal, le fait qu'il suffit d'environ trente clous par orange, je parie, pas des centaines comme on l'a fait avec Phoebe, le fait que vous savez que vous avez raté votre coup quand les drosophiles commencent à apparaître en plein hiver, avec toutes ces épluchures de pommes partout, le fait que pour se débarrasser des drosophiles il faut mettre du vinaigre dans un verre avec éventuellement un morceau de fruit ou un peu d'écorce de citron, le couvrir avec du film étirable et faire un tout petit trou en haut, juste assez gros pour que les drosophiles passent dedans, le fait qu'une fois qu'elles sont dedans elles ne peuvent plus ressortir, le fait qu'elles ne veulent pas partir de toute façon, vu qu'elles raffolent du vinaigre, les verres bullés de Mamie, insectes la nuit, fourmis grillées, le fait que Jake vient de s'enfiler un troisième bol de Cheerios, le fait qu'il est temps de l'habiller pour qu'on puisse décoller quand les tartes seront cuites, disputes sur la garde des enfants, ravioli, « ravololi », Paul Violi, sous-bocks, becs, biques, Tex-Mex, le fait que Jake s'intéresse beaucoup aux bébés animaux en ce moment, peut-être parce qu'il en est un lui-même, Flora le bébé éléphant, le fait que je lui ai promis un poussin au printemps, quatre-vingt-cinq milliards de poules, le fait que la cuisine américaine est franchement limitée si on y réfléchit bien, le fait que c'est surtout des plateaux-repas, « Le repas arrive, tout préparé », petites portions de nourriture dans l'avion, repas d'astronautes en granules, conserves, portions familiales, parts géantes, macaronis aux francforts, salsifis, pan lapin, spanakopita, sandwiches, club-sandwiches, sandwiches sous-marin, subways, paninis fromage, sandwiches au thon, sandwiches au corégone, sandwiches œufs salade, sandwiches salade poulet, sandwich jambon emmental au pain de seigle, pastrami ou seigle noir avec condiments, Reuben, BLT, sandwiches au pastrami, sandwich dinde bacon, tortillas, Waynesboroughs, sandwiches au poulet mariné, sandwiches aux blancs de poulet grillés, sandwiches poulet cheddar sauce BBQ, ou sandwiches œuf poulet, réunion de famille, le Wisconsin sur la pointe des pieds, fritons, frites, sandwiches à l'émincé de jambon, sandwiches prospérité, sandwiches au beurre de cacahuète et à la gelée, burritos, jibaritos, sandwiches cubains, sandwiches muffaletta, sandwiches calzone muffaletta, le fait que j'ignore si la pizza compte comme un sandwich, peut-être un sandwich ouvert, non, la pizza n'est pas un sandwich, mais une *calzone* est une sorte de sandwich, le fait qu'il existe des sandwiches steak fromage, que Leo aime bien ça, sandwiches sacoches de selle de Denver, Le Cow-Boy, sandwiches italiens au bœuf cuisson lente, sandwiches deux repas en un, sandwiches au pain de viande, sandwiches au bœuf BBQ, sandwiches bœuf Wellington ouverts, sandwiches au steak, « sammiches », fers à cheval, sandwiches à la française avec moutarde et frites, le fait que les hamburgers et les mini-hamburgers peuvent être considérés comme des sandwiches, les hot-dogs aussi, le fait que les hamburgers ont été inventés soit à Akron soit à New Haven, « un palet bien cuit et fissa », Sloppy Joes, *Smoky* Joes, sandwiches à la glace, barres glacées, le fait qu'on a du mal à croire qu'on tue les baleines juste pour faire du rouge à lèvres, secteur de pointe, Bonwit Teller, le fait que l'Amérique a inventé des tas de desserts, et en a adopté un million venus de partout ailleurs, le fait qu'on a des pommes brown betty, chaussons aux pommes, beignets aux pommes, tarte Tatin, le fait que je n'aime plus la tarte Tatin, j'ai dû en manger trop, viennoiseries et donuts, ou « bouées », malasadas, sopapillas, craquelins à la noix de pécan, roulés à la cannelle, roulés à la cannelle glacés au babeurre, pancakes, beignets, crêpes Suzette, muffins, sucettes, éclairs au chocolat, gelée, gélatine, nougatine, bonbons à la gelée, et un laminé un, coupes de fruits, crème glacée, sorbet, yaourt glacé, sundaes au chocolat fondant, inventé à Evanston, Banana Foster, pudding à la banane, guimauve à la crème aigre, parfaits, charlotte, fondant, sundaes au chocolat fondant, clafoutis aux cerises, clafoutis aux pêches, clafoutis aux pêches et aux framboises, clafoutis aux mûres, guimauve, gâteau terrain de foot, bûches de Noël, glaces Good Humor, le fait qu'on avait un bonhomme Good Humor à Evanston, le fait que la société a été fondée à Youngstown, Ohio, en 1910, babas au rhum, cerises de Montmorency du Michigan, amours-en-cage, raisins, pêches aux épices, gelée aux pommes, pastèque, myrtilles, puddings, sundaes au chocolat fondant, pudding au chocolat fondant, pudding au pain, pudding au babeurre, pudding indien, pudding espagnol, pudding des Orzak, pudding île flottante, pudding au chocolat mexicain, pudding à la tomate, pudding au kaki de l'Indiana, pudding au maïs, pudding au maïs soufflé, pudding au riz, pudding au tapioca, manioc, le fait que Papa aimait le pudding au tapioca, pudding à la neige, pudding de l'Ohio, pudding à la patate douce, pudding meringué aux prunes, pudding Nesselrode, soufflé de maïs, bouillie cuite amish, flan, crêpes hollandaises, gratin de pâtes sucré, bombes, mousses, fondue au chocolat, soufflé Kahlua, blanc-manger, brownies au babeurre avec des éclats de noix, caramel fondant, sucre candi, sirop d'érable et sucre candi à l'érable, bonbons, toffee, mélasse, bonbons gommes, billes gommes, chocolats fourrés au bourbon, gommes au vin, crèmes à la menthe, sucettes, barbe à papa, babeurre, pommes au toffee, pommes caramélisées, bonbons à la noix de coco, bonbons antitussifs, caramel amish, fondant divin, amandes sucrées, crème à la noisette, bonbons haricots, bonbons au sel de mer, chewing-gum, Milky Way, chocolat Hershey, bâtons à la menthe, réglisse et bonbon maïs, et pour faire passer tout ça on a ce qu'il faut, thé glacé, thé glacé du Mississippi, cidre, jus d'orange, citronnade, lait malté, soda à la cerise noire, orangeade, root beer à la glace, Big Gulp, Double Gulp, frappés, milkshakes, sodas crème, gnôle, mojitos, bloody marys, cocktail bourbon, whiskey sours, Manhattans, martinis, margaritas, Tom Collins, cognac liqueur d'orange, cognac crème de menthe, daiquiris, Brandy Alexanders, Artillery punch, punch hawaïen, punch au lait, lait de poule, sour mach et bière, ♫ *the beer that pickled dear old dad* ♫, Mamie, eau plate, de l'eau dans des verres bullés, le fait qu'on trouve toutes sortes de trucs dans les aliments américains, gomme xanthane, bicarbonate de sodium, glutamate monosodique, glucose, sodium aluminosilicate, vitamine B3, B1, nitrate de thiamine, bêtacarotène, aspartame, tétracycline, carbonate de calcium, éthylène-diamine-tétra-acétate de calcium disodium, apramicyne, trotoxude d'azote, carbonate de potassium, succistéarine, lécithine, monoglycéride d'acide acétylé, monensine, agar, dinitolmide, zéaralanol, benzoate d'estradiol, fenprostalène, hydrobromure halofuginone, acide chlorhydrique, laudanum, colorant caramel, carmin de cochenille, le fait qu'il existe six mille additifs artificiels approuvés par la FDA, et encore toute une tripotée, mais Jake refuse d'y toucher, sauf si c'est dans les SpaghettiO, Cheerios, bagels et donuts, le fait que Maman adorait manger les restes accommodés par Abby chez elle, et moi aussi, le fait qu'il faut que je prenne quelque chose, le fait que je n'arrive pas à ne pas penser à la nourriture, ♫ *Nous sommes, nous sommes, nous sommes les ingénieurs* ♫, le fait que, d'après Leo, les tumulus indiens sont un véritable exploit d'ingénierie, Serpent Mound, boa constrictor, Alligator Mound, le fait qu'on dit maintenant que les Indiens avaient des esclaves et que c'est peut-être les esclaves qui ont construit les tumulus, le fait que les archéologues ne savent toujours pas grand-chose sur les tumulus, du genre l'âge qu'ils ont, mais ils savent qu'il a fallu des années pour les bâtir, et qu'ils ont servi pendant au moins cinq cents ans, le fait qu'on ne sait pas trop à *quoi*, Un Requin Mord Une Planche À Rame, overdose de protéine, le fait qu'ils ont retrouvé un scorpion dans un avion, avions-nous assez la foi, le fait que ce bébé de trois cent quarante grammes doit rentrer chez lui, le fait qu'une femme est tombée du balcon en riant, le fait que c'est peut-être la bonne façon de partir, je veux dire en riant, le fait que des tas de garçons disent à des filles de se suicider, et en général ça marche, le fait qu'ils continuent d'abattre tous les grizzlys à Yellowstone, le fait qu'ils ont été retirés de la liste des espèces en danger, le fait que nous ne serons satisfaits que lorsque nous aurons absolument tout exterminé, y compris nous-mêmes, mais je ne devrais pas avoir ces pensées, oh non, le fait que ce n'est pas bon d'être négatif, réunion parents-profs, mardi, vite fait mal fait, propre sur soi, arc-en-ciel, pont en arc, fier à bras, Pepto-Bismol, traduire en justice, le fait que j'ai attrapé froid quand on est allés à Naples, et Maman a raté Pompéi et le Vésuve parce qu'elle a dû rester avec moi à l'hôtel, le fait que je me sens encore coupable de ça, canards, Newburyport, même si je n'avais que quatre ans, le fait que quelques années plus tard elle n'a pas vu voir un âne sur scène dans un opéra, parce que j'avais pris ses jumelles, et je m'en veux énormément pour ça, mais je n'avais pas compris qu'ils allaient faire sortir l'âne de scène aussi vite, le fait qu'il est parti bien trop vite, le fait qu'une fois qu'on a réussi à faire venir un âne sur scène on pourrait croire qu'on le garderait le plus longtemps possible, le fait qu'ils avaient peut-être peur que l'âne leur vole la vedette, le fait que je crois qu'elle était un peu fâchée contre moi d'avoir monopolisé ses jumelles d'opéra, mais peut-être qu'elle s'en fichait complètement, le fait qu'elle voulait peut-être juste voir l'âne un peu mieux et a oublié tout ça après, mais je ne saurai jamais, du coup j'y penserai toujours, le fait que même si elle était encore en vie ce ne serait pas facile d'aborder le sujet sans qu'elle me trouve dingue, mais je crois que ça l'a contrariée, même un court instant, le fait que je dis peut-être « dingue » un peu trop, mais c'est Maman qui a commencé, le fait que je crois que Frances Borshun préfère son nouveau chien à son premier petit-fils, le fait qu'elle est gaga de ce chien, le fait que Jake veut un chaton à présent, pas juste un poussin, mais je lui ai dit que la cigogne ne pouvait plus venir pour Opal, le fait que Stacy dirait que je bêtifie de nouveau, bébés animaux, oiseaux et abeilles, peur de l'échec, lave, calmars, Fusillade Dans Un Centre Commercial, concours d'animaux, âne d'opéra, sundaes au chocolat, le fait que Rosalind Russell lance une vanne sur une chatte enceinte quand elle traverse en vitesse la salle de rédaction, ravie parce qu'elle va démissionner et épouser un agent d'assurances de Poughkeepsie ou je ne sais où, Ralph Bellamy, le fait que quelqu'un fait remarquer que sa chatte est de nouveau enceinte et Rosalind Russell dit « C'est sa faute à elle », le fait qu'elle est intelligente, impertinente, cette Rosalind Russell, films en noir et blanc, le fait que Rosalind Russell était issue d'une grande famille de l'État de New York et s'entendait bien avec son papa, le fait que toute son enfance semble très saine, le fait qu'elle avait des tas de frères et sœurs et qu'ils étaient tous très actifs, le fait que son papa était médecin, je crois, et toute la famille faisait du cheval, le fait que c'était sans doute la femme la plus saine de toute l'Amérique, ou à Hollywood en tout cas, le fait qu'elle savait s'amuser, apparemment, le fait que j'aimerais être aussi drôle, et emmener tous les enfants faire du cheval, mais j'aurais peur tout le temps qu'ils se brisent le cou, le fait que ça me tuerait de m'inquiéter pour ça, le fait que j'ai tellement de chance qu'aucun d'eux ne veuille monter sur un cheval, comptez vos joies, Maman, marcassins, Abby, le trottoir en plein soleil, avec des touffes d'herbe sur le côté, sandwich au rôti de bœuf de B & J, le fait que les Américains dépensent plus pour la fête des Mères que pour la fête des Pères, le fait qu'il y a plein de feuilles d'arbres pressées par Stacy entre les pages d'un livre de cuisine, trop mignon, le fait qu'elles doivent y être depuis deux ans, pour être aussi cassantes, le fait que je ne sais pas comment les garder, le fait qu'on doit pouvoir les vernir, Mystère Dans L'Allée, tique d'hiver de l'élan, Mike and Ike, le fait que faire une tarte Tatin est un processus chimique complexe, le fait que j'ignore comment je me suis lancée là-dedans, à part le fait qu'on avait besoin d'argent, et que c'est encore le cas, mère au travail, le fait que les tartes Tatin ne rapportent rien, sans rapport aucun, à bon port, mais les gens me demandaient tout le temps pourquoi je ne les vendais pas, alors j'ai fini par rassembler mon courage et aller à Schumaker Farms, le fait qu'on allait toujours chercher nos citrouilles et notre maïs indien là-bas à Halloween, le fait qu'ils ont été très gentils et tout mais qu'ils n'avaient pas besoin de tartes, le fait qu'ils ne vendent que leurs propres produits, et ce depuis 1806, le fait que je suis allée alors voir Zara au marché de la ferme, mais elle n'avait plus de place sur son stand, parce qu'elle a toujours à peu près un million de seaux pleins de pommes, de toutes les sortes, des grosses, des toutes petites, et des bouteilles de cidre sur de la glace, du genre trouble, et des cerises du Michigan et des abricots séchés, le fait que ça tombait à verse sur nous, je me souviens, pendant qu'on parlait, de l'auvent, et j'avais peur d'attraper la maladie du légionnaire, le fait que pour couronner le tout j'ai renversé un mont Fuji de pommes Fuji, Johnny Appleseed, le fait que Johnny Appleseed a planté tous les vergers de l'Ohio, ou une bonne partie en tout cas, panier de pommes Longaberger, marronnier, passereaux, le fait que les passereaux mangent toutes les récoltes de maïs et d'avoine des Ingalls, et en retour les Ingalls mangent de la tarte aux passereaux, mais moi je préférerais aux groseilles à maquereaux, ♫ *vingt et quatre passereaux, quelle belle tarte* ♫, le fait que Laura pense qu'ils n'auront pas l'argent pour envoyer Mary à l'école pour aveugles, parce que les passereaux ont mangé toutes les récoltes, mais Pa vend la génisse, et la robe de Mary aux manches évasées finit dans la malle, et la voilà qui prend le train, pommes-oignons, le fait que Zara m'a dit d'essayer de vendre mes tartes à des restaurants parce que ainsi je me ferais plus d'argent, le fait que j'ai commencé à sonder quelques restaurants, un peu à reculons, puis je me suis associée à Andy, le fait que maintenant ils en prennent deux douzaines par semaine, ce qui me prend quatre jours pour les faire, le fait que ça peut prendre toute une journée rien que pour en faire six ou huit, et maintenant j'ai aussi tous ces autres endroits, le fait que la Foire de Coshocton County tombe fin septembre, Muskingum Valley Scout Reservation, montre Minnie Mouse, réveille-matin de Stacy, œufs, poulailler, nager avec nos cousins dans la piscine du motel à Detroit, le fait que je ne peux faire que deux fournées de roulés à la cannelle par jour, le fait que c'est un gros investissement, se lancer là-dedans, le fait que j'ai dû acheter toutes ces grilles et ces plaques pour faire refroidir les tartes, griller en enfer, et des boîtes pour les transporter, le fait que la pâte doit lever deux fois pour les roulés à la cannelle, d'abord dans un bol puis sur la plaque, ♫ *La Cinquième de Beethoven* ♫, le fait qu'il faut mettre un peu de sel dans la pâte, mais il faut mettre un peu de sel dans à peu près tout, même dans le gâteau de riz, juste une pincée, pour qu'il soit comme Maman l'aimait, de la cannelle et de la muscade aussi, le fait que les choses sucrées n'ont pas vraiment bon goût sans un petit côté aigre ou salé, en gelée, le fait qu'il faut un contraste, « un malheur n'arrive jamais seul », jamais de sel, sel Morton, Horton, le Grinch, œufs en meurette, le fait que je crois que ma pâte brisée est plus salée que sucrée, mais elle est encore trop sucrée pour une tarte œuf-jambon, parce que j'en ai fait une un jour en urgence et que c'était une horreur, vraiment bizarre, le fait qu'une bonne pâte brisée n'a pas besoin de sucre du tout, le fait que la pâte était bien trop sucrée et que personne n'a pu en manger, le fait que les désastres culinaires sont très gênants, thé glacé, Z'Animo, poisson rouge de Pepperidge Farm, Cheddar Large, Tetra Pak, TetraFin, le fait que c'était quoi déjà, le fait que les tétras sont des poissons tropicaux, pas des poissons rouges, je crois, le fait que Leo avait des guppys quand il était petit, et un poisson-tigre, un distichodus à six bandes, miocène, pléistocène, plasticine, distichodus sexfasciatus, tête concave, le fait que les poissons-tigres ont l'air gros vus de côté mais sont à peine visibles de face, le fait qu'ils sont « latéralement compressés », le fait que quand ils deviennent adultes ils prennent une couleur grise et terne, un peu comme *nous*, Londres, distichodus sexfasciatus, anus, *oh*, le fait que si j'avais eu un aquarium tropical j'aurais pris un de ces poissons-éléphants avec une longue trompe, et un peu de mousse verte et brillante, premier violon, 14 Juillet, mouchoirs, un poussin pour Jake, le fait que où est Jake, chèque, chaque, lac, neige à effet de lac, les Grands Lacs, les grands de ce monde, pourquoi est-ce que je, le fait que, oh bon sang, tout le monde, pourquoi y a-t-il autant de serviettes mouillées par terre dans la salle de bains, Stacy, Stacy à cinq ans, le fait qu'un chien battu du nom de Citrouille a désormais un foyer, bouton perdu, le fait que je dois vraiment nettoyer les joints, Le Coût Exorbitant Des Soins Liés À Alzheimer, le fait que d'où peut bien venir ce bouton, le fait que les gens se sont mis à vouloir mes gâteaux et mes tartes mais au début ce n'était pas rentable, le fait que mes prix étaient trop bas, le fait que pendant un temps j'ai fait de la pâtisserie caritative, parce que je n'ai jamais réfléchi aux coûts *réels*, dinosaures, Silicon Valley, professionnel, entrepreneur, milliardaire, comme tous les accessoires, le transport, tout ça, le fait que le coût de la farine n'est pas très important si vous cuisinez juste pour vous et n'en utilisez pas trop, casanière, ménagère, mais si vous cuisinez des trucs toute la semaine chaque jour ça finit par chiffrer, familial, propriété, le fait que le sucre en poudre est vraiment cher en ce moment, le fait qu'il y a aussi tous les frais annexes, comme le gaz et l'électricité et le nettoyage, l'essence pour la *voiture* aussi, Tuscarawas, coton, coton-tige, Tin Pan Alley, lin, Carolin, le fait que livrer les tartes prend du temps aussi, le fait que Papy disait « Le temps c'est de l'argent », le fait que des tas de gens ont dit que le temps c'est de l'argent, pas seulement lui, le fait que Papy n'a pas inventé la formule, le fait que je compte aussi le temps en voiture, le temps de cuisson, de paperasse et compta, d'email et pub, le fait que je devrais ajouter le temps d'indécision et de procrastination, et le temps à paniquer, le fait que je suis sûrement très tendue, tension, attention, le fait que je suis peut-être trop exigeante, le fait que comment le savoir, Fisc, déductibles, minuteur de four automatique, four autonettoyant, le fait qu'il est temps de nettoyer le four, le fait qu'il y a aussi toutes les heures que j'ai passées à faire ma pub sur Twitter et Facebook ou par email, et au téléphone, et à parler aux gens, des tas et des tas de gens, parce que j'essaie toujours de trouver d'autres acheteurs, au cas où je perdrais ceux que j'ai déjà, le fait que les gens sont très changeants, et qu'on ne peut pas savoir quand ils voudront tous des brownies tout à coup, sucre en poudre, barbe à papa, le fait que Cathy m'a appris où trouver tous les ingrédients, grossistes, ♫ *Row, row, row your boat, gently down the stream* ♫, marketing, offre et demande, aller et venir, trick or treat, maintenant ou jamais, le fait qu'on trouve tout à moitié prix chez Zyker's, à part les fruits bien sûr, le fait que je vais encore chez Zyker's pour ça, parce que c'est tout près, gain de temps, et le temps c'est de l'argent, le fait que les tomates sont des fruits, sauce BBQ d'Abby, sauce BBQ de Katie, cake aux fruits et aux noix de pécan de Carole, Bettina, bananes mûres, le fait que Katie ne fait pas du tout cuire sa sauce BBQ, le fait qu'elle met beaucoup de confiture d'abricots dedans, le fait que les pommes sont de saison toute l'année maintenant, vu qu'ils les font venir du Pérou ou de je ne sais où quand il n'y en a pas d'assez mûres en Amérique, le fait que j'ignore si Cathy serait d'accord pour que j'utilise des pommes non américaines, mais on n'en a jamais parlé, mine d'or péruvienne, esclavagisme, conditions médiévales, Dickens, Zola, destinations touristiques, Aruba, plages, terroristes, destinations terroristes, le fait que Shirley MacLaine n'aurait jamais dû accepter ce rôle dans *Bienvenue Mister Chance*, grosse erreur, mais il faut bien manger, le fait que les tartes sont rentables maintenant, je crois, mais personne ne va emménager dans un manoir grâce à elles, le fait que je fais encore de grosses erreurs, gêne, état d'alerte, les enfants Kardashian, le fait que j'aimais bien les grosses plantes en pot d'Abby dans leurs petits paniers, le fait qu'elle avait vraiment la main verte, vert-de-gris, mousse, le fait que la chaudière d'Abby était à la cave, le fait que sa cave était incroyablement propre, Frazeysburg, le fait que ça m'a pris à peu près trois mois pour remarquer ce bâtiment en travaux à Walhonding, dont ils ont fait un café, intérieur noir, trottoir blanc et lumineux dehors, feuilles d'automne, et entretemps ils avaient déjà installé un distributeur de gâteaux, le fait que j'ai hésité et hésité jusqu'à ce que l'endroit ouvre, Whispering Willow, le fait que j'ai de la chance qu'ils aient même examiné mes produits, papier peint, papillon, difformité, le fait que Whispering Willow paie bien, et rapidement, le fait que ça m'a pris des semaines mais finalement j'y suis allée et j'ai demandé s'ils avaient déjà toutes les tartes qu'il leur fallait et ils ont dit qu'ils seraient ravis de me prendre à l'essai, le fait que c'était génial, mais après j'ai mélangé les échantillons, le fait que c'était bâclé, ni fait ni à faire, piètre présentation, le fait que j'ai tout fait à la va-vite, sans raison aucune, le fait que je crois que j'ai peur de réussir, le fait que qu'aurait pensé Papa s'il avait su quelle ratée je suis, l'énorme paquet de cigarettes Marlboro fabriqué par Maman, le fait que quand j'ai fini par apporter les échantillons la serveuse n'a pas eu l'air de savoir quoi en faire, et j'ai paniqué, Mar-a-Lago, le fait que je les lui ai laissés, je suis retournée à ma voiture et j'ai *pleuré*, station-service, chaussures de gym, tas de linge, *Ils disent*, Chuck, RV, juge Judy, aménités, manucure, sinécure, curable, misérable, Scrabble, ablette, charrette, le fait que personne ne sait qui a inventé la charrette, mais j'en ai toujours voulu une, le fait que je pensais ne plus jamais avoir de nouvelles de Whispering Willow, mais ils m'ont envoyé un email à peine j'étais chez moi, me disant que mes deux tartes étaient « fantastiques » et qu'ils en voulaient d'autres et pronto, le temps c'est de l'argent, le fait que c'est comme ça que les Italiens répondent au téléphone, « Pronto », le fait que Maman ne savait jamais quoi dire quand on le lui disait, le fait qu'elle en a bavé avec l'italien pendant cette année-là à Rome, pauvre canard, le fait qu'elle a mémorisé un jour une phrase entière et a réussi à tout ressortir, au téléphone, et la personne lui a répondu longuement en italien, et elle était abattue, euphorie après la sieste, Maman dans la cuisine, le fait qu'ils ont dit « Nous voulons vraiment travailler avec vous », le fait que c'est ce qu'ont dit les gens de Whispering Willow, pas les Italiens, le fait que j'oublie parfois que c'est du « travail », enfin du *vrai* travail, notre vieille cuisine à Evanston, murs jaunes, vieux poêle, le fait qu'au début ils n'en ont commandé que quatre par semaine, mais maintenant ils en prennent douze, selon la saison et autres variables, douze tartes Tatin, quatre moelleux au citron, plus de temps en temps un gâteau d'anniversaire, le fait que ça me contrarie encore que Frazeysburg n'ait pas voulu de moi, mais ils étaient juste désorganisés, avec leurs découpages à la Matisse, leurs masques africains, et leur ragoût de tripes, le fait que Leo adore ça et que je n'en fais pas, le fait que je ne sais pas le faire, le fait que je n'ai pas vraiment envie de savoir, parce qu'il y a des tripes dedans, et de la queue de cochon aussi, la collection Barnes, le fait que si Leo pense que mon bouillon de volaille empuantit la maison, attendez un peu qu'il respire une marmite de tripes en train de bouillir toute la journée, le fait que je ne crois pas qu'on puisse trouver facilement des tripes dans le coin, même si je n'ai jamais vraiment essayé, tripes, tripoter, trépied, le fait que je suis presque sûre qu'ils ne vendent pas de tripes chez Zyker's, mais on ne sait jamais, le fait que je me demande s'il y a des tripes dans la panse de porc farcie, le fait que vu le nom c'est possible, le fait que j'ai toujours eu un peu peur de la panse de porc, le fait que c'est mystérieux, comme le haggis, le fait que je crois que ça doit être la seule raison pour laquelle Leo garde ce boulot à Philadelphie, je veux dire pour le ragoût aux tripes, le fait qu'il aime manger du ragoût aux tripes le midi au restaurant, le fait que je me demande s'il pourrait me quitter pour une femme qui lui ferait du ragoût aux tripes, le fait que je regretterais alors de ne pas savoir en faire, « Si je meurs vous le regretterez », le fait que je me disais ça quand j'étais petite, je me demandais toujours et si je meurs, que ressentiront les gens, est-ce qu'ils s'en voudront, auront honte, me regretteront, le fait que je me demande si mes enfants se disent ça chaque fois qu'on est dur avec eux, ou en colère contre eux, le fait qu'on se dit, ils le regretteront si je meurs, mais si jamais ce n'est pas le cas, et que votre mort ne sert à rien, sans raison aucune, mort pour rien, ne pas avaler, DNR, le fait que j'aimerais que Leo soit plus souvent ici, juste pour me calmer, le fait que ce n'est pas facile de rester calme quand quatre-vingt-treize personnes se font tuer par balle tous les jours, et il y a tous ces clients impatients, et j'ai une fille que mon refus de devenir vegan dégoûte, et on a l'autre type à la Maison-Blanche, le fait que je pense qu'il préside au culot, le fait qu'il sent bon, *Leo*, pas Trump, ouh là, pollution, guerre nuclaire, Nagasaki, sciatique, le fait qu'un type a assisté à la fois à Hiroshima et Nagasaki, je veux dire aux deux bombes, le fait qu'il était à Hiroshima quand la *première* bombe a frappé, a survécu et a passé la nuit dans un abri, puis il a réussi à rentrer chez lui à Nagasaki le lendemain juste à temps pour la *seconde* bombe, et là encore il a survécu, le fait que, franchement, c'est horrible, cérémonie de renouvellement des vœux, « Si je meurs vous le regretterez », le fait qu'il y a tous ces clubs maintenant pour aider les gens à se « préparer » à la fin du monde, néo-survivalistes, le fait que j'ignore ce qu'ils fabriquent, comment faire du feu avec de la vaseline ou je ne sais quoi, ou faire de la soupe aux cailloux, le fait qu'ils se comportent comme s'ils allaient devoir vivre six mois dans les bois et après ça tout sera normal et ils pourront ressortir et se remettre à peupler la planète, comme si le monde allait encore être habitable, le fait que si c'est la fin du monde, mon pote, c'est la fin du monde, bon, c'est en tout cas ce que je pense, le fait que je ne crois pas que survivre aura grand intérêt, le fait que ces néo-survivalistes vont juste passer leurs dernières semaines ou leurs derniers mois à tirer sur les gens qui approchent trop près de leur équipement de survie, « si on peut appeler ça vivre », le fait qu'ils ont tous l'air de croire que les plantes et les animaux seront encore comestibles, et qu'ils n'auront qu'à cueillir et chasser toute la journée, et se cacher, et tuer les rôdeurs, et tout sera au poil, comme disait Papa, le fait que si vous lui demandiez comment il allait il disait « Au poil ! », ou « Tip top ! », jusqu'à ce qu'il tombe vraiment malade, le fait que mon seul espoir c'est qu'après l'apocalypse les gens auront encore besoin de tartes, pour que je serve à quelque chose, si je suis encore vivante, tant que les fruits ne sont pas trop contaminés, le fait que ça ne sera pas un gagne-pain, puisque le système monétaire n'existera sûrement plus, mais je n'en vis pas *maintenant*, la terre des vivants, le fait que je pourrai peut-être échanger mes tartes contre d'autres choses comme de l'eau ou du petit bois, le fait que la pâtisserie sera peut-être vraiment mon seul atout pour survivre, manuel d'autodéfense, le fait que le chien Citrouille mourait de faim et vivait avec son chiot sous un morceau de tôle ondulée quelque part avant qu'on le sauve, le fait que le chiot était trop faible pour qu'on le sauve, le fait que Trump a dit que Melania avait intérêt à perdre ses kilos en trop une semaine après avoir accouché, *ou sinon*, Nixon, Haldeman, juron censuré, *Les Hommes du Président*, le fait que je passe tellement de temps à broyer du noir que j'ai parfois peur de lâcher un truc sinistre ou anti-patriotique dans un restaurant, et tout le monde m'en voudra, le fait que quand je livre mes tartes et mes roulés tout le monde a l'air *heureux*, bon, les tartes c'est que du bonheur, ou ça devrait l'être, même si vous avez mal aux pieds à force d'en faire, crampe, hanche, dos, chaise haute, euphorie, Maman, le fait que personne n'aime voir quelqu'un heureux, quand on n'est pas heureux soi-même, alors on ne sait jamais, le fait que paraître enjouée pourrait *blesser* à mon insu, le fait que parfois je regarde les serveuses et je me dis, elles ne peuvent pas penser qu'au café et aux sandwiches, le fait qu'elles doivent sûrement penser à leur fiancé nul ou à une grosseur inquiétante, et est-ce qu'elles pourront rembourser l'emprunt immobilier ce mois-ci, mais impossible de savoir ce que pensent les gens dans l'Ohio, le fait qu'ici même les enfants me paraissent méfiants, comme cette pauvre petite Anjolie, le fait que le silence de James est parfois agaçant, le fait que je n'ai encore jamais vu d'enfant jouer aussi calmement avec de la pâte à modeler, « agaçant », le fait que Maman aimait bien ce mot, le fait que Mrs Bennet se plaint toujours de ses nerfs dans *Orgueil et Préjugés*, cage à poules, jambalaya, le fait que Leo appelle pâte à modeler un solide amorphe, et c'est exactement ce que je ressens après une journée toute seule ici, le fait que j'aimerais parfois avoir une amie qui soit un peu indiscrète, je dois le reconnaître, le fait qu'elles sont rares comme de l'or ici, le fait que ce type, le patron de restaurant à Gnadenhutten, Anjolie, Nanya, m'a paru sympa au premier abord, mais un jour sans prévenir il a dit « Réveille-toi et sens-moi ça », le fait que j'ai pris ça plutôt mal, mâle, malus, « Cette vache a beaucoup souffert », le fait que je ne sais plus de quoi on était en train de parler, quelque chose à propos du fait que j'ai du mal à suivre la politique, étant une mère au travail et tout ça, à essayer de paraître enjouée, comme tout le monde, et lui il me sort « Réveille-toi et sens-moi ça », le fait que j'ai essayé de l'éviter depuis, le fait que encore une raison pour faire tomber une tarte, tartastrophe, apostrophe, pâte à modeler, le fait que je viens juste de réaliser qu'il voulait peut-être *vraiment* parler du café, le fait qu'il voulait juste que je sente l'odeur du café qu'il venait de faire, mouais, le fait que c'est possible, le fait qu'il testait peut-être une nouvelle sorte de grains, mince alors, le fait que je n'ai jamais pensé à ça, Un Ours Interrompt Une Partie De Golf, Vole Un Sandwich, le fait qu'ils ont un vieux masque africain au-dessus de la porte, un visage de lion avec un nez tout ratatiné et la gueule béante comme s'il vous sifflait quand vous partez, le fait que je ne sais jamais s'il est là pour encourager les gens à rester ou à partir, mais je suis sortie vite fait ce jour-là, le fait que je crois que le canard inuit est au Peabody, *L'Impossible Monsieur Bébé*, « Coin-coin ! », le fait que le papa de Maika a travaillé sur la Nouvelle-Guinée, au département d'Anthropologie, le fait que je n'ai jamais rien vu de semblable à ce qu'il avait, des masques et, et des *étuis péniens*, le fait que je me demande peut-être trop si ces gens au restau sont heureux, « Réveille-toi et sens-moi ça », réveil téléphonique, le fait que la collection Barnes a déménagé, Maman, ragoût de tripes, poisson rouge de Pepperidge Farm, poisson-éléphant, le fait que Jake avait des vues sur les chatons et les poussins mais maintenant c'est un poisson rouge, et un bébé de préférence, ♫ *La Marche des pingouins* ♫, le fait que c'était mon premier morceau de piano, et j'ai appris à le jouer sur un clavier en carton dans une classe de vingt élèves, le fait qu'on avait un piano à la maison, mais à l'école c'était à tour de rôle, et on était vingt, le fait que je ne comprends pas pourquoi les poupées amish ne peuvent pas avoir de visage, le fait que ça n'a aucun sens, le Hajj, le fait que j'ai rêvé que j'héritais d'une belle maison à la campagne et quand j'allais la voir je retrouvais un neveu perdu de vue dans l'allée de gravier devant, le fait qu'il cherchait un endroit où vivre, alors je lui disais qu'on pouvait habiter dans la nouvelle maison, parce qu'elle était à moi maintenant, et il disait qu'il ne pensait pas qu'on aurait le droit vu qu'on était tous les deux très jeunes, le fait que ça me faisait sourire, le fait que je lui disais que j'étais plus âgée que je ne le paraissais, le fait qu'ensuite je devais convaincre Leo qu'on allait tous vivre dans cette maison à partir de maintenant, avec mon neveu, parce qu'il avait besoin de moi, et Leo était d'accord, ce qui lui ressemble bien, le fait que c'est vraiment quelqu'un de facile à vivre, poussins, le fait que pourquoi est-ce qu'ils font autant de vacarme, quatre-vingt-dix milliards de poussins, c'est quoi le problème, le fait qu'on dirait que l'heure est venue de s'occuper des poules, socquettes, chaussures, chapeau, la veste de Jake, neveu inattendu, le fait que Leo est humble et généreux, et toujours prêt à aider les gens, le fait qu'il me fait penser parfois à Walter Matthau, *brrr*, le fait qu'il fait un froid de canard dehors, comme quand Almanzo enfant doit aller découper la glace sur l'étang, et la glace qu'ils doivent scier fait cinquante centimètres d'épaisseur, passeur, masseur, sœur, peur, le fait que nos poules ont peur parfois, et se donnent des coups de bec, mais dans l'ensemble elles sont très saines, très heureuses, pas faussement enjouées, le fait que Laura Ingalls Wilder préférait les Leghorns, le fait qu'Almanzo manque tomber dans l'étang, et les autres doivent l'en sortir avec leurs grappins à glace, le fait que ce que certaines personnes ne comprennent pas c'est que mes tartes sont comme mes enfants, le fait qu'elles sont comme une petite part de moi que je laisse dans les restaurants, même si j'essaie de ne pas laisser les *enfants* dans les restaurants, le fait que je laisse mes tartes, sans jamais savoir si elles sont bonnes, le fait qu'on ne peut pas toutes les goûter pour vérifier qu'elles sont réussies, le fait que les gens n'ont pas envie d'acheter une tarte avec un *trou* dedans, à la part, Vendu à la part, le fait que je ne peux jamais vraiment savoir si telle tarte est bonne ou pas, il faut juste croiser les doigts, accepter le mystère, faire confiance à ce qu'on sait faire, le fait qu'il y a toujours comme une petite inquiétude, et je suis toujours curieuse, et c'est agaçant de ne pas être sûr, gênant, mais on peut pas contrôler le moindre détail, le fait que tout ce qu'on peut faire c'est s'en remettre au retour du client, et au fait que les tartes se vendent bien, le fait que je n'ai presque jamais eu de plaintes, sauf avec ce type qui voulait une tarte à la crème chocolatée et non aux pommes, ce qui était stupide, pas mon problème, pas mon genre de tarte, Leghorns, léguer, corne, cornet de bonbons, cornette, lunettes, le fait que j'ai eu mon lot de tartastrophes, le fait que j'ai dû faire, et goûter, environ une douzaine de tartes à la crème chocolatée avant d'être sûre d'obtenir le bon résultat, et je n'aime même pas la tarte au chocolat, le fait que ça doit se voir, le fait que c'est pour ça que je ne fais que les desserts que je trouve bons, le fait que ça ne sert à rien de savoir quel goût a chaque tarte, le fait qu'en 1913 Mrs Vanderheude à Oakland a voulu voir où en était la cuisson de sa tarte et la tarte a explosé à ce moment-là, provoquant un petit incendie, et ses cheveux ont pris feu, le fait que les pompiers l'ont trouvée en train de tremper sa tête dans un seau d'eau, avec des bouts de tarte aux pommes partout dans la cuisine, mais au moins elle n'est pas morte, tuée par sa propre tarte, wrap à la dinde, tampons à récurer, Flora qui s'étrangle, le fait que je fais un excellent cake à la banane, mais en général c'est juste pour nous, le fait que pour nous je ne m'embête pas avec le glaçage, mais s'il m'en reste je bats un peu de crème aigre, le fait qu'un bon cake à la banane devrait vraiment se suffire à lui-même, mais certaines personnes ne goûteront jamais un gâteau s'il n'y a pas plein de glaçage dessus, le fait qu'il y a un hamster qui mange des burritos miniatures, deux à la fois, le fait qu'il les grignote un peu puis prend le reste dans sa bouche en une fois, le fait que c'est assez drôle de le regarder manger, le fait que c'est comme Ben, le fait que parfois Ben se remplit les joues comme ça, mes boucles d'oreilles bleu ciel, le fait que j'aime bien le regarder manger, le fait que mon cake à la banane a fait un malheur quand j'ai commencé à le fourrer à la confiture, parce qu'il faut empêcher à tout prix le cake à la banane d'être sec, le fait que c'est pareil pour, oh, quelle importance, le fait qu'on ne peut pas faire des tas de cakes à la banane à la fois, dans un but commercial, moi en tout cas je ne peux pas, parce que tout dépend de la maturité des bananes, pom-pom girls, le fait qu'elles doivent être bien mûres, les bananes, pas les pom-pom girls, et on ne peut jamais prévoir combien de bananes bien mûres on va avoir à tel ou tel moment, donc on ne peut pas promettre d'apporter quatre cakes à la banane à quelqu'un, le fait que je le fais juste quand j'en ai envie, apocalypse, et certains se vendent et d'autres on les mange, et le reste, eh bien on les oublie dans le congélo, 43832, bâton hémostatique, ceintures de kamikazes, Mrs Vanderheude, Le Corps D'Une Femme Retrouvé Dans Une Poubelle, bonjour, au revoir, le fait qu'aucun des enfants ne prononce au revoir correctement, je crois, mais peut-être que personne n'y arrive, « enrvoir », le fait que les Français roulent les R, et les Écossais aussi, le fait que je viens d'imaginer un Français faisant rouler des Écossais le long de la route, comme des roulés à la cannelle, sur des pavés, le fait que c'est dur de prononcer les R comme les Français, le fait qu'en réalité partout en Europe les gens roulent les R, le fait que je crois que ça a vraiment eu du succès, le fait que Washington n'est pas né le 22 février, il est né le 12 février, mais presque tout le monde croit que c'est le 22, le fait que Leo dit que le cake à la banane doit être un peu caoutchouteux, le fait que le cake à la banane est peut-être le seul plat caoutchouteux qui soit bon, à part peut-être la seiche ou les calmars ou les algues, ou la méduse, le fait qu'on a mangé une salade d'algues à Toledo un jour, avec de la sauce soja et des graines de sésame, et c'était vraiment bon, le fait que les enfants n'ont pas aimé, le fait qu'ils peuvent manger des tonnes de calmars mais dès qu'ils voient un bout d'algue ils croient qu'on veut les empoisonner, le fait que je pense que la plupart du temps ils n'ont aucune idée de ce qu'ils mangent, le fait que tant que c'est approuvé par leurs amis ça peut aller, le fait qu'en réalité je parie qu'ils croient que les calmars sont des sortes de beignets d'oignons, centrale électrique de Dover, zinc, plomb, aluminium, le fait que les enfants croient peut-être même qu'ils sont végétariens, comme Stace, mais sans l'effort, cochon, vache, porc, bœuf, la grande différence entre poule et poulet, Qu'est-ce que le B12 ?, le fait que je ne sais pas trop ce qu'est le B12 ou si les enfants sont censés l'avoir ou pas, « mort pour la patrie », morte en servant une tarte et des SpaghettiO, le fait qu'on ne sait toujours pas qui étaient les victimes des derniers raids des Navy SEALS, mais on sait que c'étaient surtout de petits enfants, le fait que je ne veux même pas savoir ce que c'est que ce truc, le fait que ça fait peut-être partie d'un stylo, le fait qu'on a tellement de trucs cassés ici qu'on ne sait pas réparer, banana split, pom-pom girls, cette peau de banane qui était toute droite sur le trottoir à Coshocton, attendant qu'on marche dessus, un classique, le fait qu'elle était tout étirée comme une traîne de mariée, et j'ai failli marcher dessus, le fait que quelqu'un l'avait peut-être mise là exprès, comme pour la « Caméra cachée », on ne sait jamais, le fait que la cannelle se marie très bien avec le cake à la banane aussi, mais le secret c'est la confiture, une grosse louche de confiture, et également un trait de jus de citron, et peut-être de la mélasse, menace, le fait qu'on achète notre confiture au marché, commerce de proximité, mère au travail, emails, pain artisanal, le fait que les poires vont bien elles aussi avec la cannelle, comme cette confiture poire cannelle qu'on a trouvée à Paris, confiture d'abricots, confiture de prunes, le fait que les prunes ont besoin de cardamome et les poires ont besoin de cannelle, le fait que la cardamome verte c'est pour le sucré, et la noire pour le salé, salières et poivriers métalliques en forme de figurine amish, le fait qu'un pipeline endommagé a relâché 20 000 litres de pétrole brut dans la Great Miami River, pour la troisième fois en trois ans, le fait que j'ignore à quel endroit du fleuve, quelque part entre Dayton et Cincy, je crois, mais ces choses arrivent tout le temps, gâteau renversé à l'ananas, gâteau à la crème glacée, le fait que le biscuit à la crème glacée de cette femme devait être plein de conservateurs ou de MSG ou je ne sais quoi, B12, le fait que les insectes et autres créatures ne s'y sont jamais intéressés, ils l'ont évité, détour, minarets, un cochon entier, enterré et rôti dans un trou de sable, le fait qu'on s'attend à ce qu'un biscuit à la glace fonde, le fait qu'en général ils fondent trop vite, le fait que j'hésite entre l'envie d'être une sorte de cuisinière instinctive, rustique, traditionnelle, « primitive », qui devine comment s'y prendre, et me demander si je ne devrais pas être plus sérieuse, plus professionnelle, et commencer à tout mesurer et maîtriser exactement jusqu'au moindre petit détail, comme David Downie dans son livre de recettes romaines, le fait que David Downie est vraiment pointilleux, il vous dira exactement combien de cuillers à café d'huile d'olive utiliser, le fait que je ne crois pas que c'est comme ça que les gens cuisinent à Rome, en mesurant leur huile d'olive avec une cuiller à café, Lazio, le fait que j'aime bien ses recettes, cela dit, le fait que « si on fait son bouillon avec n'importe quoi, il sera bon à jeter », mais tout le monde ne peut pas trouver du barolo pour ses bolognaises, Anna del Conte, du moins pas dans le coin, le fait que je me demande si Maman et Papa ont mangé tous ces trucs quand on était à Rome, artichauts, guanciale, carbonara, et gnocchi le jeudi, Maman, Vésuve, âne, jumelles, pisser dans la cave, le fait que les pianistes peuvent jouer un nombre dingue de notes à la fois, un nombre dingue, trop parfois, le fait que je n'ai jamais eu le niveau, ou alors peut-être que si, c'est juste impossible de savoir avec un clavier en carton, le fait que c'est parfois incroyable ce que peuvent faire les pianistes, le fait que c'est un peu comme s'ils devenaient leur propre petit orchestre, le fait que le dernier barolo qu'on a bu *puait*, et ça coûte un bras, le fait que Julia Child aimait tout peser au gramme près, mais moi je m'en fiche, le fait que je n'enseigne la cuisine à personne, ni n'écris un livre de recettes, alors pourquoi m'en faire, le fait que si je devais transmettre mes recettes aux enfants je devrais être plus soigneuse, mais jusqu'ici ils ne s'intéressent pas à la cuisine, alors bon, *Julie & Julia*, doses, cuillers, pincée de sel, tamiser la farine, le fait que je ne tamise jamais ma farine, le fait que je suis incapable de me rappeler la dernière fois où j'ai tamisé de la farine, peut-être quand j'étais petite, le fait que Machinchose, le type qui joue Paul, Stanley Tucci, le fait que je l'aime bien, le fait qu'on n'arrive franchement pas à croire que Meryl et lui ne sont pas Julia et Paul Child, *Kramer contre Kramer*, *Le Lauréat*, le fait que dans ma tête *Les Hommes du Président* est presque une suite au *Lauréat*, le fait que j'aime me dire que Dustin Hoffman et Katharine Ross se marient et emménagent à Washington, où il trouve un job au *Washington Post*, mais alors que faire de *Kramer contre Kramer*, le fait que Dustin Hoffman serait obligé de larguer Katharine Ross et d'épouser Meryl Streep et après ils rompent et elle s'installe à Paris et épouse Stanley Tucci, le

Washington Post, Ben, « Ben », Ben Bradlee, œufs Benedict, le fait que parfois je confonds les films, le fait que Meryl Streep est un drôle de nom quand on y réfléchit, mais qu'on n'oublie pas, comme Myrna Loy ou Gwyneth Paltrow ou Blythe Danner, ou Rooney Mara, le fait qu'on aime bien *Julie & Julia*, sauf qu'on déteste les passages avec Julie, le fait que pourquoi ils n'ont pas juste fait un film sur Julia Child, le fait qu'on s'en fiche de cette Julie et de ses boulots sans intérêt et de son obsession pour Julia Child, le fait que j'aime bien leur chat, mais on ne le voit presque jamais, la montagne d'oignons émincés de Julia Child, le Williamson Mound à Cedarville derrière le pont Massies Creek, Olympia Dukakis, les tours du World Trade en flammes, s'effondrant, Amy Adams, Trump, le fait qu'Amy Adams doit faire un nouveau plat chaque soir à partir de *Maîtriser l'art de la cuisine à la française*, non, *de la cuisine française*, le fait qu'elle passe la journée à prendre des appels concernant les victimes et la nuit elle prépare des plats français hyper riches pour son mari qui a un énorme appétit mais souffre aussi d'indigestion chronique, le fait que si Leo souffrait d'indigestion chronique je ne passerais pas mes soirées à lui préparer du foie gras et des tartes au chocolat, mais ça ne semble jamais choquer Julie, le fait qu'elle n'a aucune pitié, le fait que je ne pense pas que Julia Child continuerait à faire des sauces riches non plus, si elles écœuraient Paul, le fait qu'on n'a pas envie de se plonger dans l'histoire de la cuisine pour que votre mari ait un ulcère, brûlures d'estomac, dyspepsie, le fait que Meryl Streep jouait aussi dans *La Brûlure*, qui se passe à Washington, le fait qu'elle est mariée à Carl Bernstein, donc à mon avis on doit pouvoir le caser, pour faire un long film sur Dustin Hoffman et Nora Ephron et Julia Child et le Watergate, Bob Woodward, Ben Bradlee, *Quand Harry rencontre Sally*, donc tout colle assez bien, le fait que Leo et moi on regarde tout le temps *Les Hommes du Président*, j'ignore pourquoi exactement, le fait que Leo trouve ça réconfortant, je suppose, de voir un mauvais président se faire coincer, le fait que Jason Robards est génial dedans, le fait qu'il a toujours les pieds sur la table, Jack

Nicholson, retourner une omelette, montagne d'oignons, casseroles en cuivre, Simca, Cordon-Bleu, le fait que Julie dit « bouffe bourguignon », bouffe, touffe, pouf, le fait que j'ai fait un temps du bœuf bourguignon à Leo, après notre retour de Paris, avec des oignons grelots et des petits champignons, le fait que c'était avant l'arrivée des enfants, le fait qu'il n'y avait que Stacy, qui aimait également le bœuf bourguignon, le fait que je suis sûre que la vraie Julie Machinchose voulait bien faire et tout, mais je n'adhère pas à son idée de faire des recettes de Julia Child un marathon culinaire, et un blog et je ne sais quoi, le fait que ça me semble plutôt irrespectueux, le fait que Leo trouve ça grossier, voire cruel, gruau, le fait que Mr Woodhouse aime bien le gruau, le fait que Julie est une sorte de harceleuse, elle est dingue de Julia, béguin, flamme, totem, *Totem et Tabou*, *Malaise dans la civilisation*, le fait qu'Anna Freud a été la psy de Marilyn Monroe pendant un temps, le fait qu'elle portait même des perles, Julie, pas Anna Freud ou Marilyn Monroe, même si elles auraient pu, Massies Creek, le fait que Julie essaie d'imiter Julia Child en tout, les perles, la robe chemisier bleue avec un badge Trois Gourmands, le fait que c'est assez dingue quand on y pense, le fait que certaines personnes veulent à tout prix être quelqu'un d'autre, l'émission télé de Julia Child, « Bon appétit ! », le fait que Julie passe du marathon culinaire au standard du 11 Septembre, le fait que plus personne ne mange de plats en gelée, salière et poivrier amish, poêle en fonte, Stanley Tucci, brouilly, Paris, place Dauphine, le fait que Leo et moi on a bu du brouilly frais ensemble place Dauphine, et regardé des types jouer aux boules, ce qui est un peu différent de la pétanque, le fait que j'espère que la vraie Julie a fait plus pour les victimes du 11 Septembre que ne le fait la Julie du film, le fait qu'on dirait que les victimes du 11 Septembre la gênent juste dans ses projets culinaires, et que la cuisine aussi l'ennuie, le fait qu'elle s'engueule juste avec des gens à son bureau puis rentre chez elle et mange du homard avec ses amis, avec sa robe chemisier et ses perles, le fait que j'ignore pourquoi je suis si dure avec Julie, gorgerettes, le fait que je préférerais que ça soit un vieux film d'Hollywood avec Rosalind Russell et Cary Grant, et uniquement sur les Child, même si Rosalind Russell aurait joué le rôle différemment, et Meryl Streep est excellente, le fait que Leo a vu Meryl Streep dans *La Mégère apprivoisée*, il y a longtemps, et elle cassait la baraque, selon lui, elle était tellement drôle, le fait que si seulement Julie avait passé l'année à préparer des mets délicats pour les victimes du 11 Septembre, cassé la baraque, le fait que de toute façon ça n'aurait pas marché, pas avec ce truc des « Frites de la Liberté » qui avait lieu alors, « Réveille-toi et sens-moi ça », réveil, éveil, veillée aux bougies, le fait que je sais que je devrais être plus gentille, ça oui, le fait qu'on doit tous gagner notre vie après tout, le fait que tant pis tant mieux si cette Julie est devenue célèbre avec son blog culinaire, le fait que qui suis-je pour la critiquer, le fait que vivre et laisser vivre, mais ils vivent juste au-dessus d'une pizzeria dans le Queens et j'ai comme l'impression qu'ils auraient été beaucoup plus heureux s'ils avaient mangé de la pizza tous les soirs et s'étaient couchés pour regarder un film, le fait qu'une fois qu'on est mère on se met à remarquer comment les gens perdent leur liberté, la gâchent, Stars Au Naturel, le fait que c'est tout ce à quoi aspire Jack Lemmon dans *La Garçonnière*, se mettre au lit et regarder un film, mais il n'y a rien à la télé, le fait qu'il ne passe que des westerns avec des chevaux qui tombent en avant et des bagarres dans un saloon et sinon c'est des pubs, et il ne supporte pas ces films, alors il renonce et au final il doit manger son repas télé sans télé, ce qui va à l'encontre des règles, le fait qu'on est censé s'installer avec son plateau Cal-Dak devant soi, le fait qu'on prenait très au sérieux l'idée de repas télé quand on était enfants, le fait qu'on insistait pour manger nos repas télé devant la télé, mais sans les plateaux Cal-Dak, le fait que les plateaux Cal-Dak n'étaient plus très en vogue, pas comme du temps d'Eisenhower, le fait que Mamie devait en avoir mais je ne m'en souviens pas, le fait que les Eisenhower à la Maison-Blanche s'installaient pour manger sur des Cal-Dak en regardant les actualités, mais ils ne mangeaient pas des repas télé, je ne crois pas, ils dînaient juste devant la télé, le fait que Jack Lemmon se sent si seul, le fait que Leo n'a jamais fait de repas télé quand il était petit, ou s'il l'a fait il a dû probablement rester à table, ce qui n'est pas amusant, le fait que j'espère que nos enfants n'en mangeront jamais, avec la petite spatule, un tas de petits pois et une fine couche de purée avec une tache jaune au milieu, le fait que c'est bizarre de penser que cette bille de beurre a dû rester là sur ce carré de purée pendant des mois, peut-être des années, de l'usine au congélo, le fait que la purée ne dure en général même pas une journée, encore moins une année, le fait que dans un autre coin vous avez votre dessert, comme dans un avion, et c'était en général un truc dont vous ne vouliez pas, ou alors que vous mangiez d'abord et après vous n'aviez plus de dessert, le fait que je ne me souviens pas ce qu'étaient les desserts, le fait que c'était arrangé de façon si compacte dans le plateau en alu moulé, le fait que même moi je trouvais ça frugal, et je n'avais jamais beaucoup d'appétit, le fait que les repas télé Hungry-Man sont plus gros, le fait que le papier en alu sur lequel est servi le repas télé est tellement fin, c'est presque impossible de ne rien renverser pendant qu'on essaie de manger les portions triangulaires, le fait que je préférais une petite tourte au poulet, tartes, tartes, tartes, le fait que tout tourne autour des tartes ici, le fait que Woody Allen ne prend même pas la peine de réchauffer ses plats tout faits dans *Tombe les filles et tais-toi*, il les suce tels quels, gelés, ♫ *Plop Plop, Fizz Fizz* ♫, le fait que les gens devraient peut-être juste *manger leur télé*, comme ce type qui a mangé le gâteau *et* l'assiette sur laquelle il était posé et ensuite la fourchette, le fait que Ike avait un sale caractère, le fait que j'ignore si les hommes qui ont mauvais caractère devraient manger sur des plateaux Cal-Dak fragiles, le fait que ça paraît risqué, le fait que j'aime bien les plateaux Cal-Dak noirs avec des fleurs dessus, le fait qu'ils me rappellent notre vieux rocking-chair noir, mais pourquoi, le fait que ce rocking-chair avait des étoiles dorées dessus, pas des fleurs, et où est-il aujourd'hui, j'aimerais bien le savoir, le fait que je pense que c'est Ethan qui doit l'avoir, le fait que Papa nous faisait la lecture assis dans le rocking-chair, ce livre qui parlait d'un renard, le fait que je crois qu'on s'asseyait sur ses genoux, le fait que je me demande ce qui est arrivé à ce livre, le fait qu'on perd tout dans la vie, tout, et après on perd la vie aussi, fanouropita, dépérissement de la cime, le fait qu'il y a des chevreuils dans le jardin d'Ethan, le fait que Phoebe vit dans un loft, elle, le fait que tout ce qu'elle a dans son quartier c'est des millionnaires, le fait que, maintenant que j'y pense, je ne suis pas sûre que la pizza aurait été meilleure pour le mari de Julie, étant donné sa dyspepsie, le fait que moi aussi si ça se trouve je souffre de dyspepsie, Pepto-Bismol, Pepito, pastilles à la cerise Luden, le fait qu'on nous laissait prendre des pastilles Luden à l'école, ce qui fait qu'on en avait sur nous en permanence, le fait qu'on avait toujours des pastilles Luden, pas pour combattre la toux, juste pour le plaisir, le fait que Luden ne fait plus de beaux emballages blancs, le fait qu'il faut les acheter en sachet maintenant, « En sachet ! », comme dit Meryl Streep quand elle rate son examen Cordon-Bleu, le fait que Meryl semble une championne pour ce qui est de retourner les omelettes, le fait que je ne vois pas comment ils auraient pu truquer la scène avec une doublure ou un expert en retournement d'omelette, le fait que la seule chose que Julie et Julia ont en commun c'est qu'elles pensent toutes les deux à la nourriture toute la journée, comme moi, le fait que je pense toujours à des recettes et tout ça, mais j'oublie de manger, le fait que c'est difficile de cuisiner quand on est rassasié, et j'ai perdu l'habitude, le fait que je vais finir par ressembler à un poulet tout maigre, « La Marche des pingouins », le fait que quand des acteurs doivent jouer des rôles de musiciens, ils font en général venir un vrai pianiste pour filmer ses mains, mais Mary Astor semble savoir vraiment jouer du piano dans *Le Grand Mensonge*, et Bette Davis jouait du piano elle aussi, mais on ne la laissait pas faire, le fait que quand elle joue l'« Appassionata », dans *Jalousie*, ils l'ont doublée, et ils ont pris un vrai violoncelliste pour jouer du violoncelle à la place de Paul Henreid, le fait que les mains de l'autre type arrivent par-derrière et prennent le relais, mais on ne le remarque pas, le fait que Paul Heinreid joue un concerto pour violoncelle de Haydn quand Bette Devis le revoit pour la première fois depuis la guerre, quand ils ont été séparés, le fait qu'il a survécu à un camp de concentration nazi, et il est venu en Amérique pour jouer de la musique et retrouver Bette, fanouropita, noir et blanc, le fait qu'il pleut, et d'abord on voit juste les chaussures de Bette Davis, puis on la voit de dos, qui entre dans la salle de concert, « C'est toi ! », *Green Card*, le fait que Bette Davis a pris des cours pour savoir marcher, et je pense que ça a son importance, le fait que je devrais prendre des leçons pour marcher, CGI, camp de concentration nazi, le fait que Hollenius casse sa coupe de champagne pendant que Bette joue l'*Appassionata* pendant le mariage, ♫ *l'Appassionata* ♫, le fait qu'ils boivent tous le champagne que Hollenius a offert à Bette quand ils étaient encore ensemble, le fait que Julie boit des martinis pour faire comme Julia Child, vermouth, verre glacé, olive, twist, le fait que je siroterais bien un bon martini maintenant, au lieu de rouler en voiture par ce temps, gadoue, boue, bagout, bagouze, boots, le fait que Julia et Paul Child s'aimaient vraiment et ne pensaient qu'à, bon, aller au lit tout le temps, alors que Julie et son mari, Machinchose, semblent à peine se connaître, le fait qu'entre eux il ne se passe rien, le fait qu'ils ne s'apercevraient de rien si les mains de quelqu'un d'autre s'approchaient par-derrière, le fait que je crois qu'ils rompent après que le poulet tombe par terre, et Amy Adams tombe elle aussi, elle s'étale de tout son long, pleure à chaudes larmes, le fait que je connais mal les scènes avec Julie parce que Leo les saute tout le temps pour aller aux scènes avec Julia, Julia au marché français, en train de flirter avec le vendeur d'huîtres, le fait que je viens juste de m'apercevoir que Julie forçait un peu trop sur le gin, ce qui expliquerait peut-être qu'elle laisse tomber le poulet, et ses plats en gelée ratés, le fait que le fils dans *Tout ce que le ciel permet* fait des martinis, « mes fameux martinis », passer l'aspirateur, drugstore, le fait que j'espère que je n'ai pas aussi mauvais caractère que Julie, QU'ILS MANGENT DE LA BRIOCHE, le fait qu'avant je vendais surtout des brioches, le fait que quand est-ce qu'on a punaisé ce message sur le tableau des réunions parents-profs, sans espérer vraiment de réponse, le fait que c'était censé ressembler à une vue en coupe d'un gâteau fourré sur une assiette de présentation,

❖ ❖ ❖ ❤ ✱✱ ✱ ✱ ✱✱✱✱ ❤ ❤ ✱✱✱✱ ✱ ✱ ✱✱ ❤ ❖ ❖ ❖

« QU'ILS MANGENT DE LA BRIOCHE !!! »

DE SUPER GÂTEAUX POUR DE SUPER OCCASIONS !

✺

✱ ✱ ✱✱✱✱ ✱✱✱✱ ✱✱✱✱✱ ✱ ✱

Gâteaux d'anniversaire et de mariage !

Gâteaux pour Thanksgiving, Noël, la Saint-Valentin et Pâques !

Gâteau du diable, Gâteau au gingembre, Gâteau aux anges,

et Gâteau huit couches ! Quatre-quarts, Gâteau au café,

Gâteau aux épices, Gâteau à la compote de pommes et Moelleux au citron !

Cheesecake à la fraise, Cheesecake à la paw-paw, et Crumble !

Gâteau renversé à l'ananas ! Madeleines !

Madeleines nappées au chocolat ! Cupcakes !

✱✱✱✱✱✱ Fanouropita ! (et parfois Cake à la banane) ✱✱✱✱✱✱

❖ ❖ ❖ ❖ ❖ ❖ ❖

❖ ❖ ❖

❖ ❖

❖ ❖ ❖ ❖

❖

☞ EatMoreCake ☞

☎ (331) 605-2290

8morecake@mom.com

❖ ❖ ❖ ❤ ✱✱ ✱ ✱ ✱✱✱✱ ❤ ❤ ✱✱✱✱ ✱ ✱ ✱✱ ❤ ❖ ❖ ❖

disons un gâteau fourré avec du glaçage et une cerise dessus, Robert E. Lee, Robert Oppenheimer, Eisenhower, le fait que Gillian m'a aidée à faire ma pub et, bon sang, les gens ont adoré mes gâteaux, le fait qu'ils téléphonaient jour et nuit, le fait que c'était épuisant, le fait que tout le monde aime les trucs sucrés, je crois, sauf quelques mères de famille courageuses qui tentent le plus longtemps possible de protéger leurs enfants des sucreries en leur servant des bretzels, des carottes, des concombres, des gâteaux de riz, de gros condiments aigres, Ulysses S. Grant, opioïdes, Un Type Se Prend Un Coup D'Animal Empaillé, le fait qu'envoyer des emails aux clients est beaucoup plus efficace mais on finit toujours par devoir parler au téléphone, quand quelqu'un passe commande d'un gâteau, juste pour mettre au point les détails, surtout un gâteau d'anniversaire, le fait que Jolene Foster Pearson ou je ne sais plus quoi, mince alors, le fait que je crois qu'ils étaient scientologues, le fait que maintenant Philip Glass passe à la radio, le fait que je me demande combien de gens dans l'Ohio s'intéressent à sa musique, le fait que la plupart des gâteaux sont très faciles à faire, comparés aux tartes, le fait que la cuisson d'un gâteau est quasi magique, moquetter, zigzag, ziggurat, Tag, couteaux à steak, flamants roses, clarinettes, chœur, dix-sept musiciens, non, dix-huit, le fait que Steve Reich a plus de quatre-vingts ans maintenant, le fait que faire une tarte Tatin est moins magique que de faire un gâteau, même si la caramélisation, ça oui, c'est magique, mais aussi un peu compliqué, le fait qu'avec les gâteaux il suffit de battre les ingrédients ensemble et hop, en gros c'est fini, plus l'étape du glaçage, le fait que les gâteaux de mariage c'est la galère, avec toute la pâte d'amandes et les strates et les colonnes, le marbré, salle de bains en marbre, Bill Cosby, feuilles humides, notre sapin, bonbons de fête, frénétique, fret, traître, chantier, un régal pour les yeux, régalien, galère, sidère, side-car, « un bol de piments et un side-car », le fait que les pièces montées exigent des talents d'ingénieur que je n'ai pas, le fait que c'est Leo qui devrait les faire, effondrement de pièces montées, le fait qu'un jour j'ai eu droit à une avalanche de glaçage et le petit couple en plastique a fait la culbute tel un couple de traceurs, le fait que pour les pièces montées il faut savoir mettre en place tous les bidules *et* construire un édifice personnalisé, romantique, et ensuite il faut que le bazar reste intact et au frais quelque part en attendant le jour spécial, le fait que ça aide d'avoir un garde-manger, PIÈCE MONTÉE – NE PAS ENTRER, pain tranché, pain blanc, biscuits, poivre blanc, hommes blancs, films en noir et blanc, raisonnement, assaisonnement, enterrement, Maman, perte, accepter le changement, cramé, décalqué, lessivé, surveillé, « mes maux », le fait qu'il n'y avait pas de place dans le garde-manger pour autre chose, une fois que je me suis lancée dans la fabrication d'un gâteau de mariage, le fait que si le gâteau n'est pas impeccable les gens prennent ça comme un mauvais présage pour le mariage, et ça demande aussi d'énormes talents de glaçage, le gâteau, pas le mariage, le fait que vous ne pouvez pas juste étaler un peu de glaçage à la crème aigre dessus et c'est bon, le fait que j'ai passé toute la nuit à batailler avec des petits chrysanthèmes en sucre candi, la fille de Marilyn Frome, et ce moule en silicone coûtait cher, le fait que ça m'a juste permis de faire trois chrysanthèmes à la fois, et je ne m'en suis jamais resservie depuis, tope là, le fait que se saluer avec la paume ou le poing répand moins de germes que de se serrer la main, dabs, le fait que, ouf, quel soulagement, c'est fini, le fait que Philip Glass est parfois un peu répétitif, le fait que j'ignore pourquoi la radio passe ce genre de truc, PlayStation, présentation, incantation, kiné, bikini, mini-kini, burkini, Burkina-Faso, le fait que je sais faire un beau gâteau de mariage à un étage, pas de problème, « Ssssuper bon ! », lynx, luge, glisse, Frito-Lay à Canton, tambours de Dalit, musique pour battements de mains, gospel, Gullah, le fait que notre gâteau de mariage à nous était un truc absurde et tubulaire à un étage, gâteau des anges, que j'avais fait, le fait que le gâteau des anges est le meilleur gâteau jamais inventé mais personne ne semble s'en rendre compte, le fait que les clients qui m'ont commandé des gâteaux de mariage ne m'en ont jamais demandé, le fait qu'ils trouvent tous que c'est trop simple, je suppose, et s'ils sont superstitieux ils ne veulent pas d'un gros *trou* au milieu de leur gâteau de mariage, trouble-fête, Apprenez À Préparer Une Fête, le fait que je ne me suis pas servie d'un moule en couronne, miettes brûlées, ma batterie de spatules, Spartacus, daguette, poulettes, le fait que d'après Mandy il y a plein de poules « gitanes » en liberté à Key West, chutes de l'Ohio, musique, été, fraises, bancs de jardin en plastique recyclable, le fait que tout est en matière recyclable maintenant, le fiasco de mon gâteau statue de la Liberté, le fait que ce truc m'a donné tellement de mal, et après la torche est tombée, étuis péniens des Papous, priapisme, rapine, Pinocchio, le fait que c'était très gênant, frappes de drone au Yémen, le fait que des femmes et des enfants ont été tués, et un Navy SEAL, SEABEE, ponts, le *Titanic*, CONSTRUIMUS, BATUIMUS, le fait que cent soixante-dix pierres tombales juives ont été renversées à Philadelphie, cent soixante-dix, le fait qu'il faut être au moins une centaine pour renverser autant de pierres tombales, le fait que Leo pense que c'était peut-être un rite initiatique pour une branche du KKK, bizutage, rites, frites, le fait que ça pourrait être un nouveau problème de maths pour Ben et le policier, combien faut-il d'antisémites pour renverser cent soixante-dix pierres tombales en une nuit, Hiroshima, Nagasaki, compte à rebours, le fait qu'un Noir a *encore* été abattu par la police, prendre une vie, le fait que, bon sang, j'ai fait des tas de gâteaux d'anniversaire mais il y avait tout simplement trop d'anniversaires à gérer à Tuscarawas County, le fait que c'était quasiment tous les jours, intéressant, stressant, le fait que ça m'a valu des ennuis avec des amis aussi, parce qu'ils veulent tous une ristourne, voire un gâteau gratuit, ce qui est, bon, injuste, mère au travail, le fait que j'ai *dû* faire passer les clients qui paient avant les amis qui les veulent gratis, mais ça ne s'est pas très bien passé, le fait que ça m'a mise très mal à l'aise mais on ne peut pas faire des millions de gâteaux tout seul, toute seule, le fait que je ne suis pas à la tête d'un atelier de cuisine, ou d'un service de traiteur, le fait que c'est une petite entreprise de rien du tout que je gère ici, et je n'ai pas aimé quand les commandes sont devenues alambiquées, « Tout ce truc nous a échappé ! », le fait que, par exemple, on m'a commandé l'autre jour un gâteau ressemblant à un *derrière* de femme, franchement, un gâteau popotin, le fait que c'était pour les vingt et un ans d'un jeune homme, le fait que j'ai refusé de le faire, gâteau cul nul, le fait que franchement qui a envie de faire un beau gâteau pour une bande d'ados bourrés, le fait qu'ils auraient sûrement fini par se balancer des bouts de gâteau, ce genre, le fait que ce derrière aurait été gâché, les chutes de Paterson gelées, eau noire, neige blanche, le fait qu'ensuite tout le monde a voulu des photos comestibles sur son gâteau et je ne trouve pas que ça soit très joli, le fait que ça ressemble aux photos sur les mugs, têtes de suspects, le fait qu'au moins avec un gâteau vous n'avez pas ce truc sous le nez pendant des années, ou à vous en faire quand vous le mettez au lave-vaisselle, le fait que j'ai refusé catégoriquement d'en faire parce que j'aurais dû acheter une imprimante à glaçage, le fait qu'on peut le faire avec une imprimante normale mais on a besoin d'une imprimante en plus, pour que les encres comestibles ne se mélangent avec le toner toxique, ou vice versa, ou quelque chose comme ça, le fait qu'on n'a pas de quoi s'acheter une autre imprimante, gâteau de fesses, « sans le moindre égard pour mon arrière-train », tout confort, le fait qu'on pourrait croire que les gâteaux pour enfants de un an sont simples à faire en comparaison, mais eux aussi ont des exigences, les enfants, pas les gâteaux, énormités, râteaux, bateaux, Navy SEAL, cartouche, casse-croûte, sandwich, taco, torpille, Torquemada, le fait que le vrai problème c'est les parents, le fait qu'ils sont très susceptibles et ont plein d'idées préconçues sur ce à quoi doit ressembler le gâteau, par exemple ils veulent qu'il ait la forme d'un **1**, avec du glaçage rose genre dentelle tout autour, ou des montagnes bleues avec un cow-boy vert dessus, le tout sculpté par moi, le fait qu'après les mères m'envoyaient des photos du jouet préféré de leur gosse et j'essayais de le dessiner sur le gâteau, avec un résultat très moyen, le fait que Gillian est beaucoup plus douée que moi pour dessiner des camions Tonka ou des petites Anna de *La Reine des neiges*, mais même elle ne savait pas dessiner Paddington, le fait que seuls peut-être les bébés ont aimé mes gâteaux **1** an, le fait que ce sont les meilleurs clients parce qu'ils n'ont encore jamais vu de gâteaux, gâteau layette rayé, **1**, le fait qu'un enfant de un an ne se rendrait probablement pas compte même si c'était Michel-Ange qui avait fait des dessins partout sur son gâteau, encore que mes tentatives relevaient plus de Salvador Dalí, le fait que j'ai étonné une maman avec mes pingouins et mes oursons baveux, le fait que la forme étroite d'un gâteau en **1** ne favorise guère la fantaisie, le fait que de toute façon Smores fait toutes sortes de gâteaux fantaisistes maintenant, du coup je redirige les gens vers eux, le fait que j'en suis vraiment venue à détester le glaçage, le fait que c'est souvent brouillon, or un bon gâteau ne devrait pas avoir besoin de glaçage, le fait que c'est justement ça que n'aiment pas mes enfants, les gâteaux sans glaçage, le fait qu'une madeleine sans glaçage est une chose parfaite, forme idéale, goût idéal, et très simple à faire, le fait que je parle comme Betty Crocker, feuilles d'automne, Jane Wyman, **1**, poste de télé, repas télé, le fait que j'ai commis l'erreur de tremper un jour des madeleines dans du chocolat, pour les enfants, et maintenant ils refusent de les manger autrement, et ils détestent les anciennes, le fait que maintenant ils veulent tout trempé dans du chocolat, languettes, bagues, Bagdad, dabs, le fait que les enfants avalent tout le temps des bagues de cannette, mais ils ont enfin commencé à en fabriquer qui restent dans la cannette, des bagues, pas des enfants, le fait que maintenant les bébés essaient d'avaler les petites piles rondes et plates, et c'est encore plus dangereux, le fait que les piles les empoisonnent et qu'un médecin ne peut rien faire, le fait qu'ils doivent penser que c'est des bonbons, comme moi avec le bouton de matelas, Ajax, encre, Clorox, tapis rapiécé, Maman, *Quand te dépetitpotdebeurreriserastu ?*, Birmingham, Alabama, chevrotine, tartine, hachis, hash, le fait que Birmingham, Alabama, a été bâti par des esclaves, le vieux quartier en tout cas, le fait que le sable sur les plages de Normandie contient quatre pour cent de shrapnel, méduses, le fait que c'est triste, le fait que plus d'une centaine de femmes sont tuées en France chaque année par leur conjoint, le fait que j'ai dû aller jusqu'à Cambridge pour acheter un moule en forme de **1**, le fait qu'ils louent toutes sortes de moules à gâteaux, chiffres, lettres, chats, papillons, têtes de renne, avions, bateaux, flocons de neige, toutes sortes, le fait qu'ils ont sûrement un gâteau en forme de pistolet maintenant, mais quand je suis allée chercher celui en forme de **1** ils n'en avaient pas, le fait qu'ils l'avaient prêté à une autre pauvre mère, de corvée d'anniversaire, alors j'ai dû en acheter un, pour combien j'ai oublié, mais cher, le fait qu'il est suspendu aujourd'hui à un crochet spécial dans l'office, derrière, gâteau en forme de derrière, le fait que je suppose que je pourrais m'en servir pour d'autres âges si je trouve des **2**, **3**, **4**, **5**, **6**, 7, **8** et **9**, pour aller avec, le fait que je peux les louer bien sûr, le fait que qui peut se payer toute une batterie neuve, non mais franchement, éternuer, éternel, Éternuement N°5, Bed & Breakfast, Kentucky, gnocchi, le fait que s'accoupler est vraiment une question de vie ou de mort, le fait qu'on a tendance à l'oublier, le fait que ce n'est pas parce que c'est une activité très répandue que ça veut dire que ce n'est pas important, le fait que la personne avec qui vous avez des enfants est très importante, le fait que c'est pour ça que Roméo et Juliette en font tout un plat, le fait qu'on n'a pas envie de se retrouver avec la mauvaise personne et de devoir faire avec, le fait que les sopranos sont toujours obligées d'épouser le mauvais type, et après elles doivent se suicider pour y échapper, ou le tuer, *lui*, le méchant, le fait que Stacy n'a pas du tout voulu de gâteau l'an dernier, un gâteau **15** ans, ni de cadeaux, juste des dons à des organismes, franchement, trouble-fête, Greenpeace, Médecins sans frontières, le fait que les femmes du Cake Supplies Depot sont toutes diplômées en décoration de gâteau, construction de gâteau, et sûrement aussi histoire du gâteau, pas seulement les vendeuses mais les clientes, le fait que certaines de ces femmes font des gâteaux en forme de sac à main qui s'ouvrent, le fait qu'elles mettent des cookies dedans en forme de pièces de monnaie, de clés et de rouges à lèvres, le fait que la plupart du temps elles font des tas de gâteaux en forme de château de conte de fées, gâteaux tracteurs, gâteaux fusées, gâteaux en forme de cheminée avec de la vraie fumée qui en sort, gâteaux girafes ou gâteaux grizzlys qui tiennent debout tout seuls, le fait qu'elles doivent utiliser de la neige carbonique, pour la fumée de cheminée je veux dire, pas pour les girafes, le fait que j'ignore *comment* elles font les girafes, le fait qu'elles font des casquettes de base-ball, gâteaux chapeaux MAGA, gâteaux bouteilles de whiskey, gâteaux tonneaux de bière et gâteaux chopes de bière, gâteaux Massive Powerball Jackpot, gâteaux chirurgie réparatrice, gâteaux pour annoncer le sexe de l'enfant, la totale, aïe, merde, mercredi, *mercredi*, mercredi, le fait que je me suis vraiment habituée à dire mercredi quand je marche sur quelque chose, le fait que cette fois-ci c'est le fourgon de queue du train métallique de Jake, le fait que « MER D'ÉGÉE » marche aussi même si c'est pire, le fait qu'Abby a toujours voulu aller là-bas, en mer d'Égée, mercredi, je ne sais pas pourquoi j'ai retenu ça mais ça évite de jurer alors ça fera l'affaire, le fait qu'on ne l'a jamais emmenée en mer d'Égée, Phoebe, Ethan et moi, le fait qu'on était sur le point d'acheter les billets, mais on ne tombait jamais d'accord sur les dates, le fait qu'Abby voulait toujours aller dans un endroit chaud, plus chaud que le Massachusetts, pour son arthrite, le fait que Hoag et elle ont pensé s'installer en Arizona à un moment, zona, Leo, Sally, le fait qu'on aurait pu au moins l'emmener en mer d'Égée, le fait que le projet a pris de l'ampleur puis est retombé comme un soufflé, soufflé au fromage, mais je ne sais plus pourquoi, un flop, splash, et après on a complètement oublié cette histoire, le fait que j'ignore si Abby a oublié, le fait que pourquoi aurait-elle oublié, avec son arthrite et tout ça, le fait qu'elle est morte avant qu'on tombe d'accord pour l'emmener là-bas, le fait que ça aurait été tellement chouette de voir Abby faire de la plongée sous-marine, le fait que si je dénichais un moule **9** je pourrais faire des gâteaux **11/9**, mais qui diable en voudrait, le fait que j'ai assez de travail comme ça sans aller inventer mes propres gâteaux farfelus, types armés, le fait que quand ils vous arrêtent pour un feu arrière cassé ils vous tabassent, ou vous abattent, les flics je veux dire, ou du moins ça en prend la tournure, je vous le dis, le fait que, 11 Septembre, où est Jakey, le fait qu'il est temps qu'il enfile son pantalon, cuillers, spatules, daguette, le fait que la plupart de ces femmes font ces gâteaux juste pour *s'amuser*, le fait qu'on avait l'impression qu'elles n'avaient que ça à faire, passer en revue les étagères, le fait qu'elles feraient sûrement du point de croix si elles ne cuisinaient pas, du crochet, ou des patchworks, du batik, tandis que moi je courais comme une folle dans tous les sens juste pour, HMO, impôts, frais de collège, robinets, cadres de fenêtres, le fait que ça paraît parfois injuste, mais ça se passe comme ça au pays des gâteaux, Candyland, enfants de un an, massif de lierre, Maman, Pepito, pêches à la crème, cochons d'Inde dans le jardin, le fait que je n'ai jamais proposé de pêches à la crème à Maman, après qu'elle est tombée malade, encore un oubli, tout comme pour la mer d'Égée, le fait qu'au cours des vingt dernières années nos petits déjeuners aux pêches à la crème dans le jardin de New Haven m'ont manqué, ces matins ensoleillés quand Maman préparait des pêches à la crème et qu'on allait les manger dans le jardin, mais j'aurais pu lui proposer des pêches à la crème, plus tard, après qu'elle est tombée malade, le fait que je n'ai jamais pensé à lui proposer de pêches à la crème avant aujourd'hui, là, le fait que même si on ne pouvait pas sortir le fauteuil roulant elle aurait pu aimer manger des pêches à la crème, même à l'*intérieur*, PÊCHE À LA BRÊME, le fait qu'on a juste envie parfois de se donner des gifles, suicide par police interposée, MER D'ÉGÉE, les plantes en pot d'Abby sous la fenêtre, le fait que j'ai rêvé qu'on nous cambriolait la nuit pendant qu'on dormait, le fait qu'ils prenaient nos plus beaux meubles et nos chéquiers et nos passeports, et aussi mon sac à main, et je me suis réveillée le cœur battant et je suis allée vérifier qu'il ne manquait aucun meuble dans la maison, une chose à la fois, l'Abominable Homme des Neiges, maïs, haricots, courges, soucis, neige bleue au crépuscule, le fait qu'il y a un truc à savoir, non, deux trucs à savoir pour réussir une tarte Tatin, non, *trois*,

Kleenex, Éternuement n° 25, Heinz 57, cinquante-deux semaines dans une année, cinquante-deux cartes dans un jeu, cinquante États, vingt-six lettres dans l'alphabet, *Septembre a trente jours*, Mayonnaise Hellmann, le fait que le plus important c'est de réussir la caramélisation, carottes, girafe, giratoire, le fait que même après avoir fait cinquante mille tartes Tatin je ne suis *toujours pas* à l'aise avec la caramélisation, ce qui est idiot, vu que je sais comment la faire très précisément, la tarte Tatin d'André Allard à Paris, le fait qu'on fait cuire les pommes dans du beurre et du sucre juste assez longtemps pour que presque tout le liquide dans les pommes s'évapore sans faire brûler le beurre, le fait que c'est facile de confondre la fumée et la vapeur, le fait que c'est un problème, neige carbonique, surtout quand vous faites plus d'une tarte à la fois, même si parfois ça se passe bien, le fait que parfois vous y arrivez, mais vous ne *savez* jamais si ça va être le cas, ou si ça sera comestible, inaudible, inintelligible, innommable en quête d'immangeable, *Avril, Juin et Novembre*, et ce qu'on ne veut surtout pas c'est se retrouver avec du sucre candi dur, brun et au goût de brûlé, impossible à découper, avec les pommes toutes desséchées et ratatinées et espacées comme les petites pommes fripées dans *Winesburg, Ohio*, le fait qu'elles devraient être toutes charnues et collées les unes contre les autres, le fait que rater la cuisson des pommes est très gênant dans ma « profession », le fait que je dois faire attention, étant la seule fournisseuse de tartes Tatin à Tuscarawas County, le fait que rater un caramel c'est comme sauter en parachute sans parachute, le fait qu'un mari en Angleterre a volontairement trafiqué le parachute de sa femme avant un saut mais elle a survécu, le fait qu'elle s'est cassé tous les os du corps mais elle a survécu, *Souvenez-vous du 5 novembre, poudre et trahison et complot*, le fait que Leo veut faire un tour en ULM, le fait que je trouve ça dangereux mais ce que je lui ai dit c'est que j'étais sûre que c'était horriblement bruyant, parce qu'on peut entendre ces moteurs à un kilomètre à la ronde, alors ça doit être encore pire d'être juste à côté d'eux, mais peut-être qu'ils vous filent des casques anti-bruit, le fait que je ne crois pas que ça l'ait fait changer d'avis, le fait que je suis sûre de ne pas en faire avec lui, le fait que j'ai le vertige, et de toute façon *quelqu'un* doit survivre pour s'occuper des enfants, des policiers ont abattu un jeune Noir à Cleveland, le fait que c'est du gâchis, je veux dire si ma tarte Tatin est trop cuite, le fait que maintenant que j'y pense la caramélisation m'a mise dans un état de nerfs pas possible, le fait que ça m'a sûrement vieillie de dix ans, à force de faire ces fichues tartes Tatin, et pour quoi, sans raison aucune, le fait que je sers à quoi dans cette famille ou cette communauté, le fait que je voulais aider *tout le monde* quand j'étais plus jeune, et maintenant tout ce que je fais c'est surveiller la fumée et la vapeur qui montent des pommes, unique fournisseuse, seule pourvoyeuse, cursus, si je n'm'abuse, Docteur Mabuse, curiosité, rites initiatiques, le fait que je le fais pour aider ma famille, mais si je veux gagner de l'argent avec ces tartes je dois *ignorer* ma famille la moitié du temps, cellule familiale, chef de famille, la tête au bout d'une pique, pic, piquer la pâte, le fait que la cuisine demande vraiment du calme, et de l'intimité, ce qui est dur à obtenir avec quatre enfants dans les parages, la fonte d'hier, le fait que je me dis parfois que je reporte mes problèmes de caramel sur les enfants, feutre et paillettes, lumière de fin de journée, ou alors je reporte mes problèmes avec les enfants sur la *caramélisation*, le fait que je devrais juste aller battre un tapis derrière la maison, battre la campagne, prendre cher, rocking-chair shaker, ou nettoyer les joints, bon sang, la chaise quaker de Tante Sophia avec son coussin en dentelle worsted, dos de chaise, planche murale, rocking-chair, rocker sans chair, Mount Lebanon, New York, villages existants, villages défunts, villages de courte durée, Watervliet Shaker Village, le fait que Sabbathday Lake Shaker Village dans le Maine a encore un shaker, ou peut-être deux, le fait que je crois qu'il y en avait deux le mois dernier mais que l'un est décédé, la dernière femme, et donc le dernier homme shaker est encore là, peut-être, tas de linge sale, le fait que le dieu des shakers est à la fois masculin et féminin, Serpent Mound, *Roméo et Juliette*, nichoir pour martinets, le fait que si je devais avoir une religion ça pourrait être celle-là, sauf que les shakers n'ont pas d'enfants, l'Église et l'État, le fait que mes enfants ont droit à des prières et des hymnes à l'école maintenant, Horloge de l'Apocalypse, CE1, le fait que l'autre truc à savoir concernant la tarte Tatin c'est la phase où on la *retourne*, retourner la tarte chaude hors du moule, le fait qu'il faut attendre cinq minutes après qu'elle est sortie du four, mais vous ne savez jamais exactement quand le faire, le fait que la tarte a besoin de tiédir un peu d'abord, mais pas *trop* sinon elle se solidifie et les pommes collent au fond, le fait qu'elle est encore brûlante quand vous la retournez et je me suis brûlée plein de fois, le fait que je devrais toucher une prime de *risque* pour ce travail, tope là, l'autre versant, le fait qu'au moins mes cheveux n'ont jamais pris feu, et aucune de mes tartes n'a jamais explosé, *jusqu'ici*, touchons du bois, mais j'en ai fait tomber un paquet en les retournant et c'est pas joli, le fait qu'au lieu d'une belle et élégante tarte Tatin tout ce que vous obtenez ce sont des pommes cuites toutes grasses partout sur votre « sol tout propre », et Frederick qui décampe mort de trouille, le fait que j'ai de la chance qu'en général il n'y ait personne pour voir ce qui se passe ici, ouh là, le fait que je suis parfois tendue, sûrement à cause du caramel mais aussi quand je dois la retourner, le fait que je dois mettre Jake et les tartes dans la voiture et faire ma tournée maintenant, le fait que la jeune rhinocéros sauvée de l'inondation a été rendue à l'Inde par le Népal, non, c'est l'inverse, le fait qu'elle a été emportée jusqu'en Inde, je crois, par les inondations, et maintenant on la renvoie au Népal, le fait qu'elle a tout juste deux ans, le fait qu'il a fallu quarante types pour l'emmener là où ils l'ont emmenée, et une fléchette tranquillisante, le fait qu'un autre rhinocéros âgé de deux ans s'est *noyé* mais celle-ci a survécu, moussons, El Niño, le fait qu'elle a dû avoir tellement peur, pauvre petite rhinocéros, d'abord l'inondation puis les types qui la manipulaient, shakers, pêches à la crème, le fait que je confonds toujours les hippopotames et les rhinocéros, le fait que je dois toujours marquer une pause et me demander de quel animal il s'agit, le fait que les hippopotames sont plus mignons, mais pas vraiment câlins, le fait que les rhinocéros en ont une bien longue, le fait que ce n'est pas ce que je, le fait que je veux dire qu'ils ont des cornes, le fait que les scarabées rhinocéros en ont aussi, tour de cochon, détour, atours, à tour de rôle, drôles de dames, le fait qu'un de mes étudiants avait écrit « le chemin des drôles de Dames », annales du crime, le fait qu'après en avoir beaucoup retourné j'ai besoin de me reposer sur le divan, quelques pages de *Persuasion* ou Fanny Trollope, « Tu n'as aucune pitié pour mes pauvres nerfs », le fait que les pommes restent parfois collées au moule parce que j'ai forcé sur le caramel ou pas assez cuit les pommes, ou pas pris les bonnes pommes, ou pas le bon sucre, pas le bon beurre, ou réglé le four trop chaud, trop bas, ou alors j'ai attendu trop longtemps pour la retourner parce que j'ai oublié la tarte pour une raison ou une autre, « Corneille boit l'eau à la fontaine Molière », tout ce qu'on oublie, Tuscaloosa, le fait que ça n'a rien à voir, la phrase de Groucho Marx comme quoi les gens ne mangeraient pas de caviar s'il était bon marché, Tuscaloosa, Tuscarawas, Tallahassee, anabaptistes, le fait que, maintenant que je sais plus ou moins m'y prendre, mes tartes Tatin sont en général luisantes et foncées, avec la croûte qui dentelle joliment autour des pink lady, le fait qu'elles devraient être toutes collées les unes contre les autres comme des jolies filles potelées dans un jacuzzi, le fait qu'Abby aimait le jacuzzi du King's Ransome, le fait qu'il faut des pommes sucrées pour une tarte Tatin, pas des pommes acides, et elles ne doivent pas être trop juteuses ou ridées et desséchées, le fait que j'aimais bien aussi cet autre parc à Londres, pas juste Waterlow, mais je ne sais plus où c'était, ni comment il s'appelait, le fait que je ne peux pas demander à Maman, les tortues à Rome, le fait qu'au début mes tartes Tatin étaient toujours trop imbibées, mais maintenant je sais mieux choisir les pommes qu'il faut et maîtriser la caramélisation, et les retourner, *Calooh ! Callay !*, euphorie, sieste, Maman, le fait que Jake n'a pas mis son pantalon, le fait qu'il est temps de boire une gorgée de café dans mon mug « On rentre le ventre », le fait que c'est le plus gros mug qu'on ait, le fait que les deux autres mugs disent « Ne sautez jamais une classe » et « Ne vous frottez pas à l'Ivy League », bon conseil, le fait que c'est étonnant qu'on ait encore toute la série, le fait que « On rentre le ventre » est légèrement fêlé mais tient bon, le fait que c'est sa *mère* qui disait ces trucs, et Breanna s'en est souvenue et elle s'est fait faire des mugs avec, et ensuite moi, et maintenant Cathy les vend, le fait que Breanna devrait toucher quelque chose mais elle s'en fiche, le fait qu'elle est juste contente que son ami potière se fasse un peu d'argent, roulés à la cannelle, le fait que Breanna sait vraiment se faire plaisir, le fait qu'un jour dans le parc elle a demandé aux enfants de prendre les gens dans leurs bras, et les gens *pleuraient* tellement ils étaient heureux d'être pris dans les bras par tous ces petits enfants, le fait que Jake a mis son pantalon, on peut y aller, vérifier que le four est éteint, les lumières, penser aux clés, aux roulés, aux tartes, c'est fait, le fait que premier arrêt, le dentiste, pour compter les dents de Jake et détartrer les miennes, le fait qu'il est monté dans la voiture sans faire d'histoires, sans doute parce qu'il n'est encore jamais allé chez le dentiste, le fait que ça ne sera plus jamais aussi facile, ragoût de tripes, enfants syriens qui meurent de faim, le fait qu'on ne dîne presque jamais dehors en famille, le fait qu'on n'a presque jamais fait de pique-nique, le fait que quand on sort c'est toute une histoire, soit italien, chinois, mexicain ou américain, hot-dogs, hamburgers, pain de viande, chili, poulet frit, palourdes, salade de thon, salade de poulet, salade de nouilles, salade de pommes de terre, coleslaw, frites, travers grillés, brownies, cheesecake, sorbets, sundaes au caramel chaud, milkshakes, soda à la glace, Maman, solitaire, pêches à la crème, massif de lierre, le fait que quand elle est tombée malade on n'en a plus mangé, fauteuil roulant, ♫ *Accroche ton chariot aux étoiles* ♫, salle de bains à l'étage à Hamden, le fait qu'il me faut un pull, géants pharmaceutiques, le fait que je propose parfois des pêches à la crème aux *enfants* l'été, au petit déjeuner, assis dehors sur les marches, avant qu'il fasse trop chaud, ou alors ils veulent des bananes à la crème, dans le cas de

Jake des rondelles d'ananas, « Ne sautez jamais une classe », sorbets à la tomate, nouilles au poivre, Brave Man Cookies, le fait qu'on ferait mieux d'aller manger un poulet rôti quelque part, parce que c'est difficile à réussir chez soi, dinde dans une poubelle, le fait qu'à Key West ils font cuire la dinde de Thanksgiving dans une poubelle, chat de Mandy, chats de Hemingway, Opal et Frederick, Crab Key, tarte Key Lime, le fait que les gens qui travaillent dans les avions inhalent des vapeurs toxiques, soit des moteurs soit du réservoir, je ne sais pas lesquelles mais c'est mauvais pour la santé, abonné, bonnet, burrito, le fait que Mandy m'a dit que le type qui faisait cuire une dinde dans une poubelle à Thanksgving l'an dernier était batteur dans un groupe de blues, le fait qu'il s'occupait de la dinde entre deux morceaux, le fait que j'ai rêvé que j'avais un bébé, un garçon, et que je devais m'en occuper dans un endroit public, mais je crois que j'ai passé l'âge d'avoir des bébés, d'avoir une portée, commotion, lésion au cerveau, le fait qu'on dirait qu'il va neiger encore plus, et j'ai pas mal de livraisons à faire, le fait qu'il y a un énorme aquarium chez le dentiste, mais pas beaucoup de poissons, le fait que l'eau est très claire, le fait que les poissons se brossent-ils les dents, le fait que je me demande si la standardiste doit nourrir les poissons, ou si c'est le dentiste, le fait qu'on ne sait jamais si les enfants ont nourri les poissons ou pas, le fait qu'on devrait vraiment imposer un roulement mais ils ne le respecteraient jamais, bon, *Ben* peut-être, sirène décorative, rond de serviette en porcelaine, aquarium, le fait qu'un gros chien arrive, le fait que les gros chiens ont besoin de beaucoup d'exercice, le fait qu'on avait une vieille déco de sirène dans l'aquarium quand j'étais petite et que maintenant on s'en sert de nouveau, le fait que ça ne s'abîme pas sous l'eau, et parfois les poissons passent dedans, mais pas souvent, le fait qu'un type a appris à son chien à ranger ses jouets, le fait que j'ignore pourquoi on n'éduque pas *tous* les chiens comme ça, le fait que, bon sang, ils pourraient ranger toute la maison pour vous, et ça serait un bon exercice pour eux, 9 Choses Que Vous Ignoriez Sur Miley Cyrus, le fait que le nombre de morues diminue encore malgré les quotas de pêche, rond de serviette en porcelaine, Maman, inondations, bernaches, poisson-globe, bébé poisson rouge, le fait que c'est la première fois que Jake va chez le dentiste, le fait qu'il a même droit à un petit bavoir à sa taille, le fait qu'avant je faisais une tarte Tatin épicée aux piments frais, poivre noir et cannelle, mais c'est plutôt un plat d'été, pas très demandé en cette saison, le fait que le piment arrache, le fait qu'une vraie tarte Tatin est quelque chose de tout simple, ni épicée ni fantaisie, une chose *amish*, pas de cannelle, pas de muscade, rien, juste une pâte à base d'œufs, le fait que ça peut s'affaisser ou se déliter selon la qualité des pommes et de la pâte, du caramel, la retourner, le fait que plus j'y pense, plus ça me semble difficile d'en réussir une, le fait que, je veux dire, pendant dix ans j'ai essayé de faire une tarte Tatin aussi foncée que celle de chez Allard, le fait qu'on a adoré cette teinte moutarde, celle des murs du restau, pas celle de leur tarte Tatin, le fait que le coq au vin chez Allard était encore plus foncé que leur tarte Tatin, coq, Leghorns, mais leur spécialité c'était le canard, le fait qu'on passait devant la petite cuisine en allant s'asseoir et les chefs étaient dans les canards jusqu'aux genoux, canards crus qu'on écorchait, canards rôtis, cuisses de canards confites, canards cuits de six façons, le fait que c'était quoi déjà ce plat où le canard était servi dans une mer d'olives vertes, juste une mer, deux cents olives au moins, *Notre-Dame de Paris*, à la vapeur, le fait qu'il y avait une femme avec son chien, apparemment une cliente régulière, qui glissait des morceaux de poulet rôti à son chien tout le temps, sous la table, le fait que le chien pointait parfois le museau sous la nappe, du brouilly place Dauphine, nuque raide, rue de l'Éperon, ♫ *Allons enfants de la patri-i-i-e, le jour de gloire est arrivé* ♫, gloire, Loire, Waterlow Park, Highgate, musée de Cluny, pique-nique sur le lit de l'hôtel, baguette, pâté, fromage, le petit concert de Schubert, « Ave Maria », le fait que je suis peut-être trop tendue quand je cuisine et que je devrais me détendre un peu, le fait qu'elle utilise un nouvel appareil dont elle est très fière, le fait que ça implique pas mal d'air pulsé et d'eau, comme avoir un ouragan dans la bouche, avec des cataractes qui vous décollent les dents et menacent de vous noyer, le fait que c'est comme Key West ici, ou Guam, le fait que je vais vraiment me noyer, penser au rhinocéros, au bébé rhinocéros, le bébé rhinocéros qui se noie, mais ils l'ont sauvé, le fait qu'il a fallu trente types, rhinoplastie, le fait que je ne crois vraiment pas que je peux en supporter davantage, aïe, le fait que les soins dentaires c'est de la torture, Abu Ghraib, Bush, George W, pyramide de prisonniers, enfants qui meurent de faim, hippopotames qui se noient, ouille, pfff, le fait qu'il faut que je pense à quelque chose d'*agréable*, pas à des silhouettes nues au visage encapuchonné qu'on empile en hauteur pour se moquer, aïe, mercredi, rester debout sur des caisses pendant des heures pour amuser des soldats américains, le fait que je n'aime pas *du tout* cette nouvelle méthode de détartrage, le fait que je suis le désarroi incarné, mais la dentiste ne semble pas s'en apercevoir, désarroi, arracher, cueillir quetsches, le fait que Jake, non, *Leo* n'aime pas la tarte aux quetsches, parce que je mets les fruits avec leur noyau, le fait que où est passé Jake, le fait que je n'ai pas de temps à perdre avec ça, le fait que c'est le noyau, je veux dire le pompon, *au secours*, MER D'ÉGÉE, le fait qu'il n'aimait pas les noyaux, le fait que je trouve que cette dentiste est devenue folle, le fait que dans la tarte aux quetsches il ne faut pas enlever les noyaux, du moins c'est ce que disait Tamasin Day-Lewis, le fait que c'était sa recette, mais elle se trompait, le fait qu'il faudrait enlever les noyaux, bon sang, sans noyau, ou sinon tout le monde va s'étrangler avec cette tarte, comme je suis sur le point de le faire là, le fait que Leo l'appelle « D-d-d-assassin D-d-d-d-day-Lewis », le fait que je ne pense pas qu'il lui pardonnera jamais sa tarte aux quetsches, le fait que les quetsches sont bonnes pour la santé, tout comme aller chez le dentiste, et une fois cuites elles prennent cette belle couleur violet foncé, les quetsches, pas les dentistes, une palissade quelque part dans Holmes County, le fait que, bon sang, je n'en referai jamais, c'est sûr, tarte aux quetsches, bon, pas comme ça, pas à la D-d-d-assassin D-d-d--day-Lewis, le fait que c'est dangereux pour les enfants, une t-t-t-arte p-p-p-leine de noyaux, non, le fait que c'est une idée complètement stupide, et Leo n'en voulait pas et moi non plus je ne pourrais pas manger une d-d-d-dangereuse t-t-t-arte aux q-q-q-quetsches, le fait que la pâte forme un rempart contre le jus de quetsches, problème de régulation des flux, robe violette, uniforme violet, violet de Pennsylvanie, perplexe, Perspex, le fait que je ne sais tout simplement pas quoi dire à la dentiste, si jamais elle s'arrête, le fait qu'on est censé penser au sexe quand on est chez le dentiste mais je n'arrive pas à y penser maintenant, le fait que j'ajoute parfois des herbes dans mon bouillon de poule, après la première ébullition, le fait que je ne découpe jamais les légumes, le fait que c'était tellement drôle quand Leo a essayé de faire du bouillon de poule pour moi une fois, il a pelé les pommes de terre et émincé les carottes et tout haché en petits morceaux, le fait que ça devait être quand je récupérais sur le canapé et ne pouvais rien faire d'autre, M&M's, le fait que j'enlève juste les bouts moches, des légumes je veux dire, mais je ne découpe rien, je les jette juste entiers s'il y a de la place, le fait qu'il faut parfois casser la branche de céleri en deux pour qu'elle tienne dans le fait-tout, mais c'est tout, le fait que je la *déteste* vraiment en ce moment, cette dentiste, je la déteste, misogynie, mère traditionnelle, le fait qu'en général je ne déteste pas les gens, le fait que j'essaie juste d'être gentille, le fait que je passe énormément de temps à m'assurer que tout le monde est content, je n'ai quasiment pas le temps de faire ce que je veux, par exemple m'échapper du fauteuil de cette dentiste, le fait que qu'ai-je fait pour atterrir ici aujourd'hui, le fait que je suis trop occupée à satisfaire tout le monde pour qu'on me laisse tranquille, mais même ça, ça ne marche pas, le fait que, oh, ça alors, oh, on dirait que c'est fini, c'est fini, c'est *fini*, waouh, *Ô jour frabieux !*, rhino, hippo, le fait que c'était atroce, le fait que je suis sans voix, je tremble de partout, le fait que comment je peux conduire, véhicule en fuite, évacuation obligatoire, forcée, le fait que je n'ai jamais su la différence entre « obligatoire » et « forcé », et que je croyais qu'il y avait une nuance, mais non, le fait que c'est quasiment la même chose, verres bullés de Mamie, le fait que pendant que je sortais du cabinet de la dentiste en titubant elle me vantait la substance parfumée au fruit qu'ils mettent dans sa machine tornade, le fait que j'ai trouvé le goût épouvantable, et de toute façon on s'en fiche du goût que peut avoir le cyclone qui se déchaîne dans votre bouche, jouer à Twister, le fait que je vais devoir rester un moment dans la voiture pour me calmer, le fait que je vois des étoiles, le fait que je doute d'avoir l'air normale, le fait que je pense que ce traitement m'a changée à jamais d'une façon radicale, le fait que je me sens toute faible, le fait que je devrais mettre ma tête entre mes genoux, mais le volant me gêne, et que penserait Jake si sa Maman se roulait en boule sous ses yeux, scélérate, selfie, le fait que ça ira mieux quand on sera sur l'autoroute, ma déroute ou la route, mais 50 $ plus 150 $, donc 200 $, pour ça, le fait que ça a coûté cinquante dollars rien que pour compter les dents de Jake, et cent cinquante pour me faire détartrer les dents, pulvériser, le fait que je suis étonnée qu'il m'en reste encore, des dents, pas des dollars, la bouche ou la vie, le fait que j'aurais pu compter moi-même les dents de Jake, s'il fallait vraiment les compter, le fait que je ne suis pas forte en calcul mais que je peux faire ça, promenade en bord de mer, dunes, le fait que je ne me souviens pas qu'on ait compté les dents des *autres* enfants, le fait que la dentiste les a peut-être comptées sans me le dire, le fait que je ne vérifie jamais correctement la facture, le fait que ça sert à quoi le détartrage, balancer des nanoparticules abrasives ou des tardigrades sur mes dents avec une force telle que je n'ai sans doute plus de gencives ou d'émail, le fait que c'était quoi ces biscuits qu'on aimait tellement en colonie, nager sous la chute d'eau, le fait que c'est censé les nettoyer mais comment savoir ce que ça fait en vrai, à nous autres, je veux dire, le fait que je crois qu'une partie est remontée dans mon nez, le fait que ça a dû se loger définitivement dans mes poumons, et me refiler la silicose ou l'asbestose ou je ne sais quoi, maladie des mineurs, poneys de mine, le fait que je m'en fiche qu'elle trouve ce parfum génial, le fait que ça pourrait être parfumé au champagne que ça ne changerait rien, le fait qu'elle ne m'a même pas laissé le choix, le fait qu'elle n'a pas dit « Vous voulez cerise, menthe ou parfum tropical ? », le fait qu'elle l'a fait sans rien me demander, nanoparticules, le fait que j'étais sous le choc en sortant de ce fauteuil de dentiste, toute secouée, chaise shaker, le fait que les shakers sont célibataires, le fait que c'est plutôt courageux pour une religion, dire ne croissez pas, ne vous multipliez pas, le fait que je suis sortie de chez la dentiste en boitant presque, le fait que j'aurais dû prendre mes jambes à mon cou, mais je ne pense jamais à ce genre de chose sur le moment, le fait que j'étais même incapable de parler, le fait que je dois cacher mon état à Jake parce que le but de l'opération c'était de l'habituer à aller chez le dentiste, et de lui montrer qu'il n'y a aucune raison d'avoir peur du dentiste, compter les dents, acclimater l'enfant, le fait que c'est *moi* qui ai trop peur maintenant pour y retourner, phobie du dentiste, le fait que j'ai l'impression d'avoir subi une torture par l'eau ou ce genre, et maintenant mon *oreille* gauche fonctionne mal, pieds roussis, ongles arrachés, le fait qu'elle aurait pu m'arracher des secrets d'État pendant qu'elle y était, le fait que je lui aurais dit tout ce qu'elle voulait savoir, deux cents dollars de gaspillés pour ça, vingt tartes Tatin, une semaine de travail, le fait que même si notre mutuelle couvrait les frais je suis prête à ne jamais revoir de dentiste, le fait que, bon sang, je préférerais encore perdre toutes mes dents plutôt que de subir une fois de plus cette tempête de sable, le fait que je ne veux pas qu'on me balance des particules abrasives partout sur le visage et les cheveux et les oreilles et dans le nez, partout, le fait que si je n'avais pas porté de lunettes elle aurait pu m'*aveugler* avec cette horreur, le fait que cent cinquante dollars juste pour perdre la vue, le fait qu'en ingénierie chaque action a une réaction égale et opposée, et ça c'est ma réaction au bombardement de nanoparticules, le fait que je ne me sens pas bien, tique d'hiver de l'élan, le fait que les tiques de l'élan sont de plus en plus nombreuses en Alaska, et voilà qu'il recommence, le fait que Jake est tellement heureux d'aller à la garderie, ou alors il est juste heureux d'échapper au froid, le fait qu'il m'a quittée en courant, le fait que je suis sûre de n'avoir pas été très drôle en voiture, pas après cette épreuve, le fait que j'ai mal au ventre, le fait que finissons-en avec les livraisons et rentrons à la maison, le fait que Tante Nuala était dentiste, et elle m'a rendue méfiante à l'égard des dentistes, le fait qu'elle prenait vraiment son pied dans son métier, le fait qu'elle était incapable de parler d'autre chose que des dents, le fait que si vous sortiez déjeuner avec elle, elle parlait des dents tout le temps, et qu'on devrait utiliser le fil dentaire plus souvent, pendant qu'on mangeait nos hot-dogs et nos petits pains au homard et nos chips, soda à la glace, le fait que Maman ne la supportait pas mais Abby avait l'habitude, le fait qu'elle devait voir Tante Nuala tout le temps, fil dentaire, le fait que le fil dentaire n'est plus trop prisé, deux cents dollars par la fenêtre, vingt tartes Tatin, le fait que ça fait pitié de bouillir tous vos légumes pendant *vingt minutes* quand vous les sortez du bocal, mais on est censé le faire, le fait qu'après ça les manger ne sert plus à rien, mais bien sûr vous n'avez pas envie de mourir du botulisme, le fait qu'il y a un écureuil, le fait qu'il doit se geler là dehors, pauvre petit, et il doit chercher une noix qu'il a enterrée quelque part et, oh zut, c'est quoi ça, le fait que, le fait que j'ai *crevé un pneu*, oh non, ce n'est pas mon jour, le fait qu'il fait moins un, mais on *dirait* qu'il fait moins dix, le fait que je savais qu'on aurait dû changer ce vieux pneu d'hiver, cigarettes de Maman, le fait que je crois avoir percuté un bout de bois ou quelque chose de ce genre sur la route, et ça a suffi, et zut, le fait que me voilà maintenant à côté de ma voiture comme une idiote et personne ne va jamais s'arrêter, le fait que pourquoi les gens s'arrêteraient, trente-cinq mille habitants dans l'Ohio, guerre de Sécession, Bandaid, le fait qu'ils vont tous quelque part, ont tous des choses à faire, comme moi, le fait que bien sûr ils n'ont pas envie de s'arrêter et de me dépanner par moins un, le fait que Harrison Ford envoie le type au tapis dans *Witness*, le type qui harcèle l'amish, le fait que Harrison Ford est doué pour flanquer des « beignes », le fait que je crois qu'il va neiger, le fait qu'il préférera toujours s'exprimer avec les poings, le fait qu'il saute du barrage, le fait que j'ai des tartes à livrer, bon sang, « Tout ce travail ! », *Voyageur malgré lui*, le fait que qu'est-ce que je vais faire maintenant, le fait que je ne dois pas pleurer, pas pleurer, « Ressaisis-toi », pièces en or, malle au trésor, « Raiponce, Raiponce, défais tes cheveux d'or ! », le fait que Jack échange la vache de la famille contre quelques haricots, le fait que je suis d'accord avec sa mère là-dessus, le fait que ça ne me paraît pas une très bonne affaire, les nerfs de Mrs Bennet, le fait que le chien de Laura Ingalls Wilder s'appelait Jack, le fait que je suis persuadée d'apercevoir l'Abominabe Homme des Neiges entre ces arbres là-bas, Yéti, juste derrière les buissons, ravine, le fait que Ben serait tout excité, le fait que je devrais le photographier, mais bien sûr je n'ai pas mon téléphone, le fait que si j'avais mon téléphone je ne serais pas dans cette galère, à me les geler au milieu de nulle part, le fait que j'oublie toujours mon téléphone, le fait que c'est stupide de ne pas l'avoir en permanence, le fait que les passagers dans les avions le 11 Septembre ont fait bon usage de leur téléphone, le fait que je parie que tous les Américains ont leur téléphone sur eux en permanence depuis le 11 Septembre, enfin sauf moi, tsunami, haboob, un chien qui aboie quelque part, le fait que et si c'était Sasquatch, le fait que c'est *Ben* qui a envie de rencontrer l'Abominable Homme des Neiges, pas *moi*, le fait que je pourrais me faire dévorer par un *ours* ici, s'ils n'étaient pas tous en train d'hiberner, et aucune de ces personnes qui passent en voiture ne s'en soucierait, « Si je mourais, vous vous en voudriez », Bob l'Éponge, le fait que je ne crois pas qu'on me voie, et même si c'est le cas ils auront oublié plus tard quand ils entendront la triste histoire aux infos d'une femme seule retrouvée morte de froid dans une ravine, où elle a été traînée par un ours en train d'hiberner, cheval à bascule, balai de sorcière, Toto, torpeur, le fait que de nombreuses mères sont négligentes et distraites mais ça ne veut pas dire qu'elles ne sont pas capables d'amour, et même les mères parfaites ont des points de friction, comme par exemple la maladie, ou le vomi, ou le désordre, grog, groggy, gargouille, cagouille, le fait que certaines mères sont des brutes, et certaines sont froides, et certaines sont des monstres, et certaines sont peu fiables, ou critiques, et, comparée à toutes celles-là, je ne crois pas être si mauvaise, mais Stacy le croit, elle, le fait qu'elle serait sûrement ravie que je me fasse dévorer par un ours affamé, un carnivore dans un autre carnivore, karma carnivore, le fait que c'est horrible d'être critiquée par votre propre fille qui autrefois vous admirait, mais c'est fini, le fait que Stacy peut à peine me regarder dans les yeux ces temps-ci, et ça fait que j'ai l'impression de m'éloigner d'elle, ce que je ne suis pas censée faire, je sais, parce que cette fille a encore besoin d'une mère, ado, gangs, fusillade dans un centre commercial, même si elle n'écoute rien de ce que je dis, ♫ *Mele Kalikimaka* ♫, Frank, le fait que beaucoup d'hommes n'aiment pas verser de pension après le divorce, le fait qu'ils se comportent comme si être père n'engageait absolument à rien, le fait que Frank ne m'a jamais versé un penny, pas un seul petit penny, le fait qu'il s'est comporté comme s'il ne me devait rien, le fait qu'il m'a dit un jour qu'il ne me verserait une pension que si je déduisais tous mes frais personnels, le fait que je ne voyais pas le rapport, le fait que en quoi ça le regardait, le fait qu'il croit que ça ne coûte rien d'élever un enfant et que j'inventais tout simplement des dépenses, le fait qu'on avait bel et bien une enfant, en chair et en os, et qu'une enfant a *besoin* de certaines choses, comme être nourrie, habillée, logée, et qu'il était censé nous aider, étant son père, le fait que la dernière fois qu'on s'est vus je lui même payé son café, non mais quel chameau, bosse de chameau, le fait que si je me souviens bien il a pris aussi un *donut*, le fait que j'ai rêvé que notre grenier était plein de *mauvaises herbes* et qu'il était grand temps d'y remédier, et aussi que tout le bois là-haut était vraiment pourri, le fait qu'il s'effritait dans la main, et paraissait comme carbonisé, œufs pourris, dingue, frappadingue, le fait que quelque part près de moi en ce moment même il pourrait y avoir un *ours*, un gros ours qui ronfle ou se réveille, un ours ronchon, le fait que Leo s'est retrouvé près d'un ours un jour lors d'une randonnée, à six mètres environ, le fait que l'ours était de l'autre côté de la rivière, et il a *suivi* Leo pendant un moment, mais après il a disparu dans la forêt, l'ours, pas Leo, le fait que je ne sortirais plus jamais de chez moi si ça m'arrivait, le fait que les ours courent très vite, et ils sont très costauds, le fait qu'ils sont plus effrayants que des nanoparticules, le fait que j'ai une sainte frousse des ours, fosse aux ours, vivre et laisser vivre, Leo, *cher* Leo, le fait qu'il n'aimerait pas savoir que j'étais là toute seule sans personne pour m'aider, le fait que ça ne sert à rien de pleurer, le fait que je dois me ressaisir, le fait que Leo flanquerait une raclée à tous ces automobilistes qui refusent de m'aider, cul nu, cul-terreux, étui pénien, fourreau, capote, oh, le fait qu'il y a bel et bien une forme sombre qui remue là-bas, le fait que je pense que je préférerais encore que ça soit l'Abominable Homme des Neiges plutôt qu'un ours, le fait que l'Abominable Homme des Neiges ne semble jamais agresser personne, même si bien sûr il n'*aide* personne non plus, le fait qu'il semble se cacher la plupart du temps, le fait que, on ne sait jamais, peut-être qu'il n'est pas du tout « abominable », le fait qu'il est possible de tomber sur un Abominable Homme des Neiges qui ait *envie* d'aider, ce qui n'est sûrement pas le cas pour un ours, le fait que pourquoi les gens parlent-ils toujours de l'Abominable Homme des Neiges comme s'il n'y en avait qu'un seul dans le monde entier, qui vivrait depuis des centaines d'années, le fait que ça paraît improbable, étant donné la vie pénible qu'il doit mener, si jamais il existe, terriblement solitaire aussi, être le seul membre de son espèce pendant des siècles, tortue chinoise à carapace molle, le fait que ce chien aboie beaucoup, les arbres à Peolia, le fait qu'il est fort peu probable qu'il n'existe qu'un seul Abominable Homme des Neiges, vu la façon dont fonctionne la biologie, et la reproduction et tout ça, le fait que, après tout, il semble y avoir aussi un Abominable Homme des Neiges au Tibet, le fait que si c'est le même, quel sacré farceur, l'Abominable Farceur, l'Abominable Marcheur, qui fonce à l'autre bout de la terre pour aller voir son Abominable Femme des Neiges et ses Abominables Enfants des Neiges, l'Abominable

Peuple des Neiges, l'Abominable Maman des Neiges, le fait que personne n'a jamais vu une Abominable Maman des Neiges allaiter un Abominable Bébé des Neiges, le fait que je me demande si une portée d'Abominables Enfants des Neiges serait bienvenue dans notre abominable Système scolaire, exercice de tirs, cours de maths, le fait que je n'arrête pas de penser à cette Abominable Dentiste, le fait qu'on pourrait penser qu'il y a eu des croisements maintenant, je veux dire entre humains et Abominables Hommes des Neiges, pas avec des dentistes, le fait que mon oncle a épousé une dentiste mais personne n'a jamais su pourquoi, le fait que les paparazzi n'ont jamais débusqué le yéti, le fait que paparazzi ressemble un peu trop à parasites, le fait que Frank était un peu un parasite, le fait qu'il était un genre de *paparasite*, le fait que, oui, c'est ce qu'il est, l'espace sous la maison, le grenier de Papa à Evanston, livres et papiers, le fait que les poux du livre mangent de l'amidon, le fait qu'il y a de l'amidon dans la reliure des livres, dos, hanche, le fait qu'ils aiment aussi les cuisines, véhicules sur Mars, Spirit, Opportunity, Laïka, panneaux solaires, polaires, veste croisée, marinière, marin, faire pipi avec Maman et Phoebe dans cette grotte sombre en Suisse, toilettes unisexe, le fait que personne ne connaît les conséquences des nanoparticules sur l'homme mais ils en balancent quand même dans l'atmosphère, en permanence, et directement dans ma bouche, le fait que, bon sang, non mais regardez-les, tous ces gens qui passent sans s'arrêter, comme s'ils pensaient que ça m'amuse de rester sur le bord de la route par moins je ne sais pas combien, que je suis là par plaisir, le fait que je ne tiens presque plus debout, à cause du froid et de cette dentiste, trauma, le fait que, ben voyons, t'arrête surtout pas, hein, le fait qu'ils sentent peut-être que je ne suis pas d'ici, même si je vois mal comment ils pourraient le savoir alors que je suis tout emmaillotée dans ma doudoune, la même qu'ils portent tous ici, même les Abominables Hommes des Neiges, probablement, le genre de truc qui vous fait ressembler à un solide amorphe, le fait que mon visage est presque complètement absorbé par ma capuche fourrée, le fait que je parie que je ressemble à la poupée Coldy, mais sans le poisson et la lance en feutre, le fait qu'ils me battent froid par moins un, ironie, le fait qu'ils sentent peut-être ma négativité à l'égard de la dentiste, le fait que personne n'a envie de prendre à son bord une femme qui est dans tous ses états à cause d'un détartrage, et fulmine de partout, le fait que ce n'est pas de la fumée, mon cher, mais de la vapeur, à cause du froid, parce que, au cas où vous ne l'auriez pas remarqué, il fait très froid ici, le fait que, d'après Leo, personne n'utilise à bon escient le mot « vapeur », le fait que selon lui quand les gens disent vapeur en fait ils pensent buée, le fait qu'il me reprend toujours mais je ne saisis toujours pas la différence, le fait que personne ne parle de « vapeur », pas les gens normaux en tout cas, le fait que ça serait comme de sortir un truc du genre « quand le ciel bas et lourd » alors qu'on est en train de parler du mauvais temps, vapeur, brouillard, condensation, évaporation, formation nuageuse, le fait que je ne suis pas ingénieur, loin de là, cumulus, cirrus, ciel de traîne, le fait que Phoebe et moi on faisait comme si on fumait quand il faisait ce genre de temps, en imitant Maman avec notre *haleine*, le fait que je ne crois pas avoir déjà vu mes enfants faire semblant de recracher de la fumée, le fait qu'ils le font peut-être en privé, ou alors ils n'y pensent même pas parce que quasiment plus personne ne fume, le fait que c'est passé de mode, rideau, Maman, le fait que les rideaux en velours sont toujours rouges, même si Scarlett O'Hara se confectionne une robe avec des rideaux en velours vert, le fait que porter de lourds rideaux en velours vert en Géorgie, en plein été, le fait que ça doit être rude, « Pourquoi a-t-on besoin d'autant de velours ? », pavés, Paris, Révolution de velours, le fait que cette robe en velours me serait bien utile, là maintenant, le fait que je crois que je vais mourir de froid, le fait que ça a peut-être commencé, engelure, gangrène, oignons, démocrates de Geauga County, le fait que je dois remuer sans cesse les orteils, le fait que j'ai toutes ces tartes dans la voiture, le fait que je ne les sens plus, mes orteils, pas mes tartes, le fait que je ferais mieux de les vendre sur le bord de la route, le fait que pendant que les gens hésiteraient sur laquelle acheter je pourrais sauter dans leur voiture et m'enfuir comme Cary Grant avec la camionnette dans *La Mort aux trousses*, le fait que comment une telle idée peut-elle même m'effleurer, bon sang, le fait que c'est toujours drôle quand on découvre qu'il y a un gros frigo à l'arrière, faire machine arrière, le fait que je devrais peut-être retourner dans la voiture, juste pour me réchauffer, mais alors personne ne me verra ni ne m'aidera, le fait que je claque des dents, mes nouvelles dents sensibilisées, le fait que je devrais j-j-juste penser à q-q-q-quelque chose de chaud, la robe en velours vert peut-être, ou mon four, caramélisation, bain chaud, fumée, buée, vapeur, le ventre de Frederick quand il dort près du radiateur, caresser le ventre de Frederick, le fait que je parie que si j'étais plus jeune et plus séduisante ils me répareraient ce pneu fissa, sur du velours, le fait que je me demande comment ils peuvent savoir que je ne suis pas jeune dans cet attirail, avec juste un tout petit bout de mon v-v-visage g-g-gelé qui pointe, le fait que je pourrais être une Marilyn Monroe bien emmitouflée si ça se trouve, ou Amy Adams ou la fille qui fait rêver en ce moment, le fait qu'ils ne savent probablement pas que je suis une *femme*, le fait qu'ils pensent peut-être que je suis un petit Abominable Homme des Neiges, qui devrait être capable de réparer tout seul son fichu pneu, « Fiddledeedee », le fait qu'en voilà une autre, qui arrive en patinant sur la neige fondue, limace, malice, la torpeur des êtres entravés, le fait qu'ils ne peuvent pas s'éclipser aussi vite qu'ils le veulent, de peur de déraper, alors ils passent devant moi si lentement que j'ai l'impression qu'ils vont s'arrêter, mais ils ne s'arrêtent pas, le fait qu'en voilà encore un, « Toodle-oo », le fait qu'ils ont l'air de faire comme si je n'étais pas là, bien au chaud dans leur voiture, les sagouins, fumiers, mais je ne devrais pas dire ça, bon sang, le fait que Cathy trouve que les quinquagénaires ont « des restes sexy », ce qui est mieux que rien je suppose, Marilyn Monroe, Sophia Loren, le fait que Dickens ne s'est jamais remis d'avoir revu son ancien béguin des années plus tard, le fait qu'il a pu constater combien elle avait vieilli, le fait que cette anecdote a de quoi faire frémir n'importe quelle femme qui vieillit, le fait que je frémis bien assez comme ça, bain chaud, Frederick, l'été à Evanston, Dora, David Copperfield, Miss Havisham, Haversham, Twist, le fait qu'il fait tellement froid que le chien a arrêté d'aboyer et est rentré au chaud, le veinard, le fait qu'il a peut-être gelé sur place, le fait qu'il aboiera de nouveau quand il dégèlera au printemps, le fait que je crois que le froid me fait délirer, « Darcy a assez amassé d'hameçons », hamster, Hampstead, Highgate, Hawkley Hurst, nanoparticules, le fait que j'aimerais qu'on fasse plus souvent l'amour, Leo et moi, oh oui, le fait que je pense que notre problème c'est qu'aucun de nous deux ne sait prendre l'initiative, le fait que j'ai vu un OVNI, un jour, mais je ne m'en souviens pas vraiment, le fait que je dormais chez Patty Lomax à Chicago et qu'on l'a vu par la fenêtre de la cuisine, le fait qu'on était persuadées que c'était un OVNI et qu'on ne savait pas quoi faire alors on a appelé la police, mais il ne s'est rien passé, le fait qu'on a comme qui dirait gâché l'expérience en appelant la police, le fait qu'on aurait juste dû se contenter de regarder l'OVNI, le fait que qu'est-ce qu'on croyait que la police allait faire de toute façon, donner des coups de matraque au ciel, se battre avec la soucoupe volante ou quoi, le fait qu'elles ne semblaient pas rouler sur l'or, Patty et sa mère, appartement miteux, le fait qu'elles devaient dormir dans le même lit, le fait que quand j'ai dormi chez Patty j'ignore ce que faisait sa mère, le fait qu'elle n'était pas là quand on a vu l'OVNI, le fait qu'on était souvent livrées à nous-mêmes, soit dans l'appartement soit sur une sorte de terrain de jeu à l'abandon pas loin de chez elles, le fait qu'on aimait bien cette section de canalisation en ciment qui était si grosse qu'on pouvait presque tenir debout dedans, le fait que comment ce truc était arrivé là, le fait que je crois que sa mère était infirmière, Marilyn Monroe, le ventre de Frederick, le fait que la dernière fois que j'ai vu Chuck on avait une vingtaine d'années et qu'il m'a battu froid, OVNI, et je n'avais pas encore la quarantaine, le fait que je pense que beaucoup de femmes de quarante ans sont négligées parce que les hommes se font une idée très précise de ce à quoi on devrait toutes ressembler, le fait que c'est comme une habitude, un réflexe, *Playboy*, le fait que c'est presque une forme de maltraitance envers des personnes âgées, seniors, si on y réfléchit, mais on ne peut pas forcer les gens à tomber amoureux, le fait qu'on pourrait croire que ne plus avoir à s'inquiéter d'une grossesse, avec une femme âgée, serait un avantage, mais bien sûr il faut compter avec toutes les sautes d'humeur, les vapeurs, et peut-être la chirurgie esthétique, qui coûte cher, le fait que la fertilité baisse après la quarantaine, mais Holly Hunter a eu des jumeaux, Alec Baldwin, le fait que je commence à me dire que ces automobilistes n'aideraient personne, *même pas* Marilyn Monroe, le fait que ce n'est pas très charitable, Chartier, le fait que je suis là sous la neige, demoiselle en détresse, complètement dépendante du lait de la tendresse humaine, et il n'y en a pas une goutte, le fait qu'il y a pénurie de lait à la fabrique de la tendresse humaine, trayeuse, traître, pis-aller, Pinocchio, Minnie Mouse, mini tendresse, le fait qu'il semblerait que je sois confrontée au lait *écrémé* de la tendresse humaine, ♫ *Mele Kalikimaka* ♫, le fait que je commence à avoir mal partout et à trembler, hypothermie, terminé, le fait que je ne peux pas m'empêcher de penser à la tempête de neige dans *Un long hiver*, sept mois de tempête de neige, clous givrés dans le grenier, et Pa qui se terre dans un trou de neige, le fait que j'ai mal aux dents, mais ça c'est sûrement à cause de la dentiste, pas du froid, le fait qu'elle m'a sûrement détraquée à vie avec son nouvel équipement ultramoderne, le fait que je crois qu'elle ne sait pas bien s'en servir, et encore une, de voiture, pas de dentiste, et qui avait l'air bien confortable, le fait que je vais avoir besoin de réconfort, si jamais je me sors de cette épreuve, complication, le fait que ce n'est pas facile à dire quand vous avez le visage gelé, complication, complication, ♫ *Mele Kalikimaka* ♫, le fait que maintenant j'ai mal au ventre, le fait que si ça se trouve c'est le premier signe que je vais vraiment mourir de froid, le fait qu'ensuite je vais avoir des vertiges, devenir euphorique, puis je vais oublier qui je suis et où je suis et errer dans la neige, me déshabiller comme une vieille folle, « la fin est proche », ♫ *Mele Kalikimaka* ♫, « Ci-gît un homme d'une grande vaillance », le fait que je me sens très bête à piétiner ici devant un pneu à plat, le fait que ces types ne veulent réparer les pneus que des femmes fertiles, le fait que, si on y réfléchit bien, je *suis* encore fertile, *un peu* en tout cas, je *crois*, fertile, « restes sexy », aride, stérile, mobile, Calder, mais comment le faire savoir dans le peu de temps qu'il me reste avant de mourir de froid, le fait qu'il faut que j'agite un *panneau* ou quoi, JE SUIS NUBILE, je suis une squaw, le fait que en quoi ça les regarde, Meryl Streep, Oprah, assiette de bagels, le fait que, mazette, j'aimerais bien avoir mes vapeurs maintenant, le fait que, vous savez quoi les mecs, les femmes après quarante ans sont encore des *femmes*, même si elles ne sont pas toutes Miley Cyrus ou Zsa Zsa Gabor, et c'est avec plaisir que je ferais un grand sourire si je le pouvais, mais ma b-b-b-bouche est g-g-g-gelée, le fait que la neige recouvre au moins les cannettes de Coca, le fait que le monde paraît plus propre, Abominable Homme des Neiges, ours en maraude dans les bois, le fait que c'est marrant comme les hommes semblent tous aimer la même femme, selon la mode du moment, comme si la décision était prise dans un bunker souterrain, La Femme De Cette Saison, jusqu'à la taille, le poids, la couleur des cheveux, la texture de la peau, les mensurations, la taille des lèvres, le G7 des critères masculins, le fait qu'ils pourraient appeler ça la Conférence Lady Godiva, le fait que je crois que ça sert à ça Miss Monde, le fait qu'ils ont déjà leur concours de beauté, « Une jolie fille par jour ça me suffit amplement ! », le fait que je ne devrais pas avoir ce genre de pensées, le fait qu'il ne faut pas devenir aigrie, le fait que certains hommes désormais *préfèrent* les seins silconés aux vrais, dollars en argent, crevette géante farcie, frites disco, le fait que les garçons à la garderie de Jake sont tous pareils, tous déjà d'accord sur ce que c'est qu'une jolie fille, le fait qu'ils en pincent tous pour Tammy à cause de ses longs cheveux blonds, convention, irruption, volcans de Yellowstone, gros titres, le fait que c'est quoi le problème avec la diversité, les gars, répandre l'amour, le fait que toutes les fillettes là-bas sont absolument *adorables*, avec leurs petites fossettes aux mains et leurs bouclettes et leurs guirlandes en papier, chaises pliantes, Jake, le fait que je *dois* survivre à cette situation si je veux revoir *Jake* un jour, le fait que quelqu'un doit m'*aider*, le fait que les hommes sont un vrai fléau quand ils sont jeunes, ils vous dévisagent tout le temps, ils vous téléphonent, ils vous suivent, vous sifflent, vous touchent, se pressent contre vous dans l'ascenseur, marchent derrière vous dans des ruelles sombres, et puis du jour au lendemain vous n'existez plus, ruban rose contre le cancer du sein, œufs, poules, dentistes, le fait que les *hommes* vieillissent aussi, il n'y a pas que nous, mais ils ne semblent pas y penser, *Je ne sais pas mais eux si*, bon sang, le fait que je ne devrais pas généraliser, le fait que ce n'est pas gentil, mais si seulement les hommes savaient à quel point ça fait *mal*, de passer de majeur à mineur, maux de Davina Beebee, *La Brûlure*, le fait que Julia Child avait la *quarantaine* quand elle s'est mariée, hydrangea, le fait que ce serveur à Venise m'a presque violée, et après il a fait comme si rien ne s'était passé, le fait que ça devait l'arranger, blanc-manger, le fait que j'ai sommeil, le fait que je crois que les gens ont sommeil quand ils meurent de froid, le fait que je dois me réveiller, chercher de l'aide, mais je suis sur le point de m'effondrer, « J'*adore* les effondrements », pont qui s'effondre, Leo, bon sang, le fait que ça recommence, le fait que je n'ai pas besoin qu'on me rappelle que je suis vieille, compris, le fait que ça saute déjà aux yeux avec toute l'aspirine et la vitamine C et les échinacées et les cachets à l'huile de foie de morue que je dois prendre pour combattre les rhumes que les enfants rapportent à la maison, le fait qu'avec quatre enfants vous aimeriez parfois avoir le temps de vous moucher, franchement, le fait que je sais que je devrais utiliser plus de crème hydratante pour rester jeune, mais j'ai toujours peur que ça joue sur le goût des *tartes*, le fait qu'on ne peut pas se tartiner toute la sainte journée, onction, le fait que ça empêche de bien tenir les poignées de porte, le fait que je crois que les hommes s'en fichent que vous puissiez ou non ouvrir les portes, tant que vous restez belle, et que vous avez un beau pétard, popotin, et portez des talons de quinze centimètres, le fait que je devrais dire « derrière », le fait que je n'aime pas « pétard » ou « popotin », le fait que tout le monde dit « nichon » maintenant, ça revient à la mode, le fait que Trump jauge toujours les femmes et fait des commentaires sur elles comme s'il était un grand expert en beauté, le fait que, d'accord, ça suffit, le fait que je *dois* retourner dans la voiture pendant que je peux encore remuer, *aïe*, engelure, doigts en moins, demandeurs d'asile qui marchent dans la neige pour aller au Canada, le fait qu'il doit faire meilleur là-bas, plus chaud, je veux dire dans la voiture, pas au Canada, le fait qu'au Canada on doit être plus en *sécurité*, mais pas plus au chaud, le fait que le Canada semble être un endroit où on ne craint rien, le fait que tout le monde là-bas fait de la voile, du tennis et boit du thé, et ils ont la Sécurité sociale, le fait que si je vais dans la voiture personne ne me remarquera sauf les ours, le fait que les ours peuvent entrer dans les voitures aussi, le fait qu'ils peuvent y entrer mais pas en sortir, alors ils déchiquettent tout en essayant de trouver une issue de secours, le fait qu'ils détruisent non seulement les revêtements mais les sièges, et le *volant*, et tout le reste, le fait que je peux les comprendre, là, en ce moment précis, le fait que je risque de *mourir* pour de bon, le fait que je ne sais rien faire à part creuser un trou dans la neige et manger un bonbon de Noël comme Pa pour survivre, sauf que je n'ai pas de bonbon, le fait qu'il doit peut-être rester un demi-Oreo dans le vide-poche du siège, oh et les tartes dans le coffre, bien sûr, qui sont sûrement des tartes congelées maintenant, le fait que Hoag est resté coincé toute une journée dans un bouchon pendant une tempête de neige en rentrant de Boston, un bouchon épique qui a duré six heures, et il a dû pisser dans une tasse à café, le fait qu'il ne pouvait pas sortir de la voiture pour pisser, je crois, ou alors tous les gens sur l'autoroute l'auraient vu, le fait qu'il y a un protocole même en cas d'urgence, dans le Massachusetts en tout cas, le fait que j'espère que je n'aurai pas envie de faire pipi, le fait que c'est dangereux d'errer en pleine tempête de neige, Leo, le fait que

Leo sera inquiet si je disparais sous une congère, gérer, digérer, s'assoupir, se réveiller, le fait que Leo a encore le corps ferme, qu'il est viril et dynamique et a tous ses cheveux, le fait qu'il ressemble à Walter Matthau, le fait que les gens se *bousculeraient* sûrement pour réparer son pneu, le fait que les gens veulent toujours faire sa connaissance, le fait que des types bizarres le suivent dans la rue, le fait que les hommes aussi y ont droit, prédateurs, le fait qu'au début de *Derrière le miroir* Walter Matthau débarque avec une tonne de steaks et commence à préparer des breuvages à base de yaourt, de levain et de mélasse pour ce pauvre James Mason, remontant pour invalide, convalescent, du bon lolo, Gina Lollobrigida, le fait que Walter Matthau est un prof de gym célibataire et qu'il mange du steak tous les *soirs*, alors que la famille de James Mason ne peut sûrement même pas se payer un steak, le fait que Trump aime le steak, le fait qu'on se porterait tous mieux si on en mangeait moins, le fait que la viande rouge rend les gens agressifs, et après ils vont abattre des gens ou appuient sur le bouton rouge ou je ne sais quoi, sans raison aucune, fusillade dans un centre commercial, le fait qu'on devra bientôt mettre des gilets pare-balles à nos enfants tous les matins, juste pour qu'ils s'en sortent vivants, le fait que certains enfants ont des sacs à dos à l'épreuve des balles, le fait que les sacs à dos sont censés améliorer la posture des enfants, mais ça doit dépendre de leur moral, s'ils sont voûtés en permanence, de peur de se prendre une balle, Pepito recroquevillé devant la porte du fond, le fait que James Mason sort de ses gonds à propos du niveau du lait dans la cruche, le fait que tous les hommes ont peut-être besoin d'un comparse comme Walter Matthau pour les envoyer au tapis quand ils deviennent barjots, mais bien sûr c'est injuste de généraliser, le fait que la plupart des hommes sont très gentils, le fait que *Leo* est gentil, le fait que Leo se met toujours en quatre pour tout le monde, ce qui explique que tous ses collègues l'adorent, le fait que je ne m'attends plus à être adorée, le fait que rien qu'un sourire d'un inconnu dans la rue de temps à autre serait le bienvenu, le fait que *Leo* me sourit, le fait que Leo m'aime, le fait que les hommes mariés vivent plus longtemps que les célibataires, mais les femmes mariées vivent *moins* longtemps que les femmes célibataires, et les religieuses vivent plus longtemps que tout le monde, parce qu'elles savent toutes peler une tomate, et secouer les petites filles, le fait que n'est-ce pas drôle que les hommes mariés ne vivent pas *vraiment* plus longtemps que les hommes célibataires, mais qu'on ait cette impression, tomate, patate, mainate, bisulfate, autocrate, le fait que les religieuses n'ont pas de cancer du col de l'utérus, le fait que la maladie de Maman m'a brisée, le fait qu'il y a des avantages liés au mariage, avantages fiscaux, mais je ne sais pas trop lesquels, Bureau de contrôle du budget fédéral, vipère à tête pointue, demi-pointe, extension, abduction, OVNI, Philadelphie, boulettes, sauce soja, mélasse, steak, le fait que je devrais mettre le chauffage, mais il s'agirait de ne pas vider la batterie, attrition, James Mason, Maman, solitaire, le fait que Leo est fils unique, le fait que c'est une étrange expression, « fils unique », prix unique, le fait que je viens de me rappeler que j'ai rêvé qu'on allait tous faire du cheval, et Bobby, le petit copain de Gillian, était avec nous, le fait que, par-dessus un haut mur, on voyait des panthères noires dans la forêt, des petites panthères, le fait que c'étaient des panthères adultes, juste plus petites que la normale, et après ça Bobby voulait à tout prix aller nager dans une mare et il comptait plonger dans la mare depuis une fenêtre du premier étage, Jane Austen à Bath, le fait que j'étais dans la chambre avec lui et que je lui disais qu'il allait se casser une jambe s'il sautait comme ça, mais il se débattait pour atteindre la fenêtre alors je l'attrapais par le pantalon et le ramenais à l'intérieur, le fait qu'il avait de la chance d'avoir un pantalon solide, le fait que plus tard je vérifiais la profondeur de l'eau dans la mare avec la main et ça ne faisait pas plus de soixante centimètres, donc il se serait forcément fait très mal, le fait que Bobby est vraiment adorable, à la fois triste et espiègle, le fait que je pense que Gillian et lui sont encore amis, texte défilant, slogan, toboggan, pâtes au pistou, le fait que les hommes ont plus l'habitude de manger dehors, je crois, que les femmes, le fait que c'est peut-être pour ça qu'ils vivent plus longtemps, ou pas, le fait qu'ils ne vivent pas plus longtemps que les femmes, c'est juste les hommes *mariés* qui vivent un peu plus longtemps que les hommes *célibataires*, New York, Chicago, Philadelphie, ragoût aux tripes, Venise, gnocchi à l'heure de la fermeture, le fait que ce type a insisté pour me raccompagner à ma *pensione* et quand on est arrivés là-bas il a demandé à me revoir, comme si ce qui s'était passé, le fait de me coller contre le mur alors que je me débattais pour me dégager, le fait que ce n'est pas ça un flirt, le fait qu'il aurait dû faire de la *prison*, pas des avances, et moi je n'ai rien fait, le fait que j'ai appelé la police pour un OVNI quand j'avais onze ans mais j'ai laissé ce serveur vénitien s'en tirer, le fait que je ne crois pas avoir même jamais su le nom de ce type, et maintenant j'ai oublié son prénom, Paolo peut-être, ou Beppe, épais, Giuseppe Verdi, gnocchi, cicchetti, un vaporetto sur des eaux turquoise, le fait que j'aurais peut-être dû appeler la police, mais je n'y ai même pas songé sur le moment, le fait que je ne parlais pas italien, d'une part, alors je n'aurais pas pu leur expliquer correctement les choses, le fait qu'ils auraient peut-être pu me trouver un interprète, schlemiel, le fait qu'ils m'auraient probablement reproché d'avoir traîné avec lui une ou deux heures, le fait qu'au début je le trouvais normal, jusqu'à ce qu'il commence à me plaquer contre le mur contre mon gré, le fait que je suis absolument frigorifiée maintenant, le fait que je vais sûrement y laisser quelques orteils, ATTENTION, hommes au volant, le fait que des tas de superbes blondes dans toute cette région de l'Ohio vont avoir faim aujourd'hui parce que je suis coincée ici avec les tartes et les gâteaux dont elles raffolent, le fait que est-ce que vous y avez pensé une seule seconde, le fait que j'aurais dû prendre mon téléphone, le fait que je l'oublie tout le temps, le fait que je ne pense jamais que j'en aurai besoin, le fait que Leo trouve que je devrais toujours l'avoir sur moi, et il a raison, mais je l'ai oublié, et maintenant je n'ai plus qu'à attendre que quelqu'un ait pitié de moi, le fait que dans ce genre-là, un pilote a coincé par mégarde son téléphone dans le volant de son avion, dans le bâti ou je ne sais quoi, et l'avion a piqué de quatre mille pieds, le fait que j'ignore combien de temps ça lui a pris pour reprendre le contrôle, mais son copilote était dans tous ses états et a dû prendre trois mois de congé, moins un, quatre mille pieds, ♫ *T'as de trop grands pieds* ♫, le fait que j'ai les pieds *gelés*, le fait que pourquoi personne ne remarque des feux de détresse qui clignotent, le fait que je ne demande pas grand-chose, juste un peu d'aide parce que je suis en rade ici, et que j'existe, que ça leur plaise ou non, le fait que je suis sûre qu'ils ne veulent pas être grossiers ou méchants, le fait que moi non plus je ne m'arrêterais pas pour un inconnu, même par ce temps, parce que ce n'est pas prudent, le fait que saint Martin s'arrêterait, lui, le fait qu'il a pris les pauvres et les malades dans son *lit*, bon sang, pas comme ce serveur vénitien, le fait que saint Martin a agi par *bonté*, le fait qu'il a dit que la compassion passait avant l'hygiène, mais je ne crois pas que son opinion ait fait des petits, martinets, le fait que je ne prendrais jamais d'autostoppeur, le fait qu'on ne sait jamais quel tour on va vous jouer, le fait que si on ne vous pique pas votre voiture on vous poignarde, et si on ne vous poignarde pas on vous tire une balle dans la tête, bon sang, le fait que personne ne prendra un tel risque avec des enfants dans la voiture, le fait que je ne prendrais jamais un inconnu avec des enfants dans la voiture, le fait que Stacy dit qu'on devrait se débarrasser de la voiture, des deux voitures, mais j'ai besoin d'une voiture à cause des enfants, le fait qu'elle a dit que c'était un mauvais argument parce que ces mêmes enfants vont hériter de l'environnement pourri que je leur laisse en conduisant et en mangeant de la viande et du sucre et le consumérisme et je ne sais trop quoi encore, ma machine à pétrir, je crois, et le congélo, le lave-vaisselle et le sèche-linge, et tout le Teflon et les ordinateurs et le gaz et l'électricité, et le courant alternatif, bien sûr, et n'oublions pas les nanoparticules, et, et l'huile de palme, et les orangs-outans qu'on chasse des forêts pour faire de la place à de plus en plus de palmiers, le fait que grâce à cette dentiste je n'aimerai plus jamais les nanoparticules, les trucs au parfum tropical, je veux dire, le fait que je n'achèterai plus rien au parfum tropical, sauf du punch hawaïen, le fait que je le sens maintenant, le fait que ça a dû s'épancher dans ma *peau*, ou mes membranes nasales, le fait que Stacy dit que notre empreinte carbone est multipliée par six à chaque enfant qu'on a, le fait que j'ai dit que si notre empreinte est si mauvaise on n'a qu'à se laver les pieds, le fait qu'elle déteste mes blagues, le fait que la femme de Paul Henreid déteste ses blagues dans *Une femme cherche son destin*, Fifi, amusée, accusée, amollie, mohel, Elaine, Iris, brocanteur, vélo de fille, les Hamptons, le fait que Stacy dit que produire une livre d'agneau a la même empreinte carbone que survoler un pays en avion, à moins que ce soit un kilo d'agneau, et un aller-retour, je ne sais plus, continents, et elle dit que l'industrie de la mode produit autant de gaz à effet de serre que tous les avions et les bateaux réunis, ou quelque chose comme ça, le fait que pour lui remonter le moral j'ai dit qu'un jour je l'emmènerais à Paris, et elle a dit qu'un aller-retour Paris c'est trois mètres carrés de glace en moins en Arctique, le fait qu'elle a réponse à tout, *Chattanooga Choo-Choo*, le Charleston, Churchill, Winston, Woodrow Wilson, *La* Wilson, le fait que les enfants ont quand même besoin de viande, téléphone portable, le fait que Stonewall Jackson et John Brown étaient originaires d'ici, Ohio, Virginie-Occidentale, trente-cinq mille confédérés, le fait que Stonewall Jackson a appris à un esclave à lire, ce qui était illégal, et il a si bien réussi que l'esclave en question a lu quelque chose sur le Chemin de fer clandestin et est allé au Canada, le fait qu'au moins notre *lave-linge* est écolo, ce qui n'est pas rien, le fait que c'est assez ridicule, je sais, aux yeux de Stacy, le fait que le lave-linge, lui, n'a rien de ridicule, le fait qu'il est même plutôt féroce et réduit nos vêtements en charpie, et on doit en acheter de nouveaux, accroître l'effet de serre, le fait que je crois qu'il a sa propre réserve privée d'amidon, le fait que les serviettes ressortent à l'état de *carton*, et c'est pour ça qu'on a besoin du sèche-linge, le fait que sans notre sèche-linge nos serviettes seraient inutilisables, le fait que quelqu'un a laissé ses guirlandes de Noël allumées là-bas, bon sang, en *février*, le fait qu'ils sont peut-être morts et que personne ne s'en est aperçu, le fait que je vois encore des sapins de Noël abandonnés un peu partout, le fait que les gens les jettent n'importe où, et ils ont toujours l'air tristes, les sapins, pas les gens qui les jettent, le fait que ceux qui les jettent ont l'air soulagés d'être débarrassés de cet arbre qui leur a apporté tant de joie il y a tout juste un ou deux mois, le fait que d'abord on les adore et on les décore et tout le monde tourne autour et on dépose des cadeaux à leur pied, et après c'est juste bon à jeter, sauf que ça ne tient pas dans la poubelle, ♫ *Mele Kalikimaka* ♫, Maman, solitaire, de son propre aveu, le fait que Stacy a une dent contre le sèche-linge aussi, mais on serait perdus sans, le fait que j'en ai eu assez d'utiliser la fonction éco du lave-linge, mais je n'ai pas l'intention de le lui dire, le fait que maintenant j'utilise en général la fonction rapide, le fait que Stace serait folle si elle l'apprenait, une chute de mille deux cents mètres, le fait que le mari de la sœur de Stonewall Jackson l'a quittée parce qu'elle s'occupait des confédérés blessés, Laura Jackson Arnold, le fait qu'elle était pour l'Union et a soigné des soldats nordistes, le fait que Stonewall et elle étaient proches quand ils étaient petits mais elle ne l'a même pas pleuré quand il est mort, Parkersburg, VO, le fait que certaines personnes disent que Stonewall Jackson aurait pu se rallier à la cause noire mais que la guerre de Sécession a polarisé tout le monde, le fait que c'est un peu tiré par les cheveux, le fait qu'il existe une secte chrétienne en Virginie qui kidnappe les enfants blessés par les frappes de drones américains et les raids des Navy SEALS et les réinsère aux États-Unis, missionnaires, *Orgueil et Préjugés*, le fait que Stacy dit aussi « Si tu *conduis* une voiture, tu *votes* pour la voiture », mais je ne vote pas pour la voiture, je m'en sers juste pour trimballer mes enfants, et les tartes, et tout le reste, enfin sauf en ce moment, le fait que, bon, c'est-à-dire qu'il n'y a pas de transports publics, et on ne peut pas marcher tout simplement et se faire prendre en permanence pour un chevreuil par des chasseurs, le fait que je ne vais pas aller au supermarché à vélo, sur l'*autoroute*, bon sang, faire du vélo, de la voile, police montée, recycler, spirale, le fait que « voter pour la voiture » est une idée bien bête, vu que ma voiture repose dans soixante centimètres de neige avec des ours qui hibernent partout dans le coin, le fait que comment peut-on voter pour des voitures, alors qu'elles sont si *laides*, le fait qu'elles étaient plus belles dans les années 30 et 40, et même 50, avec les marche-pieds et les gangsters et les bidons de lait à l'arrière, le fait que j'aimerais qu'on utilise encore des chevaux comme le font les amish, mais alors je m'inquiéterais pour eux, pour les chevaux je veux dire, le fait que je m'inquiète déjà bien assez pour les amish, tout le temps, le fait que je ne suis pas la seule dans l'Ohio, le fait qu'ils ont l'air si vulnérables, à se déplacer en buggies le long de l'auto-route, coincés entre tous les camions, Hungry-Man, Swanson, MANGEZ COMME UN HOMME, rincez et répétez l'opération, le fait que les amish ne maltraitent jamais leurs chevaux, mais tout le monde n'est pas aussi prévenant ou modéré, le fait qu'il faudrait mettre sur pied un sacré programme d'aide aux chevaux avant que les gens renoncent à leur voiture, *Black Beauty*, purin, *Un long hiver*, Almanzo, le fait qu'il faudrait surveiller les gens, les propriétaires de chevaux, bien sûr, mais comment, vu qu'on est déjà incapables d'empêcher des parents d'enchaîner leurs enfants à leur lit et de les laisser mourir de faim, le fait qu'Almanzo adorait ses chevaux et a refusé d'acheter une voiture pendant des années, pacifisme, Fred, Tante Sophia, le fait que je ne vois vraiment pas le problème avec le pacifisme, le fait qu'un général sudiste a fouetté une esclave noire devant une centaine de soldats, jusqu'à ce que ses vêtements tombent en lambeaux, ♫ *Mele Kalikimaka* ♫, kakistocratie, le fait que je me suis réveillée ce matin en entendant cette satanée chan-son et que je l'entends encore en arrière-fond, même quand j'essaie de l'occulter, le fait que je ne sais absolument pas pourquoi elle a surgi dans ma tête si longtemps après Noël, ni pourquoi *aujourd'hui*, franchement, ♫ *c'est ce qu'on souhaite à Noël sur l'île d'Hawaï* ♫, le fait que je pourrais allumer la radio pour la bloquer, mais je ne dois pas user la batterie, Blythe Danner, le fait que je pense à Blythe

Danner, mais *pourquoi*, le fait que c'est un nom qu'on retient facilement, mais bon, le fait que j'ai rêvé d'une femme qui marchait sur l'eau, le fait que je faisais de la pêche sous-marine et que je réussissais à toucher des petits calmars qui nageaient près de la surface, le fait qu'ils étaient d'une belle couleur saumon, le fait qu'ensuite j'ai rêvé que j'étais à une réunion où on était censé apporter deux choses que vous demandait un animal, et j'essayais de me rappeler si Pepito avait jamais demandé quoi que ce soit, comme par exemple quand il n'avait pas aimé une certaine marque de croquettes, mais Pepito a toujours aimé son repas, le fait que j'étais incapable de me rappeler ce qu'il disait et je ne savais pas trop si ça allait poser un problème ou pas, à la réunion, le fait que Pepito mangeait du Alto, Alpes, grotte, Chuck, le fait que la femme à la tête de cette réunion était une Hispanique costaude dans une longue robe noire en dentelle genre toile d'araignée, le fait que des tas de gens prétendent n'avoir aucune imagination mais nous avons tous des visions incontrôlables quand on rêve, éviter une balle, échappée belle, « Yvonne, je t'aime, mais il me paie », le fait que c'est pour ainsi dire dommage de rêver de tout ça puis de tout oublier, ou presque, immédiatement, presque immédiatement, le fait que c'est un peu du gâchis, gâcher de l'énergie mentale, compost, moisissure, purin, le fait que c'est très dur de se rappeler des conversations aussi, le fait que je suis incapable de me rappeler la moindre conversation, même si elle vient d'avoir lieu, le fait que les journalistes y arrivent avec de l'entraînement, le fait que je me rappelle la plupart des choses que dit *Leo*, mais c'est parce que nous, spatules, ♫ *Mele Kalikimaka* ♫, nous on s'aime, le fait que je pourrais peut-être allumer la radio, juste une seconde, éteindre le chauffage un petit moment, oh, Rachmaninov, le fait que cette musique me fait toujours penser à *Brève rencontre*, Trevor Howard, le fait que comment s'appelle-t-elle déjà, l'actrice principale, intérêt et principal, Sheila ou je ne sais quoi, Helen, non, le fait que *Brève rencontre* est un des rares films avec *Julie & Julia* qui parle de gens d'un certain âge qui tombent amoureux, le fait qu'ils ne sont pas si *vieux* que ça, Trevor, Sheila, non, *Celia*, Celia Johnson, chanson, mais ils ne sont pas non plus *jeunes*, le fait qu'ils ont déjà une famille, des enfants, Celia, le fait que je crois que les femmes de cet âge ne sont pas complètement seules au monde, parce que nous nous regardons, le fait que nous nous examinons entre nous, pas par jalousie ou esprit de compétition, par *empathie*, le fait que nous nous regardons avec bienveillance, juste pour nous assurer que nous tenons bon, pour de bon, le fait que je décline rapidement, surtout en ce moment, même si le chauffage fonctionne encore un peu, le fait que je suis comme une des petites pommes toutes ratatinées de Sherwood Anderson qui pendent encore à la branche, oubliée, délaissée, laissée à pourrir, épargnée, parturiente, pneus de vélo, le fait qu'elle s'appelle « Laura » dans le film, et je ne sais plus comment s'appelle Trevor, Mark ou quelque chose, Celia, hydrangea, le fait que ça fait combien de temps que je suis là au bord de la route à espérer qu'un automobiliste aura pitié, le fait qu'ils n'ont *aucune* pitié, sans cœur, comme l'Homme de Fer-Blanc, la sorcière qui fond, le fait que je confonds toujours *Le Magicien d'Oz* avec *La Mélodie du bonheur*, le fait que Trump a nommé un type ambassadeur en Autriche parce que le type en question était fan de *La Mélodie du bonheur*, et Leo a dit « On aurait pu croire que c'était une raison pour ne pas l'embaucher », le fait qu'il vaut mieux ne pas connaître les motivations de Trump, le fait qu'il donne le vertige et la nausée à tout le monde, avec toutes ses décisions, et après il change d'avis, « Un pas en arrière, un pas en avant, un en arrière et un en avant, tout ce temps en avançant », le fait qu'il y a un spectacle avec des Blancs déguisés en Noirs dans *La Petite Maison dans la prairie*, peuplement de l'ouest, le fait que quand Trump a entendu parler de Frederick Douglass pour la première fois il a dit « Embauchez ce type ! », le fait que je me demande quel poste il envisageait pour lui, et Leo a dit que ça devait être ambassadeur en Namibie, le fait que j'ai rêvé un jour d'une famille arabe qui offrait chaque année une nouvelle montre à chacun de ses fils, ou alors j'en ai entendu parler, je ne sais plus, Fred Astaire et Ginger

Rogers, maïs doux, le fait que L. Frank Baum voulait exterminer tous les Indiens et que ça vous dégoûte un peu du *Magicien d'Oz*, mais je crois que ce n'est pas parce qu'on écrit des livres pour enfants que ça signifie forcément qu'on est la plus gentille personne au monde, ♫ *quand on est creux comme un songe* ♫, le fait qu'on se dit qu'un écrivain pour enfants devrait garder pour lui son amour du génocide, ne serait-ce que pour continuer à vendre ses livres, le fait que je ne l'ai jamais aimé de toute façon, le *film* je veux dire, le fait que je n'ai jamais lu le livre, le fait que Leo si, je crois, le fait que le Lion Poltron me faisait peur, mais maintenant c'est le *seul* truc que j'aime bien, et la scène de la tornade, le fait que ça me gênait qu'il ne ressemble pas trop à un lion, le fait qu'il se rebelle, ce lion, Bert Lahr, rébellion, chasse aux lions, chasseur de trophées, le fait que les chasseurs de trophées tuent encore des éléphants, pas pour leurs défenses d'ivoire, juste par plaisir, le fait qu'avant la guerre de Sécession le gouvernement américain a déclaré l'esclavage légal dans les territoires de l'Ouest, le fait qu'ils aient décidé ça, le fait que DuPont n'a pas été inquiété pour avoir pollué les nappes phréatiques et l'Ohio, et là on parle seulement des trois États concernés, le fait qu'ils sont responsables du site de Hanford aussi, dans l'État de Washington, le fait qu'ils aiment vraiment nous pourrir la vie, le fait que les gens ne seront contents que lorsqu'ils auront tout détruit, habitants de la région, le fait qu'il faut que j'aille bientôt chercher Jakey sinon la fille qui s'occupe de son groupe sera furieuse contre moi, le fait que je ne connais même pas son nom, le fait que le personnel change toujours, le fait que je doute que Jakey connaisse tous leurs noms, le fait que ça n'a sûrement pas d'importance parce que vu la situation je ne le reverrai sans doute jamais, le fait que je vais juste mourir de froid ici, le fait que la neige tombe encore plus fort, le fait que la voiture va finir ensevelie sous des congères au bord de la route et que personne ne la remarquera, et on ne retrouvera mon corps qu'au printemps, quand ils viendront ramasser tous les squelettes de sapin, se faire enguirlander, et ça sera soit avant soit après que les ours se seront réveillés et m'auront dévorée, moi ou ce qui en restera, le fait que mon sauvetage sera soit un succès soit un échec, oh là là, mais qu'est-ce que j'ai, le fait que, le fait que je pense qu'il est impossible d'imaginer son propre cadavre, cimetière de Corbit-Swiggert, les portes du paradis, ♫ *le pays où se balancent les palmiers* ♫, le fait que j'aurais vraiment dû prendre mon portable, arbres noirs, collines blanches, chute de quatre mille pieds, détartrage des dents, dentiste stupide, « stioupide », enfants croulant sous le poids de leur cartable à l'épreuve des balles, Pepito, le fait que la responsable du groupe de Jake paraissait un peu perdue quand je l'ai déposé, le fait que est-elle furieuse contre moi parce qu'on était en retard, le fait qu'elle savait bien pourtant qu'on devait aller chez le dentiste, le fait que je lui ai enlevé son manteau, le fait qu'il est censé l'enlever tout seul, mais aujourd'hui il a filé vers le circuit de billes avec tous ses habits d'hiver, les après-ski et tout ça, alors j'ai préféré prendre les devants et maintenant ça me retombe dessus, le fait que j'ai toujours des ennuis là-bas, le fait qu'elle me prend à part pour me parler et les autres mères me regardent bizarrement, le fait que je ne suis pas l'ennemi public numéro un, madame, le fait qu'il y a des types qui maltraitent des chevaux, le fait qu'il y a des types qui maltraitent des filles à Venise, des types qui tuent des lions, des types qui tuent *toute leur famille* avec des fléchettes tranquillisantes puis les disposent tendrement sur leurs lits juste après, chaque enfant serrant son jouet préféré et l'ex-femme tenant une rose rouge, hydrangea, le fait que les hommes aiment menacer leurs ex, le fait que les hommes n'ont pas l'air de supporter la séparation, le fait que je pense que le problème c'est qu'ils ne supportent pas de devoir faire leur propre lessive et la cuisine et le reste, et payer le café, ou la part de tarte aux pommes, tarte au citron, tarte aux airelles, poulet rôti, même si la plupart des hommes sont prêts à payer pour du poulet rôti, le fait que les hommes adorent le poulet rôti, le fait que notre Kentucky Fried Chicken est bondé chaque fois qu'on passe devant, le fait que s'ils servent du poulet rôti, là oui, les types rappliqueront fissa, quatre-vingt-quinze milliards de poules par an, dinde dans une poubelle, repas poubelle, glace poubelle, le type avec un doigt en moins dans *Les Trente-Neuf Marches*, à grande échelle, le fait que le type à la fête des Dallas Cowboys, celui qui a abattu huit personnes, a dit qu'il avait agi ainsi parce qu'il ne voulait pas divorcer, Vierge en pleurs, « m'dame », le fait que ça me fait toujours rire quand les types disent « m'dame », le fait que ça passe si on vit au Texas mais ça fait bizarre à Newcomerstown, ça sonne faux, le fait que le Texas dépense moins par personne pour l'éducation que n'importe quel autre État, le fait que je suis soulagée que ça ne soit pas l'Ohio, réunion parents-profs, le fait que je ne sais plus quand a lieu la prochaine réunion parents-profs, le fait qu'un vieil homme dans l'Illinois a été tué par un grêlon gros comme une balle de base-ball, et des tornades d'hiver ont saccagé, sacrifié, des tas d'habitations partout en Arkansas et dans le Missouri, sacrifice, le fait que le ciel s'assombrit horriblement maintenant, et mes tartes se décomposent, et Teflon et DuPont prospèrent, le fait que, quand on y pense, je pourrais vivre plusieurs mois rien qu'en mangeant ces tartes, même si je ne raffole pas des tartes, le fait que je ne devrais pas me plaindre, le fait qu'au moins je ne suis pas une réfugiée qui traverse des étendues neigeuses et des cours d'eau pour me rendre au Canada afin d'aller faire de la voile, du tennis, et bénéficier de la Sécu, le fait que quand ils atteignent la frontière ils sont accueillis par la police montée avec du thé, pas des mitraillettes, le fait que certains ne sont pas en situation illégale, le fait que ce sont juste des Américains qui fuient Trump, le fait qu'il y a quelques années j'ai cru ne jamais revoir l'hiver à cause du cancer, et regardez-moi maintenant, je meurs de froid dans cette voiture, le fait que tout le monde aux États-Unis maintenant a du C8 dans le sang, tout le monde, même les enfants, et tous les animaux et les papillons et les colibris, le jardin à Old Lyme, le fait qu'il y a même du C8 dans les océans, et dans tous les poissons de la mer, le fait que le C8 survivra à la race humaine, il ne disparaîtra jamais, le fait que quand on sera tous morts le C8 continuera d'exister, tout ça pour qu'on puisse avoir des poêles qui n'attachent pas et porter des vêtements faciles à nettoyer et carcinogènes, des uniformes scolaires pour les enfants, « Vous n'avez donc aucune décence ? », le fait que ont-ils seulement un cœur, le fait que James Baldwin a dit que l'Amérique était immorale depuis le début, tout le système, les plantations de coton, les esclaves, 100 % coton, le fait qu'on a mangé autant d'olives qu'on a pu chez Allard, mais ça se voyait à peine, oh, le fait que je crois que j'ai très faim maintenant, si faim que je pourrais manger un cheval, ou un ours, ou un loup, c'est quoi déjà l'expression, une faim de loup, le fait que je crois que c'était juste pour la déco, les olives, pas les ours, le fait que ça serait pas un ours brun là-bas ou est-ce que cet arbre a grossi tout à coup, le fait que personne ne voit clignoter mes feux de détresse, « Le mari d'Agness Adler ! », le fait que Dorothy Parker s'est fait larguer pour une femme plus jeune, *Dorothy Parker*, le fait que ça dit quelque chose, quelque chose sur les hommes, le fait que ces hommes oublient que les femmes d'un certain âge ont d'autres atouts, certaines sont spirituelles, certaines savent cuisiner, et nous sommes presque toutes disposées à faire la vaisselle tous les soirs, le fait que certaines d'entre nous savent même faire des tartes, un art qui disparaît, même si j'ignore si Dorothy Parker savait en faire, Dorothy Parker en train de faire une tarte, de batailler avec les croisillons, la tarte qui explose, le fait que je ne crois pas, le fait que l'amour que Leo éprouve pour moi existe de toute évidence au mépris de l'ordre naturel, le fait que ne devrait-il pas m'abandonner à l'heure qu'il est pour une femme plus jeune, comme Alec Baldwin a abandonné Meryl Streep, ou jouer davantage au golf juste pour passer moins de temps avec moi, mais au lieu de ça il reste à mes côtés, et m'embrasse et tout ça, le fait qu'il m'aime, le fait que je le crois vraiment, Leo m'aime, et ça me réconforte, le fait que c'est une source de réconfort permanente, même quand je meurs d'hypo—, le fait que c'est quoi déjà, hypo quelque chose, le fait qu'il dit que je lui manque tout le temps, quand on n'est pas ensemble, le fait que son amour existe dans un monde où tout le monde se contrefiche de moi, le fait que je suis brisée, brisée, le fait que quand il est à la maison il vient toujours dans la cuisine pour me parler ou me lire quelque chose, ou regarder des films, ou juste pour me regarder cuisiner, oh pauvre Leo, le fait que je vais lui manquer quand je serai morte de froid, « Vous vous en voudrez quand je ne serai plus là », pauvre Leo, le fait que ça me fait pleurer rien que d'y penser, le fait que je ne dois pas mourir de froid ici, pleurer, le fait que Leo a *besoin* de moi, le fait que ce que je préfère c'est l'heure du coucher, quand on peut enfin se coller l'un contre l'autre, le fait que je vis pour ces moments-là, le fait que c'était drôle quand il m'a demandé si je prenais toute la place dans le lit quand il ne dormait pas là, parce que ce n'est pas le cas, le fait que je me sers de son côté pour entreposer des livres et des oreillers mais que je reste de mon côté, le fait que je ne pense pas une seconde à m'étaler, moi étalée sur notre grand lit, le fait que si je m'étalais il me manquerait encore plus, « Pas de doubles lavabos », et je n'arriverais pas du tout à dormir, le fait qu'il aimerait peut-être s'étaler un peu plus, le fait qu'il est peut-être plus à l'aise dans une chambre d'hôtel, le fait que notre lit est bien trop petit pour quelqu'un de la taille de Leo, le fait que ses pieds dépassent au bout comme ceux de Julia Child, le fait qu'il a froid aux pieds et les réchauffe alors contre moi, ce qui parfois me coupe le souffle, je dois le reconnaître, le fait que ça fait un choc, le fait que je devrais penser à des choses chaudes, pas aux pieds de Leo, nanoparticules, ♫ *Mele Kalikimaka* ♫, le fait qu'il fait chaud en Alaska, je veux dire à Hawaï, le fait que Leo est plutôt dégingandé, le fait que je me demande si Ben sera lui aussi une grande perche, le fait que Jake tient encore sur mes genoux sans problème, Celia, le fait que en quoi ça m'aide à me réchauffer, de penser à Celia Johnson au milieu de tout ça, « Mais tu ne comprends pas ce que j'endure », le fait que mon esprit bat la campagne, le fait que je délire peut-être, le fait que j'aime peler les pommes, le fait qu'elles sont tellement en 3D, les pommes de terre aussi, le fait que Leo raffole de Messiaen, le fait que je suis moins fan que lui, je dois dire, mais j'essaie, le fait que je préfère regarder *Drôle de couple*, surtout quand je cuisine, le fait que c'est les dialogues qui comptent, le fait que Walter Matthau joue toujours les gentils, sauf dans *Point limite* où il joue le méchant qui veut un holocauste nucléaire, le fait que *La Garçonnière* est idéal pour cuisiner, mais il n'y a pas Matthau, juste Jack Lemmon, le fait qu'ils ont vraiment donné des rôles gênants à Shirley MacLaine quand elle a vieilli, le fait que Fran Kubelik est probablement son meilleur rôle, le fait que je déteste *Bienvenue Mister Chance*, le fait que je n'ai vraiment pas de chance, le fait que Leo l'aime bien, *Bienvenue Mister Chance*, lui, et j'ignore pourquoi, le fait que Shelley Winters joue toujours les traînées, juste parce qu'elle est un peu ronde et « mûre », le fait qu'on se les gèle même dans la voiture, le fait que je vais remettre un moment le chauffage, sinon je vais devoir me frotter les pieds avec de la neige comme Almanzo, pour faire de nouveau circuler le sang, le fait que j'espère que je ne vais pas en arriver là, le fait que je ne veux pas d'engelures, ongles incarnés, problèmes aux pieds, le fait qu'on n'a pas les moyens, le fait qu'on passe sa vie entière à redouter la gangrène mais la plupart des gens n'ont jamais la gangrène, pareil pour le tétanos, le fait que qui n'a pas eu peur d'avoir le tétanos et qui en fait l'a jamais eu, le fait que le tétanos semble un peu démodé aujourd'hui, comme la goutte, la gourme, gourmet, travail en cuisine, *Les Trente-Neuf Marches*, le fait que Messiaen a été prisonnier de guerre, et qu'il a écrit « Quatuor pour la fin du temps », le fait que le gardien de prison l'a aidé à trouver des instruments et l'a même aidé à s'enfuir, mais des années plus tard Messiaen a refusé de le revoir, le fait qu'il lui en voulait peut-être, du fait du nazisme, le fait qu'on doit vite se mettre en colère dans un camp de prisonniers, Stalag, stalactite, le fait que je suis g-g-g-gelée, le fait que je dois, ahhh, ahhhhh, ahhhh, ouf, ça y est, ça chauffe, le fait que ça va déjà mieux, même si la vitre est tellement embuée que je ne vois rien de ce qui se passe dehors, le fait que ce type a toute une tripotée d'enfants dans sa voiture, donc bien sûr il ne m'aidera pas, le fait que de plus en plus d'hommes se mêlent d'éducation ces temps-ci, le fait que Leo s'en est toujours occupé, le fait qu'il peut lancer en l'air un petit enfant pendant des heures, et lui faire traverser la route, le fait qu'on s'en fiche qu'il ait mis à Jake son body à l'envers un jour, avec sa tête qui ressortait de l'autre côté, la tête de Jake, pas celle de Leo, fusillade dans un cinéma, le fait qu'on n'est plus tranquilles dans les lieux publics désormais, au cas où il y aurait un tireur, et ça ne paraît pas juste, le fait que la moitié des fusillades commencent par des incidents domestiques, la moitié, étrange, le fait qu'avec des enfants à la maison on se retrouve souvent avec des tas de bananes trop mûres, et c'est pratique pour le cake à la banane, massif de lierre, pêches à la crème, Maman, perdre Maman, boutons d'or, ♫ *On m'appelle Bouton d'or, joli Bouton d'or* ♫, maïs, chevilles enflées, engelures, rouge à lèvres, le fait que ce sont vraiment les microbes qui dirigent le monde, et ils s'adapteront si jamais on fait tout sauter, je suppose, épreuve, preuve par neuf, le fait que, punaise, j'espère que ce que j'endure ne se répète pas sur soixante millions d'autres planètes, la Voie lactée, le fait que je n'arrive pas à me sortir « Mele Kalikimaka » de la tête, ♫ *Mele Kalikimaka, c'est ainsi qu'on salue à Hawaï* ♫,

*

Elle l'avait vu dans la forêt. Il se déplaçait avec grâce et élégance entre les arbres. Il ne l'avait pas vue – elle prenait soin de rester discrète. Mais elle espérait qu'il viendrait si jamais elle l'appelait.

Il sentit ses fèces, remarqua ses griffures sur l'écorce. Il s'approcha un soir sans un bruit, jusqu'à ce qu'elle entende sa respiration. Il se frotta contre elle, en ronronnant. Elle siffla, méfiante, peu habituée aux contacts sauf quand il s'agissait d'une proie ou d'un prédateur. Lui aussi touchait rarement un des siens sauf pour se battre. Il s'écarta mais continua de marcher près d'elle, à une vingtaine de pas, au cours des nuits suivantes. Bientôt, il dormit juste hors de portée de ses griffes. Elle sentait son souffle et la chaleur de son corps.

Ils chassaient ensemble, côte à côte. Il n'y avait pas de dispute concernant la viande, car il la laissait toujours manger en premier. Pendant qu'elle s'attaquait aux meilleurs morceaux, le foie, le cœur, lui se contentait de ronronner encore plus fort.

Un jour, il se frotta contre elle et lui lécha les cuisses. Au lieu de cracher ou de donner un coup, elle se laissa tomber et ne bougea plus. Il continua à lécher, jusqu'à ce qu'elle ferme les yeux de ravissement.

Quand il la serra par-derrière, elle se retourna, surprise, mais réprima l'envie de grogner. Elle se cala sous lui, supportant son poids à mesure qu'il la montait. Elle poussa bientôt des hurlements d'extase, emplissant la forêt de ses appels. À sa demande, il s'accrocha à elle jusqu'à ce qu'elle ne soit que rut, et tous les points de contact entre eux la firent jouir – ses grondements, ses mouvements.

Ils restèrent emmêlés toute la journée. Pas comme des coyotes. Les coyotes baisent sur des flancs rocheux à la hâte, ils baisent dès qu'ils se croisent, debout. Comme s'il n'existait aucun endroit pour eux où s'allonger. Mais les fauves possèdent la terre, et peuvent s'y coucher s'ils le désirent.

Il ne la quitta pas pendant des jours. C'était le compagnon le plus assidu qu'eût connu la femelle couguar depuis l'enfance. L'année précédente, elle s'était accouplée avec un jeune couguar qui était nerveux, facilement distrait, maladroit et lent à l'amour. La rencontre avait été empruntée, douloureuse et vaine. Mais elle s'habitua au contact de ce nouvel amant, et sentit qu'elle aimait se frotter et ronronner et donner de la tête contre son flanc, en murmurant.

Mais alors même que sa présence devenait familière, exempte de toute menace, et sans contrainte, la résistance réapparut. L'envie d'être seule la reprit. Les attentions qu'il lui prodiguait l'écœuraient et l'étouffaient. Sa possessivité, sa proximité, son odeur même, tout cela lui répugnait désormais. Elle dormait, et il restait allongé près d'elle. Elle se réveillait, et il était là. Ses ronronnements lui donnaient chaud, alors qu'elle voulait être fraîche, seule, libre de vagabonder. Se tapir et bondir, bondir et se tapir.

Sa vie solitaire lui manquait, elle voulait la retrouver, gronder et donner des coups de griffe. Il montra les crocs et siffla, surpris. Elle s'en alla furtivement. Trois petits conçus, et la passion tarie.

*

poffertjes et sirop d'érable, le fait que je *savais* que Stacy ne voudrait pas de bacon, le fait qu'elle n'a pas besoin de le dire de cette façon, le fait qu'elle prendra des *poffertjes* en revanche, je le sais, le fait que personne ne peut résister aux poffertjes, le fait que je ne peux pas en faire assez vite pour satisfaire la demande, le fait que c'est amusant, notre gâterie du dimanche, le fait que c'est chouette quand ils se rassemblent tous comme des phoques qui attendent qu'on leur lance un poisson, le fait que Jake ne dit pas poffertjes mais *profiteux*, sirop, le fait que ça vous donne un sacré sentiment de puissance, préparer des dizaines de poffertjes, tenir toute une famille en haleine, baleine, déballer, débat, le fait que je ne peux en faire que quinze à la fois, et ils disparaissent très vite dans cette famille, Leo aussi, le fait que je pourrais acheter un poêlon plus grand, un dix-neuf, la taille au-dessus, gâteau pour **19** ans, mais c'est *Maman* qui a acheté cette poêle à poffertjes, profiter, plus de jus d'orange, le fait que j'aime me dire qu'on est sûrement la seule famille à des kilomètres à la ronde à manger des poffertjes au petit déjeuner, le fait que je me demande bien ce qu'attend le reste de l'Ohio, sauf qu'ils ont tellement peur de tout ce qui est étranger, le fait que je suis sûre qu'ils aimeraient ça s'ils en goûtaient, le fait que toute la Hollande aime ça, le fait que je devrais peut-être faire savoir que les profiteux sont « Ssssuper bons ! », je veux dire les poffertjes, le fait que je devrais peut-être faire des poffertjes pour tous nos voisins, le fait que si je n'étais pas aussi *timide* je serais sûrement élue Mère de l'Année, le fait que je recueillerais des animaux, organiserais des cocktail parties, des dîners entre amis, des pique-niques, des barbecues, tout ça, avec paniers garnis et nappes à carreaux et barbecue portable et plein de poulet rôti et de salade de pommes de terre, un orchestre, des fêtes d'Halloween, des fêtes pour former des couples, des fêtes avant la naissance d'un bébé, je conduirais tous les enfants des autres à l'école, j'aurais un stand au marché de la ferme, ferais du porte-à-porte pour vendre des œufs, ferais des tartes et des poffertjes pour tout le monde, pas d'intermédiaires, empêcherais les suicidaires de se jeter dans le vide, rattraperais les petits enfants qui s'aventurent sur une route passante, le fait que je serais prête à faire n'importe quoi pour les gens, n'importe quoi, même passer du temps avec eux, si seulement ils arrêtaient de me faire de la peine, ♫ *De pony bein' berry shy* ♫, davantage de poffertjes, toujours plus, le fait que tout le monde en veut plus, « De grâce, messire », d'accord, d'accord, on se calme, sirop, aïe, mal, maux, « rencontres inoffensives », le fait que même avec Cathy je me demande toujours ce qu'on va pouvoir se dire, chaque fois qu'on se voit, ou même si elle voudra me parler, et je suis si timide que parfois je n'ai pas envie de la voir, juste au cas où elle se montrerait distante, sans raison aucune, même si ça n'a rien à voir avec moi, ce qui est assez triste, vu que c'est ma meilleure amie dans tout l'Ohio, « ma meilleure amie dans le quartier », Hannay, et la seule personne qui semble m'apprécier ici, en plus de *Leo* je veux dire, et bien sûr Jésus, qui m'a sauvée, Jésus López Pérez, le fait que même si Cathy n'a jamais été hostile j'ai toujours peur de débarquer au mauvais moment, ou de dire ce qu'il ne faut pas, le fait que je n'ai aucune envie d'être la fille importune, qui déboule dans le magasin avec ses enfants et ses glacières, le fait que je me demande à chaque fois si je ne reste pas trop longtemps, abuser de l'hospitalité, le fait que les invités sont comme des poissons, on les a dans le nez au bout de trois jours, le fait que j'ai peur de la déranger d'une façon ou d'une autre, tout ça parce que moi je serais dérangée, par exemple si elle était mal à l'aise, ou paraissait indifférente, ou je ne sais quoi, même si c'était juste parce qu'elle doit s'éloigner pour servir un client ou répondre au téléphone, le fait que je peux me sentir tellement mal que ça gâche tout, le fait que ces réticences me donnent presque envie de ne pas la voir du tout, le fait que ça me fait carrément fuir, Nachbar, et je sais que je suis stupide, davantage de profiteux, d'accord, les gars, le fait que non mais regardez un peu cette lumière qui perce, le fait que les arbres semblent me faire des clins d'œil, tapis de sol, papier peint imitation briques, le fait que c'est dur de ne pas croire que tout va bien dans le monde quand on voit scintiller la lumière du soleil à travers les feuilles, mais il est possible que ça ne soit pas le cas, bien sûr, le fait que les choses pourraient mal tourner et le soleil continuer de briller, comme le lever de soleil rose et bleu le matin où Papa est mort, le fait qu'il est agréable d'être chez soi, bien au chaud, après une escapade sous la neige, en sécurité avec mes enfants autour de moi, le fait que j'ai rêvé que j'étais ado et vivais avec une famille loin de chez moi, et j'étais censée aller à l'école, mais je n'arrivais pas à me rappeler le nom de l'école ni où elle était, et donc j'étais toujours perdue, le fait qu'on se demande parfois comment font les enfants pour accepter l'idée de l'école, le fait que certains profs essaient de rendre les choses agréables, je sais, le fait qu'il y avait alors une inondation et que tout le monde sortait son kayak pour se balader, le fait que j'ôtais mes chaussures parce que ça semblait plus facile d'escalader la colline boueuse pieds nus, davantage de poffertjes, vite, beurre, sirop d'érable, placard à balais d'Abby, le fait que je pense souvent à Chuck ce matin, je ne sais pas pourquoi, le fait que j'ai repensé à la fois où on avait visité New Haven à vélo pour son dernier jour, en essayant de trouver un bon endroit pour perdre notre virginité, le fait qu'il partait vivre à Washington et on savait qu'on ne se reverrait pas avant des mois, le fait que c'était fini quand on s'est revus, malgré les lettres, ma boîte à chaussures pleine de lettres d'amour, mine d'or, le fait que maintenant je commence à me demander pourquoi on a attendu si longtemps, pour le faire, je veux dire, le fait qu'on ne voulait peut-être pas vraiment le faire, mais qu'on se disait qu'on devait le faire, pour prouver qu'on s'aimait, le fait qu'on était horriblement jeunes, le fait qu'on est allés dans l'ancien asile, envahi par la végétation et désert, le fait qu'on ne pouvait pas s'empêcher de se demander s'il n'y avait pas encore quelques vieux déments dans les buissons, mais bon, on n'allait pas pouvoir trouver plus intime, le fait qu'il ne le montrait pas mais je parie que Chuck avait un peu peur lui aussi, trop peur pour, bon, le fait que j'ai baissé mon jean et me suis allongée sur un tapis d'aiguilles de pin, et il m'a regardée en souriant, mais il ne s'est rien passé, le fait que je ne savais pas trop moi-même ce qui était censé se passer, le fait qu'on était vraiment jeunes, mais on s'aimait, le fait que quand on s'est revus, quand il est revenu de Washington pour une semaine, il ne m'aimait plus, le fait que j'étais sans doute un fardeau pour lui, le fait que j'étais toujours désespérée par notre séparation et qu'il devait toujours me consoler, et il a dû en avoir assez, « aimer plus longtemps », le fait que c'est ce que dit Anne Elliot, que les femmes aiment plus longtemps, quand tout espoir a disparu, le fait que j'étais perdue sans lui, et Maman était malade, le fait qu'à ce jour encore je ne suis pas fan de Washington, vol 93, même si on aime bien leur vidéo sur les aigles, aiglepointorg, le fait que Gillian a suivi avec moi l'évolution des bébés cette année, le fait qu'ils vivent tout là-haut dans les cimes pendant que les politiciens se rassemblent en bas, profits, davantage de poffertjes, le fait qu'il s'est écoulé plusieurs années avant que je perde ma virginité, Pepito à la communauté, le fait que j'ai essayé d'aimer Frank mais ce n'était pas un amour dans lequel s'épanouir, « Du nerf », William Hurt, flirt, faon, peau de daim, Davy Crockett, Daniel Boone, casquettes en peau de castor, le fait que Cathy confondait Daniel Boone et Davy Crockett, Betty Crocker, le fait que je l'ai reprise, Alamo, timbre à 5 ¢, timbre à 6 ¢, le fait que William Hurt se sent très mal au début, *Voyageur malgré lui*, avant que Geena Davis lui remonte le moral, « Muriel *Pritchett* », le fait que ça se passe à Baltimore, et Geena Davis travaille dans un chenil, le fait que dans la vraie vie Geena Davis a le même QI que George Washington, le fait que comment peut-on connaître le QI de

George Washington, le fait que William Hurt et Kathleen Turner ont perdu leur fils un an plus tôt, le fait qu'il a été abattu par un « braqueur » à l'âge de douze ans, Ben, et donc Kathleen Turner quitte William Hurt et il se retrouve tout seul, George Washington, à errer dans cette grande maison avec un corgi pour seul compagnon, le fait que ce chien était au départ le chien de son fils, le fait que le chien va mal lui aussi, et il s'appelle Edward, comme ma souris, Edward, le fait qu'il y a peu de chiens et de chats qui s'appellent Walter, *Nuits blanches à Seattle*, le fait que William Hurt veut qu'Edward descende à la cave mais Edward refuse, le fait qu'un jour Edward aboie en haut des marches qui mènent à la cave pendant que William Hurt est en bas en train de faire la lessive, et il encourage Edward à le suivre et Edward est sur le point de descendre quand soudain le lave-linge fait un terrible boucan et Edward s'élance dans le vide, atterrit pile sur William Hurt, qui tombe en arrière et glisse sur le panier de linge à roulettes et se casse une jambe, le fait qu'on ne peut pas s'empêcher de rire, même si William Hurt a mal et tout, davantage de poffertjes, le fait que je me raconte parfois des intrigues de films quand je fais la cuisine ou que je n'arrive pas à dormir, le fait que je les mélange parfois, avec Bette Davis qui s'éprend de Trevor Howard au lieu de Celia Johnson, le fait que je n'aime que les premières scènes de *Voyageur malgré lui*, quand William Hurt est triste à cause de son fils et de sa femme et du chien, le fait qu'Edward a eu trois petits, ma souris Edward, pas Edward le corgi, le fait qu'après s'être cassé la jambe William Hurt doit aller vivre un temps avec Edward chez sa sœur et ses deux frères, dans une autre belle demeure de Baltimore, le fait que j'aime bien ces vieilles maisons de Baltimore, le fait qu'Anne Tyler vit sûrement dans une maison de ce genre, soleil scintillant, sirop, le fait que dans la maison de William Hurt il y a un toboggan pour le linge, et si vous voulez mon avis toutes les maisons devraient en avoir un, le fait que je crois que William Hurt a frappé sa petite amie, dans la vraie vie, mais j'essaie de ne pas y penser, le fait qu'il est bon dans *Broadcast News*, mais il fait de la peine à Holly

Hunter quand il lui demande de ne pas venir chez lui après le Dîner des Correspondants, juste quand elle a compris qu'elle était amoureuse de lui, ce qui n'est pas tout à fait vrai, le fait qu'elle est juste énormément tentée, Un Étudiant De Milwaukee Frappe Son Professeur, le fait que l'extrémité des aubergines ressemble au nez trapu des orques, le fait que les Françaises en font vingt-cinq fois plus que les hommes pour ce qui est du ménage, et les Canadiennes cinq fois plus, le fait que j'ignore la quantité de ménage qu'abattent les Américaines, le fait que Hillary Clinton dit qu'elle s'occupe de toute la partie *affective* à la maison, le fait qu'elle a dit que ça voulait dire organiser toutes leurs soirées et réunions familiales et ce genre de chose, le fait que je suis vraiment nulle, le fait que comment fait Hillary pour organiser toutes ces soirées alors que je n'arrive même pas à m'occuper d'une petite fête, retourner, détourner, mais élever quatre enfants cinglés me suffit largement comme tâche affective, Bill Clinton matant Melania à l'inauguration, le fait que je suppose que les gens trouvent Melania très séduisante, le fait que je trouve qu'elle a toujours l'air de plisser les yeux, mais je suppose que c'est ça que les hommes aiment, à Washington, Chuck, le fait que j'aime bien la façon dont parle Holly Hunter, le fait que ça serait chouette si elle apparaissait soudain dans *Voyageur malgré lui* et disait à Geena Davis à quel point William Hurt peut être méchant, le fait que William Hurt et elle s'entendaient bien, professionnellement, quand ils travaillaient ensemble aux infos, mais ils n'arrivent jamais à s'entendre en privé, le fait que je pense que Geena aurait sûrement été très intéressée de savoir comment il traitait Holly Hunter, parce qu'il a fait de la peine à Geena aussi, en retournant un temps avec Kathleen Turner, le fait qu'il se détache tout le temps, ce type, comme Chuck, le fait que Baltimore n'est pas très loin de Washington, donc elle pourrait y arriver, Holly Hunter je veux dire, le fait qu'elle pourrait aller voir Chuck aussi pendant qu'elle y est, le fait que Hurt est très indécis, Hunter, enterrer, terrier, chasseur, le fait qu'un chasseur près de Baltimore a tué une oie et qu'elle est tombée sur son partenaire de chasse et l'a assommé, chasseur chassé, Davina Beebee, le fait que Daniel Boone a tué une panthère, et pas mal d'ours aussi, je crois, et quelques Indiens, et en échange il a eu droit à un timbre à 6 ¢, Wounded Knee, asile envahi par la végétation, camisole, Cy Young, capitale des armes à feu, beurre, mozzarella, oranges, pâte à modeler, cartouche d'encre, Chuck, température de transition fragile-ductile, le fait que les femmes pauvres ont deux fois plus de risques d'être violées, ce qui n'est pas une pensée agréable, et les femmes de ménage dans les hôtels aussi, le fait qu'elles sont toujours harcelées par les clients, le fait que c'est imprudent d'envoyer une femme dans la chambre de ces gens, le fait qu'elles devraient toujours être deux, le fait qu'un type vient d'abattre quatre personnes à Cleveland, des jeunes mariés avec des enfants, le fait que le type était furieux parce qu'il avait été éconduit par une des femmes qu'il a tuées, le fait qu'un de ses amis a dit qu'il ne s'intéressait qu'aux armes « et rien qu'aux armes et tirer et boire de la bière », se mettre à couvert, ouvrir et fermer, un peu, le fait qu'il portait un gilet pare-balles mais sans les panneaux balistiques, davantage de profiteux, le fait que le type de Cleveland, celui qui a détenu des jeunes femmes pendant dix ans dans sa cave, veut maintenant exercer un droit de visite, pour voir les enfants qu'il a eus d'elles, les enfants qu'il n'a pas tués, plus précisément, parce que sa politique était de provoquer des fausses couches en frappant ses prisonnières chaque fois qu'il les mettait enceintes, le fait qu'il n'y a pas pire comme père, perpétrateur, le fait que la seule excuse à son comportement c'était « J'aime le sexe », Nina Turner, Rice Pops, oignons émincés, spaghettini, oranges sanguines, le fait que l'essence d'orange permet de décoller les étiquettes, orthodontiste, le fait que Nina Turner s'est battue pour que les hommes n'aient pas le droit de voir les enfants qu'ils ont eus d'un viol, le fait qu'on a du mal à croire qu'il faille un avocat pour régler ce genre de problème, le fait qu'un mélange d'ananas et de sel fait partir le vernis, non, le vert-de-gris, le fait que personne ne veut ôter le vernis, le fait que les femmes dans les opéras se suicident parfois, plutôt que de se faire assassiner,

Othello, le fait que dès que le ténor donne des signes de jalousie, on sait que la soprano est condamnée, William Hurt, Holly Hunter, balistique, le fait que Jack Lemmon et Shirley MacLaine sont tous deux déprimés dans *La Garçonnière*, profiteux, le fait qu'on voit rarement des gens déprimés dans les films, le fait que Celia Machinchose est déprimée au début de *Brève rencontre*, parce qu'elle a dû dire adieu à Trevor Howard, Chuck, le fait qu'ils ne se sont connus que quelques semaines au final, et des poussières, « J'ai une poussière dans l'œil », le fait que Shirley MacLaine a plus de quatre-vingts ans maintenant, le fait que Daniel Day-Lewis sait bien jouer les dépressifs, le fait qu'il a toujours l'air déprimé pour une raison ou une autre, D-d-d-daniel D-d-d-day-Lewis, le fait que Cathy dit qu'elle n'a pas de temps à perdre avec les gens dépressifs, le fait qu'elle pense qu'ils devraient juste se ressaisir, le fait qu'il est allé en Italie travailler comme savetier pendant un temps, Daniel Day-Lewis, le fait que j'ignorais qu'il y avait encore des savetiers, le fait que ça ressemble un peu à un conte de fées, « Puis il partit en Italie et devint savetier », le fait que je parie que des lutins venaient la nuit faire toutes les chaussures pour lui, et eurent beaucoup d'enfants, le fait que c'est difficile d'imaginer Daniel Day-Lewis en savetier, fée, fée des neiges, caracoler, sauter, le fait que le papa d'Almanzo mettait de côté une peau de veau chaque été, afin que le savetier puisse faire des chaussures pour sa famille, le fait qu'il a passé deux semaines à leur faire tous leurs souliers, le fait que c'est une grande famille, le fait que je ne voudrais pas qu'un savetier vienne vivre ici pendant quinze jours, le fait que vous faites quoi quand vos souliers sont usés avant la visite du savetier, le fait que les chaussures d'« usine » étaient sûrement trop chères, le fait que le savetier racontait de chouettes histoires, le fait que c'était un type très distrayant, sans doute plus que Daniel Day-Lewis, si Daniel Day-Lewis venait une fois par an pour faire vos chaussures, D-d-d-daniel D-d-d-day, labeur, cafétorium, une manu-pédi, le fait qu'un cafétorium est une cafétéria *plus* un auditorium, vomitorium, et qu'il existe des frigos juste pour la bière, le fait que des tas d'hommes semblent en vouloir un, le fait qu'il faut être vraiment riche pour vouloir un frigo à bières, Bud, Bud Light, le fait que les gens qui aiment la bière s'énervent quand il y a trop de choses dans le frigo, et veulent leur propre frigo, le fait qu'autrefois les gens ouvraient leurs bières avec un ouvre-boîte, loterie, le fait que Jésus m'a sauvée, le fait que Junipero Serra vient d'être canonisé, le fait qu'il faisait travailler des esclaves en Californie, et dirigeait un établissement vinicole, néophytes, le fait que Serra a converti beaucoup d'Indiens et qu'il les faisait travailler sans les payer dans sa mission, le fait qu'ils devaient sûrement s'occuper de son vin aussi, servitude forcée des Indiens, « Jésus a creusé les fosses d'Auschwitz », le fait que je devrais penser aux vaguelettes de ce petit lac du Michigan, eau claire, clapotis, un canoë ou deux, le fait que les fleurs bleues qui poussent sur le mur de notre garage sont courageuses, la seule chose de couleur ici, le fait qu'elles sont bleues comme la neige au crépuscule, le fait qu'elles sont condamnées mais poussent quand même, angiospermes, le fait que toutes les plantes violettes contiennent des antioxydants, le fait que le terme anthocyanoside est inquiétant mais que ce sont juste les pigments qui font que les fleurs sont rouges, bleues et violettes, violettes, myrtilles, riz noir, aubergines, olives mûres, gueule-de-loup, profiteux, pantalon de yoga, le fait que c'est ça qui fait virer les feuilles au rouge en automne, l'anthocyanoside, pas les pantalons de yoga, le fait que je me sens comme un cuisinier à la chaîne ici, esclave, mais c'était mon idée, le fait que je leur ai demandé s'il restait du bacon pour moi et ils ont tous eu un air penaud, le fait que c'était drôle, le fait que Stacy était la plus gênée, parce qu'elle venait de prendre le dernier morceau, le fait que je suis contente qu'elle prenne un peu de protéines, le fait que mes enfants n'aiment pas *Un enfant de la terre*, mais moi si, le passage où ils découpent la glace, Almanzo, Alamo, maïs indien, maïs soufflé, le fait que, bon sang, les Wilder savaient s'occuper d'une ferme, dans la Vallée de l'Hudson, le fait que tout semble marcher parfaitement et tout le monde dans la famille s'agite, toute la journée, assez dingue, le fait que la maman d'Almanzo bosse autant que son père, elle fait du beurre et teint la laine et carde et tisse et coud des costumes trois pièces pour tous les hommes de la famille, le fait que son beurre est le meilleur beurre de l'État aussi, le fait qu'elle en vend pour 250 $ et que tout part à New York, le fait qu'ils n'ont jamais un seul moment d'oisiveté dans cette famille, entre tout le travail qu'ils doivent abattre et toute la nourriture qu'ils doivent manger, le fait qu'il y a du jambon et des œufs et des pancakes et des muffins et des cookies et des conserves, rien que pour le petit déjeuner, le fait que leur cellier est bien rempli pour l'hiver avec des milliers de carottes et d'oignons, le fait qu'ils ne risquent pas de mourir de faim, pas comme les Wilder, qui vivotent, même quand ça va bien, le fait que même la citrouille géante d'Almanzo est bien nourrie, le fait qu'il lui donne du lait, pour qu'elle remporte le concours à la foire de Malone, le fait que personne n'a le droit de s'agiter le dimanche, le fait que c'est rude, surtout pour un gosse de la campagne, le fait que je crois que Laura enviait à Almanzo son enfance bien nourrie et prospère, le fait que William Hurt a un lien de parenté avec Gloria Vanderbilt ou une aristo dans ce genre, Chuck, ma boîte à chaussures pleines de lettres au grenier, Malone, Molly Malone, le fait que la Foire annuelle de Malone organise des courses de porcelets, courses de porcelet, Porcinet, marcassins, cent milliards de poules, mère poule, « Du nerf », le fait qu'après Chuck je croyais encore au couple, mais après Frank nettement moins, le fait que Leo m'a guérie, le fait que Leo me fait du bien en toutes choses, Paris, colibris, baguettes, symbiose, osmose, garage à deux places, le fait qu'il faut du cran pour aimer quelqu'un et j'ai juste perdu mon cran pendant un temps, panthères, bubble tea, le fait que Stacy aimait bien ça quand elle était plus jeune, le bubble tea, pas les panthères, le fait qu'on est allés dans cet endroit à New Haven, le fait que le bubble tea n'est apparu que dans les années 90, le fait qu'au début elle n'appréciait pas Leo, bœuf bourguignon, bouffe, le fait qu'elle s'assoyait sur mes genoux et essayait de monopoliser la conversation, bellotte, le fait que je m'y suis sûrement mal prise, trop timide, et trop amoureuse, le fait que ma timidité est une autre raison pour ne pas avoir d'enfants, parce que les enfants en héritent, boue, gadoue, marcher sur la pointe des pieds dans les flaques boueuses en allant à l'école le premier jour du printemps, *Les Oiseaux*, le fait que je tiens ma timidité de Maman, qui la tenait sans doute de sa mère à elle, sauf qu'Abby n'était pas timide, je ne crois pas, et elles avaient la même mère, alors peut-être que la timidité ne se transmet pas forcément, le fait que Barry est timide, lui, le fait qu'Abby aimait vraiment les gens, le fait qu'elle avait un million d'amis, tout comme Ethan et Phoebe, le fait qu'ils sont peut-être *un peu* timides, mais rien de maladif comme dans mon cas, le fait qu'on dit maintenant que la timidité a ses avantages, mais je me demande bien lesquels, le fait qu'il y a des conférences TED pour dire que la timidité c'est génial, mais j'ai oublié pourquoi, le fait que je ne sais même pas pourquoi il y a des conférences TED, le fait que Papa détestait que je sois timide, et essayait toujours de me décoincer, m'obligeait à me faire des amis, m'enjoignait toujours de parler davantage en classe et tout, mais ça ne marchait pas, c'est comme ces chaussures moches qu'il m'a achetées un jour, et l'imper que je n'ai jamais porté, corgi en haut des marches menant à la cave, le fait que ce que je pense c'est que tous ceux qui parlent de timidité à des conférences TED ne doivent pas être si timides que ça, pas comme moi, parce que si je devais participer à une conférence TED je tomberais raide morte, cadavre, cercueil fait maison, fauteuil, rêve de chien, Elle Proteste Contre Le Barrage Et Meurt, amour, amourette, peste, zut, mais, si on y pense, j'ai pris pas mal de fois la parole à Peolia, mais ça ne me plaisait pas, le fait que je ne m'en sortais pas, le fait que je ne crois pas que je pourrais le faire maintenant, le fait que je crois que ma timidité empire, le fait que je crois que l'enseignement m'a donné du TSPT, ou alors la timidité empire avec l'âge, au lieu de s'estomper comme par magie, comme l'a toujours espéré Papa, le fait que je crois qu'il trouvait que je n'y mettais pas assez du mien, mais c'est faux, le fait que j'ai vraiment dû le décevoir, mais je me rappelle avoir été assise un jour sur ses genoux et m'être sentie vraiment heureuse, épanouie, « Du nerf », le fait que j'ai accepté ce poste à Peolia uniquement parce qu'on avait besoin de l'argent, le fait que j'ai cru pouvoir me débrouiller parce que Maman et Papa enseignaient tous les deux, et Phoebe et Ethan enseignent eux aussi, le fait que je crois que Maman trouvait ça dur d'enseigner elle aussi, parce qu'elle était timide, le fait que j'ai détesté tous les séminaires que j'ai dû diriger, le fait que je ne crois pas avoir jamais été excitée à l'idée d'en diriger un, même si parfois ça ne se passait pas trop mal, une fois que c'était commencé, mais bien sûr on ne savait jamais comment ça allait se passer, et je m'épuisais à les préparer au cas où les étudiants ne me diraient rien, le fait que ce garçon sympa m'a vraiment déridée un jour, le fait qu'il parlait de quelque chose comme de l'Achat de la Louisiane, un truc qu'il avait appris sur le Net, une piste qu'il avait suivie, un truc qu'on n'imagine pas pouvoir faire rire, mais il a réussi à rendre la chose drôle, et toute la classe a ri, pas seulement moi, le fait que j'avais les larmes aux yeux à force de rire, ce qui est gênant, larmes, bubble tea, bombe à eau, croquettes de semoule, le fait que ça leur plaît d'enseigner, Ethan et Phoebe je veux dire, pas les croquettes de semoule, mais moi pas, le fait qu'ils le font bien, comme Leo, et pas moi, myrtilles, mûres, airelles, cardamome, basilic, aneth, myrrhe, Rosencrantz et Guildenstern, le fait que ça fait des années que je n'ai pas pensé à cet étudiant, les arbres à Peolia, les racines qui s'étendent comme des artères, poignet cassé, le fait que je ne comprends pas comment font les acteurs pour retenir leur texte, le fait que les enfants peuvent facilement retenir des trucs, capsule temporelle, se faire des souvenirs, le fait que je ne me rappelle quasiment rien, même les bons moments, le fait que les gens sont très nostalgiques, et moi aussi parfois, sinon pourquoi aurais-je envie de retourner à Peolia pour voir les arbres ou me promener dans Quitting Lane, où j'allais chaque fois que j'en avais assez de ce travail, TOURNEZ LA POIGNÉE, « Tire la bobinette », fillette, houppette, le fait que comme je suis timide je n'ai presque pas d'amis, le fait que les psychopathes n'ont presque pas d'amis, « les armes et rien que les armes et tirer », hypothermie, hydrangea, Jésus, toucher du bois, la maman de James, James Thurber, le fait que Thurber a grandi à Columbus, dans l'Ohio, épidémie de rougeole, varicelle, monospaces, Zika, Brésil, le fait que ça m'arrive même d'être timide avec mes enfants, le fait que je ne sais pas pourquoi je les ai eus, le fait que je n'ai jamais prévu d'avoir une telle portée, avec la surpopulation et tout, Contrôle des Naissances, mais j'étais dingue de Leo, et les bébés c'est mignon, ATTENTION AUX ENFANTS, le fait que j'avais les idées confuses, je sais, Cette Folie Qu'Est L'Assurance Universelle, le fait qu'on récolte ce qu'on sème, s'aimer, le fait que comme on fait son lit on se couche, le fait que j'aimerais pouvoir dormir dedans un peu plus, mais avec tous ces enfants je n'en ai pas trop le temps, mieux vaut guérir, ce qu'on a semé on le récolte, ce qu'on récolte on l'a semé, ma paire de ciseaux de couture préférée, saucisse, le fait que j'ai juste eu envie de me sentir fertile, je crois, du fait d'être amoureuse, et maintenant je dois faire face à Stacey la boudeuse, Ben le pédant, Gillian l'obsessionnelle et Jake le trublion, le fait que mince alors, on dirait que je parle de la famille March, chacun avec son propre défaut de caractère, cookies noir et blanc, films en noir et blanc, *Mr Smith va au Sénat*, inauguration de Trump, la camisole bleu ciel de Melania, le fait qu'elle était probablement en Kevlar, casques, le fait qu'ils utilisent le Kevlar pour les gilets pare-balles, le fait que la femme qui l'a inventé est originaire de New Kensington, près de Pittsburgh, New Ken, nucléaire, DuPont, Stephanie Kwolek, Kevlar, « Pourquoi a-t-on besoin d'autant de Kevlar ? », gilet pare-balles, blouson bomber, camisole, le fait que j'oublie parfois combien d'enfants j'ai, je sais juste qu'ils sont toute une tripotée, potée, le fait que je dois parfois les compter, le fait que je devrais coller un truc sur le frigo au cas où j'oublie, **4**, le fait que les enfants jouent maintenant à un jeu avec du papier d'alu, le fait qu'ils peuvent y jouer des heures, le fait que je n'y comprends rien à part qu'il faut plein de bons en papier alu et que Stacy gagne en général, et que Jake pleure s'il n'a pas assez de bons, du coup ils lui en filent quelques-uns en plus de temps en temps, le fait qu'ils appellent ce jeu Mallrat, le fait qu'un petit garçon pleurait devant le restau l'autre jour, le fait qu'il était encore plus petit que Jake, et qu'il pleurait manifestement parce qu'il avait froid, le fait que certains parents n'habillent pas assez chaudement leur enfant, le fait que les enfants ne contrôlent pas bien la température de leur corps, ce que tout le monde ne semble pas comprendre, « Pigé ? », et refroidissent rapidement, parce que ça serait du « mom-shaming », Maman, cuisine, euphorie, « Réveille-toi et sens-moi ça », spirales, étaler la pâte, cannelle, cardamome, zeste d'orange et jus d'orange, le fait qu'un bon roulé à la cannelle dépend du type de farine et de levure, et du pétrissage, et de comment on le surveille, faire lever, étaler, spirales, le fait qu'il faut l'étaler vraiment très fine pour obtenir la bonne spirale, mais le vrai secret de ma réussite, je le dois à Leo, parce qu'il déteste les raisins secs, le fait que moi aussi je déteste les raisins secs, le fait que je crois que plein de gens détestent les raisins secs, le fait que Jake les aime mais uniquement si on les lui sert dans une petite boîte, le fait que j'utilise des cerises aigres sèches, *Et c'est cela qui changea tout*, même si j'en fais quelques-uns aux raisins secs à la demande, parking ombragé quelque part, s'asseoir dans l'eau claire enfant, vaguelettes, le fait qu'il y avait des écrevisses dans ce lac, la maison d'été d'Angie, le fait que les cerises aigres ajoutent une acidité qu'on n'a pas avec les raisins secs, raisonner, Arizona, rationner, éradiquer, éduquer les enfants, *Arizona Junior*, le fait que Holly Hunter est dedans, le fait que j'ai vraiment aimé la maison d'été des Mabon, la belle eau claire, les écrevisses, moi dans mon maillot deux pièces, du sable et des galets sous mes pieds, le fait que j'aurais aimé qu'on ait une maison de vacances dans le Michigan, le fait que je le regrette encore, le fait que les cerises Montmorency viennent du Michigan, MI, mythe, Sun-Maid, le fait que les raisins secs sont très mauvais pour les chiens, le fait que Pepito en a mangé un jour tout un sachet et qu'il a dû aller chez le véto, le fait que quand on est venus le chercher un perroquet a pépié dans la salle d'à côté, « Elle va vous apporter votre chien », le fait que ce perroquet était vraiment pro, le fait que les chats ne devraient pas manger ce truc cher à base de chou kale et de carottes, le fait que les chats n'ont besoin que de viande, véto, Bliss, spirales, le fait que quand Opal est dehors elle évolue pour ainsi dire dans son propre monde, le fait qu'elle devient sauvage et se débrouille toute seule, mais Frederick n'oublie jamais tout à fait les gens parce qu'il aime beaucoup qu'on le caresse, PFE, Pacific Fruit Express, transport réfrigéré, le fait que Leo avait un petit train quand il était enfant qui avait son propre wagon PFE, poires de Harry & Davis, pêches, raisins, le fait que le vrai Pacific Fruit Express devait aller très vite dans l'Est avec les oranges de Californie, preneur, pingouins empereurs, le salon calme des Aidan, le fait que les Chinois ont construit les voies ferrées, sampans, port de Hong Kong, King Kong, Selznick, noir et blanc, velours, velours, coussin en velours rouge, rouge, blanc et noir, le fait que quand on a acheté le petit train pour Ben dans un magasin amish la vendeuse n'arrêtait pas de dire « Z'êtes sûrs ? », comme si elle trouvait qu'il était trop cher, mais ce n'était que vingt dollars et il est beau et sculpté entièrement à la main, le fait qu'elle était étonnée qu'on le veuille, le fait que je suppose qu'elle n'arrivait pas à croire qu'on puisse mettre autant pour un jouet, le fait que je me souviens encore de la robe violet foncé qu'elle portait, le fait que c'était vraiment un beau violet, pas violet-brun, martinets, étourneaux, Oliver Twist, le fait qu'il devait être sur cette étagère du haut depuis des années, et elle pensait que personne n'en voudrait jamais, « Z'êtes sûrs ? », dons pour la menuiserie amish, couleurs d'automne, marches en pierre, 20 $, le fait que les courtepointes amish ont souvent des couleurs vives et nettes sur fond noir, pas des tissus avec des fleurs pâles ennuyeuses comme toutes les autres courtepointes que font les gens, le fait que c'est l'heure d'établir la Liste des Ingrédients pour tous les clients qui ont des allergies, roulés à la cannelle sans gluten pour les gens qui détestent le gluten, sans noix pour ceux qui sont allergiques aux noix, sans trop de vanille pour les musulmans, muselé, poncho, le fait que je déteste la farine sans gluten, le fait que ce n'est tout simplement pas la même, et vraiment dure à utiliser, le fait qu'il y a de l'éthanol dans l'essence de vanille normale, et qu'il n'y a pas beaucoup de musulmans à Tuscarawas County, enfin je crois, mais on ne sait jamais, donc c'est plus simple d'utiliser de l'essence de vanille non alcoolisée, le fait que je suppose que je pourrais moudre des gousses de vanille, mais ça laisse des petits grains noirs dans la préparation et qui a envie de voir des petits grains noirs dans ce qu'il mange, nanoparticules, détartrage, le fait que, bon, le temps c'est de l'argent, le fait que quand on est enfant on veut toujours goûter la vanille, parce que ça *sent* si bon, et puis on en lèche et on est consterné, le fait que j'utilise en général du lait de chèvre, du lait de soja ou du lait de riz plutôt, pour les roulés à la cannelle destinés aux personnes allergiques au lactose, le fait qu'ils emprisonnent les abeilles pour faire du lait d'amande, les abeilles qui fertilisent les amandiers, le fait que je ne sais pas pourquoi il faut les emprisonner mais c'est ce qu'ils font, le fait que je fais parfois des roulés à la cannelle et aux noix pour des gens qui n'ont pas de problème avec les noix, autrement dit presque personne, le fait qu'ils me les brisent avec leurs histoires de noix, le fait que bientôt ils voudront que je fasse une version sans sucre et sans beurre et sans farine pour les gens au régime, et une version sans air pour les gens allergiques à l'air, et une version parfumée au foie de bœuf pour les animaux, mais à un moment vous avez juste envie de dire *c'est les roulés à la cannelle que je fais*, le fait que Jésus m'a sauvée mais tout le monde s'en fiche, ♫ *Jimmy crack corn, I don't care* ♫, le fait que maintenant Jake veut encore des poffertjes, le fait que je peux juste encore en faire trois, *OUVERT 24/24,* Glacier Lake, pirogue dans la prairie, loups des plaines, média à la demande, Pryor et Brando Étaient Amants, l'Organisation nationale pour le mariage, ONM, l'assassinat de Lincoln, *Psychose*, le fait que j'inclus toujours une Liste des Ingrédients mais qu'ils la perdent toujours, la Liste des Ingrédients, pas l'ONM, « Réveille-toi et sens-moi ça », le fait qu'en fait c'est moi qui perds mon calme parfois, je suis désolée de le dire, surtout quand je suis en train de faire d'autres roulés à la cannelle et qu'ils téléphonent à propos de la dernière fournée, avec un client qui marmonne en fond ou s'en va sans un mot, brownies, cake à la carotte, belvédère amish, le fait que Seward était alité quand on l'a poignardé, le fait que ce n'est pas réglo, poignarder quelqu'un dans son lit, le frapper quand il est à terre, le fait que c'est comme frapper quelqu'un qui porte des lunettes, ou frapper une femme, le fait qu'autrefois il y avait des règles pour ces choses-là, mais ça n'a guère aidé Seward, le fait que Seward a été agressé le même soir où Lincoln a été abattu, le fait que toute sa famille a été poignardée, et sa femme a été tellement choquée qu'elle n'a plus jamais été la même, et elle est morte juste quelques mois plus tard, le fait que Mary Lincoln n'a jamais aimé William Seward, mais des tas de gens n'aimaient pas non plus Mary Lincoln, le fait que Ulysses S. Grant s'en est sorti de justesse ce soir-là, le fait que les Lincoln l'avaient invité à les rejoindre dans leur baignoire mais il avait déjà un engagement, le fait que Ulysses S. Grant était un gros buveur, noir et blanc, pommes et oignons, pieds, le fait que c'est pour ça que j'ai plus ou moins laissé tomber les noix, pas à cause de *l'assassinat de Lincoln*, à cause de tous les coups de fil, le fait que c'est plus facile de ne pas mettre de noix, je trouve, même si je ne peux pas garantir qu'on ne trouve pas de noix là-bas, loin de là, le fait que j'ignore si les clients veulent des œufs de poules élevées en plein air mais moi si, et donc je le signale dans la Liste des Ingrédients aussi, le fait que j'essaie de n'utiliser que nos œufs mais ce n'est pas toujours possible, Zyker's Food, IGA, sandwich au rôti B & J, Jake sur le Rodéo Mécanique, le fait que ce truc le rend tellement heureux, et ensuite il va voir le distributeur de chewing-gums, Anne Shirley, Celia Johnson, hydrangea, CVS, Ace Hardware, Ronny, chouette effraie, le programme de recensement modifié, le fait que l'Ohio a rayé deux millions de votants de ses registres depuis 2011, Barbara Bush, ouragan Katrina, le fait que ce n'est vraiment pas réglo, Jésus m'a sauvée, le fait que ça m'amuse de dire ça, alors je le dis tout le temps, le fait que seul Leo comprend la blague, le fait que je suppose que ce n'est pas si drôle que ça mais ça m'amuse, le fait que j'ai raconté à tout le monde mon rêve d'école, avec les kayaks et les pieds nus et tout, et Gillian a dit qu'elle avait rêvé d'un pacha qui vivait non loin avec des tas de mystérieux visiteurs chez lui, le fait que ça m'a vraiment tuée, un pacha, le fait que où a-t-elle entendu parler de pachas, datchas, Poutine, ingérence russe, le fait qu'elle a peut-être étudié les pachas à l'école, *Les Mille et Une Nuits*, Shéhérazade, le fait qu'on n'a jamais étudié les pachas, le fait que Leo dit qu'il a rêvé qu'il était Barbara Bush, et il avait peur de laisser traîner son carnet parce qu'il contenait des infos très importantes, le fait que Jake a rêvé d'une chouette, le fait qu'il a dit « Mais ce n'est pas une chouette pure, c'est aussi un garçon », le fait que tout le monde fait de meilleurs rêves que moi, le fait que tout le monde a son propre style de rêve, tout comme sa propre façon de penser, de marcher et de parler, le fait qu'en général je rêve juste que la facture se monte à 145 $ au lieu de 124 $ parce que je n'ai pas tenu compte des taxes, ou qu'un énorme avion survolait le jardin, incapable d'atterrir, et qu'on faisait des gestes désolés aux passagers, et ensuite l'avion réussissait finalement à virer de cap, mais ce faisant il cassait nos lignes téléphoniques, ou qu'une femme enceinte mangeait une part de tarte douteuse et je savais que ça pouvait entraîner des malformations à la naissance et la seule solution que je voyais au problème c'était d'inverser le temps, afin qu'on ne lui donne pas cette part de tarte, le fait que si ce plan ne fonctionnait pas je comptais lui dire personnellement « Les femmes enceintes ne devraient pas manger ce genre de tarte », le fait qu'il ne m'est pas venu un seul instant à l'idée d'emporter ce fichu gâteau et de le donner à quelqu'un d'autre, le fait que j'ignore si c'est la timidité qui m'empêchait de lui parler, mais c'est possible, le fait que c'est un peu gênant, d'être trop timide pour sauver la vie de quelqu'un, sans parler de la vie de son futur bébé, le fait que c'est plutôt de la lâcheté, surtout chez une cuisinière professionnelle, même si ce n'est qu'en rêve, pacha, datcha, garçon-chouette, le fait que j'aimais bien le style de Frank quand il parlait, Ces Américains Qui Parlent

Lentement, Frank, Funk, le fait qu'il ressemble à Ringo Starr, Sir Ringo, le fait que c'est comment d'être Trump, traverser son appartement tout doré à Manhattan, en se disant « Je suis président », le fait que soixante-neuf pour cent des démocrates veulent une femme présidente, et la plupart des républicains ne supportent même pas cette idée, le fait que j'ignore ce que ça prouve, le fait que les hommes blancs d'âge moyen se suicident tous maintenant, statistiquement, le fait que les désastres climatiques ont quadruplé depuis 1970, le fait que l'acide domoïque tue les oiseaux et les phoques à Oxnard, dans le sud de la Californie, domoïque, démonique, *Élever des démons*, mnémonique, le fait que quatre-vingt-dix-huit pour cent des espèces d'oiseaux à Porto Rico ont disparu, en seulement quelques années, efflorescence algale, le fait que la bonne nouvelle c'est qu'il y a de plus en plus d'amish, Ces Célébrités Qui Sont En Prison, pélicans, huarts, la fonction « veille », le fait que la plupart des rêves ne valent pas la peine d'être racontés mais de temps en temps on a droit à un qui est vraiment beau, comme nager sous l'eau, ou rêver qu'on vole, ou que Maman est revenue, vivante et en bonne santé, et nous avons une grande discussion et je sais que maintenant je peux la voir autant que je veux, le fait que je rêve parfois que Stacy est avec moi et le soleil se couche et nous nageons ensemble dans une eau calme, peu profonde, bleu pâle, le fait qu'elle est petite, le fait qu'elle est toujours petite dans mes rêves, minuscule, le fait qu'apparemment j'aime rêver d'elle assise sur mes genoux, en sécurité, le fait que la serrer dans mes bras me manque, le fait que ça devient une telle habitude, toucher vos enfants, et ensuite ils se dérobent, et la lune de miel est finie, le fait que Stacy ne nous a pas raconté ses rêves à elle bien sûr, le fait qu'elle est trop ronchon le matin, et Ben a nié en avoir fait le moindre, éclipse solaire totale, éclipse solaire partielle, cookies en demi-lune, le fait que l'élocution lente de Frank est devenue agaçante, au bout d'un moment, et un jour j'ai remarqué qu'il parlait d'une façon trop « scrupuleuse », et je ne m'en suis jamais remise, le fait que je ne peux pas dire ça à Stacy, le fait que les mères doivent se taire sur des tas de choses, « une chute de douze mètres dans une baignoire pleine d'eau », le fait que le vrai nom de Jean Arthur est Gladys, le fait qu'elle est née en 1900 et avait donc cinquante-trois ans quand elle a joué dans *L'Homme des vallées perdues*, le fait qu'elle aussi avait une drôle de façon de parler, mais que j'aime bien, le fait qu'elle dit à peine un mot dans *L'Homme des vallées perdues*, le fait que dans *Mr Smith va au Sénat* elle s'appelle Clarissa, le fait que je suis censée appeler Kim au marché, PFOA, Gore-Tex, Akron, MLK, mouvement abolitionniste, John Brown, broderie, ordalie, pasteur, Frederick Douglass, « Follow the Drinking Gourd », chant des esclaves, le fait que cent mille esclaves ont fui grâce au Chemin de fer clandestin, mais des millions non, le fait que pour eux c'était marche ou crève, rêve abolitionniste, le fait que les gens vont encore visiter des plantations pour s'amuser, Tara, le fait que Baltimore est le QG du KKK, le fait que des petits Blancs ont essayé de lyncher un enfant noir de huit ans l'autre jour, le fait que la Floride était couverte de tumulus indiens en coquillages écrasés, mais ils ont tous été détruits pour tracer les routes et les voies ferrées, tumulus de sable, le fait que la forme des tumulus indiens me fait penser à des femmes enceintes, ou à des soutiens-gorge des années 50, crabe à carapace dure, molle, rapace, le fait que DuPont a participé à la fabrication des premières bombes nucléaires, le fait que leur site de Hanford est l'endroit le plus sale sur terre, le fait qu'il occupe huit cents kilomètres carrés de l'État de Washington et toutes les toxines et la radioactivité s'épandent dans la terre et la mer, le fait qu'un tiers des Américains vivent à quatre-vingts kilomètres de déchets nucléaires, huit cents kilomètres carrés, le fait que ça veut dire quoi, seize kilomètres sur cinquante, ou seize sur cinq, le fait que je ne sais jamais, mais de toute façon c'est énorme, le fait qu'on comprend mieux quand on vous dit que quelque chose fait la taille de cinquante piscines olympiques, ou deux cent mille éléphants à la queue leu leu, décoller, l'avion en détresse qui a coupé notre ligne téléphonique, agresser, le fait qu'ils ont trouvé un amas de graisse dans les égouts de Londres, le fait que ça date de l'époque victorienne, les *égouts*, pas l'amas de graisse, le fait que les égouts de Londres ne supportent plus les amas de graisse, le fait qu'ils sont obstrués, le fait que les amas de graisse sont composés de, eh bien, de graisse culinaire et de chiffons trempés et de toutes sortes de choses innommables, nichoir, donner le sein, cancer du sein, changer de soutien-gorge, lifting du front, affronter, Superbowl, le fait qu'ils ont dit que ça faisait le poids de plein de bus londoniens, l'*amas de graisse*, le fait que je ne me rappelle plus combien de bus ça faisait en longueur, le fait que le papa de Cathy a eu son évier bouché et qu'on a découvert qu'il jetait ses *pailles* dedans, non mais franchement, et personne ne sait depuis combien de temps il fait ça, le fait que Mickey a un hamster de Roborovski, le fait que je croyais que c'était un nom inventé mais non, et son roborovski a la plus grande cage que j'aie jamais vue, le fait que même quand leur cage est longue et complexe les hamsters transpirent la tristesse, les chaussettes de l'archiduchesse, mais on ne sait pas ce que ressent un hamster, un stère, « Du nerf », le fait que je crois que ce sont des nocturnes, Maman, le fait qu'elle me manque, le fait que sa maladie m'a abattue, le fait que ça m'a brisée, le fait qu'il faut vivre dans le présent, le fait que le soleil continue de se lever tous les matins, et qu'il y a le crépuscule, quand le ciel rougeoie, le fait que ça a lieu deux fois par jour, le fait qu'il existe des marcassins, et Leo et moi dormons ensemble presque chaque nuit, et les enfants sont en bonne santé, le fait que Bette Davis a dit de ne jamais regarder en arrière, le fait qu'il faut aller de l'avant, le fait que bon, c'est dur de se dire que Hanford déverse des déchets radioactifs dans l'océan Pacifique depuis les années 40, déverser, averse, et que des tas de gens ont le cancer, cluster, Custer, néonazis, le fait que c'est plutôt bizarre pour un gouvernement d'empoisonner ses propres citoyens, punaise, le fait qu'on pourrait croire que ces gens sont censés nous protéger, budget de la Défense, trafic d'armes, ingérence russe, ouragans, émission de vapeurs, vapoter, le fait qu'il existe des anguilles-serpents aux dents recourbées, et si vous passez votre journée avec des *enfants* c'est le genre de choses auxquelles vous finissez par penser, anguille des sables à dents de sabre, mais ça change des dinosaures, mur éclaboussé de lumière à Paris, le fait qu'on s'habitue également à voir des choses étranges dans une maison pareille, comme un petit éléphant qui passe devant la porte de votre chambre, le fait que Gillian adore imiter l'éléphant, le fait qu'elle a appris ça à la gym, le fait qu'elle se met une serviette sur la tête pour faire les oreilles, avec un bras qui dépasse pour la trompe, et qui se balance devant elle, et l'autre main fait la queue et remue, exercice de coordination, le fait que c'est comme se taper le front tout en se frottant le ventre, ou l'inverse, mais c'est vrai que c'est mignon, jamboree, le fait qu'elle aime faire aussi « un nœud à ses tripes », le fait qu'elle fait comme si elle enroulait une corde de marin sur son ventre, très soigneusement, le fait que je ne vois pas ce qu'elle trouve d'amusant à ça, et elle peut faire aussi le coup du bacon, le fait qu'elle s'allonge par terre et commence à gigoter, par à-coups, le fait que Stacy a fait une chouette vidéo d'elle avec son téléphone, le fait que le professeur appelle ça Jouer Avec Son Corps, le fait que c'est un loisir qui n'est sans doute pas encouragé après la puberté, sixième, cinquième, primaire, le fait que c'est sûrement mieux que de s'affaler sur le canapé, le fait que Ben le fait mais se lève soudain pour lancer des grenades imaginaires, mais ce n'est pas vraiment de l'exercice, l'appartement de Ruth Dardis à New Haven, le fait que ça ne demande pas trop de force, le fait que je me suis allongée un jour sur la dalle en haut de la colline derrière la maison d'Abby, par une belle journée ensoleillée, quand Abby faisait la sieste, le fait que c'était agréable, le fait qu'avant je faisais des trucs comme ça, le fait que Ben les lance avec légèreté, je parle des grenades imaginaires, le fait que ce n'est pas comme s'il essayait de les lancer très loin, chien âgé de quatorze ans, sédentaire, Ben et Gillian, le fait qu'ils raffolaient vraiment de ces images magiques en 3D, le fait qu'ils ne bougeaient pas d'un poil pendant des semaines, le fait qu'ils pouvaient les regarder fixement pendant des heures, le fait que c'est plutôt rassurant que cette manie ait fini par passer, surtout que j'étais incapable de voir ce qu'ils voyaient, le fait que la fille de Bette Davis a écrit un livre horrible sur elle, le fait qu'elle s'est mariée à seize ans, la fille de Bette Davis, pas Bette Davis, le fait que Stacy a presque le même âge maintenant, le fait que les gens se marient avant de savoir quoi que ce soit, le fait qu'ils se marient avant de savoir boire ou même voter, le fait que plus je lis des choses sur l'orbite de la lune, moins je comprends, le fait que je me demande si des gens y comprennent vraiment quelque chose, mais je suppose que oui, *Je ne sais pas mais eux si,* pas de si ni de mais, m'en parle pas, je me casse, passade, rasade, macérer, passereau, le fait que ça rend triste, je crois, de découvrir qu'on est bête, alors on essaie de ne pas le montrer, le fait que j'ai passé ma vie à ça, mais c'est lassant de donner le change, Papa m'apprenant à lire à Londres, le fait qu'Emily Dickinson n'a jamais osé avouer à son père qu'elle ne savait pas lire l'heure, le fait qu'il lui avait expliqué une seule fois et que ça devait suffire, le fait que je n'aurais pas non plus osé avouer ça à mon père, le fait que les autres élèves de ma classe étaient en avance sur moi quand je suis arrivée à Channing, du lait et des biscottes au goûter, savon scolaire, Hampstead Heath, les cours de soutien avec Papa, le fait qu'il semblait très remonté contre moi, ça me faisait peur, et j'étais gênée de ne pas savoir lire, cheik, harem, purdah, pacha, le fait que j'ai passé ma vie entière à être gênée, sarouel, le fait que je viens de voir une abeille, le fait que qu'est-ce que fabrique une abeille en *février*, castor, astuce, statue, distiller, whiskey, le fait que voilà encore un mot que je prononce mal, le fait que je n'ai jamais remarqué que personne ne prononçait les « wh » comme ça avant d'être adulte, *whh*, et c'est gênant aussi, peu disert, le fait qu'une habitante de Dover a été percutée par un véhicule à trois heures de l'après-midi, une voiture qui fonçait à toute allure, et elle est morte, écrasée, le fait que le type roulait à 150 km/h dans une zone où la vitesse est limitée à 50 km/h, mais il a dit que c'était la faute de la femme, qui s'était engagée lentement en voiture sur l'autoroute, et l'avait gêné, exercices d'élocution, les chaussettes de l'archiduchesse, rudesse, sont-elles sèches, sechuan, seiche, anguille à dents de sabre, savoir chasser sans chaussettes, pacha, match, troisième mi-temps, le fait que nous avons besoin de film étirable, le fait que je veux faire un jeu avec du film étirable la prochaine fois qu'on fête un anniversaire des enfants, mais quand est-ce que c'est, concassé, le fait que je ne sais plus, le fait que le prochain je crois c'est Ben, puis c'est Gillian, le fait que certaines mères semblent donner naissance à tous leurs enfants quasiment le même jour du mois, quelles que soient les années d'écart, ce qui est pratique quand on veut cumuler les fêtes, le fait que vous vous demandez comment c'est possible, rue peinte par Magritte, saumons qui fraient, saumons radioactifs, aigles d'Amérique, le fait que les œufs des aigles éclosent fin mars, flaque d'eau transparente au bord du lac, galets sous l'eau, le fait que ce n'est vraiment pas juste de devoir fêter son anniversaire avec quelqu'un d'autre, le fait que pourquoi on devrait, individualité, coup de chance, courte paille, le fait que certains parents donnent à tous leurs enfants des noms commençant par la même lettre, genre J ou M ou S, et leur mettent des vêtements assortis, le fait qu'on fourre plein de petits cadeaux entre des couches de film étirable, le fait que chaque enfant doit s'escrimer pour atteindre son cadeau, et ensuite le passer à l'enfant suivant, le fait que ça gâche sûrement des tonnes de film étirable mais c'est très amusant, et je dois trouver des idées d'activités, le fait que je ne sais jamais quoi faire pour leurs fêtes à part cuisiner des trucs, gâteau d'anniversaire, patates-saucisses, Tout À 1 Dollar, le fait que je peux trouver les petits trucs à cacher dans le film étirable à Tout À 1 Dollar ou à Walgreens ou CVS, maïs soufflé, le fait que je devrais peut-être imaginer une version adulte pour notre cocktail party, avec des cigares dedans, des boucles d'oreilles et des boutons de manchettes, ce genre, briser la glace, fonte des glaciers, mais je serais trop timide, la nouvelle normalité, le fait qu'abattre votre ex-femme semble être la nouvelle normalité, le fait que les hommes peuvent être très susceptibles, le fait qu'il roulait à 150 km/h dans une zone limitée à 50 km/h, le fait que c'est juste dingue, le fait que Winnie l'Ourson faisait *fomir* Dorothy Parker, *La Maison de Winnie*, le fait que je n'ai pas aimé tout de suite cette série mais après si, le fait que Gillian aime bien Winnie et Porcinet, et que Jack adore sa peluche Bourriquet, parce qu'il aime déboutonner sa queue, le fait que je passe la moitié de ma vie à rechercher cette queue, amour maternel, le fait que Jake se demande maintenant pourquoi je n'arrête pas de faire ces bruits de soufflet, *Vents, soufflez à crever vos joues*, le fait que Trump ressemble au roi Lear quand il pique une colère, le fait qu'il a même une fille préférée, le fait que les gens font la queue pour devenir son bouffon, poupée Sparkle Plenty, plateau télé Swanson, le fait qu'au moins le roi Lear savait faire une phrase, le fait qu'on ne se rappellera bientôt plus ce que c'est que d'avoir un président qui sait faire des phrases, le fait qu'heureusement que le roi Lear ne détenait pas les codes nucléaires, *Vents, soufflez*, le fait que Leo s'est moqué de moi à cause de ma façon de prononcer le « wh » de whiskey, et maintenant je suis complexée, le fait que chaque fois que je prononce un « wh » je me demande si ça passe, le fait que je dois m'entraîner, faire durer, fou du roi, fédérer, parce que c'est gênant de prononcer certains mots de travers, le fait que je ne peux pas m'empêcher de passer pour une idiote, le fait que ça semble me venir très naturellement, comme quand j'ai appelé « Mario » cet ingénieur civil alors qu'il s'appelle Dario, le fait que je déforme toujours les noms, surtout quand ce sont des collègues de Leo, le fait que c'est plus fort que moi, le fait que je ferai forcément une bourde pendant notre soirée, le fait que je crois que je suis gênée depuis que je suis née, Maman, Ethan, hamsters, le fait que Gillian doit bientôt s'attaquer à son exposé sur John Brown, ♫ *John Brown's body lies a-moldering in the grave* ♫, le fait que la famille de John Brown avait une tannerie à Hudson, au nord d'Akron, ♫ *John Brown's body lies a-moldering in the grave* ♫, et il a ouvert une autre tannerie en Pennsylvanie, comme façade pour le Chemin de fer clandestin, ♫ *John Brown's body lies a-moldering in the grave* ♫, ritournelle, le fait qu'on ne parle plus trop des tanneries de nos jours, dans une conversation normale, « Je vais te tanner le cuir, mon gars », le fait qu'on est trop occupés par les ordinateurs pour parler de tanneries, le fait que John Brown n'était pas sur Snapchat, il dirigeait le Chemin de fer clandestin, le fait qu'il était expert en élevage de moutons aussi, ♫ *His pet lambs will meet on the way* ♫, le fait que Gillian a trouvé ça toute seule, le fait que j'ignore si elle en a parlé à son groupe, le fait qu'il faut tout faire en groupe de nos jours, le fait que je préparais mes exposés toute seule, le fait que j'en ai fait un sur les animaux mystiques au Moyen Âge, et un sur les pierres précieuses, le fait que j'ai fait plein de dessins de rubis et d'émeraudes à cette occasion, le fait que je crois en avoir fait un sur Minneapolis aussi, ou sur Duluth, et Stephen Foster, et Amerigo Vespucci, le fait qu'Amerigo Vespucci était originaire de Florence et avait une cousine par alliance de toute beauté, le fait que Stephen Foster est mort à trente-sept ans, le fait que je n'ai jamais vraiment compris *qui* il était quand j'ai fait mon exposé sur lui, les villes jumelles, lévitation, le fait que je me rappelle avoir fait des recherches à la bibliothèque de l'école, peut-être aussi à la bibliothèque municipale, le fait que la bibliothèque de l'école avait de la moquette sur les murs et sentait bon les livres pour enfants, le fait que tous les gens qu'on connaît se débarrassent de leurs livres, et qu'on devrait sans doute faire pareil, zéro papier, pérennité, huile de palme, le fait que mon exposé portait sur Duluth, le fait que je me souviens de la carte que je devais faire, le fait que je ne sais pas s'ils ont encore beaucoup de géographie à l'école, Tom Hanks, le fait qu'ils ont l'air d'apprendre essentiellement la géographie américaine lors des infos sur les ouragans, le fait que Bill Murray fait un excellent monsieur météo dans *Un jour sans fin*, le fait que la plupart sont moins bons que lui, et j'oublie tout de suite ce qu'ils ont dit et dois vérifier sans cesse sur le Net, alors ça ne sert pas à grand-chose de regarder ces types faire leur numéro, le fait qu'un jour à l'école on a fait un bulletin d'information, et je crois que je m'occupais de la météo, le fait que je parie que je n'étais pas aussi bonne que Bill Murray, le fait que John Brown s'est installé par la suite près de Hudson, où se trouve Kent State University, ou pas loin, Massacre de Kent State, Zenas Kent,

Franklin Mills, Maman, Chuck, le fait qu'il a été pendu en 1859 mais il a relancé le débat sur l'abolitionnisme, films en noir et blanc, le fait que les choses se polarisent de nouveau en ce moment, Ku Klux Klan, le fait que la Tea Party a commencé au Texas, je crois, mais ç'aurait pu être dans l'Ohio, le fait qu'ils auraient pu choisir Stephen Foster, je veux dire le groupe de Gillian, pour leur exposé, le fait qu'elle aurait pu en faire un sur Harriet Tubman, Frederick Douglass, Stonewall Jackson, William Henry Seward, Lysander Spooner, Nat Turner, Nina Turner, Ida B. Wells, James Baldwin, Elijah Lovejoy, Sojourner Truth, ou quelqu'un d'autre, je ne me rappelle plus qui, le fait que c'était peut-être Leatherlips, je ne sais plus, ou pas, le fait que je crois que c'était Elizabeth Freeman, Mumbet, mais John Brown est un bon choix, Tirage au sort, Appalachia, Blue Ridge Mountains, Smokies, Rockies, Adirondacks, fauteuil adirondack, le fait que je ne peux plus m'asseoir sur des fauteuils adirondack, et Leo les appelle des « dur-et-en-toc », Living Treasures Animal Park, Leatherlips, terre coupable, terrain de jeu, le fait que tout le monde a entendu parler du Chemin de fer clandestin mais tout le monde ne sait pas qu'il a débuté à la fin des années *1700*, le fait que le père d'Ulysses S. Grant était apprenti chez le père de John Brown, le fait que John Brown avait vingt enfants, alors mes quatre gosses, à côté, franchement, « Moi, John Brown », le fait que j'aime bien quand Gillian monte sur une chaise pour proclamer « Moi, John Brown, je sais maintenant que les crimes de cette *terre coupable* », le fait qu'elle se débrouille très bien avec le début, le fait qu'on pense aujourd'hui que John Brown a influencé John Wilkes Booth, l'idée qu'un seul acte violent peut changer le cours de l'Histoire, le fait que John Wilkes Booth était obsédé par John Brown, et qu'il s'est déguisé en soldat pour assister à sa pendaison, le fait que Quantrill trouvait la pendaison trop douce pour John Brown, village de Harpers Ferry, inepties, Massacre de Lawrence, Hartford, CSCU, eau de vaisselle, le fait que l'histoire américaine est dans l'ensemble très violente, le fait qu'après Lincoln les assassinats sont devenus la nouvelle normalité, Garfield,

McKinley, Kennedy, le fait que presque tous les présidents depuis Andrew Jackson ont eu droit à une tentative d'assassinat au moins, Quantrill, quadrille, Cassini, le fait qu'il y a des canaux sur l'une des lunes de Saturne et que Cassini les a pris en photo, le fait que Leatherlips a été exécuté avec un tomahawk pour avoir parlé à des colons blancs, Dublin, Ohio, le fait que certains des Wyandot vivaient dans des grottes, traité de Greenville, le fait que les Indiens ont vendu l'Ohio au gouvernement pour vingt mille dollars, le fait que je ferais mon exposé sur Frances Seward si j'étais Gillian, parce que c'était une grande abolitionniste et une mère, mer, lune, reine, pacha, pas cher, hymne national, le fait que Mumbet a dit « Je ne suis pas un animal. La justice me refusera-t-elle la liberté ? », le fait que « The Star-Spangled Banner » est raciste, le fait que Leo trouve que c'est nul comme chanson, chanfrein, le fait que Ben doit faire un exposé sur Francis Scott Key, le fait qu'il était contre l'abolition, Key, pas Ben, le fait que le frère de Leatherlip s'appelait Roundhead et je le confonds toujours avec le colonel Broadhead, colonel Daniel Broadhead, responsable du massacre de Broadhead, le fait qu'avec ses trois cents hommes il a détruit Coshocton et tué vingt Indiens, le fait que c'était une énormité, *Tosca*, *Rigoletto*, *Il trovatore,* contre-ut, trois cents hommes, lâches, le fait qu'il y a un carreau d'arbalète qui s'appelle *broadhead*, et j'espère que ce n'est pas d'après le massacre de Broadhead, le fait que sa pointe est large afin de faire le maximum de dégâts, le fait que pourquoi a-t-on besoin d'une arme pareille, le fait qu'on peut les acheter par trois, trois cents hommes, lame Bloodrunner 2, tomahawks, lames arrière, flèches, plaies d'entrée et de sortie, trajectoire de la balle, trajectoire, Chestnut Street, le fait qu'il y a eu une conférence sur le massacre de Broadhead à la Johnson-Humrickhouse, le fait qu'il y a quelque chose de pourri dans l'État de, mouais, dans de *nombreux* États, le fait qu'on a parfois l'impression que par ici la *vie humaine* n'est guère respectée, gelée, danseuses du ventre, nombril, tout ce qui brille, abri, abricot, bricoler, la mécanique oscillatoire, le facteur, le grand arbre de jade d'Abby, le fait que cette chose a vécu des années et n'a fait que grandir, au milieu de la jolie table basse d'Abby, en plein soleil, le fait qu'il y avait un facteur qu'elle aimait bien, le fait que je ne crois pas qu'on livre le courrier tous les jours maintenant, River Roost, 43832, le fait que ça semble de plus en plus erratique, et nous ne sommes même pas en pleine cambrousse, pas comme certaines personnes qui *savent* qu'elles n'auront pas de courrier pendant des semaines, ou des mois, voire *jamais*, Cy, le fait que quelqu'un à la radio est dans tous ses états en ce moment et vient de dire que les soins gratuits sont un droit, parce que si quelqu'un se noie vous n'allez pas lui demander s'il peut vous payer, vous le sauvez de toute façon, le fait que six cent trente mille personnes bénéficient de l'Obamacare dans l'Ohio, mais allez savoir ce qui va se passer maintenant, le fait qu'une assurance-maladie universelle pourrait rendre les choses moins onéreuses, et plus faciles, mais je suppose que sans volonté politique ça n'arrivera pas, le fait que Harrison Ford se soigne lui-même, mais c'est dans *Le Fugitif*, et il est médecin, alors il sait ce qu'il fait, le fait que dans *Witness* il est inspecteur de police, le fait que quand il se fait tirer dessus il n'y peut rien, le fait qu'il ramène juste Kelly McGillis à la ferme, avec le petit garçon, puis Harrison Ford tombe dans les pommes et sa voiture percute leur grand nichoir à martinets, et Kelly McGillis doit le soigner, le fait que les gens qui aiment les martinets tuent parfois les étourneaux, le fait que tout le monde déteste les étourneaux pour une raison inconnue, mais c'est encore pire chez les gens qui ont des nichoirs à martinets, le fait que ces gens-là détestent vraiment les étourneaux, et aussi les moineaux et les geais bleus, le fait qu'ils les appellent des espèces étrangères et filent chercher leur carabine à air comprimé dès qu'ils en voient un, le fait que j'ai vu des geais bleus toute ma vie, alors pourquoi seraient-ils étrangers, amérindiens, afro-américains, sino-américains, loterie des visas, le fait que Kent, dans l'Ohio, est composé à présent de quatre-vingt-onze pour cent de Blancs, le fait que je suppose que personne n'est censé bouger, on est censé rester où on est, interdit aux étrangers, aux musulmans, le fait que les martinets sont eux aussi des migrants, alors je ne comprends pas, migrant, migraine, *Orgueil et Préjugés*, les martinets de Caspistrano, liquide vaisselle violet, le fait que les martinets sont peut-être menacés, le fait qu'il est difficile de savoir quels oiseaux sont les gentils et lesquels sont les méchants, le fait que, d'après Ben, un quart de toutes les espèces d'oiseaux qu'on a aujourd'hui seront éteintes en 2100, ou peut-être même avant, le fait que Pa Ingalls passe son temps à tirer sur des faucons et des merles, parce que les merles mangent le maïs, et les faucons mangent d'autres oiseaux ou leurs œufs, le fait que c'est un peu bête, le fait que s'il avait laissé les faucons tranquilles ces derniers l'auraient débarrassé des merles, le fait que ces campagnes pour nous débarrasser de certaines espèces ou de tel insecte ou oiseau ou bête ont souvent l'effet inverse, ♫ *Elle a avalé une araignée pour manger la mouche* ♫, tarte au merle, le fait qu'il y avait autrefois des couguars dans l'Ohio, et maintenant ils envisagent d'en réintroduire parce qu'il y a trop de cerfs, le fait que les gens percutent en permanence des cerfs avec leur voiture, le fait qu'au début ils tuaient les couguars parce qu'ils ne voulaient pas qu'ils mangent les cerfs, mais maintenant ils veulent qu'ils les tuent, allez savoir, le fait que je suppose qu'il est trop tard maintenant pour laisser l'écosystème se débrouiller tout seul, vu qu'on l'a presque complètement détruit, le fait que quand ils ont eu peur du Zika ils se sont mis à construire partout des nichoirs pour chauves-souris, vu que les chauves-souris mangent les moustiques, mais je parie qu'une fois que la peur du Zika aura disparu, ça sera ciao les chauves-souris, géraniums, capucines, arums titans, le fait qu'on devrait retourner un jour à De Monye's Greenhouse, où j'ai acheté mes poules et mes poussins, pas des poules de luxe, poules succulentes, oh, le fait que ça sonne bien, poules succulentes, le fait qu'on retient mieux le mot poule que le mot centhrante, le fait que le principe c'est que la plante principale s'entoure de plantes plus petites, très jolies, pareilles à des poussins, mais pas *cent trente* poussins, le fait que je me surprends parfois en train de me parler à moi-même comme à un bébé, mer d'Égée, le fait que les martinets sont bien vus parce qu'ils mangent des insectes, mais les requins mangent les gens, du coup eux non, même si les requins sont en voie d'extinction, requins en rade, le fait qu'il n'y a presque plus de faucons maintenant parce que les gens se sont prononcés *contre* il y a longtemps, afin de protéger le gibier ou la pêche, le fait qu'ils ont tellement pollué la Cuyahoga qu'il n'y avait plus de poissons, mais maintenant il y a de nouveau des poissons dans la Cuyahoga et on voit aussi parfois des aigles d'Amérique, « Allons, tout doux », le fait que les gens les laisseront peut-être tranquilles cette fois-ci, le cheval blessé de Marnie, le fait que les Amérindiens avaient des nichoirs à martinets autrefois, des calebasses creuses, le fait que c'était sûrement pour les plumes, le fait qu'ils sont peut-être bénéfiques pour les plantes aussi, les martinets, pas les Indiens, même si les Indiens ont aidé les colons à faire pousser toutes sortes de choses, le fait que les amish ont aidé Tante Sophia pour son jardin, le fait qu'ils mangent les libellules et font fuir les corbeaux, les martinets, pas les amish, temps anciens, tumulus, Leatherlips, autels de sable à la pleine lune, Quanah Parker, tipis, Chuck, le fait qu'il m'a offert un sari, que j'ai gardé des années mais n'ai jamais porté, et pour finir je l'ai oublié quelque part, l'intention qui compte, le fait que je n'ai jamais vraiment aimé sa couleur ocre, mais ça m'a fait plaisir qu'on m'offre un sari, achat impulsif, le fait qu'on n'avait pas beaucoup d'argent, le fait qu'on était juste des gamins, et donc ce n'était pas rien pour lui de m'acheter ça, le fait qu'en général on s'offrait des trucs qu'on faisait nous-mêmes, comme des poèmes, des dessins et tout ça, le fait que Chuck aimait faire des dessins de bâtiments compliqués au trait, en noir et blanc, le fait qu'après avoir été à vélo à l'East Rock on est revenus chez lui et il m'a offert une ginger beer, et je n'en avais encore jamais goûté, le fait que c'était mon premier flirt et aussi celui qui se passait le mieux, le fait que les autres fois je m'étais ridiculisée, j'avais fait tomber des choses, bafouillé, faux pas, Dario, Mario, payer pour soi, le fait qu'un type a dit un jour que j'étais « réticente » et je ne savais même pas ce que ça voulait dire, le fait que j'ai cru que c'était quelque chose de *terrible*, de très gênant, le fait que je ne pense pas qu'un flirt soit aussi excitant qu'on le prétend, le fait que la drague sur le Net me paraît pire, mais peut-être moins gênante, le fait qu'au moins on ne se ridiculise pas en vrai, le fait que Chuck et moi n'avons jamais considéré notre liaison comme un flirt, on allait juste dans des endroits et on parlait, sans jamais dépenser un *cent*, sauf la fois où il m'a emmenée au cinéma, ce qui était un peu bizarre, trop normal, disons formel, femelle, défenses d'éléphante, le fait que j'aimais juste sortir l'après-midi avec lui, juste traîner, et s'embrasser, le fait que ce jour-là dans l'église d'Orange, le bâtiment de chimie de Yale le week-end, quand il n'y avait personne, amours enfantines, le fait que je détestais cette expression, et la déteste encore, le fait qu'on s'en sert juste pour déprécier les sentiments des gens, des jeunes, le fait que j'espère que je ne dirai jamais ça à un de mes enfants, que ce qu'ils vivent ce sont des amours enfantines, poupon, baigneur, beignet, le fait que j'ai une recette de beignets aux amandes, le fait que Mandy nous accompagnait parfois, Chuck et moi, et qu'elle a pris cette photo de nous, vus de dos, avec les cheveux roux et le tee-shirt blanc de Chuck en plein soleil, ciel bleu, entouré par des buissons verts, vert bleu rouge blanc, la boîte à chaussures pleine de lettres, le fait que j'avais de l'espoir alors, même si Maman était malade, le fait que j'avais encore de l'espoir, grâce à Chuck, mais je l'ai perdu lui aussi, le fait que c'est vraiment dur de trouver des endroits où aller quand vous êtes amoureux, et jeunes, le fait que vous traînez dehors parce que vous n'avez pas le droit de rester à l'intérieur, sauf dans cette église qu'on a trouvée dans Orange Street, le fait qu'un jour Chuck et moi on s'embrassait sur la chaise longue dans le bureau quand Papa est entré et a allumé la lumière, le fait qu'il était furieux contre moi, comme la responsable du groupe de Jake, le fait qu'après le départ de Chuck Papa a dit que je ne devrais pas fricoter avec Chuck alors que Maman était malade, dans son lit à l'étage, le fait qu'elle était vraiment malade et je me suis sentie horriblement mal, le fait que je ne pense pas avoir jamais ressenti ça depuis, et tout ce que je fais ici-bas me met mal à l'aise, malaise, lèse-majesté, le fait que je sais que Maman ne m'en aurait pas voulu si elle avait su ce qui se passait, disons pas autant, mais elle n'a jamais su pour Chuck et moi, le fait que quand elle s'est mise à aller mieux il était déjà parti pour Washington, le fait que bien plus tard Papa a dit qu'il avait réagi ainsi parce qu'il avait peur que je tombe *enceinte*, le fait que c'était aller un peu vite en besogne, le fait qu'on ne faisait rien d'autre que s'embrasser, le fait qu'on n'avait même pas pensé à franchir le pas alors, le fait que les adultes oublient qu'on peut être amoureux sans vouloir coucher, rouge bleu vert blanc, le fait que quand j'ai été enceinte de Stace j'ai eu peur de l'annoncer à Papa, peur qu'il se mette de nouveau en colère, mais il a été génial, ravi, et fier, et *heureux*, même s'il n'a jamais aimé Frank, le fait qu'il aimait vraiment les bébés, ce dont je n'avais pas conscience avant, le fait qu'il a adoré Stace, le fait qu'il a même aidé à l'organisation du mariage, le fait qu'ils ont payé une partie de la machine à laver, le fait que c'est dommage qu'il soit décédé avant que Stace puisse le connaître, et après ça Maman nous a quittés elle aussi, lessive en capsules, Sandy Hook, Sand Creek, le fait qu'à Millersburg il y a des poteaux avec des parcmètres pour les chevaux des amish, le fait que les mennonites conduisent, mnémoniques, le fait que Harrison Ford répare le nichoir plus tard dans le film, le fait qu'il est doué en menuiserie, le fait qu'il fabrique un circuit pour billes pour le petit garçon, et les aide également quand ils construisent une grange, le fait qu'on dirait que dans les films sur les amish il y a toujours une scène de construction de grange, le fait qu'ils doivent avoir besoin de beaucoup de granges, ménager, méninges, remue-méninges, bleu vert rouge blanc, le fait que dans *Witness* les hommes crapahutent sur des poutres toute la journée, et les petits garçons plantent quelques clous en bas, tandis que les femmes préparent un grand banquet et cousent une courtepointe, le fait que ça semble marcher, leur division du travail, le fait que chacun connaît son rôle, et ils s'occupent de tout, le fait qu'ils travaillent tous de conserve, et ils construisent une grange ensemble, ce qui leur prend une journée, le fait qu'il doit sûrement y avoir des finitions, munitions, le fait que Harrison Ford a un rival, le fait qu'il était danseur classique dans la vraie vie, danse classique, danse du ventre, le fait que ça serait étrange, un homme qui fait la danse du ventre et joue le rôle d'un amish, « Rentre ton ventre », Quick Quiz, quilles, Umpqua, candélabre, le fait que Harrison Ford a reçu une balle et se remet tout juste, le fait qu'ils lui ont fait boire beaucoup d'infusion, effusion, permis de port d'arme, scène de la baignoire éclairée aux bougies, autodéfense, le fait que j'ignore ce que les amish ont pensé de ce film, le fait que la plupart ne l'ont sans doute jamais vu, et que c'est sans doute aussi bien, mais ils en ont probablement entendu parler, le fait qu'ils n'aiment pas qu'on les prenne en photo, alors pourquoi aimeraient-ils des films sur eux, surrau, rouge bleu vert blanc, les lettres de Chuck, le fait que toutes ces tâches paisibles, comme coudre et tricoter, sont en fait très compliquées, et stressantes, le fait que je me demande si ces tâches stressent les femmes du monde entier, le fait que vous ressentez une pression, quand vous essayez de coudre une robe, ou une courtepointe, oppression, pressentiment, le fait que les femmes amish qui cousent ont l'air calmes mais comment est-ce possible, Bing Crosby, le fait que Leo adore *White Christmas*, le fait qu'il l'aime tellement que parfois on le regarde l'*été*, même s'il a peur que ça soit un sacrilège, « Little Christmas », femmes au bord de la crise de nerfs, Vierge en pleurs, ma peinture de vaches, ♫ *Si tu t'en fais et que tu ne dors plus* ♫, le fait que Bing n'est pas un prénom très répandu, le fait que j'aurais pu m'inscrire au club de couture de Peolia si je n'avais pas démissionné, mais qui a le temps, la chorale de Peolia qui hulule à tout-va, la courtepointe en patchwork de Mary Ingalls, cette grosse grange rouge, toute noire à l'intérieur, avec de grandes portes blanches et un grand bidon blanc sur le seuil, le fait que c'était à Holmes County, le fait que les patchworks se font à plusieurs, et que je suis timide, le fait que c'est pareil pour la construction des granges, quant à être amish, punaise, le fait que je ferais une piètre amish, piéta, même si je m'habille très simplement, Almanzo et French Pierre qui en bavent avec les bœufs, les pommes de la ferme, le fait que je suis une chochotte, Tastee Apple, Jakey, facteur timidité, travail sur soi, Jakey, tracteur jaune, Fisher-Price, le fait que la timidité est un obstacle, même si je la combats, le fait que j'ai du mal avec ces vendeuses dirigistes, ou ces clients trop familiers qui vous tiennent la jambe au téléphone, le fait que je n'inclus pas Cathy, le fait qu'elle me met parfois à l'aise, chemin de pierre, marronnier, infusion, le fait que ma timidité affecte probablement nos revenus, le fait que c'est une sorte de *handicap*, le fait qu'on s'en sortirait mieux financièrement si je n'étais pas aussi timide, le fait que ça a été comme ça toute ma vie, le fait que je finirai comme Miss Havisham si je ne fais pas attention, fusillades, décapitations, le fait que *Harrison Ford* n'est pas timide, lui, blessure par balle, le fait que la sodomie me dépasse, oh mon Dieu, pourquoi j'ai pensé à ça, bon sang, injection, inondation, le fait que l'eau à Dayton a maintenant atteint les toits, toi, mois, moi, émoi, Une Vache S'Envole, le fait qu'en 2012 on a eu un véritable *derecho*, dans l'Ohio, le fait que c'est quand la vache est tombée de la laiterie Young's Jersey, troposphère, rafale descendante, tuscweather.net, le fait que quand j'ai lu « Une vache s'envole » dans le *Dayton Daily News* j'ai cru qu'il y avait eu une tornade, pas juste un *derecho*, et qu'une vache avait été emportée dans les airs, *Et la vache s'envola dans la lune*, mais c'était juste l'enseigne de la laiterie Young's Jersey que le vent avait décrochée, le fait qu'ils en ont fait toute une affaire, de cette histoire d'enseigne, après son « accident », cancer, frais d'hôpitaux, André Allard, le fait que les parents français sont plus heureux que les non-parents français, mais les parents américains ne sont pas heureux du tout, d'après quelqu'un, une étude, le fait que les gosses adorent la marque Young's Jersey, mais dans quelle ville ça se trouve, j'ai oublié, le fait qu'on devrait y aller plus souvent, franchement, le fait qu'on ne fait pas assez de sorties de ce genre, le fait qu'ils vendent de la glace aux pêches à la crème là-bas, et de la glace au lait de poule à Noël, le fait que je prends toujours le croustillant au caramel, croustillant au caramel salé, le fait qu'on pourrait croire que les enfants n'ont pas envie de glace à Noël, mais ils pourraient en manger n'importe quand, le fait que Ben aime leur glace à la bouse ou celle qui s'appelle Trash, le fait qu'on peut jouer avec des chèvres, un vrai zoo, et tout le monde aime les chèvres, le fait qu'au Maroc certaines chèvres montent dans les arbres, le fait que dans le yoga chèvre ils font monter des chèvres sur vous, tapis de yoga, bijoux capillaires, coquilles d'œufs, le fait que je devrais filer au Secours populaire ces vieilles couvertures qu'on a au grenier, le nouveau moi, la nouvelle normalité, succulents, le fait qu'elles doivent être en train de moisir, le fait que vingt-deux personnes ont péri pendant le *derecho*, comme quoi c'est pire qu'un ouragan, le fait qu'il existe des derechos en série, et des derechos progressifs, le fait que je ne sais pas ce qu'était le nôtre mais je sais qu'il avait une formation en C inversé, *Je ne sais pas mais eux si,* advection d'air chaud, système convectif de méso-échelle, grain en arc, ligne de grain, sodomie, oh bon sang, mais qu'est-ce qui m'arrive, le fait que évitons le sujet, le fait que je préférerais penser à tout sauf ça, le fait que certaines femmes aiment la sodomie, je crois, ou alors elles font semblant, le fait que le sexe c'est le sexe, je crois, et que ça a du bon, mais ce n'est pas pour moi, ce n'est tout simplement pas pour moi, « J'aimais beaucoup ça ! », s'intégrer, le fait qu'il y a eu des coupures de courant pendant des jours après le derecho, et que c'est arrivé si vite, le fait que c'était une belle journée calme et la seconde d'après il y avait des vents de 150 km/h, et la moitié des arbres abattus, le fait que c'est la catastrophe naturelle la plus coûteuse de l'histoire de l'Ohio, le fait que c'est toujours une histoire d'argent, le fait qu'ils croient que c'est la seule chose qui intéresse les gens, le fait qu'ils ne peuvent pas juste parler d'une violente *tempête*, il faut toujours qu'ils traduisent les dégâts en termes de coûts, le fait qu'aujourd'hui il y a juste de la neige et des nuages, gris, le fait que ce nuage a un visage et un, euh, oh-oh, ce visage est masculin, punaise, amanites phalloïdes, symboles phalliques, graffiti, le fait qu'elle se trouve à *Yellow Springs*, la laiterie Young's Jersey, le fait que Leo a vu un nuage en forme de *lion* depuis l'avion la semaine dernière, le fait qu'il l'a photographié, mais c'était difficile de le reconnaître, comme ces photos en 3D auxquelles je ne comprends rien, Une Famille De Canards Sauvée Dans Une Piscine, le fait que les Ackroyd n'arrêtent pas de trouver des souris mortes dans leur petit étang, le fait qu'elles sont venues boire et sont tombées dedans et n'ont pas pu ressortir, le fait qu'ils auraient dû mettre des petits escaliers pour souris, ou une échelle, manœuvre de Heimlich, tousser, le fait que j'ai besoin de reprendre un café bien serré, tousser, pousser, pouffer, poffertjes, dinde Susquehana, crêpe à la dinde, le fait qu'un Dutch Baby ressemble à une crêpe, petit beignet, soufflé, souffleur, poffertjes, le fait que je crois qu'un Dutch Baby est la version américaine d'un Yorkshire pudding, le fait que je ne sais pas si les Hollandais mangent des Dutch Babies, réchauffés dans un four hollandais, le fait que les Japonais font une sorte de crêpe soufflée, qui gonfle, le fait qu'elle fait deux centimètres et demi d'épaisseur, pasteurisé, vache dans le ciel, Cy, Hollandais volant, le fait qu'on a de la chance d'avoir le parc de Cy Young, et la piscine, l'été, le fait que Cy Young est mort à Peolia sans se faire un nom, le pauvre, quelle tristesse, le fait que les amish près de Peolia sont tous des Swartzentruber, le fait que je n'ai jamais pu savoir si Peolia College avait un rapport avec Peolia, mais sûrement, le fait que les armes à feu ont fait un million et demi de morts en Amérique depuis 1968, le fait que les principales façons de mourir en Amérique, à part se faire abattre, sont la crise cardiaque, le cancer du pancréas, accident de voiture, incendie, alcool, se noyer dans un lac, un fleuve, l'océan ou une piscine, empoisonnement au gaz, tomber d'une échelle, d'un immeuble, ou de tout autre bâtiment, accident d'avion, insolation, chute de vélo, se faire happer par un engin agricole, pendaison accidentelle ou strangulation, électrocution, tempêtes, orages électriques, se faire écraser par quelque chose, ou entre deux choses, le fait que « se faire écraser entre deux objets » semble résumer ma vie, « pression, pression », cochon pendu, le fait que c'est un vrai zoo ici, les von Trapp, le fait qu'on a très peu de risques de mourir dans un accident de train, et beaucoup plus de risques de se casser le cou en sortant de la baignoire, le fait que j'ai rêvé qu'on était descendus dans un hôtel à New York et j'étais vraiment inquiète de ce que ça allait nous coûter, parce que Leo avait réservé la chambre sans regarder les tarifs, et l'endroit était luxueux, le fait que j'apprenais alors que c'était seulement 72 $ la nuit, du coup je voulais prolonger d'une semaine, le fait que je suis incapable de me rappeler comment on appelle ces trucs foncés, à carapace dure, avec des piquants et tout sphériques qui vivent sous l'eau, le fait qu'ils ont un peu la forme d'une orange, avec des segments, le fait que je ne crois pas que ce sont des plantes ou des légumes, quelque chose entre les deux, comme un ornythorinque, le fait que c'est peut-être un genre de crustacé, le fait que ce ne sont pas des anémones de mer, aménités, anomalies, ennemies, anomie, entropie, le fait qu'enfant j'étais parfois incapable de mettre un pied devant l'autre, le fait que je me rappelle avoir traîné la patte quand on a dû aller faire les courses avec Maman, et devoir me reposer, assise au bord du trottoir, le fait qu'elle nous donnait parfois des bonbons, pour nous remonter le moral, cupcake Hostess, le fait que je me sens parfois encore comme ça, comme si je ne pouvais pas remuer d'un centimètre, écrouissage, déformation, fatigue, limite d'élasticité, le fait que j'ai sûrement besoin de dormir plus, flambage, dislocations, et de faire moins de tartes, le fait qu'après que Maman est tombée malade j'ai dû me préparer toute seule mes repas pour l'école, dans mon petit Tupperware, seule, étrange, hydrangea, le fait que le pigeon mort sous notre porche l'été dernier était très beau, gris foncé, le fait que je l'ai jeté à la poubelle, le fait que j'aurais dû l'enterrer, le fait que ça paraissait horrible de jeter une chose aussi belle, mais j'avais peur de la contagion, grippe aviaire, mites, le fait que je ne voulais pas que mes poussins soient contaminés, couvade, Ronny, le fait que Maman nous a toujours défendu de toucher un oiseau mort, et je me fais toujours violence quand je dois me débarrasser d'une poule morte, le fait que nos poules meurent de temps en temps, mais pas trop souvent, touchons du bois, poules heureuses, Kentucky Fried Chicken, le fait que j'ai rêvé que Bathsheba était vieille et malade et que j'étais censée l'emmener chez le véto pour la faire piquer, mais une fois là-bas je changeais d'avis, le fait que je me disais qu'elle ne méritait pas ça, et on rentrait chez nous, heureuses, le fait que je ne sais pas pourquoi j'ai rêvé d'une chose pareille, le fait qu'elle est morte dans mes bras à Noël, juste après qu'on a emménagé ici, le fait que j'ai fait un autre rêve avec des chats, toute une portée de minuscules chatons gris qui vivaient sous une plante en pot près du poêle, le fait que je devais déplacer la plante et que je trouvais tous ces chatons, mais ils étaient très nombreux, peut-être onze, qui gigotaient tous et allaient dans des directions différentes et essayaient de se cacher, Pierre, Tiny Tim, Edward et ses bébés, Bathsheba, Opal et Frederick, Le nom de votre premier animal, Nom de jeune fille de la mère, Votre première adresse, Couleur préférée, le fait qu'elle me manque, belle Bathsheba, tarte à la polenta, le fait que je me demande si les femmes pensent à leurs rêves en faisant la cuisine, le fait que Nanya m'a appris à faire une fanouropita chaque fois que je perdais quelque chose, et ça marche vraiment, le fait qu'on se rappelle souvent où on a mis une chose quand on mange ce gâteau, ou alors elle réapparaît juste après, le fait que c'est une solution géniale, parce que même si on ne retrouve rien, on a au moins un chouette gâteau pour se consoler, le fait que parfois rien que l'odeur de la fanouropita m'aide à me rappeler où j'ai mis une chose, le fait qu'on est censé posé la fanouropita sur le rebord de la fenêtre pour qu'elle refroidisse, ou près d'une fenêtre en tout cas, afin que saint Fanourios puisse venir et en prendre un peu, et en retour il vous aide à retrouver ce que vous avez perdu, mais ça ne marche pas toujours, le fait que je crois que ce type aimait vraiment les gâteaux, le fait qu'une fanouropita doit comporter sept ou neuf ingrédients, parce que ce sont des chiffres porte-bonheur en Grèce, le fait qu'il y en a en général sept dans ma fanouropita, parce que je ne mets ni noix ni raisins secs, mais parfois c'est neuf, parce que maintenant j'ajoute du cognac et des olives, finement émincées, le fait que c'est une des innovations de Leo, les olives, le fait que presque toutes les choses sucrées ont besoin d'un élément salé, à part la limonade Snapple, le fait qu'on met presque une tasse complète de jus de citron dans la fanouropita, mais c'est encore très, très sucré, et un peu fangeux, le fait que ça vous colle au palais, palet, le fait que j'ai intérêt à ne pas perdre ma recette, le fait que je n'ai pas envie de devoir faire cuire une fanouropita juste pour m'aider à retrouver ma recette de fanouropita, le fait que je devrais en faire un double, même si on peut regarder sur le Net, je suppose, mais je ne trouverais pas forcément la même recette, Olivia Newton John, Ariana Grande, Killbuck Creek, Wiles Hog Farm, le fait que comment s'appelle ce mollusque déjà, si c'est un mollusque, le déguisement de pirate de Ben, le fait que Ben le mettait pour aller au parc, comme moi avec mon déguisement d'oiseau, le fait que je l'adorais dans son justaucorps pourpre, avec son tricorne, son pantalon noir aux revers noirs avec de la dentelle blanche, Mary Ingalls, Pa et l'ours, doublure, triplé, quadruple saut, le fait que le chapeau de Ben n'était pas vraiment un tricorne, plutôt une sorte de sombrero rouge absurde avec l'avant et l'arrière épinglés, mais ça avait belle allure de loin, Ben dévalant la colline jusqu'au pont, un pirate s'avançant sur la planche, effondrement de pont, le fait que j'aime regarder mes enfants de loin, le fait que c'est peut-être pour ça que des mères vont voir leur fils jouer au foot, le fait que je me demande où elles sont passées, pas les mères, nos robes hollandaises, les costumes de petites Hollandaises, le fait que Phoebe et moi avions chacune une robe rouge et bleu avec des rayures verticales, et un tablier blanc, le fait que j'ai oublié si on avait des coiffes blanches, le fait que je suis sûre que je les ai rangées quelque part, le fait que Gillian pourrait encore mettre la grande si seulement je mettais la main dessus, fanouropita, mais elles sont peut-être tout en lambeaux maintenant, ou alors on les a usées, mais je ne me rappelle pas les avoir mises tant que ça, même si on en avait envie, le fait que les gamins du quartier refusaient catégoriquement de se balader avec nous si on mettait ces robes, ou alors on a grandi et on ne pouvait plus les porter, rien à voir avec les enfants du quartier, le fait qu'on avait trouvé ces robes en Hollande, pendant notre année à l'étranger, le fait qu'on avait rapporté plein de trucs hollandais à Evanston, la salière et le poivrier bleu et blanc en forme de moulins, avec des ailes en porcelaine qui tournaient vraiment, la poêle à poffertjes, et les deux robes, mais pas de sabots en bois, le fait que je me demande comment les gens font pour marcher avec ces trucs, mais les gens mettent bien des Crocs, et c'est un peu la même chose, le fait que je crois qu'on se promenait dans ces petits habits hollandais quand on est rentrées chez nous et tout le monde se moquait, mais c'était plus fort que nous parce que ces robes étaient tellement jolies, le fait qu'on les aimait vraiment, et j'ai mis celle de Phoebe quand elle a grandi, le fait qu'être la cadette a ses avantages, comme je le dis tout le temps à Gillian, mais elle ne s'intéresse pas aux vieux vêtements de Stacy, *Oliver !*, la morte allongée dans son lit qui tient une rose rouge, ex-femme, X-man, le fait que ça ne semble pas déranger Jake de mettre les vieilles fringues de Ben, « ébène », le fait que Jake se fiche de la mode pour l'instant, le fait qu'il a commencé par mettre les bodies de Gillian et d'autres fringues pour bébé mais nous ne lui dirons jamais, le fait que tout ça a fini au Secours populaire après, fini les bébés pour moi, le fait qu'il y a des « anti-natalistes » qui pensent que la naissance est une chose négative, mais je ne crois pas qu'il y en ait beaucoup par ici, dernières paroles célèbres, jusqu'aux dents, couverture, crématoriums, dingue, Abby, Bathsheba, vanné, le fait que je devrais reprendre du café, mon alliance, plan de travail, vieilles piles, plateau plein d'objets, trous de mémoire, le feu rouge devant la station essence Shell dans Front Avenue, New Philly, poules, jouer au solitaire sur l'herbe dans le jardin des Nelson, arroseurs automatiques, taches d'herbe, le fait qu'on a répété la pièce *Oliver !* tout l'été, le fait que je ne me souviens pas de la représentation, juste des répétitions, le fait qu'elles paraissaient interminables, le fait que Hillary Clinton a grandi dans l'Illinois, une républicaine, comédie musicale, le fait qu'elle était républicaine jusqu'à ce qu'elle quitte la fac, le fait qu'elle a assisté au mariage de Trump, ou à l'un d'eux, en tout cas, les yeux plissés de Melania, le fait qu'une fille a tiré avec une arme à feu dans une école du West Kentucky hier, le fait qu'elle avait apporté l'arme à l'école en croyant que c'était un jouet, le fait que j'ignore pourquoi elle a voulu apporter un jouet à l'école, le fait que je suis tombée dans le gros massif de roses juste à côté de chez nous, quand j'étais petite, le fait que je suis tombée de vélo dès que j'en ai eu un, et que j'ai atterri pile au milieu d'un massif de roses très épineuses, le fait que comment je m'y prends pour en arriver là, le fait que je crois être vouée aux accidents, bouton de matelas, insuffisance cardiaque, le fait que Maman a dû venir me sortir de là puis ôter toutes les épines de ma jambe, une par une, le fait que j'essayais d'apprendre toute seule à faire du vélo, le fait que j'avais attendu le plus tard possible, le fait que je serais en retard à mon propre enterrement, toujours à la bourre, bourré, rembourré, le fait que je ne voulais pas faire de vélo, le fait que j'aimais mon tricycle, mais je ne pouvais plus suivre les autres enfants sur un tricycle, le fait que les tricycles n'ont pas de vitesse, vélocité, véracité, le fait que tout le monde faisait de grandes balades à vélo sans moi, le fait que j'ai dû également apprendre à faire du skate, cerceau, parkour, bâton sauteur, échasses, corde raide, se suspendre à des soies, et la roue, faire la roue, ne pas s'accrocher à la roue, dangereux, le fait que je n'ai jamais essayé les échasses ni la soie, le fait que j'ai toujours eu trop peur de me faire mal, ou de me fatiguer, le fait que les lâches marchent sur des échasses, peur de se salir les pieds, le fait que mes enfants ont très vite su faire du vélo, mais on les a aidés, le fait qu'il faut une petite colline pour s'entraîner, ce qu'on n'avait pas à Evanston, le fait que Jake sait presque en faire, le fait que j'adorais mon tricycle orange et blanc, avec la grosse roue devant, le fait que pourquoi on ne peut pas rouler en tricycle toute sa vie, pourquoi est-ce qu'il faut passer au vélo, le fait qu'ils devraient installer des vitesses sur les tricycles, le fait que Maman et Papa l'ont donné un jour quand j'étais à l'école, à un gosse que je ne connaissais même pas, le fait que je crois qu'ils attendaient que je me débrouille avec un vélo, mais je n'en suis même pas certaine, bon, c'est possible, le fait qu'il est peut-être resté des années dans la cave avant qu'ils s'en débarrassent, le fait que je ne me rappelle plus, le fait que j'ignore pourquoi ils ont voulu le donner sans m'en parler, le fait que j'aurais juste aimé le voir une dernière fois, peut-être rouler encore un peu avec, lui dire au revoir, le fait que je devrais faire une fanouropita pour essayer de retrouver mon tricycle, oh non, le fait que Ben ne se sent pas bien, le fait que c'est sûrement l'excès de poffertjes, le fait qu'il est là sagement sur son iPad, je veux dire à jouer avec, pas assis dessus, le fait que *Oliver !* était une idée de la grande sœur de Jill Worth, le fait qu'elle paraissait beaucoup plus grande que nous et que je ne l'ai jamais trop aimée, le fait qu'elle me faisait peur, le fait que, maintenant que j'y pense, monter une production en extérieur de *Oliver !* était un projet assez ambitieux pour une ado, le fait que ses amis et elle étaient vraiment dingues de *Oliver !*, et qu'ils nous ont forcés à répéter tout l'été, le fait que tout ce que j'avais faire c'était m'asseoir sur l'herbe et jouer au solitaire, le fait que je me demande ce qu'elle est devenue, le fait que je ne me souviens même pas de son nom, le fait que c'était une sorte de Hillary Clinton, Wella, est-ce que c'était Wella, ou Bella, le fait que c'était peut-être Bella, Bella Worth, Bertha, Bertha Wortha, le fait que je ne sais même pas ce qu'est devenue *Jill* Worth, le fait qu'on a été les meilleures amies du monde pendant des années, et qu'on a essayé de rester en contact après avoir emménagé à New Haven, mais ni elle ni moi n'étions de grandes épistolières, pistoleros, le fait qu'elle avait un an de plus que moi, passer le temps, « Il est temps de se casser, frangine », carabine à air comprimé, voiture électrique, le fait que Bella ou Wella voulait que je fasse partie de la bande à Scrooge, les petits gredins, non, je veux dire la bande de *Fagin*, ♫ *Whe-e-e-e-ere is love ?* ♫, et moi je devais rester sur l'herbe et jouer au solitaire, et j'ai fait de mon mieux, le fait que c'était très ennuyeux, le fait que j'oubliais parfois complètement qu'on était en pleine répétition, parce que ça s'éternisait, le fait que je crois que je décrochais parfois et qu'on devait me rappeler de jouer au solitaire, le fait que le solitaire était le seul jeu de cartes que je connaissais, et donc je n'ai fait que ça tout l'été, jouer aux cartes sur la pelouse, le fait que je crois que Bella ou Wella a décidé très tôt que je n'avais aucun talent naturel et que je ne savais pas chanter, malsain, oursin, le fait que c'est ça le nom de ces trucs ronds et pleins d'épines, le fait que notre « scène » était le jardin des Nelson, derrière leur grande maison blanche en bardeaux, les Nelson qui avaient toujours du beurre de cacahuète et des sandwiches à la gelée, et aussi ces bonbons rayés pour les grandes occasions dans une belle bonbonnière, le fait que j'ai essayé de retrouver ces bonbons-là, mais je n'en ai jamais vu nulle part, le fait qu'ils en ont peut-être au Vermont Country Store, le fait qu'ils ont plein de bonbons d'autrefois, le fait que les Nelson étaient une grande famille et qu'ils avaient une des plus grandes maisons du quartier, et Amanda avait des tas de poupées Barbie avec tous les accessoires, les brosses et tout ça, et des Ken aussi, le fait que je n'ai eu qu'une seule Barbie, je crois, et jamais de Ken, le fait que leur maison ressemblait à ce à quoi doit ressembler une maison, le fait qu'elle était toujours en parfait état, propre et blanche, avec tout ce qu'il fallait dedans, alors qu'ils avaient six enfants, le fait que leur maison n'était pas envahie par les papiers comme la nôtre, le fait que c'étaient comme qui dirait des gens parfaits, comme sont censés l'être les gens, riches et propres et calmes, athlétiques et sains et beaux, le fait qu'Amanda Nelson était superbe, le fait qu'elle pouvait être vache, le fait que je me demande où elle est maintenant, est-ce qu'elle a épousé un type gentil ou a-t-elle eu une vie difficile, le fait qu'elle pourrait être procureur de l'Illinois aujourd'hui, si ça se trouve, le fait que chaque année les enfants Nelson allaient dans une colo normale et très sympa, pas un truc éducatif, le fait que Phoebe est allée à Interlochen, le fait que j'allais juste dans des centres aérés en journée, près d'Evanston, le fait que j'ai pris des cours de théâtre un été, oh, et cette petite colo musicale une fois, juste pour instruments à cordes, mais c'était seulement pendant deux ou trois semaines, pas tout l'été comme à Interlochen, sapins, falaises, le fait qu'on dormait à plusieurs dans cette vieille maison, deux à trois par chambre, le fait qu'on recevait des colis de la maison, le fait qu'un jour on s'est toutes liguées contre une autre fille et je ne sais toujours pas pourquoi, le fait que ma prof préférée nous a grondées et que ça m'a mise très mal à l'aise, le fait qu'on déjeunait toutes dans une grande tente, buffet et tout, ce qui me plaisait, parce qu'on pouvait manger à sa faim, et après j'ai attrapé un gros rhume mais ils m'ont quand même laissée nager, dans cette longue suite de chutes d'eau, le fait qu'ils nous ont emmenées là-bas en car, le fait que l'eau était juste assez forte, et assez profonde, pour que ça fasse peur et rire à la fois, « Ssssuper bien ! », le fait que je ne me suis jamais autant amusée de ma vie, le fait que les rochers étaient gros mais ronds, et l'eau assez vive pour vous renverser mais sans vous faire trop peur, le fait que je me demande pourquoi les enfants Nelson étaient chez eux l'été où on a joué *Oliver !,* le fait qu'ils avaient peut-être déjà passé un mois en colo, et ils étaient rentrés et avaient besoin de s'occuper, le fait qu'on devait tous faire les chœurs, mais la seule chanson dont je me souviens vraiment c'est celle qu'Oliver chante seul dans l'orphelinat ou l'usine d'embouteillage, bref, et qui me paraissait poignante à l'époque, le fait que je crois que j'aurais aimé chanter cette chanson, mais c'est sans doute Amanda qui l'a chantée, le fait que les enfants Nelson avaient tous les meilleurs rôles, le fait qu'Amanda frimait tout le temps, le fait que, bon sang, on a dû répéter ce truc un milliard de fois, célébrité, torture, USA, Jésus López Pérez, le fait que ce n'était pas « Somewhere Over the Rainbow », parce que ça c'est dans *Le Magicien d'Oz,* Munchkins, ♫ *Courage* ♫, le fait que c'était ♫ *Whe-e-e-e-ere is love ?* ♫, je crois, ou quelque chose comme ça, le fait que j'ignore si les chansons devraient avoir le droit de faire traîner une syllabe aussi longtemps, ♫ *Glo-o-o-o-oria excelle-scie déo* ♫, le fait que des tas d'hymnes font ce genre de chose et qu'ils sont gênants à chanter, le fait que si on pa-a-a-arlait co-o-o-mme ça-a-a-a-a ça ne serait pas très pratique, déguisement de canari, le fait que les gen-en-en-en-ens vou-ou-ou-ous ca-a-a-a-sseraient la-a-a-a gueu-eu-eule, le fait que je préférais encore mon déguisement de canari à ma robe hollandaise, le fait que j'adorais ce déguisement d'oiseau, ♫ *Mais où-où-où-où-où est-il ?* ♫, le fait que j'aimerais le porter là tout de suite, le fait que c'est mes profs à Rome qui l'avaient confectionné, le fait qu'ils nous avaient fait à tous des déguisements d'oiseau, à toute la classe, le fait qu'ils nous avaient tous déguisés en petits oiseaux jaunes puis nous avaient fait courir autour d'une petite hutte en paille dans la classe, en pépiant hystériquement, le fait que je ne me suis jamais autant amusée, encore plus qu'à la chute d'eau, le fait que je me souviens encore des essayages et de nous tous en oiseaux jaunes en train de courir et hurler, garderie, plumes jaunes, le fait que mon costume était fait de millions de plumes, ou de centaines, chacune cousue avec amour, le fait que même à quatre ans ça m'avait épatée, le soin qu'avaient mis ces profs, et toutes ces plumes, le fait que ça m'épate encore, le fait qu'on ne trouve pas de profs à Newcomerstown pour s'atteler à un travail de couture comme ça, le fait que si les enfants ont besoin de costumes pour un spectacle scolaire c'est à moi de les faire, ♫ *Je ferais n'importe quoi* ♫, ou alors les enfants les feraient peut-être, je suppose, avec les vieilles fringues qui sont au grenier, le fait que c'est peut-être ce qui est arrivé à ma belle chemise poncho brodée du Guatemala, le fait que je détestais cette chanson, ♫ *Je ferais n'importe quoi* ♫, peut-être parce que Bella n'arrêtait pas de nous la faire répéter, tous ensemble, ♫ *Je ferais n'importe quoi* ♫, Comment perdre vos kilos de grossesse en cinq jours, le fait que « je ferais n'importe quoi » pour *prendre* quelques kilos, mais on n'a pas le droit de dire ça, sinon les gens pensent que vous vous vantez, le fait que en quoi c'est se vanter que de ressembler à un poulet maigrichon, le fait que cet enseignant tout maigre et dépenaillé était si pauvre qu'il vivait dans sa *voiture*, à ce qu'on m'a dit, National Life, avant de démissionner, le fait que les enseignants ne gagnent pas beaucoup, le fait qu'ils gagneraient sûrement plus en faisant autre chose, Société du gaspillage, vente à crédit, le fait que la petite cabane était décorée avec des fausses feuilles d'arbre, et qu'on courait tout autour, en pépiant et en gazouillant le plus fort possible, quelles bellottes, le fait qu'on était tellement contents, de nous et de nos costumes, tellement excités qu'on nous permette de courir et de faire du bruit, le fait que c'est comme ça qu'on rend heureux des enfants de quatre ans, euphorie, le fait que je crois qu'on a vraiment cru qu'on était des oiseaux pendant une seconde ou deux, moi en tout cas, le fait que l'italien est ce qu'il y a de mieux pour l'opéra, enrouler des spaghetti, roulés à la cannelle, zeste d'orange, zesteur, mon pinceau de cuisine, 180°, le fait que si les enfants s'amusaient autant de nos jours on les mettrait tous sous Ritalin, mon livre de maths avec les pages en plastique, même si maintenant ils ont une nouvelle méthode pour calmer les enfants hyperactifs, le fait qu'ils leur font porter des vestes lestées, Marley, maillot, le fait qu'ils devraient leur mettre des gilets pare-balles tant qu'ils y sont, le fait que ça ne peut pas faire de mal, panneaux balistiques, le fait que les vestes lestées sont déjà tellement populaires que tous les autres enfants en veulent, qu'ils aient des TDA ou pas, le fait que ça ne me paraît pas très drôle, de porter une veste lestée, le fait qu'il n'y a rien de mieux que d'être convié à devenir un oiseau pendant un jour, convoler, « Reine d'un jour », abat-jour, rabat-joie, le fait que quand on est rentrés à Evanston j'ai voulu porter encore un peu mon déguisement, le fait que ça devait être quelques années avant qu'on veuille se promener dans nos robes hollandaises, 1979, 1980, 1981, le fait que je crois être sortie une ou deux fois à Evanston avec mon déguisement de canari, parce que je me revois sautiller sur le perron, essayer de m'envoler, et être vraiment contrariée quand il ne m'allait plus, le fait que je ne l'avais pas mis depuis un bout de temps et qu'un jour je l'ai vu dans mon placard et j'ai essayé de le mettre mais il ne m'allait plus, sans le déchirer, le fait qu'il était très fragile, âne, jumelles d'opéra, oiseaux jaunes, Rome, spirales, le fait que c'est peut-être pour ça que je rêvais autant que je volais quand j'étais petite, à cause de ce déguisement, imprimé, Fiesole, Frascati, fresques de Tiepolo, le fait que mes enfants semblent ne jamais en faire, des rêves où ils volent, pas des fresques de Tiepolo, ♫ *Whe-e-e-ere is love ?* ♫, le fait qu'un de ces rêves était si frappant que j'ai réellement cru pendant des années que je pourrais voler si je me concentrais vraiment, le fait que je l'ai cru en secret pendant quelques années, mais je n'en ai parlé à personne de peur de tout gâcher, le fait que je pensais que ça viendrait tout seul, décoller, mais que c'était possible, tant que j'y croyais et battais des bras et me servais de mes jambes, comme si je remontais à la surface depuis les grands fonds, comme quand on est sur le point de manquer d'oxygène et qu'on essaie de rejoindre la surface de toutes ses forces, le fait que dans mon rêve le plus mémorable je sautais du haut du perron et agitais les bras et moulinais des jambes en l'air, et lentement, lentement je gagnais de l'altitude jusqu'à atteindre les premières branches de l'arbre, le fait qu'il suffisait de se concentrer et d'y croire, renoncules, allée, grenier, atomes compressés, le fait qu'on jouait à tour de rôle à passer à la télé dans l'allée, déchets radioactifs, « Reine d'un jour », le fait qu'on se servait de la vieille carcasse d'un téléviseur qu'on avait trouvé là-bas, juste Phoebe, Karen et moi, pendant que Pepito montait la garde dans le jardin au cas où un éboueur surgisse, écureuil fou, Trastevere, Pierre, le fait que Pierre est venu avec nous à Rome et qu'il est mort là-bas, de vieillesse, le fait qu'il avait dix ans, et le véto qui était catholique s'est signé avant de le piquer, le fait que Maman n'a jamais oublié ça, le fait que c'était très important pour elle, même si elle n'était plus pratiquante, le fait que je pense que ça n'avait rien à voir avec la religion, le fait qu'elle avait juste trouvé respectueuse l'attitude du véto envers Pierre, artichauts frits, ghetto, *C'est compliqué*, le fait que Maman n'a jamais oublié le véto faisant le signe de croix, Delacroix, et moi non plus, même si j'avais à peine quatre ans à l'époque, et que je ne crois même pas que j'étais là à ce moment, le fait que je devais être à la garderie, à pépier, courir comme une folle, ou en pincer pour un petit garçon de ma classe du nom d'Andrew, parce que *Phoebe* en pinçait pour un garçon du nom d'Andrew dans *sa* classe, le fait que je suis douée pour oublier, mais ce n'est pas un don qui est reconnu, que je sache, le fait que j'oublie parfois mes *parents*, et Pierre, et des tas d'autres choses, le fait que j'ai la pire mémoire au monde, le fait que ma vie m'échappe pour l'essentiel, le fait qu'en tant qu'historienne de ma propre vie je dois la plupart du temps me fier à des intuitions, fonctionner à vide, tituber dans des dunes de sable, traqué jusqu'au point d'être distinct, Chuck, Pierre, tortues de mer, Maman, le fait que comment s'appelle déjà le chien avec l'os de dinosaure dans *L'Impossible Monsieur Bébé*, pas Snowy, clavicule intercostale, le fait que j'oublie parfois vraiment qu'ils ont existé, juste parce qu'ils n'existent plus, ce qui ne leur rend pas justice, à Maman et Papa je veux dire, pas aux dinosaures, le fait que j'oublie à quel point Maman et Papa étaient réels, le fait que l'existence est un fait, même si elle a eu lieu dans le passé, comme devrait le savoir n'importe quel étudiant en Histoire, le fait que leurs morts ont été un tel choc que j'arrive à peine à croire qu'ils sont jamais nés, mais ils sont nés, et ils ont été des enfants, et ils ont grandi et sont allés à la fac et sont tombés amoureux et se sont mariés et nous ont eus et tout ça, le fait qu'ils ont eu trois enfants, nous ont essuyé les fesses, et nous ont lavé le oh là là, et préparé à manger et nous ont regardés grandir, ont ôté des épines de ma cuisse quand c'était nécessaire, et des bouts de verre de mon pied, le sens de la vie, le fait qu'ils nous ont emmenés à l'hôpital, qu'ils étaient là quand on m'a opérée du cœur, le fait qu'ils ont enseigné, et lu des livres, et écrit des livres, le fait qu'ils ont eu des vies bien remplies et une histoire aussi réelle que la mienne, encore plus réelle même, plus productive en tout cas, le fait qu'ils étaient réels comme jamais je ne le serai, ni mes enfants, ou quoi que ce soit, et je n'aime pas l'idée que leur histoire disparaisse avec eux, cannelle, blanc-manger, balcon italien, villa, vanille, atrium, Pompéi, le fait que même si j'ai oublié Pierre, lui aussi a sa propre histoire, le fait qu'il a eu une vie riche et bien remplie, le fait qu'il est né à Chicago et est mort à Evanston, où il a été libre de courir et d'avoir des liaisons, puis il est devenu un vieux chien, il est parti à Rome avec nous, et il est mort et a été enterré dans un cimetière italien pour chiens, le fait que c'était un sacré baroudeur, un jet-setter, à sa façon, « mort pour la patrie », le fait que

Maman et Papa aimaient beaucoup, beaucoup Pierre, le fait qu'ils l'avaient eu avant de nous avoir nous, et donc c'était leur premier-né, et un enfant unique pendant près d'un an, « enfant unique », le fait qu'il a toujours été comme un mythe pour moi, Pierre ce héros, parce que j'étais très jeune quand il est mort, le fait que je pense n'avoir de lui que des souvenirs appartenant aux autres, le fait que j'étais plus grande quand on a eu Pepito, et c'était comme un vrai membre de la famille, mon frère chien, le fait que c'est à peu près tout ce que je me rappelle de mon enfance, mon déguisement d'oiseau, les robes hollandaises, ce rêve où je vole, la mort de Pierre, le véto italien, les tortues, entortiller des spaghetti, les rhododendrons, les pêches à la crème, les répétitions pour *Oliver !*, et c'est tout, même si bizarrement je me rappelle aussi ce bar dans la gare de Hickory, Caroline du Nord, le fait que Leo a commandé un Scotch soda pour moi et j'ai eu droit à un énorme verre, le fait que le barman était un nouveau et ne savait pas quelle dose mettre, le fait que j'ai tout bu, Canadian Club et ginger ale, Abby, « CC'n'ginger », petits pains au homard, réfugiés avec des engelures, drapeau canadien, Italie, Texas, m'dame, le fait qu'il y a un endroit au Texas qui s'appelle Italy, le fait qu'il y a eu une fusillade dans une école là-bas, le fait que Jésus m'a sauvée, et sans lui je serais encore là-bas au bord de la route, sans doute changée en glaçon, ou dévorée par un ours, un repas télé pour ours, le fait que c'est agréable d'être au chaud chez soi, même si j'ai cent roulés à la cannelle à faire, qui dit droits dit responsabilités, le fait que je pourrais être un ours dans sa tanière puante maintenant, essayer d'hiberner mais me réveiller affamée plusieurs fois par jour et me demander en quelle saison on est, le fait que l'hibernation me semble une décision plutôt désespérée, un truc ennuyeux, bouderie, insomnie, haleine horrible, torpeur, puanteur, pouah, et qui sait, peut-être incontinence, le fait qu'on ne peut pas jouer au Go-Go toute la journée, parce qu'on est censé dormir, « Allez les Ours », le fait que ça pense à quoi un ours, et est-ce qu'un gorille soliloque tout le temps comme nous, le fait que j'ignore comment pensent les animaux mais moi je pense par spirales, spirales vertigineuses, le fait que cette vidéo d'une sourde qui parle en langage des signes à un orang-outang était complètement bidon, et j'ai marché à fond, le fait que, sauvez la planète, les orangs-outangs ne se battent pas pour la forêt tropicale, le fait que la bonne nouvelle c'est que les animaux ne savent pas encore que nous avons bousillé la planète, ou ne savent pas que c'est nous qui l'avons bousillée, du moins, sinon ils nous tomberaient dessus, toutes griffes dehors, le fait qu'on a vraiment du bol qu'ils ne nous en veuillent pas, comme dans *Les Oiseaux*, le fait que j'ai eu de la chance de ne pas geler là-bas dans la voiture, tellement de chance que je n'ai plus envie de ressortir, ou pas avant l'été en tout cas, le fait que je ne veux pas forcer ma chance, le fait que j'aimerais pouvoir juste hiberner ici, dans mon lit, le fait que heureusement un automobiliste m'a vue debout comme une idiote au bord de la route et a appelé Jésus de Nazareth, non, Jésus López Pérez de New Philadelphia, le fait que c'est grâce à eux, le fait qu'il est parti à ma recherche en pleine *tempête de neige*, un inconnu, alors je suppose que j'ai eu tort de les traiter tous de goujats, le fait que je n'étais pas très rationnelle, le fait que j'étais juste furieuse contre *moi-même*, et effrayée, le fait qu'on n'est pas à son avantage quand on a peur, Yéti, le fait que ce gentil Jésus est passé devant moi, s'est arrêté, m'a regardée une seconde, a décidé que je n'étais pas une Marilyn Monroe, et m'a quand même aidée, le fait qu'il n'a pas dit grand-chose, bon, il faisait trop froid pour parler, le fait qu'il m'a juste fait signe de monter dans son pick-up, puis il a remorqué la voiture jusqu'au garage de Gnadenhutten, le fait que ce n'est pas *son* garage, le fait qu'il travaille à New Philadelphia, mais je suppose qu'ils sont tous potes dans le monde des garagistes, et aller à Gnadenhutten était plus rapide et plus facile, mécaniciens, Macarena, le fait que le dépanneur du coin aurait pu venir me chercher, si j'avais eu mon stupide téléphone, mais alors je n'aurais jamais rencontré Jésus López Pérez, le fait que tout s'est très bien passé, et il a été rapide, le fait qu'il a réparé le pneu dans le temps qu'il m'a fallu pour boire la moitié de ma tasse de café dans le petit bureau, se réchauffer, Massacre de Gnadenhutten, expédition Donner, fête de quartier, le fait qu'il a refusé que je le paie, le fait qu'il semblait désolé pour moi, bien que je ne sois pas Marilyn Monroe, le fait qu'il a été tellement efficace que je n'ai même pas été en retard pour Jake, et Jake et moi avons réussi à livrer toutes les tartes à leurs diverses destinations, sauf celle que j'ai donnée à Jésus pour m'avoir aidée, le fait qu'on est rentrés à temps pour le bus scolaire, comme si je n'avais pas perdu trois heures de ma vie dans une tempête de neige, le fait que c'est une sorte de miracle, le fait que, vu ce que j'ai enduré, il m'a semblé que mes tartes n'étaient pas accueillies avec autant de stupeur qu'elles le méritaient, mais bien sûr personne ne savait ce que j'avais enduré parce que je n'ai pas eu le temps d'expliquer, j'étais tellement pressée d'être rentrée pour les enfants, le fait que bien sûr, si on n'était pas rentrés à temps, ils auraient pu aller en face chez Molly, mais ils n'auraient pas aimé marcher dans la neige jusque chez elle, sans savoir où j'étais, neige bleue au crépuscule, le fait que tout ce temps où je me suis gelée dans la voiture je m'inquiétais pour le bus scolaire et les enfants et les poules, sans parler de l'Abominable Homme des Neiges et des ours qui hibernent, et personne ici-bas ne savait que j'avais un problème, ni Leo ni les enfants, le fait que Maman non plus ne savait rien, le fait que ça semble un sujet de réflexion bien triste, le fait que je n'aime pas y penser, le fait que le temps que j'arrive à la garderie j'étais tellement dans tous mes états que j'ai presque été surprise de trouver Jake là-bas, et non enlevé par une agence gouvernementale à cause de mon incompétence et de ma négligence, le fait que j'ai eu l'impression d'être partie depuis des années, à la Rip Van Winkle, le fait que j'ai eu l'impression d'aller sur la lune, mais, et ça m'a presque surprise, les enfants allaient bien, le fait qu'ils ont survécu, tout comme les poules et les poissons rouges, et Leo, et même la pâte à tarte dans le frigo, le fait que j'ai pensé aux poissons quand j'étais en train de mourir de froid, parce que je n'étais pas sûre de les avoir nourris, le fait que pendant que j'envisageais ma fin j'étais vaguement inquiète à l'idée que personne ne pense à nourrir les poissons pendant des jours, les poules aussi, parce qu'ils seraient bouleversés par ma mort et auraient oublié, le fait que les poules ont besoin d'être davantage nourries quand il fait froid, et non moins, le fait que l'hiver elles ont besoin de graines spéciales, le fait que j'étais contente de savoir qu'elles avaient une lampe chauffante, parce que je savais qu'elles ne risqueraient rien pendant un temps, le fait que la lampe les fait pondre davantage, le fait que les poules sont de bonnes pondeuses les deux premières années mais nos poules de sept ans pondent encore, le fait qu'on a environ cinq œufs par jour sauf quand il fait trop froid ou trop chaud, *Un long hiver*, les chevaux s'enfonçant dans la neige du Grand Marais, le Marais du Désespoir, le fait que personne ne veut s'enfoncer dans un marais, surtout un Marais du Désespoir, le fait que si la grippe aviaire sévit je vais devoir garder les poules dans le poulailler en permanence, parce que je ne veux pas qu'elles attrapent la grippe aviaire et nous la refilent, Jésus, le fait que quand les enfants sont descendus du bus on a tous pris un chocolat chaud, avec de minuscules marshmallows rose et blanc, et je leur ai dit « Jésus m'a sauvée », le fait que je leur ai dit ça, aux enfants, pas aux marshmallows, mais ils n'ont pas compris, le fait que les enfants ne comprennent jamais rien à ce qu'on leur raconte, et ils s'en fichent, du moins c'est l'impression qu'on a, le fait que j'ai dû attendre que Leo rentre pour que ma blague marche, mais quand je l'ai sortie à Cathy elle a compris, le fait que ça ne fait rire que les athées, mais se faire dépanner par un type du nom de Jésus n'est tout simplement pas un truc qu'on peut garder pour soi, Bozo le Clown, Tiffany Trump, le fait que pendant quelques jours je ne savais plus quel jour on était, le fait que je devais tout le temps vérifier, le fait que j'étais comme désorientée, le fait qu'une partie de mon cerveau avait peut-être gelé, engelure, le fait que c'est censé faire du bien au cerveau, le fait que si vous avez un accident cérébral ils vous gèlent la tête pour éviter que ça enfle, le fait que ce maudit tas de fringues à repriser trône là depuis un an, au moins, le fait que j'ai besoin d'un *désencombreur* professionnel, ou d'aller chercher à la bibliothèque un livre sur le désencombrement, sauf s'ils ont désencombré la bibliothèque et n'ont plus de livres, le fait que les chaussettes reprisées sont souvent moins confortables, et les trous reviennent de toute façon, donc ça ne vaut pas vraiment la peine de les repriser, le fait que c'est sûrement une fausse économie, repriser les chaussettes, le fait qu'on n'a pas envie d'avoir d'ampoules, le fait que je doute que beaucoup de gens reprisent encore leurs chaussettes, le fait qu'on est au bord de la troisième guerre mondiale et que je m'inquiète pour des chaussettes, le fait qu'en réalité, dans une guerre, des choses comme des chaussettes peuvent être précieuses, et tout le monde voudra repriser, tickets de rationnement, œuf à repriser, le fait qu'on pourrait peut-être revendre nos chaussettes reprisées au marché noir, nos pulls reprisés aussi, mais ces pulls dans le placard ont vraiment fait leur temps, le fait que, soyons honnêtes, guerre ou pas, je ne vais jamais repriser ces vieilleries, même si je voulais jouer les *Mrs Miniver*, le fait que j'ai donné à Jésus une belle tarte aux quetsches pour sa peine, une de mes plus belles, une superbe tarte aux quetsches rouge foncé, faite avec les quetsches qu'on a ramassées et congelées à l'automne dernier, bien parfumée à la cardamome, momie, toute desséchée, le fait qu'elles étaient dénoyautées, plumitifs, huile de palme, gorilles, orang-outang, le fait que l'hippopotame nain est en danger, non, le rhinocéros nain, parce qu'ils sont en train de raser les forêts à Sumatra, le fait qu'on a l'impression que quelqu'un a dessiné des cercles autour de leurs petits yeux, le fait qu'ils ont toujours l'air fatigués, encore plus fatigués que moi, même leurs petits, mais il ne faut pas le leur dire sinon ils se sentiront encore plus fatigués, Frankie Ne S'Attendait Pas À Être Reçu, prunes, patate, paw-paw, pomme cannelle, le fait que se livrer à la cueillette dans les bois n'est plus amusant, le fait qu'il y a tellement de chasseurs, le fait que quand vous voyez un type avec un fusil se diriger vers vous entre les arbres vous ne savez jamais si vous devez prendre la fuite ou ne pas bouger, le fait que ça peut être un vrai chasseur expérimenté capable de faire la différence entre votre enfant et un chevreuil à un kilomètre de distance, ou ça peut être un amateur à la gâchette facile, qui vous abattra parce qu'il vous aura pris pour un chevreuil, ou alors ça peut être un taulard en fuite ou un terroriste, un représentant de commerce fondamentaliste qui ne met pas ses enfants à l'école, et s'énerve vite, un déséquilibré armé avec un chien, ou juste un type qui tire sur tout ce qui bouge, le fait que c'est anti-américain, je sais, d'avouer qu'on a peur de tous ces tarés, mais moi j'ai peur, mes concitoyens, le fait que je me demande parfois si je n'ai pas plus peur que je ne le crois, peur panique, peur bleue, Lion Poltron, troisième guerre mondiale, le fait que je sais que j'ai plus peur que je n'en ai l'air, le fait qu'on en est peut-être tous là, mais la vie continue, la torpeur des êtres entravés, le fait que, non, on ne sait jamais quand on va se prendre une balle, accidentellement ou pas, on ne sait jamais, et on ne le saura jamais, le fait qu'on ne peut jamais être sûr, le fait que votre vie n'est pas garantie, le fait que derrière chaque porte il pourrait y avoir un type qui attend jour et nuit, avec une arme, prêt à vous abattre parce que vous marchez sur sa pelouse, ou demandez votre direction, « Toc, toc », « Qui est là ? », le fait que les gens s'assoyaient avant sous leur porche, taillaient un bout de bois avec un couteau, prêts à vous *saluer* quand vous passiez devant eux, mais maintenant ils se terrent tous chez eux avec une *mitraillette*, le fait qu'à tout moment un type qui en pince pour Stacy pourrait débarquer et nous massacrer et l'emporter dans une cabane au fond des bois, le fait qu'un type a abattu deux personnes dans un établissement médical, parce qu'il n'arrivait pas à décrocher *un rendez-vous* quand ça l'arrangeait, le fait que si vous tuez des gens pour ça, alors vous pouvez les tuer pour n'importe quelle raison, le fait qu'on pourrait nous bombarder ou nous irradier ou nous cambrioler ou saisir nos biens, ou nous violer, ou nous empoisonner à la pluie acide et aux pesticides ou avec des antibiotiques « préventifs », ce truc qu'ils donnent au bétail, le fait que les fermiers nous tueront tous, comme cet éleveur de poules, Anton Pohlmann, allégations, loi Miranda, le fait qu'un juriste, qui se plaignait d'allégations anonymes, a dit que « les alligators anonymes doivent s'avancer », le fait qu'ils torturent les alligators et les crocodiles pour faire des sacs, le fait que je ne sais pas pourquoi mais il faut deux alligators entiers pour faire *un seul sac*, le fait qu'il y a deux alligators dans le bassin radioactif à la centrale nucléaire de Savannah River, le fait qu'on les appelle Tritigator et Dioxinator, et ils doivent être *complètement* radioactifs, le fait que le bassin appartient à une centrale qui se trouve sur cinq cents kilomètres carrés de terre radioactive empoisonnée, le fait que est-ce que ça veut dire cinquante kilomètres sur quinze ou cinq cents en diagonale, bref, pauvres alligators, le fait que c'est un site protégé, donc ils sont censés le nettoyer mais *comment*, le fait que je doute qu'ils puissent, le fait que tout l'endroit est plein de déchets nucléaires enterrés et à demi enterrés, le fait que personne n'a jamais su quoi en faire, et ça n'a pas changé, le fait que ce site ne sera pas sûr avant deux cent quarante mille ans, le fait que les humains existent depuis autant de temps, sous leur forme moderne en tout cas, le fait qu'ils ont laissé tous ces déchets radioactifs se répandre dans la Savannah River et les nappes phréatiques, et des milliers d'ouvriers ont eu le cancer, le fait que c'est *horribilant*, comme l'a dit Gillian quand elle a fait tomber son cornet de glace, le fait que ça vous fait mieux apprécier les vieilles chaussettes, le fait que ce n'est pas la pire chose au monde, le fait qu'au moins mon placard n'est pas une décharge de déchets nucléaires de cinq cents kilomètres carrés, pas encore en tout cas, le fait que si quelqu'un doit s'en occuper c'est DuPont, le fait que tout le monde a le cancer, même les arbres, donc les alligators l'ont eux aussi, le fait que si jamais des alligators ont le cancer, Tritigator et Dioxinator seront parmi les premiers, le fait que ce sont des reptiles ou des amphibiens, cancer de l'anus, le fait que je crois que j'ai des yeux de rhinocéros, bombe atomique, bombe à hydrogène, explosion thermonucléaire, troisième guerre mondiale, le fait que Ben vient de faire la recherche pour moi et que les oursins ne sont pas des crustacés ni des mollusques, c'est une espèce complètement différente, proche des clypéastéroïdes, Monsieur Muscle, rien à voir avec les anémones non plus, anénomes, anémones, le fait que je n'arrive pas à prononcer ce mot, le fait que je me trompe toujours, comme les enfants avec « caradamome », cardamone, le fait que c'est un mot qu'on évite de prononcer en public parce qu'on est sûr de de se tromper, le fait que quand j'étais petite je prononçais tout de travers, et c'est encore le cas, surtout quand je suis nerveuse, le fait que je me rappelle avoir eu du mal avec « rediriger » et herbacée, et fragrance, et charivari, tohu-bohu, langue qui fourche, et les cours d'élocution n'ont servi à rien, le fait qu'on m'obligeait à dire des mots qui faisaient fourcher la langue, le fait qu'il existe des oursins dans toutes les couleurs, le fait que c'est peut-être un croisement entre une plante et un animal mais personne ne le dit jamais, le fait qu'un type a vu un jour ses jambes et ses bras se couvrir d'écorce, alors peut-être que les éléments animaux et végétaux peuvent coexister plus qu'on ne le croit, végétal, le fait que je déteste quand une musique ressemble à ma minuterie de cuisine, le fait que c'est très perturbant, le fait que les poissons-loups à ocelles mangent des oursins, grand méchant loup, le fait qu'un poisson-loup peut entamer un crabe, une palourde, ou un oursin, no problemo, le fait qu'un poisson-loup peut mesurer près de deux mètres de long, et ils sont « gentils » mais parfois ils mordent, le fait que bon, si un gentil poisson-loup de deux mètres se glissait contre moi je crois que je me dirais qu'il y a anguille sous roche, FT, Fumeurs tolérés, Maman qui fume, « Vous êtes mauvaise ? », le fait que les poissons-loups ont de jolis motifs bleus et des têtes rigolotes, le fait qu'ils sont vraiment drôles d'aspect, le fait que les chaussettes de l'archiduchesse sont-elles sèches, le fait que je veux chercher *oursins* sur le Net quand Ben aura fini avec l'iPad mais maintenant ce sont les poissons-loups qui m'intéressent, Internet, pas Net, le fait qu'ils restent en couple toute leur vie, ce qui vaut mieux je suppose, « Je prendrai comme elle », le fait que les Amérindiens appellent les poissons-loups des « poissons médecins », et que seuls les *medicine men* ont le droit d'en manger, déguisement d'oiseau, robe hollandaise, déguisement de pirate de Ben, le fait que les oursins sont utiles dans les *aquariums*, le fait qu'ils permettent à la vitre de rester propre parce qu'ils mangent les algues, comme les escargots, le fait qu'on avait toujours des petits escargots noirs dans notre aquarium à Evanston, mais plus maintenant, le fait que, oh oui, les coquilles Saint-Jacques se déplacent, le fait que regardez-les filer au fond des océans, le fait que quand vous faites sécher des oursins leurs épines tombent, le fait que les oursins plats ont des épines plus larges que les autres, le fait que les oursins ne rencontrent jamais leur conjoint, le fait que je crois qu'ils sont trop hérissés, le fait que moi aussi je me hérisse parfois, le fait que les oursins mâles et femelles vivent à des niveaux complètement différents, le fait que les oursins femelles restent au fond, et les mâles vivent plus haut, plafond de verre, répandent leur semence au gré des courants, semence, graine, le fait qu'Almanzo donnait du lait à sa citrouille, le fait que l'amour n'est pas la priorité des oursins, mais les femelles s'occupent de leurs *petits*, ou du moins des œufs, le fait que les femelles protègent leurs œufs en les serrant entre leurs *piquants*, ce qui ne doit pas être une mince affaire, comme d'essayer de fumer une cigarette avec les orteils, en pleine tempête, « Zowie ! », tempête parfaite, oursins plats, petite poitrine, le fait que ce dévouement maternel ne dure pas longtemps, le fait qu'une fois qu'un œuf d'oursin a été fécondé les choses vont *vite*, le fait que la larve d'oursin devient adulte en *une heure*, le fait que même les drosophiles mettent plus de temps que ça, genre quelques jours, je veux dire, à passer de la phase chenille à la phase agaçante de mouche, vinaigre, fruit pourri, listes de choses à faire, marre, motte, marmotte, rouge vert bleu blanc, le fait que je serais très étonnée si Jake allait à la garderie le matin et qu'à son retour il était chirurgien orthopédique, et tout ça en ne mangeant que des SpaghettiO, allez savoir, fermeture, tailleur-pantalon, violeurs dans les vestiaires, le fait que dans une certaine mesure Ben a fini sa croissance, le fait qu'il sait tellement de choses, mémentos, le fait que, cela dit, je ne crois pas que Maman aurait aimé qu'un enfant apprenne autant de faits, Maman qui joue au solitaire, Jésus de New Philadelphia, le fait que ce gamin a une mémoire encyclopédique, cadeau d'anniversaire, grille à tarte, Syndrome du Nid vide, le fait que les oursins vivent des années, le fait que leur vie doit leur sembler assez tranquille, sauf quand un poisson-loup passe dans le coin, le fait qu'un oursin ne voit pas venir les choses, et vit donc sûrement dans un état second sans se soucier du monde, à se tourner les épines, le fait qu'ils ne doivent même pas trop savoir eux-mêmes s'ils sont des plantes ou des animaux, et ils s'en fichent, fish 'n chips, poisson médecin, Dr Fish, à la ligne, pêcher, *Un Poisson, Deux Poissons, Un Rouge, Un Bleu,* le fait que Frances McDormand et Holly Hunter étaient colocs à New Haven, *Fargo*, le fait que je vais juste aller me laver le visage dans la salle de bains des enfants, robinet, Robin des Bois, le fait que je me suis luxé quelque chose en me penchant comme ça, le fait que je ne devrais pas le faire, le fait que je devrais vraiment demander à un plombier de venir réparer le lavabo à NE PAS UTILISER, le fait qu'Arnie ne nous aime plus, le fait qu'on a trop attendu pour envoyer le chèque la dernière fois, le fait que je ne voulais pas traîner, le fait que sa facture était enfouie sous des papiers et que je l'ai oubliée, négligence, vendeur de porte de garage, le fait qu'il a dû nous envoyer un rappel, le fait qu'il n'était pas obligé mais qu'il l'a fait, quinze jours plus tard, le fait que c'était assez gênant, et maintenant il ne répond plus à mes messages téléphoniques, donc je crois qu'on n'est plus en odeur de sainteté, santé, or c'est le meilleur plombier de la région, le fait que, par ailleurs, j'ai toujours bien aimé son nom, parce qu'on le retient, Arnie Tulip, ♫ *Sur la pointe des pieds dans les tulipes* ♫, le fait que ça devrait être « entre » les tulipes, vu la susceptibilité d'Arnie, Arnie, Arnold, *Mon chien Tulip*, le fait qu'il a un frère qui s'appelle Jerry Tulip, qui fait de la menuiserie, arbres tulipes, pygargue.org, le fait qu'on devrait peut-être chercher un autre plombier avec un nom qui se retient, le fait qu'il doit sûrement y en avoir un, le fait qu'ils devraient peut-être étudier ça dans les écoles de plomberie, le fait qu'ils ne devraient pas pouvoir passer leur diplôme sans un nom agréable à retenir, genre Pâquerette, Renoncule, Rose, rouge garance, *Pendant que Titien préparait son rouge garance*, le fait que l'ASPE devrait insister là-dessus, le fait qu'un type en Europe a tenu à rester auprès d'une victime lors d'un attentat à la bombe, pendant une attaque terroriste, le fait que c'était une inconnue mais il est resté avec elle et l'a réconfortée, même si personne ne savait si d'autres bombes allaient exploser ni quand, le fait qu'il a dit que c'est ce que tout le monde devrait faire, le fait qu'on devrait tous faire quelque chose, il a dit, pas juste s'enfuir ou prendre des photos, le fait que j'ignore si je pourrais faire ça, le fait que quand les gens se mettent à courir c'est dur de ne pas faire comme eux, même si courir n'est pas mon fort, le fait que c'est sans doute instinctif, comme les bancs de poissons ou les troupeaux de bisons, ou de rennes, les vols d'étourneaux, le fait que des tas de gens sont blessés quand tout le monde se met à courir, le fait que la débandade n'a pas franchement réussi aux bisons, le fait qu'ils se sont éteints, donc pas une super pub pour l'instinct de troupeau, « Le jour où le barrage a cédé », le fait que tout le monde a couru le jour où le barrage a cédé à Columbus, d'après Thurber, Bond, James Bond, Suivez notre chef, hypnose de masse, le fait que je ne me vois pas rester et m'occuper des gens, alors que tout le monde détale, *Charlie Hebdo*, le fait que la femme dont il s'est occupé est morte, et s'il n'était pas resté avec elle, elle serait morte seule, sans qu'on l'aide, lady, Lady Di, le fait que je penserais juste à mes enfants, et comment les retrouver, le fait que les mères sont comme ça, le fait qu'on ne réfléchit même pas, le fait que j'espère que j'essaierais de sauver Leo en cas d'urgence, mais l'instinct maternel serait le plus fort, « Sortez, mes chéris », le fait qu'ils ont sauvé trois petits enfants lors de ce séisme en Italie, ou avalanche, et quand les sauveteurs ont trouvé les enfants ils leur ont dit « Sortez, mes chéris », le fait qu'ils ont dit « Sortez, mes chéris » en les dégageant, et pour une raison ou une autre ça m'a fait pleurer, cette bonté, Arnie Tulip, le fait que la méchanceté fait également pleurer, le fait que je ne prendrais jamais d'auto-stoppeur, alors qui suis-je pour, pour, « Sortez, mes chéris », le fait que maintenant on doit aller à l'épicerie, chapeaux, manteaux, le fait que qui vient avec moi, le fait que si on se réveillait en oursin un matin on ferait avec, je crois, comme eux, mais peut-être que les oursins adorent être des oursins, si ça se trouve, le fait que c'est difficile de savoir, *Son maintien devant Titien*, oh non, pas *ça* encore, Ringo, le fait que je me demande pourquoi je pense à lui, sauf si c'est lié à mon rêve, le fait que j'ai rêvé que Ringo Starr essayait toutes les drogues et toutes les voitures, le fait que Paul et lui sont les seuls encore en vie maintenant, le fait qu'Ethan et Phoebe aimaient les Beatles, le fait que notre service de déneigement nous a encore laissés tomber, le fait qu'on en a jusqu'aux genoux à certains endroits, le fait que depuis ce détartrage mes dents réagissent au froid et que ça fait si mal que je dois serrer les mâchoires tandis qu'on se dirige vers la voiture, le fait que cette dentiste est folle, avec ses nanoparticules au parfum tropical, le fait que je crois que je n'irai plus jamais chez le dentiste, mouchoirs, Kleenex, le fait que je peux encore sentir ce truc, ou alors les enfants ont encore pris des chewing-gums là-bas, le fait qu'en Inde les gens voyagent *sur* le train, certains en tout cas, le fait qu'il faut racheter des sous-vêtements à tout le monde aujourd'hui, le fait que c'est le grand jour, le fait que les culottes des enfants s'usent très vite, le fait qu'à peine on était dans la voiture que Gillian m'a jeté son regard sérieux dans le rétroviseur et a dit qu'on n'avait presque plus de 7 Up, le fait que ça m'a donné envie de rire, qu'elle trouve ça si grave, bon sang, le fait que j'aimerais n'avoir à me préoccuper que du 7 Up, le fait qu'il vaut mieux ne pas savoir à quoi pensent vos enfants, et eux auraient peur s'ils savaient à quoi je pense, poissons-loups, Beatlemania, Fagin, Titien, le fait que ce n'est pas au 7 Up, surprise, œuf à repriser, nanoparticules, le fait que notre maison a toujours été en pagaille et qu'aucune autre maison n'était comme ça, pas dans notre rue en tout cas, le fait que toutes les maisons des autres enfants paraissaient vraiment propres et spacieuses, avec des chambres roses et des rideaux en dentelle et des tours de lit et des malles pleines de poupées Barbie et de vêtements Barbie, et des salons encaissés et des systèmes d'arrosage plus performants et des toboggans plus intéressants et des tas de sandwiches au beurre de cacahuète et à la gelée pour le déjeuner et des travers de porc au barbecue le soir, bon, peut-être pas chez les Newman et les Wilson, mais partout ailleurs, le fait que l'odeur des travers de porc au barbecue flottait au-dessus des jardins pendant tout l'été, le fait que c'est *pénible*, quand vous êtes enfant, de sentir l'odeur des travers de porc au barbecue de loin, le fait qu'on ne mangeait jamais de travers de porc, le fait qu'on mangeait même rarement des hot-dogs, mais on avait de la *soupe à l'oignon*, mon plat préféré, le fait que Maman en faisait pour les grandes occasions, pour nous récompenser de quelque chose, ou chaque fois qu'elle voulait me remonter le moral, parce qu'elle savait combien j'aimais ça, la recette d'Irma Rombauer, le bouillon de bœuf Campbell, le fait que Gillian appelle ça « Bœuf William », 7 Up, culottes, le fait que c'est long à faire et que c'est très riche, le fait qu'on ne peut pas manger ce genre de chose tous les jours, le fait que « Les Français mangent français », Madame Child, sole meunière, le fait que je ne crois pas qu'on puisse le faire par ce temps, je veux dire voyager sur un train, le fait qu'on pourrait faire de la soupe à l'oignon aujourd'hui, et j'en ferai peut-être, le fait qu'on mangeait souvent des sandwiches au thon, parce que Phoebe aime le thon, le fait que j'aime de nouveau les sandwiches au thon, « Si, si », mais enfant je m'en suis vraiment lassée, le fait que j'ai vraiment atteint ma limite thon pendant un temps, le fait que je parie que les thons eux aussi aimeraient qu'on se lasse du thon, le fait que j'étais tellement gênée par tous nos livres et nos papiers et nos sandwiches au thon quand des amis venaient, le fait que ça paraissait tout sauf *cool*, le fait que toutes les autres mères semblaient passer leur temps à bronzer, alors que mes parents étaient à l'étage en train d'écrire, Papa au grenier et Maman enfermée dans sa chambre, mais parfois je montais et j'embêtais Papa, fenêtre à petits carreaux, raton laveur, Anne Frank, Frank, le fait qu'un jour il a trouvé un raton laveur là-haut, le fait qu'on déjeunait dans le coin cuisine qui donnait sur le jardin derrière la maison, boutons-d'or, balançoires, mûrier, gueules-de-loup, à le regarder filer dans les allées, Pepito, pas Papa, à foncer d'un côté du garage à l'autre, à aboyer dès que quelqu'un était dans l'allée, le fait que je pense que j'étais une enfant plutôt triste, le fait que, je veux dire, à quoi ça rimait d'arranger les petits creux triangulaires entre les racines des arbres avec de l'herbe et des glands et des lutins et tout, ou de photographier des lutins dans des boîtes à chaussures, le fait que je ne leur installais presque pas de meubles, le fait qu'ils étaient juste là comme ça, le fait que je notais le nom de la pièce à l'envers, et le collais à l'arrière de la boîte à chaussures, parce que je croyais que les photos inversaient tout, comme les miroirs, moi et mes appareils photo jetables, le fait qu'on allait souvent au parc également, et un jour j'ai perdu une dent en faisant du patin à glace, et une autre fois j'ai dû boiter tout le chemin du retour avec des bouts de verre dans le pied, Maman, pansements, la petite salle d'eau en bas, bâton hémostatique, tortues nageant dans l'évier, le fait qu'il n'y a rien de tel que d'être consolée par sa mère quand vous avez des bouts de verre dans le pied, le fait que vous en avez besoin pour affronter le reste de votre vie, le fait qu'un jour un gentil écureuil est monté sur notre poubelle et qu'il m'a fait peur, le fait qu'au début je l'aimais bien et je me suis dit qu'on allait devenir amis, le fait que j'ai cru que j'allais être amie avec un animal sauvage, et peut-être qu'il deviendrait mon écureuil familier, mais après je me suis méfiée lui, le fait qu'il était bien trop gentil, gentil poisson-loup, le fait qu'il paraissait apprivoisé et ne s'enfuyait pas quand je lui parlais, le fait que j'ai eu peur qu'il ait la rage, alors je l'ai évité et je ne l'ai jamais revu, pigeon mort, le fait que les principales distractions de Pepito c'était d'aboyer dès qu'il voyait le facteur, ou devenir tout fou quand Papa se mettait à quatre pattes avec lui, le fait que Pepito trouvait ça incroyablement excitant, le fait que se retrouver au-dessus de Papa le mettait dans tous ses états, le fait qu'il se mettait à aboyer et à courir en rond comme un fou, le fait que j'ai toujours été plus attachée à Pepito qu'à Pierre, et je m'en suis longtemps voulu pour ça, mais j'ai à peine connu Pierre, alors que Pepito j'étais là pour le choisir, le fait que je n'étais pas à l'école ce jour-là, un rhume ou je ne sais quoi, et nous sommes allés à Chicago où vivaient les éleveurs dans un appartement exigu avec deux caniches noirs et six chiots qui gambadaient partout, et il y avait Pepito, le seul à être marron, le fait que Pierre était noir et que je trouvais qu'il était temps de changer, alors je l'ai choisi, cher Pepito, le fait qu'on l'a ramené avec nous ce jour-là, le fait que c'est étrange de penser que ma décision signifiait qu'il passerait le reste de sa vie avec nous et pas avec quelqu'un d'autre, le fait que j'avais tellement peur qu'il me fasse pipi dessus que je n'osais pas le prendre dans mes bras quand il était tout petit, le fait que plus tard je lui ai fabriqué une doudoune avec un vieux pull de Papa et il s'est enfoncé dans la neige jusqu'aux épaules et il est rentré tout croûté de neige et on a dû lui frotter les pattes pour qu'il n'en mette pas partout dans la maison, le fait qu'il a été très patient, et je crois qu'il a fini par vraiment aimer son manteau, le fait qu'il tirait trop sur sa laisse pour que je puisse le promener, le fait qu'on m'a dit que je pourrais le promener quand j'aurais douze ans, et donc le jour de mes douze ans j'ai promené Pepito en laisse, laisser sécher son chien sans sa laisse, le fait que j'ai fait faire un exercice d'élocution aux enfants dans la voiture, le fait qu'ils savent déjà bien prononcer « chaussettes » et « mayonnaise », alors on est passés à « sachet », « exiger », « s'agiter », « exagérer », « accident », « spectacle », « chinchilla », le fait que Jake et Gillian ont eu tout faux, « chasset », « egixer », « jasitter », « egaxérer », « aquidan », « pestacle », « chinchiya », le fait que Ben se débrouille mieux mais il n'y met pas du sien aujourd'hui, le fait que moi aussi ça m'arrive de dire « chinchiya », le fait que je ne suis pas sûre de la prononciation, le fait que « chinchilla » est vraiment un drôle de mot, mais beaucoup de rongeurs ont des noms bizarres, agouti, souslik, dègue, Mandingue, dingue, radin, mauvais père, le fait que j'ignore pourquoi j'ai pensé à ça, le fait que les chevaux d'Almanzo ont du mal à respirer en revenant de chez Brewster, parce qu'il fait très froid, le fait qu'il doit tout le temps descendre du traîneau pour ôter le givre de leurs naseaux, le fait qu'Almanzo a toujours l'air d'avoir honte de son nom, « Almanzo », le fait que c'est le nom d'un Arabe, El-Mansoor ou je ne sais plus quoi, qui a sauvé un des ancêtres des Wilder, il y a de ça plusieurs générations, le fait que le type sauvé déclara qu'il y aurait toujours désormais un fils du nom d'Almanzo dans la famille, le fait qu'Almanzo et Laura n'ont pas eu de fils, à moins qu'il soit mort à la naissance, mort-né, morigéné, je ne sais plus, le fait que sa mère a eu un bébé qui est mort à dix mois, quand ils traversaient les prairies, et ils ont dû l'enterrer au milieu de nulle part, quelque part, le fait que j'aurais peut-être dû appeler Ben ou Jake *Leo*, le fait que je n'y ai jamais pensé, « Leo Jr », le fait que ce truc-là paraît bizarre, mais les Wilder avaient une bonne raison pour « Almanzo », le fait que ça n'explique pas pourquoi ils ont appelé son frère « Royal », le fait qu'elle ne l'explique jamais, mais c'est peut-être une forme de « Leroy », LeRoy, le roi, les jambes de Papa dans les phares, Copley Plaza, ancêtres, le fait que ça doit être flippant, j'imagine, si vous êtes un Wilder et que vous ne pouvez pas respecter le serment de la famille, le Serment Almanzo, le fait qu'on dirait un truc de secte, le fait que s'ils avaient vraiment peur de rompre la tradition, Laura et Almanzo auraient pu appeler Rose « Almanza », le fait qu'une fois arrivé chez l'épicier il était temps d'acheter ce précieux 7 Up, et aussi du Bœuf William, des piments, des avocats, des oignons, des patates, des carottes, des radis, des tomates, des concombres, du céleri, de la laitue, huit douzaines de pommes, des citrons verts, des citrons jaunes, du Dr Pepper, Coke, du Diet Coke, de la root beer, du Punch Hawaïen, Kool-Aid, bière, de l'eau pétillante, de la crème aigre, du cottage cheese, des chips tortillas, des crackers de riz, des Saltines, des crackers Graham, des Cracker Jack, des Milky Way, du jus d'orange, de la gelée, du pain, de la gelée de raisin, du beurre de cacahuète, du thon, DuPont, du pastrami, du fromage en tranches, des condiments, des haricots en bocal, des achards, de la mayo, des piments séchés, de la sauce soja, des SpaghettiO, des raisins secs, *Les Raisins de la colère*, du lait chocolaté, du lait de poule, des essuie-tout, du papier paraffiné, des pailles, des serviettes en papier, du papier-toilette, papier, papiers, livres et papiers partout, pas cool, une bouteille de whiskey, du vin, du gin, des sacs à congélation, des grands et des petits, de la vaseline, des pansements, un livre de coloriage, du produit à vaisselle et du savon liquide pour les mains, le fait qu'ils avaient d'horribles plantes artificielles en promo, tâches à accomplir, piscine du motel à Detroit, le fait que c'est toujours étonnant de voir ses cousins en maillot de bain, Maman, baskets, parfum, le fait que la vaseline est faite avec de l'essence, le fait qu'ils peuvent maintenant installer des panneaux solaires facilement mais de quel matériau sont-ils faits, le fait qu'ils doivent utiliser de l'essence pour faire le plastique pour faire les panneaux solaires, et de l'énergie pour fabriquer les panneaux, faire un feu, mais peut-être qu'ils utilisent des matériaux recyclables pour tout ça, le fait que quand j'ai commencé à chercher des culottes pour enfants Ben nous a lâchés, le fait qu'il a dit qu'il allait attendre devant, le fait que même Gillian ne s'intéresse pas aux culottes, le fait qu'elle a foncé au rayon bonbons, poules, Stacy perdue chez Macy's, Pepito et ses étiquettes, le fait que Pepito a perdu son collier au parc un jour, et il aimait bien son collier à cause des étiquettes accrochées dessus, le fait qu'il était triste de l'avoir perdu, alors je l'ai ramené au parc plus tard et je lui ai dit « Cherche ton collier, Pepito, il est où ton collier, retrouve-le », et alors qu'il faisait nuit il est allé directement à l'endroit, le fait qu'il savait exactement où il l'avait perdu, et il était là par terre, derrière un banc, bon chien, le fait que les chiens font vraiment des efforts pour comprendre notre langage, alors pourquoi on ne peut pas en faire autant, le fait qu'on pourrait au moins essayer de maîtriser la langue des chiens, le fait que je me demande si ça varie beaucoup d'une région à l'autre, entre les pays, ou entre races, du genre est-ce que les chiens éthiopiens communiquent facilement avec les chiens argentins, ou est-ce que c'est un dialecte légèrement différent, est-ce qu'un berger allemand de Chicago comprend parfaitement un berger allemand de Berlin, le fait que, saperlipopette, certains chiens apprennent l'allemand ou le russe ou l'arabe, et moi je ne parle même pas l'espagnol, et mes enfants ne savent même pas bien prononcer « chinchilla », chien du Chili, le fait qu'on se promenait un jour dans le parc Cy Young et un type et sa chienne arrivaient vers nous, puis un cycliste est passé soudain entre nous et la chienne s'est écartée, alors je l'ai caressée et j'ai dit quelle bonne chienne, et alors son maître nous a rejoints et a porté une main à son front, en grimaçant, et a grondé sa chienne, « Tu ne te mets pas sur le chemin d'un vélo », comme si elle pouvait comprendre chaque mot, le fait qu'il a bien détaché les mots, le fait que est-ce qu'un Pékinois de Taïwan parle facilement avec un Soudanais de Malte, le fait que j'ai rêvé un jour que je demandais aux chats s'ils savaient ce qu'était une heure, et Opal disait que c'était beaucoup d'espace, et je devais lui dire non, c'est beaucoup de temps, mais elle avait presque bon, le fait que je ne pense pas que les chats savent ce qu'est une heure, et les chiens ont des cerveaux gros comme des mandarines, mais la taille du cerveau n'est pas tout, sinon les femmes seraient plus bêtes que les hommes, le fait qu'Anatole France avait un tout petit cerveau, mais il n'était pas idiot, le fait que comment je sais ça, le fait que comment peut-on savoir quelle taille faisait le cerveau d'Anatole France, OTDTC, occupe-toi de ton cerveau, le fait que Jake voulait s'asseoir sur le tapis roulant, le fait que ça a fait un petit esclandre, mais Gillian m'a aidée, surtout parce qu'elle ne voulait pas qu'on marche sur ses M&M's, bons de réduction, plaisanteries, « Passez une bonne journée », le fait que j'essaie, j'essaie vraiment, je veux dire de passer une bonne journée, le fait qu'après avoir payé on a retrouvé Ben tout chiffonné, le fait qu'il avait été cerné par toute une bande de mères bruyantes, qui papotaient, et n'ont pas vu qu'elles kidnappaient mon fils, l'écrasaient dans un coin, kidnapper, berger, troupeau, chèvres, moutons, marcassins, le fait que certaines poussettes contenaient deux ou trois bébés, mais c'était impossible de savoir combien d'enfants avaient ces femmes, tellement elles avaient entassé de trucs sur eux, toutes sortes de sacs suspendus dangereusement aux poignées, un accident annoncé, la blessure à la main de Stacy, le fait qu'elles étaient en train de bavasser alors que mon fils se faisait *écraser*, par elles et leurs affaires, le fait que, franchement, les mères ne se préoccupent que de leurs propres enfants, ou des enfants qui *ressemblent* aux leurs, par l'âge ou la taille ou l'apparence, et le sexe et tout ça, le fait qu'elles se comportent comme si tout le reste n'existait pas, le fait que Ben avait l'air si triste que j'ai eu de la peine pour lui, et j'ai commencé à ressentir de la *rage*, le fait que j'ai failli dire à une de ces femmes d'arrêter de bousculer mon fils mais je ne l'ai pas fait bien sûr, le fait que je n'ai pas osé, parce que ça aurait pu créer un malaise dans le magasin, le fait que je ne pourrais pas agir de la sorte, le fait qu'on est censé « canaliser sa Bette intérieure », être ferme mais juste, mais ce n'est pas mon fort, le fait que je me mets juste à trembler et bégayer et après j'ai l'air pitoyable et folle, hystérique, le fait que j'ai peur que les gens me détestent, alors en général j'essaie de ne pas l'ouvrir, le fait que Ben pense sûrement que je suis une lavette et que je ne le défendrai jamais, et je suppose qu'il a raison, le pauvre petit, le fait que les petits garçons de l'âge de Ben sont adorables, avec leurs petites joues, le fait que ce sont des citoyens modèles, et *la plupart* d'entre eux ne sont pas encore armés, le fait qu'une femme s'est alors glissée devant moi, juste quand on essayait de rejoindre Ben, le fait que ce n'était pas une de ces horribles mères, et elle se disputait avec quelqu'un au téléphone, disait des choses très personnelles, comme si elle était seule dans le magasin, ou même au *monde*, juste elle et celui ou celle contre qui elle était furieuse à l'autre bout du fil, le fait que je ne comprends pas certaines personnes, mais alors pas du tout, le fait qu'au moins on a le 7 Up, les culottes, et les M&M's, le fait que Ben avait fini par s'extraire de sa prison de mères et qu'on n'était pas loin de la sortie quand j'ai remarqué une fille près de la porte, qui restait en retrait et avait un mouvement de recul, le fait qu'au début j'ai cru qu'elle avait la phobie des portes automatiques ou je ne sais quoi, ou mal au ventre, mais j'ai vu alors le gros chien qui grondait dehors, avec le gros maître qui grondait, le fait que la fille avait trop peur pour sortir avec ce chien dehors, le fait qu'elle devait avoir le même âge que Stace et j'ai demandé à Stace si elle la connaissait, mais Stace ne croyait pas, le fait que le chien avait vraiment l'air méchant, le genre musclé qui bave, avec de grosses hanches, un gros cou épais et le poil ras, tout hérissé et tendu, qui rêve d'arracher la tête de quelqu'un, le fait qu'il était sûrement né comme ça et que ce n'était pas sa faute, mais il avait vraiment l'air prêt à massacrer quelqu'un, ou du moins à vous arracher un morceau, le fait que j'ignore pourquoi les gens veulent ce genre de chien, le fait qu'ils doivent se sentir menacés, complexe d'infériorité ou je ne sais quoi, le fait que ce chien était vraiment effrayant, je suis sûre que d'autres *chiens* n'auraient pas voulu l'approcher, ou lui parler, quelle que soit la langue canine qu'il parlait, ou même lui renifler l'arrière-train, le fait que c'était un genre de rottweiler, ou un pit-bull mais en plus gros, le fait que est-ce que les rottweiler peuvent parler aux pit-bulls, le fait qu'ils ne se donnent sans doute pas la peine, le fait qu'allez savoir depuis combien de temps cette pauvre fille était là, impuissante, le fait qu'aller faire les courses peut se révéler terriblement éprouvant, le fait que personne d'autre ne semblait se rendre compte de la situation, alors j'ai décidé de faire quelque chose, ouaip, Superwoman, le fait que j'ai demandé à Ben et Gillian de rester avec Jake, qui était perché dans le chariot, et je suis sortie courageusement dehors et j'ai demandé poliment au maître du chien si ça ne le dérangeait pas de s'écarter un peu de la sortie pour que cette fille effrayée puisse sortir, le fait que j'ai dû dire « je crois qu'elle a peur de votre chien », et que ça l'a mis en colère, le fait qu'il s'en est pris à moi et m'a dit « va mourir », et j'ai été tellement choquée qu'au début je n'ai rien pu dire, le fait que mon premier réflexe a été de vite rentrer à l'intérieur, mais les mères bruyantes me bloquaient maintenant le passage, et elles me dévisageaient, *Les Femmes de Stepford*, le fait que j'avais honte maintenant, au cas où les enfants aient entendu ce que m'avait dit ce type, le fait que je savais que je devais trouver une repartie, mais j'étais bien sûr incapable d'en trouver une du tac au tac, tic-tac, alors j'ai dit « non, *vous* », autrement dit non, c'est plutôt à vous de mourir, et après je suis rentrée dans le magasin, se noyer dans un verre d'eau, tortues d'eau douce, étang de Northwestern, le Big Building, le fait qu'heureusement je ne crois pas que le type m'a entendue, parce que son chien haletait très fort, et bavait, soif de sang, haleine fétide, vautours, vampires, goules, couronnes, films de zombies, ululer, Hershey's Kisses, le fait que les enfants veulent toujours que je leur achète un paquet de Hershey's Kisses, le fait que je ne suis pas forte en reparties, répliques, ripostes, marcassins, *marcassins*, le fait que « Dieu déteste les lâches », comme l'a dit Cap Garland à Almanzo quand Almanzo hésitait à faire le long trajet jusque chez les Brewster par moins quatre, pour ramener Laura en ville, De Smet, le fait qu'Almanzo sent qu'elle est désespérée, alors il va la chercher, le fait qu'elle meurt presque de froid en rentrant chez elle mais c'est quand même mieux que de passer tout le week-end chez les Brewster, avec Mrs Brewster qui court en rond dans la chambre avec un couteau, en menaçant de se suicider ou de tuer quelqu'un, le fait que Laura n'arrive pas à dormir, le fait qu'elle est recroquevillée derrière un fin rideau dans la même chambre qu'eux, et se dit que Mrs Brewster va foncer dans le rideau à tout moment et la poignarder, le fait que Laura doit dormir sur leur canapé, chien méchant, le fait que c'est tellement gentil de la part d'Almanzo d'aller la chercher, Almanzo à la rescousse, Jésus m'a sauvée, le fait qu'il avait une casquette MAGA, pas Almanzo ni Jésus, le type au chien, Make America Great Again, mécanique, panique, le fait qu'ils sont ensuite allés embêter d'autres gens devant une autre porte, brisé, orge perlé, la maladie de Maman, le fait qu'elle n'a plus jamais été la même, même si elle a réussi de nouveau à parler et à marcher un peu, le fait que ça m'a brisée, le fait que ça secoue vraiment un enfant, je pense, de savoir avec quelle facilité ça peut arriver à quelqu'un, combien votre vie peut être détruite, du jour au lendemain, en une minute, le fait que le bifteck haché en vente aujourd'hui semblait venir de trois pays différents, alors je n'en ai pas acheté, le fait que je pense que le bifteck haché devrait provenir d'un seul animal, et d'un seul pays, et sans doute pas des États-Unis, où les bêtes ne sortent pas de leur hangar, mangent des antibiotiques préventifs, ♫ *Just rope 'n' throw 'n brand 'em* ♫, la collection de bouteilles de lait de Howard Hughes, le fait que Katharine Hepburn était sa petite amie, le fait qu'elle devait aimer s'occuper des gens, les oursons multicolores de Gillian, ♫ *where the buffalo roam* ♫, le fait que je sais que je devrais m'en contenter comme tout le monde, je parle du bifteck haché en promo, pas des bouteilles pleines de pipi, le fait que ça ne nous ferait sûrement aucun mal, la viande je veux dire, le fait qu'on pourrait aller au marché bio et acheter du bifteck haché bio venant de bêtes qui paissent en extérieur, mais même le marché est situé près d'une usine de produits chimiques, où ils font des alkylphénols, des paraffines chlorées, des additifs polymériques, des antioxydants liquides et solides, des organophosphates, des ignifugeants et des additifs pour fluides de forage, alors c'est difficile de savoir si leurs vaches sont vraiment plus saines que les autres, « agrément étendu du FDA », Dollar General, ♫ *dollars for donuts* ♫, site préservé, le fait que de toute façon c'est trop loin et les enfants ne veulent pas y aller, le fait que moi aussi je suis fatiguée, le fait que Jake vient de piquer ses M&M's à Gillian, qui allait lui ouvrir son paquet, le fait qu'il a dit qu'il voulait ouvrir lui-même son paquet, « Je peux le faire mien-même », Tian'anmen, le fait que son paquet s'est mis alors à « pleuvoir », et il a perdu la moitié de ses M&M's par terre, SpaghettiO, croquettes pour chats DeLuxe, le fait que Ben a un nouveau livre d'énigmes, et veut nous distraire en nous lisant chaque question, « Pourquoi le canard a-t-il traversé la route ? », « Pour aller de l'autre côté », *La Route sauvage*, le fait que Gillian attaque maintenant les blagues toc-toc qui est là, pour faire rire Jake, le fait que c'est une gentille sœur, le fait que Ben est en train de m'expliquer que la grippe aviaire n'a plus qu'à muter encore deux ou trois fois pour causer une pandémie planétaire comme la grippe espagnole et que, si ça se produit, la civilisation sera anéantie en un an, le fait que je sais que c'est horrible mais je ne peux pas m'empêcher d'espérer que le type au chien méchant sera un des premiers touchés,

*

Son existence n'était que ressentiments, soupçons et inquiétudes. Mais elle connaissait aussi des satisfactions : un opossum se balançant tête en bas à une haute branche, le ululement d'une chouette, indiquant le crépuscule et l'heure de chasser, la vision d'une tête de mouton mort, auréolé de boucles denses et laineuses, une gorgée d'eau claire à corbeaux, grignoter de l'herbe, de gros flocons de neige disparaissant dans un étang noir. Et en ce moment, ses petits endormis dans la tanière.

Trouver de la nourriture était un combat. Il lui en fallait de grosses quantités. Les souris, présentes partout, ne valaient pas la peine qu'on les chasse, sauf pour que ses petits jouent avec. Même un raton laveur semblait une maigre pitance, et ne méritait pas tous les efforts pour l'attraper. Et parfois les ratons laveurs mordent celui qui les attaque.

Elle adorait les oreilles de ses petits, si douces, leurs gazouillis et leurs ronrons. Ils grandissaient, doublant de taille en quelques jours. Les voir l'apaisait, elle qui d'ordinaire n'éprouvait que de l'antipathie pour les autres animaux de sa race – hormis pour sa mère, sa sœur et, brièvement, son dernier amant. Elle n'avait plus envie de croiser de couguars dans les bois ; et même, elle les craignait. Son existence se bornait à sa nouvelle intimité avec ses petits. Elle avait commencé à les reconnaître à leurs taches et à leurs rayures. Le fait que l'un des trois était plus foncé que les deux autres l'aidait aussi. Ils étaient doux et vulnérables, mais plus forts qu'ils ne le paraissaient, ainsi qu'elle le découvrit en les installant dans une autre tanière.

Inquiète après avoir senti l'urine de son ancien amant, sa marque, non loin, elle s'esquiva en douce le soir même avec ses petits. Elle put en porter un dans sa gueule, la tête levée pour l'empêcher de traîner dans la neige. Les deux autres suivaient, s'enfonçant par intermittences en sautant dans les creux laissés par les pattes de leur mère. La neige était parfois profonde de trente centimètres. Se tapir et bondir, se tapir et bondir.

La femelle couguar regardait de temps en temps derrière elle, ce qui faisait valser dans l'air le petit qu'elle portait. Elle ne regardait pas sa progéniture – elle savait qu'ils la suivaient. Elle scrutait la forêt au cas où son partenaire aurait été là. Ayant peur de lui, elle ne s'arrêtait jamais sauf pour scruter les arbres, et prendre un autre de ses enfants dans sa gueule.

Les petits couguars ont des forces cachées. Ils suivirent leur mère inquiète de façon inconditionnelle pendant près de cinq kilomètres sur des pattes jusqu'ici inexpérimentées. Peu importait qu'ils aient mal après ça pendant plusieurs jours : tout ce qu'ils voulaient, c'était être où elle voulait qu'ils soient.

*

le fait qu'après avoir essayé de faire tenir mille fois votre Swiffer contre le mur du fond du placard vous avez juste envie de dire « Dis donc, Swiffer, t'as jamais entendu parler de la gravité ? Et tant qu'à faire, si tu pouvais passer le mot au balai, hein », le fait que Leo m'a demandé au petit déjeuner ce qui allait se passer selon moi aujourd'hui, et j'ai dit « coiffeur », et il a dit « Non, des photos de Pluton vont nous parvenir depuis le cosmos », le fait que même moi je peux voir le coiffeur passer au second plan derrière les premiers gros plans de Pluton, deuxième violon, le barbier a sévi, chenille, le fait que j'ai toujours le vieux poivrier en bois de Maman, en forme de petit tonneau, poivrier et salière, les shakers, le fait que la navette spatiale New Horizons fait à peu près la taille de notre *frigo* et est recouverte de feuilles d'or, le fait qu'elle a l'air bricolée, comme si quelqu'un l'avait fabriquée dans son garage en quelques jours, ou dans une grotte, en utilisant une caisse de bières, le fait que « ghetto » signifie maintenant fait maison, le fait que ça me rend triste d'imaginer notre frigo en train de voyager seul dans l'espace, le fait qu'ils n'ont découvert Pluton qu'en 1930, l'année où Papa est né, les Ides de Mars, le fait que c'est une petite Anglaise de onze ans qui a trouvé le nom de « Pluton » et que Ben en est vert de jalousie, le fait que Pluton a été désormais rétrogradé en *masse planétoïdale*, plus une planète, et on a tous de la peine, même si elle est maintenant sous les feux de la rampe, qu'on la photographie, le fait que qui a envie d'être « planétoïde », le fait qu'on a tous envie de lui donner un nom, le fait que je dis qu'il faudrait l'appeler « Almanzo », parce que j'ai toujours eu un peu de peine pour Almanzo, je ne sais pas pourquoi, le fait qu'il a eu une vie pénible, malade et tout ça, juste après qu'ils se sont mariés, le fait que je pense que Laura Ingalls Wilder n'était pas facile à vivre, le fait qu'elle était coriace, le fait qu'ils n'ont pas roulé sur l'or avant d'avoir *soixante ans*, quand les livres ont commencé à paraître, le fait que si Ben devait baptiser une planète il dit qu'il l'appellerait Opal, trop mignon, sauf que maintenant voilà que les chats ne suffisent plus à ces enfants et que tous veulent un chien, le fait que tous leurs amis ont des chiens, ou du moins c'est ce qu'ils disent, et Gillian en a marre de promener Opal et Frederick en laisse, le fait qu'Opal arrive à se débarrasser de son collier et que Frederick se roule sur le dos et ronronne et refuse de bouger, le fait que ça serait amusant d'avoir un chien, s'il était comme Pepito, pas comme ce fichu rottweiler ou je ne sais quoi qui était devant les portes, le fait qu'aucun chien ne sera jamais comme Pepito, le fait que je leur ai reparlé du chien qui faisait peur mais Stacy a dit « On ne veut pas d'un chien qui *bouffe les gens* », et tous les autres y sont allés d'un « Allez, m'man », comme s'ils croyaient vraiment que j'allais céder, là, *tout de suite*, et me précipiter à la fourrière ou je ne sais où, ou commencer à chercher des chiots sur Craigslist, le fait que j'ai répondu gaiment « Et si on prenait des abeilles ? », et ça les a calmés un instant, le fait que j'ai envisagé un jour d'avoir des abeilles, il y a longtemps, mais je n'ai jamais voulu porter ce costume de cosmonaute, le fait que je ne veux pas m'occuper d'une ruche, j'aime juste le *miel*, le fait que le miel brut est censé être bon pour la santé, mais uniquement quand vous êtes assez âgé, le fait que ce n'est pas bon pour les enfants de moins deux ans, ou dix-huit mois, dix-huit lunes, Pluton, le fait que c'est une alternative utile au sucre dans de nombreuses recettes, le *miel*, pas Pluton, le fait que devoir s'occuper de deux mille abeilles me mettrait sûrement dans tous mes états, le fait que deux chats, quatre enfants et un nombre sans cesse changeant de poules, ça me suffit largement pour l'instant, le fait que je leur ai dit « On a déjà des chouettes poules ! », et c'est vrai, ♫ *I'm a little teapot, short and stout* ♫, intersections en anse de panier et en trèfle, diagramme de flux, le fait que Laura Ingalls Wilder était plutôt petite et courtaude, pas grosse, juste costaude, « comme un petit cheval français », le fait que c'est peut-être pour ça qu'Almanzo l'aimait beaucoup, le fait qu'il avait toujours aimé les chevaux, le fait que je leur ai rappelé combien nos poules étaient belles, le fait que certaines sont marron et d'autres ont des taches noir et blanc, films en noir et blanc, Bette Davis, et on peut faire des tas de choses avec leurs plumes quand elles tombent, ♫ *Cot-cot-cot-codec, Dit la petite poule* ♫, et leurs poussins sont rigolos, le fait que j'en ai peut-être un peu trop fait, le fait qu'avoir des poules est parfois préoccupant, le fait qu'il faut les laisser sortir tôt le matin sinon elles font tout un raffut, le fait que nos voisins préféreraient sans doute qu'on ait un chien, même un chien qui aboie, pelouses, trottoir, trottinette, le fait que la fête des Mères a été inventée à Grafton, en Virginie-Occidentale, il y a environ une centaine d'années, WV, VW, Les Mères Contre Les Armes À Feu, le fait qu'il faut aller les voir aussi en journée, les poussins, pas les mères, et les enfermer dans le poulailler au coucher du soleil, le fait qu'au moins on n'a pas de coq, le fait que des gens se sont fait expulser à cause d'un coq, ou on a chassé les coqs de la ville, le fait que les coqs sont la raison d'être du coq au vin, le fait que ce n'est pas juste leur chant au petit matin, le fait que les coqs peuvent être méchants, le fait que si ce n'était pas aussi difficile de déterminer le sexe des poussins, personne ne garderait de coqs, le fait que Nabuchodonosor était un accident, et que je n'ai pas pu m'empêcher de le garder parce qu'il était beau, mais après il s'est mis à attaquer les poules, les chats, et *moi*, le fait que six mois avec un coq est mon record, coq au vin de chez Allard, douleurs à la nuque, gare du Nord, attaques terroristes, le fait que s'occuper des poules n'est pas rien, le fait qu'il faut s'en occuper même pendant une tempête de neige, et c'est à moi de le faire, le fait que personne ne comprend que picorer implique donner des coups de bec, le fait que les gens trouvent que c'est juste un joli verbe, chicorée, le fait que ce n'est peut-être pas la forme de gouvernement la plus démocratique en apparence mais que ça semble marcher, le fait qu'elles s'acharnent parfois toutes contre une poule et qu'il faut les séparer, poule paria, le fait que je n'aime pas quand elles s'acharnent sur son derrière, le fait que j'aimerais qu'elles s'abstiennent, le fait que c'est Audrey la patronne en ce moment, le fait qu'elle est belle et grasse et la reine de la basse-cour, Qu'on leur coupe la tête, et qu'elle donne des coups de bec pour se frayer un passage, le fait qu'à nous elle ne donne jamais de coups de bec, juste à ses copines de poulailler, le fait qu'elle est très affectueuse avec moi, grain pour volaille, Ronny, mardi, grange rouge et silo, motif hollandais, le fait qu'elles sont élevées en plein air mais pas bio, parce que ça voudrait dire des tas de contraintes, pour elles et pour moi, le fait que le miel bio est fait avec des abeilles dont on a coupé les ailes, enfin c'est ce qu'on m'a dit un jour dans une pâtisserie de Hartford, alors je n'en achète plus, hors campus, pneu crevé, Jésus de New Philadelphia, le fait que vous devez vérifier tout ce que mangent vos poules si elles sont bio, et c'est beaucoup plus amusant pour elles de passer la journée à courir partout et à manger ce qu'elles veulent, sans qu'on les surveille, le fait que les poules courent vraiment partout, le fait qu'on a retrouvé des œufs dans toutes sortes d'endroits, *Les Raisins de la colère*, le fait que moins de dix pour cent des Américains travaillent maintenant en usine ou dans des fermes, le fait que seules les poules travaillent en usine maintenant, le fait qu'on donne aux nôtres des graines de tournesol et des betteraves et du lait écrémé, et des aliments pour volaille, et elles mangent d'elles-mêmes les « rejectamenta », le fait que où ai-je vu ce mot, le fait que Laura Ingalls Wilder donnait toujours du lait écrémé à ses poules pendant l'hiver, alors je fais pareil, le fait qu'elle en connaissait un rayon côté poules, miel d'abeilles, le fait qu'elle n'aimait pas les faucons, comme son père, la chronique sur les poules tenue par Laura Ingalls Wilder, giagaccini, *Un jour sans fin*, le fait qu'elle pensait que les faucons attaquaient ses poules, le fait qu'on a perdu quelques poules au fil des ans, mais je ne crois pas que ce soit les faucons, parce qu'il n'y en a pas beaucoup par ici, à ce que j'ai pu voir en tout cas, le fait que ça pourrait être des coyotes ou des renards, ou même des ours, le fait que je suis sûre que les ours aiment les poules, le fait que la plupart des prédateurs vivent la nuit, or le soir nos poules sont à l'abri dans leur poulailler, donc ça ne doit pas être les ours, le fait que tout ce petit monde accepte de rentrer sans faire d'histoires, les poules, pas les ours, le fait que vous savez quand elles dorment parce qu'elles savent vous informer qu'elles sont réveillées, le fait qu'elles poussent des cris stridents, le fait qu'elles ne sont pas timides, le fait que je crois que nos poules sont très heureuses, le fait qu'elles vivent dans une petite maison genre la maison en pain d'épice, chaumière de conte de fées, vieille maison de poupée de Stacy rapportée de Hamden, le fait que ses volets sont décorés avec des trous en forme de cœur, et de jolis motifs tout le long du toit, et elle est peinte en rouge foncé pour aller avec notre maison, le fait que les poules y vont également pour pondre, en général, à part un œuf ou deux dans le garage ou dans un pot de fleurs, *Ils disent que la poule pond*, bouillon de poule, le fait qu'un jour on a trouvé deux œufs dans la vieille chaussure de Jake, ce qui l'a inquiété, le fait que Haydn avait des poules dans un grand bâtiment en pierre avec des tas d'escaliers, une grande citerne abandonnée, une folie, le fait que ça faisait un immense poulailler, le fait que les poules devaient adorer ça, le fait que je crois que les poules aiment qu'on s'occupe d'elles, le fait qu'elles aiment grimper en hauteur aussi, comme les chèvres, afin de pouvoir bien voir ce bon vieux Papa Haydn, bellottes, le fait que pourquoi l'appelait-on ainsi, « Papa Haydn », le fait qu'il aimait qu'on l'appelle ainsi ou bien il détestait mais ça lui est resté, *Up, up, turn around, Sergeant Smith, down down*, le fait que j'aimerais bien qu'on ait des chèvres, des chevreaux, le fait qu'idéalement j'aimerais avoir toutes sortes d'animaux, des chiens et des souris et des ânes et des canards, et un verger pour qu'ils puissent s'égailler, s'égayer, le fait que je ne sais jamais lequel est le bon, le fait que le petit commerce a chuté de moitié depuis 2011, à cause d'Amazon, esclavage, le fait que les chevreaux ont des pattes toutes fines et des tout petits pieds, le fait que le salaire d'un vendeur est de 12 $ par jour, je veux dire par heure, et ils bondissent, je veux dire les chevreaux, le fait qu'ils ont l'air de vouloir avoir le moins de contact possible avec le sol, le fait qu'ils sont anti-gravité, piñata, coco, Comment Survivre À Une Attaque De Requin, le fait que ça n'a pas eu l'air d'embêter Stacy qu'on se serve de sa maison de poupée pour en faire un poulailler, le fait qu'elle n'y jouait plus de toute façon, le fait que j'aurais aimé garder son cheval à bascule, mais on a quitté Hamden si précipitamment, le fait que d'autres enfants auraient bien aimé avoir ce cheval à bascule, le fait que ç'aurait dû être un héritage, le fait que dans le chaos du déménagement je me suis débarrassée de tout, mais j'ai peut-être été un peu radicale, le fait que l'amour me faisait perdre un peu la tête, et m'empêchait de réfléchir posément, le fait que je n'ai même pas osé demander à Stacy, le fait que c'est pire que mes parents se débarrassant de mon tricycle sans m'en parler, oh mon Dieu, regrets, regrets, le fait que les parents font des choses terribles au nom du sens pratique, le fait que ce qu'il nous faut c'est un de ces grands nichoirs à martinets, tout blanc avec des entrées noires, le fait que j'aime bien ce qu'ils dégagent, le fait qu'ils ressemblent à ce vieil hôtel blanc dans les Blue Ridge Mountains, blanc et noir, violet, violet-brun, brun rougeâtre, gris, les nuances de Pepito, le fait que les martinets aiment être ensemble, se réunir, comme les étourneaux, le fait que je peux me faire 20 ¢ ou 25 ¢ par œuf au Stop & Shop de Coshocton quand on en a trop, mais c'est rarement le cas, le fait que Laura Ingalls Wilder tenait une rubrique sur les poules dans le journal local avant qu'elle se mette à écrire des livres, le fait que c'est sa fille qui lui a fait écrire ces « maudits livres pour la jeunesse », juste pour se faire de l'argent, parce qu'ils étaient fauchés, brisés, Rose, livres pour enfants, Mémoires, folklore familial, le fait que Rose se sentait coupable parce qu'elle avait investi tout leur argent et l'avait perdu dans le krach de Wall Street, le fait qu'elle a toujours essayé de se rattraper après, et une de ses idées a consisté à forcer sa mère à écrire des livres pour enfants, le fait que Rose a retravaillé tous les livres de la série *La Petite Maison dans la prairie* et a obligé sa mère à enlever tout ce qui était sinistre, le fait que tout devait être revu par les lunettes teintées de Rose, sauf le passage où le chien Jack est laissé sur la berge, le fait que Gillian est toujours inquiète quand on arrive à ce passage, le fait qu'ils doivent traverser le fleuve en crue avec leur chariot bâché, et le fleuve est bien plus profond que ne le pensait Pa, sinon il aurait pris Jack avec eux au lieu de le forcer à traverser à la nage, le fait que Pa doit sauter du chariot au milieu du fleuve et guider les chevaux jusqu'à la rive pour éviter qu'ils se noient, le fait qu'un entrepreneur du bâtiment a dit un jour à Leo « On ne change pas de chevaux au milieu du fleuve », ponts à tablier, le fait que les Ingalls auraient bien eu besoin d'un pont, ♫ *Sur le pont d'Avignon* ♫, analyse de la surcharge, charge utile, charge statique, poutres longitudinales, caniveaux, pont, système de Ponzi, Amway, le pont entre éveil et sommeil, sommeil et éveil, le fait que quand ils arrivent sur l'autre rive il n'y a aucune trace de Jack, et pendant tout le reste de la journée Laura a peur qu'il ait été emporté et se soit noyé, et qu'ils ne le revoient jamais, mais un peu plus tard dans la soirée Jack s'approche lentement de leur feu de camp, colo pour filles, Wo-He-Lo, le fait que ses yeux luisent à la lumière du feu et Pa est à deux doigts de lui *tirer* dessus, persuadé que c'est un coyote, mais tout finit bien, le fait que Jack est resté son fidèle compagnon pendant des années, qu'il a suivi la cabane en rondins, non, le chariot bâché, depuis le Wisconsin jusqu'au Minnesota et au Dakota, Silver Lake, Plum Creek, le fait que je n'ai jamais compris pourquoi ils ne l'avaient pas pris avec eux dans le chariot, le fait qu'ils auraient pu le garder avec eux *tout le trajet*, bouledogue, le fait que c'était un petit chien, qu'il ne devait pas peser lourd, le fait que sa mort plus tard dans le livre vous émeut à chaque fois, mais dans la vraie vie les Ingalls ne l'ont pas gardé jusqu'au bout, le fait qu'il est parti quand ils ont vendu des chevaux, le fait qu'il voulait suivre les chevaux, le fait que j'ignore pourquoi Rose a accepté que Jack meure dans le livre, parce que ce n'est pas très gai, mais je suppose qu'elle savait que certaines personnes aiment bien pleurer, Show canin de Westminster, le fait que quand Rose a eu assez d'argent elle a fait construire une maison sur la propriété des Wilder dans le Missouri et y a installé sa mère et son père, tandis qu'elle reprenait la vieille ferme qu'Almanzo avait bâtie de ses propres mains avec amour, le fait qu'il avait tout conçu à la bonne taille pour Laura, et fabriqué tous les tiroirs du garde-manger et les étagères et tout ce dont elle avait besoin, un petit cheval français, le fait que je parie qu'ils avaient une étagère d'angle aussi, le fait que nos œufs sont bien conservés et au frais dans le garde-manger, la recette de nouilles maison de Laura Ingalls Wilder, le fait que je pense que tout le monde devrait avoir des poules et un garde-manger, et des nouilles maison, le fait qu'un garde-manger est l'endroit idéal pour entreposer les œufs et les tartes et le beurre et les pommes et la farine, mais *pas* la farine et les œufs qui servent en pâtisserie, parce qu'il faut qu'ils soient à température ambiante, le fait que la farine dont on se sert pour les tartes se conserve bien quand même dans notre garde-manger, gâteau, gâter, Highgate, Watergate, Nipplegate, Deflategate, le fait que les œufs ne doivent pas être froids quand vous faites un gâteau, parce que si vous mélangez des œufs du frigo avec du beurre ramolli le beurre se *re-solidifie*, ce qu'il ne faut pas, le fait que notre garde-manger est parfois trop froid, le fait que tout dépend de la saison, le fait que dès que Rose a quitté la ville Laura et Almanzo sont retournés habiter dans leur vieille maison, et ont vendu plus tard celle que Rose leur avait fait construire, le fait que dans *Un long hiver* un vieil Indien prévient la ville que le mauvais temps arrive, sept mois de neige, et il a absolument raison, le fait que les Amérindiens connaissaient parfaitement ce pays et qu'on les a globalement ignorés, Frank Baum, *L.* Frank Baum, Hitler, le fait que pendant la Ruée vers l'or des tribus entières ont été massacrées, le fait que le premier gouverneur de Californie a promis de tous les exterminer, le fait qu'en seulement vingt ans la population indienne de Californie a été réduite de quatre-vingts ou quatre-vingt-dix pour cent, la moitié d'entre eux ayant été assassinés et le reste mourant de maladies non soignées, le fait que presque tous les Yuki sont morts, deux mille environ, et qu'il y en avait moins de deux cents à la fin de la Ruée vers l'or, les Tolowa aussi, et les Yahi avaient juste disparu, Une Mère En Fuite Arrêtée, démolition, le fait que la tapette de Leo pour tuer les guêpes s'appelle le Pulvériseur, le fait que Laura Ingalls Wilder était républicaine, mais je ne crois pas qu'elle détestait les Indiens, le fait que Pa s'entend bien avec les Indiens mais Ma a peur d'eux et Jack les *déteste*, le fait que Pepito détestait le facteur, le fait qu'il ne comprenait pas pourquoi un inconnu se pointait sur notre seuil sans y avoir été convié, le fait qu'il considérait quiconque comme un intrus, le fait qu'un Indien Osage a sauvé la vie de tous les Ingalls un soir, le fait qu'il est arrivé au galop de très loin pour persuader toutes les autres tribus de ne pas faire la guerre aux colons, le fait que c'est une histoire vraie, je crois, et il est arrivé juste à temps, à la dernière minute, sinon je n'aurais pas eu de livres de *La Petite Maison dans la prairie* à lire à Gillian, le fait que je viens juste de me rappeler que j'ai rêvé que j'accouchais sur un bateau et devais laisser le bébé derrière moi en descendant, mais je retournais le chercher à la fin de la journée, le fait que j'avais peur que les autorités me fassent des ennuis pour l'avoir laissé là toute la journée, m'accusent de l'avoir abandonné ou je ne sais quoi, mais ça m'était égal ce qu'ils disaient, le fait que je voulais juste mon bébé, et je crois que je le retrouvais, mais je ne suis pas sûre et je ne saurai jamais, parce que je me suis réveillée, ♫ *Qu'ont-ils que je n'ai pas ?* ♫, Chopper5, Flying Tee, Quantrill, quatre-vingts veuves, Un Raton Laveur Voyage Sur Un Pare-Brise, Un Chien Adopte Un Porcelet Orphelin, le fait que Leo dit qu'on pourrait croire qu'au bout de quelques jours Colomb aurait arrêté d'appeler tout le monde des « Indiens », puisqu'il devait savoir alors qu'il n'était pas en Inde, mais le nom est resté, le fait que Colomb n'était franchement pas un type bien, le fait que des gens sont en train de remettre en cause la fête du 14 octobre en son honneur, le fait que violer des femmes et couper les mains des gens parce qu'ils ne rapportent pas assez d'or, et pousser des milliers de personnes au suicide, ne mérite peut-être plus qu'on le célèbre, marché aux esclaves de Richmond, Virginie, Missouri, misère, le fait qu'Oberlin ne fête plus Colomb et que maintenant ils appellent ce jour le Jour du Peuple indigène, Colombus, Ohio, Columbia College, Columbia Records, Columbia Pictures, Columbiana, columbarium, les Chevaliers de Colomb, le Massacre de Columbine, les moutons de Columbia, ♫ *Nous sommes de pauvres petits moutons égarés, bêêê bêêê* ♫, l'œuf de Colomb, Humpty Dumpty, œufs Benedict, brouillés, pins, piscine, limonade, sérénade, renégat, gâteau de riz, le fait que le père de Maman était un Chevalier de Colomb, le fait que j'ignorais à quoi servait ce costume et j'ai fini par demander à Leo, et il a dit « S'il existe un club de célibataires où on ne va pas pour boire, je ne suis pas au courant », le fait que je suppose que les Elks y vont aussi pour boire, le fait qu'autrefois les Elks étaient Réservés aux Caucasiens, le fait que les Elks ont actuellement huit cent mille membres, le fait qu'ils ont fini par accepter les femmes, parce que sinon ils allaient perdre leur licence IV, se faire violence, le fait que je pense qu'ils ont aussi des membres afro-américains maintenant mais je ne suis pas sûre, le fait qu'il se passe quoi pour les Shriners, le fait que les Shriners sont liés aux francs-maçons, ♫ *et l'os de la cuisse est relié au* ♫, Filles du Nil, le « Chef Las », le fait que certaines grenouilles femelles choisissent avec quelle grenouille mâle s'accoupler, en fonction du nombre de coassements qu'émet le mâle, où est le mal, le fait qu'elles préfèrent ceux qui coassent le plus, le fait que j'ignorais que les grenouilles savaient compter, le fait que *Jake* en est incapable, pain Anadama, sucettes, pommes, oranges, sachets de thé, huile d'olive, soda, tablettes pour lave-vaisselle, beurre, le fait qu'une artiste new-yorkaise fait des tableaux sur des vieux sachets de thé et des coquilles d'œufs, peinture pour œuf de Pâques, marcher sur des coquilles d'œufs, le fait qu'il n'y a pas de quoi être fier en général de l'histoire américaine, le fait que c'est même plutôt écœurant, mais mes étudiants ne voulaient pas entendre toutes ces choses-là, le fait qu'ils voulaient juste une belle fresque, optimiste, agréable, le fait que j'*essayais* de rester enjouée mais ce n'est pas facile quand on enseigne l'histoire, le fait que « les jeux sont faits » n'est pas complètement vrai, le fait qu'il y a avant, et ce qui vient après, le fait que l'association parents-profs estime qu'on devrait tous instiller le patriotisme, l'optimisme et le contentement chez nos enfants, en permanence, le fait qu'on reçoit des *ordres* pour ne pas les inquiéter, comme quand Papa nous a dit de ne pas embêter Maman après qu'elle était tombée malade, au cas où ça lui déclencherait une autre crise ou un épisode ou je ne sais quoi, le fait qu'à partir de là je n'avais pas de maman, vraiment, mais bien sûr je ne voudrais pas que mes enfants s'inquiètent pour leur pays, le fait que à quoi ça servirait, le fait que je ne dirais jamais *rien* de tout ça aux enfants, le fait que, statistiquement, les petits Américains sont déjà bien assez secoués comme ça, Un Voleur De Soutien-Gorge Abattu Par Le Gérant Du Magasin, le fait que l'association parents-profs veut leur donner des poupées « chasse-souci » et des balles à malaxer débiles, extinction de l'holocène, Wounded Knee, nier tout, nid-de-poule, le fait que tout le monde prend des opioïdes maintenant, même les enfants, le fait qu'il y a plein de choses qu'il faut *ignorer* si on veut continuer à vivre, le fait que je fais ça en permanence, et ça aide, Une Famille Réunit 22 000 $ Pour Un Enfant Malade, le fait que j'essaie de ne *rien* me rappeler, si possible, jusqu'à ce que ça soit le moment de faire notre déclaration d'impôts et soudain toute l'année écoulée m'agresse, le fait que Laura Ingalls Wilder s'est mise à écrire ses Mémoires pour sauvegarder ses souvenirs avant qu'il soit trop tard, mais moi je dis effacez tout, le fait qu'elle se rappelait beaucoup de choses, Nellie Oleson et les sangsues, les Brewster et tout, le fait que si moi je me mettais à écrire mes Mémoires j'aurais sans doute terminé aujourd'hui vers quinze heures, le fait que cette Nellie Oleson était *odieuse*, le fait que c'est la petite fille odieuse typique, et Laura s'est vengée sur elle avec les sangsues, le fait que Pa semble un chouette type, le fait qu'il défend les Indiens, et joue bien du violon, le fait qu'il ne semble pas remarquer ou se soucier que les autres colons acculent les Indiens dans un coin, le fait que Ma est un peu chochotte, et parfois irritable, sinistre, le fait que Pa est un solitaire, toujours désireux d'aller plus à l'ouest, le fait que tout ce qui intéressait Pa c'était la chasse, et quand ce n'est plus amusant parce qu'il y a trop de colons, il veut aller de l'avant, le fait que Leo trouve que Pa était *cinglé*, à trimballer sa famille ici et là comme ça, à risquer leurs vies avec les ours, les loups, les panthères, les blizzards, les sangsues et les pluies de sauterelles, et les autres trucs, la variole, la fièvre écarlate, et les Indiens désenchantés, le fait que Leo se méfie beaucoup de Pa, le fait qu'il a une théorie, à savoir que pendant que Pa était censé rester terré dans la grotte de neige pendant trois jours, à survivre en mangeant des bonbons de Noël, il était en réalité dans un saloon en ville, ou au, à la maison de mauvaise réputation, ♫ *they call the Rising Sun* ♫, le fait que les fans de Laura Ingalls Wilder feraient tout un ramdam s'ils entendaient ça, ramadan, Pourquoi Vous Devez Avoir Un Animal Familier, 22 000 $, le fait que Leo déteste les livres de *La Petite Maison dans la prairie* mais moi je trouve ça touchant quand Laura mange sa toute première orange à l'âge de quatorze ans, et quand Jack meurt, gelée décongelée, boîte à cheveux, le fait que je ne sais même pas à quoi ça *sert*, le fait que je crois que j'ai perdu des cheveux toute ma vie, le fait que c'est peut-être pour éviter de finir comme Raiponce, réponse à tout, à devoir tisser une échelle de corde, le fait que Gillian préfère les premiers volumes, le fait que l'ampoule de sa lampe de chevet est trop forte, le fait qu'il faudrait la changer, le fait que c'est sans doute pour ça qu'elle ne dort pas très bien ces temps-ci, le sens de la vie, le fait qu'elle *refuse* de dormir sans la lampe allumée, mais du coup ça la réveille, alors elle lit encore les livres de Laura Ingalls Wilder, nanoparticules au parfum tropical, le fait que je devrais changer cette ampoule tout de suite, le fait qu'elle a peut-être besoin d'une *plus jolie* lampe, le fait que l'éclairage est presque toujours laid, le fait qu'on ne trouve plus de belles lampes de nos jours, le fait que je n'ai pas de souvenirs agréables de lampes, ou de souvenirs émus, le fait qu'elles sont toutes intrusives, soit trop brillantes soit trop tamisées, et soit elles vous aveuglent soit vous ne pouvez pas lire avec, le fait que seules les bougies sont belles, vraiment, mais c'est trop dangereux avec des enfants, incendie de Chicago, le fait que les guirlandes de Noël sont chouettes, mais pas autant qu'autrefois, le fait que je déteste les nouvelles toutes bleues et glacées, le fait que je n'aime pas non plus les phares blanc bleuâtre des voitures, le fait que la lumière blanche est toujours sinistre, le fait que j'ai toujours détesté les néons fluorescents, Papa dans la cuisine à Evanston le soir, terne, triste, le fait qu'on vit à l'Âge sombre et toutes nos lampes sont nulles, flatulence, flagellants, le fait que les réverbères gênent les oiseaux et d'autres animaux qui veulent juste pouvoir fermer les yeux, le fait que Chaucer a dit que les oiseaux dormaient les yeux ouverts, le fait que les réverbères doivent vraiment les gêner, même si Chaucer ne le précise pas, nocturne, je veux dire diurne, cadeaux d'anniversaire, mardi, tas de linge, pile à repasser, échantillons d'eau de Ben, pédale douce, semelle en feutre, service de déneigement, le fait que Ben continue de me sortir de nouveaux faits sur Pluton, le fait que je pense qu'on insiste un peu trop sur les faits ces temps-ci, ou alors il y a juste trop de faits, le fait que les policiers hongrois balancent des gaz lacrymogènes sur des enfants, le fait que j'aimais ce rêve du bâton qui remue, le fait que c'était juste une branche tombée de l'arbre mais qu'elle parvenait à plier ses muscles, le fait qu'elle s'était détachée d'une plus grosse branche et se tortillait, se trémoussait, un peu comme une étoile de mer, le fait que je voulais que les enfants sortent et voient mon bâton qui remuait, mais ils ne voulaient pas, alors je le rapportais à l'intérieur et le posais sur la table, mais tout le monde mettait vraiment du temps à venir dîner, et c'était frustrant, le fait que les repas en famille sont vraiment comme des réunions de travail, où on échange des infos, sauf si quelqu'un joue au Roi du Silence, le fait que j'ai également rêvé que j'étais de nouveau enceinte et ne savais pas quoi faire, le fait qu'on réfléchissait, avec Leo, le fait que j'avais peur que quelque chose n'aille pas avec le bébé parce que je suis vieille, mais je savais que je ne voulais pas avorter, le fait que ce serait très dur de perdre l'enfant de Leo, même en rêve, le fait que je pensais à Stacy dans le rêve, et que j'espérais mieux me débrouiller avec le nouveau bébé, le fait que je comptais l'appeler Abby, donc j'en déduis qu'on savait déjà que c'était une fille, mais après je perdais mon porte-monnaie, le fait que j'étais dans un bus et que j'avais une tarte à moitié entamée dans mon sac, et je continuais de penser au bébé et aux biberons de nuit et tout, et l'emmener à l'école et la regarder faire des étincelles avec les ordinateurs, et quel âge j'aurais avant qu'elle aille à la fac, « Franchement, Jake ! », Alec, Abby, le fait qu'après il était vaguement question que je retourne travailler à Peolia, le fait qu'apparemment j'avais déjà donné mon *accord*, mais à contrecœur, et j'essayais alors de trouver un moyen de me défausser, le fait que je devais ensuite descendre du bus à un arrêt que je ne connaissais pas, mais l'endroit paraissait sympa, et c'est là que je perdais mon porte-monnaie, bloquée par la neige, le fait qu'il a fallu la plus grosse fusée jamais conçue pour lancer ce frigo, New Horizons, et ça lui a pris neuf ans pour atteindre Pluton, neuf ans, le fait que les photos que ce truc envoie voyagent à la vitesse de la lumière et mettent quatre heures et demie pour atteindre la Terre, le fait que le vaisseau se trouve à six milliards de kilomètres et qu'il s'éloigne encore, le fait qu'il ne s'est pas posé sur Pluton, le fait que c'est comme ces groupes de touristes qui voient toute l'Europe en une semaine, le fait que Pluton présente une rangée de taches noires, et une autre forme sombre qu'ils appellent la queue de la baleine, le fait qu'elle a comme une peau de serpent, et des canyons de *huit kilomètres de profondeur*, le fait que c'est plutôt profond pour une petite masse planétoïde, je trouve, le fait que ça ressemble beaucoup à un poffertje, mais qu'est-ce que j'y connais, galettes, crêpes, muffins, steak braisé, « Arroser de sirop si désiré », le fait que c'est Clyde Tombaugh qui a découvert Pluton, le fait que je crois que Leo n'en peut plus de cette histoire de Pluton, le fait qu'il n'est pas fan d'astronomie, le fait qu'il a interrompu le cours de Ben sur Pluton pour parler d'os de mammouth, le fait que les premiers os de mammouth ont été découverts sur les rives de l'Ohio, *Et c'est cela qui changea tout*, le fait qu'il dit que cette découverte a changé notre conception de l'évolution, parce que ça prouvait que des animaux pouvaient disparaître, ou évoluer en de nouvelles espèces, le fait que les éléphants vont bientôt disparaître à cause du trafic d'ivoire, le fait que toutes ces petites boîtes en ivoire que Bette sculpte dans *Une femme cherche son destin* semblaient *innocentes* alors, arts thérapeutiques, trafic d'ivoire, mégots de cigarettes cachés sous un Kleenex, « Mon château, docteur », le fait qu'au début on croyait que les mammouths étaient carnivores, à cause de leurs défenses acérées, mais plus tard on s'est aperçu que ces défenses servaient à creuser et déraciner les arbres, tout comme les défenses d'éléphant, pas à déchiqueter leurs proies, le fait qu'ils mangeaient avec leurs molaires, d'énormes blocs gros comme des caisses, ou plutôt comme un tas de cartons aplatis, et collés les uns contre les autres, de grands cubes rectangulaires avec le haut en dents de scie pour pénétrer le bois, oh, non, je crois que c'est les dents des *mastodontes*, pas des mammouths, le fait que je me demande ce que ferait ma dentiste avec *elles*, les plus grosses molaires au monde, le fait qu'il n'en resterait plus rien quand elle aurait fini de s'en occuper, parfum tropical, le fait que Ben s'intéresse maintenant aux mastodontes, le fait que les cours d'eau de l'Ohio sont pleins de fossiles, pas juste l'Ohio River, et pleins de PCB aussi, isotopes du plutonium, et trois cent dix gigatonnes de gaz carbonique, GM, Toledo, le fait que l'Ohio est le cours d'eau le plus pollué d'Amérique, ou peut-être du monde, le fait que les pires eaux usées y sont déversées chaque fois qu'il pleut, et de l'acide sulfurique, mon Dieu, le fait que je n'imagine pas des gens creuser des mines pour y trouver de l'*acide*, acide sulfurique, acide citrique, le fait que pourquoi ils ont besoin de tout ça, le fait qu'on pourrait croire qu'un peu *moins* d'acide nous ferait du bien, pas un peu plus, femmes agressées à l'acide, le fait que les fermes et les industries déversent ce qu'elles veulent dans l'Ohio, le fait qu'il y a douze millions de kilos de produits chimiques dans ce fleuve, *kilos*, le fait que trois millions de personnes doivent y puiser leur eau potable, y compris *nous*, le fait qu'en 2007 il y avait trente kilos par quelque chose de mercure, et maintenant, dix ans plus tard, on en est à cent quatre-vingt-dix kilos de mercure ou plus, moules d'eau douce de l'Ohio, coraux d'eau douce, pygargues, crabe bouilli, le fait que les dentistes mettaient autrefois du mercure dans les plombages, le fait qu'ils vous incrustaient du mercure à l'intérieur de la tête, Flying Tee, mais les dentistes s'en fichent, nanoparticules, hygiène, « Vous êtes mauvaise ? », le fait que tout le monde à présent pense que Jemma est devenue folle à cause du mercure qui coulait de ses dents, bon sang, Pietro, le fait qu'il a fallu lui retirer tous ses plombages mais j'ignore si ça a arrangé les choses, le fait que je demanderai à Leo, le fait qu'on n'a pas trop de rapport avec ce côté-là de la famille, le fait que me faire retirer mes plombages suffirait à *me* rendre folle, fable, bâcler, le fait que la vieille et magnifique Ohio River est maintenant pleine de mercure et de PCB et Dieu sait quoi encore, et de paniers et de statues de vache, et de plaques de cuisson, tartes Tatin, bébés avortés, le fait que les syrphides mangent des pucerons, le fait que les chenilles mangent des capucines, Laiterie Young's Jersey, le fait qu'il suffit de regarder la Tuscarawas River pour voir qu'*elle* aussi est fichue, le fait qu'à l'époque de la crue de 1913 elle ne l'était pas, le fait que l'eau était parfaitement claire alors, barrage, Thurber, le fait que toute cette pollution s'est produite après, en à peine une centaine d'années, le fait qu'autrefois on trouvait dans le lac Érié des corégones, des perches, des truites et des brochets, pygargues, aiglons, science de la douleur, le fait que la Cuyahoga a pris feu en 1868, 1883, 1887, 1912, 1922, 1936, 1941, 1948, 1952 et 1969 et que personne n'a rien fait, mais maintenant ils l'ont un peu nettoyée, Les Hôtels Les Plus Romantiques Du Monde, et elle semble en meilleure forme que les autres cours d'eau par ici, Une Femme De 111 Ans Révèle Son Secret, le fait qu'il y a quelques meuniers à tête carrée et des ménés bleus dedans, échantillons d'eau de Ben, le fait que ce week-end nous devons prélever d'autres échantillons pour Mr Bowder, donc nous allons devoir polluer l'air pour étudier la pollution dans l'eau, le fait que Ben a déjà prélevé des échantillons dans la Tuscarawas, à Nugent Bottom et Stark Patent Bottom, deux fois dans l'Ohio, avant et après les pluies, quand les eaux usées ont été déversées dedans, et à Wolf Creek, Buckhorn Creek, West Fork Buckhorn Creek, Lick Run, Blue Ridge Run, Rodney Run, Swigert Run, Hoffman Run, Davis Run, Evans Creek, Browning Run, Frocks Run, White Eyes Creek, East Fork White Eyes Creek, West Fork White Eyes Creek, Indiancamp Creek, Stone Creek, Center Creek, Wills Creek, Birds Run, Johnson Fork, Yellow Water Creek, Dunlap Creek, Rocky Fork, Clear Fork, Turkey Run, Atkinson Creek, Fallen Timber Creek, Phillips Fork, Watson Creek, Crooked Creek, Fry's Creek, Oldtown Creek, Mud Run, East Branch Fork Sugar Creek, Brush Run, Pleasant Valley Creek, Troyer Valley Creek, South Fork Sugar Creek, Brandywine Creek, Broad Run et Goose Creek, le fait que Mr Bowder et lui analysent ces échantillons et font des organigrammes, des diagrammes de poissons, le fait que Ben va utiliser la citation d'Izaak Walton que je lui ai donnée pour sa présentation, l'« entrepôt de la nature », le fait que l'eau est un entrepôt dans lequel la nature enferme ses trésors, le fait que je ne pense pas qu'Izaak Walton parlait du mercure, du plomb et des autres métaux, bactéries, pathogènes, PCB, déchets industriels, le fait que, quand on y réfléchit, Izaak Walton évoquait à peu près la seule chose qu'ils *n'aient pas* trouvée là-dedans, le fait que nous allons tous mourir, le fait que c'est horrible de mourir seul, le fait que Ben conserve ses échantillons dans notre congélo, ce qui au début ne m'emballait pas, le fait que ça ne paraissait pas très sain d'avoir toute cette eau polluée avec notre nourriture dans le congélo, mais Leo a fait remarquer qu'elle n'était guère différente de l'eau avec laquelle on fait des glaçons, ou l'eau avec laquelle on se lave les mains, alors pas d'inquiétude à avoir, le fait qu'à Flint, dans le Michigan, ils ont bu de l'eau empoisonnée pendant *des années*, le fait que c'est horrible, enfants malades, le fait que les habitants de Flint ont droit maintenant à des bouteilles d'eau gratuites, je crois, mais ils doivent encore payer leurs *factures d'eau*, ce qui est étrange, si vous voulez mon avis, le fait qu'on ne peut pas se doucher avec des bouteilles d'eau, alors ils doivent se doucher avec tous ces polluants, toxines, le fait qu'ils se rincent peut-être avec de l'eau en bouteille, ce qui doit être assez compliqué, le fait qu'ils feraient mieux d'aller tout nus sous la pluie, si jamais il pleut, sauf si c'est de la pluie acide, légionellose, McLaren Flint, le fait que ce Michael Moore parle toujours du problème d'eau à Flint mais bizarrement personne ne l'écoute, Ignorance et Besoin, Direction des transports, le fait que les gens ont toujours le droit de pêcher dans l'Ohio mais qu'ils ne sont pas censés *manger* ce qu'ils attrapent, mastodontes, Ohio River Valley, le fait que l'Ohio a encore des poissons-buffles à petite bouche, des dorés noirs, des perches noir et blanc, des carpes et des poissons-chats, mais les manger est dangereux, le fait que les aigles doivent en manger, qu'ils soient dangereux ou pas, le fait que les aigles ne peuvent pas lire les avertissements, marcassins, le fait qu'un aigle ne peut pas aller manger du poulet à la crème et aux champignons et des frites quand ça lui chante, ou se gaver de tarte à la mélasse, part de tarte au citron, le fait que les aigles ne mangent que de la viande crue, des poissons ou des oiseaux ou des rongeurs, le fait que les ours mangent du saumon, le fait que David Albatros, je veux dire David *Attenborough*, dit que les albatros parcourent des kilomètres et des kilomètres pour rapporter à manger à leurs petits, mais parfois ils rapportent du plastique, parce qu'il n'y a plus que ça dans les océans, et des tortues dont la taille est comprimée par des anneaux en plastique pour packs de bières, le fait qu'une tortue avec une taille de guêpe, le fait que j'ai rêvé d'une tortue qui n'avait que des pattes avant, pas de pattes arrière, et elle n'arrivait pas à s'extraire d'une sorte de flaque profonde près de la route quelque part, et j'avais peur qu'elle se noie, le fait qu'on n'a pas besoin de nombril quand on sort d'un œuf, le fait que les tortues gardent une cicatrice ombilicale pendant un certain temps, ou un vestige d'ombilic du moins, le fait que les nouveau-nés ont des cicatrices de sac vitellin, mais elles disparaissent, le fait que Flint grouille d'enfants empoisonnés au plomb et que ça sera bientôt le cas dans l'Ohio, enfants empoisonnés au plomb et au mercure, le fait que l'Ohio est plein de déchets toxiques issus des fertilisants chimiques, le fait que ça rend la *pêche* nettement moins drôle, mais heureusement aucun de nos enfants ne veut pêcher, le fait qu'ils sont obsédés par la propreté ou bien prônent le désordre, ou passent leurs journées sur Internet, ou se mettent à crier et hurler puis deviennent tout d'un coup maussades, ou disposent un million de petits guerriers japonais en plastique partout par terre afin que je marche dessus, le fait que je pense que les flics devraient utiliser ces petits guerriers pour arrêter les voitures qui roulent trop vite, roulette russe, le fait que l'Ohio est le fleuve le plus pollué du pays, le fait que le Mississippi arrive *juste après*, le fait que la seule bonne nouvelle c'est que l'Ohio est moins pollué *dans l'Ohio* qu'il ne l'est quand il arrive en *Indiana*, où les habitants balancent encore plus de saletés, produits et engrais chimiques, le fait que tous les États limitrophes de l'Ohio se reprochent la pollution du fleuve, parce que personne ne veut payer le nettoyage, donc il n'y a pas de nettoyage, entretien, ménage, maquillage, ravage, village, flicage, le fait que j'ai rêvé d'une mère avec des tas d'enfants, et ils avaient tous de gros bonnets en laine, des sortes de bérets larges, le fait que la mère adorait la laine chenille, le fait que les enfants étaient tous de pères différents et étaient tous très gentils, le fait que la mère était pauvre mais décidée à leur offrir un foyer heureux plein de choses tricotées, trac, truqué, le fait que je crois qu'il y avait encore d'autres choses mais c'est tout ce dont je me souviens, Francis Scott Key, Quantrill, le fait que les deux se rencontrent à Louisville, je veux dire l'Ohio et le Mississippi, pas Francis Scott Key et Quantrill, le fait que l'Ohio est plus grand que le Mississippi quand ils se rencontrent à Louisville, le fait que l'Ohio est plus large d'un kilomètre et demi à cet endroit, le fait que sans l'Ohio il n'y aurait pas de Mississippi, ♫ *So beware, Be-ee-ee-ee-ware… Drink-ing, drinking-ing, dri-i-i-i-i-inking, D-R-I-N-K-I-N-G* ♫, le fait que ces deux fleuves pollués se rencontrent et se jettent dans le Golfe, qui a maintenant une zone morte de la taille du Connecticut, ♫ *Plop, Plop, Fizz, Fizz, Oh what a relief it is !* ♫, composés nitrés, efflorescence algale, drainage minier acide, la mère chenille, beaux bonnets, le fait que les tortues vertes de la Grande Barrière de corail en Australie sont bourrées de médicaments contre l'hypertension et la goutte, et de produits d'entretien, cosmétiques, pesticides et herbicides, le fait que Ben est très calé là-dessus, le fait qu'il vient de me montrer quelque chose sur YouTube, des ados qui se promenaient en vedette sur l'Ohio l'été dernier, le fait qu'ils ont vu une grosse créature nager près de la surface, le fait qu'elle ne ressemblait à rien de connu, et ils ne savaient pas ce que c'était, alors ils l'ont suivie un bon moment, en bateau, et quand ils en ont eu assez ils ont essayé de l'*éperonner*, le fait qu'ils lui sont rentrés dedans et l'ont peut-être tuée ou blessée, la seule de son espèce au monde peut-être, et maintenant nous ne saurons jamais ce que c'était, le fait que à quoi ça rime de, de, le fait que c'est tout ce qui leur est passé par la tête, et ils se sont même filmés en train de le faire, *en riant*, destruction désinvolte, frissons faciles, banalité du mal, le fait que c'est sans doute ce que feraient les gens si jamais ils rencontraient un Abominable Homme des Neiges, ils lui rouleraient dessus ou l'abattraient puis iraient manger des *pancakes*, le fait que les gens tuent chaque jour des centaines d'animaux familiers à l'étang, et chaque jour des chasseurs vont abattre de pauvres animaux, et ils rient, le fait qu'ils voient une cigogne voler au-dessus d'eux et tout ce qu'ils veulent faire c'est l'*abattre*, bombes atomiques, le fait que ce n'est pas comme s'ils avaient besoin de manger une cigogne, ♫ *Sur les berges de l'Ohio* ♫, le fait que Hillary Clinton a ri à la mort de Kadhafi, après qu'il a été démembré par une foule, le fait que plus personne n'a de décence, Hillary, Trump, foules, le fait que les foules sont indécentes, le fait que Hillary semble souvent rire de façon déplacée, le fait que c'est peut-être plus fort qu'elle, le fait qu'elle est amie avec Kissinger, le fait que la fille dans cette chanson repousse une demande en mariage, il la noie dans l'Ohio, et elle dérive, débris, vengeance, séparation, Olivia Newton John, le fait que la logique masculine me semble parfois aussi tordue que celle des rêves, mais je ne dirais jamais ça à Leo, parce que ça pourrait le blesser, ou l'émasculer, le fait que l'émasculation semble à l'ordre du jour ces temps-ci, très prisée, frisée, le fait qu'on en parle partout, et l'association parents-profs dit qu'il faut faire quelque chose à ce sujet parce qu'il est vraiment facile d'émasculer les enfants si on ne fait pas attention, le fait que l'APP dit que les garçons se sentent émasculés à l'école, parce que les filles sont meilleures en tout, même en TI, le fait qu'on doit soutenir les garçons sans cesse, les aider à se mesurer aux filles, croissance, progrès, tourte au poulet, soupe à la fausse tortue, soutenir, souvenir, le fait qu'à la dernière réunion ils ont dit que les garçons émasculés ont l'impresson d'être des citoyens de second rang, le fait qu'Amelia Eberhardt l'a ouverte une fois de plus, et a dit « Maintenant ils savent l'effet que ça fait », et c'était tellement gênant, je ne savais pas où regarder, le fait que les autres non plus, mais elle est comme ça Amelia, le fait que Zadok Cramer a encore quelques affluents de l'Ohio pour Ben, ♫ *Now the riverbank will make a mighty good road* ♫, 150 Ouest 4e Rue, au coin de la 6e Avenue, le fait qu'on en a d'abord quelques-uns qui nous attendent à Coshocton, et après ça on ira plus à l'ouest, l'Expansion vers l'ouest, à Spoon Creek peut-être, Mill Creek, Little Mill Creek, Turkey Run, Doughty Creek, Laurel Creek, Bucklew Creek, Killbuck Creek, la Walhonding et la Muskingum, et la Petite Muskingum, qui est complètement différente de la Muskingum, et Crooked Run, Morgan Run, Bacon

Run, Rock Run, Robinson Run, Mill Fork, Moscow Brook, Sand Fork, Simmons Run, Dickinson Run, Little Wakatomika Creek, Flint Run, Fivemile Run, Symmes Creek, Prairie Fork, Beech Run, et ensuite, si on arrive à les trouver, on essaiera Big Seweekly Creek, Duck Run, Big Beaver Creek, Little Beaver Creek, Raccoon Creek, Mildew Creek, Little Yellow Creek, Big Yellow Creek, Crookston's Run, King's Creek, Will's Creek, Harman's Creek, Mingo Bottom Creek, Indian Cross Creek, McMahon's Creek, Big Grave Creek, Captina Creek, Fish Creek, Sunfish Creek, Opossum Creek, Proctor's Run, Fishing Creek, Stoney Creek, Bull Creek, Duck Creek, Little Kenhawa River, Great Hocking River, Lee's Creek, Devil's Hole, Shade River, Little Sandy Creek, Big Sandy Creek, Tanner's Run, tannage, bricolage, noyau de q-q-q-questche, Letart's Rapids, West Creek, Dunham's Run, Sliding Hill Creek, Nailor's Branch, Leading Creek, Ten Mile Creek, Campaign Creek, Great Kenhawa River, Meridian Creek, Eighteen Mile Creek, Swan Creek, Little Guyundat Creek, Green Bottom Ripple, Federal Creek, Nine Mile Creek, Seven Mile Creek, Big Guyandot River, Buffalo Creek, Ten Pole Creek, Twelve Pole Creek, Tottery River, Hood's Creek, Ice Creek, Stoner's Creek, Little Sciota River, Tyger's Creek, Big Sciota River, Conoconneque Creek, Salt Creek, Quick's Run, Pond Run, Stout's Run, Sycamore Creek, Crooked Creek, Cabin Creek, William Brooke's Creek, Limestone Creek, Eagle Creek, Straight Creek, White Oak Creek, Bracken Creek, Bullskin Creek, Bear Creek, Big Indian Creek, Little Indian Creek, Cross Creek, Muddy Creek, Little Miami River, Crawfish Creek, Deer Creek, Licking River, liquette d'hiver, Great Miami River, Laughrey's Creek, Gunpowder Creek, Big Bone Lick Creek, Kentucky River, Little Kentucky River, Bear Grass Creek, Salt River, Otter Creek, Doe Run, Falling Spring, French Creek, Buck Creek, Wyandot Creek, Big Blue River, Helm's Creek, Little Yellow Bank Creek, Harden's Creek, Flint Island, Clover Creek, Anderson's River, Blackford Creek, Green River, Pidgeon Creek, Highland Creek, Wabash River, Saline River, Grand Pierre Creek, Cherokee River et Cash

River, le fait que ça devrait suffire pour l'instant, nom d'un petit bonhomme, le fait que je ne me rappelle plus où on est déjà allés mais Ben a tout noté quelque part, le fait qu'il est très organisé, le fait que je ne crois pas qu'il se sente *émasculé*, le fait que mes noms de cours d'eau préférés sont la Monongahela et la Younghiogheny, mais ils sont tous les deux en Pennsylvanie alors ils ne comptent pas, du moins pour l'étude de Ben sur la pollution, le fait qu'ils figurent sûrement dans une étude sur la pollution faite par un élève de Pennsylvanie, Flint, Michigan, Walhonding, le fait que l'Ohio fait en général six mètres de profondeur environ, mais Zadok Cramer dit que certaines parties pourraient avoisiner les quinze mètres après la pluie, châteaux du Rhin, châteaux du Rhône, Genève, Montreux, navires à tourelles, drapeau de pirate, costume de pirate de Ben, eau noire et calme, flaque d'huile de moteur, étrange créature de la rivière, vedette blanche, le fait que l'Ohio a été vraiment importante autrefois, pour le commerce et tout ça, le fait que Zadok Cramer parle de tout ça, le fait que j'ai fait lire Zadok à mes étudiants, le fait qu'il est tellement optimiste sur tout, mais il n'a jamais eu à se préoccuper de la pollution, pas une seule fichue seconde, peintres en bâtiment, le fait qu'il dit que l'Ohio présente mille cinq cent quarante kilomètres d'eaux étales navigables, le fait que ça ne sonne pas terrible, « eaux étales », à tous les étages, et qu'étaler et pollution ne font pas bon ménage, mais d'un point de vue nautique c'est plutôt une bonne chose, Olivia Newton John, tout comme les canaux, le fait que les canaux sont faciles à naviguer, et naturellement lents, parce qu'ils n'ont pas du tout de courants, je suppose, le fait que la Muskingum est lente elle aussi, le fait qu'elle sinue lentement jusqu'à Marietta où elle se confond avec l'Ohio, le fait que c'est peut-être pour ça que la Muskingum a été importante dans le Chemin de fer clandestin, parce qu'elle était facile à naviguer, je ne sais pas, le fait que le massacre de Big Bottom a eu lieu sur les rives de la Muskingum, le fait que c'était en représailles au massacre des Indiens Moraves à Gnadenhutten, qui est en gros la pire chose qui soit arrivée dans le coin, la pire chose *de tous les temps*, quatre-vingt-douze Lenape, tous les Lenape, la paume de Ma sur le pain au maïs, le fait qu'un type s'est suicidé à Chilicothe il y a environ une semaine et qu'il a laissé un message disant « QUE DE LA PITIÉ », le fait que ça m'a fait pleurer, le fait que j'ai été démolie par la maladie de Maman, ça m'a brisée, brise, cigogne, le fait que c'était durant la Guerre révolutionnaire, pas la guerre de Sécession, je veux dire le massacre de Gnadenhutten, Hillary Clinton, Kadhafi, troisième guerre mondiale, *quatrième* guerre mondiale, le fait que quelqu'un a dit que s'il y avait une troisième guerre mondiale ça serait la *dernière* guerre qu'on aurait, à cause de la puissance de feu, le fait que les Indiens Moraves à Gnadenhutten étaient proaméricains mais ça ne les a pas aidés, le fait que les soldats ont cru qu'ils abritaient des Indiens proanglais, c'est en tout cas ce qu'ils ont prétendu après, alors ils les ont assassinés, tous les habitants du village, hommes, femmes, enfants, et j'ai dû *enseigner* ça, année après année, à ces étudiants las, ennuyés, soupçonneux, qui voulaient juste avoir leurs unités et passer à autre chose, le fait qu'ils doivent tous travailler chez McDo maintenant, économe, beurre décongelé, GM, le fait que des lycéens de Cincinnati ont scandé des commentaires racistes parce qu'il y avait des Afro-américains et des Américains d'origine asiatique dans l'autre équipe, le fait que c'est le cas, le fait qu'il y a des tas de gens qui disent encore le mot « nègre » dans l'Ohio, et je crois que ça empire, le fait que ça m'a choquée la première fois que je suis venue ici, le fait qu'ils auraient pu arrêter les Indiens Moraves, en faire comme des prisonniers de guerre, le fait que le colonel Williamson a laissé ses hommes décider de la chose et que les soldats ont décidé de les tuer tous, comme ça, le fait que dix-sept soldats ont refusé, dix-sept sur cent, et ils ont dû rester là à regarder les autres perpétrer le massacre, le fait que tout ça s'est passé à moins de vingt kilomètres d'ici, tout près, le fait que les Indiens Moraves étaient des « cibles faciles », le fait qu'ils étaient tous pacifistes et qu'ils ne se sont pas battus, le fait que les soldats les ont informés la veille au soir qu'ils allaient tous être tués le lendemain, et les Indiens ont veillé toute la nuit en priant et en chantant, et le lendemain les soldats sont arrivés et ont attaché tous les hommes et les jeunes garçons par deux, ils les ont collés contre un mur et les ont battus à mort à coups de maillet, deux par deux, le fait qu'après que Builderbeck a eu fini de tuer sept couples d'hommes et de jeunes garçons, il a tendu son maillet à un autre soldat et dit « Mon bras n'en peut plus, prends la relève, je crois m'être bien débrouillé », le fait que la seule pensée des cris, des hurlements des femmes et des enfants, tandis que ça avait lieu, mais ça n'a pas fait changer d'avis les soldats, et après ils sont allés s'occuper des femmes et les ont massacrées, le fait qu'une vieille femme a supplié qu'on l'épargne et ils l'ont tuée en premier, le fait qu'ils ont massacré au maillet vingt-sept femmes, vingt-neuf hommes et trente-six enfants, et après les avoir tués ils les ont *scalpés*, ils ont pillé leur village et l'ont incendié avec tous les morts, le fait qu'un petit garçon a survécu, le fait qu'il avait été battu et scalpé et laissé pour mort sur un tas de cadavres, mais il était encore vivant, le fait qu'il s'est caché sous les autres corps et a réussi à s'échapper avant que les soldats mettent le feu, le fait que des gens peuvent changer le monde en abattoir, comme ça, quand ça leur chante, sucre, beurre qui ne fondait pas dans leurs bouches, le fait que les soldats ont eu besoin de *quatre-vingts chevaux* juste pour rapporter leur butin à Pittsburgh, la totalité de ce que les Indiens Moraves avaient possédé, fabriqué, semé et récolté, la tempête, les trois sœurs, le fait que les bottes de Stacy traînent toujours, le fait que Builderbeck a été finalement découpé en petits morceaux, par les Lenape, en représailles de Gnadenhutten, le fait qu'ils l'ont découpé lentement, beurre, sucre, moule à madeleines, moules à gâteau, le fait qu'ils ont gardé prisonnière la femme de Builderbeck pendant un certain temps, puis ils l'ont laissée partir, et plus tard elle s'est remariée et a donné naissance au « premier enfant blanc » né à Fairfield County, le fait que les manuels ne peuvent s'empêcher de le préciser, le « premier enfant blanc », comme s'il y avait un *mérite* à cela, le fait que je suppose qu'ils signalent juste la bizarrerie, puisque d'autres enfants étaient nés à Fairfield County depuis des milliers et des milliers d'années avant que Mrs Builderbeck débarque là-bas, le fait que je redoutais chaque année les sorties éducatives de Peolia, mais là c'était *mon* idée, le fait que je savais qu'on devait y aller mais je me sentais toujours horriblement timide dans le bus, le fait que ça fait peur de voir les étudiants en dehors de la classe, le fait qu'un étudiant m'a remerciée de les avoir emmenés, et m'a dit « Le monde mystérieux dans lequel nous vivons est tellement cool », le fait que je pense qu'il voulait juste dire qu'il aimait se rendre sur des lieux historiques, pas que les massacres sont cool, du moins je l'espère, le fait que certaines personnes sont juste étonnées qu'il se soit passé quelque chose en général, et les sorties scolaires les font vraiment réfléchir, le fait que nos enfants ne sont jamais allés à Gnadenhutten avec l'école, alors Leo et moi on les a emmenés, mais quand on est arrivés là-bas on a esquivé la chose, parce que vous ne voulez pas que vos enfants fassent des cauchemars sur des massacres et des scalps, le fait que Stacy et Ben étaient assez grands pour lire la plaque tout seuls, donc ça allait, surtout qu'elle ne donne pas trop de détails, le fait que tout ce qu'elle dit c'est que les soldats se sont montrés impitoyables, *Je ne sais pas mais eux si*, le fait que tout le monde se rend maintenant à Gnadenhutten pour le Festival pyrotechnique, et la Parade des Animaux et le Tomahawk Trot, le fait qu'après ils élisent le plus beau bébé de l'année, le plus beau bébé, alors que des tas de bébés ont été battus à mort ici, trente-six enfants, le fait que ça vous donne presque envie de vomir, mais c'est juste moi, le fait que plus personne n'y pense, le fait que le massacre de Gnadenhutten semble oublié depuis longtemps, ainsi que le massacre de Sand Creek, cent cinquante Cheyennes tués, des femmes et des enfants pour la plupart, scalpés et mutilés, le fait que cette fois les soldats ont gardé les *testicules* comme trophées, mon Dieu, et John Evans en était le responsable, et la ville où j'habite porte son nom, le fait que Evanston a été volé à un certain Ouilmette, Wilmette, la terre des Potawatomie, et Lake Shore Drive était autrefois une voie indienne, tumulus indiens,

Laura Ingalls Wilder, la guimbarde d'Almanzo, le fait que Ouilmette était moitié français, moitié indien, le fait qu'il était marié à une femme du nom d'Archange, qui était aussi moitié française et moitié indienne, et ils ont eu huit enfants, huit enfants moitié français, moitié indiens, le fait que le gouvernement des États-Unis a volé Chicago aux Potawatomie, loi sur la déportation des Indiens de 1830, le fait qu'Evans était originaire de l'Ohio, né à Waynesville, le fait qu'il a étudié la médecine à Cincinnati College, Cincy, et qu'il était ami avec Chivington, le fait qu'Evans a donné l'ordre d'abattre tous les Indiens à vue, et Lincoln a approuvé, le fait qu'Evans a décoré Chivington pour le massacre de Sand Creek, plus beau bébé, premier bébé blanc né à Fairfield County, le fait que Lincoln était originaire de l'Illinois, et qu'on allait pique-niquer le week-end en forêt derrière Lincolnwood School, Grosse Pointe, Tinkertoys, Skokie, Wilmette, Potawatomie, le fait que les hommes de Chivington ont arraché un fœtus du ventre d'une femme, l'ont tué et scalpé, et Evans l'a décoré pour ça, le fait qu'il veut que les chasseurs utilisent de nouveau des balles en plomb, *Trump*, pas Chivington, le fait que tous les Trump aiment chasser, gros gibier, le fait que si un animal reçoit une balle en plomb, mais survit, il est lentement empoisonné par la balle, esprit sportif, golf, le fait qu'apparemment Trump est mauvais au golf, le fait qu'on pourrait croire qu'il aurait pu truquer ses terrains de golf pour gagner, mettre des aimants dans les trous ou je ne sais quoi, le fait que même les habitants de l'Ohio ne vont quand même pas réélire ce type, mais Leo dit que la plupart des présidents en place sont réélus, le fait que les présidents résident, *président*, simplet, O.J. Simpson, Gnadenhutten, le fait que deux chefs à Sand Creek ont couru en agitant des drapeaux blancs mais ça n'a servi à rien, le fait qu'ils ont été tués sur-le-champ, civils, civilités, manières, le fait que quelques Indiens ont survécu au massacre de Sand Creek en se cachant dans des grottes qu'ils ont creusées à la hâte dans les berges sableuses près du cours d'eau, mais les soldats les ont presque tous trouvés, le fait qu'ils ont pourchassé les blessés à cheval, pourchassé les femmes et les enfants, le fait que certaines femmes ont tué leurs enfants et se sont suicidées pour échapper à une mort atroce, comme les gens qui ont sauté des étages le 11 Septembre, je suppose, le fait que le gouvernement n'a cessé de violer tous ses traités, œuvres de Gina Adams, Lincoln, Andrew Jackson, James Monroe, nos héros nationaux, le fait que ça ne laissait aux Indiens aucun moyen pacifique pour se défendre ou défendre leurs terres, manuel d'autodéfense, mes cours à Peolia, trois racines le long de la colline pareilles à des artères, le fait que le massacre de Sand Creek a duré six heures, le fait que Mocchi a vu sa mère se faire tuer par deux soldats juste sous ses yeux, puis ils ont voulu la violer mais elle a tué un des soldats et s'est échappée, et elle est devenue une guerrière, le fait que je crois qu'elle a participé à la Bataille de Julesburg, le fait qu'avant ça Silas Soule a dit aux hommes de Chivington qu'ils étaient des fils de p—, bref, de vouloir les massacrer, mais ils l'ont quand même fait, le fait que Soule a essayé de les en empêcher, le fait que c'est difficile de le croire mais des tas de massacres sont planifiés, prémédités, le fait que ça remonte à près d'un siècle avant la naissance de Leo, comment l'Ouest fut conquis, le fait que Chivington a été surnommé après ça le Boucher de Sand Creek mais il n'a jamais été arrêté ni jugé ni rien, le fait que Silas Soule a été assassiné en pleine rue, à Denver, quelques mois après avoir témoigné au sujet du massacre, le fait que c'était douze jours après l'assassinat de Lincoln, le fait que je faisais lire à tout le monde la lettre de Silas Soule, le fait que Stace dit qu'une des premières choses qu'a faites Trump une fois élu a été de ré-approuver le projet de pipeline du Dakota, DAPL, Wet'suwet'en, Unist-ot-en, les chevaux, le fait que la Garde nationale a tiré sur des manifestants indiens avec des balles en caoutchouc, et sur les chevaux aussi, PODR, extinction des bisons, extermination, campements de tipis, la fait qu'on se demande si les manifestations et la désobéissance civile, le fait que, je veux dire, on se demande si c'est vraiment nécessaire, résistance passive, parce que c'est dangereux d'énerver les autorités, le fait qu'ils ne vous laissent pas tranquilles, le fait que les gens parlent toujours du droit de manifester pacifiquement, mais ils se font juste arrêter, spirales, caramélisation, concentration, le fait que Stacy veut mettre un autocollant Greenpeace juste devant notre porte d'entrée pour que tout le monde puisse le voir, mais je ne sais pas si c'est une bonne idée, le fait qu'on n'a pas envie de contrarier qui que ce soit, par exemple les voisins, ou des gens qui viennent juste sonner chez nous, des inconnus, méconnus, Builderbeck, le fait que tout un tas de gens par ici n'aiment pas entendre parler de protection de l'environnement, et ils s'énervent si vous leur parlez de changement climatique, le fait que c'est probablement pour ça qu'ils ont voté Trump, le fait qu'ils espéraient qu'ils n'entendraient plus parler de changement climatique pendant au moins quatre ans, le fait que tout le monde a son propre programme, le fait que, s'il y a déjà toutes ces disputes lors des réunions parents-profs au sujet des vigiles armés, SRO, comment ils réagiraient face à un autocollant Greenpeace, le fait que Stacy a fait remarquer que les *Kinkel* ont un autocollant ACLU sur le pare-chocs de leur voiture, le fait que si c'est vrai ils doivent être les *seuls* dans tout Tuscarawas County avec un autocollant ACLU, ou les seuls avec une vipérine des Canaries *et* un autocollant ACLU, je parie, le fait que les plantes ont des droits elles aussi, et l'eau a des droits, et la nature, mais qui a envie d'aller en prison pour ça, ou de se faire *tirer* dessus, le fait que c'est ça la question, le fait que je ne pensais même pas qu'ils étaient *politisés*, les Kinkel, le fait que les Amberger ont un canon factice de la guerre de Sécession dans leur jardin mais je ne sais pas trop pour quel camp ils sont, le fait que eux non plus si ça se trouve, et côté politique c'est à peu près tout par ici, le fait que trente-cinq mille habitants de l'Ohio sont morts pendant cette guerre, Amberger, *La Splendeur des Amberson*, Sand Creek, Sandy Hook, le fait que je dois mettre de la musique, le fait que je me mets dans tous mes états, spirales, marcassins, le fait que j'ai besoin de, d'un peu de Schubert, voilà, la « Trouite », comme dit Jake, truite, perche, poisson-buffle à petite bouche, bison, mammouth, mastodonte, Moraves, le fait que j'espère que

Schubert n'a jamais entendu parler du massacre des Moraves, mais ça serait possible, le fait qu'il est né quinze ans après ce massacre, ♫ *Quintette dit « La Truite »* ♫, 31 janvier 1797, le fait qu'il est mort le 19 novembre 1828, le fait qu'au moins il n'a pas pu entendre parler du massacre de Sand Creek, le fait qu'ils espèrent qu'il va relancer l'industrie lourde dans l'Ohio, Trump, pas Schubert, tant pis pour l'environnement et le reste, le fait qu'il faut continuer à polluer pour survivre, du moins c'est ce qu'ils ont l'air de penser, *Je ne sais pas mais eux si*, mais c'est fini l'industrie lourde, « C'est fini pour Bozo », arsenic, gaz de schiste et vieilles dentelles, incendies de forêt, dix pour cent des Américains, émasculation, le fait que je pense que le climat de l'Ohio a changé depuis que j'y habite, avec le derecho et tout ça, en C inversé, le fait qu'autrefois il y avait des souris sylvestres et des rats des moissons par ici, et des souris sauteuses des champs, des écureuils volants, toutes sortes de chauves-souris, de grosses chauves-souris brunes, de petites chauves-souris brunes, des chauves-souris rouges de l'est, des chauves-souris cendrées, et des pipistrelles, et des opossums, le fait que Phoebe a réalisé une magnifique peinture d'opossums suspendus à un arbre, quand elle était petite, le fait que j'espère qu'elle l'a encore quelque part, le fait que j'ai été très impressionnée, le fait qu'on ne voit presque plus d'opossums maintenant, à part ceux qui se font écraser, opossum mort couché sur le dos, poil gris blanchâtre sur le ventre, drapeau blanc, reddition, le fait qu'il avait quelque chose d'*humain*, comme un buveur de bière avec un gros bide qui dort paisiblement sur son canapé, les Opossums de Peolia, le fait que le nom de l'équipe de foot vient de leur devise latine, OMNES TENEBRAE VIDERE NON POSSUM, ce qui était un peu idiot, feux rouges, parcmètres, poteaux pour chevaux amish, « Ne battez pas votre cheval », le fait qu'autrefois il y avait des musaraignes, des taupes, des campagnols, des marmottes, des tamias, des moufettes rayées, et des castors ici aussi, et des rats musqués, des coyotes, des renards roux, des visons, des fouines, et des belettes, le fait que, selon Ben, la belette est le plus petit carnivore au monde, mais maintenant, maintenant il n'y a plus que *nous*, quasiment, « juste nous mes poussins », et quelques ragondins, et peut-être quelques animaux exotiques qui se sont échappés, prêts à surgir des buissons et à vous sauter dessus à tout moment, comme des tigres de Sumatra et des tarentules et des cobras et des crocodiles et des, comment ça s'appelle, des boas constrictors, le fait qu'un homme s'est fait étrangler par son boa constrictor la semaine dernière, un boa qu'il avait eu bébé, le fait qu'un fermier quelque part dans le Nord a cru qu'il y avait un tigre dans son étable et il a appelé les flics, mais en fait c'était un tigre en peluche, le fait que les flics lui ont quand même tiré dessus, au cas où, gros gibier, le fait qu'ils ont complètement massacré le tigre, le fait qu'il ressemblait beaucoup au tigre de Stacy, qui est maintenant celui de Jake, je veux dire avant qu'ils le pulvérisent, le fait qu'elle a fait une très belle peinture de ce tigre, et Jakey aime se coucher dessus, sur le tigre, pas sur la peinture de Stacy, le fait que le tigre peint a l'air heureux, en pleine jungle, noir blanc vert orange, et bleu, le fait qu'il vous regarde avec un seul œil, tout comme son tigre à *elle*, parce que des poils recouvrent l'autre, voile, voile de la mariée, lancer de bouquet, bouquetin, sifflement, le fait qu'elle a parfaitement reproduit cette expression dans sa peinture, le fait qu'elle est allée en cours de dessin avec son tigre, et elle est rentrée à la maison avec cette peinture, qu'on a posée sur la cheminée, parce que j'aime la voir tous les jours, le fait que j'ignore pourquoi on a toujours ce truc de Woodrow Wilson accroché là, le fait que ce stage d'été valait vraiment le prix que ça coûtait, mais c'était à New Haven, le fait que je regrette qu'on n'ait pas l'équivalent pour les gosses, le fait que je ne sais jamais quoi faire d'eux l'été, le fait qu'ils peuvent installer des stands de limonade dehors, ou vendre des œufs, des sorbets, le fait que j'aimais bien le professeur de dessin de Stacy, le fait que c'était un véritable artiste, un céramiste, le fait que Ben dirait sûrement non si je leur trouvais un cours de dessin, le fait que tiens voilà Frederick, qui avance prudemment dans la neige, le fait que les animaux savent très bien ce qu'ils font, le fait qu'ils savent très bien vivre, armes, balles en caoutchouc, alors que tout ce qu'on sait faire, nous, c'est regarder des vidéos Morning Routine et manger des gâteaux au chocolat, des donuts et des beignets d'oignons, le fait que les Amérindiens ont accompli tous ces exploits techniques et avaient le temps de jouer au chunkey, le fait que les Hopewell ont vécu ici pendant treize mille ans et n'ont *rien* abîmé, le fait qu'ils ont juste laissé quelques pointes de flèches et des hausse-cols, le fait qu'ils n'ont pas pollué l'eau potable de millions de gens, ni laissé des déchets radioactifs qui resteront dangereux pendant trois cent mille ans, le fait que les Européens ont juste réussi à *bousiller* cet endroit en quelques siècles, le fait que c'est un peu contrariant quand on y réfléchit, le fait que ça n'a rien d'un projet, le fait qu'une fois qu'on a pollué toutes les eaux potables on peut dire qu'on n'a plus vraiment de pays, ou de pays digne qu'on y vive, spolié, pourri gâté, mines de charbon, mines de sel, Mound City, sept cents, sept cents tumulus indiens rien que dans l'Ohio, le fait qu'Alligator Mound est assez chouette, mais Serpent Mound est vraiment étonnant, le fait que les tumulus de Chillicothe font penser à une autre *planète*, et il y a Moundsville, en Virginie-Occidentale, aussi, le fait qu'on devrait y emmener les enfants un jour, le fait que Grave Creek Mound fait plus de *vingt et un mètres de haut*, et Miamisburg presque vingt mètres, et il y a Story Mound et Infirmary Mound, et Adena Mound et Cemetery Mound et tous les autres, ventres gravides, Mère Nature, Mocchi, le fait qu'après avoir été à Mound City on est allés à Cincinnati et on a mangé des piments, servis sur des spaghetti avec du fromage dessus, le fait qu'une simple dose vous tue, « une pincée et t'es mort », le fait que jusqu'à récemment personne ne s'intéressait aux tumulus indiens, le fait qu'ils laissaient le bétail brouter partout et que certains tumulus se sont effondrés sous le poids des vaches, glace de bouse, nourri à l'herbe, nourri au grain, mais certains ont été épargnés, les gros, le fait que pendant un temps Mound City s'est appelé Camp Sherman, et ils ont arasé tous les tumulus qui les gênaient, mais les ont prétendument restaurés plus tard, Woodrow Wilson, le fait qu'à Camp Sherman un jour ils n'avaient rien d'autre à faire, alors ils ont fait une portrait de groupe en formation de Woodrow Wilson, le fait que la photo était constituée de milliers et de milliers de soldats, 21 000 soldats au garde-à-vous, le fait que je me demande s'ils l'ont prise depuis un tumulus, le fait qu'il a fallu 13 380 types rien que pour faire les cheveux, y compris la raie, et encore 1 170 soldats pour le manteau et le col, et 6 450 pour le visage et le cou, le fait qu'on l'a toujours dans la salle à manger, le fait que je l'apportais parfois à Peolia pour la montrer aux étudiants, le fait que je devrais la mettre ailleurs, le fait qu'elle prend toujours les rayons du soleil, et qu'elle me lance des reflets quand je cuisine, La Wilson, le fait que des tas d'étudiants ont trouvé ça très cool, mais moi je trouve que ça ressemble juste à une photo de journal en noir et blanc, comme celle à partir de laquelle elle a été faite, et ces soldats auraient mieux fait de jouer au chunkey, ou d'aller manger des piments à Cincinnati, ou de se rendre *utiles*, Gekelmukpechunk, le fait que Leo en avait un bol plein, un bol plein de piments, pas de soldats, et il avait aussi des spaghetti, le fait que j'ai eu des piments à part, rien que des piments, et les enfants ont tous pris un hot-dog, et ensuite au retour on s'est arrêtés chez Young pour manger une glace, bretzel croquant au caramel salé, le fait qu'ils ont des bons cornets là-bas aussi, le fait qu'ils ont aussi tous ces trucs épicés mais en général on n'en prend pas, des trucs comme du bœuf amish et des nouilles et des raviolis au poulet, le fait qu'ils essaient toujours de vous vendre leurs Éclats de Cheddar frits, le fait qu'ils en mettent même sur les burgers, le fait que, qui sait, c'est peut-être chouette, le fait qu'à l'école on nous disait toujours de ne jamais utiliser le mot « chouette », mais *tout le monde* s'en sert alors je n'ai jamais su de quoi parlaient les profs, le fait que j'ai envie d'essayer leur sandwich au bœuf épicé un jour, parce qu'ils sont peut-être comme ceux qu'on achetait autrefois chez B&J's, le fait qu'ils n'appellent pas ça sandwich au bœuf épicé chez B&J's, le fait qu'ils appellent ça un Rôti de Bœuf Bien Chargé, fusil Gatling, pommes de terre grenaille, « MONSIEUR LE PRÉSIDENT COMBIEN DE TEMPS LES FEMMES DEVRONT-ELLES ATTENDRE POUR AVOIR LEUR INDÉPENDANCE », le fait que Woodrow Wilson a laissé Eugene V. Debs moisir en prison, prisonnier n° 9653, le fait que son discours à Canton a conduit à son arrestation à Cleveland, l'arrestation de Debs, pas de Woodrow Wilson, Miss Treat, le fait que c'est idiot de l'appeler Alligator Mound, alors qu'il n'y a jamais eu d'alligators dans l'Ohio, des mammouths si, mais pas d'alligators, le fait que pourquoi les Indiens de l'Ohio iraient penser à des *alligators*, « les alligators anonymes doivent s'avancer », le fait que je n'arrête pas d'avoir chaud et froid, le fait qu'un type a essayé de rouler en pick-up sur Serpent Mound l'été dernier, le fait que je suis sûre qu'il était soûl, le fait qu'il a laissé de grosses traces de pneus tout autour mais n'a pas réussi à abîmer le tumulus, abîme, victime, le fait que Serpent Mound peut être vu depuis les *satellites*, Sauvetage D'Une Baleine De Mink Échouée, le fait qu'un chat a été abandonné dans une gare quelque part au Japon, alors que toute la gare avait été automatisée et le chef de gare viré, le fait que le chat a été nommé chef de gare honoraire, panier-repas, Menus Panier-Repas, Grosses Caisses, Hello Kitty, poissons-loups, papillons, *Madame Butterfly*, Mound City, OHCR, IHOP, poffertjes au beurre et au sirop, le fait qu'on a vu un docu sur le marché aux poissons de Tokyo où sont mis aux enchères tous les thons congelés, le fait que la façon dont ils traitent les anguilles vivantes, jus d'orange, le fait qu'il faut rincer le presse-agrume *immédiatement* sinon c'est l'horreur, le fait que Howard Hughes s'est guéri tout seul en buvant des litres de jus d'orange frais, après avoir eu un terrible accident d'avion, mais en général on boit du jus d'orange qui a été congelé, le fait que ça ne lui plairait pas, le fait qu'il a également conçu un nouveau lit d'hôpital encore en usage selon Ben, Candyland, les sœurs Brontë, le fait que je me demande si *elles* ont jamais bu du jus d'orange frais, judaïque, barbe, guimbarde, le fait que je crois qu'ils ne peuvent pas avoir d'orangers en Angleterre, moustiques, lucioles, libellules, araignées, la première orange de Laura Ingalls Wilder, jus d'orange en brique, reine Victoria, Tetra Pak, Teflon, le fait que la reine Elizabeth aime les Tupperware, le fait que la famille royale anglaise mange des céréales dans des Tupperware, puis ils enfilent leurs caoutchoucs et vont se promener en Land Rover, le fait que j'ai rêvé que je sauvais un petit enfant qui courait vers la route puis que je devais le rendre à sa maman, ce qui m'embêtait un peu parce que c'est elle qui l'avait laissé courir dans la rue, le fait qu'elle n'avait pas l'air d'une bonne mère, le fait que certains enfants sont si beaux que c'en est terrassant parfois, bouillon de poule, grain, Ronny, Jésus, Chuck, Maman, protéger les poules, le fait que Woodrow Wilson a été contre le vote des femmes jusqu'au dernier moment, le fait que des femmes ont manifesté devant la Maison-Blanche pendant *des années*, **** **JUSTICE POUR TOUS** ****, le fait que je me demande pourquoi les gens agissent ainsi, le fait que je ne sais pas où ils trouvent cette énergie, sincèrement, et ça embête juste tout le monde, le fait que j'ai rêvé également que j'étais dans un parc avec un âne qui s'échappait et je n'arrivais pas à le retrouver, et j'avais peur qu'il se fasse manger par les lions et les tigres du zoo, le fait qu'à mon réveil j'étais encore inquiète pour l'âne, alors je me suis collée contre Leo et on a fait l'amour, le fait que j'ignore comment c'est arrivé, le fait qu'on aurait dit une sorte de miracle, après tous ces mois, mais soudain je n'ai pas pu résister, il sentait si bon, le fait que tous mes sentiments pour lui sont encore là, ils sont juste en veille ou je ne sais quoi, veilleur, vieillard, ardeur, fadeur, le fait qu'on peut les réveiller, mes sentiments, chéris, chocolats Mon Chéri en rupture de stock, moules en forme de cœur, *Les Misérables*, érable à sucre, sirop, le fait que Ben parle à présent de l'autre aurore, *Steve*, le fait que Steve est un ruban gazeux et qu'il fait *3 000° Celsius*, le fait que la caramélisation est en cours, sur mes tartes, pas sur Steve, planète gazeuse, le fait que Steve fait vingt-quatre kilomètres de large et se déplace vers l'ouest à 20 000 km/h, six kilomètres par seconde, le fait que je n'ai aucune idée d'où se trouve Steve, un ruban gazeux, le fait que c'est super qu'ils aient trouvé Steve, mais j'en ai ras le bol des aurores boréales, le fait qu'on devrait parler d'horreurs boréales, le fait que j'ai vraiment essayé d'aimer ça, pendant des années, mais je crois que j'ai laissé tomber, tombeau, le fait que parfois on doit admettre sa défaite, le fait que toute ma vie j'ai feint de m'intéresser aux aurores boréales, en espérant, de tout mon cœur, que ça m'intéresserait, le fait que je ne suis pas partie avec une attitude négative, loin de là, le fait que je voulais vraiment que ça me passionne un jour, mais j'ai fini par comprendre que je ne voyais pas du tout ce qu'il y avait de génial dans les aurores boréales, le fait que l'aurore boréale ne me fait aucun effet, et je doute que je verrai un jour l'intérêt des aurores boréales, le fait que je ne peux pas dire ça à Ben, le fait que ça lui ferait de la peine, et que ça le surprendrait, parce qu'on a eu des tas de discussions sur les aurores boréales, et quand elles se produisent, dans quel hémisphère et tout ça, et les bruits flippants qu'elles font et tout, le fait qu'il a fait de son mieux pour rendre la chose intéressante, le fait que les photos ne leur rendent sans doute pas justice, comme les photos de feux d'artifice, le fait qu'une aurore boréale est juste verte avec un peu de violet ici et là, Little Miss Firecracker, le fait qu'un peu plus de couleurs ne ferait pas de mal, le fait que je ne crois pas que le vert et le violet aillent très bien ensemble, le fait que le violet détone presque toujours, sauf quand c'est une *fleur*, ou une hirondelle, ou peut-être un ruban gazeux, le fait que la nature s'en sort assez bien avec des associations de couleurs plutôt risquées, comme rose et jaune, le fait que Maman n'aimait pas les gens qui s'habillent en bleu et vert, le fait que je n'ai jamais été d'accord avec elle sur cette histoire de bleu et vert, ou même son embargo sur le rose et l'orange, le fait que le rose et l'orange se marient mieux qu'on ne le croit, mais l'orange ne va pas avec le violet, ou alors si, le fait que je n'aime pas violet et jaune, mais ça dépend de quel genre de violet ou de jaune, le fait que Maman était drôle quand elle se braquait comme ça, le fait que j'aimais l'entendre se disputer avec Abby à propos du papier-toilette, le fait que je crois qu'elles adoraient changer de sens, chaque fois qu'elles allaient aux toilettes, le fait que c'était une guerre, à petite échelle, l'Offensive charmante, Hillary, Kadhafi, Syrie, Corée du Nord, sœurs, sororités, les Elks, les Brontë, Phoebe et moi, opossums la tête en bas, le fait que je pense que passé quarante ans on peut décider de ce qu'on aime et de ce qu'on n'aime pas, alors en ce qui concerne les aurores boréales pour moi c'est terminé, et c'est valable aussi pour Steve, le fait que les aurores ne sont pas ma tasse de thé, taciturne, Tasmanie, le fait que les aurores boréales se fichent pas mal de moi alors pourquoi me soucierais-je d'elles, caramélisation terminée, à vous la Terre, quatre de faites, encore deux à faire, tarte suivante au four, NASCAR, tolérance zéro, le fait que Stacy a appris aux petits à danser la macarena, et maintenant ils la dansent tout le temps, le fait que c'est plus drôle que la corde à sauter, le fait que maintenant Ben veut un monocycle électrique, le fait que les koalas sont menacés, le fait que j'avais six ans la première fois que j'ai entendu parler des koalas, et c'était à Londres, et je les associe encore à Londres et au fait d'avoir six ans, le fait que pendant longtemps je n'ai plus pensé aux koalas, jusqu'à ce que Gillian en ait un petit en plastique qui s'accroche à son stylo, le fait que pendant un temps elle l'accrochait à tous les stylos qu'elle utilisait, mais après elle a arrêté, le fait que je crois qu'elle a passé l'âge de la phase koalas, le fait que la phase koalas arrive vers six ans, alors il se peut que sa phase déco de stylo soit passée à la phase tiroir de la cuisine, aurore boréale, le fait que je viens de donner à Jakey une cuiller pour ses Cheerios et qu'il trouve qu'elle ressemble à Pluton, et il a *raison*, le fait que nos cuillers ont toutes des taches et des rayures et des marques blanches, et qu'elles ressemblent à Pluton, mais sans les failles de huit kilomètres, Pluton, Saturne, le Grand Chariot, phases de la lune, périodes, Voie lactée, belettes, le fait que Ben me raconte toutes ces choses à peine levé, des tas de choses sur Pluton, sur les belettes, sur la prochaine espèce qui va disparaître, sur Steve le ruban gazeux, et après je suis un peu désemparée tout le restant de la journée, le fait qu'il m'explique que les océans s'acidifient ou je ne sais quoi puis il part à l'école et pense à autre chose, tandis que je m'inquiète pour les océans, ou pour Steve, ou pour les belettes, le fait qu'il trouve ça facile de passer d'un fait à l'autre, le fait qu'il *adore* les faits, l'effet que font les faits, le fait que je pense en être à ma quatrième tasse de café, et je crois avoir fait tomber la moitié de ma madeleine sur moi, le fait que c'est bête que les femmes se sentent bêtes quand elles font tomber des miettes sur leur poitrine ou leurs genoux, parce que *où* peuvent-elles tomber de toute façon, et puis ce sont des surfaces pratiques, horizontales, le fait que les miettes sont sujettes aux lois de la gravité comme tout le reste, le fait que je n'aime pas me dire que ça fait des milliers d'années que les femmes se sentent bêtes chaque fois qu'elles doivent s'épousseter la poitrine, femmes en peaux de bête, femmes en jupes d'herbe, femmes en robes et en tuniques classiques, femmes de l'Âge sombre, le fait qu'ils s'entraînent pour la vie sur Mars dans le désert d'Oman, je veux dire la NASA, pas les *femmes*, le fait qu'ils ont l'air de penser qu'ils pourront rouler dans toutes sortes de véhicules là-bas, comme ici, surtout on ne change rien, le fait qu'ils veulent sûrement bousiller Mars, le fait que les planètes connaissent-elles toutes la gravité, gravitas, tasse de thé, les ensembles de Hillary, le couloir de Jane Fonda, la peur qu'a Trump des germes et des escaliers, germophobie, Glacier Lake, Chuck, rouge blanc vert bleu, violet, le fait que si Trump a peur à ce point des escaliers il doit être complètement dépendant de la société d'ascenseurs Otis, Maman, gueules-de-loup, boutons-d'or, mûrier, Pepito qui aboie après les éboueurs, le fait que Leo trouve qu'avoir échoué à faire élire Bernie Sanders est une des pires erreurs collectives de l'histoire américaine, à moins qu'il ait dit tragédie, une des pires *tragédies* collectives, non, je crois que c'était erreurs, parce que Bernie voulait la Sécurité sociale pour tous, le fait qu'il a dit ça alors qu'on était couchés au lit ce matin et ça m'a inquiétée, le fait que Cary Grant dit au chauffeur de taxi de le conduire au siège des Nations unies, le fait qu'on a tous envie de dire ça un jour, non,

« Conduisez-moi au siège des Nations unies, et mettez les gaz », le fait que les républicains préfèrent les enfants respectueux et obéissants aux enfants indépendants, curieux et rebelles, le fait que samedi dernier un chauffeur de bus de Dayton a empêché une femme de sauter d'un pont dans la Miami River, le fait qu'il a été très gentil avec elle, et il n'a que vingt-cinq ans, le fait que ce n'était pas son problème, mais il s'est montré très compréhensif, très doux, et ça a marché, le fait que tout a été filmé par la caméra du bus, le fait qu'il lui a dit qu'il savait qu'elle devait être très contrariée par quelque chose mais nous devons tous tenir le coup aussi longtemps que possible, les chutes de Paterson en hiver, pierres noires, eaux blanches et écumeuses, le fait que les chauffeurs de bus sont peut-être très doués, le fait que c'est leur job qui veut ça, même s'il existe des chauffeurs de bus odieux, comme celui à Paris quand j'ignorais combien ça coûtait de prendre le bus et qu'il s'impatientait, le fait que les Parisiens sont impatients, Chartier, bouillon, le fait que Maman n'a rien compris à sa propre cérémonie de mariage parce que c'était en français, Titusville, Pennsylvanie, gisement de pétrole, Ida Tarbell, le fait que j'ai entendu quelqu'un à la radio dire qu'elle voulait le même code postal que son petit ami, Poland, Ohio, le fait que j'ignorais que des gens pouvaient trouver romantiques les codes postaux, le fait que je devrais peut-être rappeler le nôtre à Leo plus souvent, au cours d'un dîner aux chandelles, parfum, le fait que je pourrais lui verser un verre de vin, et murmurer 43832, et voir ce qui se passe, poste, accoster, oser, le fait que la femme n'a pas parlé d'avoir le même indicatif régional, ce qui serait moins romantique mais sacrément économique, pour les appels locaux, le fait que cette pauvre femme qui voulait se jeter dans la Miami River, le fait qu'il y a plein de rivières dans lesquelles se jeter par ici, des rivières qui vous mangeraient tout crus à cause de tout le PCB qu'elles contiennent, BP, Shell, Exxon, le fait qu'il ne resterait rien de vous, comme ces geysers, dans lesquels on se dissout en quelques secondes, le fait que se suicider a quelque chose de pathétique, « QUE DE LA PITIÉ », le fait que, vu la durée de vie de l'*univers*, ça semble un peu précipité d'écourter vos soixante, soixante-dix ou quatre-vingts ans sur terre, le fait qu'une espérance de vie humaine n'est pas si longue à supporter, en termes *galactiques*, même si c'est plus long qu'une vie d'*insecte* bien sûr, le fait que les pucerons peuvent avoir environ cinq cents milliards de descendants en quelques *jours*, mémé puceron, Une Femme De 111 Ans, le fait que Gandhi a dit que les Juifs auraient dû se suicider avant que Hitler puisse les exterminer, mais je ne vois pas pourquoi, sauf si c'est pour faciliter le travail aux nazis, suicide collectif, résistance passive, whiskey, fœtus d'orque, le fait que je suis d'accord avec ce chauffeur de bus, qu'il vaut mieux tenir bon tant qu'on peut, parce que avec un peu de chance on vivra assez longtemps pour voir des clichés de Pluton, et des tourbillons de poussière sur Mars, et peut-être même quelques excitantes aurores boréales, et voir défiler quelques présidents cinglés, le fait que j'y pensais beaucoup quand j'étais jeune, au suicide, pas aux présidents, avant d'avoir des enfants, koalas, le fait que je me demande si Stacy y pense aussi, non, je suis sûre que non, bon sang, même si elle est déprimée par les filles des vidéos Morning Routine qui la harcèlent du matin au soir, harcèlement en ligne, dictateurs, le fait que parfois elles n'aiment pas les lèvres ou les *sourcils* de telle ou telle autre fille, le fait qu'une fille a eu genre 224 000 J'aime pour ses sourcils et 2 000 J'aime pas, le fait que deux mille personnes ont eu le temps de formuler une opinion négative sur les sourcils de cette pauvre gamine, le fait qu'elles ont également détesté le derrière d'une autre fille, même si elles n'ont pas utilisé ce mot, le fait qu'elles ont dit son « derche » et pire encore, et la plupart d'entre elles étaient contre, ce derrière-là, méchantes lycéennes, collégiennes, Coline, Melanie, et Sue aussi, asile de fous, balades à vélo avec Chuck, le fait que Stacy doit survivre au milieu de toutes ces absurdités pour devenir une *personne*, le fait que maintenant, *bien sûr*, elle s'inquiète non-stop pour son apparence, le fait que c'est triste à voir, le fait que j'ai essayé de lui dire que la beauté ne sert à rien si on doit l'entretenir, saboter, le fait qu'il faut cultiver son âme, générosité, le fait qu'on risque d'affamer son âme si on ne fait que penser à ses *pores* et aux *faux ongles* toute la journée, le fait qu'elle refuse de m'écouter, le fait que tout ce que je dis semble juste la pousser un peu plus dans les bras ingrats des filles de Morning Routine, comme les « jolies jumelles », le fait qu'elle *déteste* les jolies jumelles mais qu'elle les regarde quand même, le fait qu'elles sont sacrément jolies, et qu'elles ont toutes deux des tas de conseils à donner, le fait que d'abord tout est joli, elles trouvent tout joli, le fait qu'elles portent de jolies choses et se coiffent pareil et après elles vont dans la cuisine et préparent de jolis cupcakes dans de jolis moules, et les nappent de jolie guimauve, et tout est si joli, joli, *joli*, le fait que je ne sais pas comment les ados supportent ça, toute cette pression, le fait qu'ils sont d'astreinte vingt-quatre heures sur vingt-quatre, le nez sur leur téléphone, le fait qu'on a l'impression qu'ils *grattent* leur téléphone, comme s'ils essayaient d'entrer dedans, le fait que ça m'a suffi d'être ostracisée à l'*école*, le fait que je n'avais pas besoin de ça en plus le soir, discothèques, concerts de rock, nanomètres, nanosecondes, nanoparticules, le fait que je devrais vraiment être très gentille avec Stace, le fait que qui sait quel genre de problème elle a, et qu'importe si elle préfère manger des tranches d'ananas avec Jake plutôt que faire ses corvées, le fait que je n'ai pas été une super maman pour Stacy, je ne crois pas, avec Frank qui nous a laissé tomber comme ça, et Maman et Papa qui sont morts quasiment en même temps, et après je suis tombée amoureuse de Leo, et j'ai eu tous ces autres enfants, le fait qu'à six ans Stace a eu un nouveau papa et un nouveau frère, le fait que je m'en veux de l'avoir négligée, le fait que j'ai aussi négligé Bathsheba à l'époque, oh mon Dieu, le fait que heureusement les chats ne sont pas rancuniers, enfin j'espère, le fait que les chats ne refusent pas de vous adresser la parole, enfin disons pas plus que d'habitude, le fait que Stace peut parfois être glaciale, glaçon, étalon, poulain, Longaberger Basket Building, et si c'était *moi* qui étais froide, le fait que je l'ai peut-être été, sans le vouloir, le fait que je suis facilement distraite quand je suis amoureuse, Chuck, Maman, euphorie, sieste, escaliers, cuisine, le fait que j'ai sûrement été une meilleure mère avec les autres enfants, le fait que peut-être après quelques enfants vous commencez à prendre le pli, comme avec les premiers mariages, le fait que c'est horrible à dire, mais peut-être que le premier enfant c'est juste pour s'entraîner, ♫ *the surrey with the fringe on top !* ♫, flop, le fait que maintenant les filles font un régime dès l'âge de cinq ans et que certaines meurent à quinze, encouragées par les jumelles et les sites sur l'anorexie, non mais on rêve, le fait que Stacy a viré vegan mais je ne crois pas qu'elle soit anorexique, le fait que je n'ai pas entendu parler de l'anorexie avant d'avoir onze ans, quand j'ai déclaré que je ne mangerais plus que des bananes, et Phoebe a dit que c'était une erreur car je risquais de devenir anorexique, et j'ai *éclaté de rire*, croyant qu'elle avait inventé ce terme, le fait que je croyais qu'elle se fichait de moi, le fait que désormais tous les gosses ont entendu parler d'anorexie et de boulimie, le fait que l'association parents-profs a organisé une réunion sur l'anorexie et les réseaux et les sextos, et on est tous ressortis écœurés, Dairy Queen, Hardees, Kentucky Fried Chicken, le fait que la suivante portait sur le stress enfantin, le fait que Leo a pu y échapper, il n'était pas en ville, mais j'ai dû y aller, le fait qu'ils nous ont distribué des notices sur la réduction du stress, le fait que les enfants ont des niveaux records d'anxiété maintenant, mais il y a une solution, des packs antistress qui coûtent soixante dollars pièce, 59,99 $, le fait que payer autant pour réduire le stress est hyper stressant pour les parents, je trouve, et tout ce qu'on vous file c'est un bloc et un stylo, une boule antistress, des poupées antistress du Guatemala, et un cube mystère, le fait que des tas de parents ont dit que leurs enfants avaient déjà des spinners, et n'avaient donc pas besoin d'un cube en plus, le fait que quelqu'un a dit alors que ces trucs contenaient du mercure, du plomb et du mercure dans des jouets pour enfants, bon Dieu, le fait que c'est peut-être juste le genre qui luit dans le noir et qui contient du plomb, mais comment savoir, le fait que le cube antistress est un peu différent, 59,99 $, le fait qu'on est censés demander à nos enfants de dresser une liste de leurs angoisses dans un carnet, et de faire des exercices de respiration aussi, le fait que je trouve que ça angoisserait *mes* enfants si je commençais à insister sur leur niveau de stress, le fait que je préférerais qu'ils viennent me parler, mais la femme à la réunion a dit que les enfants doivent raconter leurs problèmes aux poupées antistress parce qu'ils ne peuvent *pas* parler à leurs parents ou à leurs professeurs, le fait que c'est triste, le fait qu'ils sont censés parler d'un problème à une poupée puis la glisser sous leur oreiller, puis sortir une autre poupée pour le souci suivant, le fait que je suppose que chaque poupée ne peut gérer qu'un problème à la fois, après tout elles sont toutes petites, les poupées, pas les angoisses, le fait que je suis sûre que mes enfants se sentent libres de me parler, le fait qu'elle a dit que les enfants s'angoissaient pour des tas de raisons, l'argent, le réchauffement climatique, le divorce et tout ça, le fait que je m'angoissais quand j'étais petite, mais je ne me souviens plus pour quoi, le fait que parfois Maman se comportait avec Papa comme s'il était un *ogre*, le fait qu'elle réagissait peut-être ainsi parce que son père était alcoolique et que sa mère avait peur, le fait que Papa n'était pas un mauvais bougre, le fait qu'il m'a demandé un jour si je lui faisais peur, et j'ai dit oui, bon sang, pauvre Papa, mais c'était le cas, un peu, le fait que je devais avoir une dizaine d'années, le fait que je ne pensais pas à *mal* en disant ça, je croyais juste qu'il voulait une réponse honnête, le fait que je parie qu'il a regretté d'avoir posé cette question, le fait qu'il a paru un peu surpris et vexé, le fait que je croyais qu'il savait qu'il me faisait peur, alors j'ai pensé que je pouvais le lui avouer, mais je crois qu'il ne le savait pas, le fait que j'avais toujours un peu peur de lui, le fait qu'il est mort avant que je puisse me sentir en confiance avec lui, et maintenant je m'aperçois que c'était probablement une des personnes les plus gentilles au monde, le fait que vous voulez faire quoi de toute façon, quand quelqu'un vous rend nerveux, le fait que j'ai toujours cru qu'il me désapprouvait, le fait que ça a été un vrai choc quand il est décédé, le fait qu'il est mort le *premier*, même si Maman était malade depuis longtemps, le fait qu'elle a été malade la moitié de ma vie, le fait qu'avant qu'il décède il m'a demandé de veiller sur Maman et j'ai *essayé*, mais elle est morte elle aussi, le fait que j'étais complètement abattue, brisée, le fait qu'après la mort de Maman j'ai eu du mal à sortir de mon lit, le fait que j'ai dû me ressaisir pour Stacy, hostas, orchidées, lis des vallées, couette avec des colibris, style néo-grec, coccinelle, abeilles et pommiers, pour ma pomme, de gré ou de force, JAKE, le fait que j'ai cédé et acheté un pack antistress pour Gillian, le fait que je savais que Ben n'en voudrait pas, le fait que ma plus grande inquiétude c'est qu'une des petites poupées guatémaltèques se coince dans mon nouveau lave-linge, ou dans le mixer, chemise à carreaux guatémaltèque brodée, cartons au grenier, fake news, Fox News, Stacy, le fait que je m'en veux encore pour l'autre fois dans la cuisine, juste tous les trois, le fait que je faisais réchauffer une soupe vegan pour Stace et elle s'est mise à parler de Frank, le fait que je ne sais pas pourquoi elle a abordé le sujet parce que ça lui arrive rarement, le fait qu'elle a presque craqué et j'ai voulu la serrer contre moi, mais j'étais occupée par la soupe, et Leo continuait de l'assaillir de questions, le fait que je pense que cette histoire le rend nerveux, réduction du stress, le fait que je suis sûre qu'il voulait l'aider mais c'est devenu une sorte d'*interrogatoire*, au lieu d'une, eh bien, conversation, le fait que j'ai eu l'impression qu'il voulait un peu trop qu'elle soit rationnelle au sujet de Frank, comme si on pouvait être rationnel quand il s'agit de votre père, le fait que, franchement, laissez-la tranquille, le fait que je voulais qu'elle prenne son temps pour dire ce qu'elle avait à dire, surtout vu qu'elle parle si rarement de Frank, mais je n'arrivais pas à en placer une, entre eux deux, et la soupe, le fait que j'espère juste que Stacy sait que je comprends que c'est difficile pour elle, le fait que c'est tragique en fait, le fait que c'est juste horrible de perdre son père et de ne jamais savoir où il est, ni pourquoi il a disparu, le fait que c'est comme si elle était coincée dans les limbes, une cible facile, à attendre que Frank se manifeste, qu'il ait envie de la voir, le fait qu'on ne sait même pas s'il est dans le Connecticut, *Il y a quelque chose de pourri*, le fait que je doute que parler à des tonnes de poupées guatémaltèques puisse résoudre ce problème, même si ça peut aider par ricochet l'économie guatémaltèque bien sûr, ce qui est un *autre* problème, le fait que je viens de comprendre que toute cette industrie du stress bénéficiait indirectement au Guatemala, voire *directement*, le fait que c'est un étrange commerce, mais ça les regarde, accords commerciaux, cabane de Thoreau, le fait que quelqu'un à l'APP a créé un groupe pour tricoter des bannières demandant aux gens d'aider financièrement l'école, le fait qu'ils trouvent que c'est une jolie façon de financer l'école et qu'on est tous censés les aider, mais je ne tricote pas et je ne sais pas broder, même si Abby a essayé de m'apprendre, mais qui a du temps à perdre avec ce genre de chose de toute façon, temps libre, confort moderne, le fait qu'Abby aimait faire ce genre de truc mais je n'ai pas le temps de broder une bannière, le fait que tous mes efforts financiers consistent à financer l'éducation de mes enfants, ce qui est égoïste je sais mais voilà à quoi on en est réduits, le fait que je compte faire de mon mieux et ça s'arrête là, le fait qu'en général quand on me demande de broder quelque chose je propose de faire plutôt une tarte, le fait que de toute façon ces bannières risquent de faire des vagues, le fait que certaines personnes sont allergiques à ces choses-là, ♫ *Autant en emporte le vent* ♫, le fait que les gens s'énervent facilement de nos jours, et après ils vous menacent avec un flingue, ou une épée, en deux temps trois mouvements, sans y aller par quatre chemins, Eugene V. Debs, le fait que c'est pas de la rigolade, on se calme, les œuvres miniatures de Thorne, le fait que Eugene V. Debs s'est présenté cinq fois à l'élection présidentielle, la dernière fois quand il était en prison, Spiderman, le fait que la Bowling Green University a désormais un Département de Culture populaire, où on peut passer une licence sur les dessins animés et les bédés et les chaînes YouTube, le fait que Stacy devrait peut-être aller là-bas pour étudier les vidéos de Morning Routine, bon sang, pitié, le fait que j'ignore pourquoi je viens de penser à *Autant en emporte le vent*, le fait qu'ils le passaient autrefois à Noël mais je crois que c'est fini maintenant, le fait que des tas de gens aiment encore ce film, peut-être à cause des crinolines, *Le Magicien d'Oz*, le fait qu'Uranus a une couche de diamants dans son océan, le fait que les Beatles venaient de Liverpool, le fait qu'elle possède des dizaines de petites lunes, Uranus, pas la ville de Liverpool, chacune avec sa propre orbite, « ur-anus », le fait que Saturne a soixante-deux lunes, mais pas de diamants, et la plus grosse lune s'appelle Titan, le fait que les lunes d'Uranus sont très, très petites, environ quatre-vingts kilomètres de diamètre, le fait qu'on pourrait en faire le tour en voiture en près d'une heure, si ça roule bien, et la gravité, et le terrain, *Le Tour du monde en quatre-vingts jours*, chauffards ivres, le fait que les planètes de notre Système solaire existent vraiment, toutes ces planètes et ces sphères planétoïdes, le fait qu'elles sont bel et bien là, à tourner, le fait qu'elles ne sont pas un conte de fées, le fait qu'elles sont aussi réelles que mon aimant oryctérope ou le tigre borgne de Stacy, ou *Les Femmes de Stepford*, mais elles n'ont pas l'air réelles, le fait qu'on ne pense jamais ainsi au Système solaire, le fait que c'est dur de se sentir proche du Système solaire, Highgate, orbites, c'est trop intangible, mais ce que je dis c'est que si l'univers est un chaos, alors pourquoi pas ma cuisine, produit à vaisselle, le fait que je ne sais pas qui est ce type au bout de notre allée, le fait que s'ils pouvaient inventer une machine à gravité zéro on pourrait tous *voler*, le fait que j'espère qu'ils ne vient pas chez nous, le fait qu'il y a eu un cri effrayant juste sous notre fenêtre hier soir quand on est allés se coucher, un faucon ou une chouette, mais les poules étaient à l'abri dans le poulailler, le fait qu'il n'y a rien de plus mignon qu'une poule sur le point de pondre avec ses ailes déployées, abritant une douzaine de poussins, le fait que c'est toujours bien d'avoir des poussins, même s'ils grandissent trop vite, le fait que je ne crois pas que ça soit bien pour des poussins de perdre leur mère trop jeunes, comme ces pauvres bébés animaux que les gens envoient dans des cartons, par la poste, le fait que ça doit être les petits êtres les plus effrayés au monde, assoiffés, voire dans l'univers, le fait qu'il n'existe pas de cube ou de poupée antistress pour eux, pauvres petits, le fait que quelqu'un a essayé d'envoyer un bébé tigre de deux mois par la poste au Mexique, et il a plus ou moins survécu mais il était déshydraté, le fait qu'il a d'énormes pattes, pâtes au beurre, patates, le fait que j'ai rêvé que j'aidais un chat en défaisant un bout de carton en forme d'oiseau attaché à sa patte arrière, le fait que j'ai également rêvé que je manquais tomber d'une échelle, et après j'allais dans un restaurant très animé au Japon, le fait que George W. Bush était assis bien en vue devant, deubeuliou, en espérant que les gens le remarqueraient, le fait que le restaurant ne servait que des plats minuscules, quasi microscopiques, et tout le monde était censé se servir de pinces riquiquis pour manger, comme les pinces à épiler dans la poche de Leo, le fait qu'il fallait inscrire sa commande avec un tout petit stylo, le fait que j'aimais tellement leurs mignonnettes d'eau minérale que j'en piquais une, mais je crois qu'ils s'en fichaient, le fait que Trump a toujours peur qu'on empoisonne sa nourriture, et c'est pour ça qu'il mange tout le temps des plats à emporter, et des cheeseburgers McDonald's, parce qu'il se dit que personne n'a pu y toucher, empereurs romains, le fait que qui pourrait empoisonner sa nourriture à la Maison-Blanche, d'après lui, le fait que c'est Melania, le fait que ce type bizarre a l'air d'être parti, le type qui était devant chez nous, pas *Trump*, trompe-l'œil, le fait que c'est maintenant au tour de Gillian de s'attaquer à la croisée des chemins de Robert Frost, Jack Frost, le fait que ça m'a pris quarante ans pour comprendre ce poème, le fait que tous les profs à l'école élémentaire ont l'air de trouver ça simple, comme les maths, dix fois dix ans, le fait que quasiment chaque année on devait rédiger une explication de texte de « La route que je n'ai pas prise », et chaque année les autres s'y prenaient mieux que moi, le fait que ça me mettait dans tous mes états, mésestime, cystite, scissipare, le fait que j'aurais dû sans doute demander à Maman et Papa, mais je ne voulais pas qu'ils sachent combien j'étais *bête*, le fait que je ne pige toujours pas, alors je suis contente de ne pas leur en avoir parlé, *Deux routes divergeaient dans un bois jaune*, Canal Street, Snickers, cœur, quatre-vingt-sept ans, pas cent, bon sang, hydrangea, Mémoires d'Obama, le fait qu'une fois par an des profs que vous supposiez très intelligents devenaient soudain tout excités et s'attendaient à ce que tous les élèves soient eux aussi sidérés par Robert Frost, « la pulsion amoureuse chez l'homme », le fait qu'ils croient qu'il leur suffit de vous dire que certaines choses sont *symboliques* et que tout sera plus clair, mais rien ne s'est éclairci, pas dans ce poème en tout cas, ni dans l'autre, celui qui parle de neige, le fait que, j'ai beau me concentrer, je les confonds encore, le fait que c'est comme l'aurore boréale, le fait que je ne voyais pas ce que tout le monde trouvait de si fascinant là-dedans, le fait que bon, d'accord, y a un type sur un cheval, et la route se sépare en deux et c'est l'automne et tout ça, L'Homme de l'automne, monotone, le fait qu'il aurait pu en rester là et continuer son chemin, mais non, il faut qu'on trouve *autre* chose, quelque chose de caché entre les lignes, une métaphore ou une analogie, le cheval de Frost, le bois de Frost, le croisement de Frost, la route de Frost, les lunes de Frost, les planètes de Frost, les orbites de Frost, la gravité de Frost, le fait que Frost n'est pas Wordsworth, Woolworth's, cent cinq milliards de poules par an, le fait que ça pourrait juste être, disons, un type sur une route peu fréquentée, et bon, il le dit *lui-même*, n'importe quel chemin fera l'affaire, fer à friser, alors quelle importance, le fait que ça m'était bien égal quel chemin il prenait, je m'en fichais, choisis-en un, mon vieux, *le moins fréquenté*, mais Frost dit que *c'est cela qui changea tout*, alors qui suis-je pour, le fait que je suppose qu'il faut croire ce que dit un type dans ce genre de situation, enfin quoi, il est bien placé pour, Massacre de Gnadenhutten, le fait que l'autre problème c'est que je le confonds toujours avec le poème sur la *neige*, même si je ne le dirais jamais à Gillian sinon elle aussi se mettrait à les confondre, et elle m'en voudrait après d'avoir raté son examen, Chicago Art Institute, le fait que dans mon école on était tous censés réciter l'un ou l'autre, et maintenant c'est au tour de mes enfants, le fait que c'est genre *le* poème américain que tous les petits Américains doivent apprendre, l'un ou l'autre peu importe, alors qu'ils pourraient lire *Paul Violi*, le fait qu'on n'aurait peut-être pas besoin de packs antistress s'ils ne mettaient pas Frost au programme, le fait que ce n'est que lorsque Gillian s'est mise à pleurer au sujet de ces deux routes que j'ai enfin réussi, je crois, à le lui expliquer, suffisamment pour qu'elle se calme en tout cas, et maintenant même moi je crois comprendre ce poème, mais il se peut que je me trompe complètement, crémation, un sale type derrière moi qui me pousse, *un bois solitaire*, le fait que je regardais quelque chose un jour dans la boutique de l'Art Insitute, et un type m'a poussée en appuyant un truc dur dans mon dos, une bosse sur son ventre, enfin c'est ce que j'ai cru sur le moment, le fait qu'il refusait de bouger et je ne savais pas quoi faire, le fait que je n'avais que dix ans, le fait qu'il se pressait contre moi, m'écrasait contre le comptoir, et la boutique était bondée, le fait que c'était très étrange, mais je n'avais pas vraiment peur, le fait que Papa était tout près, et Phoebe était dans le coin aussi, peut-être toute la famille, je ne me rappelle plus, le fait que j'ai fini par me dégager et j'en ai parlé à Papa et Papa est devenu fou de rage et s'est mis à chercher le type partout dans la boutique, mais je n'avais pas vu son visage alors je ne pouvais pas aider Papa à le chercher, miniatures de Thorne, le fait qu'il m'a fallu des *années* pour comprendre ce que ce type pressait contre moi, le fait que je n'aurais jamais pu deviner, jamais de la vie, à cet âge-là, le fait que comment savoir ce que fabriquent les pénis, avant de savoir, le fait que vous ne vous attendez pas à ce qu'ils agissent ainsi, le fait que si jamais quelqu'un faisait ça à Gillian je le tuerais, le fait que Frost choisit la route la moins fréquentée et ça lui va, à Frost je veux dire, pas au type dans la boutique du musée, le fait qu'on se demande toujours si on n'aurait pas dû prendre l'autre route, faire les choses différemment, le fait que dans la vraie vie ce genre de question n'est jamais vraiment réglée une bonne fois pour toutes, même si je sais que j'ai eu raison d'épouser Leo, le fait qu'il y a plusieurs choses que je ne regrette pas, le fait que Maman ne m'a jamais fabriqué de costume d'Halloween aussi chouette que le paquet de Marlboro de Phoebe mais ça m'était égal, le fait qu'on était tous admiratifs devant ce déguisement Marlboro, le fait que je suis sûre que j'avais un autre déguisement qui me plaisait, mon déguisement de souris loué à Londres, le fait que Maman a fabriqué toute seule le déguisement Marlboro, qui était sa marque de cigarettes préférée à l'époque, le fait que ça allait parfaitement à Phoebe, en outre, loutres, extinction, le fait que Maman a vraiment fait de la belle ouvrage, le fait que de nos jours on se ferait sûrement *arrêter* pour avoir déguisé son enfant en paquet de cigarettes, mais ce paquet de cigarettes était une véritable œuvre d'art, le fait que Claes Oldenburg ne l'aurait pas aimé, le fait que Giacometti trouvait que Picasso n'était qu'un, bref, passons, le fait qu'on se rappelle toujours les déguisements qu'on a portés, mais celui de Phoebe était le plus beau, le fait que cette année-là à Londres elle était déguisée en sorcière et Annie en diable, et moi je ne sais plus en quoi, le fait qu'une année j'ai été un blob, quand j'avais douze ans, le fait que je l'avais fabriqué moi-même, taie d'oreiller, le fait que Ruth m'a dit un jour que Maman et elle s'assoyaient toujours au dernier rang lors des spectacles de fin d'année et qu'elles rigolaient, le fait que ça m'a vraiment fait de la peine, même si je sais que c'est idiot, le fait que je n'aimais pas trop l'idée de Maman en train de rigoler pendant que je chantais de tout mon cœur *Pinafore* ou je ne sais quoi, mais peut-être qu'elles ne rigolaient pas tout le temps, Marlboro, *Oliver !*, SpaghettiO, rouge à lèvres, ouvrir un paquet de céréales, les cernes sous mes yeux, spirales, yeux des rhinocéros, le fait que bien sûr, maintenant que j'ai assisté à environ quatre milliards de spectacles scolaires, en gros un million de milliard par enfant, ainsi que mon lot de concerts, concours, matchs de foot et divers tournois pour enfants, je comprends tout à fait, le fait que j'aimerais bien avoir quelqu'un avec qui rigoler au dernier rang, le fait qu'en général Leo ne peut pas venir, à cause du travail, le fait que ça m'arrive souvent de pleurnicher, quand les enfants chantent, le fait que des enfants qui chantent ça m'émeut toujours, « Le barrage a fini par céder ! », le fait que c'est imparable, le fait que je dois toujours apporter des mouchoirs au cas où ils chantent, le fait qu'écouter dix débutants jouer « Yankee Doodle » à la trompette est une autre paire de manches, le fait que c'est pareil pour un ensemble de trente gamins qui jouent au violon « Spiegel im Spiegel » dans un gymnase, tous entassés entre les lignes du terrain de basket, le fait qu'on est obligés de s'asseoir sur des gradins en bois dur, l'air captivé, le fait que c'est pénible, le fait que même un arrangement pour violon seul de « Spiegel im Spiegel » me rend nerveuse, le fait que c'est censé aider à méditer, être relaxant, mais ça me rend patraque rien qu'à l'idée qu'un des musiciens se plante, ou même le tourneur de pages, le fait que même quand j'ai déjà entendu cet enregistrement de « Spiegel im Spiegel » avant, et que je sais ce qui va suivre, je reste tendue, parce qu'on ne peut pas s'empêcher de penser au drame que ça serait si l'archet ratait son coup, le fait que tout serait fichu, et donc ça n'a rien de relaxant, le fait que j'ai juste de la peine pour les musiciens, tellement de peine que j'ai hâte que ça se termine, le fait que ça semble facile à jouer mais ce n'est pas facile, pas facile à écouter non plus, surtout quand trente enfants essaient de l'achever, fissures dues à l'usure de contact, le fait que Leo est contrarié parce que la batterie de notre nouveau pavé numérique se décharge en permanence, le fait que les batteries ne sont pas écolos, selon lui, mais l'électricité non plus, je lui dis, Sand Creek, le fait qu'un pavé numérique électrique ne peut pas l'être, mais il s'y connaît mieux que moi là-dessus, alors je ferais mieux de la fermer, le fait que, aussi, il aime bien le sèche-linge mais ce n'est pas écolo, le fait que je crois que tout le monde a ses angles morts environnementaux, le fait que je pense qu'on devrait juste mettre à sécher nos affaires dehors quand il fait beau, mais Leo dit que ce n'est pas pareil, le fait qu'elles ne sont pas aussi douces après, le fait que faire tourner son sèche-linge est pire encore que mettre la clim' ou, ou je ne sais quoi, d'après Stacy, le fait que « C'est une époque terrible à vivre », comme le dit Julie Christie à Omar Sharif alors que la guerre fait rage autour d'eux et qu'ils sont allongés sous des peaux de bêtes dans la datcha, pacha, Papa, Pa, Ma, le fait que Maman adorait *Le Docteur Jivago*, y compris la musique, le fait que cette musique la faisait à tous les coups se balancer, le fait que j'ai toujours trouvé qu'il y avait quelque chose de très entraînant dans ce film, le fait qu'on a l'impression que tout ça vous est arrivé, mais c'est peut-être parce que j'étais toute petite la première fois que je l'ai vu, le fait qu'Omar Sharif est égyptien, pas russe, et qu'il aime jouer au poker, casino, smoking, belvédère, Monte-Carlo, non, non, le fait que c'est au bridge qu'il joue, bridges, dentiste, fermé pendant le pont, fissuration sous contrainte, rupture critique, défaut de structure, le fait qu'il a arrêté de faire l'acteur pour jouer au bridge, Brooklyn Bridge, *The Bridge*, le fait que dans *La Garçonnière* ils jouent au gin rami, après que Shirley MacLaine s'est remise de sa tentative de suicide, le fait que dans *Drôle de couple* c'est au poker, plumes de paon, faon, souris, le fait que les parties de poker dans les westerns durent toujours des heures, le fait que les seuls westerns que j'aime bien sont *Le train sifflera trois fois* et *L'Homme des vallées perdues*, et le seul qu'aime Leo c'est *La Chevauchée fantastique*, je crois, ou *La Rivière rouge*, le fait qu'il aime mieux John Wayne que moi, je veux dire que je n'aime pas John Wayne, le fait que la plupart des westerns sont rasoirs et répétitifs et prévisibles et sanglants et ça s'arrête là, le fait qu'il déteste *L'Homme des vallées perdues*, « Shane ! Shane ! », le fait que pendant qu'on se dispute au sujet de *L'Homme des vallées perdues* les piles de notre pavé se vident, le fait que quelqu'un, un type du gouvernement, veut balancer des déchets radioactifs dans la fosse des Mariannes, afin que ça pollue les océans pour l'éternité, le fait qu'Eric, le fils de Trump, a dépensé cinquante millions de dollars, l'argent des contribuables, pour se rendre en Uruguay afin de promouvoir un projet immobilier, le fait que son beau-fils Jared Kushner vient de passer un accord commercial privé de quatre cents millions de dollars avec la Chine, le fait que toute sa famille semble considérer la présidence comme une vaste entreprise commerciale, vente d'armes, tirs de missile, extrémisme, terrorisme,

11 Septembre, Saoudiens, scotch et sodas, whiskey sour, Manhattan, Manhattan Project, le fait qu'on n'a presque plus de scotch, le fait que Maman aimait bien boire un Manhattan de temps en temps, le fait qu'ils avaient prévu d'enterrer tout un tas de déchets radioactifs sous les meilleures terres arables de Pennsylvanie, Projet Ketch, ketchup, *Catch-22*, mais je crois qu'ils ont laissé tomber, le projet, pas les déchets, poubelle, publicité, le fait qu'ils veulent sûrement les balancer sur Pluton, maintenant, ou sur Uranus, mais pas dans la mer de diamants, parce qu'ils ont sûrement d'autres plans pour ça, très beaucoup, Trump, fouilleur de poubelles, papier bulle, le fait que la NASA est en train de mettre au point un véhicule robot pour aller sur Vénus, alors un ramasse-diamants ne me paraît pas tiré par les cheveux, ouh là, le fait que c'est qui cette femme qui parle dans son blog d'aimer tout le monde et de prendre chaque jour comme il vient et de ne jamais stresser, hypnothérapie, Standard Life, bandes ventilées, tampon de crosse, levier d'armement, recul, bite, oh mon Dieu, le fait que je n'ai jamais utilisé ce mot, Claudia Cardinale, Gina Lollobrigida, Sophia Loren, Raquel Welch, Brigitte Bardot, Marilyn Monroe, le fait que l'APP veut également qu'on fasse faire des cookies à nos enfants, mais personnellement je ne trouve pas que ça réduit le stress, le fait que, bon, c'est plus facile de faire des cookies que des roulés à la cannelle, museau, antisèche, le fait que je n'ai plus à m'occuper de cette cocktail party, apparemment, le fait que c'est à cause du temps et aussi parce que aucun de ses collègues n'avait vraiment envie de venir jusqu'ici en plein hiver juste pour une cocktail party, le fait qu'ils étaient pourtant tous très enthousiastes au début, mais maintenant ils sont très hésitants, le fait que ça me fait de la peine pour Leo, mais quel soulagement qu'ils ne viennent pas, le fait que maintenant je n'ai plus à faire des amuse-gueules, des croquettes de riz au fromage, des canapés fromage bacon, du guacamole, du tartare de thon, des chips de maïs, des œufs mimosas, des allumettes au fromage, des graines de tournesol épicées, des crevettes avec ma fameuse sauce cocktail, ou des roulés jambon fromage frais, et je

n'ai pas besoin de trouver, et de mettre, un *muumuu*, ♫ *Marietta's song* ♫, Leontyne Price, roulé-boulé, le fait que je crois que je vais faire un chili sans haricots ce soir, mais *pas épicé*, le fait qu'il était trop relevé la dernière fois, le fait qu'une pincée de piment doux suffira, et un peu de cayenne, chocolat édulcoré, cumin, cannelle, de la sauge et une feuille de laurier, et une pincée de clous de girofle en poudre, le fait qu'on aime tous le chili sans haricots, avec quelques haricots épicés à côté, pas dedans, le fait que le cumin est crucial, le fait qu'Abby était si *détendue* quand elle cuisinait, ou du moins le paraissait, le fait qu'elle réfléchissait à l'avance et ne consultait presque jamais de recette, enfin pas que je sache, le fait que je crois que toutes ses recettes étaient sur des fiches, sans doute classées par ordre alphabétique, le fait qu'elle savait toujours ce qu'elle faisait, et qu'elle avait toujours les bons ingrédients, parce qu'elle savait ce qu'elle allait cuisiner une semaine à l'avance et achetait tous les bons ingrédients au marché chaque samedi, ou un samedi sur deux, le fait que c'était toujours prêt à temps, quand Hoag rentrait, le fait que pendant des années elle a préparé les repas mais quand Hoag est décédé elle n'a plus mangé que des sandwiches grillés au fromage, et ça me rend triste, le fait que quand Barry était petit les horaires étaient stricts, le fait qu'elle le couchait à sept heures, le fait que mes enfants ne seraient jamais d'accord, le fait que Barry doit faire partie des rares enfants à avoir eu son content de sommeil, le fait qu'elle aimait m'emmener à Rockport, où on achetait toujours une petite décoration en verre dépoli pour mettre sur la porte, pour que le soleil couchant jette des reflets dessus, Motif n° 1, le fait que je dois acheter de la coriandre, de la crème aigre et des tortillas, et de la sauce tomate en boîte, mais pas de la sauce pour chili, ça serait tricher, antisèche, antistress, la méthode de Maman pour mélanger les cartes, le fait que je rêve souvent que Maman et Papa sont encore vivants, souris d'ordinateur, une souris dans la maison, le fait que je n'étais pas stressée quand j'étais petite parce que j'avais *Edward*, tout lisse et blanc et drôle, et très affectueux, Edward qui se cachait sous la télé dans la salle à manger, le fait que tout le monde devrait avoir une souris apprivoisée, le fait qu'il sortait toujours de sa cachette sous la télé quand je l'appelais, le fait que j'ai trouvé une souris des champs dans notre maison un jour quand j'étais petite, une petite souris des champs gris-brun, et j'ai essayé de la garder en vie mais elle est morte, le fait que je viens de comprendre qu'elle devait être malade, sinon qu'est-ce qu'elle faisait dans la maison et pourquoi j'ai pu l'attraper aussi facilement, et elle ne s'est guère débattue quand je l'ai attrapée, le fait qu'on aurait dû l'emmener chez le véto et demander au perroquet ce qui n'allait pas, le fait que ce perroquet savait tout, le fait que, d'un autre côté, il aurait pu la manger, le fait que je ne sais même pas si les perroquets sont carnivores, le fait qu'une chouette mangerait sans problème une souris des champs, le fait que les perroquets aiment la papaye, Papa, le fait que notre véto s'appelle Accort, ce qui est un peu ironique quand on voit tous ces chiens qui tremblent chez lui, le fait qu'Edward a eu trois petits, un la première fois et deux la suivante, ce qui est très peu pour une souris, le fait que Papa avait peur qu'on soit *submergés* par des souriceaux, une fois qu'Edward a commencé à avoir des bébés, mais ça n'a jamais été le cas, le fait qu'Edward était très mesuré, abstème, abstémiste, in extremis, ex, exemple, le fait qu'un jour j'ai essayé de couver des œufs achetés dans le commerce, mais rien à faire, le fait qu'être un enfant est tellement frustrant, le fait que Gillian a été tellement déçue de ne pas réussir ses œufs brouillés la première fois qu'elle a essayé, œufs cocotte, œufs au plat, fu yung hai, Young's Jersey Dairy, le fait que les gens n'aiment pas les souris, le fait qu'ils feront tout pour avoir une gerboise ou un dègue, ou un tamia ou un chinchilla ou une gerbille, lui trouver les aliments adéquats, lui acheter une roue et une cage et une de ces fontaines à eau et de la sciure et tous les autres trucs qu'un rongeur est censé avoir, et même l'emmener chez le véto quand leur bestiole a l'air malade, mais si une pauvre petite souris des champs déboule dans la maison sans y avoir été invitée et se tire avec une miette de pain c'est carrément l'état d'urgence, dératiseurs, tasers, attaques de drones, enfants yéménites, le fait que Ronny s'est plaint que des souris venaient chez lui, le fait que ça le faisait vraiment flipper, mais les souris ont parfois juste besoin de s'abriter l'hiver, le fait que pas la peine de déranger les pompiers pour ça, le fait qu'ils ont fait une expérience dans laquelle ils ont donné aux participants un ordinateur et leur ont demandé de surfer sur le Net, mais les ont prévenus que chaque clic déclencherait une douleur insupportable chez un inconnu, clic, clip, télé, le fait que l'expérience avait pour but de voir à quel point les gens sont tentés de cliquer, le fait qu'il s'est avéré que les gens étaient incapables de résister même si la vie de leur mère était en jeu, et qu'ils se fichaient pas mal que des inconnus souffrent chaque fois qu'ils cliquaient pour lire un article débile, promos, Pinterest, Pentagone, pentagramme, pivoines, Opal, le massacre des Opelousas, ♫ *Autant en emporte le vent* ♫, dahlia, le fait que je n'arrive pas à m'ôter cet air de la tête, le fait que j'ignore où je l'ai entendu mais c'est fatal quand on l'entend, le fait que ça vous suit pendant des jours, comme « La chanson de Lara », Maman, Lara, Tara, ♫ *Autant en emporte le vent* ♫, le fait que je déteste les ordinateurs mais on ne peut plus avoir d'enfants si on n'a pas d'ordinateurs chez soi, le fait qu'ils en ont besoin pour leurs jeux éducatifs et leurs devoirs et leur vie sociale et les réseaux d'anorexiques et les questionnaires sur la réduction du stress, le fait qu'on en a besoin aussi, pour recevoir les infos et les newsletters de l'APP et l'info drôle du jour, et les avis de fermeture de l'école et les bulletins sur la neige, et les infos nationales aussi, le fait que Leo a besoin d'Internet pour son travail universitaire, et pour écrire des conférences et des articles, et préparer ses PowerPoint et tout ça, le fait que sa machine à écrire a disparu depuis longtemps, le fait qu'elle a fini au grenier il y a un bail, le fait qu'on l'a sortie un jour pour que les enfants s'amusent et je crois qu'ils l'ont cassée, le fait que vous avez l'impression d'être vieux quand ils regardent ce genre de chose et n'arrivent pas à croire qu'on s'en est servi un jour pour écrire, le fait que même moi j'ai besoin d'un ordinateur maintenant, même si j'ai résisté le plus longtemps possible, mais j'en ai besoin pour mes trucs d'assurance santé, et mes commandes de tartes et tout, et pour trouver des ingrédients et de nouvelles recettes aussi, et commander le grain pour les poules, et envoyer des emails aux gens, le fait que je ne sais pas à qui en cet instant précis, mais il y a des tas de gens à qui je dois écrire, enfin, d'autres mères, même si je finis toujours par les appeler parce qu'elles ne répondent jamais aux emails, le fait que je préfère l'email au téléphone, cela dit, le fait que ça paraît moins stressant, et on n'a pas à s'inquiéter d'interrompre quelque chose, le fait que je dois parfois envoyer des emails à des amis et des voisins et aux gérants des restaus quand on a des œufs en trop, parce que je n'aime vraiment pas mettre un panneau devant la maison et que des inconnus viennent sonner chez moi, des inconnus, le fait qu'on pourrait les mettre en vente libre dans une boîte dehors et prier pour que les gens laissent la bonne somme, mais la plupart des gens la voleraient tout simplement, le fait que la plupart des escrocs viennent de l'Indiana, arnaqueurs, persuasion, *Persuasion*, modèle AIDA, le fait qu'il y a longtemps Ethan m'a poussée à avoir une adresse électronique pour qu'il puisse m'écrire, mais maintenant que j'en ai une il est trop *occupé*, le fait qu'on a tous les deux une famille, le fait que le modèle AIDA a quelque chose d'effrayant, et c'est le cas, Attention-Intérêt-Désir-Action, le fait que c'est comme ça que les publicitaires vous font acheter des choses, valorisation, taux de rappel, métrique du désir, affinité, infinité, buzz, test, bain chaud, piège à clics, piège à rat, rajah, pacha, Amos et Andy, le fait qu'on ne peut pas vraiment dire que ces poules me rapportent de l'argent, ou m'en font économiser, le fait qu'elles mangent leurs vingt-cinq kilos d'aliments en un rien de temps, mais je me fais un peu de sous avec les œufs, et quand j'en ai en trop c'est le moment de faire une quiche au jambon pour les enfants, qui aiment ça, ou on pourrait manger une salade lyonnaise, le fait qu'il nous faudrait peut-être *davantage* de poules, le fait que peut-être quatorze poules ça ne suffit pas, tiffins, panier repas, boîte à malice, modèle, le fait qu'au moins si ce sont vos œufs vous savez qu'ils sont bio et que les poules ne souffrent pas, puisque vous les voyez ne pas souffrir depuis votre fenêtre, le fait qu'elles ont souffert la fois où le coyote est venu, le coyote ou autre chose, du sang et des plumes partout, couleurs d'automne, jour venteux, « Cette vache a beaucoup souffert », le fait que le poulailler est bien mieux protégé contre les prédateurs maintenant, touchons du bois, le fait que tout le monde devrait avoir des souris et des poules et des poissons rouges mais je ne sais pas pourquoi les gens n'en ont pas, parce que c'est agréable, le fait que les chats eux aussi sont faciles à vivre, sauf si vous vivez en appartement, le fait que la plupart des gens avaient souvent quelques poules pour leur usage personnel, autrefois, et parfois un cochon, le fait que Z est la meilleure lettre de l'alphabet, parce qu'elle arrive en dernier, jazz, buzz, bazar, le fait que zèbre commence par un Z, le fait que la lettre E est la plus utilisée, le fait que j'ignore pourquoi les enfants doivent apprendre l'alphabet, les recettes d'Abby par ordre alphabétique, pâtes alphabet, le fait que l'ordre alphabétique n'a pas de sens, c'est juste une convention pour organiser les choses, je suppose, qu'on doit tous mémoriser, comme les poèmes de Frost, le fait que je n'ai jamais su pourquoi les machines à écrire et les claviers d'ordinateur n'étaient pas alphabétiques, azerty, le fait que c'est pour aider les dactylos ou je ne sais quoi, le fait que comment ont-ils fait pour se mettre d'accord là-dessus, le fait que c'est comme convaincre le monde entier de changer d'heure, le fait que qui a décidé pour l'alphabet, j'aimerais bien le savoir, le fait que chaque enfant doit apprendre l'alphabet en chantant, mais pourquoi, *Je ne sais pas mais eux si*, le petit doigt et l'index, le fait que les choses n'ont pas *besoin* d'être rangées par ordre alphabétique, le fait qu'on pourrait ranger les choses par thèmes, ou par taille, âge, couleur, ce qu'on veut, ordre du jour, pas seulement dans les bibliothèques mais partout, le fait que je ne comprends pas pourquoi les voyelles sont disséminées dans l'alphabet, le fait qu'elles sont un peu partout, a e i o u, le fait que je trouve que le E devrait venir en *premier*, le fait que ça serait plus pratique d'avoir toutes les voyelles à la suite, puis les consonnes, jardin botanique, consoude, le fait que si on modifiait l'alphabet ça serait la fin des échantillons de broderie que faisaient autrefois ces filles, et ça serait dommage, le fait que la plupart des échantillons étaient réalisés par des enfants de moins de douze ans, bellottes, le fait que certaines filles commençaient à broder dès l'âge de *trois* ans, le fait que les garçons brodaient eux aussi des échantillons, manœuvre masculine, broderie, A B C D E F G, éléménopé, le fait qu'un jour j'ai vu toute une grille d'horaires brodée, par une fille du dix-neuvième siècle, le fait que je suis épatée par certaines choses que ces gosses réussissaient à faire, le fait que même une boutonnière exige du doigté, le fait qu'elles devaient maîtriser ça et d'autres trucs compliqués avant de passer aux échantillons, le fait que c'est quoi ce bruit horrible dehors, un véhicule qui recule, sonnerie, le fait que tous les camions se parlent entre eux maintenant, le fait qu'ils font tous des remarques inaudibles, le fait que quand on s'approche assez pour pouvoir les entendre c'est toujours une déception, comme une poupée qui parle, « Ce véhicule tourne à gauche, Ce véhicule tourne à gauche », le fait que j'adorais rentrer de l'école par une belle journée de printemps quand j'étais petite, le fait que j'aimais ça quand la brise entrait dans ma chambre et que je pouvais voir les arbres devant ma fenêtre et entendre les tondeuses et les tronçonneuses, le fait qu'ils coupaient toujours les arbres dans notre quartier, je ne sais pas pourquoi, mais ça ne me dérangeait pas alors, le fait que c'était chez nous, le fait que maintenant je pleure pour chaque arbre qu'ils coupent, parce que quand est-ce qu'ils vont comprendre qu'on a *besoin* d'arbres, le fait qu'au Mexique ils font pousser des jardins verticaux sur l'*autoroute*, comme sur les ponts autoroutiers, le fait que Leo aime bien l'idée, *encore* des bips, et le sifflet d'un train au loin, le fait que j'aime les sifflets de train, le fait que Papa pouvait cueillir des prunes depuis son bureau de Yale, rien qu'en se penchant par la fenêtre, ou était-ce des figues, le fait qu'il pleurait souvent pendant les opéras et les vieux films, le fait qu'il avait vraiment la larme facile, le fait que parfois ça nous gênait, le fait que les enfants sont si méchants, le fait qu'on n'aimait pas voir son menton trembler quand il pleurait, en tout cas pas moi, le fait qu'on n'aimait pas la façon dont il prononçait le mot œufs, « eufs », mais, bon, ce n'est pas très grave, hein, le fait que, je veux dire, chougner pendant un film, pour « eufs » je ne sais pas, le fait que pourquoi il n'aurait pas le droit de pleurer en regardant *Casablanca* et *La vie est belle*, le fait que ces films sont faits pour ça, le fait que *La vie est belle* pouvait vraiment le liquéfier, comme quand James Stewart dit à Mr Gower qu'il ne lui parlera pas des capsules de poison, ou quand, plus tard, Mr Gower lui offre une valise pour ses voyages, le fait que les lèvres de Papa se mettaient à trembler et on voyait ces petites crispations dans le menton, et on savait qu'il craquait, le fait que j'avais toujours peur que *mon* menton ressemble à ça mais j'ai remarqué depuis que le menton des gens se plisse parfois comme ça, alors ça ne devrait pas me gêner, mais je l'ignorais alors, le fait que je croyais que c'était juste mon menton et celui de Papa, écran total, le fait que Papa pleurait au moment de la valise puis encore un peu quand James Stewart aperçoit Mary au bal du lycée, et quand il la découvre dans la vieille maison délabrée sous la pluie après leur mariage, le fait que James Stewart a passé sa journée à négocier à la caisse d'épargne et de crédit au lieu de partir en lune de miel, et il arrive chez lui et Mary se sert du vieux phonographe pour faire rôtir un poulet, le fait qu'on marchait *tous* à fond, on sanglotait et on avait du mal à déglutir quand les Martini ont leur première maison et qu'elle est toute neuve, et James Stewart et Mary leur offrent en cadeaux de bienvenue du vin, du pain et du sel, afin que la vie ait toujours du goût, le fait qu'au moment où Clarence dit que Harry est mort, le fait que quand Harry apparaît à la toute fin pour empêcher James Stewart d'aller en prison, le fait que je ne me souviens plus du nom de l'entreprise familiale, Épargne et Crédit quelque chose, Pottersville, le fait que Leo pense que toute l'Amérique ressemble maintenant à Pottersville, le fait que St. Louis est maintenant la capitale du crime, avec le taux de morts par armes à feu le plus élevé de tout le pays, le fait que notre maison à New

Haven était si agréable, style Fédéral, les beaux et larges planchers, sombres et vernis, le fait que les républicains aiment que les enfants soient respectueux et obéissants, le fait que ces treize enfants enchaînés à leur lit étaient très obéissants, le fait que le savon Ivory flotte, le Dove aussi peut-être, Ivorydale, Ohio, bâton homéostatique, « pur à $99^{44/100}$ % – Il flotte », Nivea, le fait que Maman me manque, le fait que si elle était encore en vie je ferais en sorte que tout se passe bien pour elle, le fait qu'elle pourrait vivre ici avec nous, le fait que Papa est mort avant que je puisse vraiment bien le connaître, le fait que j'ai toujours pensé que je le mettais mal à l'aise, le fait que j'ai rêvé que Papa me demandait de porter quelque chose d'un peu plus chic, le fait que je m'étais habillée pour une occasion mais qu'il ne trouvait pas ça assez chic, le fait que j'étais à deux doigt d'acheter un chapeau à plume vert foncé, juste pour lui faire plaisir, mais il était trop grand pour ma tête et n'arrêtait pas de s'enfoncer, de glisser, le fait que le plutonium tire son nom de Pluton, et l'uranium d'Uranus, et le neptunium de Neptune, et je ne sais pas d'où vient le nom de césium mais les gangsters russes l'adorent, le fait qu'ils en vendent au marché noir et bientôt l'EI va s'en procurer et fabriquer d'horribles bombes, le fait que les Russes ont pesé sur l'élection présidentielle américaine, le fait qu'un journaliste russe a été empoisonné par du thé radioactif dans un hôtel au cœur même de Londres, le fait que huit enfants sur dix sont maltraités, le fait que ce n'est pas possible, le fait que je crois que c'est plutôt *un sur huit*, ce qui est encore trop bien sûr, statistiquement, le fait que l'Amérique a le taux de mortalité infantile le plus élevé de tous les grands pays riches, depuis la mortalité en bas âge jusqu'aux accidents de la route et aux fusillades dans les écoles, américain jusqu'au bout des ongles, le fait que ça devient dangereux d'envoyer ses enfants à l'*école*, le fait qu'une fille a lancé une substance neurotoxique sur le frère du dirigeant de la Corée du Nord, Kim Jong-il, et qu'il est mort en vingt minutes, Maman, Waterlow Park, brume blanche et feuilles noires, le cimetière, les canards et les oies, le fait que le cimetière de Highgate est célèbre, le fait que Karl Marx et George Eliot y sont enterrés, Anne Elliott, repaire de rhododendrons, la caisse de voyage de Tiny Tim, James Stewart, Seward, toasts aux haricots, le fait qu'on avait l'impression qu'il y avait toujours du brouillard et de la bruine à Londres, beurre de cacahuète, ♫ *œuvre pour piano d'Einaudi* ♫, pâte pour roulés à la cannelle, feuilles noires et luisantes sur la terre noire et luisante, Edward sous le téléviseur, le bagel de Jake, le fait que c'est Bailey Brothers Mortgage et, non, Building and Loan, Bailey Brothers Building and Loan, Mary, Mr Gower, Lionel Barrymore, le fait que comment s'appelle l'autre Barrymore, John Barrymore, Ethel Barrymore, les Taliban, al-Qaida, l'EI et Boko Haram, le fait que le changement climatique menace davantage la vie sur terre que le terrorisme, a dit Bernie Sanders, et, à part le 11 Septembre, les pires incidents terroristes en Amérique sont tous commis par des citoyens américains nés ici, Oklahoma, le fait que le port d'armes n'est pas réglementé dans l'Ohio, pas d'enquête sur les acheteurs, pas de trace papier, rien, port d'armes libre, le fait que Trump veut encore moins de restrictions sur les armes, le fait qu'il veut juste que ça soit la folie totale, tout fou, tout feu tout flamme, feu de tout bois, crosses de fougère, spirales, le fait que Walmart vend de plus en plus d'armes à feu de gros calibre, le fait que je déteste voir ces types armés parader dans les rues de Coshocton, parler aux agents de police, le fait qu'ils citent tout le temps des articles et des codes et des clauses, les types armés, pas les flics, genre Article 1, Section machinchose, Code 9.68b de la Constitution de l'Ohio, le fait que j'en ai vu un jour dans Chestnut Street, qui brandissaient des kalachnikovs et scandaient tel et tel Article, le fait qu'ils n'ont pas l'air de se rendre compte à quel point ils ont l'air bêtes, et sinistres aussi, à scander des lois alors qu'il est clair qu'ils veulent juste exhiber leurs jouets, comme des petits garçons, le fait qu'ils adorent ressasser la Révolution américaine, ces types armés, pas les petits garçons, mais, ALERTE INFO, il n'y a plus de soldats anglais dans l'Ohio, le fait qu'après la terrible fusillade en Écosse ils ont aussitôt promulgué une nouvelle loi sur les armes à feu, Lockerbie, mais ici ça n'arrive jamais, même après Sandy Hook, le fait que les enfants se sont tous baissés, collés les uns contre les autres, le fait que je voulais dire *Dunblane*, pas Lockerbie, le fait que Lockerbie c'est cet l'avion qui s'est écrasé, terroristes libyens, le fait que les gens parlent toujours d'examen psychiatrique et de trois jours d'attente quand on achète une arme, mais bon sang, c'est *trois ans* qu'il faudrait attendre, le fait qu'alors les gens se lasseraient et finiraient par ne plus y penser, mais l'industrie des armes ne serait pas contente, le fait que la NRA est contre les examens psychiatriques, le fait qu'elle trouve injuste qu'un passif de TOC ou de boulimie ou je ne sais quoi puisse vous empêcher de posséder une arme, mais je ne sais pas, le fait que des gens atteints de troubles de l'alimentation ont de graves sautes d'humeur, le fait que de toute façon on ne peut rien faire, le fait qu'ils ont le Deuxième Amendement pour eux, entraînement au tir en cours de gym, état d'urgence, ♫ *vite, vite, enfermez-vous* ♫, dix millions de fusils AR-15, enfants accroupis, le fait qu'un juge de Detroit s'est retrouvé face à un gamin de neuf ans qui s'était emparé de l'arme de sa mère, qu'elle gardait dans son sac à main, et le gamin s'est tiré une balle dans la main, le fait que la mère a été arrêtée, et le juge a dit que personne n'avait besoin d'une arme, personne, le fait qu'il a dit que le Deuxième Amendement remonte aux premiers temps du Nouveau Monde, avant qu'il existe une police officielle pour gérer les choses, le fait qu'il a dit que les armes ne causaient que des problèmes, et il a quatre-vingts ans et n'en a jamais possédé, le fait que la mère a écopé de trois ans avec sursis, ainsi que d'une réprimande, négligence, mise en danger d'autrui par imprudence, le fait que le juge *Roberson*, le fait que c'était ça son nom, le fait que je trouve que ça serait super si on ne parlait des armes qu'au sens héraldique, névralgique, blason, le fait qu'on parle d'azur au lion rampant ou dormant, ce genre-là, armoirie, conflit armé, le livre de Ben sur les blasons, dormant, torpeur, le fait que ça serait vraiment chouette de voir tous ces tarés se calmer et dessiner leur propre blason et se faire fabriquer des écus, le fait qu'ils pourraient aussi avoir leur propre tartan, tarte aux pommes, tout l'attirail écossais, clan familial, kilts, épées, le fait que même des cornemuses ne me dérangeraient pas si seulement ils arrêtaient de parler de leur Amendement pendant un moment, et s'ils arrêtaient de tuer des gens aussi, toutes ces femmes menacées, le fait que où est passé ce livre sur les blasons, le fait que le voici, avec une carte postale d'Anat dedans, passant, gardant, passant gardant, statant, saillant, assis, assis ravissant, assis dormant, le fait que ces types pourraient bien s'amuser avec les licornes et tout ça, rampant, regardant, trident, léopard, couguar, couard, le fait qu'ils pourraient se réunir et boire des bières et comparer leurs *emblèmes*, plutôt que leurs kalachnikovs, le fait qu'un lion rampant est un lion avec la queue entre les pattes, lion poltron, le fait que « fusil » désigne en héraldique la toison, blason, blasé, le fait qu'un lac en champ d'azur signifie la magnanimité, lion assis ravissant, lion couard léopardé, saillant, assis, le fait qu'un lion passant gardant signifie un lion qui s'avance de face, le fait que ce lion a l'air très *gentil*, saillant, assis, debout couché, sage, oiseaux, dauphins, ours, lion poltron, lion dormant, part du lion, ne pas réveiller le chien qui dort, léopard, vaches, chevaux, licornes, le fait que chaque chose a un sens en héraldique, dormant, statant, statant gardant, couard, rampant regardant, hauriant, urinant, glissant, pascuant, le fait que pascuant veut dire paissant, le fait qu'il faut être une vache ou un rhinocéros pour paître, le fait que les lions ne paissent pas, passer, trépasser, le fait que ces pro-guns pourraient vraiment aimer ça, parce que les blasons sont de métal et d'azur et de gueules et pourpre et sable, fasces, chevrons, bandes, oiseaux, ours, reptiles et autres choses très précises et symboliques, le fait que ça les occuperait pendant des années, le fait que traitez-moi de folle si vous voulez mais un fleuron caché est quand même plus rassurant qu'une arme cachée, broderie faite par des enfants, bannière de la victoire, exercices de tir, le fait que Trump a dit que toutes les personnes présentes dans la boîte de nuit à Orlando auraient dû être armées, le fait que c'est sa réponse à toutes les tueries de masse, mais même le patron de la NRA reconnaît qu'armes et alcool ne font pas bon ménage, le fait que mes enfants ont l'habitude de se cacher dans les placards de l'école, ils sont même blasés, blasons, le fait que je n'aime pas ça, tous ces agents de police qui doivent aborder les pro-guns de Coshocton pour parler armes et articles de loi, mais ça fait partie de leur travail, le fait que ça doit être assez flippant, le fait qu'ils doivent prendre sur eux pour en aborder un, rassembler leur courage, Lion Poltron, le fait qu'un flic a arrêté une femme pour conduite en état d'ivresse et lui a demandé son permis mais elle était trop effrayée pour bouger, à cause de toutes ces histoires de flics qui descendent les gens sans raison, le fait qu'elle s'est dit que si elle remuait les mains c'était fini pour elle, le fait que le flic lui a dit pour rire qu'il ne tirait que sur les *Noirs*, ce qui n'était pas très drôle, le fait que je crois qu'il a été viré, viral, bas prix, bouteille de Klein, #plusjamais, #cestfini, #honteatoi, #MeToo, le droit de *dessiner* des armes, le fait qu'au Met ils ont organisé une expo sur un type du dix-huitième siècle, je crois, qui aimait dessiner des blasons, le fait que c'était peut-être au *dix-septième*, je ne sais plus, le fait qu'il n'avait ni mains ni pieds, le fait qu'il faisait des petits tableaux avec de microscopique lignes d'écriture dedans qu'on ne peut déchiffrer qu'au microscope, non, à la *loupe*, Matthias Buchinger, le fait qu'il est célèbre parce qu'il est né sans bras ni jambes, mais il a réussi à faire ces *choses*, pas juste les belles lignes et les blasons et tous les trompe-l'œil, Trump, mais aussi des tours de carte et des tours de magie, le fait qu'il était aussi doué au dulcimer, à la cornemuse et la trompette, et il a fait des bateaux dans des bouteilles, et il a même réussi à danser la matelote, musicien, magicien, le fait qu'en plus il a eu trois, quatre, peut-être huit femmes, et soixante-dix maîtresses, et quatorze enfants ou plus, et qu'il est mort dans l'oubli, le fait que je ne comprends pas comment on peut mourir dans l'oubli avec autant d'enfants et de maîtresses, mais bon, le fait que Milton était aveugle, chaton, la carte qu'Anat m'a envoyée, le fait que c'est une photo de chaton endormi sur une pile d'ouvrages encyclopédiques, mais le chaton a l'air *mort*, ou du moins anesthésié, le fait que comment sinon auraient-ils pu le faire s'endormir comme ça, couché sur le dos au sommet de la pile, repose en paix, le fait que Pluton a vraiment l'air paisible par rapport à nous, le fait que, à bien y réfléchir, une de ces failles de huit mille mètres pourrait accueillir sans problème ces pro-guns, et ils peuvent emporter leur AK-47 avec eux, le fait que, bon sang, ce n'est pas gentil de dire ça, ni même de le penser, le fait que je suis comme ces gens qui cliquent sans se soucier du nombre de personnes qui vont souffrir, le fait qu'il faut essayer de voir le bon côté chez les gens, sincèrement, et c'est ce que je fais, du moins ce que j'essaie de faire, je crois, la plupart du temps, le fait qu'il faut vivre et laisser vivre, le fait que les gens sont tellement *agressifs* de nos jours, et moi aussi, #MeToo, le cinéma qu'on se fait, le fait qu'Uranus est très bleu, à cause de l'hydrogène ou des diamants, le fait que c'est un peu la couleur de la malle de voyage turquoise de Tiny Tim, Coldy, bonbon d'Halloween, *L'Île des dauphins bleus*, le fait que je crois que l'Ohio ressemble plus ou moins à un pétale de rose ou de marguerite suspendu au lac Érié, le fait que de nombreuses tribus vivaient ici quand les colons européens ont envahi ce pays, les Wyandots, les Lenape, les Shawnees, les Iroquois et Ottawas, et il y a encore plein de noms de lieux indiens, comme Tuscarawas, le fait que Newcomerstown s'appelait avant Gekelemukpechunk, et Coshocton s'appelait Goschachgunk, mais de nombreux noms indiens ont disparu, le fait que les colons d'ici ont eu d'autres idées, comme Proctorville, Doctorsville, Puruleville, Painesville-on-the-Lake, Pennsville, Pencilville, Pleasantville, Portersville, alors pourquoi pas *Pottersville*, et Perrysville, Perilousville, Perishville, Blainesville, Batesville, Byesville, Crysville, Diesville, Beallsville, Bellville, Bellevueville, Beamsville, Devilville, Barnesville, Braceville, Brecksville, Briseville, Brookville, Brocville, Bridgeville, Bettsville, Saperlipoville, et Badaboumville, Banksville, Botherville, Bourneville, Bursville, Buckeyeville, Burysville, Blowville, Barnumville, Brutalville, Bingoville, Campville, Greenville, le fait qu'Annie Oakley est née à Greenville, Ohio, le fait que

Toni Morrison est née à Lorain, le fait qu'il y a aussi Queensville, Kingsville, Princeville, Sultanville, Pachaville, Datchaville, Kettlersville, Potsville, North Kingsville, Footville, Fayetteville, Vaughnsville, Gillespieville, Gunnerville, Grigouville, Gurneyville, Garrettsville, Gibsonville, Chesterville, Chandlersville, Cobblerville, Clubville, Boulimiville, Sherrodsville, Jeffersonville, Georgesville, Jacksonville, Jeromesville, Columbusville, Washington-ville, Blueville, Redville, Yellowville, Purpleville, Ochreville, Oakleyville, Marshallville, McConnelsville, McCuneville, Mechanicsville, Hartville, Heartbreak-Hotelville, Hallsville, Hayesville, Holmesville, Homelessville, Stop-&-Shopville, Progunville, Donutsville, Dunkin-Donutsville, Mohicanville, Mudsock, Kasstate, Brizburn, Funk, Patdeph, Fricburg et Businessburg, le fait que les hommes croient peut-être que s'ils *nomment* tout, tout ira bien, le fait que c'est comme les chiens qui marquent leur territoire, le fait que je ne sais pas pourquoi ils n'ont pas appelé Canton McKinleyville, tant qu'à faire, le fait que certaines personnes sont encore contrariées qu'on ait rebaptisé Denali le mont MacKinley, mais McKinley a déjà donné son nom à une tripotée d'autres choses, pas juste à Canton, la cimenterie McKinley, l'animalerie McKinley, la station-service McKinley, la société psychiatrique McKinley, le fait que j'ai intérêt à faire attention si je ne veux pas qu'on me déporte pour avoir manqué de respect envers l'Ohio, le fait qu'au moins le nom de Zoar a l'air un petit peu original, même si ça ne vaut pas Funk, le fait que les gens volent toujours les panneaux portant le nom de Funk pour les accrocher dans leur chambre, le fait que des ados en Pennsylvanie ont volé une énorme sculpture de cochon réalisée par André Harvey, mais la police l'a récupérée, Transylvanie, le fait qu'André Harvey lui-même s'est douté que c'était juste une plaisanterie, le fait qu'il réalise des sculptures d'animaux très réalistes en bronze, le fait que je ne suis pas fan des statues en bronze, comme la « Tour des Mères » de Käthe Kollwitz, *aïe*, girafe en plastique cassée, ma cheville, quoi encore, déco de stylo koala, Sarah Palin, le fait que McKinley n'est même jamais allé en Alaska de toute sa vie, alors pourquoi donner son nom à une montagne là-bas, le fait qu'il a peut-être *voulu* aller en Alaska mais ne l'a jamais fait, n'a jamais mis les pieds là-bas, pas une seule fois, le fait qu'il n'aurait sûrement même pas voulu d'un mausolée en forme d'épée à son nom non plus, et le motel et tout le reste, mais qui n'a pas envie de donner son nom à quelque chose, même à un banc, ou une boisson, ou une danse à la mode, ou une rose, la rose de « Mrs Miniver », le fait que comment voulez-vous que tous les gens qui décèdent aient un banc à leur nom, alors qu'il n'y a presque plus de parcs, bon, peut-être qu'il y a encore de la place dans les parcs nationaux, le fait que je déteste voir une fontaine à sexe, je veux dire à sec, mon Dieu, Denali, déni, deniers de l'Holocauste, le fait qu'il faisait sûrement 35°, *au moins*, mais ce n'est pas la faute de McKinley bien sûr, saules pleureurs, assassinat de McKinley, Abe Lincoln, Kennedy, Martin Luther King, Jr, le fait que les fontaines se détraquent toujours, le fait que McKinley est un chouette nom, smog, Funk, figue, le fait qu'il n'y a pas grand-chose à voir à Funk, punk, hic et nunc, Tuscaloosa, le fait qu'il y a une Funk Bottoms Wildlife Area, où les gens en canoë restent coincés, moustiques, portage, le fait que Funk est sur la Muddy Fork, un affluent sinueux de la Mohican River, et c'est à peine navigable en canoë à cause de toute la vase et la bouillasse, la vasouille et la bousasse, la torpeur des êtres entravés, le fait qu'on a envisagé d'y aller un jour mais finalement non, le fait que Stacy dit que si Trump veut rebaptiser Denali « mont McKinley », Canton devrait se renommer « Denali », ce ne serait que justice, le fait qu'un bus de touristes en Suisse est presque tombé d'une falaise mais un des passagers à l'avant a vu que le chauffeur piquait du nez et a enfoncé la pédale de frein juste à temps, le fait que tout un coin du bus est resté suspendu au-dessus du vide, accident de bus, Lake Shore Drive, le fémur cassé de Lyn, le fait que j'ai rêvé qu'on était dans un village suisse et que des tas de gens partaient chasser à pied l'antilope, le fait qu'un troupeau avait été repéré juste en dehors du village, comme dans *Un long hiver* quand un type s'excite un peu trop et tire avant qu'ils soient assez près et le troupeau entier disparaît, ainsi que le meilleur cheval d'Almanzo, « Ali Baba et les Quarante Voleurs », Al-Manzoor, le fait que quarante voleurs c'est assez décourageant, le fait qu'on n'a pas envie de tomber sur quarante voleurs dans une ruelle sombre, épilogue, tagalog, le fait que les cinquante disciples d'Oussama Ben Laden ont rêvé d'avions percutant des immeubles juste avant le 11 Septembre, alors qu'ils n'étaient pas au courant du plan, le fait que la CIA connaissait l'existence de deux des pilotes depuis un an et demi, mais l'a caché au FBI par mépris, CYA, le fait que le FBI et la CIA se disputent tout le temps, ♫ *Tu me fais tourner la tête* ♫, et je ne vois pas en quoi ça sert le peuple américain, les attribuables, je veux dire les *contribuables*, qui paient leurs salaires, blablabla, barbelé, le fait que j'ai également rêvé que je voyais un type vendre du pain à différents degrés de décomposition, du pain vraiment très vieux, le fait qu'il avait tout disposé en pyramide, avec les pires miches au sommet, et quelques petits insectes dessus, le fait que seul ce type semblait disposé à manger ce pain, puisque tout le monde voyait les insectes et les vers, pyramide de pennies d'Ethan, chaton mort sur une encyclopédie, le fait que j'ai rêvé ensuite que nos chats pouvaient se dédoubler, mais seulement quand ils se sentaient particulièrement heureux, et il y avait un homme allongé nu dans une baignoire remplie au beau milieu d'un *restaurant*, et je me demandais comment il faisait pour commander d'autres boissons, le fait que Leo et moi étions invités à dîner nous aussi dans une baignoire, mais nous n'avions pas envie, le fait que toute cette insistance me donnait l'impression que j'étais *vieille*, le fait que nous sommes vieux, le fait que nous sommes trop vieux pour apprécier nos anniversaires, le fait que ça met Leo dans tous ses états maintenant, et il n'a pas encore cinquante ans, McKinley, Buchinger,

*

Aux yeux de ses petits, elle était magnifique. Ils admiraient son museau blanc et son long et beau ventre blanc qui recélait du lait. Le paysage onduleux de ses flancs abricot et de ses côtes citron fut leur première chaîne montagneuse, avec ses vastes corniches, ses pentes glissantes et ses recoins sombres en dessous où se cacher et d'où bondir pour se surprendre entre eux. Ils l'escaladaient sans cesse, profitant à la foi de sa chaleur, des battements de son cœur et de sa vigilance.

Quand elle n'était pas là, ils dormaient côte à côte, entrelacés, et leurs ronronnements étaient des gages de camaraderie. Leur mère les rejoignait dans la tanière, et dormait beaucoup plus qu'elle ne le croyait. Tant de rêves à l'œuvre ! Les pattes tressautaient, les moustaches tremblaient, et sous les paupières closes les yeux se tournaient de tous côtés, en réaction à d'imaginaires stimulations, conflits, terreurs, plaisirs.

Les rêves de leur mère étaient concrets et pratiques : quêtes ; confrontations soudaines avec diverses sortes de proies ; la vue vertigineuse depuis un arbre ; des chutes fatales ; sa jolie sente ; sa propre mère, perdue et aimée ; la queue blanche et mobile d'un chevreuil ; éclairs d'eau blanche ceignant les pierres d'une rivière, ou s'engouffrant entre les longs roseaux voûtés ; s'avancer avec prudence, à la lumière des étoiles, dans le lit gris et accidenté d'un cours d'eau boueux et immobile.

Les rêves des lionceaux étaient plus débridés. Les détails étaient flous, car ils n'avaient rien vécu hormis d'infimes rixes devant les tétons maternels, de frustrants problèmes de coordination, la perplexité devant l'inconnu, leurs premières bouchées de viande, la vue de la neige et de la glace qui fond, et les souvenirs désormais enfuis de leur marche forcée de cinq kilomètres. Leurs rêves étaient fantasques : la possibilité que des brindilles puissent vous gifler ou vous dévorer ; que les arbres puissent s'enfoncer dans le sol quand vous tentiez d'y grimper ; que les cailloux bondissent et vous échappent pendant des kilomètres.

Ils rêvaient de proies extravagantes ; voyageaient sur le dos de leur mère agile tels de petits mergules (ignorant tout de son animosité à l'égard des mergules) ; glissaient dangereusement entre ses énormes pattes de devant, assez grosses pour vous aplatir en un instant. Un lionceau, qui rêvait qu'il volait, donna de tels coups de pattes arrière que son frère qui était sous lui rêva qu'il s'enfonçait dans la neige.

Ce que redoutent le plus les lionceaux, c'est de tomber, se noyer, être trop petit, se faire écraser ou enterrer vivant – car tout pour eux relève du piège et de la fuite. Ils naissent courageusement dans la maladresse puis connaissent toutes sortes d'échappées belles, jusqu'à ce que la vie ou la mort les réclame. Ils rêvent de préparation et de libération : la libération en eux d'une puissance inconnue.

Bondir et se tapir, se tapir et bondir.

*

le fait que j'ai rêvé que je devais manger une crotte de chien et au réveil je la sentais encore dans ma bouche, le fait que je crois avoir la *phobie* des crottes de chien, crado, caca, le fait que tous les enfants ont des phobies et Leo a la phobie des guêpes, saleté de mouche, non mais va-t'en, le fait qu'on est censé dire aux mouches de partir et parfois elles partent, allez zou, plus vite que ça, le fait que je ne sais pas trop s'il convient d'être poli avec elles, couches pour chien, le fait qu'on trouve des couches pour tout maintenant, Peolia College, football féminin, le fait que je me suis réveillée ce matin avec une mèche entière de cheveux dressée à angle droit sur mon front, preuve que les licornes existent, le fait que je raffole des moules fantaisie, pour faire toutes sortes de gâteaux, parce qu'ils sont beaux, comme ceux en forme de rose, ou ceux avec des motifs de flocons, mais je n'en ai pas *besoin*, j'en ai juste *envie*, réunion parents-profs, le fait que bizarrement aucun de mes enfants n'a la phobie des armes, le fait que leurs phobies sont très variées, limaces, escargots, araignées, plumes, raisins secs, Hershey's Kisses, journaux, animaux gonflables, billets de banque, et certaines lettres de l'alphabet, non mais on croit rêver, le fait que Gillian n'aime pas le B ou le J, le fait que quand je lui ai fait remarquer que personne chez les Ingalls n'a la moindre phobie elle a répliqué aussitôt qu'ils ne supportaient pas les *sauterelles*, le fait qu'ils ont souvent très peur des sauterelles, mais c'est compréhensible, le fait que qui ne serait pas effrayé par une longue file de sauterelles en train d'avancer sur votre bébé, le fait que Ben en a eu le plus, des phobies, mais pas celle des sauterelles, le fait qu'il les a toutes, le fait que je ne me rappelle pas si sa phobie des pubs Hershey's Kisses a précédé sa phobie des Hershey's Kisses ou est venue après, moules fantaisie, le fait qu'il a eu aussi la phobie de ces moules, les moules Bundt, le mot « bundt », le fait qu'en 1949 un type du nom de Howard Unruh a menacé sa mère avec une clé à molette puis a fait un massacre dans le quartier, tuant les gens au hasard, et il a tué énormément de gens, le fait qu'il a commencé par des voisins qu'il n'aimait pas trop, et un bébé, et un gamin de six ans chez un coiffeur, et il en était fier, tuer vingt personnes, exactement comme Builderbeck, le fait qu'il a dit qu'il trouvait que « c'était plutôt un bon score », le fait que ça s'est passé à Camden, dans le New Jersey, le fait que *aïe*, mer d'Égée, mer d'Égée, le fait que comment cette poule est arrivée ici, une vieille buckeye, le fait qu'elle aurait pu me *tuer*, ou du moins me renverser et m'envoyer tête la première par-dessus la gazinière, et la porte du four aurait pu s'ouvrir d'un coup, et projeter une tarte Tatin brûlante sur ma tête, « mes pauvres nerfs », nervure, mais ça n'est pas arrivé, « Du nerf », voir des étoiles, un avion avec une bannière publicitaire près de la plage du lac Michigan, crème solaire, écran solaire Mer & Ski, le fait que je crois que toutes les phobies de Ben découlent de ses lectures, le fait qu'elles sont trop *factuelles*, le fait que je pense qu'il manque d'imaginaire à cause de tous ces faits, le fait qu'il ne fait pas que se sevrer de l'enfance avec la science, il se sèvre de la *vie*, le fait que son bulletin scolaire est bizarrement médiocre, Jeunes Bâtisseurs, le fait que je crois que son inconscient compense peut-être par des rêves étranges et toutes ces angoisses, le fait que, bien sûr, la phobie des Hershey's Kisses reste inoffensive, tant que Gillian lui retire ces trucs de son paquet de bonbons à Halloween, mais pendant un temps il a eu aussi en horreur les petits pois et les tomates, et ce n'est pas très sain, le fait que c'est ballot de s'inquiéter pour ça, ballotine de foie gras, saules pleureurs, poupées détente, « bundt », le fait que les enfants se débrouillent en général par eux-mêmes, le fait que je me dis qu'il croit que son savoir scientifique va impressionner son père, ou du moins attirer l'attention de Leo, sans se rendre compte que Leo se fiche pas mal de la science, le fait que Leo regrette à présent tout le temps qu'il a consacré à la science et aimerait avoir étudié autre chose en plus de l'ingénierie, le fait qu'il préférerait écouter du Messiaen, ou observer les oiseaux, ou manger du ragoût d'abats, raggu daba, ou une soupe au steak haché, ou un sandwich aux dattes et aux noix, ou même s'occuper du jardin, le fait que l'ornithologie est une science, le fait que j'aimerais parfois avoir étudié l'horticulture, le fait que Leo pense que la topologie c'est du *pipeau*, le fait que je n'ai pas d'opinion, le fait que je ne trouve pas que Ben ait pour l'instant la phobie de Messiaen, mais je sais qu'il déteste observer les oiseaux parce qu'il faut sortir pour le faire et Ben n'aime pas trop sortir s'il peut l'éviter, le fait que j'ai tout faux, parce que maintenant il veut bien sortir et jouer dans la cabane perchée avec Gillian, mais j'ai peur qu'ils se cassent le cou sur l'échelle gelée, ou soient transpercés par un stalactite qui tombe du toit, le fait que les week-ends sont parfois éprouvants, occuper tous ces enfants, mais même Jake semble assez raisonnable pour rester à l'intérieur aujourd'hui et jouer avec la vieille dînette de Gillian et un Action Man, non, maintenant l'Action Man est sur le tracteur jaune, SUV, HIV, MRSA, fasciite nécrosante, fasciite plantaire, le fait qu'ils se sont disputés pendant des jours et des jours à propos de l'aspect de cette cabane mais c'est Gillian qui a gagné et, grâce à elle, leur cabane a de très beaux pignons et des rideaux et une fausse cheminée, bon, j'espère qu'elle est fausse, le fait qu'elle a dû renoncer à son idée originale d'une cabane en *rondins* parce qu'on ne savait pas où acheter les bons rondins, et de toute façon ils auraient sans doute été trop lourds pour l'arbre, le fait qu'elle voulait une porte avec des gonds en cuir comme celle que Pa fabrique pour le cabanon, avec le loquet sur une ficelle qu'on peut actionner de l'intérieur pour empêcher les intrus d'entrer, mais ça n'a pas été possible parce que personne dans cette famille ne sait faire ce genre de truc, sauf peut-être Leo, mais il était occupé, le fait qu'on devra attendre que Ben passe plus de temps au club des Jeunes Bâtisseurs, Cy Young, Laiterie Young's Jersey, vache, module de Young, le Premier Dessin du Jour, âne, mule, main haute, le fait que Ben veut s'inscrire au club 4-H maintenant, davantage de route pour moi, mais c'est bien qu'il veuille sortir, le fait que maintenant Stacy leur apprend à sauter à la corde, donc ils ne craignent rien pour l'instant, *Il existe un endroit en France où tous les alligators dansent*, Votre Accident Récent, *Saute, saute, retourne-toi, sergent Smith, baisse-toi*, le fait qu'on a regardé hier *Annie, la reine du cirque*, juste moi et les enfants, le fait qu'Annie doit faire semblant de tirer mal pour que Frank n'ait pas trop honte, le fait que sinon il pourrait se sentir *émasculé*, le fait que, bon, ce n'est pas le cas, le magazine *Time*, IMO, le fait que les vrais Annie Oakley et Frank Butler étaient au début collègues dans un numéro de foire, puis ils ont noué une idylle, tourtereaux, tourteaux, et n'ont jamais été rivaux, le fait qu'après s'être mariés ils ont continué leur numéro de tir, mais pour rajouter de la tension dans la comédie musicale ils ont imaginé que Frank était jaloux du talent d'Annie et refusait de l'épouser si elle continuait de le battre au tir à la cible, donc elle doit perdre exprès un concours de tir pour le gagner, lui, Rogers et Hammerstein, Irving Berlin, Howard Keel, tranquille, le fait que certains numéros dans ce film semblent un peu déplacés, le fait que qu'est-ce que « There's No Business Like Show Business » fait ici, ou « Doin' What Comes Naturally », le fait que ça n'a rien à voir avec *Annie Oakley*, le fait qu'on dirait qu'Irving Berlin avait de vieilles chansons en stock et les a refourguées, le fait que « Yes I Can No You Can't » est sans doute la seule bonne chanson dans tout le film, ♫ *Anything you can do I can do better* ♫, et encore, c'est tout juste une chanson, et ce n'est pas un film terrible, mais qui suis-je pour juger, le fait que je n'aime même pas les comédies musicales, le fait que j'ai toujours essayé de les éviter, le fait que c'est étonnant le nombre de chansons qui parlent de pionniers et de conquête de l'Ouest, et des conflits entre cow-boys et fermiers, le fait que le meilleur moment c'est quand tous deux admettent qu'ils ne savent pas faire cuire une *tarte*, Annie et Frank je veux dire, pas les cow-boys et les fermiers, Anne Frank, mais les cow-boys et les fermiers ne savaient sûrement pas faire de tartes non plus, le fait que les femmes de fermier savaient peut-être en faire, le fait que je n'ai pas pu m'empêcher de donner un coup de coude à Stacy quand ils ont dit ça sur les tartes, vu qu'elle ne voit pas l'intérêt de mes tartes, le fait que Stace se trompe à ce sujet, le fait que les tartes ont un intérêt, même si je ne sais pas trop lequel, là, tout de suite, retourner, ♫ *Tradition !* ♫, procrastination, *Le Violon sur le toit*, le fait qu'il y a des milliers d'années on a évolué et on a fait cuire les choses, et maintenant les gens essaient de manger de nouveau cru, et ce sont eux qui ne veulent pas manger de tartes, le fait qu'au moins Stacy mange encore des plats cuits, heureusement, le fait que je fais une tarte Tatin avec des restes de légumes pour Stacy aujourd'hui, végétarte, lentille, lentille grossissante, Lassie, sacrifice rituel, se sacrifier, se satisfaire, se gêner, sélène, armoise, soirée pyjama, renégat, dégénéré, oxygéner, WWTP, épuration des eaux, *MON PREMIER* TICONDEROGA, le fait que ces crayons pour débutants semblent trop gros pour une petite personne, le fait que les *sfogliatelle* ont l'air délicieuses, le fait que j'aimerais bien savoir en faire, le fait que ça a l'air très dur, je veux dire dur à faire, le fait que je les trouve vraiment trop belles, le fait que je saurai peut-être en faire un jour, le fait que les roulés à la cannelle paraissaient durs à faire aussi au début, le fait que Meryl Streep fait soudain des croissants au chocolat en pleine nuit avec Steve Martin, chef pâtissier, Carmel, non, le fait que ça se passe à Santa Barbara, ascenseur, pater noster, envelopper, enveloppe, absence, silence, le fait que j'ai rêvé que j'étais le soleil et Stacy était la terre, le fait qu'elle faisait à peu près ma taille, et je trouvais qu'elle se rapprochait trop de moi, et j'avais peur qu'elle se brûle ou je ne sais quoi, le fait que j'examinais des photos prises de nous par la NASA dans le rêve, et ce n'était pas rassurant, le fait qu'on était disproportionnées l'une par rapport à l'autre, portion, élévation, crochet et anneau, JAKE, boucle, cheville, glissière, bouton, le fait que Leo dit que Fred Astaire n'a été bon que dans les années 30, et que tous les films avec Fred Astaire après ça ne valent rien, Chuck, cachou, hippie, pragmatique, champions, baie de Chesapeake, ♫ *Quatuor de Beethoven* ♫, chant, le fait que la police a expulsé de force des manifestants handicapés d'un bâtiment de Washington, Congrès, le fait qu'ils manifestaient contre le projet pour abolir l'Obamacare, soins médicaux, Medicare, Medicaid, Kool-Aid, SIDA, plateaux appalachiens, le fait que Newcomerstown est sur la corne, géographiquement, je veux dire géologiquement, topographiquement, entre la plaine centrale et les plateaux appalachiens, cerf de Virginie, couches pour chiens, enclave, barres Snickers, Corn-Flakes, Tony le Tigre, le fait que dans un autre rêve une sorte de hippie m'a dit « Arrête de faire ta chébran », le fait que la vraie Annie Oakley a *dû* apprendre à chasser et à poser des pièges, pour nourrir sa famille, le fait que l'image qu'ils donnent des Indiens dans les films, franchement, le fait que les Indiens traient tous des chèvres dans le train, et lavent leurs vêtements et décochent des flèches et font cuire des haricots et découpent des tissus et essaient de dresser des tipis dans le wagon, le fait que je ne sais pas ce qu'a pensé Stacy de tout ça, ♫ *There's nothing to be done* ♫, le fait que c'était vraiment révoltant, voire insultant, le fait que, je veux dire, comment osent-ils faire croire que les Indiens n'étaient pas civilisés, quand les Clovis vivaient ici en 11 000 av. J.-C., et qu'ils utilisaient des techniques d'ingénierie avancées, bien avant qu'on pense à tourner des comédies musicales, le fait que la Confédération iroquoise est la plus vieille démocratie au *monde*, Circleville, Conesville, le fait que Frank n'a jamais aimé qu'on le traite d'Indien, ou d'Amérindien, *mon* Frank, pas Frank Butler, le fait que ça ne l'intéressait pas, grain pour poules, Ronny, la reine d'Angleterre, Tiny Tim, le fait qu'après *Annie, la reine du cirque* Stacy a voulu regarder un bout d'*Orgueil et Préjugés*, le fait que j'aimerais qu'elle ait lu le *livre*, mais elle l'a peut-être lu, je ne me souviens plus, le fait qu'elle aime bien Colin Firth, mais elle ne l'apprécie que dans *Orgueil et Préjugés*, pas dans *Le Discours d'un roi*, parce que *moi* je l'aime bien dans *Le Discours d'un roi*, le fait que Ronny ressemble un peu au thérapeute du film, Geoffrey Rush, *Car j'examinerai mon chat Geoffrey*, le fait que je redoute de plus en plus les visites de Ronny, mais c'est ma faute, le fait que je me suis embringuée là-dedans, le fait que j'étais incapable de trimballer des sacs de vingt-cinq kilos toute seule, le fait que Leo, ce *cher* Leo, a proposé de m'aider, mais il n'est jamais là quand je dois sortir les sacs de la voiture, et maintenant c'est Ronny qui les apporte et les dépose sur le perron derrière la maison pour moi, le fait que de là je peux les porter jusqu'aux poules, à la pelle, le fait que Ronny ne transpire même pas en portant ces sacs, le fait que certaines personnes font venir leur grain de Chine mais le nôtre vient de quelque part dans l'Ohio, peut-être Sandusky, ou Gunnerville, Graineville, Gurneyville, je ne sais plus, le fait qu'on achète local, parfois, moule à cake Bundt norvégien, le fait qu'on essaie d'acheter américain aussi, BA, milles aériens, le fait que Marilyn Monroe dit qu'elle est native de Sandusky, dans *Certains l'aiment chaud*, Sugar Kane, le menton de Marilyn Monroe, le fait que je ne sais jamais quoi dire quand Ronny vient, surtout quand il porte son tee-shirt MAGA, Make America Great Again, le fait que je pense qu'il s'attend peut-être à ce que je lui propose un café, mais si je le faisais une fois je devrais le faire à *chaque* fois, et alors je devrais faire la conversation, ou plutôt l'écouter, le fait que ce type est horriblement bavard, le fait qu'au final je serais obligée de laisser tomber la pâtisserie pour écouter Ronny toute la journée, ou alors ne plus commander de grain et trouver une autre façon de m'en faire livrer, le fait que je n'ai vraiment pas envie d'en arriver là, donc je pense que le mieux c'est que cette relation reste la plus formelle possible, le fait que je lui donne un billet de cinq dollars chaque fois mais il doit quand même me trouver distante, une coincée de Nouvelle-Angleterre, ou alors une « idiote », le fait que Ronny traite à peu près *tout le monde* d'idiot, brownies, roulés à la cannelle, cercles laissés par une goutte tombant dans une flaque, tout comme son pote Trump, le fait que tout le monde est idiot sauf lui, *nec plus ultra*, *noli me tangere*, *e pluribus unum*, *pro bono*, bonne au lit, oh mon Dieu, le fait que je ne comprends pas pourquoi je suis censée tout laisser en plan pour parler à un type qui estime que tout le monde est idiot, le fait que, bon, ça suffit, je n'ai vraiment pas envie de faire ça, le fait que Leo et moi on s'est rencontrés au musée Florence Griswold, très peu de temps après le décès de Maman, le fait que j'ai l'impression de tomber amoureuse pendant les crises familiales, d'abord Chuck, puis Leo, le fait que Frank ne compte pas, le fait que j'ai essayé de l'aimer mais on jouait juste au docteur en fait, et sans grand enthousiasme d'ailleurs, le fait qu'il y avait des colibris, et des coquelicots, et des kalmies, à Old Lyme, pas dans l'appartement de Frank, colibris, colis piégé, le fait que Leo n'a jamais rencontré Maman, et que j'ai toujours trouvé ça dommage, qu'ils ne se soient jamais rencontrés, le fait que Papa aurait apprécié Leo, lui aussi, le fait qu'il l'aurait trouvé « dynamique », un compliment venant de Papa, le fait que Leo est plus dynamique que Colin Firth ne le sera jamais, le fait qu'il est un peu un mixte entre Stanley Tucci et Walter Matthau, Julia Child, *Derrière le miroir*, le fait que j'en pince toujours pour Leo et que je crois que ça durera toute ma vie, le fait que j'aime la façon dont il *parle*, le fait que Colin Firth semble sympa et tout, mais pas spécialement dynamique, le fait que je crois que Stacy se trompe complètement à son sujet, le fait que les femmes espèrent toujours que les types silencieux aient un truc en plus mais c'est rarement le cas, Darcy, Frank, le fait que la maison de Florence Griswold a été un temps une pension de famille, pinson de la famille, aspartame, édulcorant, édulcorer, le fait que Maman a refusé un jour que je prenne de l'édulcorant artificiel, et ça m'a vexée, le fait que je me dis maintenant qu'elle trouvait peut-être que je maigrissais trop, mais je ne sais pas, le fait qu'il est trop tard pour élucider, édulcorer, décorer, le fait que Leo a été marié avant moi, un iguane, le fait qu'elle avait un iguane, elle n'était pas *elle-même* un iguane, le fait qu'il y avait de jolies et longues bandes de nuages gris rose le jour où Frank et moi avons rompu, le fait que je me souviens davantage de ces nuages que de *Frank*, le fait qu'on est allés une fois à Tangier Island, juste pour un week-end, Saltwater Geechees, prendre une douche ensemble, le fait que la maison avait un grand porche, le fait que j'ai regardé le torse nu de Leo, dans l'ombre de l'auvent, le fait que des rais de lumière entraient par les épais stores vénitiens chaque matin, rouges au début, puis de plus en plus clairs, ils tombaient sur le lit, brisaient la glace, brisé, le fait que Tangier Island est à présent menacée par le niveau des mers qui monte, le fait que la Grande Barrière de corail est en train de cuire, le fait qu'elle est décolorée à quatre-vingts pour cent, El Niño, symbiose, algues, corail animal, indicateur, le fait que l'Ohio était avant un État baromètre mais ne l'est plus, enfin je crois, et du coup les hommes politiques viennent moins ici, mouton, steaks de Trump, Wally, Walter Matthau, le fait qu'à la fin c'est Walter Matthau qui sauve le petit garçon dans *Derrière le miroir*, pas la mère, le fait qu'elle n'est même pas capable de filer un verre de lait au gamin sans que James Mason pique une crise, le fait que Trump pique des crises lui aussi, mais comme de nombreux présidents, Eisenhower, le fait qu'on pourrait penser qu'être élu président vous mettrait de très bonne humeur mais non, le fait que je crois que ces présidents ronchons ont toujours eu ce caractère, le fait que les hommes se mettent parfois très *en colère*, fusillade à l'école, le fait que Papa piquait des colères parfois, le fait qu'il n'a jamais été *violent*, le fait qu'il était du genre versatile, le fait que Leo ne l'est pas du tout, le fait qu'au pire il est *las*, Leo peut avoir le cafard, mais il est toujours impartial, et placide, le fait que j'aimerais que ce soit lui le président, présidentiel, tempérament égal, « Roger, file les deux dollars », le fait que le tempérament de Papa me faisait peur, ogre, Maman, le fait qu'au début du film James Mason et le chauffe-eau sont sur le point de rendre l'âme, le fait que dans les films les chauffe-eau sont toujours de mauvais augure, le fait qu'il est enseignant, et donc bien sûr il est épuisé, le fait que je connais ce sentiment, le fait que c'est un type plutôt affable, mais il a deux boulots, pour joindre les deux bouts, le fait qu'il travaille au noir comme expéditeur pour une compagnie de taxis, le fait qu'il porte un vieux cardigan vert miteux quand il répond au téléphone dans les bureaux de la compagnie de taxis, afin qu'on sache à quel point sa vie est pourrie, puis il oublie les olives et sa femme est furieuse, et pendant ce temps il a tous ces maux de tête et de ventre, le fait que le fils regarde des westerns bruyants, et sur les murs de leur maison il y a toutes ces affiches de lieux exotiques où ils n'iront jamais, le fait que même son vieux ballon de foot se dégonfle, oublié sur la cheminée, le fait que Leo dit que James Mason a toujours aimé jouer les types qui souffrent, alors c'était le film idéal pour lui, comme quand il se tient la tête ou le ventre, ou se cramponne si fort au chambranle qu'il déclenche sans le faire exprès la sonnette de la porte et que ça dure jusqu'à la fin de son spasme, et la sonnette continue de sonner et sonner, le fait qu'il se blesse à la main dans *La Mort aux trousses*, après avoir donné un coup de poing à Martin Landau, R-O-T, austère, holster, gâchette, cartouche, Boris Karloff, le fait qu'il va passer des examens à l'hôpital et que le médecin comprend qu'il va *mourir*, décéder, s'il ne prend pas de la cortisone *le restant de sa vie*, le fait que la cortisone ne le guérira pas mais bridera ses symptômes, brides, alors ils le renvoient chez lui avec un flacon de cachets, ce qui est un peu idiot, le fait que quand il rentre de l'hôpital il est déjà très exigeant, le fait que comme le chauffe-eau est encore en panne il demande à sa femme de lui remplir la baignoire avec de l'eau chauffée sur la gazinière, et elle en a assez de son attitude et de devoir trimballer de l'eau chaude à l'étage, elle claque la porte de l'armoire à pharmacie et le miroir se brise, « Je ressemble à ce que je ressens », le fait qu'il se met alors à prendre trop de cortisone et à avoir la folie des grandeurs, et soudain il ne supporte plus la vie de famille et décide de quitter sa femme, « Dans ma tête le divorce est déjà prononcé », tout comme Peter Strand, le fait que James Mason ne cesse de faire ses bagages pour partir, tout comme Peter, le fait que Pru ne sait jamais si Peter arrive ou s'en va, le fait que la valise apparaît subitement dans le couloir, puis disparaît de nouveau et elle comprend que la crise est passée, pour l'instant, le fait que la cortisone vous rend plus courageux, mais aussi plus colérique, le fait que la plupart des hommes n'ont pas vraiment besoin d'aide pour se mettre *en colère*, le fait que j'ai l'impression qu'ils se débrouillent déjà très bien comme ça, à en croire les infos, je veux dire, le fait que quelqu'un a déclaré que le problème des hommes c'est qu'ils sont très *émotifs*, encore plus émotifs que les femmes, ce qui était surprenant, parce que les gens disent tout le temps que les femmes sont émotives, conserve de maïs, Belzébuth, le fait que James Mason commence à croire qu'il peut changer le monde, mais il veut d'abord s'attaquer à son *fils*, lui apprendre à jouer au ballon et à faire des maths, le fait qu'il s'en prend un peu à sa femme aussi, Cary Grant essayant de se raser avec le minuscule rasoir dans *La Mort aux trousses*, Cary Grant essayant se raser dans *Un million clefs en main*, avec le miroir embué, le fait que les hommes s'énervent vite, le fait que Cary Grant n'apprécie pas de devoir partager une salle de bains avec *Myrna Loy*, chacun son lavabo, le fait que du coup ils se font construire une nouvelle maison pleine de salles de bains, le fait qu'on pourrait penser que la plupart des hommes seraient ravis de partager une salle de bains tout embuée avec Myrna Loy, même si elle ouvre l'armoire à pharmacie alors qu'il est en train de se raser, couper les ponts, *Le Pont de la rivière Kwaï*, pont-levis, pont levant, pont à bascule, tourillon fixe, simple ou à double vantail, pont cantilever, le fait que Walter Matthau est un prof de gym et mange tout le temps d'énormes steaks, comme Trump, le fait que le petit garçon a l'air si vulnérable, là-haut, dans sa chambre à l'étage, comme ce que doivent ressentir les bébés, qu'on laisse tout seuls pendant des heures avec juste un babyphone, le fait que, bon, d'accord, les parents savent que l'appareil est branché et que le bébé va bien, le fait que même les grands-parents qui habitent loin savent que le bébé va bien, en regardant leur baby-cam via Internet, digital, liens, mais le *bébé*, lui, ne sait pas qu'il va bien, le fait que tous les bébés savent qu'on les laisse seuls et les bébés n'aiment pas ça, symbiose, osmose, le fait que les bébés aiment participer, même s'ils ne peuvent pas faire grand-chose, et la plupart d'entre eux aiment regarder autour d'eux, le fait que certains bébés ont une très bonne vue, le fait que comment un bébé peut-il se sentir en sécurité, quand on le laisse seul comme ça, le fait qu'on n'est pas censé laisser ces pauvres petits *confinés à l'isolement* tant qu'ils ne savent pas marcher et parler, robot qui parle et qui marche, *Demain est un autre jour*, Fred MacMurray, le fait que je parie que les grands-parents qui ont une baby-cam se disputent sans cesse avec les parents, au téléphone ou par Skype, ou Facebook, le fait qu'il doit déjà exister une sitcom là-dessus, *Friends*, Edward, le fait que je ne peux pas imaginer Maman et Papa se servir de Facebook, le fait qu'il est temps de faire fondre le beurre, cerises aigres, cannelle, *Un cœur pris au piège*, le fait que je suis tout le temps à court de cardamome, Barbara Stanwyck, Skype, le fait qu'on ne fait plus que regarder des acteurs à l'écran, le fait que les gens n'ont sûrement jamais passé autant de temps à regarder des inconnus faire des choses, des gens avec qui on n'a rien à voir et sur lesquels on n'a aucune influence, le fait qu'ils ne nous écoutent pas, le fait qu'on n'existe pas pour eux, que dalle, le fait que c'est franchement une relation à sens unique, Colin Firth, vidéos Morning Routine, le fait qu'on a du mal à croire parfois qu'on a sa propre vie, loin de tous ces gens à la télé, le fait qu'on finit par se sentir proches de ces présentateurs, qui vous regardent depuis leurs grands bureaux tout propres, le fait qu'ils ont l'air tellement mal à l'aise *sans* leur bureau que c'est mieux s'ils en ont un, le fait que c'est vraiment gênant pour tout le monde quand on voit soudain leur corps en entier, comme quand ils interviewent quelqu'un dans un fauteuil, le fait que les acteurs ont la décence de se parler entre eux, comme si vous n'étiez pas là, mais les présentateurs me fatiguent, à faire semblant de nous parler directement, le fait que si vous les croisiez dans un ascenseur ils vous bousculeraient sûrement, le groupe Marianas Trench, chevaux amish, le fait qu'ils la jouent tous très décontractés, les présentateurs, pas les chevaux amish, et vous regardent droit dans les yeux, dès le matin, des présentateurs et des présentatrices comme de nouveaux Papa et Maman, le fait qu'ils doivent savoir qu'on est encore tous en pyjama, mais ça leur est égal, le fait que ce pays est en fait plein de gens comme Ronny qui s'énervent devant leur écran plasma et à qui personne ne répond, le fait que les experts de la télé donnent toujours des conseils sans qu'on leur ait demandé quoi que ce soit, le genre de conseils dont on n'aurait besoin que si on avait passé trente ans en *prison*, du style quelles chaussures porter, des mules fourrées ou à plumes, ou comment faire une omelette, le fait que les Indiens soignaient le rhume avec du jus de cerise aigre, faits et chiffres, votes, statistiques, la dernière fusillade dans une école, collusion russe, Oprah, Matt Damon, Tom Ripley, le fait qu'il m'arrive parfois de me dire que Jason Bourne devrait juste retourner en Italie pour être Tom Ripley, juste être riche et se la couler douce, au lieu de s'attirer tous ces ennuis, Treadstone, courses de voitures, tueurs à gages, le fait que ma solution Ripley n'a pas grand sens, cela dit, puisque Jason Bourne devrait voyager dans le temps, pour retourner à Rome et être Tom Ripley après avoir tué Jude Law et s'être acheté un buste et un piano, le fait que Tom Ripley en agent de la CIA ça ne serait pas absurde, le fait qu'un tel job lui irait bien parce qu'il est sournois, le fait qu'un type du FBI, un certain John O'Neill, a traqué Oussama ben Laden, mais il avait une vie privée très compliquée, avec une petite amie dans chaque ville, une ou *deux*, une femme dans chaque port, le fait que je suppose qu'on ne sait jamais ce que trafiquent les agents secrets, le fait qu'au lieu d'écouter ce qu'il avait à dire au sujet d'Oussama ben Laden ils l'ont viré du FBI et il a été nommé directeur de la sécurité au World Trade Center, et il est mort lors du 11 Septembre, ce qui est plutôt ironique parce que si le FBI l'avait simplement écouté ça ne serait peut-être pas arrivé, *Le Voyage fantastique*, le fait qu'à un certain niveau je m'imagine que la série *The Odd Couple* est une suite à *La Garçonnière*, même si ça serait dommage que Jack Lemmon et Shirley MacLaine aient dû rompre, après vingt ans de mariage, laissant Buddy Boy avec Walter Matthau, l'affaire Dahlberg, aïe, la petite tasse en porcelaine du service à thé pour poupées, mer d'Égée, le fait que la tasse n'a rien mais je suis handicapée à vie, zut, Jésus m'a sauvée, la faille de San Andreas, la Vallée de la Mort, les casinos de Las Vegas, le fait que j'ai toujours confondu *Rebecca of Sunnybrook Farm* avec *Anne of Green Gables*, bien que je n'aie jamais lu *Rebecca of Sunnybrook Farm*, « Je déclare solennellement », Sunnybrooke, Atticus Finch, frais de santé, le fait que les filles des vidéos Morning Routine n'oublient jamais de se brosser les cheveux, le fait qu'elles ne lisent jamais de livres, même si elles ont toutes *Gatsby le Magnifique* et *Une vie volée* sur leur table de chevet, la fille dans *L'Île des dauphins bleus* qui se fabrique des colliers, même si personne ne les verra jamais, le fait que je n'ai rien appris quand j'étais ado sinon que je ne sais rien faire, et que je suis une déception, pour moi et les autres, le fait que le lycée ressemblait à un camp d'entraînement où apprendre à se décevoir, pétrir, coquillages farcis, *sfogliatelle*, le fait que ma vie entière est une suite d'erreurs, de toutes sortes, le fait que j'aimerais tant éviter ça à Stacy, le fait que de toute façon elle n'a pas à s'inquiéter pour son *apparence*, même si être belle signifie *essayer* de rester belle et que c'est stressant, My Little Pony, cube mystère, le fait qu'elle s'intéresse maintenant à l'autodéfense, elle potasse un de mes vieux bouquins, le fait qu'elle l'*étudie*, le fait qu'avant elle le lisait juste pour se moquer des fringues et des coiffures des seventies, parce que les hommes avaient de longs cheveux bouclés et des barbes et les femmes avaient toutes une coupe au bol, bol d'air, fusil à air comprimé, mais maintenant elle semble sincèrement intéressée par tous les scénarios horribles, pomme d'Adam, le fait que ce livre peut vraiment vous flanquer la frousse, le fait qu'on se dit qu'il y a des méchants cachés derrière tous les buissons, derrière chaque porte, avec des cheveux longs, qui vous guettent pour vous agresser, Sean Spicer caché dans les buissons, rhododendrons, le fait que je dois acheter des pommes, de la cannelle, jeudi, le fait que je suppose qu'un manuel d'autodéfense qui ne donnerait pas d'exemples précis de situations dans lesquelles se défendre ne servirait pas à grand-chose, le fait que je me dis qu'il ne sert à rien de tourner autour du pot dans ce genre de livre, ♫ *Petit pot de beurre* ♫, le fait qu'il ne se penche pas sur l'éventualité de ces agressions, mais ce n'est pas son boulot, le fait qu'on finit par se dire qu'elles sont plus qu'une éventualité, juste parce qu'ils en parlent beaucoup, le fait que si vous êtes seule et que vous glissez et atterrissez sur le dos, et qu'un type aux cheveux longs surgit de nulle part et vous saute dessus, le fait que ce livre vous dit ne paniquez pas, parce qu'il ne peut pas se passer grand-chose tant que l'agresseur chevelu se sert de ses deux mains pour vous maintenir à terre, le fait que pour une raison ou une autre je ne trouve pas cette image très rassurante, le fait que, bon sang, je n'ai pas envie qu'un inconnu se serve de ses deux mains pour maintenir ma fille au sol, le fait que la pensée de Stacy qui trébuche sur quelque chose puis se fait aussitôt agresser, le fait qu'une femme aux infos avait signalé un harceleur à la police cent vingt-cinq fois mais les flics n'avaient rien fait et finalement le type l'a poignardée, le fait qu'une autre femme qui passait en voiture a vu la scène, et l'a sauvée, le fait que j'espère que je serais assez courageuse pour bondir de ma voiture comme ça mais je ne sais pas, le fait que les flics doivent être sacrément gênés par cette histoire, le fait qu'ils l'ont prise pour une allumée, allumeuse, comme si elle venait au commissariat juste pour les voir, le fait que combien de femmes font ça, le fait que s'il y a une tuerie de masse en Amérique *tous les jours* ça doit en faire trois cent soixante-cinq par an, le fait que si l'homme lâche un de vos bras vous êtes censée utiliser la technique illustrée page 38, le fait que le livre est organisé comme un livre de recettes de cuisine, « pour les pâtisseries avec pâte brisée, voir recette p. 201 », recette de désastre, le fait que vous allez page 38 et on vous dit de le frapper très vite, sur le nez, le fait qu'il est sûrement plus costaud, plus grand et plus lourd que vous, alors vous ne pouvez pas lutter contre lui, le fait que tout ce que vous pouvez faire c'est essayer de le frapper aux « zones vulnérables », comme son nez, sa bouche, les yeux, la pomme d'Adam et les parties génitales, « coup sec », le fait que Stace rit comme une folle en regardant ces photos de types avec des pattes d'éph, mais dans le fond je pense qu'elle est morte de trouille et c'est pour ça qu'elle le relit sans cesse, en espérant qu'elle aura moins peur à force de le lire, le fait qu'elle nous le lit à voix haute, le fait que la répétition ne m'aide pas, le fait que la peur ne me quitte pas, le fait que je suis sûre que ça file des cauchemars, le fait que si vous êtes agressée par deux hommes votre réaction naturelle est d'essayer de repousser celui qui est devant, mais de la sorte la fille *perdra toujours*, le fait qu'une fille perd toujours dans un concours de force entre une fille et deux hommes, une fille et deux hommes, fille unique, le fait que ça ne me plaît pas du tout, Christophe Colomb, Columbus, columbariums, mausolée de McKinley, le fait que j'hyperventile rien qu'en *pensant* qu'un truc pareil puisse arriver à Stace, le fait que la procédure idoine, pour une fille qui se fait *agresser par deux types*, un devant, un derrière, c'est de s'en prendre d'abord au type qui est *derrière*, mais je suis incapable de me rappeler comment on s'y prend, le fait que je devrais peut-être étudier ce livre moi aussi, afin d'aider Stacy à maîtriser tous les gestes et toutes les stratégies, le fait qu'on pourrait peut-être suivre des cours d'autodéfense ensemble, un nouvel outil pour renforcer les liens mère-fille, le fait que si ça se trouve les mères et les filles forment des alliances partout en Amérique en apprenant la bonne façon d'enfoncer des clés dans le nez d'un type, ou de le renverser en lui pinçant l'intérieur des cuisses, le fait qu'avant elles faisaient du tricot ensemble, les mères et les filles, pas les *cuisses*, le fait que si vous êtes agressée par une *femme*, d'un autre côté, « style tigresse », vous êtes censée lui boxer les oreilles, griffer ses clavicules, enfoncer le bout de vos doigts dans son cou, la frapper aux côtes, et lui enfoncer les doigts dans les yeux, oh mon Dieu, déguisement d'oiseau, courir autour de la cabane en battant des bras, le fait que le livre déconseille aux femmes de porter une arme à feu, parce que votre agresseur risque de vous la prendre et de s'en servir contre vous, le fait qu'ils ne recommandent pas d'avoir la moindre arme, le fait que je ne sais plus s'ils parlent de bombe lacrymo, le fait que je ne suis pas sûre qu'ils parlent du spray au poivre, ou du mace, le fait que je crois qu'on peut utiliser de la *laque pour cheveux* s'il le faut, peut-être *n'importe quel aérosol*, parfum, déodorant, insecticide, le désinfectant pour les mains du Dr Bonner, rafraîchisseur d'haleine, ce qu'on a sous la main, le fait qu'ils n'avaient peut-être *pas* de spray au poivre en 1970 quand le livre est sorti, le fait que le poivre en spray est illégal dans plein de pays, mais pas aux États-Unis, OC, le fait que Stacy devrait peut-être en avoir dans son sac, et aussi une de ces alarmes personnelles, le fait que tant pis pour le basket et les cours de tir à l'école, bon sang, le fait qu'ils devraient enseigner l'*autodéfense* à tout le monde à l'école, le fait que c'est un truc utile qu'ils pourraient faire pendant les cours de gym, harceleurs, blagueurs, mace, le fait que tous les écoliers de Cleveland ont été renvoyés chez eux l'autre jour à cause d'une fausse menace par email, le fait que toutes les écoles en ville ont fermé, le fait que le mauvais plaisant a dû jouir de son pouvoir, comme Chris Christie obligeant tous les bus scolaires à s'arrêter sur le pont, crise, christique, le fait que Leo a trouvé ça *criminel*, le fait qu'un pont a beau être solide, on ne s'y attarde pas, et on n'y laisse certainement pas des bus pleins d'enfants, le fait que c'est tenter le sort, Jésus de New Philadelphia, le fait que Stace s'est entraînée à l'autodéfense avec Ben, mais il en a eu assez de se faire pincer et malmener, *Walden*, Warren, Connecticut, le fait que je ne veux rien savoir sur ces jeunes types qui sont allés en Thaïlande pour violer des bébés et des gamins, chiffon, satin, satiné, Satan, soie sauvage, le fait que les bouddhistes aiment la soie sauvage parce qu'aucun ver à soie n'a dû mourir, sans cruauté, sans additif, sans aspirine, sans caféine, pays sans entraves, Splenda, le fait que la soie *sauvage* manque de lustre mais aucun ver ne meurt, parce qu'ils prennent juste les *cocons* vides après que les papillons les ont abandonnés, et tissent ensemble les fibres brisées pour faire une sorte de soie grossière, étranglement, coup de genou dans l'entrejambe, balayette avec le pied, le fait que Leo ne savait trop quoi penser au début de mon chapeau en velours mais maintenant il dit qu'il l'aime bien, le fait que la façon dont on fabrique le velours est incroyable, le fait que ça implique de tisser deux couches, puis de les détacher, le fait que le velours est créé par torsion, et la veloutine par la trame, et le velours rasé est encore autre chose, le fait que la veloutine est faite en général avec du coton, mais d'autres velours utilisent la rayonne, le lin, le raphia, la soie, le fait qu'il existe la panne de velours, le velours martelé, le velours vidé, le velours poil-sur-poil, le velours estampé, le velours embossé, « Pourquoi a-t-on besoin d'autant de velours ? », ciselé, nacré, dévoré, bouclé, Leo, Lyon, le fait que le Lyon a un poil plus raide et sert souvent à faire des chapeaux, le fait que mon chapeau est peut-être en ça, guède, issu de, coraux qui meurent, diamants, nuages, le fait qu'une femme de ménage philippine a été violée en Arabie saoudite et qu'elle est tombée enceinte, alors ils l'ont arrêtée pour *rapport sexuel hors mariage*, le fait que les flics se servent de leur taser contre des femmes enceintes en Amérique, ce qui peut déclencher une fausse couche et certains bébés naissent prématurément et certains font des crises, non mais franchement, le fait qu'ils se sont mis à utiliser leur taser sur les gens avant d'en connaître les effets, le fait qu'ils se livrent parfois à des *fouilles au corps* sur le bord de la route, en public, le fait qu'ils frappent parfois des jeunes Noires, le fait que les flics *frappent des filles* pour les maîtriser, le fait que ce n'est pas très courtois, techniques d'autodéfense, le fait que les soldats frappent toujours les femmes, le fait qu'on doit leur *apprendre* à le faire, « L'entraînement d'aujourd'hui consistera à savoir frapper une manifestante », le fait qu'une femme dont la fille a été tuée pensait que le mari de sa fille devait y être pour quelque chose, parce qu'il avait tué sa *précédente* épouse de la même façon, mais la police n'a pas voulu l'*écouter*, le fait qu'elle a dû faire une *crise cardiaque* pour que la police l'écoute, Toutankhamon, le fait que ça a pris dix ans, le fait qu'il est maintenant en prison, je crois, mais ça a pris des lustres, lustrer, se faire mousser, poules, Vikings, Wisigoths, L'Énigme Du Siècle Enfin Résolue, amanite tue-mouches, le fait que les comètes sont composées de roches et subissent des *tempêtes de neige*, le fait qu'on n'imagine pas ce genre de phénomène sur des comètes, le fait qu'elles semblent trop occupées à filer dans l'espace, le fait que je crois que nous aussi nous filons dans l'espace, le fait que Pluton a une atmosphère, et des marées, alors est-ce que ça veut dire qu'il y a de la brume parfois, masse planétoïde, roulés à la cannelle, le fait que je ne veux pas être déterrée comme une momie égyptienne après ma mort, et exhibée dans un musée, le fait que tout était tellement mieux réalisé autrefois, pas les momies, les vêtements, tout ça, et qu'il n'y avait pas toutes ces tueries et ces horribles bombes, le fait que de temps en temps un père entrait dans une école et abattait le prof qui avait frotté les oreilles de son gamin la veille, bento, mais personne ne se pointait avec une mitraillette, hara-kiri, kamikaze, seppuku, le fait que peut-être que le *seul* bon côté de la vie maintenant c'est qu'on peut voir des gros plans de Pluton et de Mars et des comètes et de la Lune, devant et derrière, et Jupiter et Saturne, toutes ces photos de nébuleuses multicolores, et des micrographes d'œufs de tardigrade, ours d'eau, porcelets de mousse, marcassins, le fait que les tardigrades continuent d'exister, même si je l'oublie parfois, le fait qu'ils ont même une vie amoureuse, ce qui n'est pas facile à imaginer, mais pourquoi pas, le fait que les tardigrades ont droit à une vie amoureuse au même titre que moi, le fait que je me demande comment un *tardigrade* se défend contre des chevelus et des barbus des années 70, Lone Ranger, danger étranger, hydrangea, le fait que ma libido est revenue, mais m'a quittée de nouveau, pâte brisée, le fait que c'est dingue que j'arrive à me concentrer, avec le *bruit* que font ces enfants, le fait que je me demande parfois comment fait une abeille pour supporter son propre bourdonnement, le fait ça me rendrait folle, le fait que ça me rend dingue quand il y a juste une petite abeille ou une mouche dans la maison, et encore c'est de loin, le fait que ça doit être pire quand c'est *vous* l'abeille, le fait que je ne sais pas comment font les abeilles pour supporter également *notre* bruit, tous ces chantiers et ces voitures et ces avions et ces autoroutes en folie et tous les cris et hurlements et viols et tabassages, et tous nos cris et nos rires, et les trompettes et les sifflets, sans parler du raffut que font nos poules tous les matins, le fait que rien que le bruit d'une de ces batteries de poules, ainsi que l'odeur, le fait que ça doit être dur pour une abeille de passer devant un truc pareil, mais certaines abeilles doivent bien passer par là de temps en temps, sauf si la puanteur les tient à distance, le fait que les éleveurs de poules en batterie versent du fumier et de l'engrais liquide directement dans le ruisseau, poissons morts, le fait que même le bruit de la chasse d'eau me semble parfois assourdissant, le fait que n'importe quel bruit est amplifié dans cette maison de papier, le fait que la plupart des maisons par ici sont juste des boîtes surchauffées en colle et contreplaqué, avec quelques faux piliers coloniaux devant, prétentieux, le fait que je pense qu'on devrait peindre un jour notre maison en blanc, le fait que je trouve que le bois sombre n'est pas très accueillant, mais quand est-ce qu'on aura l'argent pour faire peindre la maison, le fait que c'est dingue qu'on arrive à passer l'hiver dans ces maisons, festival de glace chinois, travailleurs chinois rampant sur la route parce qu'ils n'ont pas pu tenir les délais de production, le fait que nos maisons sont si frêles qu'on devrait se sentir plus en contact avec la *nature*, mais personne ne se sent en contact avec la nature, le fait que les Japonais sont censés être en contact avec la nature, dans leurs maisons de papier, Frank Lloyd Wright, le fait que nos *poules* sont en contact avec la nature, mais pas nous, le fait que Ben dit qu'il envie les animaux pour leur « style de vie pique-nique », le fait qu'au début j'ai cru qu'il avait dit « piquant », piquillos, paprika, chorizo, patatas riojanas, Birrieria Zaragoza, le fait que je lui ai rappelé qu'il n'avait jamais trop aimé les pique-niques, à la différence de Gillian, le fait que je crois que sa phobie des abeilles est passée, le fait qu'il n'en est rien, ça lui gâche son plaisir pendant les pique-niques, le fait que Gillian veut vraiment participer à la Course de boue indienne cet été, le fait que je n'aime pas cette appellation de « Course de boue indienne », le fait que je trouve ça un peu irrespectueux, mais qu'est-ce que j'en sais, le fait que c'est peut-être juste que je n'ai pas envie de voir une bande de pro-guns bedonnant se remuer dans une course d'obstacles, le fait qu'ils devraient porter des arcs et des flèches au moins, pour la journée, au lieu de leurs armes, avec des flèches qu'ils auraient fabriquées eux-mêmes, le fait qu'ils devraient avoir à installer un wigwam et sculpter un totem, tipi, mais je suppose que ça ne serait pas une course de boue, le fait que ça ne m'enchante pas que Gillian coure et s'éclabousse en traversant des ruisseaux boueux pleins de sangsues et qu'elle s'écorche les tibias sur des ronces, le fait que je pense que c'est pour des enfants plus âgés, chute de vélo, Coca, ampoules, pancakes, éclats de verre dans mon pied, Ackerman Park, Yosemite, le fait que je viens de songer que *nos enfants* seront peut-être un jour pro-gun, le fait que c'est possible, le fait qu'ils vivent dans l'Ohio après tout, le fait qu'on ne sait jamais comment vont tourner vos enfants, le fait que les gens prennent un *gros risque* en ayant des enfants, le fait que les parents des psychopathes sont toujours sincèrement étonnés, qu'importe ce qu'a trafiqué leur pourriture de fils toute sa vie, combien d'animaux il a éviscérés, ou combien d'années il est resté terré dans sa chambre dans le noir avec un stock d'armes, à étudier des plans d'école, plans B, et à s'énerver contre les filles ou le Gouvernement, ordinateur, tireur, Krispy Kreme, Dunkin' Donuts, Isadora Duncan, « Vous êtes mauvaise ? », incel, le fait que la plupart des parents s'attendent à ce que leur enfant soit plus ou moins ce qu'ils *veulent* qu'il soit, ce qui est une idée plutôt folle, micmac, mimique, anémique, épidémique, épicé, le fait qu'une fois que le môme a craqué et a abattu deux douzaines de personnes dans le dos, et lui dans la foulée, les parents disent qu'ils ignoraient qu'il était capable de faire du mal, ordinateur, tueur, le fait que je crois qu'ils sont en situation de déni, posture défensive, clés, pomme d'Adam, coup sec, pattes d'éph, le fait que chaque fois que je vois des gosses qui ne disent ni merci ni s'il vous plaît je me demande s'ils vont devenir des meurtriers de masse, le fait que c'est une horrible habitude, le fait que les parents qui ont trop peur de dire à leurs enfants de faire ce qui est bien ne devraient pas être parents, le fait qu'en réalité j'ai peur de dire à mes enfants ce qu'il faut faire, le fait que je suis nulle en discipline, le fait que je ne leur fais même jamais écrire de lettres de remerciements, le fait que je n'aurais jamais dû être mère non plus, oh ça non, hosannah, crustacés, cétacés, citation, station de croix, le fait que si j'étais un animal je flanquerais un coup de patte à mes petits, grognerais un peu, et ils fileraient vite doux, le fait qu'on ne tergiverse pas dans le monde animal, le fait que Ben aimait donner un coup de tête aux hommes quand il était petit, mais Jake n'a jamais fait ça, le fait que s'ils avaient le choix Jake et Ben ne bougeraient sans doute pas de la journée, et joueraient tranquillement à la Gameboy, le fait qu'heureusement ils n'ont pas l'air de vouloir éviscérer ou détruire qui que ce soit, pour autant que je sache, le fait qu'ils ne sont pas particulièrement exubérants, le fait que si des filles les frappent à l'école ils ne rendent pas les coups, le fait que c'est Gillian qui les pousse à courir dans la boue, le fait que notre plus gros effort pour sortir c'est la fois où on a voulu récolter la sève de nos érables, comme des pionniers de l'Ohio, le fait que Zadok Cramer le recommandait fortement, le fait que où est passé ce livre, le fait que ce n'est pas mon truc, je ne crois pas, parce que j'ai de la peine pour les arbres, le fait que c'est comme si j'essayais de les manger vivants, le fait que ça me met mal à l'aise, mais je devrais peut-être refaire une tentative, parce qu'on ferait des économies de sucre, sevrer un arbre, sève d'érable, boutons-d'or, gueules-de-loup, Maman, paillis, bouillie, le fait que ça m'a brisée, le fait que je suis brisée, le fait qu'on a récolté très peu de sirop, pas de quoi le faire bouillir, le fait que je pense que je vais en rester à l'élevage de poules, le fait que c'est horrible, ce qui s'est passé chez cet éleveur, le fait que la pire chose qui puisse arriver à ce genre d'endroit c'est une tornade, et ils en ont essuyé deux, le fait que ça remonte à 2000, avant que j'emménage ici, sans quoi j'aurais essayé de les aider, le fait qu'on aurait pu prendre chez nous quelques poules, le fait que je me demande si c'est dur de rebâtir un hangar à poules, le fait que les enfants pourraient leur donner des écorces de pastèque, le fait que je tire un plaisir innocent à regarder mes enfants faire presque tout, même quand Jake donne des coups à une madeleine par terre avec mon rouleau à pâtisserie en bois préféré, comme maintenant, le fait que j'étais au téléphone avec Leo et que je lui racontais toutes les choses que je devais faire aujourd'hui et Jake a ajouté enthousiaste « Et tu dois mi-jointer le piano ! », mystère, le fait que le nom change tout le temps, pas ce qu'ils font, je ne crois pas, je veux parler du poulailler industriel, le fait que le type qui a monté cette affaire avait déjà été inculpé pour cruauté envers les animaux en Allemagne et interdit de travailler dans l'élevage là-bas, alors il est venu ici, et personne ne l'a empêché d'avoir des animaux, le fait que Hugh Hefner dit qu'il aime les animaux, et la preuve c'est qu'il a un zoo plein de flamants roses et de singes et quelques tortues, pas de lapins, captivité, calebasse, le fait que j'ai vu les photos de ces pauvres poules, après les tornades, des millions et des millions de poules blanches, entassées dans des poulaillers à trois niveaux qui ressemblaient à Auschwitz, le fait qu'il y en avait des milliers sur chaque niveau, et il y avait *soixante-quatre* bâtiments de ce genre et chacun contenait 85 000 poules pondeuses, le fait que traiter les animaux de ferme comme ça paraît bien *ingrat*, L'Amérique Reconnaissante, ainsi que cruel et insalubre, le fait que c'est de l'arrogance, le fait que les poules renoncent de plein gré à leurs œufs, ou disons de bonne grâce, et en retour je pense qu'on ne devrait pas les torturer, le fait que ça ne semble pas juste, et ça n'a même pas de sens, le fait que c'est, en gros, de la cruauté purement gratuite, « Vous êtes mauvaise ? », le fait que l'élevage industriel provoque des tas de morts et de maladies et de gâchis, et comment être en bonne santé si on mange des animaux malades, le fait qu'après les tornades cet endroit ressemblait à un de mes gâteaux d'anniversaire ratés, le fait qu'il y avait des millions de poules mortes ou blessées prises entre les étages effondrés, le fait que la moitié des volailles ont été écrabouillées, mais toutes ne sont pas mortes, le fait que des millions de poules souffraient beaucoup et que la seule solution qu'a trouvée l'éleveur ça a été de tout brûler, mais finalement ils ne l'ont pas fait, et ils les ont juste laissées coincées dans les étages à agoniser et se donner des coups de bec entre elles jusqu'à ce qu'elles meurent toutes de soif et de faim et de leurs blessures, Indemnités, le fait que c'était vraiment horrible, plus que criminel, le fait que les poules peuvent survivre quelques semaines sans eau ni nourriture, ce qui fait que des tas d'entre elles, des millions, ont agonisé pendant longtemps, le fait que des gens charitables en ont emporté environ un millier pour les recaser dans des refuges, mais elles étaient trop nombreuses, les mortes comme les vivantes, le fait que c'est arrivé près de chez nous, le fait que je crois que l'état d'urgence aurait dû être déclaré, mais à quoi bon, « Juste des poules », le fait que je trouve ce genre d'élevage criminel, le fait que je ferais mieux de penser à autre chose, comme au New Philadelphia Chalk Art Festival, ou à Good & Plenty, le fait que je n'aime pas la réglisse, j'aime juste l'aspect des Good & Plenty, même si parfois on dirait des *microbes*, si on s'y prend mal, ce qui n'est pas très ragoûtant, goutte, couche, Goshen, New Philadelphia, le fait que la puanteur qui montait de ce poulailler était déjà scandaleuse bien avant les tornades, des milliards de poules, le fait que l'idée même d'entasser autant d'animaux est révoltante, révoltante, le fait que c'est vraiment malsain, cent dix milliards de poules, des zillions, trillions, trillium, Goldfinger, l'oie qui a pondu un œuf en or, le fait que le trillium est la fleur de l'État, frillium, brillium, fritillaire, il était grilheure et les slictueux toves, trivium, trivial, le fait que l'Ohio ressemble à un pétale de trillium suspendu au lac Érié, le fait que ce poulailler industriel recourait au travail forcé, sans-papiers, mineurs guatémaltèques, enfants esclaves, esclaves enfants, le fait que j'ai envie d'aller là-bas pour leur dire ma façon de penser, leur parler en tant que mère et éleveuse, mais bien sûr je ne le ferai jamais, le fait que je ne dois pas être dans mon assiette, pour m'énerver comme ça à propos d'un truc qui remonte à des années, patauger dans la boue, auge, jus de raisin Welch, le fait que j'ai rêvé d'un jardin aquatique secret dissimulé derrière des immeubles, le fait qu'il y faisait frais, avec du lierre et des grands arbres, et du cresson peut-être ou quelque chose de vert foncé et mou sur lequel il était agréable de marcher pieds nus, et le fait qu'ensuite j'ai rêvé que j'étais avec une grande famille dans un gros bus People Mover, et à l'arrière avec moi il y avait cet ado qui disait qu'il avait la grippe, ce qui m'inquiétait même s'il n'avait pas l'air grippé, le fait qu'on rêve de toutes ces choses, et ensuite on les oublie pour la plupart entre le sommeil et le réveil, Playboy Bunnies, Hooters, Costco, Chuck E. Cheese's, le fait qu'Emily Dickinson ne savait pas lire l'heure, aspirine, cardamome, le fait que Ben a dit qu'une vieille dame est décédée à Newcomerstown la semaine dernière et quand la famille est venue pour ranger sa maison ils ont trouvé douze millions de tubes de margarine en plastique dans le grenier, tous recouverts de toiles d'araignée, le fait que je me demande pourquoi les araignées aimaient autant ces tubes de margarine, le fait que je suppose qu'il devait y avoir pas mal de mouches qui bourdonnaient autour, du moins autour des nouvelles pièces de la collection, et la colonie d'araignées a travaillé sur cette base, mouche domestique, mouche verte, mouche à grappes, dégroupement, groupe de cancéreux, le fait que la bonne nouvelle c'est qu'elle a gardé ces tubes tellement longtemps que maintenant on peut les *recycler*, ce qui n'aurait sans doute pas été possible quand elle a commencé à les accumuler, le fait que je pense qu'on devrait la décorer à titre posthume, pour avoir évité à autant de plastique de finir enfoui sous terre, ou dans l'océan, le fait que « posthume » est un mot qui fait un peu peur, le fait que ça fait penser à exhumer, exubérant, exhumation exubérante, extruder, ex-mari, humeurs, humus, houmous, halloumi, le fait que ce qui fait peur aussi là-dedans c'est qu'elle ait *mangé* autant de *margarine*, le fait que j'espère qu'elle la mangeait avec des biscuits salés, le fait qu'on est plutôt beurre dans la famille, le fait que je suis du côté de Julia Child sur ce coup-là, le fait que je me demande quel âge avait cette vieille dame quand elle est décédée, la vieille dame aux tubes, pas Julia Child, vieille dame, le fait que je dois essayer de ne plus penser à ces « couches » de toiles d'araignée, le fait que Ben dit qu'elles étaient vraiment très épaisses, et que tout l'endroit grouillait d'araignées, maison hantée, le fait qu'on a besoin des araignées, je sais, mais peut-être pas autant, le fait que la plupart des maisons ont au moins dix sortes d'araignées différentes, araignées-crabes et autres espèces, le fait que, d'après Ben, on est toujours à moins d'un mètre vingt d'une araignée, le fait qu'avant de s'occuper de ces tubes ils pourraient mettre dans le grenier un animal qui aime les araignées, par exemple un oiseau ou je ne sais quoi, ou un raton-laveur, ♫ *Une vieille dame avala un jour une mouche* ♫, le fait que je parie qu'il va avoir la phobie des mouches maintenant, Ben, pas le raton-laveur, le fait que j'ai vu une vidéo sur YouTube où une mangouste hurlait après un groupe de lions dans les plaines d'Afrique, pour les éloigner de sa tanière souterraine, le fait que c'était une mangouste courageuse, le fait que les mangoustes ont une longue queue, le fait que les lions avaient l'air perplexes, le fait qu'ils ont l'habitude de faire la loi, ♫ *Une vieille dame vivait dans un chausson, Et avait plus d'enfants que de raison* ♫, le fait que quand j'entends « La Mère l'Oye » j'entends « l'amère loi », le fait qu'elle me fait penser à *moi*, plus d'enfants que de raison, le fait que je crois qu'il y a plus d'insectes en été dans la maison, parce que les chats éloignent les oiseaux, alors c'est le paradis des insectes ici, le fait qu'on a besoin de plus d'araignées, et d'un nichoir à martinets, pour s'occuper des insectes, le fait que les poules s'en occupent aussi un peu, mais elles ne peuvent manger que les insectes qui rampent, le fait que certaines de nos poules sont des vieilles dames maintenant, le fait que j'ai rêvé que Mamie était plus drôle que je ne croyais, et très douée à l'ordinateur, le fait qu'elle conduisait également un chariot tiré par des chevaux pour les petits trajets, lilium, trillium, gazillium, le fait que Dorothy

Parker disait que les palmiers étaient la plante la plus laide jamais inventée, mais elle n'avait sûrement jamais vu de vipérine des Canaries, ni de *lilium puantium*, le fait que ça ne s'appelle pas comme ça, le fait que ça s'appelle un *amorphophallus titanium*, même si ça sonne encore moins bien, le fait que quand il y a eu la grandiose inauguration de ce truc à Ohio State on a été très déçus, parce que ça puait à peine, le fait que c'était assez beau, vu d'en *dessous*, côté imposant, énormité, mais on a essayé de sentir une horrible odeur et il ne s'est rien passé, le fait que la puanteur est censée attirer les mouches et les halictidés, un peu comme un gros tas de tubes de margarine, le fait que j'ignore ce qu'est un halictidé et que je n'ai pas envie de le savoir, défier la gravité, ne plus bouger, le fait que l'émission télé sur les plantes de David Attenborough avait un arum titan, ce qui est la même chose, je crois, qu'un *amorphophallus lilium*, le fait que j'aime bien ce David Attenborough, parce qu'il va à la télé tout décoiffé, et patauge dans les mangroves malgré les sangsues, Nellie Oleson, et il ne fait jamais de mal aux plantes, sauf une fois peut-être, mais de façon bénigne, quand il a obligé une petite plante du désert à fleurir en versant de l'eau dessus, mais ce n'était pas méchant, le fait que faire fleurir prématurément cette plante ne paraît pas bien méchant, le fait que je suis sûre que c'était égal à la plante, le fait qu'elle a sans doute apprécié cette petite averse privée, le fait que c'est moins grave, je trouve, que de tirer sur les gens avec une mitraillette, le fait que David Attenborough semble vraiment se soucier des plantes et des animaux, et qu'on a l'impression d'être avec lui, le fait qu'Obama a consulté David Attenborough sur le changement climatique, Flint, Bo sur la pelouse de la Maison-Blanche, le potager de Michelle, Malia, Melania, Stacy, le fait que Michelle est vraiment grande, le fait qu'elle mesure environ un mètre quatre-vingts, le fait que je me demande ce qui va arriver au potager de la Maison-Blanche maintenant, le fait que les Trump l'ont probablement piétiné, exprès, ou transformé en terrain de golf, le fait que Melania n'a pas l'air du genre à aimer sortir, le fait que je ne la vois pas avec une truelle en train de déterrer des patates, sauf si c'est une punition inventée par Trump, arum titan, tyran, le fait que Leo ne supporte pas David Attenborough et son émission sur les plantes, et ne comprend pas pourquoi j'ai acheté les DVD, mais ils étaient d'occasion, et ils m'ont fait du bien quand j'étais malade, le fait qu'il est possible qu'il déteste encore plus Richard Attenborough que David Attenborough et son émission sur les plantes, le fait que j'ignore pourquoi exactement, peut-être à cause de *Gandhi*, le fait qu'il dit que Richard Attenborough est un crétin et que David Attenborough ne sait pas de quoi il parle, le fait que Leo trouve que David Attenborough n'y connaît rien en plantes, le fait qu'il fait juste ce que lui dit de faire la BBC, le fait que Leo pense que David Attenborough est capable de parler des plantes ou des mammifères ou des insectes ou des oiseaux ou des tornades et de n'importe quoi, du moment qu'on lui dit de le faire, et qu'il ne fait ça que pour l'argent, le fait que Leo méprise violemment David Attenborough, l'émission de David Attenborough, l'apparence de David Attenborough, l'ignorance de David Attenborough, les manières de David Attenborough, les cheveux de David Attenborough, la voix de David Attenborough, qui est doublé, dit Leo, l'hypocrisie de David Attenborough, l'accent anglais de David Attenborough, et à peu près tout chez David Attenborough, le fait que c'en est presque arrivé au stade où j'essaie de ne jamais parler de David Attenborough à Leo, ou de son émission sur les plantes, ou même de plantes, au cas où ça l'énerve, le fait que Leo a jeté tous nos radis et le céleri l'autre jour, qui étaient dans le frigo, et ça m'a agacée, parce qu'ils étaient encore bons, même si la date était passée, Bettina, Moira, cette étudiante de Peolia qui m'a aidée quand je suis tombée, le fait que je dois maintenant regarder l'émission de David Attenborough quasiment en douce, et à cause de ça je ne l'ai pas regardée depuis longtemps, le fait que je la trouve rassurante, je ne sais pas pourquoi, le fait que des tas de gens se mettent à la botanique sur le tard, ou aux bonsaïs, le fait que les plantes ne bougent pas trop, sauf si on accélère le film, du coup c'est en général très reposant à regarder, comme peut l'être parfois le golf, quand on est obligé de le regarder, phallus amorphe, le fait que les bananes sont issues d'un bulbe, et qu'elles sont radioactives, juste un peu, le fait que Leo dit que c'est à cause du potassium, marmottes, mangoustes, anorexie, tourbillons de poussière, amarantes, le fait que les scientifiques mesurent parfois la radioactivité par rapport à la quantité de radiations qu'on trouve dans une banane, genre radioactif de type une banane, de type deux bananes, le fait que ça ne me paraît pas très précis, parce que les bananes ne sont pas toutes de la même taille, mais qu'est-ce que j'en sais, *Je ne sais pas mais eux si*, le fait qu'ils appellent ça la BED, Banane Equivalent Dose, le fait que ça devrait plutôt être Banane Extrêmement Dangereuse, ou Banane À Éviter Dare-Dare, JC Penney, Jo-Ann Craft Shop, glisser sur une peau de banane, « Caméra cachée », mes enfants qui mangent du cake à la banane, organes, tissus, le fait que ERN veut dire Élément radioactif naturel, et que ERNTA est un ERN technologiquement amélioré, le fait qu'il y a du potassium et du radium dans les noix du Brésil, et dans le tabac on trouve du thorium, du polonium et de l'uranium, ingestion, inhalation, DAC, ALI, plateaux Cal-Dak, petit intestin, grand intestin supérieur, grand intestin inférieur, REM, rémission, sommeil paradoxal, le fait que ça serait dangereux d'approcher la banane géante dans *Woody et les Robots*, le fait qu'on serait mieux dans l'Orgasmatron, branche de céleri géante, littérature, LIT, le fait que LIT est un mot qui me parle en cet instant, oreillers, chant d'oiseau, le fait que j'aimerais retourner dans ce jardin aquatique secret, le fait que j'aimerais qu'on puisse retourner dans les rêves qu'on aime, comme dans les rêves éveillés, quand on est à moitié réveillé et à moitié endormi, mais je ne crois pas que ça soit possible, le fait que des tas de gens *meurent* dans leur lit, le fait que le lit est peut-être l'endroit le plus dangereux qui soit, le fait que quand je faisais la queue à l'épicerie de Gnadenhutten ce type derrière moi a traité la cliente à la caisse de « co— » juste parce qu'elle était un peu lente à son goût, le fait que j'ai trouvé ça très déplacé, mais je n'ai rien dit, le fait qu'on ne sait jamais si ces types vont sortir une arme, et de toute façon, il y a pire comme types dans l'Ohio, le fait que des flics traitent les Noires de « n— » et les frappent au ventre, le fait que où est passée la notion de bienséance, galanterie, « Les hommes sont de drôles d'oiseaux », le fait que qui a dit ça, le fait que quelqu'un a dit un jour « Si un homme vous embête, frappez-le à la cheville », le fait que c'est sans doute mentionné dans le manuel d'autodéfense, coup de batte, ballon de foot, essai, point, ligne de défense, mi-temps, le fait que je crois qu'ils voulaient dire si un type essaie de vous draguer dans un *bar* ou je ne sais où, sauf si c'est un flic et qu'il vous frappe au ventre, le fait que c'est le même jour où je livrais mes gâteaux au restau de New Philadelphia, et ce gérant, Mark, m'a accusée d'avoir modifié ma recette de moelleux au citron et a dit qu'il les préférait *avant*, le fait que je ne me suis jamais sentie aussi insultée, le fait que je suis partie quasi en pleurs, le fait que j'étais tellement furieuse qu'il n'aime plus mes moelleux au citron, honte, antique, le fait que c'était plus fort que moi, le fait que ma recette m'a déçue et que j'ai *dû* en changer, le désastre du moelleux au citron, le fait qu'on ne peut pas contenter tout le monde, ligne de touche, le fait que je crois que je prends mal les critiques, le fait que j'ai toujours eu peur des critiques de Maman et Papa, le fait que Papa pouvait vraiment s'énerver parfois, le fait que c'était plus difficile d'énerver Maman, le fait qu'elle n'a presque jamais été sévère avec moi, mais quand elle l'*était*, bon sang, c'était quelque chose, comme la fois avec l'édulcorant artificiel, devant Abby, Salem, Mass., asperge, aspirine, guimauve, chardon-marie, Sarah Orne Jewett, sorcières, le fait que les fleurs de guimauve ressemblent un peu aux guimauves sucrées, avec cette nuance rose pâle, crayon rose pâle, crayon bleu pâle, le fait que je crois que c'est assez facile de me sidérer, brûler les sorcières au bûcher, ASS, Mass., ERN, le fait qu'on n'a jamais eu la même opinion là-dessus, sur les édulcorants, pas sur les sorcières de Salem, le fait que l'aspartame vous donne le cancer, mais que le sucre est un dépresseur, donc les deux sont mauvais pour la santé, le fait que je ne crois pas que Maman pensait à ça, le fait qu'elle trouvait juste que j'étais idiote, ce qui était vexant, sextant, texan, accent, accent anglais, David Attenborough, dionée attrape-mouches, rire au nez, Pepito, cent un dalmatiens, cent cinquante milliards de poules par an, le fait que, d'après Oprah, on a besoin de *soutien* face aux critiques, et j'en trouve auprès de Leo, du soutien je veux dire, pas des critiques, mais quand je pense à ce type, Mark, décor beige, banquettes rouges, qui critiquait mes nouveaux moelleux au citron parfaitement réussis, Un Homme Tire Sur La Foule, le fait que Leo n'était pas là, alors j'ai craqué, et quand je suis arrivée à ma voiture j'ai commencé à repenser toute ma méthode, le fait que si je revenais à ma recette précédente pour les moelleux au citron, juste pour ceux que je vends à *Mark*, j'allais faire deux sortes de moelleux au citron en permanence, un pour lui et un pour tous les autres, et ça serait perturbant, et peut-être un peu agaçant, le fait que, me connaissant, je finirais sûrement par apporter le mauvais moelleux à Mark, le fait que, maintenant que j'y pense, peut-être que son commentaire était censé être un *compliment*, le fait qu'il louait peut-être mes anciens moelleux au citron, qui d'après moi étaient une cata mais étaient en fait très bien, le fait qu'il a dit ça avec un peu d'agressivité, le fait que, résultat, j'ai intériorisé quelque chose de négatif au sujet de mes moelleux et c'est ça qui est resté, le fait que les trucs négatifs restent beaucoup plus que les trucs positifs, pour une raison que j'ignore, et ça m'a dégoûtée de faire des moelleux au citron, que ça soit l'ancienne *ou* la nouvelle recette, le fait que les trucs négatifs *écœurent*, comme le beurre de cacahuète ou la fanouropita, le fait que peut-être qu'une fanouropita au beurre de cacahuète ferait l'affaire, le fait que peut-être que Mark aimerait ça, le fait qu'il n'aurait pas besoin de savoir pourquoi je l'ai fait, un gâteau bourré d'énergie négative, et au moins ça le calmerait un moment, parce que le palais de sa bouche serait complètement obstrué, le fait que d'où peut venir toute cette *agressivité*, mon Dieu, le fait qu'à moins d'être optimiste, et immunisé contre la critique, on est une cible facile dès qu'on vous fait une remarque désagréable, le fait qu'Oprah dit toujours qu'il ne faut pas trop intérioriser les choses, ou ça n'en *finit* jamais, je ne sais pas trop pourquoi, le fait qu'elle veut que tout le monde expulse cette chose mauvaise et qu'on se referme alors comme un sous-marin étanche, sphincter, parce que sinon la chose intériorisée vous dévore de l'intérieur, dose de radiation ingérée, le fait qu'avec elle intérioriser paraît pire que se mettre en colère, voire médicalement imprudent, le fait que ça semble carrément *non américain* d'intérioriser les choses, ♫ *Pensez positif !* ♫, Trésor public, mais je pense qu'il est quasi impossible de vivre sans intérioriser *certaines* choses, bric-à-brac, orties, orteils, téméraires, Charles le Téméraire, marmelade, le fait qu'Oprah ne conseille jamais de simplement *oublier*, ce qui est *ma* méthode, et qui est parfois très efficace, le fait que ça ne marche pas toujours, comme avec Mark auquel je viens juste de penser, le fait que parfois des choses me reviennent, contre mon gré, le fait que parfois les gens voudraient que je me rappelle certaines choses que je préfère oublier, et j'ai envie de dire tu sais quoi, je suis plutôt étanche de ce côté-là, mon gars, alors laisse tomber, mais ça n'arrive jamais et on m'oblige à me rappeler certaines choses qui me rendent triste, ♫ *and the walls come a-tumbin', down* ♫, le fait que même s'ils pensent n'évoquer que des choses agréables, pas la mort de Maman et tout ça, le fait que ça peut quand même me faire penser à des choses désagréables, le fait qu'il vaut mieux juste vivre dans le présent, comme un requin, le fait que les requins ne se préoccupent pas du passé, le fait qu'ils ne se réunissent pas en permanence pour faire des séances nostalgiques, le fait qu'un requin doit continuer d'avancer, avancer, vivre dans l'instant, accepter le changement, le fait que les requins sont les plus gros *accepteurs* de changement au monde, récepteurs, et ils l'acceptent vite, le fait que dans mes rêves Maman est vivante, le fait que quand elle agonisait aux urgences j'ai posé ma main sur son bras et mon contact l'a ranimée, le fait que c'était comme si une décharge électrique descendait le long de mon bras pour se propager à sa main, et alors elle a remué et elle s'est *rétablie*, pendant quelques mois en tout cas, le fait que je n'étais pas là quand ça s'est reproduit, sinon j'aurais peut-être pu la sauver, brisé, pont fermé, trois niveaux, poules mortes, mourantes, mon Petit Oreiller, Pepito, le fait que c'est exactement le genre de chose que j'essaie d'oublier, parce que si je ne l'oublie pas je suis incapable de penser ou de faire ce que je dois faire, comme préparer un moelleux au citron, le fait que j'ai dû prendre sur moi ce matin pour farfouiller dans la vieille boîte à couture de Maman, mais au final ce n'était pas si dur, le fait que je l'avais rangée dans un coin depuis des années, parce que j'ai tellement peur de me rappeler, mais après j'ai été ravie quand j'ai retrouvé une vieille souris en céramique que Stacy avait faite, Pose De Yoga Très Peu Connue, le fait que j'ignore si j'avais plus peur des *souvenirs* dans la boîte à couture que de toutes les aiguilles entassées dedans, le fait que c'était une vraie pagaille, un gros hérisson de fil avec des aiguilles plantées dedans, pitons, Pittsburgh, le fait que les madeleines sont comme des petites cartes mémoires, mais quand vous mordez dedans ça résiste, le fait que j'en fais faire aux enfants, afin qu'ils aient de chouettes souvenirs de pâtisserie, le fait que j'ai plein de moules à madeleines pour que les enfants s'amusent avec pendant que je fais plusieurs fournées avec les autres moules, le fait que les enfants mettent du temps à remplir leurs moules et les mettre dans le four, le fait qu'ils mettent de la pâte partout, mais ce n'est pas grave, parce que je peux continuer de cuisiner pendant qu'ils versent, tergiversent, renversent, diamants, Rowe Bowl, Super Bowl, CTE, Omalu, chaussons aux pommes, le fait que certaines personnes n'aiment pas les introvertis, le fait que tout le monde est censé être extraverti de nos jours sinon on vous prend pour un psychopathe ou je ne sais quoi, compost, décomposition, le fait qu'une madeleine contient tellement de beurre que c'est plutôt un mini quatre-quarts, ou un seize-quarts, le fait qu'il faut utiliser du beurre doux et du sucre en poudre et une farine très fine, farineux, marina, « 00 », OC, OS, maïzena, sucre glace, le fait que les madeleines sont peut-être le deuxième meilleur gâteau au monde, le fait que le gâteau des anges est le meilleur, le fait que je ne sais pas pourquoi les gens s'embêtent encore avec les bundt cakes, sauf les mini, mini bundt cakes, pas mini *gens*, le fait que les bundt cakes ne sont pas assez *moelleux*, le fait que le gâteau rouge velours est moelleux, le fait que le gâteau rouge velours est censé être fait avec des betteraves mais je doute qu'on en trouve encore dans la plupart, gâteau au rutabaga, gâteau à la carotte, gâteau aux pommes de terre, le fait que les madeleines ont cette jolie forme de coquillage, et bon, elles ne sont pas aussi étonnantes que les *sfogliatelle*, mais elles ont quand même l'air chouettes, pas mignonnes, chouettes, suicide d'adolescent, le fait que les *sfogliatelle* sont en forme de palourde alors que les madeleines sont en forme de coquilles Saint-Jacques mais en plus allongé, le fait que Jake les appelle des vaisseaux spatiaux, Surmontez Votre Phobie Des Turbulences, paillettes, feutre, le fait que les cupcakes sont en forme de tasse parce que autrefois les gens les faisaient dans des tasses, pas dans des moules en silicone luxueux pour mini bundt cakes, mais les gens oublient ça, le fait que je ne l'ai découvert que récemment, volatile, volaille, le fait que la NFL engrange dix milliards de dollars par an, le fait que la seule fois où j'ai raté mes madeleines ce n'était pas ma faute, le fait que les poules ne pondaient pas très bien alors j'avais acheté des œufs dans un magasin, Alternatives Au Yoga, et ils étaient tous *pourris*, le fait que je ne m'en suis aperçue qu'après en avoir cassé deux dans le bol avec le sucre et le beurre fondu, quel gâchis, le fait que ces œufs étaient bizarres, les douze, quand je les ai examinés, le fait qu'ils étaient tous à jeter, certains mousseux, d'autres plus ou moins liquéfiés, avec des membranes qui flottaient, madeleine, Madeleine Carroll, Madeline, *Sœur Clavel ne put que verser des larmes dès qu'elle vit l'ampleur du drame*, Mr Memory, le fait que Robert Donat passe les menottes à Madeleine Carroll, ce qui est plutôt romantique, bref, le fait que Stacy dit « bref » tout le temps, le fait que les œufs ne sentaient pas si mauvais que ça mais quelque chose n'allait pas chez eux, le fait qu'ils devaient provenir de ce nouveau poulailler industriel, le fait que « en plein air » ne veut rien dire, massif de lierre, New Haven, pêches à la crème, Maman, le fait que certains magasins vendent des œufs vieux de six mois prétendument frais, le fait que, bref, j'ai dû jeter tout l'appareil, genre une fortune en beurre et en sucre, parce que je comptais faire environ soixante madeleines, certaines nappées de chocolat, d'autres non, *Quand te dépetitpotdebeurreriseras-tu*, Des Inconnus Plient Des Fleurs, puzzle en ligne d'une ferme amish, champs verts et dorés, nuages, lumière tamisée, *Je me dépetitpotdebeurreriserai*, DAPL, poupée amish sans traits, l'Ohio comme un pétale, le fait que je ne voulais pas garder cet appareil pourri, ni avoir des œufs pourris dans la maison qui contaminent tout, et je ne pouvais pas jeter le beurre fondu dans l'évier, alors j'ai tout versé dans des pots à café et je suis sortie par des vents de soixante kilomètres à l'heure, le fait que balancer des œufs pourris et plusieurs boîtes de beurre fondu dans une poubelle en pleine nuit, en pleine tempête de neige, ne s'est pas très bien passé, le fait que quand j'ai commencé à les vider le vent a emporté la pâte dans l'air et l'a rabattue contre mon visage, et sur mon nouveau manteau d'hiver, de grosses gouttes grasses, le fait que j'ai dû prendre un bain après, et le manteau a dû aller chez le teinturier, le fait qu'au final, entre le sucre, le beurre et les œufs gâchés, l'eau chaude et les frais de teinturier, l'incident a dû me coûter environ 40 ou 50 $, donc oui, c'était mémorable, le fait que j'aurais dû leur faire un procès, Mr Memory, Lilian Gish, et c'est exactement pour cette raison que cuisiner me rend aussi nerveuse, parce qu'on ne sait jamais si on ne va pas se planter dans les grandes largeurs, et gaspiller des tas d'ingrédients, ou de l'électricité, ou juste du temps, et se ridiculiser, le fait que je crois que me lancer dans la pâtisserie a fait de moi une boule de nerfs, aspartame, même si c'est mieux que de travailler dans un bureau, si tant est qu'il y ait encore des postes dans des bureaux par ici, ce dont je doute, le fait que je pourrais peut-être faire du secrétariat chez Kurz-Kasch, mais je crois qu'ils ont fermé, le fait que si j'étais *soudeuse* je trouverais peut-être du travail, autrement zéro chance, le fait qu'Alec Baldwin fait une bonne imitation de Trump sur SNL, mais ça sert à quoi, le fait que bien sûr je ne me suis jamais plainte au magasin où j'ai acheté ces œufs, le fait que ce n'est pas mon genre, des œufs vieux de six mois, des millions de poules dans une gigantesque batterie à plusieurs niveaux, camps de concentration, « Vous appelez ça vivre ? », *Witness*, nichoir, le fait qu'un éleveur de poules en batterie a dû dédommager tous ses voisins, à cause de l'odeur et des mouches et d'un problème de scarabées, le fait que les mouches mortes formaient une énorme couche sur le sol, le fait que je crois qu'ils ont fait venir des scarabées pour tuer les mouches, mais les scarabées sont devenus à leur tour un problème, ♫ *peut-être va-t-elle mourir* ♫, le fait que Ben va avoir la phobie des scarabées si je ne fais pas attention, et des punaises, le fait qu'il y a une épidémie de punaises en ce moment, le fait que ça leur a coûté 20 millions de dollars, le procès en responsabilité civile contre l'éleveur de poules, mais ils ont eu quand même le droit de balancer le fumier dans le cours d'eau, de tuer tous les poissons sur plus de vingt kilomètres en aval, ou est-ce que c'était cette ferme, où ils battaient les vaches, le fait qu'un agent de l'EPA est venu et a inspecté l'endroit et a dit que certains coups n'étaient *pas* graves, sauf si ça cassait les pattes des veaux, bundt, brute, palmiers, David Attenborough, le fait que ce gosse à Cincinnati hésitait à perpétrer un massacre à l'école, alors il a lancé une pièce, pile, face, retourner une tarte Tatin, le fait que si c'était face il opterait pour la tuerie, et si c'était pile il laisserait tomber, Soirée Hobby, le fait qu'il est rentré chez lui prendre les armes de son papa, et a trouvé deux pièces par terre, le fait que celle de vingt-cinq était côté face et il y avait un penny pas loin qui était côté pile, alors il a pris une autre pièce pour se décider, et cette pièce, la pièce qu'il a lancée lui-même, est tombée avec le côté face exposé, alors il est retourné à l'école et il a tiré sur quatre élèves et l'un d'eux est mort, le fait qu'il a tiré sur quatre personnes sans raison si ce n'est que la pièce était côté face, et il aurait sûrement abattu plus de gens si ses armes ne s'étaient pas enrayées, le fait que deux des élèves blessés ont repris maintenant les cours et qu'il y a partout des chiens de thérapie, le fait que j'ignore comment ils font pour reprendre les cours, le fait que tous les enfants de cette école doivent être *terrifiés*, mais ils ont l'air joyeux sur les photos, comme s'ils avaient surmonté l'épreuve et déjà oublié le gosse qui est mort, ou alors ils *essaient* d'oublier tout ça, mais comment fait-on pour surmonter un truc pareil qui s'est produit *sans raison*, juste une pièce qu'on lance, le fait que ce pauvre chien s'est fait tirer dessus par le voisin à Coshocton, le fait qu'il a juste couru jusque sur le terrain du voisin, et s'est fait tirer dessus, le fait que le chien a survécu mais maintenant il a *peur* tout le temps, le fait qu'avant c'était un bon chien de garde, le fait que maintenant il aboie tout le temps et préfère rester à l'étage dans la chambre, le fait qu'un gamin noir se trouvait près d'une voiture à une station-service en Caroline du Nord ou je ne sais où, le fait que de la musique sortait de la voiture et ça n'a pas plu à un Blanc qui a *abattu* le gamin, sans raison, juste à cause de la *musique*, et ce n'était même pas la voiture du gamin, *L'Impossible Monsieur Bébé*, le fait qu'il y a maintenant vingt menaces de tuerie à l'école par semaine, dans tout le pays, et des centaines ou des milliers de fausses alertes et fermetures, et un million de cours de tir, et maintenant certaines écoles ont des flics à dispo toute la journée, et certaines ont des détecteurs de métaux et je ne sais quoi, le fait que pas étonnant que Gillian veuille connaître le sens de la vie, le fait que tout ce pays a quasiment perdu la boule, le fait que je devrais peut-être aller me balader, les chaussures de Leo dans le couloir, David Attenborough, le fait que parfois je panique après avoir passé trop de temps seule à la maison à me dire qu'il va m'appeler, *Leo*, pas David Attenborough, pour m'annoncer qu'il en aime une autre et ne rentrera pas, mais jusqu'ici ça n'est pas arrivé, touchons du bois, le fait que j'ai peur qu'il se passe quelque chose, n'importe quoi, comme de trouver un œuf pourri ou qu'on disparaisse tous dans un holocauste nucléaire, tous réduits à des silhouettes de suie contre le mur, mais marcher fait du bien, le fait que quand les gosses sont trop excités je les emmène se balader, parfois, le fait qu'hier on est sortis et qu'il y avait beaucoup de vent, alors je leur ai dit d'imaginer qu'ils volaient, le fait qu'ils ont bien aimé, surtout Gillian, le fait que je lui ai dit de ne pas essayer depuis le porche, le fait qu'on ne fait pas dans le parkour ici, merci bien, grimpe, varape, extrême, Ben dévalant une colline dans son costume de pirate, le fait que Leo dit qu'un crétin a cassé le pouce d'un soldat chinois au Franklin Institute de Philadelphie, et que la Chine n'est pas contente, le fait que certaines personnes sont sans-gêne, le fait que je pense qu'on a perdu des points à cause de mes frais de santé, Kaiser, Chronos, Single Payer, le fait que tous ces frais médicaux vous donnent parfois l'impression que vous *achetez votre corps*, section par section, et vous ne pourrez entrer en possession de l'ensemble que si vous êtes vraiment vraiment riche, le fait que Stacy et Gillian ont inventé de nouveaux noms pour le rouge à lèvres, Pouce pourri, Prune talée, Sucre dur, et Escarbouillé, le fait que de nombreux enfants donnent le meilleur d'eux-mêmes chez eux le week-end, *pas* à l'école, mais qu'est-ce qu'on y peut, ma peinture de vaches, le dessin d'opossums de Phoebe, notre journal du quartier, pile ou face, tireur, rougeur, râleur, dragueur, sablé au beurre, pipeline Kinder Morgan, danser la matelote,

*

Les flaques préférées des corbeaux ont un goût sucré, un goût de terre. L'été, des peluches blanches s'envolent telle une tempête de neige, mais ce n'est pas de la neige. On peut les chasser pour s'amuser. Puis elles se déposent, et disparaissent. Tout finit par disparaître.

Elle leur apprenait à emprunter les sentes et les chemins de terre envahis par les herbes, plutôt que de se fier aux grandes entailles droites dans la terre, aux autoroutes qui attiraient toutes ces voitures et tous ces camions qui grondaient et couinaient et puaient. Des boules de métal filantes. Ces routes étaient lisses, mais recouvertes d'un goudron noir et collant qui cédait parfois sous la patte par grosse chaleur.

Évitez les hommes au visage découvert dans ces voitures. Guettez le bruit de leurs armes, ces bâtons métalliques qui tonnent et dévastent de loin.

Les hommes sont des animaux bruyants, imprévisibles et maladroits comparés aux ours : on ne sait jamais ce qu'ils vont faire. La plupart des gens qu'elle croisait étaient des mâles, même si elle était tombée un jour sur des femmes et des enfants qui cueillaient des baies, et parlaient doucement en tirant sur les branches et en détachant les fruits. Elle s'était éclipsée rapidement et elles ne surent jamais qu'elle avait été là. Il vaut mieux ne pas trop s'approcher des mères qui cherchent de la nourriture pour leurs petits.

Elle leur apprit que le vent est vivant, tout comme le soleil, les étoiles et la lune, et que de telles forces peuvent être exploitées : le soleil, pour aveugler votre proie ; la brise, pour couvrir votre odeur et le bruit de vos pas. Tenez-vous à contre-jour. Laissez les ombres masquer votre avancée. Restez sous le vent d'un chevreuil.

Les chevreuils aiment les éminences à découvert et le bord des plaines. Le jour, ils se cachent parmi les arbres ; lors des tempêtes, ils cherchent refuge derrière les collines battues par les vents.

Elle n'avait jamais pêché dans un lac, mais dans des rivières, souvent. De rapides foulées permettaient d'attraper un beau poisson à chair rose. Les poissons sont glissants. Tenez-les bien dans votre gueule pendant que vous avancez sur des pierres bancales. La douleur causée par une pierre acérée peut vous faire lâcher un poisson. Mangez le poisson, avec les arêtes, découpé avec les dents en quatre bouchées. Ne partagez jamais.

Il existe une grotte pleine d'ossements où les couguars ont toujours campé. Vous devez en connaître l'emplacement. Non loin, un rideau d'eau vous cachera pendant que vous guetterez le poisson qui bondit. N'ayez jamais peur des choses qui scintillent.

Respectez les ours, et les loups en meute (un loup solitaire n'est pas une menace). Les corbeaux, les buses et les coyotes vous suivront, mais seuls les intéressent les restes que vous laissez.

Tuer est irrésistible. Un jour, après avoir découvert une grande cabane en bois pleine de poules, elle les avait toutes tuées, jusqu'à la dernière, rendue folle par leurs battements d'ailes. Mais une telle densité est rare, une boîte en bois bourrée de proies captives.

Ce que vous voyez, prenez-le – si vous êtes assez rapide. Vous pouvez saisir un oiseau en plein vol et le manger. À la tombée du jour, une chauve-souris. Survivez. Prenez à la terre ce que vous voulez. Vivez. Ne laissez jamais la fatigue vous conduire au désespoir.

Ignorez les charognes.

Tous les couguars ne font qu'un. Vous n'êtes qu'un spécimen parmi d'autres. La famille des couguars est forte et immense, et outrepasse l'individu. Chaque couguar fait partie d'un continuum, il est dans le secret de ce qui arrive, en bien ou en mal, aux autres couguars. Vous affrontez vos épreuves seuls, mais vous êtes liés aux plaisirs, aux douleurs et aux drames, et aux morts solitaires des autres. Se tapir et bondir.

Tous les êtres vivants sont ainsi liés.

*

le fait que c'est après que Rock Hudson aide Jane à mettre ses guêtres qu'ils décident de se marier, le fait que ce sont des *guêtres* qui les unissent, rien que ça, le fait que ce doit être le summum pour des guêtres dans un film, le fait que bien sûr je n'ai pas commenté la chose devant Stacy, le fait qu'elle ne doit même pas savoir ce que *sont* des guêtres, le fait que plus personne ne le sait, le fait que les gens parlent de bottes ou de sur-chaussures, le fait que les seules autres guêtres au cinéma auxquelles je pense en ce moment sont dans *Vacances*, quand le majordome aide le vieil ami de Cary Grant, le professeur, à ôter ses guêtres et lui enlève également une chaussure, par mégarde, en plein réveillon du Nouvel An, fête de fiançailles, le fait que le professeur doit réclamer sa chaussure au majordome, « Nous sommes ruinés », le fait qu'il en est fait mention dans *Mr Smith va au Sénat* aussi, des guêtres je veux dire, « Laissez vos caoutchoucs devant le seuil », le fait que Ralph Bellamy porte des caoutchoucs la première fois qu'il rencontre Cary Grant dans *La Dame du vendredi*, le fait qu'il a un parapluie aussi, parce qu'il y a un léger risque de pluie, le fait que les films avec des guêtres pourraient être associés aux films où on se rase et où il y a des armoires à pharmacie, le fait que Rosalind Russell dit « Du diable si je le sais », le fait que Stacy ne regarderait jamais *Vacances* ou *La Dame du vendredi*, parce qu'ils sont en noir et blanc, mais elle a eu envie de voir *Tout ce que le ciel permet*, le fait qu'on est toutes les deux d'accord pour dire que Jane Wyman ne sait pas ce qu'elle fait, le fait que toute personne normale devrait se rendre compte que Rock Hudson est une perle, avec ses brindilles et ses feuilles et ses arbrisseaux et son grand moulin en pleine nature et la cruche Wedgwood et tous ses amis pragmatiques et son don pour déboucher les bouteilles avec les dents, le fait que Rock est fort comme un roc, le fait qu'il est toujours entouré de nuances automnales, le fait que le monde vire au rouge et au jaune pour ce type, *et* il s'y connaît en jardinage, le fait que c'est à ça que doit se mesurer ce pauvre Harvey, le fait que Stacy a décoré sa chambre l'automne dernier avec des feuilles mortes qu'elle a pressées dans Irma Rombauer, pas dans Irma *elle-même*, dans son livre de cuisine, et elles présentent encore bien, même si elles ont un peu pâli, les forêts anciennes de Tuscarawas County, Respectez Les Serpents À Sonnette, le fait que les enfants de Jane Wyman lui mettent des bâtons dans les roues, le fait qu'ils veulent qu'elle épouse Harvey parce qu'il est terne et rassurant, le fait qu'ils ne veulent pas de Rock Hudson parce qu'il est beau et costaud et plus jeune que leur mère, et parce que c'est juste un jardinier et qu'ils sont snobs, rocambolesque, le fait qu'un cerf leur rend visite tout le temps, le fait que les gens chassent encore le faon, le fait que comment peut-on faire une chose pareille, AR-15, blessures par balles, le fait que les AR-15 s'enfoncent dans le corps comme une pirogue dans un canal, cran, pontet, pont, pôle Nord, le fait que tout est si laid maintenant, le fait que les voitures sont *laides*, et les immeubles sont *laids*, le fait que les martins-pêcheurs, les libellules, les demoiselles et les taons ne sont pas laids, mais personne ne se soucie des taons et des demoiselles, ou du pôle Nord, le fait que tout ce qui intéresse les gens ce sont les aurores boréales, et Walmart, le fait que Walmart les intéresse vraiment, poil de martre, martin-pêcheur, voiture, voile, alligator, aliment, alignez vos phares, ♫ *Picking on a wishbone from the Frigidaire* ♫, orbital, le fait que Harvey est l'hypocondriaque typique, un raseur invétéré, le fait qu'il part toujours faire des cures, ascenseurs Otis, pôle Nord, aurore boréale, Trump Tower, *La Tour infernale*, diamantaire, l'océan d'Uranus plein de diamants, le fait que le fils de Jane Wyman est fier de ses martinis et propose un deuxième verre à Harvey, mais Harvey dit qu'il n'en boit jamais plus d'un, le fait qu'il le dit plusieurs fois, le fait que le fils a peur que la robe rouge de Jane Wyman fasse fuir Harvey, mais Harvey dit qu'il lui en faudrait plus, ou moins, pour l'effrayer, le fait que Harvey croit qu'il fait de l'esprit, là, le fait que Jane Wyman a été un temps l'épouse de Ronald Reagan, le fait que Ronald Reagan dormait toujours quand on l'appelait à trois heures du matin, le fait que les murs de l'appartement de Trump à Manhattan dégoulinent d'or, le fait que Maman n'aimait pas les gens qui ont mauvais goût, le fait que Mamie avait mauvais goût, le fait qu'elle aimait l'imitation or aussi, comme Trump, ses lampes et tout ça, ♫ *que tombent ces murs* ♫, le fait qu'elle nous a laissé des tas de faux bijoux dont se servent aujourd'hui les enfants pour se déguiser, Richville, Ridgeville, Ridgeville Corners, Milliardaireville, Rêveville, Rancuneville, le fait qu'on sait bien que Jane Wyman s'ennuierait si elle décidait de vivre avec Harvey, le fait qu'il n'y a que le méchant fils pour ne pas s'en rendre compte, le fait que la fille a des doutes sur Harvey, mais elle a bien trop peur de Rock Hudson, VOTRE POIDS GRATIS, le fait que les enfants forcent Jane à renoncer à Rock, TOLEDO – PAS DE SOURCES, et après ils passent à autre chose, le fait qu'ils ont leur propre vie qui les accapare, bref, bof, bouffe, haricots sur des toasts, chauffard, le fait qu'on se demande parfois si les enfants veulent vraiment le bien de leurs parents, le fait que les parents veulent juste que leurs enfants ne meurent pas, et ne commettent pas trop de crimes, le fait que priver votre maman de Rock Hudson est vraiment une ânerie, le fait qu'il est patient et doux et clément, presque trop beau pour être vrai, un saint, et il a un *cerf*, le fait que ce n'est pas comme son rôle de playboy dans *Le Secret magnifique*, mais même ce type-là change du tout au tout après que Jane Wyman perd la vue, le fait que Rock est d'emblée héroïque dans *Tout ce que le ciel permet*, nourricier, jardinier, comme David Attenborough, désireux de satisfaire les désirs de Jane Wyman, le fait qu'il adore les arbres *et* Jane, le fait que quand elle dit qu'elle aime sa cruche cassée Wedgwood il la lui répare, et après elle la casse *de nouveau* alors qu'ils se disputent pour savoir s'ils doivent ou non se marier, le fait qu'elle a peur de ses enfants et de tous les snobs et crétins de son milieu social, le fait que même son amie Agnes Moorehead est une pimbêche, le fait qu'elle se pointe toujours en paletot avec une voiture pleine de porcelaines pour Jane Wyman, flibustiers, la nouvelle normalité, et elle veut que Jane s'installe avec Harvey et ait une télé, tout le tralala, taxe en sus, le fait que Jane reçoit une nouvelle télé pour Noël, mais ne la regarde pas, parce qu'elle ne pense qu'à Rock, *fuck*, oh mon Dieu, kit détente, chromothérapie, synesthésie, le fait que c'était assez incroyable que Stacy regarde le film en entier, le fait que, oui, sa compagnie me manque, maintenant qu'elle me déteste, le fait qu'on sortait ensemble avant, pour acheter des fringues, et certaines après-midi on partait juste comme ça, on laissait Leo s'occuper de tout, on allait boire un milk-shake et on se faisait une toile, rien que nous deux, le fait que ce qui me manque le plus c'est quand elle s'assoyait enfant sur mes genoux, le fait que, fichtre, si je lui disais ça elle se braquerait, le fait qu'elle me flanquerait des coups de guêtre si elle en avait, le fait qu'elle déteste pratiquement tout ce que je dis et fais maintenant et supporte à peine d'être *près* de moi, le fait que ça vous brise le cœur, le fait que mon cœur est brisé, je suis brisée, le fait qu'on va tous *disparaître* un jour, mais elle préfère passer du temps à regarder les filles des vidéos Morning Routine plutôt que d'écouter ce que j'ai à dire, le fait que je dois m'occuper d'elle comme Rock Hudson s'occupe d'une plante délicate, le fait que dans les films les tables de cuisine ne sont *jamais* recouvertes de paperasserie, à part la table d'Erin Brokovich, mais c'est juste parce qu'elle doit s'occuper d'un énorme procès, le fait que dans la vraie vie il ne doit pas exister beaucoup de tables de cuisine qui ne sont pas recouvertes de paperasserie, au moins de temps en temps, mais ça n'est pas le cas dans les films hollywoodiens, le fait que la maison de Jane Wyman est déprimante, propre et nue, alors que celle de Rock Hudson est tellement en phase avec la nature qu'on dirait presque une serre, le fait qu'il a des arbres, et la grange, et un cerf, *parce que envahie par les herbes et peu fréquentée*, le fait que Rock Hudson devait toujours jouer l'homme idéal, le fait que peut-être que plus personne ne voulait de ces rôles-là, le fait que dans *Mirage de la vie* ce n'est *pas* Rock Hudson, le fait que c'est quelqu'un d'autre qui joue le rôle de Rock Hudson, une espèce de saint qui attend des lustres que Lana Turner s'intéresse à lui, *Lana Turner s'est effondrée !*, notre salon à Evanston, rater l'école parce qu'on est malade, tricher avec le thermomètre, apprendre à jouer au solitaire, pêches à la crème, tripoter les larges côtes de velours de la chaise-longue jaune, le fait que j'aime faire les tartes tressées mais je rate presque toujours le *tressage*, quand il faut entrelacer les bandes de pâte, le fait que c'est assez gênant, le fait que n'importe qui j'en suis sûre peut y arriver, le fait que ça paraît ridicule, ne pas réussir à réaliser un tressage avec des bandes de pâte sans m'emmêler les pinceaux, coup de pinceau, mais c'est comme ça, le fait que c'est une réalité, le fait que personne ne peut *comprendre* à quel point je trouve ça difficile, le fait qu'il existe toutes sortes d'instructions sur Internet pour réaliser un tressage, des vidéos aussi, mais je n'arrive pas à les suivre, le fait qu'on pourrait croire qu'en s'en tenant au tressage de base on ne peut pas se tromper, mais moi je me trompe, presque à chaque fois, le fait que jusqu'ici personne n'a remarqué mes erreurs de tressage, ou alors les gens sont trop polis pour me les signaler, le fait que cette technique est devenue horriblement sophistiquée, le fait que tout le monde fait des feuilles et des fleurs maintenant, ou une grande spirale de pâte qui recouvre toute la tarte, le fait que je devrais vraiment faire des efforts si je ne veux pas être détrônée par une autre *tartissière*, le fait que je vois ces trucs sur Internet et que ça me déprime, critique, peur de rater, peur de réussir, le fait que Trump parle toujours du terrorisme mais c'est peut-être *lui* le terroriste, le fait que je dois rester vigilante, paletot, porcelaine, *on t'aime lève-toi*, « Du nerf », le fait que Leo a été un super beau-père pour Stacy, le fait que dans le champ de citrouilles qu'on a découvert l'an dernier il y avait ce gigantesque Titanic gonflable et tous les enfants l'escaladaient et glissaient dessus, comme si se noyer dans l'Arctique en pleine nuit en 1912 était amusant, Kate Winslet, Leo DiCaprio, Maison Hantée, Monde Miroir, Leo, le fait que mon bel ustensile flûté pour découper la pâte laisse un joli bord en zigzag, le fait que les bandes de pâte ne doivent pas être trop larges sinon l'effet est raté, ni trop fines, sinon elles se casseront quand vous les entrelacerez avec d'autres, le fait que de grosses bandes larges, soigneusement entrelacées, peuvent bien présenter sur une tarte aux pommes, mais pas sur une tarte aux baies, parce qu'il faut laisser des espaces afin que le jus et la vapeur sortent, épanchement, naufrage du tapioca, guêtres, caoutchoucs, sur-chaussures, richelieus, derbies, brogues, jambières, veillées à la bougie, Jane Wyman, Reagan, le fait que *Mirage de la vie* est presque insupportable, surtout la deuxième partie, et Lana Turner est si froide, du moins dans ce film, le fait que c'est difficile de l'aimer, le fait que seule sa stupide carrière l'intéresse, alors que tout le monde perd la boule et que son petit ami a l'air d'un chien battu, bouledogue, le fait qu'on ne doit recouvrir que la moitié des tartes aux baies, le fait qu'il existe une flexibilité du tressage dans ces cas-là, un peu trop peut-être, le fait que les bananes sont une sorte de baie, ce qui est difficile à croire, baies radioactives, le fait que je n'ai jamais essayé de faire une tarte à la banane, le fait que certaines personnes aiment la tarte à la banane et à la crème mais c'est autre chose, le fait que je n'aime pas ces tartes aux baies avec des trous pratiqués au hasard dans la croûte, comme des trous pour la pêche inuit, le fait que je trouve ça fainéant par rapport au tressage, le fait que si on fait des bandes de pâte trop fines elles sèchent et cassent à la cuisson, ce qu'il ne faut pas, sandwich aux huîtres, sandwich aux huiles, le pacificateur, le fait que Leo dit qu'il y a des frictions entre les surfaces, et que les surfaces lisses qui sont en contact ont des réactions qui sont normales en surface, mais les surfaces inégales produisent des réactions qui ont tendance à contrarier les mouvements, ou quelque chose dans ce genre, le fait que ce principe affecte les ponts d'une façon ou d'une autre, le fait qu'une tarte aux cerises ne doit pas trop brunir, alors qu'une tarte aux myrtilles peut être tout à fait brune sans que ça gâche l'effet, le fait que les tartes aux myrtilles ne sont pas évidentes, parce qu'elles peuvent être imbibées, tapioca, ce qui n'a pas l'air de déranger la plupart des gens sauf moi, le fait que j'ai essayé d'y remédier un jour en utilisant du tapioca, parce qu'Irma Rombauer le conseillait, et ça a été un *fiasco complet*, le fait que Sarah Jane vole quasiment la vedette, sauf dans la scène de l'enterrement de sa mère, qui sort de nulle part, le fait que j'aime bien sa mère, le fait que j'aime bien les mères dans les films en général, panier tressé, le Longaberger Basket Building, notre panier à linge, repasser, mercredi, le fait que je dois faire six tartes aux cerises avec tressage aujourd'hui, plus ou moins réussies au niveau tressage, et quatre tartes Tatin, sans quoi Cathy ne sera pas contente, le fait que c'est une sacrée opportunité pour moi, parce que d'habitude elle fait *elle-même* les tartes aux cerises, mais elle ne se sent pas bien, le fait que si elle aime mes tartes aux cerises elle me demandera peut-être d'en faire de façon régulière, le fait qu'on est déjà d'accord sur le fait que la meilleure tarte aux cerises c'est celle avec des cerises aigres, le fait qu'elle était à court de cerises aigres, mais il se trouve que j'en avais une belle quantité dans le congélo, déjà dénoyautées, pas des q-q-q-quetsches, et que je les ai mises à décongeler tranquillement dans l'office, le fait que je crois que ça l'a impressionnée, le fait que ça doit donner l'illusion que je suis efficace, avoir toutes ces cerises aigres sous la main en permanence, succès, échec, efficace, effectif, Papy, « Ce livre sera soit un succès soit un échec », le fait que personne n'a envie d'entendre *ça*, bon sang, Pepito, lampes, verres à eau bullés, le fait que j'ai vraiment été étonnée de trouver encore des cerises aigres à cette période de l'année, le fait que ce congélo est une *vraie* malle aux trésors, le fait qu'un type s'est fait rouer de coups en allant au drugstore, ici, à Newcomerstown, et il ignore toujours qui l'a agressé, le fait que si vous n'avez pas de cerises aigres il faut mettre davantage de jus de citron, mais c'est préférable d'utiliser des cerises aigres, le fait que Cathy fait et vend toutes sortes de tartes et de tourtes, mais la plupart sont savoureuses, le fait qu'elle fait une tourte au poulet et à la patate douce, une tourte au chili con carne, une tourte aux épinards, une tarte aux courgettes, une tarte au bœuf haché et aux courgettes, une tarte au fromage fondu, une tourte au hachis parmentier, et une tarte au jambon et aux œufs, mais c'est moi qui fais de plus en plus ses tartes aux fruits, le fait qu'elle a aimé ma tarte prunes cannelle cardamome l'été dernier, *succès*, et celle aux fraises des bois, mais c'était juste pour elle, le fait qu'il est impossible de cueillir assez de fraises des bois pour faire des tartes aux fraises des bois de façon régulière, abeilles, gâteau en forme de porte-monnaie, porte-monnaie en forme de gâteau, lèvres rouges, belle bête, sac à dos transparent, sac transparent, le fait que je n'ai aucune envie qu'on voie ce qu'il y a dans mon sac à main, prunes, paw-paw, « tabassé », cueillette, pique-nique, le fait que je veux une pyramide pour fraisiers comme celle que Cathy avait devant son magasin l'an dernier, le fait qu'elle devait faire deux mètres de haut, avec des fraises qui pendaient à tous les niveaux, et qui se penchaient comme les gens dans *Network* qui vont à leur fenêtre et crient « On est furieux et on ne se laissera plus faire », troglodytes, le fait qu'en hiver Cathy fait tout le temps des tourtes aux tripes et de la soupe aux légumes verts et à la viande, et des sandwiches au burger, et d'autres trucs qui réchauffent bien, cannelloni et quesadillas et hachis de corned-beef avec de la choucroute maison, le fait que ce sont des plats plutôt lourds, mais je crois que ça se vend bien, le fait que c'est en partie parce que plus personne ne sait *cuisiner*, alors quand les gens veulent des plats cuisinés ils vont voir Cathy, le fait que sa choucroute est très réputée, Allemand de Pennsylvanie, ancêtres allemands, le fait que certains de ses clients ne peuvent pas se passer de sa choucroute, le fait que certains de ses plats rappellent la cantine scolaire à l'ancienne, l'odeur des spaghetti de cantine à Hamden Hall, du lait et des biscottes à Channing, avant qu'ils se mettent à servir des sushis et des croquettes de pommes de terre et des beignets de saucisse et je ne sais quoi, le fait que je fais à déjeuner à mes enfants, le fait que je refuse de payer ce qu'ils servent là-bas, non que les enfants mangent toujours ce que je leur donne mais au moins j'essaie, le fait qu'ils n'ont parfois que douze *minutes* pour déjeuner, ou c'est ce que me dit Gillian, le fait que je ferai peut-être des sandwiches au burger ce soir, le fait qu'au début Cathy en vendait dans des petits sachets à emporter, doggy-bags, mais maintenant elle prépare de vrais cocottes pour les gens, le fait qu'ils versent une caution pour le Tupperware, le fait qu'elle essaie de faire en sorte qu'ils commandent à l'avance mais ils n'y pensent pas toujours, le fait que de nos jours la plupart des gens veulent un truc tout de suite, pour le réchauffer au micro-ondes chez eux, ou au travail, et le fourrer dans leur bouche, le fait qu'ils ne veulent pas cuisiner ou se servir de la cuisinière, le fait que certaines personnes n'ont même plus de cuisinière, je crois, surtout quand les gens vivent dans leur voiture, le fait que les gens gardent parfois les Tupperware qu'elle leur donne, juste par paresse, mais elle en a plein, le fait qu'elle en a sûrement trop, comme la vieille dame avec ses tubes de margarine et toutes les araignées, le fait que Cathy vend aussi des tonnes de cookies, et des brownies, les *ennemis* de la tarte, le fait qu'on dirait que les gens ne se lassent pas des brownies, ces temps-ci, mais je trouve que ça manque de fruit et de vitamines C, sans parler de la cardamome, le fait que le problème c'est qu'il est plus facile de manger un brownie en *conduisant* qu'une part de tarte, le fait qu'on peut glisser aussi un brownie dans le panier-repas de son enfant, ainsi que tout un tas d'autres trucs de ce genre, le fait que les brownies sont de plus en plus sophistiqués eux aussi, avec des brownies chocolat-framboise et des brownies caramel-noix de coco et des brownies aux Oreo et des brownies aux M&M's et tout ça, brownies vegan, le fait que j'ai essayé de combattre la mode du brownie en faisant des tartelettes, « Pour les gens pressés », mais elles ne sont pas rentables, surtout si je dois faire un tressage dessus, sur les tartelettes, pas sur les gens, le fait que faire un tressage prend encore plus de temps sur une petite tarte que sur une grosse, desserts compacts, compassion, Maman, le fait que de toute façon je n'ai pas envie d'utiliser une loupe pour examiner mon tressage, comme une sorte de Sherlock Holmes domestique, le fait que Sherlock Holmes est casanier, le fait que les cookies de Cathy partent comme des petits pains, ses biscuits à la cannelle, au maïs sucré, aux raisins secs, le fait qu'elle réussit très bien les fondants au beurre de cacahuète, le fait qu'elle a eu l'air d'hésiter avant de me demander de faire des tartes aux cerises, le fait que j'ignore si c'est parce qu'elle tire une certaine fierté de ses tartes à elle, ou parce qu'elle doutait que je puisse m'en sortir, le fait que si vous les faites trop épaisses les cerises ne cuisent pas, et c'est pour ça que je les fais légèrement cuire à l'avance, le fait que c'est mon seul secret, le fait qu'il doit y avoir aussi un peu de farine dans le jus de cerise pour épaissir légèrement la mixture, sans que ça durcisse au point de devenir tout gélatineux, comme c'est le cas des tartes aux myrtilles d'amateurs dans les mauvais repas, ponts, treillis, modules d'élasticité, le fait que personne n'aime les grumeaux gélatineux roses dans la tarte aux cerises, ou la mélasse violette dans la tarte aux myrtilles, tarte omerta, römertopf, le fait que certaines personnes utilisent du dictame, ou du tapioca, ou de la farine de maïs, mais moi je prends de la farine normale, *jamais* de la farine de tapioca, pas depuis mon fiasco, le fait que j'avais fait cette tarte pour la réunion parents-profs, mince alors, le fait que c'était gênant, et j'en veux à Irma Rombauer, même si j'aurais dû la goûter avant de la servir, le fait qu'elle dit juste de mettre du tapioca pour épaissir mais elle ne dit pas comment, et le tapioca ne s'est jamais dissous, et il y avait des petits *points* blancs partout dans la tarte, le fait que je ne comprends toujours pas pourquoi, les romans d'Anne Tyler, petites *billes* blanches, expo de portraits photo, le fait que tout le monde s'est rassemblé autour de la table à la fin de la réunion pour prendre une part de tarte, le fait que je suis sûre que Frances Dent regardait avec condescendance ma tarte et moi-même, bien ma chance, devant tout le monde, le fait que c'est franchement une des pires bourdes culinaires de tous les temps, ou la pire que j'ai faite en tout cas, même si le truc le plus immangeable que j'ai jamais fait de toute ma vie c'était ces cookies Courage pour la fête de l'école, ♫ *Courage !* ♫, Frederick à la foire animalière, course de relais à vélo, le fait que j'ai mis trop de gingembre dedans, ou je ne sais quoi, le fait que je n'ai *pas* pu mettre du piment par erreur, le fait que je ne sais pas ce qui s'est passé mais ces cookies étaient très amers et très poivrés, et il était trop tard pour se raviser, parce qu'on n'avait rien d'autre à apporter, alors on les a appelés des cookies Courage et on a mis au défi les gens de la foire d'en manger un, un penny pièce, le fait qu'au final ces cookies ont été un succès, preuve qu'on ne sait jamais avec les gens, le fait qu'en manger un est devenu un insigne de courage, un insigne orange de courage, Tradersville, Deweyville, Devoirville, Decaturville, Dumontville, Défenseville, instruction civique, citronnade dans des verres à shot, Des Ratons-Laveurs Attaquent Une Banque, bandits masqués, braquage armé, AR-15, le fait que c'était Anne Brontë la gouvernante de la famille, pas Charlotte, le fait qu'elles écrivaient toutes de la poésie, les Trois Sœurs, le pont des Trois Sœurs à Pittsburgh, Oroville Dam, déversoir d'urgence, érosion régressive, contraintes résiduelles, usure de contact, vélocité d'une masse, force de friction, transfert de mouvement, limite de proportionnalité, le fait que la seule chose qui inquiète Leo encore plus que les ponts ce sont les barrages, le fait qu'il les appelle des « Barbarrages » parce qu'ils sont sources de tas d'ennuis, « tous les Taylor et les Paine et les machines et les mensonges », le fait que les barrages détruisent les rivières, détruisent les poissons, et libèrent des gaz à effet de serre, du fait de toute la décomposition qui se produit dans les réservoirs, lacs artificiels, barrage de Griggs, inconnues imprévisibles, seuil en béton, le fait qu'un petit seuil ou une écluse ça ne me dérange pas, mais je n'aime pas les barrages, le fait que le manuel d'entretien du barrage d'Oroville était dépassé, mais le FERC l'a approuvé, le fait que le lac Oroville est le deuxième plus grand lac artificiel de Californie, soupape de dérivation, déversoir, liste des espèces menacées, le fait que j'ai toujours trouvé les barrages inquiétants, flippants, mais je ne sais pas pourquoi, le fait qu'ils sont énormes et laids vus d'en bas, tachés par un filet d'eau ou deux qui ont le droit de sortir, le fait qu'on ne peut pas regarder un barrage sans imaginer qu'il cède et que des tonnes d'eau en jaillissent soudain, le fait qu'ils sont tellement artificiels, contrenature, antiquité, leçons de natation, suffoquer dans l'abysse, eaux sombres, deux cent soixante-dix mètres de profondeur, turbide, torpide, bassin de plongée, ♫ *The Stars and Stripes Forever* ♫, le fait que les gens partaient pour la journée afin d'aller admirer des barrages, mais je n'y vais que si Leo m'y oblige, le fait que ça ne me dérange pas de visiter des ponts, mais qui a envie de voir un barrage, Dover Dam, Wills Creek Dam, Mohawk Dam, O'Shaughnessy Dam, Willet Creek Dam, le fait que le Wills Creek Dam a débordé en 2005, le fait que l'Ohio a son propre Hoover Dam lui aussi, le fait que les seuls barrages que j'aime sont les tampons, mais je ne devrais pas dire ça, le fait que ce sont davantage des sortes de bondes, mais un barrage est une bonde, le fait que j'ai rêvé qu'un gros camion passait bruyamment devant notre maison et je courais dehors et le poursuivais pour dire au chauffeur qu'il n'allait jamais pouvoir braquer une fois au tournant, mais il s'en sortait, et je continuais de courir mais je ne le rattrapais jamais, le fait que je le suivais pendant si longtemps que je ne savais plus trop comment rentrer chez moi, et alors j'entrais dans une librairie où la gérante me disait que son mari l'enguirlandait tout le temps, le fait que la boutique était pleine de petites culottes roses en train de sécher, et je lui demandais pourquoi il la traitait ainsi alors qu'elle avait de si jolis sous-vêtements, le fait qu'un client de la librairie défendait alors le mari, et disait que Picasso traitait les femmes de la même façon, le fait que je voulais acheter quelque chose, juste pour aider un peu la femme, et je trouvais une carte avec des lions et des tigres qui bougeaient un peu, se massaient entre eux, et je voulais vraiment l'acheter, le fait que je viens juste de me souvenir de ce rêve, le fait que le seul antidote à la réalité ce sont les rêves, et vice versa, ainsi que plein de tasses de café, modèle de détention, Badge Bettys, ponts, culottes, le fait que le présent est plus pertinent que le passé, c'est tout, quoi qu'en disent les historiens, le fait qu'on torture des poules partout dans l'Ohio *en ce moment même*, le fait qu'une personne est abattue dans l'Ohio toutes les huit heures, et qu'on étouffe des réfugiés syriens dans des camions, et que la police hongroise lance des gaz lacrymogènes sur des enfants, et qu'on coupe l'eau à des habitants de Detroit, le fait que des types sont venus tracer une ligne bleue à la craie sur le trottoir devant la maison pour les aider à trouver plus rapidement la canalisation d'eau, quand ils reviendront pour la couper, serveurs de temps, serf, salariés, le fait que les gens doivent payer 200 $ par mois pour avoir l'eau à Flint, de l'eau qu'ils ne peuvent pas boire, le fait que l'eau en bouteille est maintenant la boisson la plus consommée aux États-Unis, à cause de tous les problèmes d'approvisionnement sur place, mais les bouteilles en plastique encombrent les océans, bonde, 200 $ par mois, le fait qu'on paie combien, *nous*, bon sang, le fait que je ne m'en souviens pas, le fait que Nestlé met en bouteille l'eau provenant d'une source d'eau pure près de Flint, puis la revend aux habitants de Flint, et Nestlé ne doit payer que 200 $ par an pour puiser cette eau, le fait que maintenant j'ai soif, à force de penser à toute cette eau, le fait qu'avant j'aimais bien boire du soda à la glace mais je m'en suis lassée, le fait que ça se couvre dehors, le fait que Leo dit que le printemps est une énorme fête annuelle à laquelle nous sommes automatiquement conviés, fête de quartier, fête de rue, le fait que je ne me rappelle pas grand-chose mais je me rappelle tout ce que dit Leo, depuis le début, soda, lacrymo, pont effondré, le fait qu'en février les habitants de Bosu, en Hongrie, mettent des peaux de mouton et des masques avec des cornes et organisent un grand défilé pour célébrer le printemps, et ils brûlent un cercueil qui est censé représenter l'hiver, le fait que j'aime bien leurs déguisements de moutons, le fait qu'on pense aujourd'hui que Jane Austen est devenue *aveugle*, avant de décéder, le fait qu'il y a des choses qu'on préférerait ne pas savoir, le fait que j'aimerais bien être en train de lire *Persuasion* au lieu de faire des tressages pour mes tartes, le fait que je n'arrive plus à aller au-delà du passage où Anne rencontre le capitaine Wentworth, parce que Jake m'interrompt, le fait que c'était pareil avec les autres enfants, le fait que je dois presque me cacher comme Anne Frank, pour pouvoir lire, le fait que je devrais avoir un petit placard où m'installer, avec une chaise, une lampe et un verrou à la porte, le fait que je crois qu'on appelle ça un cabinet, le fait qu'Anne Frank a perdu espoir et *voulu mourir*, le fait qu'elle était brisée, le fait que les gens craquent quand ça va trop mal, surtout les enfants, le fait que Leo reste tard dans son bureau pour lire s'il a envie, mais moi je suis trop fatiguée pour lire le soir, le fait que Stacy lisait les livres de L. M. Montgomery mais maintenant elle les méprise, et peut-être qu'elle a raison, je ne sais pas, le fait que cette auteure est bizarre, elle croit qu'on peut résoudre n'importe quel problème de voisinage en apportant un gâteau, ce qui est faux comme j'ai pu le vérifier, peu importe le nombre de gâteaux qu'on fait, et je sais faire un gâteau, le fait que mes gâteaux ont pour seul but de résoudre des problèmes *financiers*, pas des problèmes de voisinage, le fait qu'on n'a pas vraiment de problèmes de voisinage, le fait qu'on connaît à peine nos voisins, le fait qu'ici personne ne vient vous emprunter du sucre, le fait que les gens restent globalement dans leur coin par ici, le fait qu'apparemment il suffit que les gens rencontrent Anne Shirley, ou Emily Byrd Starr, pour les *apprécier*, le fait que je ne crois pas qu'être apprécié soit si facile, même quand on apporte un gâteau, le fait que certaines personnes sont gentilles, d'emblée, mais ça ne les empêche pas d'avoir des réserves à votre égard, le fait qu'il peut y avoir chez vous quelque chose qui leur rappelle quelqu'un qu'ils n'ont jamais aimé, et vous ne pouvez rien contre ça, impossible, et vous ne saurez jamais pourquoi ils ne vous apprécient pas, le fait qu'eux-mêmes seraient incapables de se l'expliquer, le fait que les gens ont leurs limites, c'est tout, le fait que certains sont plus limités que d'autres, le fait que quelqu'un a déclaré que les casquettes MAGA étaient les nouvelles capuches KKK, le fait que j'espère que ce n'est pas vrai, parce qu'il y a beaucoup de casquettes MAGA dans le coin, le fait qu'un jour, à New Haven, Zeck, le fils des voisins, nous a emprunté des œufs et Maman était furieuse parce qu'il ne les a jamais rendus, *Zeck*, le fait que c'était le diminutif d'Ezekiel, le fait que maintenant ça ne me dérangerait pas, parce qu'on a plein d'*œufs*, mais à l'époque ça nous a surprises, le fait qu'il n'y avait plus grand-chose à manger chez nous quand Maman est tombée malade, le fait que Papa voulait bien faire les courses mais n'avait pas trop le temps d'aller au marché, alors ce n'était pas rien de filer une douzaine d'œufs à un voisin et de ne jamais en revoir la couleur, le fait que c'étaient des Témoins de Jéhovah ou je ne sais quoi, spirale descendante, cannelle, café, vraie vie, Lucy Maude Montgomery, le fait que Stacy trouve que *Anne dans sa maison de rêve* est épouvantable, le fait qu'Anne a grandi et parle à son bébé en bêtifiant, ce qui horripile bien sûr Stacy, le fait qu'elle dit qu'Anne Shirley a baissé les bras, le fait qu'il y a une voisine dedans aussi, qui va encore plus mal, le fait que ça fait *onze ans* qu'elle soigne son mari violent et amnésique, mais finalement il se rend à Montréal pour se faire opérer du cerveau et après il s'aperçoit qu'il n'est *pas* le mari de la femme du tout mais son cousin jumeau, le fait que les deux cousins presque identiques étaient allés en voyage à Rome ou je ne sais où onze ans plus tôt et ils ont eu un accident et le mari a été tué, et on a pris son cousin pour lui et on l'a renvoyé auprès de sa prétendue épouse pour qu'elle s'en occupe, parce que tout le monde, y compris le cousin amnésique, croit que c'est lui le mari, le fait qu'elle s'est occupée du *mauvais type* pendant onze ans, ce qui doit constituer un record, John Chersky, roulette dentelée, roulette à sertir, tressage, jaunes d'œuf, pincée de sucre, caramel, Picasso, Charles Laughton, le fait que quand l'« épouse » épuisée comprend qu'en réalité elle est veuve, elle est libre d'épouser le type qui la courtise depuis des années, depuis peut-être même onze ans, ou quasi, depuis très longtemps en tout cas, le fait qu'on a du mal à croire qu'on puisse se faire berner par un mari imposteur, je veux dire, au point de confondre le cousin de votre mari difficile avec votre mari difficile, pendant *onze ans*, le fait que L. M. Montgomery avait elle-même un mari difficile, le fait que c'était un hypocondriaque et qu'ils étaient déprimés tous les deux tout le temps, Harvey, mais c'est la Seconde Guerre mondiale qui l'a vraiment achevée, c'était trop pour elle, un peu comme Hawthorne avec la guerre de Sécession, et un jour elle s'est suicidée, une après-midi, le fait qu'on l'a retrouvée dans son lit à l'étage, un peu comme Shirley Jackson, Anne Shirley, le fait que Shirley Jackson avait elle aussi un mari difficile mais ne s'est pas suicidée, ou pas exactement, le fait qu'avoir un mari difficile doit vraiment vous abattre, « et arrête de m'appeler Shirley », le fait que j'ignore quel âge avait Shirley Jackson au juste quand elle est décédée, mais pas très vieille, le fait que Hawthorne était probablement lui aussi un mari difficile, le fait qu'à son dernier anniversaire Ben a couru dans la maison en tapant sur une casserole, mais pas une Revere Ware, le fait qu'il était tellement excité en tapant sur sa casserole qu'il est sorti dehors et a continué dans la rue, en disant à tous les voisins que c'était son neuvième anniversaire, le fait que Gillian l'a suivi, en tapant sur un saladier en plastique, le fait que je lui ai fait un gâteau en forme de **9**, en utilisant le moule en forme de **1** et le petit moule rond, parce que je n'ai toujours pas de moule en forme de **9**, un moule **11/9**, le fait que ce qu'il a préféré ce sont les planètes que j'ai faites en pâte d'amandes, le fait qu'il a dévoré aussitôt Saturne, le fait que j'aime le regarder manger, le fait qu'il ne ferme pas vraiment la bouche quand il avale, et c'est assez mignon, même si c'est mal élevé, le fait qu'il aime la pâte d'amandes, ce qui est rare pour un enfant, lettres de remerciements, le fait que le lait d'amande est très populaire maintenant, confetti, cerises au marasquin, le fait qu'un jour j'ai bu une citronnade seule avec les parents d'Angie sous leur porche calme et ombragé, quand j'avais environ dix ans, mais où était Angie, le fait que je pense qu'on attendait qu'elle rentre de quelque part, le fait que cette année je peux lui faire un gâteau en forme de **10**, facile, parce que j'ai le moule en **1** et je peux faire le **0** avec le moule à cheminée, le fait que je crois que cette fois je ferai deux couches, le fait que je dois faire davantage de décorations en pâte d'amandes, mais quoi, aqua, échantillons d'eau en bouteille, taons, mammouth fossilisé, le fait que je devrais peut-être monter un service de location de moules à gâteau, avec mon moule en **1**, le fait que ce truc m'imprime un **1** au fer rouge dans le *cerveau*, surfer en haut d'un tsunami, H_2O, le fait que les gens qui ont eu un accident ne se souviennent presque jamais de leur accident, le fait que John Chersky a eu une crise cardiaque alors qu'il nageait en Floride, le fait qu'il est resté longtemps dans le coma, en Floride, pas sous l'eau, le fait qu'on l'a transféré dans l'Ohio, où il a passé plusieurs mois dans un centre de rééducation, le fait qu'il ne se souvient apparemment de rien, entre quelques semaines avant l'accident jusqu'à sa sortie du coma, mais à part ça il va bien, le fait qu'il a subi une *transplantation cardiaque*, enfin je crois, le fait que c'est horrible la façon dont on oublie les problèmes de santé des autres, tout comme on oublie quand est-ce qu'ils rentrent de vacances, et même où ils sont allés, le fait que j'ai occulté en partie mon traitement contre le cancer, mais c'est le présent qui importe, le présent, présents d'anniversaire à Gillian et Ben, moule modèle **10**, zone de frottement, rupture ductile, zeste d'orange, « Coin-coin ! », le fait que Leo doit aller demain à Philadelphie, le fait que je voudrais qu'il renonce à son vieux sac de sport et prenne une vraie valise à roulettes, le fait qu'un très célèbre diamantaire vient de mourir, le fait que comment devient-on un diamantaire connu dans le monde entier, et pourquoi, le fait que je m'inquiète pour ses genoux, ceux de Leo, pas ceux du diamantaire, parce qu'il doit trimballer des tonnes de livres et de documents entre Philadelphie et Atlanta, le fait que je crois qu'il croit qu'une valise à roulettes est indigne de lui, le fait que je n'arrête pas de lui dire que la roue est un grand exploit d'ingénierie, afin qu'il ait envie d'une valise à roulettes, le fait qu'il dit que, quand ils fabriqueront des valises télécommandées qui vous suivent comme des sacs de golf, il en achètera une, une valise qui suit Leo partout dans l'aéroport, le fait qu'on consomme 450 milliards d'Oreo par an, enfin, pas *nous* personnellement, mais quelqu'un, et allez savoir combien de bonbons au maïs, les Trois Sœurs, Wyandottes, le fait que Leo est instinctivement *cool*, hip, hip-hop, distributeur Pez, zazou, Zillow, polo, Apollo, « capable de pensée abstraite », le fait que le travail de Leo n'est pas de la tarte alors que le mien ce n'est que ça, le fait qu'il est enseignant et marié à une *travailleuse manuelle*, ce qui doit être gênant pour lui, le fait que pas étonnant qu'il ait renoncé à cette idée de cocktail party, Jane Wyman et Rock Hudson, le fait que, bon, je suis en train de faire des tressages compliqués, le fait que j'ai envie d'acheter en ligne des moules pour mini-bundt et des emporte-pièce, alors que Leo est dans son bureau en train d'écrire un article sur les liens entre déplacement, vélocité, l'accélération et la construction de ponts autoroutiers, le fait qu'il a commencé en étudiant les usages microbiologiques des ultracentrifuges analytiques et des analyseurs d'acide aminé et des séquenceurs et synthétiseurs de peptide de la protéine, juste après la fac, mais les ponts l'ont emporté, et après il est tombé amoureux de Maillart, des *ponts* de Maillart, pas du type, ouf, Zurich, Schiers, le fait que quelqu'un a déclaré que le salaire d'une femme au foyer devrait être environ de cent cinquante mille dollars par an aujourd'hui, si on était vraiment rétribué pour ce qu'on fait, mais ça resterait du travail manuel, du moins en partie, travail manuel de type assistant personnel, AP, roulements de 24 heures, le fait que ça ne se réduit pas à cuisiner et faire le ménage, le fait que les femmes au foyer font d'autres choses aussi, comme la compta et la paperasse et des « rôles de premier plan » et cetera, le fait que quelqu'un n'ayant que ça à faire a trouvé ça tout seul, sans doute en mangeant des bonbons au lit, mamans qui mangent des bonbons, le fait que les emporte-pièce que je veux sont de jolis et délicats petits tampons rectangulaires avec un moule compartimenté en silicone, le fait que c''est pour faire des cookies Petit Beurre, André Allard, cloches parisiennes, les affiches de destinations exotiques de James Mason, et chaque tampon présente un petit motif différent, avec de petites images de villes comme Paris, New York, Le Caire, le fait qu'ils sont trop mignons, le fait qu'il y en a huit en tout, huit villes, le fait que c'est de l'ordre de la fièvre acheteuse, mon Dieu, acheter, HP, péage, le fait que quelque chose cloche dans mon tressage, tourner, chevaucher, le fait que, oh, ça ira très bien quand j'aurai badigeonné de jaune d'œuf, poules, grain, téléphoner à Ronny, ce mauvais restaurant indien où nous sommes allés à Brooklyn, le fait que le pont de Brooklyn a des câbles en acier avec un facteur de force six, ou est-ce que c'est le Silver Bridge, le fait que non, le Silver Bridge utilisait des barres à œillets et non des câbles, et c'est ce qui a causé sa perte, le fait que soixante-quatre personnes sont tombées dans l'Ohio River, et quarante-six sont mortes, le fait que Leo se rend à la commémoration cette année, en décembre, cinquante ans, le fait que j'espère qu'il ne doit pas emprunter trop de ponts pour y aller, sac de golf télécommandé, parce qu'ils sont tous dangereux, infrastructure, le fait qu'il y a plus de six cent mille ponts aux États-Unis et, d'après Leo, vingt mille encourent un risque de rupture critique, le fait que c'est la version architecturale de l'*ostéoporose*, l'équivalent métallique, le fait que soixante-cinq mille ponts sont structurellement défectueux, et presque huit mille combinent les deux, poutrelles rectangulaires, poutres en treillis, goussets trop fins, couper les ponts, *Sur la route de Madison*, le fait que la note moyenne d'un pont américain ces temps-ci est de 4 sur 10, Skagit River Bridge, le fait que la plupart ont été construits avant même qu'on connaisse l'usure métallique, le fait qu'ils ne devaient durer qu'une cinquantaine d'années, le fait qu'ils ont dépassé leur limite d'âge, crânes, godilles, rêves épuisants, le fait que la nuit dernière j'ai rêvé que notre maison était soudain dans un terrible état de délabrement et que les murs étaient tout tachetés de moisissure, et c'était arrivé en une nuit, et j'avais très peur de ce qu'il faudrait débourser pour les réparations, le fait que le rêve ressemblait un peu à un rêve, mais je savais que ce n'était pas un rêve, le fait que je priais pour me réveiller, même si je savais que ce n'était pas possible, et alors je me suis réveillée, et finalement nous n'avons pas de problème de moisissure, pour autant que je sache, touchons du bois, « Allons, allons », le fait que j'y pense beaucoup, Chez Marnie, « Allons, allons », le fait que cette expression et « Du Nerf », « Réveille-toi et sens-moi ça », « Filons d'ici dare-dare » et « Bouge-toi un peu » sont mes scies préférées en ce moment, le fait que pourquoi les gens vous donnent-ils toujours des ordres, me donnent des ordres, le fait que des centaines de chevaux de course sont abattus chaque année à la suite de blessures dues aux courses, industrie hippique, le fait que faire courir en rond des chevaux *est* une industrie, le fait que pourquoi pas les souris tant qu'à faire, ou les grenouilles, industrie des courses de grenouilles, le fait qu'il existe déjà une industrie des courses de chiens, et peut-être de courses d'autruches et de courses de porcelets, courses de canards en plastique, combats de chiens et combats de coqs et combats de grillons et allez savoir quoi encore, le fait que Ben dit que les grenouilles se sont bien débrouillées pendant deux cent cinquante millions d'années, avant qu'on arrive, et maintenant deux cents espèces de grenouilles ont disparu, rien qu'au cours des cinquante dernières années, Silver Bridge, peut-être même depuis ma naissance, mais ce n'est pas ma faute, je le jure, bon, pas sciemment, le fait que j'ai lâché des tortues tropicales dans un étang d'Evanston, mais c'est à peu près tout, le fait que je n'ai jamais détruit une espèce entière, je ne crois pas, pas encore, le fait que Stacy doit sûrement penser que tout est ma faute, que je suis personnellement responsable de la sixième extinction de masse, le fait que quand la lune décroît la face obscure est à gauche, le fait que c'est quelque chose dont je ne me souviens jamais, le fait que c'est déjà difficile de savoir quand elle est montante ou descendante, le fait que mon ignorance concernant la lune est incommensurable, et pourtant elle est là chaque soir, attendant juste d'être comprise, désirant être comprise, le fait que je ne crois pas que c'est ma faute si toutes ces grenouilles ont disparu, le fait que dans mon autre rêve on était dans la maison de New Haven et qu'un avion de ligne atterrissait dans le jardin, et je faisais un bond et je disais « Quand un avion atterrit dans votre jardin, vous partez », et tout le monde semblait d'accord avec moi mais personne ne bougeait vraiment, alors j'essayais de donner l'exemple en sautant par la fenêtre, le fait qu'heureusement j'étais au rez-de-chaussée, le fait que j'attendais tout le monde dehors, mais personne ne me rejoignait, le fait que j'avais peur que le carburant de l'avion explose d'un instant à l'autre, le fait que Leo était le dernier à sortir, en portant Maman qui prenait avec elle son déambulateur, le fait que bizarrement je pensais qu'on ne risquerait rien devant la maison, alors qu'on n'était pas très loin si jamais l'avion explosait, mais mes rêves ne sont jamais très judicieux, le fait que je me suis réveillée et que tout allait bien, pas de maison pourrie, pas d'avion qui explose, le fait que je n'ai jamais rêvé d'avion qui explose avant le 11 Septembre, le fait que selon Leo on va tous être annihilés par une bombe nucléaire et que répliquer n'aura pas de sens, le fait que Trump n'a apparemment pas compris ça, le fait qu'il a l'air de croire encore qu'on peut menacer les gens avec des armes nucléaires, et même en balancer quelques-unes de temps en temps, quand ça vous chante, et que ça ne sera pas la fin du monde, retombées, Wyandottes, le fait que Leo pense que Trump aspire à la guerre mondiale, le fait que je pense qu'il veut juste être seul au monde, avec quelques esclaves et ses millions, l'argent qu'il a volé aux gens, le fait qu'il gardera probablement ses meubles en or et ses peaux de lion et quelques mannequins Playboy, aussi, « chopez-les par la — », le fait que s'il tue toutes les jeunes femmes de la planète il le regrettera, notre jardin à New Haven, cochons d'Inde, le fait que je me demande si la Maison-Blanche est pleine de piles de documents comme chez nous, et de moisissure, et d'œufs pourris, et de poules, le fait que le grenier de la Maison-Blanche doit être un sacré bazar, les vieux souliers de LBJ et les raquettes de tennis de Reagan et les coussins tachés de Clinton et les cafetières accumulées de quarante-cinq présidents, ainsi que des tas de feuilles d'impôts top-secret, le vélo de Woodrow Wilson, les serviettes de table de Jackie O et le vieux panneau d'affichage d'Eleanor Roosevelt, cannibalisme, hiver nucléaire, le fait que si c'est la fin du monde, le fait que je ne devrais pas penser à ces choses, mon Dieu, cannibalisme, le fait que j'ignore d'où ça sort, le fait que c'est mauvais pour mes tartes, le fait qu'il a toujours l'air de bouder, je veux dire Trump, le fait qu'on dirait un enfant qui casse tous ses jouets le jour de Noël puis le regrette, le fait que les jouets de Trump sont plutôt du genre dangereux, le fait que je suis contente que Maman et Papa n'aient pas eu à voir autant la tête de Trump que nous, le fait qu'ils n'auront pas à assister à la fin du monde, mais nous si, peut-être, effondrement de corniche, extinction, extermination, cimetière de Highgate, le fait qu'à Londres à la récré on buvait du lait à température ambiante, qui avait un goût un peu sucré, plus sucré que le goût du lait froid, mais avec le temps j'ai fini par l'apprécier, et des « biscottes », le fait qu'au début les biscottes m'ont laissée perplexe, mais ce n'était pas mauvais avec du lait, le fait que plus personne ne mange de biscottes, je crois, même en Angleterre, le fait que les gens mangent-ils encore du Spam, le fait que la huit milliardième boîte de Spam a été vendue en 2012, le fait que j'aimerais que les gens reportent plutôt leur dévolu sur les tartes, avions-cargos, culte du cargo, le fait qu'on regarde peut-être trop de films, le fait que Laura Ingalls Wilder faisait la lecture à Almanzo et à Rose tout en tricotant, le fait que pourquoi tricoter ne s'écrit pas « tricotter » avec deux T, deux aiguilles, Guyane, gnome, gnou, Ganesh, sur les genoux, le fait que la copine de Stacy, la petite Chantelle, ne mangeait rien de ce que je lui préparais, le fait que la pauvre petite détestait tout ce qui n'était pas préparé par sa mère, mais elle voulait jouer avec Stace et donc elle venait régulièrement, le fait qu'elle est venue avec son propre repas pendant quelque temps, mais ça semblait la gêner de le manger, et je le retrouvais souvent quelque part dans la maison après son départ, rien que des sandwiches au beurre de cacahuète sans la croûte, et une petite boisson, le fait que j'aurais pu lui en faire, le fait que je crois qu'elle se rendait compte que c'était un peu insultant d'apporter sa propre nourriture chez quelqu'un d'autre, même si je faisais tout mon possible pour ne pas avoir l'air vexée ou je ne sais quoi, le fait qu'un jour ça a changé, le jour où j'ai fait du poulet frit pour Stace, le fait que Chantelle aimait tellement le poulet frit qu'elle en a goûté dans l'assiette de Stacey et à partir de ce moment, chaque fois qu'elle venait, je lui faisais du poulet frit, le fait qu'elle me demandait chaque fois s'il allait y avoir du poulet frit et elle mangeait tout le poulet frit que je faisais, le fait que je suis devenue son KFC personnel, pauvre petite, deux cent soixante milliards de poules par an, My Little Pony, le fait qu'elle n'était pas aussi agaçante qu'Abigail, qui avait toujours faim et mangeait absolument tout ce que vous lui serviez, mais ça ne suffisait pas, le fait qu'elle avait toujours faim, le fait qu'elle devait avoir des vers, cette gamine, le fait qu'elle était maigre comme un clou, une brindille, le fait que si vous lui donniez tout ce qu'elle voulait elle vomissait souvent, alors c'était délicat de savoir quelle quantité lui donner, le fait qu'elle se comportait comme si elle mourait de faim, toujours à demander quelque chose à manger ou quand est-ce que le repas serait prêt, ou me demandant quelle heure il était au cas où c'était l'heure du dîner, le fait qu'elle appelait alors sa mère pour qu'elle vienne la chercher mais après elles étaient toujours en train de jouer quand sa mère arrivait, Barbie ou Trolls ou poneys en plastique, et je devais parler à sa mère pas très sympa pendant une heure, le fait qu'on a toujours une valise pleine de poneys dans le grenier, Eleanor Roosevelt, feuilles d'impôts, le fait que Jake et Gillian n'ont jamais joué à My Little Pony, et Ben hurlait si jamais il devait en toucher un, le fait que Marcella Hazan dit qu'il faudrait se mettre à table de bon cœur comme un enfant qui se jette dans les bras de sa mère, cuisiner avec amour, le fait qu'on est censé aimer les gens pour qui on cuisine, ou c'est ce que disait le chef du Lutèce, le fait que je ne sais pas si j'aime tous les gens pour qui je cuisine mais j'essaie, le fait que j'essaie de n'empoisonner personne, en tout cas, émoi, Leo, le fait que j'aime bien Cathy, le fait que je crois que je cuisine vraiment pour elle, le fait que je ne sais pas si j'aime ses clients, parce que certains sont des grandes gueules, des bas du front, des chasseurs, des pro-guns, le fait que c'est horrible à dire, je sais, le fait que même s'ils ne sont pas très futés ce sont peut-être des gens bien, *Orgueil et Préjugés*, le fait que c'est horrible, je sais, mais la phrase « de la confiture aux cochons » me vient parfois à l'esprit quand je cuisine et livre mes tartes, pas juste chez Cathy's, mais à peu près partout, le fait que je ne sais pas si tout le monde se rend compte du travail qu'exige une bonne tarte Tatin, ou même un roulé à la cannelle, le fait que j'en doute fort, mais bon, les gens n'ont pas besoin de savoir, ils achètent et mangent ce que je fais, le fait que le mari de Julie dans *Julie & Julia* s'empiffre de gâteaux au chocolat jusqu'à s'en donner des brûlures d'estomac, le fait que j'ai vu des gens ne faire qu'une bouchée de mes roulés à la cannelle, le fait que c'est leur façon de montrer qu'ils aiment ça, je suppose, mais bâfrer n'est pas déguster, *finesse*, gloups, Gullah, goulet, glouglou, nec plus ultra, alpha-beta cheetah, le fait que quand le New York Lutèce a été vendu les proprios en ont ouvert un nouveau à Las Vegas, le fait qu'il faut aimer les gens pour qui on cuisine, Las Vegas, appartement à temps partagé, craps, le fait que comment s'appelle ce faux hôtel vénitien là-bas, le Vénitien ou je ne sais quoi, Fenice, Venezia, le fait qu'ils ont un petit tronçon de « canal » pour que les gondoles circulent, le genre décor à la Fred Astaire, le fait que c'est juste une petite mare en réalité, et pas très avenante, le fait qu'ils devraient installer un canal Érié au milieu de Las Vegas, avec des péniches, tuerie, tueur, le fait que Katharine Hepburn a eu une conjonctivite après être tombée à la renverse dans un canal à Venise, au cours d'un tournage, cinéma, le fait qu'elle insistait toujours pour faire ses propres cascades, parce qu'elle était très athlétique, le fait qu'elle n'a plus jamais eu de mal à pleurer dans un film après ça, à cause de cette conjonctivite permanente, le fait qu'elle pleure beaucoup, le fait que *Vous ne l'emporterez pas avec vous* a presque le même casting que *La vie est belle*, mais *Vous ne l'emporterez pas avec vous* est trop loufoque, le fait que ça n'a pas été un succès, et Jean Arthur joue dedans mais elle n'a pas un rôle important, le fait qu'elle ne joue pas dans *La vie est belle*, le fait qu'elle joue dans *Mr Smith va au Sénat*, Jean Arthur et James Stewart et Claude Rains, qui était anglais à l'origine, le fait que si une poule attrape froid il faut lui mettre de l'ase fétide et du beurre sur les narines, enfin c'est ce que dit Ronny, le fait que j'avais peur qu'il dise de l'argent colloïdal, parce que des tas de gens ne jurent que par ce truc pour soigner le rhume, le fait que je ne sais pas mais *eux* si, rhume de poule, grippe aviaire, le fait que Ronny passe tout le temps maintenant, soi-disant pour m'apporter la nourriture des poules, mais parfois juste parce qu'il est dans le coin, passe-partout, Beethoven, le fait que je ne me sens vraiment pas de lui demander d'entrer quand je suis toute seule, le fait que Laura Ingalls Wilder envoie balader cinq Indiens alors qu'elle est toute seule, le fait que je ne connais pas bien Ronny, et j'aimerais qu'il arrête de m'embêter, le fait qu'il m'interrompt deux fois par mois alors que je suis en train de faire mes roulés à la cannelle, le fait qu'il est comme le type de Porlock, le fait que faire des roulés à la cannelle est un processus délicat, et je ne peux pas toujours m'arrêter en plein milieu pour n'importe quelle raison, le fait que le kiwi aura peut-être disparu d'ici cinquante ans, et un autre animal, je ne sais plus lequel, girafes ou éléphants, et les koalas, le fait que les pandas ne sont plus une espèce menacée maintenant, mais leur habitat est menacé, lui, le fait qu'un zoo a installé un refuge pour pandas mais a planté la mauvaise espèce de bambous et les pandas n'en veulent pas, bamboche, le fait que Cathy aime m'appeler, « appel de courtoisie », et me raconter des ragots et me faire part de ses problèmes, le fait qu'elle comprend le cas de Stacy, parce qu'elle a traversé la même chose avec Marcia, travers de porc grillés, le fait qu'elle n'arrête pas de me dire que tout va s'arranger, ce qui est difficile à imaginer vu que Stacy refuse de m'adresser la parole, le fait qu'on devrait peut-être faire une thérapie familiale, le fait que j'espère que Cathy aime les tartes, le fait qu'elle veut vendre également ma fanouropita, le fait que je me demande si ça marche quand on en achète une toute faite, je veux dire si ça vous aide à retrouver les choses, le fait qu'on va appeler ça du pain trouvé, par opposition à pain perdu, chien perdu sans goûter, ready-made, reddition, le fait que le vrai problème c'est le père de Cathy, le fait qu'il refuse d'arrêter de conduire, alors qu'il a quatre-vingt-dix-sept ans et ne voit plus que d'un œil et doit passer la tête par la fenêtre quand il tourne à gauche, le fait qu'il ne voit plus les gens qui traversent aux passages piétons, dit Cathy, et la nuit il ne voit rien, le fait qu'il conduit dangereusement depuis près de dix ans, le fait qu'elle ne veut pas le voir atterrir à l'hôpital, ou au tribunal, ou apprendre qu'il a renversé quelqu'un, le fait qu'un homme de quatre-vingts ans a écrasé un bébé la semaine dernière, dans sa poussette, à un passage piéton, Le Taï-Chi Est-Il Bon Pour Vous ?, taekwondo, jiu-jitsu, le fait que Cathy lui a dit « Les victimes vous font des procès de nos jours », mais il ne veut rien entendre, et maintenant elle interdit à Marcia de monter avec lui parce que la dernière fois qu'il a ramené Cathy et Art chez eux après le travail il est presque rentré dans une voiture à l'arrêt, le fait que sa vision nocturne est une cata, le fait qu'Art était à l'avant avec lui et, s'il ne l'avait pas prévenu, le père de Cathy aurait probablement tué Art, parce que Art était à la place du mort, le fait que je ne sais jamais trop quoi dire quand Cathy me parle de ça, le fait que qui suis-je pour donner des conseils, le fait que Maman est décédée à soixante ans passés, et qu'aucun des deux n'a vécu aussi longtemps, le fait que la seule chose que j'ai trouvée à dire c'est que son père devrait peut-être faire don de sa voiture à une station de radio ou je ne sais quoi pour obtenir une réduction d'impôts, le fait que cette idée lui a vraiment plu, mais elle ne sait toujours pas comment le persuader, le fait que bien sûr ce n'est pas facile pour une vieille personne de vivre sans voiture, même si Art et Cathy lui font toutes les courses dont il a besoin, le fait qu'il trouve tout ce qu'il veut au Country Shoppe, mais ça dure depuis des années, le fait qu'il n'y a pas des masses de bus s'il doit se déplacer, mais il n'a pas vraiment envie de bouger, enfin c'est ce que dit Cathy, sauf peut-être pour aller à la pharmacie, et chez le coiffeur, le fait que la maman et le papa de Leo sont décédés depuis un moment, alors je ne sais pas trop ce que c'est que de s'inquiéter pour quelqu'un de quatre-vingt-dix-sept ans, le fait que le principal centre d'intérêt du papa de Cathy en dehors de la maison consiste à aller chercher ses médicaments, mais ils peuvent les livrer, ou il y a les taxis, Lyft, Uber, Up Hail, le fait qu'il pourrait même demander à Ronny de le conduire où il veut, le fait que Ronny ne sait pas trop quoi faire de son temps, le fait que Ronny pourrait faire plein de courses pour lui s'il le lui demandait, et comme ça Cathy n'aurait pas à lui acheter son Coca et son papier-toilette en permanence, le fait que je devrais en parler à Ronny, le fait qu'il s'entendrait peut-être bien avec son père, le fait que son père aimerait peut-être qu'un type comme Ronny se pointe tout le temps, le fait que Papa pleurait quand la femme de ménage prend la défense du père de George, dans *La vie est belle*, et quand George et Mary décident de se marier, et parlent au vieux Hee-Haw par le téléphone à l'ancienne, avec la mère de Mary qui écoute la conversation sur l'autre appareil en haut des marches, le fait que c'est dur de ne pas pleurer quand tous ces gens apportent de l'argent à George pour le sortir d'affaire, après qu'il a failli se suicider, en sautant d'un pont, sautoir, le fait qu'un gosse a sauté du Golden Gate Bridge et survécu, le fait que les gens qui sautent des ponts sont pris en compte dans la construction des ponts, parce que les ponts attirent toujours les gens dépressifs, le fait que je crois que ça excite leur imagination, le fait que *La vie est belle* est un peu comme un rêve, surtout quand Clarence efface toute l'existence de George pendant un temps, le fait que ça ressemble plus à un cauchemar quand George comprend enfin qu'il n'est jamais né, n'a jamais existé, et que par conséquent son frère Harry est décédé quand il était petit parce que George n'était pas là pour le sauver, et du coup Harry n'a jamais pu sauver le bateau qui transportait des soldats pendant la guerre, le fait que la mère de George est veuve et tient une pension et ne le reconnaît pas, le fait que c'est flippant, et son oncle est à l'asile de fous et l'entreprise Bailey Brothers Building & Loan a disparu depuis longtemps et idem pour tout ce qui était bien à Bedford Falls, le fait que la blonde est devenue une prostituée, Ida, Ivy, je ne sais plus, et que Mary est bibliothécaire et vieille fille, et porte des lunettes, « Elle s'apprête à fermer la bibliothèque ! », le fait que je me demande si Newcomerstown serait différent si je n'étais jamais née, le fait que je ne crois pas, le fait que pour ce que j'en sais je n'ai guère apporté ma contribution à cet endroit, le fait que je n'ai sauvé aucune vie, sauf peut-être celle de mes enfants de temps en temps, comme n'importe quelle mère, sans même m'en apercevoir, le fait que je m'en souviendrais si j'avais sauvé quelqu'un d'autre, le fait que je suis bien trop timide pour sauver qui que ce soit, le fait que les gens timides sont un fardeau pour l'humanité, quand on y réfléchit, le fait que leur lâcheté n'aide personne, le fait que la timidité interfère avec la compassion, j'en suis sûre, conférence TED, douleur à la hanche, *Violet*, le fait qu'elle s'appelle Violet, martinets, le fait que je crois que si je n'étais pas née je ne manquerais à personne, ça ne changerait rien d'un iota, ion, éon, Ithaca, Peolia, sauf qu'il y aurait moins de tartes Tatin, peut-être, et aucun sandwich à la viande hachée sur la table ce soir, « se mettre à table de bon cœur », mais il n'y aurait pas d'enfants ici pour manger mes sandwiches à la viande hachée, et donc ça ne gênerait personne, le fait que cette pensée me fait pleurer, Papa qui pleure, le fait que je ne veux pas que mes enfants ne soient jamais nés, ni moi non plus, côtes de porc au cognac et à la crème aigre, madeleines, patates douces, pâte à tartiner, bâton hémostatique, bec-en-sabot du Nil, le fait que j'ai toujours aimé les sandwiches à la viande hachée mais qu'on n'en a jamais mangé à la maison, juste des hamburgers, le fait que dans ma famille on mangeait parfois des hamburgers sans petit pain, ce que Leo trouve inconvenant, le fait que je suis d'accord, mais bon, le fait que j'ai toujours préféré les sandwiches au fromage grillé, le fait que la cantine sert des croquettes de pommes de terre aux enfants, le fait que j'ignore ce qu'ils mettent dedans et je ne veux pas y penser, le fait que tout ce que je sais c'est qu'elles ont l'air extrudées, les croquettes, pas les personnes qui les mangent, le fait que Leo aime bien les cheeseburgers, le fait qu'il faut qu'il en mange chaque semaine sinon il se sent bizarre, froissé, froissement, de façon tranchée, tranche de bonheur, à cœur joie, à cœur ouvert, le fait que j'ai eu une opération à cœur ouvert, le fait que Leo a le cœur sur la main, et ne s'énerve jamais, le fait que je pourrais être plus audacieuse, je veux dire pour les repas en famille, vu que je suis à la maison toute la journée, le fait que je finis toujours par cuisiner les mêmes trucs sans jamais rien essayer de nouveau, le fait que je suis coincée dans une ornière, mais la vie est plus tranquille ainsi, c'est sûr, le fait qu'après avoir cuisiné toute la journée je ne m'intéresse plus trop à ce qu'on va manger le soir, bon sang, le fait que je suis trop occupée à faire des huîtres à la Rockefeller, huîtres gratinées, bouillies ou crues, des « zouitres », comme dans ce livre que m'a passé Leo, le fait que j'espère que ce n'était pas pour que je lui fasse ces trucs, parce que, franchement, je n'ai pas le temps de faire des crabes en mue et des beignets de crabe, et des croquettes au crabe, crabe bouilli, cake au crabe, cake aux palourdes, palourdes gratinées, palourdes farcies, cassolette au riz et aux crevettes, crevettes du Bayou, crevettes à la créole, crevettes grillées, écrevisses, crustacés, langoustines et coquilles Saint-Jacques, écrevisse à l'étouffée, flet farci, turbot frit, soupe à la perche du lac Érié, mais qui voudrait de ça, ou poisson-chat en croûte à la moutarde, moules marinière, ceviche de morue, cioppino, truite de rivière, truite de lac, tilapia au citron et à l'ail, acras de morue, acras de thon, cake au thon et aux chips, salade de thon en gelée, sandwich au thon, thon à la royale, tartare de thon, surprise de thon, le fait que la surprise c'est qu'il est servi avec des nouilles, sardines sur toast, gefilte fish, fausse soupe de tortue, homard Thermidor, homard Newburg, homard de Yonghe, les tortues sauvages dans notre jardin à Rome, le fait que Pierre est décédé à Rome, quand j'étais plus jeune que Ben, je veux dire Jake, et le véto italien s'est signé, boulettes suédoises, ragoût de tripes, timbales, longe de porc au sirop d'érable, porc effiloché, fricassée de saucisse, chiche-kebabs, paupiettes de veau au fromage, escalopes viennoises, côtelettes de veau, escalopes de veau, œufs Benedict, œufs de Pâques, crème aux œufs, œufs cocotte, deux couchés sans bavoir, œuf foo yung, omelettes au jambon, bœuf-carottes, knish, jibarito, bratwurst, le fait que penser à tous ces plats est écœurant, le fait que c'est sûrement très mauvais pour la santé, saucisse de foie de porc, raviolis farcis, raviolis farceurs, quesadillas, jambalaya, mole poblano, habaneros, paprika, hot-dogs, fricassée, kasha, couscous et quinoa, polenta au fromage, céréales, jambon glacé au miel, boulettes de porc, travers de porc sauce hawaïenne, côtes de porc à la sauce au poivre, pieds de porc en gelée, jambon cuit au four, côtes de porc, choux aux pommes, chow mein, chop suey, sukiyaki, spätzle, welsh rarebit, le fait que Leo ne peut pas vouloir ça, impossible, welsh rarebit, le fait que ça ressemble à, oh mon Dieu, ripaille, Rip Van Winkle, Doreen Van Kinkel, le fait qu'il y a l'osso bucco, que Leo pourrait aimer, et les escalopes viennoises, les saltimbocca de veau, les boulettes de bœuf, ah, les boulettes de bœuf, Maman, palette rôtie, tout ce qui se fait en gratin, pâté de foie gras, foie et oignons, mortadelle, ragoût de mouton, gougères, cookies, blinis, blintzes, pancakes, pain au maïs, tourte au maïs, tourte, porridge, le fait que c'était le petit déjeuner préféré de George Washington, porridge, la torpeur des êtres entravés, purée toute faite, beignets de maïs frits, le fait qu'on pourrait alterner entre roulés au fromage bacon, roulés-boulés, dips crémeux, chips de maïs, guacamole, salsa, œufs mimosas, biscuits KFC, fondue au cheddar, allumettes au fromage, pop-corn, graines de tournesol pimentées, et crevettes sauce cocktail, coquin, coquille, cochon, nichon, andouillettes, pierogi, pizza, sauce Béchamel, steak du pauvre, aspic de tomate, aspic vite fait, le fait que je me demande ce que ça veut dire, comme si quelqu'un allait mourir de faim et qu'il lui fallait un aspic toutes affaires cessantes, rôti de porc au sirop d'érable, jarret de porc, pan lapin, petit déjeuner amish, carne adorada, goetta, runzas, bierocks, saucisse Kielbasa cuisson lente à la bière, plat-de-côtes, travers laqués, travers grillés au barbecue dont l'odeur traverse les jardins, jambons bouillis, jambons rôtis, bœuf rôti, filet de bœuf, le fait que j'ai déjà la recette d'Abby pour les filets de bœuf, et la recette de sa sauce barbecue, oignons frits, la cave d'Abby, la chaudière d'Abby, bœuf séché, bœuf pressé à la crème, corned-beef au chou, poitrine de bœuf, bœuf braisé aux oignons, palette rôtie, bifteck, bœuf Strogonoff, plat bouilli de Nouvelle-Angleterre, pot-au-feu de Papa, pain de viande avec des œufs et du poivre vert, la recette d'Abby, papier peint imitation brique, crapette et glace aux éclats de chocolat au dessert, bavette, cube steak, ragoût de Brunswick, burgers au poivre, purée, sauce au jus d'écureuil, ragoût d'opossum, chili con carne, chili aux spaghetti, bars à chili de Cincinnati, Skyline versus Empress, dinde rôtie nappée de sauce aux airelles, canard rôti façon Chicago, soupe de dinde, chili de dinde, dinde cuite dans une poubelle, chiles rellenos en casserole, Bierock en casserole, pizza spaghetti en casserole, *Naufrage* en casserole, le fait qu'on pourrait faire suivre d'un Gâteau Tremblement de Terre, ragoût d'ours brun, goulasch hongrois, gourloche hongrouan, fourre-tout, spaghetti bolognaise, spaghetti à l'ail, spaghetti cajun, macaroni comme à la maison, macaroni et fromage, nouilles amish, escalope de veau aux nouilles, tortellini, cannelloni, boulettes et nouilles Monte-Carlo, quiche lorraine, welsh rarebit, Porcinet, Bourriquet, lasagne, manicotti à la puttanesca, ziti à la tomate, moules farcies, le fait que je devrais plutôt penser à des plats de légumes, le fait qu'on doit servir des légumes verts aux siens, vert Titien, le fait que Stacy aime bien ça, comme la courge spaghetti à la vapeur, le fait que les légumes seraient bienvenus après tous ces trucs lourds, potimarron au four et courge poivrée, chou cavalier, crosses de fougère, mais les légumes peuvent être lourds aussi, raviolis aux épinards, raviolis au potiron, ragoût aux haricots de Lima, ragoût de patates douces, flageolets, fayots, riz et haricots rouges, riz Tex-Mex, carottes caramélisées, carottes marinées, gombo frit, salsifis, salade de petits pois marinés, boulette de maïs, gratin de maïs, cornilles, gratin de pommes de terre, gratin de pommes de terre au fromage, gratin de pommes de terre frites, purée de patates aux cives, kugel de pommes de terre, patates écrasées au cheddar, hachis de pommes de terre, pommes de terre rissolées, pommes de terre à la sauce blanche et au cheddar, patates au four, patates en robe des champs, patates douces au bourbon, pommes de terre allumettes, frites au parmesan et à la truffe, encore des croquettes, succotash, choucroute, chou à la crème, chou à la sauce aigre-douce, chou rouge aux pommes, angélique sautée, cole-slaw, tomates ou poivrons farcis, tomates vertes frites, tomates vertes en saumure, piccalilli, condiments, tomates séchées, haricots marinés, haricots marinés piquants, pastèque en saumure, sauce tandoori, oignons braisés, betteraves en saumure, oh, salade de betteraves, le fait que j'aime bien ça, le fait qu'il y a aussi le gratin de chou-fleur, le fait que le gratin d'asperges est assez facile à faire, mais je n'aime pas les patates douces avec des guimauves, le fait que je ne sais pas comment on peut manger ça, mais les enfants aiment, potée aux navets, pan lapin, maque choux, aubergine au parmesan comme la faisait Maman, et pourquoi pas une salade, saladsky, concombre, tzuke, courgette, salade Waldorf, salade César, salade de riz Louisville, salade d'avocats, salade du chef, salade Cobb, salade au thon, salade de pommes de terre, salade de nouilles, salade cardinale, salade de conques, salades de courgettes, salade à la gelée d'orange, salade aux sept couches, salade florentine, salade Michigan, salade de fruits aux myrtilles et aux tortellini, salade de fruits renversée, avec vinaigrette au bleu, vinaigrette des Mille-Îles, vinaigrette

Paul Newman, mayonnaise et fromage à tartiner, cottage-cheese, sel au céleri, sauce Worcestershire et sauce Tabasco, Avery Island, repas en famille, le Roi du Silence, le fait que j'étais comme Gillian quand j'étais petite, le fait que personne ne m'écoutait jamais, le fait que par ailleurs je n'avais pas grand-chose à dire, alors que Gillian si, le fait que dans une famille nombreuse c'est dur de se faire entendre, le fait que le plat préféré de Maman c'était les côtes de porc à la crème aigre et au cognac, le fait qu'on était tous très fiers qu'elle sache faire ça, et je pense qu'elle aussi en était fière, le fait que ça nous paraissait très compliqué parce qu'il fallait ajouter du cognac à la fin et faire flamber le tout, le fait que peu de gens faisaient des plats flambés à l'époque, le fait qu'après la phase cognac on ajoutait la crème aigre, on couvrait et on laissait frémir encore quelques minutes, et c'était vraiment délicieux, le fait que je devrais faire ça à Leo, le fait que même les enfants aimeraient si ça se trouve, le fait que je devrais vraiment en faire, le fait que j'ai encore sa recette quelque part, et le poêlon dont elle se servait pour le préparer, avec le couvercle, mais je ne crois pas que les enfants seraient partants, le fait que les enfants savent ce qu'ils veulent manger, grange au Connemara, ânes et chiots, oreillers, le fait que les petits Américains semblent savoir dès la naissance qu'il leur faut des hamburgers et des frites, frites de la liberté, et du Coca, le fait que je n'ai jamais aimé le Coca, ce qui n'est pas très patriotique de ma part, le fait que j'ai toujours pris de la root-beer à la place, le fait que maintenant que j'y pense je suis sûre que les enfants adoreraient que je fasse flamber quelque chose, avion dans le jardin, le fait que ça serait marrant de voir leurs têtes, si je faisais sauter les côtes de porc avec ma daguette, le fait que je pourrais utiliser un lance-flammes ou je ne sais quoi, comme ce truc pour la crème brûlée, détente facile, détente, attente, oncle, le fait que l'autre jour un père a tué son ex et ses deux filles à Cincinnati, mais une des filles a survécu, et le père ne s'en est pas aperçu, le fait qu'il était trop occupé à se suicider, le fait qu'il a laissé un mot pour expliquer qu'il avait tué sa femme parce qu'elle l'avait quitté, et qu'il avait tué ses enfants pour qu'ils n'aient pas à grandir dans des familles d'accueil après qu'il aurait tué leur mère et se serait suicidé, fourrière, Un Gâteau Perdu Puis Retrouvé, refuge pour pandas, le fait que maintenant cette petite fille blessée va devoir vivre dans une famille d'accueil, mais au moins elle aura une vie, le fait qu'on devrait probablement recueillir des enfants, et on pourrait le faire si on avait des lits superposés, mais je n'ai déjà pas assez de temps avec les enfants qu'on a, et l'un d'eux ne me parle même plus, alors on ne me laisserait sûrement pas prendre les enfants de qui que ce soit, audit, Pottersville, le fait que je n'ai pas besoin de davantage de stress, le fait que j'ai presque l'âge de Maman quand elle a eu son attaque, le fait qu'aller la voir à l'hôpital a été la pire chose qui me soit jamais arrivée, sa tête enflée, le fait que c'était très choquant, le fait que ça m'a brisée, ce choc m'a brisée, le fait que j'ai changé en une nuit, le fait que je ne pourrai plus jamais vraiment aimer quelqu'un, ou du moins pas autant qu'avant, Clarence, parce que je ne veux pas risquer de connaître ce genre de peine, le fait que ma capacité à aimer a été étouffée dans l'œuf, endommagée, brisée, le fait que je ne devrais certainement pas recueillir quelqu'un, le fait que si ça se trouve l'agence de placement demanderait « Avez-vous subi des traumatismes ? », le fait qu'il y aurait alors le choix entre plusieurs réponses, comme avez-vous subi des traumatismes 1, presque pas, 2, juste un chouïa, 3, vaguement, 4, largement, ou 5, d'une ampleur cataclysmique, mais c'est idiot, échelle de douleur, l'échelle de RÉCONFORT, la barre dans la salle de bains, le rehausseur des toilettes, le déambulateur de Maman, son attelle spéciale à la jambe, les repose-pieds de son fauteuil roulant, les parties de solitaire, sa commode de chevet, sa machine pour monter les escaliers, ses cheveux raides que je lui lavais parfois dans le lavabo, le fait que, mon Dieu, je dois détenir le record mondial de la rancune, le fait qu'il n'y a pas que la Hongrie à mal accueillir les réfugiés syriens, le fait que les États-Unis refusent eux aussi d'aider les réfugiés syriens, le petit garçon du nom d'Omran, le fait que je confonds toujours Susan Sontag et Doris Lessing, le fait que

Susan Sontag a été photographiée par Annie Leibovitz, peut-être aussi Doris Lessing, je ne sais pas, le fait que qu'est-ce que ça peut me faire, le fait que j'associe Susan Sontag à Maman, peut-être parce que Maman la lisait, le fait que Katharine Hepburn était amie avec Howard Hughes, le fait qu'ils ont été ensemble quelque temps, Leo DiCaprio, Leo, le fait que je crois que Susan Sontag et Annie Leibovitz ont été en couple aussi, le fait que, d'après Stephen Hawking, l'humanité disparaîtra d'ici mille ans, mais je pense que ça pourrait être avant, et ma réaction à ça consiste à faire davantage de tartes et à lire des livres de recettes, le fait que, bon, hein, chanter pendant que Rome brûle, allumettes Ohio Blue Tip, mais il faut bien manger, le fait que tous les jours il faut manger, montre, poisson, pain, beurre, le fait que Leo dit que les films ne sont jamais aussi bons que les livres dont ils s'inspirent, et même si un film est bon il ne le sera pas de la même façon, le fait que, par exemple, *Tess* est un assez bon film mais pas comme le livre, fraises, mûres, laitue iceberg, lait, concombres, échalotes, farine, alcool, prunes, 12, une douzaine, le fait que soixante-quinze pour cent des détenues dans les prisons américaines sont des mères, tornade, le fait que le toit s'est effondré sur une femme à Cincinnati, et le type de la télé a dit que c'était « une dame âgée qui se trouvait dans le coin cuisine de sa maison », le fait que était-ce si difficile de dire « une vieille femme est morte dans sa cuisine », le fait que c'est une honte, je veux dire d'incarcérer des mères, le fait que Tabasco ne cultive plus son piment sur Avery Island, pas depuis Katrina, le fait que quatre-vingt-trois soldats ont voté le massacre de Gnadenhutten, quatre-vingt-trois, et seuls dix-sept ont voté contre, M-16, AR-15, le fait que des centaines de dauphins-pilotes se sont échoués sur la côte californienne, parce que des gens ont fait exploser des bombes sous l'eau, le fait que pourquoi font-ils exploser des bombes dans le Pacifique, le fait que ça pourrait être le bruit des porte-conteneurs qui les rend fous, le fait que le dioxyde de soufre et les eaux usées des porte-conteneurs créent des zones mortes dans l'océan, teckel, Fusillade en cours, le fait que les baleines et les dauphins seront contents quand les humains disparaîtront dans mille ans, si jamais ils nous survivent, le fait que c'est ça le monde que je laisse à mes enfants, ça, baleines, peines, salade de carottes, pas de raisins secs, la statue de Wilde allongé sur un rocher dans Merrion Square, avec une expression stupide sur le visage, le fait qu'Abby et Hoag sont allés un jour en Irlande, Knox, le fait qu'ils avaient tous deux des ancêtres irlandais, le fait qu'Abby savait toujours dans quel ordre faire les choses, comme faire la poussière avant de passer l'aspirateur, ce que j'oublie toujours, le fait que je n'ai jamais appris ces trucs, le fait que personne ne m'a jamais rien appris, le fait que j'ai grandi comme une orpheline, une enfant placée, « Annie la petite orpheline », Anne Shirley, *Anne et la Maison aux pignons verts*, parce que Maman est tombée malade, le fait que je suppose que j'aurais pu apprendre à tenir une maison avec Abby, mais j'ai juste regardé, je n'ai pas vraiment pris le pli, poète local, le fait que les porte-conteneurs sont responsables de la moitié du smog à LA, tout ça parce qu'il est moins cher de trimballer des choses partout dans le monde que de payer des travailleurs sur place, dioxyde de soufre, le fait que j'ai presque envie de m'échouer moi aussi, là, chaque fois qu'une moto passe devant notre fenêtre, cithare, sybarite, ciguë, xylophone, le fait que j'aimerais que les gens arrêtent de rendre les aigles responsables de leurs problèmes, « Je ne suis pas une bête de somme. N'ai-je pas le droit d'être libre ? », New Deal, prisons, serfs,

*

Imminence de la pluie. Elle savait toujours quand la pluie allait tomber, elle la sentait dans les pierres. Elle savait si des ronds concentriques sur l'eau étaient causés par la pluie et non par des grenouilles, des poissons, des feuilles ou des insectes.

Un porc-épic passa près d'elle. Après plusieurs déconvenues avec l'un d'eux – museau écorché, patte entaillée – la femelle couguar ne les aimait pas du tout, et n'avait aucune envie que leurs piquants blessent un petit trop curieux. Elle savait comment retourner un porc-épic sur le dos avant qu'il sorte ses piquants.

Elle bondit sur la créature pataude avant même que ses petits la voient. Très vite, ils glapirent de joie en dévorant la chair tendre du ventre du porc-épic, même si ce goût était nouveau pour eux et que ça faisait à peine un en-cas pour eux trois.

La veille, elle leur avait appris comment évacuer délicatement les excréments hors d'un chevreuil avant de manger ses tripes.

Tandis que les lionceaux mâchaient les piquants et se disputaient la carcasse vide du porc-épic, la femelle couguar se tenait en haut de son rocher, et cherchait dans l'air l'odeur de son amant éconduit. Un jour, ses petits apprendraient à rester immobiles, à se déplacer lentement et en silence pour ne pas être vus. On ne peut pas sans cesse gambader. Un couguar doit savoir maîtriser l'art de l'immobilité.

Les lionceaux finirent par la rejoindre sur le rocher pour téter sous la pluie. N'ayant pas sommeil, ils sautaient courageusement sur sa queue, comme s'il s'agissait d'un serpent : elle était longue et large et ferme, tel un serpent à sonnette. Ils allaient la tuer pour de bon, ou s'épuiser en essayant de la tuer. Ils se prenaient tellement au jeu qu'ils retombaient en crachant, surpris et dépités, quand sa pointe noire se relevait de nouveau, intacte.

*

le fait que j'ai rêvé que j'allais rendre des affaires aux Kinkel mais j'oubliais le fromage en tranches, le fait que je n'arrêtais pas de me dire dans le rêve, bon sang, j'oublie toujours tout, le fait que j'oubliais aussi de m'habiller, et ne portais qu'un petit chemisier et rien d'autre, le fait que les Kinkel dormaient quand j'arrivais là-bas et je devais les réveiller et leur demander des vêtements, le fait que c'était très gênant, surtout quand Doreen allait me chercher une barbotière, et Jerry détournait le regard pendant que je la mettais, le fait que j'avais quitté la maison en même temps que Nanya et Leo partaient, et aucun des deux n'avait paru s'apercevoir que j'étais quasiment nue, ou en tout cas n'avait rien dit, le fait que Nanya allait essayer de décrocher un rôle, et Leo était parti travailler, le fait que je ne sais pas d'où tout ça est sorti, le fait que je suis sûre que Nanya n'a jamais voulu être actrice, le fait que la seule chose qui l'intéresse c'est l'art, le fait que depuis *Annie, reine du cirque* Stacy adore les comédies musicales et a déjà regardé, fascinée, *Oklahoma !*, *Un violon sur le toit*, *Haute société*, *Noël blanc*, *Chantons sous la pluie*, *Un Américain à Paris*, *La Foire aux illusions*, *My Fair Lady* et *La Mélodie du bonheur*, le fait que pendant qu'elle regarde ces films elle m'aide parfois à peler les pommes, donc ça me va, le fait qu'elle ne s'est encore jamais intéressée aux comédies musicales avant, ou au chant et à la danse, même quand ses amies apportent leurs guitares et se mettent à jouer dans le sous-sol, le fait qu'on a essayé de mettre chaque enfant à un instrument mais ça n'a pas vraiment marché, le fait qu'on n'arrivait pas à les convaincre de s'entraîner, Gâteau aux ananas renversé, le fait qu'on a mis d'abord Stace au piano mais elle voulait briller tout de suite, le fait que Stacy refuse de faire quoi que ce soit si elle ne peut pas y exceller, le fait que je lui ai dit de ne pas penser à ce que la musique pouvait faire pour elle mais à ce qu'elle pouvait faire pour la musique, mais pas question, le fait qu'ils ne touchent presque plus à leurs instruments, mais comment leur en vouloir, le fait que qui a envie de faire de la flûte à bec, ou de s'escrimer sur un violon, le fait qu'heureusement Gillian a arrêté au bout de quinze jours, le fait qu'Ethan a joué du basson et Phoebe de la flûte et moi j'ai joué du violoncelle quelque temps, le fait que j'aime toujours le son du basson, le fait qu'on n'enseigne plus la musique à l'école, sauf si on veut faire partie de l'orchestre JROTC, le fait que Stacy semble n'apprécier que la transe ou le trap ou je ne sais quoi, mitti attar, alors son engouement soudain pour les vieilles comédies musicales est un vrai mystère, secousse sismique, le fait qu'elle aime les vieux standards en Technicolor d'Hollywood, pas les films de Fred Astaire en noir et blanc, et rien qui soit non plus trop récent, comme *Grease* ou *Dirty Dancing*, ou *Cats* ou *Oliver !* ou *Hamilton* ou *Avenue Q*, le fait qu'elle aime juste les vieux classiques, plus c'est niais plus ça lui plaît, le fait que c'est impossible de regarder des comédies musicales avec Leo, le fait qu'il dit qu'il ne supporte pas de voir les gens sauter sur les meubles pour brailler une chanson, les bras écartés, c'est au-dessus de ses forces, le fait qu'il n'aime que les opéras, et un show de Gilbert et Sullivan de temps en temps, sur CD, opéra, opérette, comédie musicale, le fait que je trouve incroyable qu'Hollywood ait réussi à convaincre des gens de regarder des comédies musicales, le fait qu'il dit qu'il y a toujours une scène dans les comédies de Rogers & Hammerstein où la femme court en petite tenue, le fait qu'il pense que Rogers ou Hammerstein aimait les sous-vêtements d'autrefois, ou alors c'est le public, le fait que, bon, à un moment dans le film les actrices doivent toutes se mettre en corset et jupons ou corsage ou chemise de nuit ou crinoline, comme dans *Oklahoma !*, la recette de la sauce barbecue de Katie, quand toutes les femmes se préparent pour le pique-nique ou le bal dans la grange, le fait qu'il y a trop de danse de ballet dans celui-ci aussi, et qu'on voit trop la Tante Ellen, et que le rêve de Laurey dure des plombes, le fait que je n'aime pas *Oklahoma !*, le fait que c'est adapté d'un livre d'Edna Ferber, qui a écrit *Géant*, qui était très bon, le fait que l'horrible sœur dans *Géant* fait penser à la Tante Ellen dans *Oklahoma !*, le genre solitaire, frustrée, dirigiste, le fait que j'espère que je ne suis pas comme ça, « Elle s'apprête à fermer la bibliothèque ! », le fait que les femmes d'âge mûr sont en général synonymes d'ennuis, dans les films je veux dire, sauf si elles restent sagement en arrière-plan, le fait que Rod Steiger fait vraiment peur, le fait que je trouve qu'il fait trop peur, le fait que je ne sais pas si Stace a eu vraiment peur, mais elle n'a vraiment pas apprécié *Oklahoma !*, le fait qu'elle a dit qu'il y avait trop de danse de ballet, le fait que les comédies musicales ont quelque chose d'irréel, mais je crois que c'est ce que les gens aiment, justement, *Mary Poppins*, le fait que quand vous regardez des gens en train de gambader et de brailler vous arrêtez de penser à vos propres problèmes, pendant une minute, le fait que Stace dit que *The Music Man* est trop surréaliste pour elle, trop bizarre, « T rime avec P qui est l'initiale de piscine… », aïe, « trop surréaliste », le fait que chacun a ses points de friction, je suppose, le fait que j'espère qu'elle ne trouve pas *La Foire aux illusions* « réaliste », le fait que je lui ai fait regarder *La Mélodie du bonheur* après, juste pour voir ce qu'elle en penserait, le fait que je n'aime pas trop les films avec des religieuses, pieuses, la religieuse qui a secoué Maman, mais j'aime bien Christopher Plummer, le fait qu'il a de beaux yeux tristes, ♫ *Edelweiss, edelweiss* ♫, le fait que *La Mélodie du bonheur* doit être le test ultime pour savoir si on aime vraiment les comédies musicales d'Hollywood, avec Julie Andrews qui tournoie dans son dirndl, et tous ces gamins qui pépient en jodhpurs ou ce truc que portent les petits Autrichiens, chausses, chausse-pied, non, *lederhosen*, lederhosen, la famille von Trapp, Tschagenny, fleur en tissu, 60 cm, *Envoyez-moi vos fatigués, vos pauvres, vos cohortes*, le fait que des cohortes de punaises viennent d'arriver, ce qui est une bonne nouvelle pour les poules, moins pour les habitants, le fait que si vous les aspirez, les punaises, pas les habitants, votre aspirateur peut sentir pendant des mois, le fait que les oursins pourpres reviennent eux aussi, le fait qu'ils dévastent tous les varechs, le fait que « lederhosen » est un drôle de mot, le fait qu'ils ont dévoré toutes les forêts de varech de Californie, les oursins, pas les lederhosen, et maintenant ils ont commencé à manger les bernaches aussi, le fait qu'ils sont devenus omnivores, le fait que le blob a tué tout un tas de varechs aussi, le fait qu'il a dérivé jusqu'en Californie il y a quelques années et qu'on n'arrive pas à s'en débarrasser, le fait que, avant, les soleils de mer mangeaient les oursins pourpres mais les étoiles de mer ont attrapé le syndrome du dépérissement, ce qui fait que leurs douzaines de bras se sont mis à tomber, le fait que les salicaires communes dévastent les zones humides, le fait que les scarabées rhinocéros savent voler, le fait que Julie Andrews se fiche pas mal du varech, le fait que tout ce qui intéresse Julie Andrews c'est les Alpes, le fait que personne ici ne supporte les religieuses, alors on a fait avance rapide, le fait que je crois qu'ils ont pris des vraies religieuses pour les jouer, parce que aucune ne semble savoir jouer, Maman quand elle était petite, son cadre de photo brodé, le fait que Stacy a quand même accroché à ce film, le fait que grâce à Stacy et à *La Mélodie du bonheur* j'ai pu faire six tartes Tatin, le fait que quand les choses prennent enfin une tournure romantique dans le belvédère avec Christopher Plummer il faut que Julie Andrews se mette à *gazouiller*, le fait qu'on a l'impression qu'elle va se pâmer, l'appâter, le fait que ça suffirait à faire fuir n'importe quel homme, le fait qu'il n'y aucune chimie entre eux, pas la moindre, pas un iota, ou alors c'est moi qui suis jalouse, le fait que Stacy a remarqué dans le générique la mention « avec l'usage partiel d'idées de Georg Hurdalek », l'usage partiel, le fait que je crois que ses idées étaient nulles, alors ils n'ont pu en utiliser que quelques bouts, le fait que je parie que Georg n'a pas apprécié, le fait qu'on a ensuite regardé les bonus, et il s'avère que tout ne s'est pas bien passé pendant le tournage, le fait que quand ils ont filmé la scène du bateau Julie Andrews a presque laissé se noyer une gamine, le fait qu'elle savait que l'enfant nageait plutôt mal et elle lui avait personnellement promis de la surveiller pendant la scène du bateau, mais dans le chaos du bateau qui se retourne Julie Andrews a complètement oublié la gamine, qui a dû se débattre toute seule, piscine olympique, ♫ *The Stars and Stripes Forever* ♫, le fait que c'est une autre raison pour laquelle tous les enfants devraient apprendre à nager, juste au cas où ils se retrouveraient dans un bateau avec Julie Andrews, le fait qu'elle serait trop occupée à brailler pour les sauver, le fait que les mots « piscine olympique » me remplissent toujours d'effroi, le fait que ce genre de piscine est toujours trop profonde et sombre pour moi, Plummer, plonger, plombier, Tulip, ♫ *Sur la pointe des palmes* ♫, le fait qu'une des religieuses était doublure voix de stars, comme Debbie Reynolds dans *Chantons sous la pluie*, le fait qu'elle a doublé Deborah Kerr dans *Le Roi et moi*, et Audrey Hepburn dans *My Fair Lady* et environ un million d'autres stars qui ne savaient pas chanter une note, le fait que Lauren Bacall sait chanter mais qu'on le regrette, le fait que cette chanteuse, je ne sais plus son nom, touchait 400 $

par film pour ne jamais révéler qu'elle avait doublé toutes ces vedettes et tout le monde croyait qu'elles savaient chanter alors qu'elles en étaient incapables, le fait qu'on pourrait penser qu'ils l'auraient payée un peu mieux que ça pour rester dans l'ombre, et garder le secret, mais non, le fait qu'à la fin elle en a eu assez de cette combine et qu'elle a lâché le morceau, le blob, les radins, les grippe-sous, le fait que ces films frappaient fort, Technicolor, missiles nucléaires nord-coréens, Marni Nixon, le fait qu'elle s'appelait Marni Nixon et qu'elle est morte cette année, *Pas de printemps pour Marnie*, le fait que Dennis Quaid a fait un procès à quelqu'un pour lui avoir dit que *Brokeback Mountain* serait juste un petit film indépendant, le fait qu'ils l'ont poussé à accepter un petit salaire, et après le film a engrangé plein d'argent, des masses, brut, et il a eu l'impression de s'être fait escroquer, le fait qu'on n'a jamais vu *Brokeback Mountain*, Chattanooga Choo Choo, Oscar Mayer, churros, lederhosen, hydrangea, le fait que je viens de donner à Jake une boîte de billes en plastique, et regardez-le, complètement absorbé, le fait que les films avec des religieuses parlent en général de novices qu'on essaie d'enrôler, mais dans *La Mélodie du bonheur* Julie Andrews quitte les ordres pour une vie de famille, famille nucléaire, attaque nucléaire, couvent, ordre, *Roger & Moi*, Roger à vous, garde-côtes, voix rocailleuse, friture vocale, oursin violet, martinet, le fait qu'ils se sont apparemment trompés à peu près sur tous les détails autrichiens dans ce film, sauf que les Autrichiens roulaient toujours à gauche, avant la guerre, gauche, droite, gauche, droite, le fait que Christopher Plummer joue le père, capitaine von Trapp, le fait qu'il n'aimait pas la chanson « Edelweiss », le fait qu'il la trouvait trop gnangnan, le fait que c'était la limite pour lui, mais les autres chansons lui convenaient, allez comprendre, or noir, thé russe, le fait qu'on devait chanter « Edelweiss » à l'école, ainsi que des tas de chansons de *Mary Poppins*, bon sang, le fait que Mary Poppins ressemble beaucoup à Maria von Trapp, peut-être parce que Julie Andrews a joué les deux, la nounou idéale, le fait que Bella Worth connaissait toutes les comédies musicales par cœur, le fait que les types qui ont fait *La Mélodie du bonheur* pensaient vraiment que « Edelweiss » allait être leur « Marseillaise », mais le fait est qu'une bande de gamins coincés chantant « Edelweiss » sur une scène quelque part en Autriche n'a jamais eu le même impact que Paul Henreid chantant « La Marseillaise » dans le café de Rick à Casablanca, le café à Cambridge, Cambridge, *Ohio*, pas Cambridge, Mass., ouvrir des paquets de céréales, le fait que « Edelweiss » est loin derrière, quoi qu'en ait pensé Bella Worth, le fait qu'Ingrid Bergman retombe amoureuse de Paul Henreid à cause de cette chanson, Paul Henreid allumant deux cigarettes en même temps avec Bette Davis, « La Marseillaise », « Edelweiss », « Liebestraum », le fait que Bette Davis joue très bien l'ivresse, le fait que qui d'autre sait faire ça, Meryl Streep, le fait qu'on pourrait croire que la façon la plus facile pour un acteur de jouer l'ivresse consisterait à être vraiment soûl, mais ça ne marche pas comme ça, le fait qu'en général Hollywood ne fait pas de cadeau aux femmes adultères, comme Bette Davis qui a de sérieux ennuis dans *Jalousie*, ou Barbara Stanwyck qui est fichue d'avance dans *Assurance sur la mort*, le fait que c'est une vraie allumeuse, le fait que seule Ingrid Bergman s'en sort, aimer deux hommes, le fait qu'elle est peut-être trop belle pour que les spectateurs lui en veuillent longtemps, le fait qu'au final elle paraît presque innocente, juste une femme déchirée entre deux hommes qu'elle aime, et comme châtiment elle perd Bogie, le fait que son excuse c'est qu'elle ignorait que Paul Henreid était encore en vie quand elle est tombée amoureuse de Humphrey Bogart, le fait que dans la vraie vie elle a été black-listée ou quelque chose comme ça pour être partie avec Rossellini, le fait que tout le monde décède dans *Assurance sur la mort*, sauf peut-être Edward G. Robinson, le fait que Fred MacMurray n'était pas un type très bien, dans la vraie vie, le fait qu'il a trahi quelqu'un, je crois que c'était Mitchell Leisen, le fait que Mitchell Leisen avait gravement besoin d'argent, et Fred MacMurray ne voulait pas lui en prêter, et en plus il s'est montré cruel, le fait que je ne me rappelle plus trop les détails, le fait que Fred MacMurray joue un méchant dans

La Garçonnière, et un type qui tourne mal dans *Assurance sur la mort*, mais dans cet autre film, *Demain est un autre jour*, c'est juste un pauvre mari négligé, le fait qu'il finit par rester avec sa femme au lieu de filer avec Barbara Stanwyck, Rex le Robot qui parle et qui marche, Prises de bec à Hollywood, les prises de bec dans *Certains l'aiment chaud*, « Zowie ! », « Goodbye, Charlie », le fait que *La Mélodie du bonheur* a un arrière-fond sinistre, je ne sais pas pourquoi, le fait que, à mes yeux, les nazis semblent un peu déplacés dans une comédie musicale légère, mais peut-être que je suis la seule à le penser, le fait qu'*America* a un arrière-fond hyper sinistre ces temps-ci, ♫ *Les Z'Animo me rendent zozo* ♫, Gnadenhutten, la cruche Wedgwood cassée, les guêtres, les PFOA, Jason Bourne, le fait qu'un type a balancé une fillette de trois ans depuis un pont dans la Tuscarawas, mais elle va s'en sortir, « Edelweiss », Christopher Plummer, cocktail Molotov, le fait qu'elle s'est cassé le poignet mais sinon elle n'a rien, le fait que le père a sauté lui aussi, et il a survécu, le fait qu'il est actuellement en prison pour tentative de meurtre, le fait qu'il a d'abord suspendu la petite fille au-dessus du pont, pendant que la police essayait de le raisonner, puis il l'a laissée tomber, poignet cassé, brisé, le fait que d'après le manuel d'autodéfense, quand un type vous embête au cinéma, vous êtes censée l'en dissuader en lui parlant, et si ça ne marche pas vous n'avez qu'à lui tirer les cheveux au niveau des tempes, temple, chapelle, religieuses, le fait que si ça ne marche pas vous tirez un bon coup sur sa cravate, pour qu'il s'étrangle, le fait que je ne crois pas que ça puisse marcher, parce que la plupart des hommes ici ne portent plus de cravates, le fait que c'est le problème avec ce manuel d'autodéfense des années 70, le fait que les vêtements sont passés de mode, cheveux longs, serviette humide, plan de travail, cheveux longs, le fait que certains hommes ont un de ces templements, je veux dire tempéraments, le fait que Maria von Trapp avait elle aussi un sale caractère, le fait qu'elle était connue pour ça, le fait qu'elle était coriace, apparemment, plâtre de Paris, le fait que je ne crois pas que Julie Andrews exprime le côté obscur de Maria, le fait qu'elle est trop occupée à gazouiller dans les bois, à l'autrichienne, le fait que la femme qui a abattu ses deux filles au Texas était juste de « mauvaise humeur », religieuse secouant Maman, APP, le fait que vous pouvez aussi donner un coup avec la paume de la main sur le nez du chevelu, mais il faut y aller fort, sinon vous risquez juste de « provoquer une lutte », ce qu'il ne faut pas, avec un chevelu dans une salle obscure, chapeau ciré jaune vif, le fait que les von Trapp étaient complètement fauchés quand ils sont arrivés en Amérique et qu'ils ont dû diriger une station de ski dans le Vermont, le fait qu'on pourrait penser qu'ils ont vécu comme des coqs en pâte après *La Mélodie du bonheur*, mais en fait ils se sont fait escroquer par les producteurs, comme Dennis Quaid, mais en pire peut-être, le fait que je n'aime pas penser à ce qui a dû se passer le jour où Maria von Trapp s'est aperçue qu'ils ne toucheraient jamais leur part du gâteau, le fait que les collines du Vermont ont dû retentir de ses hurlements de rage, le fait que Stace et moi avons également regardé *La Foire aux illusions*, aïe, le lendemain, mais Stace ne m'a pas trop aidée à peler les pommes cette fois-ci, pas parce que *La Foire aux illusions* est fascinant, mais parce qu'elle venait de se mettre du vernis à ongles, le fait que ça ne m'a pas dérangée, et ses ongles étaient incroyables, le fait qu'ils étaient à moitié orange et à moitié vert, avec des paillettes dorées, mais ils étaient élégants, pas excentriques, le fait qu'elle a de jolis doigts, et ça compte, le fait qu'elle devrait vraiment jouer du piano, le fait qu'il faut flanquer un coup de pied dans le tibia du chevelu, et ensuite, quand il est plié en deux, on l'attrape par le col et on lui baisse la tête violemment, et ça lui comprime la pomme d'Adam, le fait que tout coup porté à la pomme d'Adam est hautement recommandé, mon pétrin électrique rouge pompier, oursins violets, le fait qu'heureusement elle ne se les ronge pas, les ongles, pas les agresseurs dans les salles de cinéma, ♫ *dollars to donuts* ♫, le fait que j'ai cette chanson dans la tête maintenant, juste ces mots, « dollars to donuts », tic, tricot, le fait que personne ne se ronge les ongles dans cette famille mais Jake suce encore son pouce, le fait que moi aussi je suçais mon pouce, et Phoebe se rongeait les ongles, mais je ne crois pas qu'Ethan avait de mauvaises habitudes de ce genre, le fait que j'ai trouvé ça très dur d'arrêter de sucer mon pouce, aussi dur que d'apprendre à faire du vélo ou de siffler, le fait que je n'ai jamais su siffler, soufflet, le fait que le mot même me pose problème, le fait que je crois que je trouve juste tout trop difficile, le fait qu'enfant je regimbais devant le moindre obstacle, enjamber, et adulte même chose, le fait que j'ai fini par ne plus sucer mon pouce, parce qu'à dix ans ça devient gênant de devoir expliquer la chose à vos amies quand vous dormez chez elles, le fait que j'ai dû faire de sacrés efforts pour arrêter de sucer mon pouce, et pour apprendre à faire du vélo aussi, et je crois avoir épuisé toute ma bonne volonté dans ces deux tâches, le fait que je n'ai jamais fait assez d'efforts, sauf peut-être avec le moelleux au citron, ou le glaçage au beurre et à la guimauve, le fait que c'est très compliqué, « je le jette », le fait que Stacy a adoré ce truc, pas mon glaçage, la façon dont ils font rimer « Juliet » avec « je le jette », et aussi « amour » et « humour », le fait que la fille qui tombe amoureuse de Dana Andrews est tellement naïve, sans doute parce qu'elle vient de la campagne, le fait que j'ai demandé à Leo comment une jouvencelle comme elle pouvait durer plus d'une minute en ce bas monde, mais il a dit « Les jouvencelles ne risquent rien dans ce monde-là », le fait que l'histoire d'amour entre les cochons me pose problème, le fait que c'est laissé en suspens, le fait que toutes les idylles entre humains finissent bien, mais que l'histoire du cochon amoureux n'a pas de conclusion, le fait que tout ce qu'ils avaient à faire c'était de montrer des porcelets noir et blanc à la fin, juste pour que les choses soient claires, Hollywood, mais ils ne l'ont pas fait, marcassins, fusils à air comprimé, Bazooka Bubble Gum, Bazooka Jo, Superman, Ben déguisé en pirate, le fait que je n'arrive pas à m'ôter de la tête ce « dollars to donuts », dodo, porc, « port épique », le fait que j'aime tenir compagnie à Stacy, quand elle est gentille avec moi, mais je n'aime pas vraiment ces comédies musicales, le fait que j'ai parfois envie qu'une tornade ou je ne sais quoi interrompe leurs braillements, je veux dire dans le film, pas à Newcomerstown, surtout quand ça chante trop, ♫ *dollars to donuts* ♫, le fait qu'on se dit parfois que ces gens ont juste besoin d'être secoués, comme la tornade dans *Le Magicien d'Oz*, poules, punaises, croquettes pour chat, le fait qu'on a toujours rêvé d'une tornade à Evanston, Phoebe et moi, ou d'une inondation, le fait qu'on voulait vraiment se déplacer en ville en barque, le fait que je n'ai jamais compris pourquoi les adultes ne trouvaient pas cette idée amusante, le fait qu'il semble y avoir davantage d'inondations et de tremblements de terre ces temps-ci, ouragans, tornades, feux de forêt, éruptions volcaniques aussi, et blob, derechos, neige à effet de lac, le fait que je ne me rappelle plus maintenant si le porc est blanc avec une rayure noire ou noir avec une rayure blanche, le fait que j'ai une mémoire de poisson rouge, franchement, plateau avec des objets, adultes, enfants adultes, ♫ *dollar to donuts* ♫, le fait que j'aimerais ne jamais avoir pensé à cette chanson, Jake par terre, le fait que les Hongrois balancent des gaz lacrymogènes sur des enfants, fumées de pots d'échappement, conservation de l'énergie, conservation du mouvement, Killbuck Creek, le fait que dans certains de nos DVD de comédies musicales il y a une option karaoké mais je ne proposerais jamais qu'on chante ensemble, le fait que Stacy prendrait ses jambes à son cou si je lui proposais un truc pareil, soupe avec les restes de dinde, pain à l'ail, lasagnes, bœuf haché, tarte au citron, le fait que j'ai besoin d'un nouveau crayon gras pour mes étiquettes de plats congelés, marché Mouffetard, le fait qu'on est tellement habitué à déplacer les pièces, quand on finit un puzzle, que les doigts continuent de remuer quand c'est fini, prêts à déplacer une pièce de plus quand il n'y a plus de pièces à déplacer, Jeremy Driscoll, et Machinchose à Paris, Abby, le fait que je pense souvent à Abby, le fait que je peux penser à elle à n'importe quel moment de la journée, le fait qu'elle me manque tellement parfois que c'en est douloureux, le fait que c'est chouette de voir les enfants enfin dans le jardin, mais notre balançoire à bascule a besoin d'être graissée, 3 en 1, WD-40, le fait que toutes les balançoires à bascule grincent quoi qu'on fasse, mardi, Juliet, je la jette, le fait que je me demande depuis quand les balançoires à bascule existent, le fait qu'elles sont encore très appréciées par les enfants, grande balançoire au pique-nique estival annuel du personnel enseignant de l'université Northwestern, pont à bascule, mécanisme de roulement, décollage, Tower Bridge, le fait que les enfants vont moins jouer dehors qu'avant, le fait que les enfants n'aiment même plus les jouets, le fait que tous les magasins de jouets ferment, le fait que les enfants apprennent la démocratie par les jeux, justice, indépendance, marelle, DU PEUPLE, par le peuple, pour le peuple, 22 février, le fait que Washington n'est pas né le 22 février, le fait qu'il est né le 12, pantins, mégir, C-SPAN, arrêt des activités gouvernementales, Jérôme Bosch, le fait que j'ai rêvé la nuit dernière que j'allais à New York pour un entretien en vue d'un boulot de standardiste, attirée par la promesse d'un revenu régulier, le fait que le bus devait gravir des collines quasi verticales mais y arrivait, et je me retrouvais à New York, et on me disait que j'allais devoir porter une jupe en cuir hyper courte, et d'après eux la jupe n'irait pas à quelqu'un de mon âge, ce qui me vexait énormément, car je ne voyais pas à quoi rimait cette histoire de jupe, même s'ils avaient sûrement raison, le fait qu'elle était peut-être trop courte pour mes genoux noueux, le fait que ce rêve était peut-être un avertissement et que je ne devrais plus porter de jupes en cuir courtes, non que j'en aie jamais mis, cravates, le fait que le seul truc en cuir que j'aie jamais porté c'était la jolie vieille veste en daim de Maman, juste pour des raisons sentimentales, le fait qu'elle me va comme un sac mais je l'aime quand même parce que je me souviens presque de Maman la portant, le fait que je crois qu'elle est au grenier maintenant, New York, le fait que j'envie parfois les gens qui travaillent dans un bureau, même si je deviendrais complètement folle si je devais m'habiller comme il faut, aller au bureau et parler à des gens tous les jours, le fait que j'ai également rêvé que j'étais dans une suite d'hôtel à Paris avec Eldridge Cleaver et il était furieux pour je ne sais quelle raison et donnait des coups de poing dans le mur jusqu'à ce que sa main saigne, Cleveland, Main Avenue Bridge, mais après il se calmait et nous allions dans la pièce à côté, et lui et moi, euh, hmmm, bon, le fait que je crois qu'on batifolait un peu au lit, juste un peu, le fait que j'ai raconté à Leo mon rêve avec Eldridge Cleaver mais sans mentionner la partie sexy, le fait que Leo a dit qu'Eldridge Cleaver dessinait des braguettes quand il vivait au Maroc, le fait que je l'ignorais, braguette, baguette, tartine, Tatin, menu fretin, ♫ *dollars to donuts* ♫, baleines, alène, le fait que c'est plutôt intrigant, les braguettes, pas les baguettes, rhododendrons, capucines, hydrangea, repiquer en mai, chenilles, Cyrano de Bergerac, le fait que j'ai fait du sale boulot en réparant le vieil oryctérope aimanté de Stacy, le fait qu'il est peint en rouge, jaune, bleu et noir, et qu'il perd sa queue, le fait que je crois qu'il est fait à partir d'une toute petite gourde, le fait que la queue était sur le point de tomber alors j'ai essayé de mettre du scotch autour pour la maintenir, et ce faisant j'ai juste réussi à détacher la queue, le fait que la culpabilité que je ressens après ce travail bâclé devrait diminuer dans les heures, les jours, les mois qui viennent, mais ça l'oryctérope s'en fiche, le fait que l'oryctérope restera en sale état, le fait que j'aurais dû laisser Stacy le réparer, ou Gillian, le fait que Gillian est très adroite, le fait que la queue est un détail important parce que la tête et la queue sont mobiles, comme ces chiens en plastique que les gens disposent sur la plage arrière de leur voiture, blob, réchauffement climatique, gale, BOB, Bébé à Bord, le fait que je ne peux pas regarder ces vidéos où des gens fuient des forêts en feu au volant de leur voiture, le fait que les gens pensent qu'ils ne risquent rien tant qu'ils sont dans leur voiture, mais les voitures fondent, et explosent aussi parfois, et tombent en panne, le fait qu'ils sont courageux de confier leur vie à une voiture, le fait que quand elle avait huit ans Stacy a fait une petite poterie de Dilly allaitant deux chatons, le fait que c'est très ressemblant, le fait qu'un des chatons a les mêmes rayures que la mère, mais l'autre est blanc avec des taches noires, le fait que c'est une représentation très fidèle de la portée de Dilly, le fait que les pattes avant de la chatte sont joliment croisées, le fait qu'on a donné tous ses chatons, et c'était dur, mais au moins on a la version en céramique, *Car il est de la tribu du Tigre… Car il sait ramper*, le fait que Stacy a fait ce truc à l'école, le fait que je crois que Stacy est une artiste-née, mais maintenant elle ne peint plus que ses ongles, ou son visage, le fait qu'elle avait bien réussi la taille fine des chats, le fait que les chats ont des hanches très osseuses, les vaches aussi, un peu comme moi, alors ça ne m'étonne pas qu'ils n'aient pas voulu que je porte une jupe en cuir, le fait que je suis bien trop anguleuse pour ce genre de truc maintenant, le fait que les jupes en cuir sont pour les femmes bien en chair, pas celles avec des angles qui saillent de partout, et déforment le cuir, le fait que cette jupe aurait sûrement glissé à mes pieds tout de suite, révélant mes hanches pointues, ainsi que mes genoux, le fait qu'un type plus tout jeune a dit qu'il n'était attiré que par les femmes d'une vingtaine d'années et qu'il n'y pouvait rien, le fait qu'il a dit que les femmes d'âge mûr n'étaient pas attirantes, le fait que je suis brisée, le fait que Leo a dit que les vaches étaient comme les ponts suspendus, la façon dont le corps pend entre les épaules et les hanches, suspension de l'incrédulité, le fait que j'aime bien la tête carrée des vaches, et leurs cous courts, coucou, le fait que le coucou est une des plus belles fleurs au monde, abeilles, saucisse viennoise, lederhosen, robes hollandaises pour enfant, pavot, pivot, PV, privé de vie, Eldridge Cleaver, braguettes, le fait que notre chaise haute pivote sur elle-même, le fait que la chaise haute de Tante Sophia ne pivote pas, le fait que les bébés naissent avec des hanches naturellement souples, bascule, tire-fond, tiraillement, le fait que ça doit être vraiment terrifiant d'être vieux, de ne pas savoir ce qui va se détraquer, le fait que vous savez juste que quelque chose va se détraquer, jupe en cuir ou pas, le fait que j'ai un début de migraine, probablement à cause de l'oryctérope, le fait que j'ai chaud tout à coup du fait de la culpabilité, réparation bâclée, débâcle, le fait que j'ai cassé la queue de ce pauvre oryctérope, mais ce n'est pas la fin du monde, le fait que j'espère que ce n'est pas une bouffée de chaleur, mon Dieu, le fait que c'est illégal de couper la queue des chiens maintenant, ce qui est une bonne chose, mais on a encore le droit de les tailler comme on veut, toilettage canin, caniche, le fait que Pepito avait déjà la queue coupée quand on l'a eu, le fait que je ne sais pas si on coupe encore la queue des moutons, punaises, le fait que les punaises mangent absolument de tout, le fait qu'un fermier a eu toute sa récolte de maïs fichue, le fait qu'il n'y avait plus un seul épi intact, et qu'elles changent le goût du vin aussi, le fait qu'on a droit à un certain nombre de punaises dans les maisons, mais au final le vin a mauvais goût, pareil pour le jus de raisin, le fait qu'on peut les noyer dans de l'eau savonneuse, *Car il sait ramper*, le fait que je n'ai pas envie d'avoir *déjà* des bouffées de chaleur, le fait que je ne suis pas assez vieille, à moins que, démangeaison, le fait que je dois aller voir le gynécologue mardi pour mes démangeaisons, le fait que de plus en plus de filles se font refaire leur, eh bien, leurs parties intimes, le fait que les étamines de l'americophallus titanum penchaient un peu quand on est allés le voir, Amerigo Vespucci, je l'jette, Juliet, le fait que ça pourrait être un nom de star, Jeuljett Juliet, le fait que c'était difficile de sentir l'odeur de souris morte qu'est censée dégager cette plante, pas la pop star, et les enfants sont partis mais je suis restée et je crois que ça sentait un peu, le fait que tous les jardins botaniques du monde veulent avoir leur amorphophallus titanum parce que ça attire plus les foules que n'importe quelle autre plante, mais les enfants doivent faire la queue longtemps, le fait qu'on leur donne une glace ensuite comme récompense, démangeaison, frottis, gynéco, mardi, le fait que pourquoi ils appellent ça comme ça, frottis, friction, friture, fuir, le fait que c'est moche, comme de peindre avec les doigts, le fait que Gillian peut manger de la pâte à tarte crue jusqu'à en vomir si je ne l'arrête pas, une calme ruelle, le fait que les pissenlits commencent tout juste à sortir, le fait qu'ils ont l'air si petits et compacts que je n'ai même pas reconnu que c'étaient des pissenlits, le fait qu'ils sont beaux avec leurs pétales encore tout repliés, patience, le fait que je crois que les pissenlits inhibés sont plus jolis que les pissenlits détendus, voire plus jolis que les jonquilles, ou les soucis, le fait que pas mal de choses commencent à verdir, le fait que les saisons se suivent encore malgré le réchauffement climatique, inondations, le fait que c'est toujours un soulagement, de les voir arriver, les saisons, pas les inondations, le fait que d'une certaine manière je pense que je crois encore savoir voler et que je pourrais décoller par grand vent un beau jour si l'envie m'en prenait, le fait qu'aujourd'hui le soleil était de sortie et qu'il y avait une agréable brise et tous les martinets déclaraient leur flamme, et on aurait vraiment dit que je pouvais voler, et puis il y a eu un gros boucan, des cris et des rires derrière moi, et j'ai su que les ennuis arrivaient, clés, pomme d'Adam, pincer les tempes, le fait que j'ai essayé de ne pas y prêter attention, continuer de marcher, le fait que j'avais peur, parce que j'étais seule dans une ruelle avec je ne sais qui derrière moi, le fait qu'une agent de police a été abattue dans sa voiture, mais c'était à New York, le fait que j'ai regretté de ne pas connaître plus de techniques d'autodéfense, le fait que j'essayais de me rappeler ce qu'avait lu Stacy à voix haute, tirer la cravate et tout ça, puis un grand ado baraqué est arrivé à fond derrière moi sur son vélo et quand il est arrivé à deux centimètres de moi il a gueulé dans mon oreille, puis il a filé en riant, le fait qu'il avait un acolyte avec lui qui comptait me dépasser à toute vitesse, mais la chaîne de son vélo a eu un problème juste quand il arrivait derrière moi et le pauvre gars a dû en descendre pour la réparer, en faisant semblant de ne pas me voir pendant que je le fixais pour qu'il présente des excuses, le fait que ça a dû être très gênant pour lui, le fait que je suis sûre qu'il avait un peu honte de la façon dont s'était comporté son ami, le fait que je cherchais un truc bien cinglant à dire sur son copain, mais au final je n'ai rien dit et j'ai juste continué de marcher, le fait qu'il avait l'air bien assez effrayé comme ça, l'acolyte, pas l'autre crétin, ♫ *Courage !* ♫, le fait que je ne sais pas comment faire face, mais j'ai serré mes clés dans mon poing tout le restant du chemin, au cas où je devrais les planter dans le nez de quelqu'un, le fait que je n'aime pas les ados, dolos en béton, à part Chuck, je crois, et Ethan et ses amis, parce qu'ils étaient gentils avec moi, le fait que je suis sûre que Ben et Jake ne seront pas des ados comme ça, le fait que je crois que ces deux-là avaient pris des drogues, ou de la colle, pas Ben et Jake, les jeunes dans la ruelle, le fait qu'ils devraient être à l'école, le fait que s'ils avaient essayé de m'embêter quand je revenais avec Jake ça aurait été une autre histoire, le fait qu'on n'embête pas une maman ours et son petit, le fait que je lui aurais flanqué un coup de pied, direct dans le vélo, puis je m'en serais prise à son pote, pissenlits, épines dans ma cuisse, Maman, le fait qu'heureusement ça n'est pas arrivé, le fait que je prépare un nouveau truc pour Cathy, des cookies à la cannelle, le fait qu'il est temps de répertorier le contenu du congélo,

Étagère du HAUT

hot-dogs (4 paquets)
pizza × 3
ailes de poulet (2 paquets de 16)
pilons (4 paquets de 8)
bretzels
beurre
roulés à la cannelle × 23
pâte pour roulés à la cannelle × 2
cookies à la cannelle × 51
bouillon d'os de jambon
pointes de filet de bœuf × 8
sauce spaghetti × 5
sauce hamburger × 4
pommes de terre en tranches
persil haché
pâte à tarte × 8
cerises aigres
myrtilles
compote de prunes

paw-paw (chair)
paw-paw (cuite)
glace
yaourt glacé
cookies aux éclats de chocolat pour Stacy
haricots
maïs
petits pois
épinards
haricots lima
saucisse de foie
tourte au poulet × 10
galettes de poisson × 24
pesto
christollen
poisson pour les chats
soupe aux champignons × 4
1 pull bouffé aux mites
1 nappe avec de la cire dessus
le pantalon en velours côtelé de Leo avec des coulures de cire
2 bougies
1 sachet de graisse d'oie sous vide
bretzels × 6
madeleines × 45
le dernier Nabuchodonosor (coq au vin)
cookies aux éclats de chocolat (des gros)
sucettes à la tomate
    "   normales (orange, citron, citron vert) × 10

ÉTAGÈRE DU BAS

beurre × 10
lait × 4
court-bouillon

bouillon de poule × 9
soupe au poulet et au riz × 3
soupe nouilles poulet × 4
baba ganoush
chipotles (4 timbales)
chutney de pomme × 2
pommes et oignons
compote de rhubarbe
cheddar
1 bouteille de vin blanc
frites (2 sacs)
verres à martini
échantillons d'eau de rivière de Ben
moelleux au citron × 11
bacon (5 portions)
Hershey's Kisses (2 sacs)
pain blanc (bio) × 3
pain complet × 3
côtes d'agneau × 8
lasagnes × 2
encore du poisson pour les chats
poisson-chat
jus d'orange × 8
cidre de pomme × 3
glace,

le fait qu'il n'y a jamais assez de glace, d'après Leo, surtout quand il veut faire des martinis, le fait qu'il utilise des dizaines de glaçons pour ses martinis, le fait que les enfants ne m'ont jamais pardonné ces délicieuses glaces à la tomate, mais je faisais un essai, quelle histoire, le fait qu'ils font encore semblant de vomir quand le sujet des glaces à la tomate est abordé, puis ils me rappellent l'épisode des Cookies Courage, juste pour me taquiner, mais les poules, elles, raffolent de mes glaces à la tomate, le fait qu'elles se battent pour en avoir, le fait qu'on ne m'a pas non plus pardonné l'incident des pâtes au poivre, le fait que pendant une semaine j'ai servi à mes pauvres enfants des pâtes épicées sans m'en apercevoir, le fait que je croyais que c'étaient juste des nouilles à la tomate, au goût de tomate, le fait que les enfants n'arrêtaient pas de me dire qu'elles piquaient mais je les ai ignorés, le fait que je croyais qu'ils plaisantaient, mais, bon sang, comme j'avais tort, et je reconnais bien volontiers la chose chaque fois qu'ils abordent le sujet, le fait que des hommes aient pu s'en sortir avec une BOMBE ATOMIQUE mais pas moi avec une petite bévue culinaire, ou deux, Liberty Mutual, le fait que j'ai besoin d'amandes effilées pour mes cookies, le fait que j'ai mal aux mains, tiens, comment ça se fait, le fait que où sont toutes les amandes effilées, le fait que deux bocaux pleins de feuilles de laurier constituent un stock quasi éternel, le fait que je me demande s'il y a trop de feuilles de laurier dans chaque maison, le fait que le nombre de feuilles de laurier qu'on a peut vite exploser, comme les chatons, ou les souriceaux, ou les punaises, le fait que le pont Hong-Kong-Macao fait cinquante-quatre kilomètres de long et comprend deux îles artificielles et un tunnel, et des dizaines d'ouvriers sont morts en construisant ce pont, le fait qu'il y a eu des morts suspectes un peu plus haut, pas plus haut sur le pont, plus haut dans la direction, plus y a de riz, le fait que des cadres se suicident tout le temps, mais Leo dit que ce n'est sans doute pas ça qui s'est passé, le fait que c'est un pont à haubans, le fait que certains restaus me demandent déjà des tartes Tatin aux prunes, aux poires et aux fraises, mais c'est un dessert d'été, comme les pêches à la crème, le fait qu'il ne faut pas prendre des fraises congelées, le fait qu'il existe beaucoup trop de genres de roulés à la cannelle, mauvais genre, des roulés épais, d'autres aux raisins secs, et même des roulés sans cannelle ou presque pas, le fait que certains sont trop secs ou pas assez spiralés, arnaque, le fait qu'un bon roulé à la cannelle devrait être le plus spiralé possible, « Roule ma poule », *sfogliatelle*, pâte à tarte crue, glace, glaces à la tomate, sucettes, le fait qu'on avait droit à une sucette gratis quand on allait à la banque avec Maman l'été et qu'il faisait très chaud, le fait qu'aller à la banque n'était pas drôle, et on avait vraiment envie d'une sucette, et en plus il faisait frais à l'intérieur, le fait que les banques ne font plus ça, je veux dire les sucettes, pas la clim', le fait qu'elles ont dû avoir trop de problèmes avec des parents qui ne veulent pas que leurs enfants mangent des bonbons, marrube, pudding indien, pâte brisée, hamburgers, travers sauce BBQ, tarte au citron meringuée, soupe de maïs, soupe de dinde à l'aneth, ragoût de tripes, haricots-maïs, le fait que je viens juste de me rappeler que j'ai rêvé que des types installaient des échafaudages tout autour de notre maison et j'étais inquiète pour la sécurité, vu qu'il n'y a pas de serrures aux fenêtres du haut, le fait qu'un des ouvriers utilisait notre téléphone pour appeler sa petite amie, le fait que c'était une maison complètement différente et une vie complètement différente, très détaillée, le fait qu'ensuite j'ai rêvé que j'allais quelque part avec Papa en chemise de nuit, le fait que c'est moi qui étais en chemise de nuit, pas Papa, et j'étais pieds nus, alors je lui disais que j'allais l'attendre dans un parc pendant qu'il assistait à une réunion, le fait qu'après je préparais le dîner quelque part, le fait que je crois que je pense en permanence à la nourriture, même dans mes rêves, risques du métier, punaise, diou, le fait que Jake s'est mis à dire « diou » tout le temps, et nous ne savons pas pourquoi, le fait que Leo s'est demandé s'il essayait de dire « Dieu », le fait qu'il reçoit peut-être des ordres religieux à la garderie ou chez un ami, petits pains et poissons, « Le petit Jésus a inventé le coup droit », le fait que de nos jours, quand les enfants ne trouvent pas d'armes chargées dans la maison de leurs amis, ils trouvent *Dieu*, le fait qu'enfant j'ai eu une phase chrétienne qui a duré une semaine, le fait que c'était juste un essai, le fait que je priais en secret le soir, *Maintenant je m'allonge pour dormir*, le fait que je me suis énervée un jour contre Ethan et que j'ai dit un gros mot, et ça a été la fin de ma période religieuse, le fait que j'ai senti que je devais m'excommunier, *Si jamais je meurs avant de me réveiller, je prie le Seigneur qu'il prenne mon âme*, le fait que je ne crois pas que les enfants devraient s'inquiéter à l'idée de mourir la nuit, le fait qu'ils font bien assez de cauchemars comme ça, le fait que j'ai rêvé un jour que j'étais décédée, ou alors on l'était tous, mais ce n'était pas si grave, et pas si différent que d'être en vie, le fait qu'on faisait tous le même genre de choses mais qu'on devait faire semblant d'avoir faim et tout, et on pouvait se traverser les uns les autres, le fait que je dois établir une nouvelle liste de courses, lait, amandes effilées, céleri, poireaux, persil, bœuf, poulet, sodas, citrons, crème, ingrédients pour salade, curry, beurre, légumes, feuilles de vigne farcies, chips, olives, fromage, falafel, le fait que les bébés ne pensent qu'à la nourriture eux aussi, à commencer par le sein, Sara Lee, Betty Crocker, Crocs, coqs, cocker, le fait que les gens essaient de ne plus prendre de desserts ces temps-ci et ça nuit au commerce, joggers, dingues de santé, le fait qu'il y a plein de choses saines dans une tarte, quand c'est une tarte aux fruits, et même les roulés à la cannelle sont bons pour la santé, parce que la cannelle est bonne pour le cœur, et un peu de zeste d'orange ne fait pas de mal non plus, et que dire de la vitamine C dans les cerises séchées, le fait que les gens ne pensent jamais à l'apport psychologique, si c'est bon, le fait que manger quelque chose de bon améliore votre conception de la vie, vous fait vous sentir bien, quand ça a bon goût et que c'est bien fait, produit de qualité, le fait que, personnellement, je trouve que les tiges de céleri et les gâteaux de riz sont indigestes, surtout si on les tartine de beurre de cacahuète, écart, « Écarte-les », le fait que des flics ont arrêté une jeune femme qui n'avait pas respecté un stop, ils lui ont d'abord passé les menottes, puis ils l'ont jetée à terre sur le parking, lui ont ôté sa petite culotte, lui ont écarté les jambes et, hum, ont procédé à une « fouille des cavités corporelles », au beau milieu du parking, au vu de tous, comme s'ils étaient des gynécologues, et elle avait tout juste vingt ans, le fait que la pauvre fille faisait des courses pour sa mère malade, Maman, le fait que juste parce qu'ils ont cru sentir une odeur de drogue sur elle ils l'ont plaquée au sol et, bon sang, le fait que, bien sûr, c'est une femme flic qui a procédé à l'examen interne, mais bon, une gamine de vingt ans, et en présence de policiers hommes, le fait qu'on paie des impôts pour ça, « Je veux une autre tasse de café », le type du bar clandestin dans *Certains l'aiment chaud*, le fait que Jake peut jouer pendant des heures tout seul, il n'a pas besoin de jouets, juste d'une boîte de billes en plastique, diou, le fait que le christianisme est la seule religion sans règles d'hygiène, ce qui a été la cause de plein d'épidémies de choléra dans les sociétés chrétiennes, le fait que le Christ ne s'est pas lavé les mains avant la Cène, *Et c'est cela qui changea tout*, le fait que la plupart des habitants de l'Ohio me *tueraient* sûrement s'ils m'entendaient, mais la vérité vraie c'est que les chrétiens répandent des maladies, choléra, polio, le fait que des policiers envoient maintenant des robots pour tuer des suspects avec des bombes, ce qui revient à exécuter sans juger, selon certaines personnes, ACLU, particules, capucines, mai, injections létales, le fait que bon sang, le fait que je devrais manger quelque chose, le fait que quand vous avez trop faim vous risquez de faire une bêtise, comme de laisser tomber une tarte brûlante, le fait qu'il faut avoir modérément faim, et être gaie, le fait que le désespoir et l'abattement peuvent nuire à un gâteau, j'en suis sûre, et l'épuisement, le fait que je lis de travers les recettes quand je suis à plat, pâle, pourpre, le fait que je pense qu'une tarte de dépressive se reconnaît tout de suite, se jeter du pont Hong-Kong-Macao, le fait que presque tous les gens qui travaillent dans l'industrie alimentaire sont en butte à l'ennui et à la nausée, mais il faut arriver à se convaincre qu'on est heureux de nourrir les gens, le fait que sinon on est sûr de se tromper d'épices ou de dosage, ou de rater la caramélisation, le fait que c'est dur parfois, parce que cuisiner toute la journée peut devenir ennuyeux, comme à Noël, arroser la dinde, faire de la sauce aux champignons et aux airelles, et de la purée, et des patates douces caramélisées, la bûche de Noël de Phoebe, le lait de poule d'Ethan, les fruits en pâte d'amandes de Papa, le fait qu'en 1976 quelqu'un a fait un gâteau du bicentenaire de 15 000 tonnes à Baltimore, le fait qu'il faut de l'énergie et de la force pour faire un aussi gros gâteau, le fait qu'une minuscule araignée tisse sa toile devant la fenêtre, le fait qu'elle fait des zigzags très gracieux, se balançant en rythme d'avant en arrière tout en faisant le tour, le fait que les araignées n'ont pas à penser à l'argent ou aux impôts ou au choléra, ni à croiser des pro-guns ou à se faire fouiller par les flics, se maquiller, savoir qui est le président, porte grillagée, le fait qu'on a besoin d'un nouveau loquet à la porte grillagée, Laura Ingalls Wilder, poules, lait écrémé, le fait que tout le monde croit que c'est facile et que je peux juste produire ces trucs en série mais, dites donc, diou, ça prend des années pour apprendre les ficelles, baguettes, braguettes, le fait que faire cuire des gâteaux et des tartes pour gagner sa vie est plus compliqué qu'il n'y paraît, le fait qu'il faut cuisiner de façon régulière et cohérente, et avec des produits de qualité, le fait que ce que j'ai fait c'est m'inventer un travail à partir de rien et ça paraît encore précaire, le fait que si vous êtes votre propre patron, le seul avantage c'est l'intimité, le fait que je suis une ratée, mais Leo m'aime quand même, Old Lyme, colibris, Laura et Almanzo dans leur première maison ensemble avant la naissance de Rose, le billet de 100 $ perdu, le fait que les tartes doivent bien présenter, avoir bon goût, ne pas être trop chères, le fait que c'est une question d'offre et de demande, mais il faut anticiper la demande, le fait que c'est un pari, machines à sous, flippers, le fait qu'il faut avoir des règles d'hygiène, et livrer les tartes à l'heure, comme un coucou, le fait que cuisiner pour les autres exige du talent et le sens des responsabilités, stress, comme être mère, mais personne ne s'en rend compte apparemment, cuisiner *ou* élever des enfants, le fait que les gens trouvent normal qu'on protège ses enfants et qu'on cuisine sainement, le fait que les tartes sont un piètre soulagement, comparées aux enfants, et au moins c'est varié quand on fait des tartes, comme quand je prends un café avec le patron ou la serveuse d'un restaurant, si je ne peux pas l'éviter, mais bon, et en général on me fait des compliments, le fait qu'un jour j'ai eu droit à un article, le fait que j'ai dû parler à une femme au téléphone et que je me suis sentie stupide, mais j'ai accepté de le faire parce que ça pouvait m'apporter d'autres clients, le fait que la plupart du temps j'ai mon intimité, sauf quand Ronny se pointe, le fait que je suis un peu vulnérable à la maison, ou quand un abruti m'embête dans une ruelle déserte, desserte, soleil printanier, le fait qu'un autre avantage de mon travail c'est que je peux regarder des films en cuisinant, ou parfois Leo me fait la lecture, un article dans le journal, ou un extrait du texte qu'il est en train de rédiger, ce qui me fait plaisir même si je ne comprends pas tout, le fait que j'ai du mal à me dire que Leo passe ses journées à étudier des unités dérivées de vélocité, mouvement, puissance, densité, volume spécifique, pression, tension, bruit et fréquence, mais c'est peut-être la même chose pour moi, le fait que la gravité agit verticalement vers le centre de la terre, et E = IR, démangeaison, le fait que pas étonnant qu'il soit épuisé quand il rentre, facteurs de stress, fissures, œillets, le fait que la matière ne peut être créée ou détruite, mais les tartes si, le fait que la masse est une mesure de la quantité de matière dans un corps, mais moi je mesure juste la quantité de cannelle que je dois mettre dans la pâte, *Derrière le miroir*, le fait que mon travail relève un peu de la chimie, une chimie inférieure, bon, et de la conduite aussi, le fait que Leo est entré dans la cuisine l'autre jour et a dit qu'il trouvait étrange qu'au cours de l'évolution tout le monde ait choisi l'option deux yeux, deux oreilles, deux bras, deux jambes, deux poumons, deux reins, deux défenses, deux cornes, deux lobes du cerveau, et j'ai dit « Ce n'est pas le cas des bivalves. Les bivalves n'y ont pas cru », et il a dit « Ils ont bien deux valves, non ? », le fait qu'il a gagné sur les deux tableaux, systèmes binaires et tout, mais le plus étrange c'est que quand il est entré dans la pièce je me suis raidie, comme si j'avais peur qu'il me *reproche* de ne rien faire, alors que je ne faisais pas rien, le fait que je faisais du caramel, ou mon sucre en faisait en tout cas, pas moi personnellement, enfin j'espère, le fait que c'était absurde de se raidir ainsi, vu que Leo ne m'a jamais rien reproché de toute sa vie, le fait qu'en général il m'*encourage* à ne rien faire, comme Mona Lisa, le lac Minnetonka, le fait qu'il m'a même acheté un tabouret pour ça, le fait que je ne m'en sers pas assez, le fait que Leo aime que je me la coule douce, le fait que même avant que je tombe malade il était comme ça, le fait que c'est *Papa* qui me reprochait ce que je faisais ou ne faisais pas à tout moment de la journée, toute la sainte journée, coucou, grenaillage de précontrainte, photo d'identité judiciaire, Mdewakanton, le fait qu'il me surveillait sans cesse, et pas franchement avec bienveillance, plutôt de façon critique, le fait qu'il vérifiait si j'en faisais assez, inquiet à l'idée que je perde mon temps, regarde la télé, ne fasse pas mes devoirs, et j'ai intériorisé ça, capucines, paresse, pagaille, démangeaison, « Tu comptes sur moi pour nettoyer derrière toi ? », le fait que bien sûr je regardais la télé, ce qui devait le rendre fou, le fait que je n'aime pas ça quand mes enfants regardent trop la télé, ou les vidéos Morning Routine, le fait que Jane Wyman ne veut même pas d'une télé chez elle, le fait qu'après que Maman est tombée malade j'ai dormi tout habillée la nuit, pour ne pas perdre de temps à m'habiller, le fait que, bon sang, qu'est-ce que j'étais déprimée, pendant que la religieuse pelait ses tomates en bas, le fait que je me sens coupable maintenant à cause de Stacy, et quand je rate une tarte, tout ce temps perdu, pas perdu avec Stacy, perdu à cause de la tarte, et tous les ingrédients gâchés aussi, le blob, le fait que je déteste laisser un client en plan, mes clients, clientèle, Spirit Knob, jouets Tonka, Hasbro, le fait que je n'ose pas dire à Leo combien j'ai perdu en ratant une tarte, non qu'il serait furieux mais c'est juste embarrassant, le fait qu'heureusement Leo ne surveille pas mes dépenses, le fait que Papa n'aimerait pas savoir que je fais des tartes, bonnes ou mauvaises, le fait qu'il a été furieux quand il m'a surprise en train d'embrasser Chuck alors que Maman était malade, *Blossom*, sitcom, le fait que j'essayais de justifier le fait que je regarde la télé, je ne sais plus comment, le fait que je me rappelle lui avoir dit que j'apprenais des choses dans ces émissions, mais Papa n'a pas marché, et il avait raison, le fait que je regardais beaucoup trop d'émissions stupides, tout comme nos enfants, le fait qu'on pourrait se demander si me surveiller était pour Papa une bonne façon d'occuper son temps, mais c'était peut-être le cas, le fait que j'ai vu un épisode de

Blossom récemment et ça m'a paru grossier, vulgaire, tout en allusions et insinuations impropres aux enfants, « Les journaux abondaient en allusions », alluvions, le fait que Frank avait une mauvaise influence sur moi, le fait que c'est peut-être pour ça que Papa ne le supportait pas, même si Frank avait fait Yale, le fait que Frank m'a appris plein de nouvelles façons de perdre mon temps, le fait qu'il était expert en fainéantise, un maître de la stagnation, un pro du sofa, Jean Fichpahune, et c'est peut-être pour ça qu'il n'a jamais le temps de voir sa propre fille, le fait qu'il regardait tous les matchs à la télé, le fait que quand ce n'était pas le base-ball c'était le foot, ou le hockey, ou le ski, ou le surf, ou les courses de chevaux, le fait que je crois qu'il regardait le golf juste parce que ça dure des plombes, pas parce qu'il aimait vraiment ça, le fait qu'il n'a jamais envisagé de faire du sport lui-même, sauf si on compte les échecs, le fait qu'il passait aussi beaucoup de temps à écouter de la musique, beaucoup, du jazz et du bluegrass et des symphonies de Sibelius, le fait qu'il écoutait tout ça assis dans une pièce sombre, le fait qu'on n'a pas besoin d'écouter autant de musique, ce n'est pas une obligation, le fait que des tas de gens semblent l'ignorer, sans quoi on n'entendrait pas toute cette soupe dans tous les magasins et les restaurants et les banque et les salles d'attente de médecin, le fait qu'ils passent même du rock au marché maintenant, le fait que ça serait moins grave s'ils passaient de la chouette country, le fait que le plus étrange, sans doute son coup de génie, c'était de prétendre que toutes les formes de paresse ou de procrastination qu'il avait inventées étaient en fait à leur manière une activité très importante, le fait qu'il n'a jamais reconnu une seule fois qu'il perdait son temps, le fait que, bien au contraire, il affirmait toujours que *son* temps était si précieux qu'il ne pouvait être interrompu sous aucun prétexte, le fait que même arrêter de faire ce qu'il faisait pour s'occuper de Stacy une *demi-heure*, pendant que je prenais un bain, était déjà toute une affaire, ferrailler, le fait que Leo m'aide toujours quand je le lui demande, toujours, mais Leo n'est pas un expert en détente comme l'était Frank, le fait que bon, c'est Leo qui m'a fait regarder des films sans arrêt, et m'a encouragée à cuisiner si c'était ce que je voulais faire, ce que Papa n'aurait jamais approuvé, le fait que Leo est persuadé qu'on doit faire ce qui nous rend heureux, même si l'ingénierie ne le rend pas heureux, le fait que je me demande ce que Papa aurait pensé du fait que je suis devenue éleveuse de poules et pâtissière à domicile, dans l'Ohio qui plus est, à concocter des desserts raffinés pour des républicains, le fait que je parie qu'il aurait trouvé ça indigne d'une diplômée, le fait qu'il aurait sans doute préféré que je sois prof à Peolia, ou peut-être à Kenyon, ou Antioch ou un endroit comme Oberlin, au lieu de laisser tomber les études, le fait que je vis quasiment comme une *recluse*, une ratée et une recluse, le fait qu'il aurait été choqué par la façon dont on me traitait à Peolia, le fait qu'ils ont tout fait pour ne pas m'engager de façon permanente, sécurité de l'emploi, le fait que, grands dieux, ils ne m'ont même pas remboursé les lunettes de protection pour écran qu'ils m'ont fait acheter, et dont je ne me suis jamais servie, le fait que la fac de Kenyon est aussi près que Peolia, et Gambier n'est pas très loin, et là encore c'est un échec, le fait que je n'enseigne dans aucun de ces endroits, le fait que j'aimerais que Leo travaille à Kenyon, parce que toute cette route qu'il fait c'est dingue, mais qu'est-ce qu'on y peut, le fait que Papa aurait détesté tous les films que je regarde et re-regarde, le fait que Papa ne comprendrait jamais ça, regarder plusieurs fois les mêmes films, sauf s'il s'agit de *Casablanca* ou de *L'Homme tranquille*, et je parie qu'il n'apprécierait pas que Leo m'encourage à les regarder, mais je suis désormais une adulte et je sais prendre moi-même des décisions stupides, comme Laura et Almanzo dans leur nouvelle maison, Trixy le poney, le fait qu'elle appelle Almanzo « l'Homme », le fait que Leo aime regarder des films et moi aussi, et ce n'est pas un crime, crosse amovible, blizzard, l'inondation de 1985, le fait que, bon, en fusionnant deux activités sans grand intérêt, comme faire des tartes en regardant des films, je crois qu'au final je gagne du temps, ce qui ne serait pas le cas si je cuisinais et regardais des films *séparément*, le fait que je gagne aussi de l'argent, bon, je sais, pas beaucoup, le fait que je me suis dit que, si ça se trouve, toute cette culpabilité est juste une façon de *regretter mon père*, le fait que j'invente peut-être des choses qu'il me reprocherait afin de pallier son absence, le fait que je préférerais certainement ses critiques à toutes ces années de profond silence, parce que au moins ça prouvait qu'il tenait à moi, le fait que les morts s'en fichent, le fait qu'une fois que les gens ne sont plus là ils ne pensent plus à vous, le fait que c'est un peu comme le *Mépris silencieux*, pauvre Papa, le fait que ce n'est pas sa faute, le fait que je suis sûre qu'il préférerait être en vie, même si ça l'obligerait à me voir faire des choses qu'il n'aimait pas, le fait que si seulement on ne disparaissait pas mais qu'on se mettait en *diapause* comme les punaises, qu'on végétait quelques mois avant de revivre, le fait que je suis sûre que ses critiques n'étaient pas méchantes, le fait que c'était quelqu'un de chaleureux, de sincère, d'affable, très apprécié, et très clément, le fait que ses amis et ses étudiants et ses collègues et tout le monde l'aimaient beaucoup, et maintenant j'ai oublié tout ça et je ne me rappelle plus que le côté critique, et c'est vraiment méchant de ma part, le fait que ma mémoire n'est pas juste envers lui, le fait que c'est pour ça qu'il faut rester vivant, pour pouvoir corriger toutes les erreurs que d'autres font à votre sujet, ce qu'ils pensent et disent de vous, le fait que, après tout, quelqu'un qui pleure en regardant *La vie est belle* et *Casablanca* ne peut pas être vraiment mauvais, le fait que Papa raffolait des sandwiches au pastrami, et des bagels au saumon fumé, le fait que j'étais juste une ado bornée, morose et sur ses gardes, le fait que j'ai perdu beaucoup de temps à me dire qu'il ne m'aimait pas, et maintenant je me demande si je ne me suis pas trompée du tout au tout à son sujet, le fait que j'ai perdu le peu de temps qu'on a passé ensemble, autodéfense, clés, pomme d'Adam, agresseur, agression, une vraie tigresse, maman tigre, le fait que je me suis interdit de passer du bon temps avec mon père, mais il était toujours tellement critique, le fait qu'un jour il m'a rapporté de belles boucles d'oreilles en or du Mexique, le fait que je dois les faire réparer, le fait qu'il m'a également acheté ces horribles chaussures, et l'imper que je ne mets jamais, mais c'était gentil de sa part, le fait que la vérité vraie c'est qu'il tenait à nous et ne voulait pas nous quitter, surtout Maman, le fait qu'il a toujours été fidèle à Maman, le fait qu'il aurait sans doute eu plus de conversations avec moi s'il avait pu, mais il est décédé, et ce n'était ni sa faute ni son intention, le fait que c'est peut-être *Papa* qui nous a appris à aimer, pas Maman, euphorie, sieste, après-midi, Maman dans la cuisine, le fait qu'il était probablement plus chaleureux qu'elle, le fait qu'Ethan et Phoebe sont plus doués en amour que moi, le fait que Phoebe est très gentille, le fait que quand toutes ces factures médicales ont commencé à s'empiler elle m'a juste dit « Dis-moi combien il te faut », et elle nous a fait un chèque, plusieurs milliers de dollars, sans poser de question, le fait que je ne sais pas comment on fera pour la rembourser, le fait que vendre des œufs et des tartes ne suffira pas, aïe, le fait qu'elle gagne bien sa vie mais rien ne l'obligeait à nous aider, le fait que le plus important c'est d'envoyer les enfants à la fac, et là encore elle a proposé de nous aider, le fait que Leo devrait toucher une prime, tant qu'il travaille, le fait que j'ignore pourquoi Phoebe est si gentille avec moi, le fait qu'on s'est disputées pendant quinze ou vingt ans, le fait que chaque fois qu'on demandait de l'argent à Papa il voulait savoir pour quoi faire, mais il nous en donnait toujours, le fait qu'il m'a aidée quand j'ai eu Stace, le fait qu'elle l'a charmé d'emblée, et qu'il a supporté Frank par égard pour elle, le fait qu'il a même essayé de lui trouver du travail mais Frank ne s'est pas présenté à l'entretien, le fait que je me souviens de tout ça mais je ne me rappelle pas où je suis descendue la première fois que je suis allée toute seule à New York, un hôtel où Papa avait dû me réserver une chambre, le fait que ce n'est pas grave parce que je n'aimerais pas y retourner, le fait que c'était un peu minable comme hôtel, le fait que les gens qui ont des enfants perdent automatiquement beaucoup de temps, s'en occuper, recoudre, les aider, les cris, ranger, ouvrir des boîtes de céréales, les peigner et répondre aux messages des enseignants, le fait que les aimer prend du temps, et je me sens coupable parce que ça prend du temps, là aussi, le fait que j'ai besoin d'un bon remontant, remonte-pente, pensum, le bonhomme Pillsbury, le Géant vert, Tante Jemima, Sugar Creek, les Swartzentruber amish, martins-pêcheurs, martinis, Procter & Gamble, le fait qu'ils sont experts en satisfaction, les amish, pas Procter & Gamble, en tout cas j'ai l'impression, le fait qu'à de nombreux égards ça ne me gênerait pas trop d'être amish, à part le côté religieux, le fait que c'est une vie dure mais au moins ils se respectent, parce qu'ils contribuent tous au succès de leur famille et au reste de la communauté amish, alors que moi j'essaie juste de faire de plus en plus vite des tartes et des gâteaux pour gagner ma croûte, pâté, raté, pour que cette petite cellule chaotique tienne le coup, et c'est stressant, tension, durcissement, spirale, le fait que si je continue à stresser comme ça on va devoir m'interner, materner, mésocyclone, le fait que travailler plus vite ne rend pas mon travail plus amusant, ni moins risqué, le fait qu'il est difficile d'aller plus vite quand on pèle, dénoyaute, tranche, pétrit, émince, mélange, moud, pulvérise, frit, grille et cuit sans risquer de se faire mal, et nos factures médicales s'entassent déjà bien assez comme ça, Sécu, Phoebe, chenille, chamois, chèvre, châssis, carburateur, grenaillage, le fait que les amish ne pensent pas tout le temps aux crimes, je suppose, agresseurs chevelus qui jaillissent des buissons, « Ne suis-je pas une femme ? », squaw, capucines, Donny, Ronny, le tee-shirt Trump de Ronny, le fait que si un type vous tripote quand vous êtes seule avec lui dans une pièce, s'il vous attrape par la c—, ce genre de chose, vous êtes censée lui remonter sèchement le pantalon en l'empoignant par la ceinture, le fait que j'ai mis du temps avant de savoir utiliser des fruits mous dans une tarte Tatin, le fait que c'est possible, tant que vous faites caraméliser le sucre et le beurre *avant* d'ajouter les fruits, de la même façon que je fais revenir les pommes, le fait que ça se finissait en compote, déconfiture, embarrassant, le fait qu'avec les poires c'est pire, le fait qu'elles se dissolvent immédiatement et perdent leur goût, le fait qu'elles sont trop fragiles pour supporter une cuisson vive, le fait que ça peut aller si vous les pochez, le fait que même si je dissimule mes échecs aux yeux de tous, et que Papa n'est pas là pour s'énerver contre moi, je baisse dans ma *propre* estime, le fait que j'ai vraiment mal au derrière maintenant, pourquoi, le fait que c'est à force de rester assise sur ce tabouret en attendant que la pâte lève, le fait que, mince alors, je n'ai pas dû mettre assez de levure, le fait que Leo dit qu'il y a de la levure dans l'air tout autour de nous mais que ça ne changera rien à mes roulés à la cannelle, épis de maïs, punaises, le fait que Leo a dit hier soir qu'il aimait les oreilles, les oreilles humaines, les oreilles animales, toutes les oreilles, mais je ne sais pas trop, c'est comme les pieds, le fait que je les trouve très bizarres, le fait qu'il n'aime pas trop quand la pointe des oreilles sort des cheveux, mais à part ça il trouve les oreilles très intéressantes, le fait que je trouve dingues les oreilles des chauves-souris, mais les chiens ont tout bon, eux, du moins ceux qui ont des oreilles qui se rabattent, pour qu'on ne voie pas toutes les spirales, oreilles d'éléphant qui remuent, Gillian faisant son imitation d'éléphant, le fait qu'avant je faisais du pain au levain mais Leo a décidé de ne plus manger de pain, alors j'ai juste acheté du pain bio tranché pour les enfants, le fait que ça ne les dérange pas, tant qu'il y a assez de beurre de cacahuète et de gelée dessus, le fait qu'on devrait acheter bio et local mais on n'en a pas les moyens, tisser de l'or, conte de fées, alchimie, le fait que le meilleur moment que j'ai vécu avec Papa c'est quand on est sortis tous les deux avec Pepito un soir, et qu'on s'est promenés dans les jardins de Divinity School, le fait qu'il n'y a rien de mieux que de marcher sur de la neige immaculée par un soir calme et clair et de se sentir seule au monde avec son papa, le fait qu'en général je ne savais pas quoi lui dire mais ce soir-là ça ne semblait pas gênant, le fait que l'endroit était désert à part nous, et si beau, avec la neige qui rehaussait tout, Pepito qui escaladait les collines blanches, arbres noirs, collines et vallons, le fait que j'ai rêvé que George Clooney venait chez nous boire un verre et j'avais oublié qu'il venait, et il n'arrivait pas à savoir s'il voulait du vin ou de la bière, le fait que quand il partait j'étais vraiment soulagée, le fait que je ne l'aimais plus parce qu'il avait fait des manières avant de se décider entre le vin et la bière alors que j'étais en train d'essayer de concocter un repas, le fait que j'ai oublié le nom de l'épouse de George Clooney, le fait que George Clooney et son épouse ont organisé de grandes fêtes pour Hillary, le fait que c'est vraiment une question d'argent et d'influence maintenant, le fait que ce n'est pas très démocratique, « J'aurais dû m'intéresser à l'humanité », DNC, ACLU, LTCF, CHP, ITMFA, le fait que si je dépensais 300 000 $ ou même 3 000 $ pour un candidat je serais furieuse s'il n'était pas élu, le fait que c'est déjà assez frustrant comme ça, clone, drone, Six Cambrioleurs Prennent La Fuite Sur Une Seule Moto, le fait que Leo dit que le jeu de Clooney est fade, le fait qu'une femme aide les gens à *désencombrer* leur maison, le fait que vous devez prendre une à une vos affaires et décider si elles vous donnent de la joie, le fait que si c'est oui vous pouvez les garder, et si c'est non vous les jetez, le fait que tout ce que vous avez doit *apporter* quelque chose, le fait que le scotch ne m'apporte aucune joie, je crois, mais on en a parfois besoin, le fait qu'un livre sur le *désencombrement* ne m'apporterait sans doute aucune joie non plus, mais ça pourrait être utile, six mois, le fait que si quelque chose que vous avez jeté vous manque, c'est trop tard, parce qu'il est déjà enfoui, gaspillage, emballages, anneaux en plastique autour des hanches des tortues, le fait que cette pauvre femme doit être vraiment perdue quand elle a besoin de coudre un bouton après s'être débarrassée de toutes ses aiguilles et de son fil parce qu'ils ne lui apportaient pas de la joie, les boutons aussi, le fait qu'elle doit errer dans son appartement toute la journée en regrettant d'avoir jeté ceci et cela, le fait que certaines choses peuvent toujours servir, le fait que bon, elle est riche maintenant, et elle peut aller s'acheter des boutons ou du scotch ou tout ce dont elle a besoin, le fait que j'espère qu'elle ne jette pas sa feuille d'impôts, le fait que les gens accumulent des choses juste pour dissimuler leur pile d'anciennes feuilles d'impôts, le fait qu'il faut conserver ces trucs pendant sept ans, et certains toute la vie, papiers, papiers, le fait que Hillary

Clinton ne m'apporte aucune joie, alors y renoncer était facile, Bill, Kadhafi, le fait que les snipers et les kamikazes et les flics américains sont les vrais *désencombreurs*, le fait qu'ils se débarrassent des gens au moindre prétexte, et, bon sang, ça leur apporte sûrement de la joie, Taser, Terminix, tirer sans réfléchir, se vendre comme des petits pains, étagère de coin, martinet, kolams, kilims, muumuus, lits escamotables, le fait que cette gourou du désencombrement dit qu'un grand ménage prend six mois, le fait qu'il faut tout entasser par terre, les vêtements, les livres, la paperasse, les tapis, les coussins, les bibelots, le thon, les raisins secs, les feuilles d'impôts, et ensuite vous portez toutes ces choses contre votre cœur et vous guettez la joie, en serrant vos feuilles d'impôts contre votre cœur, et vous décidez si vous voulez les garder ou pas, le fait qu'une fois que c'est fait vous vous retrouvez avec des étagères vides et impeccables, et plein de vêtements soigneusement pliés, en pile dans vos tiroirs, au moins pour un temps, le fait que je trouve que c'est du gâchis, le fait que de toute façon quand je fais de la place ici quelqu'un y entasse aussitôt ses affaires, donc je ne vois pas l'intérêt, logo Apple, doodle Apple, pense-bête, James Baldwin, Alec Baldwin, le fait qu'elle adore plier, ou plutôt rouler, spirale, roulés à la cannelle, le fait qu'elle est un peu amish dans sa façon de plier, le fait qu'il y a des vidéos d'elle en train de ranger des vêtements dans des tiroirs, le fait que tout le monde aime bien voir des vêtements pliés mais elle, elle adore ça, le fait qu'elle prend ça plus au sérieux que la plupart des gens, le fait que vous pliez une première fois votre pull, puis vous le *roulez*, et ensuite vous le mettez sur la tranche dans le tiroir, le fait que je crois que ça risque de le froisser, mais je me trompe peut-être, ou alors ça lui est égal qu'il soit froissé tant que tout est soigneusement roulé, le fait qu'elle doit être aussi accro au repassage, le fait que certaines personnes aiment ça, le fait que Jumpha ne voyage jamais sans un vrai fer à repasser, pas un fer de voyage, le fait que qu'est-ce que Papa aurait pensé si j'avais passé mon temps à rouler les vêtements, et à les repasser, et à presser des bouts de papier contre mon cœur, poules, le fait que son livre s'est vendu à un milliard d'exemplaires, le fait que j'aimerais que mes obsessions rapportent autant, le fait que le premier gamin venu croit qu'il va gagner un million de dollars mais très peu de gens gagnent un million de dollars, « Je te laisse faire le calcul », le fait que les femmes en Asie dessinent des kolams, des trucs complexes et géométriques, avec de la farine de riz, pour que les oiseaux et les fourmis aient de quoi manger, le fait que l'art devrait peut-être toujours être comestible, au cas où, tarte Tatin, le fait que ce brin de monnaie-du-pape que j'ai cueilli m'apporte de la joie, le fait qu'il est très joli, le fait que ces cosses ressemblent à des pièces, et qu'elles sont d'un vert bleuâtre profond, pas encore blanches, le fait qu'en général elles sont blanches et toutes sèches, mais dans les deux cas elles sont superbes, blanches ou vertes, le fait que c'est une des plus belles choses qui existent, je trouve, comme les pissenlits, le fait que les choses qu'on garde en souvenir, le fait que j'aurais moins de souvenirs si je ne gardais rien, boîte à chaussures pleine de lettres d'amour, le fait que j'ai rêvé que Chuck m'écrivait une lettre dans laquelle il disait que notre histoire avait été magnifique et qu'il regrettait de ne pas avoir fait davantage pour moi, le fait que dans le rêve c'était comme s'il m'apportait la réponse que j'avais toujours attendue de lui, validation, afin que je puisse enfin l'oublier, poutres en treillis, souvenirs, le fait que le vieux panier à vapeur rouillé pliant remue dans le vent, le fait qu'on l'a accroché là pour empêcher les chevreuils d'approcher du carré de carottes, carottes carrées, le fait que je ne pense pas que ça les gêne vraiment, mais c'est assez joli, à tournoyer comme ça, ♫ *Autant en emporte le vent* ♫, maladie de Lyme, chrétiens, massacre de Colfax, hygiène, désencombrement, trépanation, le fait que j'ai rêvé également d'un type qui vivait dans un arbre, pas dans une cabane, mais à l'intérieur d'un tronc d'arbre, le fait qu'il devait se lever sans cesse, sucettes, trépanation, glaces à la tomate, pâtes au poivre,

*

Les lionceaux étaient désormais turbulents et agiles, et elle ne risquait plus de les écraser sous ses pattes. Leurs jeux étaient intenses, et donc ils tétaient moins. Maintenant que la viande les intéressait, ils l'accompagnaient pour chasser. Elle n'était jamais seule.

Inquiète, elle humait l'air pour savoir si un mâle était dans les parages, ou si son compagnon avait réussi à la retrouver. Les bourrasques et les averses la gênaient à cause des petits bruits et des odeurs qu'elles colportaient, et la rendaient nerveuse. Leur précédente tanière avait été située plus en hauteur. Cet abri rocheux était trop près de la rivière, qui s'était élargie au cours des derniers jours. Quand une rivière présentait des eaux aussi agitées et boueuses, il était impossible d'attraper un poisson. Il n'y aurait pas non plus de chevreuils par ici. Après la chasse, elle comptait emmener ses petits dans un lieu plus élevé.

Tout les excitait et les étonnait. Ils avaient vu la neige, la pluie et le soleil, et commençaient à connaître le monde. Mais les fouilles frénétiques auxquels se livraient les merles quand ils retournaient les feuilles, le froissement du papier, du carton et des débris de plastique dans le vent, les branches tombées, les papillons et les abeilles – pour les lionceaux, ces choses se ressemblaient de façon confuse, faisaient toutes partie d'un vaste et mystérieux ensemble situé loin de leur terre natale.

Ils étaient fascinés par l'eau. Ils essayaient frénétiquement de mordre ses rides et ses reflets lumineux, de la même façon dont ils sautaient sur un rat quand leur mère leur en apportait un.

Il y avait, dans le lit de la rivière, des pierres sur lesquelles bondir et déraper, et une boue noire et froide qui crissait entre leurs pattes. Sous les hanches luisantes des bouleaux, près du cours d'eau sinueux qu'avaient enflé les dernières pluies, ils se battaient. Bousculé trop près du bord, le lionceau au pelage le plus foncé tomba dans l'eau glaciale et fut vite emporté, de plus en plus loin de ses frères et sœurs, qui continuèrent à se chamailler sans lui, entre les rochers, sur la rive boueuse.

Il tenta de s'arracher au flot bouillonnant mais s'épuisa vite dans le courant qui le malmenait. Plus léger qu'un bouchon, hébété, gelé, il devint le jouet du flot vigoureux.

Sa mère s'enfonça avec nonchalance dans l'eau profonde et l'attrapa par la peau du cou. De nouveau alerte, guettant des bruits suspects, elle resta un moment dans le courant rapide, son lionceau suspendu à sa gueule. La moindre perturbation dans la forêt pouvait trahir un chevreuil effrayé par l'approche d'un couguar. Les autres lionceaux cessèrent de jouer pour renifler cette chose molle, trempée, luisante, croyant au début que leur mère leur avait apporté un nouvel aliment.

Remis sur pattes, mais encore gelé, le petit couguar tout ruisselant s'ébroua énergiquement, et là-dessus les autres reculèrent, méfiants. Il lécha son corps glacé et trempé avec agacement, en ronronnant. Il se sentait humilié, distinct de ses frères et sœurs, et il avait eu peur. Ce n'est qu'en entendant son ronronnement que les deux autres reconnurent en lui leur frère. Ils recommencèrent à se chamailler, et leur mère put aller somnoler sur son rocher.

*

le fait que les hamsters ne sont jamais ravis de voir des *chevaux*, je crois, même de loin, le fait que les éléphants n'aiment pas les souris, le fait qu'il y a eu une pause dans les exécutions par injection létale dans l'Ohio, mais uniquement parce qu'ils ne trouvent pas les bons produits, le bon grain de l'ivraie, le fait qu'un homme attend depuis trente ans dans le Couloir de la Mort, et c'est tellement cruel, le fait que c'est illégal, selon la loi internationale ou je ne sais quoi, le fait que c'est de la torture, Sweet Fanny Adams, pain Anadama, anabaptistes, Alabama, le fait qu'il a violé et battu une petite fille à Akron, le fait que pourquoi a-t-il fait une chose pareille, le fait que depuis le temps on pourrait croire qu'il se serait expliqué, non, et peut-être qu'il l'a fait, le fait que pourquoi le torturer pendant trente ans, le fait qu'ils auraient pu juste le mettre en prison sans liberté conditionnelle, même si certains pensent que ça aussi c'est de la torture, le fait qu'un gouvernement qui tue des citoyens est horrible, le fait que ça ne donne pas le bon exemple, le fait qu'on fabrique encore du caoutchouc à Akron, le fait que quelqu'un fait un de ces raffuts pas loin, la nouvelle maison qu'ils construisent près du pont, le fait que je trouve que les humains ont assez construit de choses comme ça, mais ça n'en finit pas, clunk clunk, chop chop, Chocopops, le fait que des gens s'extasient devant les gratte-ciel de Chicago, *Histoire de Tuscarawas County*, *Un siècle d'événements dans les vallées de Muskingum et Tuscarawas*, le fait qu'on n'a plus de temps à consacrer à la nature, le fait que les loups étaient une nuisance pour les premiers colons, alors ils les ont tous abattus, mais les ours sont de retour, le fait qu'il y a beaucoup d'ours dans le New Jersey, le fait que je sais ça parce que Mary Anne me l'a dit, tiques du chevreuil, le fait qu'elle parle tout le temps de l'expédition Donner, le fait que ça, pour donner, ils ont donné, le fait que Stacy écrit sa dissertation sur Dorothy Counts, le fait que Stace a le même âge que Dorothy Counts quand elle se rendait seule à pied à l'école, et qu'on se moquait d'elle et lui crachait dessus et tout, le fait qu'on a proposé à Bobby Kennedy de l'accompagner mais il a refusé, le fait qu'on lui a lancé des pierres aussi, juste une jeune fille, comme Stacy, le fait qu'à la fin sa famille a dû déménager à *Philadelphie* parce que c'était juste impossible en Caroline du Nord, le fait que si quelqu'un crachait sur Stacy, la religieuse qui secoue Maman, le fait que James Baldwin a dit que la liberté est un mythe que se racontent les Blancs américains, le fait qu'on se demande parfois si ce pays n'était pas condamné depuis le début, comme le dit Scratch dans *Tous les biens de la terre*, mais je ne devrais pas dire ça, le fait que je suis sûre que les pionniers étaient bien intentionnés, certains en tout cas, s'accaparer des terres, attrapez-les par la, traités rompus, chercheurs d'or, et c'est nettement mieux maintenant, sauf quand la police abat des Noirs, le fait qu'il y a sûrement des tas de gens très bien, des tas, « Non, c'est faux, et arrête de m'appeler Shirley », le fait qu'on ne doit pas juger l'arbre à ses branches pourries, une expression comme ça, joie, Peine de Mort, sentence de mort, Dorothy Counts, Dorothy Parker, catastrophe imminente, le fait qu'une Noire sur le point d'accoucher a demandé une césarienne parce qu'elle pressentait « une catastrophe imminente », mais ils ont pensé qu'elle n'avait pas de quoi la payer, la césarienne, pas la catastrophe imminente, alors ils ont refusé et elle a fait une hémorragie, et au final elle a dû avoir une césarienne, et après ils ont laissé un bout du placenta dans son corps, le fait qu'elle ne s'est même pas réveillée de l'opération, le fait qu'elle est décédée, à tout juste trente ans, laissant un mari, un fils et un nouveau-né, Placentia, État, le fait que « placentia » signifie paisible, Lake Placid, *Vacances*, Cary Grant, la bosse sur le front de Ned, le fait que Katharine Hepburn appelle Ned « mon beau daguet », Spencer Tracy, le fait que j'aime bien ce passage dans *Une femme de tête* quand elle l'emmène chez elle sous la pluie et que tous mettent des peignoirs, et qu'il y a ce gros quiproquo sur « galoche » et « goulash » parce qu'ils sont chacun dans une pièce distincte et ne s'entendent pas bien, le fait que tiens, encore un film avec des galoches, guêtres, le fait qu'ensuite il met ses chaussures dans le four pour qu'elles sèchent, archiduchesse, le fait qu'ils mangent du poulet rôti et une laitue dans une serviette, et des îles flottantes au dessert, *aucun homme n'est une île*, le fait qu'ils ont vraiment l'air de s'amuser ensemble, et après les chaussures empuantissent l'appartement, le fait que le petit ami de Katharine Hepburn interrompt leur tranquille soirée et fait une crise de jalousie à cause de Spencer, Papa dans les jardins de Divinity School, le fait que maintenant que j'y pense, peut-être que la laitue dans la serviette c'est dans l'autre film, celui où elle est avocate, le fait qu'ils sont tous deux avocats, et elle défend une femme qui a abattu son mari, pomme d'Adam, le fait que c'est facile de confondre tous les films avec Katharine Hepburn, *Vacances*, *La Maison du lac*, *L'Impossible Monsieur Bébé*, limaces, chic négligé, linge à repasser, pâte à la cannelle, économe, le fait que c'est dans *Madame porte la culotte*, celui où ils sont avocats et tout perturbés par le procès dont ils s'occupent, le fait qu'elle défend et lui accuse, et au final les portes claquent et ils se font la gueule et plus personne ne mange de laitue, le fait que c'est un bon moyen pour qu'elle reste fraîche dans le frigo, dans une serviette humide, le fait qu'on a appris ça dans ce film, le fait que Leo a remarqué la chose, et on s'est mis à le faire, le fait que la plupart de mes astuces domestiques viennent sûrement des films, le fait que Cathy et Art se sont mariés après trente ans de vie commune, déménagement, démangeaison, le fait que c'est peut-être pour des raisons légales mais c'est quand même excitant, le fait que je pensais qu'ils ne partiraient pas en lune de miel, étant ensemble depuis très longtemps, mais ils sont allés à Hawaï, le fait que Cathy est toujours surprenante, le fait que Marcia s'occupe de tout au Schoppe, le fait que c'est quelqu'un de très efficace, le fait que je les voyais bien aller aux chutes du Niagara pour le week-end, mais Hawaï, waouh, le bateau *Maid of the Mist*, Fruit of the Loom, le fait que je ne vais pas leur faire de gâteau de mariage, le fait que c'est trop gnangnan, le fait que je vais leur faire plutôt une tarte Tatin aux poires, avec de la cannelle et de la cardamome, à moins bien sûr que je leur fasse un *gâteau des anges*, le fait que je me demande lequel préférerait Art, glaçage, le fait que Katharine Hepburn et Spencer Tracy ne se sont jamais mariés, chutes du Niagara, chutes de Paterson, rochers noirs, neige blanche et glace, eau blanche, l'oreiller de Jake en forme de bus VW, le fait que quand les enfants seront adultes Leo et moi voulons acheter un camping-car Airstream et juste partir, avec peut-être un orgue à vapeur à l'arrière pour jouer de vieux standards, Kleenex, tarte Tatin aux poires, le fait que tout le monde dit que les Airstream sont mieux que les Winnebago et que les Winnebago sont nuls, à cause du système de chasse d'eau ou je ne sais quoi, mobile-home, Yosemite, ours, baleines, le fait que certains Winnebago peuvent être énormes et luxueux, mais le mobilier est toujours en plastoc, tortues déformées, silhouettes sablier, le fait qu'ils ont l'air de vouloir imiter le look Air Force One à l'intérieur, 11 Septembre, le fait que Harrison Ford veut juste se reposer et regarder un match quand il monte à bord d'Air Force One après son grand discours, le fait qu'un de ses assistants balance le score final alors qu'il monte à bord, mais Harrison Ford ne se met pas en colère, le fait que j'aimerais que Harrison Ford soit président, là, le fait qu'il serait nettement mieux que celui qu'on a, punaise, même si c'est juste un acteur, le fait qu'il a quelque chose de présidentiel, le fait que Jeff Bridges a l'air présidentiel lui aussi, dans *Manipulations*, le fait que c'est peut-être dû à ses cheveux coiffés en arrière, le fait que les choses ont bien changé, lui pincer le cou, lui donner un coup de boule, le fait que Harrison Ford a consacré toute sa vie à tourner des films d'action violents, et pourtant il serait mieux que Trump, pincer, cogner, Agression sexuelle en plein vol, le fait que *Air Force One* est tellement violent que je ne peux pas le regarder, le fait qu'au début c'est plutôt distrayant, mais après ça devient de plus en plus sanglant, le fait qu'ils abattent tellement de gens qu'il semble impossible que quiconque survive, comme dans un dessin animé de Tom et Jerry, Donald Duck, le fait qu'une fois que les terroristes russes ont toutes les armes et fait prisonnier tous les passagers, et tué le président, du moins c'est ce que tout le monde croit, le fait que la situation semble désespérée, le fait que Glenn Close est à DC, et c'est la vice-présidente, vipère, VIP, prête à prendre la succession, mais elle se retient, loyauté, noyauté, dans l'espoir que Harrison Ford ne soit pas mort, et il ne l'est pas, bien sûr que non, le fait que Glenn Glose, *Close*, a tout à fait raison d'attendre, parce que Harrison Ford survit et sauve tout le monde, tout seul, sinon ça ne serait pas un film avec Harrison Ford, harissa, haricot, le fait que certaines personnes aspire le H de haricot, le fait qu'on m'a appris à ne pas l'aspirer, le fait que Leo a appris à prononcer les deux C dans « raccord », *rak-cor*, mais pas moi, Harrison Ford suspendu hors de l'avion, en plein vol, le fait qu'à la fin il est le dernier à bord et manque périr dans le bateau, je veux dire *l'avion*, le fait qu'il rentre indemne à la Maison-Blanche avec sa femme et sa fille ado, le fait que, selon Leo, il faut toujours qu'il y ait une ado dans les films d'action, le fait qu'elle est comme la fille ligotée sur les rails dans les films muets, Mépris silencieux, celle pour qui on s'inquiète tous, Stacy, le fait que les filles ne sont plus ligotées sur les rails mais qu'on leur braque souvent une arme sur la tempe, forçant le héros à faire des choix difficiles, le fait qu'il doit décider s'il doit sauver l'humble gamine *ou* le pays, ce genre de chose, le fait qu'il s'avère toujours que, si vous sauvez la fille, le pays aussi sera sauvé, le fait que la morale au départ n'est qu'une lueur, je trouve, enfouie tout au fond du héros, le fait que c'est toujours leur faute dans les films d'horreur, celle des ados, pas des héros, du genre s'il y a de vieux meubles chics qui volent dans la pièce il y a forcément une ado dans les parages, le fait que la fille dans *Air Force One* tient tête à Gary Oldman quand il la reluque de son air de pédophile, le fait qu'elle n'a que douze ans, Stacy, Gillian, mon douzième anniversaire, promener Pepito, le fait que peut-être que ces films ne parlent pas vraiment des présidents, ils parlent plutôt de ce que c'est que d'avoir une ado à la maison, parce qu'elles aussi font du grabuge, Ronny, la reine d'Angleterre, le fait qu'elles savent monopoliser la salle de bains, les ados, pas les reines ni Ronny, pour peigner leurs cheveux forcément raides et, mon Dieu, que sais-je encore, le fait que Ronny adore les films d'action, le fait qu'il recommande toujours des nanars violents, le fait que j'ignore pourquoi il croit que ça va me plaire, le fait que de temps en temps on a suivi ses conseils, par curiosité, et on l'a toujours regretté, le fait qu'on s'est retrouvés à regarder un truc du genre *La Chute de la Maison-Blanche*, ou pire, le fait que dans *La Chute de la Maison-Blanche* le héros doit tout sacrifier pour sauver sa fille adolescente, mais le président a également une fille adolescente, et donc le héros les sauve toutes les deux, le fait que c'est un garde du corps raté, ce garde du corps sera soit un succès soit un échec, le fait que j'ai oublié quel acteur c'est mais en tout cas il survit à une pluie constante de projectiles venant de tous les coins, rien que par la force de sa volonté, le fait que tout le film semble juste un prétexte pour caramboler sur la pelouse de la Maison-Blanche, comme le type sur Serpent Mound, le fait que j'ai raté la petite enfance de Jake, le fait que je me demande si Maman s'en voulait d'avoir raté mon adolescence, quand elle est tombée malade, le fait que je ne crois pas, le fait que je commençais juste à me rebeller quand elle s'est effondrée, alors j'ai laissé tomber la rébellion et choisi la dépression à la place, dormant tout habillée, et mangeant des bananes, puzzle, salade de carottes, rose pâle, bleu pâle, le fait que les femmes accomplissent deux fois plus de tâches domestiques que les hommes, le fait que je sais qu'on est censés tout partager mais c'est encore plus de travail, le fait que je préférerais me poser avec un verre de vin et regarder un film quand Leo rentre, plutôt que de discuter de *rotation des tâches domestiques* et tout ça, James Mason, le fait que Leo dit qu'il aime ma façon de bouger et de me tenir, le fait qu'il aime me voir de profil dans la cuisine quand il rentre, le fait que j'ai rêvé que j'essayais de réhabiliter six ou huit billes de mozzarelle, le fait qu'elles étaient vivantes et comme *humaines*, mais aussi pour ainsi dire pantouflardes, juste une bande de méchantes billes de mozzarelle qu'on essayait de réintégrer dans la société, trente ans, Peine de Mort, Niagara, *Niagara*, Marilyn Monroe, Maid of the Mist, le fait que j'ai également rêvé que j'avais une longue conversation avec une étudiante de Peolia, et juste après, à cause de cette conversation, elle faisait des progrès et obtenait de meilleures notes, passant de C et D à A moins ou B plus, et c'était grâce à moi et mes conseils, le fait que ce n'est pas près d'arriver à Peolia dans la vraie vie, « Go Possums ! », puisque personne n'a plus le temps de parler aux étudiants, consacrer du temps, tableau de service, Purdue OWL, le fait qu'au moins Stacy n'est pas une délinquante juvénile, *La Fureur de vivre*, le fait que côté fureur elle se débrouille pas mal, le fait que j'ai toujours eu peur de devenir une délinquante juvénile, déliquescence, sans trop sans savoir ce que c'était au juste, le fait que ça fait peur, « délinquant juvénile », quand vous êtes petite, « extruder », le fait que je ne veux pas de délinquants juvéniles dans cette famille, touchons du bois, le fait qu'heureusement le seul crime qu'ait commis Stacy jusqu'ici, pour ce que j'en sais, c'est quand elle est partie en douce avec Annie, ou Susan, dans le dédale des allées du magasin d'occasions de Coshocton, quand elles avaient toutes les deux sept ou huit ans, et qu'elles ont dansé autour de fleurs en plastique en les cueillant, mais elles les ont toutes rendues, rien de grave, le fait que c'était seulement pour jouer, mais cet horrible gérant a fait une telle histoire qu'on n'est jamais retournées dans ce magasin, le fait qu'il y a eu aussi la fois où Annie et elle ont écrit des gros mots à la craie sur le trottoir, mais elles ne savaient même pas ce que voulaient dire ces mots, le fait que je dois reconnaître que j'ai trouvé ça amusant, et ça partait facilement, alors on se calme, carré de citrouilles, vide-grenier, le fait que James Mason vient juste de rentrer, et de retrouver son problème de chauffe-eau et d'olives, le fait que dans un rêve que j'ai fait on était tous dans un avion en train de manger du poulet, et il y avait un énorme et magnifique mouton blanc tout laineux qu'on aurait pu acheter, et qu'on aurait dû acheter, cannelle, sucre brun, zeste, le fait que dans *Pas si simple* Meryl Streep fait plein de tartes parce qu'elle a une liaison, et quand elle a une insomnie elle fait des glaces, le fait que je n'ai pas vraiment envie de faire des tartes après avoir fait l'amour, le fait que c'est sûrement les seules fois où j'arrête un peu de cuisiner, oh non, on sonne, le fait que je suis sûre que c'est Ronny, le fait qu'il semble toujours débarquer quand je suis toute couverte de farine et en train de pétrir, en sueur et tout et, oh la barbe, le fait que le voilà, à me zyeuter avec son air de chien battu, chien enragé, queue coupée, lapin, « J'passais juste », chutes de Paterson, vol 93, punaises, le fait qu'il adore parler des punaises, mais c'est ma faute, parce que je lui ai dit que les poules en raffolaient, le fait que je sais que je devrais lui dire d'entrer et lui proposer une tasse de café, une part de tarte, mais elles ne sont pas encore prêtes, le fait que tout ce que j'ai c'est quelques Oreo, le fait que comment me dépatouiller avec tout ça, le fait qu'il y a Ronny qui sonne à la porte et James Mason qui gémit en fond, fuite des cerveaux, civet de chevreuil, le fait que ce n'est pas facile d'en placer une avec ce type, le fait qu'il était beau avant mais il est encore bien conservé,

Alec Baldwin, pas Ronny, le fait que rouspéter toute la journée après le gouvernement peut vraiment vous filer des rides, labo de drogue itinérant, le fait qu'il croit qu'Obama est le diable, « Vous êtes mauvaise ? », le fait que ça ne serait pas un chevreuil là-bas, forme sombre, le fait que je ne vais rien dire, le fait que je suis sûre qu'il connaît un million d'histoires sur les chevreuils, le fait que, allez, c'est reparti, le fait qu'il veut me parler des punaises marbrées, le fait qu'elles mangent presque tout, le fait que je le savais déjà, le fait que mes tartes, mes pauvres tartes, le fait que je dois sauver mes tartes, « Tout ce travail ! », comme dit la sœur de William Hurt quand les gens émettent des doutes sur sa dinde de Thanksgiving, le fait que je dois finir par lui dire, à Ronny, pas à William Hurt, « Je dois m'occuper de mes tartes », le fait que le minuteur de la cuisine a sonné pile au bon moment, mon fidèle minuteur, le fait que, oh, quel soulagement, c'est fini, et ça ne lui a pris cette fois que dix minutes pour comprendre, ô joie, le fait que, oh non, j'ai un autocollant dans les cheveux, bon sang de bon sang, le fait que mais d'où ça peut venir, le fait que je sais que j'aurais dû proposer à ce pauvre diable d'entrer pour qu'il me parle pendant une heure de punaises et de films violents, mais c'était trop pour moi, le fait que la seule chose qui occupe mes pensées alors c'est comment me débarrasser de lui, le fait que chaque atome de mon corps est occupé à ça, et il doit le sentir et penser que je suis horrible, mais je n'aime pas parler à ce type, c'est tout, alors pourquoi est-ce que je devrais, pays libre, le fait que le problème c'est qu'il n'écoute jamais, et c'est très fatigant, le fait qu'il ne fait que parler parler parler, jacasser, et on a juste envie qu'il se taise, le fait que, bien sûr, il a fait une remarque sur les traces de farine sur mon visage, qu'il semble toujours trouver très intrigantes et amusantes, et il en parle toujours, le fait qu'il m'a dit que ça ne le dérangeait pas, ces traces, le fait que ça m'est égal que ça le dérange ou pas, « J'passais juste », le fait qu'il veut que mes traces de farine me mettent mal à l'aise, venir déranger une femme seule comme ça en pleine journée, le fait qu'il n'a apporté aucun sac de grain pour les poules, parce qu'il « passait juste », le fait que Leo n'a jamais parlé des traces de farine sur mon visage, le fait que ça ne dérangerait pas Leo si j'étais recouverte de farine de la tête aux pieds, le fait qu'il m'aimerait encore, le fait qu'il n'est tout simplement pas possible humainement de faire cuire quatre gâteaux, six tartes et quatre-vingts roulés à la cannelle sans se mettre un peu de farine sur le visage, mais ça n'explique pas l'autocollant, le fait que c'était poli de la part de Ronny de ne pas mentionner le gros autocollant rouge dans mes cheveux, ces fichus gamins, le fait que ça a la forme d'une moustache, et j'ignore depuis combien de temps c'est là, le fait que je l'ai peut-être ramassé sur le canapé, quand je lisais le livre amish de Cathy, le fait que je me suis peut-être même assoupie un moment, le fait que ce n'est pas un super livre, le fait que je ne sais pas si Ronny veut même du café, le fait qu'il fixe peut-être tout le monde comme ça, depuis les pompistes jusqu'aux merles, le fait que le problème avec Ronny c'est qu'il croit que le monde lui doit quelque chose, mais je ne lui suis redevable de rien, le fait que je lui ai toujours payé ses sacs de grain, COD, le fait que je ne peux pas me permettre de devoir quoi que ce soit à ce type, le fait que j'ai déjà assez de dettes comme ça, de grosses dettes, le fait que je suis peut-être juste méchante, œufs pourris, huîtres grillées au bacon, mais ce type est vraiment capable de parler pendant des heures, et tout ce que vous dites ne fait que soulever une autre pierre, punaises, vers de terre, le fait que c'est trop facile d'alimenter son moulin, sans faire le moindre effort, le fait que je lui ai demandé comment étaient les routes et il s'est lancé dans un long récit sur ce flic et le labo de drogue itinérant, le fait que toute cette histoire était bidon et que le flic s'est suicidé, le fait que moi aussi je me suiciderais peut-être si je devais me taper des pro-guns toute la journée, ou des types comme Ronny, le fait que je ne crois pas qu'il se trimballe avec son arme mais il en a une sur le siège avant, le fait que je ne suis même pas sûre que ça soit légal, le fait qu'ensuite il a déblatéré sur Obama, ou Odrama, comme il l'appelle, et le fentanyl, et l'Interstate-95, I-95, le fait que je n'ai pas envie qu'il entre chez moi, le fait qu'il est très imposant, avec une petite tête qui a l'air prête à basculer et à dévaler dans son dos, le fait que son visage ressemble à un poffertje de traviole, mais je ne devrais pas dire ça, le fait que ce n'est pas gentil de critiquer le physique des gens, le fait que les gens ne sont pas responsables de leur physique, le fait que pourquoi suis-je aussi, aussi hostile, le fait qu'il ne pense pas à mal, le fait que c'est idiot d'être à ce point contrariée, le fait que c'est juste un type seul qui a besoin de parler à quelqu'un, et de manger une bonne part de tarte, le fait que je suis sûre qu'il ne tenterait jamais rien, mais bon, je suis la seule mère au foyer dans le quartier, alors je ne peux compter sur personne si jamais il arrive quelque chose, le fait que je n'aime pas ce nouveau cas de figure, passer me voir sans les sacs de grain, le fait qu'il est juste en demande, démuni, ♫ *Big deal, big star, Cary Grant !* ♫, le fait que ces sacs de grain ne me plaisent plus trop, le fait qu'il n'y a pas assez de graines de tournesol dedans, surtout en hiver, le fait que je dois toujours en rajouter, le fait que je suppose que je devrais proposer du café à ce pauvre diable un de ces jours, mais je travaille ici, moi, le fait que je ne suis pas juste en train de me prélasser, le fait que j'étais occupée à cuisiner quand il est arrivé, toutes sortes de choses, même si je regardais James Mason, pour me tenir compagnie, multitâches, muesli, le fait que ce n'est pas parce que je suis chez moi que je n'ai pas une famille à nourrir et habiller et soigner et, bon, au final, *élever*, j'espère, le fait que j'essaie de sauver cette petite famille nucléaire de la *ruine*, le fait que rien que leurs quatre anniversaires coûtent une fortune, les gâteaux **10**, les Noëls aussi, le fait que je ne peux pas proposer du café et une part de tarte à tous les types seuls du coin, gratis, le fait que j'avais mon grand tablier plastifié, le fait que je suis sûre que ça me donne l'air d'une employée de la morgue, autopsie, poisson rouge, Katharine Hepburn, le fait que Schumann et Clara détestaient Düsseldorf mais ils ne pouvaient pas déménager parce qu'ils avaient six enfants, six, von Trapp, le fait que je me demande ce qu'il est advenu de ces six petits Schumann, Famille Trapp, bruxisme, hirsutisme, le fait que Schumann n'était pas doué pour enseigner la musique ou diriger un orchestre, le fait que tout le monde n'est pas capable d'enseigner, le fait qu'il était doué pour composer, ce sera soit un échec, soit un échec, sois un échec, un échec, le fait que Katharine Hepburn jouait Clara Schumann dans le film, le fait que je me souviens d'elle et de ses manches retroussées, en train de laver les enfants dans une bassine sur le sol de la cuisine, tandis que Schumann donnait des cours de piano, le fait que Katharine Hepburn aimait toujours se mouiller, le fait que James Mason se débattait avec sa maladie pendant que Ronny parlait en boucle de ses problèmes, blême, le fait qu'après il a voulu parler du President's Day, et d'Obama restant plus longtemps à son poste, le fait que même l'arrivée de Trump à la Maison-Blanche n'empêche pas Ronny de déblatérer sur Obama, le fait qu'il est obsédé par Obama, le fait que Ronny n'aime pas non plus Roosevelt, et Roosevelt a fait plus de deux mandats, le fait qu'il regarde la chaîne Histoire nuit et jour et croit tout savoir, le fait qu'il dit que Roosevelt était communiste, piscine d'hôtel, chevaux, chiens de thérapie, tétras, tortues, le fait que j'ignore ce qui le mine, franchement je ne sais pas, le fait qu'il a l'air de croire que je suis d'accord avec lui, le fait que je pourrais le contredire mais à quoi bon, le fait qu'il pense que Trump devrait bombarder Chicago, parce qu'ils conduisent tous comme des « crétins » là-bas, le fait que quand je lui ai rappelé que je venais de là-bas il a juste changé de sujet et déclaré que les facteurs étaient tous des crétins, parce qu'ils ne savent pas refermer les boîtes aux lettres comme il faut, le fait que Ronny passe sa journée à conduire et qu'il voit toutes ces boîtes aux lettres béantes, le fait que les services de la voirie à Smyrna ont demandé aux gens de ramasser leurs feuilles mortes mais ne sont pas venus chercher les sacs, le fait qu'ils ne veulent pas non plus qu'on les brûle, donc ils sont fous, les types de la voirie, pas les sacs de feuilles, le fait que les feuilles sont des feuilles, pas folles, le fait que Ronny pense qu'à l'automne prochain tout le monde devrait balancer ses sacs de feuilles à Smyrna, Ohio, pas Smyrna, Tennessee, ni Smyrna,

Géorgie, ni Smyrna, Delaware, non constitué en société, le fait que j'aimerais qu'il vive à Smyrne, en Grèce, repas complet, complet-veston, costume trois pièces, moitié d'avocat, salut avec trois doigts, dégage, BSA, MLB, le fait que ce qui est assez drôle, c'est que tout le temps où Ronny était là j'essayais de couvrir la voix de James Mason, en espérant que Ronny ne remarquerait pas que je regardais *Derrière le miroir*, de peur qu'il se dise que j'étais juste en train de regarder la télé, ou que ça nous entraîne dans une grande discussion sur Hollywood, et tous ses acteurs et ses films préférés, et tout ce qui lui est arrivé, douleur, cortisone, vipérine des Canaries, allez savoir, râleur patenté, réac avéré, le fait qu'heureusement on n'a toujours pas vu de vipérine des Canaries, et donc on n'a pas eu à en parler, même si là-dessus on est d'accord, le fait que les vipérines des Canaries sont moches, le fait que j'avais de plus en plus froid, debout sur le seuil, mais chaque fois que je disais que je devais retourner cuisiner Ronny se lançait sur un nouveau sujet d'actualité, local ou national, ou sur les tweets de Trump, le fait qu'il espère vraiment que Trump ira en visite officielle en Angleterre, le fait que ça lui semble important, allez savoir pourquoi, important pour Ronny, pour Trump je ne sais pas, le fait que Ronny semble bien aimer la Reine, le fait qu'un jour, alors que je lui disais que j'avais vécu un an en Angleterre quand j'étais petite, il m'a demandé si on pouvait aller là-bas en voiture, depuis ici, et si Paris et Londres étaient la même ville, le fait qu'il a voulu savoir alors s'ils se partageaient la Reine, *Je vois Londres, je vois la France*, ce qui semble économique comme idée, le fait qu'ensuite, bizarrement, il s'est demandé si la Reine mangeait du ragoût ou si c'était indigne d'elle, le fait que Ronny cuisine une sorte de ragoût au gibier tout sauf ragoûtant, le fait qu'il le laisse mijoter plusieurs jours, le fait que je crois qu'il espère en offrir à la reine d'Angleterre, si jamais elle passe par Smyrna en se rendant à Paris, le fait qu'un type au restau parlait à sa femme de Cape Cod, et affirmait que c'était une île, et quand elle a exprimé des doutes là-dessus il s'est mis à crier que « *Tout le monde* sait que Cape Cod est une île, cocotte », le fait que je n'ai pas su quoi dire, j'étais juste venue déposer des moelleux au citron, le fait que pendant que Ronny me parlait je cherchais dans les bois derrière lui autre chose à regarder que sa grosse tête bouffie, et à un moment j'ai vu un chevreuil mais je n'ai rien dit, de peur que Ronny l'abatte, le fait qu'il a dit de lui-même qu'il allait chasser ce week-end et qu'il espérait abattre un cerf, un jeune cerf, le fait qu'il a bien précisé qu'il devait être jeune, je ne sais pas pourquoi, le fait qu'ils sont peut-être plus faciles à abattre ou meilleurs au goût, ou alors il espérait que je tressaille, bronche, vacille, souvenirs de *Bambi*, mais je n'ai jamais vu *Bambi*, ragoût de gibier, le fait que c'est toujours un soulagement de voir ce type s'en aller, avec son arme sur le siège à côté de lui, pareil à une sorte de bandit solitaire, Shane ou je ne sais quoi, le fait que j'ignore si c'est son fusil de chasse ou un autre truc qu'il aime avoir dans sa voiture, le fait que faut-il qu'un type ait la trouille pour garder une arme à ce point en évidence, le fait que je l'ai vue, on est censé la voir, et si la reine d'Angleterre passait elle aussi la verrait, du moins jusqu'à ce que ses gardes du corps l'embarquent manu militari, Ronny, pas la reine, le fait que voici un type qui ne sait même pas que Londres et Paris sont deux villes différentes, et pourtant il est en possession d'armes létales, légales, létales, avec droit de vie ou de mort à Tuscarawas et dans tous les comtés avoisinants, Coshocton County, Holmes County, Harrison County, « Vas-y, tire ! », « ouvert le feu pendant environ 3 mn 05 », tir à vue, tir tendu, tirer à la ligne, stand de tir, à portée de tir, tirer sur des suspects, victimes, MAGA, Konclave KKK, linge sale, Jackson Township, assécher les marais, Jésus de New Philadelphia, PF Chang's, le fait que Tangier Island a réduit de moitié, je crois, à cause du niveau des mers qui montent, le fait que seulement sept cents personnes environ vivent là-bas, et quelques sacs de golf, chariots de golf, balles de golf, glace, auvent, pêche au crabe, sandwich aux miettes de crabe, le fait que Tangier Island dépérit, mais Trump dit que tout ira bien, parce qu'il le dit, le fait qu'il croit que tant qu'on peut jouer au golf quelque part tout va bien, tablier de cuisine, tablier à caisson, moment de flexion, poutres, lotus de Maillart en forme d'arches, rencontre avec Leo, le fait que je me demande si les arbres sentent des picotements au bout de leurs branches quand elles bourgeonnent à chaque printemps, le fait que ça doit chatouiller quand il a plu, et que chaque bourgeon a une goutte d'eau qui pend, le fait que ça doit forcément chatouiller un peu, le fait qu'il y a d'énormes myosotis bleus dehors cette année, du moins je crois que c'en est, le fait que j'ai oublié à quoi ressemblent les *myosotis*, non mais franchement, Florence Griswold, Old Lyme, le fait que la famille de Fairfield Porter possède une île dans le Maine, Mary Cassatt, John Henry Twachtman, Childe Hassam, Philip Leslie Hale, le fait que William Penn était barbu, le fait que je ne crois pas que je le reverrai un jour, *Jésus Lopéz Peréz* je veux dire, pas William Penn, le fait que Jésus était un taiseux, pas comme certains que je connais, le fait que William Penn avait deux épouses et seize enfants, le fait qu'il pleut à présent, et les poules ont l'air mouillées, mais un petit rinçage ne leur fera pas de mal, le fait que l'eau du robinet est tellement polluée maintenant qu'ils nous conseillent de la filtrer, de la faire bouillir, ou de boire de l'eau en bouteille, le fait que le taux de plomb est élevé, le fait qu'ils disent qu'on peut se laver avec mais pas la boire ni cuisiner avec ou alors à nos propres risques, *Je ne sais pas mais eux si*, le fait qu'on a déjà un filtreur DuPont dans le frigo, Bed-Sty, UWS, LES, gros malin, le fait que je devrais me procurer un autre filtre, le fait que d'abord ils vous empoisonnent, je veux dire DuPont, et ensuite ils vous vendent l'*antidote*, le fait que de toute façon les enfants boivent rarement de l'eau, le fait que c'est toujours du soda ou de l'eau gazeuse ou du lait, eau à bulles, mais je crois que je ne devrais plus faire de glaçons avec, ni faire cuire des nouilles au poivre dedans, spray au poivre, OC, lésion cérébrale, tortues de mer, huîtres, le fait qu'on peut se faire installer un filtre très cher si on veut, raccordé par un plombier, Tulip, mais on n'a pas les moyens, le fait qu'on a besoin de l'argent pour payer nos factures d'eau, le fait que certaines personnes organisent une sorte de manif à ce propos, le fait que je parie qu'Amelia est derrière tout ça, comme manifestante, pas comme pollueuse, le fait qu'elle adore se battre, le fait que j'ignore pourquoi elle fait ça, *La Chute de la Maison-Blanche*, le fait que je suis trop occupée à protéger mes enfants des lésions cérébrales pour aller manifester à tout bout de champ, ♫ *Stuck a feather in his cap, and called it Macaroni* ♫, le fait qu'ils ont protesté contre les centrales nucléaires, et ça les a menés où, Aynrandocrate, DAPL, le fait que Fukushima brûle encore, et l'océan Pacifique est rempli de déchets, dôme de sel, tumulus sacrés, le fait que le sel de mer contient maintenant des microplastiques, mais qu'y peut-on, petit peton, le fait que qui sait avec quoi mes enfants sont nés, dans leur organisme, le fait que le placenta ne peut pas filtrer tous ces trucs, mais on aurait dû se douter de ce qui nous attendait quand ils ont pollué le lac Érié, NASCAR, Super Bowl, *Miracle sur la 42e Rue*, Colt 45, Winchester calibre 12, Remington, Birmingham, Alabama, Montgomery, Alabama, SPLC, Peachtree Walk, Mohonk Lake, Mohawk, le fait que je fais ce que je peux, le fait que je ne tue pas d'insectes sauf quand j'y suis obligée, surtout des araignées, et j'achète du lait bio, parce que c'est meilleur pour les vaches et meilleur pour les enfants, le fait que les gens qui mangent bio ont moins le cancer, quelque chose comme vingt-cinq pour cent de moins, le fait que le cancer est onéreux, « On est heu-reux ! », le fait que, fichtre, quand on y pense vraiment, ne pas manger bio pourrait être une fausse économie, budget, impôts, plombiers, le fait que le livre de Cathy n'apprend pas grand-chose sur les amish, le fait que cette Sue Bender semble juste vouloir parler d'elle tout le temps, shakers, quakers, le fait qu'à l'origine les amish étaient des anabaptistes allemands, le fait que les anabaptistes m'ont toujours fait peur, mais il se trouve qu'ils pensent qu'on ne devrait se faire baptiser qu'une fois adulte, le fait que ça me semble une bonne idée, vivre et laisser vivre, ♫ *Let it be* ♫, Rumspringa, le fait que je pense que j'ai toujours confondu les religieuses et les amish et que je ne devrais pas, Laura Ingalls Wilder, Ingles, angle mort, coin cheminée, Green Acres Amish Furniture, tour de lit, le fait que pour *Witness* ils ont fait passer des tas d'auditions à des actrices pour le personnage de la mère, mais le réalisateur voulait quelqu'un qui fasse vrai, et féminin, alors ils ont renoncé aux actrices américaines et ils étaient sur le point de faire un casting d'Italiennes pour ce rôle, mais ils ont vu alors Kelly McGillis dans une pièce, et ils l'ont choisie, le fait qu'elle était serveuse à l'époque, à New York quelque part, peut-être Greenwich Village, le fait que le mot « amish » vient de Ammann, Jacob Ammann, le fait que c'était un pacifiste et qu'il n'aimait pas les *boutons*, Mount Eaton, Dr Lehman, le fait qu'ils utilisent des œillets et des crochets plutôt que des boutons, *The Office*, internement d'office, désir pieux, Kelly McGillis ôtant son chemisier, à ce jour, de nos jours, le fait que Sue Bender dit que les femmes amish utilisent du polyester dans leurs courtepointes, le fait que je préfère les courtepointes géométriques, à cause des couleurs, le fait que les femmes amish se lâchent vraiment quand elles font des courtepointes, le fait qu'heureusement elles ne semblent pas trouver vaniteuses les belles courtepointes, Calico Harvest Quilt Shop, le fait que les amish laissent toujours un défaut dans leurs courtepointes, je crois, afin que l'« esprit » entre, le fait que Sue Bender parle trop de l'esprit, IMO, et du cœur et de l'âme et tout ça, et du voyage, le fait qu'elle glisse même un « sage dirigeant tibétain », ce qui va un peu trop loin, mules, chaussons, petits talons, le fait que pas dans mon jardin, le fait que je veux juste des poules dans mon jardin, des poules sur la mer, le fait que les amish aiment tout ce qui est en plastique, dit-elle, comme les seaux en plastique et les Tupperware et les ustensiles ménagers, PFOA, DuPont, Monsanto, eau en bouteille, le fait que les femmes amish avec lesquelles a vécu Sue Bender faisaient leur vaisselle dans deux bassines en plastique, Bassin appalachien, une avec du savon et une pour rincer, le fait qu'elles n'avaient ni l'eau courante ni l'électricité, massif de lierre, Pepito, le fait que j'ignore pourquoi Cathy lit ce genre de livres, le fait que ses lectures sont assez imprévisibles, le fait que, si ça se trouve, les gens qui n'ont pas le temps de lire se contentent du premier livre venu, le fait qu'elle lit vite, aussi, et doit juste prendre ce qui lui tombe sous la main, je suppose, sans trop se soucier de ce que c'est, le fait que Art et elle ont une cabane quelque part mais ils n'ont pas trop le temps d'y aller, le fait qu'elle a dû trouver ce truc dans un supermarché, le livre de Bender, pas la cabane, le fait que les amish demandent à leurs amis mennonites de les déposer en voiture quelque part et de passer des coups de fil pour eux, le fait que le fondateur de Jim Beam était un mennonite, bourbon, rye, le fait que le bourbon sur de la crème glacée peut être sssuper bon, métaux ferreux, analyse des forces, le fait que les forces électromagnétiques sont à la base de tous les moteurs électriques et des vérins, *Les Limites à la croissance*, Club de Rome, le fait que c'est toujours gênant de se faire prêter des livres, au cas où on ne les aime pas, le fait que si vous faites semblant de les aimer on vous en prête d'autres, qui sont tout aussi mauvais, et vous devez les lire également, le fait que ça n'a pas de fin, et vous ne lisez jamais plus ce que vous voulez, le fait que je ne voudrais pas non plus blesser Cathy, le fait qu'au moins elle ne parle pas tout le temps de son « voyage du cœur » ou de ses « conseillers spirituels », comme le fait Sue Bender, le fait que je ne pense pas que Cathy ait le moindre conseiller spirituel, ni le temps d'en avoir, le fait qu'elle est trop occupée à faire des tripes en sauce et des bonbons au chocolat et au beurre de cacahuète, céleris, bananes, citron vert, poupées sans visage, le fait que Cathy vend ces poupées amish sans visage, le fait que je ne comprends pas pourquoi les amish trouvent normal que les poupées aient un corps, mais pas de visage, le fait qu'ils ont le droit de fabriquer une poupée avec des bras et des jambes et une robe et un tablier et un bonnet et des cheveux et tout, mais sans traits du visage, le fait qu'on pourrait penser que ça ne serait pas vraiment déplacé, et qu'elles auraient meilleure allure, le fait qu'ils font des poupées hommes avec des barbes, mais sans nez, sans bouche et sans yeux, ENT, otorhinolaryngologie, Mayo Clinic, rappel tétanos, le fait que Sue Bender est dingue de ces poupées flippantes, le fait qu'elle en a toute une collection, et elle a demandé à de gentilles amish de lui en faire des tas, le fait qu'elle a tous ces trucs chez elle, le fait que ma famille flipperait si je disposais des poupées sans visage partout, l'Abominable Homme des Neiges, King Kong, le fait qu'on a vu un cheval et une carriole amish l'autre jour, les listes de tâches à faire illisibles de Sue Bender, le fait qu'avant son voyage du cœur Sue Bender établissait toujours de longues listes de tâches, puis elle les reprenait et rédigeait des listes de listes à faire, en insérant les oublis de la veille dans la liste du jour, salade de riz dans le frigo, le fait que c'est l'heure du tri, le fait qu'on ne peut pas garder le riz éternellement, le fait qu'Abby faisait des repas avec les restes, mais elle jetait aussi pas mal de nourriture, des trucs qu'elle estimait indignes ou inadéquats dans son Repas de Restes, le fait qu'elle n'y allait pas de main morte, le fait que je n'ai pas le temps de faire des listes de tâches à accomplir, je suis trop occupée à faire ce que j'ai à faire, affaire en cours, faire des courses, cou-cou-cou-tchou, cocorico, Yankee Doodle, ♫ *Sing Polly Wolly Doodle all the day* ♫, punaise, ravissants articles pour enfants, le fait que tout ce que je sais c'est que je dois me lever, préparer les paniers-repas, faire cuire un million de tartes, et je ne sais quoi d'autre, le fait que Sue Bender critique beaucoup leur consommation de sucre, les amish avec qui elle vit, le fait qu'elle trouve qu'ils mangent trop de sucres et de glucides, le fait que le sucre *est* un glucide, le fait que ce sont d'excellents fermiers cela dit, le fait que je crois que dans l'ensemble ils sont bio, mais je ne suis pas sûre, pacifisme, ne pas maltraiter son cheval, Ammann, le fait qu'ils ont tiré avec des balles en caoutchouc sur des chevaux dans le Dakota du Nord, le fait que tirer sur un cheval, sans raison aucune, le fait que les amish laissent reposer la terre en y plantant de la luzerne et des trèfles, le fait que Sue Bender n'est pas allée vivre chez les amish pour les étudier, dit-elle, elle est allée s'étudier *elle* chez eux, le fait que tout le dernier quart du livre parle uniquement de ce que ça a été pour Sue Bender que d'écrire ce livre, ce qui n'a pas grand intérêt, Repas de Restes, vu que ce n'est même pas un très bon livre, poupées sans visage, le fait que je ferais mieux de lire la newsletter de Hopewell Archeology, de m'absorber dans Seip Mound, Paint Creek, Portsmouth Mound Park, tumulus funéraires d'Adena, Story Mound, Camden Park Mound, une vieille fête foraine, les monts Piketon, fossiles, lieux pour pique-niquer, le fait que le fossile emblème de l'Ohio est un trilobite, nématodes, le fait que seulement dix pour cent des premiers ouvrages de terre sont visitables, le fait qu'on pourrait aller pique-niquer la prochaine fois, au bord de l'Ohio quelque part, avec une tourte œuf-jambon peut-être, empoisonnement au mercure, desserts sur assiettes en plastique, avec nappe en polyester, le fait qu'il faut agir si on ne veut pas que les gosses deviennent fous, « Ils n'ont que le chaos à escalader », le fait qu'on a envisagé d'aller un jour à Salt Fork State Park, le fait que Leo l'a promis, mais on ne l'a toujours pas fait, Un Homme Se Noie Dans La Même Rivière Où S'est Noyée Sa Femme Deux Ans Plus Tôt, SURVEILLEZ VOS ENFANTS, Championnat national de dulcimer, le fait que je suis sans doute beaucoup plus amish que ne le sera jamais Sue Bender, même si ma cuisine est tout sauf impeccable, et que je ne sais pas trop faire des bocaux, lait, concombres, condiments, le fait que cirer les meubles n'est pas mon truc, mantra, troc, le fait que faire mariner des trucs dans la saumure exige qu'on se donne à fond, le fait que ça nécessite de l'audace, liasse de billets, énormité, le fait que Maman n'apprécierait sûrement pas l'emploi fautif que fait Sue Bender du mot « énormité », le fait que ma maman me manque, le fait que Sue Bender parle à un moment de tarte à la mélasse mais pas de tarte à la crème, farce, pas de la tarte, poupées sans visage, eskimo, la poupée eskimo de Phoebe, Coldy, hydrangea, tarte au potiron, poupées Potiron, tarte Tatin aux poires, « Petite fille dans un fauteuil bleu », le fait que Mary Cassatt utilise un bleu magnifique pour le fauteuil et le canapé, céruléen peut-être, cyan, CYA, ça ou autre chose, le fait que c'est presque le même bleu que la caisse de voyage de Tiny Tim, le fait que la petite fille a l'air d'en avoir ras le bol, le fait que bon, on ne voit pas assez de peintures d'enfants qui s'ennuient, ou qui boudent, le fait que les enfants en colère sont incroyables, mais ça les rendrait encore plus en colère si on le leur disait, jus d'orange, le tas de fringues de Stacy à côté de son lit, le fait que j'aimerais remonter le temps et tout recommencer à zéro avec Stacy, juste mieux m'occuper d'elle quand elle avait besoin de moi, troubles de l'alimentation, tutos de maquillage, Cassatt, Manet, Monet, maquillage, débarrasser, débriefer, débardeur, TeenSpot, Ben, le fait que Ben et Gillian viennent de rentrer de la piscine et qu'un enfant a failli se noyer dans le bassin à vagues, le fait qu'il a été sauvé par une maître nageuse vigilante, le fait qu'elle a vu tout de suite qu'il se débattait, alors même qu'il y avait des tas d'enfants dans la piscine, et elle a plongé et l'a sauvé, lasso, lascif, le fait que je suis sûre que les femmes font les meilleures maîtres nageuses, maîtresses nageuses, le fait qu'on n'est peut-être pas les plus fortes, mais on est toujours vigilantes, le fait que, bon, maintenant je ne veux plus jamais que mes enfants aillent se baigner, même si c'est important pour eux d'apprendre à nager pour qu'ils ne se noient pas un jour, le fait que j'ai su que quelque chose clochait aujourd'hui, le fait que j'avais un pressentiment, je l'ai senti, « désastre imminent », le fait que j'ai senti comme une menace mais j'ignorais ce que c'était, le fait que j'ai cru que c'était juste mon appréhension liée à Ronny, et maintenant c'est arrivé, de justesse, sur les talons, estomac dans les talons, le fait que cette expression est absurde, le fait que je n'ai jamais aimé mes cours de natation du samedi matin, le fait que j'aimais bien nager, mais pas prendre des cours, parce qu'ils vous poussaient dans le grand bain avant que vous soyez prêt, ou vous apprenaient à plonger et tout ça, le fait qu'ils essayaient toujours de me faire faire des choses que je n'avais pas envie de faire, comme trop de longueurs, ou la nage papillon, ou le dos crawlé, le fait qu'ils adoraient vous donner l'impression que vous alliez vous noyer, le fait que personne ne m'a sauvée, le fait que je paniquais toujours et n'arrivais pas à flotter, le fait que j'étais vite épuisée, j'avais peur de ne pas pouvoir rester à la surface, le fait que j'étais parfois certaine de couler et de ne plus jamais revoir ma maman, le fait que je ne pense pas qu'on devrait avoir l'impression de *frôler* la mort quand on apprend à nager, le fait qu'à l'époque je croyais que *tout le monde* suffoquait après chaque longueur, et que c'était juste quelque chose qu'il fallait supporter, mais peut-être qu'ils s'éclataient tous, le fait que j'avais peur d'être trop maigre pour flotter, trop faible, pas assez athlétique pour avoir le droit de nager, le fait que j'avais tout le temps honte, gêne, le fait que je n'ai jamais su bien plonger, plongeon, engeance, le fait que les profs vous criaient toujours dessus et vous faisaient passer au niveau supérieur avant que vous ayez maîtrisé quoi que ce soit, le fait qu'ils m'ont jetée dans le grand bain avant que je sois prête, et j'ai presque eu de l'eau dans le nez, et je déteste *toujours* le grand bain, et ne pas avoir pied, le fait que je n'aime l'eau que quand j'ai pied, le fait que j'aime pouvoir sentir le fond, au cas où un maître nageur viendrait m'enfoncer la tête sous l'eau, le fait que je ne connais que la brasse, et la nage indienne, même s'ils nous ont montré le crawl et le papillon et le dos, cours de patinage, le fait que je déteste le crawl mais que les maîtres nageurs l'adorent, *et* le papillon, le fait que pourquoi apprendre toutes ces nages, sauf si vous comptez aller aux JO, le fait que le papillon c'est juste *impossible*, et plutôt disgracieux, le fait que je ne comprends pas comment on peut vouloir nager comme ça sauf si on veut essayer d'imiter un bateau à aubes sur le Mississippi, le fait que tant qu'à faire ils devraient vous attacher un orgue à vapeur sur le dos, « Petite fille dans un fauteuil bleu », le fait que j'adorais faire le petit chien et j'adore toujours ça, ou la brasse, ou juste nager sous l'eau, mais pas plonger, le fait que plonger peut très vite mal tourner, le fait que j'arrive à faire une sorte de brasse sur le *dos*, le fait que ça peut aller tant qu'il n'y a pas grand monde dans le bassin, qui vous éclabousse, le fait que je déteste quand le bassin est bondé, et que ceux qui font des longueurs vous bousculent, battent des bras, ou plutôt moulinent, le fait qu'enfant j'aimais juste nager sous l'eau, à cause de Cousteau, la seule émission je crois que Papa me laissait regarder, le fait qu'à nos cours de natation on avait seulement *cinq minutes* de Temps Libre, à la toute fin, Temps Libre, et c'est là que je nageais sous l'eau, le fait qu'à la fin ils passaient cette horrible musique militaire, « The Stars and Stripes Forever », et ça voulait dire qu'on devait vite sortir du bassin, le fait qu'ils avaient l'air de penser que tous les enfants allaient sortir du bassin comme s'ils défilaient sagement au son de la musique, Hamelin, amish, le fait que je déteste toujours cet air, le fait que je l'associe à la presque noyade du samedi, et la fin du Temps Libre, le fait que je n'arrêtais de nager sous l'eau qu'à contrecœur et me rendais en titubant, épuisée, aux vestiaires, broyer du noir, brou de noix, le fait que j'aimais cette fatigue dans les jambes après la piscine, le fait que si vous ne ressentez pas ça c'est que vous n'avez pas assez nagé, Leonardo DiCaprio, Howard Hughes, soutifs, le fait que c'est toujours l'air que j'entends dans ma tête quand je suis pressée, « The Stars and Stripes Forever », le fait que ça a dû s'enraciner pendant ces cours de natation, et maintenant je n'y échapperai plus, marquée au fer rouge, le fait que pour apaiser mes instincts maternels j'ai donné à Ben et Gillian un verre de lait et un roulé à la cannelle, ce qu'il faut à des enfants qui viennent d'assister à une presque noyade, le fait que j'ai besoin d'une tasse de café et que je n'étais même pas là, Maxwell House, le fait que le café est bon pour le foie, paraît-il, *Ils disent*, foie, folie, le fait que c'est dans ces moments-là que je me demande pourquoi j'ai eu tous ces enfants, chaque fois que je suis inquiète pour eux, le fait qu'une fois que les enfants sont nés vous devez vous débrouiller avec, et à peine vous rendre compte que votre propre vie a disparu et que leur vie *à eux* vous accapare complètement, juste leur survie, et que vous allez être incapable d'avoir les idées claires pendant les vingt prochaines années, le fait qu'avoir un bébé est un choc, un papillon qui tourne sur une épingle, nage papillon, le bourdon au Bread Loaf, le fait que j'ignore pourquoi j'y repense, à ce *bourdon*, le fait qu'il a juste décollé du rebord de la fenêtre, bon sang, et voleté lentement dans l'air avant de sortir par la fenêtre, mais bizarrement je m'en souviens, le fait que de ça je me souviens *très bien* mais pas du visage de Maman, le fait que son visage m'apparaît parfois très nettement et j'essaie de m'y accrocher mais en vain, le fait que je ne sais plus comment j'allais à l'école, si je prenais un bus ou quoi, mais je me souviens de cette abeille que j'ai vue quand j'avais sept ans, volant lentement au-dessus du bois délavé, l'abeille, pas moi, le fait que Maman a failli se noyer quand elle avait deux ans, le fait qu'elle s'est avancée dans la mare, en faisant « Coin-coin ! », et très vite elle n'a plus eu pied, mais Abby l'a sauvée, et Abby ne savait même pas nager, alors c'était très courageux de sa part, le fait qu'on peut avoir beaucoup d'enfants, le fait que William Penn en avait *seize*, et les von Trapp une douzaine, mais on n'a qu'une maman, signes du Zodiaque, sauf si on compte les mères adoptives et les mères de substitution et les belles-mères et les marâtres et les *figures* maternelles, qui ne sont pas toujours des substituts satisfaisants, édulcorants, aspartame, le fait que j'ai recherché des figures maternelles quand Maman est tombée malade, jusqu'à ce que je renonce et aie à mon tour des enfants, devenant ma *propre* figure maternelle, le fait que je cherche peut-être encore des gens pour me materner, comme Cathy peut-être, le fait qu'elle est affectueuse et féminine, mais peut-être qu'elle est comme ça avec tout le monde, le fait que j'étais vraiment amoureuse de Maman quand j'étais petite, et que ce n'était pas une « tocade », le fait que c'était plutôt un amour *à sens unique*, le fait que j'avais toujours peur de l'aimer plus qu'elle ne m'aimait, et je crois que c'était le cas, le fait que c'est quelque chose qui m'inquiète encore parfois, le fait que les relations mère-enfant sont des relations très inégales, le fait que pendant que mes enfants engloutissent leur lait et leur roulé à la cannelle et pensent que je suis passionnée par leurs histoires de natation je suis incapable de penser à eux plus d'une minute, parce que, bon, je ne sais pas pourquoi mais mon esprit passe à d'autres choses, comme le bourdon au Bread Loaf, le fait que je pense au bourdon, ou à Chuck, ou à Leo, ou à Maman, ou aux tartes, ou à Ronny, le fait que j'aimerais ne pas penser à lui mais il s'impose parfois, restes, listes de tâches, eau en bouteille, le fait qu'on ne peut pas le dire, surtout pas à vos enfants, le fait que ça leur ferait de la peine, fausses promesses, fausses infos, dent-de-lion, Fox News, le fait que parfois il faut juste tout ignorer et se rappeler qu'on a la chance d'être en vie et libre de ses mouvements, le fait que c'est bon d'être en vie, le fait que ça m'arrive de l'oublier, le fait que je crois que j'ai perdu sur les deux tableaux, d'abord en étant trop amoureuse de Maman, qui avait des tas d'autres choses importantes à faire en plus d'être avec moi, bourdon du Bread Loaf, et maintenant, en perdant pied avec *Stace*, qui a également des choses plus importantes à faire qu'être avec moi, listes de tâches, mardi, le fait que Maman est morte quand j'avais la trentaine, il y a douze ans, le fait qu'elle m'a quittée, le fait que je ne supporte pas de penser à tous ses problèmes de santé, le fait qu'il vaut mieux ne pas y penser, les occulter comme la plupart du reste, comme mes cours de natation, le fait que c'est vraiment ce que je fais toute la journée, le fait qu'au lieu de m'occuper de mes enfants, ou de Leo, ou de moi, et d'aimer mes clients, tout ce que je fais c'est tourner en rond en essayant de ne pas penser à ma maman à moi, Six Sortes De Vertige, le fait que peut-être que tout le monde fait pareil, mais bon, il faut me voir tourner en rond pour faire mes pâtisseries spiralées tout en décrivant moi-même des spirales comme un derviche tourneur ou je ne sais quoi, et au centre du tourbillon il y a toujours Maman, tornade, trombe, tourbillon, le fait que les mères sont au centre de tout, bien sûr, terre nourricière, mère nature, langue maternelle, Mère l'Oye, mère de vinaigre, Maman, mama, alors pourquoi ma maman serait différente, nombrils, le fait que Lincoln, Poe, George Washington et Harry Houdini aimaient tous leur mère, cercles, beignets troués, le fait que, hé, je crois que j'ai enfin pigé, pourquoi Jake n'aime que les SpaghettiO et les Cheerios et les bagels et les donuts et les Life Savers et les pommes cuites et les gâteaux d'ange, et les tranches d'ananas et les tranches de concombre sans les graines, et les roulés à la cannelle dont on a déjà mangé le cœur, le fait que cet enfant aime tout ce qui est circulaire, mais surtout tout ce qui est rond avec un trou au milieu, le fait que c'est peut-être plus facile pour s'en saisir, chevelu, topologie, le fait que pourquoi je n'ai pas remarqué ça avant, le fait que, Tout Sur La Théorie Des Trous Noirs, ça doit être ça, cet enfant aime les aliments ronds, et troués, le fait que je vais retourner ce penchant contre lui, et lui faire manger des hamburgers et des omelettes et des bananes, juste en faisant un trou au milieu, « Ne dénoyautez jamais les quetsches »,

*

Les couguars, parce qu'ils avancent furtivement, voient plus de gens que les gens ne voient de couguars. La femelle couguar ne reculait pas face aux hommes, mais elle n'allait pas non plus à leur rencontre. Ils étaient juste une menace et une nuisance, comme les incendies ou les crues.

En quête d'une nouvelle tanière, elle fit traverser à ses lionceaux tout fous une route noire et lisse, province des hommes et des voitures. Une jeep fonça vers eux mais elle la fixa calmement, avec ce plissement au milieu du front qui ne prêtait pas à rire. La voiture ralentit, puis s'arrêta. La femelle et ses petits s'enfoncèrent dans les bois de l'autre côté à une allure calme, sans un regard en arrière.

Mais il y avait des hommes partout dans la forêt, qui empiétaient sans cesse sur les territoires des couguars, des territoires qui existaient depuis longtemps. De telles invasions étaient un affront. Les hommes leur prenaient aussi les chevreuils, ou les effrayaient avec leurs odeurs et leurs cris et les détonations de leurs armes. Ils laissaient derrière eux des animaux blessés, empoisonnés, en proie à d'anormales agonies.

Une neige épaisse est le plus paisible des moments. L'air résonnait de temps en temps du bruit des armes à feu, du vacarme humain, cliquetis, grondements et sonneries, et des éclats de voix perturbants et des aboiements des jeunes chiens qui les suivaient comme leur ombre. Partout, il y avait des signes de leurs incursions, sous la forme de divers objets humains sans sépulture – bouteilles de verre, boîtes métalliques, morceaux de papier et débris de plastique – lesquels n'intéressaient plus que les choucas.

Dans une clairière, où les sons étaient étouffés par la pluie, elle tomba par hasard sur un homme qui portait un faon mort sur ses épaules. Ne voulant pas qu'il s'approche de ses petits cachés dans les fourrés, la femelle couguar se figea, prête à bondir. Mais le chasseur ne la remarqua même pas. Il s'éloigna en titubant, haletant, dans les bois, laissant une trace sanglante derrière lui. Elle installa ses petits sous un tronc afin de les camoufler, et suivit cette trace de sang sur un ou deux kilomètres, juste pour s'assurer que ce balourd ne reviendrait pas s'en prendre à ses petits.

Elle les avait mis en garde contre les hommes, ces oiseaux trop gauches pour voler. Elle avait appris à ses petits à guetter les froissements révélateurs produits par les peaux supplémentaires dans lesquelles s'enveloppaient les gens, des enveloppes qui faisaient bruire le corps des hommes tandis qu'ils s'enfonçaient brutalement dans les fougères.

Avec une prudence extrême, elle fit savoir à ses petits que les hommes étaient plus dangereux qu'ils ne le paraissaient. Ils tuaient facilement, et souvent ne mangeaient même pas leur proie. Ils pillaient, saccageaient, puis retournaient brusquement dans leur véhicule. Ce n'était pas de véritables habitants de la forêt, mais des usurpateurs, de dangereux visiteurs qui envahissaient grossièrement le territoire des autres.

Ils ne respectaient pas les couguars.

Ses petits voyaient les voitures filer sur les routes, et de bruyants et disgracieux hélicoptères qui traversaient le ciel. L'un d'eux les survola un jour, agitant les arbres avec ses ailes tournoyantes. Un tel bruit fit s'interrompre un instant toute vie dans la forêt. Mais les autres machines des hommes, au sol, étaient des ennemis plus immédiats. De même qu'elle détectait les cris de nombreux oiseaux et animaux, et les traquait, la femelle couguar savait si un camion ou une moto se dirigeait vers eux.

Mais même elle était troublée par la puanteur capricieuse des hommes, et détestait leur allure. Où était le cou, le morceau à saisir s'ils s'approchaient trop ?

Elle partit chasser un soir pendant que ses petits dormaient, et une voiture percuta le cerf sur lequel elle allait bondir. Deux grands hommes s'avancèrent sur la chaussée et se dirigèrent lentement vers la carcasse. Quand ils repérèrent le couguar, ils se figèrent. N'ayant aucune intention de partager leur proie avec eux, elle se retira dans les sous-bois. Des détonations retentirent et les balles sifflèrent autour d'elle, fendant les branches des arbres.

Elle savait que les voitures ne sont pas des êtres vivants, et ne peuvent par conséquent pas être tuées. Néanmoins, elle rêvait d'en maîtriser une, de la mettre à terre, de l'écraser sous son propre poids et de déchirer sa peau dure, lisse et luisante avec ses crocs acérés.

*

le fait que je trouve que les prisonniers devraient porter des tenues rayées comme autrefois, pas ces horribles combinaisons orange qu'ils sont tous obligés de porter, et qui ressemblent à des tenues d'infirmiers, le fait qu'elles ne vont pas non plus aux infirmiers, le fait que dans *Le Fugitif* Harrison Ford est à la fois un médecin et un criminel, ou du moins un détenu, mais il se débarrasse de sa combinaison orange dès qu'il peut, le fait qu'il n'arrête pas de soigner des gens pendant tout le film, même quand il fuit, le fait que je crois que Nanya aimait ce film aussi, Nanya, le fait que je suis très négligente, le fait que je néglige mes connaissances, le fait que je néglige aussi probablement mes enfants, le fait qu'on devrait m'arrêter, négliger ses enfants, prison, combinaison orange, assombrissement global, Harrison Ford, le fait que j'ai négligé *Maman*, la personne la plus importante au monde, la personne dont j'ai le plus besoin qu'elle soit au monde à mes côtés, le fait que pourquoi ferais-je ça, Il S'En Fiche, Le Pire Mari Au Monde, le fait qu'après le décès de Papa j'aurais pu emménager avec Maman et m'occuper d'elle, mais je ne l'ai pas fait, et je ne sais toujours pas pourquoi, le fait qu'Ethan et Phoebe ne pouvaient pas s'installer à Hamden, ils avaient de vrais boulots, alors c'était à moi de faire quelque chose, le fait que j'aurais pu le faire, facilement, j'aurais pu emménager là-bas, le fait que Stacy était encore petite, le fait que quelle importance s'il fallait changer de garderie, le fait qu'on prend tellement de décisions dingues dans la vie et après on ne se rappelle plus pourquoi on a agi ainsi *Et c'est cela qui changea tout*, le fait que j'ignorais qu'elle était malade à ce point, le fait que j'étais inquiète pour elle, la dernière fois que je l'ai vue, le fait qu'elle était de nouveau à l'hôpital et que je ne pouvais rester qu'une heure ce jour-là, et après l'avoir vue j'ai décidé d'emménager avec elle, mais je n'ai jamais eu l'occasion de le lui dire, avant qu'elle décède, ce soir-là, décéder, céder, passer, le fait que pourquoi fallait-il qu'ils meurent tous les deux si jeunes, le fait que les choses les plus importantes de la vie arrivent sans prévenir, et elle non plus ne savait pas, le fait qu'elle était heureuse, le fait qu'on a ri à propos de quelque chose, le fait que tout est nul quand on y réfléchit, le fait qu'on va se prendre une bombe nucléaire un de ces jours et que ça sera fini, mais je ne comprends toujours pas pourquoi j'ai négligé la personne qui me manque tout le temps aujourd'hui, le fait que je dois être en train de négliger quelqu'un d'autre en ce moment même, quelqu'un qui va me manquer terriblement quand il ne sera plus là, le fait qu'Abby me manque toujours, le fait que j'aurais fait tout ce que m'auraient demandé de faire Maman ou Abby, mais elles ne m'ont jamais rien demandé, le fait que c'est juste horrible d'y penser, le fait que je ne devrais pas y penser, le fait que je dois me ressaisir, le fait que je dois penser aux enfants, le fait que je ne veux pas que ça soit la fin du monde, pas pendant qu'ils existent, mais il s'est passé tant de choses horribles, tellement, tellement horribles, le massacre de Gnadenhutten, et des lynchages, la Marche des Larmes, Hiroshima et Nagasaki et l'Holocauste, la famine en Chine, ce viol dans un bus en Inde, le fait que ce n'est pas non plus juste des armes ou des bombes ou des viols ou des accidents de voiture, le fait que le monde entier est plein de PFOA, C8, le fait qu'il y a du C8 dans le Teflon, Scotchgard, Gore-Tex, fil dentaire, plats à réchauffer, et mascara, et il y a des tortues coincées dans des anneaux en plastique, et des bourdons se font tuer par les pesticides, Roundup, et les pingouins ne peuvent pas se reproduire, et Stacy et toutes les autres filles comme elle perdent leur temps à regarder d'autres filles comme elles se maquiller, et les gens ont le cancer, et il y a des tueries dans les écoles, et n'importe quel gosse de vingt ans a envie de tuer quelqu'un, ou alors de manger un gâteau d'anniversaire en forme de fesses, le fait que pourquoi ne vont-ils pas juste faire de la plongée sous-marine, plongée en haute mer, surf, ou alors photographier des oiseaux ou escalader des montagnes, s'ils ont besoin de se défouler, franchement, le fait que le tennis était un bon défouloir pour McEnroe, café, Kleenex, économe, le fait que crier après un arbitre est quand même mieux que de devenir violent physiquement, le fait que ce type du KKK, qui a tué neuf personnes dans une église, ne savait même pas pourquoi il avait agi ainsi, une fois que ça a été fini, mais ce n'était pas un accident, le fait qu'il s'est joint aux prières et qu'il est resté assis pendant trois quarts d'heure à se demander s'il allait tirer ou non, et il a même hésité parce que tout le monde était gentil avec lui, mais ensuite il a décidé de tirer quand même, parce qu'ils étaient noirs, et il leur a tiré dessus, le fait qu'une fillette de cinq ans a dû voir ça et que va-t-elle devenir, le fait que l'assombrissement global a été remarqué en 1961 mais personne n'a rien fait, le fait que le monde entier est fichu, et plein de despotes tordus, compote, plante en pot, enregistrement de Planet Hollywood, et en outre, je ne supporte plus de me regarder, et ça ne fait qu'empirer, plus je vieillis, le fait que ça ne va pas s'améliorer, ça ne va faire qu'empirer et empirer, mais bon sang, je ne peux pas laisser les enfants me voir dans cet état quand ils se lèveront, ni Leo, le fait que Leo ne mérite pas de me trouver dans cet état, le fait qu'il me trouve *belle*, le fait que je croyais que je devais juste m'occuper de Stace et aller au travail, mais Maman avait besoin de moi aussi, le fait qu'elles étaient un peu fatigantes quand elles étaient ensemble, Maman et Stace, le fait qu'il y avait un peu de rivalité alors, à mon sujet, le fait qu'elles réclamaient toutes deux mon attention, le fait qu'elles n'aimaient pas me partager, le fait que je me rappelle avoir dit à Jannis que je ne pouvais pas m'occuper des deux en même temps, le fait que c'était pour ça que j'essayais toujours de prendre une baby-sitter quand j'allais voir Maman, et c'est peut-être en partie pour ça que j'ai hésité à emménager avec elle, le fait que je ne me *rappelle* pas pourquoi je n'ai pas pensé à emménager avec elle plus tôt, le fait que leur rivalité est une excuse stupide si c'est bien ça la raison, le fait que je crois que je voulais ma liberté, mais dans quel but, le fait que de nombreux innocents décèdent, innocents, Violetta, Verdi, Nicolai Gedda, mais Maman était une perle, et je l'ai négligée, le fait que je n'arrive pas à vivre avec ça, mais c'est ce que je fais, je vis avec, le fait que ma seule stratégie est de ne jamais y penser mais c'est la vérité, l'odeur de la pluie, le fait que de quel droit je pense à elle tout le temps, alors que je l'ai négligée quand elle était encore de ce monde, le fait que je ne mérite pas de penser à elle, le fait que je ne mérite pas les quelques souvenirs que j'ai d'elle, muguet, négligé, négligence, poules, géosmine, pétrichore, Andy Schaeffner, Vermont, échec, peur de l'échec, soit un échec, cette géosmine sera soit un succès soit un échec, le fait que j'ai vraiment besoin de café maintenant, le fait que Maman adorait le café, le fait que je parie que Mamie aimait *Les Sept Femmes de Barbe-Rousse*, parce que Howard Keel joue dedans, son préféré, Mamie, sacs en plastique, pleurer dans sa salle de bains, NOUS VOUS PARDONNONS, le fait que l'Épouse n° 1, Machinette, est comme une grande maman pour tout le monde, le fait qu'elle doit s'occuper non seulement de son mari et de tous ses frères mais aussi des filles qu'ils ont enlevées, et elle le fait avec le sourire, le fait que je ne sais m'occuper de personne, et quand je le fais c'est rarement avec le sourire, le fait qu'elle nourrit tout le monde et empêche les filles kidnappées de s'échapper, le fait que tout baigne jusqu'à ce qu'elles se crêpent le chignon, le fait que l'Épouse n° 1 se fait berner en épousant Howard Keel, parce qu'il ne lui a jamais parlé de tous ses frères dans sa cabane, six adultes qui attendent leurs gaufres et de sérieuses leçons de bonnes manières, le fait qu'elle se remet vite de son choc et prend les six frères en main et bientôt ils sont tous propres sur eux et prêts à faire la cour, le fait qu'ils semblent l'apprécier nettement plus que Howard Keel ne l'apprécie, le fait qu'il fait comme si elle allait de soi, et la quitte quand elle est enceinte, le fait que c'est un mauvais père, mais il revient à la fin, le fait qu'il est obligé, c'est Hollywood, le fait que les frères ne se ressemblent pas du tout, ce qui m'a toujours gênée, mais je trouve qu'ils présentent bien quand ils vont au bal dans la grange avec leurs chemises colorées, le fait que c'est déprimant quand ils dévastent la grange qu'ils viennent juste d'aider à construire, le fait que c'est un peu comme les amish quand ils bâtissent une grange, à part les bagarres, le fait que Leo dit que cette comédie musicale est déprimante de bout en bout, le fait qu'il dit que ça ne parle que de viol, avec de la musique et de la danse pour égayer le tout, et une avalanche, et bien sûr une scène avec des corsets, le fait qu'on y voit bien trop de types avec les bras écartés au goût de Leo, ♫ *Secretly they was overjoyed* ♫, le fait que je n'en dirais jamais du mal devant Stacy, de peur de gâcher son engouement récent pour les comédies musicales, le fait qu'au moins ça la pousse à sortir de sa chambre, loin de ses vidéos Morning Routine, le fait qu'elle préfère regarder les comédies musicales sur grand écran, le fait que *Madame Butterfly* parle également de viol, parce que Madame Butterfly a dû consentir à un faux mariage, Jerry Hall, viol, abduction, Mick Jagger, Benjamin Franklin Pinkerton, le fait que je me demande pourquoi Puccini a pris un Américain pour faire le méchant, le fait qu'il y a aussi une avalanche dans *Une femme disparaît*, Maman, coin-coin, canards, Newburyport, le fait que Maman a grandi à Newburyport, Mass., pignons blancs, voiliers, guédilles, chips, Marblehead, Motif n° 1, le fait qu'ils vivaient dans un seul étage de cette maison blanche en bardeaux sur Coffins Court, rue du Cercueil, le fait que comment peut-on appeler une rue ainsi, et une impasse qui plus est, le fait qu'ils n'ont jamais eu beaucoup d'argent, le fait que son père a fait des tas boulots mais que ça ne durait jamais longtemps, les Chevaliers de Colomb, le fait que pendant un temps il a eu une boulangerie, le fait que ça m'a toujours intriguée, mais Maman n'a jamais beaucoup parlé de son métier de boulanger, sinon qu'il distribuait le pain rassis aux pauvres à la fin de la journée, alors les gens ont arrêté de venir pendant la journée et faisaient le pied de grue à l'heure de la fermeture pour avoir du pain gratis, le fait que, résultat, il a dû fermer, le fait que j'aimerais savoir comment était son pain, le fait qu'il faisait aussi de très bons donuts, le fait qu'Oncle Joe a été dispensé de service de nuit dans la Marine grâce à ces donuts, le fait qu'il a écrit chez lui depuis le bateau pour avoir la recette, et tout le monde a tellement aimé ses donuts qu'ils ont accordé à Oncle Joe des privilèges spéciaux, KP, le mess, le fait que j'aimerais bien connaître sa recette, *dollars for donuts*, mais elle est perdue à jamais maintenant, le fait qu'il me faut vraiment une machine comme celle de Meryl Streep, qui roule et étale la pâte pour vous, croissants au chocolat, le fait que surtout, son père buvait, celui de Maman, pas celui de Meryl Streep, le fait que sa mère versait toujours ses alcools dans l'évier de la cuisine, mais elle n'arrivait pas à suivre le rythme, le fait que pour lui la bouteille faisait un mètre quatre-vingts, et sa femme seulement un mètre cinquante, le fait que Maman et Abby faisaient toutes les deux environ un mètre cinquante, le fait que Humphrey Bogart dit au nazi « Je suis un ivrogne », quand le nazi lui demande sa nationalité, le fait que Humphrey Bogart picolait vraiment, dans la vraie vie, le fait que Lauren Bacall a épousé plus tard Jason Robards, Jr, qui a eu un grave accident de voiture juste avant de faire *Les Hommes du Président*, Donald Trump, Jr, mais il s'est remis, le fait que j'aime bien ce Jason Robards, le fait que j'aime la façon dont il met les pieds sur la table pendant les réunions de presse, le fait que je ne peux pas lire les articles en ligne du *Washington Post* parce qu'il faut être abonné, Maman, le fait qu'en 1900 il y avait sept mille variétés de pommes aux États-Unis, et maintenant plus que quinze, opodeldoch, Ipecas, Opelousas, le fait que j'ai peut-être besoin d'opodeldoch, Opal, Frederick, le fait que la seule fois où j'ai vu Maman pleurer c'est quand sa mère est décédée, le fait que je l'ai trouvée dans sa chambre en larmes alors qu'elle se préparait pour l'enterrement, le fait que je devais avoir cinq ans, le fait que je m'aperçois maintenant que j'ignore comment Maman a vu la *vie* après ça, le fait que quelque chose est peut-être mort en elle à jamais, comme pour moi quand *elle* est décédée, le fait que la vie n'a plus autant de sens quand votre mère n'est plus là, bon, sauf si vous êtes Stacy, le fait que je parie qu'elle pousserait un grand soupir de soulagement, « Ne sautez jamais une classe », le fait que, mince alors, coup de mou, besoin de marc, spirale descendante, vaisselle sale, *dollars for donuts*, Kleenex, le fait que comment font les gens, est-ce qu'ils pleurent tout le temps puis se ressaisissent et on n'en sait rien, le fait que est-ce qu'on continue d'avancer, en faisant semblant d'aller bien, le fait que Maman aimait le solitaire, les chips, Jane Austen, les pissenlits, les moutons, les perroquets et Pepito, le fait que Pepito ignorait qu'il ressemblait beaucoup à un mouton, le fait qu'elle aimait aussi les cigarettes, les raviolis frais, et les pêches à la crème et moi, le fait qu'elle m'aimait bien, le fait que je ne me souviens presque plus d'elle, et je ne me souviens plus du tout de sa mère à elle, le fait que je crois n'avoir vu sa mère qu'une ou deux fois quand j'étais bébé, pas comme la mère de Papa, qui a tenu si longtemps qu'on a tous fini par la connaître un peu trop bien, le fait qu'on a élu cette crapule, le fait que ça ressemble à un palindrome, élu cette crapule, sauf que ça devrait être « élu *par* cette crapule », ce qui n'est pas la même chose du tout, jeux de mots, rimes riches, « *A man, a plan, a canal : Panama !* », canal, puzzle, le fait que les palindromes sont plus durs qu'ils n'en ont l'air, chambre à air, aère la chambre, eh ça va la vache, grosse vache, oh mon Dieu, condensation, compensation, la mariée ira mal, le fait que j'ai vu deux ou trois fois le père de Maman, le fait qu'il avait un appareil électronique dont il se servait pour parler, le pauvre, le fait qu'il le collait contre sa gorge, le fait qu'il a vécu quelques années de plus que sa mère, précéder, prédécéder, décevoir, le fait que sa mère est morte d'un cancer des ovaires, et lui d'un cancer de la gorge, Bette Davis, bouton-d'or, Oncle Joe, le fait que pourquoi est-ce que ces choses-là arrivent aux gens, le fait que quand Cathy a emmené sa mère mourante à l'hôpital ils l'ont fait attendre seule dans une chambre vide pendant huit heures, et Cathy ne savait pas où elle se trouvait, et le lendemain elle est décédée, le fait qu'elles ont perdu tout ce temps, le fait que les hôpitaux perdent toujours des patients, puis quelqu'un les retrouve morts dans un sous-sol, ou aux toilettes, le fait que le père de Papa est né à Galatz au dix-neuvième siècle, le fait que j'ai rencontré quelqu'un qui est né au dix-neuvième siècle, même si je l'ai très peu connu, le fait qu'il avait encore un léger accent, le fait que l'esclavage n'a été aboli qu'à peine plus de cent ans avant que Leo et moi soyons nés, mais d'une certaine manière ça continue, « Une mouche noire », le fait que la Déclaration d'émancipation a été signée en pleine guerre de Sécession, mais la police continue d'abattre des Noirs sans raison aucune, comme s'ils avaient le droit, le fait que je trouve que c'est pire maintenant que dans les années 70 et 80, le fait que l'Ohio n'a peut-être pas changé, le fait qu'avant ils avaient le UGRR et maintenant c'est juste des combinaisons orange, le fait que Maman est née avec une faiblesse dans le bras, mais le médecin a dit à sa mère de le masser, ce qu'elle a fait, tous les jours pendant six mois, et après ça son bras allait presque bien, canards, bernaches nonnettes, oies à bec court, mieux vaut prévenir que guérir, deux hommes avertis en valent un, non, c'est le contraire, un homme averti, le fait qu'aujourd'hui je suis dans tous mes états, pleuvoir des cordes, le fait que parfois il pleut des grenouilles, mais il faut le voir pour y croire, et peu de gens en voient, pêches à la crème, le fait que je ne crois pas qu'il pleuve jamais des pêches à la crème, mais ça serait possible, le fait que grâce à tous ces massages quand elle était bébé Maman n'a jamais eu d'ennui avec ce bras droit de toute sa vie, sauf qu'elle avait un peu de mal à le lever au-dessus de la tête, mais pas au point que ça se voie, ase fétide, sumac, le fait que Maman avait environ deux ans quand elle s'est avancée dans la mare en criant « Coin-coin ! » et qu'Abby l'a sauvée, le fait qu'Abby avait très peur de l'eau, mais son dévouement pour Maman l'a emporté sur sa peur, et elle a pataugé dans l'eau et sorti sa petite sœur de la mare, le fait qu'Abby a toujours aimé Maman, et vice versa, idem, « Et moi de même ! », le fait qu'Abby m'a consolée quand Maman est tombée malade, le fait qu'on était dans le couloir de l'hôpital et Abby pleurait et elle s'est tournée vers moi et a dit « Mais c'est plutôt toi que je devrais consoler », le fait que c'était gentil de sa part, le fait que je n'ai jamais oublié ça, le fait que je n'ai pas pleuré quand Maman est tombée malade, après le premier jour, le fait que je me sentais juste engourdie, vide, mais Abby m'a consolée, juste par sa présence, le fait qu'elle m'a même un peu réchauffée, le fait qu'Abby a toujours paru vivre une vie calme, sage, sereine, bien à l'abri dans sa chouette petite maison derrière la jolie rangée d'arbres, avec de gentils voisins et un gentil mari, et des broderies et des plats concoctés avec des restes, mais ça ne se limitait pas à ça, le fait que c'était juste ce que je voulais voir, le fait qu'en réalité Abby avait une vie difficile, le fait qu'ils n'étaient pas très riches, surtout au début de leur mariage, le fait qu'elle n'est jamais allée à la fac, pour une question d'argent, le fait que je crois qu'elle a été seule presque toute sa vie, même si elle aimait Hoag et tout, le fait qu'il n'était pas du genre bavard, alors qu'Abby si, et leurs voisins étaient plutôt ennuyeux, pour la plupart, mais elle ne l'a jamais dit, le fait qu'une de ses voisines était une vraie hypocondriaque, la pire que j'aie jamais connue, le fait qu'elle avait l'air en bonne santé mais apparemment tout semblait aller de travers pour elle, et elle pouvait en parler pendant des heures, le fait que Maman disait toujours que c'était juste parce qu'elle n'avait rien à faire, le fait qu'elle croyait que le fait de rester seule à la maison rendait fou, le fait qu'elle a eu plein de maladies elle aussi, Abby, pas l'hypocondriaque, le fait que l'hypocondriaque aurait tué pour avoir les vraies maladies d'Abby, le fait qu'Abby a pris trop d'aspirine pour son arthrite, et qu'elle a eu un ulcère, le fait qu'elle a dû se faire opérer de la scoliose et rester alitée pendant un an, le fait que je déteste que tout ça lui soit arrivé, sans raison aucune, le fait qu'elle a eu des tas de problèmes de santé et que ce n'est pas juste, le fait que qu'est-ce qu'elle a fait pour mériter ça, le fait que c'est chouette qu'ils aient fait ce voyage en Irlande, le fait qu'Abby a sauvé la vie de Maman dans cette mare aux canards, le fait que si elle n'avait pas sorti Maman de la mare, ou si leur mère n'avait pas massé le bras de Maman pendant six mois quand elle était bébé, Maman n'aurait peut-être pas survécu ni ne se serait mariée et je ne serais jamais née, et alors mes pauvres enfants n'auraient jamais existé et Leo aurait dû se mettre à la colle avec quelqu'un d'autre, et je n'aurais jamais connu ma maman, le fait qu'il y aurait peut-être même eu un léger déficit côté tartes dans la région de Tuscarawas, mais sans doute très modeste, test, testament, mare, Newburyport, cannelle, cuiller, pinceau, vanille, la religieuse qui a secoué Maman, le fait que Maman s'est toujours ennuyée à l'école, parce qu'elle était très intelligente, le fait qu'elle avait toujours des ennuis parce qu'elle rêvassait, et un jour elle est allée aux toilettes et une religieuse l'a trouvée en train de rêvasser, et la religieuse l'a secouée de façon terrible, le fait que Maman a rapporté la chose à sa mère quand elle est rentrée chez elle, et sa mère a été tellement furieuse qu'elle s'est rendue aussitôt à l'école et a remonté les bretelles de la religieuse, *Les Rimes de la Mère l'Oye*, le fait que cette religieuse n'a jamais dû oser secouer de nouveau un enfant après ça, ni même en toucher un, enfin je l'espère, le fait que je pourrais secouer cette religieuse, là, maintenant, pour avoir secoué ma maman, le fait que Maman a aimé que sa mère fasse ça, le fait qu'elle n'a jamais dit du mal de sa mère, et moi non plus, le fait que je descends d'une longue lignée de filles qui vénèrent leur mère, mais Stacy semble avoir rompu la tradition, le fait qu'elle a fait sa thèse, Maman, pas Stacy, sur *Tennyson : Dix années de silence*, bouder, le fait que je mène une longue existence désolée depuis le décès de Maman, dix années de silence, ou onze, non, douze, douze années de *pas de Maman*, pas de mûrier, pas de pêches à la crème, non, *douze*, même si Leo compense beaucoup, Tennyson, tension, le fait que je ne l'apprécie pas assez, Leo, pas Tennyson, même si je suis sûre de ne pas assez apprécier Tennyson non plus, le fait que je pense trop que Leo va de soi, parfois, mais moins que Tennyson, *Viens dans le jardin, Maud*, la crise d'hier soir, le fait que je ne devrais vraiment pas boire, le fait que de quoi j'avais peur, le fait qu'il s'agissait juste d'un PTA, le fait que je ne sais même pas comment ça a commencé, le fait que je crois que ça m'a agacée que les enfants ne finissent pas leur assiette, parce que ça me rend toujours folle, le fait que quand ils ont quitté la table Leo m'a traitée de folle, alors je me suis emportée bêtement, tout ça parce que je n'ai pas aimé qu'il me traite de folle, le fait que, bon, personne n'aime entendre ça, mais bon, le fait que j'ignore ce qui m'a prise, je ne sais vraiment pas, le vin, les Chevaliers de Colomb, se noyer dans un verre d'eau, allergie aux noix, allergène, le capitaine Wentworth et le noyer, Scratch et Daniel Webster, le Webster, les poupées antistress, les poules, trois cents milliards de poules par an, le fait que Stacy dit que quand une fille va à l'école habillée de la même façon deux jours de suite tout le monde la traite de folle, même chose si on ne se lave pas les cheveux tous les jours, ou si on ne se maquille pas, ou si on n'est pas sur les réseaux en permanence, le fait qu'on ne dit pas aux garçons qu'ils sont fous sauf s'ils se pointent en trench-coat avec une arme à feu, mais alors il est trop tard, le fait que je trouve que certains profs sont fous, la religieuse, comme ce prof de gym qui a crié sur ce gamin l'été dernier, le traitant de « raté », religieuse qui secoue Maman, le fait que c'était une agression verbale, et que ça a duré cinq bonnes minutes, le fait que je me trouvais juste derrière la clôture du terrain de jeu et que je n'entendais pas tout, mais j'ai compris le principal, le fait que le type balançait toutes ces questions à l'enfant et ne lui a pas laissé une chance de répondre, le fait que c'était comme un interrogatoire de la CIA, et il n'arrêtait pas de crier « Tu es un raté », le fait que je n'ai pas supporté, le fait que j'ai été tellement choquée que j'ai même envisagé de signaler son comportement au principal, le fait que si ça avait été mon enfant j'aurais appelé le principal, mince alors, j'aurais appelé mon avocat, oui, si on en avait un, et qu'on pouvait s'en payer un, le fait que je ne pense pas qu'un cours de gym devrait ressembler à un camp d'entraînement pour Marines ou je ne sais quoi, religieuse secouant Maman, le fait que ce type avait l'air d'un fou, à crier sur ce gamin comme ça, un gamin, le fait que ça m'est égal si cet enfant était nul au base-ball ou à un autre sport, tennis, McEnroe, palet, croquet, le fait qu'aucun entraînement sportif ne justifie ce genre de savon, le fait que Ben pense que le type qui hurlait devait être Mr Glean, le fait que Ben déteste Mr Glean, Mr Gland, Mr Muscle, le fait que moi aussi j'ai toujours détesté mes profs de gym, mais je ne devrais peut-être pas dire « détesté », le fait que je n'ai jamais trop aimé la gym, mes cours de natation effrayants, le fait qu'ils essayaient toujours de vous épuiser et que je n'aimais pas qu'on m'épuise, le fait que ça n'a pas changé, le fait que je déteste que les gens m'épuisent, comme pendant les fêtes, le fait que pour une raison inconnue mon prof de gym nous disait de ne pas haleter, le fait qu'il pensait qu'on devait respirer par le nez, mais c'est dur quand vous êtes essoufflé, le fait que ça paraît déplacé de dire à un enfant comment il faut respirer, mais bon, dites-leur de respirer par le nez si vous voulez, mais ne dites pas à un enfant qu'il est un « raté », jamais de la vie, parce que ça va le stresser et le traumatiser et lui donner une mauvaise opinion de lui-même, et on est tous censés diminuer le stress de nos enfants, pas l'augmenter, pour qu'ils se sentent moins émasculés, le fait qu'on se donne du mal pour motiver un enfant et voilà qu'un prof de gym fait un truc pareil, le fait que ce n'est pas une boule antistress qui va remonter le moral à ce gamin, le fait que ça donne aussi le mauvais exemple, parce que « raté » n'aide en rien, rat, arracher, le fait que je ne comprends pas qu'on dise ces choses-là, sandwich au rôti de bœuf chaud de B & J, regarder Leo se raser, son bâton hémostatique, le fait que c'est Mr Glean le raté, si vous voulez mon avis, le fait que je parie que le principal n'aurait de toute façon rien fait, si je m'étais plainte, et Mr Glean aurait pu se venger sur mes enfants, le fait que ce type a besoin de prendre des cours de Gestion de la Colère, et pas qu'un peu, le fait que j'ai peut-être besoin moi aussi de prendre des cours de gestion de la colère, après la crise d'hier soir, crier comme ça, le fait que je ne hurlais pas non plus, mais c'était moche, s'emporter, péter un câble, pont suspendu, désastre imminent, linge sale, repassage, poules, poisson rouge, le loquet sur la porte grillagée, le fait qu'on ne doit jamais secouer un enfant, le fait que c'est très mauvais pour l'enfant, le fait qu'il peut en mourir, le fait que les mauvais pères secouent les bébés, les jambes de Papa dans la lumière des phares, ma souris Edward, œufs de poule, le fait que Maman et Papa se sont rencontrés au Copley Plaza à Boston, une « blind date », le fait qu'ils écrivaient leur thèse à l'époque, le fait que Maman écrivait sur Tennyson et Papa enseignait déjà, et écrivait sa thèse en plus, le fait que je suis allée un jour à Filene's Basement à Boston et que je me suis acheté une montre Minnie Mouse, le fait que la première fois où Maman a su qu'elle aimait Papa c'est quand ils sont sortis ensemble et que la voiture est tombée en panne quelque part, le fait que Papa est sorti de la voiture pour examiner le moteur, et quand elle a vu ses jambes dans la lumière des phares elle a su qu'elle l'aimait, le fait que sortir de la voiture ce soir-là pour examiner le moteur a décidé de l'avenir de Papa, le fait que je ne crois pas que Papa s'y connaissait beaucoup en voitures, mais il avait de belles jambes, le fait qu'il a appris à conduire tout seul quand il avait seize ans, le fait que Leo a fait sa thèse sur Maillart et les premiers bétons armés, et qu'il est allé en Europe pour ses recherches, Suisse, Berne, Zurich, Rorschach, le fait que Maman l'a aidé à peaufiner sa thèse pendant qu'ils faisaient de la barque quelque part à Cambridge, Papa, pas Leo, le fait que Papa a fait de la barque avec elle sur un lac, le fait qu'il ramait pendant que Maman lisait son dernier chapitre, ou alors c'était la Charles River, non, probablement un étang, Fresh Pond, l'étang de Walden, non, pas ça, Thoreau, le fait que la Charles fait cent trente kilomètres de long et est alimentée par cent trente cours d'eau, ce qui semble une coïncidence, le fait que

Boston est situé à l'embouchure de la Charles, Boston Tea Party, Red Sox, Bruins, pollution, le fait qu'ils ont dû ramer longtemps pour revoir toute une thèse, appel automatisé, le fait que c'était bien après que Maman s'était fait larguer par le type qui bossait pour Otis, pas dans la rivière, quittée, balancée, escalator, ascenseur, escapade, escarpolette, escroc, « Qu'est-ce qui est vert, qui monte et qui descend ? », les donuts de Papy, treize à la douzaine, le fait qu'elle aimait vraiment ce type et que lui était plutôt épris, mais il a préféré épouser une héritière Otis, le fait que c'était juste un gigolo, un greluchon, le fait que leur mariage a étonné Maman et elle en a beaucoup souffert, mais ensuite, un peu plus tard, à peine quelques semaines après, il est revenu voir Maman et lui a proposé de continuer à la voir, en douce, en secret, dans son dos, le fait que je crois qu'il avait dû aussitôt regretter de s'être marié, regretté d'avoir perdu Maman, ou peut-être que c'était son plan depuis le début, le fait que Maman n'a pas marché dans sa combine, combinaison, orange, surtout avec un type qui l'avait larguée pour une héritière Otis, et c'en est resté là, le fait que ce type était un vrai « raté », un profiteur, une sangsue, le fait qu'il lui a brisé le cœur, l'a brisée, elle, bon, un peu en tout cas, « un peu », le fait qu'on peut vous briser « un peu », le fait que Maman a eu une brève histoire avec un type gay, peut-être pour oublier le type des ascenseurs, le fait qu'elle n'a jamais beaucoup parlé de ce type gay, sauf qu'elle pensait qu'ils auraient pu être heureux ensemble, mais il a rompu, le fait que leur histoire s'est terminée un jour, mais correctement, et ils sont restés amis, de façon distante, le fait que je ne crois pas qu'elle l'a beaucoup revu mais elle pensait toujours à lui avec tendresse, cigarette, pas comme le type des ascenseurs, prison, pêches à la crème, livre, lunettes de soleil, lac Michigan, chambre à air, le fait que je pardonne au type gay mais que j'aimerais tordre le cou au type d'Otis, juste après avoir fini de secouer la religieuse, le fait que je sais, je sais, je ne devrais pas dire de telles choses, mais je me dis juste comment as-tu pu *larguer ma mère*, le fait que j'ai de la chance qu'il l'ait fait, cela dit, sinon je ne serais pas là et mes enfants non plus, et Leo se serait mis à la colle avec une autre qui pourrait le voir en costume d'Adam et le regarder se raser ou lire à la lumière de sa lampe de bureau Anglepoise, et elle pourrait se coller la nuit contre lui, *Viens dans le jardin,* et rangerait ses chaussettes soigneusement pliées dans son tiroir à chaussettes comme il aime, et elle aspirerait les moutons sous le lit des enfants, mais ce ne seraient même pas mes enfants, moche, galoche, chaussettes, le fait que la poussière domestique contient des produits toxiques, le fait que Cary Grant a du mal à trouver ses chaussettes parce que Myrna Loy et la bonne les ont toutes mises dans un panier dans un placard, le fait que je ne me souviens plus du nom de la bonne, le fait que la plupart des actrices ont des noms bizarres, comme Cate Blanchett, ou Gwyneth Paltrow, ou Mia Farrow, ou Uma Thurman, le fait qu'autrefois Hollywood vous obligeait à prendre un nom plus ordinaire, ou plus élégant et romantique, mais maintenant vous ne pouvez pas vous en sortir sauf si vous vous appelez Meryl Streep ou je ne sais quoi, le fait que ça permet peut-être de mieux s'en souvenir, mémorable, *Merylable*, le fait qu'autrefois les actrices d'Hollywood devaient se faire arracher toutes leurs molaires, pour avoir des joues plus concaves, le fait que si je racontais ça à Stacy elle voudrait probablement qu'on les lui arrache, ses molaires, pas ses joues, et je connais exactement la dentiste idéale pour ça, le fait qu'elle pourrait réduire en miettes vos molaires en quelques minutes avec sa détartreuse, le fait que je crois qu'il m'en reste trois au fond, des molaires, et pas grâce aux dentistes, et toutes mes dents de sagesse, mais je ne peux toujours pas mâcher d'un côté et mes dents sont hyper sensibles aux boissons froides, à l'air froid, aux trucs chauds aussi, tout ça à cause de cette dentiste et de sa détartreuse, dossier dentaire, médecine légale, os, détrousseurs de cadavres, employés de la morgue, le fait que les dents ont quelque chose de sinistre, le fait qu'elles durent bien trop longtemps, qu'elles restent dans votre mâchoire pendant des milliers d'années après votre décès, jusqu'à ce que des archéologues se pointent et s'intéressent à elles, ou pas, citrouilles d'Halloween, le fait que si des archéologues trouvent un jour mon crâne je parie qu'ils verront tout de suite que mes dents ont été violemment détartrées à un moment de ma vie, mais seront-ils en mesure de déterminer à quel point elles m'ont fait souffrir après avoir été détartrées, le fait que maintenant il n'est question que d'augmentation mammaire, à Hollywood je veux dire, pas chez les archéologues, enfin à ma connaissance, Blandings, blanchiment, molaires, « Tu es un raté ! », le fait que mes quatre enfants sont comme quatre membres, et que si j'en perdais un je mourrais, le fait qu'on pourrait croire qu'avec quatre enfants il suffit de répartir son amour entre eux, en quartiers, comme ça si on en perdait un ça ne serait pas si grave, l'union fait la force, mais au lieu de ça l'amour est quadruplé, et on est quatre fois plus inquiet, on se sent quatre fois plus impuissant, il y a quatre fois plus d'activités extrascolaires et tout ça, le fait que les gens sans enfants me semblent tellement libres maintenant, le fait que je les envie à moitié parfois, même si je sais que je ne devrais pas dire ça, le fait que, bien sûr, ça a l'air chouette, le fait que la plupart des gens sont persuadés qu'ils *doivent* avoir des enfants, cliniques de fertilité, œufs durs, et personne ne leur dit jamais qu'ils seraient peut-être plus heureux comme ils sont, le fait que personne ne leur dit jamais que les drames qui peuvent arriver à vos enfants *détruisent* votre vie, le fait que toutes les mères vivent ça en permanence, je crois, mais on n'en parle jamais, le fait que je m'inquiète pour le moindre bobo, la moindre tache, le fait qu'on ne sait jamais si on a donné naissance à un monstre, ou s'ils ont une tumeur qui grossit rapidement, le fait que si chaque mère s'inquiète autant pour ses enfants ça fait un paquet de peur et d'angoisse qui résonne dans le monde, écho, écrémage, carrément, le fait que je suis sûre que même les poules s'inquiètent, aigles, renards, le fait que les poules halètent et gloussent quand elles pondent, le fait que ce n'est pas rien, pondre un œuf, le fait qu'elles devraient respirer par les narines, à en croire mon ancien prof de gym, le fait que c'est un gros effort pour un oiseau de pondre, mais personne n'y pense, personne sauf les éleveurs de poules, et peut-être les vegans, le fait que les vegans y pensent vraiment, aux œufs, le fait que vous n'avez pas envie de donner une image négative de la maternité, le fait que ça serait déprimant pour tout le monde, aiglons, aigles filmés, Hope and Glory, M. le Président et l'aigle de la Première Dame, le fait qu'il y a maintenant des feuilles en bouton sur le tulipier à côté du nid des aigles, le fait que Maman et Papa avaient eux aussi des raisons de s'inquiéter, le fait que nous avons tous connu des accidents dramatiques pendant l'enfance, encre, Ajax, bouton de matelas, le fait que je l'ai arraché du matelas et avalé, mais il est resté coincé dans ma gorge et j'ai pleuré, comme Flora, le fait que les bébés mangent n'importe quoi, il faut les surveiller, croquettes, Babar, Céleste, m'dame, la reine d'Angleterre, le fait que je me demande à quel point Maman se sentait mal chaque fois qu'on avalait quelque chose, par exemple est-ce qu'elle se sentait mal *à vie*, ou est-ce qu'elle se remettait rapidement, parce que la vie continue, surtout quand vous avez trois enfants, le fait que vous n'avez pas le temps de réfléchir quand vous devez vous occuper de plein d'enfants, parce que si vous le faisiez vous seriez triste, vu que des tas de choses peuvent mal tourner, pour vous, pas seulement pour vos enfants, le fait que vous pouvez avoir une attaque à tout moment ou un ulcère, ou devenir sourd ou aveugle ou ne plus respirer ou aller aux toilettes quand vous voulez, le fait que la peur est partout, en plus de la peur des crises cardiaques et des attaques et du cancer, ou de se retrouver avec un petit tic facial qui pourrait se révéler le début d'une paralysie de Bell, le fait que vous pouvez mourir écrasé dans un ascenseur comme le père de Helen Gurley Brown, le fait qu'il y a les ouragans et les tornades et les volcans, et des inondations qui vous laissent en détresse sur votre toit, et des avalanches et des incendies et des bombes et des explosions et des trains qui déraillent et des effondrements de toutes sortes, le fait que je pourrais avoir demain un problème au genou ou à la hanche qui me handicape, me limite, me gâche la vie, rhumatisme, arthrite, tendinite ou hydratose, même si je ne joue pas au tennis et que je ne nettoie pas les sols à genoux, le fait que je ne supporterais pas, ça me briserait le dos, le fait qu'il y aussi le psoriasis, la paralysie, le péristaltisme, la dialyse, le diabète, le diabète de type 2, la coxiellose, ou la peste, sénilité, servilité, sycophante, pestilence, peloton, pustules, catapulte, cataplasme, place aux jeunes, le fait que, mince alors, rien que de ne plus pouvoir se couper les ongles des doigts de pieds, ou s'épiler les sourcils, ou brosser ses tristes dents détartrées, ça serait tragique, ou maigrir tellement que vos os se brisent tout seuls, *La Mort aux trousses*, ou grossir tellement que les premiers secours doivent débouler avec une grue et vous hisser hors de votre lit pour vous mettre dans une ambulance spéciale, le fait qu'il y a la peur de voir vos cheveux blanchir en une nuit, ou tomber, et vous les retrouvez partout sur l'oreiller, et vous allez devoir trouver un perruquier le matin même et expliquer vos cheveux blancs ou votre calvitie à vos enfants effrayés, qui ne vous aimeront plus jamais autant, parce que c'est impossible, le fait qu'une mère chauve, le fait que je me dis parfois que je vais me réveiller un jour et que tout le monde aura soudain changé d'avis à mon sujet, ou au sujet des mères en général, ou des tartes, et je n'en saurai rien parce que personne ne m'aura affranchi, *Les Affranchis*, le fait que tous les gens ont-ils ces peurs, ou est-ce que c'est juste moi, collier antipuces, acariens, tiques, ténias, parce que ça me rend parfois un peu dingue de devoir envisager toutes ces catastrophes, le fait que je pense que c'est pour ça que les gens ont inventé les langues, pour ne pas se sentir tout seuls avec leurs peurs, le fait que, enfin quoi, nous sommes tous terrifiés, pas besoin des terroristes pour ça, le fait que la peur d'être seul suffit à vous abattre, sans parler de la peur de la mort, la peur de l'échec, le fait que, mince alors, rien que les factures médicales m'ont tétanisée, pas besoin des kamikazes et des tueries dans les écoles en prime, le fait que la vie de chacun ne peut que mal tourner au final, parce que nous disparaissons tous, moi, Leo, les enfants, Maman, Abby, les terroristes de l'EI, tout le monde, et c'est la pire chose qui puisse arriver, de disparaître de la surface de la terre, le fait que la pire chose qui puisse arriver arrive tout le temps, à la fin, à tous, le fait que ces types de l'EI accélèrent juste un peu les choses, 11 Septembre, mais ce n'est pas la peine, le fait que je ne crois pas qu'ils veuillent disparaître eux aussi, le fait qu'ils ne savent tout simplement pas de quoi ils parlent, parce que c'est horrible que la plupart des mères disparaissent sans jamais savoir ce qui va advenir de leurs enfants, le fait que c'est triste, parce qu'on est censé les protéger, pas les abandonner, et quel que soit l'âge de vos enfants vous voudrez toujours savoir comment ils vont, vous voudrez toujours savoir, ♫ *Noël mon beau rêve blanc* ♫, le fait que je devrais peut-être, je ne sais pas, lâcher prise ou être zen ou je ne sais quoi, méditer, léviter, contempler le néant, atteindre le nirvana, pleurer en groupe, le fait qu'Ethan m'a fait promettre il y a longtemps de lui dire si jamais j'étais désespérée, genre suicidaire, ce qui me réconforte encore, le fait que je sais qu'il est là si j'ai besoin de lui, le fait que je pense qu'il a été un peu inquiet à mon sujet pendant un temps, quand j'étais ado, le fait que tout le monde devrait faire cette promesse à quelqu'un, une oreille attentive pour quand vous perdez pied, le fait que de fait je l'appellerais, s'il le fallait, le fait que c'est un chouette garçon, hibou, le genre de type que vous êtes fier de connaître, le fait que ces temps-ci on parle de Netflix, pas de suicide, le fait qu'il était très beau quand on était ados, et que j'aimais bien me balader avec lui dans New Haven, quand on allait dans le centre-ville ou dans un endroit où des gens de l'école pouvaient nous voir, au cas où ils penseraient que nous étions en couple, le fait que ce n'était pas de l'*inceste*, le fait que je ne voulais pas être en couple, j'étais juste fière de traîner avec un aussi beau garçon, chacun sa chacune, chili con carne, Chuck, *The Odd Couple*, le fait que je viens juste de comprendre que quand ce monologue dans ma tête s'arrêtera enfin je serai morte, ou du moins complètement inconsciente, un légume, le fait qu'il y a sept milliards et demi de personnes sur terre, donc il doit y avoir sept milliards et demi de monologues intérieurs de ce genre, hormis pour les gens dans le coma, le fait que ça fait sept milliards et demi de gens qui s'inquiètent pour leurs enfants, ou leur mère, ou les deux, mais aussi pour les impôts et les rebords de fenêtres et les factures médicales, reclus, exclus, forclos, prison, le fait que c'est sans compter les personnes atteintes du syndrome de personnalités multiples qui doivent avoir plusieurs monologues intérieurs en cours en même temps, plusieurs chacun, *maman*logues, Mommalabomola, Bubbela, blogs, vlogs, no logo, Noël, bûche de Noël de Phoebe, le fait que les animaux doivent avoir une sorte de monologue dans leur tête, même si c'est sans doute plus visuel que verbal, le fait que les pygargues ont toujours l'air de penser à quelque chose quand on les voit sur pygargue.org, le fait que ces aigles sont vifs, tellement vifs qu'ils sont fatigants à regarder, le fait qu'ils me rendent nerveuse, agrippés à leur branche comme ça pendant des heures et des heures à tourner la tête dans tous les sens en permanence à 350°, le fait que c'est plutôt déconcertant, le fait qu'on ne doit pas les effrayer facilement, je suppose, mais ils sont toujours aux aguets, le fait qu'ils sont en alerte permanente, sauf quand ils dorment, mais alors ils rêvent, et c'est comme un monologue, d'une certaine façon, le fait qu'on a parfois besoin de très peu de papier alu, je veux dire en largeur, le fait qu'il est parfois trop large, le fait que je crois que des tas de gens pensent que je ne pense qu'à mes tartes, alors qu'en fait c'est mon bulbe rachidien qui s'occupe de peler et caraméliser et cuire, tandis que je pars en une spirale de panique comme tout le monde en pensant à ma mère et à l'extinction des espèces et au Deuxième Amendement, tiraillement, dos, le fait que dans l'Ohio les gens parlent pour parler, parlotte, parloir, mais ce n'est que du vent, le fait qu'en réalité ils ont peur tout le temps, je parie, peur de se prendre une balle ou de se faire saisir leurs biens ou de se faire virer ou allez savoir quoi, guerre nucléaire, la torpeur des êtres entravés, ♫ *hot cross buns, hot cross buns, see how they run* ♫, le fait que la guerre nucléaire est sûrement imminente mais personne n'en parle jamais, le fait que c'est un sujet impossible à aborder, encre, Ajax, bouton de matelas, le fait que j'aime bien quand on vous sert un morceau de fromage avec votre tarte aux pommes, le fait qu'une pomme sans fromage c'est comme la mer sans les vagues, le fait qu'une mer sans fromage c'est comme une pomme sans vague, columbarium, colombe de la paix, runes et ruines, archéologues, Magna Carta, ♫ *Le pont de Londres s'effondre* ♫, le fait que la vie vous est si vite retirée, volée, bousillée, puzzle, le fait qu'une vie humaine n'est pas si longue que ça, comparée à celle des planètes ou des pierres ou même des arbres, et je remplis la mienne de regrets et de timidité, de déceptions, de gênes, de succès et d'échec, et aussi de tartes, de musique, de désirs, d'évasions, de négligences, de trajets en voitures, de grain pour les poules, de nostalgie, et encore de regrets, le fait que j'essaie toujours de me rappeler des choses, *Souvenir souvenir*, 7 Up, Punch hawaïen, le chien Bo, *trahison et complot*, feuilles noires, eau blanche, cousins à moitié nus dans la piscine d'un motel, le fait que parfois, au milieu d'une longue journée, je regarde une ombre et on dirait une petite portion de nuit, comme des poches de nuit qui s'attardent en plein jour, et ça me réconforte, parce que le moment que je préfère c'est quand les enfants dorment et que Leo et moi pouvons aller nous coucher, le fait qu'il y a de la nuit dans les vêtements aussi, comme des poches d'obscurité au fond d'une manche, ou dans le pantalon, ou sous la veste, regarder sous les jupes, temps secret de la nuit, le fait que j'ai rêvé qu'il faisait nuit et que j'entendais un étrange froissement, et dans le rêve je pouvais voler, et donc je volais au-dessus d'une haie sombre pour voir d'où venait ce froissement mais je ne voyais rien, rien que l'obscurité totale, le fait que je continuais de scruter les ténèbres, en espérant que mes yeux finiraient par voir quelque chose mais ça n'arrivait jamais,

*

Alors qu'elle se promenait en plein jour avec ses petits, la femelle couguar croisa les traces d'une joggeuse. Elle aperçut bientôt la femme, adossée à un arbre, qui haletait après avoir gravi la colline. La femelle couguar l'observa attentivement, jaugeant les risques encourus par ses petits. Ces derniers se désintéressèrent de la femme et se mirent à jouer, mais leurs piaulements joyeux finirent par attirer l'attention de la joggeuse.

Celle-ci prit ses jambes à son cou, s'empêtrant dans les fougères et les sumacs vénéneux. La couguar la suivit de près, et les petits lui emboitèrent le pas. La joggeuse grimpa maladroitement dans un arbre, déchirant son pantalon et s'entaillant la jambe. Elle finit par atteindre une branche, et s'y cramponna de toutes ses forces, les yeux écarquillés et en pleurs.

Les lionceaux s'approchèrent maladroitement du sac à dos de la femme, qui gisait au pied de l'arbre, comme s'ils pensaient qu'il était vivant. Ils le reniflèrent et le touchèrent, absorbant les senteurs inconnues du tissu, de la sueur et du plastique. Puis ils entreprirent de le déchirer, et de se le passer entre eux. Un des petits s'arrêta pour se gratter.

Leur mère n'avait à aucun moment quitté la femme des yeux. Au début immobile, elle s'accroupit ensuite, se tendit et fit un bond de six mètres dans les airs, atteignant une branche au-dessus de celle à laquelle s'accrochait la femme qui braillait et saignait. Les petits voulurent l'imiter mais, incapables de bondir, ils tentèrent d'escalader le tronc. La femelle couguar observa la femme prostrée, dont la vulnérabilité avait une odeur. Elle savait maintenant que cette personne n'était ni un chasseur ni une proie. Elle pouvait se permettre de la laisser partir.

La joggeuse, qui respirait à peine, ne bougeait plus, persuadée qu'elle allait mourir pour s'être retrouvée entre une mère couguar et ses petits. L'un d'eux trottait maintenant sur une branche basse, geignant un peu mais s'efforçant de garder l'équilibre. Alertée par ses cris de détresse, la femelle couguar ne s'attarda pas. Elle descendit lentement sur la branche de la femme, y allant d'un ronron prudent. Elle l'approcha de si près que pendant une seconde leurs nez se touchèrent.

L'odeur triste et sucrée de la femme en pleurs l'intrigua un court instant. Puis la femelle sauta, décrivant un demi-cercle dans l'air pour atterrir sur ses quatre pattes, et se fraya rapidement un chemin dans les fourrés, les petits trottant derrière elle. Pour eux, le cours d'escalade avait été profitable.

*

le fait qu'après que Leo m'a lu un chapitre de Sabatini j'ai rêvé que j'empêchais quelqu'un d'être pendu, pendule, moi, une héroïne, non mais, style Zorro ou je ne sais quoi, fourche, force, torque, *Running a Thousand Miles for Freedom*, la barrette perdue de Gillian, le fait que « fier-à-bras » est un mot bizarre, et vaguement ridicule, le fait que ça pourrait être le nom d'un cocktail, « Je vais prendre un fier-à-bras, mais sans glaçons s'il vous plaît », svp, à vos souhaits, *Vents, soufflez à vous crever les joues !*, le fait qu'un dab est un mouvement de danse comme quand on éternue en se cachant, comme pour attraper l'éternuement, avec son coude, quand on est trop occupé pour prendre un mouchoir, occupé à danser, mouvement de danse, le fait que ça n'aurait pas trop marché pendant la Grande Peste, le fait que j'en ai assez de tousser, le fait que je déteste tousser, le fait que j'essaie d'éviter les gens qui toussent, le fait que j'ai une peur maladive des gens malades, le fait que je ne sers à rien quand les gens sont malades, ou même quand ils sont juste vieux, le fait que depuis que Maman est tombée malade j'ai peur des gens malades, le fait que je me suis occupée d'elle, ou du moins j'ai essayé, mais tous les autres gens malades m'inquiètent, le fait que j'ai peur également de la plupart des hommes, et assez peur des femmes aussi, comme les autres mères, et je ne suis pas très douée avec les enfants non plus, le fait qu'il existe des personnes comme Jean Stabishen qui adorent aider les gens, le fait que Jean serait désespérée si elle n'avait aucun malade dont s'occuper, alors que moi je suis trop épuisée pour aider qui que ce soit, le fait qu'il y a des gens utiles et des gens inutiles, il faut de tout, platitudes, échec, le fait qu'ensuite j'ai rêvé que j'avais des traînées rouges sur la poitrine et le cou et que je devais annuler mon rendez-vous avec Jean le mardi, concentré de tomate, gelée, le fait que ça ressemblait à ces trucs qu'on voit dans les livres sur les maladies infantiles, le fait que je veux peut-être secrètement annuler notre rendez-vous, le fait que Jean me fatigue, surtout quand elle se met à parler de ses enfants, comme cette histoire qu'elle raconte sur Alicia avec sa meilleure amie dans le bus scolaire, le fait que quelqu'un a dit quelque chose de raciste à son amie, qui est noire, et Alicia lui a demandé si ça allait, le fait que l'autre fille n'a rien répondu, alors Alicia s'est rapprochée d'elle pour la consoler, et Jean a trouvé ça juste merveilleux, et incroyablement perspicace et héroïque et tout de la part d'Alicia, le fait que j'ai pensé qu'elle avait bien agi, mais ce n'est pas exactement un truc à la Zorro, le fait que bien sûr il y a plein de choses que les petites filles peuvent faire contre le racisme dans le bus, le fait que bon, c'est dur parfois de trouver la bonne expression quand quelqu'un se vante de son gamin, le fait que quand je me suis réveillée j'ai bien regardé mais je n'avais pas de rougeurs, alors je crois que je vais devoir aller chez Jean, le fait que c'est Papa qui avait des rougeurs dans la famille, le fait que ses nombreuses pommades m'embêtaient, onguent, liniment, bâton hémostatique, le fait que j'étais très facilement dégoûtée enfant, et même encore adulte, le fait que c'est déjà assez dur comme ça d'aller à l'école sans subir en plus le racisme dans le bus, le fait que 32 % des ados ont maintenant des crises d'angoisse, sûrement à cause de toutes ces tueries dans les écoles, le fait que je pense que passer sa journée à l'école est déjà pénible, et très stressant, le fait que je devrais emmener les enfants faire une grande balade quand ils rentreront de l'école, pour évacuer la tension accumulée, « Zorro ! », mais au lieu de ça ils vont regarder des dessins animés et jouer à la Gameboy, le fait que Stacy fait parfois des cookies, juste pour le plaisir, et parce qu'elle ne veut plus manger ce que je cuisine, et ensuite elle montera dans sa chambre retrouver ses copines de Morning Routine pour se faire du mal, le fait que pas étonnant qu'elle soit toujours d'aussi mauvaise humeur, vivre uniquement de sucre, de critique et de doutes, le fait que la semaine dernière elle a eu un peu de mal à tamiser la farine ou à trouver les emporte-pièce et elle est partie en tapant des pieds et s'est barricadée dans sa chambre pendant des heures, me laissant tout nettoyer, le fait que je trouve que Trump regarde trop la télé, les infos, le fait que le golf est peut-être la seule chose qui nous protège d'une guerre nucléaire, le fait qu'au moins ça lui fait prendre l'air, le frais, même si c'est aux frais des contribuables, conchiglie, orecchiette, petites oreilles, le fait qu'il est nul au golf, apparemment, « Vous êtes mauvaise ? », dauphins sablier, tortues torturées, le fait que tant pis si les ados regardent leur téléphone deux mille fois par jour, le fait que ça fait quoi, environ soixante-dix fois par heure, plus d'une fois par minute, le fait que je ne crois pas que ça soit possible, le fait qu'ils veulent dire qu'ils consultent deux mille pages par jour, le fait que ça c'est possible, le fait que selon moi ils font juste semblant d'écrire aux gens, double jeu, Dodgers, fier-à-bras, le fait que combien d'amis peuvent-ils vraiment avoir, le fait que de quoi peuvent-ils se parler, à part de ce qu'ils ont vu sur Internet, le fait que je suppose que ça parle surtout de garçons, Swatch, Nike, le fait que franchement on fait pitié, à se moucher et à gratter nos ukulélés et à ne penser qu'au sexe et à la bouffe toute la journée, le fait que je suis pire que tout, je veux dire concernant la nourriture, le fait que je me mets en colère quand les gens ne mangent pas mes plats, ou en laissent la moitié dans leur assiette, bon sang, le fait que ça veut dire quoi, le fait que ce n'est pas qu'avec les enfants, le fait que je suis comme ça avec mes clients aussi, le fait que je dois apprendre à y aller doucement, lâcher prise, le fait que en quoi ça me regarde ce que mes clients font de mes tartes, le fait que qu'est-ce que ça peut me faire que des tartes soient gaspillées, le fait que quelle importance que mes tartes soient mangées jusqu'à la dernière miette, du moment qu'on les achète, facette, ascète, le fait que des tas de gens se porteraient sûrement mieux sans mes desserts à l'intérieur de leur corps, question de santé, si on met de côté le plaisir et le bien-être, le fait que je crois qu'on n'a pas encore trouvé le moyen de mesurer les bénéfices santé du plaisir sensuel, la poursuite du bonheur, DC, Douceurs Comestibles, Douleurs au

Côlon, montagnes de beurre, tumulus indiens, Douze Morts Dans Un Horrible Accident, le fait que les gens ne savent plus conduire, le fait qu'ils ont tout le temps des accidents, le fait qu'ils percutent des murs, des maisons, des ponts, et d'autres gens, et des animaux, le fait que je suppose que c'est juste parce qu'il y a davantage de voitures sur les routes, Brad Pitt Et Leonardo DiCaprio Réunis Dans Un Film Sur Sharon Tate, le fait que Frederick a pris la pose de l'Alligator Mound, les quatre pattes étalées, le fait qu'il a même enroulé sa queue autour de la droite comme il faut, le fait qu'il doit avoir chaud, le fait que l'Alligator Mound ressemble plus à un couguar qu'à un alligator, le fait que ça serait plus logique qu'ils aient construit un tumulus en forme de couguar dans l'Ohio, et laissé les tumulus alligators aux Seminole, le fait qu'on trouve encore des couguars et des alligators en Floride, au fond des Everglades, confits dans l'humidité, à moins qu'il s'agisse d'une panthère sous-marine, de celles qui veillent sur les tempêtes, les vagues, les tourbillons, les rapides, les chutes d'eau, Mishipeshu, le fait que dans *La Petite Maison dans les grands bois* Pa dit qu'une panthère pousse des cris de femme, comme quand Ma a dû crier quand Pa a laissé tomber une bûche sur son pied, quand ils construisaient la cabane ensemble, le fait que Frederick ne crie jamais, le fait que les pygargues ont une voix incroyablement haut perchée, plus aiguë qu'on ne s'y attendrait, mais c'est le cas de la plupart des oiseaux, je crois, alors pourquoi ça me surprend autant chez les pygargues, le fait qu'ils font maintenant en sorte que les truies aient deux fois plus de porcelets et ils gardent les mamans dans des cages si petites qu'elles ne peuvent pas s'allonger, le fait que ce qu'on a fait aux animaux, le fait qu'on ne devrait vraiment pas manger de porc, je sais, le fait que je ne crois même pas que j'aime encore la viande, le fait que je ne m'aime pas non plus, « Je me déteste », comme dit Jack Lemmon dans *La Garçonnière*, non, c'est dans *The Odd Couple*, le fait que dans *La Garçonnière* il ne se déteste pas autant, il finit par se détester pour avoir prêté son appartement à tous les types lourdauds de son bureau, « un mensch… un être humain », putz,

Mr Baxter, le fait qu'aimer Shirley MacLaine lui fait du bien, côtes de porc à la crème aigre et au cognac, le fait que mille poules sont tuées chaque seconde dans le monde, quatre cents milliards par an, pauvres bêtes, plats au poulet, dindes de Thanksgiving, grâce présidentielle, le fait qu'elles sont maltraitées, et après nous remercions le Seigneur, saigneurs, m'dame, miette, le fait que l'élevage des volailles n'a pas besoin d'être aussi cruel, le fait qu'on pourrait s'y prendre autrement, si on voulait, mais peu de gens le veulent, ou si on était bienveillants, mais peu de gens le sont, Rachel Carson, Ray, le fait qu'ils ont même trouvé comment faire travailler davantage les abeilles, les transportant sur de longues distances pour qu'elles pollinisent encore plus de champs qu'elles ne le pourraient toutes seules, le fait que les abeilles sont des travailleurs migrants, esclaves, illégaux, Green Card, détenus, déportés, exploités, le fait que je ne dois pas penser à tout ça, le fait que je ne veux pas devenir aigrie comme Amelia, aigreurs, le fait que c'est horrible, le fait que dans une communauté rurale il faut vraiment garder ses pensées pour soi, le fait que personne n'aime voir Amelia paniquer au drugstore, le fait que j'ai rêvé qu'on était tous nés sur la planète Alcrin ou Balfour, quelque chose comme ça, le fait que Maman ne rêvait pas, du moins c'est ce qu'elle prétendait, le fait qu'elle n'a jamais fait de rêves après être tombée malade, disait-elle, le fait qu'elle avait des crises d'éternuement, le fait que Maman pouvait éternuer dix-sept fois de suite, le fait qu'elle était championne d'éternuements, l'amplitude du courant, watts = ampères × volts, ampoule, le fait que les éternuements ne remplacent pas les rêves, le fait qu'elle n'avait pas droit au triple spectacle comme nous toutes les nuits, quand on a le premier rôle ou qu'on est aux premières loges, qu'on sauve des vies, tombe d'une falaise, fréquente les têtes couronnées, ou le président, cherche son chéquier, jette des feuilles de thé, Une Étrange Invention Déjà Épuisée, le fait que j'aimerais ne pas devoir entrer dans la chambre de Stacy, mais on manque de verres ici, le fait que, mince alors, quel désordre, le fait qu'on dirait la chambre d'une dépressive, franchement, le fait que sa photo encadrée de

Darcy, je veux dire Colin Firth, Elizabeth Bennet, le fait que je pourrais la gronder et lui dire de ranger, mais à quoi ça servirait, le fait que je pourrais avoir raison contre elle, mais je ne veux pas lui rabattre le caquet, alors je me tais, le fait que ça ne l'empêche pas de m'en vouloir, le fait qu'elle veut peut-être davantage de discipline, plus d'interventionnisme de ma part, le fait que je n'ai jamais pensé à ça, le fait qu'elle ne m'écouterait pas, le fait que pourquoi je suis venue ici, des verres, des verres, mince alors, le fait que c'est quoi ça, une brochure d'éducation sexuelle, le fait qu'il y a un dessin en couverture et, le fait que, mon Dieu, ce n'est pas de la biologie, Licking Country Fair, bâton hémostatique, chopez-les par le bâton hémostatique, le fait que ça semble davantage historique, ou culturel, sociologie, sexologie, le fait qu'il y a des trucs sur Osiris, et Ishtar et Isis, Caligula, Tibère, Néron, Messaline et Dionysos, Boccace, et oh, c'est bien ce que je craignais, mon Dieu, Casanova et le marquis de Sade, Jézabel, Médée, et il y a Méduse, carrément, patates du marché, le fait qu'il y a un bref chapitre sur les fétiches, le bondage et les maladies vénériennes, le fait que c'est pour les enfants, Orry-Kelly, le fait que mais, mais, mais, oh mon Dieu, le fait qu'ils parlent de Priape là, ben ça alors, jamais je, le fait que qu'est-ce que, le fait que j'ignorais que Masters & Johnson étaient ensemble, le fait qu'ils ont eu une liaison, le fait que mêler le plaisir au travail, mais peut-être que Masters s'occupait du travail et Johnson du plaisir, ou l'inverse, le fait que, bon, je crois que ça se comprend quand on travaille tout le temps ensemble, unir ses recherches sur le sexe, poissons dans un étang, écailles de poisson, rond de serviette en porcelaine, verres, Johnson & Johnson, J&J, JR, *Dallas*, le fait que, waouh, je n'ai jamais vu autant d'hermaphrodites, le fait qu'on a du mal à croire qu'ils distribuent ça à l'école, pas l'hermaphroditisme, la brochure, le fait que ça me paraît plus adapté à la fac, même si bien sûr à quinze ans je suppose qu'il est temps qu'ils s'instruisent là-dessus, en plus de regarder sans cesse des vidéos porno, je veux dire, le fait que je parie que ça va faire du bruit lors de la prochaine réunion parents-profs, sauf si tout le monde est trop gêné pour aborder le sujet, maux d'estomac, nombril, napperon, Napster, le fait qu'Amelia va sûrement brandir le Premier Amendement, et tous les autres parents le Deuxième Amendement, le fait que c'est quoi bon sang des « phallophores », le fait que les phallophores étaient une secte et qu'ils portaient des masques en feuilles d'acanthe et trimballaient des gros phallus en pierre, le fait que les femmes les couronnaient de fruits et de fleurs, les phallus, pas les phallophores, Bornéo, no promo homo, législation sur les toilettes, huttes de menstruation, action, le fait qu'il y a une secte à Newfoundland, PA, une émanation, surgeon, pro-gun, stand de tir, le fait qu'ils vénèrent littéralement les armes et Trump, et qu'ils portent des couronnes de balles et tout, sanglés, cinglés, le fait que la Pennsylvanie est très accueillante pour les pro-guns, très accommodante, et ça m'effraie, tintinnabulum, poêlon, puffers, « Babeurre ! », le fait que ces tarés armés se réunissent et organisent des cérémonies avec de gros animaux empaillés, le fait que le lion et le jaguar étaient disposés comme s'ils se battaient pour savoir à qui reviendrait l'antilope, le fait que les Romains avaient des tintinnabulums partout dans la maison, tintinnabula, le fait qu'on les punissait s'ils se consacraient un peu trop à leur femme, les Romains, pas les tintinnabulums, le fait que comment on pourrait punir un tintinnabulum, bon sang, sauf en le secouant peut-être, religieuse, le fait que Casanova a écrit des poèmes sur les capotes, et semblait en posséder une sacrée collection, le fait qu'on ne peut que s'incliner, ce type n'arrêtait pas, le fait que le baiser est apparu il y a deux millions d'années mais il est dit ici qu'il n'a débarqué au Japon qu'au vingtième siècle, le fait que c'est quoi ces trucs, trac, détraqué, patraque, Papa, le fait qu'on a du mal à y croire, qu'on s'embrassait depuis deux millions d'années et que les Japonais l'ignoraient, baisers eskimos, le fait qu'ils n'en avaient peut-être pas envie, le fait que j'ai horreur quand on oblige des petits enfants à venir embrasser un vieux, le fait que je n'obligerais jamais mes enfants à faire ça, le fait que ça vous regarde qui vous embrassez, sauf quand Jane Wyman se fait peloter par ce type dans *Tout ce que le ciel permet*, le fait qu'elle hésite quand Rock Hudson flirte avec elle, le fait que comment ils peuvent savoir un truc pareil, à quel moment les Japonais ont commencé à s'embrasser, le fait que je suis sûre que Madame Butterfly et Pinkerton s'embrassent, même si Puccini s'est trompé, le fait que Trump embrasse de parfaites inconnues sur la bouche tout le temps sans demander la permission, tout comme Bill Clinton, le fait qu'on pourrait croire qu'ils vont attraper froid tout le temps, toux, poux, faon, veau, faux, jeton, « Je n'ai pas couché avec cette femme », couronne, craquette, coquelicot, côte à côte, Wookey Creek, le fait que, ça oui, je ne sais pas mais je pense vraiment que ça va mettre la pagaille lors de la réunion parents-profs, le fait que j'ai grandi avec *Friends* et *Seinfeld*, mais certaines personnes ici seraient surprises de voir ces choses-là, le fait qu'il n'y a rien sur les règles ou les poils pubiens ou les sécrétions et tout, le fait que c'est plus sur les strings et les Babyloniens et les bonobos, et ce que faisait Cléopâtre avec ses gardes du corps, ou le prince Albert avec ses, bon, bijoux, *parures*, le fait que franchement l'Ancienne Babylone, crédit-ou-débit, craquette, le fait que cette brochure traite de beaucoup de choses, chaînes, cuir, souche, tige, rame, Peolia, herpès simple et complexe, vaginismus, le fait qu'on dirait un manuel sexuel écrit par David Attenborough, le fait que pour aller au lilium phallobidulum, il faut nympho facto dépasser des flopées de spermatozozos ornant des bancs de ceintures de chasteté, culminant dans un geyser carabiné au sommet du mons veneris dans une orgium grivoise et gratinée d'adoration gredine de gardenias hagards pleins de fines fentes, seins, crevasse, fissure, questure, quête, fête, crête, croûte, entrée, engendrer, en danger, copuler, peupler, propager, berlingot, foufounette, le sens de la vie, et Amelia Earhart, le fait qu'une girafe entre dans un bar et qu'est-ce qu'elle prend, réponse beaucoup de place, basket-ball, base-ball, volley-ball, mon Dieu, le fait qu'il faut que je me ressaisisse, le fait que Leo préfère le base-ball, le fait que Leo est très beau, et son, non je refuse de penser à ces choses, son, mon Dieu, les trucs qui me passent par la tête, le fait que cette brochure sexuelle m'a bien *aphrodisiée*, ça oui, j'ai, force G, point G, génital, « si vraiment vous raffolez des bites », buzz, ruade, pudding, zeste, coffre à jouets, « jusqu'à ce qu'elle demande grâce », le fait que je perds complètement les pédales, là, zut alors, le fait que si j'avais enseigné l'histoire comme ça à Peolia j'aurais décoché le gros lolo, « s'est fait essorer le kiki dans la presse à jus », Katie Graham, doux Jésus, le fait que je dois, oh, mais Leo, le fait que je veux juste penser à Leo, le fait que Leo est trop beau pour avoir fait ses devoirs au lycée, Leo, Leo, le fait qu'il était fils unique, le fait que c'est une drôle d'expression, « fils unique », le fait que j'aimerais lui faire un gros bécot, cannelloni, haricots de Lima, Mattel, Hasbro, lait concentré non sucré, Azerbaïdjan, le fait que Leo est incroyable au lit, mais on a rarement l'occasion dans cette maison pleine d'enfants, le fait que c'est vraiment comme *La Tribu Brady* ici, ou *La Famille Addams*, les filles March, les Bennet, le fait qu'une fois qu'on a des tas d'enfants je crois que la libido se débine, le fait qu'elle entre en hibernation, comme un loir, le fait qu'on dit dormant ou moribond, non, pas moribond j'espère, juste en diapause, diamant, chenilles, papillons, capucines, colibris, le fait que peut-être que le système reproducteur sent qu'il a fait son devoir, et il veut juste y aller mollo, prendre sa retraite, aller se promener, ne plus la ramener, mais des tas d'hommes continuent d'avoir des liaisons et des bébés, sans interruption, Alec Baldwin, Leo, Jésus de Philadelphie, le fait que j'ai une démangeaison, qui m'empêche de commencer des choses, et j'ai parfois des maux de ventre, et mal aux dents, et je suis fatiguée tout le temps, le fait que j'aimerais être moins fatiguée au moment de me coucher, mais je tombe comme une masse, sarcome, accepter le changement, Ntozake Shange, le fait que « Shange » veut dire troupe de lions, le fait que je ne connais pas cette actrice, le fait qu'hier soir je n'arrivais pas à dormir parce que je m'en faisais pour elle et sa fille, le fait que sa fille est une célèbre actrice d'Hollywood, le fait que comment s'appelle-t-elle déjà, le fait que ça va me revenir, le fait que je ne pige pas ce qu'ont ces filles aujourd'hui, le fait qu'elles ont toutes l'air de détester leur mère, le fait que comment ça se fait, le fait que soit les mères ont soudain empiré, ou c'est les filles, ou alors c'est quelque chose dans l'eau, fille de l'eau, le fait qu'il me semble que les filles n'en ont jamais autant voulu à leur mère dans toute l'histoire de l'humanité, tintinnabuler, tinnitus, mycose, maritale, le fait que toutes les jeunes femmes me mettent mal à l'aise, à cause de Stace, le fait que je me dis qu'elles vont se mettre à me crier dessus, ou en tout cas me détester, *Les Femmes de Stepford*, le fait que je suis contente que les hommes ne changent pas leurs femmes en robots, même si Melania est un peu, bon, non, ce n'est pas très gentil, le fait que Leo adore regarder *Les Hommes du Président*, le fait qu'il peut le regarder sans se lasser, vaginoplastie, le fait qu'on était à peine nés au moment du Watergate, mais ça nous plaît quand même, tout comme *Le Lauréat*, le fait que Leo aime regarder les vieilles voitures, les Coccinelle et tout ça, le fait que j'aime ça aussi, mais je préfère *Le Lauréat*, le fait que Dustin Hoffman joue dans les deux, Katharine Ross, le fait qu'elle n'a pas beaucoup tourné, le fait qu'elle est mariée à Sam Elliott, le fait qu'on aime bien aussi *Broadcast News*, même si Dustin Hoffman n'est pas dedans, le fait que j'aime bien la robe bleue que porte Holly Hunter à la soirée, une robe chemisier toute simple mais la couleur est vraiment chouette, de belles manches, le fait qu'il s'agit d'une fête en pleine journée, ce qui est plutôt inhabituel, le fait qu'après ils doivent tous foncer au studio parce qu'il s'est passé quelque chose en Libye, donc c'était une bonne chose qu'ils soient tous à la même fête, « Avant tu m'attirais », le fait que j'ai rêvé que je devais attendre que Stace me rejoigne dans une chambre d'hôtel et elle était en retard, et ensuite je trimballais toutes ces poêles Teflon, en plus de mon bagage, et j'étais mal à l'aise, le fait que je devais justifier toute ma batterie de cuisine aux gens dans le bus, et ensuite dans l'avion, le fait que je crois que c'étaient des super poêles sinon je ne me serais pas mise dans cette situation, le fait que j'ai du mal à croire que des gens achètent vraiment des vêtements en Teflon pour leurs enfants, alors que tout le monde sait que c'est mauvais pour la santé, le fait que les gens font confiance à ce qu'ils trouvent au Walmart ou au Target, le fait que certains employés de Walmart survivent grâce à leurs tickets-restaurants, le fait que je n'appelle pas ça gagner sa vie, joindre les deux bouts, construction accélérée, le fait que c'est comme travailler pour Peolia, le fait qu'ensuite j'ai rêvé qu'on s'envolait de nuit pour l'Arctique et qu'on allait atterrir, et je regardais ces énormes cordages sur le quai, et l'eau sombre et profonde du port, le fait qu'elle était vraiment bleu foncé, ultramarine, et jonchée d'icebergs ou de banquises, le fait que je réalisais soudain que je n'étais sûrement pas habillée assez chaudement, genre je n'avais même pas de chaussettes, du coup je ne savais pas du tout si j'allais pouvoir passer de l'avion à l'aéroport sans mourir de froid, mais finalement je survivais en m'avançant sur le macadam mouillé, parce que juste après j'étais dans un bâtiment, et on me présentait à des femmes policiers, le fait qu'ensuite j'allais dans un café pour acheter des donuts pour Jake, mais il n'y en avait plus parce qu'une femme les avait tous achetés pour les donner à ses chiens, refuge pour pingouins, le fait qu'un écureuil peut être très rapace, voler du grain pour les poules, le fait qu'il a dû mettre les bouchées doubles, se donner à fond, battre tous les records, score, match, bébés mort-nés, le fait qu'on a parfois l'impression que les plantes et les animaux vivent dans un univers alternatif, un cadre temporel entièrement différent, presque sur une autre planète, ou qu'ils sont tous dans un documentaire animalier, mais en fait ils sont bel et bien ici, avec nous, le fait que cet écureuil est mon contemporain, le fait qu'ado je me demandais comment les couples mariés pouvaient rester ensemble, mais maintenant je me demande comment ils peuvent se séparer, le fait qu'il y a un avantage à bien connaître l'autre, bulldozers, paella, le fait que les animaux ne voient pas la vie comme un cauchemar, le fait que les manifestants dans le Dakota du Nord voulaient juste protéger leurs réserves d'eau, et leurs terres, Garde nationale, Corps armés des ingénieurs, gaz lacrymo, le fait que cinq personnes sont mortes à Athens, Ohio, quand un type a débarqué dans une fête qui se tenait dans un jardin et s'est mis à tirer dans le tas, le fait qu'il a tué son ex-femme et quatre autres personnes, fourgons, Invasion D'Araignées Dans Toute L'Amérique, le fait qu'il y a des gens comme Abby qui sont tellement organisés que leurs descendants n'ont quasiment à se soucier de rien, et puis il y a les vieilles dames avec sept cent mille tubes de margarine et assez d'araignées pour remplir un terrain de foot, et quelqu'un doit faire le ménage quand elles ne sont plus là, le fait que je ne suis pas très organisée, pas comme l'était Abby, le fait que la plupart des escrocs viennent de l'Indiana, La Reine De Heaven Cemetery, Chicago, Société Neptune, Columbus, tombe de Grant, Ty Inc., vaisselier de l'Indiana, le fait qu'un Noir s'est encore fait abattre par la police pour une histoire de phare cassé, le fait qu'un type avec un phare cassé s'est fait abattre sur place, mais les dirigeants peuvent perpétrer des *génocides* sans encombre, columbarium, mausolée municipal, jointoyer, gingembre, Kleenex, le fait que Cathy avait l'air de ne pas *comprendre* pourquoi je lui avais fait cette tarte Tatin aux poires, alors que je lui *avais dit* que c'était un cadeau de mariage, un cadeau de mariage sur le tard, le fait qu'elle ne m'a peut-être pas entendue, elle l'a engloutie si vite, le fait qu'elle n'a pas dit grand-chose, ni merci ni rien, le fait qu'elle l'a attaquée direct, sans plus attendre, en l'absence de *Art*, même s'il est là en général, le fait qu'il a peut-être le diabète, du coup elle savait qu'il ne devait pas en prendre, sinon ils allaient se disputer, mais je ne les ai jamais entendus se disputer, le fait qu'on ne sait jamais vraiment ce qui se passe entre les gens, le fait que la chose était bien entamée, pour ne pas dire quasi finie, avant même que Art puisse la voir, la tarte de Cathy et Art, ou doit-on dire la tarte pour Cathy et Art, et elle ne m'a même pas remerciée, le fait qu'elle a juste pris une énorme part et emporté le reste ailleurs puis s'est mise à faire un millier de trucs, le fait que c'est alors qu'on s'aperçoit que faire un cadeau *n'est pas* désintéressé, le fait qu'on attend un peu de gratitude, pas juste de l'acceptation, émolument, embrocation, le fait que je sais que c'est égoïste, et que ce n'est pas bien mais, bon sang, difficile d'imaginer un cadeau reçu aussi peu élégamment que ma tarte Tatin aux poires, le fait que la seule chose pire aurait été que Cathy s'en serve pour se disputer et me balance cette tarte nuptiale au visage, s'écharper, manger une humble tarte, poire, paire, couples, Masters et Johnson, le fait que je sais qu'elle a dit qu'elle ne voulait pas de cadeaux de mariage mais bon, là c'est la cerise sur le gâteau, le fait qu'elle ne l'a pas juste goûté mais qu'elle a quasiment massacré son propre cadeau de mariage sous mes yeux, le fait que, bon, je lui en *veux* un peu, même si je sais que je ne devrais pas, bien sûr, le fait que c'était *sa* tarte, le fait que parfois je ne comprends pas les gens, Parabène : Ce Qu'Il Faut Savoir, le fait qu'elle a paru bien l'apprécier mais, bon, tout le monde aime la tarte Tatin aux poires, le fait que cette tarte était le fruit de longues années d'entraînement, tarte aux fruits, et qu'elle aurait été meilleure avec de la crème fraîche, le fait qu'elle croyait peut-être que c'était un échantillon, pour le magasin, le fait que c'est une possibilité à laquelle je n'ai pas pensé, mais pourquoi aurais-je fait ça alors qu'elle a déjà goûté toutes mes tartes et qu'elle sait lesquelles elle aime, le fait qu'elle aime vraiment celle aux cerises aigres, et c'est peut-être une comme ça que j'aurais dû lui faire, le fait que si ça se trouve elle ne raffole pas des tartes Tatin, le fait que c'est un peu bizarre, mais je sais que je devrais essayer de passer à autre chose, le fait qu'un gâteau aux anges aurait peut-être été une meilleure idée, un choix plus net, davantage comme un vrai gâteau de mariage, et j'aurais pu aussi écrire quelque chose dessus, juste pour que les choses soient claires comme de l'eau de roche, par exemple si j'avais mis **Félicitations Art & Cathy !!!** dessus, le fait qu'elle n'aurait pas osé la manger en entier toute seule dans ce cas, le fait que j'aurais pu ajouter sur le côté, pour enfoncer le clou, **ATTENTION : ne pas bâfrer ce gâteau toute seule**, mais elle n'a pas arrêté de dire qu'elle ne voulait pas de gâteau de mariage, alors je ne lui en ai pas fait, Chuck, Gilbert Blythe, le fait que j'ai rêvé que Leo et moi voulions nous remarier mais on ne pouvait pas parce que ça serait de la bigamie, mais je ne me rappelais pas le mot « bigamie » dans le rêve, le fait que j'ai rêvé ensuite que j'allais voir une famille dans une petite maison tout en haut d'une falaise et ils avaient eu des jumeaux, le fait qu'ils avaient laissé l'un d'eux à de la famille en Italie, ce que je trouvais vraiment dommage, le fait que j'avais une crise de toux en partant et que je devais boire, puis je me suis réveillée en toussant et j'avais vraiment soif, le fait que c'est le pire rhume que j'ai jamais eu, du sérieux, **Félicitations Art & Cathy !!!**, le fait que je crois avoir atteint l'âge où on doit prendre les rhumes au sérieux, le fait que je dois me coucher quand je suis enrhumée, le fait que j'aurais peut-être dû y penser avant d'avoir quatre enfants qui me refilent leur crève, poules, plumes, graines de tournesol, le fait que les enfants semblent toujours enrhumés mais ils aiment ça parce qu'ils peuvent alors rater l'école et traîner à la maison et rester avec Maman et engloutir des bols entiers de soupe aux nouilles et au poulet, avec des nouilles tubulaires ou en forme de donuts si c'est Jake qui est malade, le fait que Ben aime la soupe à la dinde et à l'aneth quand il est enrhumé, le fait qu'il s'est lassé des bonnes vieilles nouilles au poulet, le fait qu'il n'a pas besoin de savoir quelle quantité de bouillon de poule va dans sa soupe à la dinde et à l'aneth, le fait que je dois également avoir en permanence des réserves de jus d'oranges fraîchement pressées, judo, sport, O.J. Simpson, Howard Hughes, Howard Keel, le fait que personne ne m'apporte de jus d'orange frais, ni ne vient voir toutes les cinq minutes si je vais bien et m'accorde un jour de congé supplémentaire, juste pour être sûr que la fièvre est partie, le fait qu'un jour, alors que j'étais restée à la maison parce que j'étais malade, je me reposais sur la chaise longue en velours jaune dans la chambre de Maman et Papa, la chambre de Maman et de Papa, mamans et papas, et Maman m'a appris à jouer au solitaire, le fait qu'elle était adorable avec moi quand j'étais malade, sieste l'après-midi, euphorie, le fait que j'essaie moi aussi d'être gentille avec mes enfants, et en retour ils me refilent leur crève et je suis encore plus malade qu'eux, et personne ne me prépare de soupe aux nouilles et au poulet, le fait que j'étais là, seule à la maison et malade comme un chien, à rêver de bouillon de poule, le fait que quand je suis malade comme un chien je dois quand même faire moi-même mon bouillon de poule, même si parfois j'utilise du tout fait, « 100 % NATUREL », le fait qu'on est toujours en rupture de bouillon de poule quand je tombe malade, et me voilà, à rassembler des vieux os de poulets et un oignon, des carottes, du céleri, et des patates toute seule, plus des grains de poivre, des graines de sésame, du gingembre, de l'ail, une pincée de sucre, un verre de vin blanc, pauvre de moi, et les litres d'eau, et après je dois attendre une journée entière pendant que ça frémit, et passer du temps à le passer, et je suis de plus en plus malade parce que je n'ai toujours pas de bon bouillon, le fait que faire du bouillon de poule est une activité solitaire, et Leo déteste l'odeur, le fait que je dois trouver ensuite des tas de Tupperware assortis pour le congeler, et de ce côté-là c'est n'importe quoi, le fait qu'une cuisinière mieux organisée comme Abby aurait tous les Tupperware requis, prêts à l'emploi, avec les couvercles, préparatifs, le fait qu'Abby pensait vraiment aux préparatifs, bulbe, Rose Wilder Lane, les livres pour enfants de Berta et Elmer Hader, poupées en papier, le fait que je crois que j'aurais pu demander à Stace de faire du bouillon de poule, et ce serait bien qu'elle apprenne, comme Mamie m'a appris, mais elle déteste cuisiner et elle me déteste et je ne veux pas la provoquer, le fait que de toute façon elle fait déjà beaucoup de baby-sitting, surtout quand je suis malade, le fait que je ne pouvais pas demander non plus à Leo, le fait qu'il est occupé par toutes les tâches qu'il doit accomplir quand je suis hors service, comme veiller sur les enfants et tout, les conduire à l'école ou ailleurs, et la semaine dernière il a dû se rendre à Pittsburgh, le fait que je chope tout ce qui traîne, c'est comme ça, le fait qu'avant je chopais toutes les maladies de Phoebe, même si elle était à des centaines de kilomètres et ne m'en parlait qu'au téléphone, le fait que c'est comme ça je crois que j'ai chopé un de ses anciens petits copains, *Hannah et ses sœurs*, les Trois Sœurs, maïs, courge et haricots, quatre sœurs, cinq, Ordonnance Nord-Ouest de 1787, le pont des Trois Sœurs, soucis, démangeaison, le fait que j'en ai été réduite à regarder des films d'action depuis mon lit, *Die Hard I, Die Hard II, Le Fugitif, La*

Mémoire dans la peau et *Witness* et, bon, je ne sais plus quoi, le fait que je ne retrouvais pas les DVD de David Attenborough, hélas, ce qui a sûrement retardé ma guérison, le fait que j'ai mis tellement de temps à me remettre de cette crève que j'ai fini par aller chez Medi-Wise et acheter le médoc le plus fort que j'ai trouvé, un « réducteur de mucus nasal », éradicateur de mucus, annihilateur, destructeur, BIM-BAM MERCI M'DAME, et, bon sang de bon sang, ce médicament m'a quasiment annihilée, moi, le fait que ces cachets devraient vraiment être retirés du marché, le fait que j'ai été tellement impressionnée au départ par la boîte, même touchée, par leurs vantardises et leurs promesses de « réduction de mucus nasal » et de « soulagement du mucus nasal », le fait que j'étais dans un tel état que j'ai craqué pour ce truc, persuadée qu'il était de mon devoir d'accélérer ma guérison, le fait que je déteste les remèdes de cheval, même l'ibuprofène, le fait qu'il vaut mieux l'éviter quand on peut, même si les scientistes chrétiens vont trop loin je trouve, se contenter de prier pour que leurs enfants guérissent, le fait que j'ai donc pris ce médoc carabiné pour soigner ma crève et que j'ai commencé à avoir *tous* les effets indésirables signalés sur la fiche, tous, je crois, à part « *Mort* », le fait que ces gens reconnaissent volontiers que leur remède *contre* la crève peut vous faire *crever*, le fait que, bon, ils pensent quoi, que les gens sont prêts à risquer la mort pour guérir d'un rhume, le fait que j'ai échappé à cet effet indésirable particulier, pour l'instant, mais j'ai eu droit à « ulcération de la gorge », ce qui m'a irrité encore plus la gorge, et à des « rougeurs » dont on parle rarement sous mes seins qu'on voit rarement, depuis les seins jusqu'à, bref, l'entrejambe, majumbas, tumulus, nichons, ronchons, et ron et ron petit patapon, et j'ai eu les « Palpitations » et la « Nausée », et je ne sais plus quoi encore, mais à un moment j'ai vraiment cru que j'allais y passer, le fait que j'étais malade et affaiblie, vertiges, et en prime j'ai eu des palpitations, et j'ai vraiment cru que c'était la fin, le fait que c'est alors que j'ai lu la liste des effets indésirables et que j'ai eu encore *plus* peur, alors j'ai pris mon portable au cas où ce serait ma dernière chance de pouvoir dire adieu à Leo, comme tous les gens dans les avions le 11 Septembre, gratte-ciel qui s'effondrent, pulvérisés, cutters, le fait que les compagnies de téléphone ont dû connaître un sacré boom après le 11 Septembre, le pompon, les fabricants de drapeaux aussi, le fait que finalement j'ai résisté, pas résisté à décéder, résisté à appeler Leo, parce que j'ai commencé à me sentir un peu mieux, même si je continuais à trembler et à paniquer, le fait qu'il a fallu attendre le lendemain pour que je pense à prendre des selfies de mon ventre en vue d'éventuelles actions en justice, le fait que j'ai vraiment envie d'intenter un procès à ces réducteurs de mucus à la noix, et j'ai la preuve photographique, qui prouve la totale inutilité de leur produit, l'énormité, mais après j'ai re-regardé mes selfies, quand je me suis calmée, et j'ai compris que c'était fichu, remède contre le mucus, le fait que j'ai compris alors que je ne traînerais en justice aucun géant pharmaceutique, le fait que même si leurs stupides cachets m'avaient tuée, le fait que la vanité l'emporte sur la justice, et je n'ai pas eu envie qu'une bande de jeunes gandins, d'avocats et de membres de l'ordre des médecins ricanent en regardant des clichés de mon ventre tout gonflé et de mes nichons pathétiques, pas si je pouvais l'éviter, le fait que quand votre étendard est trop vieux pour flotter vous êtes censé fêter son départ en retraite, le fait que mes clichés étaient convaincants d'un point de vue médical, et plutôt inquiétants, mais je n'avais pas pris la bonne pose, le fait qu'en rendant mon dernier souffle j'aurais ordonné à ma famille de détruire ces photos, si je n'avais pas été en état de ramper hors de mon lit d'agonisante pour le faire moi-même, et si, suite à un malentendu, les photos avaient survécu à mon décès et que ma pauvre famille endeuillée essayait de s'en servir pour venger mon triste trépas, soit en intentant un procès soit en les balançant aux principaux médias, ou juste en les postant sur les réseaux, partage d'images, *revenge porn*, je me serais retournée dans ma tombe pleine de mucosités rien qu'à l'idée que tout le monde puisse voir mon bidon dans cet état, cage thoracique, nombril, couverture bleue, le fait qu'aucune décision de justice ne pourrait réparer cette humiliation, même si j'étais déjà décédée, le fait que de toute façon les rougeurs étaient déjà moins visibles, le fait que la plupart des clichés médicaux sont assez horribles bien sûr, dans le meilleur des cas, le fait qu'il n'y avait pas de photos dans notre livre sur les maladies infantiles, juste des illustrations en couleurs qui étaient effrayantes mais pas dégoûtantes, le fait que c'étaient juste des petites peintures pour vous aider à identifier l'urticaire et la varicelle et la fièvre miliaire et la conjonctivite ou l'acné, le fait que plusieurs photos de langues d'enfant, avec diverses sortes de taches blanches ou jaunes dessus, m'ont marquée, « Tirez la langue », le fait que ce livre a peut-être rassuré Maman et Papa mais moi il me flanquait les chocottes, le fait que je passais mon temps à regarder ces images et à me demander quand est-ce que j'allais attraper une maladie mortelle, comme des postulats, des ulcères épidermiques partout, je veux dire des pustules, le fait que même les érythèmes et les coups de soleil n'étaient pas beau à voir, le fait que des gens ont dû dessiner toutes ces illustrations, le fait que quand est-ce que vous réalisez que vous ne serez jamais considéré comme un artiste, et que vous allez devoir peindre toute votre vie des points blancs dans la gorge et des boutons de gale, le fait que les groupes pharmaceutiques qui exploitent le mucus ne devraient pas s'en sortir impunément, le fait que j'ai vraiment envie de leur écrire une lettre bien sentie et de leur dire que je compte mettre en garde tout le monde contre cet éradicateur de mucus, oblitérateur, pulvérisateur, postulateur, pustulateur, liquidateur, le fait qu'encore heureux que je n'ai jamais donné ce médicament aux enfants, fichtre, le fait que je viens juste d'y penser, le fait que ce que je ne pige pas c'est pourquoi ils continuent de fabriquer un médicament s'ils savent que ça vous rend encore plus malade, parce que ça ne doit pas trop se vendre, le fait que quand vous avez tué tous vos clients, ou que vous vous en êtes fait des ennemis, vous n'avez plus de produit de remplacement à dispo, « A-t-on vraiment besoin d'autant de velours ? » le fait que, bon sang, à quoi ça sert, hein, qui profite de tout ça, le fait que je sais que je ne comprends pas trop les gens, *Je ne sais pas mais eux si*, mais quand même, ça paraît bizarre qu'il s'agisse d'un produit reconnu et je suppose populaire, qui plus est en vente libre, le fait que, bon, j'espère que quelqu'un dans ce groupe va réfléchir un peu, massif de lierre de New Haven, le fait que ce n'est pas comme si vous acceptiez de faire une chimio, ou un truc dont vous savez que votre vie dépend et donc vous êtes d'accord pour endurer toutes sortes d'effets secondaires désagréables, le fait que c'était juste un remède contre le rhume, et un rhume est juste un rhume, pas une menace mortelle, mortadelle, citadelle, le fait que d'accord, vous en avez vraiment ras-le-bol de vous moucher en permanence, mais ça ne veut pas dire que vous êtes prêt à vous suicider pour que ça s'arrête, le fait que je suis davantage malade, depuis que j'en ai pris, le fait que c'est comme ces fabricants de Thalidomide qui savaient pour les malformations à la naissance causées en Europe par le Thalidomide, et qui ont néanmoins supplié le gouvernement des États-Unis, supplié, de l'autoriser ici, des monstres, mon Dieu, des pierres et des bâtons, non mais franchement, « Tout ça pour un peu d'argent », géants pharmaceutiques, le fait que l'expression fait peur, comme si c'étaient d'immenses types qui arpentent le pays en chaussures cloutées, en faisant des foulées longues de centaines de kilomètres, et en écrasant tout sur leur chemin avec des flacons de cachets anti-mucus, « Jack et le Haricot Géant », haricot, « Ricco, je vais te virer ! », le fait que j'ignore comment ces gens-là font pour dormir la nuit, mais peut-être qu'ils ne dorment pas, en tout cas pas sans l'aide d'un autre médicament louche, fourche, bouche, ruche, cruche, *Le Fugitif*, le fait qu'on trouve de méchants médecins dans *Le Fugitif*, qui veulent qu'on mette en vente de méchants médicaments, « Vous êtes mauvaise ? », alors qu'ils savent que c'est inefficace et dangereux, le fait qu'ils truquent les résultats des tests et qu'ils essaient même d'assassiner Harrison Ford, juste pour se faire plein de fric, le fait que la femme de Harrison Ford meurt, pour qu'ils s'enrichissent, le fait que le manchot la tue, et que Harrison Ford est accusé à tort du meurtre et manque se faire exécuter pour ça, alors même que c'est le président, enfin, dans d'autres films il est président, Peine de Mort, le fait que la Peine de Mort est une « tache », une tache sur l'Amérique, hache, lâche, eh ça va la vache, œil pour œil, poussière et redeviendrez poussière, injections létales, légales, pustules, le fait qu'ils ont essayé d'exécuter un homme qui avait le cancer l'autre jour, le fait qu'il était déjà à l'agonie mais l'exécution a quand même eu lieu, mais ils n'ont pas réussi à trouver de veine pour lui faire l'injection létale alors ils ont fini par piquer sa vessie, et après, après lui avoir fait subir tout ça, ils ont dû renoncer, le fait que c'est sûrement la chose la plus révoltante que j'aie jamais entendue, je crois, à part, bon, le massacre de Gnadenhutten, et les tueries dans les écoles, et les lynchages et les décapitations et le génocide et tout, Rwanda, nazis, *L'Ombre d'un doute*, le fait que les journalistes et les présentateurs sautent sur l'occasion de vous dire que les victimes des tueries étaient des épouses ou des filles ou des frères ou des grands-pères, de peur que vous oubliiez que ces gens avaient des liens avec d'autres gens, le fait qu'ils croient qu'on pense qu'ils sont sortis de leur œuf juste à temps pour se faire abattre, comme des lézards ou je ne sais quoi, sans amis ni relations, le fait que même les lézards ont des amis, le fait qu'ils ne vivent pas en colonie, le fait qu'il se passe le même genre de choses dans *Le Troisième Homme,* s'enrichir avec des médicaments, pénicilline diluée, Harry Lime, le fait que les diabétiques qui n'ont pas d'ordonnance diluent leur insuline pour la faire durer, marché noir, infection de la malaria, le fait qu'un jour, alors que tout le cabinet avait chopé un truc et dû rester chez soi, le père de Leo a dit à son patron « Ça doit être l'infection du salariat » et son patron l'a aussitôt répété aux journaux, Joseph Cotten, charançon du cotonnier, le fait que le mot « charançon » vous donne toujours des frissons, le fait qu'au début Joseph Cotten n'est pas convaincu que ça soit si horrible, de donner de la pénicilline diluée à des enfants, mais ensuite Trevor Howard lui fait visiter l'hôpital pour enfants, et il voit les enfants estropiés, le fait que comment s'appelle l'acteur qui joue Harry Lime, le fait que tant que je n'aurai pas trouvé ça me rendra folle, Orson, Orson Welles, le fait que j'aime bien la nièce de Joseph Cotten dans *L'Ombre d'un doute*, parce qu'elle me fait penser à Maman, mais je ne me souviens jamais de son nom, le fait qu'elle joue aussi dans *Les Plus Belles Années de notre vie*, et *Mrs Miniver*, tous ces films que les enfants refusent de regarder parce qu'ils sont en noir et blanc, le fait que moi-même je me suis lassée de Greer Garson, Teresa Wright, le fait que voilà, c'est elle, le fait qu'elle ne joue pas Mrs Miniver, le fait qu'elle est la petite amie du fils, le fait que c'est Greer Garson qui joue Mrs Miniver, le fait que Greer Garson est la personne idéale pour dire « Mrs Miniver », à cause de sa façon de parler du bout des lèvres, « Missize Miniva », le fait que je ne toussais même pas avant de prendre ce médicament et maintenant je n'arrête pas, et j'ai toujours mal à la gorge, le fait que j'ai mal en permanence, et j'ai plein de taches bizarres sur le ventre qui n'étaient pas là avant, des traces laissées par l'éruption, mais au moins je n'ai plus de palpitations, et je ne suis pas allée voir le médecin, même quand j'ai eu un début de conjonctivite, parce que je savais qu'il me dirait qu'il ne pouvait rien pour moi, le fait qu'il n'y a rien de plus agaçant que les gens qui vous donnent des conseils pour le rhume, le fait que je sais que ça part d'une bonne intention, mais c'est un peu inutile de dire à une adulte qui a un rhume qu'elle doit boire du bouillon de poule, miel et citron, inhaler, inspirer, aspirine, liquides chauds, jus d'orange, rester au chaud, vitamine C, pastilles pour la gorge, inhalateurs mentholés, à croire que vous n'avez jamais eu de rhume de votre vie, le fait que les pastilles Thieves c'est différent, parce que tout le monde ne les connaît pas, le fait qu'elles sont trop chères, le fait que les gens me disent de prendre des bains de vapeur, mais ça fait des jours que je prends des bains de vapeur et je suis encore sourde de l'oreille gauche et ma trompe d'Eustache est encore bouchée, le fait que j'ai dû boire des litres de bouillon de poule, schmaltz, Mamie, thermomètre, Teresa Wright, le fait que de toute façon, la logistique qu'il m'aurait fallu mettre en branle pour qu'une mère aille chercher un de mes enfants ici et un autre là-bas, le fait que j'ai envisagé d'appeler Carol Stalwart, ou Carol

Stewart, je ne sais plus, Carole *Lombard* si ça se trouve, celle qui veut à tout prix que je fasse de l'acrobatie aérienne et que je me brise la nuque, le fait que Leo a dû rester à la maison toute une semaine, à cause de Jake, le fait que Stace ne peut pas rater les cours pour le garder, même si elle voulait, le fait que Leo a fait de la purée à Jake un jour, le fait que c'était la première fois de sa vie qu'il faisait de la purée, le fait qu'il me l'a avoué en privé, le fait qu'il ne voulait pas que Jake le sache, mais il s'est débrouillé comme un chef pour une première fois, le fait qu'elle était un peu liquide mais suffisamment compacte pour qu'on puisse faire l'indispensable cratère au milieu, qui est la seule chose qui compte, le fait qu'ils se sont régalés, le fait que toutes sortes de purées sont possibles, le fait que certaines personnes les aiment liquides, liquéfaction, le fait que Cathy n'a pas de médecin attitré, traitant, généraliste, le fait qu'elle va voir directement des spécialistes, mais surtout elle ne va voir personne, le fait que je crois qu'elle a un problème d'assurances, le fait que les yeux de Teresa Wright m'agacent toujours, le fait que je devrais vraiment leur « coller un procès au — », OQTF, le fait que j'étais tellement dingue de Leo et excitée d'avoir des enfants avec lui, le fait que j'ai raté les meilleures années de Jake, le fait qu'on a tous ces enfants pour exprimer son amour, et ensuite les enfants commencent à tuer votre amour avec toutes leurs exigences, les couches et les disputes et les trompes d'Eustache bouchées, et ils interrompent votre vie amoureuse chaque fois qu'ils le peuvent, juste pour un verre de lait et autres cookies aux pépites de chocolat, le fait que ce sont les cookies qui tuent la passion, isotopes du plutonium, Gameboy, le fait qu'il y a peut-être une raison biologique derrière tout ça, le fait que les enfants d'aujourd'hui ont peut-être un instinct pour empêcher d'autres enfants de naître, comme les aiglons, ou les coucous dans le nid, passereaux, le fait que les aiglons ne se font pas tomber du nid entre eux, le fait qu'ils se résignent à cohabiter, et mangent même poliment à tour de rôle, le fait que ça vous brise le cœur parce qu'on dirait qu'il y en a toujours un qui ne mange rien, mais le système a l'air de fonctionner, le fait qu'ils se débrouillent, et rien qu'avec du poisson cru soigneusement déchiqueté par leurs parents dévoués, pas de cookies ni de lait ni de madeleines au chocolat ni de hamburgers, juste la chair rose et les arêtes d'un poisson, le fait que quand j'étais dans le trente-sixième dessous je me suis demandé si mes enfants le remarqueraient si je me dissolvais en une flaque et disparaissais, le fait que je ne pense pas qu'ils s'en apercevraient avant que mon absence commence à affecter leurs activités extrascolaires, comme les cours de danse et les repas et les lessives, le fait que les enfants grandissent, alors que leurs parents déclinent lentement et se désintègrent, le fait que c'est un peu du cannibalisme si vous voulez mon avis, vampires, le fait que je ne devrais pas dire ça, mais ils vous dévorent de l'intérieur et ensuite ils se trimballent avec des armes et vous abattent quand vous êtes au lit avec un rhume qu'ils vous ont refilé, Ce Que Les Enfants Apprennent En Jouant, le fait que j'ignore d'où vient toute cette hostilité, bon sang, et je pensais aux enfants avec tendresse quand j'étais alitée, le fait que je voulais survivre et retrouver mon statut de mère, leur mère douce et peu exigeante, Des Mères Qui Réclament Des Mesures, le fait que je ne supporte pas l'idée que mes enfants mourront, pas maintenant mais un jour, le fait que non, ça n'arrivera pas, pas de mon vivant, non m'sieur Bob, Bobby Kennedy, Bobby-Sue dans ma classe, le fait que j'ai soudain de la peine pour Stace, parce que son père n'est pas venu la voir depuis six ans, et même avant c'était plutôt espacé, le fait que c'est dur pour une enfant de vivre ça, et je n'y peux rien, le fait que le mieux que je pouvais faire c'était de lui trouver un gentil beau-père pour compenser, et c'est ce que j'ai fait, le fait que ce n'est pas sa faute s'il n'est pas Frank, le fait qu'il a toujours essayé de s'entendre avec Frank, le fait qu'il a toujours été gentil avec lui même s'il ne l'aime pas, mais bon, personne n'aime Frank, personne que je connaisse en tout cas, le fait que Leo a même fait l'effort de lui parler au téléphone parce que je n'en pouvais plus, le fait que je me demande si l'indifférence de Frank la mine, le fait qu'elle n'en parle jamais, et je ne sais pas comment aborder le sujet, le fait que je ne parle jamais de Frank de moi-même, je ne peux pas, le fait qu'il l'ait laissée tomber comme ça me rend parfois malade, mais j'essaie de ne pas le montrer, au cas où ça ne ferait qu'empirer les choses, le fait qu'il ne m'a jamais versé de pension alimentaire ou maritale, mais Leo et moi ne voulons pas de son fichu fric, ♫ *dollars for donuts* ♫, parabène, géants pharmaceutiques, le fait que Stacy a tout de suite aimé Leo, et quand elle était petite ils s'entendaient à merveille, le fait qu'elle était à peine plus âgée que ne l'est Jake aujourd'hui quand elle l'a connu, le fait qu'elle était alors chaleureuse et ouverte, le fait que Jake l'est aussi mais il ne s'intéresse qu'à son bus Volskwagen ou à la cuiller en bois qu'il a dans la main, le fait que Frank ne connaît même pas Jake, le fait que ses visites étaient pénibles pour tout le monde, surtout pour Stace, le fait qu'on dit toujours que les papas sont importants, mais pourquoi ça ne serait pas le *beau-père* qui est important, le fait qu'il faudrait une fête des Beaux-Pères, le fait qu'une fête des *Marâtres* exigerait une sacrée campagne, le fait que les marâtres ont mauvaise presse, « Vous êtes mauvaise ? », le fait que Rachel Carson a dit que la mer était la mère suprême, le fait qu'elle adorait les rivages, le fait qu'elle n'a jamais appris à nager, le fait qu'ils envisagent désormais une fête des Grands-Parents, mais nos enfants n'ont plus de grands-parents, sauf si la mère de Frank est toujours vivante, ce que j'ignore, le fait qu'il n'a jamais voulu la voir non plus, le fait qu'il détestait aller à la réserve, sauf pour se faire refaire les dents, le fait que la pauvre Stace oubliait complètement Frank entre deux visites, du moins en apparence, puis voilà qu'il se pointait et la perturbait encore, exigeant son moment privilégié avec elle, Ivanka Trump, Lady Di, CIA, FBI, agression près d'une ferme, le fait que Frank pouvait être un peu trop affectueux, quand l'envie lui prenait, mais en général il était froid, et c'était un vrai hypocondriaque, le fait qu'il fallait forcer Stacy pour qu'elle passe du temps avec lui, le fait qu'elle faisait semblant d'être malade pour y échapper, la pauvre petite, et j'avais horreur de la forcer à y aller, mais tout le monde dit qu'« un enfant a besoin de son papa » et tout ça, le fait que ça semblait plus important pour Frank que pour elle, et même pour lui ça ne signifiait pas grand-chose, mais il insistait quand même, le fait que je ne suis pas certaine que tout le monde ait besoin d'un papa, mais je sais qu'on n'a pas le droit de dire ça, *Je ne sais pas mais eux si*, le fait que je me dis parfois qu'on a juste besoin d'une maman, PROPRIÉTÉ PRIVÉE, RESTEZ EN DEHORS ET ON NE VOUS TIRERA PAS DESSUS, le fait que j'ai vécu une existence triste et solitaire depuis la mort de Maman, le fait qu'être malade n'a rien de drôle quand votre maman n'est plus là pour vous apporter votre soupe aux nouilles et au poulet, ou vous apprendre à jouer au solitaire, tennis, plateau avec des objets, Mystery Train, daguette, le fait que fêter son anniversaire n'est pas drôle non plus sans votre mère pour en faire toute une affaire, et vous donner des livres que vous vous sentirez coupable de ne pas avoir lus jusqu'à votre dernier souffle, le fait que Maman m'a offert un livre qui parlait d'une souris et que je ne l'ai jamais lu parce que ça paraissait trop sérieux, le fait que je trouvais qu'un livre qui parle d'une souris était trop sérieux, le fait que je m'en suis toujours voulu de ne pas l'avoir lu, mais je n'y arrive toujours pas, le fait qu'elle s'en fichait probablement que je le lise ou pas, la cuisine d'Evanston le soir, néons écœurants au plafond, le fait que ça l'a peut-être vexée, le fait que, bon, vous prenez la peine d'aller en librairie et de choisir un livre pour votre enfant, vous le rapportez chez vous et l'emballez et le remettez solennellement à votre fille pour son anniversaire et ensuite cette petite ingrate ne le lit jamais, morue, le fait que non mais quelle petite pestosaure, le fait que ça me semble juste horrible maintenant, guet-apens, même si ça ne me vexerait probablement pas si mes enfants ne lisaient pas un livre que je leur aurais offert, le fait qu'ils ne font quasiment rien de ce que je leur demande, alors je n'ai guère d'attentes de ce côté-là, et j'ai très mal à la gorge, le fait que j'étais une lectrice tout sauf audacieuse, très prudente en fait, le fait que j'ai toujours lu lentement, malgré les efforts de Papa, et j'avais toujours du mal à entrer dans un livre, et j'évitais des tas de livres dans l'espoir de ne lire que ceux que j'aimais vraiment, le fait que je n'étais pas comme Leo, qui lisait tout ce qui lui tombait sous la main quand il était petit, vraiment tout, le fait qu'il a lu de tout, tout seul, le fait que j'ai quand même lu certains des livres que me passait Maman, par exemple j'ai lu *La Route sauvage* de Helen Hunt, même si je ne l'ai pas trop compris et que c'est encore le cas, le fait que c'est encore une histoire d'orpheline, Julie, et c'était ça qui me plaisait, le fait que dès qu'il est question d'une orpheline dans un livre les enfants le liront, le fait qu'une fois que vous avez compris que vos parents n'étaient pas infaillibles, l'idée d'être orpheline vous ouvre des perspectives, quelque chose comme ça, Freud, mais je ne sais plus à quel âge les enfants comprennent que vous n'êtes pas infaillibles, le fait que je pourrais chercher, le fait que je crois que j'ai toujours aimé les histoires avec des orphelins, parce que vous aimez tout de suite un enfant qui n'a rien, qui est seul au monde, le fait qu'après le décès de sa mère Julie doit aller vivre chez sa tante Cordelia et elle n'a que sept ans, Gillian, Stace, le fait que j'ai voulu faire lire *La Route sauvage* à Stacy, qui n'a pas aimé, ne l'a pas fini, le fait qu'elle a dit que la langue était datée, le fait que je crois que c'est quand elle est tombée sur le mot « conciliatoire », le fait que j'ai réussi à lui faire lire *L'Île des dauphins bleus*, et *Une bougie dans sa chambre*, et ça elle a bien aimé, le fait qu'en retour elle m'a fait lire *Marianne rêve*, qui faisait un peu peur, mais c'était chouette, le fait qu'il est question de gros rochers qui deviennent vivants, le fait que tous les livres pour enfants ont peut-être un côté sombre, surtout à cause de tous les orphelins qu'on trouve dedans, le fait que l'héroïne de Montgomery est seule au monde, et elle a tellement de tâches à accomplir, le fait qu'elle s'en acquitte de si bon cœur qu'on a encore plus de peine pour elle, le fait que personne n'aime les enfants qui boudent, sauf peut-être Mary Cassatt, mais il s'agit d'un enfant boudeur qui se détache sur un fauteuil bleu, le fait que les gens aiment bien Oliver Twist parce qu'il est orphelin, même si ce n'est pas un livre pour enfants, le fait que la comédie musicale l'est peut-être, mais pas le livre, pas avec Machinchose, Nancy, qui se fait tuer et tout ça, puzzle d'*Un conte de Noël*, le fait que Jane et Elizabeth Bennet se seraient mieux portées si elles avaient été orphelines, ou du moins sans mère, « mes pauvres nerfs », le fait que Stacy dit que je suis comme Mrs Bennet, parce que je bavasse toujours quand je suis nerveuse, le fait que j'espère qu'elle se trompe, doux jésus, David Copperfield, Oliver Twist, Esther dans *Bleak House*, Dedlock, dreadlock, Anne et le capitaine Wentworth, forcée, le fait que j'ai toujours voulu être orpheline, mais maintenant j'en suis une et ce n'est pas génial, le fait que je sais que Stacy a souvent rêvé qu'elle avait été adoptée, le fait qu'elle le dit souvent, « saga familiale », le fait que la mère d'Anne Elliott est morte quand elle avait quatorze ans et elle lui manque toujours quand le livre commence, le fait qu'elle est vraiment triste et seule, le fait que les pygargues n'attrapent qu'un poisson sur vingt, un succès ou un échec, « Tout ce travail ! », mais ils s'obstinent quand même, et rapportent un poisson à leurs aiglons tous les jours, parfois deux, *Petit poisson rouge, petit poisson bleu*, en général rose, le fait que Laura Ingalls Wilder a censuré les passages les plus inquiétants mais ne passe pas sous silence les épreuves, le fait que ses livres sont une longue histoire de survie, parce que sa famille était fauchée, avait du mal à joindre les deux bouts, debout couché, le fait qu'un jour ils ont dû manger une fausse tarte aux pommes avec de la courge encore verte, le fait que si ça se trouve c'est bon, le fait que je devrais essayer ça un jour, le fait que ça pourrait être bon pour les enfants du point de vue nutritionnel, le fait que ça doit être aigre mais je suis sûre qu'un peu de miel peut arranger la chose, le fait qu'ils sont presque morts de faim, les Ingalls, pas mes enfants, *Un long hiver*, le fait que dans *Noël à Plum Creek* Pa doit dormir dans un trou creusé dans la neige et pendant des jours ils ignorent s'il est mort ou vivant, le fait que s'il était mort ils seraient peut-être tous morts, même si je pense que Ma aurait fait de son mieux, serait retournée dans l'Est, dans sa famille, ou se serait remariée, le fait qu'ils auraient connu alors une situation avec beau-père, fête des Beaux-Pères, le fait que de toute façon Ma aime Charles, le fait qu'elle n'a pas envie de devoir se *remarier*, le fait que maintenant Gillian lit *La Petite Maison* à Jake, et j'ai peur qu'un jour elle s'aperçoive que je ne suis pas la mère modèle qu'était Ma Ingalls, le fait que Pa doit vendre la génisse pour que Mary aille à la fac, à cause des mauvaises récoltes et des merles et tout ça, faillibilité, manches bouffantes, dentelle, Pa qui mange le bonbon de Noël, le Grand Marais, « Assécher les marais », le fait qu'on n'aura bientôt plus de cerises séchées, le fait que dans le premier tome, qui se passe dans le Wisconsin, Laura Ingalls Wilder écrit comme s'il n'y avait personne à des kilomètres à la ronde, mais en fait il y avait les Ojibwe, les Potawatomi, les Winnebago et les Ottawa qui vivaient encore là, le fait qu'elle ne le mentionne même pas, le fait qu'ils ne considéraient sans doute pas les Indiens comme des voisins, ou même comme des personnes, républicain, Hochungra, nation Ho-Chunk, Anishinaabe, amish, le fait que Stace ne s'intéresse pas à l'héritage indien, tout comme Frank, le fait que j'étais nettement plus curieuse que lui à ce sujet, parce que j'ai étudié la chose, Cheyenne Diner, Skyline, Empress, Whitman's Sampler, bonbon de Noël, le fait que les Ingalls mangeaient parfois des tomates à la crème, au dessert, gourmandise, le fait qu'ils les mangeaient avec un peu de sucre, et peut-être que ça ressemblait un peu à des pêches à la crème, tomates à la crème, le fait que je dois essayer ça cet été, juste après la tarte à la courge verte, ou avant, le fait que Gillian serait ravie, si je lui faisais tous les plats de *La Petite Maison*, le fait que Stacy serait sûrement furieuse mais je ne vois pas pourquoi, raisins aigres, cerises aigres, le fait qu'on a besoin de cerises aigres, beurre, whiskey, steak, jambon, oignons, patates, cole-slaw, le fait que quand j'étais malade j'ai rêvé que je devais sortir ma voiture d'un garage labyrinthique, éreintant, le fait que « labyrinthe » est un mot babylonien, non, minoen, ou lydien, le fait que le garage avait plusieurs niveaux comme un de ces parkings géants en ville, et pour avoir le droit de sortir je devais de nouveau divorcer de Frank, et pour ce faire je devais fournir au tribunal des garagistes trois pages avec l'écriture de Frank, le fait que je n'étais pas sûre d'avoir encore des spécimens de son écriture, et j'allais devoir demander à Stacy si elle avait encore une de ses vieilles lettres, et même dans le rêve je n'avais pas envie de lui demander, parce que je n'aime pas que Stacy repense à Frank, le fait que j'ignore comment tout ça tournait, dans le rêve, je veux dire, le fait que j'ai toujours essayé d'être agréable avec Frank quand il daignait voir sa fille, mais c'est dur de faire semblant d'apprécier quelqu'un quand ce n'est pas le cas, le fait que c'est stupide de dire ça, parce que la plupart des gens passent leur vie entière à faire semblant d'apprécier des gens qu'ils n'aiment pas, et moi aussi, le fait que Frank a dit qu'une nuit je m'étais redressée dans le lit encore endormie et que j'avais dit « Un dollar ?! » sur un ton vraiment incrédule, comme si je marchandais avec quelqu'un dans mon rêve, puis je me suis rallongée, sommeil profond, lire lentement, Ticonderoga, le fait qu'après que Maman est tombée malade j'ai lu l'annuaire, juste pour me sentir moins seule, piment en poudre, mayo, par deux, le fait que j'ai essayé de faire moi-même une mayo un jour et ça m'a suffi, même si ce n'était pas mauvais, vinaigre, le fait que j'ai rêvé que Bathsheba voulait s'asseoir sur mes genoux mais il y avait un drôle de chien dehors, et ensuite je faisais des courses en pyjama, et des voitures tombaient de la falaise par grand vent, alors on s'enfuyait à cheval au triple galop, le fait que je n'ai jamais su monter à cheval mais que j'ai toujours voulu le faire, le fait que les gens font comme si c'était facile mais en fait non, le fait que je suis contente qu'aucun de mes enfants ne veuille faire de cheval et se brise le dos en permanence, le fait que mon dos n'est plus le même depuis ma chute, mais c'était ma faute bien sûr, ♫ *bien sûr, bien sûr* ♫, le fait que je crois que j'attire les accidents, le fait que j'étais censée me faire obéir, pas me faire mal, le fait qu'en plus d'être tombée sur le coccyx j'ai eu un énorme bleu sur la cuisse pendant des mois, là où il m'avait donné un coup de sabot, et peut-être une marque permanente, je ne sais pas trop, le fait que j'ai toujours eu peur d'avoir quelque chose de permanent, le fait qu'enfant vous voulez toujours avoir une deuxième chance, qu'il s'agisse du toboggan ou de nouvelles dents ou du bulletin scolaire, et ça paraît tellement injuste quand ça n'arrive pas, cheval à bascule, le fait que j'ai également rêvé que j'avais un joli cafard noir, parfaitement carré, d'à peu près trois centimètres de haut, le fait qu'il se tenait debout sur deux pattes et aimait se percher sur la tête d'un oiseau, le fait que je m'occupais à la fois de l'oiseau et du cafard, pour un ami, je ne sais plus qui, et plus tard le cafard manquait se noyer mais je le sauvais juste à temps, le fait qu'il tombait dans l'évier et l'eau était sur le point de l'emporter dans le tuyau, le fait que de manière générale on ne pense pas aux épreuves que doit affronter un cafard, mais je parie que des tas d'entre eux se noient, le fait qu'une guêpe a disparu dans le trou de l'évier un jour à New Haven, peu après que Maman est tombée malade, et moi qui ne pleurais pas pour Maman j'ai pleuré pour cette guêpe, le fait qu'Ethan était rentré de la fac et qu'il a essayé de me calmer, le fait qu'il a laissé entendre que j'étais peut-être malheureuse pour une autre raison, mais moi j'étais certaine que c'était à cause de la guêpe, le fait qu'au lycée les gens se moquaient de son prénom, et pourtant il continue d'aller aux réunions d'anciens élèves du lycée tous les dix ans, le fait que Phoebe préférerait mourir plutôt que d'aller à une telle réunion, même si elle est très sociable, et moi ça ne me viendrait même pas à l'idée, le fait que je ne me souviens presque de personne, le fait que je les ai tous oubliés, le fait que Callum Machinchose serait sûrement là, et peut-être Gavin, le fait que j'étais tellement paumée et seule après le départ de Chuck, orpheline, Pourquoi Votre Chien Déteste Votre Téléphone Portable, le fait que la fumée endort les abeilles, ados, le fait que Leo avait peur de l'appendicite quand il était ado, le fait qu'il faisait des crises d'angoisse à ce sujet mais n'en a jamais parlé à personne à l'époque, le fait qu'il n'a toujours pas eu l'appendicite, touchons du bois, mais il en a eu très peur pendant plusieurs années, le fait qu'il avait peut-être entendu une horrible histoire de péritonite, mais il n'en a pas le souvenir, le fait que Papa a eu l'appendicite quand il était bébé, le fait qu'il nous montrait parfois sa cicatrice en zigzag, le fait que le chirurgien avait visiblement bâclé le travail, « Tu es un raté ! », mais il l'a sauvé, sans quoi je ne serais pas là, le fait qu'ils n'étaient peut-être pas très doués pour les appendicectomies dans les années 30, ou alors sa mère est allée voir le mauvais chirurgien, le fait que je parie que l'opération s'est déroulée sur la table de bibliothèque qu'elle adorait, Papa bébé, le fait que c'est étrange d'imaginer ses parents bébés, le fait que Leo a une photo de sa mère bébé, avec un petit bonnet trop mignon, le fait que Leo a été adorable avec moi quand j'ai pris froid, le fait qu'il m'a même apporté du bouillon de poule, plusieurs fois, alors je n'ai vraiment aucune raison de me plaindre qu'on ne s'occupe pas de moi, le fait que Leo est très présent quand quelqu'un est malade, le fait qu'il sait s'occuper d'un enfant malade, le fait qu'il n'a même pas paniqué quand j'ai eu le cancer, enfin pas devant moi en tout cas, le fait que ça m'a bien aidée, parce que je ne sais pas ce que j'aurais fait s'il s'était effondré devant moi, le fait que sa présence est rassurante, le fait qu'il subit toutes mes angoisses et que lui n'angoisse jamais, le fait que Leo m'a soutenue, le fait que je pleure parfois, le fait que je pleure pour des tas de raisons, Maman, des opéras, Bathsheba, Stacy, Pepito, la petite enfance de Jake, les médicaments réducteurs de mucus, et le solitaire, le fait que je ne peux pas jouer au solitaire sans penser à Maman, et c'est en partie pour ça que j'y joue, chaise longue en velours jaune, le fait que c'était du velours à larges côtes, un genre qu'on ne voit plus trop, le fait que Leo m'a surprise un jour en larmes et m'a demandé ce qu'il y avait et je n'ai pas répondu, et il a dit qu'il m'aimait plus que tout et que si je n'avais pas envie d'en parler maintenant je pouvais le réveiller en pleine nuit et tout lui raconter et que tout irait bien, chutes du Niagara, Maid of the Mist, abeilles endormies, le fait qu'il y avait autrefois une vaste communauté d'anciens esclaves à Windsor, Ontario, tarte Tatin aux poires, Harrison Ford sautant du barrage, se barrer, complètement barré, le fait que je ne le mérite pas, je veux dire Leo, le fait que je suis un canard boiteux, le fait que je suis malformée, et sujette aux accidents, le fait que je ne sais pas vivre ni aimer les gens, le fait que je suis blessée, brisée, comme un œuf tombé du nid, le fait que ma vie n'a jamais vraiment décollé à cause de la maladie, le fait que je crois qu'elle est restée bloquée sur pause, dormante, diapause, rembobiner, passereau, le fait que c'est moi la ratée, et pourtant hier soir Leo m'a dit que j'étais son paradis et que je lui manquais chaque fois qu'il était loin de moi et qu'il avait juste envie d'être avec moi tout le temps, et je lui ai dit « Toute la journée je me sens inadaptée, mais toi tu trouves que je vais bien », et il a dit « J'ai dit que tu étais mon paradis, pas que tu allais bien », le fait que ça ne va pas si mal, le fait que la fille de Rigoletto finit dans un sac, Gilda, le fait qu'au moins je n'ai pas connu ce sort, pas encore, touchons du bois, le fait que c'est son meilleur, *Madame Butterfly*, à Puccini je veux dire, pas à Verdi, Maman, opéra lyrique, ânes, jumelles, sieste, euphorie, le fait que je n'ai presque plus aucun souvenir de l'époque de mon cancer, même si c'était il y a quelques années à peine, le fait que je sais que j'ai dû avoir une alèse matelassée en plastique de mon côté du lit pendant un temps, oh mon Dieu, et dans la journée je restais le plus souvent sur le canapé à lire Jane Austen ou à regarder des coffrets DVD, *amoricious lilium tuscadontris*, Tuscarawas, DÉFENSE D'ENTRER, défenses, dentiste, mammouths, mamelle, hygiène dentaire, psychologue dentaire, le fait que c'est le futur métier de Stacy, suite à ses conseils d'orientation professionnelle, le fait qu'ils lui ont fait remplir un questionnaire et que c'était la conclusion, qu'elle devrait faire psychologue dentaire, le fait que je crois qu'ils ont eu cette idée après que le dentiste m'a traumatisée, mais elle ne veut pas être psychologue dentaire, punaise écrasée, le fait que j'ai regardé environ cinquante adaptations de *Jane Eyre*, je crois, quand j'avais le cancer, du moins c'est l'impression que j'ai eue, effets secondaires, labos pharmaceutiques, tuer ou guérir, chimiothérapie, le fait que j'ai regardé aussi *Dr House,* et *24 Heures chrono*, et *À la Maison-Blanche* et *Breaking Bad* et *Commander in Chief*, ainsi que la série sur les plantes de David Attenborough, en boucle, parce que les plantes ne peuvent guère vous faire de mal, et je ne me souviens de quasiment aucune, le fait que tout ce qui comptait pour moi c'était d'enchaîner les séries, comme ça devrait être dans la vie, enchaîner, le fait que Papa n'aurait guère apprécié, mais ça ne le gênait pas que Maman regarde la télé, après qu'elle est tombée malade, alors peut-être qu'il m'aurait pardonné, le fait qu'elle regardait toutes sortes de trucs, même du sport, le fait que Papa regardait un peu Forest Hills de temps à autre, et un peu de base-ball, base, batte, mais Maman regardait toutes sortes de trucs, défilés, corridas, courses de chevaux, le fait qu'elle raffolait du Kentucky Derby et du Preakness et de l'autre, je ne sais plus le nom, Paula Prentiss, le fait qu'elle s'emballait chaque année pour le Triple Crown, le fait que, ça oui alors, elle raffolait de ce Triple Crown, le fait que le cheval devait gagner le Kentucky Derby, le Preakness et le Belmont Stakes, le fait qu'elle tolérait même parfois la lutte et le basket, le fait que la télé est peut-être juste pour les gens malades qui ne peuvent rien faire d'autre, les gens piégés, reclus, détenus, esclaves, le fait que je suis pour ainsi dire prisonnière quand je cuisine, alors je regarde des films, pas tant la télé, le fait que c'est surtout des pubs maintenant, le fait que quand j'étais alitée et malade à cause de mon rhume j'ai regardé aussi des films, le fait que Maman aimait bien Bill Cosby et Bob Newhart et Woody Allen et *Les Craquantes*, mais pas *Friends*, le fait que Maman aimait bien les gens, pas comme moi, le fait qu'elle s'intéressait à tout, même aux plaques d'immatriculation, le fait qu'il avait une voiture qu'elle cherchait tout le temps dans Londres, une petite voiture de sport MG avec « EGO » écrit sur la plaque, *Les Hommes du Président*, Irlande, le fait qu'Andrew Shereman avait une voiture de sport, ou alors c'était celle de son père, le fait que lors de notre unique rancart j'ai fait tomber mon sac sur le trottoir en sortant de sa voiture, et tout le contenu s'est retrouvé par terre, tout ce que contenait mon sac, pas tout ce que contenait la voiture, le fait que j'aimais bien Andrew Shereman, mais ça n'est pas allé plus loin, le fait qu'il faut peut-être apprendre à descendre d'une voiture avec élégance, comme on l'apprend à l'École du Charme, le fait que j'étais tellement gênée que j'ai à peine dit un mot tout le temps qu'on a passé au restaurant mexicain, et que je n'ai pas pu manger, le fait que j'étais jeune, et bien trop timide pour sortir avec un garçon, *Midnight Cowboy*, le fait que *Jane Eyre* parle d'une orpheline, deux en fait si on compte la petite Française, le fait que quand on était enfants Maman nous emmenait à la plage tous les jours l'été et on nageait pendant qu'elle lisait des livres sur sa serviette, le fait que j'adorais la regarder fumer avec ses lunettes de soleil, le fait que j'ai fini par convaincre Papa de m'acheter une bouée, une grosse chambre à air, mais il n'a pas pris le bon modèle, le fait qu'il m'a acheté une sorte de bouée gonflable pour enfant, un truc tout coloré pour bébé avec plein de dessins rigolos dessus, le fait qu'elle était trop petite, le fait qu'on ne doit pas chipoter sur les bouées, le fait qu'il faut que ça soit un vrai pneu, du genre gris foncé qui vire au noir quand ça entre en contact avec l'eau, et il faut que ça soit du caoutchouc, pas du plastique, le fait que tous les autres pères avaient peut-être de vieux pneus dans leur garage mais pas le mien et il n'avait pas envie d'en acheter un pour que je flotte dedans comme une idiote, alors j'ai eu droit à cette imitation nulle à deux balles, « Un dollar ?! », le fait que je ne sais plus si j'ai eu droit à une vraie chambre à air plus tard, le fait que ça n'a pas d'importance, le fait que je m'en faisais toujours à tort, et encore aujourd'hui, TOC, psychologie dentaire, le fait que je n'ai jamais compris comment tous ces pneus pouvaient se passer de chambres à air, juste pour que nous autres enfants puissions les prendre pour aller nager, appendicite, mon lit de malade, le fait que Stacy m'accuse toujours d'avoir des tocs mais je crois qu'elle se trompe, le fait que je ne sais pas vraiment ce qu'est un toc, le fait qu'après tout c'est elle la psychologue dentaire, alors je devrais peut-être l'écouter, le fait que je ne passe pas ma journée à me laver les mains, mais il faut bien le faire un peu quand on cuisine, le fait qu'il y a des Parcs nationaux partout en Illinois, et des chemins de randonnée, et des balades en rivière, et on n'en faisait jamais, ce qui ressemble un peu au problème de la chambre à air, selon moi, le fait que Maman et Papa rechignaient un peu devant tout ce qui ressemblait à des activités en famille, le fait qu'ils étaient toujours trop occupés, ou alors ils étaient pingres, ou alors ils n'aimaient pas faire comme les autres parents, genre aller à Disneyland, le fait qu'on n'est même jamais allés dans l'ouest du Wisconsin, et on n'est allés là-bas qu'une seule fois, pour une nuit, après que je me suis blessé au doigt, le fait qu'il n'y avait que Papa, Ethan et moi, et on a dormi dans une vraie cabane en bois, le fait que le lendemain Ethan a fait le fou sur un bateau à moteur, le fait que je crois vraiment qu'il voulait qu'on chavire mais il n'y est pas arrivé, le fait que je n'étais pas censée mouiller mon pansement, alors j'étais un peu inquiète, le fait que de toute ma vie je n'ai vu que la Chicago River, et l'Ohio, et l'Hudson, mais pas le Mississippi, le fait que j'ai vu un chien mort de la rage près de Northwestern, le fait que Papa a dit qu'il avait peut-être la rage, et donc si ça se trouve je n'ai même pas vu de chien mort de la rage, T-Rex, Betty Crocker, le fait que je souffre davantage de « manque d'expériences » que de tocs, je crois, le fait que Papa m'a dit un jour qu'il avait descendu les chutes du Niagara dans un tonneau et je l'ai cru pendant des années, alors même que c'est tout juste s'il nous emmenait au zoo, le fait qu'il n'était pas très sportif, le fait que je croyais que c'était un truc que faisaient les pères, descendre les chutes du Niagara en tonneau, le fait que Maman et Papa ne s'intéressaient guère à la région où on vivait, mais peut-être qu'ils préféraient visiter l'Europe plutôt que l'Illinois, le fait qu'allez comparer un village de pionniers mormons vieux d'un siècle ou un stand au bord de la route qui vend des porte-crayons taillés à la main à Pompéi ou Athènes ou Malte, ou les Alpes, ou même Sligo, le fait qu'on a fait le tour de l'Irlande, mais ce que je voulais, moi, c'était visiter le grand parc aquatique qu'on avait vu à la télé à Evanston, le fait qu'on pouvait y passer une journée entière, et il y avait des toboggans et des canoës et un étang avec des truites, et un recycleur avec une tête de lion, le fait que la gueule du lion avalait ce qu'on lui tendait, le fait qu'ils n'avaient pas ce genre de choses dans les Alpes, le fait que j'ai toujours eu un peu le vertige de toute façon, Bernard Herrmann, le fait que je n'ai jamais aimé

Sueurs froides, le fait que qui a envie de voir James Stewart faire une fixette sur Janet Leigh, ou plutôt Kim Novak je crois, enfin bon, l'une comme l'autre en fait, ou Tippi Hedren, appendicite, poires, le fait que je préfère James Stewart dans *La vie est belle* ou *Mr Smith va au Sénat*, le fait que je crois que je préfère quand il est plus jeune, même si *Fenêtre sur cour* est excellent, même si on doit le voir sans sa chemise, le fait que c'est fini pour les actrices quand elles vieillissent, à part peut-être Meryl Streep, le fait que les Anglais ont Judi Dench, qui joue les rôles de femmes âgées, mais Judi Dench joue toujours le même rôle, le fait que Marlon Brando a habité Evanston un temps quand il était petit, en fleur, Candyland, le fait que L. M. Montgomery a bien raison à propos des pommiers, le fait que regardez-les, le fait que les pommiers sont une vraie merveille, le fait qu'ils sont là tout l'hiver et vous les oubliez et puis ils fleurissent et vous ne vous lassez pas de ces épais nuages de pétales, la forme de pétale de l'Ohio, le fait que L. M. Montgomery se répandait sur les pommiers comme plus personne n'oserait le faire de nos jours, le fait que les enfants sautent ces passages, les envolées lyriques de L. M. Montgomery sur les pommiers en fleur, le fait que la nature est fichue, foutue, le fait que je suis étonnée qu'elle fonctionne encore, et que je suis toujours soulagée de voir que le soleil continue de se lever, et les saisons de se succéder, le fait que je suis la seule ici à m'intéresser aux pommiers en fleurs, le fait qu'on a besoin de sauce soja, de beurre, de pépites de chocolat et de sucre roux, le fait que je pourrais aller chez Zyker's maintenant, mais je n'ai pas envie, mais on a besoin de sauce soja, le fait que pourquoi je n'y vais pas et comme ça ce serait fait, Zyker's Food, rouge à lèvres, boucles d'oreilles, le fait qu'il faudrait que je fasse quelque chose pour mes cheveux, le fait que je me remets tout juste de ma crève, mais on a besoin de sauce soja, Zyker's Food, le fait que à quoi ça rime de débattre avec moi-même, mince alors, ♫ *Coucou fait le hibou* ♫, le fait que les marmites norvégiennes et les mijoteuses et les cocottes-minutes et les cocottes en fonte sont responsables de millions d'empoisonnements alimentaires par an, sinon carrément de morts, le fait que les gens ne sont pas assez prudents, ils ne respectent pas les consignes, ne lisent pas les instructions, comme m'enjoint de le faire Leo en permanence, le fait que je n'ai pas besoin d'un mode d'emploi pour savoir comment utiliser une lampe torche, ou un grille-pain, non mais, le fait que c'est Leo qui lit tous les manuels d'appareils électriques ici, parce que moi j'en suis incapable, le fait que je n'y comprends jamais rien, et qu'ils me font peur, le fait que Cathy a dit qu'un client était venu au Shoppe chercher des côtes de porc, des côtes de porc crues, le fait qu'elle ne vend pas de viande crue, le fait qu'il a acheté autre chose à la place puis s'est mis à décrire la façon dont il faisait une sorte de daube de porc dans une cocotte, le fait que ça a l'air dangereux, le fait qu'il semble ne rien entendre à l'hygiène alimentaire, le fait qu'il met des côtes de porc crues dans une cocotte, avec une boîte de concentré de tomate et un peu de saindoux, puis laisse mijoter la chose pendant plusieurs jours, bon sang, bébés salamandres, capucines, le fait que les capucines se mangent, mais je n'ai jamais essayé, le fait qu'elles feraient peut-être bel effet sur un gâteau, la Première ministre indonésienne à genoux pour relâcher des bébés tortues dans la mer, le fait que Cathy a essayé de lui dire que sa recette était risquée, mais il a dit que ça faisait des années qu'il préparait ainsi ses côtes de porc et qu'il n'avait jamais eu de problème, ♫ *Turn back, O man* ♫, le fait que la trichinose est rare mais ça arrive quand même, trichine spiralée, empoisonnement alimentaire, le fait qu'elle ne reverra peut-être jamais ce client, mais elle a essayé de lui dire, le fait que les graines de Ronny sont bien trop chères et que je devrais vraiment faire les miennes, vu que les siennes ne tiennent pas compte des changements saisonniers, le fait qu'elles préfèrent nos restes, tomates, melons, graines de tournesol, citrouilles, le fait que selon Laura Ingalls Wilder il leur faut du fenugrec, du poivre de Cayenne, du gingembre et du citron vert, et de la pâtée, deux parts de son, deux de maïs, une d'engrais, et une demie de graines de lin plus du citron vert et du sel, et des graines de tournesol de temps en temps, mais où trouverais-je le temps pour ça, le fait que si vous leur donnez trop de maïs les poules ne pondent pas, wallaby, cerises, whiskey, pirates, Pepito à la communauté, le fait qu'on déteste gâcher, en haute mer, ôte-toi de là, et c'est pour ça que je congèle autant, mais au final il faut bien soit manger, soit vendre, ou alors jeter, désencombrer, sauter de joie, sauce soja, le fait que Ben prend toujours le « poo-poo », le fait que c'est un plateau surprise qu'ils vous servent au restaurant chinois, mais il n'y touche jamais et on doit rapporter presque tout dans un doggy-bag, ou un carton, le fait que j'aime bien les boîtes en carton qu'ils donnent dans les restaurants chinois, le fait que bon, les poules adorent le poo-poo, le fait que les poules mangent nos restes, le fait que les pêcheurs doivent avoir beaucoup de pertes, vu que les poissons pourrissent très vite, le fait que je serais dans tous mes états si j'étais pêcheur, pêcheuse, poissonneuse, le fait que ce qui rampe au fond des mers, tremblements, le fait que c'est une épave, « Coin-coin ! », cliqueter, caqueter, couac, couac, le fait que Pepito a grandi seul et grognait quand un autre chien en avait après sa gamelle, mais il n'a jamais mordu personne, le fait que Pepito était gentil, c'est juste qu'il ne comprenait pas la vie en communauté, le fait que je ne comprends pas la vie de famille, le fait que j'ai une petite grosseur à l'intérieur de la lèvre que j'ai remarquée en me disputant avec Leo pour une raison ou une autre, et maintenant chaque fois que je sens cette petite grosseur je pense à cette dispute idiote, le fait que je crois que ça avait à voir avec le fait qu'il n'était pas passé chez le teinturier, le fait qu'il doit récupérer son costume, parce qu'il a renversé de la soupe au poivre dessus, soupe, sape, soupape, le fait que voilà le genre de choses dont je me souviens, notre petite dispute, le fait que c'est très dur de se souvenir de ce dont on veut se souvenir, comme la première fois où on s'est vus, le fait que les pensées vont et viennent, par exemple chaque fois que je fais un puzzle je pense toujours à Jeremy Driscoll et aussi à cette femme, j'ai oublié son nom, celle qui tenait ce chouette café à Gnadenhutten et qui me prenait mes gâteaux, le fait qu'elle a déménagé plus tard, à Paris, au Texas, pas en France, comment s'appelait-elle déjà, Miriam quelque chose, Marjorie, Marianne, lait concentré non sucré, part de gâteau, Qu'ils mangent de la brioche, bon plan, faire capoter, formation en V, voie de migration, « Greensleeves », le fait que je ne sais même pas pourquoi je pense à elle, le fait que je la connaissais à peine, le fait que chaque fois que je vois des boutons-d'or je pense à notre jardin à Evanston, même si j'ai vu des tas d'autres boutons-d'or dans plein d'autres endroits, et chaque fois que je vois un cardinal je repense à ce petit oiseau en plastique que j'ai presque fini de peindre quand j'étais petite, le fait que c'était moins amusant que je ne le croyais, essayer de peindre un oiseau en plastique marron, il faut mettre les couleurs aux bons endroits sinon ça ne sera pas beau, mais les instructions étaient difficiles à suivre, et c'était facile de se tromper, le fait que je suis nulle avec les instructions, comme avec les modes d'emploi, « Lisez le mode d'emploi ! », coloriage par numéros, le fait que je me trompe aussi avec les recettes, et j'ai besoin qu'on m'aide pour remplir un formulaire, le fait que j'ai choisi moi-même cet oiseau à peindre, parce que cet oiseau me plaisait, le fait que je crois avoir fait le mauvais choix, entre un cardinal et un geai bleu, le fait que je l'ai payé de ma poche, et après je ne savais pas comment m'y prendre, ou alors je me suis lassée, le fait que c'est dur maintenant d'imaginer pourquoi j'ai cru que peindre une réplique en plastique d'un cardinal serait amusant, flash-backs, cauchemars, nirvana, TSPT, le fait que Leo gagne bien sa vie et travaille beaucoup et m'aide pour les enfants et s'occupe d'eux quand je suis malade et m'aime et a besoin de moi, « J'ai dit que tu étais mon paradis, pas que tu allais bien », et partage sa vie avec moi, ce qui est la chose la plus miraculeuse et la plus généreuse qui soit, le fait qu'il est avec moi à tous nos anniversaires et aux Noëls et les samedis et les dimanches et pendant les balades en voiture et les maladies et les urgences et les problèmes de plomberie, paysages plombés, ♫ *Les robinets fuient, ah mais quel ennui* ♫, le stade de Wrigley à Chicago, statue, m'as-tu-vu, tutu, muumuu, poo-poo, plateau, pont, DuPont, le fait que Leo sort les poubelles avec moi et mange mes madeleines ratées, le fait qu'il est plein de tendresse et d'amour, une perle rare, alors pourquoi je perds mon temps à me disputer pour des vétilles, pour rien, *De rien ne naîtra rien*, lentilles, le fait qu'il peut bien renverser de la soupe au poivre sur son pantalon si ça lui chante, non, le fait qu'il l'a mérité, et c'est vrai que son costume est depuis trop longtemps chez le teinturier, le fait qu'une soupe au poivre n'a aucune importance dans ce monde de dingues, tout un foin de rien, aïe, dent cariée, *Ils disent que la poule pond*, le fait que Peter Lorre crie « Rick ! Rick ! » juste avant qu'on l'arrête, PEL, le fait que Bogart et Ingrid sont vraiment amoureux quand ils sont à Paris, le fait qu'avec eux le champagne pétille et les pièces sont plongées dans l'obscurité, le fait que le poids des cadenas a fait s'écrouler tout un parapet du pont des Arts, le fait qu'ils ont dû retirer huit mille kilos de cadenas du pont, mais les gens en remettent, le fait que les amoureux mettent des cadenas et jettent la clé dans le fleuve, le fait que bien sûr Leo trouve dangereux de faire ça, le fait que je crois que c'est juste à la mode, sans doute à cause d'un film ou d'une chanson, mais c'est plutôt mignon, et mieux que des bidules en forme de cœur, le fait que Woodrow Wilson a repoussé la fin de la Première Guerre mondiale d'un mois entier, pour une raison personnelle, le fait que j'ignore ce qui leur passe par la tête, repousser la paix, le fait que Nixon l'a fait également, le fait que la guerre du Vietnam aurait pu s'arrêter dix ans plus tôt, mais Nixon voulait s'en attribuer le mérite, et il a fait volontairement capoter une première paix possible, le fait que c'est le pompon, laisser mourir des millions de gens dans l'intérêt de sa propre carrière, tribunal pour juger les criminels de guerre, Nuremberg, le fait que Leo dit que le premier cadenas sur un pont remonte à la Première Guerre mondiale, en Serbie, le fait que les femmes étaient superstitieuses, elles pensaient que l'homme qu'elles aimaient reviendrait si elles mettaient un cadenas sur un pont, avec le nom de l'homme aimé sur le cadenas, le fait que Paul Henreid est plus comme le prof d'Ingrid Bergman, son mentor, qu'un amant, le fait qu'en toute honnêteté c'est juste une idole pour qui elle en pinçait autrefois, le fait que leur mariage est lié à la Tchécoslovaquie, pas à eux personnellement, le fait que tout le monde a droit à une vie personnelle, et c'est ce qu'elle a eue avec Bogart, le fait que Paul Henreid semble courtois avec elle mais froid, mais c'est peut-être parce qu'il est provisoirement occupé à sauver la Tchécoslovaquie, le fait que quand il chante « La Marseillaise » il s'anime enfin et tous les autres aussi, et Ingrid l'aime de nouveau, pendant un moment, le fait que c'est horrible de se demander si on est vraiment avec le bon type, « La Marseillaise », le fait que je l'aime bien quand elle va au marché avec son chemisier rayé et son chapeau qui ressemble à un abat-jour, le fait que seule Ingrid Bergman peut se permettre de porter un tel chapeau, le fait qu'elle a toujours l'air de porter des couleurs assorties, même dans les films en noir et blanc, Ilsa Lund, le fait qu'on dirait le nom d'une romancière oubliée des années 30, le fait que les seules fringues que je possède dont les couleurs sont assorties c'est mon ensemble d'anniversaire, Ben, Gillian, moule **1** an, le fait que Paul se comporte comme un père, pas comme un mari, le fait qu'elle est davantage l'égale de Bogart, le fait qu'avec lui elle peut se détendre, et on ne peut aimer pleinement une personne que quand on se détend avec elle, je crois, mais moi je ne suis jamais détendue, sauf peut-être quand je dors, le fait que je dors mieux à côté de Leo, le fait que qui peut se détendre avec toutes ces tueries dans les écoles, et les familles anéanties, et ce président, Glock, glauque, loque, holocauste, révisionniste, le fait que certains hommes sont incapables de rendre une femme heureuse, comme Victor Laszlo, ou Frank, le fait qu'ils ont mieux à faire, ou ne veulent pas, le fait que les femmes ne les intéressent pas assez, je crois, le fait qu'un homme a besoin de s'intéresser vraiment à une femme pour la rendre heureuse, sinon c'est juste de l'amusement et une perte de temps pour tout le monde, le fait que certains hommes, comme Frank, sont têtus, et n'acceptent pas qu'on leur tienne tête, alors ils perdent leur temps à courir après une chimère, le fait que Victor Laszlo n'est pas une perte de temps, surtout du point de vue tchèque, et peut-être qu'il aime vraiment Ilsa, le fait qu'il sait vraiment entonner « La Marseillaise », rayures, rougeurs, et il aide Rick à s'engager, square ensoleillé à Paris, mais la vie de bohême de Rick était une sorte de mystère, pour soigner son cœur brisé, brisé, à cœur ouvert, Claude Rains, aïe, le fait que j'ai regardé *Hier, aujourd'hui et demain* quand j'étais alitée, le fait que Sophia Loren fatigue Marcello Mastroianni avec ses exigences, le fait qu'elle a enfreint un règlement à Naples, en vendant des cigarettes dans la rue, et la seule façon pour elle de sortir de prison consiste à tomber enceinte, parce qu'on ne vous met pas en prison quand vous êtes enceinte, le fait qu'ils ont déjà plusieurs enfants, et il revient à Marcello de la mettre sans cesse enceinte mais il n'y arrive pas, le fait qu'il n'a plus la force de mettre Sophia Loren enceinte, *Sophia Loren*, le fait que, si on y réfléchit bien, il a juste à, bon, faire la chose tous les neuf mois environ, entre deux bébés, mais il est tout raplapla à force de le faire, maigre, léthargique, épuisé, le fait qu'il n'y arrive plus, alors elle finit en prison et, bon sang, elle est furieuse, le fait que Sophia Loren est plus douée que moi pour s'emporter sans le regretter, le fait que je me comporte comme une idiote et après je le regrette, mais Bette Davis ou Sophia Loren sont magnifiques quand elles sont en colère, « canaliser sa Bette intérieure », le fait que Sophia Loren finit par sortir de prison et Marcello Mastroianni et elle se réconcilient aussitôt et filent de nouveau le parfait amour, et dans la scène finale on les retrouve au lit, entourés de leur douzaine de marmots, condamnés à la pauvreté mais ils s'en fichent, le fait que Carlo Ponti est mort il y a dix ans, le fait que j'espère qu'il rendait Sophia Loren heureuse, le fait que j'espère qu'il la traitait comme une *reine*, le fait qu'elle était formidable dans *La Paysanne aux pieds nus*, caldera, geyser, Marcello Mastroianni, mascotte, gemmes, jumeaux, le fait qu'il y a davantage de jumeaux qui naissent aujourd'hui, à cause de toutes les hormones de croissance qu'on donne aux vaches, le fait que pendant ma crève je buvais du thé avec du miel, mais j'en prends maintenant sans miel, le fait que je devrais peut-être m'y remettre, pour me remplumer un peu, canaliser ma Sophia intérieure, le fait que quelle serait la réaction de Leo si je ressemblais soudain à Sophia Loren, le fait que c'est peut-être plus facile d'avoir un tempérament égal quand on est bien roulée, pas tout en angles, le fait que Cathy a un tempérament égal, le fait que manger des glaces est le meilleur moyen de se remplumer, mais ce n'est pas mon truc, le fait que la recette de la tarte salée aux pommes paraît compliquée, perte de temps, le fait que c'est bizarre la façon dont on se connecte avec la nature en mangeant des choses, plantes fourragères, cœurs de palmier, croquettes de poisson, toutes les choses à côté desquelles on passerait si on ne devait pas manger, comme les asperges blanches, ou le poisson, le fait qu'on ne verrait quasiment pas de poissons si on n'allait pas les débusquer, truffes, le fait qu'on dirait parfois que la seule façon pour les gens d'entrer en contact avec la nature aujourd'hui c'est de dissoudre des cadavres dans des bains d'acide, le fait que c'est plutôt jouer au petit chimiste, ça, agression au vitriol, drainage acide, acide prussique, acide sulfurique, acidité gastrique, acide cyanique, antiacide, acide formique, Six Sortes De Vertige, chasseur d'orages, le fait qu'on n'a jamais vu autant de reclus armés scotchés devant la chaîne météo, Chaînon n° 5, le fait que les Indiens avaient une place dans la nature mais maintenant on sait juste qu'on peut attraper la tique du cerf si on sort de chez soi, et après on a cette maladie dont j'ai oublié le nom, quelque chose comme la maladie de Wiles ou de Weil, la gale, la maladie de la princesse de Galles, non, Lyme, le fait que je devrais m'en souvenir, après avoir travaillé à Old Lyme, le fait que c'est peut-être là qu'ils l'ont découverte, le fait que j'espère que non, le fait que j'ai tellement peur des sumacs vénéneux et des tiques que je m'aventure rarement au-delà de notre jardin, bon sang, même si les chevreuils viennent jusqu'ici, le fait qu'on est tous censés mettre de l'insectifuge mais on n'en fait rien, férié, le fait qu'on ne risque rien si on va voir le médecin et qu'on prend des antibiotiques, assurance médicale, la grosseur dans ma bouche, teinturier, le fait que DuPont est le deuxième plus grand pollueur de l'air, ou non, c'est plutôt Alcoa, puis DuPont, puis Bayer, General Electric, et

Exxon Mobil, #ExxonSavait, et les pires pollueurs d'eau sont Dow Chemical, puis AEP, puis l'AES Corporation, et Honeywell International, onéreux, cul-terreux, DuPont, vaches mortes, Parkersburg, le fait que les bananes sont radioactives, Coincé Dans Une Doline, le fait que j'ai encore mal à la gorge, constriction, introversion, ECT, ENT, OCD, le fait qu'on traite aujourd'hui la dépression avec des champignons hallucinogènes, le fait que ce n'est peut-être pas si nouveau, Carlos Castaneda, peyotl, paillassons, guêtres, le fait qu'ils réinitialisent le cerveau, les champignons, pas les paillassons, chaussons, nature, mère nature, bains d'acide, bidon, débile, tignasse de Trump, le fait que je suis une adulte et que je ne sais même pas reconnaître les arbres et ne connais pas les noms des oiseaux, sauf le cardinal, ni comment les identifier à leur chant, le fait que je n'ai même pas fini de peindre mon cardinal, le fait qu'à mon âge je devrais connaître ce genre de choses, comme le chant des oiseaux, ou les fleurs des champs, le fait qu'on devrait savoir ces choses, le fait qu'il y a un cardinal à Erie, Pennsylvannie, qui est mi-mâle mi-femelle, le fait que c'est un gynandromorphe, « Tout ça m'a échappé ! », la fille de Sun-Maid, le fait qu'un grand balèze traînait au comptoir du Shoppe, le jour où Cathy n'était pas là, et je me trouvais près du comptoir, le fait que Art a pris une cannette de soda et après en avoir bu il est venu me parler, pensant sûrement que le gros balèze n'était pas encore prêt à payer, le fait que le gros balèze en a vraiment eu marre qu'on le fasse attendre, le fait que des tas de gens sont susceptibles, le « public », Le temps c'est de l'argent, le fait que Art ne pensait pas à mal, il n'avait juste pas compris que le type avait terminé ses achats, et alors le gros balèze a interrompu brusquement notre conversation, et s'est mis à insinuer qu'il y avait *quelque chose* entre nous, ce qui m'a vraiment choquée, le fait qu'il a charrié Cathy, laissant entendre que Art me préférait à sa femme, un truc comme ça, très grossier, et insultant pour moi comme pour Art, brutal, pétrole brut, DAPL, le fait qu'il a bien vu que j'avais une alliance mais il m'a dévisagée et il a cru que je fricotais avec Art, un homme marié, le fait que j'étais horriblement gênée, le fait qu'heureusement Amelia était là, le fait que ce manège l'a agacée et qu'elle est allée voir Art et a demandé « C'est quoi cette histoire », mais pas méchamment, en renfort, le fait que j'ai fait mine alors de ne pas être là, le fait qu'elle est maligne, le fait que j'admire ça chez elle, le fait qu'elle n'a pas eu besoin d'interpeller le balèze, le fait qu'elle l'a ignoré et a dit à Art un truc du genre « Pourquoi tu laisses ce bouffon se moquer de ta femme ? C'est pas normal. Ta femme est quelqu'un de bien, toi aussi, alors pas la peine de rire des blagues de ce type juste par politesse, parce que tu sais quoi ? Il est grossier et manque de respect à ta femme, et tu ne devrais pas le supporter. Tu devrais le virer », le fait que, ben mon cochon, elle a vraiment dit ça, et très calmement encore, le fait que tout le monde était gêné, mais également reconnaissant, parce qu'elle avait vraiment cloué le bec à ce rustaud, le fait que Art s'est senti regonflé, même s'ils ont sûrement perdu un client, mais Amelia a raison, ils n'ont pas besoin de lui, le fait que quand Cathy a appris ça elle a dansé une petite gigue, avec Art, le fait qu'Amelia s'en fiche de à qui elle parle et où elle se trouve, le fait qu'elle vous surprend toujours, à dire ce qu'elle pense en permanence, bon sang, le fait qu'elle doit s'attirer de temps en temps des ennuis, mais ça n'a pas l'air de la gêner, « Z'avez mal ? », le fait que je me demande si elle se souviendra même de cet incident, parce qu'elle a dû connaître au moins six autres incidents de ce genre entretemps, Le Veau Qui Se Prend Pour Un Chien, le fait que, d'un autre côté, ça doit être épuisant d'être Amelia et de devoir affronter des gens toute la sainte journée, « Êtes-vous quelqu'un de fort ? », le fait qu'un ado va devoir porter une poche de colostomie toute sa vie à cause d'une tuerie dans une école, le fait que plus personne n'a le temps de faire preuve de compassion, le fait qu'un minimum de courtoisie ne ferait pas de mal, Maladie de Lyme, le fait qu'il ne semble pas y avoir de problème aux États-Unis qui ne puisse se résoudre en massacrant toute votre famille ou votre patron ou une foule d'inconnus, voire vous-même, Rare Échidné Albinos Aperçu en Tasmanie, le fait que Leo dit que la

NRA est en guerre contre l'Amérique et qu'elle va par ailleurs gagner, parce qu'ils possèdent toutes les armes, et les magnats du pétrole vont gagner parce qu'ils possèdent tout le pétrole, le fait qu'il dit qu'ils veulent tous nous tuer, et les tueries dans les écoles et autres violences armées ne sont que les prémices de la guerre à venir, le fait que je ne sais pas d'où lui viennent toutes ces idées effrayantes, chouette effraie, suicide par police interposée, délinquant, le fait qu'Edward était ma meilleure souris, le fait que les rongeurs étaient nos animaux familiers, et Pierre et Pepito étaient des membres de la famille à part entière, cette pauvre famille à Pike County, la famille Bridder, tous abattus, familicide, le fait que nous avons plus de chances d'être réduits à néant maintenant qu'autrefois, le Jugement dernier, le fait qu'acheter du lait bio semble une piètre solution à tout ça mais c'est tout ce que j'ai trouvé pour l'instant, ça et faire des tartes, le fait que je pense que tout le monde s'attend à ce que Trump déclenche une guerre nucléaire, Satan, mais personne n'ose en parler de peur de l'encourager, le fait que je crois qu'on devrait tous l'ignorer, ne plus lui faire de publicité, mais ici dans l'Ohio tout le monde semble l'adorer, le fait qu'il va y avoir une guerre nucléaire et qu'ils s'en fichent, et moi je fais une scène pour savoir qui doit passer chez le teinturier, point sensible, hydrangea, Inégalité Salariale Entre Les Sexes, le fait que la maladie de Lyme peut vous rendre malade pendant dix ans mais certaines personnes guérissent plus vite, le fait que j'espère que je ne l'ai pas, le fait que je suis fatiguée en permanence, mais j'ai toujours été comme ça, le fait que je pense que je le saurais si j'avais la maladie de Lyme, hypochondrie, élevage intensif, hangars, bétail élevé en plein air, grange amish, le fait que ce n'est pas parce qu'on passe toute notre vie enfermés que les animaux doivent faire pareil, le fait que, mince alors, vivre en plein air ne devrait pas être un privilège, le fait que les animaux aiment sortir, mais la plupart des vaches n'en ont plus le droit, et les poules bien sûr sont confinées dans leurs cages, rages, « Humain certifié », le fait que même les éleveurs de cochons de concours les gardent enfermés tout le temps, patauger dans la boue, récompenses, prix, dollars, le fait que les veaux sont enlevés à leur mère, intolérance au lactose, le fait que les vaches courent en meuglant après les camions qui emportent leurs veaux, et ne les revoient jamais, tout ça pour que je puisse faire ces stupides tartes, le fait que ces choses qu'on a faites aux animaux, le fait qu'il y a tellement de lait en circulation, ils ne savent même pas quoi en faire, alors ils en mettent dans tout, dans les chips, la sauce spaghetti, les saucisses, la vinaigrette, les sorbets, les crackers, le fait qu'on en trouve partout, hormones de croissance, le fait qu'il devait y en avoir dans ma membrane anti-mucus, je veux dire mon *médicament*, même si le lait est censé produire du mucus nasal, alors pourquoi en prendre si on a la crève, le fait que mettre du lait dans mes cachets contre le mucus nasal ne gênera pas une société pharmaceutique qui estime que la mort est un moyen sûr de soigner le rhume, le fait que même les Chinois se sont mis au lait, et qu'ils en mettent dans les raviolis, partout, alors qu'avant ils détestaient le lait, et détestaient les Occidentaux parce qu'ils sentaient le lait, poo-poo, palme, habitat, rat-a-tat-tat, ratatouille, le fait qu'un jour j'ai regardé une mère orang-outang dans les yeux, quand j'ai emmené Stacy visiter un zoo, et j'ai vraiment eu l'impression que nous étions connectées l'espace d'un instant, d'une mère à l'autre, mais après je suis partie et je ne suis jamais revenue, alors quel genre d'amie suis-je pour une orang-outang, crackers, gressins, cookies, le fait que les gens ne se soucient que de leurs animaux, des chiots et des chatons, le fait que personne ne se lasse des chiots et des chatons, le fait que Gillian adore les animaux, le fait qu'elle est toujours dans sa chambre à disposer ses peluches, et à avoir de longues conversations avec elles, le fait qu'on dirait qu'elle a décidé que les animaux se sont mis d'accord pour instaurer une sorte de gouvernement là-haut, le fait que ça fait un peu peur, le fait qu'ils ont tous l'air de se regarder, comme s'ils complotaient, audience du Sénat, le fait je préfère sa collection de pots à miel en forme d'ours, le fait que est-ce que toutes les petites filles font pareil, le fait que Gillian a eu l'idée géniale de mettre de l'eau colorée dans ses flacons et de disposer une guirlande lumineuse derrière, et quand c'est allumé l'effet est très beau, le fait qu'elle sera peut-être ingénieure, Howard Hughes, Leo DiCaprio, Léonard de Vinci, Léo de Vinci, le fait que personne ne l'appelle Léo, enfin je crois, je veux dire Léonard de Vinci, le fait que c'est plutôt calme au niveau fleurs dans notre jardin, le fait que les enfants veulent un chien, chiots, chatons, « Missie a traversé le pont arc-en-ciel et Maman et Papa sont très tristes mais Maman dit que Missie ne souffre plus », « Ne sautez jamais une classe », BMW Révèle Une Mise À Jour Sexy De La Z4, le fait que Pierre pouvait errer dans les rues et avoir des aventures, le fait qu'au moins Pepito a connu un été en liberté dans le Maine, le fait qu'il est revenu tout bronzé et adulte, en plus d'avoir été maltraité, cornichons, le fait que si on se fait tous annihiler au moins Pepito a existé, et ça c'est bien, le fait que c'est une bonne chose qu'il ait existé, et les marcassins aussi, les marcassins, le fait qu'on ne sait toujours pas qui a tué les Bridder, brides, Canton, Frito-Lay, PepsiCo, le fait que le zoo de Tolède a un nouveau girafon, le fait qu'ils ont accordé les droits de l'Homme à un orang-outang, en Argentine, pas à Tolède, et ça veut dire qu'on peut l'arracher à un zoo pour le placer dans un refuge, et maintenant un orang-outang a le droit de vivre dans un refuge tandis que l'industrie de l'huile de palme a le droit de, oh zut, le fait que je n'ai pas vraiment envie de penser à ça maintenant, le fait qu'un groupe veut faire un procès à Trump pour notre droit constitutionnel à la nature, mais personne ne pense que ça intéressera les tribunaux, le fait que les animaux vont disparaître, le fait que je suis contente que Maman et Papa et Pepito et les marcassins et Shakespeare et Bach et Schubert et Jane Austen n'aient pas eu à voir ça, le fait que Maman et Papa ont su pour l'Holocauste et Hiroshima et Nagasaki, et le Rwanda, et le 11 Septembre et tout ça, mais au moins ils ont évité Adam Lanza et toutes les autres tueries, et ils n'ont pas eu à voir Trump élu président, le fait que qui aurait pu s'y attendre, le fait que j'ai toujours pensé que c'était un homme d'affaires raté qui aimait bâtir d'horribles gratte-ciel, et maintenant il dirige le monde, avec un portable et sa touffe de cheveux jaunâtre, chopez-les par le portable, le fait qu'au moins Maman et Papa ont été enterrés sans avoir à trop se préoccuper de Trump, en ne sachant rien de lui, le fait que c'est une aubaine, vulgarité, les Oscars, le Preakness, Triple Crown, corrida, amphithéâtre romain, le fait que je ne sais jamais comment écrire « amphithéâtre », le fait que je ne sais plus où mettre les « h », le fait que la petite amie d'Alec Baldwin dans *Pas si simple* est vraiment horrible, le fait que je n'arrive pas à croire qu'elle claque des doigts pour qu'il vienne, « Yo », ♫ *Figaro, Figaro, Figaro !* ♫, le fait que Rossini a étudié le violoncelle à Bologne, le fait que Leo et moi écoutions plus souvent les concerts du Met, le samedi après-midi, avant d'avoir autant d'enfants dans les pattes, le fait que comment s'appelle ce ténor qu'on aime bien, originaire d'Evanston, Polenzani, le fait que Leo et lui sont nés la même année, le fait que j'ai toujours aimé voir Ethan jouer du basson, le fait que j'ai rêvé que je perdais mon portefeuille, et que j'allais devoir faire opposition à toutes mes cartes, et je me suis réveillée en gémissant, mais heureusement je n'ai pas perdu mon portefeuille et je ne dois pas faire opposition à toutes mes cartes, donc tout va bien de ce côté, le fait qu'on me vendait également du pain rassis, dans le même rêve, et on devait me le donner avec du parmesan dessus, mais ils m'arnaquaient, et il n'y avait pas de parmesan dessus quand je rentrais chez moi, « Un dollar ?! », le fait que mon portefeuille était dans ma veste et que je cherchais dans toute une pile de vestes mais je n'arrivais pas à me rappeler quelle veste je portais, le fait qu'Andrew Jackson avait une meule de fromage de sept cents kilos, qui a été montrée à l'Exposition universelle de Chicago, le fait qu'ils font maintenant du fromage vegan, mais comment, le fait que j'espère qu'ils n'utilisent pas du lait de coco, le fait que j'ai rêvé également que j'avais commandé en ligne un blouson en cuir pour Leo mais quand je le recevais il était nul, il tombait en morceaux, et il n'était même pas en cuir, le fait qu'il était fabriqué dans une sorte d'herbe en nylon, et jaune vif, comme un imper d'enfant, ou un truc de gardien de phare, capote, MST, le fait qu'on pouvait l'effilocher avec les doigts, le fait que je n'imagine pas Leo portant ce truc, même dans un rêve, le fait que deux des victimes du massacre de la famille Bridder étaient de jeunes mères, et l'une d'elles avait accouché quatre jours plus tôt, UNFPA, le fait que son mari et elle, ou son petit ami et elle, ont été abattus dans leur lit, mais le bébé a été retrouvé indemne, rampant entre ses parents, et couvert de leur sang, le fait que si je continue de penser à ça je ne pourrai rien faire cuire, cuistre, cuissage, le fait que j'avais des cadeaux minables pour Leo dans ce rêve, en plus du blouson jaune, mais ils étaient bien trop minables pour que je les lui donne, encore plus minables que le blouson, des trucs comme de la nourriture pour poisson, le genre de choses dont j'essaie parfois de me débarrasser en cadeaux de dernière minute quand je n'ai plus de brosses à dents, de mandarines et de coccinelles en chocolat, Pa et le bonbon de Noël, le fait que les enfants n'aiment pas ce genre de cadeaux, mais ça permet de remplir les chaussettes, le fait que je n'apprécie pas assez Leo, le fait que je fais comme s'il allait de soi, mais n'est-on pas censé faire comme si son époux allait de soi, le fait que, enfin quoi, quand vous êtes mariée, vous prenez l'habitude de sa présence, le fait que vous pouvez compter là-dessus, le fait que Leo a rêvé que Tom Hanks et lui étaient tous les deux inspecteurs du bâtiment, mais c'est à peu près tout, le fait que c'était après avoir vu le film *Capitaine* je ne sais plus quoi, avec Tom Hanks qui se retrouve couvert du sang des pirates, bébé couvert de sang, le fait qu'il n'arrivait rien de regrettable à Leo dans le rêve, rien de violent, le fait qu'il n'y avait pas de pirates, le fait que Leo et Tom Hanks inspectaient ensemble des bâtiments, le fait que, bon, on ne devrait peut-être pas regarder de films d'action avant de se coucher, sac rouge, Vente Massive De Voitures D'Occasion, Banque d'Amérique, le fait qu'il est architecte dans *Nuits blanches à Seattle*, Tom Hanks, pas Leo, ce qui revient un peu à être inspecteur du bâtiment, le fait que Steve Martin est architecte dans *Pas si simple*, « Yo », le fait qu'il est clair qu'Alec Baldwin a besoin qu'on le sauve de la femme

« Yo », le fait qu'Alec et Meryl devraient juste rester ensemble, le fait qu'ils sont vraiment *heureux* ensemble, et la femme yo-yo et cet idiot de Steve ne les rendront jamais heureux, vaginoplastie, le fait que s'ils veulent être ensemble mais qu'Alec Baldwin ne peut s'empêcher de courir les jupons, Meryl et lui pourraient aller voir le thérapeute que Tommy Lee Jones et elle ont vu dans *Tous les espoirs sont permis*, le fait que c'est déprimant quand ils rompent de nouveau, le fait que présentement j'ai besoin de cannelle, bébé ensanglanté, le fait qu'il est tellement abattu au début, Tom Hanks, par la mort de sa femme, dans *Nuits blanches à Seattle*, tout comme William Hurt à propos de son fils dans *Voyageur malgré lui*, le fait qu'il n'y a pas assez de scènes entre Tom Hanks et Meg Ryan, le fait qu'ils se donnent beaucoup de mal pour être ensemble, lettres, aéroports, le détective privé, vieux ordis, et après, eh bien, rien, le fait qu'ils se rencontrent et c'est tout, « Salut, Howard », la lumière tamisée dans l'appartement new-yorkais d'Ethan, milieu de matinée, le fait que j'ai dû sortir le petit yorkshire, que lui a refilé une ex, « Yo », le fait que je crois qu'elle était ingénieure, le fait que je me demande ce qui lui est arrivé, le fait qu'Ethan était très gentil avec son chien, chiens de cirque, phoques, lions, pop-corn, *Loin de la foule déchaînée*, le fait que Maman aimait bien aller au cirque quand elle était jeune, avec sa mère, le fait qu'elles se levaient à l'aube chaque année, à Newburyport, pour aller voir le chapiteau que les éléphants dressaient puis démontaient, « Coin-coin ! », Otis, le fait que Papa nous lisait à voix haute *Jude l'Obscur* à la clinique, quand nous allions voir Maman tous les jours, et on aurait dit la fin du monde, le livre le plus lugubre jamais écrit, le fait que Maman était entourée de gens qui avaient eu des accidents de moto, et la plupart ne pouvaient plus marcher ou parler ou penser correctement, le fait que j'ai relu quand même *Jude l'Obscur*, quand j'étais alitée, et Arabella Fawley n'était pas aussi terrible que dans mon souvenir, le fait que quiconque sait incuber un œuf dans son corsage me convient, le fait que certes elle ne se comporte pas très bien quand Jude décède, le fait qu'elle ne peut pas s'empêcher d'aller voir la course de bateaux qui a lieu dehors, et elle cache le fait que Jude n'est plus et s'enfuit pour s'amuser, mais elle n'est pas si mauvaise, juste vivante, mal dégrossie et vivante, le fait qu'elle me fait un peu penser à Amelia, #Résiste, Halloween, bonbon au maïs, le fait qu'il est beaucoup question de cirque dans *Loin de la foule déchaînée*, trop en fait, le fait que c'est pour ça que j'ai appelé Bathsheba « Bathsheba », parce que c'est ce que je lisais à l'époque, le fait que je ne sais pas si on le prononçait comme il faut, le fait qu'on a toujours dit « Bass-chiba », mais c'est peut-être « Bat-chiba », le fait qu'elle aimait bien le « t » qui claque, le fait que les Français essaient de n'accentuer aucune syllabe, ces crétins chez Chartier, qui ricanaient et ont cassé leurs verres, mais les Italiens accentuent les syllabes, en général la pénultième, le fait que j'aimerais savoir parler italien, le fait que je n'ai jamais parlé de langues étrangères, le fait que tous les enfants font espagnol, le fait que dans les cours d'éducation civique maintenant ils étudient la structure gouvernementale, comportementale, chien, allée, Le Pacha, le fait que quand Bathsheba est arrivée c'était une toute petite boule noire et tremblante, mais elle est devenue une belle chatte musclée, le fait qu'on était toujours ensemble, sauf quand j'étais à la fac, les animaux n'étant pas admis dans les dortoirs, le fait que Maman et Papa étaient très attachés à Bathsheba, et qu'ils me la gardaient, le fait qu'elle a vécu vingt et un ans, le fait que les chiens et les chats nous sont dévoués toute leur vie, chiots, chatons, nos compagnons, autant que les gens, le fait que beaucoup d'animaux font de meilleurs compagnons que les gens, le fait que je ne sais pas pour les serpents, ou les iguanes, le fait que l'océan absorbe quatre-vingt-dix pour cent du réchauffement climatique, et qu'il se réchauffe vite, le fait que quatre-vingt-dix pour cent des marchandises internationales voyagent par mer, le fait que les porte-conteneurs sont parmi les plus gros pollueurs, et donc d'une certaine façon le bateau de Tom Hanks est pire que les pirates somaliens qui essaient de le capturer, pire pour l'avenir de la planète, si on laisse Tom Hanks en dehors de l'équation, équations non-linéaires, le fait qu'en général on a besoin d'autant d'équations qu'on a d'inconnues, tables paramétriques, onguents de Papa, CAPTCHA, pirates somaliens, Rohingya, le fait que Phoebe nous envoyait à tous de l'argent, le fait que j'aime la façon dont tous les puzzles se terminent, le fait que ça finit toujours bien, pas de problème, puzzle, peser, si peu, scier, scie circulaire, bébé ensanglanté, le fait que j'ai rêvé que Peter Lorre était censé nous accompagner en voiture Leo et moi à la gare mais on ne le trouvait pas, du coup je demandais aux gens qui étaient là, mais j'avais oublié son nom, le fait que je finissais par m'en souvenir mais personne n'avait jamais entendu parler de lui, parce que les gens étaient trop jeunes pour avoir vu le moindre film en noir et blanc, idiots, mais je ne devrais pas dire ça, le fait qu'on n'a pas à traiter les gens d'idiots parce qu'ils n'aiment pas les mêmes films que vous, oh non, le fait que tout le monde est tellement agressif ces temps-ci, et c'est contagieux, le fait que c'est facile de prendre de mauvaises habitudes, le fait que tout le monde est comme ça maintenant, à piquer des crises, piquants, le fait qu'il y a toujours deux côtés aux choses, retourner une tarte Tatin, lancer une pièce, passer du sommeil au réveil, de la nuit au jour, du rêve à la réalité, croître et décroître, noir et blanc, mâle et femelle, cow-boys et Indiens, terre et mer, beurre de cacahuète et gelée, huile et vinaigre, verser de l'huile sur le feu, le mauvais côté, l'envers, en haut en bas, sens dessus dessous, le fait que j'ai rêvé que Nanya était malade et que je m'occupais d'elle, mais ensuite elle allait mieux, et je la soulevais du lit et l'embrassais deux fois sur la joue, ce que je ne ferais jamais dans la vraie vie, mais dans le rêve je le faisais parce que j'étais tellement heureuse, PDA, le fait que certains amis sont plus tactiles que d'autres, le fait que ça vient peut-être de moi, le fait que je ne suis pas tactile, greniers, serpents, araignées, tubes de margarine, le fait que je m'en veux d'oublier tous mes rêves, le fait que je ne me remets toujours pas de la façon dont ce type nous a parlé, à Art et moi, suggérant que je trompais mon mari et Art sa femme, mon Dieu, le fait que Leo a proposé de lui flanquer une raclée quand je lui ai raconté l'histoire, au type, pas à Art, puzzle du lac Glacier, Jeremy Driscoll, le fait que j'ai laissé tomber tout le monde dans ma vie, moi y compris, le fait que je suis négligente, timide, mauvaise épouse et très mauvaise interlocutrice, criminellement, paralytiquement mauvaise, accidents de moto, le fait que Maman et Papa ont donné mon tricycle sans m'en parler, le fait que ça veut dire quoi, ça, le fait que je ne m'occupe pas assez bien des autres, le fait que je n'ai pas empêché Maman de mourir, le fait que je l'ai laissée tomber, j'ai laissé tomber ma mère, ma seule mère, le fait que j'ai également laissé tomber Stace, et fait comme si elle allait de soi, en soie, cartels mexicains, gangsters colombiens, le fait que les récifs de corail de la côte de Floride ont disparu, *finito*, le fait que j'ignore pourquoi, le fait que c'est peut-être dû à l'acidification, ou aux marées rouges, ou au réchauffement, ou alors juste à Mamie, la masculinité toxique, les insectes, le fait que Mamie avait coutume de nous envoyer de petits morceaux de corail de Floride pour Hanoukka, et des étoiles de mer et des hippocampes séchés, alors il est fort possible qu'elle ait à elle seule épuisé les récifs de corail, épuisement, dépression, déprédation, déflation, exultation, le fait que j'ai sûrement épuisé moi-même l'Ohio, excrétion, défécation, résidu fécal, *Dr House*, le fait que tout est épuisé dans l'Ohio, le fait que tout était si abondant à l'époque de Fanny Trollope, trop abondant même, le fait qu'elle se plaignait que les bois étaient impraticables, trop d'arbres tombés partout, le fait qu'elle préférait le Kentucky, parce qu'il y avait moins d'arbres pourris dans les forêts du Kentucky, le fait qu'elle voulait marcher pendant des heures sur des sentiers recouverts de mousse et pique-niquer dans des clairières pittoresques, pas devoir enjamber des troncs béants et se prendre dans les ronces, le fait que Fanny Trollope est tombée sous le charme de l'automne américain, « les arbres ont pris des couleurs », le fait qu'il y avait autrefois de la beauté en Amérique, bon, au moins on a toujours l'automne, le fait qu'on a un bol de graines de paw-paw séchées dans notre chambre parce que c'est joli, cake à la banane, pattes d'ours, le fait qu'un jour j'ai fait des pattes d'ours au paw-paw, le fait qu'elles n'étaient pas mauvaises mais difficiles à faire, le fait qu'on aurait dit des bretzels salés à la pomme, pas très pratique à grande échelle, croque-monsieur, croque-madame, croque-signor, boules de croquet, croquettes, le fait que les marrons sont censés porter chance, je ne sais pas si c'est le cas pour les graines de paw-paw, pa-pa-pa-paw, pa-pa-pa-geno, le fait que Pepito donnait la « papatte », le fait qu'il adorait ça, le fait que Cathy a fini par me montrer des photos de sa lune de miel, le fait qu'elle dit que la meilleure façon de voir l'île, quand on va à Honolulu, c'est de prendre le bus 55, parce qu'il longe toute la côte et le conducteur flirte avec toutes les filles qui montent et on peut descendre quand on veut pour se baigner puis prendre le bus suivant, le fait qu'on peut voir tout l'endroit pour *deux dollars*, le fait que c'est pas génial ça, « Vous appelez ça vivre ? », si jamais on va à Hawaï, puzzle, le fait que tout le reste est très cher, un bon plan, le fait que Ronny m'a un peu gâché le plaisir d'avoir des poules, un petit peu, le fait qu'elles sont devenues une source d'ennuis et d'inquiétude, pomme de discorde, et un prétexte pour Ronny, pour passer, le fait que chaque fois que je m'assois une seconde pour lire Fanny Trollope il débarque, le fait que, en plus, ce nouveau Hen Scratch bio qu'il rapporte de Coshocton coûte deux fois plus cher que les graines non-bio que j'achetais avant, bonbon au maïs, le fait que je n'ai rien demandé, il m'en a juste apporté, et je ne sais pas comment me sortir de là maintenant, le fait que je ne veux pas débiner la culture bio, mais nos poules ne sont pas des poules bio, parce qu'on veut qu'elles mènent une belle vie non surveillée, comme les poules d'autrefois, qu'elles picorent çà et là, se chamaillent et mangent à leur guise, glaner, ♫ *Et d'être un vert galant* ♫, comme des punaises, le fait qu'elles ont besoin de manger de temps en temps des coquilles d'œufs aussi, et elles mangent des trognons de pomme comme si demain n'existait pas, même si elles préféreront toujours des pelures de melon, le fait que, ça oui, elles aiment les pelures de melon, le fait qu'elles mangeraient sûrement un melon entier mais je n'ai jamais pensé à leur en donner un, donc je fais comme si les poules elles aussi allaient de soi, négligence, respect, le fait que ce qui importe c'est de ne jamais leur donner d'oignons, de patates, d'avocats, ou de sel, le fait que j'emploie parfois le mot « picotin », le fait que Leo se moque de moi et dit que je parle comme une fermière, ce que je ne suis pas, le fait que les hommes ne sont vraiment heureux que lorsqu'ils peuvent se moquer de quelqu'un, au moins une fois en passant, « Coin-coin ! », canards, poules, dindes, petites patates, le lait de la tendresse humaine, le fait que le dirigeant turc a recommandé à tous les Turcs de renoncer à la contraception pour avoir le plus d'enfants possible, Hongrie, hongre, mais il n'a pas l'air de se rendre compte que les enfants c'est beaucoup de travail, et que la plupart des gens n'ont ni le temps ni l'argent de s'occuper d'une famille, transport hectométrique, le fait que les gens ne peuvent pas gérer vingt enfants de nos jours, le fait que cinq petites sœurs qui vivent à Chillicothe, toutes de moins de six ans, ont besoin d'une famille d'accueil, j'ignore pourquoi, le fait que ça me déprime rien que d'y penser, le fait que quand j'ai eu Stacy j'aurais aimé avoir des triplées, trois petites Stacy identiques, comme une portée de chiots, le fait que parfois quand quelque chose est génial vous en voulez encore plus, le fait que ça serait génial d'avoir ces cinq petites bellottes à demeure ici, et Jake aurait quelqu'un avec qui jouer quand tous les autres sont à l'école, le fait que, maintenant que j'y pense, on a déjà quatre enfants, bon sang, le fait que j'ignore comment j'en caserais neuf dans la voiture, le fait qu'il faudrait qu'on achète un minibus ou je ne sais quoi, et on ne pourrait jamais aller au restaurant, le fait que ça serait comme un anniversaire d'enfants permanent ici, lot de cadeaux en vrac, le fait qu'ils ne voudraient sûrement pas de nous comme famille d'accueil, s'ils parlaient à mes enfants de l'horrible mère que je suis, même si bien sûr Jake prendrait ma défense, lui, le fait que je suis juste un peu déprimée, le fait que je crois qu'il s'agit en fait d'adopter, pas de recueillir, le fait que bien sûr ces fillettes ont besoin d'un foyer permanent, un foyer à vie, le fait que de toute façon je ne crois pas que Leo serait partant pour adopter cinq enfants, même s'il est cool, le fait qu'il péterait un câble si je le lui proposais, le fait que j'espère qu'elles auront le droit de rester ensemble, le fait que c'est terrible quand ils envoient un enfant dans un endroit et son frère ou sa sœur dans une autre famille et qu'ils ne se revoient jamais, Deux Morts Dans Un Accident D'Avion, des aliments pour animaux domestiques empoisonnés en provenance de Chine, la Grande Muraille de Chine, le fait que cette Chinoise a insulté Maman, raviolis chinois, mais ce n'est pas la faute de la Chine, Chillicothe, chili con carne, le fait que j'ai rêvé que je devais contacter Chuck pour une question de paperasserie, et quelqu'un allait me prêter mon ancienne voiture pour aller le voir, pour voir votre ancien petit ami, qui n'était pas si mauvais comme petit ami, et conduire la voiture que vous aviez autrefois, qui n'était pas une si mauvaise voiture, faire un saut dans le passé, puis en ressortir, se mettre ensemble, combler le fossé, Comment Concilier Travail Et Vie Personnelle, le fait que les enfants passent tellement de temps devant l'ordinateur ces temps-ci que leur cerveau doit être de la bouillie, pâtée, picotin, Osez Faire Un Test De Personnalité, dans ta face, Facebook, Pinterest, YouTube, e-clouds, le fait qu'autrefois à la radio des gosses savaient le sens des mots « têtières » et « aptéryx » et comment les orthographier, genre dans les années quarante, le fait que savoir les écrire comptait alors, Gavin, « atroce », le fait que la petite Anne des « pignons verts » et Laura Ingalls Wilder étaient fortes en orthographe, gaffe, le fait que ça semblait important alors, orthographier, et analyser une phrase, le fait qu'à cette époque les filles passaient leur temps à ça, orthographe, analyse syntaxique, et maintenant elles sont juste calées en maquillage, et tout ce que font les garçons c'est regarder des films porno, le fait que je crois que les filles essaient de ressembler à des stars du porno, des collégiennes, nom d'un chien, le fait que ça doit être ce que veulent les garçons, Chuck, idylle, le fait que les hommes devraient analyser les phrases eux aussi, au lieu d'acheter des armes et de rentrer chez eux pour abattre leur ex et mettre le feu à la maison, comme c'est arrivé l'autre jour à Johnstown, Johnston, Johnson & Johnson, Gander Mountain à Reynoldsburg, fermeture, liste de choses à faire, mettez votre John Henry ici, Un Homme Tue Une Jeune Fille « Sans La Moindre Raison », le fait qu'en réaction au moindre revers financier ils assassinent leur famille, le fait que en quoi ça résout les choses, le fait qu'abattre votre ex est devenu banal, le fait qu'on finit par être étonné quand les types n'abattent pas leur ex, le fait que cette famille à Greenville « faisaient tout ensemble », et ils sont morts ensemble, grâce à un semi-automatique, « soudés », brisés, le fait qu'on ne sait jamais, le fait que peut-être qu'ils « faisaient tout ensemble » parce qu'il était jaloux et ne voulait pas les perdre de vue, le fait qu'on a frôlé la tuerie à l'école à Pittsburgh, et quand ils ont interrogé des mères juste après elles souriaient toutes, le fait qu'elles ont dit qu'elles étaient contentes que Dieu et la police protègent leurs enfants des tueurs fous, le fait que, bon, Dieu et la police oublient trente mille Américains par an, et personne ne vous sauve des factures médicales, le fait que ce que la balle ne réussit pas faire, le prix à payer pour l'extraire y arrivera, le fait qu'il y a eu deux cents tueries dans des écoles au cours des deux dernières années, et probablement des milliers de menaces et projets et tentatives avortées de cet ordre, le fait que « Ça se passe en ce moment même », et que toutes ces armureries qui font semblant de vendre du matériel de chasse aux habitants de l'Ohio, et de l'équipement de survie, ne se demandent jamais si elles ne seraient pas en train de leur fournir également les moyens d'exterminer des foyers entiers, vie du foyer, femme au foyer, mère au foyer, concilier vie personnelle et travail, mutuelle, Dickies, bretelles, le fait que j'ai acheté des bretelles un jour pour Leo à Gander Mountain, mais il préfère les ceintures, le fait qu'il ne veut pas devoir rentrer ses tee-shirts dans son pantalon, Fanny Trollope, Fannie Hurst, Edna Ferber, 8 h 42, 9 h 38, 36, analyser, le fait que je crois que, que je viens de m'endormir, un moment, et que j'ai rêvé que deux types faisaient semblant de se tirer dessus, avec notre voiture prise au milieu, et Stacy était avec moi et elle avait dans les cinq ans, le fait que c'était sur la Highway 36, pas loin de Warsaw, et ces deux types se tiraient dessus à blanc, et je savais que c'était pour de faux, mais Stacy ne le savait pas, le fait qu'elle était terrorisée et j'étais juste furieuse, le fait que j'allais au commissariat de Warsaw et que j'engueulais les deux types, qui se trouvaient être là, le fait que je leur montrais Stacy, et leur disais que la peur l'avait rendue muette, le fait que je disais « On ne lui a encore jamais tiré dessus ! » et après j'essayais de gifler un des types, mais c'est impossible de frapper vraiment quelqu'un en rêve, le fait que votre main bouge au ralenti et qu'il ne se passe rien, mères du PA, diou, mauviette, lâche, PTA, PTO, PTC, PDQ, PTSD, le fait que, zut alors, ça me démange,

*

Elle aurait dû se contenter de chasser le cerf, abondant dans la région et facile à attraper. Mais un sanglier s'était présenté. Au début il ne la vit même pas, à cause de la pluie battante. Elle aurait pu aisément le surprendre mais elle se retint, ne voulant pas perturber ses petits. C'était une proie trop dangereuse pour que ces derniers l'aident à la chasser.

L'animal sentit alors son odeur, releva la tête, et déguerpit à fond de train loin de la cabane délabrée où dormaient les lionceaux. La femelle couguar crut l'avoir acculé dans une ravine, mais le sanglier réussit à l'esquiver in extremis et la poursuite effrénée reprit.

Elle avait laissé ses petits dans un coin au sec de la masure envahie par la végétation. Elle avait dormi toute la nuit à même le seuil, montant la garde. La cabane, éventrée de toutes parts, était trop vaste pour être bien surveillée. Son seul atout consistait en quelques endroits secs, dont un coin permettant de s'abriter du vent et de la pluie. En outre, elle était située non loin du sommet de la colline, assez proche d'une fourche dans le cours d'eau où de nombreux animaux venaient boire. C'est là qu'elle avait pu attraper facilement des serpents, des tortues, des visons, des lézards, et des mouffettes pour ses petits.

Lasse des embardées et des grognements du sanglier, elle était sur le point de renoncer quand sa proie toute croûtée de boue fit volte-face et fonça follement vers elle. La saillie sur laquelle se tenait la femelle couguar lui offrait un endroit parfait d'où bondir. Se tapir, bondir. Le dos du sanglier se brisa immédiatement sous le choc, et ses cris perçants cessèrent enfin.

Elle ne s'arrêta pas pour manger, inutile de s'attarder. Ses petits étaient sans protection, et le mets était de choix. Elle le souleva par la peau du cou, comme si c'était un de ses petits, et traîna non sans mal l'énorme forme inerte du sanglier.

Le torrent ne lui avait guère paru profond au début, mais au cours de sa brève absence il avait enflé, et sa couleur avait changé. Désormais gris clair, du fait de la boue et de l'écume, il fonçait et s'évasait. Tout d'abord désorientée par ce soudain changement dans le paysage, elle ne réussit pas à distinguer la vieille cabane. Puis elle la vit, au loin en contrebas. Sa façade, et le seuil sur lequel elle avait dormi, étaient à présent à demi submergés par les eaux blanchâtres.

Ses petits, elle le savait, n'avaient pas attendu d'être emportés. Ils avaient dû grimper quelque part pour se mettre à l'abri – elle ne les voyait nulle part. Effrayés mais résistants, ils devaient se cacher non loin de là, et prendre leur mal en patience. C'étaient des félins, mais ils étaient encore jeunes : ils l'attendraient.

Elle desserra les mâchoires et le sanglier tomba mollement dans une flaque boueuse derrière la cabane en ruine. Elle entra et renifla le coin où ses petits avaient dormi. Le tapis humide d'herbes froissées était encore chaud de leurs corps. Alors, ne voulant pas perdre un instant de plus, elle bondit par la fenêtre du fond et escalada la colline, en feulant. Une fois là-haut, loin du torrent, elle s'arrêta pour écouter, et huma la brise. Elle guetta leurs piaulements, destinés à ses seules oreilles. Mais le vaste ronron mécanique des véhicules sur la route au-dessus produisait comme un brouillard sonore : elle ne pouvait distinguer les cris de ses petits par-dessus.

Or ils l'appelaient – de toutes leurs forces – tandis qu'on les emportait, sur une route bruyante à l'arrière d'un break asthmatique, conduit par deux bonnes âmes.

*

le fait qu'environ un million d'étoiles de mer se sont échouées sur les plages de Nouvelle-Angleterre après tous ces orages, le fait qu'il y avait aussi des oursins et des homards mais, sur la photo que j'ai vue, c'était surtout des étoiles de mer, avec un homard qui dépassait ici et là pour varier un peu, le fait qu'il y en avait sur une épaisseur de trente centimètres, le fait que voilà qui ferait un puzzle sacrément compliqué, cette photo, le fait que cette plage d'étoiles de mer ridiculise mon puzzle du Ponte della Paglia, le fait que ce dernier se résumait à beaucoup d'eau et quelques touristes, et s'est révélé étonnamment facile, parce que les touristes étaient tous amassés sur une petite bande, se répandant sur le pont des deux côtés, ponts de Maillart, faire le pont, joindre les deux bouts, le fait que l'eau présentait des nuances distinctes, le fait que ça changeait selon la distance, du coup c'était facile de reconnaître les pièces du bas, le fait que ce n'était pas du Canaletto, le fait qu'on ne trouve guère de Canaletto dans les puzzles en ligne, ou alors je ne sais pas les trouver, .380 ACP, le fait que Leo trouve qu'il n'y a rien de pire qu'un pont défaillant, le fait que c'est comme un mauvais escalier, selon lui, une confiance trahie, le fait qu'il dit que les ponts sont capricieux, le fait que ce sont des caprices, des espoirs et des œuvres d'art, et aussi des commodités, des nécessités et des exploits techniques, Salginatobel, et qu'ils impliquent une suspension de l'incrédulité qui ne devrait jamais être violée, glissement de terrain à Tavanasa, le fait qu'un pont réussi défit fièrement la gravité, dans l'intérêt de l'humanité, et qu'il n'y a rien de plus criminel, selon lui, qu'un pont qui échoue dans ce but, le fait qu'il ne supporte pas qu'un pont s'écroule, ponts défaillants, ♫ *Le pont s'est écroulé* ♫, le fait que le glissement de terrain de Tavanasa n'était pas de la faute de Maillart, le fait qu'un bâtisseur de pont ne peut pas faire grand-chose si la montagne sur laquelle est construit le pont décide de s'écrouler, le fait que son pont de Schwandbach tient bon, et le Salginotobel, le fait que certains ponts sont conçus pour supporter de légers mouvements de terrain, le fait que le problème du Bay Bridge aurait pu être pire, même si cette pauvre femme est morte, ce qui est horrible, et elle n'avait que vingt-trois ans, force divisée par la surface, faille inverse oblique, Loma Prieta, faille de San Andreas, le fait que le Golden Gate inquiète moins Leo que le pont de Brooklyn, Aaron Copland, étaiement, arche renforcée, même si celui de San Francisco est davantage sujet aux tremblements de terre, précontraint, le fait que le fils de Maillart était à l'école quand sa mère est décédée, et il ne l'a jamais vraiment pardonné à Maillart, même si ce n'était pas la faute de Maillart, enfin je ne crois pas, le fait qu'elle est juste tombée malade et s'est éteinte, très vite, en pleine Révolution russe, le fait que quand Maillart est rentré en Suisse il était complètement fauché, brisé, et son fils ne s'en sortait pas, ou il ne s'en sortait pas avec son fils, le fait que Maillart a enchaîné les coups durs, dit Leo, Ponte della Paglia, Peolia, le fait que « paglia » veut dire paille, poignet cassé, eMedicine, ma démangeaison, le fait qu'il paraît qu'un chagrin d'amour peut occasionner des douleurs à la poitrine, Syndrome du Chagrin d'amour, éléphants vêtus de pulls de couleur, le fait qu'il leur faut désormais une salle de bains, aux enfants, pas aux éléphants, le fait que l'Inde connaît actuellement une vague de froid, alors ils ont bidouillé en vitesse des pulls, pour les éléphants du refuge, le fait que ces dames les ont tricotés, et elles leur ont fait aussi des leggings, éléphantine, ou alors c'était au crochet, le fait que je me demande combien de temps un pull pour éléphant fait au crochet peut durer en pleine nature, le fait qu'il peut peut-être tenir plus longtemps qu'une vague de froid, le fait que nous aussi on a eu une vague de froid, le fait que ma démangeaison a disparu mais pas ma nervosité à l'égard des gynécos hommes, le fait qu'on passe sa vie à essayer de cacher ses parties génitales et soudain, punaise, on doit les montrer à un total inconnu et à son assistante, gynécologues, obstétriciens, et ils vous mettent *mal à l'aise*, le fait qu'on ne peut pas s'empêcher de se demander pourquoi des hommes ont choisi d'être gynécologues ou obstétriciens, le fait que pourquoi ce n'est pas juste des *femmes* qui s'occupent de vous pour ça, le fait que tout ce que je me rappelle de la naissance de Stacy c'est Frank et cet horrible obstétricien qui n'a pas cessé de me reluquer, le fait que c'est pire que d'être observée quand vous mangez ou que vous vous mouchez, bien pire, le fait qu'au moins Leo faisait des blagues quand j'étais en plein travail, il me taquinait, le fait que Leo était de *mon* côté dans la salle d'accouchement, et que Leo était un réconfort, le fait qu'il n'essayait pas de copiner avec les médecins, le fait qu'il était là pour *moi*, Leo, le fait qu'après mon accouchement Frank n'a même pas pris la peine d'aller m'acheter du *jus de cerise*, bon sang, qui était la seule chose que je désirais au monde, et il n'est pas allé m'en chercher, le fait que j'avais tellement *soif*, mais il disait qu'il n'en trouvait pas, le fait que Leo m'a trouvé du jus de cerise après chaque naissance, sans problème, même si bien sûr il était prévenu, vu que j'avais largement commenté les défaillances de Frank, pont défaillant, jus de cerise introuvable, trouvaille dans le frigo, LFF, FCJF, FBI, le fait que cette chasse au jus de cerise sera soit un succès soit un échec, mais pour Leo ça a été un succès, le fait qu'au début j'ai cru que Frank était le bon, le fait que j'aimais bien ses cheveux, le fait que j'ai perdu ma belle boucle d'oreille bleu ciel derrière sa tête de lit la première nuit qu'on a passée ensemble, et que je ne l'ai jamais retrouvée, le fait que c'était mauvais signe, le fait qu'elle a dû finir dans l'aspirateur, sauf que Frank ne passait *jamais* l'aspirateur, Frank et sa guitare, le fait que j'en ai assez de perdre mes boucles d'oreilles, le fait que j'ai acheté ces nouvelles en ligne, mais j'ai été déçue, le fait que je doute de devenir un jour accro au commerce en ligne, parce qu'ils vous envoient n'importe quoi et vous vous retrouvez avec des tas de trucs nuls, des approximations de ce que vous pensiez avoir commandé, le fait que Leo dit qu'ils comptent sur le fait que vous ne retournerez jamais les articles, par politesse, ou paresse, ou incompétence, désencombrer, marcher en traînant les pieds dans une rue ensoleillée d'Evanston, lessivée mais heureuse, après avoir passé la journée à la plage, éléphants bien habillés, le fait que les boucles d'oreilles que j'ai commandées étaient joliment emballées, dans une petite peau de chamois, même, mais en fait elles sont de médiocre qualité, beaucoup plus légères et moins solides que je ne le croyais, le fait qu'on dirait de l'étain, pas de l'argent, même si elles sont en argent, je crois, et comme elles sont très légères elles ne pendent pas correctement, et j'en ai aussitôt perdu une, le dernier vernis à ongles de Stacy, le fait qu'ils étaient éraflés d'un côté, mes pendentifs, pas les ongles de Stacy, mais ça m'apprendra à acheter en ligne, et à les porter tout de suite au lieu de les garder pour Noël, mais je n'avais pas envie d'attendre encore dix mois, Vagues Monstrueuses, le fait que maintenant Stacy veut un tatouage, soit un chien soit un tatouage, *Une souris verte*, le fait que je préférerais qu'elle ait un chien, le fait que les seuls tatouages que j'aime sont ceux qui remuent quand vous bandez les muscles, comme ces images de danseuses du ventre, ou des singes, le fait que Steve Martin trouve que la femme d'Alec Baldwin a un tatouage effrayant, sa deuxième épouse, le fait que Sam Elliott est le cinquième mari de Katharine Ross, le fait que je déteste ces toiles d'araignée sur les deux coudes que se font faire certaines personnes, le fait que ça doit vouloir dire quelque chose, mais quoi, je l'ignore, et ça ne sera jamais joli, le fait que je n'aime pas non plus quand les gens se font tatouer des paragraphes entiers sur les bras, le fait que ça vous prend cinq minutes pour les lire, s'ils sont d'accord, comme essayer de lire l'heure sur la montre de quelqu'un, à l'envers, verso, « Yo », le fait que je ne crois pas que ce gynéco sache de quoi il parle, le fait qu'il m'a conseillé de faire pénétrer la pommade d'arrière en avant, ce qui comme le savent toutes les femmes est le meilleur moyen de choper la candidose, le fait que Fresia dit qu'elle refuse que James vienne jouer chez nous tant qu'elle n'aura pas inspecté toute la maison, « inspecté », le fait que je sais que ce pauvre gosse est allergique à des tas de choses, moisissure, chiens, plumes, lait, aspirine, produits chimiques, le fait que je dois vraiment faire le ménage si Fresia vient, nettoyage de printemps, arrosage automatique, incendie criminel, Maman, boutons-d'or en plein soleil, Pepito, ma toux, mon café, « Rentre le ventre », matelas au soleil, araignées, le fait que James Dean est mort dans un accident de voiture, le fait que, mince alors, il faut qu'on se bouge, laisser Opal monter la garde, le fait que je dois trouver cinq vestes froissées, cinq chapeaux et cinq écharpes, et réunir quatre petites personnes très occupées, qui courent présentement dans tous les sens, ou plutôt *cinq*, dont moi, et leur mettre toutes ces fringues, éléphants avec des pulls en laine, le fait que c'est idiot, le fait que mes enfants ne sont pas comme les éléphants, le fait qu'ils sont plus retors que des éléphants, le fait qu'après ça sera au tour de *mes* bottes, clés, argent, chéquier, lunettes de soleil, vérifier que tout est éteint, le four, les brûleurs, les lampes, les chats à l'intérieur, les poules dehors, et maintenant je dois aller éteindre de nouveau les lumières parce que quelqu'un les a toutes rallumées, le fait que j'ignore qui, et donc je ne peux gronder personne, Monstre du Loch Ness, le fait que le monstre du Loch Ness a la belle vie comparé à moi, essence, Exxon, Chevron, Shell, le fait qu'une fois que les enfants se seront rassemblés dans le couloir on devra tous attendre que Jake remonte à toute vitesse dans sa chambre pour aller chercher son bus VW, le fait qu'il veut parfois emporter son oreiller-bus VW, mais heureusement pas aujourd'hui, parce que je crois l'avoir égaré, je veux dire l'oreiller, le fait que c'est Phoebe qui lui a offert, et je ne sais pas où elle l'a trouvé, le fait qu'il refuse de dormir sans, le fait qu'un jour on a oublié mon Petit Oreiller dans un motel et j'ai dû faire une scène parce que Maman m'a racheté un autre Petit Oreiller dès le lendemain, le fait qu'ensuite le motel nous a renvoyé l'ancien, et à partir de là j'ai eu deux Petits Oreillers, mais j'étais encore plus attachée au premier, le fait que le nouveau n'avait pas la bonne odeur, pas la bonne mousse ou je ne sais quoi, le fait qu'il était trop solide et trop raide, et pas juste parce qu'il était neuf, parce qu'il ne s'est jamais adouci, le fait que Maman m'a dit que ça viendrait mais j'ai attendu et il n'a jamais été moelleux comme le premier, le fait que je me revois encore parler à Maman du Petit Oreiller n° 2, le fait que j'ai gardé mon Petit Oreiller n° 1 jusqu'à ce qu'il ne soit plus qu'un tas de mousse compressée en miettes à l'intérieur, et plutôt désagréable quand je posais ma tête dessus, mais ça m'était égal parce qu'il sentait encore bon, mon Petit Oreiller, le fait que je m'en suis toujours un peu voulu de préférer le premier Petit Oreiller, après que Maman s'est donné du mal pour m'en trouver un autre, le fait que j'ai dû faire tout un drame dans la voiture, le fait que je ne veux pas penser à ce que je lui ai fait subir à cause de cet oreiller perdu, le fait que les enfants sont dingues dès qu'il s'agit de leurs affaires, ça oui, le fait que je me demande si Phoebe n'a pas trouvé l'oreiller VW de Jake à la boutique du MoMA, MoMA, Mama, momo, muumuu, le fait qu'elle est très douée pour les cadeaux, le fait qu'on a réussi, on est arrivés jusqu'à la voiture, waouh, essence, le fait que tout le temps où on se préparait j'avais peur que Stacy craque et nous crie dessus, ballons, bonbons, cartes de base-ball, le fait que cela dit je savais qu'elle n'opposerait aucun refus, récuser, *J'accuse*, Dreyfus, vu qu'elle doit retrouver des amies au centre commercial, à qui elle envoyait sûrement des textos pour se plaindre que sa famille était stupide, pendant qu'elle se préparait, le fait que son impatience me rend parfois nerveuse, mais cette fois-ci c'était pour la bonne cause, et elle s'est mise à glisser tous leurs petits bras dans les manches de leur manteau, avec gentillesse, et elle m'a même aidée à charger la voiture, ce qui était vraiment gentil de sa part, le fait qu'elle fait une bonne bergère d'enfants, quand elle ne joue pas à la dentologue, je veux dire à la *psychologue*, le fait qu'elle s'est montrée plutôt de bonne composition, en rappelant à tous ces lambins ce qui les attendait dans le centre commercial, cookies, manège, poules en osier, distributeur de chewing-gum, et accessoires pour cheveux pour Ginnie, je veux dire Gillian, zut alors, le fait que j'ai failli oublier le nom de ma fille, le fait que je l'appelle parfois Ginnie par erreur, parce que Virginia était surnommée Ginnie quand elle était petite, si ça a un sens, ce dont je doute, le fait que Jake a embrassé ma main en allant à la voiture, sans raison, Maman, kyste, boissons Sunkist, le fait que le nom « Sunkist » vient de « Sun-ki », une région du Hunan occidental, d'où venaient au départ les oranges Navel, à en croire Henry Chung, le fait que Howard Hughes, le fait que le jus d'orange, le fait qu'en chemin Ben a commencé à parler de l'ISS, ce qui me fait toujours sursauter, mais il ne parlait pas d'ISIS, le fait qu'il parlait juste de l'International Space Station, qui l'obsède en ce moment, le fait que je suis soulagée qu'il ne veuille pas parler d'ISIS, surtout devant Jake et Gillian, le fait que je pense que les enfants ne devraient pas en savoir trop sur les décapitations, rien du tout en fait, le fait que, bon, il y a les restes d'un igloo là-bas, malgré la pluie, le fait qu'il était assez imposant, le fait qu'on a construit un igloo à Evanston, une année, et j'ai essayé d'y entrer avec Pepito mais il ne voulait pas, ce qui était sans doute une sage décision, vu les personnes qui avaient construit ce truc, le fait qu'on n'était pas des ingénieurs du bâtiment, le fait que des enfants meurent dans des igloos, tout le temps, effondrement, échec, le fait que le principal attrait de ce voyage au centre commercial, ce que Stacy ne peut pas savoir, est le changement dans son attitude, mais il y a d'autres raisons comme le pastrami, passer à la banque, et aller chercher les vestes de Leo chez le teinturier, enfin, Exxon, Chevron, Shell, Exxon, Chevron, Shell, le fait que ça leur fait une sortie, au lieu de se prélasser toute la journée comme des Romains d'autrefois, à regarder la télé ou jouer sur l'ordinateur pendant que je prépare un million de sandwiches au fromage grillés, mais ils aiment vraiment se prélasser, vomitorium, mosaïques, Victoria, Virginia, Ginnie, le fait qu'au moins là-bas Stacy ne m'imposera pas le Silence Méprisant, le SM, le fait que parfois, après être restée seule avec elle dans la voiture quand elle m'impose le SM, je me sens comme qui dirait *paralysée*, le fait qu'au bout d'un moment les mères sont juste submergées par le désespoir, et ce n'est pas si rare, Petit Oreiller, le fait que le père de Stace était très fort à ce jeu lui aussi, le fait que c'est un truc de famille, le Silence Méprisant, pas le désespoir, le fait qu'on trouve ça aussi dans ma famille, et que Barry est un pro, le fait qu'il n'a jamais été particulièrement bavard, de toute façon, le fait qu'il ne m'a pas parlé depuis la mort d'Abby, pas un mot, ni répondu à mes lettres, le fait que j'ai renoncé, le fait que je sais que j'ai raté l'enterrement, mais je ne suis même pas certaine que ça soit la cause de la rupture, le fait que les gens qui pratiquent le Silence Méprisant vous en laissent deviner les raisons, le fait que ça fait partie de la torture, mais je crois que ça ne serait pas du Silence Méprisant s'ils s'expliquaient, le fait que ça perdrait de son sens, le fait que peut-être que tout simplement il ne *m'aime* pas et ne m'a jamais aimée, et dès qu'Abby est décédée il a su qu'il n'aurait plus jamais à m'adresser la parole, la maison d'Abby, la courtepointe en patchwork, et moi je l'aimais bien, lui, Canadian Club, tapis de sol, le fait que je voulais aller à l'enterrement mais Ben avait la rougeole et Leo était à Philadelphie, et je ne pouvais *vraiment* pas venir, et Barry le sait parfaitement, le fait que j'ai essayé de le lui expliquer à l'époque, et il a paru comprendre, mais il refuse désormais d'être en contact avec moi, « Un grand, un beau, un magnifique mur », le fait que l'autre jour j'ai eu une pensée tendre pour Barry, c'était quoi déjà, le fait que nom d'une pipe il doit savoir ce que je ressentais pour Abby, forcément, le fait que je parie que je l'aime plus, elle, qu'il ne l'a jamais aimée, le fait que c'est peut-être ça qui le dérange, mais je ne devrais pas dire des choses pareilles sur le fils unique d'Abby, le fait que ça ne lui plairait pas, à Abby, Bathsheba qui me regarde, le fait qu'il était peut-être jaloux du fait qu'Abby et moi étions si proches, fusion, mais est-ce une raison pour me torturer, le fait que je ne devrais vraiment pas penser à ça, dans la voiture, le fait que je devrais essayer d'être enjouée pour les enfants, le fait que bien sûr qu'il aimait sa maman, à sa façon calme et consciencieuse, mais il n'a jamais paru l'apprécier comme moi, le fait que je ne crois vraiment pas qu'elle aurait voulu qu'il me batte froid toutes ces années, le fait qu'Abby savait pardonner, bon, elle était parfois un peu rancunière, je suppose, mais jamais à mon égard, enfin j'espère, le fait que Barry n'a jamais trop aimé lui obéir, s'occuper des doubles fenêtres et tout ça, le fait que c'était toujours une corvée, et il lui en voulait peut-être à cause de ça, en vouloir ou pas, le fait que c'est juste « horribilant » comme dirait Gillian, la façon dont il m'a traitée, le fait que ce type ignore la compassion, le fait qu'il est comme un de ces soldats à Abu Ghraïb, celui qui a obligé tous les prisonniers à s'empiler les uns sur les autres, le fait qu'on a l'impression qu'il m'en veut du décès d'Abby, alors que c'est la dernière chose que j'aurais voulu qu'il arrive, la dernière, whiskey et gingembre, le fait que j'aurais tellement aimé la revoir avant qu'elle parte, alors qu'elle était à la clinique, mais elle m'a dit de ne pas venir, elle a dit que ça allait, Abby pleurant quand Maman était à l'hôpital, le fait qu'elle savait combien j'étais occupée, et je l'étais vraiment, le fait que j'étais débordée ici, et Abby le savait, Stacy, petit train amish, Gillian, « Ginnie », la glace cookie-crumble préférée d'Abby, mon Petit Oreiller quand il a été tout vieux et usé, la neige bleue derrière les arbres chez Abby, le fait qu'elle m'a appris « Too-whit too-whoo » et « Shine on, Harvest Moon » et comment faire une courtepointe comme celle dont je devais hériter, avec des petits cercles de tissus tout chiffonnés, et cousus ensemble, le fait qu'Abby m'aimait quand personne ne m'aimait, le fait qu'elle m'a recueillie, et maternée, une enfant abandonnée, ♫ *Nul ne m'a aimée depuis* ♫, le fait que si ça se trouve tous les ados ont l'impression d'avoir été abandonnés, le fait que Maman et Abby raffolaient toutes deux des tortues en chocolat, le fait que, mince alors, Maman était aux anges quand on lui offrait une boîte de tortues, les tortues à Rome, tortues sauvages dans la Chicago River, le fait qu'ils ont inversé le courant de la Chicago River à un moment, mais je crois qu'on y trouve encore des tortues, motel en rondins dans le Wisconsin, le fait que si vous leur apportiez des tortues en chocolat elles devenaient foldingues, je veux dire Maman et Abby, pas les tortues sauvages, et des bonbons à la menthe Frango, le fait que Tastee Apple vend des pommes-tortues, que

Maman et Abby auraient peut-être aimées, même si je crois qu'elles étaient moins fans des fruits, à part les pêches à la crème, parce que Maman et Abby adoraient ça, le fait que j'ignore où elles y ont pris goût à Newburyport, le fait que c'était peut-être à Boston ou ailleurs, Frango, fandango, tango, Tang, dynastie Tang, vase Ming, le cheval en porcelaine au musée de Chicago, paniers japonais, paniers indiens à Montclair, New Jersey, Upper Montclair, plaire, déplaire, Silence Méprisant, SM, le fait que je n'aime pas les pommes d'amour mais Leo si, le fait que Cathy les vend à la douzaine, le fait que ses pommes-tortues sont recouvertes de chocolat et de noix, et de caramel, alors que les pommes à la gelée ont ce bon vieux glaçage au caramel puis sont roulées dans de la poudre de noix de coco, le fait que j'ai toujours cru que les pommes d'amour étaient un peu une arnaque d'Halloween, chaque fois que j'en trouvais dans mon sac à bonbons, le fait qu'on voulait juste des bonbons, pas des fruits, le fait que c'est vraiment ingrat de ma part, mon Dieu, et eux qui m'offraient une pomme d'amour, qui devait coûter cher, et être bien meilleure pour la santé que des bonbons, le fait que ça partait d'une bonne intention et moi je trouvais qu'ils m'arnaquaient, mince alors, le fait que Leo n'aime pas du tout les bonbons, ni les pommes, mais de temps en temps il apprécie une pomme d'amour, le fait que je lui ai demandé quel genre de pomme d'amour il aimait bien, si c'était au caramel, ou au chocolat, avec ou sans noix, et il a juste hoché la tête, le fait qu'il les aime toutes, le fait que c'est un vrai fan des pommes d'amour, le fait que je doute que les gens offrent encore des pommes d'amour, à Halloween, à cause des lames de rasoir cachées, le fait que ça a dû arriver une seule fois dans tout le pays mais c'était une fois de trop, et ça s'est su, et après ça les mères ont écrasé les pommes d'Halloween pour enfants chaque année, juste pour s'assurer qu'il n'y avait pas de lames de rasoir dedans, ce qui gâche un peu le plaisir quand on reçoit une pomme d'amour, mo bettah, da kine, skookumchuck, Zdenka, CIAK9, canin, Fresia, soupe aux tacos, le fait que la pollution est à l'origine de la mort de deux cent mille Américains chaque année, âcre, Akron, « J'arrive plus à respirer », flammenküche, le fait qu'on dirait qu'on éternue, « küche », mais c'est juste une tarte aux oignons et aux lardons toute simple, sans lames de rasoir, le fait que l'eau du robinet que boivent les Américains ne vaut rien de toute façon, même sans les toxines cachées, le fait que la moitié des propriétaires d'armes à feu laissent leurs armes en évidence, et les gamins les prennent et ont des accidents mortels, mésange, mes anges, ménage à trois, ménagerie, déménager, en nage, des éléphants avec des pulls tricotés, le fait qu'une grosse dame s'est assise sur un enfant pendant dix minutes pour le punir, et le pauvre gosse est décédé, le fait que ça a dû être horrible, le fait que je n'avais jamais entendu parler d'une telle punition, unisson, la religieuse secouant Maman, 3 Maisons Vides Incendiées, le fait que je viens juste de me rappeler ce qu'a fait Barry, et il a ma reconnaissance éternelle pour ça, *Les Aventures de Katy Carr*, encore un livre que je n'ai pas lu, tiens, enfin je ne crois pas, ou peut-être que si, je ne sais plus, catimini, criquets, le fait que Barry s'est réveillé une nuit, alors qu'il était encore tout petit, Ariana Grande, et il a senti une odeur de fumée, alors il s'est précipité dans la chambre de ses parents et les a réveillés et ils sont sortis juste à temps, le fait que la maison a brûlé complètement, apparemment à cause d'un mégot de cigarette dans la poubelle, le fait que les pompiers arrivent toujours à déterminer la cause d'un incendie, feux de forêt, feux de joie, le fait que Barry a dû avoir très peur, le fait qu'il était tout jeune, mais il a gardé son sang-froid et sauvé la vie de ses parents, le fait qu'Abby ne voulait pas partir au début, elle refusait de quitter la maison, Sandy Hook Promise, JAKE, le fait que, plus tard, Barry a eu un bobtail, avec sa première épouse, le fait qu'ils adoraient ce chien, le fait qu'Abby n'a jamais voulu qu'il ait des animaux, le fait qu'elle n'aimait pas trop les animaux, le fait que je le sais, parce qu'un jour elle n'a pas voulu que je vienne avec Bathsheba, le fait qu'elle avait vraiment peur des chats, le fait que je crois qu'elle s'est fait mordre par un chat quand elle était petite, le fait qu'elle disait qu'elle avait surtout peur du bazar qu'ils mettent, Détachant Miracle, Anti-Tache Biz, le fait que c'était un bon gros chien de berger, et j'ai oublié son nom, quatre crackers sur une petite assiette, le fait qu'on devrait peut-être avoir un chien, ou alors un fennec, le fait qu'ils ont dû se débarrasser du chien quand ils ont eu un bébé, parce que Farley était allergique aux chiens, James, air, acariens, le fait qu'aucun de nos enfants n'est allergique aux chiens, alors nous n'avons pas cette excuse, maman de James, ménage, ménage de printemps, ombre, soir, crépuscule, le fait que tout ce que je sais c'est qu'avoir perdu Abby, en plus de subir le Silence Méprisant de Barry, fait que je me sens parfois *déconnectée de la Terre*, et j'ignore si c'est ce que veut Barry, que je ressente ça, le fait qu'il ne sait peut-être pas à quel point le Silence Méprisant est douloureux, bon sang, qui ne le sait pas, Une Femme Meurt En Attendant En Vain L'Ambulance, DOA, DNR, Champ de Tir de Miami Valley, le fait que les voisins disent que cet endroit est dangereux, que les balles passent tout près des maisons, ou sifflent à leurs oreilles, s'ils sont dehors, le fait que ça ne se fait pas, le fait que dans le journal ils disaient l'autre jour qu'il était interdit de tirer quand on se trouve dans ou sur un « véhicule à mère », et ni lui ni moi ne savions ce qu'ils voulaient dire par « véhicule à mère », sauf s'ils pensaient à moi, mais alors Leo a relu l'article et en fait il était question d'un véhicule à *moteur*, pas d'un véhicule à mère, le fait qu'on est là, à rouler sous la pluie pour se rendre au centre commercial, le fait que je ne suis pas une mère au foyer, je suis une mère au volant, dans un véhicule à mère, mais au moins je ne compte tirer sur personne, DAM, damné DAM, DMV, DNR, Willet Creek Dam, Bébé Ravioli, le fait que Papa m'appelait « mon petit ravioli », le fait que *Mr Smith va au Sénat* le faisait pleurer, le fait que ça marche à tous les coups, le fait que Joan Crawford ne vous fait pas pleurer, le fait qu'elle est mauvaise quand elle joue les méchantes, mais c'est pire encore quand elle essaie de jouer la tendre et l'innocente, comme dans ce film qu'on a vu où elle tape tout le temps à la machine et son mari devient fou, le fait que ce n'est pas la machine à écrire qui le rend fou, il l'était déjà quand elle l'a épousé, comme le mari d'Ellis, son premier mari, le fait qu'Ellis a réussi à s'échapper, mais Joan Crawford ne quitte pas son homme, parce qu'elle est dévouée, gentille et tout, dévaluée, le fait que quand il devient complètement fou elle le refile à un psy, et c'est parti, asile de fous, camisole de force, électrochocs aussi je crois, le fait que pendant ce temps elle gagne leur vie en tapant à la machine, le fait que Leo a raison, c'est atroce, de regarder cette femme imposante à la bouche terrifiante et aux sourcils de monstre du Loch Ness jouer les gentilles, le fait que ça ne lui va pas, l'air tendre, l'air choqué, rien de tout ça, le Silence Méprisant, Barry, Stace, le fait que Leo dit que son visage se crispe en masque tiki, le visage de Crawford, pas celui de Stacy, ou comme une de ces statues de l'île de Pâques, jaser, ululer, le fait qu'on ne voit que la tête de ces statues, mais le reste du corps est là, sous la terre, le fait qu'elles s'érodent, Rapa Nui, enterré en chien de fusil, « Dieu et la police nous sauveront », le fait que c'est dur d'aimer le prénom « Mildred », surtout après avoir vu *Le Roman de Mildred Pierce*, le fait que Joan Crawford prétendait que le film où elle tape à la machine était le meilleur film jamais réalisé sur un homme qui aime une femme plus âgée, Zumba Toning, mais que dire de *Tout ce que le ciel permet*, le fait que de toute façon pour moi ça parlait juste de l'amour d'une dactylo pour un type au cerveau dérangé, bénéficier des premiers soins, se faire des souvenirs, Céline Dion, le fait que je crois que ça s'appelait *Feuilles d'automne*, mais je suis sûre que d'autres films portent le même titre, ou alors c'était *Laura*, ou *Mona*, Moai, maudit, odieux, le fait que Joan Crawford estimait que les femmes devraient marcher chez elle avec les pieds en rotation interne, pour se muscler les mollets, le fait que ça ne rend pas plus intelligent, le fait que les muscles des mollets ne suffisent pas, *Maman très chère*, le fait que Joan Crawford et Myrna Loy étaient amies, boycott de FedEx, le fait que dans *Les Sept Femmes de Barbe-Rousse* Howard Keel demande Milly en mariage penché par-dessus une vache, ♫ *Wonderful, wonderful day* ♫, le fait que des chrétiens ont lancé une campagne contre les magasins Target, parce que Target a décidé de laisser les trans choisir dans quelles toilettes ils voulaient aller, le fait que, ma parole, les gens ne s'intéressent plus qu'aux toilettes de nos jours, le fait qu'en attendant un homme s'est jeté du haut d'une falaise en voiture avec ses enfants, et on les a tous retrouvés morts en bas, le fait que quand la police est allée annoncer la triste nouvelle à sa femme ils ont découvert qu'elle aussi était morte, une balle dans la tête, décapitations, « hommes et épouses », Bernie Bros, le fait que les voisins ont dit que c'étaient des gens normaux, une famille soudée, plus d'enfants, pulls pour éléphants, véhicule à mère, vinaigre amer, béton projeté, boîtier creux, aubépine, baies d'aubépine, Pickaway County, Circleville, tête d'élan sur les escaliers, noyer noir, noix de cajou, noyer blanc, Une Fillette Échappe À Un Homme Qui La Menaçait, le fait que le mariage des mineurs est encore légal dans la plupart des États, Super Navette, le fait qu'autrefois Youngstown avait une très jolie poste, et j'ai une vieille carte postale où on la voit, le fait que je crois que maintenant c'est un truc tout simple en briques, le fait que le service postal se désintègre, le fait que j'ai rêvé que Katharine Hepburn voulait s'installer chez nous et écrire ses Mémoires mais je lui disais qu'on n'avait pas la place, le fait que Leo et moi aimons bien tous les deux Katharine Hepburn et que j'étais sûre que ses souvenirs seraient intéressants à lire, mais je rechignais pour une raison ou une autre, je ne sais pas trop pourquoi exactement, *Devine qui vient écrire ses Mémoires*, totem haut de quinze mètres, battement des essuie-glaces, crème glacée, agaçant, rampant, lion rampant, blason, blasé, mener à la braguette, la baguette, consentement sexuel, jouer au morpion, ne pas en faire une montagne, le fait que je pense souvent à cette petite fille, celle qui ne voulait pas boire son lait et qui est morte, le fait qu'ils l'ont mise dehors à trois heures du matin, et elle a erré et s'est perdue, le fait qu'on dirait un conte d'autrefois, scalaire, squaw, pages emportées par le vent comme une chevelure, ou une fable d'Ésope peut-être, pour l'édification de la jeunesse, éthique, logique, hyperbole, le fait que j'espère que les enfants n'entendront jamais parler de cette petite fille, ou du type qui a tué toute sa famille dans le véhicule de la mère, « juste une famille normale », le fait que des tas de langues disparaissent, et des dialectes, et des accents, le fait que les gens ont toujours dit « squaw indienne », sans savoir que ça voulait dire les parties, bref, d'une femme, génitales, gynéco, aïe, le fait que je crois que ça désigne aussi une, eh bien, une prostituée, le fait que de toute façon c'est tout sauf poli, le fait que je viens juste de me souvenir de mon rêve, le fait qu'Olivia m'appelait et me disait que tout le monde à Peolia avait la grippe, et est-ce que je pouvais venir et donner un cours de eMedecine et de technologie, expliquer comment les services médicaux doivent se mettre à l'heure numérique et tout ça, mais qu'il fallait préserver la confidentialité du patient, le fait que j'ignore pourquoi elle me demandait d'enseigner tout ça, et j'étais sur le point d'accepter, juste pour l'argent, pas pour Peolia, mais je me rappelais alors à quel point j'étais une mauvaise prof, le fait que je n'aurais pas su quoi dire, et donc je lui disais « Je suis occupée, fatiguée, et seule chez moi », le fait que Sylvia Plath est morte si jeune, le fait que tous les éditeurs ont refusé *La Cloche de détresse* et que Ted Hughes fricotait avec une autre femme, mais quand même, un instant, ma p'tite dame, le fait que Stacy s'est fait traiter de « squaw » un jour, à la garderie, mais ce n'était pas méchant, le fait que je n'aimerais pas qu'on l'appelle comme ça maintenant, pas après ce que j'ai lu là-dessus, « occupée, fatiguée, et seule chez moi », le fait que quand je lui ai dit que son nom venait d'Eustacia Vye elle a dit qu'elle aurait aimé s'appeler Stacy Keach, le fait qu'elle l'aimait dans le rôle de Wilbur Wright quand ils faisaient de l'aviation l'an dernier, le fait que nous y voilà enfin, nous sommes arrivés, le beaujolais nouveau est arrivé, le fait qu'être mère fait que vous vous sentez parfois inadaptée aux activités quotidiennes comme se garer, le fait que les mères sont peut-être toutes des dangers sur la route, véhicules à mère, parce qu'elles pensent toutes à Stacy Keach, le fait que tout le monde dans la voiture semble savoir où je devrais me garer, alors que je cherche juste à être le plus près possible du trottoir, afin de réduire leurs chances de se faire écraser par des voitures dérapant sur la neige fondue, fonte de printemps, pins, pluie, le fait que ça ne me dérange pas tant que ça qu'on se gare près de leur magasin préféré, ♫ *Bless your beautiful hide* ♫, Youngstown, chutes d'eau, Paterson, le fait que la neige fondue n'est pas terrible pour les bottes UGG de Stacy, le fait qu'elle a besoin de nouvelles chaussures, le fait que dès qu'on sera garés elle va descendre et s'éloigner sans dire un mot, me laissant traîner trois gosses qui zigzaguent sous une pluie glaciale devant des vitrines vides, intérieurs noirs, rayures, taches, spirales, flotteurs, zigzag, wigwam, sachet, tipi, Tiki, Wi-Fi, Sci-Fi, Wii, Sisyphe, le fait que d'abord je vais demander si quelqu'un a besoin d'aller au petit coin, coin-coin, toilettes transgenres, le fait que je ne veux pas qu'ils mangent du poulet cette fois-ci, parce que ça peut leur prendre une bonne demi-heure avant de finir leur cornet de pilons et j'ai des trucs à faire aujourd'hui, en plus de livrer les tartes après ça, et de toute façon ils ne devraient pas manger ces trucs en permanence, le fait que cinq cents milliards de poulets sont consommés chaque année, et je n'aime pas leurs critères concernant le bien-être animal, pas ceux des enfants, ceux de KFC, le fait que j'ai entendu des rumeurs, comme la façon dont les employés se comportent dans les abattoirs, abattoirs pour hommes, abattoirs pour femmes, le fait qu'ils peuvent avoir chacun une barre de céréales à la place, comme ça on peut avancer, et Ben qui marmonne « Kentucky, Kentucky… » en permanence, le fait que les enfants de neuf ans peuvent être rancuniers, le fait qu'ils auront droit à un hot-dog plus tard, bon sang, quelle histoire, pendant que je me débats avec leurs manteaux et leurs cagoules, et tous mes sacs de courses, poules, le fait qu'il y a des dizaines d'adolescentes qui titubent en talons hauts sur l'escalator, le fait qu'on se demande comment elles tiennent debout, chacune cramponnée à son Diet Coke dans une main et à un smartphone dans l'autre, comme les filles de Morning Routine, rouquines, le fait qu'elles parlent toutes au téléphone sans arrêt, le fait qu'elles doivent être en train d'appeler leur amies qui sont plus haut ou plus bas sur le même escalator, le fait que les regarder me fait bizarrement regretter mon Petit Oreiller, le fait que Jake avait peur des escalators avant, mais maintenant il les aime presque trop, le fait que je devais lui tenir la main et compter 1, 2, 3, et on sautait ensemble, mais maintenant il aime remonter les escalators descendants, Otis, le fait que c'est Gillian qui lui a appris, mais par hasard, alors qu'elle essayait de l'aider à descendre un jour et il ne voulait pas, alors elle a remonté l'escalator en courant pour aller le chercher, et maintenant il ne veut plus faire que ça, remonter l'escalator descendant et renverser des adolescentes en talons hauts, poules, Pop-Tarts, boue, bonbons, le fait que je lui ai dit qu'il pouvait le faire de temps en temps, mais seulement quand il n'y a personne autour, le fait que la discipline et moi, le fait que vous regardez parfois un bébé dans les yeux et il semble si infiniment sage que vous vous sentez idiote, comme si le bébé était connecté à quelque chose de profond et d'important et d'éternel, et qu'il pensait au cosmos ou je ne sais quoi, quelque chose d'élevé, alors que vous pataugez dans le quotidien, île de Pâques, bonnet blanc pour bébé islandais, laitue, lune, le fait que le silence des bébés est mystérieux, comme celui des animaux, mais après ils se mettent à parler et vous comprenez qu'ils pensent juste à leurs jouets, ou à un gâteau, ou à leur oreiller VW en velours, le fait qu'au moins les nôtres ont dépassé avec succès la phase Pampers, même s'il auraient peut-être des pensées plus élevées s'ils étaient encore en couches et n'avaient pas à se soucier dans quelles toilettes aller, le fait que quels crayons devrions-nous acheter, *MON PREMIER* TICONDEROGA®, *TICONDEROGA* POUR DÉBUTANTS®, HB2, nano, pico, giga, méga, ampoule, le fait que les Suffragettes recouraient au Silence Méprisant, et ça marchait aussi, le fait qu'elles disposaient des Sentinelles Silencieuses tout autour de la Maison-Blanche, pour que Woodrow Wilson ait honte d'avoir fait passer le Dix-Neuvième Amendement, le fait que j'ignore en quoi le vote des femmes le gênait, vingt et un mille soldats, le fait que la Cloche de Justice est restée silencieuse aussi, le fait qu'elles ont dit que la Cloche de Justice ne sonnerait de nouveau que lorsque les femmes auraient le droit de s'exprimer, S'élever en montant, NACW, NAWSA, NAOWS, rêve de motel en rondins, le fait que c'est drôle comme on se rappelle certains rêves toute sa vie, sans raison aucune, le fait que Gillian a dépensé tout son argent en bracelets, les boucles de Laura Ingalls Wilder, jeunes mariés, le fait que c'est l'heure des hot-dogs, avec de la moutarde, sans moutarde, choucroute, Coca, 7 Up, le fait que je veux juste du café, tenir le hot-dog, le fait que je ne peux pas tenir quatre hot-dogs, le fait que, mince alors, ils aiment vraiment les hot-dogs, même Jake, même sans que je fasse un trou dedans, le fait que ça veut dire quoi, le fait qu'il est contaminé par l'excitation de Ben et Gillian devant les hot-dogs, le fait qu'ils semblent avoir complètement oublié le KFC, enfin peut-être, le fait que c'est qui cette femme, celle qui parle si fort de son goitre et comment elle se l'est fait retirer, diantre, diou, le fait que est-ce que tous les gens présents au Food Mart sont vraiment obligés d'entendre ça, Hell's Angels, Ronny, accepter le changement, le nouveau normal, talisman, Taliban, Malala, le fait qu'elle a l'air d'en avoir bavé, la pauvre, et bon, d'accord, on est dans un pays libre et tout, et il vaut mieux parler de goitre que de tirer sur tout le monde, mais pas quand les gens essaient de manger, le fait que j'ignorais qu'on pouvait se faire retirer un goitre, le fait qu'en général on évite de trop en savoir sur les goitres, le fait que c'est peut-être ça le sens de la vie, éviter de parler de goitre, mais peut-être qu'on devrait parler davantage des goitres, le fait qu'on a peut-être peur des goitres parce qu'on ne sait pas qu'on peut vous les retirer, mais si la chose est possible, ça change tout, en partie du moins, le fait que, d'un autre côté, si on peut les retirer, pourquoi on ne les retire pas tous, et comme ça on n'entendra plus jamais parler de goitres, le fait que plus personne ne garderait son goitre, c'est certain, mais c'est peut-être délicat à retirer, si on le fait trop tôt par exemple, comme pour la cataracte, le fait qu'ils attendent peut-être que le goitre soit gros et mûr avant de tenter l'opération, énorme, oh, bon sang, mince alors, le fait que ce café est froid, le fait qu'elle est partie, le fait que c'est un soulagement, et que je peux peut-être penser à autre chose maintenant, comme à ce lac en Suisse, Maillart, Gallipolis, le fait que Fiesole est en dehors de Florence, et j'y suis allée une fois avec Leo, corrosion sous contrainte, effondrement aux heures de pointe, goitres, DuPont, Scotchgard, Snapchat, le fait que quand j'étais petite on mangeait rarement des hot-dogs sauf quand Maman en préparait, fayots, haricots sur toast, le fait qu'on mangeait parfois des hot-dogs à des barbecues et des pique-niques et des matchs et à l'école peut-être, le fait que Maman avait une montre avec un bracelet très fin, et j'ai toujours voulu l'avoir, et maintenant je l'ai mais elle ne marche plus, le fait que les gens ne portent presque plus de montres aujourd'hui, ils regardent juste leur téléphone, le fait que tout est dans ces petites machines, emails, films, musique, photos, vidéos, navigateur, tout, travail, jeu, le fait que ça serait comme retourner à l'Âge de pierre si tous ces smartphones s'éteignaient soudain, le fait que personne ne saurait se débrouiller, le fait que personne ne comprend comment ils marchent, donc personne ne pourrait les réparer s'ils tombaient en panne, ni ne saurait en fabriquer, comme ces types dans le film quand leur avion s'écrase dans le désert, le fait qu'ils doivent en bricoler un à partir des débris, waouh, le fait que regardez-la, ma parole, le fait que plus engoncée c'est impossible, le fait que certaines personnes semblent avoir accepté leur obésité et s'en fichent, même si on ne sait pas ce qu'elles pensent en privé, le fait que bon, je ne sais pas si c'est une bonne idée de porter un jean comme ça, et rose pâle qui plus est, le fait qu'on peut voir le moindre pli, franchement, le fait que ça grouille de vieux par ici, qui font leur petit kilomètre quotidien, le fait que le centre commercial est plat, chaud et sec, même s'il y a du monde, mais ils marchent tous si lentement qu'on a du mal à croire que ça peut leur faire du bien, le fait qu'ils se déplacent en meutes, comme des gangs mais au ralenti, certains sourient, certains sentent fort, certains discutent et d'autres se concentrent sur la station debout, une forêt de cannes à quatre pieds et de déambulateurs, groupes de pirates, le fait qu'il faut s'écarter de leur chemin sinon ils se mettent en colère, loups ocellés gentils, le fait que cette sortie au centre commercial doit être le temps fort de leur vie sociale, les pauvres canards, même si bon, c'est un peu la même chose pour nous, le fait que je me demande qui les emmène ici, le fait que est-ce qu'ils ont droit à un bus spécial, ou alors ils conduisent encore, le fait qu'ils m'ont l'air un peu vieux pour conduire, le fait que la mère de Lawrence Weiler qui a quatre-vingt-dix-huit ans se rend du Queens à Manhattan en voiture une fois par semaine pour aller chez le coiffeur, le fait qu'elle ne conduisait déjà pas très bien quand elle y voyait et entendait encore, le fait que certains d'entre eux sont en survêtements colorés et en baskets, le fait que Stacy veut les mêmes chaussures de rando que Kanye West mais c'est hors de question, le fait qu'heureusement elle ne peut pas les acheter ici, on ne les trouve qu'en ligne, avec ma carte de crédit, que je ne lui propose pas, le fait que je lui ai dit qu'il y a une différence entre Kanye West et nous, et c'est qu'il est millionnaire ou milliardaire, et Leo est prof de fac et moi travailleuse manuelle, le fait qu'elle a proposé de ranger sa chambre, mais ça ne fera pas l'affaire, et de toute façon sa chambre est de nouveau en désordre au bout de dix minutes, le fait qu'on n'a tout simplement pas les moyens de se payer des trucs comme les chaussures de rando de Kanye West, pas avec nos frais médicaux, les réparations à faire dans la maison, la fac à payer, emballages de bonbon, goitres, mamans avec poussettes, magasin de jouets, le fait que pourquoi Kanye West a-t-il besoin de vendre des chaussures, d'ailleurs, le fait qu'il aura bientôt son propre parfum, « Kool » par Kanye, le fait que Ben s'est acheté un livre sur l'amélioration de l'habitat, donc le voilà satisfait pour un moment, le fait que Gillian se choisit encore des bandeaux, le fait qu'ils veulent tous aller aux toilettes maintenant, alors qu'elles sont à l'autre bout du centre commercial, le fait que j'ai rêvé d'une sorte de Bed and Breakfast luxueux en Inde, une longue tente bleue avec des rangées de lits, et il y avait une piscine bleue dehors, le fait que ça paraissait beau et mystique, très tranquille, et une sorte de lustre bleu recouvrait tout, le fait qu'on aurait dit l'endroit idéal pour se reposer après une journée épuisante dans une ville trépidante, surtout dans un endroit aussi chaud, mais je me suis réveillée et j'ai pensé, qui a envie de dormir dans un dortoir avec des tas d'inconnus, même si tout est bleu, le fait qu'on aurait l'impression d'être dans un hôpital ou un camp de réfugiés, ou à Guadalajara, non, l'autre endroit, *Guantanamo*, ah, nous y voilà, Toilettes, le fait que personne ne les nettoie ou quoi, le fait qu'il y a une mouche sur le siège, une mouche fécale, désinfectant pour les mains, pas non plus de protège-siège, le fait qu'il devrait y avoir aussi du désinfectant pour siège, ou alors du désinfectant pour main suffirait, le fait que les caddies sont couverts de bactéries et de matière fécale, mais Jake aime quand même s'y asseoir, le fait que vingt-quatre mille enfants par an se blessent dans des caddies, le fait qu'il n'y a rien de plus sale qu'un menu de restaurant, le fait que ça doit faire quoi d'être une mouche enfermée dans des toilettes, une mouche qui passe toute sa vie suspendue tête en bas à un siège de cabinet, le fait qu'elle ne peut pas sortir, il fait trop froid pour les mouches, le fait qu'elle est piégée ici que ça lui plaise ou non, le fait que comment ils font pour éloigner les mouches des rayons alimentaires, le fait, allons bon, le fait qu'ils sont en train d'annoncer dans les haut-parleurs que personne ne doit quitter le bâtiment parce qu'il y a une crue subite dehors, vagues sauvages, rafales, le fait qu'on se dirige vers la sortie, pour voir ce qui se passe dehors, mais tout le monde a eu la même idée, le fait que des tas de gens se sont précipités dehors, mais ils ont dû vite rentrer à cause de la pluie, le fait que je crois qu'on va devoir attendre, le fait qu'ils disent qu'on doit rester à l'intérieur jusqu'à ce que le niveau des eaux sur le parking ait baissé, battre en retraite, battre, goitre, le fait qu'on va peut-être retourner à la librairie, le fait que Ben a déjà un livre mais peut-être que Jake et Gillian ont besoin de quelque chose, le fait qu'on devrait vraiment aller plus souvent en bibliothèque, le fait que Stacy nous a rejoints brièvement mais, oh, la voilà qui repart, ravie de traîner encore un peu avec ses amies, le fait que je crois que je n'y peux rien, alors autant me détendre pour la première fois en dix ans, si seulement Jake pouvait arrêter de remonter l'escalator descendant,

*

Le choc consécutif à la perte de ses petits se répercuta comme la pluie sur l'eau. La surprise et l'inquiétude, la fatigue de l'errance. Tout son corps était douloureux.

Sa nuque était raide à force de se tendre pour essayer de les entendre. Elle chercha des traces de ses petits dans les arbres au-dessus, imaginant un lionceau mort ou vivant derrière chaque brassée de feuilles. Les fourrés lui griffaient les flancs, les pierres lui entaillaient les pattes. Mais l'urgence de retrouver ses enfants la rendait insensible aux épreuves, l'espoir indissociable de la volonté.

Elle gravit à toute allure la paroi d'une falaise, et inspecta le sommet de la montagne où un jeune couguar mâle était embusqué. Après quelques vagues démonstrations d'intérêt, il adopta une posture respectueuse et s'éloigna par bonds. Il était clair qu'il avait dû se passer quelque chose de grave pour qu'une femelle couguar cavale ainsi, loin de son territoire, une mère furieuse sans ses petits.

Elle s'enfonça dans des buissons qui la retenaient et la giflaient, cherchant ses petits partout. Indifférente au sommeil, elle s'entêta jusqu'à l'aube, aveuglée en journée par l'éclat inhabituel de la terre mouchetée de lueurs.

Affaiblie par la faim, l'effort, le manque de sommeil et la perte de ses petits. En quelques jours, son lait se tarit.

*

le fait que j'ai fait deux rêves de suite de nature pour ainsi dire immobilière la nuit dernière, le fait que dans le premier la chambre de Maman était vide mais hantée, et je le savais mais j'entrais quand même et j'étais emportée par une terrible force surnaturelle, le fait que dans l'autre j'ai rêvé que Leo avait un autre domicile ailleurs, en plus du nôtre, impeccable et peint en blanc, en parfait état, le fait qu'on aurait pu très bien vivre en le louant, le fait que me réveiller de ce rêve a été une grosse déception, pas de deuxième maison à louer, crémaillère, Maman, le fait que son souvenir ne mourra que lorsque Phoebe, Ethan et moi serons décédés et arrêterons de penser à elle, mais en ce qui la concerne elle est morte, alors à quoi lui servent nos souvenirs, le fait que les souvenirs ne valent pas une mère, le fait que ne pas avoir de mère vous donne un sentiment de vulnérabilité, c'est comme ça, à tout âge, fragile, le fait que certaines compagnies aériennes ne sont pas sûres, et tout le monde s'en fiche, le fait qu'on doit aller récupérer la voiture, le fait que ce n'est pas la fin du monde mais c'est quand même la barbe, et on se dit qu'elle est juste à côté mais non, le fait que vous n'avez aucun moyen de fuir sans votre voiture, s'il se passe quelque chose de grave, feu de forêt, bombe, crue, tireur, goitre, calvitie soudaine, le fait qu'on a attendu tellement longtemps dans le centre commercial que j'ai cédé pour le KFC, le fait qu'on a un seau entier de pilons et les enfants en ont mangé environ cinq cents chacun, cinq sens, puis des glaces, mais toujours pas de feu vert, juste d'autres annonces demandant de rester ici, le fait que des gens ont pensé que c'était un complot pour qu'on continue de faire des achats, le fait que je suis allée dehors, juste par curiosité, mais il pleuvait si fort que je n'ai rien pu voir, le fait qu'ils ont expliqué alors le vrai problème, à savoir que le fossé qui entourait le parking était inondé, et que la rampe s'était effondrée suite à ça, l'entrée principale et la rampe de sortie pour tout le parking, ponts qui s'écroulent, abus de confiance, le fait que les gens se sont mis alors à paniquer, parce que personne n'aime être coincé, échoué, île déserte, ou dirigé, cornaqué, même quand on est dans son centre commercial préféré, le fait que les gens n'aiment pas être privés de leur voiture, Sécurité, ASP, le fait que des gens se sont mis à pleurer, et quand ils ont pleuré Gillian a pleuré, la pauvre petite, le fait que c'était un peu inquiétant, le fait qu'elle dit maintenant qu'elle était juste inquiète pour les chats, comme si on n'allait jamais rentrer chez nous, Opal qui monte la garde, le fait que des tas de gens ne semblaient guère contrariés par tout ça, le fait que certaines personnes ne peuvent s'empêcher d'acheter des choses, c'est une compulsion, propulsion, achats impulsifs, sucreries, tueries, le fait que le bon-à-rien de frère de Mamie, Oncle Bud Bar, possédait des flippers à Detroit, 88, le fait que ça veut dire quoi 88 et pourquoi les gens ont-ils des autocollants avec 88 marqué dessus sur leur tableau de bord, le fait que est-ce qu'il est arrivé quelque chose d'important en 1988 que j'aurais oublié, le fait que quand on a su que la rampe d'accès s'était effondrée et qu'aucune voiture ne pouvait sortir j'ai abandonné l'idée de livrer mes tartes, et commencé à me demander où nous allions dormir cette nuit, et si nous ne devrions pas réquisitionner un des lits dans le salon d'exposition, dortoir bleu en Inde, Guantanamo, le fait que je nous voyais tous nous disputer pour les lits et finir par devoir nous entasser à dix par lit, comme dans le Grand Lit de Ware, le fait qu'autrefois les gens partageaient le même lit et ne se plaignaient pas, San Martín, le fait que le Grand Lit de Ware pouvait accueillir environ vingt voyageurs, le fait que maintenant c'est souvent juste des couples qui y dorment, et des immigrants, et des enfants pauvres ou des enfants lors de soirées pyjamas, bretzels, orgie, pédophilie, Garde nationale, le *National Enquirer*, le fait qu'on n'était même pas censés approcher de la rampe parce que le bitume des deux côtés se désagrégeait, et tout le parking était inondé, même si la pluie avait cessé, plus ou moins, le fait que j'espère que la voiture n'a rien, le fait que sinon peut-être que Jésus peut la réparer, le fait qu'ils ne pouvaient pas installer un pont métallique provisoire, pour combler le fossé, parce que les deux talus étaient eux aussi sur le point de s'écrouler, le fait que quelqu'un a évoqué le changement climatique, et un autre y est allé d'une remarque sur les pingouins gay, le fait que quand ils ont dit qu'on allait tous devoir attendre que la crue soit complètement résorbée tout le monde a été abattu, et c'est à ce moment-là que j'ai appelé Leo, le fait que pour une fois j'avais mon portable, champs de fleurs sauvages dans le Connecticut, bourdon au Bread Loaf, le fait que c'était assez irréel parce que la pluie avait cessé et qu'il y avait même des bouts de ciel bleu, mais la rivière continuait de déborder, le fait qu'on pouvait la voir depuis la passerelle du centre commercial, le fait qu'on est sortis et qu'on a juste regardé la Tuscarawas couler très vite, pendant que je parlais à Leo, le fait qu'un gros objet est alors apparu sur l'eau, le fait qu'il a grossi, grossi et quand il a été assez proche on a vu que c'était une maison, une maison entière, et qu'elle brûlait, le fait que c'était une vision étrange, une maison en feu qui descend la rivière, le fait que tout le monde l'a filmée, en riant et en poussant des cris, le fait que j'ai dit à Leo qu'on aurait dit un truc sorti d'un film d'horreur, et ensuite un chat a sauté d'une des fenêtres de la maison et il est tombé dans l'eau et a nagé vers la rive opposée, le fait qu'on n'a pas pu voir ce qui lui arrivait ensuite, le fait que j'aurais préféré que Gillian ne voie pas ça, parce qu'elle s'est mise à pleurer pour de vrai alors, le fait que des gens ont appelé le chat pour qu'il vienne vers eux, mais il a disparu, et personne ne pouvait rien faire, le fait que ç'aurait été dangereux d'aller le chercher à la nage, le fait que j'ai dit à Gillian qu'il s'en sortirait, parce que les chats sont résistants et tout, neuf vies, chat à neuf queues, mais au fond de moi je n'ai guère d'espoir pour ce chat, le fait que les chats peuvent nager quand ils y sont obligés, le fait que même Stacy avait l'air inquiète, et Leo était en panique à l'autre bout du fil, quand je lui ai raconté ce qu'on voyait, le fait que pour moi la coupe était pleine, le fait que je n'avais pas l'intention d'attendre que tout le centre commercial soit emporté par le fleuve en feu, le fait que, qu'il pleuve ou qu'il vente, coûte que coûte, croûte, pâté, j'allais ramener les enfants à la maison, le fait qu'on marcherait s'il le fallait, le fait qu'on habite à moins de huit kilomètres d'ici, le fait que je savais que Leo était en chemin, mais ça allait lui prendre des heures pour nous rejoindre, le fait que des tas de gens ont eu la même idée que moi, le fait qu'à présent les gens abandonnaient leurs voitures et se dirigeaient vers l'autoroute à pied, laquelle était heureusement située bien au-dessus du niveau du parking, le fait que Stacy a supposé qu'ils allaient appeler des taxis pour venir nous chercher sur l'autoroute, alors on a essayé mais il n'y en avait plus un seul de libre, Übermensch, mensch, Führer, Baxter, le fait que c'était boueux mais on a pu atteindre l'autoroute, et c'était comme accomplir un exploit, le fait que comme on était cinq on n'avait aucune chance de partager un taxi avec qui que ce soit, le fait que j'ai eu alors une idée et, à ma grande honte, j'ai appelé Ronny, le fait que je me suis dit que c'était la seule personne qui n'avait rien d'autre à faire, et qu'il serait peut-être dans le coin, parce que c'est sa zone, le fait que *bien sûr* il se trouvait dans un magasin de Coshocton, a-t-il dit, et il serait là d'ici vingt minutes, en fonction de la circulation et de la crue et des barrages et tout, le fait que je l'ai remercié et c'était sincère pour une fois, le fait que ce n'était pas comme être sauvée par Jésus, qui est très beau, mais c'est quand même chouette d'être sauvés, le fait que je crois qu'il a fait vite, parce qu'il est arrivé en dix minutes, du moins c'est l'impression que j'ai eue, le fait que j'ignore ce qu'on aurait fait sans lui, le fait qu'il a dit que ce n'était rien, mais c'était sympa de sa part, le fait qu'il a dit qu'il n'avait pas vu la maison en feu, mais il avait vu une voiture se retourner dans un tunnel, et être emportée par les eaux, recto, verso, pont, rampe, le fait qu'il ne pensait pas qu'il y avait des gens dans la voiture, mais comment s'était-elle retrouvée dans le tunnel, le fait qu'il valait mieux ne pas s'appesantir là-dessus, en présence des enfants, noir, blanc, jour, nuit, le fait que j'espère que personne n'était dans la maison en feu, le fait que j'ai supposé qu'elle était vide et que le chat était le dernier à partir, mais allez savoir, le fait qu'ils n'en ont pas parlé aux infos, le fait qu'ils ont juste montré des images de la maison qui passait, le fait que rouler avec Ronny est une sacrée expérience, et Stacy ne le supporte plus maintenant, après avoir écouté ses idioties dans la voiture, le fait qu'il a rouspété après la police presque tout le trajet, parce qu'il désapprouvait fortement leur gestion de la circulation en cas d'urgence, le fait que ce n'est pas si calamiteux, mais il a continué dans cette veine, comme quoi les flics empiétaient sur ses libertés fondamentales de citoyen américain, le fait qu'il est *contre* la police mais *pour* l'armée, bizarrement, le fait qu'apparemment les policiers restaient juste sous la pluie à orienter les véhicules loin de la crue, mais Ronny se méfiait de leurs raisons, le fait qu'il avait l'impression qu'ils dirigeaient les gens dans la mauvaise direction, et qu'on allait tous finir dans la Tuscarawas comme la voiture qu'il avait vue, *jusqu'au dernier pékin*, le fait que j'ignore s'il pensait que c'était par cruauté ou incompétence, mais il était persuadé que c'étaient les flics qui causaient les bouchons, des bouchons qu'on aurait pu éviter selon lui, le fait que la preuve c'est qu'il n'avait jamais vu de bouchons comme celui-ci, et il habitait ici depuis cinquante ans, le fait qu'il n'a pas cessé de le répéter, en secouant la tête devant ces « foutus flics », le fait que j'ai l'habitude de lui, alors j'ai juste décroché, le fait que j'étais soulagée qu'on rentre à la maison, le fait qu'après s'être éloigné des eaux il s'est mis à faire des commentaires sur les gens qui tournaient à gauche, le fait que ce type est vraiment agacé par les gens qui tournent à gauche, ça oui, les autres, pas lui, le fait que ça le mettait hors de lui, le fait que pendant ce temps lui-même tournait à gauche sans s'arrêter, alors qu'il y avait un STOP, le fait qu'il a forcé une autre voiture à nous contourner, le fait qu'il a continué d'accuser les gens de « vouloir tourner » alors que ce n'était pas le cas, et après il a dit « Non mais regardez-moi ça », quand ils n'ont pas tourné à gauche, comme si c'était pour l'embêter lui personnellement, le fait que Stacy n'arrêtait pas de me regarder en roulant des yeux et que je devais parfois regarder par la fenêtre pour ne pas exploser de rire, le fait que ça ne serait pas une bonne idée de nous moquer de notre sauveur, le fait que j'ai soudain regretté de ne pas avoir appelé Jésus, Jésus López Pérez, Silence Méprisant, mais il devait être occupé à aider un million d'autres personnes en détresse, le fait que je ne pouvais pas demander à Cathy, le fait qu'elle se plie déjà en quatre pour tout le monde dans la région, le fait qu'en approchant de la maison j'ai su que cette fois-ci j'allais devoir inviter Ronny à prendre une tasse de café et une part de tarte, mais je me suis alors rappelé que je n'avais pas de tarte à lui proposer, sauf des tartes congelées, puisque toutes mes tartes étaient encore dans la voiture au centre commercial, et le sont encore, zut alors, « Tout ce travail ! », comme gémit la sœur de William Hurt après que son frère a gâché le dîner de Thanksgiving, Tante Sophia et ses six sortes de tartes, le fait qu'à mon grand soulagement il devait se rendre à Coshocton pour faire une course, avant que d'autres routes soient bloquées, soit par les eaux soit par ces « idiots », la police, un coup de bol, coupe au bol, ne pas y couper, le fait qu'il a eu finalement droit à une tarte aux cerises congelée, et un moelleux au citron, le fait que quand Leo est rentré on a tous bien ri de notre aventure, mais on a eu quand même peur, surtout Gillian, le chat, les pots de miel, les bonbons, le fait qu'ici on est bien au-dessus du niveau des eaux, pas de risque d'inondation, protégés des ondées, protection des données, je crois, même si la nappe phréatique peut parfois jouer des tours, et tout à coup de l'eau va s'infiltrer par le sol, le fait que les poules ont l'air de s'enfoncer dans la terre, le fait que c'est bien trempé dehors, le fait que je devrais aller voir, le fait que, waouh, le sol est tout spongieux, maison en feu, chat qui nage, le fait qu'il est tombé six ou dix ou douze centimètres de pluie en à peine six ou dix ou douze heures, bon, je ne sais plus combien exactement, la voiture, le fait que je n'ai jamais compris comment on mesure la pluie en centimètres comme ça, le fait que, je veux dire, est-ce qu'ils se servent d'un baquet ou quoi, bouquet, *La Fille de Ryan*, le fait qu'après le départ de Ronny j'ai aidé tout le monde à ôter ses habits trempés et c'est alors que je me suis aperçue que Stacy portait son tee-shirt SEXIST NAZI POTUS, le fait que si Ronny avait vu ça il nous aurait sûrement tous balancés dans le tunnel inondé et se serait barré, en nous traitant d'Obamistes, le fait qu'il déteste peut-être les gens qui tournent à gauche parce qu'il croit qu'ils sont de gauche, le fait que non, il pense juste qu'il est le seul à savoir conduire, le fait que j'étais heureuse d'être à la maison, tant pis pour la voiture ou les tartes, le fait que c'était un bonus inattendu de voir Leo à la maison plus tôt, le fait qu'on a fait des spaghetti ensemble et bu beaucoup de vin rouge, spaghetti et salade, le fait que nous avons *survécu*, et qu'on n'a pas eu trop peur non plus, à part pour ce pauvre chat, le fait qu'aujourd'hui Stace nous a demandé, à tous, si on pouvait formuler trois vœux, lesquels ce serait, le fait que Ben a immédiatement dit qu'il voudrait aller sur la Lune, être adulte et avoir un chien, le fait que Jake a dit que lui voudrait un chien, une girafe et une assiette de poo-poo, le fait que j'ignore d'où il sort cette idée de repas, peut-être de Ben, le fait que je ne veux pas savoir ce que Jake imagine quand il dit poo-poo, le fait que je n'ai rien dit parce que mes trois vœux sont ennuyeux et triviaux et qu'on n'est pas censé inquiéter les enfants avec des histoires d'argent, poupées antistress du Guatemala, mon chemisier brodé guatémaltèque, le fait que mes trois vœux seraient beaucoup d'argent, une retraite, des soins gratuits, oh, et une piscine, ce qui fait quatre, mais je pourrais me la payer avec notre argent, donc ça fait bien trois, de l'argent, une retraite et des soins gratuits, le fait que, de toute façon, j'avais peur que Stacy me méprise pour mon avidité ou quelque chose du genre, surtout une fois qu'elle nous a dit ses trois vœux, le fait que les siens étaient moins terre-à-terre que les miens, 401K, le fait que les miens me font penser à cette blague, l'histoire du type qui trouve un génie dans une lampe et le génie lui demande quels sont ses trois vœux, et le type dit « Je voudrais une bouteille de bière qui ne soit jamais vide », le fait que le génie dit d'accord et lui demande quels sont ses autres vœux, et le type dit « Remets-m'en deux », le fait que Gillian n'a pas pu se décider assez vite, alors on n'a jamais su ses trois vœux, mais ceux de Stacy c'était de mettre un terme au réchauffement climatique, à la pêche à la baleine et à la pollution, le fait qu'elle a dit que, si elle obtenait tout ça, elle serait d'accord pour que le hasard décide de son avenir, le fait que j'ai dit que c'était des anti-vœux, des non-vœux, juste des choses qu'elle ne veut pas, pas des choses qu'elle veut, mais elle a juste haussé les épaules, le fait qu'elle a sûrement pensé que je n'avais pas compris, mais j'ai compris, le fait que ce sont là trois vœux très nobles, Maman « trichant » au solitaire, le fait que pour être tout à fait honnête je ne sais pas si je renoncerais à l'un de mes trois vœux cupides pour sauver le monde, le fait que ce n'est pas très réaliste d'attendre ça des gens, non, même si bien sûr ça serait chouette, une belle idée, philanthropie, le fait que je pense que les vœux les plus chers, pour la plupart des gens, sont personnels, pas politiques, le fait qu'au moins je n'ai pas recouvert notre jardin de gazon artificiel, et je ne me sers jamais de pesticides, grenouilles, têtards, le fait que Ben a dit qu'ils avaient trouvé de l'eau sur la Lune, alors ça ne devrait pas être trop difficile d'installer un campement exploratoire là-bas, camps de concentration, camps de détention, camps de réfugiés, camping, bidonvilles, le fait qu'il y avait autrefois une mer de magma sur la Lune, le fait que je ne vois pas en quoi changer de planète va aider la plupart d'entre nous, le fait qu'on pourrait construire une espèce d'arche de Noé spatiale, l'Arche de la Lune, mais combien de gens pourraient espérer vivre sur la Lune, où il n'y a rien, ou sur une autre planète du Système solaire, le fait que tout devrait être créé artificiellement, et les gens attraperaient sûrement toutes sortes de nouvelles maladies que personne ne saurait soigner et tout ce qu'ils aiment devrait être abandonné et finir en poussière, Maman, le fait que Mars est couvert de soufre et doit sans doute puer de partout, le fait que Stacy se comporte toujours comme si le réchauffement climatique était ma faute, comme quand Ben a dit que la crue était due au réchauffement climatique et que Stacy s'est plantée devant moi en me lançant un regard accusateur, le fait qu'elle m'en veut à cause de l'état dans lequel est le monde, mais je ne vois vraiment pas ce que je suis censée faire à ce sujet, le fait que même la remarque de Ben sur la Lune était un peu dirigée contre moi, maintenant que j'y pense, le fait que mes propres enfants ne me laisseraient sûrement pas monter à bord de l'Arche de Lune si elle existait, « Sayonara, ducon ! », et tout le monde de se congratuler, le fait que j'étais peut-être comme ça avec mes parents moi aussi, le fait que je ne me rappelle pas, le fait que la pollution m'inquiétait mais pas comme elle inquiète les enfants aujourd'hui, le fait que Ben dit qu'en 2050 toutes les villes situées dans les basses terres devront être évacuées, ou alors protégées par des digues gigantesques, qui en feront des cibles idéales pour les terroristes et les pays ennemis, et la plupart des animaux, sauf ceux qu'on mange, auront tout bonnement disparu, même si on construit des jardins et des fermes verticales, le fait que, après tout, un lion ou un éléphant ne peut pas escalader une ferme verticale, mais les lézards si, et les araignées, et certains oiseaux pourraient vivre des récoltes verticales, je suppose, mais pas les poules, le fait que les poules sont la seule chose qu'on va aider à survivre, quoi qu'il arrive, parce que les gens veulent leur poulet frit, le fait qu'ils seront juste de plus en plus cruels avec elles, élevage intensif, sauf s'ils finissent par savoir mieux les cloner, et j'imagine que c'est ce que tout le monde devra manger dans le camp sur la Lune, de la viande clonée, 2050, le fait que ce n'est pas très éloigné, mon Dieu, le fait que je n'achèterais jamais d'œufs chez cet éleveur de poules en batterie, même si on mourait de faim, ces cages effondrées pleines de poules hystériques qui piaillent, le fait que je me demande si les enfants du futur regarderont leurs parents avec plus de mansuétude que les miens, ou s'ils nous en voudront, le fait que nos petits-enfants n'auront sûrement même pas envie de faire l'effort de nous dire bonjour à nous les anciens, le fait qu'ils auront raison de nous en vouloir, le fait que si tant est seulement qu'il y ait des petits-enfants, bien sûr, vu que la fertilité est menacée, le fait que ça n'a apparemment pas entamé l'explosion démographique, le fait que parfois en regardant mes enfants je me sens triste, comme s'ils étaient condamnés, le fait que j'ai peur qu'ils le sachent, et ça me brise le cœur, brisé, le fait que même le pape estime que la pollution est un péché, le fait que les papes ne parlaient jamais de ça avant, chrétiens, hygiène déplorable, PGE, puits d'injection, fracturation hydraulique, le fait que Leo dit que la fracturation hydraulique ne rapporte même pas d'argent, c'est complètement inutile, le fait que ça ne fait que bousiller l'écosystème, le fait que la fracturation hydraulique dans l'Ohio provoque des séismes, le fait qu'ils essaient de l'arrêter partout en Pennsylvanie, aquifère, avec l'idée, l'hydre, que la nature a le droit d'exister, mais je ne sais pas si ça tiendra devant un tribunal, sens de la vie, sens de la mort, Bienvenue à Parkersburg, DuPont, le fait qu'ils ont sciemment balancé 353 782 013 kilos de polluants dans l'air et l'eau à Washington, Virginie-Occidentale, le fait que ça ne pouvait être que « sciemment », vu que c'est difficile de balancer 353 782 013 kilos de quoi que ce soit où que ce soit sans que quelqu'un s'en aperçoive, balancer, tout bien pesé, calé, kilos, Howard Keel, l'âme des uns n'use aucun Howard Keel, le fait qu'ils espéraient que tout se passerait bien, je veux dire que personne ne s'en apercevrait, au moins pendant quelques années, piscine, Gena Rowlands, cimetière, acrylamide, le fait que, pour ce qui est des usines implantées par ici, Ben dit que l'usine Marlite à Dover a balancé des millions de kilos de polluants dans l'air ou dans l'eau, ou les deux, et que Simonds a balancé des polluants dans l'air et dans l'eau, et Kurz-Kasch a balancé des polluants dans l'air, et Boltaron a balancé des polluants, et parmi tous ces bréchets, je veux dire déchets, il y avait au moins deux cent vingt-cinq kilos de plomb, le fait que j'ignore pourquoi ils font ça, mais on ne peut pas empêcher les gens de gagner de l'argent, le fait que c'est la mentalité américaine, balancer, rance, ♫ *Turn back, O man, forswear thy foolish ways, old now is earth* ♫, le fait que je me sens quand même coupable, laisser à des enfants que j'aime un monde sinistré, le fait que ce n'est pas très sympa, perpétuer l'espèce tout en saccageant les lieux, Un Homme Viole Sa Propre Mère Pour De L'Argent, le fait qu'il n'y a presque plus d'emplois, parce que tout a été automatisé, et la surpopulation est un phénomène mondial, le fait que pourquoi avoir des enfants qui n'auront pas de travail et seront malheureux, le fait que si ça se trouve mes enfants vont passer le restant de leur vie affalés sur un canapé à vivre à nos crochets, regarder la télé et manger des roulés à la cannelle, jusqu'à ce qu'il n'y ait plus d'animaux ni de plantes et qu'ils n'aient plus rien pour se faire des Cheerios, même pas des capucines, le fait que la plupart des gens n'ont même plus les moyens d'avoir des enfants, vu le prix des vêtements, la nourriture, les soins médicaux, les ordinateurs, les couches, les jouets, les portables, les vacances, les scooters, les vélos, les voitures et les chaussures de rando de Kanye West, sans parler des frais de scolarité, le fait que c'est vraiment les frais universitaires qui m'empêchent de dormir et, parce que comment on va faire, je veux dire, bon Dieu, bondieuserie, Mon Père Est Mon Superhéros, le fait que jouer au casino n'est guère mieux qu'être accro aux opioïdes, le fait que la reine d'Angleterre joue aux courses, et qu'elle se débrouille assez bien paraît-il, le fait qu'elle doit vraiment être pleine aux as, le fait qu'elle possède un McDonald's et un Primark, le fait que peut-être que si je lui écrivais au sujet des frais de scolarité elle nous donnerait un coup de main, « Hep, Vot' Majesté ? », le fait qu'ils ont trouvé de la wustite sur des météorites, le fait qu'à cause de la crue je vais devoir garder les tartes dans la voiture pour notre consommation personnelle, dès que je les aurai récupérées, et donc je dois en refaire toute une flopée pour demain, quand les routes seront de nouveau praticables et que Leo pourra me déposer pour que je récupère la voiture, deux voitures, garage trois places, garage quatre places, garage aménagé, Agissez Comme Un Homme, le fait que tous mes acheteurs ont été compréhensifs, et qu'ils ont eu d'autres annulations, Cathy, apocalypse, « Attention ! Attention ! La fin du monde apprrrroche ! », le fait que Leo s'est plaint d'utiliser un dentifrice qu'il n'aime pas, Colgate, je crois, et je lui ai dit de ne pas s'en faire, le fait que je lui ai dit « Tu devrais utiliser le genre de dentifrice que tu aimes, parce que tu ne sais pas combien de temps il te reste à vivre », et Leo a répondu « Mais si je dois passer l'arme à gauche, je ne veux pas que tu te retrouves avec du dentifrice pourri », ce qui était gentil, j'ai trouvé, mais quand j'ai raconté ça à Cathy elle a été surprise qu'on plaisante sur ce genre de chose, parce que Art et elle sont fin prêts pour l'apocalypse, et savent exactement avec quel genre de dentifrice ils finiront leurs jours, le fait qu'ils sont comme le type qui dit que la fin du monde apprrrroche, sauf que eux ont vraiment potassé la question, le fait qu'ils ont étudié la Survie active et qu'ils ne plaisantent pas, le fait qu'ils ont préparé leurs sacs de survie et sont prêts à partir, le fait qu'ils seront prêts en deux secondes quand on ira coloniser la Lune, le fait qu'ils ont du riz dans des conteneurs distincts et une CB, le fait qu'il s'agit d'une radio amateur, pas d'une carte bleue, le fait que je préférerais avoir une carte bleue qui marche, le fait que c'est idiot, le fait que ça ne me servirait pas à grand-chose si tout le monde était mort sauf moi et qu'une centaine de personnes se battaient à mort pour quelques abricots séchés, et une cruche d'eau potable, mais bon, je dis ça je dis rien, ♫ *and I'll not ask for wine* ♫, le fait qu'ils ne rigolent pas avec ça, le fait que Art et Cathy n'ont pas juste des kits de premiers secours, ils ont suivi une formation, ce qui doit être bien utile dans leur magasin, je suis sûre, au cas où quelqu'un ferait une crise cardiaque à force de manger trop de brownies, le fait que Cathy m'a envoyé par email une liste de tout ce qu'ils ont stocké, le fait que c'est assez incroyable, regardez-moi ça, ils ont des lits de camp pliables, du répulsif, des médocs, des vitamines, de l'écran total, une hache, une houe, des semences et un guide sur les plantes et les champignons comestibles, des bâches, des seaux, du papier-toilette, une fronde, des lance-pierres de compétition, une boussole et un taille-crayon, le fait que j'ignore pour quoi faire, le fait qu'elle ne mentionne pas les crayons, donc c'est peut-être pour tailler des brindilles et en faire des lances ou des flèches ou je ne sais quoi, mais pourquoi en ont-ils besoin alors qu'ils ont des frondes de compétition, ou des « fusées de poche », comme les appelle Art, le fait que je suppose qu'il faut pas mal de plans d'urgence, Tuer du premier coup, le fait qu'ils ont de la vaisselle de bivouac et des tas de tampons à récurer, le fait que j'ai demandé à Cathy si les tampons à récurer servaient à nettoyer les poêles sales après l'apocalypse, mais elle dit que ça peut aider à faire du feu, au cas où Art et elle n'auraient plus d'allumettes, mais ils en ont des tonnes, scellées dans des tubes à comprimés étanches, le fait qu'ils ont aussi des piles dans des tubes à comprimés, différents de ceux contenant les allumettes, j'espère, parce qu'il vaut mieux ne pas faire brûler des piles dans votre tente quand il n'y a plus de pompiers dans le coin pour vous aider, le fait qu'ils ont des torches LED et un chargeur solaire, et quoi d'autre, lanternes pliables, poches à eau, filtre à eau, toutes sortes de matériel étanche, manteaux, chapeaux et chaussures imperméables, le fait que je me demande si c'est parce qu'ils s'attendent à beaucoup de pluie ou juste à des retombées, le fait que je croyais qu'ils allaient prendre des guêtres mais raté, pas de bol, le fait qu'ils devraient prendre des bols, pour boire du bon chocolat chaud, le fait qu'elle dit qu'ils ont des chaussures très résistantes, le fait que je me demande si c'est celles de Kanye West, le fait qu'ils ont des lunettes de vue de rechange, des lunettes pour voir de loin, des lunettes de soleil, et des lunettes de sport aussi, des tasses en métal qui s'emboîtent, un outil multifonctions, du fil de pêche et des hameçons, des coupe-ongles, des pinces à épiler, des ciseaux, un kit de couture, des sacs à glissière, bon, ça tout le monde en a, des épices en sachet, du sel en sachet, du sucre en sachet, du lait en poudre en sachet, un drone pour la reconnaissance, et des lunettes à infra-rouge, des monocles sans-main, un chacun, le fait que tout ça a dû leur coûter un paquet, et ils embarquent aussi des armes, des machettes, et aussi du papier essuie-tout, du savon, des gants pour la vaisselle, et des Life Savers, des tonnes, je ne sais pas pourquoi, le fait qu'ils seront peut-être utiles un jour s'ils s'ennuient, sauf s'ils sont périmés, et alors ils ne sont plus bons du tout, le fait que les Life Savers ne durent pas longtemps, le fait qu'ils ont été inventés par le père de Hart Crane, *Le Pont*, le fait que si les Life Savers pouvaient vous sauver la vie, le fait qu'alors Art et Cathy n'auraient pas besoin de tous ces autres trucs, le fait que je crois qu'ils doivent sans cesse tout mettre à jour, pas seulement les Life Savers, afin de rester ultra prêts, le fait qu'ils ont des flocons d'avoine, des bâtons de marche, des chauffe-mains, du Vicks VapoRub, des lingettes pour bébé, du ruban adhésif, du gros scotch, de la super-glu, des tourniquets, de la poudre hémostatique et aussi de la farine de maïs, qui selon elle sert plus à soigner les plaies qu'à faire la cuisine, le fait que je ne relève pas, le fait qu'ils ont aussi de la levure chimique, mais ce n'est pas pour la cuisine, et des serviettes hygiéniques, à utiliser comme bandages, le fait que je n'ai jamais pensé à m'en servir ainsi, le fait qu'elle veut peut-être parler de protège-slip, pas des serviettes hygiéniques épaisses, le fait qu'on a n'a pas envie que la partie collante du protège-slip reste collée sur la plaie, le fait que j'ignore si « hygiénique » veut dire en réalité que c'est « stérile », le fait que je n'ai jamais su, le fait que je ne sais même pas si quelqu'un le sait, *Je ne sais pas mais eux si*, le fait que si vous avez une plaie grave vous devriez aller à l'hôpital, mais bien sûr il n'y aura plus d'hôpitaux, ou s'il en reste ils seront pleins et tous les médecins seront malades eux aussi, ou morts, Hiroshima, le fait que les médecins désertent parfois leur poste et s'en vont cultiver des haricots pour leur famille, mais tout va bien se passer parce que Art et Cathy emportent du baume à lèvres, et Cathy dit qu'on peut panser une plaie avec ça aussi, quand on n'a pas le choix, le fait que Cathy doit savoir recoudre une plaie avec du fil et une aiguille, mais je ne veux pas penser à ça, le fait qu'au moins leurs lèvres ne seront pas gercées pendant qu'ils se cachent, dommage collatéral, le fait qu'ils ont un boisseau entier de lentilles, le fait que je crois que la flatulence ne sera plus trop un souci, en pleine nature, le fait qu'ils emmènent quelques produits de luxe comme du fil dentaire, des brosses à dents, et des couvertures de secours, des chaussettes en laine, ben voyons, des caleçons longs, même de la laine et des aiguilles à tricoter, oh et des bougies chauffe-plat, le fait que je crois qu'ils peuvent s'installer dans leur abri, enveloppés dans des couvertures de secours, et tricoter des chaussettes pour l'hiver nucléaire, le fait que, ça alors, Cathy est une néosurvivaliste et que je n'en savais rien, le fait qu'elle ne rigole pas là-dessus, le fait que Leo pense que tous ces gens sont fous, parce que même si on pouvait survivre un temps, physiquement, vivre n'aurait plus de sens, si la civilisation est finie et que tout le monde est devenu violent, le fait que Cathy semble vraiment penser qu'ils auront une chance de s'en sortir, s'ils ont tout cet attirail, et qu'ils gardent la tête froide, pendant que tous les autres cherchent à se détrousser les uns les autres et se tirent dessus pour un bol de porridge, le fait que comment trouve-t-elle le temps de s'occuper de tout ça, avec tous les boulots qu'elle fait, le fait que Cathy est incroyable, une vraie centrale électrique, le fait qu'ils doivent stocker tous leur attirail de survie dans un endroit sûr mais pratique, et renouveler les produits en permanence afin d'être toujours prêts à partir, parce que, comme elle dit, un kit de survie ne sert que si vous l'avez avec vous au moment de la Grande Panne, le fait qu'elle dit que les survivalistes appellent l'apocalypse le JDGM, ce qui veut dire le Jour du Grand M***, bref le caca total, ou alors LFDMTQNLC ou CPSFLEDD, ce qui veut dire La Fin Du Monde Tel Que Nous Le Connaissons, et Chacun Pour Soi, Fini L'État De Droit, l'état de droit, le fait que ça n'est pas très engageant, je dois dire, même si on peut avancer que c'est déjà le cas, avec une centaine d'Américains qui se font tuer par jour en ce moment, le fait que ce que je n'ose pas demander à Cathy c'est si on ne finit pas appeler de ses vœux le JDGM, une fois qu'on a investi dans tout ce matériel, parce qu'enfin ça doit être tentant de s'en servir, et manifestement ça serait dommage de tout gâcher, gazon artificiel, le fait qu'une vraie apocalypse pourrait justifier tout ça, si on avait dépensé autant de fric pour s'y préparer, le fait que Cathy et Art vont déjà faire des exercices quelque part, tester nos talents en cas de scénario catastrophe, le fait que tout ce que j'ai à dire c'est que j'espère que la communauté sera soudée devant une telle urgence, et que les voisins et les amis s'entraideront, et qu'on se battra tous du mieux qu'on peut, en cueillant des noix et des baies, ce genre, le fait qu'elle a dit « On peut me traiter de parano mais je crois qu'un jour viendra où on devra se débrouiller avec nos propres ressources », autrement dit s'en sortir seuls, je suppose, sans amis, ni voisins, le fait qu'elle pense que la catastrophe économique est imminente, ainsi que la guerre nucléaire, et Art et elle seront prêts et pas nous, le fait qu'elle dit qu'elle peut m'aider si je veux des conseils de survie, le fait que je ne m'étais pas rendu compte qu'elle avait aussi peur, le fait qu'elle paraît pire que moi, et qu'elle semble se méfier de, eh bien, de tout et tout le monde, le fait qu'elle n'arrête pas de dire qu'il faut voyager léger et se camoufler, sinon un inconnu vous tuera, pour rien, pour une cuillerée de café lyophilisé ou quoi ou qu'est-ce, bref, le fait que si quelqu'un est prêt pour l'apocalypse c'est sûrement Cathy, avec ses bâtons de marche et ses serviettes hygiéniques, le fait que je n'ai pas envie de vivre dans les bois, et d'affronter des maraudeurs avec une fronde, et Leo est un type génial mais je ne le vois pas bricoler un fortin et faire prisonnier des intrus, le fait que ce n'est juste pas possible, le fait que c'est un prof de fac, pas Tarzan, Athens, Ohio, pirates somaliens, Tom Hanks, boîte de Pandore, tarte au limoncello, Une Amende De 5 000 $ Pour Attouchements Non Consentis Sur Une Femme Pendant Un Vol, le fait que j'espère qu'on pourra juste la jouer amish s'il le faut, le fait que c'est ça mon Plan A, le fait que les amish s'entraident, par exemple quand un enfant se blesse pendant qu'on tue le cochon et que les parents doivent l'emmener chez le médecin, les voisins débarquent tous et finissent de tuer le cochon, le fait qu'ils font tout le temps ce genre de choses, Iditarod, chiens de traîneaux dopés, le fait que je dois reconnaître que même Ronny peut être utile en cas d'urgence, le fait que je n'aurais pu demander à aucun voisin de venir nous chercher au centre commercial hier, comme les Kinkel, wustite, le fait que nous n'avons pas ce genre de relations, cent grammes de sucre, douze œufs, le fait que les crues ont été un prétexte idéal pour ne pas livrer à temps mes tartes, et tout le monde a très bien réagi, le fait que Cathy, bien sûr, a compris, mais même les autres clients semblaient juste inquiets pour moi, pas agacés, le fait qu'un restau m'a envoyé des fleurs, le fait qu'ils paraissaient très impressionnés que je ne me sois pas noyée, le fait que je ne leur ai pas parlé du chat, le fait que nous ne saurons jamais ce qui lui est arrivé, le fait qu'au moins tous semblaient d'accord sur le fait qu'on ne peut pas traverser une rivière en pleine crue avec des tonnes de tartes sur la tête, en évitant les maisons en feu qui dérivent, juste pour honorer des commandes de tartes, le fait que je me demande si c'est pour ça que Cathy a bâfré la moitié de ma tarte aux poires comme ça, pour être prête en vue de l'apocalypse, le fait qu'il n'y a peut-être pas de place pour une tarte dans son plan de survie, lingettes pour lunettes, le fait que la police ou les pompiers ont dû sauver un chien des inondations, le fait qu'il se tenait sur la capot d'une voiture garée dans une allée, attendant probablement que ses maîtres rentrent, et la voiture était entourée par les eaux qui montaient, le fait qu'il était mouillé et transi et sûrement sous le choc, tremblant sur le capot de la voiture, frissonnant de froid, comme ces éléphants en Inde avant qu'on leur tricote des pulls, Pepito dans le vieux pull dépenaillé que je lui avais fait, le fait qu'au début le chien refusait de descendre de la voiture, et un des sauveteurs a essayé de lui donner de la viande séchée, et ça a failli marcher, mais le chien avait tellement peur qu'il grognait et reculait chaque fois qu'ils voulaient l'attraper, le fait que le sauveteur a continué à le tenter, avec le bœuf séché, en l'appelant « mon beau », et finalement ils l'ont attrapé, manipulé, mandibule, Mandela, mandale, manzana, mañana, Manhattan, le fait que Maman aimait bien boire un Manhattan de temps en temps, avec une cerise au marasquin, le fait que pourquoi est-ce que je ne lui en ai pas fait un, mais je crois qu'elle n'aimait en prendre que quand elle sortait, juste pour le plaisir, le fait qu'elle préférait un whiskey-soda, le fait que plus tard, aux infos, le sauveteur du chien a dit que ça avait coûté douze dollars de bœuf séché pour faire descendre ce chien, Guadalupe, Guadalajara, Guanabana, Guantanamo, Géronimo, Sésame ouvre-toi, le fait qu'il y avait d'autres chiens, qui avaient été laissés enchaînés dans leur jardin, avec l'eau qui ne cessait de monter, à croire que leurs maîtres voulaient qu'ils se noient, mais peut-être qu'ils n'ont pas réfléchi, le fait que les gens sont bizarres dans les situations d'urgence, « déclin de la civilisation », le fait qu'ils ont peut-être paniqué, ou qu'ils sont devenus hystériques, mais ça me semble injuste de ne pas laisser à un pauvre chien une chance de s'en sortir, comme par exemple le laisser libre de nager s'il y est obligé, le fait que des chevaux sont restés pris au piège dans une étable inondée, le fait que je me demande si les survivalistes paniqueront quand l'heure sera grave et oublieront tous leurs seaux en plastique et leurs jumelles, le fait que c'est comme ça que les gens cuisineront après l'apocalypse, de la soupe en conserve, en priant devant une petite flamme, ou du gibier qu'ils auront chassé et quelques baies cueillies sur un arbre, le fait que je pense qu'ils vont tous s'empoisonner, le fait que, bizarrement, très peu de gens savent faire cuire un poulet, surtout les mauvais pères, le fait que les mauvais pères ne font jamais cuire *assez longtemps* le poulet, si l'on en croit les mères déprimées en tout cas, le fait que je sais que je devrais arrêter de les appeler des mauvais pères, mais ça m'échappe, pour ainsi dire, Waterlow Park, colline embrumée, le fait que pour les mères il existe plein d'autres versions, comme « mère revêche », ou « commère », « maman gâteau », « maman tigre », « mère au foyer », « mère en pétard », « mamma mia », enfin, « mère monstrueuse » peut-être, mais ce n'est pas aussi direct que « mauvais père », le fait que Trump a traité Melania de monstre, le fait qu'on ne parle pas comme ça de sa femme, mais il déteste tout le monde, le fait qu'à cause de ma sciatique je n'ose pas prendre Jake dans mes bras, Bébé à Bord, ou le porter sur ma hanche, et c'est triste, le fait que Trump dit tout le temps « Triste ! », en général pour enfoncer le clou quand il vient d'insulter quelqu'un, « faux drapeaux », le fait que lui-même est un, mais je ne devrais pas dire ça, mauvais père, le fait que les survivalistes disent qu'il y aura de plus en plus de guerres dans ce pays, pour la nourriture et l'eau et l'élection, je veux dire l'électricité, le fait que je suis un peu en sous-régime, le fait que les récoltes diminuent déjà parce qu'il fait trop chaud pour faire pousser des trucs dans des endroits où avant ils poussaient très bien, et les chevaux sauvages meurent à cause de la chaleur, et tous les crocodiles qui naissent sont des femelles, ou des mâles, le fait que je ne sais plus trop, ou s'il s'agit des alligators, le fait que ce qui se passe c'est qu'ils ont trop chaud, alligators anonymes, échafaudage, faux plafonds, faux drapeaux, le fait que nous allons bientôt manquer de pommes, d'oranges, de sachets de thé, d'huile d'olive, de soda, de pastilles pour lave-vaisselle, et de beurre doux, jeu d'enfant, de la tarte, une poutre dans l'œil, le fait que février est le mois le plus court mais bizarrement il paraît le plus long, le fait que ça semble loin maintenant, bye-bye, au revoir, le fait que tout le monde prononce « enrvoir », renvoi, envol, ces pauvres poules, martinets, marcassins, à vos marques, le fait que Bush n'a jamais su prononcer le mot « nucléaire », mais il n'est pas le seul, d'une pierre deux coups, cinquante-neuf carreaux, le fait que Tracie m'a dit qu'elle avait été violée dans la salle de bains d'un voisin quand elle était jeune, et elle a compté les carreaux au sol pendant que ça se passait, le fait qu'il y en avait cinquante-neuf, de carreaux, pas de violeurs, mon Dieu, le fait que j'ignore comment elle se rappelle ce chiffre, cinquante-neuf, mais maintenant je m'en souviendrai peut-être moi aussi toute ma vie, cinquante-neuf carreaux, hydrangea, le fait que je n'ai pas su quoi dire quand elle me l'a raconté, le fait que je la connais à peine et j'ignore pourquoi elle s'est confiée à moi, le fait que les œufs de roitelet ne sont pas plus gros qu'un ongle, le fait que je dois vraiment faire le ménage pour James et Fresia, mais bon, toute la maison ou quoi, le fait qu'elle n'a pas été très précise, le fait que je ferais mieux de tout nettoyer, tarte aux prunes, rincer les prunes et les dénoyauter, *The Sugarcreek Budget,* Harvest Thrift Store, le fait que la première fois que j'ai su que Leo m'aimait c'est quand il m'a appelé « chérie » au téléphone, le fait qu'on venait tout juste de se rencontrer et ce « chérie » est sorti comme ça, et ça a suffi, le fait que c'est pour ça qu'on est là aujourd'hui, à galérer avec une tripotée d'enfants et de livres et de poules et de tartes et de factures médicales, ombres, nuit, tout ça à cause d'un « chérie » dit par lui, le fait que pendant qu'on attendait que Ronny vienne nous chercher Ben a lu à voix haute son livre sur les réparations domestiques et Stacy est restée avachie sous un gros arbre, l'air revêche, le fait que maintenant elle veut un miroir en pied, le fait qu'il y a déjà un miroir à l'intérieur de sa penderie mais elle en veut un plus grand, dit-elle, le fait que je crois qu'elle veut parfaire sa dégaine, le fait que j'ai des tartes à faire, et je ne sais pas quand j'aurai le temps de lui acheter un grand miroir pour parfaire sa dégaine, le fait que grâce au nouveau livre Ben dit qu'il a compris le robinet de la salle d'eau, et qu'il peut le réparer, si Leo l'aide à trouver les bons outils et les bons éléments, mon Petit Oreiller, mère au foyer, femme d'intérieur, casanière, épouse, feignasse, encroûtée, pâté, pas terrible, travail bénévole, le fait que les femmes faisaient environ cinquante et une heures de tâches ménagères par semaine en 1900 et maintenant on en fait environ quarante-six, le fait qu'on a gagné cinq heures par semaine, grâce au progrès, ce qui n'est pas mal mais pas assez, le fait que Leo dit que je ne suis pas une femme au foyer, je suis une Ingénieure domestique, le fait que tous les garçons voulaient être ingénieurs plus tard, mais ils pensaient à des trucs genre conducteur de train, pas ingénieur domestique, ou même ingénieur civil, le fait que quand vous travaillez chez vous vous faites un million de choses différentes à la fois, les lits et la lessive et le jardinage et la liste des courses et répondre au téléphone et la cuisine et la couture et le repassage et nourrir les poules et oublier toutes sortes de choses, le fait que si je ne travaillais pas à la maison on devrait probablement engager quelqu'un pour faire tout ça, comme Paula Turnbull, donc d'une certaine façon je crois que je vais nous faire faire des économies, même si je ne gagne pas beaucoup, le fait que je ne suis pas vraiment une fée du logis, mais je fais de mon mieux, le fait que je devrais essayer de voir les choses comme ça, Ingénieure domestique, parce que la plupart du temps je me trouve juste inutile et d'aucun secours ou presque, même si Leo ne le dit pas, le fait qu'il s'excuse souvent de ne pas m'aider plus avec la vaisselle, ou l'aspirateur, ce qui est idiot, le fait qu'on a un lave-vaisselle après tout, le fait qu'il y a des gens ici-bas qui ne savent pas se débrouiller sans lave-vaisselle et j'en fais partie, mais je ne compte pas sur Leo pour s'en occuper après une longue journée à la fac, le fait que j'ai quatre enfants pour m'aider à remplir et vider le lave-vaisselle, et ça devrait suffire à n'importe qui, basta, le fait que à quoi bon être une femme au foyer si je ne reste pas à la maison, le fait que c'est nettement plus sensé pour moi de rester à la maison, vu que j'ai toujours des ennuis quand je sors, avec le feu et l'eau et les crétins et tout, le fait que le monde est plein de tarés et de tireurs fous et de survivalistes qui ont leurs propres tanks et leurs propres missiles, le fait que c'est dangereux dehors, le fait que j'ai toujours trouvé dangereux de quitter la maison, le fait qu'enfant j'étais tout le temps inquiète quand on sortait, qu'il arrive quelque chose et que je ne revoie jamais Maman, pour une raison ou une autre, le fait que ma maman me manquait toujours, et je croyais que je lui manquais aussi, mais peut-être qu'elle était heureuse de faire une pause, et qui ne le serait pas, avec trois enfants, le fait qu'elle a publié son livre juste avant de tomber malade, et Papy a déclaré solennellement « Ce livre sera soit un succès soit un échec », le fait que c'était un peu idiot de dire ça, le fait que ce n'est pas très encourageant, dire ça à quelqu'un qui vient juste de finir son premier livre, et ça n'a pas grand sens non plus, le fait que en quoi c'est différent que de dire il fera soit plus chaud soit plus frais, plus brumeux ou moins brumeux, et tu seras plus malade ou guéri, vivras ou mourras, et les gâteaux vont gonfler ou pas, ces huîtres sont bonnes ou mauvaises, le fait que le ventre de Papy aurait pu soit grossir soit diminuer, mais il a grossi, le fait que sa ceinture aurait pu être positionnée plus haut ou plus bas, mais il a préféré en haut, trop haut, le fait qu'il portait peut-être des bretelles, mais je ne m'en souviens plus, le fait que ma ceinture est détendue, le fait que ce pantalon est sur le point de tomber, tout en os, la peau sur les os, de vieux os, jusqu'à l'os, os à ronger, sac d'os, tomber sur un os, os à moelle, oser le tout pour le tout, Glacier Lake, le fait que maintenant je ne reverrai jamais Maman, le fait que mon puzzle de Glacier Lake me pose encore problème, à moitié fini, avec des milliards de pièces turquoise en attente, le fait que quand on attendait au centre commercial Jake ne se lassait pas de monter les escalators, le fait qu'il faut surveiller cet enfant, Otis, Maman, pêches à la crème, tongs, Bill Clinton, le fait que le ventre de Papy était complètement rond, comme une pastèque, ou un ballon de plage, un pneu, le fait que, oh oui, je suis sûre qu'il portait des bretelles et qu'elles remontaient son pantalon, ce qui ne faisait qu'accentuer la rotondité de son ventre, orthodontiste, le fait qu'il aurait pu se regarder dans un miroir en pied, mais je ne crois pas que les gens se souciaient beaucoup de la mode à cette époque, « Ce bedon-ballon sera soit un succès soit un échec », ♫ *Le vieux roi Louis* ♫, assiette en sucre candi, cuillers souvenirs, meuble bibliothèque vitrine, « Allez les Trojans ! », le fait qu'ils étaient contrariés que Papa intègre Yale au lieu d'une fac du Michigan, alors quand il est parti ils lui ont filé plein de vieux costumes de Papy, le fait qu'ils avaient été retouchés pour aller à Papa mais bon, ils étaient vieux, costumes démodés déjà portés, *L'Éveil*, et il les détestait, le fait que ces costumes n'ont pas été un succès à Yale, le fait qu'ils ont été un échec, le fait qu'une fois que Ronny nous a tous ramenés ici Stacy a filé direct dans sa chambre, probablement pour poster une vidéo comprenant une petite séquence avec la maison en feu, filmé flou avec son smartphone parce que nous ne lui avons pas acheté de caméra vidéo, le fait qu'elle veut faire des vidéos de qualité comme les filles de Morning Routine, mais je ne veux pas qu'elle coure partout dans la maison en nous filmant et en nous interviewant comme la fille qui oblige sans cesse sa mère à se rappeler les choses mignonnes que faisait sa fille quand elle était petite, le fait que certaines de ces séances nostalgiques durent vingt minutes, et je ne crois pas pouvoir rivaliser avec cette mère, le fait que je ne me rappelle pas assez de choses mignonnes pour tenir vingt minutes, non que Stacy n'ait jamais été mignonne, simplement je ne me souviens de rien, le fait que ça serait gênant, avec pour finir Stacy qui s'éloigne en tapant du pied et ne me parle plus pendant une semaine, alors je préférerais éviter cette situation, si possible, le fait que filmer quelqu'un chez lui c'est empiéter sur son intimité, le fait que les filles de Morning Routine filment leur maison et leur famille puis vont dans la cuisine et expliquent comment faire cuire des spaghetti, et vous voyez toute la maison et la famille stupéfaite qui se planque à l'arrière-plan, le fait que je pense que ça doit donner aux cambrioleurs un bon aperçu des biens de la famille, le fait que je pense que Stacy devrait faire ses devoirs, pas des vidéos sur la disposition de nos meubles à toute heure de la journée, le fait que Leo pense que les enfants ne devraient pas avoir de devoirs à faire, le fait qu'il trouve ça cruel, parce que les enfants ont besoin de temps pour jouer et se détendre et dormir et filer un coup de main et construire des cabanes dans les arbres et tout ça, et même parler à leur mère, éventuellement, le fait que cette idée me plaît, en partie parce que les adolescents pourraient dormir davantage, le fait qu'ils ont besoin de vingt heures de sommeil par jour, comme les chats, mais ils se couchent toujours trop tard et après ils doivent se lever tôt pour aller en cours, le fait que je pense que c'est pour ça que des tas de tueries ont lieu dans les écoles à 7 heures du matin, ou 7 h 30, le fait que les gosses qui se livrent à des tueries dans des écoles sont à moitié endormis et ne savent pas ce qu'ils font, somnambuteur, ou alors ils ont simplement été rendus fous par le manque de sommeil, ♫ *Baa, baa, baa* ♫, le fait que quand Leo donne cours vraiment très tôt, genre 8 heures du matin, il les laisse apporter leur petit déjeuner en classe, le fait que sinon ils ne suivent rien, titane, platane, centurion, ceinturon, critère, cratère, labyrinthe, spirale, le fait que c'est dingue qu'on ait réussi à rentrer hier sans avoir été tous emportés par ces crues, l'industrie bovine, le réchauffement climatique, pédophiles, pommes avec des lames de rasoir dedans, terroristes, personnes allergiques aux noix, tarés, pro-guns, EI, électeurs de Trump, le fait qu'aller au centre commercial est nettement moins agréable qu'avant, le fait que les endroits où les gens se réunissent en masse me rendent nerveuse, point sensible, zone à risque, zone de non-survol, recrudescence des cancers, le fait que les enfants sont très recherchés comme victimes de tueries ces temps-ci, le fait qu'ils tirent souvent par mégarde sur leur mère, aussi, le fait que des enfants de trois ans trouvent toujours des armes chargées sur la banquette arrière et tirent sur leur mère pendant qu'elle les emmène quelque part, le fait que je n'oserais plus envoyer mes enfants en colonie de vacances, pas après Breivik, le fait qu'il faut bien réfléchir avant d'aller dans un endroit très fréquenté, chasseurs, bois, ratons laveurs, le fait que je crois qu'on va devoir les distraire tout l'été à la maison, le fait qu'ils pourraient aller à l'université d'été, mais pourquoi l'université d'été serait plus sûre que la colonie, le fait que où qu'ils aillent ce sont des cibles faciles, école, terrain de sport, piscine, Norvège, Gnadenhutten, grands magasins, Macy's, « Ting-ting-ting », rayon armes de Walmart, colliers de Pepito, le fait que vous n'avez qu'une envie c'est les border et vous assurer qu'ils ne risquent rien, le fait que si seulement ils pouvaient rester à l'abri dans leur lit jusqu'à l'âge adulte, ALS, colite, cancer du rein, mais même alors ils seraient une source d'inquiétude, le fait que vous ne voulez pas qu'ils épousent des casse-pieds ou attrapent des maladies ou vivent à des kilomètres de vous et ne vous donnent aucune nouvelle, pièces rapportées, MIL, ombres sombres en plein jour, clair-obscur, le fait qu'on devrait peut-être opter pour l'instruction à domicile, mais les enfants instruits à domicile passent trop de temps avec leurs parents, et trop de temps enfermés, le fait que je ne pourrais jamais faire de tartes si je devais jouer à la maîtresse en plus d'être Ingénieure Domestique, femme d'intérieur, pâtissière, Sandy Hook, Nickel Mines, en mode exécution, le fait que tous les gosses que je connais qui reçoivent une instruction à domicile sont, disons, un peu dérangés, le fait qu'il y a cette fille qui était dans la classe de Stacy avant et qui maintenant est instruite à la maison et ses parents sont des fondamentalistes chrétiens et ils la battent, Hadley, le fait qu'elle est plus grande qu'eux maintenant, alors elle rend les coups, mais cette situation n'est pas terrible, le fait qu'une adolescente de Columbus a été blessée par l'ex-mari de sa mère, mais elle a réussi à appeler la police pendant que le reste de sa famille se faisait assassiner, « en mode exécution », incompréhensible, tireurs, Hooters, Winchester, Colt 45, fusil à pompe Remington Model 870, revolver calibre .38, le fait que la vérité c'est que je m'inquiète pour mes enfants toute la journée pendant qu'ils sont à l'école, le fait que je ne crois pas que Maman s'inquiétait pour nous toute la journée, du moins j'espère que non, le fait qu'il n'y avait guère de raisons de s'inquiéter il y a trente ans, le fait que cette épidémie de tueries n'avait pas encore vraiment commencé, le fait que c'était quand déjà Columbine, le fait que j'avais la vingtaine à l'époque, le fait que Phoebe et moi allions à l'école et en revenions à pied deux fois par jours quand on était petites, toutes seules, Phoebe me traînant pendant tout le trajet parce que j'étais lente, dispute, manteau perdu, troncs d'arbres noirs, neige blanche, gadoue, boue, sandwich au thon, le fait que les mères redoutaient moins les massacres alors, le fait que Maman devait surtout penser à réchauffer la soupe de nouilles au poulet et à préparer des sandwiches au thon, plutôt qu'à nous en train de survivre à notre journée d'école sans être « exécutées », le fait que je ne m'inquiète pas que pour les enfants, vu que Leo passe la moitié de son temps dans des aéroports et sur des campus, auditoriums, cafétérias, avions, zones à risques, 11 Septembre, le Pentagone, le fait qu'il est à la merci d'étudiants en colère qui sont tombés du lit, ou de collègues, ou de concierges fous ou de fanatiques d'extrême-droite, le fait que les campus sont des endroits idéaux pour les tueries, tout comme les écoles et les hôtels et les églises et les cinémas et les stades et les restaurants et les gares et les boîtes de nuit, le fait que les tueurs sont comme des lions surveillant des points d'eau, attendant qu'un troupeau arrive, columbarium à cinq niveaux, rangées blanches de poules captives, esclavage, roulés à la cannelle chauds, le fait qu'Oprah dit qu'un « enfant à problèmes est un enfant, pas un problème », le fait que je ne suis pas passée au pressing, je viens de m'en apercevoir, mais peut-être que Leo y est allé entretemps, le fait qu'il prend soin de ses vêtements, le fait qu'il aime ses chaussettes, et il aime les caleçons, le fait qu'il alterne entre caleçons noirs et caleçons gris, et j'ai essayé de comprendre un jour son système, alors je l'ai interrogé et il a dit « Quelle importance ? » et j'ai dit que j'avais besoin de savoir en cas d'urgence, et il a dit « Quelle urgence ? » et j'ai dit « Eh bien, si tu es inconscient ! Par exemple, si tu te réveilles soudain en soins intensifs et que tu réclames ton caleçon noir alors qu'on est mercredi ? », et il a dit « Si je suis inconscient ça n'aura pas d'importance », et j'ai dit « Mais, mais — », et il a dit « Ne t'inquiète pas, ma douce », le fait que je suis toute chose quand il m'appelle comme ça, le fait que personne ne m'a jamais appelée comme ça avant, le fait que la maladie de Maman m'a cassée, le fait que ça m'a brisée, ma douce, le fait que j'ai rêvé que j'étais devant la maison avec des femmes, à papoter, et un avion ou un hélicoptère surgissait, tout près, avec une sorte de faux avion suspendu au bout d'un long filin, et le faux avion percutait un immeuble de l'autre côté de la rue, et un autre immeuble juste à côté tremblait et se fissurait et commençait à s'écrouler, le fait qu'un type avec un vélo sur son balcon parvenait à sauter sans se faire mal, avec son vélo qui plus est, et on applaudissait toutes depuis le porche d'en face, le fait qu'ensuite je commentais la situation avec les autres femmes, qui paraissaient très bienveillantes, le fait qu'on trouvait toutes que l'accident d'avion était effrayant, ce qui était plutôt rassurant, le fait qu'on voyait alors un cheval dans un champ à côté et un type demandait si c'était un cheval ou un poney, alors j'allais voir de plus près et c'était un cheval de trait, avec de gros sabots à fanons, le fait qu'il y avait plein d'enfants dans le coin aussi, le fait qu'on essayait tous de survivre ensemble, comme si c'était la guerre, le fait que je voyais d'autres immeubles se faire percuter par de gros objets, le fait que c'était très chaotique, comme une apocalypse, la grande panne, sacs à dos, riz, tampons à récurer, allumettes, baume à lèvres, le fait qu'on arrivait finalement devant une grande maison appartenant à des gens adorables qui nous laissaient nous installer chez eux, le fait qu'une fois dans la maison tout le monde voulait regarder des DVD, mais moi je regardais par la fenêtre la jolie petite baie, et soudain tout était complètement rural, mais je n'arrivais pas à me faire une idée de l'échelle, le fait que la baie semblait plus proche qu'elle ne l'était vraiment, et ensuite toute la maison se mettait à bouger, très vite, comme un train, et on passait devant des gens sous leur porche et on essayait de communiquer avec eux par signes mais on n'y arrivait pas vraiment, le fait que dans le feu de l'action il me venait soudain à l'esprit que dans une situation d'urgence pareille tout le monde allait saturer les réseaux téléphoniques et que Leo et moi ne recevrions sûrement pas les textos de l'autre avant plusieurs jours quand tout se serait calmé, si jamais ça se calmait, le fait que je me suis réveillée en pensant au mot « diviser », je ne sais pas pourquoi, le fait que Leo et moi étions divisés, loin l'un de l'autre, le fait que ça fait peur parce que si c'était vraiment l'apocalypse comment ferait-on pour se retrouver, je veux dire si nos portables ne marchaient plus, le fait que je ne savais pas non plus où j'étais, dans le rêve, alors je n'aurais pas pu lui dire où me retrouver, ma douce, le fait que la petite fille qui s'aventurait dans la nuit ne disparaissait pas dans la nuit, le fait que c'étaient des mensonges et que quelqu'un l'avait assassinée sans raison aucune, le fait que callipyge signifie que vous avez un sacré popotin, le fait que le gynéco a eu le culot de me demander si je suivais un traitement hormonal pour la ménopause, mon Dieu, le fait qu'ils ne vont pas tarder à filer ce truc aux enfants, le fait que la plupart des femmes en Amérique prennent des cachets pour ça, je crois, enfin bon, celles qui en ont les moyens, testicules de singe, démangeaison, le fait que l'infirmière était si jolie et parfaite qu'elle m'a fichu la trouille, le fait que tout ça était très gênant, le fait que je fais le ménage pour James, ou la mère de James, le fait que je me demande si Sue Bender aime peut-être se retrouver dans une maison propre, tout simplement, comme moi chez Abby, le fait que je viens d'avoir cette pensée, le fait qu'elle n'avait pas à s'imposer ainsi chez les amish, juste pour vivre dans une maison propre, le fait qu'elle aurait pu aller chez Abby, ou chez n'importe quel voisin d'Abby, ou faire elle-même son propre ménage, dans sa maison pleine de poupées sans visage et de listes de tâches à accomplir, le fait que la plupart des gens sont très ordonnés, par rapport à moi, le fait qu'on se demande où ils ont rangé toute leur paperasse, les lettres de Maman, le fait que je suis comme un derviche tourneur maintenant, à prendre des choses et à les fourrer dans des tiroirs et sur des étagères et dans des placards, le fait que j'y prends goût, on dirait, le fait que ce ménage est peut-être une bonne thérapie, après notre rencontre inquiétante avec les forces de la nature, le fait qu'à peu près tout dans cette maison semble à la mauvaise place, le fait que je m'insurge parfois contre le désordre qui règne ici et le fait que je dois tout ranger derrière tout le monde en permanence, le fait que j'ai pesté l'autre jour et dit « Serais-je donc la seule personne ici à faire le ménage ? » et Stacy, qui se trouvait à côté, a dit « Oui », mais pas méchamment, juste de manière factuelle, sans chercher la dispute, le fait qu'il y avait même peut-être une nuance de compassion dans sa voix, le fait que je lui ai demandé « Mais vous vous en fichez de ce que deviennent vos affaires ? Vous vous en fichez de l'hygiène, et que vos amis voient ce chaos ? » et elle a dit « Non », le fait qu'elle n'en était pas fière ni rien, qu'elle ne s'excusait pas non plus, le fait qu'elle disait juste les choses telles qu'elles étaient, un fait, un fait de la vie, le fait que j'ai demandé « Ça ne vous embête pas qu'on piétine vos affaires… », « Non », « … ou qu'on les jette par mégarde ? », « Non », le fait que ces gens se fichent pas mal du ménage et qu'ils ne se rendent même compte que je nettoie après eux, que je classe leurs papiers et tous leurs petits jouets en plastique et leurs poupées antistress, les DVD rayés et les pots à miel poussiéreux et les portables sur le point d'être écrasés, remplir le lave-vaisselle, vider le lave-vaisselle, ranger les bâtons hémostatiques, faire les courses, acheter des sous-vêtements et préparer souvent deux ou trois repas par jour, avec des aliments différents chaque jour pour chacun, pour être sûre qu'ils aient une « alimentation variée et colorée », le fait qu'on se croirait parfois dans un restau ici, et que c'est moi le cuistot, et deux baveux deux, du vert pour la trois, à réchauffer vite fait, « ces gens », le fait que je devrais faire la grève, franchement, le fait qu'on enlève la cire fondue sur une nappe en la mettant un moment au congélo, le fait que Jupiter a une température en dessous de zéro, le fait qu'il y règne également une tempête permanente qui ressemble d'ici à une gigantesque tache rouge, « C'est une tache permanente », permanente, le fait qu'elle est de la taille de la Terre, juste un gros ouragan continu, derviche tourneur, gynéco homme, le fait que je me demande s'il y a des gynécos hommes sur d'autres planètes, mais même dans un univers infini ça semble improbable, galaxie, Système solaire, Voie lactée, Milky Way, United Way, United Airlines, 11 Septembre, Fresia, le fait qu'elle est un peu extrême, la mère de James, l'heure des SpaghettiO, capucines, aubépines, le fait que c'est quoi ça, le fait que « Deux lève-tôt, des amoureux de la nature, ont eu le choc de leur vie dimanche dernier. Ce qu'ils ont pris au début pour un chant d'oiseau s'est révélé en fait les piaulements de trois bébés couguars abandonnés, qui s'étaient cachés dans un arbre creux. Malgré une féroce résistance, Bard Grissal, 38 ans, et Tony Marvey, tous deux résidant depuis longtemps à Calcutta, dans le comté de Columbiana, ont réussi à mettre les petits couguars dans un sac à dos », le fait que ça pourrait plaire aux enfants, le fait que Jake aime les bébés animaux, bon, tout le monde aime les bébés animaux, le fait que « Sur les conseils de la police locale, les deux sauveteurs ont remis les bébés couguars au service félin du zoo de Columbus. Les couguars ont trois ou quatre mois et sont en bonne santé. Les bons Samaritains s'en sont sortis avec quelques griffures sans gravité, en souvenir de cette rando devenue une mission de sauvetage de cent quarante kilomètres. "Ils sont petits mais ils sont costauds, a déclaré Marvey aux journalistes. Il va me falloir un nouveau blouson !" », le fait que comment peut-il y avoir des couguars dans le comté de Columbiana, le fait que ça doit être des animaux apprivoisés appartenant à quelqu'un, randonneurs, Calcutta, couguars, panthères, dans l'Ohio, mon Dieu, le fait que c'est bien qu'ils les aient remis à un zoo, le fait qu'on ne veut pas de couguars dans la nature par ici, qui dévorent les enfants, CONELRAD, le fait qu'on est censés avoir d'énormes myosotis cette année, ce qui est soit bon signe soit mauvais signe, le fait que si on n'avait pas viré tous les Indiens de l'Ohio ils seraient en mesure de nous dire ce que signifient des myosotis aussi gros, et que faire des couguars, les Big Woods, Big Mac, bigame, le fait qu'on a tout pollué et qu'on a viré les vieux sages et, en tant que parent, ça ne me plaît pas, Numéros gagnants au loto, le fait qu'on n'a pas mis quatre enfants au monde pour qu'ils fixent intronisés, je veux dire qu'ils finissent intoxiqués, et regardent l'ozone se désintégrer et les cours d'eau prendre feu, et les animaux disparaître de la surface de la terre, myxines, myxines, miction, action toxique, Taste of Coshocton, réunion trimestrielle, fracturation hydraulique, extruder, sol, pétrole, un coin de rue ensoleillé à Madison, le fait que Luella, la cousine de tante Sophia, a été enlevée par des Indiens, mais elle est revenue après quelques mois, le fait que j'ignore si elle a passé du bon temps ou non, un succès ou un échec, le fait qu'il n'existe pour ainsi dire pas d'archives familiales, juste quelques vieilles photos et une tête d'orignal, un joug et la roue d'un chariot, le fait que c'est ça mon problème, je me lève trop tôt et j'ai ces pensées déprimantes, le fait que si je mangeais une madeleine je crois que je me sentirais nettement mieux, PROPRIÉTÉ PRIVÉE, VOUS ENTREZ À VOS RISQUES ET PÉRILS, myxines, lamproies, le fait qu'un camion a déversé trente mille myxines sur l'autoroute quelque part en Californie, je crois, et ils ont dû fermer toutes les voies pendant une journée pendant qu'ils essayaient de nettoyer la vase sur la chaussée, le fait qu'il y avait des myxines partout et qu'elles étaient stressées, les myxines, par les équipes de la voirie, mais elles aussi peut-être, le fait que quand les myxines sont stressées elles exsudent encore plus de vase, exsuder, extruder, du coup il y avait vraiment beaucoup de vase, « Je préfère quand il y a beaucoup de sperme, depuis toujours », le fait que soit dit en passant on se demande pourquoi ils transportaient des myxines, mais les Coréens les apprécient, le fait qu'ils mangent des myxines, poissons-loups, lamproies, Kim Jong-un, le roi de Tory Island, le fait que les myxines semblent encore plus mal élevées que mes enfants, le fait que, comme si tout ça n'était pas assez gluant et vaseux, les myxines projettent leurs mâchoires en dehors de leur bouche, en retournant leur bouche, le fait que les myxines extrudent leurs propres mâchoires, et ce n'est pas joli à voir, le fait qu'elles sont aveugles, par ailleurs, ce qui vaut mieux sinon elles devraient voir d'autres myxines retourner leurs bouche en permanence, le fait qu'elles ne voient pas la vase de leurs congénères, retournement, démoulage, assiette de poo-poo, le fait que c'est un peu l'équivalent sous-marin des rats-taupes, qui sont également aveugles et qu'on a du mal à regarder, rats-taupes, taupe, rat, vase, Wasa, Médaille d'Honneur, tour d'honneur, Femme de l'Année, entraîneuse de basket, gommettes, mère de James, le fait que ça ressemble à quoi, avaler, quand votre bouche est *en dehors de votre corps*, le fait que c'est peut-être plus facile, le fait qu'il se passe peut-être déjà trop de choses à l'intérieur de notre crâne, comme parler, chanter, respirer, ronfler, siffler, pleurer, tousser, éternuer, hoqueter, baver, manger, lécher, embrasser, goûter, bâiller, grimacer, cligner, voir, entendre, et faire des bruits avec la langue, sans parler de penser et rêver, le fait que rien que la bouche est une structure très complexe, et puis il y a toutes les autres glandes et organes et muscles et tissus et cavités des sinus et tout, le fait qu'il y a plein de vaisseaux sanguins dans le visage, Petit Oreiller, confiture de myrtille, noix, le fait qu'en inversant leurs mâchoires peut-être que les myxines laissent plus d'espace à ces fonctions de la tête, un peu comme construire un porche, ce qui peut être un avantage, même si c'est assez répugnant, petits pois surgelés, le fait qu'elles n'ont sûrement pas besoin de siffler beaucoup, au fond des océans, sifflets pour chien, « nouveaux articles intéressants », *Pas si simple*, dentiste qui me détartre les dents, le fait qu'il est temps de sortir les roulés à la cannelle, le fait qu'il y a un mini chemin de fer entre le bâtiment du Capitole et le Sénat qui est censé être secret, sauf si vous siégez au Sénat, fusil M-16 de type militaire, AM-15, GSW, le fait que ces roulés à la cannelle m'empoisonnent vraiment l'existence, pétrir, étaler, faire lever, attendre, faire cuire, secouer, puis laisser retomber, même si c'est moi qui retombe en général, puzzle représentant un paysage-enneigé-au-crépuscule, le fait qu'avant de partir travailler Leo est venu me raconter qu'il avait rêvé qu'on avait un vieux *nez* de coco et que tout le monde le voulait parce qu'il avait des *frondes*, le fait que les trucs qu'il me sort, le fait que j'aime sa façon de parler, le fait qu'après on a fini par parler des duels, et il a dit qu'il ne savait pas trop pourquoi les duels étaient devenus illégaux, parce qu'ils permettaient de se débarrasser de pas mal d'idiots, le fait que parfois, quand il voit Stace, Leo dit « J'aime bien cette Eustacia Vye » comme dans *L'Attrape-cœurs*, et elle a l'air d'aimer ça, le fait qu'on ressent parfois comme une microseconde de pur bonheur, entre toutes les épreuves liées à la survie, le fait que je me demande si les animaux connaissent ça eux aussi, myxines heureuses, le fait que nous sommes ici pour voir et faire partie des choses, voir et faire partie des choses, le fait que les aigles voient et font partie des choses, le fait qu'ils voient tout, le fait qu'un aigle vit vraiment dans le présent, et peut-être que c'est le cas aussi des myxines, polluants radiologiques, TTHM, poils du nez, le fait que Leo aide Ben à étudier notre eau potable, à quel point elle est contaminée, Chuck, le fait que Leo dit que notre eau potable viole la Loi sur l'Hygiène des Eaux Potables, et la norme fédérale pour l'eau potable, le fait qu'il dit que notre eau est pleine de TTHM, HAA5, TTHM, et que c'est largement supérieur à ce que préconise le gouvernement pour d'autres trucs, le fait qu'on a plein de ppbs de bromodichlorométhane, alors que la limite ppb recommandée est bien en dessous, et qu'on a trois fois la limite acceptable de ppbs de chloroforme, et des ppbs de dibromochlorométhane là où il ne devrait presque pas y en avoir, et environ 16 ppbs de trihalométhanes, alors qu'on ne devrait pas en avoir plus de 0,8, de l'acide trichloroacétique aussi, pour citer un truc au nom peu ragoûtant, le fait que la limite supérieure pour l'acide trichloroacétique est de 0,5 ppbs, or on en est à 1 000 ppbs, et qui a envie de ça, le fait que j'oublie tout le temps ce que veut dire *ppbs*, mais ça veut dire un truc comme « parties par milliard », le fait que je me demande pourquoi c'est toujours comme ça qu'on mesure les choses, ppbs, Probablement Pollués Bien Que Survivables, Plutôt Préoccupant comme Bricolage Spéculatif, Prime Pitoyable Pour Béotiens Sans Le Sou, Poison Puissant Bizarrement Scellé, chope, bol pour bébé, Pitoyable Et Pernicieux Bol-Pour-Bébé Symptomatique, un, deux, trois, partez, en joue, feu, J'épie avec mon petit œil, « Chat ! », tuyaux bouchés, petit déjeuner, attendre un tram, le fait que j'ai laissé tomber cette dernière enquête sur l'eau, le fait que c'est trop effrayant quand il s'agit de votre eau à vous, le fait que je veux être comme ce type qui vit à Athens et qui évite toutes les infos, Athens, dans l'Ohio, pas Athènes en Grèce, le fait qu'il ne veut juste *rien* savoir, et moi non plus, franchement, le fait que ces polluants, ces produits chimiques, sont tous cancérigènes, et on a aussi du bromoforme, du bromodichlorométhane, et des nitrates, je crois, dans notre eau, qui sont également cancérigènes, le fait que je ne me sens pas bien, toxines, cancérigènes, le fait que c'est peut-être notre eau qui m'a donné le cancer, parce que j'étais très jeune pour l'avoir, le fait que la plupart des gens qui ont le genre de cancer que j'ai eu ont soixante-dix ans ou plus, Frances Oldham Kelsey, Rachel Carson, *Le Fugitif*, Pernicieux Petits Bureaucrates Sadiques, le fait que Leo a dit qu'il est possible qu'il y ait un cluster de cancers par ici, le fait que Ben et lui essaient d'en savoir plus, mais moi je ne veux rien savoir, le fait que si notre eau m'a refilé un cancer pareil je vais partir vivre à Athènes, en Grèce, Pathologie D'Un Pathétique Bas-Du-dos Sensible, le fait que si c'est ça qui m'est arrivé c'est encore pire que le remède contre le mucus nasal, et mes enfants continuent de boire de cette eau, filtrée, certes, le fait que c'est le cas de tout le monde par ici, le fait que nous prenons tous des bains avec, Post-Prandiale Baignade Spontanée, le fait que ça m'arrive d'oublier et de faire cuire des légumes à la vapeur, ou d'ajouter de l'eau glacée non filtrée à ma pâte à tarte, le fait que nos pauvres poissons rouges vivent dedans, et les poules aussi la boivent, et ensuite on mange leurs œufs, même si parfois les poules trouvent des flaques dehors et boivent cette eau-là, qui est peut-être moins polluée, ou pas, cette flaque sera soit un succès soit un échec, le fait que leurs œufs finissent dans la pâte à tarte aussi, et dans mes roulés à la cannelle, et mes clients mangent ces tartes et ces roulés à la cannelle, cluster de cancers, sauf les clients qui veulent juste *goûter* et en laissent la moitié dans leur assiette, ingrats, clients qui laissent à désirer, œufs, croque-madame, croquet, badminton, Wisconsin, piment, le fait que les poissons rouges semblent aller bien, même s'ils meurent souvent, mais c'est le propre des poissons rouges, Poisson Pâle Balancé Sereinement, anneau de serviette, éternel foyer, Un Couple De Pingouins Du Même Sexe Élève Un Poussin, le fait que mon oncologue m'a dit d'accepter le changement, et que le cancer est la nouvelle normalité, Plutôt Piètre Comme Base Systémique, mais je ne vois pas pourquoi les habitants de Newcomerstown devraient accepter le changement si ça veut dire boire une eau dangereuse, le fait que nous ne sommes pas les seuls non plus, le fait que l'eau potable contient un niveau de polluants dangereux dans la plupart des endroits en Amérique, la plupart, le fait que tout le monde a du bromoforme maintenant, le fait que je n'avais jamais entendu parler du bromoforme avant, « no promo homo », pro bono, la Police Planche sur le Bromoforme (Statistiques), le fait que quelque part dans le Sud on ne peut même pas dire que certaines personnes sont gay, je veux dire dans les cours d'éducation sexuelle, comme si seule l'hétérosexualité existait, brochure de Stacy, Cléopâtre, Priape, David Attenborough, le fait que c'est peut-être quelque chose comme du chloroforme, le fait que pourquoi y a-t-il du chloroforme dans notre eau, trois fois la limite, le fait qu'ils veulent nous endormir ou quoi, le fait que ça devrait être illégal, action massive, action collective, Suella, kidnapping, lits superposés d'Annie, *Les Sept Femmes de Barbe-Rousse*, le fait que les dentistes victoriens chloroformaient les gens, Palper Pulvériser Broyer Sablonner, extruder, cavités, Porc, Patates, Bacon et Sauce sur pain de seigle, le fait que je n'ai pas l'impression d'avoir eu du chloroforme dans mon café aujourd'hui, un peu de lait chaud peut-être, par temps froid, pas de chloroforme, merci, le fait que j'ai demandé à Leo pourquoi ils mettaient tous ces acides effrayants dans l'eau, et il a dit un truc du genre ils doivent javelliser l'eau pour la purifier, le fait que j'ai dit à Leo « Dis donc, les sociétés américaines n'ont pas le droit de nous tuer, quand même », et je ne me souviens plus ce qu'il a dit, mais c'était probablement quelque chose comme « Si, elles ont le droit, et arrête de m'appeler Didon », le fait qu'il dit ça chaque fois que je commence une phrase par « dis donc », et je ne comprendrai jamais pourquoi, le fait qu'après ça j'en ai parlé à Cathy et elle m'a dit de ne pas m'en faire, le fait que la police fouille les cavités corporelles, le fait que je me trompe peut-être mais il me semble que la police devient incontrôlable, samedis après-midi à Evanston, finaliser le journal du quartier dans notre coin cuisine, le fait que j'ai oublié comment on l'appelait, le fait que Phoebe écrivait presque tout, le fait que le plomb, les nitrates, l'atrazine, le manganèse et le fluorure sont mauvais pour les enfants, le fait qu'ils disent que seulement 0,2 ppbs de plomb ce n'est pas dangereux, or notre niveau de plomb oscille entre 3,00 et 5,00 ppbs, le fait que ça devient comme à Flint par ici, et ça me fait peur, le fait que le fluorure s'absorbe mieux avec de la pâte dentifrice, le fait que l'avaler n'est pas bon pour la santé, mais dans la plupart des endroits on en met encore dans l'eau, le fait que j'espère que les carafes Brita extraient le fluorure, potable, skookum-chuck, système d'osmose inverse, le fait que cela dit, à l'école, ils boivent juste à la fontaine à eau comme tout le monde, et l'eau doit être pleine de plomb, le fait que c'est quelque chose dont je devrais parler lors de la réunion parents-profs, le fait qu'Amelia montera peut-être sur ses grands chevaux, le fait qu'elle voudra faire un procès, le fait qu'Oscar Wilde a intenté un procès pour diffamation et qu'il a dû faire des travaux forcés, camps de travail soviétiques, assurances médicales, Obamacare, le fait que c'est comme découvrir soudain l'existence des macrophages et des tardigrades, des choses dont vous ignorez la présence mais qui sont là, le fait qu'on croit que tous les gens autour de soi meurent de maladies normales, mais très vite on commence à se demander si c'était vraiment inévitable, le fait qu'il y a quelque chose dans l'eau dans certains endroits qui selon eux serait lié à la *SLA*, par exemple, le fait que comment font les pollueurs pour ne pas avoir d'ennuis, le fait qu'on suppose que l'eau est un droit humain fondamental, parce qu'on en a besoin, comme l'air, mais si votre eau n'est pas saine, et que l'air ne l'est pas non plus, ni la nourriture, la viande et les fruits, alors quoi, le fait qu'ils essaient de nous tuer, massacre, génocide, écocide, araignée, myxines, vase, vaseux, schlamms, résidu, le fait que je crois que c'est moins grave que quand une digue de retenue vous tombe dessus, comme au Brésil, « maudites digues », ♫ *Nous maudissons Escanaba et ce maudit minerai de fer* ♫, Vale, les Vales de Boston, vallons, valium, le fait que quand le barrage a cédé soixante millions de mètres cubes de minerai de fer se sont échappés et ont parcouru six cent quarante kilomètres, pour se déverser dans l'Atlantique, le fait que c'est l'équivalent de vingt mille piscines olympiques, soixante millions de planètes, soixante millions de méduses, soixante millions d'éléphants, ♫ *The Stars and Stripes Forever* ♫, le fait que c'est arrivé il a quelques années et que ça continue de se déverser dans l'océan, dégorger, dégouliner, dégoûtant, déversement, et d'empoisonner tout sur son passage, le fait que seuls dix-neuf personnes sont mortes, je crois, au début, mais onze tonnes de poissons ont péri, et tout autour les terres sont contaminées pour des décennies par l'arsenic, le plomb et le mercure, État De Catastrophe Naturelle, *jusqu'au dernier pékin*, le fait que Twain utilise le mot n—, le fait que Leo a dit que Vale ou BHP Billiton a envoyé un ingénieur inspecter le barrage il y a environ un an, et il a découvert des fissures partout et recommandé la construction d'un contrefort, mais personne ne sait s'ils l'ont écouté ou pas, le fait que Leo pense que non, le fait que Leo dit que cet ingénieur était le seul rempart contre ce désastre, et Vale ou BHP ne l'a pas écouté, et maintenant la région est un désastre, Broken Hill, le fait que ça fait penser à ce jeune Hollandais qui a sauvé Haarlem en mettant son pouce dans la digue, piscine olympique, le fait qu'un type a dit qu'il avait tué sa femme parce qu'elle prenait trop de médicaments contre la toux, le fait que c'est lui qui en prenait trop, il ne l'a pas tuée parce qu'elle piquait tous les médocs, le fait qu'il a prétendu que ces médocs pouvaient déclencher des sautes d'humeur psychopathiques, le fait que je ne me rappelle pas si les sautes d'humeur étaient mentionnées dans la liste des effets indésirables de mon anti-mucus, mais probablement, alors Leo a eu sans doute du bol, le fait qu'une habitante de Cleveland a appelé les pompiers l'autre jour pour leur dire qu'un serpent était collé sur son visage, le fait que c'était un boa constrictor qu'elle venait de sauver et il l'a mordue au nez puis ne l'a plus lâchée, le fait qu'il s'est lové autour de son cou, le fait qu'ils ont dû tuer le serpent pour lui desserrer les mâchoires, accepter le changement, éternel foyer, le fait que cette femme possède deux boas constrictors et neuf pythons, le fait que ça fait beaucoup de serpents, Serpent Mound, le fait qu'il y a eu cinq cents attaques de serpents en Amérique au cours des vingt dernières années, le fait qu'un python peut manger un porc-épic, le fait que ça fait une sacrée bouchée, tout un porc-épic en une bouchée, le fait qu'une chouette mange un millier de souris par an, le fait qu'elle les avale entières, qui plus est, et un crocodile peut manger un requin, le fait qu'il y a des gens dans ce pays qui s'en prennent aux familles de Sandy Hook, et qui disent que le massacre n'a jamais eu lieu, le fait que je n'y ai pas cru quand j'ai entendu ça, le fait que c'est plus qu'abject, le fait que c'est, bon, le fait que comment peut-on être aussi cruel, envers des gens qui ont perdu leurs enfants ainsi, le fait qu'il y a cinq étapes dans le génocide, ou alors c'est huit, ou peut-être dix, le fait que j'ai oublié combien, mais ça commence par déshumaniser les gens, puis c'est l'escalade, méga, MAGA, MCLG, Président Pelotant Des Bimbos Systématiquement, le fait que Gillian mange de la pâte à cookies, le fait que les enfants ont un faible pour les sucreries à force de téter, le fait que le lait maternel est beaucoup plus sucré que celui des vaches, biberons, tasse pour bébé, le fait qu'il n'y a pas de toilettes dans la plupart des aires de jeux, alors que ce sont les deux choses que préfèrent les enfants, jouer et faire pipi, bizarre, Parcelle Publique Bien Sale, le fait que les mères doivent s'en préoccuper tout le temps, et chercher des toilettes partout où elles vont, le premier arrivé a gagné, le fait qu'une des raisons pour lesquelles *Le Voyage fantastique* me met mal à l'aise c'est qu'il ne semble pas y avoir de toilettes à bord du Proteus,

POTUS, du moins en apparence, peut-être parce que la mission n'est censée durer qu'une heure, le fait que je crois que tout l'équipage est censé être allé aux toilettes avant d'embarquer et d'être réduit à la taille de molécules, appareil monoculaire, comme des enfants sages, mais le problème c'est qu'on ne sait jamais, le fait qu'un truc qu'on a mangé à midi se révoltera peut-être, genre une soupe au poivre, ou un bagel oignon fromage, le fait que quand on doit y aller on doit y aller, et parfois on doit vraiment y aller, surtout les enfants et les femmes enceintes, le fait que ce n'est pas facile d'enlever rapidement le maillot de bain mouillé à un enfant, le fait qu'un autre problème dans ce film, même si elle est très belle, c'est que qui a vraiment envie que Raquel Welch nage dans ses veines, ou le reste de l'équipe, le fait que les quatre types doivent déchirer la combinaison de plongée de Raquel quand elle est attaquée par les anticorps, et chaque fois je me dis est-ce que deux types ça ne suffisait pas pour ça, deux au maximum, mais ils veulent *tous* l'aider, le fait que c'est bizarre qu'on ne sache pas à la fin si le type de la CIA et elle se mettent ensemble, le fait que je suppose que c'est évident, le fait qu'ils tombent microscopiquement amoureux, le fait qu'ils sont soudés parce que minuscules, et parce qu'ils survivent aux tentatives de Donald Pleasence pour tout saboter, mais en quoi c'est romantique, franchement, d'être envoyés ensemble dans le corps d'un inconnu, le fait qu'ils finissent dans le coin de son œil, et se tiennent par la main dans des vagues de larmes, « se faire des souvenirs », le fait que Donald Pleasence est anglais et n'a pas cette attitude américaine positive, il faut toujours qu'ils disent des choses déprimantes comme « Nous n'arriverons pas à temps à la carotide », alors qu'en fait tout se déroule parfaitement comme prévu, et ça se serait encore mieux passé s'il n'avait pas arrêté de dérégler les instruments, le fait que je n'arrive jamais à me rappeler le titre de cet autre film dans lequel joue Donald Pleasence, ce film en noir et blanc où ils sont tous coincés dans un phare, le fait qu'ils errent sur des terre boueuses quelque part, l'air abasourdis, le fait que c'était un peu déprimant mais l'image est belle, approbation, apologue, panégyrique, oraison, éloge funèbre, le fait que j'aimerais bien que des personnes microscopiques s'occupent de mon oreille, le fait qu'elle est toujours bouchée après mon Gros Rhume, même si mon audition n'a jamais été terrible, le fait qu'on m'a opérée des amygdales quand j'étais petite, soi-disant pour améliorer mon audition, et des végétations, mais je ne crois pas que ça ait marché, ou alors je ne m'en suis jamais aperçue, Trader Joe's, Whole Foods, impasse, Phoebe et Chas, loft, Sullivan Street, étagères de livres, planchers, chats, table en verre, hi-fi, B&H, le fait qu'à l'époque ils opéraient tout le monde des amygdales, les médecins, pas Chas et Phoebe, et je crois que c'est pour ça que je chope d'aussi sales rhumes, parce que je n'ai pas d'amygdales ou de végétations pour me protéger, narines, drains, bâtons hémostatiques, styx, ptyx, fixe, rixe, ♫ *Sonate au clair de lune* ♫, le fait que je pense qu'on va devoir me *drainer,* angine, tonsillectomie, appendicectomie, Jiminy Cricket, le fait que j'aime bien la robe de soirée de Bette Davis dans *Ève*, le fait qu'on peut remplacer le beurre par l'huile dans presque toutes les recettes, mais c'est difficile de savoir quelle quantité utiliser, le fait qu'il faut y aller à l'instinct, le fait que la fanouropita se fait avec de l'huile d'olive, pas du beurre, sept ou neuf ingrédients, Numéro de Sécurité Sociale, mot de passe, nom d'utilisateur, le fait que si Leo et moi on est ensemble ça tient du miracle, un miracle qu'on se soit trouvés, Old Lyme, limonade, Raymond E. Baldwin Bridge, ponts couverts, les crues de 1832, fanouropita, le fait que peut-être que tout le monde ressent ça, le fait que peut-être que même les pygargues ressentent ça, le fait que c'est un collègue grec de Leo qui m'a parlé en premier de la fanouropita, la Bourse aux Gâteaux annuelle de l'APP, le fait que c'est bien meilleur que cette pâtisserie au citron moyen-orientale sans lait ni beurre que j'ai faite un jour, une expérience, le fait que ça paraît presque illégal ces temps-ci de faire un plat moyen-oriental, mais heureusement personne ne m'a arrêtée, menottes, Geôle de Reading, Peolia, Didon, dis donc, le fait qu'on coupe deux citrons en très fines tranches puis on fait bouillir les tranches de citron deux fois, puis on les passe deux fois, en ôtant l'eau à chaque fois, le fait qu'après on ajoute du sucre, du curcuma et du safran, beaucoup de safran, puis on remet de l'eau, ♫ *Liebestraum* ♫, et on fait bouillir le tout pour obtenir un sirop avec les tranches de citron, le fait qu'il a fallu douze minutes pour que ça épaississe, pas huit comme ils disaient, le fait que les recettes sont souvent inexactes, le fait que je me dis parfois que les cuisiniers omettent des éléments cruciaux, pour être sûrs que vous ne ferez pas le plat aussi bien qu'eux, le fait que c'est peut-être de la parano, suspicion, cieux, granulés, Babar, Sandy Hook, le fait qu'ensuite on fouette l'appareil, qui se compose de semoule, de poudre d'amandes, d'œufs, un peu de levure, et encore du safran et du curcuma, culottes, farine et lait, horaires, toilettes publiques, le fait qu'ensuite on recouvre le moule à gâteau de papier sulfurisé, Teflon, DuPont, vaches qui souffrent, et on s'étale sur le sol de la cuisine et on pleure toutes les larmes de son corps, non, le fait qu'on étale une fine couche de tranches de citron bouillies dans le moule, puis on verse un peu de sirop, et ensuite l'appareil, et après on fait cuire le tout jusqu'à ce que ça soit bien doré, le fait qu'ensuite, dès qu'on l'a sorti du four, on verse le reste du citron dessus, veloutine, velours, le fait qu'on doit laisser reposer le gâteau pendant vingt minutes, puis le retourner, afin que toutes les tranches de citron soient visibles, bingo, verso, et on présente cette création exotique à sa famille, qui goûte, et c'est à ce moment précis que vous vous apercevez que c'est un gâteau plutôt sans intérêt, juste du sucre, presque totalement insipide, et trop sucré même pour les enfants, couches de neige devant chez Abby, crépuscule, le fait que le moelleux au citron moyen-oriental était détrempé à l'extrême, le fait que j'ai dû faire en panique une crème aigre fouettée, juste pour contrecarrer un peu le côté sucré, le fait que où a bien pu passer le goût citronné, le fait que j'aimerais bien le savoir, le fait que ce qu'il lui fallait c'est une épaisse couche de pulpe de paw-paw presque crue, mais les enfants n'auraient pas trop apprécié, le fait que quel enfant veut une plâtrée de pulpe de paw-paw sur un gâteau détrempé, le fait que, moyen-oriental ou pas, il manquait quelque chose à ce gâteau, le fait que c'était un peu gênant, après tout ce travail, perte de temps, La-Z-Boy, le fait que ma seule véritable découverte dans cette impasse culinaire, Coffins Court, l'Institut Culinaire, c'est que la peau de citron peut être rendue comestible, ou du moins moelleuse, si on la fait bouillir trois fois, martini avec un zeste de citron, le fait que personne n'a autant de temps libre, même les mères au foyer et les vedettes d'Hollywood bouillies trois fois, le fait que je pense qu'un ingrédient crucial a disparu en cours de route, bouilli trois fois, le fait que Jake mange maintenant des œufs durs, si j'enlève les jaunes et découpe le blanc en anneaux, le fait que je pense qu'il croit que ce sont des rondelles de calmar, le fait qu'on on a fêté notre survie à la crue en allant manger dehors, le fait que Leo a pris des spaghetti avec des boulettes de viande, Stacy des penne piccante, et Ben son habituel poulet fourré au prosciutto, le fait qu'il prend parfois du poulet à la Kiev, le fait que j'ignore pourquoi un restaurant italien sert du poulet à la Kiev, ingérence russe, le fait que Kiev est en Ukraine, cela dit, pas en Russie, six cents milliards de poules, le fait que la famille de Mamie venait d'Ukraine, le fait qu'ils ont été chassés par les pogroms, pogrom, programme, propriété, propice, propagande, cinq phases de, bouilli trois fois, le fait que Gillian commande toujours une mini margarita, et moi j'ai pris l'aubergine au parmesan, parce que c'était une des spécialités de Maman, mais j'en ai à peine mangé la moitié, le fait que c'est très riche, le fait qu'on peut commander un gros plat de lasagnes à partager, ou des spaghetti bolognaise ou des pasta al forno ou des manicotti ou que sais-je encore, mais à quoi bon, le fait que ça serait comme manger à la maison, le fait que le but d'une sortie au restau c'est que chacun commande un plat qui change de l'ordinaire, le fait que j'adore voir à quel point chacun a des goûts différents, consumérisme, le fait qu'on finit toujours par rentrer avec des doggy-bags, parce qu'ils vous gavent au début de pain à l'ail et de tonnes de salade verte, le fait que j'ai pratiqué un trou au milieu de la salade de Jake et enlevé un morceau au centre d'un bout de pain à l'ail pour lui et qu'il a tout mangé, le fait qu'avant il disait toujours qu'il détestait le pain à l'ail, le fait que je pense que si j'étais née italienne je ne ferais que manger, le fait que quand j'étais petite et qu'on allait manger chez Fanny's je mangeais toujours trop, le fait que j'aimerais savoir faire une sauce spaghetti comme la leur, le fait qu'ils l'ont vraiment bien réussie, ainsi que leur vinaigrette, le fait que les salades ont été servies en premier, du coup je n'avais plus faim pour mes spaghetti, ce qui est vraiment frustrant, le fait que l'Amérique regorge maintenant de gens qui savent finir leur assiette, avec parfois des résultats spectaculaires, concours de dégustation de tartes, le fait que qu'est-ce qu'il y a de mal à laisser des restes, le fait que j'adore les doggy-bags, parce que comme ça la question des prochains repas est réglée, le fait que j'espère que mes tartes ne finiront jamais dans un concours de dégustation de tartes, le fait qu'un jour j'ai commandé une tarte aux pommes dans un restau et qu'elle n'arrivait pas, alors je me suis renseigné et ils m'ont expliqué qu'ils la faisaient réchauffer au four, pas au micro-ondes, et quelques minutes plus tard deux parts sont arrivés, ce qui était un peu gênant, le fait que c'était ma faute, le fait que le deuxième serveur a dû croire que j'avais commandé une deuxième part de tarte aux pommes, le fait que je ne sais vraiment pas ce qui s'est passé, le fait que tout le monde s'est trompé, le fait que peu de temps après ils ont dû fermer, pas le restau, mais chez Fanny's, à Evanston, ou alors ils font encore cette sauce et on peut en commander, Vente Par Correspondance De Sauce Fanny's, horaires, train-train, bouilli trois fois, mais je ne veux pas de sauce spaghetti par correspondance, le fait que je peux en faire moi-même, même si elle n'est pas aussi bonne que celle de chez Fanny's, le fait que le congélo en est plein, Melania entourant des bijoux en platine autour de sa fourchette comme si c'étaient des spaghetti, et on a toujours nos doggy-bags au frigo, le fait que je n'aime pas trop parler de « doggy-bags » en public, le fait que j'ai toujours peur que les gens croient que je veux parler des sacs à crottes de chien, le fait que les meilleures frites sont censées être plongées dans l'huile trois fois, mais je n'en ai jamais goûté des comme ça,

*

Quand elle fut trop fatiguée et incapable d'avancer sans risque, la femelle couguar se cacha pour dormir, et rêva que ses petits brûlaient. Elle rêva qu'elle les arrachait aux entrailles d'un sanglier. Elle rêva de cours d'eau familiers qui enflaient monstrueusement et emportaient ses enfants.

Dans un rêve, elle était assoiffée et s'avançait dans un bruyant cours d'eau afin de boire. L'eau semblait arrondie, comme le sommet d'une colline. Mais en buvant elle faisait baisser le niveau de l'eau, et l'eau redevenait plate. La femelle couguar remontait alors le courant à grandes enjambées et attrapait des poissons iridescents pour nourrir ses petits.

Elle se réveilla, gelée et affamée, face à sa quête inachevée pour retrouver ses petits. Ce mode de vie ne lui était pas naturel. Auparavant, chaque jour offrait une nouvelle chance de triompher, des proies faciles, des moments de paix inattendus. Mais à présent, les jours s'écoulaient sans que l'angoisse diminue. La quête de viande n'était qu'une arrière-pensée, subsumée par les recherches. Elle souffrait de penser à cette chose pénible pendant des jours d'affilée, mais elle souffrait encore plus d'être sans ses petits.

Alors que les oiseaux faisaient leur raffut du soir, accueillant la tombée du jour, la femelle couguar s'éveilla d'une courte sieste. Elle traversa des rivières peu profondes d'un seul bond, et se fraya un chemin en haut des collines, s'enfonça dans des vallées et des marais, ne ralentissant que pour tendre l'oreille, ou scruter des mouvements dans le paysage. Elle appelait ses petits, attendait, et poursuivait aussitôt sa course.

Elle considérait les autoroutes des hommes comme des fleuves, et s'en servait à présent la nuit sans hésiter. Jaillissant sur une route déserte, elle s'arrêtait au milieu, réfléchissait puis continuait sa traversée. Elle franchissait d'un bond des frontières entre États, érigées dans l'esprit des hommes cent ans plus tôt. De la Pennsylvanie à la Virginie-Occidentale, au Kentucky, puis de nouveau dans l'Ohio, elle trottait, décrivant des spirales, resserrant sans cesse le cercle, se rapprochant de quelque chose. Seul lui importait le sentiment de se rapprocher de ses petits.

Elle traversa des parcs nationaux, des cours de récréation, passa devant des habitats humains simples et bas, disposés au mépris de l'intimité, exposés bêtement au soleil et au vent. Elle somnola sur d'anciens tumulus indiens. Elle ignorait tout des façons dont les hommes divisaient cette terre innocente et se divisaient eux-mêmes. Ils croyaient qu'elle leur appartenait, mais ils se trompaient.

C'était sa terre.

*

le fait que j'ai mangé trop de toasts en lisant ce passage dans le livre de Jane Fonda où elle évoque sa fierté en remettant à son père un Oscar pour *La Maison du lac*, le fait que j'aime bien *Les Raisins de la colère*, le fait que ça doit être son meilleur film, avec *Un cœur pris au piège*, mais dans ce dernier la star c'est Barbara Stanwyck, le fait que tout ce qu'a à faire Henry Fonda c'est de prendre un air bête, ce pour quoi il semble très doué, le fait que *Douze hommes en colère* est un peu ringard, mais je l'aime bien quand même, le fait que Henry Fonda a une démarche très étrange, le fait qu'il marche comme un vieux, il n'arrête pas de tourner autour de la table quand les jurés délibèrent, alors qu'il n'est pas si vieux en réalité, le fait qu'il se penche trop en arrière, le fait qu'on a l'impression qu'il va basculer, un peu comme la démarche d'une femme enceinte, une femme très très enceinte, le fait que en quoi ça me regarde, le fait qu'il avait peut-être un problème d'équilibre, le fait qu'il a quand même le droit de bosser, le fait que tout le monde essaie de les arnaquer ou de les chasser de la ville, la famille dans *Les Raisins de la colère*, pas les douze hommes en colère, le fait que Stacy lit *Les Raisins de la colère* en ce moment, pour l'école, et moi j'ai le nouveau livre de Jane Fonda à lire, grâce à Cathy, le fait que ça doit être le titre le plus long au monde, le fait que c'est étrange qu'elle n'ait pas réussi à faire plus court, *Prime Time : Amour, santé, sexe, forme, amitié, esprit ; profitez pleinement de toute votre vie*, ce qui fait beaucoup de thèmes, Pim, Pam, Poum, ping-pong, le fait que Pim, Pam et Poum sont à peu près la seule chose dont elle ne parle pas, le fait que pour le ping-pong je ne sais pas trop, *Turandot*, mais il est question de pompes péniennes, Roger Vadim, Tom Hayden, et Ted Turner, hospices, maisons médicalisées, hypertension, Houston, cholestérol, caroténoïdes, lutéine, lycopène, toxines, acides gras trans, aérobic, anorexie, antioxydants, anxiété, graines, entropie, et zinc, le fait qu'elle répartit la vie en trois actes, comme une pièce de théâtre, et ce livre parle du dernier acte, je crois, quand on commence à avoir besoin de maisons de retraite et de petits cachets bleus, le fait que Jane Fonda a écrit tous ces livres sur comment être en forme, avoir l'air en forme, se sentir en forme, le fait que tout ça semble assez facile, le fait que c'est parce que Leo est en déplacement que j'ai du temps à consacrer à mes toasts et à Jane Fonda, même si je préférerais le consacrer à Leo, le fait qu'il déteste voyager, et qu'on n'aime pas être séparés, mais je crois qu'on s'y est habitués maintenant, le fait que depuis qu'on est ensemble on n'a pas cessé d'être séparés, le fait qu'avant ça m'angoissait mais on doit faire avec, parce qu'on a besoin de lui partout, et il déteste décevoir les gens, le fait que Papa était pareil, le fait que Papa aimait les biscuits apéritifs tout simples, les Carr et les Bath Olivers, avec du fromage ou du tarama, à déguster avec un verre, le fait que Jake aussi aime les Bath Olivers, même l'emballage, parce qu'on y voit un gros biscuit rond avec un cercle autour, le fait que Stacy a une théorie différente là-dessus, le fait qu'elle dit que Jake aime l'emballage parce que Dr Oliver me ressemble, le fait que je ne trouve pas qu'il me ressemble, sauf si je m'aplatis le nez, des thons qui essaient de manger un appât en maquereaux, le fait que je devrais refaire des spanakopitas un de ces jours, le fait que les oiseaux et les poissons vivent dans un monde vertical, alors que le nôtre est plus ou moins plat, horizontal, sauf si on habite dans un gratte-ciel, le fait que les oiseaux et les poissons peuvent se déplacer en haut et en bas bien plus que nous, vessie natatoire, le fait que ça donne le vertige de regarder cet appât qui tournoie, et tous les thons qui se tortillent et tournent, mal de mer, le fait que je n'ai pas le pied marin, le fait que je rêve toujours que je rate un train ou un avion, le fait que je fais un rêve sur deux là-dessus, rêves de voyage, et c'est peut-être pour ça que je n'aime pas que Leo voyage, le fait que ses déplacements me rendent nerveuse, le fait que quand il part j'ai toujours une boule dans le ventre, comme si je n'allais jamais le revoir, crise cardiaque, cœur brisé, brisée, le fait qu'il travaille trop, le fait que j'ai peur qu'il fasse une crise cardiaque, ou qu'il se fasse écraser, loin de moi, et que je ne puisse pas le rejoindre assez vite, le fait qu'on essaie de profiter au maximum des moments ensemble avant son départ, le fait qu'on est tous les deux casaniers, case, années en cage, le fait que Leo a peur lui aussi de mourir en déplacement, le fait qu'il ne doit partir que tous les quinze jours, ce qui est moins qu'avant, mais à chaque fois c'est la même chose, le fait que trois jours avant un voyage il est agité et transpire, il aimerait avoir un jour de plus pour se préparer, même s'il n'a jamais l'air de se préparer, mais en fait si, le fait qu'il attend toujours le dernier moment pour faire sa valise, genre 2 h 30 du matin, le jour où il doit partir, et pendant toute la journée qui précède il se plaint de « torpeur », le fait que plus l'heure du départ approche plus il est sombre et il dit qu'il préférerait rester ici avec moi, le fait qu'il se couche mais qu'il n'arrive pas à dormir de peur d'oublier quelque chose, comme ses cours ou son portefeuille, ou sa brosse à dents, le fait qu'il aime emporter le moins de choses possibles, « Je voyage léger », le fait qu'il dit toujours qu'il peut acheter ce dont il a besoin là où il va, mais je finis par insister au dernier moment pour qu'il prenne au moins son nécessaire à rasage, et une chemise propre et un caleçon de rechange, le fait que, bien sûr, ça paraît génial, voyager léger, mais qui a vraiment envie de chercher un drugstore à peine arrivé quelque part, et d'essayer de dénicher la même mousse à raser que celle à la maison, et la même lotion de rasage, le fait que la dernière nuit est toujours très tendue, le fait qu'il était censé partir à 4 heures ce matin, pour avoir le vol de 7 heures, et il a refusé de faire sa valise hier, en disant qu'il pourrait s'y prendre au dernier moment, le fait qu'il aime avoir très peu de marge de manœuvre, moins qu'Ethan, mais bon, le fait qu'Ethan arrive à l'aéroport au tout dernier moment, le fait que je me souviens de lui retournant à la fac après Noël, quittant la maison vingt minutes avant le tout dernier train, le fait que c'est peut-être à Ethan que je dois toutes ces angoisses à propos des voyages, accidents d'avion, le fait qu'après le dîner Leo a dit que ça ne servait à rien de se coucher puisqu'il devait se lever à 2 h 30 pour se raser et faire sa valise, alors autant rester debout et regarder des films, du coup on a mis le DVD de *Un cœur pris au piège* et il s'est aussitôt assoupi, me laissant m'inquiéter et me demander s'il se réveillerait à temps pour arriver à l'aéroport et se retrouver en pleine fusillade, abattoirs pour hommes, le fait que je me disais que s'il ratait son taxi et son vol et perdait son boulot on serait fauchés et les enfants n'iraient jamais à la fac et même les poules finiraient par mourir de faim, le fait que rien que les tests d'entrée en première année coûtent cinquante dollars, le fait qu'il est peu probable que les poules meurent de faim, le fait qu'elles savent très bien se débrouiller toutes seules, assiduité, abstémiosité, le fait qu'elles nous survivraient sûrement si les choses tournaient mal, le fait que je suis restée allongée à côté de Leo pendant un temps infini, à m'inquiéter, puis j'ai eu peur d'avoir laissé le four allumé, mais je suis resté allongée, ne voulant pas perturber les deux petites heures de sommeil de Leo, parce qu'il doit donner cours aujourd'hui, le fait qu'à cause de ça je n'ai pas fermé l'œil, et quand finalement je l'ai réveillé vers 2 h 45 il s'est levé de mauvaise humeur et s'est préparé tout endormi, le fait que j'avais de la peine pour lui, le fait que ça me rendait malade de le voir comme ça, alors j'ai proposé de l'aider à faire sa valise, ou de lui apporter un café, ou une madeleine ou un sandwich, quelque chose, mais il a refusé toute aide, me repoussant, le fait qu'à un moment il m'a même dit de ne pas lui parler, le fait que je serais bien restée là sans rien dire, à lui tenir simplement compagnie pendant qu'il faisait sa valise, mais ma présence semblait l'agacer, « superfétatoire », alors je suis allée m'occuper de mes tartes à l'avance, peler les pommes, parce que je ne savais pas quoi faire d'autre, listes de tâches, mais le suspense était insupportable, le fait que je crois avoir fait aussi une grosse lessive, le fait qu'elles sont meilleures si on les laisse dorer un peu, les pommes, pas les fringues, cours de chimie au collège, le fait qu'à 4 heures je m'inquiétais vraiment pour le taxi, et j'espérais qu'il serait prêt à temps, et c'est alors que je l'ai entendu dans le salon qui se coupait les ongles, le fait qu'il semble souvent se couper les ongles aux moments les plus incongrus, le fait qu'il était censé être dans le taxi en route pour l'aéroport, et il se coupait les ongles, crâne dégarni, le fait qu'il attend d'être prêt à partir pour se couper les ongles, et peut-être que se couper les ongles le détend, mais moi ça ne me détend pas, puzzle de potager, coupe-ongles, brosse à ongles, brosse à dents, Adam, Fanny Adams, terpènes, le fait que le cours de Leo porte sur le pont d'Ashtabula, qui s'est effondré en 1876, faisant quatre-vingt-douze morts, horrible, horribilant, Henry Fonda, le fait que je devrais vraiment couper les ongles de Jake, le fait qu'à mon grand soulagement j'ai cru qu'il avait fini de se couper les ongles, et j'ai entendu des pas pesants dans son bureau, le fait que j'étais sur le point d'aller voir comment il s'en sortait, mais alors le bruit du coupe-ongles a repris, le fait qu'il a dû s'attaquer aux ongles des orteils, ou alors il s'est mis à tailler les plantes d'intérieur, clic-clic-clic, le fait qu'à ce stade j'ai renoncé et appelé la compagnie de taxis, sans même lui en parler, vu qu'il m'avait dit de ne pas lui parler, le fait qu'il déteste les appeler, de peur qu'ils se vexent et arrivent encore plus tard, ou pas du tout, le fait que je n'ai tout simplement pas pu résister cette fois-ci, et je me trompais, parce qu'ils ont vraiment eu l'air surpris et vexés que je les appelle, et ils ont dit que le taxi arrivait et Leo a dit qu'ils mentaient, et alors on est restés tous les deux abattus sur le canapé, le fait que la fatigue fait qu'au bout d'un moment vous ne savez plus ce qui se passe, le fait que je pense toujours à James Mason quand j'appelle la compagnie de taxis, James Mason dans son vieux cardigan vert, qui distribue les appels, ou alors James Mason qui essaie de piloter le *Nautilus* alors qu'il se meurt, le fait que Leo aurait pu prendre la voiture mais il déteste la laisser à l'aéroport de peur qu'elle finisse enneigée, ou volée, ou cabossée, et ça lui prend aussi un peu plus longtemps, parce qu'il doit se garer, alors j'ai commencé à me dire que j'allais devoir le conduire à l'aéroport, ce qui voudrait dire réveiller Stacy en vitesse et lui demander de garder les enfants, même si elle allait me détester pour ça toute la journée, me détester encore plus, Waterlow Park avec Maman, le fait que j'aurais pu la laisser dormir, habiller les petits et les entasser dans la voiture, mais Leo aurait sûrement raté son avion, le fait que ça prend du temps d'habiller des enfants quand ils sont à moitié endormis, le fait que le taxi est enfin arrivé, ce qui nous a paru *incroyable*, presque un miracle, parce qu'on était tellement désespérés par tout ça, le fait que Leo devait plus ou moins espérer qu'il ne viendrait plus et qu'il devrait finalement rester à la maison, mais le fait qu'il est arrivé, alors il a traversé l'allée d'un pas pesant comme s'il allait devant un peloton d'exécution, et j'ai eu la gorge toute serrée, et je crois que lui aussi, le fait que c'est vraiment épuisant, parce que ces drames se produisent une ou deux fois par mois quand il enseigne à Emory ou Philadelphie, le fait que je lui ai dit de ne plus faire tous ces déplacements si ça le contrarie autant, cigarettes de Maman, Maman jouant au solitaire à la table de la salle à manger, solitaire, le fait qu'il pourrait peut-être travailler davantage depuis la maison, et je pourrais essayer de faire davantage de tartes, pour ce qu'elles valent, le fait qu'il pourrait juste déléguer plus, mais il déteste demander à d'autres personnes déjà surchargées de le remplacer, le fait que c'est une des raisons pour lesquelles tout le monde aime autant Leo, Topsy l'Éléphante, Annie, Berenice Fischer, Fisher-Price, bandeau, talons hauts, tonus, bonus, *Prime Time : Amour, santé, sexe, forme, amitié, esprit ; profitez pleinement de toute votre vie*, Am-Sa-Tra, amour santé travail, le fait qu'après il rentre à la maison et c'est reparti pour un tour de manège, mais comme qui dirait dans l'autre sens, le fait qu'il rentre ravi, content d'avoir survécu, et plein d'anecdotes, et c'est un grand soulagement de l'avoir à mes côtés, le fait que les enfants ont toujours droit à un petit cadeau, acheté à l'aéroport, ou pas, mais qu'importe tant qu'ils ont un cadeau, et alors il regarde un match de base-ball, éventuellement, ma première expérience d'une fondue, le fait qu'une balle courbe est entre une balle fronde et une balle glissante, le fait que Leo est alors souvent d'excellente humeur, le premier jour, il veut parler toute la soirée de son voyage, et en général je suis trop fatiguée, après avoir joué les mères célibataires, cantonnée ici pendant des jours entiers sans lui, le fait qu'il défait sa valise gaiment, et le lendemain il fait la grasse matinée, s'il a le temps, le fait que le soir on prend parfois un martini ou une vodka-orange, ou on sort manger italien, mais dès le lendemain je vois bien qu'il se sent déjà coupable, le travail, ses collègues, le fait qu'il commence à se demander s'ils se débrouillent sans lui, et alors il se dit qu'il devra y retourner, et semble oublier à quel point il déteste voyager, le fait que tout ça monte, monte jusqu'à ce qu'il ait un éclair de lucidité et réserve son billet pour un nouveau voyage, après quoi c'est reparti pour l'angoisse, le regret et l'envie de rester, Des Familles En Or Pour La Paix, le pyjama Spiderman de Jake, Midvale Speedway, le fait que son autre cours porte sur le viaduc de Kinzua qui a été détruit par une tornade en à peu près trente secondes, à cause d'un centre de gravité changeant, ou quelque chose comme ça, le fait que Leo doit parfois s'occuper d'effondrements de ponts autoroutiers en béton, et de durée de vie, des *ponts*, pas des gens, le fait qu'il a donné tout un cours sur les erreurs de démolition concernant le pont autoroutier de Hopple Street à Cincinnati, le pont de la Skagit River, le fait qu'une conduite gauchie est cumulative, le fait que si une seule partie cède tout le pont s'écroule, fonctionnement obsolète, fractures de tension, le fait que c'est moi dont le fonctionnement est obsolète la plupart du temps, le procès Docs vs. Glocks, le fait que Leo se plaint de la façon dont les gouvernements locaux traitent les ponts comme des « crève-budgets » et ne veulent jamais les réparer, l'effondrement du Silver Bridge, fissure de tension, anneaux de soutien, œillets 330 côté Ohio, le fait que Leo dit que ces œillets étaient une mauvaise idée dès le début, et qu'il y avait une impureté dans l'acier, ma tasse de café à rayures, usure de contact, extruder, extra-urbain, le fait que Helen Gurley Brown a dit qu'on ne devrait jamais se trouver au-dessus d'un homme, le fait qu'elle veillait toujours à ce que sa tête soit littéralement plus bas que la tête de l'homme, quel que soit le type avec lequel elle était, le fait qu'on dirait un truc sorti du *Roi et moi* ou de *Tout ce que le ciel permet*, les types au country-club, mais eux-mêmes devaient peu se soucier de quelle tête les dépassait, le fait que Helen Gurley Brown avait peut-être peur que le type remarque son double menton, ou qu'il ait une vue imprenable sur ses narines, le fait que Katharine Hepburn s'assoyait souvent aux pieds de Spencer Tracy, pendant qu'il se moquait de son accent de Nouvelle-Angleterre, guêtres, coupe-ongles, œillet 330, le fait que Jane Fonda et elle ne se sont pas du tout entendues quand elles ont tourné *La Maison du lac*, mère en rade, le fait que de toute façon je ne vois pas Katharine Hepburn se marrer avec Jane Fonda, ou Jane Wyman, ou Jane Mansfield, James Mason, James, Fresia, faire le ménage, le fait que la grande scène de Katharine Hepburn c'est quand elle doit plonger dans le lac pour sauver Henry Fonda et son petit-fils compliqué, le fait qu'elle aimait nager, le fait que je ne sais plus si elle sait nager le crawl ou pas, probablement juste la brasse, le fait qu'elle chante également dans ce film et que c'est horrible, atroce, actrice, le fait qu'elle aurait peut-être dû s'occuper moins des huarts et se concentrer un peu plus sur le chant, mais je ne devrais pas dire ça, le fait que les huarts auraient peut-être dû avoir un Oscar, rien que parce que ce sont des huarts, le fait que ce sont vraiment de beaux oiseaux, avec leur longue tête noire et leur bec noir, et leur dos en damier noir et blanc, noir et blanc, films en noir et blanc, Waterlow Park, feuilles noires, ciel blanc, le fait qu'on dirait des coussins de luxe réalisés par Neiman Marcus, jour, nuit, et leur façon de plonger est incroyable, le fait qu'ils enfoncent soudain la tête sous l'eau et s'élancent comme des petits sous-marins, sans presque laisser une ride à la surface, le fait qu'ils sont très discrets, dos noir et blanc, DNR, le fait que où ai-je lu que, parfois, les médecins ne savent pas si vous êtes vraiment mort ou pas, quand vous êtes dans le coma, mais ils veulent vos organes alors c'est plus simple de vous déclarer mort, « planning létal », NHS, le fait que parfois les gens vont mieux après et découvrent qu'ils ont été déjà déclarés « décédés », le fait que c'est un peu comme être enterré vivant, de façon disons abstraite, et c'est un cauchemar bureaucratique ensuite de se faire reconnaître comme personne vivante, le fait que Katharine Hepburn était eugéniste, le fait qu'une ampoule importante a claqué dans le couloir du rez-de-chaussée et que la changer implique de monter sur une échelle, ce que Leo m'a interdit de faire quand je suis toute seule, le fait que j'ai demandé à Stacy de m'aider hier mais elle n'arrête pas de remettre à plus tard, le fait que si je me casse le cou en réparant une ampoule pendant que Leo est absent elle devra faire du baby-sitting jusqu'à son retour, ce qu'elle détestera encore plus que de m'aider à changer une ampoule, le fait que je ne peux pas m'empêcher de me dire que tout serait plus facile si j'étais un oiseau ou un poisson et que je pouvais juste me déplacer comme je veux, en haut, en bas, sans besoin d'une échelle, filer horizontalement et verticalement où je veux, comme dans ces ascenseurs latéraux, Otis, non, plutôt comme voler, le fait qu'on pourrait colmater toutes les fissures et les portes et les fenêtres et remplir d'eau la maison, et porter des combinaisons de plongée et des bouteilles d'oxygène en permanence et se déplacer en nageant, nager de la cuisine à la salle de bains, remonter les escaliers à la nage comme des fantômes, le fait que je ne crois pas que ça plairait aux chats, et je suppose que ça bousillerait les livres, et les ordinateurs, et les autres appareils électriques, le fait que changer une ampoule sous l'eau paraît une bonne façon de se faire électrocuter, Peine de Mort, cadavre, chercher les ennuis, « Embrouille, c'est mon petit nom », puzzle méduse, le fait que la femme qui a inventé la maison autonettoyante y habite toujours, à Portland, Portland dans l'Oregon, pas dans le Maine, le fait qu'elle l'a construite parce qu'elle déteste faire le ménage, le fait que c'est quelque chose que je peux comprendre, le fait que je ne pense pas que la maison autonettoyante résolve le problème, cela dit, parce qu'il faut continuer de ranger un peu, le fait que la maison peut juste être propre, le fait qu'elle ne peut pas trier vos vieilles chaussures pour vous, et rassembler les draps sales, le fait que tout ce que sa maison autonettoyante sait faire c'est rincer à fond, lessiver à grande eau, le fait que cette maison est bourrée de robinets et de tuyaux, pour que le lessivage soit possible, le fait que c'est un peu comme quand ils arrosent les rues de Paris tous les matins, le fait que décaper les choses à l'eau est très efficace, le fait qu'elle utilise de l'eau et du détergent, et ça pulse de partout, le fait que ce n'est sans doute pas très écolo, toute cette eau, et le détergent, gadoue, même si ça serait pratique d'avoir tous ces robinets, et de le faire une fois par an, puis de bien laisser sécher, le fait que je parie que sa maison est humide, le fait que son mari a dû finir par râler à force d'être aspergé d'eau et de détergent, le fait qu'elle l'a viré et maintenant il vit dans une caravane au fond du jardin, le fait que ça doit être pratique pour repousser les cambrioleurs, des jets d'eau contrôlés à distance, mais j'aurais peur que des souris et des dachshunds soient emportés par la crue, coulée de boue, déluge, barrage qui cède, le fait que je suppose que toute sa paperasserie est à l'abri dans des sacs à glissière et des Tupperware, sacs de survie, petit déjeuner, le fait que Ben m'a dit que certains oiseaux mangeaient trois cents chenilles par jour, chacun, mais j'ai oublié lesquels, et il n'aimait pas l'idée que leurs ventres soient pleins de chenilles qui grouillaient, encore en vie, le fait que ça l'inquiétait, et moi alors, le fait que je vais devoir penser à ces chenilles toute la journée maintenant, le fait que les oiseaux aiment peut-être la sensation d'être remplis de chenilles grouillantes, le fait que, bon, comment savoir, le fait que je parie que les poules seraient ravies de se gaver de chenilles par centaines, comme Jake après un bol de SpaghettiO, le fait qu'elles ne sont pas difficiles, le fait qu'elles ne traînent pas quand elles mangent, qu'elles ne prennent pas le temps de savourer, le fait que je parie que Jane Fonda est difficile en ce qui concerne la nourriture, le fait que je parie qu'elle n'engage que des domestiques exigeants, boulimie, le fait qu'elle est très tendue, toujours sur le qui-vive, mais sans se braquer non plus, prête à essayer des choses aussi, comme la chirurgie esthétique, le fait qu'à un moment dans le film Katharine Hepburn dit à Jane d'arrêter de s'appesantir sur son enfance malheureuse et de prendre sa vie en main, ce qui semble un bon conseil à donner à la plupart des filles, y compris la mienne, le fait que la mère de Jane Fonda s'est suicidée quand Jane avait douze ans, et que le frère de Katharine Hepburn s'est suicidé quand elle avait douze ans aussi environ, donc elles avaient ça en commun, pont, le fait que Henry Fonda était dur avec Jane, et Spencer Tracy était dur avec Katharine, le fait que je me serais effondrée si quelqu'un que j'aime me critiquait en face comme ça, Golden Gate, le fait que Henry Fonda critiquait d'autres femmes aussi, comme son épouse suicidaire, et Anne Bancroft, le fait que ce n'était peut-être pas quelqu'un de sympa, dans la vie, froid, peut-être même vicieux, le fait qu'il a critiqué Anne Bancroft parce qu'elle pleurait trop pendant une scène qu'ils avaient ensemble, le fait que je ne sais plus dans quel film, le fait que les pleurs l'ont toujours dégoûté apparemment, le fait qu'il a fait croire à Jane qu'elle était trop grosse, et c'est depuis ce jour qu'elle fait des régimes et des exercices, et qu'elle oblige tous les autres à en faire aussi, le fait que j'ai assez à faire ici sans faire les exercices de Jane Fonda, le fait que je n'ai jamais trop aimé Audrey Hepburn, juste Katharine Hepburn, le fait que beaucoup de ses films sont sur des vieilles personnes amoureuses, *L'Odyssée de l'African Queen*, *Devine qui vient dîner*, *La Maison du lac*, *Une femme de tête*, mais *L'Impossible Monsieur Bébé* est peut-être son meilleur, le fait qu'elle n'a jamais assisté aux cérémonies des Oscars, le fait que ça ne me dirait rien non plus, le fait que je ne comprends pas les gens qui y vont, Maman, le fait que *Persuasion* est un livre très mélancolique, mais *Mansfield Park* est plus éprouvant, à cause de tous les voyages que doit faire Fanny, le fait que des gamins à Columbus se sont fait exclure de leur école pour avoir apporté des armes en cours, et maintenant tout le monde pense que les élèves devraient être armés, pour leur propre sécurité, Columbine, Sandy Hook, le fait qu'ils vont bientôt apprendre le maniement des armes à feu en cours préparatoire, au lieu de comment tenir un stylo, bon sang, balles creuses 9 mm, optimisation harmonique, le fait que c'est pour ça que Hadley a droit à l'instruction à domicile, cyber-école, pour ça qu'elle n'a pas d'amis, le fait que ses parents ne s'entendent pas, du coup elle passe toutes ses journées enfermée avec ces dingues, capitaine Wentworth, le fait que chaque fois que cette pauvre Hadley se montre en public les autres enfants la traitent comme une déserteuse, parce que *eux* doivent vivre dans une zone de guerre, à l'école, et pas elle, enfin c'est ce qu'ils pensent, même si elle vit dans une petite zone de guerre domestique, le fait qu'ils essaient juste de survivre jusqu'à la remise des diplômes, mais Hadley aussi, le fait que les parents de Hadley la giflent, et qu'elle rend les coups, mais ce qu'elle veut vraiment c'est rester au lit et lire des livres qui parlent des planètes, le fait que j'ai du mal à y croire, c'est une famille tellement sympa, à part le fanatisme religieux et tout ça, appâts maquereaux, massacre de Nickel Mines, le fait que je fais semblant de m'en sortir, comme toutes les autres mères, mais je pense qu'on vit toutes dans la peur qu'un tireur fou mette un jour nos enfants en joue et leur demande de le supplier de les épargner, le fait que c'est insupportable d'imaginer ses enfants face à un fou armé qui s'approche de leur salle de classe, en descendant d'autres gens en chemin, puis déboule et tue d'abord le prof puis les élèves, un par un, le fait qu'ils devront attendre pendant qu'il recharge, si ça se trouve, le fait que Dylann Roof a rechargé cinq fois son arme quand il a tué ces gens dans l'église, et une gamine de cinq ans a dû écouter ça, la pauvre petite, *Prime Time : Amour, santé, sexe, forme, amitié, esprit ; profitez pleinement de toute votre vie*, le fait que je pense que Jane Fonda se serait bien entendue avec Helen Gurley Brown, le fait que la recette du succès mise au point par Helen Gurley Brown consistait à manger un yaourt par jour et des cachets de levure et à ne jamais se détendre, le fait qu'elle pleurait beaucoup également, peut-être parce que son papa est mort dans un terrible accident d'ascenseur, lambdettes, *Cosmopolitan*, le fait que comment on se remet d'un truc pareil, Otis, le fait que pas étonnant qu'elle ait voulu passer son temps au pied des hommes et diriger *Cosmopolitan*, le fait que le livre de Jane Fonda ressemble beaucoup à *Cosmopolitan*, le fait que ça ne parle que de sexe quand on est vieux, Acte III, le fait que Cathy m'a donné à lire les Mémoires de Joyce Carol Oates, et ce n'est guère mieux, le fait que Joyce Carol Oates déteste les poiriers, le fait qu'ils ont essayé de faire pousser des poiriers quand elle était petite, le fait qu'ils avaient tout un verger de poiriers, quelque part dans l'État de New York, et c'était juste un cauchemar, parce que les poires mûrissaient quasiment toutes d'un coup, le fait que cueillir des poires doit se faire assez rapidement, le fait que vous devez être prêt parce que soudain elles sont mûres, et en un rien de temps elles seront trop mûres, Sherwood Anderson et ses petites pommes fripées, ratatinées, le fait qu'on voit souvent des panneaux sur le bord de la route, « POIRES GRATIS », idem pour les courgettes, le fait que les gens disent de ne pas laisser ouvertes les vitres de votre voiture l'été par ici, ♫ *Rice-a-roni* ♫, Beefaroni, *Winesburg, Ohio,* bow-window, le fait que Papa se penchait par sa fenêtre à Yale pour cueillir des prunes ou des figues, le fait que Jane Fonda n'est pas timide, et Joyce Carol Oates non plus, le fait que moi je suis timide, mais Rosa Parks était timide elle aussi, le fait qu'être timide ne signifie pas toujours que vous échouez en tout, le fait qu'être timide sera soit un succès soit un échec, le fait que je ne sais pas si Claudette Colvin était timide, peut-être pas, le fait qu'elle a fait exactement comme Rosa Parks, mais des mois avant que Rosa Parks le fasse, canard inuit sculpté dans un fanon de baleine, le fait que les gens de couleur étaient censés se lever pour que les Blancs s'assoient, le fait que les gens peuvent vraiment vous imposer des trucs dingues si vous ne faites pas attention, comme la NAACP qui essaie de ne plus payer les athlètes des facs, le fait que je veux dire la NCAA, le fait qu'un Trump timide serait un soulagement, Soulages, l'âge tendre, Percy Sutton, double jeu, éliminatoire, le fait qu'il serait peut-être trop timide pour déclencher une troisième guerre mondiale, timide et réservé, le fait qu'il ne restera peut-être plus un seul taré au monde quand ce type en aura fini avec nous, juste des tas de vieilles Trump Towers et de parcours de golf en ruine, ou alors plus rien du tout sauf quelques types armés, le fait qu'il aime la chasse au gros gibier, le fait qu'au bout d'un moment vous en avez ras-le-bol de lui et de ses cent premiers jours, « Circulez, y a rien à voir », le fait qu'il a déjà dépensé des *millions* rien qu'en déplacements en avion, de la Maison-Blanche à ses autres domiciles, avec tout son entourage, Melania, le fait que c'est lui le « raté », mais je ne devrais pas dire ça, le fait que ce n'est pas parce qu'il traite tout le monde de « zéro » que je dois faire pareil, mais le fait est que c'est un raté, un vrai, un vrai charlatan, pas sympa, pas intelligent, le fait que, oh mon Dieu, se mettre en colère ne sert à rien, le fait que Woodrow Wilson me renvoie maintenant le soleil dans les yeux mais je ne peux pas y remédier avant d'avoir fini d'étaler la pâte pour les roulés à la cannelle, particules de poussière dans l'air, Chock Full o' Nuts, vision stéréoscopique, le fait que je croyais que j'avais un problème quand j'étais petite parce que je voyais parfois deux versions superposées des choses, et que je pouvais loucher si je voulais, *Maladies infantiles*, le fait que j'ai mis des années avant de découvrir que tout le monde voit comme ça, et c'est pareil pour les grains de poussière, le fait que je ne savais pas si les autres les voyaient également ou s'il n'y avait que moi, le fait que comment les animaux comprennent tout ça, VistaVision, Panavision, CinemaScope, le fait que la centrale de Fukushima déverse trois cents tonnes de déchets radioactifs dans le Pacifique tous les jours, microplastiques, le fait que l'Indiana a une loi ERPO, le fait qu'en plus d'avoir peur que vos enfants se fassent abattre et votre mari braquer dans sa voiture vous êtes censée être obsédée par votre « petit ventre », non mais franchement, le fait que c'est facile pour certaines femmes de perdre leur ventre mais tout le monde n'est pas un feu follet, flamme républicaine, volonté populaire, le fait que c'est injuste d'attendre des femmes qu'elles se remettent toutes sur pieds et en bikini juste après avoir accouché, mais c'est ce que Trump a dit à Melania après que leur fils est né, le fait que c'est quoi déjà son nom, Tron ou Thor ou je ne sais quoi, le fait que Trump aurait pu lui offrir un chouette parfum ou un cheval ou une voiture, jus de cerise, mais au lieu de ça il lui a donné deux semaines pour perdre son ventre, le fait que comment il s'appelle, leur fils, sirop d'érable, Jourdon Anderson, Dayton, Ohio, le fait que c'est la maman préférée de tout le monde, la princesse Kate, parce qu'elle a perdu son ventre de femme enceinte hyper vite, hermaphrodites, Hanoi Jane, le fait que je suis sûre que Melania aussi, le fait que Cathy dit qu'elle n'a toujours pas perdu ses kilos en trop alors que Marcia a vingt et un ans, le fait que la télé était allumée à la supérette et qu'on voyait des images de gens propulsés dans les airs par une bombe, et le type à la caisse a pris la télécommande pour l'éteindre mais une femme devant moi a dit « Oh, n'éteignez pas, j'adore voir des tas de gens voler dans les airs », et je ne crois pas qu'elle plaisantait, le fait qu'elle était sincère, le fait que si je n'étais pas aussi timide je lui aurais bien balancé mon poing au visage, une grosse lèvre, chaussures en ciment, le fait que d'où vient toute cette agressivité, la mienne je veux dire, pas la sienne, Une Vache Catapultée, Cathy, rumeur, on-dit, le fait que j'aimais bien ce petit magasin avec la porte grillagée qui battait, le fait que je crois que c'était à Montgomery, Alabama, quand je suis allée rendre visite à Ethan, ou était-ce Atlanta, le fait qu'un magasin concurrent a essayé de répandre une rumeur comme quoi Cathy dirigeait un tripot clandestin, non mais franchement, juste derrière le Shoppe, théorie du complot, le fait que tout ce qu'elle veut c'est vendre aux gens de bons produits, et quelqu'un essaie de saboter son entreprise, trolls, le fait qu'ils vont traiter Art de pédophile ensuite, pédalo, presto, le fait que les gens sont prêts à dire n'importe quoi, le fait que la mortalité a quasiment disparu, avec toutes les poires trop mûres de ce monde, je veux dire la *moralité*, le fait que si ça se trouve ils ont saboté les tripes en sauce et exigé une rançon, *Apportez cinquante mille en liquide*, le fait que j'espère qu'ils ne vont pas saboter une de mes *tartes*, mauvaise réputation, le fait qu'elle dit qu'elle n'est pas inquiète, et ça arrive tout le temps, le fait qu'on dirait que les femmes doivent passer leur temps à s'inquiéter pour quelque chose, soit dans le passé soit dans le présent, ou l'avenir, le fait que je trouve l'avenir absolument terrifiant, parce qu'on ne sait pas ce qui va arriver, même dans les dix prochaines minutes, *Je ne sais pas mais eux si*, le fait qu'on fait comme si tout allait bien se passer, mais on n'en sait rien, le fait qu'on avance à tâtons et qu'à tout moment on peut se prendre un pot de fleurs sur la tête et se retrouver en fauteuil roulant, ou perdre la vue sans raison, ou alors le médecin va vous annoncer qu'il vous reste un an à vivre, le fait que quelqu'un vient de se faire « tasé » pour avoir traversé en dehors des clous, bon sang, le fait que tout le monde le fait, vraiment tout le monde, le fait qu'ils arrêtent des Noirs juste parce qu'ils sont mal garés, du genre leur voiture n'est pas tout à fait alignée avec les autres, le fait que tellement de choses peuvent mal tourner, vraiment mal tourner, tellement de choses, le fait qu'on ne sait jamais ce que l'avenir nous réserve, reine du bal, Moment Émouvant Pour Un Père, fiasco, Fresno, franchises, espionnage industriel, poulet rôti et air de country, une histoire d'œuf et de poule, une tasse de café et un mot gentil, 5 Jours de Données Illimitées, la texture voluptueuse du cuir, « Ssssuper bon ! », claquettes anglaises, ♫ *Plus de si ni de et ni de mais, oh non* ♫, le fait que c'est étonnant que nous ne soyons pas paralysés par la peur en permanence, vu ce que l'avenir nous réserve, futurs marchés, Wall Street, T-Rex, diseurs de bonne aventure, devins, prévisions météo, le fait que j'aimerais parfois qu'on soit tous des chimpanzés, parce qu'on serait peut-être plus détendus si on ne se croyait pas aussi fichtrement importants, le fait que les chimpanzés eux aussi se croient peut-être importants, le fait que bien sûr ils le croient, système de santé de l'Ohio, système grippé, le fait que les chimpanzés vivent probablement dans l'instant présent, le fait que je commence à me dire qu'on est trop coincés dans le présent, juste parce qu'il est là, le fait que personne ne regarde assez devant soi, le fait que c'est assez dingue si on y réfléchit bien, le fait que les gens raffolent du passé, le fait que pour les chimpanzés on ne sait pas, le fait qu'ils passent du temps à se rappeler aussi, le fait que les historiens disent qu'on peut en tirer des leçons, du passé, pas des chimpanzés, mais ça a un prix, parce que si vous êtes comme moi le passé vous déprime, le fait qu'en attendant c'est l'avenir qui devrait nous inquiéter, et je me cramponne aux quelques certitudes qui vont avec, le fait que certaines choses sont certaines, comme

le soleil se lèvera et se couchera chaque jour
sans exception
absolument sans exception
la lune se lèvera et se couchera elle aussi
même si de moins en moins de gens
y compris moi
comprendront ses phases
le pain lèvera
les enfants grandiront
eBay s'enrichira
Facebook idem
les herbes pousseront
la mer montera et descendra
les ouragans n'existeront presque plus
sauf avec le réchauffement climatique
et il pleuvra moins en Espagne
surtout dans la plaine
les fleurs fleuriront
les feuilles vireront au roux en automne
un tiers de la population aura le cancer
les ours polaires disparaîtront

ainsi que beaucoup d'autres animaux
et ça sera notre faute
l'aspect des voitures évoluera
la sauce tomate Hunt accompagnera encore longtemps nos repas
Jane Fonda s'améliorera
et écrira des tas d'autres livres
pour nous expliquer comment
être de plus en plus comme elle
Leo s'occupera de moi
de nombreuses personnes trouveront du réconfort dans le couple
d'autres se sépareront
certains divorceront
plus d'une fois
des hommes tueront leur ex
certains hommes
certaines femmes abattront *leur* ex
en imitation
les gens continueront d'être attirés par d'autres gens
ou des chiens
qui leur ressemblent
les gens porteront des jugements catégoriques
quelques bons films seront réalisés
quelques bons livres écrits
et des tableaux peints
j'aimerais juste qu'ils arrêtent les trucs conceptuels
les méduses proliféreront
et s'amasseront
le pétrole viendra à manquer
l'énergie solaire non
il y aura la réalité
et la réalité virtuelle
la police abattra des citoyens
sans raison aucune
utilisera des tasers sur eux

et les fera interner d'office
Mickey amusera les petits
des femmes auront des mycoses
des hommes deviendront gynécos
des hommes essaieront d'étrangler des femmes par-derrière
des guêpes et des abeilles nous chercheront la petite bête
il n'y aura jamais assez de papillons
ou de libellules
ou de lucioles
ou de lucanes
ou de colibris et de cardinaux
mais il y aura pléthore de moustiques
des piqûres de moustiques seront mortelles
on gâchera de la nourriture
l'argent coulera à flots
le gouvernement prélèvera des impôts
les présidents se succéderont
nous mourrons tous
nous aurons parfois des indigestions
la poussière s'accumulera
les moutons se cacheront sous les meubles
et se multiplieront
les tuyaux se boucheront de temps en temps
ça sera dur de trouver un plombier
nous achèterons régulièrement certains produits de base
  dentifrice
  brosses à dents
  lait
  fromage
  beurre
  essuie-tout
  bacon
  œufs
  bœuf haché venu d'un peu partout

parmesan
farine
sucre en poudre
sel
poivre
cannelle
thym
romarin
basilic
persil
trop de laurier
aneth
confiture
gelée
beurre de cacahuète
haricots blancs
haricots verts
petits pois
laitue
carottes
céleri
pommes de terre
tomates
avocats
concombres
fruits
riz
nouilles
SpaghettiO
mayo
moutarde
condiments
thé
café

miel
sirop d'érable
vin
whiskey
eau de Seltz
jus d'orange
crème glacée
savon
papier-toilette
journaux
papier
livres
magazines
nourriture pour chats
nourriture pour poissons
sucre décoratif
je ferai presque toutes mes courses chez Zyker's
mais ferai venir mes seaux de mélasse de 30 kg de New Philadelphia
les seaux seront toujours un peu collants
les seaux de miel aussi
Jake et Gillian perdront leurs dents de lait
le dentiste devra les recompter
encore et encore
les chaussures des enfants s'useront
mon passeport expirera en 2022
mes cheveux grisonneront
quand nous serons vieux on nous cambriolera peut-être
ou un escroc de l'Indiana
nous volera nos économies
si jamais nous en avons
ce qui est douteux
la neige tombera
la pluie aussi
la Tuscarawas et la Muskingum continueront de couler

tristes vestiges de leur âme passée
nous gâcherons tous de la nourriture
même les animaux le font
les fabricants d'automobiles nuiront à l'environnement
ceux de voitures électriques aussi
mais les gens s'en ficheront
parce qu'il leur faut une voiture
nous ferons des rêves agréables et des cauchemars
il y aura des bons jours et des mauvais jours
mieux vaudra prévenir que guérir
on fera toujours d'une pierre
deux coups
je chanterai toujours faux
et siffler n'en parlons pas
j'aurai envie d'intimité et de solitude
de calme
de quiétude
et de compagnie
je penserai à Maman et à Abby
et à Pepito
et à Bathsheba
je ferai des faux pas
et ouvrirai des boîtes de Pandore
je dirai parfois ce qu'il ne faut pas dire
parlerai à tort
et à travers
et mettrai les pieds dans le plat
je laisserai les poules entrer et sortir
et irai ramasser leurs œufs
ou demanderai aux enfants de le faire
des œufs seront pondus
ou je saurai pourquoi
je ferai le ménage
et je ferai les lits

comme une bonne qu'on ne paie pas
ou une esclave
Leo installera des volets
et les démontera
et mettra des grilles à la place
je lui couperai les cheveux
il lavera les verres fragiles en retour
parfois
Ben étudiera les faits
des tas et des tas de faits
nous inscrirons nos quatre enfants à la fac
même si ça nous ruine
je ne connaîtrai jamais vraiment le goût de mes tartes
ma vue s'améliorera ou bien empirera
ma vie sera soit un succès soit un échec
mes mains seront de plus en plus ridées
puis auront des taches de vieillesse
Woody Allen n'arrêtera jamais de faire des films
les citrons pourriront dans le compotier
les courgettes
si on les oublie
deviendront énormes
Shakespeare sera de moins en moins lu
la civilisation connaîtra le déplaisir
les sucettes fondront
les scies grinceront
les choucas parleront
les zigzags zigzagueront
les cercles feront des cercles
les spirales feront des spirales
les drones droneront
les ados ricaneront
se drogueront
perdront leur sang-froid

et c'en sera fini d'eux
des patients dans le coma sortiront du coma
d'autres non
des gens gagneront de l'argent
la plupart non
ou pas assez
des philanthropes donneront de l'argent à des œuvres de charité
mais pas assez
des misanthropes ne donneront rien
la grippe aviaire et la grippe porcine terroriseront les gens
tout comme la NRA
des idiots naîtront
à chaque minute
des pâtes seront al dente
puis trop cuites
des chaussettes tomberont
des chiens tireront sur leur laisse
la moitié du monde menstruera
ou tombera enceinte
puis atteindra la ménopause
et ça gênera tout le monde
des start-up seront montées
puis démontées
des soufflés gonfleront
mes moelleux au citron ne tomberont
plus jamais
partout dans le monde des poules mourront
à un rythme incroyable
des millions par jour
des milliards
des cochons aussi
on traira les vaches jusqu'à la lie
on importera des bananes
on en exportera

répandant la radioactivité
partout où il y en aura
les abeilles seront exploitées
les fruits à coque mûriront lentement sur les branches
les olives aussi
la Canadiens feront des activités en plein air
comme skier et nager et faire de la voile et sourire
tout le temps
Anne aimera Frederick Wentworth
Darcy aimera Elizabeth Bennet
des filles craqueront pour Colin Firth
des coffrets DVD sortiront
il y aura d'autres films avec des présidents
l'éducation continuera de se désintégrer
mais les gens auront toujours des diplômes
les gynécos hommes par exemple
la mousse se répandra lentement
sur les pierres au bord des ruisseaux
le lierre aussi
des sabots-de-Vénus apparaîtront
si les conditions sont favorables
les chaussons vous tiendront chaud aux pieds
même les moins chers
les vers vaincront envers et contre tout
Leo aimera écouter du Messiaen
les aurores boréales m'ennuieront
des stalactites se formeront lentement
des stalagmites aussi
des glaçons fondront
des hommes politiques exprimeront des regrets
dans leurs Mémoires
mais pas pour les glaçons
des pro-guns exhiberont leurs armes
Barbara Stanwyck sera toujours sexy

Julie Andrews ne le sera jamais
je suis désolée
les yeux de Christopher Plummer resteront tristes
les chattes feront leur toilette
et allaiteront leurs petits
les gens feront l'amour
Leo prendra l'avion
je m'inquiéterai
et il s'inquiétera
des ponts s'écrouleront
des barrages céderont
nous attraperons des rhumes
le peu qu'il reste de l'Ohio Canal
disparaîtra
des voitures feront crisser leurs pneus au bout de notre rue
des oiseaux mangeront des centaines de chenilles
par jour
et nous n'y pourrons rien
nous aurons des coups de soleil
les enfants auront des caries
malgré le fluor dans l'eau
je m'inquiéterai pour mes enfants
beaucoup
tout le temps
Stacy sera bonne dans un domaine
des bébés naîtront heureux
on tirera la chasse
comme d'habitude
l'aspirine guérira certaines douleurs
les médicaments auront des effets indésirables
y compris la mort
on ramassera les ordures
la plupart du temps
certaines femmes seront violées et assassinées

même si elles essaient de se protéger
les anorexiques regarderont les autres manger
avec horreur et fascination
des tas de gens feront le régime 5-2
et seront irritables le lundi
les pots de beurre se petit-pot-de-beurreriseront
les marmottes, les gauphres et les chiens de prairie
vivront dans des trous dans le sol
les ordinateurs seront de plus en plus petits
les selfies seront de plus en plus sophistiqués
il y aura des incendies
des villes et des forêts entières brûleront
des plaines inondables seront inondées
des falaises s'éroderont
les Californiens auront des problèmes d'eau potable
les séquoias tomberont
les océans se rempliront
de choses en plastique
nanoparticules
déchets radioactifs
mauvaises algues
des gens seront malades après avoir mangé des huîtres
des gens diront « banaux » au lieu de « banals »
et utiliseront le mot « énormité » à mauvais escient
et prononceront mal « au revoir »
et « gageure »
des gens résoudront leurs problèmes
tandis que d'autres les intérioriseront
la nouvelle normalité sera remplacée
par une normalité encore plus nouvelle
les chiens seront dressés à s'asseoir
au pied
donner la patte
certains même à ranger la maison

des chiens mangeront des petits pois
des chiens mangeront n'importe quoi
mais le chocolat ne sera jamais bon pour eux
ni les raisins secs
ou les raisins secs enrobés de chocolat
les poules à naître aimeront déjà les écorces de melon
des chats mangeront du melon eux aussi
des chats seront de bons nageurs
les vêtements mouillés finiront
par sécher
même sans sèche-linge
les taches de gras ne partiront pas
la cire qui reste collée aux nappes
partira si on les met dans le congélo
les microbes prospéreront en secret
comme la moisissure
la fleur de tan jaune vomi de chien
par exemple
qu'on appelle aussi mucus d'œufs brouillés
les myxines produiront du mucus
sans vergogne
si elles se sentent menacées
les poissons-loups seront gentils
les cordes des ukulélés vibreront
mais certaines personnes préféreront jouer
de la cornemuse
ou de l'harmonica
ou écouter la radio
les anniversaires seront fêtés
les demandeurs d'asile mourront en cherchant un asile
l'engouement pour la manucure grandira
ou diminuera
idem pour les tatouages
les carrières de marbre tariront

pareil pour le tungstène
des gens se feront décapiter
Palmyre ne sera plus jamais la même
des gens insisteront pour mettre de l'huile de palme
dans tout
je serai toujours timide
des gens voudront de la dinde avec la garniture
à Thanksgiving
et à Noël
certains mangeront de l'andouillette
Leo mangera de la soupe au poivre
chaque fois qu'il en aura l'occasion
avec des tripes dedans
et parfois
des queues de cochon
les marsupiaux porteront leurs bébés dans des poches
les oiseaux migreront
les vaches rentreront à l'étable
les poules n'auront jamais de dents
les enfants liront *Babar*
et Laura Ingalls Wilder
et *Max et les Maximonstres*
et *L'Île des dauphins bleus*
les veines et les artères charrieront du sang
les cœurs battront
les poumons gonfleront et dégonfleront
les nombrils seront rentrés ou saillants
les gens porteront des bikinis
des gens qui feraient mieux d'y réfléchir à deux fois
le lait tournera
le fromage se fera
les entreprises baigneront dans le fric
polluant l'Ohio River
le Mississippi

et le golfe du Mexique
et affectant les générations futures
« La route que je n'ai pas prise » de Frost
résonnera dans tout le pays
le monde électronique sera
un désastre pour l'humanité
dit Léo
parce que plus rien n'est réel
les gens aimeront toujours le poulet frit en sachet
y compris Ben
les ongles pousseront
vous attendrez longtemps le bus
puis il en arrivera deux en même temps
il y aura davantage de ciels de traîne
et des nuages comme des cheveux peints par Botticelli
ou des points d'interrogation
les gens jetteront
des fauteuils roses
des enfants apprendront l'alphabet
sans raison
et pareil
pour les maths
et détesteront la gym
des gens feront subir à d'autres gens
le Silence Méprisant
je ferai d'autres puzzles en ligne
le cerf à queue blanche aura la queue blanche
des tas de gens voudront
des intérieurs beiges
et des pantalons kakis
des opéras célèbres seront mis en scène
les quatuors de Beethoven seront toujours des quatuors de Beethoven
les smileys se multiplieront

les enfants feront du roller
le ciel sera souvent bleu
les abeilles bourdonneront
mes roulés à la cannelle feront souvent l'unanimité
la bureaucratie
effraiera tout le monde
les dirigeants aussi
Ronny nous apportera à manger pour les poules
si je le lui demande
je devrai finalement me faire une raison
et lui proposer du café et une part de tarte
le plâtre de Paris deviendra bizarrement brûlant
avant de sécher
les enfants auront intérêt à le savoir
des poils pousseront au mauvais endroit
les sarcasmes tomberont parfois à côté
la satire ne changera rien
je boirai des whiskey sour
des vodkas orange
et des martinis
si possible
nous grossirons
ou maigrirons
les enfants auront parfois des poux
mais pas nos enfants j'espère
Jake aura parfois des otites
nos animaux vieilliront
sous nos yeux
tous les cadres de nos fenêtres tomberont en morceaux
bientôt peut-être
les chiens continueront de courir après des balles
jusqu'à la fin des temps
ou courront tout excités en rond
les chiens aimeront les gens

les aimeront vraiment
et comprendront
ce qu'on leur dit
nous nous souviendrons tous
de ce dont nous ne voulons pas nous souvenir
le passé continuera
d'avoir eu lieu
on signalera la présence de poissons
dans les ombres d'une rivière
les truites remonteront à la surface
en quête de nourriture
il y aura des courses dans la boue à l'indienne
il y aura une activité tectonique
mais sans doute pas dans l'Ohio
la terre ne percutera pas le soleil
de notre vivant
ni Pluton
si les aliens débarquent
ils n'en finiront pas de se marrer
devant nos films de science-fiction
ils ne renonceront pas
Maman et Papa continueront
de s'être rencontrés
lors d'un rendez-vous arrangé
au Copley Plaza Hotel
des Oscars seront remis
au mauvais film
des présentateurs des Oscars choqueront tout le monde
des Américains iront en masse à Paris
et achèteront des tours Eiffel en souvenir
des statues de la Liberté en souvenir
en forme de gommes et de couronnes en caoutchouc mousse
se vendront bien elles aussi
les survivants du 11 Septembre auront du mal à assister

à des feux d'artifice
les frais d'hospitalisation ruineront des familles
des bubons seront percés
moyennant argent
des goitres seront enfin retirés
je crois
il y aura d'autres concours de beauté
en dépit des objections
la gelée continuera d'être plaisir et malédiction
selon les gens
la vaseline sur un coton-tige permettra d'ôter
les cils dans vos yeux
Casablanca sera toujours un grand film
Oliver ! continuera de parler
d'un jeune orphelin
les dentistes continueront d'ôter le tartre
de diverses façons
certaines correctes
d'autres moins agréables
les gens confondront
« sensé »
et « censé »
et diront « par contre »
au lieu de « en revanche »
et vice versa
les dons aux bonnes œuvres
resteront populaires
des enfants seront traités comme des esclaves
et nous porterons tous les vêtements qu'ils fabriquent
les joues roses resteront une valeur sûre
chez les Caucasiennes
de nombreux hommes auront des cils enviables
les talons aiguilles seront toujours à la mode
apparemment

les pneus des voitures crèveront
et si vous n'êtes ni jeune
ni jolie
personne ne vous aidera
le système monétaire pourra changer
n'importe quand
les bébés pleureront
mais probablement pas à cause du système monétaire
les vélos seront de plus en plus
chers
on n'inventera plus beaucoup de nouvelles formes de pâtes
et certaines en circulation deviendront obsolètes
les têtières et les aspidistras et les amaryllis
existeront
encore un peu au moins
le passage à l'heure d'été
perturbera et agacera chaque année
tout le monde
idem pour le retour à l'heure d'hiver
les taille-crayons s'émousseront
il sera de plus en plus difficile
de trouver un bon crayon
les loupes grossiront les choses
les lave-vaisselle laveront la vaisselle
la crème pour les mains sera moins efficace
les mosquées appelleront les musulmans à la prière
Trump insultera les musulmans
il y aura des coupures de courant
des pénuries d'aliments
la guerre
la peste
la pestilence
la sécheresse
la pauvreté

des tarés
il y aura des marcassins
il y aura des baies
et des raies
et des geais
et des pénuries de tout ça
quelques orangs-outangs auront des droits
les baleines et les éléphants en auront encore moins
les ampoules claqueront
les gens tomberont des échelles
les clichés porno prospéreront
la bulbe rachidien accomplira certaines fonctions
sans que vous ayez trop à vous en occuper
ce qui est très bien
parce que
j'ai besoin de toute l'aide disponible
certaines personnes continueront à affirmer que
les « anges » fossiles
prouvent quelque chose
les mères coudront ou thermocolleront des étiquettes
sur les vêtements de leurs enfants
ou écriront laborieusement leurs noms chaque année
à l'encre indélébile
je continuerai d'oublier comment on fait cuire les asperges
chaque année
et devrai vérifier à chaque fois
chaque été
on produira en masse des saucisses
qui donneront parfois le botulisme
mais rarement
les asperges ne donneront pas le botulisme
sauf si elles sont mal mises en conserves
il sera toujours plus sage
de faire bouillir les conserves maison et les légumes en bocaux

pendant quinze ou vingt minutes
avant de les manger
l'économie chinoise fluctuera
les portes se voileront
les portables seront perdus
ou écrasés
ou volés
et plus chers
il y aura des arcs-en-ciel et des éclipses de Lune
mais la plupart des gens ne les regarderont pas
idem pour les parhélies
il nous faudra un nouveau toit
un de ces jours
de temps en temps je trouverai une pièce porte-bonheur
dans la rue
des femmes mettront du rouge à lèvres
les gens s'enticheront les uns des autres
les gens se feront du mal les uns aux autres
physiquement et émotionnellement
des flammes seront attisées
et éteintes
de l'huile sera versée
sur le feu
une pomme sans fromage
sera comme
un baiser sans étreinte
Sanditon ne sera jamais fini
des voitures mettront leur clignotant
des enfants joueront au ballon
il y aura des cheveux roux
et des juments alezan
et des chats tigrés
des hommes pousseront d'une manière touchante des bébés
sur des balançoires

pendant des heures
et laisseront leurs filles
s'asseoir sur leurs genoux
même à l'âge avancé de onze ans
des mamans changeront des couches
des enfants seront inquiets et déçus
par leurs mères
qui pourtant les nourriront
les protégeront
et les serreront dans leurs bras
des immeubles laids seront construits
à grands frais
il y aura quatre saisons
et des parties à quatre
et à trois
Bill et Hillary continueront
à leur façon
de faire ce qu'ils font
le verre et le plastique et le carton
seront recyclés
par des citoyens respectueux des lois
des lacets seront lacés
ou feront trébucher des gens
des chevilles seront foulées
des poignets cassés
des racines feront trébucher
des cigarettes seront fumées
des pique-niques gâchés
des mains tenues
les plantes pousseront et se faneront
les capucines fleuriront
si aimablement
les lits de camp sentiront l'humidité
les cabanes en bois se dégraderont lentement

de nombreux vêtements seront rayés
pas seulement en prison
ou à pois
les gens me feront monter
des collines et des escaliers
à toute allure
et m'obligeront à aller
plus vite que je ne le veux
l'eau glougloutera
et les estomacs aussi
aux moments les plus gênants
les lunettes de soleil protégeront les yeux
du soleil
les parapluies abriteront
de la pluie
les canards auront des canetons
les chiens auront des chiots
les chats des chatons
les poules des poussins
les cygnes des cygnets
les oies des oisons
les biches des faons
les ours des oursons
les sangliers des marcassins
les éléphants des éléphanteaux
les girafes des girafons
les gens auront besoin de ponts
des motifs seront visibles dans les vagues
et sur le sable
et dans les nuages
les farfadets flotteront
des formes aléatoires ressembleront parfois
à des visages humains
il y aura des poches de nuit

en plein jour
la plupart des magasins ouvriront le dimanche
la poste aérienne sera vraiment aérienne
l'air finira pas ne plus être respirable
pas seulement pour les asthmatiques
mais pour tout le monde
l'eau ne sera plus potable
les gens trembleront
vomiront
soupireront
pleureront
s'embrasseront
pêcheront
laboureront
sèmeront
sarcleront
récolteront
se lamenteront
s'agenouilleront
s'agiteront
s'assagiront
s'assembleront
se prosterneront
en ululant
à genoux
mais on hibernera beaucoup moins
comme on peut s'en douter
il y aura du vin
des femmes
et des chansons
et du lait de poule
il y aura des accords
des harmoniques
des tambours

il y aura des gens qui s'entraînent
pour devenir chanteurs d'opéra
et bassonistes
il y aura des jours venteux
il y aura des malentendus
il y aura des jours où je ne saurai pas ce que je fais
ni pourquoi
les gens qui auront des cottages seront beaucoup jalousés
dans le Connecticut
ou à Martha's Vineyard
ou à Malibu
on dira du bien d'artistes et de compositeurs
qui sont morts
les glands tomberont
je me sentirai coupable
et gênée
et j'aurai des regrets
pour tout
les nudistes se déshabilleront
les boulistes joueront aux boules
et boiront de la bière
place Dauphine
certains boulistes ne joueront aux boules
que pour la bière
les cloches des églises sonneront
partout dans Paris
les chefs de chez Allard feront du canard rôti
jusqu'à la fin des temps
j'espère
les enfants aimeront la barbe à papa
même si dans le cas de Jake il faudra qu'elle ait la forme d'un **O**
le bon pesto sera fait avec du bon basilic
les statues seront vandalisées
ou couvertes de fientes

les statues des Confédérés offusqueront les gens
l'orange ne sera jamais ma couleur
mais le bleu ira parfois avec le vert
les bébés trouveront toujours le sein
les poivrots et les bambins
auront du mal à marcher droit
on entendra de mystérieuses sirènes
les supermarchés proposeront des offres spéciales
mais à la fin de votre vie vous vous demanderez
si elles étaient vraiment si spéciales que ça
des dialectes disparaîtront
des langues aussi
ainsi que l'art de la dentellerie
la vannerie
la matelasserie
la broderie
les recettes traditionnelles
et probablement les diffuseurs de parfum
les joggeurs feront des étirements
les terroristes terroriseront
les extrémistes seront extrêmes
les tireurs tireront
les déchaînés se déchaîneront
les agresseurs agresseront
les cambrioleurs cambrioleront
les bousilleurs bousilleront
les joueurs de clairon claironneront
les adultères se livreront à l'adultère
les avocats argumenteront
jusqu'à en perdre haleine
les chasseurs chasseront
les pêcheurs pêcheront
les chalutiers pêcheront au chalut
les pétroliers pétroleront

les baleiniers baleineront
les baleines battront de l'aile
les gens qui s'y connaissent
feront la différence entre baleines et cachalots
Cape Cod ne sera pas une île
pendant un bon moment du moins
il y aura de plus en plus de couteaux en céramique
les pulls et les sweats resteront utiles en automne
les mites feront des trous dans les pulls
les balles de naphtaline leur donneront une odeur de naphtaline
la Terre tournera
les gens diront souvent « Téléporte-moi, Scottie »
sans raison apparente
juste comme ça
les gens ôteront leurs lunettes de soleil
quand le soleil se couchera
on oubliera mes tartes
mais tout le monde continuera d'aimer le chocolat
et les brownies
les antiquités ne rapporteront plus rien aux enchères
nous en reviendrons à la roue de chariot
et aux malles de voyage
honni sera qui mal y pensera
les physiciens déconcerteront tout le monde
les géomètres aussi
et les économistes
et les images cachées en 3D
les gens mangeront obstinément du chou kale
mais pas les chiens
je serai lasse
de rester debout pour cuisiner
les ballons rebondiront
le soir
partout en banlieue

les gens feront voler des cerfs-volants
si le vent est favorable
les terres des Indiens et les sites sacrés
seront profanées
de belles friches
seront gâchées par des immeubles hideux
les gens feront la queue aux stations-service
et aux bureaux de vote
ils tourneront à droite au carrefour
quand le feu sera rouge
et se sentiront en sécurité dans leur voiture
même si ce n'est pas le cas
chacun gardera ses secrets
au sein d'une même famille
et mettra son pouce dans la digue
les gens prendront des opiacés
des barbituriques
de dangereux médicaments contre le rhume
et plein d'Alka-Seltzer
le marché des dramédies se portera bien
des gens mettront à leurs petits chiens
des habits de Noël
même si on essaie de les empêcher
il faudra souvent attendre pour être servi
la lune brillera
les miroirs refléteront
les lucioles luiront
s'éteindront
luiront
s'éteindront
luiront
les harengs seront saurs
les morts seront morts
à tout jamais

l'herbe sera verte
les violettes bleues
il y aura toujours des singes dans les zoos,

*

Ils avaient été lavés, caressés, nourris au biberon, puis enfermés. À présent, ils se serraient les uns contre les autres. Ils n'avaient pas eu envie d'explorer leur nouvelle tanière carrée, tout en angles.

Sans leur mère, ils étaient perdus. Désormais, ils mangeaient et dormaient sous les yeux d'enfants qui passaient en engloutissant des barbes à papa. On les admirait pour leurs rayures et leurs taches – l'intérêt que porte l'humain aux fourrures est dur à rassasier – et pour leur férocité latente, que rendait acceptable leur allure de peluche.

Mais ils étaient à elle, chacun une nécessité, une joie. La femelle couguar savait dans quelle direction aller, presque comme si elle les entendait de loin. Elle couvrait de grandes distances la nuit, toute une forêt déracinée, des décharges, des mines abandonnées, des sites d'enfouissement de déchets et d'immenses friches industrielles dévastées. La distance était moins un obstacle que certaines clôtures.

Les besoins de ses petits l'emportaient sur sa réticence à s'approcher des humains, ou à s'aventurer loin de ses terres habituelles. Depuis toujours elle avait évité les hommes, leurs armes et leur puanteur, et leur passion meurtrière. Mais maintenant elle allait devoir leur faire face. Son seul devoir était envers ses petits. Car des hommes les lui avaient pris – c'était la seule explication à leur disparition totale et si rapide.

Ne redoutant aucun animal, elle considérait les humains avec une méfiance et un mépris particuliers. Ils semblaient condamnés à leur inertie, étrangement instables sur leurs pieds, et ils émettaient des bruits désagréables. Ils outrepassaient ce que ses tympans pouvaient tolérer. Elle avait mal au crâne rien que d'être dans leurs parages.

Elle préférait l'obscurité, quand l'activité humaine devenait moins importune.

Une nuit, elle se faufila dans un hangar plein de bétail. Elle était attirée par l'odeur du lait, parmi d'autres odeurs plus aigres qui disaient l'impuissance et la douleur. Mais même les vaches soumises peuvent devenir agitées quand elles sentent un félin parmi elles. Elles tirèrent sur leurs chaînes, arrachèrent les tubes à leurs pis et meuglèrent si résolument qu'un type poussa bientôt les portes en râlant et leur cria dessus.

La femelle couguar s'esquiva prestement par une issue au fond sans se faire remarquer et se fraya délicatement un passage entre une montagne de boîtes de conserve, de briques de lait et d'objets en plastique, ces déchets composant l'ordinaire des gens. Ils en laissaient toujours dans leur sillage, afin que d'autres animaux trébuchent dessus, les inspectent, les pillent, ou les évitent.

Elle se prit la patte dans une longue guirlande de silhouettes de poupées, produite en masse avec de la ficelle et du carton ; elle continua en entraînant avec sa patte arrière une suite de petites femmes aplaties. Elle contourna une tranchée abjecte pleine de couches sales, de seringues, de chiffons, de vieilles chaussures, de bouteilles brisées, de cannettes de Coca, de sandwiches entamés et de gobelets en carton, de journaux, de légumes moisis, de fruits écrasés, de vieux os de poulet, des vestiges d'un milkshake caramel beurre de cacahuète, de vieux biscuits à la glace, de paquets puants de viandes cuites et de lasagnes : de la nourriture humaine et ses emballages, et d'autres choses indéfinissables.

Sans intérêt pour elle. Elle n'était pas une hyène.

*

le fait que j'ai trouvé un œuf de pigeon dehors sous notre porche, petit, moyen, grand, venti, trenta, et je me suis demandé si je devais essayer de le couver dans mon soutien-gorge, comme Arabella dans *Jude l'Obscur,* mais quand j'en ai parlé à Leo il m'a ordonné de le remettre où je l'avais trouvé, de peur que je m'interpose entre une maman pigeon et son œuf, le fait qu'il me sermonne parfois comme si j'étais une de ses étudiantes, le fait qu'il m'a fait tellement culpabiliser de m'être ingérée dans l'ordre naturel que j'ai remis l'œuf sur le porche là où je l'avais trouvé, le fait qu'ensuite, en pleine nuit, je me suis sentie coupable d'avoir laissé ce pauvre œuf abandonné là, à mourir de froid sur les planches en bois du porche, le fait qu'entretemps j'avais *investi* dans l'œuf, je suppose, ou l'avais intériorisé, le fait que son sort m'avait concernée, le fait que je m'y étais attachée, et que je me sentais *responsable*, le fait que « responsable » est un drôle de mot, le fait que je me suis levée en pleine nuit, j'ai enfilé mon manteau par-dessus mon pyjama et je suis sortie pour récupérer l'œuf de pigeon, le fait que cette fois-ci j'ai eu une meilleure idée, ridée, et j'ai ouvert le poulailler afin de glisser le petit œuf sous l'une des poules, le fait que j'aurais dû le faire tout de suite, même si j'avais peur qu'elles l'écrasent, ou le rejettent, ce qui est encore possible, le fait qu'il n'est pas aussi petit qu'un œuf de roitelet, mais il est quand même tout petit, davantage comme un œuf de caille, le fait que les œufs sont fascinants parce qu'ils sont parfaits, et mystérieux, sauf quand ils dégénèrent à cause d'une carence alimentaire, ou qu'ils vieillissent et deviennent bizarres, odeur d'œufs pourris, membranes, mucus, vase, bave, schlamm, visqueux, viscose, nettoyage à sec, le fait que je ne voulais pas vraiment perdre de vue cet œuf, mais il était sans doute mieux ici, le fait que je ne devrais pas m'inquiéter, le fait qu'en général les poules s'assoient sur tout ce qui ressemble à un œuf, comme la pâte à modeler de Jake, que Milly a couvée consciencieusement jusqu'à ce que le truc fonde et devienne tout gras et on a dû le mettre au frigo, pour qu'il puisse de nouveau jouer avec, le fait que Maman a lancé un joyeux « Coin-coin ! » aux canards puis s'est précipitée dans l'étang, mais Abby l'a sauvée, le fait qu'un jour Stacy a sauté dans la piscine du King's Ransome sans ses brassards, et Abby a presque dû la sauver elle aussi, le fait que Stacy et moi étions en train de nous changer dans la chambre du motel, et elle est sortie sans prévenir et a sauté dans la piscine avant que je comprenne ce qui se passait, le fait qu'elle avait oublié de mettre ses brassards, et elle s'est enfoncée dans l'eau plus profondément qu'elle ne s'y attendait, mais elle a réussi à remonter toute seule en nageant, rien de grave, toucher du bois, s'estimer heureux, patte de lapin, le fait qu'heureusement c'était déjà une bonne nageuse, mais elle aimait continuer de porter ses brassards, le fait que plein d'enfants se noient en perdant leurs brassards, et les parents ne s'en aperçoivent pas, le fait que les parents croient que l'enfant ne risque rien parce qu'il porte des brassards, mais c'est faux, le fait qu'Abby ne savait pas bien nager, le fait qu'elle aimait juste faire ses exercices contre l'arthrose dans la piscine, ou s'installer dans le jacuzzi, le fait que Stacy a dû penser qu'elle ne risquait rien parce qu'Abby était déjà dans la piscine, mais ce n'était pas le cas, le fait que Stacy a dû se sauver toute seule, et elle avait seulement quatre ans, le fait que les bouées sont plus sûres que les brassards, parce qu'elles ne glissent pas, le fait qu'elles prennent complètement le torse, problèmes de chambre à air, poules, œuf de pigeon, le fait que l'iguane de Leo et Sally a pondu plein d'œufs dans leur baignoire en Arizona, le fait qu'ils étaient stériles, le fait qu'ils n'avaient pas pu être fécondés parce que c'était la seule iguane femelle à des kilomètres à la ronde, le fait que même si un iguane mâle avait parcouru quarante kilomètres à la nage, et escaladé la montagne, il n'aurait pas pu entrer dans la résidence, le fait que le véto a dit à Leo qu'il est tout à fait normal pour une iguane de pondre autant d'œufs, et qu'on peut les manger, le fait que le véto estimait que les œufs d'iguane font de bonnes omelettes, le fait qu'on peut faire une omelette pour quatre avec un œuf d'autruche, mais qui a envie de ça, le fait que Leo et Sally n'avaient pas trop envie de manger les œufs de leur iguane, le fait qu'ils ne l'avaient pas apprivoisée dans ce but, le fait que Leo ignore totalement pourquoi ils avaient une iguane, le fait que c'est Sally qui avait ramené l'iguane, le fait que ses œufs n'étaient de toute façon pas dans un état idéal, après avoir passé une semaine dans cette salle de bains par 25°, le fait qu'ils se trouvaient dans les montagnes d'Arizona, en hiver, voitures prises dans la neige, ours, détritus, réserves indiennes, et ils veillaient à ce qu'elle ait assez de chaleur et d'humidité, l'iguane, pas Sally, le fait qu'ils maintenaient la salle de bains à des températures tropicales, et l'iguane a eu alors l'idée de pondre dans la baignoire, le fait que je me demande encore comment Leo et Sally ont pu prendre des bains si la baignoire était pleine d'œufs, le fait que, par ailleurs, l'iguane était toujours prête à vous sauter dessus, apparemment, or ces animaux ont des sacrées griffes, le fait que Leo dit qu'il avait très peur d'elle, de l'iguane, pas de Sally, ou alors des deux, le fait que les deux étaient inquiétantes, le fait que Leo devait toujours se lever à 4 heures 30 du matin pour déneiger la voiture de Sally afin qu'elle puisse aller enseigner dans la réserve indienne, pont de Londres, Maman, bain, beignet, le fait que l'Arizona ne convient pas aux iguanes, le fait que l'iguane aurait été nettement plus heureuse au Mexique, et Leo aurait été nettement plus heureux dans l'Ohio, avec moi, pas à traîner avec la sévère Sally en Arizona, I ♥ U, le fait que « sévère Sally » ressemble à un nom de cocktail, un Sévère Sally on the rocks s'il vous plaît, un œuf d'iguane en saumure, et une goutte d'Ajax, le tout agrémenté d'un bâton de dynamite, le fait que Leo et moi nous étions déjà rencontrés alors, au musée, mais il était encore avec Sally à l'époque, investi, attaché, passereaux, moineaux, accepter le changement, le fait qu'on a juste échangé un baiser dans Orange Street puis il est parti et je n'ai pas eu de ses nouvelles pendant un an, bon, peut-être un mail de temps en temps, le fait que c'était une vraie situation à la *Casablanca*, sauf que Leo était Ingrid Bergman et moi j'étais Humphrey Bogart, seule et désolée, et Sévère Sally n'était pas une dirigeante tchèque, le fait qu'il m'a dit plus tard que cette deuxième année en Arizona avait manqué l'achever, le fait qu'il fait froid dehors aujourd'hui, très froid, Evanston, fenêtres en forme de losanges, le bourdon au Bread Loaf, euphorie, cuisine, Maman, le fait que j'ai rêvé que j'en avais assez de faire des omelettes pour des tas de gens, le fait que Emerson Street a été la première rue d'Evanston à avoir l'électricité, le fait que ça remonte à 1893, vieilles pommes qui pendent encore aux branches du pommier, diffuseur de parfums, kilos en trop, le fait qu'il y a des enfants réfugiés en Suède qui ont le Syndrome de Résignation, le fait qu'après avoir vu son père se faire tabasser puis embarquer une fillette russe est restée au lit pendant plusieurs jours à donner des coups de pied contre le mur, puis elle ne s'est même plus levée, le fait que son père a fini par être libéré et ils ont fui la Russie pour aller en Suède, mais la gamine ne sort toujours pas de son lit, ne bouge pas, ne mange pas, elle est désespérée, et ça dure depuis vingt mois, le fait qu'ils disent que le Syndrome de Résignation est une réaction extrême à un trauma émotionnel, le fait que les gens finissent par en sortir et vont bien, le fait que ça arrive quand un enfant perd tout espoir, le fait que c'est comme une sorte de niveau toxique de désespoir, et ce n'est pas récent, le fait qu'il y a eu également des cas dans les camps de concentration nazis, le fait que des enfants en sont sûrement morts depuis des milliers d'années, mais personne ne savait pourquoi, ou ne trouvait de nom adéquat pour ça, le fait que des enfants s'en sortent aujourd'hui uniquement parce qu'on les nourrit par intraveineuse et qu'on leur fait des massages et tout ça, Maman quand elle était bébé, massage de son bras, le fait que c'est ce que font les enfants quand ils renoncent complètement, le fait qu'une mère qui assiste à ça doit être abattue, le fait que le plus dingue chez les enfants c'est le fait qu'ils naissent pleins d'espoir et de confiance, et vous n'avez qu'une envie, vous pencher sur eux et vous occuper d'eux mais les autres vous en empêchent, le tas d'œufs d'iguane, le fait que j'ai dû retourner travailler au musée quelques mois après la naissance de Stace, et m'occuper de Maman et Papa, le fait que je ne pense pas que je savais ce que je faisais, le fait que j'ai négligé Maman et Papa pour m'occuper de Stacy, et négligé Stacy pour m'occuper de Maman et Papa, et aussi de Bathsheba, et plus tard j'ai négligé Stacy pour être avec Leo, et ensuite je l'ai encore négligée pour m'occuper de Ben, puis j'ai négligé Ben pour m'occuper de Gillian, et ainsi de suite, mauvaise mère, le fait que j'ai négligé toutes les personnes que j'ai jamais aimées, mais après j'ai eu le cancer, le fait que j'ai négligé Ben pour m'occuper de mon cancer, tagalog, Syndrome de Résignation, le fait que je n'ai plus d'excuses pour négliger qui que ce soit maintenant, mais je ne devrais pas parler comme ça, le fait que je n'ai pas envie de me laisser aller aujourd'hui, spirale descendante, le fait qu'Oprah ne serait pas d'accord, ♫ *Accentuer le positif, Éliminer le négatif* ♫, le fait qu'autrefois le service postal était une grande entreprise, comme les chemins de fer, vieille carte postale de la poste de Youngstown, ♫ *Don't mess with Mister In-Between* ♫, émigrés russes, le fait que Papa grognait souvent sans raison, le fait qu'il a grogné toute ma vie et ne nous a jamais dit pourquoi, même si parfois on lui demandait, le fait que les pères sont très importants chez Verdi, comme dans *La Traviata*, paternité, mauvais père, le fait que la femme et les enfants de Verdi sont morts, le fait que *Rigoletto* fait un peu peur, je veux dire, trimballer votre fille morte dans un sac par erreur, le fait qu'on ne peut pas vraiment imaginer un truc pire que ça, le fait que je ne pense pas qu'Oprah apprécierait le côté sombre de Verdi, le fait qu'elle l'inviterait quand même à son émission, si elle le pouvait, le fait que j'aimerais que Trump puisse embaucher Frederick Douglass, le fait que *Il trovatore* veut dire le troubadour, le fait que le père sévère de Rodolfo se révèle au final plutôt accort, raccord, cor, corné, kiné, bovin, le fait que je veux dire le père d'*Alfredo*, dans *La Traviata,* pas dans *Il Trovatore,* le fait que, bien sûr, le père d'Alfredo n'apprécie pas du tout Violetta au début, certes, mais plus tard il sermonne Rodolfo parce que dernier la traite mal, Alberto, non, *Alfredo*, le fait que Maman adorait cet opéra, le fait que j'associe *La Traviata* à elle, le fait que Stacy m'associera probablement aux comédies musicales, même si je n'aime pas les comédies musicales, *La Foire aux illusions*, porc, tripes, côtes de porc en sauce, le fait qu'on ne peut pas dire qu'on baigne dans la culture ici, entre les comédies musicales et les vidéos Morning Routine et mes angoisses et toute cette paperasse qui traîne partout, maman de James, même si on a du jus d'orange, le fait qu'on a plein de jus d'orange, très sophistiqué, même s'il n'est pas frais, le fait que j'aime bien l'opéra et que j'ai passé ma vie à essayer d'éviter les comédies musicales, mais on doit se contenter de comédies musicales en DVD pour l'instant, le fait que je n'ai pas les moyens d'emmener Stacy au Met voir *La Bohème* de Zeffirelli, le fait qu'on n'écoute même pas de concerts à la radio, le fait qu'ils passent beaucoup trop de Wagner, le fait que souvent au début d'un opéra je pense à *La Garçonnière*, le fait que je ne sais pas pourquoi mais écouter de l'opéra me donne parfois envie de regarder *La Garçonnière*, mais je n'ai jamais le temps pour l'un ni pour l'autre, le fait que les samedis sont plutôt bien chargés ici, le fait que le Metropolitan Museum a acheté un vase grec volé pour sa collection, ou qu'on le lui a donné, et maintenant ils doivent le rendre à la Grèce, Sotheby's, le fait que la plupart des salles de vente aux enchères vendent des choses volées, paraît-il, Jiminy Cricket, le fait que j'ai rêvé que je rencontrais un pêcheur dans la rue qui avait attrapé un saumon qui tenait une truite entière dans la bouche, le fait que c'était un peu comme dans ces festins romains, avec un poulet et une pintade dans une dinde dans une autruche et que sais-je encore, peut-être un œuf d'oie dans la poule, et une truffe dans l'œuf d'oie, ou une humble noisette pour le capitaine Wentworth, « Voici une noisette », le fait qu'il a raison de comparer Louisa Musgrove à une noisette, disait Maman, le fait que c'est elle la noisette, toujours à tomber de haut sur les gens, le fait que le capitaine Wentworth est très méchant avec Anne, et on lui en veut beaucoup alors, le fait qu'il se comporte un peu comme un mufle au début, le fait qu'il est tellement aigri, parce que Anne l'a largué il y a longtemps, le fait que, quand même, les choses s'arrangent un peu quand il se livre à son délire sur les noisettes, le fait que quiconque aime autant les noisettes doit être capable d'aimer Anne, le fait qu'on sent que ça doit marcher, parce qu'elle a besoin d'un type comme lui, capable de broder sur des choses idiotes, le fait qu'elle a besoin de rire un peu, pauvre Anne, schlamm, Maman, Merck & Co., Inc., Procter & Gamble, Prosper et Grumble, « Je veux ce truc de chez Chip's », le fait que Maman aimait bien

Persuasion, le fait qu'on a donné le prénom du capitaine Wentworth à Frederick, le fait qu'il est là, pile entre le *Running a Thousand Miles to Freedom* de Stace et le *Highway Bridge Design* de Leo, des livres et de la paperasse partout, la noisette, noisette, le fait que je ne trouverai jamais cette pièce, piécette, casse-noisette, crackers Graham, craquer, casqué, flics, le fait que d'après Ben huit milliards et demi de tonnes de plastique ont été produites dans le monde entier depuis les années cinquante, et que le production de plastique augmente encore, au lieu de diminuer, le fait que quatre-vingt-onze pour cent de cette production n'est jamais recyclé, le fait qu'il se vend un million de bouteilles en plastique tous les jours, dans le monde, non, toutes les minutes, je crois, et les trois quarts finissent dans les océans, le fait qu'on dit que les huit milliards et demi de tonnes de plastique qu'on a produites équivalent en poids à un milliard d'éléphants, mas je pense que c'est plutôt deux milliards d'éléphants, bon, tout dépend si on parle d'éléphants d'Afrique ou d'Asie, parce que l'éléphant d'Asie moyen pèse entre trois et cinq tonnes, alors qu'un éléphant d'Afrique moyen pèse entre quatre et huit tonnes, le fait qu'imaginez le poids équivalent en poules, des trillions, le fait que de toute façon personne n'a un milliard d'éléphants, d'Asie ou d'Afrique, à mettre dans une balance, vu qu'ils ont presque tous disparu de la surface de la Terre, les éléphants, pas les plastiques, le fait que, en outre, il n'y a plus la place pour un milliard d'éléphants, maintenant qu'on a tout ce plastique, BASF SE, Zyklon B, plastique dur, le fait qu'il ne reste que huit cents gorilles des montagnes dans le monde, le fait que les gens se plaignent toujours des animaux qu'ils n'aiment pas, « nuisibles », comme les pigeons, les chauve-souris, les rats, les ratons laveurs, les cerfs, les écureuils, les moineaux et les araignées, mais bientôt il ne restera que nous, et alors on verra si ça leur plaît, plus que des nuisibles, humbles noisettes, Auschwitz-Birkenau, petite maison rouge, petite maison blanche, Bloc I, Bloc II, abattoirs pour hommes, « À mort l'arbitre ! », paiement à la livraison, le Club de Rome, quarante pour cent de, nématodes, téléphone cellulaire, cellophane, violoncelle, Mstislav Rostropovitch, le fait que je croyais avant que le cellophane était meilleur que le film étirable, pour l'environnement je veux dire, mais il se trouve que la fabrication du cellophane nuit vraiment aux ouvriers, à cause de toutes les toxines relâchées dans l'usine, le fait que les ouvriers qui travaillent là-dedans ont des attaques et subissent toutes sortes d'horribles effets secondaires, *y compris la mort*, CS_2, le fait que pour faire du cellophane on dissout la cellulose des plantes puis on la traite avec du CS_2 jusqu'à ce qu'elle devienne ce truc orange et visqueux, et ensuite on *extrude* cette viscose dans une cuve d'acide sulfurique et de sulfate de sodium, et ça la transforme de nouveau en cellulose, et ensuite ils lui font encore plusieurs choses aux noms terribles, les gens emballent des fruits et des fleurs dedans, et des biscuits et des cigares et des médicaments, le fait que la viscose est vraiment visqueuse, le fait que c'est tout vasouilleux quand ils en font, comme un grand bain de boue, ou du schlamm de minerai de fer, le fait que les usines de rayonne sont mauvaises elles aussi, le fait que les gens et les animaux ne sont pas censés s'approcher des usines de rayonne dans la mesure du possible, le fait que le FDA, non, le FTC a condamné des tas de magasins comme Sears et Kmart à payer une amende pour avoir vendu des vêtements qu'ils prétendaient 100 % en bambou bio mais ce n'était pas le cas, bambou, caoutchouc, le fait que tout le monde croit que les tissus en bambou sont écolos mais le traitement du bambou ne l'est pas, le fait qu'ils commencent par de la soie artificielle et relâchent toutes sortes de toxines, puis ils finissent par faire quelques chaussettes en bambou, le fait qu'il n'y aura bientôt plus un seul endroit sûr ici-bas, le fait que les lépismes mangent de la rayonne, mais j'ignore si c'est bien ou mal, pour eux, ou pour nous, le fait que les animaux mangent toutes sortes de choses aujourd'hui qu'ils ne devraient sans doute pas manger, des trucs synthétiques, des produits chimiques, rien à voir avec leur alimentation naturelle, par exemple les souris mangent les fils téléphoniques et les albatros mangent des sacs en plastique, le fait que le tort qu'on a fait aux animaux, le fait que les animaux changent désormais de sexe à cause de tous les œstrogènes présents dans l'eau et les océans, et les alligators ne peuvent avoir que des femelles, toilettes transgenres, La Tache Rouge Sur Jupiter Grandit, le fait que c'est une tache définitive, « C'est une tache définitive », le fait que la plupart des cactus sont des plantes grasses mais toutes les plantes grasses ne sont pas des cactus, cactées, aloès, tempête permanente je veux dire, pas tache, le fait qu'il y a une tempête permanente sur Jupiter et que la tache rouge grandit, le fait que pendant ce temps-là mes moelleux au citron s'affaissent et languissent au congélo, le fait que Stacy dit que le Club de Rome a publié *Les Limites de la croissance* en 1972 mais que personne n'en a tenu compte, mais ce n'est pas ma faute, le fait que je n'étais même pas née alors, le fait que je crois que ça m'a échappé, et de toute façon je ne savais pas lire à l'époque, un rapport long comme ça, le fait que je ne lis pas beaucoup en ce moment, le fait qu'ils rédigent un autre article sur le changement climatique pour Trump, amorphophallus lilium, boule puante, mais lui non plus ne lit pas, alors ça semble une perte de temps, perte de temps toxique, animaux, le fait que le nombre de spermatozoïdes a diminué de moitié en quarante ans, Chuck, Jésus de New Philadelphia, le fait que c'est quoi mon problème aujourd'hui, *Les Limites de la croissance*, le fait qu'il semble que la Californie peut se permettre d'ignorer purement et simplement les idées de Trump sur l'environnement, le fait que chaque État pourrait peut-être agir à sa guise, le fait que si seulement l'Ohio faisait ça, mais ils n'en feront rien, le fait que je ne suis pas sur Facebook, le fait qu'il y a longtemps Stacy m'a dit de ne pas me donner la peine, le fait que je pense que c'est parce qu'elle ne veut pas être obligée de m'avoir comme Amie, ou que je regarde sa page Facebook, le fait qu'une Sikh dans le métro à New York s'est fait insulter par un inconnu sans raison aucune, le fait qu'au début le type a commencé à râler parce qu'elle parlait au téléphone, alors elle l'a rangé, mais il a continué à gueuler, le fait qu'il a dit qu'elle n'avait qu'à retourner au Liban, le fait qu'il a vraiment dit ça, le fait que, bon, ce qu'il a dit vraiment c'est retourne au Liban avec ton gros popotin, même s'il ne l'a pas dit dans ces termes-là, et il l'a répété plusieurs fois, retourne au Liban avec ton gros popotin, retourne au Liban avec ton gros popotin, Liban, bilan, facteur, ppbs, le fait que les gens disent toujours « pas de problème », alors qu'il y a des *tas* de problèmes, comme les alligators, *Il existe un endroit en France où tous les alligators dansent*, le fait que c'est ici, « "Cette noisette", reprit-il, avec une solennité enjouée », le fait que j'ai rêvé que je réalisais une vraie cascade à la Cary Grant en grimpant dans le penthouse de Jan et Marty, *La Garçonnière*, le fait que leur appartement était encore plus haut dans le rêve, genre au quarantième étage, très très haut, mais en me tenant d'une main au toit et en entrouvrant une petite fenêtre avec mes orteils j'arrivais à me faufiler dedans, le fait que si je jouais les casse-cou c'était juste pour éviter d'avoir à parler aux gens devant les ascenseurs, parce que j'étais timide, le fait que je risquais ma vie par timidité, mais sur le moment ça paraissait sensé, le fait qu'une fois que j'étais chez eux je me sentais obligée d'informer Jan et Marty que des cambrioleurs pourraient s'introduire chez eux comme moi, et je ne savais pas comment le leur dire sans expliquer comment j'étais entrée chez eux, ce qui était un peu gênant, le fait qu'escalader une façade de gratte-ciel est une façon plutôt extrême d'entrer chez les gens, même en rêve, surtout avec des claquettes aux pieds, vu que j'ai le vertige, *La Mort aux trousses*, le fait que Pepito avait le vertige, le fait qu'il détestait passer sur des ponts ajourés, ou monter des escaliers sans contremarches, le fait que je me revois l'encourager un jour à monter avec moi, et il était terrorisé, pauvre toutou, vertige, rampe, le fait que je rêvais souvent que je passais par-dessus la rampe de notre maison d'Evanston, et que je tombais en bas de l'escalier, la grande roue aux chutes du Niagara, le fait que je me suis cramponnée à mon siège dans cette grande roue, mais Stacy a adoré, le fait que notre séjour aux chutes du Niagara n'était pas une lune de miel, ni un pique-nique, le fait que c'était juste Stacy et moi, en train de fuir Frank, le fait que les chutes m'ont toujours paru horribles, horribilantes, les chutes du Niagara je veux dire, le fait que c'est trop, atrophie, gratin dauphinois, lire l'annuaire après que Maman est tombée malade, le fait que des touristes continuent de tomber dans les chutes du Niagara, en essayant de prendre un selfie, pas de problème, le fait que j'ignore pourquoi les gens veulent tous se prendre en photo dans chaque lieu touristique, le fait qu'après le départ de Frank on a roulé, roulé, jusqu'à ce qu'on arrive au Niagara, alors on est sorties de la voiture et on a regardé les chutes, le fait qu'on n'est pas restées longtemps, le fait qu'on a passé une nuit dans ce motel plein de couples en voyages de noces qui buvaient du champagne, le fait que tout ce dont je me souviens c'est d'avoir jeté des frites par-dessus le rebord de la falaise, microplastiques, le fait que mon rêve du penthouse est périmé, puisque Jan et Marty ont rompu il y a un an, et maintenant Marty dit tout le temps du mal d'elle, selon Leo, le fait qu'il ne l'appelle plus Jan, il dit un gros mot à la place, le fait qu'il l'appelle « La S— », Jan, si douce, si gentille, le fait que je suis tentée de, tenter, tintinnabulum, Tintin, le fait que l'autre terme qu'il utilise n'est pas très gentil non plus, « Le Serpent », alors que tout ce qu'a fait Jan c'est essayer d'aider Marty à se sortir de la coke, le fait qu'au lieu d'arrêter il n'a fait qu'augmenter les doses au point d'être défoncé tous les jours, pendant qu'elle se démenait pour rembourser leurs prêts sur l'appartement extravagant qu'il avait trouvé, l'élite de Manhattan, le fait que je crois qu'elle paie encore ses dettes de carte de crédit, le fait qu'il aimait être bien habillé, le fait qu'il prétendait avoir besoin de beaux costumes pour réussir à la télé, le fait que Jane a essayé de le raisonner, pour les costumes et la cocaïne, le fait que pendant dix ans elle a essayé, et qu'y a-t-elle gagné en retour, le fait que quand elle rentrait du travail elle le retrouvait sur le patio dans les vapes, le fait que c'est une chance qu'il ne soit jamais tombé, le fait que je me demande si ce n'est pas lui qui a grimpé par la fenêtre de leurs toilettes, complètement décalqué, par défi ou je ne sais quoi, complètement *coca-collé*, le fait que, si vous voulez mon avis, ça lui ressemblerait assez, le fait qu'un duplex ne convient pas à un type instable, le fait que donc, après dix ans de ce régime, elle l'a quitté, et maintenant il fait comme si c'était sa faute à *elle* et l'accuse de violence envers lui, ce qui est absurde, le fait qu'il fait deux fois sa taille à elle, et qu'elle ne risque guère d'impressionner qui que ce soit, le fait qu'il a fini par se brouiller avec tous les gens qui refusent de l'appeler La S—, ou qui disent du bien d'elle, le fait qu'on a droit au Silence Méprisant de sa part, mais nous ça nous va très bien, le fait qu'il se comporte comme Ben quand il rouspète contre KFC, ou comme Trump, le fait que certains hommes peuvent être très rancuniers, le fait qu'ils détestent qu'on les quitte, angoisse de la séparation, et que certains réagissent alors de manière puérile, le fait qu'un type en Arkansas vient d'abattre ses parents, sa petite amie, et les parents de sa petite amie, parce qu'elle ne voulait plus sortir avec lui, le fait que c'est amusant parce que quand ils sont plus jeunes des tas d'hommes sont rétifs à s'engager, mais une fois qu'ils s'engagent, ouh la, le fait qu'une femme a plaisanté l'autre jour sur Facebook comme quoi elle traversait une sorte de crise de la quarantaine, et le lendemain son mari a emmené les enfants dans la forêt et les a poignardés, et les gens ont reproché ensuite à la mère d'avoir écrit ces choses sur Facebook, le fait qu'on dirait parfois que les gens refusent catégoriquement d'admettre qu'un homme peut commettre un acte impardonnable, le fait qu'ils sont tous dans le déni vis-à-vis de Trump aussi, le fait que tout le monde ici pense juste qu'il fait du bon boulot, tandis qu'eux sont de plus en plus pauvres, et de plus en plus en colère, le fait que je crois que les gens veulent juste avoir une haute opinion d'autrui, même dans le cas de ce type qui a violé une gamine de huit ans, le fait que les parents de la fillette ont *pardonné* publiquement au violeur, du coup il est sorti de prison plus tôt et il a aussitôt violé un petit *garçon*, « et si vous vous ressaisissiez ? », le fait que pourquoi était-ce aux parents de pardonner au violeur, d'ailleurs, le fait que moi je ne lui pardonne pas, le fait que je pense que c'est à l'enfant de pardonner, aux enfants je veux dire, pas à leurs parents, et on ne devrait pas demander aux enfants s'ils lui pardonnent avant qu'ils soient adultes, Le Serpent, grange retapée, Bobby, la torpeur des êtres entravés, le fait que Leo dit que la raison pour laquelle les républicains détestent à ce point le gouvernement c'est peut-être parce qu'ils ne savent pas diriger, le fait qu'il pense maintenant que Trump va démissionner, vu que tout ce qu'il tente est contrecarré, le fait que j'ai peur qu'il essaie d'abord de se venger, de faire quelque chose d'impardonnable, voire de balancer une bombe nucléaire sur l'*Amérique*, si on l'énerve trop, le fait qu'un type comme ça ne sera satisfait que lorsqu'il aura tout détruit, le bouton, le ballon de foot, la petite fille qui boude sur un fauteuil bleu, peinte par Cassatt, pas de problème, le fait que son nouveau projet de loi sur la santé a été abandonné avant même d'être soumis au vote, ACA, le fait que les gens qui bénéficient de l'Obamacare peuvent souffler encore quelque temps, sauf que certains médecins refusent de vous recevoir si vous bénéficiez de l'Obamacare, ce qui n'est pas sympa du tout de leur part, le fait que, je veux dire, franchement, les gars, le fait que des millions de personnes n'ont aucune assurance, le fait que je ne sais pas ce qu'on ferait sans le plan santé de Leo, le fait qu'on serait ruinés, on vivrait quelque part dans une caravane, ou dans une tente, ou dans une grotte, avec nos sacs de survie, le fait que ma surdité de l'oreille gauche n'était due ni à du cérumen ni un problème auditif, le fait que c'était à cause d'une très ancienne boulette de papier, datant peut-être d'une Saint-Valentin, il y a près de trente-cinq ans, le fait que je me souviens d'un jour où tout le monde s'était mis à tirer des boulettes de papier, en CE2 ou en CM1, le fait qu'ils l'ont trouvée en me siphonnant l'oreille, le fait qu'ils ont tous eu l'air ravis de trouver autre chose que de la cire là-dedans, et l'infirmière a même réussi à défroisser la boulette, le fait qu'il y avait « I ♥ U » écrit dessus, ce qu'ils ont tous trouvé drôle et mignon, le fait que j'aurais pu être de leur avis si ce truc ne m'avait pas bouché l'oreille pendant trente-cinq ans, Saint-Valentin, Lincolnwood School, le fait que je reconnais que je me suis sentie flattée, brièvement, quand l'infirmière l'a lu à voix haute, mais j'ai compris alors que ce n'était peut-être qu'un accident, le fait que ce n'est pas parce que cette boulette avait atterri dans mon oreille qu'elle m'était destinée, le fait que si les gosses de ma classe tiraient des boulettes partout j'avais pu recevoir une boulette destinée à n'importe qui, le fait que ça me ressemblerait bien, tiens, de trimballer un mot d'amour chiffonné dans l'oreille pendant trente-cinq ans, BJR BEAUTÉ, JE TE VEUX, TOUTE À MOI, AMOUR TOUJOURS, JAMAIS SANS TOI, LOL, T'ES TOP, le fait que, aussi, quelles chances a un mot d'amour chiffonné d'être jamais lu, le fait que c'est assez improbable, dans le meilleur des cas, parce que même si le type qui lance la boulette réussit à atteindre sa cible, combien de gamines ont vraiment envie de dépiauter un petit papier mouillé, recouvert de gribouillages, le fait que ce n'était pas signé, et de toute façon je ne me souviens d'aucun de mes camarades, « Beeeurk ! », cracher, crachoir, le fait que je les ai tous oubliés, sauf peut-être Melanie, qui m'a appris à aimer l'avocat, le fait que mes plus vieilles amies sont Zdenka et Mandy, mais elles habitent toutes deux à New Haven, ou Hamden, le fait que je crois que l'infirmière était un peu déçue que je ne puisse pas identifier mon admirateur du CE2, le fait que pourquoi est-ce qu'on était tous persuadés que ça datait d'Evanston, le fait que ça pouvait remonter à n'importe quel autre moment, ou venir d'une autre salle de classe de Lincolnwood, ou juste être arrivé quelque part dans la rue, le fait que pour ce que j'en sais un gosse m'a lancé une boulette dans l'oreille récemment, pendant une de leurs soirées pyjama, le fait que si ça se trouve c'était peut-être un de mes enfants, mais je crois que je m'en serais aperçue si c'était arrivé récemment, le fait que ça a pu se passer dans le parc le même jour où j'ai marché sur du verre, le fait que ç'aurait été le moment idéal pour m'envoyer une boulette dans l'oreille, quand j'étais occupée par mon pied, courir retrouver Maman à la maison, lait, Z'Animo, le fait que pourquoi je courais pieds nus d'abord, *Pieds nus dans le parc*, le fait que d'habitude on était en espadrilles, ou en tongs, le fait que presque toutes mes vraies amies vivaient dans Harrison Street, mais aucune n'était dans ma classe, le fait qu'Amanda Nelson si, peut-être, mais on n'a jamais été vraiment amies, le fait qu'on se voyait juste pour comparer de temps en temps nos Barbie, *Une bougie dans sa chambre,* sandwiches au beurre de cacahuète et à la gelée, bonbon transparent d'autrefois dans une bonbonnière en cristal, bonbon au caramel, menthes Frango, *Mrs Piggle-Wiggle*, Fig Newtons, Johnny Carson, le fait que je me demande si on se reconnaîtrait maintenant, genre s'ils faisaient asseoir tous les gens de ma classe à leurs anciennes places avec notre maîtresse et qu'on se regardait, mais avec la même allure qu'à l'époque, le fait que je ne me souviens pas du visage de la maîtresse, juste de sa présence, et j'ai passé une année entière dans la classe de cette femme, le fait que je ne connais même pas son nom, et c'était une super maîtresse en plus, le fait que tout ce dont je me souviens c'est du rebord de la fenêtre qui courait tout le long de la salle de classe, le fait qu'il était toujours jonché de têtards et de bébés tournesols et de pots de yaourt, le fait que les têtards ont été jetés dans le lavabo un jour par erreur, quand des gamins ont nettoyé l'aquarium, et notre maîtresse s'est mise à quatre pattes et a démonté tous les tuyaux sous le lavabo et réussi à sauver tous les têtards, le fait que j'ai toujours trouvé ça génial, le fait que Maman a fait ça elle aussi, le fait que c'était héroïque, et tellement gentil, le fait que je ne crois pas qu'elle l'ait fait à fin d'édification cela dit, le fait que je crois qu'elle l'a fait parce qu'elle ne supportait pas l'idée que tous ces petits têtards allaient mourir ainsi, le fait que je me souviens vaguement de ma prof de maths à New Haven, le fait qu'elle avait une grosse coiffure crantée, le fait que je crois qu'on l'appelait Mrs M., pression, inerties, volume spécifique, le fait que j'aimais bien *Mr T.,* Mr Tykszynsky, Huck Finn, le fait qu'il avait un beau visage, le fait que je nous revois assis à nos bureaux en bois, en CE2 ou CM1, à jouer de la flûte, le fait que tous les élèves soufflaient dans leur instrument, assis, le fait que je me souviens de ça, le fait qu'on essayait de poser l'extrémité de la flûte sur le bureau, mais elle glissait tout le temps, le fait qu'ils nous disaient toujours de souffler dans nos flûtes plus doucement, le fait que j'ai l'impression maintenant qu'ils faisaient tout pour que la musique soit une corvée, le fait que je ne sais pas pourquoi ils prenaient même la peine d'essayer de nous apprendre à jouer de la flûte, le fait qu'on détestait tous ça, et quel horrible boucan ça devait faire, le fait que quand des enfants qui ont suivi la méthode Suzuki jouent en groupe ça semble marcher, mais pas nous avec nos flûtes, unanime, unilatéral, Uno, le fait que j'aimais bien la bibliothèque de l'école, son odeur, les manuels, les ouvrages de référence, les livres de contes, *L'Île des dauphins bleus*, le fait que j'aimerais pouvoir sentir leur odeur maintenant, le fait que j'ai toujours aimé les bibliothèques quand j'étais petite, et avoir une carte de bibliothèque et tout, le fait que c'est votre première carte importante, le fait que c'était chouette de pouvoir aller dans un endroit calme de temps en temps, le fait que plus personne ne va en bibliothèque, c'est comme la poste ou la banque, le fait que tout le monde fait tout en ligne maintenant, en privé, inanimé, indiscipliné, candidat, Kompromat, cannelle, sucre brun, le fait que certaines écoles n'ont même plus de bibliothèque, ou si elles en ont une il n'y a plus de livres dedans, juste des ordinateurs, le fait que les ordinateurs ne sont pas comme les livres, mais tout le monde s'en fiche, le fait que les ordinateurs n'ont pas d'odeur agréable, le fait que de toute façon je n'ai pas un odorat très fin, le fait que certaines personnes adorent peut-être l'odeur des ordinateurs, le fait que je crois que mon audition s'est enfin améliorée, depuis qu'on m'a ôté le message d'amour, éternuer, Cassini, le fait que « Cassini » ressemble à un éternuement, I ♥ U, le fait que notre école jouxtait une forêt, et Phoebe et moi on y allait parfois le week-end à vélo pour pique-niquer, chênes, pins, bureaux, bibliothèque scolaire, casiers, têtards, Zyklon B, 7 Up, rayonne, crayonner, cyclones, séismes, tremblements de glace, cryoséismes, levure, longueur d'ondes, zeitgeist, le fait qu'une tonne c'est mille kilos, éléphants, bonbon au maïs, le fait que Melanie m'a appris à aimer les avocats, et quelqu'un il y a longtemps m'a expédié un mot d'amour dans l'oreille, intentionnellement ou pas, projectile, projet, Oprah, et je ne saurai jamais qui a envoyé cette phrase énamourée, le fait qu'il faut ôter le zeste de l'orange avant de la presser sinon c'est fichu, tu as la belle vie, chérie, le fait que j'ai été gênée d'avouer à Leo qu'il avait épousé, et avait eu trois enfants avec, quelqu'un qui se trimballait avec une boulette dans l'oreille depuis trente-cinq ans, mais ça n'a pas eu l'air de le troubler, le fait qu'il n'a pas paru non plus jaloux, de mon admirateur d'antan, monsieur Boulette, le fait que Leo n'est pas du genre jaloux, CHÉRIE, POUPÉE, MA BELLE, DIS-MOI OUI, EMBRASSE-MOI, BÉBÉ D'AMOUR, FAISONS-LE, ballons de plage, ballons à air chaud, chambre à air, Lac Michigan, microplastiques, Bath Olivers, Ritz, le fait qu'il m'a juste demandé si je trouvais que le nombre de ukulélés dans les vitrines des vendeurs d'instruments de musique reflétait le niveau actuel d'intérêt pour le ukulélé, le fait qu'il a examiné la vitrine de Schiel pendant qu'on me débouchait l'oreille, marronnier, Frederick, le fait que j'ai regardé aussi et qu'il semblerait que le ukulélé fasse une sorte de come-back, le fait qu'ils ont des ukulélés de toutes les couleurs, formes, tailles, mais peut-être que l'un d'eux était un gamelan, Gameboy, ou un dulcimer, le fait que ce n'était pas évident de savoir depuis la voiture, le fait que ce n'est pas gamelan que je veux dire, le fait que je crois que je veux dire un sitar, un tarawangsar, *tarawangsa,* dombura, gambus, Schiel, *Sanditon*, rebâb, rehab, ziva, A&I, chaînes, pignons, poulies, moyeux, le fait qu'on a du mal à croire que le ukulélé est aussi populaire, le fait que le mot « ukulélé » répété plusieurs fois devient ridicule, mais peut-être moins que balalaïka, qui est un peu la même chose, je crois, Mississippi, Minneapolis, Minnesota, le fait qu'ensuite vous réservez le sirop d'orange et qu'il est temps d'étaler la pâte, le fait que vous la saupoudrez avec les cerises séchées marinées dans le jus, four à 180°, le fait que comment je me débrouillais avant d'avoir mon pétrin électrique, Nathan Milstein, le fait que comme premier boulot après la fac Maman a dû enseigner pendant l'hiver à l'Université du Minnesota, et elle racontait qu'ils empruntaient des tunnels pour se rendre en cours ou dans les dortoirs ou à la cafétéria et qu'ils ne sortaient jamais, le fait que c'est tout ce qu'elle a jamais dit sur cet endroit, le fait qu'elle avait l'habitude de la neige du Massachusetts, pas de la neige du Minnesota, le fait qu'un jour j'ai fait un exposé sur Minneapolis, ou était-ce Duluth, le fait que je me rappelle encore avoir fait des recherches sur Minneapolis, ou Duluth, dans l'encyclopédie de la bibliothèque scolaire, ou alors à la bibliothèque municipale, le fait que Leo m'a dit ce matin qu'il y avait plus d'attaques de requins en Amérique que dans n'importe quel endroit au monde, le fait qu'on est premiers en tout, a-t-il dit, le fait que si vous habitez en Floride vous avez statistiquement plus de risques d'être attaqué par un requin que, mais, grands dieux, quel intérêt de connaître ce genre de statistiques, le fait que découvrir que vous avez plus de chances d'être renversé par une voiture que frappé par la foudre n'est d'aucun réconfort, le fait que tous ces trucs s'accumulent de toute façon, le fait que, enfin quoi, si vous ajoutez tous les rayons X et les trajets en avion et les accidents de voiture et les attaques de requin et la foudre, plus les cancérigènes, il semble de plus en plus probable statistiquement qu'il va vous arriver quelque chose de grave, le fait que Leo a dit qu'au moins se faire dévorer par un requin est statistiquement *remarquable*, ce qui démarque un peu des accidents de voiture, le fait qu'au moins si un requin vous mange vous aurez droit à un entrefilet dans le journal local, le fait que si vous réussissez à vous prendre en selfie à moitié dévoré vous passerez peut-être aux infos nationales, cool, coulé, rouler bourré, DUI, conduite en état d'ivresse, véhicule mère, MA CHÉRIE, TXT MOI, statistiques, statiques, le fait qu'on a plus de chances statistiquement de se faire abattre dans une école que de recevoir la mention Honorable dans un concours du plus beau bébé, à moins que les deux soient aussi improbables l'un que l'autre, DNR, le fait que ces événements ne sont pas mutuellement incompatibles non plus, l'un n'exclut pas l'autre, mais avoir été un bébé primé ne vous protégera sans doute pas contre une tuerie dans une école, c'est plutôt l'inverse, le fait qu'entendre quelqu'un se vanter d'avoir eu la mention Honorable pourrait même *déclencher* une agression, un massacre, mon Dieu, le fait que je me demande si on a plus de chances statistiquement de manger un toast plutôt que deux, le fait qu'on a certainement plus de chances de commencer un maïs sucré par l'extrémité fine, le fait que ça a été prouvé, je ne sais pas trop comment, le fait que je me demande si on a plus de chances statistiquement de trimballer un mot d'amour destiné à quelqu'un d'autre dans l'oreille pendant trente-cinq ans qu'un mot d'amour qui vous était destiné, Mr T., charismatique, cataclysmique, le fait que c'est les déchets qui attirent les requins près des plages, la délicieuse odeur sous-marine des déchets, le fait que je trouve vraiment bizarre que les poissons puissent sentir, sous l'eau, le fait que c'est juste impossible d'imaginer sentir quelque chose sous l'eau sans étouffer, se noyer, « Coin-coin ! », Jacques Cousteau, nager jusqu'au fond de la piscine pour ramasser des pièces ou des cailloux, brassards de Stacy, le fait que je ne sais pas pourquoi mais les attaques de requin me font toujours penser à Mamie refusant que je boive une bière alors qu'il faisait 35°, pélicans, « Je ne vous dirai qu'un mot, un seul mot… plastique », le fait que les tortues se retrouvent piégées dans du plastique, le fait que les amish aiment les trucs en plastique, enfin bon, comme nous tous, le fait que tout est en plastique maintenant, le fait que Dustin Hoffman aurait dû écouter ce type, le fait que s'il s'était lancé dans le plastique en 1968 il serait aujourd'hui bien loti, sur une montagne de plastique, tumulus indiens, le fait que je veux dire une montagne d'argent, le fait que les amish produisent très peu de déchets, parce que ça fait des siècles qu'ils recyclent, cycle, cyclique, citrique, zest, zip et zest, Ziploc, le journal *Budget*, points de collecte, bus ambulance, grange retapée, le fait que je trouve ça tout bonnement criminel de maltraiter les aliments, par exemple faire trop cuire un homard, ou un steak, ou des champignons, ou même des œufs brouillés, scène de crime, enquête criminelle, droits Miranda, le fait que je fais toujours trop cuire les choux-fleurs et les brocolis et que c'est aussi un crime, le fait que c'est horrible pour Bobby et sa maman, tellement horrible, le fait que Bobby était un petit garçon adorable, le fait que le journal a dit que sa maman faisait du fromage de chèvre, le fait qu'heureusement on ne les connaissait pas bien, mais je ne devrais pas dire ça, mesquin, moustiques, fromage de chèvre, le fait que c'est juste que je n'ai pas envie que les enfants soient trop perturbés par cette tragédie, le fait que je me demande ce qui va advenir des chèvres maintenant, le fait qu'elle était réputée pour ses fromages, le fait que l'assassin vivait dans une grange retapée quelque part près de Steubenville, le fait que Bobby était juste un petit garçon, le fait que je n'ai pas su quoi dire et que tous les enfants ont pleuré, le fait que c'est toujours mauvais signe, quand ils ont besoin de bus ambulances, le fait que c'est souvent grave, le fait que le type a utilisé un semi-automatique AR-15, le fait que j'ignore pourquoi ils vous disent tout ça, le fait que ça donne juste des idées aux gens qui auraient l'intention eux aussi de se livrer à un massacre, le fait que je ne comprends même pas pourquoi ce genre d'arme est en vente, le fait que je croyais que c'était réservé aux militaires, le fait que les seules restrictions semblent concerner les armes de poing, le fait que quand il a lâché son AR-15 il s'est servi d'une arme de poing, le fait que ce type avait un passé chargé, le fait qu'il tuait les animaux pour s'amuser, ce genre de choses, le fait que si on faisait des enquêtes de moralité ou qu'on appliquait certaines lois restrictives ce type aurait été repéré, ERPO, parce qu'il frappait tout le temps des femmes, DV, le fait qu'il faisait subir le supplice de l'eau à son ex-femme, d'après elle, et un jour il a mis le feu à son frère et à la petite amie de son frère, pendant qu'ils dormaient par terre dans le salon de ses parents, le fait que je crois que c'est après ça qu'ils l'ont viré de la maison pour l'installer dans la grange retapée, la camisole bleu ciel de Melania à l'Inauguration, le fait qu'il a également tué le chien de la famille cette nuit-là, le fait que le frère et sa petite amie ont survécu, mais elle va devoir subir des tas d'opérations, comme une trachéotomie, le fait qu'elle ne peut plus parler, et elle travaillait avant comme speakerine à la radio, le fait qu'il a fait de la prison pour ça puis il est sorti et a vécu dans la grange retapée, jusqu'à ce qu'il décide le mois dernier d'aller au magasin et de tirer au hasard sur les gens, femmes, enfants, bébés, le fait qu'il a tué Bobby et sa maman et une femme enceinte et son bébé à naître, sans raison aucune, un truc à la Jekyll et Hyde, Caïn et Abel, John McCain, AR-15, ce gentil petit Bobby, le fait que je ne connaissais pas le nom de sa mère avant ça, Cecilia, le fait que le Connecticut a été le premier État à promulguer une loi ERPO, le fait que ce n'était pas à cause de Sandy Hook, le fait qu'ils ont fait ça après qu'un type a abattu ses collègues puis s'est suicidé, à la Loterie du Connecticut, le fait que ce n'était pas parce qu'il avait perdu au loto, le fait qu'il travaillait là-bas, le fait qu'il avait déjà fait une tentative de suicide, ce qui était une meilleure idée, le fait que quelqu'un est entré dans une banque à Columbus et a fait s'allonger six femmes par terre puis leur a tiré une balle dans la tête, puis s'est suicidé, bijoux fantaisie, le fait que et voilà, je viens de me couper en pelant des pommes et maintenant j'ai besoin d'un pansement, mais mettre un pansement, avec une seule main, n'est pas si facile, le fait qu'on a besoin des deux mains pour mettre ces fichus machins, bon sang, le fait que je n'arrivais pas à dormir cette nuit, le fait que j'ai dû me lever et lire Zadok Cramer pour me calmer, le fait je suis trop sur les nerfs ces temps-ci, de manière générale, et je ne sais pas pourquoi, le fait que Cathy dit que je devrais aller me faire masser, mais les massages ne me détendent pas, ils me rendent encore plus tendue, le fait qu'il y a eu une veillée aux bougies pour Bobby et les autres, là-bas à Steubenville, mais on ne pouvait pas y aller parce qu'il y avait école le lendemain, le fait que, ah, Gillian m'a aidée à mettre le pansement, le fait que Gillian est un amour, le fait qu'elle est si gentille et si sage, pour une si petite enfant, un vrai trésor, le fait que, dans un état d'équilibre, la force est nulle, exclure, extruder, exubérant, zeste, le fait que c'est peut-être juste que je déteste les mots qui commencent par « ex », mais je n'aime pas non plus le son U dans extruder, le fait que « expliquer » ne me dérange pas, ou « excellent », ou « Excalibur », ou « expression », donc je crois que c'est le son U qui me dérange, bâton hémostatique, le fait que des camions percutent tout le temps des ponts trop bas, le fait que les gens n'ont pas l'air de se rappeler les dimensions de leur véhicule, vestibule, ponts autoroutiers, le fait que Leo dit que c'est mauvais pour un pont de se prendre des coups, mais les routiers n'ont pas l'air de voir les panneaux avertisseurs, le fait que certains camions ont vingt-huit pneus, ce qui semble un peu exagéré, quatorze de chaque côté, le fait que si on avait tous huit pneus on n'aurait sans doute jamais de pneu crevé, ou du moins un qui vous force à vous arrêter sur le bas-côté et attraper des engelures et entrer en hypothermie, chariot élévateur, semi-remorque, cabine, camion poubelle, dépanneuse, camion de pompier, plateau, pick-up, le fait que je pense qu'ils devraient suspendre quelque chose au-dessus de l'autoroute, trente ou cinquante mètres avant d'arriver au pont, quelque chose comme ces balles de golf que les gens suspendent dans leur garage afin de savoir quand la voiture a passé le seuil, le fait qu'on pourrait suspendre quelque chose de léger et d'inoffensif dans ce genre au-dessus de l'autoroute, une guirlande de balles en caoutchouc, et quand le chauffeur entend les balles rebondir sur son camion il a le temps de sa garer avant de percuter le pont autoroutier, le fait qu'il pourrait faire demi-tour, le fait que je vais exposer mon idée à Leo, le fait qu'on pourrait breveter mes balles avertisseuses et s'acheter une île rien que pour nous, comme une de ces îles dans l'Ohio dont parle Zadok Cramer, mais où est donc passé ce livre, là, le fait qu'on pourrait acheter Brunot's Island, Crow's Island, Hog Island, Dead-man's Island, Mill Creek Island, Baker's Island, Belleville Island, Neasley's Cluster, Brown's Island, Beach Bottom Bar, Pike Island, Twin Islands, Wheeling Island, McMahon's ou Bogg's Island, Long Reach ou Peyton's Island, Williamson's Island, Pursley's Island, Wilson's Island, John Williamson's Island, Little Island, Bat Island, Rock of Antiquity, Three Brothers, Duvall's Island, Muskingum Island, James's Island, Hanging Rock, Blannerhasset's Island, Newberry Island, Mustaphy's Island, Goose Island, Eight Mile Island, Six Mile Island, Graham's Station, Kennedy's Bottom, Willow Island, Grape Island, Small Willow Island, Nine Mile Island, Eighteen Mile Island, Twelve Mile Island, Six Mile Island, Anderson's Ferry, Green River Islands, Red Bank

Island, Drumond Island, Straight Island, Slim Island, Deadman Island, Willow Bar, Chamber's Bar, Brown's Island, Stevenson's Island, Battery Rock Bar, Trade Water Island, Cave-in-Rock Island, House of Nature, Hurricane Bars, Three Sisters, Stewart's Island, Big Cumberland Island, Dickey's Elbow, Tennessee Island, Little Chain of Rocks, Big Chain of Rocks, Cash Island, Tumbleston's Island, Wabash Island, Wabash Avenue à Chicago, Orange Street, « ma douce », le fait que je crois que j'aimerais vivre sur Cave-in-Rock Island, sauf si on est obligé d'y danser le rock, ou sur Slim Island, où ne doit pas grossir, Professeur Newcomer, Anthologie de Spoon River, opodeldoc, Baume apaisant Porter, le fait que les recherches de Ben vont bien au-delà des bras de l'Ohio maintenant, on dirait, bien au-delà de *La Guerre des étoiles* aussi, le fait que j'ai trouvé une série d'images porno sur son ordinateur, et il n'a que neuf ans, le fait que je ne regardais même pas l'écran, le fait que j'ai juste vu qu'il l'avait laissé ouvert et j'allais le fermer pour lui, mais ces photos ont attiré alors mon regard, le fait qu'on dirait un catalogue de seins Sears-Roebuck, des millions et des millions de nichons, une tonne de nichons tous présentés dans un vaste tableau quadrillé pour que vous puissiez voir environ cinquante paires d'un coup, pour les comparer, j'imagine, tétons microscopiques, tétines, seins, nibards, lolos, le fait qu'ils sont tous minuscules, les clichés, par les nichons, pâtes alphabet, l'alphabet, soldats de *La Guerre des étoiles,* pirate, le fait qu'il doit juste être curieux, Capitaine Phasma, le fait que c'est naturel, et que je ne dois rien dire, le fait que je ne veux pas étouffer dans l'œuf ses petits fantasmes, le fait que je suppose que tout le monde sur Terre regarde des trucs porno sauf Leo et moi, le fait que ce que je n'aime pas là-dedans c'est que c'est tellement surveillé et organisé, presque imposé, et tout est classifié selon les vices existants, le fait que je ne pense pas que les actes sexuels devraient être classés et hiérarchisés, Acte sexuel n° 1, Acte sexuel n° 2, Acte Sexuel n° 33, le fait que ça les rend moins, moins spontanés, le fait que je déteste cette manie de tout nommer dès qu'il s'agit de sexe et de corps, et de classer, et d'étiqueter, ou de miniaturiser et de présenter sous forme de tableaux, le fait que ce n'est pas très romantique, c'est plutôt chimique, le fait que ça empêche le sexe d'être personnel, ou profond, le fait qu'ils en ont fait une série de corvées, des cases à cocher, des documents à tamponner, satisfaction garantie, le fait que ce n'est pas de l'amour, ce n'est même pas de l'amourette, le fait que je ne pense pas que Leo regarde des trucs porno, mais la plupart des hommes si, le fait que je me demande si Marty regarde des trucs porno, ou Chas, le fait qu'on était tellement naïfs quand j'étais petite, on découvrait juste les choses par nous-mêmes, bon, avec éventuellement l'aide d'une revue dénichée sous le lit parental côté papa chez une amie, cette fête d'anniversaire à Chicago, le fait que c'est la sœur de Chuck qui a suggéré qu'on essaie le sexe oral, le fait que ça ne nous était pas venu à l'idée, le fait que pour l'essentiel on aimait juste s'embrasser, et se caresser un peu, dans la vieille église d'Orange Street, le fait que maintenant il faut tout faire tout de suite, et se comporter en pro, professionnelle, prostituée, le fait que si on ne s'y met pas dès l'âge de dix ans on est une empotée, le fait qu'elle était du genre je-sais-tout, la grande sœur de Chuck, le fait que ça ne me viendrait jamais à l'idée de dire à un couple quels actes sexuels ils devraient essayer ensuite, jamais de la vie, vie en rose, blanc, bleu, vert, le fait que si ça se trouve les enfants le font tout le temps entre eux aujourd'hui, *Pas de printemps pour Marnie,* s'ils trouvent que quelqu'un ne progresse pas assez vite sur le front sexuel, ils s'incitent, ovocyte, Ovomaltine, le fait que tout le monde à l'école se sentait obligé de passer aux choses sérieuses, mais je ne me rappelle plus ce qu'on appelait alors les choses sérieuses, si c'était se tripoter ou carrément faire *la chose*, le fait que se tripoter était une sacrée invention, le fait que ça doit diminuer la peur de tomber enceinte, le fait que les règles concernant les sorties semblent revenir, comme ce qu'on fait le premier soir, le deuxième soir, le fait que je parie que les gens pensent que le deuxième soir c'est du sérieux, si bien que le quatrième soir il faut coucher, sinon les étapes ne servent à rien, mais qu'est-ce que j'en sais des rituels sexuels actuels, à la truelle, le fait que Mandy m'a dit que certaines personnes apportent maintenant une valise pleine de sex-toys dès le premier rendez-vous, mon cardinal en plastique inachevé, le fait qu'un homme a menacé de tirer dans la foule s'il ne décrochait pas un rencard, le fait que, hé, peut-être que personne ne veut sortir avec toi parce que tu es un assassin, tu ne t'es jamais dit ça, le fait qu'un autre type a rencontré une femme sur Internet puis l'a abattue, dès qu'ils se sont vus en vrai, le fait que certaines personnes ne veulent même pas en arriver au deuxième soir, Sears, le fait que les choses vont très vite aujourd'hui, le fait que d'ici peu Ben voudra se marier à treize ans, et je devrai garder mes petits-enfants, transition rapide de mère à grand-mère, le fait que Trump se prend pour un expert en beauté féminine parce qu'il a acheté un concours de Miss un jour et tripoté toutes les concurrentes, le fait qu'il donne à toutes les femmes qu'il rencontre une note entre 1 et 10, comme un ado, adulateur, puzzle de ballons, zigzag, relier les points, mention Honorable, sieste, Maman, euphorie, le fait que les hommes se comportent comme si c'était leur devoir ou je ne sais quoi de regarder tous ces trucs porno, comme si c'était leur boulot, « T'inquiète, je gère », « Bien reçu, terminé », le fait qu'ils se lèvent le matin et regardent du porno, puis ils vont bosser et regardent encore du porno sur leur lieu de travail, puis ils rentrent chez eux et regardent des films porno toute la soirée, le fait que mais qu'est-ce que je raconte, le fait que j'ignore ce que font la plupart des hommes, et c'est probablement aussi bien comme ça, il faut croire, le fait que jamais je ne dirais tout ça à Leo, le fait que j'aurais juste l'air encore plus aigrie, mais parfois ça me rend dingue, le fait que je deviens folle, le fait que tout ce que je sais c'est qu'autrefois le sexe était important, et avait du sens, et, oui, c'était lié à l'amour, et maintenant c'est juste une histoire de viol et de cours en accéléré, La Sexualité pour les Nuls, comme observer les oiseaux, le fait que pendant que les hommes sont scotchés à leurs écrans et regardent des morceaux de corps anonymes je suppose que les femmes se déplacent sur la pointe des pieds, parce que Joan Collins leur a dit de le faire, je veux dire Joan

Crawford, ou alors elles suivent les instructions de Jane Fonda et Helen Gurley Brown pour se muscler le fessier et rester assises aux pieds des hommes, le fait que où on va, là, Holly Hunter, le fait que ce qui est triste c'est que les gens doivent trouver le sexe très décevant, parce qu'ils l'ont appris par des professionnels dans des films porno, et ça n'a rien à voir avec aimer quelqu'un, le fait que la simple idée d'y aller tranquillement ne fait plus partie du paysage, massage, le fait que si Ben regarde un milliard de trillions de nichons à dix ans, non, neuf, que lui restera-t-il à découvrir quand il en aura onze, le fait que je suppose qu'il passera à des sites qui montrent des fesses, puis des chattes, ouh là, je dérape, et quand il aura douze ans il aura tout vu, et il devra passer à des choses vraiment tordues pour continuer ses recherches, plus pittoresques, comme le porno astronomique, où on peut tripoter des nébuleuses, ou le porno des trous noirs, le porno arachnophobique, le porno pirate, le porno sundae, le porno éruption volcanique, le fait qu'il est déjà accro au « porninfo », le nom secret que Leo donne aux recherches de Ben, le fait que je pourrais peut-être me mettre au porno cheddar, porno provolone, Titipu, porno poo-poo, le fait que c'est peut-être plus fort qu'eux, le fait qu'ils sont peut-être attirés par les photos de filles nues par politesse ou compassion, le fait qu'ils essaient peut-être juste d'être gentils, le fait qu'un type voit une fille nue et démunie allongée, qui le regarde d'un air implorant, et je suis sûre qu'il se sent obligé de la regarder à son tour, porno acras de morue, porno figurine en porcelaine, porno bourdon au Bread Loaf, porno Woodrow Wilson, le fait qu'ils semblent tous s'y adonner, le fait que Woodrow Wilson le faisait sûrement aussi et je parie que c'est ce que faisait le Dr Jivago en réalité quand il se levait la nuit soi-disant pour écrire ces poèmes à Lara, il regardait juste des photos porno, le fait que Léonard de Vinci aussi, le fait qu'il ne pouvait pas peindre toute la journée, le fait qu'il devait passer une bonne partie de son temps à regarder des images porno, le fait qu'il en a même dessiné, accepter le changement porno, pas de problème porno, le fait que Galilée devait lui aussi avoir des images porno sous le coude, le fait que, enfin quoi, il valait mieux, pour supporter toutes ces années d'assignation à résidence, le fait que ça devait sûrement être « une fille par jour » pour ce vieux Galilée, nichons, culs, rotondité de la Terre, soleil, planètes, lunes, ventres gravides, tumulus indiens, ouragans en spirale, le fait que Galilée croyait que les orbites sont circulaires alors qu'en fait ce sont des ellipses, porno SpaghettiO, porno particules de plastique, le fait que Einstein aussi, le fait qu'il ne devait pas penser à $E = mc^2$ tout le temps, le fait qu'il devait se réserver un peu de temps pour mater les filles, le fait que bon, pour moi, $E = mc^2$ me semble plus une contribution que l'œuvre d'une vie, mais bon, c'est mon opinion, porno aurore boréale, porno dimension des poussières dans l'atmosphère, porno Troisième Loi de Newton, le fait que je me dis parfois que les hommes pourraient faire quelque chose de plus utile de leur temps, à part comparer entre elles les filles qui font du pole-dance, un succès ou un échec, le fait qu'ils pourraient par exemple aller couper du bois, ou bâtir une grange, fonder une famille, ou préparer du bouillon de poule, ou faire une crise cardiaque en pelletant de la neige, mais non, ils semblent bloqués sur les trucs porno, le fait que la moitié de la planète se noie dans les images porno, et l'autre moitié regarde Oprah et essaie d'être positive, le fait que, on peut penser ce qu'on veut d'Oprah, mais au moins elle n'enseigne pas aux gens à manquer de respect à la moitié de la race humaine, le fait que je ne comprends pas comment les garçons peuvent regarder les filles en face, après s'être enquillé une tripotée de photos porno, le fait que je ne sais pas non plus comment les hommes peuvent parler aux femmes, après avoir fixé nos parties génitales toute la journée, gynéco, le fait que si je passais toute la journée à regarder des photos de duodénums ou d'aortes masculines je ne crois pas que je pourrais avoir une conversation normale avec un homme après ça, le fait que ces aortes et ces duodénums passeraient leur temps à me sauter au visage, tout flasques et palpitants, pulsant, le fait que déjà que je ne suis pas très douée pour les conversations normales avec les gens, porno gratin suédois, le fait que les homme se sont souillés avec des images porno, et ont souillé les femmes aussi, et fait de ce monde un endroit qui ne convient ni aux femmes ni aux enfants, parce que où est le respect, le fait que ce n'est peut-être pas pour ça qu'ils le font, le fait que, si ça se trouve, les hommes ont juste peur d'être seuls, ou ne se sentent pas en sécurité, alors ils regardent instinctivement des images porno, afin de sentir qu'ils ne mettent pas tous leurs œufs dans le même panier, au cas où leur petite amie du moment viendrait à mourir, ou à les larguer, le fait que certains hommes se sentent obligés d'avoir une maîtresse ou deux sous le coude, sinon ils sont nerveux, *Les Limites de la croissance*, La S—, Le Serpent, Scriabine, Smetana, Spinoza, le fait que vu ainsi c'est peut-être compréhensible, quoiqu'un peu trop circonspect, le fait que je mets toujours mes œufs dans le même panier et ça marche très bien pour moi, le fait que, en ce qui me concerne, mettre mes œufs dans des paniers distincts relèverait de l'excès ou de la paranoïa, ou de l'incompétence, puisque le panier dont je me sers ne semble jamais trop pesant ou plein ou quoi, le fait que même avec mes problèmes de dos et un pansement autour d'un doigt je reste apparemment capable de porter un panier plein d'œufs du poulailler à l'office sans problème, touchons du bois, pas de problème, bref, le fait qu'une fois qu'on a rentré les œufs on les met sur des plateaux distincts, pas des paniers, pour qu'ils soient bien espacés, « œufs dans le même panier », le fait que j'utilise parfois plus d'un panier, si les enfants m'aident, le fait que tous les enfants aiment ramasser les œufs, sauf Gillian qui refuse parfois de toucher les œufs s'ils sont encore tièdes, le fait qu'on a de bonnes poules, le fait que ce pauvre Bobby aimait bien nos poules, la seule fois où il est venu ici, le fait qu'il est venu à l'anniversaire de Gillian une année, le fait que j'aimais bien ce magasin qui s'appelait Œufémisme, où tous les œufs avaient deux jaunes, mais c'était avant que j'aie mes propres poules, le fait que je ne comprends toujours pas comment ils faisaient pour que les poules pondent des œufs avec deux jaunes, œuf foo yung, œuf porno, « marcher sur des œufs », le fait que les dindes pondent à peine cent cinquante œufs par an, alors personne ne prend la peine d'élever des dindes pour leurs œufs, le fait que ça ne vaut pas le coup, le fait que ça a dû épargner aux dindes les horreurs de l'élevage intensif, mais pas Thanksgiving, pauvres petites, le fait que certaines races de canards sont très généreuses côté œufs, et du coup on les a fait trimer du matin au soir pendant des milliers d'années avec les poules, afin de pouvoir faire des cakes et des meringues et des quiches, le fait que les filles naissent avec trois ou quatre cents ovules chacune, et ça doit leur durer toute la vie, photos porno ou pas, le fait que je ne sais pas avec combien d'ovules naissent les poules, le fait que les reptiles produisent beaucoup d'œufs, bon, l'iguane de Sally en tout cas, tas d'œufs, Arizona, le fait que les méduses produisent des *milliards* d'œufs au cours d'une vie, le fait que je me demande combien de temps vit une méduse, une méduse nostalgique dans un rocking-chair, qui se rappelle le passé, le fait qu'au moins les méduses ne pensent pas à leur mère toute leur vie, parce qu'elles ne les ont jamais rencontrées, le fait qu'elles pourraient se croiser une ou deux fois, sans le savoir, mais c'est tout, nostalgie des méduses, le fait que Gracia a sept ans et pond toujours, le fait qu'elle devrait être primée, mais même elle serait incapable de couver le petit œuf de pigeon ramier, le fait que ça n'a pas eu lieu, le fait qu'il était sûrement trop tard quand je l'ai trouvé, le fait qu'il devait être trop vieux, trop froid, Sévère Sally, ne comptez pas vos poules avant qu'elles pondent, Basket Building, Chicken McNuggets, KFC, Big Bird, Chicken Licken, ou est-ce Chicken *Little*, Henny Penny, Cocky Locky, Turkey Lurkey, Goosey Poosey, Ducky Lucky, « Coin-coin ! » le fait que j'aimerais que Leo et moi fassions davantage l'amour, mais ma libido est au point mort depuis que j'ai eu le cancer, le fait que c'est dur de redevenir une personne après ça, et de considérer votre corps comme vous appartenant, le fait qu'on a du mal à croire que c'est un ami, le fait qu'il ne semble même pas vous appartenir après que les médecins ont fini de jouer avec, et c'est un peu un choc de s'apercevoir que finalement vous n'allez pas mourir, ou pas particulièrement bientôt en tout cas, sursis, selon les stats, le fait que vous devez vous dire à nouveau que vous avez un avenir, et une vie à laquelle penser, le fait que, en outre, mon derrière ne m'a plus jamais paru le même depuis la radiothérapie, le fait que c'est très sensible à cet endroit, le fait que l'oncologue a dit que c'était normal mais n'a pas dit comment me débrouiller avec ça, le fait que le gynéco non plus n'a rien dit, mais qu'est-ce qu'il en sait, le fait que tous autant qu'ils sont, le fait que je sais qu'ils ne pensaient pas à mal, tous ces oncologues et ces radiologues et ces infirmières, mais il y a des jours où leurs activités vous donnent l'impression d'être une poule à qui d'autres poules donnent des coups de bec dans le derrière, et ça ne vous rend pas sexy, ♫ *Je suis juste une fille incapable de dire non* ♫, le fait que je ne devrais pas avoir ces pensées, alors que tout ce qu'ils ont fait c'est me sauver la vie après tout, le fait qu'ils ont sauvé mon c—, le fait que je ne devrais pas l'appeler comme ça, ni mon « derrière », le fait que Maman n'aurait pas apprécié ce mot, pas plus que « nichons » ou tous ceux qui me viennent à l'idée ces temps-ci, le fait que je ne sais tout simplement plus comment appeler ce truc, édulcorant, le fait que je n'ai même jamais cru qu'ils bombardaient la bonne zone, je veux dire pendant la radiothérapie, mais un jour ils m'ont tranquillement montré tous leurs graphiques déterminant la position exacte des rayons en rapport avec mon pauvre petit popotin, et ça paraissait très précis, le fait que de toute façon ça a dû marcher, parce que me voici, capable de critiquer cette expérience, œufémisme, le fait que Leo dit que le sexe l'intéresse encore, mais je suis mère de quatre enfants, femme au foyer et fée du fourneau, et je suis toujours claquée, le fait que j'ai toujours été fatiguée, toute ma vie, le fait que si ça se trouve je souffre de fatigue chronique, le fait que quand j'ai de l'énergie à revendre je m'en sers pour alimenter mes regrets et mes gênes, mauvaise mère, mohair, faux airs, le fait que, bon, le sexe me manque beaucoup, vraiment, le fait que je regrette comment c'était avant, derrière, mon derrière, le fait que ce n'est pas évident de se détendre avec quatre mômes qui vous interrompent à toute heure du jour et de la nuit avec leurs maux de ventre et leurs bêtises quasi mortelles et leurs disputes et leurs imitations d'éléphant et leur porninfo, pagaille, ripaille, pirate porno, plat de tripes porno, bad trip, chips au poivre, caramel au beurre salé, solution saline, aspirine porno, le fait que je me dis, mince alors, que la seule façon que j'aurais de me sentir de nouveau sexy c'est si on mettait les enfants en pension, ou s'ils quittaient la maison plusieurs jours par semaine, le fait que ça serait comme une seconde lune de miel, mais sans le canard et les olives, Musée de Cluny, nuisette, Niagara, Paterson, tarte Tatin aux poires de Cathy, le fait qu'on pourrait boire des martinis et se prélasser en écoutant du jazz et je pourrais glisser dans la bouche de Leo des fraises avec du poivre noir, et on pourrait étrenner chaque pièce de la maison, et l'ottomane, et toutes ces choses dont on parle parfois, le fait que malheureusement personne ne vous prend vos enfants pendant plusieurs jours de suite, sauf si vous les envoyez en colonie de vacances où ils se feront tous tuer, le fait qu'on ne peut rien demander à Phoebe ou Nanya ou une autre mère du coin, le fait qu'on a trop d'enfants, « J'l'a fais parce qu'on est bien trop nombreux », le fait que comme on fait sa tarte on la cuit, le fait que c'est trop demander, ça ne se fait pas, le fait qu'Ethan doit déjà s'occuper de ses propres enfants, le fait que je ne pourrais jamais demander à Phoebe, le fait qu'elle est occupée, et qu'elle doit enseigner, le fait qu'elle en a fait assez pour nous, elle a beaucoup donné, le fait qu'elle prendrait bien Stace seule de temps en temps, mais ça ne résoudrait pas le problème, le fait que Phoebe et Stacy se sont toujours bien entendues, colonie de vacances, tir à l'arc, ball-trap, le fait que peut-être que tout le monde sur cette Terre se sent condamné, alors on se donne des coups de bec toute la journée, cloaca, culasse, culier, mais je ne devrais pas dire ça ni le penser, cloaca, cassolette, le fait que je devrais guetter des cardinaux, le fait qu'on doit faire comme si une arme était chargée même si on sait qu'elle ne l'est pas, le fait que c'est quel genre celle de Ronny, un fusil Browning sans recul, ou du moins une de celles qu'il a, le fait qu'il en a une vingtaine, rassembler le linge sale de Ben, le fait que le type qui vient de passer était grand, cheveux châtains et courts, allure militaire, le fait que j'essaie toujours de noter des détails précis, au cas où la police me demanderait d'identifier un suspect, vêtements bleu-noir, baskets blanches, gros sac Reebok sur l'épaule gauche, plateau avec des objets, le fait qu'on n'a pas envie d'être le genre de témoin qui dit juste « Il paraissait plutôt bizarre », tache de naissance sur la cuisse gauche, marteaux de piano, cardinaux, le fait qu'il est rare de voir des gens à pied ici, le fait que tout le monde se déplace en voiture, le fait que d'ici cinquante ans le moteur à combustion interne aura fait son temps, dit Leo, le fait que non mais regardez-moi ce bazar, le fait que je ne sais pas pourquoi Ben garde tous ces posters sur son mur, pauvre petit, le fait qu'il doit essayer de mémoriser toutes les constellations et tous les drapeaux des États, en plus de mémoriser tous les genres de nichons qui existent, sur son ordi, mais pourquoi, le fait qu'au moins il n'a pas une carte des nichons sur son mur, pas encore, le fait qu'il pourrait l'imprimer, Carte des Nichons, le fait que si un tel poster existe je suis sûre que Trump en a un exemplaire dans le Bureau ovale, juste derrière son distributeur à décret-loi, porno décret, le fait que le drapeau de l'Ohio est le seul drapeau d'État qui ne soit pas rectangulaire, le fait qu'on a un drapeau en queue d'hirondelle, une cornette, le fait que quelqu'un chez Annin à Coshocton a prétendu que c'est Annin qui a fait le drapeau d'Iwo Jima alors que c'est Mabel quelque chose qui l'a fait, quelque part en Californie, le fait qu'il a prétendu qu'ils avaient fait également le drapeau sur la lune, mais là encore ça devait être Mabel, le fait qu'ils fabriquent 35 000 drapeaux par semaine chez Annin, ce qui doit battre le rythme de production de Mabel, Nyl-Glo, le fait que Iwo Jima était trapézoïdal, masse planétoïde, Messe du Samedi, le fait qu'elle s'appelait Mabel Sauvageau, le fait qu'elle les faisait en laine mais maintenant ils sont en nylon résistant, le fait qu'il y a des critères à respecter concernant la hauteur des mâts, selon la taille du drapeau que vous achetez, le fait que c'est Ben qui me l'a appris, le fait que le vieil emblème confédéré fait toujours partie du drapeau du

Mississippi, le fait qu'il occupe un coin entier, le fait que le Mississippi est le seul État qui a encore ça sur son drapeau, et un juge haut placé du Mississippi a décroché le drapeau dans son tribunal, le qualifiant d'ignoble, flamme, flemme, le fait que leur drapeau a été annulé en 1906 mais ils ont l'air d'avoir un mal de chien à y renoncer, et ils ont encore ces drapeaux sur leurs bâtiments administratifs et probablement devant leurs maisons aussi, le fait que les gens ici sortent leur drapeau comme s'ils venaient de conquérir l'endroit, comme si c'était le Pôle Nord ou je ne sais quoi, un drapeau voire plus par foyer, le fait que quand c'est la fête nationale passe encore mais toute l'année je trouve ça un peu *militaristique*, « The Stars and Stripes Forever », le fait que le drapeau ne doit jamais toucher le sol, départ en retraite, le fait que, bon sang, la plupart des drapeaux des États sont ennuyeux, le fait que je pense qu'ils devraient juste mettre l'oiseau ou la plante emblème de leur État dessus, le fait que la Louisiane a une maman pélican et ses petits dessus, quand même, et celui de l'Alaska est mignon, ♫ *Follow the drinking gourd* ♫, Étoile polaire, Sirius, cyprès, le fait que la deuxième étoile la plus brillante dans la Grande Ours s'appelle Dubhé, Doublevé, Bush, ♫ *plop… top… swap* ♫, le fait que le Wyoming a un bison, et la Californie un ours, Caroline du Sud, Wyoming, celui du Nouveau-Mexique, Orry-Kelly, sampan, montagnes arrondies, « Êtes-vous mauvaise ? », bannière des suffragettes, WILSON EST CONTRE LES FEMMES, gel antibiotique, le fait qu'il y a deux cents ans, quand Fanny Trollope vivait ici, les eaux de l'Ohio River était transparentes, le fait que la Tuscarawas River alimente la Muskingum River qui alimente l'Ohio River qui alimente le Mississippi, et jusqu'au moindre petit lac, rivière, cours d'eau, ruisseau, ru, étang, mare ou flaque de l'Ohio qui alimente l'Ohio est pollué, drapeaux confédérés, le fait que Fanny Trollope n'était pas fan des marais porteurs de malaria, le fait que juste au sud d'ici il y a plein de zones marécageuses, le Grand Étang, mais au moins la malaria a disparu, le fait qu'ils ont trouvé des moustiques porteurs de la fièvre du Nil il n'y a pas si longtemps, et on aura bientôt droit au Zika, sûrement, mais la malaria a été éradiquée, Alpha Ursae Majoris, le fait qu'on a nettement plus de risques d'être abattu par un pro-gun que d'attraper la malaria, statistiquement, le fait que les maladies n'avaient pas l'air de rebuter Fanny, alors qu'elle voyageait avec ses enfants, le fait qu'elle devait être courageuse en diable, le fait que ce qui la dérangeait le plus c'était qu'il n'y avait pas de contestation libertarienne, et elle n'appréciait guère la manie de cracher, le fait qu'elle ne supportait pas de voir les Américains cracher tout le temps, crachoir, boulette mâchée, le fait que Cincinnati était déjà une poubelle en 1828, le fait qu'elle dit que tout le monde à Cincinnati laisse ses ordures dans la rue pour que les cochons sauvages les mangent, le fait que ça ne me paraît pas un mauvais système, mais il n'y a plus de cochons sauvages dans le coin, le fait qu'ils ont disparu, ainsi que l'eau transparente, fini tout ça, le fait que Fanny trouvait que Cincinnati manquait de dômes, et elle proposait d'ajouter quelques châteaux sur les rives de l'Ohio, Château de Cincy, Schloss Steubenville, Marietta Mansion, Higginsport Hoosegow, ♫ *L'homme qui a fait sauter la banque à Monte-Carlo* ♫, le fait que Fanny s'est attiré des ennuis en disant que les Américains crachaient tout le temps, ce qui est encore le cas, un peu, le fait que pourquoi aurait-elle inventé ça, I ♥ U, le fait qu'elle est venue ici plus d'une fois, le fait que la première fois c'était pour gagner de l'argent, et échapper à son mari, le fait qu'elle pleurait également un fils qui venait de décéder, le fait que ces voyages ont fini par être payants, parce qu'elle a écrit des livres dessus qui ont bien marché, le fait qu'elle a sauvé sa famille en écrivant ces livres sur le Mississippi et les crachats, ses romans aussi, mais je n'en ai lu aucun, le fait que finalement elle a pu faire vivre toute sa famille, et pas avec des tartes, le fait qu'on ne peut pas sauver sa famille avec des tartes, même si vous en faites beaucoup, ♫ *Tout ce que tu fais je le fais bien mieux* ♫, le fait que je me demande si Anthony Trollope a jamais su quelle mère admirable il avait, le fait que je n'ai jamais lu ses romans à lui, le fait qu'ils semblent trop nombreux, le fait que Maman aimait cette longue saga adaptée pour la télé, euphorie, asservi, Leo, le fait que la plupart des gens ne savent pas quoi faire des fruits frais parce qu'ils ne savent plus faire de tartes ou de confitures, Zika, le fait que Maman et moi en pincions pour le Dr DeBoer, le fait qu'il était si gentil et si beau, le fait que ce n'est pas lui mais le Dr Rappaport qui a découvert le premier mon défaut cardiaque, le fait que j'avais deux ans, le fait qu'ils ont attendu pour voir si ça allait s'arranger avec l'âge, le fait qu'ils attendaient aussi que je sois assez résistante pour m'opérer du cœur, le fait qu'ils ont attendu encore six ans mais entretemps le trou était passé de la taille d'une pièce de dix *cents* à celle d'une pièce de vingt-cinq *cents*, et alors ils ont décidé d'opérer, le fait qu'il a dû y avoir aussi la phase pièce de cinq *cents*, entre celle de dix et celle de vingt-cinq, mais on ne m'a jamais tenue au courant, mines de Vale, le fait que j'ai battu monnaie toute seule pendant un temps, comme Marie Stuart, le fait que je me suis vite lassée, les habitudes d'une vie, habit, nonne, le fait que c'est pour ça que je ne supporte pas les soirées cocktails, et les longues marches et les balades à vélo m'épuisent, même les balades en trottinette, pudding nerveux, crème brûlée, île flottante, Maman, madeleines ratées, facture de pressing, encore une ampoule grillée, le fait que je vis une existence plutôt solitaire, et quand je vois des gens je fais d'horribles gaffes, soit en oubliant leur nom soit en le prononçant de travers, même des gens que je connais, le fait que si ça fait longtemps que je ne les ai pas vus je ne sais plus m'y prendre, le fait qu'on dirait que je mets toujours les pieds dans le plat, ampoule, cloque, cloaca, le fait qu'on ne devrait pas me laisser sortir, vraiment, le fait que je suis un désastre ambulant et imminent, mardi, le fait que le mardi est le jour le plus dur, le fait que les lundis sont du gâteau comparé aux mardis, le fait que ces nuages sont très sombres et très chargés, le fait qu'ils me font bizarrement penser à la mort, le fait qu'on dirait des nuages de neige ou de tornade, mais on n'attend pas de neige, et je n'ai jamais vu de tornade, les poules d'Anton Pohlmann, le fait qu'on nous préparait aux tornades à l'école, et j'aimais bien ces exercices, et parfois il fait sombre et humide et vous êtes censé rester chez vous et laisser une fenêtre ouverte pour que la maison n'implose pas, mais on n'a jamais eu de vraie tornade, Hiroshima, hirondelle, araignées, bourdons, MYOB, BYOB, le fait qu'il y avait tellement de colibris dans ce jardin où Leo et moi nous sommes rencontrés, le fait qu'en les voyant vous vous figiez sur place, le fait qu'ils rendaient nécessaire de tomber amoureux, jute avant une pluie torrentielle, le fait que le ciel s'est obscurci d'un coup, le fait qu'il y avait toujours des colibris, là, dans ce jardin, le fait que Leo m'a d'abord embrassée quand on marchait dans Orange Street, le fait que j'ai mené jusqu'ici une existence relativement sans requins, sans tornade, sans ouragan, sans cyclone, sans volcan, sans guerre, sans bombe, sans accident d'avion, sans tuerie, sans viol, sans meurtre, sans électrocution, touchons du bois, le fait que je me suis retrouvée dans un accident de bus sur Lake Shore Drive, mais je n'ai pas été blessée, le type du musée qui m'a serrée par-derrière, le fait que les blizzards ne comptent pas vraiment parce que sont des incidents partagés, je veux dire passagers, vous ne risquez pas votre vie ou un membre, existence, « menaces existentielles », *membre*, le fait que les blizzards ne sont pas méchants sauf si vous êtes toute seule sur l'autoroute, le fait que j'ai vu un *derecho* et des grêlons gros comme des balles de golf, bouillie, Banga, bonbons au sel de mer, salsifis, Piggly Wiggly, Pillsbury Doughboy, Jolly Green Giant, Minute Maid, Maid of the Mist, Land O' Lakes, le fait que j'ai fait une bonne femme de neige nue dans le jardin d'Abby, puis je suis allée voir Mamie à Fort Lauderdale, le fait qu'Abby a bien ri avec ma bonne femme de neige, parce qu'elle a fait sursauter le facteur, Abby, whiskey gingembre, Triscuits, Saltines, Nabisco, Hoag, sandwiches au fromage grillé, le fait que j'aimais bien marcher dans la boue et sous le soleil jusqu'à l'épicerie, quand j'étais chez Abby, le fait que ça faisait une chouette balade, et c'était agréable d'être toute seule dehors, avec la neige blanche et les ombres bleues sur la neige, les troncs des arbres noirs, le fait qu'Abby ne marchait pas beaucoup, le fait qu'un bus municipal passait la prendre trois fois par semaine et la déposait au Y pour son cours d'aquagym, le fait qu'elle aimait marcher dans l'eau avec ses amies, le fait que Hoag était toujours au travail, le fait qu'il a travaillé à temps plein presque tous les jours de sa vie, le fait qu'il a quitté *une fois* son travail, après une dispute avec son patron, pour une raison ou une autre, et Maman a été inquiète et a dit qu'il avait été imprudent, mais il a vite retrouvé du travail, le fait que ça ne lui a guère pris de temps, peut-être un mois, le fait qu'on pouvait compter sur lui pour faire bouillir la marmite, le fait que Maman disait qu'il avait perdu sa retraite ou une partie en démissionnant ainsi, mais ils s'en sortaient, je crois, malgré tous les frais de santé, leurs problèmes de santé qui s'enchaînaient, scoliose, arthrite, opération du genou, le fait que je me demande encore pour quelle raison Hoag avait démissionné, parce qu'il n'avait jamais l'air de s'en faire, le fait qu'il était très facile à vivre, et pas le genre à claquer la porte, alors il avait dû se passer quelque chose de grave, le fait que je n'ai jamais pu tirer les vers du nez à Abby, le fait qu'elle se débrouillait seule toute la journée, puis Hoag rentrait, toujours à l'heure, et ils dînaient, puis il allait regarder le match à la télé, n'importe quel match, dans le salon, le fait qu'il était d'un tempérament égal, abstémiosité, le fait que je crois qu'il était juste *satisfait*, le fait que Hoag conduisait Abby à l'église tous les vendredis et samedis, chaque fois qu'elle allait à la messe, pas le dimanche, bizarrement, jamais le dimanche, bizarrement, « Où était le dimanche ? », le fait qu'elle essayait peut-être d'éviter quelqu'un qui allait à l'église le dimanche, ou alors elle préférait le prêtre du samedi, prêt à réchauffer, poule au pot, potlatch, potable, *tout là-bas là-bas dans le carré de paw-paw*, course indienne, le fait que je viens de trouver une page d'un questionnaire d'orientation, le fait que Stacy l'a oubliée dans le bac de l'imprimante, le fait que j'ignore à qui elle compte envoyer ça, au conseiller d'orientation peut-être, le fait que, zut alors, elle, elle veut arrêter l'école cet été, et aller vivre en Arizona, loin d'ici, dit-elle, et elle doit se trouver un boulot, ça alors, le fait qu'elle dit qu'elle pourrait livrer le lait, ou travailler dans une épicerie, ou faire des tartes, ben voyons, le fait que Stace croit qu'elle peut faire des tartes, bah, le fait que, bon, je crois qu'elle m'a assez regardée en faire, et tout le monde se vante un peu dans un CV, le fait que ça ne me gêne pas, mais elle n'arrêtera pas l'école, le fait qu'elle pourrait s'occuper de la distribution des journaux ici si elle veut gagner un peu d'argent, le fait que qu'est-ce que je vais lui dire, le fait que est-ce qu'elle voulait que je trouve ce papier ou quoi, le fait qu'elle l'a peut-être laissé délibérément là, juste pour me faire peur, le fait que maintenant je me suis coupée avec cette feuille, bon sang, l'Arizona, le fait que pourquoi tous les gens que j'aime veulent aller vivre en Arizona, le fait que je sais que les mères doivent être vigilantes, mais pas fouiner, mais je parie que les autres mères fouillent dans les affaires de leurs enfants beaucoup plus que moi, le fait que je ne sais pas fouiner, parce que je suis très mauvaise actrice, le fait que maintenant je vais devoir faire comme si je n'avais pas vu ce questionnaire, ainsi que les photos porno de Ben, beurk, le fait que ça va être difficile, le fait que franchement, l'Arizona, Ronald Reagan, Ronald McDonald, Diamond Jim Brady, Brandy Alexander, le fait que Ben a sa propre carrière toute tracée dans la réalité virtuelle, RV, mais il veut d'abord aller dans un parc à thèmes de RV dans l'Utah, le fait que la façon dont il dit « RV » donne l'impression qu'il est hypnotisé, comme s'il était amoureux ou je ne sais quoi, en transe, extasié, le fait que quand je me suis montrée sceptique il m'a fait remarquer que la RV était utilisée en médecine, parce qu'ils s'en servent pour les enfants qui sont brûlés au troisième degré, le fait qu'ils leur mettent des casques de RV pour qu'ils puissent jouer pendant qu'on leur change leurs pansements, et il s'ensuit que leur niveau de douleur baisse de 30 % ou quelque chose comme ça, le fait qu'il y a des enfants brûlés au troisième degré, le fait que j'ai dû m'asseoir quand il s'est mis à parler de ça, brûlures au troisième degré, Linus Pauling, Albert Einstein, masse = densité × volume, le fait que j'ai rêvé que je revenais ici après un long moment passé ailleurs, et tous les chats du quartier paraissaient surpris et ravis de me voir, le fait qu'ils se comportaient comme si j'avais été leur maîtresse autrefois mais je ne me souvenais d'aucun d'eux, ce qui était plutôt triste, et ensuite j'ai rêvé d'une facture d'épicerie impayée, et je me suis réveillée soucieuse, même si nous n'avons pas de factures d'épicerie à régler, le fait qu'aucun magasin dans le coin ne me ferait crédit, ce qui serait stupide, « panier de crabes », plateaux Cal-Dak, le bourdon qui voletait au Bread Leaf en s'élevant du large rebord de la fenêtre délavé par le soleil, « Téléporte-moi, Scotty », le fait que Stacy et moi avons peint un jour une petite chaise d'enfant qu'on avait trouvée dans une décharge, sans doute en octobre, le fait qu'on lui avait peint des bandes noires et jaunes comme une abeille, et un siège en nid d'abeilles, et Stacy avait peint des abeilles partout sur le dossier de la chaise, le fait qu'elle m'avait fait tellement plaisir, en peignant toutes ces petites abeilles, et les bandes autour des pieds, le fait qu'elle avait peint jusqu'au bout et ne s'était arrêtée que lorsque c'était devenu la plus belle petite chaise du monde, la Chaise Abeille, le fait qu'elle est juste à la taille de Jakey, et il aime s'asseoir dessus quand elle n'est pas recouverte de factures, de courrier, de livres, de prospectus, le fait que ça doit être génétique, les familles qui ont trop de paperasse, le fait que la grosse machine à écrire gris métallique de Papa trône dans le grenier au milieu d'une mer de papiers, le fait qu'il y avait un passage étroit entre la porte et le bureau et tout le reste c'était des tas et des tas de papiers, le fait qu'on a pu se débarrasser de certains livres, mais que voulez-vous faire des papiers, le fait que c'est plus compliqué de les trier que de les garder tous, le fait qu'il devrait exister une sorte de conseiller en papiers qui viendrait expliquer aux gens comment ne pas crouler sous les papiers, bandes de bambou, le fait qu'à Peolia c'était des bureaux à aire ouverte, « la deuxième et la cinquième lettres du nom de jeune fille de votre mère », comme ça on pouvait voir exactement quels enseignants croulaient sous les papiers, le fait que c'est vraiment blessant que Stacy dise qu'elle veut partir d'ici, et elle le dit à d'autres gens aussi, le fait qu'elle le dit tout le temps ici, mais je ne pensais pas qu'elle était sérieuse, le fait qu'elle a l'air d'aller mal ces derniers temps, le fait qu'on devrait peut-être essayer la thérapie familiale, ou alors je devrais davantage lui parler de ses origines, mais elle a l'air de détester que j'en parle, marri, mariole, luciole, échalotes, aurore aux doigts de rose, tranquille fertilité, vitesse du vent, le fait que tout le monde vivra bientôt dans un monde sans papier, je crois, ce qui sera une bonne chose pour les arbres mais pas pour les historiens, dépôts ventes, buggies amish, moutons de poussière, sapin qui frémit, le fait qu'on trouve plein de conseils sur la façon de gouverner sur ces lanières en bambou de Chine, le fait qu'elles recommandaient la méritocratie, pas les dynasties familiales, et pas d'esclaves trimant pour des fabricants d'ordinateurs non plus, le fait qu'on pourrait penser qu'écrire des choses importantes sur de fines lanières de bambou serait un peu risqué, pour ce qui est de la postérité, mais ces trucs en bambou ont duré des milliers d'années, le fait que si elles avaient été numérisées, genre, en 330 av. J.-C., elles n'auraient pas tenu un siècle, et on ne les aurait jamais retrouvées, le fait que nos DVD se rayent très vite et après ils sont inutilisables, et les clés USB ne marchent plus au bout d'un moment, et les ordinateurs tombent en panne, ou sont soudain incompatibles avec les nouveaux systèmes et tout, le fait que si on ne fait pas attention on peut perdre toutes ses photos porno soigneusement sauvegardées, le fait que imaginez toutes les mises à jour qu'il vous faudrait faire si vous trouviez un ordinateur vieux de deux mille cinq cents ans, tertres, mammouths, le fait que ça durerait infiniment, à attendre que le petit cercle cesse de tourner, spirale à l'infini, le fait que les mammouths de l'Ohio ont disparu, et je ne suis pas de toute première fraîcheur non plus, mais Leo m'appelle chérie et ma douce, et parfois mon ange, le fait que Claude Rains appelle Bette « mon agnelle », le fait que les films avec Bette Davis ont toujours un côté sombre, face cachée de la lune, océan d'ammoniac, triangle éternel, bricoles, balourd, bambou, le fait que les sabots-de-Vénus du Kentucky sont vraiment énormes, le fait que ceux de Pueblo sont plus petits mais ont de plus jolies couleurs, le fait que tous les sabots-de-Vénus ont des pétales fins et sombres en spirale qui finissent en pointe et un pétale pâle, juste au-dessus, pour abriter le trou dans le sabot de la pluie et de la saleté et des insectes et tout ça, le fait qu'ils ressemblent vraiment à des petits souliers, et c'est émouvant, cueillette du ginseng, le fait qu'on ne sait toujours pas qui sont toutes les victimes de cette tuerie en Égypte, mais on sait qui a été décapité, réunions du personnel à Peolia, porphyre, cuivre porphyrique, pourpre porphyrique, le fait que Stacy déteste l'école, le fait que de fait les institutions sont horribles, le fait qu'élever quatre enfants revient à fonder une institution, et si vous ne faites pas attention les enfants finissent institutionnalisés, même si les nôtres ne sont pas assez institutionnalisés peut-être, le fait que les enfants von Trapp étaient tous censé se comporter comme de vrais petits soldats autrichiens, gauche, droite, gauche, droite, le fait que des gens à Hollywood ont dû trouver ça mignon, mais ce n'est pas une bonne chose, le fait que la plupart des enfants de familles nombreuses n'ont pas assez de moments privilégiés, apparemment, le fait que ce n'est pas évident, le fait que ces temps-ci je passe l'essentiel de mon temps à les apercevoir du coin de l'œil pendant que chacun vaque à ses petites affaires personnelles, « enfants uniques », orphelins, le fait que j'aimerais que Leo soit là, le fait qu'il me manque tout le temps, et ça semble injuste qu'il soit si loin, I ♥ U, « On se calme, le ventre ! », AMOUR TJRS, le fait que personne n'a de moments privilégiés ici, et si je ne mets pas à décongeler de la viande hachée maintenant il n'y aura pas de hamburgers ce soir, le fait que ça sera des nouilles au beurre, et même s'ils aiment les nouilles au beurre j'ai ma fierté, ♫ *Rice-a-Roni, the San Francisco treat* ♫, le fait que je parie que les von Trapp dînaient correctement, eux au moins, même s'ils devaient marcher au pas jusqu'à la table, bersaglieri, ♫ *sautéed and somethinged, the flavor can't be beat* ♫, le fait que je me demande si toutes les mères qui ont quatre enfants se demandent tous les jours pourquoi elle les ont eus, le fait que Jake fait encore pipi au lit parfois, mais c'est normal, le fait que quelqu'un a dit qu'on devrait élever une statue à Sojourner Truth à Akron, où elle a fait son discours, le fait qu'il y a juste une plaque pour l'instant, méritocratie, Frederick et Opal, le fait que les gens volent des chats pour les filer à des labos, pauvre Dilly, le fait qu'elle ne s'est pas fait voler, mais sa vie si, par une voiture, prendre une vie, « Prenez une chaise, le médecin ne va pas tarder », lumière pommelée, bœuf haché, petits pains viennois à la pâte de piment, paprika, cheddar, le fait qu'on n'a pas de petits pains viennois, bien sûr, mais c'est pardonnable, oubliable, le fait que la plupart des congélos sur cette planète sont probablement sous-approvisionnés en petits pains viennois, le fait que je parie que tout le monde a trop de feuilles de laurier et trop peu de petits pains viennois, mais on a rarement besoin de petits pains viennois, chocolat viennois, le fait qu'on peut se débrouiller avec du pain normal, le fait que je suis une boulangère, le fait que je devrais faire moi-même mes petits pains viennois, mais je ne vais pas en faire, le fait que je ne sais pas comment les faire, le fait que j'ai mon petit créneau à moi, le fait que je ne suis pas une experte en pains ni une, une vraie pâtissière, Swimming Pinkie Pie the Seapony, le fait qu'on vient juste de regarder la liste de mariage de Donny et que tout coûte une centaine de dollars voire plus, le fait qu'on n'a pas ce genre de sommes, le fait qu'ils veulent tout ce matériel de cuisine et ces jeux vidéos et des tas de trucs, voile de la mariée, le fait que Gillian a dit qu'on devrait leur fabriquer un de ces trucs, en suivant les instructions de Laura Ingalls Wilder, mais je ne préférerais pas, trucage, le fait qu'on ne peut pas dire aux gens qu'on est fauché, parce que ça les déprime, pâte brisée, le fait qu'on ne peut vraiment pas leur dire qu'on est *brisé*, étreindre, éteindre les feux, puzzle d'ustensiles de cuisine d'autrefois, le fait que je suppose que la plupart des jeunes mariées veulent des ustensiles de cuisine, mais ces deux-là veulent juste une batterie de cuisine de luxe, et des couteaux en céramique, le fait qu'il ne s'agit pas de la marque Revere Ware ou de simples mijoteuses, le fait qu'ils veulent du Le Creuset, le fait qu'ils doivent penser qu'on est tous millionnaires, le fait que j'adore mes casseroles Revere Ware, et la petite poêle à frire, parce qu'elles étaient à Maman, le fait que quand j'avais cinq ans je me suis réveillée de ma sieste avec un sentiment d'euphorie, le fait que je me sentais super bien, le fait que je me souviens encore à quel point je me sentais bien, le fait que quand je me suis réveillée le soleil brillait derrière la fenêtre et le vent soufflait doucement et j'étais heureuse d'être en vie et j'aimais ma maman, et je voulais le lui dire, alors je suis descendue dans la cuisine, où Maman s'affairait, et je lui ai dit combien je me sentais heureuse, le fait que je lui ai peut-être même dit que je l'aimais, même si ce n'était pas le genre dans la famille, le fait que je pense que je voulais souvent le lui dire mais que je n'osais pas, le fait que j'ai peut-être osé le lui dire ce jour-là, parce que ça paraissait nécessaire et juste et merveilleux, et tout ce dont je me souviens c'est qu'elle a été brusque, presque froide, et je ne sais toujours pas pourquoi, et je ne saurai jamais pourquoi, le fait que quand j'ai été assez grande pour lui poser la question ça paraissait trop tard, le fait que de toute façon je ne pensais pas qu'elle s'en souviendrait, et je ne voulais pas que ça la mette mal à l'aise, le fait que je n'ai jamais compris pourquoi elle avait été brusque avec moi ce jour-là, le fait que ça m'a déstabilisée, le fait que je m'attendais à ce qu'elle soit aussi joyeuse que moi, le fait que j'étais juste heureuse et amoureuse de ma maman, et je voulais qu'elle partage ce moment avec moi, et elle n'a pas compris, pas compris, *Et c'est cela qui changea tout*, le fait que ça m'a vraiment marquée, parce que d'habitude elle était de mon côté, le fait que c'était ma MAMAN, alors je ne comprenais pas qu'elle ne sente pas l'importance, la signification de mon bonheur, le fait que je n'avais jamais été aussi heureuse et elle ne s'en rendait pas compte, le fait que ma joie lui échappait, le fait que bien sûr pourquoi l'aurait-elle comprise, le fait que c'était une femme occupée, avec trois enfants et un travail et un livre à écrire, et probablement un repas à préparer à ce moment-là, le fait que tant pis si elle était trop occupée pour remarquer mon euphorie cette après-midi-là, le fait que j'étais juste une petite idiote et que c'est bête de se rappeler tout ça, le fait que je suis sûre qu'elle ne cherchait pas à être méchante ou quoi, ou froide, le fait qu'elle m'a toujours aimée, le fait qu'elle était juste occupée ce jour-là et peut-être distraite, ou alors en colère pour une raison ou une autre, ou inquiète, ou qu'elle en avait juste marre de son statut de mère ce jour-là, et ça se résumait à ça, le fait que je l'ai mal pris, le fait que je n'ai pas piqué de crise ou quoi, le fait que j'étais juste vraiment étonnée qu'elle ne ressente pas mon euphorie, et je le suis toujours, un peu, le fait que j'ai dû m'adapter à cette réalité, le fait que je crois que j'avais toujours pensé qu'elle comprenait la moindre petite chose à mon sujet jusqu'alors, et c'était la première fois qu'on semblait déconnectées l'une de l'autre, complètement distinctes, le fait que, en outre, j'étais très impressionnée par mon état euphorique et je voulais juste le partager avec elle, me sentir euphorique avec elle, mais aux yeux de Maman ce n'était rien, et ça m'agace encore, un peu, le fait que c'était peut-être la première fois que je me sentais seule au monde, seule avec mon euphorie, qui est retombée vite fait, le fait que c'était plus dur de partager l'euphorie que je ne l'avais cru, même avec la personne qu'on aime le plus, « Triste ! », le fait que comment je peux encore être perturbée par ça, le fait que j'étais comme un bébé kangourou qui a grandi trop vite pour tenir dans la poche, et qui continue pourtant de vouloir y retourner mais c'est trop tard, le fait que ma maman s'est montrée un peu froide avec moi et ma vie marsupiale a subitement pris fin, brûlure au troisième degré, le fait que je me demande si les animaux essaient de partager l'euphorie entre eux, le fait que cet arbre qui scintille au soleil ressemble à une main tordue qui essaie d'attraper quelque chose, le fait que la plupart des gens n'aiment pas apprendre que vous êtes heureux, je crois, le fait qu'il s'en fichent, amis des beaux jours, amis des mauvais jours, mauviette, fauvette, les pingouins du zoo de Londres, troglodyte, le fait que ce n'est jamais une bonne idée de leur dire que vous êtes heureux, aux gens, pas aux pingouins, Waterlow Park avec Maman, le fait qu'ils ne réagissent jamais comme vous le voulez, le fait que ça ressemble à un truc qu'on pourrait lire sur une de ces vieilles bandelettes de bambou, « Ne dites jamais aux gens que vous êtes heureux », le fait que j'avais peut-être interrompu une opération cruciale en cuisine, pour ce que j'en sais, le fait que je crois bien qu'elle préparait quelque chose, le fait qu'il peut y avoir un milliard de raisons pour lesquelles elle était ailleurs ou pas d'humeur pour se pencher sur mon bonheur cette après-midi-là, le fait qu'elle ne se rendait pas compte à quel point c'était important pour moi, j'en suis sûre, sinon elle se serait assise avec moi, j'en suis persuadée, et elle aurait profité de cet instant, avant qu'il disparaisse, le fait que c'était important, le fait que c'est tout ce que je sais, le fait qu'être mère est tout bonnement impossible, parce que vous ne savez jamais ce que vous faites mal, ni bien d'ailleurs, c'est comme enseigner, construire des ponts, le fait que mes enfants ne s'intéressent pas à ce que je fais, si je suis occupée ou pas, le fait que je dois sans doute les vexer et les décevoir *tout le temps*, pas seulement une fois, le fait que ce n'est pas mon intention, mais je ne suis pas toujours attentive à ce qu'ils vivent, le fait que je dois sûrement leur donner à voir à quel point ils sont déconnectés de moi sans même m'en apercevoir, le fait que combien de fois ai-je déçu Stace, le fait qu'elle se comporte comme si c'était tout le temps, mais ce n'est pas volontaire, le fait que je n'ai jamais cessé de l'aimer, mais ça ne veut pas dire qu'on fait ce qu'il faut en permanence, le fait que c'est peut-être quelque chose que tous les enfants doivent apprendre de façon violente un jour ou l'autre, le fait que je passe mon temps à rappeler aux enfants que je ne lis pas dans leurs pensées, le fait que je sais qu'ils aimeraient que ça soit le cas, le fait que ça serait plus pratique pour eux, le fait que ça les agace peut-être, d'entendre que je ne suis pas télépathe, les agace profondément, le fait qu'on ne se rend pas toujours compte qu'on vexe son enfant, le fait que quand vous tombez amoureux vous pensez qu'enfin quelqu'un vous connaît, vous comprend, tient à vous, comme le faisait votre mère, et c'est parfois le cas, le fait que Leo m'aime et se soucie toujours de ce que je ressens, et veut savoir ce que j'ai à dire, le fait que même lui ne peut pas prédire ce que je vais ressentir, cela dit, et parfois il ne comprend pas ce que je raconte, le fait que je pense que je pourrais le lui dire si je me sentais euphorique, et il serait ravi, le fait que même s'il n'est pas ici à cet instant précis, je pourrais l'appeler et le lui dire à n'importe quel moment, et je pense qu'il me comprendrait, le fait que je ne voudrais pas l'interrompre en plein cours, bien sûr, le fait que quand il est à la maison je lui dis toujours ce que je ressens, le fait que je sais que c'est idiot mais je déplore encore que Maman n'ait pas compris mon petit accès d'euphorie ce jour-là et ne l'ait pas partagé avec moi, qu'elle ait eu l'air agacée ou la tête ailleurs, le fait que je pense que toute mon existence aurait pu être différente si elle l'avait fait, le fait que c'est peut-être à cet instant que je suis devenue timide, et que je me suis mise à avoir peur des gens, le fait que ça doit être ça, le fait que je sais qu'elle ne m'a pas sciemment déçue et, ça oui, je sais combien il est dur d'être gentil avec un petit enfant toute la journée, alors qu'il vous harcèle en permanence et réclame toute votre attention, le fait qu'elle espérait que ma sieste dure plus longtemps, le fait que quand même, tout ce que j'ai fait c'est aller la voir après ma sieste pour lui dire que je me sentais heureuse, heureuse, le fait qu'elle aurait pu, elle aurait pu, je ne sais pas, le fait que c'était trois fois rien, franchement, le fait que je dis des bêtises, le fait que je ne sais pas pourquoi ça me fait monter les larmes aux yeux, mince alors, le fait que combien de temps encore vais-je me torturer avec ça, le fait que ça fait quarante ans maintenant, le fait que si je me repasse cet incident pendant encore quarante ans j'aurai du mal à nier que je lui en veux, le fait que, bon sang, peut-être que je l'ai surprise au mauvais moment, le fait que le problème c'est que le monde des adultes et le monde des enfants sont deux endroits complètement différents, mais on essaie de combler le fossé, les mères avec les enfants, le fait que personne n'a envie de mettre des bâtons dans les roues à qui que ce soit mais les parents n'ont pas toujours le temps ou l'énergie de décrypter les moindres sensations éprouvées par leurs enfants, le fait qu'en réalité, tant que l'enfant semble raisonnablement heureux, on a juste envie de le laisser dans son coin, et de faire autre chose, le fait que mes enfants devront sans doute s'interroger sur des tas de choses que j'ai faites et ce jusqu'à leur dernier souffle, même si j'essaie d'être franche avec eux, L'Alu Est-Il Inoffensif ?, le fait qu'en réalité, si je devais faire trois vœux, je prendrais juste l'argent, la fin de la pollution, et quelques couteaux en céramique à 80 $, « Un dollar ?! », le fait qu'on doit changer les pansements des enfants brûlés pendant qu'ils jouent à des jeux de RV, massacre dans un cinéma en Louisiane, I ♥ U, pansements, autocollant de cactus, si seule, le fait que Stacy a dû mettre cet autocollant de cactus sur le frigo juste après qu'on a emménagé ici avec Leo, le fait que cet arbre dehors, celui qui s'est abattu bruyamment à l'automne dernier, le fait que de nouvelles branches sont en train de lui pousser sur le côté, foudre, *poudre à canon, trahison et complot*, Sherlock Holmes, Inspecteur Lestrade, le fait que je n'avais même pas remarqué à quel point le temps était orageux dehors ce jour-là, jusqu'à ce que l'arbre tombe, bouleau, marronnier, sapin, satin, Oakridge, Tennessee, Knoxville, Tennessee, King of Prussia, Pennsylvanie, le fait que David Attenborough parle toujours de compétition entre arbres dans la forêt pluviale, comme si les arbres se bousculaient en permanence pour la première place et qu'ils étaient contents dès qu'un arbre proche meurt, pourris, Notre Approche des Brimades à l'École, mais il y a peut-être aussi une camaraderie entre arbres, un compagnonnage, et ils s'entendent bien, le fait que ce sont des camarades, des collègues, le fait qu'ils sont souvent frères et sœurs, ou du moins parents, alors pourquoi ne veilleraient-ils pas les uns sur les autres, le fait que ce n'est pas chaque arbre pour soi, pas du tout, le fait que si un arbre est blessé ou tombe près d'eux les autres arbres le nourrissent jusqu'à ce que l'arbre blessé se remette sur pied, ou revive, reviresco, rivière, Esso, le fait que si c'est vrai ça veut dire que les arbres pensent, à leur manière, et prévoient, et surveillent, aiment, « arbres mamans », le fait que qui sommes-nous pour décider si les arbres s'entraident en cas de pépin, ou se bousculent égoïstement pour se faire de la place, frappez-le pendant qu'il est à terre, le fait que les arbres sont peut-être très sociables, plus sociables que moi, le fait qu'ils veulent peut-être partager le soleil avec leurs amis, pas le voler et le garder pour eux, euphorie, le fait que l'arbre qui est tombé a manqué à ses copains les autres arbres, et qu'ils l'ont discrètement nourri, de façon souterraine, et c'est pour ça qu'il revit, le fait qu'il vaut donc peut-être mieux qu'on n'enlève jamais ce tronc, conscience, le fait que les arbres nous infligent le vieux Silence Méprisant depuis *deux millions d'années*, mais peut-être qu'il se passe plus de choses en eux que nous le pensions, basson, aérophone, concertina, le fait que les arbres connaissent une phase de sommeil la nuit, le fait que si les arbres dorment, peut-être qu'ils songent la nuit, l'été, et je me demande à quoi ils rêvent, le fait qu'ils doivent surtout rêver du temps qu'il fait, et faire des cauchemars où ils s'emmêlent accidentellement aux autres arbres, foudre, maladie, incendie, le fait qu'ils font peut-être des rêves agréables de sources abondantes, des rêves nostalgiques de quiétude hivernale, des rêves pleins d'abeilles attentives, de pic-verts, le fait que je parie qu'ils aiment qu'on leur donne des coups de bec, mélodica, le fait que si les arbres dorment et rêvent et mangent et boivent et s'épanouissent et, et s'accouplent et s'exfolient, et connaissent l'euphorie et veillent les uns sur les autres, alors ils doivent vraiment avoir envie de vivre, tout comme nous, le fait qu'il n'y a pas d'arbres qui « réclament la cognée », le fait que s'ils pouvaient courir ils fonceraient sûrement en haut de la colline à la simple vue d'une hache ou d'une tronçonneuse, ou quand les castors se mettent à les ronger, le fait que qu'est-ce qui m'arrive, le fait que je deviens comme Annie Oakley, source de jus d'érable, le fait que j'ai peur que les castors se blessent avec des éclats de bois, mais peut-être que ce sont les créatures aux dents les mieux entretenues au monde, le fait que j'ignore si les carottes veulent qu'on les mange, le fait que ça paraît peu probable, le fait que, bon, qui a envie d'être émincé et bouilli, ou râpé et mélangé avec des raisins secs, le fait que ça doit être très décevant d'être découpé quand on est une jolie laitue iceberg toute fraîche, ou une tige de céleri, pleine de vie, *Celery Stalks At Midnight*, l'humble noisette, le fait que le céleri fait tellement d'effort pour être un céleri, tout ça pour finir dans l'assiette d'un petit Américain qui n'a même pas faim, bento, collation, biscuit à la glace qui ne fond pas, le fait qu'aucune patate n'a envie de finir en purée, c'est évident, purifier, furioso, Fats Domino, les Beatles, Shirley Jackson, végans, végétariens, pescatariens, viande blanche, omelette aux blancs d'œuf, le fait que si on éprouvait vraiment de la compassion pour les plantes on ne les mangerait pas, et on ne leur chanterait pas des chansons, ♫ *Bois à ma santé, des yeux seulement* ♫, le fait que je parie que les plantes détestent qu'on leur chante des chansons, mais elles n'y peuvent rien, le fait qu'elles sont condamnées à rester plantées là, le fait que c'est comme aller à un concert à l'école, trente violonistes débutants, quarante vouvouzélaïstes qui en veulent, le fait que c'est peut-être pour ça que les arbres grandissent autant, juste pour mettre de la distance entre eux et tous ces gens qui chantent et les étreignent en bas, et échapper à d'autres prédateurs aussi, comme les ruminants, les girafes, les cerfs, les éléphants, le fait que la priorité d'un arbre est de monter, et après ils s'épanouissent, le fait que ce sont essentiellement des boules de feuilles suspendues, noix et fruits, le fait que j'aime les marronniers en forme de dôme, le fait que les arbres semblent toujours savoir où se trouve le sol, sans le toucher, même s'ils sont sur une colline, le fait que comment font-ils, des racines comme des artères à Peolia, le fait que, pour autant qu'on sache, peut-être que les arbres bouillonnent d'indignation, ou d'agacement, pleins de projets désespérés, de désirs et de regrets, euphorie, sieste, gestion de la colère, « Pas si vite, Goldberg », quarante clins d'œil, Alec Baldwin, le fait que « livrer une interprétation » est une drôle d'expression, le fait qu'on a l'impression que les acteurs sont des facteurs, des laitiers, des livreurs de pizza, le fait que Stacy n'a jamais fait de dessin normal d'arbres et de maisons comme les autres enfants, le fait qu'elle dessinait des labyrinthes, compliqués, des terriers sinueux, et qu'elle se racontait des histoires de lapins qui vivaient dedans pendant qu'elle les dessinait, le fait qu'elle pouvait faire ça pendant des heures, le fait que maintenant c'est tout irrité là où j'avais un pansement, le fait que l'irritation est pire que la coupure, mais heureusement la crème antihistaminique est rangée à côté des pansements, très pratique, sauf que non, elle n'est pas là, le fait que quelqu'un a oublié de remettre la crème antihistaminique à sa place, le fait que ça me perturbe beaucoup plus que ça ne devrait, étant donné que des gens se font décapiter quelque part dans le monde, et que des arbres réclament à grands cris de la compagnie et allez savoir quoi d'autre, et moi il faut que je m'en fasse pour une petite irritation au doigt, le fait que les irritations sont très perturbantes, gynéco homme, le fait qu'il est impossible de penser aux arbres ou aux tornades ou à Alec Baldwin ou à quoi que ce soit quand vous avez une petite irritation pile à cet endroit, le fait qu'heureusement maintenant j'ai un mixeur, le fait que sinon je serais vraiment dans de beaux draps, lessive, repassage, avec un doigt hors de combat, mixeur, testeur, tournesols, feuilles d'automne, sousaphone, bandonéon, le fait que sans les avantages liés au métier de Leo aucun de ces enfants n'aurait le moindre espoir d'aller à la fac, malgré toutes mes stupides tartes, mais ses avantages de professeur sont désormais menacés, dit-il, le fait que les enfants feraient mieux de se dépêcher d'aller en fac, genre demain ça serait l'idéal, gâteau express, glaçage minute, le fait que Ben brûle déjà pas mal les étapes, entre l'astronomie et les photos porno, pieds nus dans la cuisine, le fait que les casseroles Revere Ware ont des fonds en cuivre, et c'est pour ça qu'elles sont aussi géniales, l'Ohio Hopewell, opération à cœur ouvert, le fait que les crimes commis contre des enfants sont en réalité des crimes commis contre les mères, le fait que Maman a dormi sur un lit de camp à l'hôpital la veille de mon opération du cœur, le fait qu'elle devait avoir peur pour moi, le fait que moi je n'avais pas peur, le fait que je ne savais pas vraiment ce qui se passait, le fait que je n'avais que huit ans, le fait qu'elle m'a tenu compagnie cette nuit-là, et le lendemain ils m'ont ouvert la cage thoracique pour atteindre mon cœur, le fait que c'est incroyablement pratique que les cages thoraciques s'ouvrent comme ça, comme la sacoche d'un médecin ou des portes de saloon, même si je ne suis pas sûre qu'elles s'ouvrent aussi facilement, vu qu'il n'y a pas réellement d'articulation, installée par la nature juste au cas où on aurait besoin d'une petite opération du cœur, le fait que Leo dit qu'il aime ma cicatrice, parce qu'elle prouve qu'ils m'ont sauvée, un trou dans le cœur de la taille d'une pièce de dix *cents*, vingt-cinq *cents*, cinq *cents*, le fait qu'ils m'ont rapiécée, mais me voici, deux maris et quatre enfants plus tard, ♫ *skip to my Lou* ♫, euphorie, tiraillement, hanche, cancer, démangeaison, pansement, carie, cor, le fait qu'ils ont dit que j'allais mourir à vingt-deux ans et que je ne survivrais jamais à une grossesse, si je ne me faisais pas opérer, alors ils m'ont réparée et me voici avec tous ces enfants, beaucoup trop, le fait que je préférerais une grossesse à une opération, même si ça fait mal, euphonium, euphorie, vingt-deux, le fait qu'ils ont été très précis là-dessus, comme quand on vous donne un an à vivre, le fait que les médecins aiment bien les menaces effrayantes, les nouvelles alarmantes, le fait que la méchante infirmière de nuit me réveillait toutes les nuits pour me faire des injections douloureuses pour m'aider à *dormir*, le fait que je détestais vraiment cette infirmière, et la redoutais, même si elle n'est sûrement venue que quelques fois, le fait qu'en revanche j'aimais bien l'infirmière de jour, qui transpirait la bonté, le fait que voilà une forme d'exsudation qui ne me dérange pas, le fait que j'ai oublié depuis longtemps son nom, même si je m'en suis souvenu pendant plusieurs années, le fait que toutes les autres infirmières semblaient savoir comment faire une piqûre sans que ça fasse mal, le fait que c'était juste cette infirmière de nuit qui s'y prenait mal, probablement exprès, le fait que c'était peut-être le meilleur moment de sa journée, ou plutôt de sa nuit, faire mal aux enfants en les piquant, la fête dans le jardin de Mr Knightley, le fait que c'est horrible de ma part, le fait que je ne devrais pas dire de telles horreurs sur les gens, mon Dieu, capucines, le fait qu'elle était quand même dure avec moi, de fait, le fait que c'était dans la salle de réveil, pas dans le service de réanimation, le fait que quand je me suis réveillée la première fois j'étais en réa, et Papa était là à mon chevet et il paraissait tellement content de me voir, le fait qu'il m'a lu un nouveau livre du Dr Seuss qu'il venait de m'acheter, le fait qu'être malade fait que vous vous sentez vraiment spécial pendant un temps, avec plein d'attentions et de cadeaux, le fait que ça m'a fait aimer mon opération du cœur, sauf la douleur, le fait que ça fait très mal au début, jusqu'à ce qu'ils contrôlent la douleur, arbre qui tombe, et après ils m'ont emmenée dans une autre chambre, le fait qu'au début j'étais dans une jolie chambre tranquille rien qu'à moi mais ensuite ils ont eu besoin de cette pièce pour un garçon, alors ils m'ont mise dans une chambre avec deux adolescentes, le fait que je crois qu'elles avaient toutes les deux le dos brisé, le fait que j'ignore si elles étaient amies avant ou si elles s'étaient rencontrées à l'hôpital, mais elles avaient l'air très proches et je me sentais délaissée, le fait que, par ailleurs, elles étaient beaucoup plus âgées que moi, et déjà très femmes, à un point effrayant, le fait qu'elles devaient avoir tout juste quatorze ans mais elles me paraissaient terriblement adultes, le fait qu'elles ne m'ont pas beaucoup adressé la parole, le fait que j'étais le vilain petit canard, le fait qu'elles étaient sans doute gênées par ma présence, le fait que j'ai pu voir leur corps beaucoup plus que ce que j'aurais voulu, le fait que les ados vous insupportent quand vous êtes petit, le fait qu'ils paraissent toujours dans un entre-deux, le fait qu'ils ne sont pas assez âgés pour être attentionnés comme des adultes, mais ils ne sont pas drôles non plus, donc ce ne sont pas des enfants, le fait que franchement ces pauvres filles m'insupportaient, comme Aggie dans *La Route sauvage*, le fait qu'elles paraissaient juste tellement âgées, le fait que le fossé était infranchissable, écroulement d'un pont à l'heure de pointe, le fait que je me demande maintenant si ces filles se sont rétablies, ou si elles sont restées paralysées toute leur vie, le fait que je n'ai jamais su, le fait qu'elles semblaient en meilleure forme que moi, mais peut-être qu'elles étaient en plus mauvais état et que je ne m'en rendais pas compte, le fait qu'elles étaient souvent avec leurs mères, le fait que les mères semblaient rester avec elles presque toute la journée, et les filles semblaient être là depuis des mois, mon Dieu, le fait qu'on avait chacune notre propre télé, et que les télés étaient toutes allumées en même temps la plupart du temps, et je me souviens que je regardais les trois, passais de l'une à l'autre quand la mienne m'ennuyait, même si j'ignore comment je faisais pour voir les trois en même temps, vu que nos lits étaient disposés à des angles différents dans la pièce, genre en quinconce, le fait que je crois qu'ils avaient mis trop de lits dans cette pièce, probablement pour me faire de la place, le fait que j'avais peut-être dérangé sans le savoir, et que les filles m'en voulaient pour ça, le fait que ça devait être une chambre pour deux tout ce qu'il y a de plus jolie et calme avant que je débarque, le fait que je n'ai jamais assez causé avec ces deux filles pour connaître les dessous de l'affaire, le fait que je regardais trois émissions télé en même temps, et c'est alors que j'ai vu ce film en noir et blanc que j'avais toujours voulu revoir mais dont je ne me rappelais pas le titre, le fait que je l'avais vu sur ma télé, et il m'avait beaucoup plu, et j'avais vaguement guetté sa rediffusion, le fait que c'était mieux que ce film qui parle d'un kidnapping, avec tous les pins et les parents qui vont et viennent en voiture, le fait que je n'avais pas vu celui-là à l'hôpital, le fait que celui de l'hôpital était très atmosphérique, très brumeux et mystérieux, et un peu mélancolique, le fait qu'il avait un petit côté crépusculaire, le fait que je n'avais jamais vu de film comme ça, le fait que c'était un peu comme Waterlow Park, mais c'était en noir et blanc, le fait que je trouvais ça très beau, le fait que c'était peut-être un remake du *Jardin secret*, le fait qu'en réalité, si je devais faire trois vœux, je remonterais dans le temps, et j'irais à Evanston avec Maman et Pepito, avant mon opération du cœur, puis je passerais plus de temps avec Maman et Papa quand j'avais vingt ans, et j'en profiterais vraiment pour leur parler, puis je recommencerais à zéro avec Stace, mais en mieux, et je ferais en sorte qu'elle soit heureuse cette fois, le fait que Phoebe a dû aller chercher mes confiseries d'Halloween pour moi, parce que j'étais à l'hôpital, le fait que je me souviens encore des odeurs de l'hôpital, parfois, de l'odeur des pansements et je ne sais plus quoi encore, du goût fade de l'eau à l'hôpital, du goût des cachets, le fait que quand je suis sortie je crois que Mamie et Papy sont restés chez nous quelque temps, et je n'arrivais pas à avaler mes cachets quand ils me regardaient, le fait que depuis je n'ai jamais pu avaler des cachets devant quelqu'un, le fait que j'ai eu deux mois à la maison pour récupérer, et une prof est venue trois fois par semaine et m'a fait faire des trucs vraiment faciles, le fait qu'elle ne me dérangeait pas trop, Cuisine pour invalide ou convalescent, Œufs masqués, Œufs pochés en gelée, le fait qu'Irma Rombauer pense que les convalescents devraient manger du Ragoût d'Huîtres, de la Tourte à la Viande et à la Purée de Maïs, de la Cervelle, des Terrines, du Pudding à la guimauve, du Zabaglione, et du Pamplemousse grillé, le fait que je vois mal comment un tel régime peut vous rétablir, le fait que si je n'allais pas bien je n'aurais pas envie d'huîtres, le fait qu'en Géorgie ils prononcent « ouitres », ce qui n'est pas très ragoûtant, le fait qu'Apalachicola est célèbre pour ses huîtres, *Tous les biens de la terre*, le fait que Leo doit donner un cours sur le pont ABC dans l'Illinois qui s'est effondré et a tué tous les gens qui roulaient dessous, un pont piéton, le fait qu'il dit qu'on n'aurait jamais dû le construire, le fait que les risques étaient plus élevés que les avantages, tous ces gens écrasés, le fait que Leo déteste les ponts ABC, soupe alphabet, soupe abécédaire, le fait que l'idée c'est de ne pas trop perturber la circulation, mais il ne leur fait pas confiance, qu'ils utilisent un coffrage macrosegmenté travée par travée, ou un coffrage macrosegmenté par encorbellements avec un système d'équipage mobile en porte-à-faux et du béton précontraint ou autonettoyant, le fait qu'il y a six cent mille ponts en Amérique, et cinq cent mille sont au-dessus de l'eau, le fait que plusieurs milliers de ponts se sont effondrés au cours des cinquante dernières années, la plupart à cause de l'usure, mais la surcharge et les collisions de bateaux peuvent également entraîner l'effondrement d'un pont, le fait que Leo n'aime pas du tout les ponts qui s'écroulent, pont Mabey, le fait qu'un pont Mabey est peut-être ce qu'il nous fallait ce jour-là au centre commercial, le fait que Leo trouve tous les ponts « désappointants », caniveau à quatre pans, le fait qu'il n'aime pas non plus la construction accélérée, mais la plupart des problèmes avec les ponts en construction accélérée se produisent pendant la construction ou l'érection, pas pendant l'utilisation, le fait qu'il doit aller visiter la société U.S. Bridge à Cambridge, Cambridge, parce qu'ils font beaucoup d'éléments préfabriqués, puis se rendre peut-être à Con/Span, près de Cincinnati, le fait qu'on devrait peut-être l'accompagner et aller ensuite chez Young's, croquant au caramel salé, bretzel croquant au caramel salé, érection, capacité du membre, dysfonctionnement pénien, le fait que les défaillances des ponts agacent vraiment Leo, le fait que ça le met dans tous ses états, parce que ces structures sont censées tenir, le fait qu'elles doivent réussir à enjamber un vide ou un ravin et tenir bon, le fait que c'est leur seul devoir, le fait qu'elles doivent s'exécuter, PONTIS, REDARS, DBIA, classement sismique, le fait qu'un pont effondré est un pont « émasculé », le fait que c'est comme ça qu'ils parlent, les experts en ponts, le fait que c'est le problème principal, le risque d'effondrement, le fait que les causes peuvent être diverses, fracture, usure, écrasement, déchirure, rupture, fissure, déformation, gauchissement, et Leo fait au moins un cours entier sur chaque cause, « J'adore quand des choses s'effondrent », céder, souder, s'entraider, le fait que c'est Cleo qui a dit ça, ce que j'ai trouvé cruel, le fait que Leo dit qu'elle ne parlait pas vraiment des ponts, le fait qu'elle parlait d'un autre genre d'effondrement, l'aspect mécanique de l'effondrement, pas quand les gens se font écraser, mais bon, c'est quand même bizarre de dire ça, « j'adore les choses qui s'effondrent », flaccide, placide, le fait que j'ignore pourquoi Leo prenait sa défense, mais il soutient toujours ses collègues, colère, manuel d'autodéfense, ma douce, le fait que si ça se trouve la prof qui venait me donner des cours à la maison avait pour consigne de ne pas me fatiguer, alors elle me faisait faire des choses faciles, le fait que je crois qu'elle n'a pas trop suivi le programme, mais quelle importance quand vous avez huit ans, le fait que les ponts provisoires sont des choses douteuses, le fait que les militaires s'en servent souvent, pour bâtir et démonter rapidement, érection et démolition, mais on s'en sert également pour les déviations temporaires sur les autoroutes, Panneaux à message variable, le fait que, mince alors, on sonne à la porte, Ronny, oh non, le fait que, je suis sûre que c'est Ronny, structurellement défectueux, fonctionnellement obsolète, culée à fondation discontinue, le fait que, ah, c'est juste le facteur, quel soulagement, le fait que j'ai rêvé qu'on me proposait un poste de prof d'histoire à Hamden Hall, et j'envisageais d'accepter, parce que j'avais beaucoup aimé Hamden Hall quand j'y avais été, mais je m'apercevais alors que ça ne marcherait pas parce que je ne suis pas qualifiée pour être institutrice, le fait que je ne ferais même pas une bonne prof auxiliaire, le fait que je ne saurais même pas donner des cours chez eux à des enfants malades, CCTV, airelles séchées, huile de tournesol, huile de palme, Palm Pilot, Ram, Dimanche des Rameaux, Mercredi des Cendres, Possum Pussies, Kompromat, contes de fées, amanite tue-mouches, Dr Seuss, le fait que Gillian semble apprécier *La Route sauvage*, que j'ai commencé à lui lire, le fait que je croyais qu'elle serait trop jeune pour ça mais elle a l'air d'aimer, orpheline, orpheline de mère, le fait que Julie est plutôt irritable, mais on a de l'affection pour elle parce qu'elle a perdu sa maman, le fait que je me dis parfois que je ne connaissais pas si bien que ça Maman et Papa, le fait que je n'ai vécu que trois décennies avec eux, et la plupart du temps j'étais juste une petite idiote, qui ne pensait qu'à ses trucs, pas à eux, euphorie, le fait qu'il y a tellement de questions que je ne leur ai pas posées, tellement de choses que je ne leur ai pas dites, le fait que c'est bizarre, on vit avec des gens pendant dix-huit ans et personne ne se connaît vraiment, le fait que je me souviens à peine du visage de Maman et de Papa maintenant, mais je les reconnaîtrais s'ils revenaient, le fait que j'aimerais tellement qu'ils reviennent, le fait qu'on aurait alors une chance d'apprendre à mieux se connaître, le fait que tout ce qu'elle a enduré, le fait qu'assister à ça m'a fait plus souffrir que mon opération du cœur, le fait que ça m'a détruite, brisée, *Événements historiques survenus dans les vallées de Muskingum et Tuscarawas,* le fait que je crois que j'ai cessé de me préoccuper des gens à ce moment, quand j'ai su qu'elle était malade, en danger de mort, le fait que ça m'a tellement effrayée, ça m'a paralysée, et je suis restée paralysée, le fait que j'ai senti que je ne pourrais plus jamais compter sur elle, le fait que j'ai continué à l'apprécier et tout, mais elle me paraissait très lointaine, le fait qu'en général j'essaie de ne pas y penser, le fait que j'ai tellement occulté tout ça que j'ai presque oublié combien elle était géniale, le fait que j'aime repenser aux fois où j'étais seule avec elle, avant qu'elle tombe malade, le fait qu'on était seules toutes les deux quand on mangeait des pêches à la crème dans le jardin l'été, le matin, et des années plus tard, après qu'elle est tombée malade, on buvait du whiskey soda ensemble dans la salle à manger, on parlait et on lisait, le fait que j'ai lu tellement de livres assis à cette table avec Maman, surtout ceux qu'elle me conseillait, le fait que j'étais seule avec elle dans notre salon à Evanston, quand elle me faisait des tresses tous les matins avant que j'aille à l'école, vitres à carreaux en forme de losanges, tresses, boucles, bus scolaire, pâte de cannelle, zeste, l'étaler, être seule avec ma maman, le fait que j'étais seule avec elle quand elle m'a appris à jouer au solitaire le jour où je suis restée à la maison parce que j'étais malade, ou probablement pas vraiment malade, juste désireuse de passer une journée à la maison avec ma maman, allongée sur la chaise longue jaune dans leur chambre, bien au chaud sous une couverture, le fait qu'ensuite le solitaire a rempli sa vie, le fait qu'elle devait en avoir sacrément assez mais elle a continué d'y jouer, le fait que ça devait miner Papa de la voir jouer autant au solitaire, sa formidable épouse, si intelligente et si détruite, mais il n'a jamais rien dit là-dessus, ni sur le fait qu'elle passait son temps devant la télé, Triple Crown, le fait que je me demande combien de fois je ne suis pas allée en cours alors que je n'étais pas vraiment malade, le fait que mes enfants n'ont pas trop l'air de vouloir faire ça, le fait qu'en général ils vont à l'école sans se plaindre, le fait que Stacy aimerait sans doute bien rester à la maison et regarder des vidéos Morning Routine, mais elle préfère être loin de moi, Arizona, fac, livrer le lait, épicerie loin d'ici, iguane, Sévère Sally, le fait que Maman détestait l'école elle aussi, secouée par une religieuse, l'heure d'étaler, chaise longue, moments seuls avec Maman, le fait que je me souviens d'une fin d'après-midi en hiver dans leur chambre, et de moi montrant à Maman la déco de Noël en feutre et paillettes que j'avais faite chez les Brownies ou les Campfire Girls, l'oiseau à paillettes de Gillian, autocollant cactus, sculpture en argile de Stacy de Dilly allaitant ses chatons, conseils d'allaitement, le fait que j'étais souvent seule avec Maman dans leur chambre, surtout quand elle se préparait avant d'aller à une soirée, le fait que personne ne me regarde, je crois, mais, bon, je ne vais jamais à des soirées, si je peux l'éviter, le fait que je ne vais qu'à des réunions parents-profs, et encore, pas tout le temps, le fait que je me dégonfle parfois, mais on ne peut pas faire semblant d'être malade trop souvent sinon ils pensent que vous êtes vraiment malade et ils vous apportent des cookies et tout ça, ou de la sauce spaghetti, le fait que je ne crois pas que Maman aimait tant que ça les soirées, parce qu'elle aussi était timide, mais elle y allait quand même, toute belle avec ses talons hauts et son parfum, le fait que pourquoi est-ce que les gens aiment les soirées, le fait que Papa était plus sociable, grégaire, même si lui aussi avait un côté timide, mais c'était de la gnognotte à côté de ma timidité à moi, le fait que les fêtes sont rarement festives pour moi, idem pour les kermesses, le fait que je peux encore sentir l'odeur du parfum de Maman, le fait que je n'aimais pas quand elle en était à cette phase des préparatifs, Chanel N° 5, parce que ça voulait dire qu'ils allaient bientôt sortir et qu'on allait nous confier à la baby-sitter, ou de préférence à Ethan, le fait que quand c'était lui on avait droit à des plateaux-télé ou alors Papa lui donnait de quoi nous emmener chez B&J manger des sandwiches chauds au rosbif, le fait que je trouve maintenant qu'il était un peu jeune pour s'occuper de deux petites sœurs, mais je suppose qu'ils savaient qu'Ethan serait prudent, le fait que je ne crois pas que j'aimerais encore ce sandwich au rosbif, le fait que le pain devenait tout mou, à cause de la sauce, et c'est ça qu'on aimait tellement à l'époque, mais maintenant je ne suis pas sûre que ça soit une bonne idée, le fait que c'est bizarre que le parfum soit encore à ce point à la mode, le fait que c'est peut-être à cause de la pollution, schlamm de minerai de fer, élevage de poules en batterie, le fait que les gens ne s'en lassent pas, du parfum je veux dire, même si parfois on en met trop, le fait que Leo aime que je mette du parfum mais j'oublie d'en mettre, le fait qu'il met de l'après-rasage, le fait que je n'ai jamais trop fait attention à l'après-rasage mais j'aime bien qu'il en mette, bâton hémostatique, Leo, le fait que je devrais lui racheter celui citronné qu'il aime bien, le fait qu'il m'achète souvent du parfum et que j'oublie d'en mettre, le fait que c'est horrible de ma part, mais on ne peut pas mettre de parfum quand on cuisine, cuire à blanc, canne blanche, Un Chien D'Aveugle Se Fait Un Nouvel Ami, renaissance, huile essentielle, « Sainte vierge, on aurait préféré une fille », le fait qu'on offrait toujours de l'after-shave à Papa pour Noël, que Maman achetait à notre place, déco de lion, et c'est de là que venait le lion, le fait qu'il provenait du flacon d'after-shave, et après ça on l'a toujours eu au sommet du sapin, le lion, pas Papa, le fait que qui a envie d'un ange ou d'une étoile ou d'un Père Noël, alors qu'on a un joli lion en feutrine rouge et vert avec un grand sourire sur le visage, le fait qu'il a aussi une jolie crinière à pompons, et bref j'en ai hérité, ce qui est chouette, le fait qu'une queue de veuve dominicaine mâle fait presque deux fois la longueur de son corps, poules, Chick-Fil-A, sept cents milliards de poules, poules en plein air, Arabella Fawley, le fait que je ne me souviens plus trop des cadeaux que j'ai faits à Maman et Papa, le fait qu'un jour j'ai acheté à Maman des roses rouges miniatures, et ça m'a coûté tous les sous que j'avais, cinq dollars, le fait que je trouvais que c'était la plus belle chose au monde, le fait que je n'avais jamais vu de roses aussi belles, le fait que je n'avais presque jamais dû aller chez un fleuriste, le fait que le monde était plein de choses à offrir à Maman, et je trouvais toujours quelque chose, le fait que j'ignore ce qu'elle pensait de tout ça, comme ces collants brillants que je lui avais offerts, avec une couture en faux diamant à l'arrière de la jambe, le fait que c'était un peu comme une blague, le fait que j'ignore ce qu'elle en a fait, quel cadeau stupide, le fait qu'on ne sait pas toujours quoi offrir à sa maman, à part des cigarettes, le fait que je lui en ai acheté plein au fil des ans, le fait que c'est dur pour les enfants de trouver les bons cadeaux, et on ne sait jamais ce qu'ils vont dénicher, le fait que Gillian m'a offert ces grosses boucles d'oreilles en cuivre qui s'emmêlent dans mes cheveux, le fait que je les ai déformées en essayant de les enlever, le fait que Jake m'a offert un jour les orteils de son léopard, un grand trésor, du temps seul avec Maman, seule avec Maman, le fait que Maman et moi étions seules à Highgate tous les mercredis et que j'adorais ça, haricots sur toast, feuilles noires, blanches, roulés à la cannelle, four, coffrets DVD, un bol d'eau en bas pour aider la pâte à lever, le bas du four je veux dire, le fait que j'étais seule avec elle le jour où je suis descendue de ma chambre en me sentant extatique, heureuse, et pleine d'amour pour ma maman, le fait que Stacy m'a offert des tas de petites sculptures en terre cuite, comme celle de Dilly avec les chatons, mais pas récemment bien sûr, euphorie, Eustacia, Arizona, le fait que c'est puéril d'espérer être en phase avec votre maman tout le temps, le fait que je le sais, maintenant que je suis moi-même une maman, le fait que les mamans sont des personnes occupées en permanence à toutes sortes de choses dont leurs enfants n'ont pas idée, le fait que j'étais seule avec ma maman quand j'ai eu enfin le courage de l'interroger sur les Choses de la Vie, et elle a refusé de me répondre, diable de Tasmanie, le fait que pourquoi diable n'a-t-elle pas voulu me répondre, le fait que, des années plus tard, j'ai abordé la chose en buvant un verre avec elle à la table du salon, et elle se rappelait très bien ne pas m'avoir répondu, et elle a dit qu'elle avait cru que je me moquais d'elle en l'interrogeant sur les Choses de la Vie, et que je voulais juste la mettre mal à l'aise, que diable, le fait que, mince alors, elle avait tout faux, le fait que je ne savais rien des Choses de la Vie, et que je pensais que c'était un truc dont votre mère était censée vous parler à un moment, le fait que tout ce que je savais je le tenais de Jill, qui le tenait de sa mère, le fait que sa mère lui avait dit que ça se passait pendant qu'on dormait, mais elle n'avait jamais expliqué comment, le fait qu'on savait que le mari mettait son truc dans le vagin de la femme, mais ça paraissait difficile à faire en dormant, le fait qu'avant que quelqu'un vous explique que les pénis peuvent soudainement et mystérieusement durcir vous êtes dans le flou à ce sujet, le fait que vous ne pouvez pas imaginer une seule seconde que les hommes ont des érections, le fait que ça ne m'avait jamais traversé l'esprit, le fait que comment voulez-vous trouver un truc pareil toute seule, le fait que qui pourrait s'en douter, usure, résolution des problèmes d'érection, firme, ferme, BIRM, bermuda, le fait que je crois que c'est Phoebe qui a dû finir par m'expliquer tout ça, mais je ne me souviens pas, le fait que ce que voulait peut-être juste dire la mère de Jill c'est que le sexe arrivait pendant que Jill dormait, mais je ne crois pas, le fait que je pense que c'était un effort délibéré pour éviter d'expliquer à Jill les Choses de la Vie, un peu de désinformation que je peux aujourd'hui tout à fait comprendre, le fait que c'est dur de parler de sexualité à vos enfants, le fait que la plupart du temps vous essayez de les protéger, qu'ils en sachent le moins possible, et puis tout à coup vous êtes censé tout balancer, le pot aux roses, sauf que vous ne savez jamais quand ou comment vous y prendre, le fait que je suis comme ma maman, le fait que je suppose qu'ils l'apprendront par d'autres moyens, et que je serai tirée d'affaire, stratégie d'évitement, le fait qu'ils peuvent nous demander ce qu'ils veulent sur les Choses de la Vie, quand ils veulent, mais jusqu'ici aucun d'eux n'a posé de question, le fait que je me dis qu'ils n'auront qu'à regarder des photos porno s'ils veulent savoir quoi que ce soit, et Stace a ce manuel d'éducation sexuelle tordu, et ses vidéos de Morning Routine, le fait que je suis sûre que les filles de ces vidéos refilent quelques conseils sexuels en douce, de temps en temps, le fait qu'elles font peut-être des petites confusions anatomiques, mais qui n'en fait pas, le fait que je me demande si ce manuel vient vraiment de l'école, le fait qu'elle l'a peut-être dégoté autrement, par une amie ou je ne sais quoi, ou, le fait que ce que la mère de Jill a dit à Jill a dû nous suffire pendant des années, le fait qu'on était tellement naïves, le fait que je n'ai toujours pas tout compris, et où est l'urgence, le fait qu'on a toute la vie pour réfléchir à ces trucs, alors je ne vois pas pourquoi il faudrait embêter les enfants avec ça, accéléré, tempo, le fait qu'on est quand même curieux, fixité partielle des extrémités de fermes, les Choses de la Vie, la vie et la mort, le fait que ça m'attriste encore, le fait que Maman ait pu penser que je cherchais à me moquer d'elle, en la taquinant au sujet des Choses de la Vie, le fait que ne comprenait-elle donc rien, le fait que jamais de la vie je ne me serais moquée d'elle, *jamais*, le fait qu'elle devait bien le savoir, le fait que ça m'agace vraiment, parce que ça doit vouloir dire qu'elle n'a jamais su à quel point je l'adorais, mon premier amour, bombardier, lanières de bambou, marcassins, seule avec Maman, le fait que nos petits déjeuners cet été-là à New Haven sont les dernières fois où je me souviens que tout allait bien, le fait que tout était parfait, parfait au café, le porche baigné de lumière, les chaises en osier, les pèches à la crème rapportées par Maman, le fait que je commençais tout juste ma crise d'ado cet automne-là, et après elle est tombée malade, le fait que ce matin-là je lui en ai voulu sans doute pour la première fois de ma vie, le fait que j'avais vu Ethan et Phoebe en passer par là et j'avais l'intention de ne pas tomber dans le même panneau, mais ce jour-là j'ai été un peu sèche avec elle en partant à l'école, et ensuite à l'heure du déjeuner j'ai reçu ce mot m'informant qu'elle était à l'hôpital, et ça a été la fin de, bon, pas de tout, mais de quelque chose, le fait que je n'ai pas pu aller au bout de ma crise d'ado, le fait qu'au lieu de ça tout ce que j'ai fait c'est traînasser, et lire l'annuaire avec les rideaux fermés, le fait que ma vie a été un fiasco total, l'heure de nettoyer les œufs, le fait que j'ai été fichue dès l'instant où Maman est tombée malade, le fait que je ne suis jamais vraiment devenue une personne, ou la personne que j'aurais pu être, le fait qu'Ethan et Phoebe étaient plus âgés, et peut-être mieux armés, le fait qu'ils semblaient mieux réagir, même si c'était dur pour tout le monde, le fait que Papa avait le cœur brisé, mais il s'en est remis, plus ou moins, le fait qu'il s'est remis au travail alors que moi je n'ai jamais cessé d'avancer sous une espèce de chape nuageuse, le fait que tout ce qu'il y avait en moi de doute ou de morosité ou de méfiance a été démultiplié, par exemple j'étais peut-être un peu timide et maigrichonne et peu sûre de moi avant que Maman tombe malade, mais aujourd'hui je suis handicapée par la peur et la timidité, et déplumée comme une vieille poule, poupées à tête de vieille pomme, poupées sans visage, roulés à la cannelle, spirales, le fait que j'avais peur de sortir de chez moi quand j'étais petite, et c'est pire maintenant, le fait que sortir de chez moi me fait paniquer, c'est ridicule, le fait que j'ai toujours été gauche, et il est possible que ça empire, le fait que tout me met mal à l'aise, et j'ai tellement peur de la colère, une peur bleue, le fait que je serais prête à faire n'importe quoi pour échapper au moindre mouvement de colère chez les gens, le fait que je trouve que ça ne vaut pas la peine d'apprendre à connaître les gens si c'est pour qu'ils se mettent un jour en colère contre moi, four, ou si c'est pour qu'ils tombent malade, ou qu'ils me déçoivent, ou que je les déçoive, le fait que je n'aime que les gens qui sont particulièrement gentils, Cathy, Nanya, roulés à la cannelle, le fait qu'heureusement Leo se met rarement en colère, pas de façon flagrante en tout cas, et certaines personnes vraiment gentilles s'accrochent malgré tout, comme Nanya, et Zdenka, et Cathy, mais au fond de moi je me demande toujours si je vais les perdre, bon, surtout Leo, le fait que qu'est-ce que je ferais, le fait que je crois que mon angoisse de séparation est pire que celle de Jake, le fait que j'ai appris à tenir les choses comme les gens à distance de ma vie, juste pour éviter les séparations, le fait que je suis comme un tamis très fin qui ne laisse presque rien passer, un grillage maculé d'insectes écrasés, le fait que c'est pour ça que je ne me souviens de rien, et toute mon énergie me sert à faire le vide, à repousser les choses, Maman à l'hôpital, le fait que je suis experte en méconnaissance des choses, expérience, extruder, expirer, avantage d'enseignant, le fait que je suis murée ici, recluse, Chien d'aveugle sauveteur, le fait que les mères s'intéressent beaucoup à vous, du moins ça semblait le cas de la mienne, le fait qu'elles s'inquiètent pour vous, le fait que même si elles ne sont pas tout le temps en phase avec vous elles tiennent à vous comme jamais personne ne tiendra à vous, micrographie, le fait que Leo a parlé à sa mère de son rhume des foins, jusqu'à son dernier souffle, et elle adorait ça, le jeu de plateau Power Grid, le fait que je suis passée à côté de presque tout quand j'étais ado, le fait que tous les autres ados vivaient des expériences pendant que je gardais mes distances et m'efforçais juste d'encaisser, encaissé, crique, pieuvres paniquées se carapatant sur le sable, le fait que je n'ai jamais eu beaucoup de petits amis, le fait que je me laisse parfois abattre, spirale descendante, et Leo doit aller me chercher dans les abysses pour me ramener sur le rivage des vivants, le fait qu'il me rappelle que je suis aimée et capable de bonheur, et qu'en fait j'aime la vie, les Choses de la Vie, le fait qu'il me laisse toujours une nouvelle chance, comme le ferait une mère, le fait qu'il est très calme avec les enfants aussi, le fait que, quand Gillian était petite, elle a couru un jour devant un camion qui arrivait, et Leo l'a incendiée, le fait qu'il était tellement furieux que j'ai eu peur, le fait que je l'ai entendu depuis la voiture avec toutes les vitres fermées, et je n'ai pas su quoi faire, le fait qu'alors, juste après, au lieu de pleurer, Gillian gambadait dans la rue à ses côtés, en lui tenant la main, et tout allait bien, quel amour, tous les deux, le fait qu'elle devait savoir qu'elle ne craignait rien avec lui, le fait que je ne crois pas être ce roc dont les enfants ont besoin, le fait que je ne suis pas fiable, veuves, martinets, le fait qu'ils doivent me trouver sûrement distante, moelleux au citron raté, le fait qu'ils ne savent peut-être pas que je les aime, le fait qu'ils ont raison de râler quand j'oublie tous les trucs géniaux qu'ils disent et qu'ils font, le fait que je devrais peut-être les noter, ou me faire hypnotiser, le fait que je serais peut-être une meilleure personne si un hypnotiseur pouvait m'aider à tout me rappeler, magie, miracle, euphorie, le bourdon du Bread Loaf, Maman revenant à la vie quand j'ai touché sa main,

*

Leurs demeures basses et anguleuses la gênaient sans cesse. Et à l'intérieur elle voyait souvent un homme avachi dans un coin, en train de déchirer un morceau de charogne, éclairé par la lumière bleuâtre que pulsait un écran télé, cette machine qui brûlait en permanence dans les foyers humains la nuit. Elle voyait parfois un homme lancer des choses contre le mur, en émettant des sons lugubres avec sa gorge.

Quelle sorte de créature n'arrive pas à dormir tranquillement sur un rocher chaud, ou à se lover sur les plus hautes branches sans bouger ?

Elle s'interrogeait sur la camaraderie humaine, la façon dont les gens se rassemblaient en foules bruyantes et lentes. Elle s'étonnait que les mâles aient le droit de s'approcher autant des petits. Rien de bon ne pouvait en découler.

Les hommes ignoraient complètement la discrétion ou le tact. Ils laissaient un peu partout dans la nature les proies qu'ils avaient tuées. Ils ignoraient ses excréments et les traces laissées par ses griffes sur les troncs, et déposaient leurs propres excréments un peu partout, indifférents aux zones territoriales. Ils semblaient ne se préoccuper d'aucune autre créature au monde à part eux-mêmes, et cette cécité, cette surdité, cette arrogance, cette vacuité, faisaient d'eux l'ennemi absolu.

À plusieurs mètres derrière une grosse maison en bois, la femelle couguar trouva deux chiens morts, récemment abattus. Elle avait tellement faim qu'elle s'arrêta pour prélever le foie de l'un d'eux mais, entendant de nouvelles détonations à l'intérieur de la maison, elle s'éloigna, dégoûtée.

Son mépris augmentait à mesure qu'elle voyait des humains, surtout les mâles. Quand ces derniers l'apercevaient, ils réagissaient bêtement – poussaient des cris et reculaient en titubant. Certains tombaient, et se mettaient aussitôt à geindre. Certains s'emparaient de leurs armes et la mettaient en joue. Elle s'éclipsait d'un bond, tandis que les balles métalliques ricochaient sur les arbres en crépitant.

Elle persistait dans ses recherches, guettant la moindre ondulation susceptible de révéler un lionceau en train de jouer, ou de se prélasser, au chaud, apaisé par le sommeil.

*

le fait que ces machos qui roulent sur des vélos sans garde-boue ont l'air passablement idiots quand ils se mettent plein de boue sur leurs maillots en Spandex et leurs leggings, le fait que ce n'est pas beau à voir, carrément déprimant, le fait que les garde-boues ont une utilité, les gars, le fait qu'ils vous protègent de la boue, mais je suppose qu'ils ne sont pas *cool*, le fait que la boue l'a emporté sur les garde-boues, le fait que les garde-boues ont connu le même sort que les guêtres, qui protégeaient également les gens de la boue, le fait que les gens sont dans le déni par rapport à la boue, *Il y a quelque chose de pourri*, le fait que je pense que quelque chose cloche chez moi, mais ce type chez Zyker's devrait recevoir une médaille, le fait que je me suis dégonflée, mais qu'il a été héroïque, le fait que Jake a dû penser qu'il était sur un kart ou je ne sais quoi, une voiture de course, ou peut-être un bulldozer, le fait qu'il s'est carrément laissé emporter, le fait que d'abord il a presque rentré son chariot dans le présentoir de cookies, mais j'ai réussi à le ralentir, des cookies noir et blanc, Fig Newtons, le fait qu'ensuite il m'a échappé et qu'il est rentré dans les casiers à bouteilles de vin, le fait que j'ai détourné le regard juste une seconde, pour examiner les huiles d'olive, jouer de la harpe pendant que Rome brûle, le fait que l'employé du magasin a attrapé le chariot fou de Jake avec aisance, voire avec aplomb, et l'a immobilisé, juste à temps, étoiles du drapeau, acrobatie, domaine Wente, le fait qu'il a été adorable, très jovial, le fait qu'en se saisissant du chariot il a dit à Jake « Où que tu vas comme ça, Casey Jones », le fait que Jake a adoré qu'on l'appelle Casey Jones, et il a demandé au type « Comment vous saviez qu'on serait là ? », comme s'il croyait que le type se tenait là en attendant que Jake, ou Casey Jones, déboule comme un fou dans l'allée, délinquants juvéniles, Jubilé, déliquescence, le fait qu'après ça il a suivi le type partout, dans tout le magasin, et maintenant nous savons qu'il s'appelle Mike, le fait que chaque fois que je cherchais Jake après ça je le retrouvais avec Mike, le fait qu'il a laissé Jake l'aider à garnir les étagères, le fait que les piles de Jake étaient un peu de traviole mais ça ne semblait pas déranger Mike, le fait que je venais régulièrement vérifier que tout allait bien mais ils me faisaient signe de m'éloigner, le fait que Jake disait qu'il était occupé, le fait qu'on s'est vraiment bien amusés, puis il a fallu que cette mégère s'en mêle et gâche tout, qu'elle râle parce que Jake n'avait pas de chemise, le fait que d'abord elle l'a grondé, lui, puis s'en est prise à moi, le fait qu'il avait ôté sa chemise dans la voiture, mais j'avais réussi à lui faire mettre sa veste, pour aller de la voiture au magasin, et c'était le mieux que j'avais pu faire, le fait qu'il l'avait enlevée à peine entré, puis il avait couru torse nu, comme un tout petit Tarzan, le fait que, bon, peut-être qu'on a vu les tétons, voire le nombril, d'un gamin de quatre ans, la belle affaire, pas mort d'homme, le fait que je ne sais pas pourquoi ça l'a mise dans cet état, mais je suis facilement effrayée, le fait que c'est vraiment ça qui me rend malade, le fait que j'ai plus ou moins abondé dans son sens et réagi comme si j'étais d'accord avec elle, ♫ *Courage !* ♫, le fait que je n'ai rien dit mais j'ai fait comme si, hochement de tête, parce qu'elle était tellement furieuse, le fait que je ne pense pas que les petits garçons devraient porter une chemise en permanence, le fait que c'était une réaction un peu disproportionnée, de sa part, le fait que quelque chose doit clocher chez quelqu'un qui ne peut pas regarder le torse nu, le petit ventre et les petites omoplates saillantes d'un petit garçonnet tout mignon sans faire tout un foin, son petit ventre rond, le fait qu'elle a eu de la chance de le voir, le fait que c'est une veinarde, elle ne le sait pas, c'est tout, le fait que la loi ne stipule pas que les petits garçons doivent porter une chemise, ni même les adultes, d'ailleurs, le fait que c'est encore à eux de décider, aux dernières nouvelles, par exemple s'il fait très chaud dehors, le fait que ce n'est pas comme si c'était moi qui me trimballais torse nu, le fait qu'elle croit que ce n'est pas hygiénique ou quoi, laisser un peu de peau nue approcher des bananes, le fait qu'il n'y a rien de non-hygiénique chez mon fils, le fait que Mike n'a pas dit un mot sur le fait que Jake ne portait pas de chemise, le fait qu'il aurait pu évoquer un règlement intérieur mais il n'en a rien fait, le fait qu'il a juste fait un commentaire sur la conduite casse-cou de Jake, le fait que j'aurais dû traîner cette dame jusqu'à Mike pour qu'elle l'interroge sur le code vestimentaire du magasin, le fait que de toute évidence elle n'a rien de mieux à faire, le fait que les marins dans *South Pacific* sont très souvent torse nu, et je crois que c'est là que Jake a pêché cette idée, mais ça n'explique pas sa folle équipée, le fait que quand je lui ai demandé plus tard pourquoi il avait foncé comme ça avec le chariot il a dit qu'il voulait s'envoler, donc c'est sans doute ma faute, le fait que j'avais parlé de *s'envoler par grand vent* aux enfants ce jour-là, fées des neiges, OVNI, USO, Betty Grable, les omoplates de Jake, Des Lèvres Pulpeuses À Souhait, le fait que cette dame doit être ravie qu'on laisse des enfants mourir de faim en Syrie, le fait que pourquoi on laisse faire, pourquoi on fait ça, étaler la pâte des roulés à la cannelle, « Rentre le ventre », le fait que la police a arrêté une voiture pour excès de vitesse sur l'autoroute près de Dover ou je ne sais où et le conducteur était un gamin de dix ans, le fait que c'est ce qu'on vous fait faire dans les séances de Pilates, je veux dire rentrer le ventre, pas conduire à l'âge de dix ans, mais la maman de Breanna a trouvé toute seule cette consigne bien avant que ça soit la mode du Pilates, le fait que certaines personnes ne rentrent pas leur ventre, elles le laissent juste pendouiller, Format familial, obésité, obscénité, le fait qu'elles vous empêchent parfois de passer, par exemple dans une allée de supermarché, le fait qu'elles se déplacent comme des châteaux sur roues, icebergs, fatbergs, le fait qu'un éléphant dans un magasin de porcelaine, le fait que ces gens sont de véritables éléphants, le fait que je ne devrais pas dire des choses pareilles mais, le fait que certaines personnes sont tellement grosses que les nouvelles graisses ne savent plus où se mettre, où se déposer, le fait que toutes les places sont prises, « À qui le tour ? », alors ça échoue sur le cou, ou le poignet, mains potelées de bébé, femme avec un goitre, le fait que c'est terrible, mon Dieu, le fait qu'un type vient d'abattre sa femme dans un centre commercial du Kentucky, ou son ex-femme, séparé, puis il a tué tous les membres de la famille de sa femme, qui étaient là avec elle, en train de faire les courses, puis il s'est suicidé, le fait que ce massacre a pris moins de dix minutes, le fait que je ne vois pas l'intérêt de se venger pour n'en « profiter » que dix minutes, le fait que c'est un peu frustrant, franchement, même pour un type qui aime se venger, le fait que pourquoi ces gens ne se contentent pas de se suicider, s'ils y tiennent tant que ça, et laissent les autres faire leurs propres choix, le fait que plus personne ne sait s'occuper de ses oignons, comme cette mégère au Zyker's, clique, claque, patraque, pâte à tarte, le fait que tout le monde dans le centre commercial s'est enfui en hurlant et en criant « Attention tireur fou », et en se piétinant pour sortir, le fait que tout le monde connaît les termes maintenant, mais après ça ils disaient tous « Oh mon Dieu, j'y crois pas que c'est arrivé ici », le fait que ça devient plus difficile de dire qu'on n'y croit pas, cela dit, alors que ça fait la une presque tous les jours, des tueries ici et là, le fait que c'est différent bien sûr quand ça vous arrive, pendre une vie, vivre sa vie, prendre son pied, le fait que cette pauvre femme n'avait que trente ans, le fait que le tireur est arrivé derrière elle et s'est mis à lui crier dessus, devant sa famille à elle, puis il l'a abattue, et eux aussi, dans un centre commercial, I ♥ YOU, le fait que j'ai rêvé que le sergent Bilko disait quelque chose, mais j'ai oublié quoi, le fait que Stacy est encore intriguée par ma boulette dans l'oreille, le fait qu'une gamine de quinze ans trouve ça peut-être *cool* de trimballer un gage d'amour dans l'oreille pendant trente ans, le fait que je n'ai même pas encore parlé de son projet d'Arizona, le fait qu'en ce moment c'est surtout à Leo qu'elle s'en prend, le fait que, bon sang de bonsoir, je ne comprends pas pourquoi elle est à ce point en colère, le fait que je lui ai juste demandé de m'aider pour la lessive, et elle a monté les escaliers en trombe et claqué la porte de sa chambre, DNR, le fait que Leo a essayé de parler avec elle, et j'ai dû demander à Gillian, pas de parler avec Stace, de m'aider à plier le linge propre, le fait que je devrais toujours demander à Gillian de le faire, le fait que Gillian aime plier les draps parce qu'on joue à Plier-Embrasser, en s'embrassant quand on joint les deux pans, le fait que Stace exploserait sûrement si je lui proposais de jouer à Plier-Embrasser, punaise, le fait qu'il ne resterait plus rien d'elle, le fait qu'elle appuierait sur le bouton adios et se transporterait en Arizona par le seul pouvoir de la volonté, téléportée, le fait que dès que je parle à Cathy de Stacy elle me dit « Crois-moi, je suis passée par là », et elle me raconte alors l'époque où Marcia était ado, adorable, pauvre Marcia, le fait que ce n'est pas une survivaliste, elle, alors qu'est-ce qu'ils vont faire si jamais c'est l'apocalypse, la traîner derrière eux ou l'abandonner, le fait que je parie qu'ils ont tout préparé pour elle aussi, et qu'il y aura assez d'allumettes et de monocles pour tout le monde, et d'armes à feu aussi, pauvres poulettes, le fait que le traitement qu'ils font subir aux poussins dans les élevages intensifs me donne envie de vomir, le fait que je ne dois pas y penser, mais il n'y a rien de plus inhumain, je trouve, dans toute l'histoire de l'humanité, ou de l'inhumanité, le fait qu'on doit arrêter de manger des poules, sauf si elles viennent d'un endroit décent, où ils ne s'abaissent pas à ce genre de choses, le fait que ça ne se borne pas à ce qu'ils font aux poussins, ce à quoi je refuse, catégoriquement, de penser, tapis roulant, broyeur, le fait que maintenant ils mettent aussi la viande dans un bain d'eau oxygénée, ce qui est vraiment mauvais pour la santé, bain acide, acides, alkali, le fait que j'ai besoin d'Alka-Seltzer, ou peut-être juste d'eau de Seltzer, le fait que la première migration en provenance d'Afrique remonte à plus longtemps qu'on ne le croyait, et que les Aborigènes sont en Australie depuis cent mille ans au moins, leur terre, le fait qu'on devrait peut-être tous devenir végétariens, pas les Aborigènes mais nous, notre famille, mais c'est si dur, le fait que des gens font pousser leurs propres légumes, mais c'est beaucoup d'efforts apparemment, le fait que je doute que mon dos soit prêt à sarcler, et à buter les patates, et mes nerfs, « Tu n'as aucune pitié pour mes pauvres nerfs », ne sont pas prêts à obliger les enfants à le faire, détox, impacté, le fait qu'ils vendent du chou kale nain au marché fermier, et qu'ils appellent ça un super-aliment, mais ce truc vous file surtout des gaz, le fait que je ne crois pas ce truc soit vraiment comestible, tiges de céleri nain sur de la laitue braisée, Ouragan Irma, Katrina, le fait que bon, d'accord, vous pouvez vivre plus longtemps si vous mangez des super-aliments mais, comment dire, avec ces flatulences, « T'appelles ça vivre ? », chlore, le fait que j'ai fait également un rêve à la David Attenborough, le fait que ça n'avait rien à voir avec le rêve Bilko, le fait que là c'était plutôt comme un documentaire télé, commenté par quelqu'un dans le genre de David Attenborough mais qui n'était pas lui, le fait que c'était sur une secte qui pratiquait un régime très restrictif, qui les condamnait tous à avoir des calculs rénaux, à en croire David Attenborough ou ce type, le fait que bizarrement, toujours d'après David Attenborough ou Machinchose, ils décoraient tous inconsciemment leurs maisons avec des petits tas de pierres décoratifs qui ressemblaient à des calculs rénaux, le fait qu'ils savaient vaguement ce qui les attendait, côté santé, et du coup ils vénéraient les calculs rénaux symboliques, ou priaient les pierres de les protéger des calculs rénaux, ou alors ils se préparaient simplement, essayaient de s'habituer à l'idée des calculs rénaux en contemplant toute la journée ces petits tas de pierres, le fait qu'il y avait des petits tas de pierres partout, ou des petites poignées de pierres dans un bol ou sur un rebord de fenêtre, le fait que je me retrouvais alors chez l'un d'eux et j'ouvrais un petit panier et dedans il y avait un tas de cailloux gris et congelés, un peu visqueux d'apparence, le fait qu'ils avaient été remisés là soigneusement, comme un trésor à contempler dans la solitude, le fait que je ne sais même pas quelle taille font les calculs rénaux, le fait que ceux-là étaient de la taille d'un ongle de pouce, le fait que j'espère que les calculs rénaux ne sont pas aussi gros en réalité, le fait que j'ai soudain très sommeil, Petit Oreiller, édredon, « comme qui dirait les yeux qui s'ferment », mais j'ai trop froid pour dormir, et trop sommeil pour me lever, le fait que j'aimerais souvent pouvoir emmener les enfants à l'école et me recoucher juste après, le fait que en quoi ça serait mal, sauf que les voisins découvriraient que je suis une salope, sagouine, souillon, le fait que je ne devrais pas utiliser ce mot, « salope », ni « souillon », le fait que toutes les femmes ne sont pas des « salopes », « tous les gens qui se comportent bizarrement ne sont pas fous », le fait que le violeur de la fac était un champion de natation à Stanford, « le Harvard de l'Ouest », et il a violé une fille qui était ivre et l'a laissée derrière une benne à ordures, mon cours de natation du samedi, suffoquer, grand bain, grand bien, fille ivre, le fait que je devrais éteindre la radio, gamelan, tromper son monde, Trumper le monde, deux inconnus à vélo, Abe Lincoln, Tarzan, Superman, Superwoman, le fait qu'on l'a renvoyé chez lui à Sugarcreek Township, après qu'il a purgé une peine de trois mois de prison, ♫ *un petit conseil fémi-nin* ♫, le fait que je dois me lever, le fait que c'est parti, mais j'ai tellement sommeil, marque, marché, matin, martinet, le fait que, d'accord, les poules sont bien traitées par Daniel, Daniel Jerky, chantre transgenre, mardi, le fait qu'il y a plein de façons de rester éveillé, comme boire du café et s'étirer et sauter sur place et se donner des gifles, ou se laver le visage à l'eau froide ou respirer l'air froid, ou prendre du speed bien sûr mais je n'ai jamais essayé, le fait que Marty en a pris assez pour deux, amphétamines, fentanyl, cocaïne, novocaïne, le fait que j'ai encore mal aux dents, surtout quand je bois quelque chose de froid, le fait que je devrais faire un procès à cette dentiste pour m'avoir décapé tout mon émail, trente violonistes, deux cent cinquante milliards de poussins assassinés, « Réveille-toi et sens-moi ça », le fait que quand Leo doit enchaîner les cours toute la journée il plonge la tête dans l'eau froide entre deux cours, mais ce que je pense, moi, c'est qu'être éveillé ne suffit pas, Emerson Street, le fait que c'est horrible ce qui est arrivé au joli petit restau d'Amy et Andy, le fait que je n'arrive pas à y croire, sirops de café, thé spécial, spécialité, le fait qu'heureusement ils n'étaient pas là quand c'est arrivé, Evanston, numéro de la police, devoirs de maths, le fait qu'il y a des gens qui travaillent sur des bateaux de croisière et qui ont le mal de mer tout le temps mais ils doivent continuer de bosser, et ils n'osent pas démissionner parce qu'ils ont besoin d'argent, le fait que c'est quasiment de l'esclavage, travaux forcés, le casier de Davy Jones, Casey Jones, le fait qu'avant de mourir héroïquement dans cet accident de train, en sauvant la vie de tous les passagers, Casey Jones a également empêché une petite fille de se faire écraser par un autre train, le fait qu'il s'est penché par-dessus le chasse-pierres et l'a attrapée juste à temps, le fait que c'est un chouette surnom, mieux que Davy Jones, le fait que quand je l'ai dit à Leo il était d'accord avec moi, mais il a dit que vu qu'on avait déjà une Stacy, Casey ça risquait d'entraîner des confusions, le fait que je pense que c'est pour ça que Jake aime bien « Casey », parce que ça fait penser à « Stacy », le fait que de toute façon je lui ai dit qu'il pouvait s'appeler Casey quand on va au magasin, avec son nouvel ami Mike, ♫ *They love his whistle and his ring number three* ♫, le fait que les survivalistes appellent leurs sacs de survie des « BOB », le fait qu'en cas d'urgence tout doit être abrégé, le fait qu'ils sont comme une version étoffée de Daily Carry, mais chez Daily Carry vous photographiez tout ce que vous emporteriez avec vous un jour normal, pas un jour d'apocalypse, port d'armes, armes en évidence, armes cachées, Daily Carry, parc pour bébé pliable, Nestlé, Arby, Bayer, D. S. Brown, le fait que Leo dit que certains films en noir et blanc ont un noir velouté, le fait que ça dépend du studio où ils ont été tournés, le fait que les demoiselles d'honneur doivent maintenant tenir le voile en l'air quand on prend les photos de mariage, fille trouvée derrière une benne à ordures, tenir le voile de la mariée, célibat garanti, esclavage rémunéré, ruissellement vers le bas, « Quand il s'agit de mes enfants je suis un animal », duodénum, double dose, vaisselle, pelure de pomme, calculs rénaux, le fait qu'on peut avoir aussi des calculs à la vessie, le fait que je ne veux pas de cailloux là-dedans, d'horribles cailloux qui font mal, à l'intérieur de moi, oh, quelle horreur, le fait que quand je lave des sacs en plastique j'aimerais qu'il y ait des poissons rouges dedans comme ceux qu'on rapportait de la fête foraine, le fait qu'ils les vendaient dans de l'eau rouge, bleue ou orange, teintée avec des colorants alimentaires, pauvres poissons, le fait que la Chicago River est teinte en vert le jour de la Saint Patrick, le fait que l'Ohio River est maintenant teinte en rouge, bleu et orange toute l'année, pas juste pour les occasions spéciales, aérographie, les fossettes de Cary Grant, le juge, le fait que quelle chance qu'il n'y ait eu personne dans le restaurant d'Amy et Andy quand c'est arrivé, le fait qu'il est sûrement fichu, petite entreprise, et c'étaient des gens chouettes, le fait qu'ils n'ont sûrement pas les moyens de reconstruire, le fait qu'ils ont juste dépensé tout leur argent dans cette véranda, et la voiture a déboulé si vite qu'elle a fini sur le flanc, encastrée dans la porte entre la véranda et la salle à manger, le fait qu'en plus c'était intentionnel, ou à demi intentionnel, sans raison aucune, Bilko, le fait que le conducteur se fichait de ce qu'il défonçait, ou de qui il écrasait, le fait qu'il voulait juste mourir, suicide par accident de voiture, le fait qu'il est arrivé de Steubenville à cent cinquante kilomètres heure en pleine nuit, sur la mauvaise voie, le fait qu'il espérait heurter une voiture arrivant en sens inverse mais tous les véhicules l'évitaient à temps, alors il a continué de rouler à fond jusqu'à ce que ses roues heurtent le trottoir, pile devant le restau d'Amy et Andy, et sa voiture s'est retournée et a glissé sur le flanc jusqu'à s'encastrer dans l'ancienne entrée du restaurant, qui était devenu entretemps la porte entre le restaurant et la véranda, le fait qu'Amy et Andy nourrissaient de grands espoirs pour cet endroit, le fait que c'est horrible, le fait que tout le bâtiment a brûlé, comme ça, et maintenant les assurances essaient de se défausser pour ne rien avoir à payer, le fait qu'elles prétendent que l'endroit était insuffisamment assuré ou je ne sais quoi, le fait que c'est incroyable les dégâts que peut faire à lui seul un dingue, le fait que du coup, l'un dans l'autre, ils ne sont pas prêts de me commander des tartes, pas demain la veille, peut-être même plus jamais, le fait qu'ils ont perdu leur restaurant et leur véranda toute neuve, et moi j'ai perdu un client, tout ça à cause d'un taré, assurances, le fait que ça peut vraiment mal tourner à tout moment pour des gens vraiment sympa, la fille derrière la benne à ordures, cailloux visqueux, le fait que certains enfants ont le cancer, le fait que les oiseaux ne comptent pas sur la justice, ou sur les assurances, le fait qu'ils profitent juste de la vie tant qu'ils peuvent, le fait que je crois que les oiseaux apprécient vraiment la vie, le fait qu'il y a toujours quelque chose à faire quand vous êtes un oiseau, le fait qu'il est certain qu'une fleur est heureuse de vivre, le fait qu'un sabot de Vénus ou une capucine ne perdent jamais espoir, ne renoncent jamais, tant que ça se passe bien, même s'ils fanent, le fait que personne n'aime voir une fleur fanée, ou une plante morte qui a renoncé, mais elles ne renoncent pas si facilement, le fait que les fleurs sont courageuses, nettement plus courageuses que moi, le fait qu'il est important de ne pas désespérer quand vous avez des tartes au four, parce qu'il faut être prêt à les sortir et à les retourner quand c'est l'heure, le fait qu'il faut avoir pitié de vos tartes, être là pour vos tartes, et en retour ce seront de bonnes et fidèles tartes, pleines de dévotion, portions, parts de côté, ♫ *Polly Wooly Doodle all the day* ♫, le fait que maintenant Cathy veut que je fasse tout le temps des tartes aux cerises aigres, ce qui est un véritable honneur, venant d'elle, valeur personnelle, bataille à moitié gagnée, le fait que Cathy est courageuse, elle, le fait qu'elle est toujours gaie, courageuse et gaie comme un pinson, le fait qu'elle porte de drôles de tenues, cela dit, le fait qu'elle a vraiment un faible pour les tee-shirts fluo à paillettes, le fait que je me demande bien où elle les trouve, au Kmart peut-être, Target, horribilant, le fait que j'espère qu'elle ne va pas trop loin pour les acheter, le fait qu'ils ne sont pas très seyants, mais je ne devrais pas penser à l'apparence des gens, le fait que le truc qu'elle portait la dernière fois ressemblait à une tenue de camouflage militaire, mais avec des taches jaune vif fluo et des gerbes d'étincelles argentées ici et là, le fait que c'était un peu moulant aussi, un peu trop, le fait que ça faisait ressortir ses plis, Ida B. Wells, bégueule, le fait qu'elle serait plus jolie dans un truc plus large, le fait que je porte des vêtements larges, le fait que ce qui se rapproche le plus de mes fringues ce sont de vieux sacs d'aliments pour volaille, le fait que je ferais carrément mieux de mettre de vieux sacs à grain, mais ces trucs sont en plastique et personne n'a envie de porter un sac en plastique toute la journée, le fait que si encore ça se rapprochait plus du genre de vieux sacs en toile de jute comme on en a dans le garage, le fait que j'aimerais voir la tête de Ronny si j'enfilais un sac à grain, le fait que Stace me dit toujours ce que je dois mettre, mais ce qu'elle ne semble pas comprendre c'est que quand vous passez votre journée seule chez vous à cuisiner, s'habiller n'est pas franchement en tête de vos priorités, parfum, lion de sapin de Noël, le fait que ce n'est pas génial de tartiner vos fringues de beurre, et le nettoyage à sec est mauvais pour l'environnement, comme le répète Stacy, le fait que tout paraît mauvais pour l'environnement, et nous n'avons même pas d'eau, d'air ou de sol dignes de ce nom, le fait que la plupart des agriculteurs ne peuvent pas faire du bio, parce que le sol est contaminé, le fait qu'avant je trouvais que l'eau n'avait pas de goût et l'air pas d'odeur, mais maintenant si et ce goût et cette odeur sont louches, moment de bascule, polluant, le fait que l'Ohio est « l'État le plus polluant », et pourtant tout le monde essaie de communier avec la nature, piétine les sous-bois, le fait que à quoi bon, le fait que les gens ne font pas partie de la nature, ils font partie du problème, biscuit, bismuth, le fait que je trouve ça stupide si vous voulez mon avis, vouloir faire une promenade fortifiante dans les bois, le fait que je dois avoir un bon de réduction quelque part, le fait que où est-ce que je l'ai mis, quelque part, 7 Up, DuPont, Monsanto, le fait que Leo dit que certaines personnes ici ne seront satisfaites que lorsque nous aurons détruit absolument tout, le fait que quand elles ne réclament pas un nouveau pipeline ou une centrale nucléaire elles cherchent quelqu'un à abattre, ou se plaignent des migrants, Détenu N° 9653, valeur d'usage, le fait que le phallus de Titan pue pendant quelques jours tous les trois ans mais que nous, c'est notre comportement qui est puant, le fait qu'il devrait vraiment y avoir une Journée du Bon Cœur, juste un jour par an où personne ne serait tué sans raison aucune, Journée de la Paix, AWP, CELDF, CAFO, le fait qu'on s'y perd, le fait que les Amérindiens ne considéraient pas la nature comme un monde sauvage, ils la voyaient comme un système harmonieux dont les humains faisaient partie, baie d'aronia, le fait que lors de la dernière balade qu'on a faite à Cy Young Park, je marchais derrière eux et j'ai entendu Gillian dire à Ben « la tête de Papa est vraiment toute petite », le fait que j'ai regardé Leo et que de fait sa tête paraissait petite, à la voir comme ça dépasser de sa doudoune, le fait que sa doudoune a un gros col avec la capuche dans une poche à glissière, ce qui fait qu'on ne voit que le haut de la tête, le fait que sa tête est tout à fait normale, mais c'était assez drôle, ce petit échange, le fait que je trouvais que Papa avait de trop grands pieds, mais ceux de Leo me semblent normaux, le fait que Leo est bien proportionné, à tous égards, portion, se resservir, sévir, le fait qu'il y a un écureuil agressif à Cy Young, le fait qu'il se jette sur les gens, pas Cy Young, l'écureuil, le fait que Cy Young est décédé il y a longtemps, et on pense qu'il a peut-être contracté la rage, l'écureuil, pas Cy Young, le fait que la rage est rare chez les écureuils, mais c'est comme ça qu'il se comporte, d'après ce qu'ils disent, *Ils disent*, comme l'écureuil apprivoisé que j'avais trouvé dans l'allée à Evanston, le fait que c'est mauvais signe quand un animal sauvage ne fuit pas l'homme, le fait que ça veut dire en général qu'il a un problème au cerveau, comme cette souris folle, le fait qu'on aurait dû donner à boire à cette souris, le fait que le chat de Janis se comportait bizarrement mais il avait juste une otite, le fait que j'ai de la chance que cette boulette dans l'oreille ne m'ait pas donné une otite, à moins que si, il y a longtemps, le fait que le temps se réchauffe un peu, printemps, capucines, dentiste, laiterie Young, soda à la glace, le fait que les animaux doivent vraiment se poser des questions concernant les humains, ce qu'on est un train de manigancer, le fait qu'on est tellement absorbés par nos histoires, toutes nos activités et nos habitudes, nos soucis, nos idées, nos idéaux, nauséabond, nos voitures, nos régimes, crimes, arnaques, le fait que tout le monde est obsédé par le crime, le fait que tous ceux qui ne commettent pas de crime passent leur temps à regarder des films ou à lire des romans qui parlent de gens qui en commettent, Cathy, le fait que les gens sont accros au crime et à la guerre, le fait que les chiens ne s'intéressent pas du tout au crime, le fait qu'il n'y a rien de plus beau qu'un chien songeur, le fait que Cathy est toujours en train de lire un roman policier, le fait qu'elle ne peut pas s'en passer, dit-elle, le fait que j'espère qu'elle en a mis quelques-uns dans son BOB, mais il y a d'autres plaisirs dans la vie, franchement, comme les poules qui picorent le sol, l'écorce de notre arbre abattu qui fait des volutes, et, et, bon, le printemps, les couleurs et tout ça, le fait que la nature met vraiment le paquet côté fleurs et oiseaux et papillons, pensées et jonquilles, pavots orange vif, capucines, pissenlits, cardinaux et merlebleus et martins-pêcheurs, bruants indigo et canards mandarins, le fait que certains couchers et levers de soleil offrent de sacrées combinaisons de couleurs aussi, le fait que les gens habillent toujours leurs bébés dans les tons pastel, comme si les couleurs vives faisaient mal aux yeux ou je ne sais quoi, et ensuite ils leur offrent un million de jouets aux couleurs vives, couleurs primaires, et je ne comprends pas, le fait que ce que j'ai préféré dans notre année à Londres ce sont mes deux crayons de couleur, un rose très pâle, l'autre bleu très pâle, le fait que je n'en ai jamais revu des comme ça depuis, pas aussi pâles, le fait que j'étais épatée par la retenue de leur couleur, le fait qu'ils me paraissaient extrêmement subtils et sophistiqués, le fait que j'utilisais toujours les deux quand je dessinais, parce que j'aimais voir le rose pâle à côté du bleu pâle, donc j'imagine qu'il est possible que certains enfants aiment les tons pastel, le fait que je n'aime pas trop les tons pastel, ni le beige, ni le chamois, le fait qu'un chat a été maire d'une ville en Alaska, Chattanooga, Chattertown, Chaville, le fait que ce chat est resté maire pendant vingt ans puis il est mort pendant son mandat,

*

Elle déambulait dans des zones peuplées et des endroits excentrés. Un jour, pour se repérer, elle monta en haut d'une colline, à l'écart des habitations et des routes. Au sommet, un énorme rocher s'avançait au-dessus d'un précipice. Par habitude, elle chercha ses petits dans le paysage, mais au lieu de ça vit un homme, assis au bord du rocher et scrutant le vide en dessous.

La femelle couguar se raidit et l'observa attentivement. L'homme se leva, s'assit, battit des jambes contre le rebord du rocher. Puis il donna des coups de poing contre la pierre et émit des gémissements sonores. Il s'allongea et se tordit sur le sol. Il était visiblement malade, et donc une proie facile. Un bond précis vers la section du cou, une brève lutte, et ce serait fini. Mais la femelle couguar n'avait aucune appétence pour les humains. Tout en eux l'écœurait : leur bruit, leur barda, leur odeur chimique, leurs yeux avides, fuyants, indiscrets, et leur peau inexplicablement nue. Leurs enfants au ventre tendre pourraient faire un en-cas, un jour, si jamais elle en trouvait un qui soit seul, mais les adultes étaient pires que des mergules, un tas d'os sous des couches molletonnées. Ils étaient juste ses rivaux dans la forêt, et dangereux, à éviter.

Finalement, l'homme se leva, étendit ses bras faibles comme des ailes flétries, et sauta, en hurlant, dans le vide. Pendant un moment, il ressembla vraiment à un oiseau qui prend son envol, mais les vrais oiseaux piquent ou montent en flèche. Ils flottent. Les faux oiseaux tombent comme des pierres. Une fois en bas, il rebondit et atterrit dans le lit humide de la rivière qui sinuait le long du flanc rocheux.

Affamée, la femelle couguar envisagea de grignoter sa dépouille, mais elle préférait tuer elle-même ses proies. En outre, cet acte d'autodestruction la révulsait. Il n'y avait pas de honte à se recroqueviller quelque part pour mourir quand l'heure était venue. Il le fallait. Mais devancer ce moment était absurde. La violence scintillait chez les tueurs, irrationnelle et discordante. Des voleurs de lionceaux, tous. Des gâcheurs de vie.

De toute façon, elle savait que l'homme sans ailes avait sûrement été déchiqueté par sa chute. Un jour, elle avait chassé un cerf nerveux jusqu'au bord d'une falaise, d'où il avait bondi par mégarde dans le néant. Encore avide de chair fraîche, elle avait prudemment descendu le flanc de la montagne, et découvert une bouillie de sang, d'entrailles et d'os luisants dispersés, tout juste bons pour les corbeaux.

*

le fait que l'approche « hydraulique » de la condition parentale est désormais démodée, le fait qu'on n'est plus censé encourager ses enfants à se défouler, on est censé les serrer contre soi en permanence, ou du moins c'est que préconisent des psychologues de Yale si vos enfants sont malheureux, le fait que j'adore faire le Plier-Embrasser, mais c'est à peu près tout au niveau tendresse tactile, et je suis encore pire en public, PDA, timide, le fait que je pense que les enfants seraient effrayés si je me mettais soudain à les câliner toute la journée, et c'est alors qu'on aurait tous besoin de se défouler un peu, le fait qu'ils sont bien trop empotés et distraits pour qu'on les câline de toute façon, le fait que comment voulez-vous câliner un enfant qui joue aux jeux vidéo, le fait que c'est comme essayer d'attraper un chaton sauvage, même si la maman de James le câline tout le temps, le fait qu'il faut que j'arrête de l'appeler comme ça, le fait qu'elle s'appelle Fresia, *Fresia*, comme la fleur, le fait que je ne crois pas que ce lion pourrait être un couguar, parce que Ben a cherché sur Internet et cette espèce a quasiment disparu, le fait qu'elle a tellement disparu qu'on n'a plus besoin de la protéger, le fait qu'ils ne sont pas « menacés », ils ne sont tout simplement plus là, le fait qu'après que des gens ont signalé la présence d'un couguar, Ben a fait des recherches et dit qu'ils ont relevé une empreinte de patte de couguar dans le Connecticut l'année dernière, ce qui veut peut-être dire que le couguar existe encore, du moins dans le Connecticut, le fait qu'on les trouve en général près des principales rivières qui coulent dans les vallées, mais les gens les ont délogés, et maintenant ils doivent vivre dans les « greniers », c'est-à-dire les montagnes, les déserts et les marais, le fait que j'ai dit à Ben « Pas dans *notre* grenier, j'espère », le fait que ça serait effrayant, de découvrir un couguar dans le grenier, en train de se balancer dans le vieux rocking-chair, le fait que je n'avais encore jamais entendu parler de greniers en pleine nature, le fait que je suppose qu'on les appelle comme ça parce que les gens n'y passent pas beaucoup de temps, juste pour jeter des vieux trucs et déguerpir, le fait que les couguars ne craignent pas les terrains escarpés ou la chaleur, et peuvent donc vivre dans des endroits secs, ou des endroits humides, tous les endroits où les gens ne vont pas, le fait que les sommets rocheux du Montana sont des « greniers », mais on y trouve maintenant plus de lynx que de couguars, sol parcheminé, *la tragédie des terres arides*, le fait qu'en Arizona je ne sais pas, pont de Londres, le fait qu'il pourrait y en avoir quelques-uns dans les montagnes peut-être, en quête de rares iguanes, chère terre d'espoir, MagPump, culasse réglable, le fait que les lions des blasons sont rampant, dormant, saillant, passant, gardant, passant gardant, et gardant statant, mais pour ce couguar-là je ne sais pas, le fait que Maman et Papa n'ont jamais été très câlins, et ne s'embrassaient devant nous que lorsque Papa partait en déplacement, apposez votre signature ici, le fait que je crois que je pourrais économiser du temps et de l'énergie en faisant un gros câlin collectif aux quatre enfants une fois par semaine, mais ça ne semble pas très spontané, le fait que c'est surtout Abby que j'aurais aimé câliner davantage, patiner, pectine, et elle m'aurait laissée la câliner, elle, le fait que j'aimerais que Maman soit encore là, mais je me dis parfois que la personne avec laquelle j'aimerais passer du temps c'est Abby, parce que sa présence était si réconfortante, elle était si attentionnée avec moi, presque une mère de substitution, le fait que c'est ça qui me manque, sa stabilité et sa petite maison, les sandwiches le midi et le rituel de son ménage, le fait que même le papier peint imitation brique dans sa cuisine me manque, le fait que j'ai toujours trouvé ça ringard d'avoir un papier peint qui imite la brique, mais le sien était joli, le fait que je le regardais en mangeant et j'imaginais que je retirais les briques pour voir ce qu'il y avait derrière, le fait que nous devrions peut-être en mettre dans notre cuisine, pourquoi pas, mais je ne le ferai jamais, le fait que j'aimais juste la façon dont elle faisait les choses, le fait que c'était calme et agréable chez elle, tranquille, le fait que je vis dans le chaos et qu'elle vivait si proprement, et entre deux séances de ménage on prenait le temps de s'asseoir et de causer pendant que Hoag était au travail, tricoter, le bourdon du Bread Loaf, abeille industrieuse, le fait qu'elle parlait beaucoup et que je n'avais qu'à l'écouter, le fait que, à mes yeux, sa vie paraissait si paisible, même si ce n'était probablement pas le cas, le fait qu'elle avait des ennuis de santé et des soucis financiers, et peut-être des problèmes avec Hoag, au lit, le fait qu'elle l'a laissé entendre un jour, qu'il était, bon, qu'il se faisait prier, disons, le fait que je trouvais ça apaisant, le fait qu'il est rare de se sentir aussi acceptée, rare d'être aussi détendue, le fait que je me sentais parfois bizarrement nauséeuse, et je ne savais pas pourquoi mais plus tard j'ai compris que c'était dû à un sentiment d'ennui d'un genre particulier, qui s'empare de moi quand les gens parlent trop, le fait que j'éprouve ça avec Ronny aussi, tout le temps, le fait que les voisins d'Abby me faisaient également cet effet, mais ça valait la peine, vu la bonté et la compagnie rassurante d'Abby, le fait que j'aimerais pouvoir offrir un foyer aussi stable, le fait que ça demande du travail, et de l'énergie, un système, et ce n'est apparemment pas mon fort, le fait que quand son ami garagiste m'a demandé de sortir avec lui j'ai refusé, le fait que je crois qu'Abby a été surprise que je refuse, le fait que j'aimais bien son ami, mais je voulais juste rester avec elle et regarder la neige bleue au crépuscule par la porte de sa cuisine, le fait que la porte du fond fermait si parfaitement, le fait qu'il était marié de toute façon, le fait que j'ignore ce qu'Abby pensait de tout ça, le fait qu'elle devait juste se dire qu'on passerait une petite soirée innocente, mais moi j'avais peur qu'il se passe quelque chose si j'y allais, et je suis sûre que ça aurait choqué Abby, et fait des histoires, le fait que Cathy me fait un peu penser à Abby, le fait que je l'aime tellement, le fait que j'adore être avec Cathy, Marcia, le fait qu'on se fait toujours du souci pour ses enfants, à chaque seconde que Dieu fait, le fait que même avant qu'ils naissent on s'en fait pour eux, le fait que les gens vous prendraient pour une folle et une feignasse si vous ne vous inquiétiez pas sans cesse pour vos enfants, le fait que vous êtes censée aider vos enfants à faire des choses, leur parler dès le premier jour, et même avant, les allaiter, qu'ils le veuillent ou non, les sevrer, leur donner à manger à la cuiller, les changer, les nourrir pendant vingt ans, les habiller, ce qui coûte cher, les éduquer, jouer au ballon avec eux, les emmener nager et chanter et danser et faire du karaté, et en voyage et au restau et les câliner et les rassurer et négocier avec eux et les border dans leur lit et leur faire la lecture pendant deux heures le soir et leur apporter un verre d'eau et leur sauver la vie en permanence, et si vous ne faites pas tout ça vous êtes une moins-que-rien, le fait qu'une chose est sûre, quoi que vous fassiez ça ne suffit pas, faites une seule erreur et vous le paierez, sieste, euphorie, parce que tout le monde se croit autorisé à vous menacer et vous critiquer et vous humilier, à la télé, dans les livres, aux réunions parents-profs, sur Internet, et même au supermarché, Jake torse nu, le fait qu'ils croient tous savoir mieux que vous, *Je ne sais pas mais eux si*, par exemple la façon dont vos enfants seront traumatisés par ceci ou cela, trop ou trop peu d'attention, d'exercice, de nourriture, de médicaments, de protection, de hobbies, d'amis, tout, mais et si c'était le contraire, et que c'était nous les *mamans* qui sommes traumatisées, commotionnées, abîmées, affamées, opprimées, par tout ce qu'on doit faire, cette immense tâche ingrate, le fait que je crois que ça rend folles certaines mères, la plupart même, le fait que, il faut bien se rendre à l'évidence, nous sommes presque toutes dans un sale état, PTSD, PMT, HRT, HIPAA, guêtres, capucines, Ground Round Grill and Bar, le fait que cela dit les enfants sont réellement traumatisés aujourd'hui, et qu'ils ont besoin de câlins, depuis que l'école a fermé après qu'on a signalé la présence d'un couguar, une fois de plus, le fait que c'est fréquent ces derniers temps, ça devient presque une plaisanterie, le fait que ce n'est pas pratique pour moi, le fait que des couguars soient en liberté, parce que je dois laisser les poules dans leur cabane et les chats dans la maison, les enfants aussi, et je dois quand même faire des tartes, le fait que tous les enfants dans l'est de l'Ohio ont dû rentrer chez eux aujourd'hui, tout ça parce que quelqu'un a cru voir un couguar près d'Ashtabula, franchement, le fait que je trouve que les mères qui travaillent sont encore plus effrayantes que des couguars, Mamans Tigres, parce qu'elles sont furieuses de devoir quitter leur travail et foncer chez elles et s'occuper de tout le monde, le fait qu'ils ont aperçu l'autre jour un *autre* félin, un lion d'Afrique, sur un campus universitaire dans le New Jersey, et tout l'endroit a fermé, le fait que je ne sais plus si c'était Rutgers ou peut-être Montclair, le fait qu'il s'était échappé d'un zoo, le fait que bizarrement les étudiants et les parents n'ont eu aucune information pendant des heures, comme après une tuerie, ♫ *On ferme, on ferme, on ferme la porte* ♫, le fait que c'était comme si les autorités craignaient que le lion en cavale pirate des téléphones et obtienne des infos sur sa traque, le fait que les pauvres étudiants sont restés confinés dans leurs dortoirs ou leurs salles de classe et que les pauvres parents n'ont pas su si leur enfant avait été déchiqueté ou pas, *pendant des heures*, le fait que je veux dire que les parents n'ont rien su pendant des heures, pas que leurs enfants ont été *déchiquetés* pendant des heures, le fait que personne ne s'est fait déchiqueter, chic, chique, chicot, dentiste, Dante, cercle, encerclé, et au final ils l'ont attrapé, le fait que ça n'a même pas pris beaucoup de temps, le fait que, mince alors, Jésus de Philadelphie, comme si les tueurs dans les lycées et sur les campus et dans les cinémas et dans les boîtes de nuit et les restaurants ça ne suffisait pas, sans parler des employés mécontents et des terroristes domestiques et des terroristes étrangers, le fait que maintenant on doit avoir peur des *animaux sauvages*, et des types armés qui les traquent, Lopéz Pérez, le fait que quand ce couguar, ou un autre couguar, allez savoir, a été aperçu près du Lincoln Park Zoo il y a quelques semaines, ils ne savaient pas s'il s'était échappé du zoo, ou si c'était un animal sauvage égaré, greniers de Chicago, le fait qu'ensuite il a disparu, le fait qu'ils ne l'ont jamais attrapé, du coup les gens sont devenus parano et ont commencé à voir des félins partout dans Chicago, des couguars, des panthères, qui couraient partout, pfff, le fait que des gens ont dit l'avoir vu sur Michigan Avenue et à Chinatown, le fait qu'il aime peut-être les raviolis et le canard laqué, Dr DeBoer, le Wesley Memorial Hospital, le fait que le nombre de crimes commis avec des armes à feu à Chicago a *doublé* parce que ce fauve effrayait tout le monde, et ils sont tous lourdement armés, le fait que le nombre d'accidents mortels a battu le record d'un 4 Juillet, le fait qu'on a signalé des couguars à Winnetka et à Evanston aussi, et à Milwaukee, le fait que ce fauve se balade sacrément, si c'est bien le même, le fait qu'on l'a aperçu à peu près partout dans le nord-est de l'Ohio, le fait que c'est peut-être une forme d'hystérie nationale, déclenchée par le ras-le-bol de Trump, le fait que si on ne fait pas attention il va déclarer l'État d'urgence, austérité, Austen, Emma et Mr Knightley, Colin Firth, le prince Charles qui parle aux plantes, David Attenborough, le fait que Trump n'a fait jusqu'ici aucun commentaire sur ce couguar, sauf quelques vannes sur les « féroces démocrates », le fait qu'il doit croire que les démocrates ont relâché ce fauve exprès, le fait que la police est sur les dents, et tire sur tout ce qui a quatre pattes, le fait que même un petit chariot rouge, sorti de derrière un buisson au mauvais moment, s'est fait cribler de balles, « Ssssuper ! », le fait que désormais les enfants ne doivent pas sortir à cause des flics, pas à cause du couguar, le fait que je suis sûre qu'ils font de leur mieux, mais on dirait des flics hystériques du style Fatty Arbuckle par ici, avec les sirènes qui hurlent partout, le fait qu'il y a eu quelques carambolages aussi, le fait qu'une pauvre vieille en fauteuil roulant s'est fait tirer dessus à Akron, en essayant d'aller à l'épicerie, non mais franchement, le fait que quelqu'un a pris sa progression sinueuse sur le parking pour les mouvements furtifs d'un gros félin, le fait qu'on a l'impression qu'ils ont tiré sans même réfléchir, mais heureusement ils l'ont ratée, le fait que quand elle a crié ils se sont aperçus que ce n'était pas un couguar, même si les couguars crient eux aussi, comme le léopard dans *L'Impossible Monsieur Bébé*, le fait que les gens tirent avant même de savoir sur quoi ils tirent, le fait que, bon sang, on dirait la roulette russe, juste se rendre à l'épicerie, le fait que ce n'est pas une manière de traiter une vieille dame, le fait que, enfin quoi, sérieusement, ça ne devrait pas arriver en Amérique, le fait que l'écureuil de Cy Young Park ferait mieux d'être prudent, parce qu'ils tirent sur tout ce qui bouge, Nickel Mines, Cy Young, Hy-Vee, Bed-Sty, vidéos YouTube, regardez-moi ça, le fait qu'ils cherchent ce félin partout, en hélico et sur les routes, le fait que les gens ne doivent pas s'en approcher *car tu marches sur mes rêves*, non, parce qu'il peut être affamé et agressif si on l'accule, le fait que je n'ai pas vraiment l'intention de m'approcher d'un couguar aujourd'hui de toute façon, si je peux l'éviter, peut-être demain, le fait qu'aux infos ils s'interrogent sur sa provenance, vu que le couguar a officiellement disparu, le fait qu'il s'est peut-être échappé d'un zoo domestique, ou alors il appartenait à quelqu'un, parce qu'il n'a pas l'air d'avoir peur des humains, le fait qu'on n'a pas idée du genre d'animaux que les gens gardent chez eux, le fait que les gens ne se contentent pas d'avoir des chats, des chiens, des souris, des hamsters et des cochons d'Inde, le fait qu'ils veulent tous des iguanes et des tarentules aussi, le fait que ça rend l'Ohio assez dangereux, en plus des armes à feu et des loups apprivoisés partout, *et* de notre eau potable polluée, le fait que de temps en temps un python remonte par les égouts, ou alors un éléphant débarque sans prévenir, dans un magasin de porcelaine, le fait que ça serait marrant d'apprendre que quelqu'un a un *éléphant* dans notre rue, Babar, Flora, le fait qu'il y avait un gros bébé habillé en éléphant à la fête d'Halloween de l'école l'an dernier, gris pâle avec une trompe et des défenses, et de grosses pattes rondes, on voyait juste la tête du bébé, le fait que comment doit-on réagir face à un couguar, le fait que est-ce que c'est la même chose que face à un agresseur des années soixante-dix, genre vous lui donnez un coup dans la pomme d'Adam, vous lui pincez l'intérieur de la cuisse, le fait que si le couguar fait un come-back je vois mal comment Gillian va faire la Course indienne de la boue, le fait que c'est l'enfant qui aime le plus sortir qu'on ait ici, sauf aujourd'hui, parce que même elle n'a pas envie de se faire dévorer par un gros chat, même pour s'occuper de ses carottes, le fait que quelqu'un a dit qu'il avait connu une fille « près des légumes là-haut », le fait que Ben essaie de faire pousser des cives, le fait que l'an dernier Jake a piqué toutes les carottes de Gillian en une après-midi, le fait qu'il les a mangées à peine sorties du sol, un truc que ne ferait jamais Gillian, le fait qu'elle aime peut-être la boue mais que la terre la hérisse, le fait qu'elle était dans tous ses états quand elle a appris qu'on faisait pousser les légumes dans la terre, mais elle a fini par s'y faire, Un Diamant Découvert Sur Une Courge, Mound City, le fait qu'elle doit penser qu'il y aura plein de boue lors de la Course indienne de la Boue, mais je crois qu'elle va être déçue, le fait que je ne pense pas que ce soit pour ça que ça porte ce nom, le fait que je crois que ça s'appelle comme ça juste pour insulter les Amérindiens, le fait qu'en plein été le sol est en général tout craquelé et sec sur ces sentiers, même s'il y a des obstacles impliquant de l'eau, autour desquels du coup on doit trouver de la boue, frotter, le fait que Gillian adore enfoncer ses orteils dans de la boue bien liquide, le fait que c'est son truc préféré, et elle faisait aussi des tartes à la boue, le fait qu'il y a chez Gillian un côté sale qui ne demande qu'à s'exprimer, enquiquineuse, le fait que les autres gosses la traitent d'enquiquineuse mais ils ont tort, le fait que je crois qu'ils l'appellent comme ça parce qu'il *faut* qu'il y ait un enquiquineur dans chaque famille, tout comme il doit y avoir un cafteur et un monsieur je-sais-tout et un petit chef, le fait que je pense que ces surnoms tournent, en fait, révolution, orbite, hybride, acné, le fait qu'un des avantages d'avoir quatre enfants c'est que je n'ai pas besoin de les critiquer, parce qu'ils s'en chargent pour moi, le fait qu'ils se surveillent entre eux, peut-être un peu trop, Kleenex, Chuck, mardi, le fait que j'ai parlé à Gillian de la vieille dame qui avait retrouvé son solitaire sur une courge spaghetti dans son potager, le fait qu'elle l'avait perdu il y a vingt-cinq ans, et voilà qu'il réapparaît sur la tige d'une courge difforme, le fait qu'elle l'avait jeté accidentellement des années plus tôt, avec les épluchures de patates, et il a fini par se retrouver sur la courge, et a réapparu sous ses yeux, le fait que c'est une récompense quand on fait pousser des légumes, le fait que c'est marrant de penser qu'un diamant puisse vivoter dans un potager, et ressurgir pile devant son propriétaire, le fait que c'est comme la blague de l'escargot sous le porche qu'on jette dans le jardin et un an plus tard il réussit à revenir sous le porche et gratte à la porte et dit « Non mais ça va pas ou quoi ? », le fait que Maman a perdu le diamant de sa bague de fiançailles, le fait qu'elle a cru voir un bout de verre sur le sol de la cuisine et l'a jeté, et plus tard elle a réalisé que le diamant n'était plus sur sa bague, le fait que son diamant n'est jamais revenu, mais Papa en a fait mettre un autre plus tard, le fait que si ça trouve c'est ça qui la perturbait quand je suis descendue tout euphorique après ma sieste, le fait qu'elle venait peut-être tout juste de s'apercevoir qu'elle avait perdu son diamant, ce jour-là, courge spaghetti, me doucher avec Leo sur Tangier Island, le fait qu'il existe un film de Disney sur un lion échappé qui erre en ville, puis se fait abattre, le fait que c'est tout ce dont je me souviens de ce film, le fait que j'ai détesté ce film, d'abord parce qu'il était interminable et ensuite parce que le lion se faisait tuer, le fait qu'un dentiste est allé récemment en Afrique et a abattu un lion célèbre dans une réserve pour safari, le fait qu'il s'appelait Cecil, le lion, pas le dentiste, le fait que le dentiste ne savait pas que ce lion était *protégé*, le fait qu'il voulait juste tuer un lion et qu'il a tué accidentellement un lion célèbre, pas de chance, le fait qu'il se fait tout le temps arrêter parce qu'il tue des animaux qu'on n'a pas le droit de tuer, le fait qu'il doit sûrement aimer détartrer les dents aussi, Crest, Colgate, Leo, sucre, caries, fluor, framboises, farine de maïs, gingembre, le fait qu'on pourrait croire que les enfants vont s'ennuyer, consignés chez eux avec leur maman, mais ils sont ravis d'avoir du temps libre, du moins pour l'instant, le fait que j'ai vraiment beaucoup d'enfants, et je n'ai pas l'habitude de les avoir tous ici en semaine, alors que j'ai des tartes à faire, le fait qu'ils ont tous des envies et des désirs différents, le fait que j'ai l'impression d'être une pionnière qui fait l'école à domicile, et s'occupe de quatre groupes d'âges différents en même temps, un enfant par niveau, tous dans la même pièce, le fait que dans un pays, je ne sais plus lequel, les enfants ne vont à l'école que quelques heures par jour et s'en portent très bien, le fait qu'ils n'ont pas de devoirs à faire chez eux non plus, et pourtant ce sont les enfants les mieux éduqués au monde, selon quelqu'un, le fait que je ne sais plus de quel pays il s'agit, le Luxembourg ou la Lettonie, la Lituanie, ou la Slovénie, ou l'Estonie, le fait que ça doit être le printemps parce que les icebergs vêlent, le fait que quelqu'un a fait cette blague aux infos, le fait que je doute que Stacy ait trouvé ça drôle, le fait que Ben et Gillian se sont lancés dans un concours de dessin, le fait que j'ai juste envie de les regarder, mais je dois caraméliser des pommes, le fait que je suis censée choisir le gagnant dans une minute mais j'essaie de gagner du temps, le fait que si on était dans un livre de Laura Ingalls Wilder, ils pèleraient les pommes pour moi, et ça les ferait râler, mais ils sont tellement heureux quand ils dessinent, alors pourquoi les embêter, le fait que la cuisine est calme en ce moment, et ça, ça vaut un million de Pink Ladies nues, le fait que je devrais peut-être me procurer un éplucheur automatique, mais il n'y a plus de place pour d'autres machines sur le plan de travail, ni dans l'office, le fait qu'on n'a pas de quoi en acheter une autre, coquetiers blancs, le fait que de toute façon qu'est-ce que je ferais d'une nouvelle machine bruyante, le fait qu'on a déjà le lave-vaisselle, le sèche-linge, la ventilation du four, le mixeur, l'extracteur de jus, AC, TV, sèche-cheveux, radio, ordinateurs portables, Gameboy, l'aspirateur, et la tondeuse à gazon, sans parler des enfants, le fait que techniquement ce ne sont pas des machines, mais ils font vraiment beaucoup de bruit, automates, distributeurs automatiques, coin repas, le fait que la plupart de nos voisins semblent avoir des souffleuses à feuilles et des souffleuses à neige, ou du moins leurs employés, le fait que ratisser les feuilles était autrefois une sorte d'activité contemplative, mais maintenant c'est juste l'horreur, et leurs souffleuses à feuilles m'empêchent de passer le râteau, quand j'essaie de le faire, le fait qu'en général je laisse le vent s'occuper de nos feuilles, le fait que Tante Cordelia ramasse les feuilles dans *La Route sauvage*, pour oublier qu'elle a revu son premier amour et que Julie l'a insultée, Chuck, la diatribe de Ronny sur les sacs poubelles pleins de feuilles, le fait que je ne me vois pas aller dire aux voisins d'arrêter avec leurs souffleuses, le fait qu'ils pensent peut-être que ça les protège de la maladie de Lyme, souffler les feuilles, je veux dire, le fait que certaines personne disent la maladie *du* Lyme mais je crois que c'est *de* Lyme, le fait qu'ils sont prêts à vous tirer dessus si vous vous approchez de leur maison, s'ils se sentent menacés, le fait qu'un écolier est allé sonner chez des gens pour demander son chemin et le type lui a tiré dessus, le fait qu'il était noir, l'enfant, pas le type de la maison, le fait que le garçon est parti en courant, le fait qu'on m'a crié dessus juste parce que j'avais déplacé leur saleté d'arroseur automatique sur le trottoir, afin que Jake puisse passer en trottinette, tireur, pilleur, le fait que je déteste ces sèche-mains assourdissants qu'on trouve dans les toilettes publiques aujourd'hui, le fait que je ne comprends pas pourquoi on a le droit d'enfreindre les lois fédérales sur les nuisances sonores juste pour se sécher les mains, le fait que Leo dit qu'ils diffusent de la matière fécale partout dans l'air des toilettes, mais ça ne semble gêner personne, le fait que je me sers toujours de serviettes en papier mais on est quand même obligé d'inhaler de la matière fécale et d'écouter tous les gens qui se servent des sèche-mains électriques, le fait qu'on ne peut pas se boucher les oreilles quand on se sèche les mains, pansement, le fait que je pourrais peut-être me mettre des boulettes I ♥ U dans les deux oreilles, juste quand je vais aux toilettes, et peut-être ici dans la cuisine aussi quand tous les enfants sont là, même s'ils sont gentils et calmes en ce moment, et qu'Alec Baldwin et Meryl Streep se soûlent dans la cuisine à New York, le fait que où est passé Casey Jones, *un homme qui est mort pour les autres*, le fait qu'il paraît que les êtres humains sont foncièrement bienveillants, parce que quand il se passe des choses comme l'ouragan Katrina tout le monde se serre les coudes, s'entraide, et ça prouve que nous sommes foncièrement une « espèce coopérative », le fait que j'espère qu'ils ont raison mais, bon, les nazis s'entraidaient également beaucoup, et IBM les a aidés également, le fait que les nazis ont formé une communauté et exterminé des tas de gens, le fait que, bon sang, pour ça ils ont bien su coopérer, collaborer, collabo, le fait que les foules qui lynchent savent elles aussi coopérer, populace, et les foules coopèrent pas mal, le fait qu'une bande d'Hindous ont tabassé à mort un musulman en Inde parce qu'il avait volé des vaches, et quand la police est arrivée ils ont juste arrêté d'autres musulmans qui avaient volé des vaches, camps de concentration, viol, WMD, chasses aux sorcières, le fait qu'être une espèce coopérative peut être soit un succès soit un échec, le fait que ça ne me démange plus, au doigt, *Sam I Am*, le fait que ces tartelettes ont été un succès, dit Cathy, le fait que ça fait du bien, je dois l'avouer, même si c'était son idée, voiturette, le fait que je pense qu'elles s'inspirent de la tarte Tatin de mariage aux poires qu'elle a engloutie, Minnehaha, *Le Dernier des Mohicans,* le fait que je dois dire à Cathy que je livrerai plus tard, à cause des enfants, le fait que je me demande quand je trouverai même le temps de l'appeler, le fait que Ben et Gillian réclament qu'on les départage pour leur concours de dessins, le fait que je ne peux plus gagner de temps, le fait que je leur ai déjà dit d'ajouter des détails, plusieurs fois, le fait qu'ils vont bientôt percer à jour ma piètre ruse, le fait qu'ils ont dû en ajouter beaucoup trop, le fait que ça va être impossible de reconnaître quoi que ce soit, et ça les énerve toujours, *Pas si simple*, le fait qu'ils pensent que leurs dessins sont hyper précis, le fait que cette fois c'est des couguars, mais je ne vois aucun félin dans leurs dessins, le fait que, oh non, maintenant ils m'en veulent parce que je pose des questions, le fait qu'ils réagissent comme si je demandais à un poète d'expliquer son poème, *Tigre, tigre, brûlant brillant,* le fait que je vais appeler Cathy, lui expliquer pour les tartes, le fait que, super, elle dit que ce n'est pas grave, fauve, clients, Art, BOB, présence policière, ami, mari, caravane, voiture, amende, ciao, le fait que, oh mon Dieu, je n'y crois pas, le fait que d'où ça sort, zut, flûte, but, le fait que je ne, le fait qu'elle l'a dit jovialement en plus, presque comme si ce n'était pas grave, waouh, le fait que j'apprécie qu'elle se confie à moi, le fait que ça lui est peut-être revenu comme ça sans raison, lion, et elle a ressenti le besoin d'en parler, oh mon Dieu, pauvre Cathy, ça alors, le fait que c'est peut-être la peur du lion des montagnes qui a remué tout ça en elle, la part du lion, voiture, fusil, la caravane avec le drapeau confédéré au sommet, le fait que comment je vais faire des tartes maintenant, alors que je suis en pleurs à cause de ce qu'a vécu Cathy, le fait qu'elle n'en avait encore jamais parlé, une *fusillade*, le fait que son amie est morte, oh, oh, non, portière, Cathy accroupie derrière, le fait qu'elle dit que maintenant ça va, le fait que c'était il y a vingt ans, mais rien que d'y penser, le fait que c'est effrayant, le fait que je ne connais personne d'autre qui ait vécu quelque chose d'aussi grave, le fait que je ne crois pas, mais qui sait, le fait qu'au moins elle a survécu, Cathy, pas son amie, waouh, oh non, le fait que voici, bon, complexité, lion, couleurs, complexité, le fait que bon, bon, là je dois juger le concours de dessins, le fait que je décerne le prix de la complexité à Gillian et celui de la couleur à Ben, le fait que les prix étaient des madeleines au chocolat, le fait que maintenant ils dansent dans la cuisine avec, en criant, le fait qu'ils ont fait fuir Frederick de sa chaise, Cathy, pauvre Cathy, et maintenant Ben s'est cogné l'orteil, le fait que Stacy en a eu une aussi, de madeleine, pas d'orteil blessé, le fait qu'elle a eu la sienne parce qu'elle n'a pas sauté partout comme une folle, le fait que Ben essuie courageusement ses larmes, le fait qu'il n'a rien, mais moi alors, le fait que ça me touche vraiment qu'elle me l'ait dit, je veux dire Cathy, le fait que jamais je n'aurais pu deviner qu'une telle chose lui soit arrivée, mais elle dit que ce genre de choses arrive tout le temps, le fait que, quand même, je trouve ça horrible ce qui lui est arrivé, à elle et à son amie, le fait que c'est dans ces moments-là que les choses deviennent personnelles, le fait qu'heureusement Ben et Gillian ne pensent qu'au couguar en liberté, et n'ont donc même pas remarqué que je pleurais, oh pauvre Cathy, le fait qu'ils viennent d'annoncer aux infos que les enfants pourraient retourner à l'école demain, mais ils veulent que les parents les accompagnent en voiture, le fait que je ne sais pas si ça inclut les enfants qui prennent le bus scolaire, le fait que je vais devoir passer une heure à vérifier, ou alors Ben pourrait le faire, le fait que les annonces publiques ne sont jamais assez claires, le fait qu'un bus est plus sûr qu'une voiture, à mon avis, face à un lion en tout cas, je veux dire qu'un bus est plus gros, et l'union fait la force aussi, peut-être, même si je doute que les lions attaquent les voitures, le fait que je suis d'accord qu'ils ne doivent pas y aller à pied, les enfants, pas les lions, le fait que ce couguar devrait retourner immédiatement d'où il vient, zoo ou cirque, et nous laisser en paix, le fait que je n'arrive toujours pas à y croire, pour Cathy, le fait qu'elle a dit qu'aujourd'hui Blanche aurait demandé une surveillance policière, assistance civile, soutien moral, renfort policier, mais pas à l'époque, le fait qu'elle avait trop peur pour y aller seule, le fait qu'elle venait juste de quitter ce type, son mari, et elle avait besoin de récupérer ses affaires, alors Cathy l'a accompagnée, le fait qu'elles comptaient prendre un café et des beignets après, oh mon

Dieu, du café et des beignets, pour fêter ça, le fait qu'il avait déjà été violent par le passé, et je suppose que c'est pour ça qu'elle le quittait, le fait qu'elle a cru qu'il ne tenterait rien en présence de Cathy mais, bon sang, comme elle se trompait, le fait que Cathy a eu de la chance de ne pas se prendre une balle, chutes de Paterson, tarte aux cerises aigres, le fait qu'il avait une vieille caravane toute cabossée derrière la maison, pleine de trucs, avec un drapeau confédéré qui flottait au sommet, je ne sais pas pourquoi, le fait que quand elles sont arrivées il est sorti de la maison et s'est rendu dans sa caravane, le fait que Cathy est restée dans la voiture, je crois, pendant que Blanche allait récupérer ses affaires, le fait qu'elles ont chargé la voiture et qu'elles étaient sur le point de partir quand le mari est sorti de la caravane avec un fusil et s'est mis à crier, tirer, oh mon Dieu, le fait que Blanche a essayé de le calmer, mais ça n'a pas marché, le fait que le plus effrayant c'est qu'il a d'abord tiré sur Cathy, comme s'il se servait d'elle, de la vie de Cathy, comme exemple pour Blanche, pour prouver qu'il ne rigolait pas, le fait qu'heureusement Cathy n'a pas été touchée, le fait qu'elle s'est baissée et qu'elle a fait la morte, le fait que comment sait-on faire le mort dans ces situations, le fait que est-ce que c'est instinctif, ou une réaction acquise, bref, le fait que les écoliers le font pendant les fusillades, et le garçon à Gnaddenhuten l'a fait, le fait que les enfants jouent tout le temps à faire le mort, et les gens apprennent même à leur chien à faire le mort, le fait que ça semble souvent marcher, selon que le tueur est méthodique ou pas, parce que certains viennent vérifier que le travail est fait, et tirent une deuxième fois sur leurs victimes, le fait que ça doit être horrible de se prendre une balle quand on fait le mort, le fait que quoi qu'il en soit il y a eu d'autres coups de feu, et juste après, Blanche et son mari gisaient morts sur le sol à côté de la voiture, « Jésus Marie Joseph », le fait qu'il a abattu Blanche puis s'est suicidé, le fait qu'il l'a atteinte à l'abdomen, et elle est morte en se vidant de son sang, s'est éteinte, éteindre, les maux de Davina Beebee, le fait qu'ils étaient séparés, le fait qu'au moins Frank n'a jamais essayé de m'abattre, même s'il pouvait se montrer brutal, le fait que le mari de Blanche était une vraie brute, le fait que Cathy l'a qualifié de « foutu lâche » au téléphone à l'instant, et en général elle ne parle pas comme ça, le fait qu'ils aiment dire qu'ils contrôlent les petites brutes à l'école mais est-ce vrai, le fait qu'ils essaient peut-être davantage qu'avant, « Nous redoublons d'efforts », le fait que le harcèlement en ligne est pire encore, le fait qu'on pousse des jeunes au *suicide*, juste pour s'amuser, Avis, Hertz, et impunément, le fait que c'est quelque chose d'horrible, le fait que le principal intérêt d'avoir un mari ça devrait être qu'il vous masse le dos, pas qu'il vous massacre, le sens de la vie, les Choses de la Vie, Peolia College, racines d'arbre, Abby, tapis en lirette, le Country Shoppe, le bourdon du Bread Loaf, les lacs jumeaux de Crimson, le fait que Cathy a dû se pencher et faire la morte, oh mon Dieu, Cathy, le fait qu'elle était vraiment une cible facile dans cette voiture, le fait qu'il aurait pu facilement la tuer, et il a bel et bien essayé, sans raison, sans raison aucune, le fait que comment a-t-il osé, le fait que maintenant je suis en colère, le fait que comment quelqu'un a-t-il osé tirer sur mon amie, veillée aux bougies, le fait que je ne sais pas comment elle réussit à être aussi gaie, le fait qu'elle fait la joie de tout le comté de Tuscarawas avec ses petits plats, et de son père aussi, et Art, et Marcia, le fait que tellement de gens dépendent de Cathy, moi y compris, le fait qu'en plus du traumatisme ça a dû être horrible de perdre son amie comme ça, le fait que c'est déjà dur quand quelqu'un fait une crise cardiaque et qu'on ne peut pas lui dire adieu, mais si la personne est assassinée et que vous êtes témoin de son assassinat, et que vous ne pouvez pas la sauver et que vous êtes obligé d'assister à toute la scène, en ayant peur pour votre propre vie, le fait que, ma foi, c'est juste horrible, c'est comme Rathbone lors de l'assassinat de Lincoln, le fait qu'elle avait des sanglots dans la voix quand elle m'a raconté ça, pendant un court instant, mais pas comme moi, le fait que, regardez-moi, le fait que je suis une épave, à sangloter dans la salle de bains, femmes en pleurs, Mamie, le fait que je crois qu'elle doit sentir qu'on est de bonnes amies maintenant sinon elle ne m'aurait rien raconté, Sand Creek, « Sweet Fanny Adams », le fait que Fanny Adams était juste une gamine, et elle a été assassinée, en Angleterre, en 1867, le fait que c'est un type du coin qui a fait ça, le fait qu'il l'a vue passer et il l'a agressée et découpée en morceaux, une gentille petite fille, huit ans à peine, Gillian, Ben, mon opération du cœur, le fait que comment a-t-il pu, comment qui que ce soit peut-il en arriver à faire une chose aussi horrible, horrible, le fait que d'y penser n'aide pas, le fait que maintenant je pleure pour Fanny Adams aussi, le fait que les mamans essaient toujours de bien s'occuper de tout le monde, jour après jour, et puis un homme débarque et fait une chose pareille, le fait que bien sûr pas tous les hommes, mais certains, le fait qu'il y a des hommes qui violent des enfants de dix ans, cinq ans, un an, ou qui tuent des gens sans raison, horrible, horrible, le fait qu'on n'est pas censée rester mariée *jusqu'à ce que mort s'ensuive*, le fait que le mariage est censé être volontaire, le fait qu'il y a une chanson qui s'appelle « Sweet Fanny Adams », le fait que les gens écrivent des chansons sur tout, j'imagine, comme celle-ci, ♫ *By the banks of the Ohio* ♫, le fait qu'il l'a agressée dans la rue et qu'il a fait d'elle ce qu'il voulait, sans se soucier de qui elle était, ou de ce que ressentirait sa famille, la maman, qui l'a portée et s'est occupée d'elle et l'a aimée pendant huit ans, le fait que ça vous rend complètement malade parfois, le fait que je me sens vraiment nauséeuse, brisée, syndrome du cœur brisé, le fait que je ne vois pas comment je vais pouvoir faire la cuisine après ça, le fait que je dois vite penser à autre chose, sinon les enfants vont se douter de quelque chose, le fait que là ils sont en train de se disputer pour savoir à quel jeu jouer, « na na na na », dans mes jupes, le fait que est-ce qu'ils ne voient donc pas que je suis toute retournée, en train de retourner des tartes, le fait que j'essaie de ne pas craquer complètement, le fait que les avoir à la maison en journée me rend en fait un peu patraque même quand ça se passe bien, le fait que je crois que j'associe ça à l'idée qu'ils soient malades, et quand ils sont malades pour de bon je ne me sens pas bien, le fait que là ils ne sont pas malades, ils sont juste à la maison, le fait que je ne sais pas pourquoi Cathy m'a raconté tout ça aujourd'hui, le fait que c'est sorti comme ça, et maintenant je ne me souviens pas de quoi on parlait avant qu'elle me raconte ça, non, le fait que je ne me rappelle vraiment pas comment c'est venu, BOB, oui, le fait qu'elle me parlait de son sac étanche, le fait que c'est peut-être pour ça qu'elle est devenue survivaliste, le traumatisme de se faire tirer dessus, le fait que maintenant elle est fin prête à réagir à tout moment, le fait qu'elle se sent peut-être en permanence sur la brèche, et moi qui ne me doutais de rien, pauvre Cathy, le fait que tout ce temps je la voyais juste comme une personne gentille et optimiste, une femme d'affaires efficace, très efficace, qui nourrit toute la communauté, heureuse, le fait que je suis tellement gênée maintenant, de n'avoir pas deviné qu'elle avait vécu une chose pareille, le fait que dire que j'ai pu l'ennuyer avec mes histoires, mes petits problèmes, Stacy et tout ça, le fait que qui suis-je pour estimer, bon, je veux dire en privé, juste devant Léo, qu'elle perd son argent et son temps avec le survivalisme, le fait que qu'est-ce que j'en sais, le fait que je devrais juste m'occuper de tes oignons, je veux dire de *mes* oignons, mes affaires, le fait que je suis juste déçue peut-être, de découvrir que derrière toute cette efficacité Cathy a peur comme tout le monde, apeurée, pleutre, le fait que Gillian court maintenant après Ben dans la pièce, le fait qu'il y a une dispute en cours, le fait que les petits plats de Meryl Streep manquent à Alec Baldwin, et je ne me sens pas bien, Fanny Adams, Cathy, le fait que j'aimerais pouvoir en faire davantage pour Cathy, « Lessive le lundi, repassage le mardi, couture le mercredi, baratte le jeudi, s'occuper de Cathy le vendredi », le fait que je pourrais peut-être l'emmener déjeuner au restau, quelque part, sauf que la meilleure cuisine c'est au Shoppe, le fait que les enfants se disputent, le fait que je pourrais peut-être supporter tout ça, les maladies et les accidents, les bouderies, les disputes, les humeurs, la période questions indiscrètes, même le Mépris Silencieux, si seulement je pouvais dormir un peu plus, le fait que regardez-les, le fait que je vais devoir les séparer, et ils jouaient si gentiment avant, le fait que les enfants sont vraiment des animaux sauvages, on dirait des bébés tigres qu'on garde à la maison, des éléphants dans un magasin de porcelaines, glaces à l'eau, le fait que les glaces à l'eau sont peut-être la solution, le fait que quelle mauvaise mère, et quelle amie inutile, le fait qu'elle me raconte cette histoire horrible et moi tout ce que je me demande c'est combien de glaces à l'eau je peux fourrer dans le gosier de mes gosses, mais combien il nous en reste dans le congélo, le fait que les enfants ne cessent de ramener votre vie aux fondamentaux, aux glaces à l'eau, le fait que personne ne vous dit jamais ça, quand vous prenez la décision d'avoir des enfants ou pas, le fait que personne ne vous dit combien c'est interminable et ennuyeux et bête, et, le fait que rien que faire franchir le seuil de la maison à un enfant chaque matin est un immense exploit, et une sacrée épreuve, un événement traumatique, pas de l'ordre de celui vécu par Cathy mais quand même, le fait qu'ils en veulent toujours plus aussi, faveurs, « S'il vous plaît, monsieur, j'en veux encore », et s'ils n'obtiennent pas ce qu'ils veulent ils piquent une crise, « le tireur a piqué une crise », criblé, Fanny Adams, déchiqueté, le fait qu'un enfant de dix ans à Marietta vient de tuer sa sœur parce qu'elle refusait de lui passer la télécommande, le fait qu'il est allé chercher une arme et qu'il lui a tiré une balle dans la nuque, le fait que Ben veut Power Grid pour son anniversaire, le fait que vous devez décider comment apporter l'électricité à des villes, ou quelque chose comme ça, le fait que je trouve que ça coûte trop cher, mais nous céderons sûrement, le fait que c'est peut-être éducatif comme jeu, le fait que je parle comme Erica, le fait qu'au moins mes enfants ne font pas de crise comme Charlie Hawthorn dans un des livres de la série *La Petite Maison*, je ne sais plus lequel, quand il se fait piquer par des abeilles, le fait que je ne saurais pas gérer des crises, et je pense qu'ils s'en doutent, le fait que je suis contente qu'ils n'aient jamais regardé le feuilleton *La Petite Maison* à la télé, parce que c'est mauvais, dans mon souvenir, le fait que je pense que les petits enfants se comportent de manière générale comme s'ils étaient soûls en permanence, Meryl Streep, avec leur exubérance, leurs bêtises, leur confusion et leurs crises de larmes, et mes crises de larmes à moi alors, le fait qu'il suffit que les adultes boivent du café ou de l'alcool, prennent des médocs, apprennent une mauvaise nouvelle, pour qu'ils se comportent à peu près comme des enfants, le fait que Julie grandit trop vite dans *La Route sauvage*, je crois, je veux dire du point de vue de Gillian, le fait que même son père le dit, le père de Julie, pas celui de Gillian, « Je me souviens d'elle près des légumes là-haut », le fait que certaines semences peuvent attendre deux mille ans avant de commencer à germer, le fait qu'elles restent là pendant deux mille ans, à attendre les bonnes conditions, David Attenborough, le fait que Gillian a laissé tomber à la moitié, la moitié de *La Route sauvage*, pas la moitié de la germination, le fait que le mot « propitiatoire » ne l'a pas gênée mais elle n'a pas aimé quand Julie devient hyper sérieuse en tout, le fait que je trouve qu'elle est sérieuse depuis le début, trop sérieuse, mais je vais continuer quand même, en souvenir du bon vieux temps, et aussi parce que j'ai oublié la fin, le fait que c'est Maman qui m'a offert ce livre mais je parie qu'elle ne l'a jamais lu, le fait que je doute que Maman l'aurait beaucoup apprécié, le fait qu'elle avait peut-être lu un article dessus, ou alors un libraire le lui avait recommandé, le fait que j'ai été très intéressée par le passage où Julie descend de sa chambre tout euphorique, propitiatoire, prostituée, propension, Ordonnance de protection, Injonction restrictive, présence policière, le fait que Leo a essayé d'expliquer la prostitution à Ben l'autre jour, un peu de la même façon dont il m'explique l'ingénierie, le fait que je ne sais pas trop comment ça s'est passé, le fait que je les ai laissés entre eux, entremetteuse, antre, ventre, nématode, le fait que je viens de leur dire de jouer à Candyland, sans que ça ait l'air d'être un ordre, le fait que maintenant Stace et moi allons regarder *Une femme cherche son destin*, pendant qu'on pèle les pommes, *Stace cherche son destin,* le fait que je ne pense pas qu'elle m'ait entendu parler à Cathy, mais elle semble avoir remarqué que j'étais un peu débordée aujourd'hui, et elle s'est mise à peler les pommes, sans que je lui demande, et du coup c'est elle qui a eu le droit de choisir le film, le fait que je suppose qu'elle va adorer le conflit mère-fille dans *Une femme cherche son destin*, avec Bette qui gémit « Ma mère ! Ma mère ! » et tout ça, le fait que Bette donne l'impression d'être pleine d'une noble compréhension, comparé à sa mère égoïste et indifférente, le fait que la fille gagne, le fait que la mère est vraiment brusque et pas du tout aimable, Gladys Cooper, le fait que rien que de penser à elle suffit pour que Bette fasse un gros trou dans une de ses boîtes en ivoire, le fait que j'espère que Stacy ne va pas faire de trous dans les pommes à cause de moi, le fait que Leo pense qu'on devrait fusionner *Une femme cherche son destin* avec *Le Voyage fantastique* pour obtenir *Une femme cherche un voyage fantastique*, avec Bette Davis au lieu de machinette, Raquel Welch, et Claude Rains pourrait jouer l'Anglais qui fait tout capoter, et Paul Henreid serait le type de la CIA, qui allume toujours deux cigarettes en même temps et joue du violoncelle dans le sous-marin, le fait qu'on les a injectés dans le système sanguin de la mère de Bette afin de découvrir pourquoi elle est si revêche, si c'est dû à un excès de plats bouillis de la Nouvelle-Angleterre ou quoi, le fait que dans cette version c'est Paul Henreid et Claude Rains qui doivent arracher les microbes de la combinaison de Bette, le fait que personne ne comprend ce qui cloche chez Gladys Cooper, même quand ils atteignent le cerveau mais, en sortant, ils passent par sa bouche et s'aperçoivent qu'elle a un abcès dentaire, et ça explique ses cinquante ans de mauvaise humeur, mauvaise mère, le fait que c'est un peu improbable, mais *Le Voyage fantastique* l'est aussi, et peut-être également *Une femme cherche son destin*, le fait que j'ai préféré l'explication des plats bouillis, le fait que je me suis dit qu'ils auraient dû passer plus de temps à ausculter son système digestif, chaussons souples, le fait que le mot chaussons donne tout de suite faim, chausson fourré, fourrés, belle plante, Bette, Betty Boop, bêtises, Blanche, le bar en plein air quelque part en Amérique du Sud, ils viennent de faire escale et Paul Henreid a commandé des Cointreau, le fait qu'il commande également des Cointreau dans *Casablanca*, le fait qu'il aimait peut-être vraiment beaucoup le Cointreau, le fait que le visage de Bette se mélange alors avec celui de sa mère, le fait que le visage de sa mère se surimpose sur celui de Bette, pour montrer que Bette se rappelle, le fait que ça devait paraître une bonne idée à l'époque mais en fait ce qui se passe c'est que Bette semble avoir quatre narines pendant un court instant, et on dirait un peu une poule, le fait que ça fait toujours rire Stacy, caramélisation, le fait que tout semble se passer à merveille à Candyland, Fanny Adams, le fait que Paul Henreid se réveille une nuit et borde Bette, *Betty bat le beurre en bâillant*, puis il l'embrasse, mais elle dort, le fait qu'ils doivent camper dehors, avec un petit feu, feu de camp, *Quand dans la plaine*, en pleine nature, « greniers », le fait qu'on a l'impression que tous les hommes du coin à l'exception de Leo ont organisé des battues pour aller chasser ce couguar, le fait que je viens de voir en passer toute une bande, « patrouille dans le voisinage », beurk, le fait que le moindre prétexte leur est bon pour sortir leurs armes, amoureux de la nature, fusils chargés, pistolets bien en vue, le fait que certaines villes ont engagé des chasseurs de fauve professionnels, dompteurs de lion, charmeurs de lion, amateurs de lion, réveilleurs de lion, tout ça pour un petit couguar, apparemment, Cathy, ex-maris, le fait qu'ils disent que de nouvelles hordes de chasseurs se dirigent vers chez nous, policiers débordés, noyés dans un verre d'eau, ♫*The Stars and Stripes Forever* ♫, moi qui manque me noyer dans le grand bain, Flora s'étouffant dans son berceau, le fait qu'un type prétend avoir vu le couguar traverser à la nage une piscine quelque part en Pennsylvanie, même si ça paraît peu probable, parce que la plupart des félins n'aiment pas nager, mais des tas de gens sont allés en Pennsylvanie après ça, pour inspecter chaque piscine, le fait qu'ils devraient demander de l'aide à ce dentiste qui a tué Cecil, le fait que je dois dire que je n'aimerais pas avoir les doigts de ce type dans ma bouche, trafic d'ivoire, le lion Cecil, safaris, le fait que ce même dentiste avait abattu illégalement un ours dans le Wisconsin auparavant, le fait qu'on dirait qu'il sillonne la planète au mépris des interdictions de chasse, spirales, retourner les tartes Tatin, taratata, le fait que maintenant la mère est décédée et Bette s'en veut, alors que c'était un accident, ou disons plutôt une *coïncidence*, le fait que c'est arrivé juste après que Bette a annoncé qu'elle n'épouserait pas Elliot, et qu'elle n'avait jamais demandé à naître, divorce, le mari de Blanche, veillées aux bougies, le fait qu'Elliot Livingstone semble très bien prendre la séparation, pas comme certains, le fait que juste après sa mère est avachie dans le fauteuil, inanimée, le fait que ce n'est pas vraiment la faute de Bette même si à cause d'elle sa mère était déjà fragile du cœur, Journée du Cœur, et elle était âgée aussi, le fait qu'elle avait fini par aimer *un peu* Bette, un peu bête, être un peu fière d'elle, mais elle reste très revêche, le fait qu'on ne s'attend jamais à ce que les gens passent l'arme à gauche tant qu'ils sont en vie, Howard Keel, Kellogg's, tête la première, la tête dans les mains, main dans la main, main dans le sac, le fait qu'un pêcheur en Nouvelle-Zélande a trouvé un bébé flottant sur l'eau et l'a repêché et il était encore vivant, le fait qu'on dirait un conte de fées, décompte des faits, elfes, Barbe-Bleue, le fait que j'aimerais sauver un bébé de cette façon, mais après je voudrais le garder, fossettes, Maman à l'hôpital, toucher sa main, le fait que le pêcheur a dû le remettre aux autorités, fin du conte de fées, figures de l'autorité, le fait que Bette se sent bien sûr très mal, parce que sa mère est morte, pas à cause du bébé en Nouvelle-Zélande, anar, nanar, rat nain, racheter, ragoût de porc, le fait qu'elle est tellement bouleversée qu'elle doit retourner à Cascade pour une cure de repos, le fait que ce n'est pas la seule fille malheureuse dans le film, il y a aussi Tina, le fait qu'il se trouve que c'est la fille de Paul Henreid, et qu'on l'a envoyée à Cascade parce qu'elle non plus ne supporte pas sa mère, le fait que Bette devient aussitôt sa mère de substitution, en partie par amour pour Paul Henreid, ce qui un peu étrange, projection, transfert, le fait que d'abord elle sauve Tina d'une partie de ping-pong avec des grands qui l'auraient battue, le fait que Tina est très timide et ne veut pas jouer au ping-pong, le fait qu'ensuite elles se rendent en ville et Bette lui achète une glace, puis elle l'aide à appeler son père, Paul

Henreid, le fait que Bette est très discrète pendant le coup de fil, le fait qu'on sait qu'elle aimerait parler à Paul, mais elle tend stoïquement le combiné à Tina, le fait que cet appel et la glace ne suffisent pas, et Tina continue de pleurer toutes les larmes de son corps chaque nuit, mais Bette la console, le fait qu'elle serre Tina dans ses bras, en pensant à Paul, le fait qu'ils peuvent la montrer au lit avec sa fille, mais pas avec Paul Henreid, sauf quand ils campaient en Amérique du Sud après l'accident de voiture et qu'il l'embrasse pendant qu'elle dort, les Choses de la Vie, comment on fait les bébés selon Jill, le fait que je pense qu'on en pince toutes les deux pour Paul Henreid, mais jamais je ne le dirais à Stace de peur qu'elle se mette à le haïr, le fait que c'est génial qu'elle aime autant *Une femme cherche son destin*, le fait que toutes les scènes finales avec Tina traînent un peu en longueur, tous ces pleurs et ces étreintes et le camping, le fait que je décroche un peu à ce moment-là, jusqu'au retour de Paul, même si, quand ils se retrouvent à Boston pour parler de Tina, la chimie ne fonctionne plus, et Paul Henreid a beau allumer des cigarettes par deux, rien à faire, le fait qu'on n'en est pas encore à ce passage, le fait que Bette vient juste d'obtenir de Claude Rains la permission de partir camper avec Tina, et la voilà qui conduit un beau vieux break et elles s'enfoncent dans les bois, pour aller marcher et croiser des couguars, le fait qu'elles ne croisent pas de couguars, mais Tina brûle accidentellement les doigts de Bette avec une patate chaude qui était sur le feu, le fait que ça ne dérange pas Bette, parce que tout ce que fait Tina lui convient, vu que que c'est la fille de Paul Henreid, le fait que dans la dernière scène tout le monde mange des saucisses et des chips, le fait que les chips sont tout sauf romantiques, le fait que Tina s'est faite toute belle, pour que son papa soit fier d'elle, mais il n'y a rien de romantique non plus chez les enfants, ça tue la passion, le fait que d'habitude je saute les passages avec Tina, sauf quand j'ai les mains toutes grasses de beurre, parce que ça s'éternise, tout ce maternage, mais Stacy aime bien Tina, le fait que pendant qu'elle aide Tina à surmonter sa dépression nerveuse, tout ce que Bette attend de la vie ce sont les camélias que lui envoie Paul tous les jours, et c'est un peu ennuyeux, franchement, le fait qu'à la fin elle lui dit de ne pas vouloir la lune alors qu'ils ont les étoiles, et ça aussi c'est barbant, mais c'est Hollywood, que voulez-vous, le fait qu'ils étaient très stricts concernant l'adultère dans les années quarante, ♫ *Now the river ends between two hills* ♫, le fait que je crois que Stacy s'identifie à Tina, le fait que j'ai peur de sa réaction face à la joie de Tina quand cette dernière revoit enfin son père, le fait que Stacy n'a jamais été ravie de voir son père, le fait que, petite, elle aimait bien quand Leo rentrait le soir, ce qui était moins le cas du temps de Frank, le fait que, bon, on ne savait jamais s'il allait rentrer ou pas, ni dans quel état d'esprit, le fait qu'elle devait alors partir avec lui quelque part, et bien sûr ça ne lui plaisait pas trop, d'être ainsi arrachée à sa maison pendant une heure par un presque inconnu, le fait qu'ils allaient juste au Dunkin' Donuts ou dans un endroit de ce genre, pas dans une grande demeure de Boston, les Vale de Boston, mines de fer de Vale, tenir le voile de la mariée, le fait que si Maman et Papa ne s'étaient pas rencontrés à Boston au Copley Plaza, je ne serais pas là à regarder ces scènes qui se passent à Boston dans *Une femme cherche son destin* avec ma fille à côté de moi, destin, « C'est ton destin », le fait qu'à Evanston Maman aimait écouter des opéras en préparant le dîner, et j'associe toujours *Samson et Dalila*, *Aïda*, *Madame Butterfly*, *La Bohème*, *Rigoletto* et *Le Barbier de Séville* à Maman, regarder Maman préparer des spaghetti, le fait qu'après être tombée malade elle n'a jamais pu faire ce qu'elle voulait, tout ce qu'elle adorait faire, le fait que, bon, d'accord, elle jouait au solitaire et regardait la télé et tout, et prenait un whiskey soda tous les soirs, et voyait parfois les gens qu'elle aimait bien, je crois, mais ça n'a rien de très excitant, le fait que ce sont juste des modes de survie, les Choses de la Vie, le fait que Maman faisait vraiment peur à certains visiteurs, Killbuck Creek, *La Bohème*, le fait que certaines personnes mettent des trucs sucrés dans leur whiskey, mais on ne devrait jamais mélanger un bon scotch avec autre chose que de l'eau ou du soda, et des glaçons bien sûr, le fait que j'aime bien le whiskey sour, mais c'est souvent du bourbon, le fait que je passe désormais ma vie entière à essayer de rendre mes enfants heureux mais pourquoi n'ai-je pas essayé de rendre ma maman heureuse, juste un tout petit peu, le fait que bon sang qu'est-ce que j'ai jamais fait pour elle, le fait que je ne me rappelle pas avoir fait quoi que ce soit, le fait que tout ce que je faisais c'était traînasser, le fait que Chuck m'a fait du bien, un temps, puis il m'a larguée, le fait que c'était une vraie situation à la Anne Elliott, *le galant Glenn a largué la galère*, jusqu'à ce que Leo débarque, le fait que Frank était une erreur, boucle d'oreille bleu pâle, le fait que Phoebe dit que Maman était déprimée, et pourquoi ne l'aurait-elle pas été, le fait que sa vie était complètement fichue, le fait qu'elle n'espérait plus rien, et je le savais, même si je ne savais pas quoi faire, le fait que j'aurais pu au moins apprendre à lui faire un manhattan, le fait que si elle était là aujourd'hui je lui en ferais un million, le fait que Claude Rains dit à Bette Davis qu'elle peut en avoir « une douzaine », une douzaine de maris, pas dans *Une femme cherche son destin*, dans *Jalousie*, le fait que dans *Jalousie* ça rigole moins avec l'adultère, et Bette est punie pour ça, le fait que la fin du film est cruelle, après un début si tendre, pommes, oranges, sachets de thé, huile d'olive, soda, tablettes pour lave-vaisselle, dentiste, beurre, le fait que Maman et Papa se rendaient parfois en voiture à New York pour y passer le week-end et manger du pastrami, ou voir une pièce ou un film, le fait que Papa a vraiment essayé de continuer de vivre normalement, de faire en sorte qu'elle ait une vie normale, et Maman a suivi le mouvement et tout, le fait qu'elle aimait bien les sandwiches au pastrami, mais elle ne s'amusait pas beaucoup, le fait que, d'une part, elle n'aimait pas sortir dans son fauteuil roulant, ni même qu'on la voie avec son déambulateur, le fait que c'était un gros problème pour elle, parce qu'elle était timide, et détestait que les gens la dévisagent, ou la regardent de haut, le fait qu'un tireur solitaire sillonne Cleveland et abat des personnes handicapées, des inconnus, sans raison aucune, puis il poste des vidéos où il se vante du nombre de ses victimes, des gens qu'il tue au hasard, et pas seulement dans l'Ohio, le fait qu'il doit surestimer le nombre de ses victimes, difficile de savoir, par exemple s'il s'agit d'un tireur dans une voiture, mais il a bel et bien descendu un vieux en fauteuil roulant et a filmé la scène, le fait que partout en Pennsylvanie, dans l'État de New York, dans l'Indiana et le Michigan ils demandent aux gens d'être sur leurs gardes, non seulement à cause du couguar mais aussi du « type aux selfies », mes étoiles, ne demande pas la lune alors qu'on a les étoiles, star d'Hollywood, Chinese Theater, le fait qu'on ne doit pas l'approcher, parce qu'il peut être dangereux s'il se sent acculé, pas le couguar, le *tireur aux selfies*, le fait que j'ai eu peur d'eux tout ma vie, pas des couguars, des inconnus qui vous tuent sans raison, massacre de Nickel Mines, *De Sang-Froid, Les Nerfs à vif*, le fait que ce n'est pas juste, le fait que vous n'avez aucune chance si quelqu'un décide de faire une chose pareille, de se mettre à tuer des gens comme ça, match en fin de journée, le fait qu'on a probablement plus de chances de s'en tirer avec un lion ou un tigre ou un ours qu'avec un fou armé prêt à tuer le premier venu, Blanche, Cathy, le fait qu'il y a une récompense de 50 000 $ à qui fournira des informations le concernant, le fait que je trouve que c'est un lâche, un abruti de seconde zone, comme Trump, « Triste ! », le fait qu'il peut être n'importe où maintenant, ce tueur, pas Trump, même si Trump se déplace pas mal, pour jouer au golf ou tenir des meetings, le fait qu'on ne peut pas l'empêcher de tenir des meetings, le fait qu'il aime l'adulation, et pas qu'un peu, acclamation, exultation, élection, érection, fentes, ponts fêlés, brisés, flaccides, le fait qu'il pourrait être juste en face de chez nous, le tueur aux selfies, pas Donald Trump, j'espère, le fait que si ça se trouve le tueur aux selfies, Trump et le couguar sont devant notre maison, au secours, le fait que je ne sais pas ce qui serait le pire, le fait qu'ils mettent au point un portrait de lui, du tueur aux selfies, et disent qu'il a tué sa perruche quand il était enfant et qu'il insultait souvent sa mère, perruches, mari de Blanche, le fait que, dans le genre mari violent, Henry Rathbone a tué sa femme puis s'est suicidé, os de discorde, os à ronger, os du pied, os du genou, os de la cuisse, « Il n'a pas fait de vieux os », le fait que Rathbone a essayé de tuer aussi ses enfants, mais n'a pas réussi, « L'anéantissement de cette famille sera soit un succès soit un échec », le fait que Rathbone n'a jamais été le même après l'assassinat de Kenn—, non, non, non, de Lincoln, Mont Rushmore, le fait qu'ils étaient intimes depuis l'enfance, pas Rathbone et Lincoln, Rathbone et sa femme, le fait que Lincoln n'était qu'un ami, le fait que Lincoln était également ami avec John Evans, alors peut-être qu'il ne savait pas très bien choisir ses amis, le fait que les Lincoln ont invité Ulysses S. Grant dans leur baignoire ce soir-là, mais il a changé d'avis ou a eu un empêchement au dernier moment, et Rathbone et sa fiancée ont rejoint les Lincoln à sa place et ont dû assister à son assassinat, « Mais comment était la pièce ? », le fait que Rathbone a fait de son mieux pour essayer de maîtriser John Wilkes Booth mais il n'a pas pu sauver Lincoln, et tout le monde lui en a voulu après, y compris Rathbone lui-même, le fait que ça l'a rendu fou, la culpabilité et la honte, s'être trouvé là dans la baignoire avec le président quand il s'est fait tuer, et incapable de l'empêcher, « pas un seul jury dans ce pays », le fait que Rathbone était effondré, le fait que Claude Rains lui aurait sans doute recommandé quelques semaines à Cascade, le fait que Rathbone a été blessé, gravement blessé au bras, en se battant avec Booth, le fait que Booth l'a tailladé avec une dague, du coude jusqu'à l'épaule, tranchant une artère, mais ça n'a pas racheté Rathbone aux yeux de l'opinion, John Wilkes Booth, Clara Booth Luce, porte grillagée, été, pansement, le fait que Rathbone a fait tout ce qu'il pouvait pour protéger Lincoln, le fait que malgré sa blessure au bras Rahtbone a réussi à attraper Booth par la jambe alors qu'il sautait de la baignoire, et de ce fait Booth s'est mal reçu sur la scène et s'est cassé la jambe, ce qui au moins l'a ralenti un peu, chute, tombée de rideau, idéaux, le fait qu'ensuite, dans le feu de l'action, la fiancée de Rathbone a voulu accompagner les Lincoln chez eux, au lieu de rester pour s'occuper de Rathbone, et Rathbone ne lui a jamais pardonné, le fait qu'il était vraiment déboussolé, soliflore, persil, personnel, pastille, le fait qu'ils se sont quand même mariés et que Mrs Rathbone est restée avec lui malgré tous ses problèmes mentaux, mais il a fini par l'assassiner, le fait que, d'une certaine façon, elle aussi a été victime de l'assassinat de Lincoln, mais sa mort est survenue dix-huit ans plus tard, le fait qu'ils ont eu trois enfants en trois ans, mais Rathbone était rongé par la jalousie, en partie à cause des enfants, qui selon lui accaparaient l'attention de leur mère, le fait qu'il a fini par décrocher un poste de diplomate important en Allemagne, et c'est là-bas qu'il a essayé de tuer les enfants un jour, le fait que Mrs Rathbone a essayé de les protéger et, dans la lutte, c'est elle qu'il a tuée, et ensuite il a essayé de se suicider mais il s'est raté, le fait que le tueur fou de Cleveland a déclaré dans une de ses vidéos que s'il s'était mis à tuer des personnes handicapées c'était en partie à cause d'une dispute qu'il avait eue avec sa petite amie, en partie à cause de dettes de jeu, mais surtout il en voulait à sa mère, Gladys Cooper, le fait que quoi qu'on puisse dire par ailleurs la chevalerie est morte, idem pour la galanterie, et le stoïcisme et la loyauté et la décence et la civilité et la compassion et tous ces trucs d'autrefois, le fait que tout ça s'est envolé, « Cette vache a beaucoup souffert », le fait que le tueur aux selfies a été vu dans un restaurant quelque part en train de manger un gros steak, juste après avoir tué le type en fauteuil roulant, le fait qu'il avait l'air de bien apprécier son repas, de se régaler, il faisait claquer sa langue et parlait à la caméra en mâchant, un grand sourire aux lèvres, le fait qu'il pouvait difficilement donner davantage raison à Stacy qui estime que manger sa viande avec un couteau et une fourchette ne fait pas forcément de vous quelqu'un de bien, le fait que Stace peut être très sévère sur ces choses, comme quand Ben a annoncé qu'il voulait aller au cours de bricolage après l'école et construire un planeur télécommandé d'une envergure d'un mètre quatre-vingt-dix, et Stacy a dit qu'il parlait comme Howard Hughes, le fait que Ben a piqué un fard et qu'il est devenu furieux comme je ne l'avais encore jamais vu, un peu comme le gosse qui a tué sa grande sœur à cause de la télécommande, le fait que j'ai pris quand même sa défense et dit « Ben peut fabriquer un planeur de deux mètres si ça lui chante », le fait que j'ai ajouté dans la foulée « Tant qu'il n'essaie pas de voler avec », ce qui a fait rire Stacy, ♫ *Bless your beautiful hide* ♫, le fait que cette femme dans *Les Sept Femmes de Barbe-Rousse* est vraiment une brave fille, qui s'occupe de sept types mal dégrossis en caleçons longs, leurs « sous-vêtements d'hiver », mes aïeux, le fait que j'aimerais être aussi calme, le fait qu'après tout je n'ai qu'à courir après quatre petits enfants, alors que elle doit cuisiner pour sept gros ballots et leur apprendre les bonnes manières, buse, benêt, et préparer du bacon et des pancakes à cinq heures du matin, le fait que moi c'est juste des tartes Tatin que je dois faire à cinq heures du matin, pour des inconnus, des inconnus qui tuent des inconnus, si ça se trouve, pauvre Cathy, danger, ranger, le fait que j'aimerais faire quelque chose pour elle, je veux dire à part des tartes, le fait que Howard Hughes était fasciné par les soutien-gorge, peut-être un peu trop fasciné, le fait que Leo dit que Howard Hughes voyait dans les soutien-gorge un problème d'ingénierie intéressant, le fait que je me demande si Ben s'intéresse aux soutien-gorge, et si c'est ça qui l'a lancé dans ses recherches sur les seins, ou si c'est le contraire, si ça va des seins aux soutien-gorge, le fait que mettre des seins dans un soutien-gorge n'est pas évident, le fait qu'il est peut-être fan de Howard Hughes, et que les avions mènent aux seins, le fait que je le confonds toujours avec Howard Hawks, pas Ben, Howard Hughes, le fait que je ne confonds Ben avec personne, le fait que ça m'arrive de me tromper avec Gillian et de l'appeler Ginnie, le fait que tout ce dont je me souviens dans ce film ce sont des bouteilles de pipi que Leonardo DiCaprio conserve, quand Howard Hughes traverse une de ses crises, et Katharine Hepburn qui frappe à sa porte, le fait que Howard Hughes aurait vraiment dû aller à Cascade, le fait que tout le monde devrait y aller, juste pour une petite révision, le fait que j'aimerais y aller, le fait que j'aimerais me la couler douce et jouer au tennis et au ping-pong et parler à Claude Rains une fois par jour de mes problèmes, Leo

DiCaprio, Leo, Léonard de Vinci, Cincy, le fait que Léonard de Vinci voyait dans le pied un chef-d'œuvre d'ingénierie, le fait que ce n'est pas l'impression que donne le pied, le fait qu'il me paraît toujours trop compliqué, trop de petits os, le fait que Howard Hughes obligeait un type à presser des oranges devant lui, juste pour être sûr que le jus était frais, et ensuite il criait sur le type, je ne sais pas pourquoi, le fait qu'on se demande où est le problème avec le fait de presser des oranges, le fait que ça semble aller de soi, le fait que je devrais faire davantage de jus d'orange pressé aux enfants, comme le conseillait Howard Hughes, le fait que pourquoi suis-je aussi feignasse, le fait que moi aussi j'aimerais être fraîchement pressée, le fait que je dis des bêtises, baleines, balivernes, le fait que Howard Hughes a également dessiné un lit d'hôpital qui pouvait se redresser et s'abaisser en appuyant sur un bouton, opération du cœur, les deux ados dans la chambre avec moi, dos brisés, vieux film en noir et blanc, Dr De Boer, le fait que quand Maman était à l'hôpital après son opération au cerveau sa tête était toute ronde et enflée, la moitié de son crâne rasé, le fait que c'était horrible, et après on a découvert qu'ils l'avaient paralysée, « Cette opération sera soit un succès soit un désastre absolu », le fait que c'est ça qu'ils devraient écrire sur les formulaires qu'on vous fait signer avant de vous charcuter, le fait que quand la mère de Leo était à l'hôpital ça s'agitait en permanence autour de son lit, le fait que des infirmières et d'autres gens essayaient sans cesse de le redresser, mais la mère de Leo voulait être allongée à plat, le fait qu'être assise lui donnait le vertige et la nausée, le fait qu'ils ne pensaient qu'à la redresser pour éviter qu'elle attrape une pneumonie, mais quand ils redressaient son lit, même juste un peu, elle vomissait, le fait qu'elle a fini par être tellement écœurée qu'elle a arrêté de manger, mais ils ont continué de la redresser, jusqu'à ce que Leo y mettre un terme et qu'ils la laissent allongée, et son état s'est amélioré, mais pas Maman, le fait qu'elle a décliné, décliné, puis s'en est allée, on dirait une comptine, ou un truc du Dr Seuss, le fait qu'elle est morte sans moi, le fait que je n'étais pas là pour la sauver, le fait que les Lumières écossaises ont inspiré la Révolution américaine, et la Révolution américaine a inspiré la Révolution française, et la Révolution française a inspiré la Révolution russe et la Révolution chinoise et la Révolution cubaine, et ces dernières ont inspiré la Révolution vietnamienne, et peut-être d'autres révolutions en Amérique du Sud, le fait que le fémur s'articule à la rotule et la rotule s'articule au tibia, ♫ *Dem bones, dem bones, dem dry bones* ♫, le fait qu'une dispute peut survenir entre les enfants à tout moment, et ça me rend nerveuse, parce que je dois faire ces tartes, et j'ai peur d'être interrompue par les enfants, ou un couguar, ou un « tueur aux selfies », et de faire tomber quelque chose, chute, spirale, le fait que j'ai perdu mon assistante, le fait qu'elle est partie regarder une fois de plus *South Pacific*, dans le salon, le fait que je ne comprends pas comment elle peut aimer ce truc, et ça doit faire la troisième fois qu'elle le voit, le fait qu'il n'y a qu'une seule bonne chanson dedans, ♫ *Some enchanted evening* ♫, ce qui n'est pas suffisant, le fait que quel rapport avec le Pacifique Sud, ou la guerre, ou tout le reste, et la couleur est vraiment bizarre dans ce film, incroyable, le fait qu'elle est tellement bizarre qu'elle vous donne mal au cœur, malotru, autrui, tique du cochon, le fait que « les lentes deviennent des poux », le fait que je croyais que les lentes *étaient* des poux, encéphalomyélite de Powassan, etc., ETC, *Un jour sans fin*, le fait que les pommes commencent à mijoter, le fait que tout le monde dans la NFL a l'ETC, tout le monde, le fait que c'est horrible, le fait que c'est à cause des chocs, surtout les joueurs de première ligne, le fait que l'encéphalopathie traumatique chronique vous rend amnésique, et c'est peut-être ça que j'ai attrapé, le fait qu'il y a une accumulation de protéines Tau et que ce n'est pas bon, apparemment, le fait que la Ligue n'a jamais voulu admettre la chose mais là ils ont été obligés, le fait que la dernière fois qu'un cheval a remporté le Triple Crown c'était en 2015, American Pharoah, mais ça n'arrive pas souvent, cryptorchidie, pur-sang, cheval de selle, Percheron, le fait que quand ils gagnent la Couronne le cheval peut rapporter jusqu'à 100 000 $ par course, voire plus, le fait que même Harrison Ford ne pourrait pas toucher une telle somme, ni Paul Henreid, ou Colin Firth, le fait que Harrison Ford joue un inspecteur de police dans *Témoin*, une « dérouillée », charpenterie, détective menuisier, menu fretin, martinet, le fait que, quelle horreur, une domestique indonésienne a été exécutée en Arabie Saoudite parce qu'elle a été *violée*, le fait que seulement cinq pour cent des plaintes pour viol sont abusives, mais seulement vingt pour cent des procès pour viol aboutissent à une condamnation, le fait qu'apparemment pas mal de violeurs sont en liberté, le fait qu'un homme qui a violé une fillette de douze ans a aujourd'hui la garde partagée de leur bébé, Dead Lakes, quarante mille litres d'effluents partiellement chlorés, la Belle Amérique, jus de grenade, tueur fou, Blanche, course de chevaux, le fait que nous n'avons plus le cœur à l'ouvrage, nous sommes sans cœur, le fait que selon moi c'est la faute aux jeux vidéos et aux trucs du genre « BANG BANG, t'es mort », le fait que qu'est-ce qu'on peut espérer d'un gosse qui passe sa journée à incinérer des aliens en appuyant sur un bouton, le fait que les enfants feraient mieux de faire autre chose, danser la macarena par exemple, le fait qu'un garçon a été arrêté en Arabie Saoudite parce qu'il dansait la macarena au milieu de la rue, mais il la dansait très bien, Cathy, Art, le fait que je devrais emmener plus souvent les enfants au parc, les laisser se défouler, mais pas avec un couguar dans les parages, par âge, le fait que je m'inquiète pour Ben, le fait qu'il connaît des tas de choses et tout ça, mais il ne ramène pas de bonnes notes, GPA, le fait qu'il est timide et déteste s'exprimer en classe, le fait qu'il dit qu'il se bloque dès qu'il est devant une assemblée, le fait qu'il était moins timide avant, le fait qu'avant il parlait comme un pirate, en public, dans la rue ou à l'épicerie, il disait des choses comme « La peste soit de toi ! » et « Épissez le bras de grand-vergue ! », le fait qu'il essayait toujours de placer des flibustiers et les côtes de Barbarie dans la conversation, supplice de la planche, pendu, traîné et équarri, et puis tout à coup il a arrêté de parler, devant des inconnus en tout cas, et je ne sais absolument pas pourquoi, « BANG BANG », Spiderman, madeleines, chocolat chaud, jouets, risque d'étouffement, Jake, le fait que j'ai peur de lui avoir refilé ma timidité, à Ben, pas à Jake, le fait que Jake n'est pas encore timide, le fait que Jake est un vrai boute-en-train à l'école, un renard dans le poulailler, le fait que la prof de Ben dit qu'il ne faut pas s'inquiéter, c'est juste un enfant sensible, le fait que Leo pense qu'on devrait le laisser tranquille et ne pas lui mettre la pression, mais moi jamais je ne lui mettrais la pression, le fait que, bon sang, les gens mettent suffisamment la pression à leurs enfants, sans même le vouloir, aïe, le fait que ce satané camion a fini par m'avoir, comme je m'en doutais, Jake, mer d'Égée, le fait que les chiens rangent leurs propres jouets alors pourquoi pas les enfants, le fait que je ne veux pas qu'il soit angoissé et souffre en silence, Ben, pas Jake, le fait que Jake ne souffrirait jamais en silence, le fait que j'étais nulle à l'école, le fait que j'étais mauvaise dans presque toutes les matières, même en Histoire, le fait que je n'arrivais jamais à savoir de quelle guerre on parlait, le fait que pendant longtemps j'ai vraiment été ignorante, je crois, et que c'est toujours le cas, mais jamais je ne dirais ça à Ben, le fait que je ne veux pas qu'il me méprise, pas encore du moins, pas tant qu'il est plus petit que moi, bon sang, le fait que Ben est différent, ce n'est pas un mauvais élève, le fait qu'il connaît des tas de choses, ce gosse croule sous l'information, et sous les seins aussi, « La peste soi de toi ! », le fait qu'il semble également retenir ce qu'il lit, le fait qu'il n'a pas l'ETC comme moi, touchons du bois, le fait qu'il dit que le problème c'est que son prof ne lui pose pas les bonnes questions, le fait que c'est le cas de la plupart des enseignants du primaire, sauf peut-être Mr Tszjynsky, si c'était bien ça son nom, mais j'en doute, le fait que je crois que c'était Mr *Tykszynsky*, le fait que je me demande comment je peux me rappeler ça, le fait qu'apparemment ça ne le dérangeait pas qu'on l'appelle Mr T., le fait que les profs ne peuvent jamais savoir à quel point ils ont compté pour vous, tout comme les bons médecins, ou les infirmières, le fait qu'on ne les oublie jamais, mais ils n'en sauront jamais rien, bon, sauf si vous restez en contact avec eux, je suppose, mais combien de gens font ça, le fait que ça fait partie du boulot, le fait qu'on fait de son mieux sans jamais forcément avoir vent des résultats, le fait que c'est comme être une maman, ou quand on fait des tartes, ou des chaussures, le fait que je détestais presque tous mes profs, mais on en pinçait toutes pour Mr Tykszynsky, surtout après qu'un jour, au lieu de dire Huck Finn, il a dit « F— Hinn », le fait que ça nous a trop plu, qu'il dise ce mot, le fait qu'il a rigolé, et nous aussi, et après ça il hésitait toujours un peu exprès quand il devait dire Huck Finn, et c'était souvent, parce que c'est ça qu'on étudiait, Chuck, Huck, F—, bête, bite, oh, mon Dieu, le fait que je crois que Phoebe l'a revu il y a quelques années, je ne sais plus où, Mr Tykszynsky je veux dire, pas Huck ou Chuck, même si elle était amie avec la sœur de Chuck, autrefois, le fait que Ben a eu une super prof au CP, Miss Garland, le fait qu'elle accueillait chaque enfant individuellement à la porte tous les matins, et chaque enfant devait décider quel genre d'accueil il voulait, se taper dans la paume, ou se donner l'accolade, ou une petite danse qu'ils faisaient ensemble, et je ne sais plus quoi d'autre, le fait que je crois que Ben lui tapait en général dans la paume, le fait que j'ai rêvé que je voyais une grosse soucoupe volante passer devant ma fenêtre, le fait qu'elle faisait à peu près la taille d'un hélicoptère, mais en plus effilé, et il y avait plein de jolies lumières dessus, le fait que j'ai rêvé que Leo et moi transportions des sacs de courses d'une plateforme en bois sur une autre au beau milieu de l'océan, des genres de radeaux fixes, le fait qu'on devait parfois nager pour aller de l'un à l'autre, et que les sacs étaient un peu mouillés, le fait qu'un chien nous accompagnait, le fait qu'après ça j'ai rêvé qu'une gentille fille soufflait sur la mousse de sa bière et que ça finissait sur mon visage, ce qu'elle ne remarquait pas tout de suite, le fait que ça ne me dérangeait pas, je trouvais ça même plutôt amusant, le fait que c'est elle qui proposait à Leo des sandwiches au jambon, que Leo refusait, ce qui m'étonnait, parce qu'en général Leo raffole des sandwiches au jambon, le fait que je ne me rappelle que des bribes éparses de rêves, plus tard dans la journée, le fait que c'est en général quand je fais la cuisine, tout à coup je vais me souvenir d'une femme qui me gronde dans un rêve parce que je n'achète pas de chewing-gum à un type ou ce genre de choses, araignée paon, bot-net, Rohypnol, Rohingya, Arabie Saoudite, Cathy, Blanche, le fait que les rats des marais sont la même chose que des ragondins, enfin je crois, parce que les gens chassent les rats des marais en Louisiane, et je trouve qu'ils ne devraient pas, le fait qu'ils les traitent comme de la vermine, le fait que ce n'est pas pour faire du pâté, le fait qu'ils touchent cinq dollars par queue, le fait que je ne savais même pas que les ragondins avaient une queue, alors peut-être qu'ils sont différents des rats des marais, le fait que je croyais que les ragondins étaient juste d'énormes cochons d'Inde, le fait que j'ai toujours aimé le mot « ragondin », le fait que c'est mignon, cinq dollars la queue, Une Perruche Jordanienne Qui Récite Le Coran, cormoran, canard, Chez Allard, le fait que d'après Leo le mot bistro vient du russe, le fait que bistro veut dire « vite » en russe, le fait que ça fait vingt ans que je crois que c'est à cause de la couleur bistre, le fait que je ne sais pas pourquoi je pensais ça, le fait que la couleur bistre n'est pas spécifique aux cafés parisiens, le fait que Leo regarde souvent dans le dictionnaire, le fait qu'il m'a dit que ça n'avait rien à voir avec le mot bistre, le fait qu'il est retourné dans son bureau juste après, *Ils disent que la poule pond, je ne sais pas mais eux si*, le fait que j'ai dit à Leo que je ne voyais pas le rapport entre la vitesse et un café, mais je ne pense pas qu'il m'ait entendu, Walter Matthau, le fait que Leo m'agace parfois, et ensuite, dès qu'il a dit ce qu'il avait à dire, il passe à autre chose, me laisse mijoter dans mon coin, le fait que je lui ai dit que c'était une forme de « conversation interruptus » mais ça n'a rien changé, le fait que les hommes sont toujours occupés, à se raser ou se brosser les dents ou se couper les ongles et tout ça, le fait qu'il paraît que le fil dentaire ne sert à rien, le fait que ça n'améliore en rien l'hygiène dentaire, le fait qu'on devrait peut-être arrêter le fil dentaire, mais je n'aime pas avoir un truc coincé entre les dents toute la journée, le fait qu'ils mettent du Teflon dans le fil dentaire donc en réalité on se frotte du Teflon partout sur les dents, le fait que tous ces gens doivent être de mèche avec les oncologues, le fait qu'ils veulent peut-être qu'on ait le cancer, pour qu'ils puissent s'enrichir, le fait qu'on a parfois l'impression que les médecins essaient juste de s'enrichir sur votre déclin inévitable et votre mort, chanter et changer, manger et ranger, foncer et froncer, le fait que Ben est tout excité à présent par l'éclipse solaire totale, même si ce n'est qu'en août, vite, bistro, le fait qu'il nous harcèle avec ça depuis des semaines, le fait qu'il dit qu'on doit se rendre aux endroits les mieux situés pour bien la voir, or tous les endroits les mieux situés pour la voir sont genre à un jour en voiture d'ici, le fait que l'éclipse n'est pas directement visible depuis l'Ohio, et qu'on devrait aller dans le Tennessee ou l'Illinois, et si on veut la voir dans le Great Smoky Mountains National Park il faut acheter des billets en mars, GSMNP, les Great Smokies, le fait que Ben a potassé la question, le fait que les billets sont vendus 30 $ pièce et qu'on n'a droit qu'à quatre billets par personnes, le fait qu'on pourrait résoudre ça si Leo et moi achetions chacun trois billets, je suppose, sauf si c'est limité à quatre billets par foyer, le fait que si on achète six billets à 30 $ ça fera 180 $, or nous n'avons pas cet argent, « Un dollar ?! », frais médicaux, frais de scolarité, SAT, le fait que Leo a dit que de toute façon il ne voulait pas la voir dans le Great Smoky National Park et qu'on sera pris dans un énorme embouteillage ou une émeute ou une bousculade, comme dans ces films catastrophe où les gens fuient en voiture un monstre mais ensuite ils se retrouvent tous coincés sur l'autoroute et les voitures n'avancent pas et vous savez que c'est fichu pour eux, *finito*, le fait que seul le héros s'en sort, parce qu'il a un 4 × 4 avec des pneus neige, et aussi, coup de chance, une bombe de gaz lacrymo auquel le montre est allergique, ombres, nuit en plein jour, le fait que Ben a préparé notre itinéraire, le fait qu'il dit que qu'il n'y a que 752,8 kilomètres, dit-il, entre Newcomerstown et Gatlinburg, Tennessee, mitraillette Gatlin, et que des bus emmèneront tout le monde du parking jusqu'à la tour du dôme d'observation Clingsman, le fait qu'ils fournissent aussi les lunettes de protection, c'est compris dans le passe à trente dollars, les lunettes, le trajet en bus, et la place de parking, le fait que bon, on doit payer son hot-dog, ou apporter un pique-nique, le fait que Ben nous a montré, à Leo et moi, une photo de la tour du dôme d'observation Clingsman l'autre jour, et ce truc me semble plutôt instable, le fait qu'il n'a pas l'air de pouvoir contenir des centaines et des centaines d'éclipsés, le fait que j'aurais le vertige rien que de monter la rampe, le fait que Ben dit que si on hésite pour l'option Tennessee il y a Goreville, dans l'Illinois, qui se trouve un peu plus loin, à 866,7 kilomètres, le fait que ça fait cent quatorze kilomètres de plus, à l'aller et au retour, deux cent vingt-huit kilomètres de route en plus, le fait que ça ne va pas plaire non plus à Leo, le fait que l'avantage c'est qu'il n'y a rien à payer en plus, le fait qu'à Goreville ils vous laissent voir l'éclipse solaire gratis, presque comme si le soleil nous appartenait à tous, ou l'inverse, le fait que d'après Ben on peut aller là-bas et attendre que le soleil disparaisse, le fait que c'est fou que notre petite lune puisse masquer le soleil en entier, le fait qu'il y a aussi Makanda, Illinois, à 886,4 kilomètres d'ici, les verres à eau bullés de Mamie avec des gouttes de condensation, le fait que j'ai soif, le fait que je pourrais boire un cheval, Triple Crown, le fait qu'il existe également un refuge pour éléphants dans le Tennessee, le fait que c'est l'endroit le plus loin de tous, le fait que ces éléphants sont à 899,1 kilomètres de nous, le fait qu'on dirait les présentateurs météo quand ils vous donnent le point d'impact le plus proche de la foudre, et c'est toujours vingt mille kilomètres ou quelque chose comme ça, le fait que je crois qu'ils le disent au cas où vous auriez la phobie de la foudre, pique-nique, cirque, Barnum, le fait que Ben est emballé par l'option refuge pour éléphants, parce qu'il veut observer les effets de l'éclipse sur les éléphants, le fait que ce sont des éléphants qui avaient l'habitude de travailler dans des cirques mais maintenant ils sont à la retraite et vivent en semi-liberté dans le Tennessee, comme les mammouths, qui ont sûrement connu des éclipse solaires, Babar bébé, trompetant dans la forêt, Babar allant visiter la Vieille Dame en ville, Babar dans son costume vert et ses demi-guêtres, prenant l'ascenseur dans le grand magasin, le fait qu'on pourrait également voir l'éclipse à l'University of Southern Illinois à Carbondale, à 869,1 kilomètres d'ici, le fait que j'ai supplié Ben d'arrondir les kilométrages pour nous, le fait que tous ces « ,1 » et « ,7 » ne sont peut-être pas essentiels à ce stade, peut-être un peu de trop, mais quand il a dit « D'accord, c'est neuf cent un kilomètres, Maman » pour aller voir les éléphants, j'ai compris soudain que, où qu'on aille, on parlait d'un trajet d'environ mille kilomètres, en août, entourés par des fanatiques de phénomènes naturels, des frénétiques, comme dit Leo, ou des *freaks*, comme les appelle Stacy, son mot préféré, le fait que je ne crois pas que Leo ferait ne serait-ce que quatre-vingts kilomètres, même si Jupiter passait devant Saturne sous nos yeux, éclipse totale ou partielle, Sapiter, Jupiturne, le fait que quand Ben en a parlé la première fois il a expliqué que ça serait la plus grande éclipse solaire en Amérique depuis un siècle, et l'événement le plus photographié de l'histoire, et Leo l'a juste regardé et a dit « Dans ce cas, tu peux rester ici et regarder toutes les images dans le confort de ta maison », puis il a quitté la pièce, conversation interruptus, Babar, Carbondale, le fait que le refuge pour éléphants se trouve à Hohenwald, dans le Tennessee, le fait que le Clingmans Dome est la plus haute montagne des Smokies, ♫ *On top of old Smoky* ♫, Marlboro, Éclipse solaire totale, EST, mouche tsé-tsé, fièvre tsé-tsé, maladie du sommeil, le fait que j'ai demandé à Ben combien de temps durait l'éclipse au maximum, et il a dit deux minutes et demie, *deux minutes et demie*, le fait que je croyais qu'il allait me dire un truc du genre deux heures et demie, mais non, ainsi qu'il m'en a informé avec le plus grand sérieux, le fait que puisque la terre tourne à trois mille deux cents kilomètres heure, l'ombre de la lune traversera tout le pays en deux heures environ, ou deux heures et demie, le fait que Ben a dit que la seule façon que ça dure plus longtemps ça serait de voler en Concorde, le fait qu'un Concorde a volé pendant une éclipse dans les années soixante-dix, et il l'a accompagnée pendant deux heures mais a perdu la course pour finir, le fait que l'idée d'un avion pourchassant l'ombre de la lune sur la Terre m'a donné un peu le vertige, le fait que j'ai besoin de reprendre un café, le fait que les enfants se disputent au sujet de l'Heure du Pacifique, l'Heure Centrale, et l'Heure avancée de l'Est, et en quoi ça pourrait modifier tous les calculs concernant l'éclipse, et alors Stacy a mis son grain de sel, soudain furieuse, disant quelque chose comme « T'es pas sérieux, Ben, tu penses vraiment qu'on devrait utiliser ce qu'il reste de combustible fossile pour faire mille cinq cents bornes pour assister à deux minutes et demie d'obscurité ? Je m'en balance que ça n'arrive que tous les huit cents ans », le fait que ça a fait taire tout le monde pendant un moment, le fait qu'elle dit qu'on n'a qu'à fermer les rideaux en pleine après-midi, pendant plusieurs minutes, le fait que je m'en veux de n'aller nulle part avec les enfants, le fait qu'on ne fait jamais rien, comme avec mes parents, même s'ils nous ont emmenés en Europe une ou deux fois, Waterlow Park, le fait qu'on va à Fallingwater ce week-end, et à Moundsville peut-être, au retour, le fait que les enfants n'y sont jamais allés, le fait que Stace pourrait nous accompagner, mais elle n'a pas trop l'air partante, le fait que c'est en partie pour le boulot que Leo y va, parce qu'il doit écrire quelque chose sur les structures au-dessus de l'eau, pas les ponts, d'autres trucs comme des chaussées, pistes d'atterrissage, plateformes pétrolières, pontons, jetées, maisons sur pilotis, « Rentre ton ventre », pontons en béton flottant, mais pas des ponts pontons, popotins, ponts flottants, ponts sous-marins, ponts submersibles, le fait que tout ça c'est à condition qu'on n'ait pas aperçu de couguar dans les parages, le fait que je n'aime pas décevoir Ben, pour l'éclipse, alors je lui ai dit de ne pas perdre espoir, et il s'est mis aussitôt à me détailler la route qu'on prendrait pour aller au Clingmans Dome, le fait qu'il faut prendre la sortie 407 pour Sevierville, puis rejoindre la TN-66 South, puis prendre la US-441 South et continuer, dépasser Sevierville et Pigeon Forge jusqu'à Gatlinburg, le fait qu'on est alors censé se garer sur le Parking 1, ou le Parking 2, et ils vous donnent des lunettes spéciales et vous mettent dans un bus, le fait qu'on vous prévient que vous allez être loin de votre véhicule pendant sept heures, le fait que c'est bizarre, si l'éclipse ne dure que deux minutes et demie, le fait que ça ne va pas plaire à Leo, pour une obscurité bidon de deux minutes et demie, le fait que sept heures ça paraît long, mais je suppose que ça prend du temps avant que tout le monde soit monté et descendu de tous ces bus et se dirige vers cette minuscule rampe qui mène à la Tour d'Observation et se bouscule pour s'asseoir et manger des hot-dogs et trouver les toilettes et tout ça, le fait que ça serait bien mon genre de me retrouver coincée aux toilettes et de tout rater, le fait que je me vois bien tâtonner dans le noir pour trouver du papier-toilette inexistant, et quand je sortirais l'éclipse serait finie et je serais cernée par tous ces visages stupéfiés et ébahis et je ne pourrais rien faire de plus pendant les sept prochaines heures, le fait qu'il y aura une éclipse en 2024, mais d'ici là les enfants seront presque tous grands, alors c'est celle-ci et pas une autre, si on veut en voir une, le fait qu'il n'y a plus de Concorde, je crois, mais je n'ai pas envie d'en prendre un de toute façon, le fait que je crois qu'il y a eu un gros problème avec, et après ça plus personne ne s'est intéressé au vol supersonique, le fait que Howard Hughes était assez beau, le fait que je viens de me rappeler un rêve que j'ai fait cette nuit dans lequel Julia Roberts voulait de la confiture et j'avais quelques pots d'excellente confiture de prune dans l'office, alors j'allais en chercher un mais les trois pots se révélaient tous moisis et horribles, et quand j'en ouvrais un ça faisait un petit *pop*, un peu de fumée en sortait et la confiture à l'intérieur prenait feu, le fait que je comprenais alors que les autres pots de confiture allaient sans doute exploser eux aussi et que j'allais donc devoir faire vite, le fait que ça m'apprendrait à vouloir donner à machinette, Julia Roberts, un pot de confiture, le fait que le type d'Akron qui s'est immolé à cause de Trump est mort, le fait qu'on dirait que c'était quelqu'un de bien, le fait que je me demande pourquoi il a réagi aussi violemment, au point de s'immoler, mon Dieu, le fait qu'il y a vraiment beaucoup de manifs ces temps-ci, c'est dur de tout suivre, le fait que les couguars chassent la nuit, le fait qu'il aurait pu se contenter de sauter par la fenêtre, le fait qu'on n'a rien pu faire, **** **JUSTICE POUR TOUS** ****, le fait que je ne saurai jamais pourquoi elle a écrit NAZI POTUS sur son tee-shirt et l'a porté à l'école le jour même où ils prenaient la photo de classe, avec Stacy au premier rang, le fait qu'elle dit qu'elle ne savait pas qu'ils prendraient la photo de classe ce jour-là mais que de toute façon elle l'aurait quand même mis, si elle l'avait su, le fait qu'elle était tout excitée qu'il soit sur la photo, mais ensuite, quand on a reçu la photo de classe, ils avaient effacé le message, et son tee-shirt ne disait plus SUPER CALIF RAGEUX DÉLICTUEUX NAZI POTUS, il ne disait rien, pour une fois, le fait qu'on aurait dit qu'elle portait juste un tee-shirt noir uni, sans inscription peinte dessus à la peinture blanche, alors elle a déboulé dans le bureau de la principale et a passé un savon à Mrs Sherman, et Mrs Sherman a reconnu qu'elle l'avait fait photoshoppé, parce qu'elle pensait que les mots SUPER CALIF RAGEUX DÉLICTUEUX NAZI POTUS risquaient de choquer certains parents, ce dont je ne doute pas, le fait que les gens se braquent facilement par ici, le fait que je le sais par les réunions parents-profs, le fait qu'on passe son temps à calmer le jeu ici, le fait que Stacy a dit que c'était une infraction à quelque chose, son droit à la liberté d'expression et aussi son droit de porter les vêtements de son choix, et elle a demandé à ce que soit rétablie l'inscription SUPER CALIF RAGEUX DÉLICTUEUX NAZI POTUS, mais il était trop tard, le fait qu'ils avaient déjà détruit l'originale, ♫ *Si vous dites ce mot d'un trait vous devenez prodigieux* ♫, et vous risquez de finir en prison, le fait qu'elle a alors rameuté toutes ses amies et que les choses ont un peu dérapé, si vous voulez mon avis, avec toutes ces filles qui venaient chez nous pour peindre des slogans sur leur tee-shirt, même si elles étaient toutes mignonnes, alignées avec leurs tee-shirts assortis, une vraie petite bande d'activistes, le fait que Mary Jane avait juste écrit LE CHANGEMENT CLIMATIQUE EST RÉEL sur le sien, parce que ses parents sont républicains, le fait qu'elles ont toutes porté leur tee-shirt à l'école la semaine d'après, le fait que j'avais peur que

Stacy se fasse expulser, OSS, et qu'est-ce qu'on aurait fait alors, parce qu'on n'a pas les moyens de la mettre dans le privé, et je ne veux pas lui faire l'école à la maison, le fait que je ne pense pas être qualifiée pour donner des cours à une lycéenne, le fait qu'heureusement l'union fait la force, j'imagine, et tout s'est tassé, le fait qu'ils ne pouvaient pas expulser toutes les filles de sa classe, le fait que j'ai commencé à me demander si je n'avais pas commis une erreur quelque part, pour que ma fille soit aussi révoltée, mais c'est peut-être juste les hormones, celles de Stacy, pas les miennes, un truc d'ado, le fait que Stacy est très impétueuse, une tête brûlée, le fait qu'elle me rappelle un peu Mochi, la guerrière de Sand Creek, Moxie, gentiane, jugeote, le fait que j'étais vaguement gênée qu'elle se comporte comme ça, Stacy, pas Mochi, aller voir Mrs Sherman et tout ça, le fait qu'elle s'est fait un peu embêter aussi, par d'autres élèves, le fait que j'avais peur qu'ils la frappent, le fait qu'il y a pas mal de pro-Trump par ici, trompe-la-mort, le fait que j'avais hâte que tout se tasse, le fait que la queue de l'oryctérope s'est encore détachée, et que j'ai perdu mon stylo préféré, le fait qu'il est très dur à réparer, l'oryctérope, par le stylo, parce qu'il gigote beaucoup, le fait que je crois que j'ai laissé tomber Stacy quand j'ai épousé Leo et que c'est pour ça qu'elle est si difficile, le fait que j'étais tellement éprise de Leo, le fait que je crois qu'elle s'est sentie délaissée, enfin non, pas je crois, je sais, la pauvre, parce qu'elle me l'a dit, le fait que j'étais tellement heureuse d'être avec lui, le fait que, oui, j'étais ailleurs, le fait que quand Maman est tombée malade j'étais avec Chuck, et après le décès de Maman j'étais avec Leo, le fait que j'avais besoin de quelqu'un, parce que j'avais perdu ma maman, Rencontres Inhabituelles Avec Des Animaux, le fait que je crois que c'est avec Leo que j'ai vraiment commencé à vivre, quand j'ai compris qu'il m'aimait, « ma douce », le fait que seule je n'étais bonne à rien, le fait que Stace et moi on était si seules, pas de Frank, pas de Maman, pas d'argent non plus, le fait que Bathsheba était notre seul lien avec le passé, Scarlatti, Miss Scarlet, le fait qu'on flottait à la dérive avant l'arrivée de Leo, le fait que j'ai dû apprendre à le laisser m'aimer, le fait que ça ne s'est pas fait tout seul, j'avais perdu la main, et pendant ce temps Stacy a souffert, Haro Sur Les Émoticons Cheeseburger, le fait que je voulais juste que ça se passe en douceur entre Stacy et Leo, mais ça n'a pas été si facile pour elle de s'adapter, le fait que c'était beaucoup demander, ça oui alors, le fait que je crois que le problème vient de ce que j'ai dû apprendre à être une maman avant de savoir comment être une fille, le fait que j'ai peut-être dû attendre la naissance de Jake pour être vraiment en adéquation avec moi-même, le fait que tout va si *vite*, trop vite, le fait qu'on n'a jamais le temps de réfléchir comme il faut, le fait que vivre c'est gérer des crises, le fait que c'est pareil pour tout le monde, Cathy, Abby, pauvre Cathy, le fait que ça vous donne envie d'arrêter le temps pendant un moment, le fait que j'aimerais être une poule, le fait que c'est facile pour les poules, tant que vous êtes la reine du poulailler et que personne ne vous donne de coups de bec sur le popotin, le fait que ce n'est pas juste qu'elles peuvent passer leur journée dans le poulailler à réfléchir, si ça leur chante, le fait que ce que j'envie chez elle c'est que personne ne leur reproche les erreurs de leurs poussins ou leur impétuosité ou leur manque de confiance en soi, viscose, émasculer, le fait que j'ai rêvé que j'étais à la piscine de Peolia College et qu'un ado volait mon argent et mes bijoux dans mon porte-monnaie pendant que je nageais et tout le monde semblait s'en fiche, le fait qu'après je faisais la vaisselle à moitié nue avec des tas de gens autour, mais ma poitrine était cachée par la mousse, le fait qu'ensuite je rentrais chez moi à pied complètement *nue*, et que je ne pouvais rien y faire, le fait que maintenant que le soleil est couché il faut livrer les tartes, couguar ou pas couguar, et acheter de la laitue pour la salade lyonnaise, que Leo et moi adorons et que les enfants détestent, parce qu'ils ne voient pas l'intérêt de mettre un œuf poché sur une salade, le fait qu'on ne leur donne que la salade avec le bacon grillé et les croûtons, et ils peuvent avoir l'œuf poché à part, mais on sent bien leur dédain quand ils nous regardent manger notre authentique salade lyonnaise avec les feuilles de laitue luisantes et un peu flétries, le fait qu'ils adorent faire des commentaires désobligeants là-dessus, le fait que je crois que Jake prendra des SpaghettiO, le fait que même si je lui faisais une salade avec un œuf poché troué fourré dans un lit de laitue en forme de donut, toute son assiette finirait sûrement par terre, ARFID, phobie, morbide, le fait que les petits Américains semblent savoir dès la naissance quels aliments sont américains, et il n'y a que ceux-là qui les intéressent, Six Raisons Pour Lesquelles Vos Yeux Sont Fatigués, farine « 00 », « Type O », « *Oh ?* », le fait qu'on a besoin maintenant de bleuets, le fait que c'est censé apaiser les yeux irrités, le fait que j'ai vu des bleuets séchés en vente, le fait que je crois qu'il faut d'abord les humidifier, pas juste frotter des pétales de bleuets secs sur les yeux, le fait que ça ne serait sûrement pas très apaisant, paysan, cactus, oryctérope, photo de Woodrow Wilson, le fait que le tigre dessiné par Stacy est un monotype, le fait que des gouttes d'eau sur une flaque sont une des plus belles choses au monde, le fait que les gens détestent la pluie mais c'est plutôt agréable tant que ça n'inonde pas votre maison ou fait céder un barrage, le fait que je devrais regarder la chaîne météo, BC, BCE, le fait que c'est un vrai ciel de traîne, voile de mariée, le fait que les nuages sont les champions de la métamorphose, ils sont inconstants, pocher un œuf, pocheuses en ivoire, perruches terrestres, espèces menacées, le fait que pocher un œuf paraît compliqué, alors qu'en fait non, le fait que je pense qu'on n'a pas le droit de braconner les œufs d'aigle, ni de les pocher, j'imagine, le fait que ça serait drôle si les collectionneurs d'œufs rares grimpaient aux arbres avec une casserole, un peu de vinaigre, de l'eau bouillante, du sel et du poivre, voire du Tabasco, du bacon, et un toast, le fait que la meilleure méthode consiste à prendre un œuf à température ambiante et à le mettre entier dans un bol d'eau chaude, de le casser, puis de le faire glisser doucement dans de l'eau frémissante, en espérant qu'il reste entier, et voilà, le fait que l'eau doit être juste à deux doigts de frémir, le fait que vous pouvez utiliser une poêle à bord haut mais je trouve que c'est mieux avec une casserole normale et un couvercle en verre, parce qu'il y a plus de place et vous pouvez surveiller le déroulement des opérations, le fait que j'ajoute toujours un peu de vinaigre ou de sel dans l'eau, le fait qu'en général j'obtiens un joli petit œuf poché bien ferme, mais si les œufs sont un peu vieux ça ne marche pas, le fait que les œufs qui datent un peu doivent être bouillis, ou frits, ou brouillés, ou jetés, mais pas pochés, parce que c'est l'échec garanti, peur de l'échec, le fait qu'un œuf poché sera soit un succès soit un échec, œufs en cocotte, Coco Chanel, Julia Child, Schiers, le fait qu'on a passé un super moment à Schiers, le fait qu'ils avaient un bureau de poste rose, Cathy, pauvre Cathy, mon Dieu, le fait que si vous jetez l'eau chaude après et laissez la casserole tremper dans l'eau froide c'est plus facile à nettoyer, le fait que je n'ai pas encore trouvé de casserole à pocher les œufs digne de ce nom, le fait que même celles en Teflon sont dures à nettoyer, après avoir poché des œufs dedans, le fait que Julia Child a découvert qu'il faut faire sécher la viande avant de la faire cuire, le fait que j'ai oublié l'astuce pour faire partir les taches de sang sur les vêtements, mais je crois qu'il faut du bicarbonate de soude et autre chose, le fait qu'on a besoin de bacon et de laitue, de la confiture, des tomates, des patates, des oignons, de l'ail, des radis, des poivrons rouges et verts, du muesli, du gingembre, des bâtons de cannelle, du beurre, du sel, de la farine de maïs, des bleuets, du citron, aïe, zuuUUT, le fait que je crois qu'il faut que je m'entraîne à compter jusqu'à dix quand je marche sur un des jouets de Jake, sinon je vais finir par dire un gros mot, un de ces jours, ça ne va pas rater, aïe, mer d'Égée, mer d'Égée, le fait que mer d'Égée ne marche plus, et compter jusqu'à dix ne suffira pas non plus, le fait qu'il faut que je compte jusqu'à cinquante à cause de ce fichu tracteur jaune, Sweet'N Low, Jolly Green Giant, Ku Klux Klan, John Wilkes Booth, Frank Lloyd Wright, Cy Young Park, Nancy Hatch Dupree, le fait qu'il n'y a pas assez de perruches en Nouvelle-Zélande, le fait que presque tous leurs œufs sont stériles pour une raison ou une autre, et que des gens essaient de maintenir l'espèce en vie, mais ça se présente mal, perruches, zest, cerises aigres, jus d'orange, selfies, bébé dauphin, parade, plage, le fait que j'ai dû m'asseoir un moment, le fait que j'étais en train d'étaler la pâte quand j'ai entendu cette horrible histoire sur le bébé dauphin qu'on a retrouvé sur une plage au Venezuela, le fait que la maman dauphin et son bébé ont dû trop s'approcher du rivage et des ados ont attrapé le bébé et se sont promenés sur la plage en prenant des selfies, jusqu'à ce que le pauvre petit meure, le fait que la maman dauphin a dû se demander ce qu'était devenu son bébé, petit tracteur jaune, le fait qu'elle les a peut-être vus l'attraper, mais qu'elle ne pouvait rien faire, coincée dans l'eau, le fait qu'elle a peut-être suivi ces ados pendant qu'ils paradaient sur la plage, en attendant qu'ils lui rendent son bébé, le fait que j'espère que non, le fait que j'espère qu'elle n'a rien compris à ce qui se passait, dauphins, baleines, tortues, tortures, le fait que je ne sais pas, mais parfois j'ai l'impression qu'il se passe trop de tragédies dans le monde pour naître, pour être, le fait que le premier enfant d'Alice Neel est mort bébé et le second a été emmené à Cuba par le père et a fini par se suicider, fourchettes à poisson, macaron, marcassin, AÏE, allons bon, un, deux, trois, quatre, argh, oh, mais d'où il sort ce bidule, un petit avion à hélice tout riquiqui, le fait qu'à cause de lui j'ai failli carrément décoller, au lieu de quoi me voilà juste en train de pleurer en silence, le fait que je devrais porter des chaussures avec des semelles plus épaisses en attendant que Jake grandisse, lits jumeaux, étagère du haut, rouge à lèvres, moelleux au citron, émigration forcée, pont tournant, le fait qu'on ne peut pas vraiment comprendre les fluides sans comprendre le magnétisme et la géométrie, ♫ *Some enchanted evening* ♫, le fait que Stacy a fini de regarder *South Pacific*, et je lui ai dit que c'était chouette qu'elle aime autant les comédies musicales, et elle a dit qu'elle ne les aimait pas, et j'ai demandé « Alors pourquoi tu en regardes ? » et elle m'a fixée droit dans les yeux et a dit « Pour voir quel effet ils me font », ce que je n'ai pas vraiment compris, alors j'ai dit « Bon, et quel effet te font-ils ? », et sa réponse a été « Ça me rappelle que je ne suis pas blanche », le fait que ça m'a juste anéantie, le fait que ça m'a profondément blessée, le fait que je n'ai pas su quoi dire, le fait que mes genoux ont flageolé, le fait que je ne me doutais pas du tout qu'elle s'en faisait pour des choses comme ça, le fait que je n'ai jamais voulu que ce genre de chose la perturbe, jamais, le fait que je n'ai jamais voulu qu'elle s'en soucie, pas une seconde, grands dieux, noir et blanc, films en noir et blanc, Technicolor, Todd-AO, ♫ *There is nothin' like a dame* ♫, et je croyais qu'elle aimait juste ces trucs, *Noël blanc, Les Sept Femmes de Barbe-Rousse,* les Indiens dans le train dans *Annie du Far West*, oh mon Dieu, *My Fair Lady*,

*

Il y a plein d'endroits sauvages entre les failles, qui forment des passages involontaires – elle restait près des lits cimentés, des bandes de pelouse à l'abandon le long des autoroutes, des forêts urbaines et périurbaines. Un soir, elle s'aventura sur une vaste pelouse au milieu de la ville, un parc. Sa présence effraya les oiseaux aquatiques, qui poussèrent des cris stupides et éclaboussèrent tout. Elle longea le bord d'un étang, suivie par les cris. Mais quand elle fut loin, les oiseaux se ressaisirent. Les oiseaux vivent dans l'instant, ils vivent vite.

Pour la femelle couguar, se déplacer était encore un plaisir, le plaisir de l'attente. Elle avait besoin de plaisir pour pimenter la chasse. Le plaisir était à présent gâché par la disparition de ses petits, mais elle avait faim. Elle repéra un raton-laveur dans la roseraie, dévora ses entrailles, creusa une fosse derrière un banc, l'y déposa et le recouvrit à moitié de feuilles. Puis elle s'étira, s'allongea sur le flanc, laissant la terre fraîche supporter tout son poids.

Elle fut réveillée de nouveau par des cris d'oiseaux. Une fois de plus, les oiseaux près de l'étang étaient troublés, mais c'était dû cette fois-ci à une vaste invasion de policiers, arborant tous le même plumage. Accompagnés de chiens, ils avançaient vers la roseraie en une longue et large rangée, leurs armes se balançant à chaque pas. Des tueurs, en chasse. La femelle couguar s'éclipsa sans bruit.

Par chance, elle fut la première à trouver l'homme qu'ils cherchaient, perché dans un arbre, dans un carré plus boisé. Ses pieds qui tournaient étaient sur son chemin quand elle bondit. Elle ne s'arrêta pas pour l'examiner. Rien de tout cela ne la concernait.

Quand la police le découvrit, elle avait déjà franchi la clôture du parc sans se faire remarquer. Les chiens hurlaient et tiraient sur leur laisse, tout excités, avides de se lancer à sa poursuite, mais leurs maîtres ne tinrent pas compte de leurs désirs.

Le pendu s'était suicidé, mais pas avant d'avoir poignardé sa mère et le petit ami de celle-ci plus tôt dans la soirée, et sa demi-sœur encore bébé. Il les avait poignardés sur place. Quand ils eurent cessé de bouger, il s'était éloigné en marchant dans la mare de sang et avait pris le dernier bus qui se rendait en ville.

Une caméra le filma alors qu'il se dirigeait à pied vers le parc municipal. Il avait été apprenti jardinier ici pendant un temps, et c'est l'endroit qu'il avait choisi pour finir le travail qu'avait été sa vie.

*

le fait qu'un carouge à épaulettes vient de s'envoler devant moi, surpris et furieux, ça alors, le fait que je voulais juste le regarder barboter dans la bassine des poules, le fait que je ne voulais pas le mettre dans une tarte, biscuits Bath Oliver, mon nez, Dr Oliver, *Oliver !*, le fait qu'il fait un temps magnifique maintenant, en cette fin d'après-midi, le fait que ça ne craint sûrement rien d'être dehors, le fait qu'on n'a pas revu le couguar depuis des jours, le fait que j'ai juste envie de m'installer au soleil un petit moment et de lire le roman d'Anne Tyler et de regarder le poirier kazakh des Kinkel, qui est presque à son apogée, au stade où il commence à ressembler à un bol gigantesque de pop-corn, le fait que je ne comprends pas pourquoi Joyce Carol Oates se plaint, franchement, le fait que en quoi c'est grave, posséder un verger plein de poiriers, le fait que les fleurs doivent être spectaculaires, comme des cerisiers en fleur, « Le cornouiller, le cornouiller ! », ce passage avec le cornouiller, le fait que Leo en a plus qu'assez du « fichu cornouiller » d'Atlanta, le fait qu'il dit qu'il ne le supporte plus, mais le poirier kazakh c'est vraiment quelque chose, un festival de blanc, le fait que de loin ils doivent ressembler à des pompons de pom-pom girls dispersés dans les plaines du Kazakhstan mais, d'après Doreen, le poirier sauvage kazakh aura bientôt disparu, parce que les animaux des fermes mangent les arbres, le fait que les poiriers kazakhs n'ont pas leur place dans l'agriculture kazakh moderne, Kinkel, Kazakh, Cosaque, Joyce Carol Oates, les chats de Pallas, le fait que ça signifie que le poirier kazakh des Kinkel est peut-être un des derniers au monde, le fait que j'aimerais qu'on en ait un, le fait qu'elle pourrait me donner un rejet et qu'ils pourraient se croiser et on pourrait perpétuer l'espèce, et avoir des poires, le fait que je crois que l'arbre des Kinkel est stérile, parce qu'il n'y pas d'autre poirier kazakh entre ici et l'Oural, ou alors c'est la mer Caspienne, le fait qu'à l'origine les Kazakhs étaient des nomades, ce qui devait mieux convenir aux poiriers, le fait que l'agriculture a nui aux arbres, le fait que je dois reconnaître que le poirier kazakh compense la vipérine des Canaries, le fait que je ne sais pas pourquoi ils aiment autant les vipérines, le fait qu'ils ont une nouvelle vipérine chaque été, le fait que les abeilles les aiment, les vipérines je veux dire, pas les Kinkel, le fait que je revois encore Doreen Kinkel s'avancer dans son jardin avec sa première vipérine des Canaries dans un énorme pot, carillons, le fait que cette plante n'était pas très impressionnante au début, et trop petite pour le pot, le fait que quand elles sont toutes petites on les remarque à peine, mais ensuite elles commencent à donner des pousses, le fait que c'est comme un amaryllis mais à une échelle beaucoup plus grande, la façon dont elles poussent, poussent, fentanyl, pousse-toi de là cow-boy, *Shane*, le fait qu'une vipérine des Canaries peut pousser de trente centimètres par jour, toute dégingandée et l'air bête, le fait que je pense qu'elles sont sûrement plus jolies en groupe, comme nous tous, et pas toute seule comme celle des Kinkel, le fait qu'elles fleurissent d'un coup, petites fleurs bleuâtres, et qu'elles restent comme ça tout l'été, ce qui est chouette sauf qu'elles ont un peu l'air de venir d'une autre planète, Vénus peut-être, nomades, espèces introduites, le fait que les marronniers glabres sont d'ici, le fait que notre arbre est comme son propre village, tellement de créatures y vivent, y compris mes enfants, le fait qu'il y a des oiseaux, des abeilles, des serpents, des écureuils, et des ratons-laveurs, Dieu sait quoi, le fait qu'il y a aussi la balançoire des enfants et leur cabane, et donc eux aussi y passent l'été, le fait que j'aime bien quand le marronnier vous balancent ses grosses boules épineuses à l'automne, ou en hiver, quand chaque branche est mise en valeur par la neige, mais le printemps c'est sympa aussi, avec ces cônes de fleurs jaune pâle qui se dressent partout, le fait que les fleurs ne durent pas très longtemps, le fait qu'il faut en profiter tant qu'elles sont là, le fait que j'ai fini par réussir à repiquer mes géraniums, avec les enfants dans les pattes, et des couguars partout, le fait que maintenant ils sont dans les parterres, les géraniums, pas les couguars ou les enfants, le fait que désormais je ne veux plus dans mon jardin que des géraniums, des capucines et quelques soucis, oh, et du muguet, et de la lavande bien sûr, et des pensées, le fait que j'espère que les poules n'abîmeront pas les géraniums, le fait que la pluie m'a empêchée d'aller chercher les œufs de midi, et maintenant les poules ne savent pas si elles doivent rentrer ou sortir, le fait que je n'y connais absolument rien en jardinage, le fait que je ne suis même pas sûre de savoir ce qu'est un parterre de fleurs, le fait que je viens de me souvenir que j'ai rêvé que j'étais un léopard et que j'avais des pouvoirs magiques, le fait que je pouvais bondir si je voulais, presque voler on aurait dit, le fait que je bondissais dans un arbre et atteignais une belle branche, large et accueillante, et ensuite je voulais juste m'allonger, et c'est ce que je faisais, et peu à peu le poids de mon corps faisait ployer la branche de plus en plus vers le sol, ce qui ne me dérangeait pas, parce que j'étais heureuse et rassurée d'être près du sol, le fait qu'alors j'étais de nouveau moi, humaine, mais toujours confortablement allongée sur la branche, qui se trouvait désormais dans un bâtiment, le fait que je me sentais trop bien pour me lever, même si la pièce se remplissait de gens, le fait que non mais quelle horreur, cet enfant de deux ans qui a tué son frère de un an, le fait qu'on a reproché à la maman d'avoir laissé une arme chargée dans sa chambre, consignes de sécurité, précautions, protocoles, protons, le fait que comment fait-on pour vivre après ça, *Lizzie Borden a pris un grand couteau, et découpé sa mère en petits morceaux*, gaga, Lady Gaga, cacao, caca, le fait qu'on ne trouve guère de violence dans les romans d'Anne Tyler, enfin, pas directement, le fait qu'il y a l'enfant qui se fait abattre dans *Voyageur malgré lui*, mais ça arrive un an avant que le livre commence, comme en coulisse, et on n'en parle pas beaucoup dans le livre, juste les conséquences, le fait que c'est pour ça que ses romans sont apaisants, parce que vous savez qu'il ne va rien se passer de vraiment horrible, le fait que je trouve qu'il y a déjà bien assez de violence dans le monde, le fait que c'est Cathy qui me l'a prêté, le fait que, elle, elle aime la violence, ce qui est un peu surprenant, mais elle lit toutes sortes de trucs, le fait qu'elle lit vraiment très vite, le fait que je me demande si elle lit tous ces trucs sanglants parce qu'elle a vécu cette histoire elle-même, le fait qu'elle a peut-être besoin de ça, le fait qu'elle a peut-être intériorisé toute cette expérience et qu'elle continue d'y travailler, pour en finir, approche hydraulique de la fonction parentale, le fait qu'elle alterne, heureusement, par exemple elle va lire un thriller puis un truc distrayant, le fait qu'en général quand je suis malade je ne lis que du Anne Tyler, le fait que Leo en trouve facilement en librairie, baies libres, liberté, Cloche de la Liberté, le fait que je pourrais faire des *tartes aux baies libres*, avec de l'encre de seiche et des pâtes alphabet, le fait qu'Anne Tyler est originaire de Baltimore, quartier général mondial du KKK, flets, crabes, mais ses livres ne parlent pas de ça, le fait qu'ils parlent surtout de familles soudées et d'hommes bons et silencieux qui gagnent leur vie en rinçant des bouteilles ou en faisant des boulots modestes dans ce genre, et on a du mal à croire qu'ils puissent en vivre, un peu comme faire des tartes, je suppose, le fait que c'est très agréable, même si certains de ses personnages peuvent s'énerver pour des vétilles, je trouve, mais la vie continue, le fait qu'ils me font parfois penser aux romans de Patricia Highsmith, par leur façon tranquille de mener leur barque, mer étale, le fait que les gens dans les romans d'Anne Tyler sont toujours soit en train de s'asseoir sur une chaise, soit de se lever d'une chaise et d'aller se planter derrière quelqu'un qui est assis sur une chaise, ou alors ils sortent lentement d'une pièce et vont dans une autre pièce ou reviennent et s'assoient, le fait qu'il y a vraiment beaucoup de chaises dans ses livres, le fait qu'il y a beaucoup de chaises dans le monde, des tables aussi, des lits, des oreillers, des serviettes, des flets, « CRAINTES DE VIOLENTES RETOMBÉES », le fait qu'après que Cathy m'a raconté ce qui était arrivé à Blanche j'ai rêvé que ma cage thoracique me faisait souffrir, et quand je me suis réveillée j'avais vraiment mal aux côtes, coupe de cheveux, bâton hémostatique, le fait que je crois que mes rêves deviennent trop réels, sauf celui du léopard qui bondissait, le fait que quand j'étais petite j'aimais les bijoux, les paillettes, les couronnes dorées et tout ça, œufs de Fabergé, gorgerettes, broderie d'or, Joyaux de la Couronne, mais la magie a disparu, le fait que les bijoux ne m'intéressent plus, sauf s'ils me rappellent l'effet qu'ils me faisaient quand j'étais petite, le fait que mon déguisement d'oiseau paraissait magique lui aussi, d'un jaune si merveilleux, inestimable à mes yeux, le fait que je trouvais incroyable qu'on ait cousu chaque plume individuellement, le fait que j'ignorais alors presque tout de la façon dont les choses étaient faites, le fait que quand vous êtes enfant vous pensez que les choses sont juste là, le fait que vous pensez que les chaises et les tables sont quelques chose de naturel, comme les rochers et les rivières, le fait que vous ne pensez pas que des gens ont dû les concevoir et les fabriquer, et votre télé, le fait qu'on a encore du mal à croire que quelqu'un a sculpté le Mont Rushmore, le fait que quelqu'un à Skokie a cru voir le couguar au Vieux Verger, le fait que ce n'est plus un verger depuis longtemps, Joyce Carol Oates, dacodac, le fait que la dernière fois que j'y suis allée il n'y avait sur le parking que des arbrisseaux qui ne faisaient pas d'ombre, mais ils ont dû pousser maintenant, le fait que ça n'avait rien d'un verger plein d'arbres fruitiers, mais qu'est-ce que j'en sais, le fait que j'étais incapable de faire la différence entre deux arbres, j'étais juste une gamine, le fait que de toute façon ils n'allaient pas planter des arbres fruitiers dans un parking, le fait que personne n'a envie que des pommes cabossent votre voiture, ou que des prunes et des poires trop mûres tombent dessus pendant que vous faites les courses, et vous n'avez pas envie de glisser sur des p-p-p-prunes quand vous portez des sacs de courses, paw-paw, « donne la papatte », marronniers, marrons, le fait que notre pommier est comme un vieil ami, ou plutôt comme un esclave, vu la quantité de tartes auxquelles il a contribué, le fait qu'il ne joue pas dans la même catégorie que le poirier du Kazakhstan mais il est joli, le fait que L. M. Montgomery parle des pommiers en fleur dans ses livres, le fait que je ne crois pas que ça parle à Gillian mais peut-être qu'un jour ça viendra, le fait que je suis contente que nous ayons ce coin semi-rural, le fait qu'ils ne le savent pas encore mais ils apprennent à aimer le parfum des pommiers en fleur, le fait qu'un couguar n'a rien à faire au Vieux Verger, le fait que c'est là qu'on allait acheter nos nouveaux habits pour l'école quand on était petits, du temps seule avec Maman, le fait qu'on adorait aller acheter nos nouveaux habits pour l'école, le fait que je me rappelle avoir acheté plusieurs robes et chemisiers un jour, et j'ai vraiment aimé les porter toute l'année, le fait que c'est chouette quand on a exactement ce qu'il faut pour l'occasion, le fait qu'on se sent riche, le fait que je ne crois pas être habillée comme il faut ces temps-ci, « Dans tes rêves, ma belle », le fait que dans mes rêves je ne porte souvent rien, le fait que je revois Maman m'expliquant que je pouvais composer toutes sortes de tenues avec les choses qu'on avait achetées, en portant un chemisier différent sous quelque chose, ou une jupe différente, le fait que je crois que certains vêtements étaient réversibles, le fait que le Vieux Verger était un petit paradis, un pays de Cocagne, ptérodactyles, Marshall Field's, pull gris, menthes Frango, Pepito, le fait que je croyais que c'était à Chicago mais c'était à Skokie, le fait que j'étais bien contente qu'on n'habite pas dans un endroit qui s'appelle « Skokie », le fait que les Old Smokies ce serait mieux, Funk Bottoms, la cabane dans l'arbre, notre drôle de poulailler, le fait qu'aujourd'hui aller dans un centre commercial n'a rien d'extraordinaire, c'est presque de la routine, et parfois c'est effrayant, le fait qu'un « vêtement protecteur » est devenu quelque chose de très tentant, le fait que je devais être seule le jour où j'ai acheté cette robe jaune démente avec les manches ailes d'ange, qui ressemblait un peu à mon déguisement d'oiseau, maintenant que j'y pense, le fait que je crois que je l'ai achetée en rentrant de New Haven à Evanston, quand j'avais onze ans, le fait que je l'ai achetée avec mon propre argent, mon argent de poche, le fait que je me revois en train de compter mes sous dans le magasin, le fait que j'ai pris l'avion toute seule pour retourner à Evanston, et que j'ai dû habiter chez Jill, pendant une semaine ou deux, le fait qu'on est allées au Marshall Field's dans le centre-ville, pas au Vieux Verger, et j'ai choisi cette robe incroyable, le fait qu'elle coûtait cher, 40 $ ou dans ces eaux-là, et je n'ai dû la mettre qu'une seule fois, le fait que je l'aimais bien, mais j'avais peur que d'autres ne l'aiment pas, le fait qu'on a besoin de sa maman quand on va faire des emplettes à cet âge-là, le fait que j'aimerais bien revoir cette robe maintenant, le fait que le problème c'est qu'elle coûtait trop cher pour être portée autrement que dans les grandes occasions, et elle a eu vite fait de ne plus m'aller avant même que je l'aie vraiment portée, FOOSH, tout comme le déguisement d'oiseau et les robes hollandaises, le fait que je ne me rappelle plus ce que Maman a pensé de cette robe, le fait que je ne suis pas sûre qu'elle l'ait jamais vue sur moi, le fait qu'elle m'a brisée, la maladie de Maman, pas ma robe jaune, le fait que, de manière générale, je crois qu'elle n'aimait pas trop le jaune, 40 $, le fait que quand vous êtes jeune l'argent vous brûle les doigts, le fait que vous cherchez toujours comment le dépenser, le fait que Leo se rappelle tous ses premiers achats, le fait qu'il recevait son argent de poche le samedi et qu'il allait tout de suite s'acheter quelque chose, peu importe quoi, le fait qu'il n'avait pas le droit de s'acheter de bonbons, alors il achetait des revues, et des maquettes, et toutes sortes de trucs, le fait qu'un jour il s'est juste acheté des petites étiquettes en carton, le genre qu'on attache au bout d'une ficelle, juste parce qu'elles lui plaisaient, « J'aime beaucoup votre allure », le fait que j'étais brisée, orpheline, Hansel et Gretel, comédies musicales, Daniel Boone, vaines poursuites, lapsus, le fait que certaines lentilles nécessitent des temps de trempage différents, le fait que le maïs peut atteindre la taille d'un éléphant, la Chaîne Météo, brisée, le fait qu'on ne fait pas d'omelette sans casser des œufs, brisée, amulette, gorgerette, engorgé, le fait que les femmes allaitent moins leurs bébés en Amérique que dans n'importe quel autre pays industrialisé, le fait que quand je suis allée voir les poules hier soir la pleine lune était basse et jaunâtre, et comme posée sur un nuage, comme si le ciel nous présentait une jolie boule de glace à la vanille dans une coupe, mais où étaient les cuillers en plastique, pleine lune, plaid, plaie, pluie, plomb, plaire, ponton, poltron, pochtron, vallon, ballon, fripon, dragon, parangon, le fait que ça vous marque, je crois, de ne se sentir aimé de personne, mais je suis aimable, et aimée, pas comme la bureaucratie, le fait que qui aime la bureaucratie, franchement, à moins qu'il soit impossible d'aimer la bureaucratie, administration, planning, Excel, délais, dyslexie, DNC, monotone, ton, coton démaquillant, poivre noir, mi-bas, lait, Kleenex, le fait qu'un ténor d'une trentaine d'années vient de mourir du tétanos, ce qui est horrible, trente, *tétanus*, ah non, le fait que ce n'était pas un des Trois Ténors, le fait que j'ai la même date d'anniversaire qu'un des Trois Ténors mais je ne me rappelle plus lequel, le fait que Matthew Polenzani est un ténor, mais ce n'est pas un des trois, Flak, flaquer, flaque de marée, le fait que Rachel Carson aimait bien les flaques de marée, shampooing, vin, bagels, serviettes en papier, jambon, cornichons, safran, curcuma, persil, pommes de terre, Chivington, Winnebago, Galaxy Quest, samedi, huile d'olive, vanille, ail, bibliothèque, Ouilmette, Wilmette, Skokie, Mamie, Maman, le fait qu'on se baignait pendant qu'elle restait à lire sur la plage en robe d'été et lunettes de soleil, le fait que j'aimerais pouvoir appuyer sur un bouton pour remonter le cours de ma vie, le fait que Frederick se prélasse près de la clôture, dans l'espoir que quelqu'un passe sur le trottoir, le voie et l'adore, le fait qu'il a une queue très longue en panache, le fait qu'il vient de se trouver un lit d'épines de pin marron, à l'abri de la plus basse branche du pin, le fait qu'il serait presque complètement camouflé sans ses jolies pattes d'un blanc crémeux, et son ronronnement puissant, le fait que les gens ne peuvent pas s'empêcher de se pencher pour lui parler et le caresser, ce qu'il accepte volontiers, ce petit minou, mais il n'a pas *besoin* de leurs caresses, le fait qu'il est heureux avec ou sans, ce chat, juste heureux en soi, le fait qu'il est en train de s'étirer encore plus, le fait qu'il a calé sa tête entre ses pattes de devant d'une façon adorable, avec son menton sur les épines de pin, prêt à roupiller, le fait qu'il est l'image même du contentement, le fait qu'il n'a pas besoin d'autres créatures autour de lui, le fait qu'il ne pense pas à chasser ou roupiller ou se lécher, il ne remarque même pas les oiseaux qui bruissent tout près, le fait qu'il se prélasse juste pour fêter le printemps, le fait qu'il ne pense pas à la fin du monde, le fait que Frederick vivra toute sa vie sans penser à la fin du monde, pas de sac de survie pour lui, non m'sieur, le fait qu'il pense juste à sa propre existence et trouve qu'elle est chouette, le fait que les chats sont peut-être encore plus doués pour le plaisir que les chiens, même si les chiens sont très forts de ce côté-là, même quand ils ont un mal de chien, mélodie du bonheur, chœur des oiseaux, Messiaen, Aaron Copland, coupable, le fait que je crois que les animaux pensent beaucoup, le fait qu'ils ont le temps, eux, et les oiseaux aussi, le fait que les oiseaux font tout rapidement, le fait que les oiseaux pourraient imaginer des romans entiers en vingt secondes, je parie, des romans plus vivants que ceux d'Anne Tyler, mais les oiseaux ont des cervelles d'oiseaux, donc ça pourrait les ralentir un peu, le fait que je ne vois Opal nulle part, le fait que où est-elle encore passée, le fait que je ne l'ai pas vue de la journée, sapristi, chapristi, le fait que c'est incroyable mais chaque créature possède son propre centre, et regarde le monde depuis ce point de vue, même un ver, ou une méduse, hamsters, chouettes, le fait que même une feuille éprouve des sensations, le fait qu'on voit bien que les feuilles apprécient la chaleur du soleil sur elles, le fait qu'on a l'impression que les feuilles se font bronzer, qu'elles laissent le soleil les lécher, le fait qu'il arrive, aux moments parfois les plus improbables, qu'on se rende compte qu'on est tout simplement ravi d'être en vie, et quelle chance on a de faire juste partie d'un tout, d'avoir un corps, et de pouvoir sentir et voir et marcher sur la Terre, pendant un certain temps, le fait que les enfants naissent heureux, et que le devoir d'une mère est de faire en sorte qu'ils le restent le plus longtemps possible, le devoir de tout le monde, le fait que c'est pareil pour les fleurs, le fait qu'il est impossible qu'un coquelicot qui vient de s'épanouir ne soit pas ravi d'être en vie, et les arbres, les chutes d'eau, le fait que les chutes d'eau ont l'air ravies, sauf quand elles se tarissent pendant une sécheresse, les chutes à Fallingwater, le fait que l'eau doit avoir une perception d'elle-même, et vraiment bien s'aimer, parce que les bras d'eau essaient toujours de se rejoindre, le fait qu'il est difficile de les en empêcher, le fait que c'est pour ça que les océans existent, ce sont de grands raouts aquatiques, Cousteau, le fait que les vagues sont peut-être inquiètes à l'idée d'être séparées du reste de l'eau, le fait qu'elles n'ont sans doute pas envie de finir coincées dans une flaque de marée, le fait que c'est pour ça que les barrages sont si tristes, parce que l'eau n'a pas le droit de faire ce qu'elle veut, comme chercher de nouveaux courants dans lesquels se jeter, de nouveaux camarades de jeu, criques, lacs, étangs et rivières, le fait que mêmes les gouttelettes d'eau sont attirées les unes par les autres, gouttes d'eau dans des flaques de marée, flaques d'eau, le fait que c'est pour ça qu'un verre d'eau présente une surface courbe, un ménisque, parce que l'eau essaie de garder sa cohérence le plus longtemps possible, le fait qu'elle n'a pas envie de déborder, le fait que l'eau tient à son intégrité, et résiste à la terre, le fait que *toute chose* a une certaine conscience de sa propre existence, même un rocher, je parie, même ces failles de huit mille mètres de profondeur sur Pluton, et le Grand Canyon, qui doit être très content de lui-même, tout rouge et jaune et vert, touristes, balades à dos d'âne, couchers de soleil, bulle de savon, libellule, pitbull, le fait que la seule chose que je veux c'est éprouver un peu de contentement, pour moi et quelques autres personnes que je connais, sornettes, roulettes, ♫ *My Sal, she's a spunky gal* ♫, mais c'est si dur, tip-topité, « Printemps appalachien », *Printemps silencieux*, Sentinelles silencieuses, *Le Pont*, le pont de Brooklyn, broutilles, brouette, brouter, brousse, le fait que Hart Crane était originaire de Garrettsville, dans l'Ohio, et qu'il se disputait avec son père pour des questions d'argent et maintenant tous les deux sont morts et à quoi ça les a avancés, le fait que personne n'a encore embarqué les plantes que j'ai déposées sur le trottoir, le fait que ce n'est pas comme si elles n'avaient aucune valeur, le fait que ce sont juste des choses que j'ai en trop parce que je veux des capucines cette année, et des géraniums et du muguet, le fait que j'espère que ces vieilles plantes seront bien traitées, le fait que les gens croient que les trucs gratuits sont sans intérêt mais ce n'est pas toujours le cas, le fait que j'ai trop investi dans les plantes dont je me débarrasse, pas de l'argent, juste du souci, le fait que je dois apprendre à lâcher prise, le fait que certaines personnes méditent presque en permanence, mais je ne vois pas en quoi ça leur fait du bien, et certaines personnes ont des plans de travail microbiens, ou antimicrobiens, dans leur cuisine, et à quoi ça sert, et certaines font les deux, le fait qu'elles méditent et ont des plans de travail résistants aux microbes, comme Deepak Chopra, microbien, vérifier si la pâte lève, le fait qu'on ne voit pas vraiment la forme entière d'un arbre avant d'en être à une certaine distance, le fait que j'apprécie un joli bosquet, le fait que j'aime ce mot, « bosquet », le fait qu'un joli bosquet offre un bel endroit pour pique-niquer quand il fait chaud, le fait que les arbres semblent vivre dans un autre fuseau horaire que nous, et ils vivent tellement plus longtemps que nous, mais bon, ce sont nos compagnons, le fait que ce frésia a son propre fuseau horaire, dimension temporelle, le fait que, oh mon Dieu, le fait que cette joggeuse a les jambes les plus boudinées du monde, le fait que moi ça me gênerait, le fait que c'est méchant de ma part, le fait que ce n'est pas sa faute si ses cuisses ressemblent à, bon, Pluton, et Pluton a l'air d'en avoir bavé, le fait que tout le monde a de la peine pour Pluton, le fait que certaines personnes mangent pour vivre et que d'autres vivent pour manger, et d'autres s'en fichent, le fait que je mange pour vivre, mais je vis aussi pour faire la cuisine, ou fais la cuisine pour vivre, le fait que Gérard Depardieu reproche à Andie MacDowell de manger des graines pour oiseaux dans *Green Card*, bonbon au maïs, ♫ *I'm singin' in the rain* ♫, le fait que demain est un autre jour, sauf quand il n'y a pas de lendemain, tôt, tardif, tardigrades, macrophages, le fait qu'il faudra bientôt aller cueillir des baies, quand il n'y aura plus de fauves dans les parages, Maman Tigre, Frésia, ♫ *Il en faut peu pour être heureux* ♫, ziti, mozzarella, buns, côtes de porc, crème aigre et cognac, gueule-de-loup, boudins, potelé, pot au feu, tofu, le fait que les enfants ont été renvoyés chez eux après qu'on a aperçu une nouvelle fois ce couguar, puis on leur a demandé de revenir à l'école, pas parce qu'ils ont capturé le couguar mais parce que des parents ont fait tout un ramdam, le fait que ça peut se comprendre, le fait que tellement de choses ferment par ici, le fait que personne ne peut se permettre de prendre un jour de congé, pas si on veut se nourrir et rembourser l'emprunt et payer l'assurance maladie et les frais de scolarité, le fait que je crois qu'il est plus prudent de laisser ses enfants se faire dévorer par un couguar en liberté pendant la récréation que de perdre sa maison, le fait que Leo ne nous laisserait jamais perdre notre maison, je sais, le fait que si vous voulez mon avis, cette histoire de chasse au couguar devient absurde, lavettes, Code Jaune, Code Rouge, le fait qu'on a l'impression que l'Amérique entière est terrorisée par un couguar, du moins on espère qu'il n'y en a qu'un, le fait que si c'est une invasion de couguars ils ne l'ont pas dit, le fait qu'ils ont l'air de circonscrire les recherches maintenant, au sud de l'Ohio, couguar, puma, panthère, le fait que ça me fait peur, le fait que je ne veux rien avoir à faire avec un lion, un couguar, un puma ou une panthère, le fait qu'il y a toutes sortes de hashtags sur Twitter et de théories du complot maintenant, #couguarnaque, #pumagate, et tout le monde spécule pour savoir s'il s'agit vraiment d'un félin ou de quelque chose de surnaturel ou même d'extraterrestre, ou d'un canular, le fait que cette histoire de fauve a même réussi à éclipser Trump pendant un temps, le fait qu'on pourrait penser que ça joue en sa faveur mais ça ne lui plaît pas, le fait qu'il ne cesse de twitter que ses ennemis ont lâché un lion pour détourner les gens de son travail, le fait que son slogan de campagne pour les prochaines élections présidentielles va être *Keep* America Great Again, KAGA, caca, ACA, DACA, kakistocratie, Kazakhstan, Caucasiens, le fait que ça ne veut pas dire grand-chose comme slogan, « Rentre le ventre *encore* », « Ne te frotte pas à l'Ivy League *encore* », GOA, GAR, DAR, DAPA, le fait que l'Amérique sera soit un succès soit un échec, Ho Jos, mojo, cacao, canards, feuilles noires, ciel blanc, Waterlow Park, cinq mille canards qu'on mène en troupeau dans une rue en Chine quelque part, sur YouTube, le fait qu'ils étaient très dociles, et tous identiques, pauvres canards, Maîtresse de la Loge, Am-Tra-Sa, clés de voiture, le fait qu'il existe maintenant un club, dont le but est d'abattre ce couguar, le fait qu'il s'appelle Mission Sécurité ou quelque chose dans le genre, non, ça c'est autre chose, le fait que ce club s'appelle Liberté Sans Peur, LSP, le fait que Leo a dit qu'il devrait s'appeler le Club des Gâchettes Faciles, CGF, CGT, TNT, le fait que je vois tout le temps des types aller et venir dans des pickups, et tirer en l'air, sans raison, bon, pas dans notre rue, mais ils ne sont pas loin, le fait qu'on entend beaucoup plus de coups de feu qu'avant, le fait que la police n'essaie même plus d'arrêter ces chasseurs de couguars, le fait que je crois qu'ils ont renoncé, les flics, pas les chasseurs, le fait que je crois que les flics en ont assez de faire la circulation toute la journée, le fait qu'il y a déjà eu beaucoup d'accidents de voiture à cause de ce couguar, bon, pas directement, juste à cause de la folie sur les routes, et des chauffards ivres, mais c'est plus ou moins lié au couguar, parce que les gens paniquent, dommages collatéraux, le fait que ces chasseurs de couguars conduisent comme des dingues et se percutent entre eux, en partie parce qu'ils se laissent facilement distraire par tout ce qui ressemble vaguement à un fauve au bord de la route, le fait que ce qui avait commencé comme une chasse bon enfant, une tentative héroïque pour sauver l'Ohio, se termine en pugilat à cause d'un pare-chocs enfoncé, auto-tamponneuse, le fait que les auto-tamponneuses dans les fêtes foraines n'ont plus le droit de tamponner, mais je n'ai jamais aimé ça de toute façon, le fait que je voulais juste faire un tour dans une petite voiture toute seule, le fait que c'était tellement chouette d'être au volant d'un de ces machins, avec les gros sièges rembourrés et tout, le fait que j'ai toujours voulu avoir une voiture dans ce genre, sans toit, mais on récupérait toujours les anciennes voitures de Papy, le fait que dans cette nouvelle de Hardy, un homme se tient à côté d'un manège, et il échange un regard avec une femme alors qu'elle passe en tournant, et à partir de là tout ne fait qu'empirer, spirale, aspiré, le fait que Liberté Sans Peur a de grands projets, le fait qu'ils disent qu'après avoir abattu ce couguar ils vont débarrasser l'Amérique de « tous les prédateurs, humains et animaux », le fait que ça veut dire quoi, ça, le fait que leur QG est dans l'Utah et qu'ils se sont entraînés sur les tout derniers couguars qui vivent là-bas, se préparant pour la grande aventure dans l'Ohio, le fait que les licences de chasse dans l'Utah s'obtiennent déjà très facilement et qu'ils viennent juste d'en délivrer toute une tripotée, même si aucun État n'interdit de chasser le couguar, le fait que le Club des Gâchettes Faciles, ou je ne sais quoi, a déjà obtenu un Certificat d'Excellence de TripAdvisor, et aussi du matériel, comme des casquettes et des tee-shirts avec marqué dessus LSP, et CH, pour « Chasseurs Héroïques », et ASV, ce qui veut dire les Armes Sauvent des Vies, des mugs aussi, blagues, nouba, le fait que d'autres groupes sont mis sur pied par des organisateurs de battues, qui sont comme des organisateurs de mariage, le fait que je me demande s'ils disent aux gens de brandir des armes en l'air comme si c'étaient des voiles de mariée, ou alors des munitions si vous n'osez pas brandir des armes, Marlon Brando, le fait que ça coûte environ cinq ou six mille dollars pour chasser le couguar, mais tout est compris, y compris le couguar mort, sceau de la fac de Peolia, mais ils doublent les tarifs pour l'Ohio, à cause de la demande qui est très forte et de la distance et des difficultés, le fait qu'on peut avoir une ristourne si on emmène ses enfants, le fait que c'est moitié prix pour les enfants de moins de vingt-cinq ans, même si le Département de la Sécurité intérieure vient de publier des consignes très strictes, comme de ne pas emmener les enfants à la chasse, après ce qui s'est passé à Akron, mais tout le monde pousse les femmes et les enfants à tirer ces temps-ci, Annie Oakley, Dana Loesch, le fait que ce type à Akron croyait vraiment que chasser le couguar serait une bonne façon de s'entraîner pour ses fils, qui venaient juste d'apprendre à manier le Uzi, alors ils y sont allés et un des garçons a tiré accidentellement dans le pied de son frère, et en retour son frère l'a abattu, battue, le fait que maintenant tout le monde tient le couguar pour responsable, pas le père, le fait que ce couguar porte le chapeau pour tout, fermetures d'école, dépôts de bilan, pénurie de produits alimentaires, tout, le fait qu'on lui reproche pas mal de choses, et pas seulement les coups de feu intempestifs et les accidents de voiture, les perturbations dans les programmes télé et autres divertissements, le sport et tout ça, les Possums, la vie nocturne, le tourisme, les granges à bâtir, scène du bain avec Kelly McGillis, le fait qu'ils s'attendent à ce que le taux de natalité grimpe en flèche, d'ici neuf mois, parce que les gens restent chez eux, ♫ *I ain't had no lovin' since January, February, June or July* ♫, le fait que j'ignore ce qui tracasse les gens, le fait qu'il y a eu une petite émeute à Cleveland, après que quelqu'un a cru apercevoir le couguar, le fait que ce quelqu'un a fini par admettre qu'il n'avait rien vu et une bande de types s'est mise à piller les magasins, le fait que c'est peut-être juste de la frustration à cause des couvre-feux et des fermetures, feu qui couve, le fait que ce couguar rend les gens dingues, éluder, extruder, exsuder, le fait qu'il y a des couvre-feux à Dayton et à Columbus, et des signalements sans fondement de ce couguar un peu partout, même à Cy Young Park, et à la laiterie Young's Jersey, et à Youngstown, peut-être tous les endroits avec « Young » dans le nom, le fait qu'heureusement on n'habite pas à Youngcomerstown, le fait que les couguars sont apparus avant nous il y a des millions d'années, le fait que le dernier couguar de Pennsylvanie a été abattu en 1969, mais le dernier qu'ils ont abattu dans le Vermont c'était en 1994, et il en reste peut-être quelques-uns au Canada parce que les greniers sont plus calmes là-bas, Frederick qui se prélasse, le fait que le suspense est vraiment insoutenable, le fait qu'ils vont exulter quand ils l'abattront, exécrable, exsuder, extruder, le fait qu'il doit se sentir très seul s'il est le dernier couguar aussi loin à l'Est, ou au Nord, perdre le nord, le fait que je mène une existence triste et solitaire depuis la mort de Maman, le fait qu'on fait quoi si un couguar entre ici, le fait que je suppose qu'on pourrait essayer de se cacher dans le grenier, le fait que j'ai aussi peur des couguars que des ours, le fait que les pièces blindées se vendent bien récemment, et que des tas de gens installent des barreaux à leurs fenêtres, comme s'ils vivaient en prison, des prisons domestiques, le fait que j'aimais bien le grenier chez Abby, le fait que ça sentait comme ça doit sentir dans un grenier, vieilles couvertures et décos de Noël et lits de camps et naphtaline et meubles remisés, et draps et courtepointes et vêtements d'hiver pliés et déposés dans des malles et des commodes depuis des années, et le pin à l'ancienne, non traité, mais il était peut-être traité, le fait qu'il devait l'être, connaissant Abby, Mississippi, Mishewaka, Mishipeshu, DNC, arrête tes bobards, carouges, martinets, poules, le fait que je me demande ce que j'ai fait de cette jupe scintillante que j'avais quand j'étais ado, le fait que où est-ce qu'elle est passée, et mon chemisier guatémaltèque, le fait qu'apparemment on l'a vu au même moment dans les Appalaches et dans les Blue Ridge Mountains et dans les Adirondacks, le couguar, pas mon chemisier, dans l'Indiana aussi, le fait que quelqu'un a signalé l'avoir vu à Mishawaka, South Bend, « Ça donne envie de danser », le fait que ce couguar décrit des cercles, idem pour ceux qui le chassent, spirales, derviches tourneurs, toupies, et il y a toutes ces querelles frontalières concernant les services d'urgence, parce qu'ils n'arrivent pas à décider si le problème du couguar est du ressort de l'Ohio, ou de l'Indiana, ou de la Virginie-Occidentale ou de la Pennsylvanie, le fait que les gens réclament une intervention du gouverneur, mais quel gouverneur, la ville venteuse, la Grosse Pomme, pomme d'amour, pommiers en fleur, le fait que les toupies peuvent tourner longtemps, soleil d'artifice, moulins à vent, éoliennes, attrape-rêves, maudits barrages, le fait qu'ils ne font que se plaindre et critiquer, le fait que quelqu'un a vu un couguar en Arizona et que la moitié de cette équipe Mission Impossible en Utah a foncé là-bas pour l'abattre, juste pour le plaisir je suppose, parce que ça ne peut pas être celui de l'Ohio, sauf s'il a des pouvoirs magiques lui permettant de se trouver à deux endroits différents en même temps, le fait que c'est quoi le mot pour ça, transportation, non, téléportation peut-être, transsubstantiation, ménisque, hydrangea, le fait que moi j'aimerais bien être dans deux endroits à la fois, Jake torse nu, le fait qu'il existe des tas de noms indiens pour désigner les couguars, le fait que Katalgar signifie Le Plus Grand Chasseur Sauvage, et Puma signifie Puissant Animal, Pi-twal signifie À Longue Queue, et Ko-Icto signifie Chat de Dieu, le fait qu'il y a aussi Mishipeshu, la panthère sous-marine, et Chat de Feu, le fait qu'ils sont très proches des guépards, et qu'ils peuvent courir à soixante-dix kilomètres heure, donc oui ils se baladent pas mal, le fait que leurs moustaches détectent les courants dans l'air, le fait qu'un couguar affamé peut manger des scarabées, le fait que c'est étrange de voir le pays tout entier se mobiliser contre un gros chat mangeur de scarabées, le fait que, enfin quoi, ça coûte combien tout ça, entre les chiens de chasse, la Garde montée, les heures de travail, les hélicoptères, les caméras thermiques, le corps des Ingénieurs de l'armée et la Garde nationale, le fait que pour éviter la panique collective ils ne disent plus aux gens où a été aperçu le couguar, mais tout le monde panique quand même, parce que personne ne fait confiance aux infos données par les autorités,

BunnyRanch, et les gens sont remontés à bloc, le fait qu'ils réagissent pareil face aux immigrants, le fait qu'ils ont peut-être confondu le couguar avec un sans-papier, un migrant entré illégalement dans l'Ohio, commérage, Newcomerstown, Cheechako, Rêveur, un puma mexicain, le fait que Newcomerstown s'appelait autrefois Neighbourtown, bon voisinage, le fait que dans ce cas ma place n'est pas ici parce que je ne suis pas une bonne voisine, le fait que je ne comprends pas pourquoi ils ne régularisent pas tous les immigrants afin que ces derniers paient des impôts, mais personne n'oserait dire une chose pareille ici, parvenu, revenu, impôts, liberté de parole, liberté d'information, autocollants ACLU, carambolages, BSA, le fait que je crois que je souffre du Syndrome de Résignation, SR, VR, trauma, le fait que quand un bébé couguar perd sa mère avant neuf mois il est rare qu'il survive, le fait qu'au Brookfield Zoo de Chicago ils se servent d'une marmotte en plastique pour abuser les couguars, je veux dire les amuser, le fait que certains Américains pourraient eux aussi recourir à une marmotte en plastique, boudins, cellulite, « Je mange de la salade », le fait que c'est bizarre que tous les mammifères aient un nombril, enfin je crois, le fait que les nombrils sont bizarres, mais sans eux on aurait l'air étranges, le fait que je vois mal comment un couguar pourrait dévorer toute la population de l'Ohio, dernières paroles célèbres, toucher du bois, le fait qu'il y a du positif, le fait que ce couguar fait vendre les journaux, le fait que les tirages augmentent, et que Walmart, McDonald's, Burger King, Dunkin' Donuts et Krispy Kreme cassent la baraque et « rrrrugissent » de satisfaction, parce que les gens considèrent ces endroits comme des refuges, surtout la nuit, quand le couguar doit être en train de chasser, le fait que tout le monde se réfugie dans un restau dans *Les Oiseaux*, mais ça ne sert à rien, le fait que les gens pensent qu'il ne peut rien leur arriver de grave dans un fast-food connu avec une grosse enseigne au néon, même si c'est là qu'ont lieu des tas de drames de nos jours, Abby, le fait qu'Abby aimait bien les hot-dogs de Howard Johnson, le fait que les HoJo ont été longtemps tenus à l'écart, le fait que l'autre jour un type est rentré en voiture dans la vitrine d'un Walmart parce que son nouveau matelas n'avait pas été livré à temps, le fait qu'il a blessé six clients, le fait que j'espère qu'il arrive à dormir comme il faut sur son nouveau matelas, punaise, le lait de la tendresse humaine, souillure, marbrure, marelle, jointoyer, films en noir et blanc, feuilles humides, noires et glissantes, ciel blanc reflété dans les flaques de Waterlow Park, ménisque affaissé, concave, convexe, le fait que les vagues savent exactement quoi faire, le fait que Leo est d'accord avec ma théorie sur l'eau, le fait qu'il dit que les molécules d'eau s'attirent entre elles, comme je le pensais, le fait que l'eau veut rester entière, ou subit une pression pour rester entière, comme il l'a expliqué, à cause des tensions de surface, le fait que j'ai osé lui dire ça, le fait que ça se voit, tout le monde peut le voir, le fait qu'il n'y a pas besoin d'être expert en molécules pour savoir que l'eau est éprise d'elle-même, mais de la bonne façon, pas comme Trump, le fait que quelqu'un a dit que Trump avait violé des filles de treize ans, le fait que j'aimerais qu'il arrête, juste qu'il arrête, je veux dire de présider, mais ça serait bien aussi s'il arrêtait de violer des petites filles, « pervers narcissique », le fait qu'il y a une photo de moi assise sur les genoux de Papa à l'âge de onze ans environ, et j'adore cette photo, le fait que je me demande où elle est, le fait que dessus je porte une très jolie robe, avec des smocks devant, et j'ai l'air tellement bien sur ses genoux, le fait que j'ai l'air d'aimer mon papa, ce qui était le cas, le modèle de Mary Cassatt, fauteuil bleu, le fait que ça doit être à peu près la dernière fois que je me suis assise sur ses genoux, parce qu'il a évité de nous prendre sur ses genoux après la puberté, le fait que c'était une sorte de grand escalier avec un balcon tout en haut, et on est assis en dessous, sous la vaste baie qui domine les marches, le fait que c'était une belle maison, le fait qu'en haut il y avait d'abord la chambre de Maman et Papa, puis celle d'Ethan, puis la salle de bains, puis la chambre de Phoebe sur la droite et la mienne à gauche, puis l'escalier du fond, mais la rampe continuait presque jusqu'à la salle de bains, ou du moins jusqu'à la chambre d'Ethan, le fait que cette rampe me faisait peur, le fait que je rêvais souvent que je basculais par-dessus, tombais dans les escaliers en dessous, ou dans le salon, et j'étais pratiquement sûre que ça arriverait un jour dans la vraie vie, tout comme je croyais que je pourrais voler si j'essayais vraiment, le fait que ça non plus ça n'est pas arrivé, le fait que je ne suis pas tombée et que je n'ai pas volé, le fait que c'est peut-être pour ça que je me disais qu'il fallait que je sache voler, au cas où je tomberais par-dessus la rampe, Adélaïde le kangourou volant, le fait que Pepito adorait quand Papa s'assoyait par terre, le fait que Pepito trouvait que c'était la chose la plus excitante au monde, voir Papa par terre, le fait que je me souviens de lui en train de courir après moi dans les escaliers, Papa, pas Pepito, et c'était terrifiant, le fait que c'est horrible d'être poursuivi, pour de vrai, chasse au lion, le fait que je n'ai toujours aucune idée de ce que j'avais pu faire pour mériter ça, le fait que les colères de Papa me surprenaient toujours, et il les regrettait sûrement après, mais je me revois grimper les marches quatre à quatre pour lui échapper, le fait que je ne me rappelle pas avoir fait quoi que ce soit de particulièrement grave, le fait que je n'étais pas une sale gamine, peut-être paresseuse, le fait que je ne crois pas qu'il aurait essayé de me donner la fessée juste pour avoir trop regardé la télé, le fait qu'on oublie peut-être tous pourquoi on a été punis, Tom Sawyer, Huck Finn, le fait qu'on se croit toujours innocent, le fait que les criminels éprouvent peut-être la même chose, je veux dire, sauf si vous avez balancé votre femme hors du catamaran pour toucher l'assurance-vie et que vous essayez de revendre ses bijoux au marché noir, le fait que c'est marrant que ça soit sur les mêmes marches qu'on m'ait photographiée assise sur ses genoux l'air aussi heureuse, éclairée par-derrière par la rangée de fenêtres aux carreaux en losange, et j'étais heureuse sur ses genoux, avec cette jolie robe, le fait qu'on peut pardonner à ses parents de s'emporter de temps en temps quand on est enfant, le fait que les parents pardonnent aussi beaucoup aux enfants, *Qui herboriserait encore sur la tombe de sa mère ?*, le fait que notre maison d'Evanston a sûrement plus compté pour moi que celle de New Haven, le fait que je ne me suis jamais sentie aussi bien dans celle-ci, escalier du fond, euphorie, le fait que la puberté est arrivée et que Maman est tombée malade, le fait qu'on la louait et que Papa a essayé de convaincre Yale de nous la vendre mais ils n'ont pas voulu, et après qu'on a déménagé ils ont laissé la maison tomber en ruine, bris, débris, noir et blanc, droite et gauche, pro-vie, anti-vie, Sénat, Chambre des représentants, contrepoint, piège à clics, le fait que les grosses institutions sont ainsi, indifférentes, inhumaines, insensibles, Miley Cyrus Dit Non, le fait que je ne sais ni aimer ni être aimée, le fait que je suis indéfendable, le fait que ma timidité est fluctuante, le fait que parfois elle me paralyse et parfois je suis juste agressive, la torpeur des êtres entravés, corsage réglable, le fait que ma timidité est un poids pour la communauté, le fait que même quand je discute agréablement avec une autre maman au Zyker's Food j'aimerais qu'elle n'habite pas si près, pour ne pas avoir à lui reparler un jour, parce que j'ai toujours peur que ça ne se passe pas aussi bien la fois d'après, le fait que je ne pense jamais pouvoir faire mieux que la première fois, ma première performance, et c'est gênant, « C'est pour ça que je ne ferai plus deux spectacles le même soir », le fait que je n'aime pas *La Péniche du bonheur*, même si c'est un film tout ce qu'il y a de plus innocent, le fait que je ne sais pas ce qui me déprime autant dans ce film, le fait que où est le problème, Sophia Loren venant s'occuper de Cary Grant et ses enfants sur une péniche, le fait que, bon, on dirait que tout le film repose sur le derrière de Sophia Loren, et que tout le tralala sur le père célibataire et la péniche ne sont que des prétextes, le fait que je suis nulle, le fait que en quoi ai-je aidé Cathy quand elle m'a dit ce qui lui était arrivé, le fait qu'elle s'en fiche que je fasse des cauchemars après, le fait que cette nuit j'ai rêvé que mes cheveux étaient parfaitement coiffés en dreadlocks, le fait que j'avais un million de tresses, mais ça ne me plaisait plus parce que j'avais peur qu'ils s'emmêlent trop, le fait que de nouveaux chasseurs viennent de passer, le fait que je déteste quand les gens appuient sur l'accélérateur pour s'exprimer, et qu'ils accélèrent en passant devant chez nous, passer, passer outre, trépasser, le fait que ça fait trembler toute la maison, et mes nerfs, « mes pauvres nerfs », le fait que la cuisine est trop près de la rue, le fait que c'est ça le problème, le fait que je ne sais pas pourquoi ils l'ont construite ainsi, en saillie, le fait que je crois que la cuisine a été ajoutée plus tard, le fait que je n'aime pas quand les gens déverrouillent à distance leurs portières de voiture alors que vous passez devant, le fait que traitez-moi de folle si vous voulez mais je trouve ça grossier, le fait que c'est comme si vous étiez transparent, idem pour la télécommande de la télé, comme je le répète sans cesse aux enfants, le fait que c'est comme diriger une arme sur quelqu'un pour s'amuser, le fait que ce n'est pas sympa, l'ancien autocollant de cactus velu de Stacy, le fait que tout le monde dans l'Ohio semble travailler au Bureau du Personnel ou au Recrutement ou aux Ressources humaines, engager et virer encore plus de personnel, personne bien de sa personne, sources humaines, le fait que je suis une « ressource humaine », le fait que je n'ai pas trop l'impression d'en être une, Acura, *La bave du crapaud n'atteint pas la blanche colombe*, étourneaux, moineaux, geais bleus, un tiens vaut mieux que deux tu l'auras, le fait que la perruche de Caroline a disparu, et la perruche terrestre ne va pas tarder non plus, Établissement Familial depuis 1946, Mousquetaires, le fait que Mickey Mouse a failli s'appeler autrement, je ne sais plus comment, mais ce n'est pas comme si « Mickey » était si spectaculaire non plus, le fait qu'un type a bousillé sa Ferrari tout neuve une heure après l'avoir achetée, 500 000 $, le fait que je me demande si ça arrive souvent, bousiller une voiture toute neuve, le fait que ça doit arriver beaucoup plus souvent qu'on ne le croit, du fait de l'excitation de l'avoir achetée, et parce qu'on ne la connaît pas encore bien, le fait que presque tout le monde veut rouler trop vite, le fait que je me demande ce qu'est devenue Lynn, fracture du fémur, accident de bus, le fait qu'elle a été ma meilleure amie pendant un an ou deux et maintenant j'ignore si elle existe encore et je ne suis même pas sûre de me souvenir de son nom de famille, le fait que je pourrais m'en souvenir si je faisais un effort, passoire, le fait que ma mémoire est pire qu'une passoire, le fait que c'est plutôt un entonnoir, et tout part en spirale dans le petit goulot et disparaît quelque part, source, jet, ♫ *J'ai du bon tabac* ♫, mesurer les graines pour les poules, le fait qu'une fois de plus une voiture sans conducteur a renversé une femme et l'a tuée, le fait que pourquoi laisser une tonne de métal foncer à cinquante ou soixante kilomètres heure pendant une heure toute seule, sans personne aux manettes, le fait que les voitures avec conducteur sont bien assez dangereuses comme ça, Laïka, le fait que c'est horrible d'avoir envoyé cette pauvre chienne dans l'espace comme ça, sans espoir de retour, le fait que les gens sont capables de tout, tout et n'importe quoi, le fait que les gens laissent fonctionner des aspirateurs robots toute la journée en leur absence, les laissent taper dans les meubles et écraser le chat, sacs de golf solitaires qui se déplacent tout seuls, le fait que j'attire les accidents, le fait que Leo me taquine toujours à propos de mon accident de bus, parce qu'il croit que ce n'était pas très grave, mais en fait c'était très angoissant, le fait que ça impliquait des tas d'écoliers à bord d'un bus fou sur l'autoroute, bon sang, le fait que j'ai dû me tenir à une barre pendant qu'il passait sur plusieurs congères de neige et coupait la route aux voitures arrivant en face sur Lake Shore Drive, arrivant en face, en force, le fait qu'on pourrait en faire un film avec Sandra Bullock, oh mais non, je crois que c'est déjà fait, le fait que le bus ne s'est arrêté qu'après avoir heurté un arbre, le fait que le conducteur s'est blessé au visage, et on est tous descendus du bus en pleurant pour finir par se rassembler dans le hall d'un immeuble de luxe sur Lake Shore Drive, mais pas Lynn, parce qu'elle s'était cassé une jambe, ce que je ne savais pas alors, le fait qu'on était tous sous le choc, le fait qu'on ne savait pas ce qui se passait, le fait que tout ce que je voulais c'était rentrer à la maison auprès de Maman, le fait que c'était exactement le genre de chose que je redoutais qu'il arrive quand j'étais loin de chez moi, loin d'elle, le fait que je n'ai pas vu Lynn pendant des semaines, et ce n'est que bien plus tard qu'elle a pu retourner à l'école, le fait que je crois que je ne suis allée la voir qu'une fois pendant sa convalescence, le fait que je ne sais même pas si on est restées vraiment amies après ça, le fait que c'était une sacrée coupure pour des enfants, le fait qu'aujourd'hui on serait en contact tous les jours au téléphone ou sur Facebook mais pas nous à l'époque, le fait que je me demande où elle est maintenant, le fait que les résidents et les portiers de cet immeuble ont été gentils avec nous, mais qui n'aime pas aider des petits enfants de onze ans sous le choc pendant une demi-heure, « C'est *toi* ! », le fait qu'ils nous ont laissés là en larmes dans le hall jusqu'à ce qu'on nous trouve un autre bus pour nous ramener chez nous, je suppose, le fait que je ne me rappelle plus comment je suis rentrée à la maison, ou si Maman s'est inquiétée, HVN1, masse, poids, friction, manger pour vivre, vivre pour manger, muguet, Vieux Verger, portables, le fait que des policiers ont tiré *cinquante fois* sur Noir, parce qu'ils l'ont pris pour un *autre* Noir qu'ils recherchaient, un type beaucoup plus grand qui avait brisé des vitrines ou je ne sais quoi, le fait que ce type, celui qu'ils ont tué, se trouvait juste dans son jardin, et il parlait au téléphone, le fait que les agents de police ont décidé sans réfléchir que son téléphone était une arme, et l'ont donc abattu, le fait qu'en mourant il a brisé la fenêtre derrière lui, le fait que c'est, c'est tout simplement, le fait qu'une policière a dit que, d'après son expérience, les choses tournent souvent mal quand un policier homme arrive sur les lieux, le fait que tout ça a dégénéré, le fait que c'est la testostérone, ou les amygdales, ou la maladresse, allez savoir, malard, madrigal, plain-chant, le fait que maintenant je guette le retour de Stacy pour pouvoir aller à l'épicerie, le fait que je prenais surtout l'escalier du fond à Evanston, parce qu'il était plus près de ma chambre, le fait que je passais rarement par devant, à cause de la rampe, le fait qu'un architecte avait dû trouver que c'était une bonne idée d'avoir un grand escalier qui en jette afin de pouvoir donner la fessée aux enfants en montant, et pour que des enfants tombent par-dessus la rampe en descendant, le fait qu'il ne m'a donné qu'une seule fois la fessée, je crois, Papa, pas l'architecte, le fait que l'escalier n'était pas si grand que ça, si ça se trouve, le fait que je crois qu'il était grand parce que j'étais petite, le fait que j'étais la gentille de la famille, la pipelette, « l'enquiquineuse », le fait que Phoebe a dû en baver, le fait que tout ce que j'ai fait pendant mes vingt premières années ça a été de la suivre partout, ou du moins d'essayer, le fait que c'est moi qui mettais des sous et des bonbons d'Halloween de côté et qui obéissais à Maman et Papa jusqu'à ce que Phoebe soit à deux doigts de me tuer, le fait que je devais vraiment être une chipie, le fait que j'avais moins d'ennuis que Phoebe et Ethan, le fait qu'ils ont toujours eu une longueur d'avance sur moi pour ce qui était de se rebeller et de se disputer avec Maman et Papa, le fait qu'apparemment je n'allais jamais jusqu'à faire ce genre de choses, le fait que j'essayais toujours d'éviter la fessée, à tout prix, peur de la colère, le fait que je ne voyais pas en quoi la colère pouvait faire du bien, alors je n'ai pas essayé, puis Maman est tombée malade, et du coup je n'avais même plus *envie* d'être rebelle, et de toute façon Papa nous a *ordonné* de ne pas la perturber, sinon elle risquait de *mourir*, le fait qu'à partir de là j'ai été comme figée à l'intérieur, le fait que c'est à ce moment que j'ai vraiment perdu ma maman, rampe, escalier, caisse de voyage turquoise du cochon d'Inde Tiny Tim, ♫ *The Stars and Stripes Forever* ♫, le fait que Phoebe n'a jamais aimé les petits pois, le fémur de Lynn, la fièvre Q, gros mot, le fait que quand Ethan avait deux ans il courait partout sur la plage en criant « F—, f—, f— ! » sans cesse, et Maman avait peur que tout le monde sur la plage s'en prenne à elle, même si elle ignorait sincèrement où il avait appris ce mot, le fait que Papa et elle ne juraient jamais devant nous, le fait qu'ils disaient peut-être « nom de Dieu » de temps en temps mais c'est à peu près tout, « incorrigible », *Le Roi Lear*, Gloucester, le fait que quand Maman avait deux ans elle a crié « Coin-coin ! » et s'est précipitée dans une mare, Motif n° 1, le fait que de nos jours vous vous feriez sans doute arrêter si votre enfant de deux ans criait ce mot, le mot qui commence par F je veux dire, pas « Coin-Coin », le fait qu'on vous arrêterait ou vous abattrait ou les deux, selon le policier sur lequel vous tomberiez, et votre couleur de peau, le fait que la police peut être sympa, le fait qu'un policier a réussi à calmer un criminel à Noël dernier en lui chantant « Douce Nuit », à la demande du meurtrier, le fait qu'il l'a calmé en chantant, au lieu de le descendre, le fait qu'ils devraient peut-être toujours essayer ce truc, trac, SWAT, Un Canoéiste Cerné Par Des Lamantins, Maman, Mère l'Oye, véhicule mère, le fait que même si je suis timide et que ma fille me déteste il y a des couchers de soleil avec plein de couleurs et c'est chouette, le fait que le ciel est à présent pêche, mauve, bleu ciel, gris, bleu gris, rose pétant, orange, jaune et d'un bleu crémeux pâle, tout ça en même temps, avec une barre rose diagonale qui émerge du centre comme un faisceau de lumière, le fait que j'ai rêvé que je devais aller chercher Frank à Cambridge, Cambridge, Ohio, pas Cambridge, Mass., mais j'étais comme qui dirait coincée à Dayton, le fait que j'essayais d'arriver à Akron à temps pour un rendez-vous chez le dentiste, le fait qu'il y avait des tas de problèmes de portable et je ne captais pas bien, Siri, GPS, le fait qu'ensuite les enfants et moi nous étions au zoo et ils me demandaient s'ils pouvaient caresser les animaux et je les mettais en garde contre les lions et les ours, le fait qu'ensuite j'étais toute seule, je rendais visite à un couple de Japonais avec un très joli jardin à la japonaise, le fait qu'ils avaient des étangs avec des carpes koï dedans et dehors, et une maison en bois sombre construite avec d'épaisses planches de bois, le fait que j'avais l'impression d'avoir déjà rêvé d'eux avant, quand ils venaient d'emménager peut-être, et qu'un de leurs chats était malade, parce que maintenant je disais à la femme combien leur maison était belle et à quel point les choses avaient l'air d'aller mieux, le fait que je désignais leur gros lapin bien gras et leurs carpes koï et leurs chats en pleine forme, et elle riait, ce qui étonnait son mari, parce que d'ordinaire sa femme était sinistre et son sujet de conversation préféré portait sur leur éventuel suicide un jour, le fait qu'il était content de la voir sourire et qu'il se moquait d'elle gentiment, le fait que j'étais sur le point de lui dire qu'il n'est pas toujours facile de s'adapter quand les choses vont mieux, le fait que je comptais donner comme exemple ma rémission du cancer, peine de mort, le fait que j'allais leur dire que j'avais eu le cancer il y a trois ans et que je n'arrive toujours pas à profiter de la vie mais le rêve s'est terminé avant que je puisse le faire, Report D'Exécution À La Dernière Minute, panels de la mort, trompettes de la mort, le fait qu'hier un couple à Manhattan s'est jeté par la fenêtre parce qu'ils ne pouvaient pas payer leurs frais médicaux, causer la mort, marqué à vie, le fait que maintenant Ben aime réciter des énigmes dans la voiture, M4A, OTC, le fait que c'est ce qu'il a fait pendant tout le trajet jusqu'à Fallingwater, AMA, APT, ASS, le fait que Phoebe et moi on apprenait par cœur les poèmes de A. A. Milne pendant les voyages en voiture quand on était en Angleterre, et qu'on les récitait sur la banquette arrière, le fait qu'Ethan a dû apprendre le latin à l'école, mais il n'en récitait pas dans la voiture, OMNES TENEBRAE, le fait que Phoebe et moi on était trop jeunes pour apprendre le latin à Channing, ou alors ils ne l'enseignaient pas aux filles, jupe en laine violet-brun, corsages à smocks, course en sac, rayures de couleurs, le fait que j'étais très distraite, le fait que je n'écoutais jamais ce que disaient les gens ou ne comprenais pas ce qu'ils disaient, le fait que j'étais incapable d'avoir le dernier mot et ça ne changera jamais, pactes suicidaires, le fait que des gens ont dit que j'avais les yeux de mon père, le fait que je voulais ressembler à Maman, mais aujourd'hui ça m'est égal, le fait que les yeux de Papa ça me convient parfaitement, le fait que ses yeux pouvaient paraître un peu sinistres, mais ce n'est pas grave, le fait qu'il n'était pas un amateur d'art très éclairé, le fait qu'on a hérité de tableaux assez laids à leur mort, le fait qu'il n'avait pas l'oreille musicale non plus, incapable de retenir un air, mais qu'importe, le fait qu'il pouvait quand même chanter, et qu'il le faisait avec plaisir, et qu'on aimait ses chansons, le fait qu'il chantait en voiture, ou qu'il nous racontait des histoires, le fait qu'il savait repérer les bons bouis-bouis aussi, le fait qu'il savait où trouver un bon produit, pastrami, cornichon, le fait que ça pourrait être son épitaphe, l'œil et le bon, le menton chiffonné de papa, mon menton chiffonné, le fait qu'un jour il s'est retrouvé à côté d'un membre des Lovin' Spoonful dans l'avion, le fait que Papa n'avait jamais entendu parler d'eux mais il était quand même fier, spoutnik, beatnik, panique, derniers rangs, le fait que les gens se plaignent tout le temps des chats errants, TNR, mais l'Amicale des Chats en Liberté, l'ACL, dit que les chats en liberté nuisent beaucoup moins à la population aviaire que les routes et les chantiers de construction, et l'invasion des habitats, sans parler de la pollution, et des gens qui abattent des arbres pendant la nidification, le fait que s'ils sont aussi inquiets pour les oiseaux, qu'ils arrêtent d'abattre des arbres, le fait que les chats ne rasent pas des forêts entières, eux, le fait qu'ils pourraient au moins attendre l'automne, les bûcherons, pas les chats, *La poule peut pondre*, danser dos à dos, le fait que je viens de voir une ombre dehors et j'ai cru que c'était Stace, puis je me suis demandé si ce n'était pas le couguar en liberté, même s'il paraissait trop grand, plutôt un Abominable Homme des Neiges, le fait que c'était une feuille contre la vitre, Peolia, le fait que quand j'ai annoncé à Leo que je ne voulais plus enseigner il s'est montré très compréhensif, le fait qu'il m'a rassurée et m'a dit de ne pas m'en faire, le fait qu'il n'a pas essayé de me convaincre d'y retourner, même si ça signifiait qu'on allait perdre mon salaire, et quel salaire, le fait que ce n'était pas le salaire minimum mais tout comme, parce que j'étais à mi-temps, le fait qu'on fait une cible facile quand on est à mi-temps, le fait que c'était assez amusant de démissionner, même si dès le lendemain j'ai paniqué pour l'argent, le fait que Leo a dit que je ne devrais pas me tracasser mais plutôt réfléchir à ce que j'aimerais faire, et essayer d'en faire mon métier, le fait que ça ne le gênait pas que je me mette à mon compte, le fait que ça m'a pris six mois pour découvrir que ce que je préférais c'était être à la maison, et faire la cuisine, alors je me suis lancée dans la pâtisserie, pas de la tarte, Gagnez De L'Argent En Restant Chez Vous, le fait que mes activités culinaires ne nous rapportent pas grand-chose, et Leo doit travailler deux fois plus, et faire un peu de coaching aussi pour arrondir les fins de mois, mais il ne se plaint jamais, le fait qu'il semble trouver ça génial que je fasse des tartes, le fait qu'avec lui les tâches ménagères semblent amusantes, le fait que sans lui c'est plutôt une corvée, le fait que ça m'épuise et me stresse, tension de surface, le fait que les mères sont plus stressées que n'importe qui, le fait que je ne vois jamais Leo en colère, le fait que je trouve que Stacy se trompe, quand elle dit qu'il râle tout le temps, le fait que c'est un jeu chez lui, je crois, il ne râle pas pour de vrai, mais elle ne comprend pas ça, le fait que si c'était vraiment un râleur j'aurais renoncé depuis le temps, parce que les gens colériques me font peur, le fait que où est passée cette fille, le fait que je ne pense pas que Maman aimait vraiment enseigner, parce qu'elle était timide, et sensible, et en plus de ça elle était en train d'écrire un livre, et devait nous faire à manger tous les soirs, et inviter des gens à dîner, le fait qu'elle n'aimait pas trop recevoir des gens ou aller à des fêtes, mais elle le faisait quand même, le fait que les préparatifs étaient cause de tension, le fait que ça les mettait tous les deux sur les nerfs, le fait que c'est peut-être ça qui s'est passé quand Papa a essayé de me donner la fessée, le fait que j'avais peut-être fait tomber le tas de papiers qu'il essayait de classer, ou quelque chose dans le genre, le fait qu'avant ces réceptions ils passaient des jours à faire le ménage, la cuisine, à aller et venir sans dire un mot, le fait que c'était tellement sinistre que Phoebe et moi avions décidé de ne jamais organiser de fêtes quand on serait grandes, et je m'y suis globalement tenue, le fait que je crois que Phoebe aime organiser des fêtes maintenant, le fait que je me demande si ça la met encore dans tous ses états, comme Maman, avant qu'elles commencent, le fait que Phoebe est très sociable, cela dit, le fait que Maman était sociable avec les gens qu'elle aimait vraiment, le fait que pour les buffets ou les dîners entre amis elle faisait des aubergines au parmesan et du poulet à la cacciatore et on avait le droit d'y goûter, le fait qu'elle faisait aussi de la tarte au citron meringuée, le fait qu'elle la réussissait très bien, le fait que j'ai toujours sa recette, le fait que j'ai plein de recettes à elle sous forme de fiches dans une boîte, ici même, couguar, Stacy, le fait que où est Jake, le fait que certaines sont tapées à la machine, d'autres rédigées à la main de sa belle écriture, *Voyageur malgré lui*, bisque de crevettes, le fait que quand elle allait encore bien ma mère faisait de la bisque de crevettes, le fait que ça paraît difficile à croire, le fait qu'elle n'en a peut-être jamais fait en réalité, mais elle a dû envisager d'en faire, sinon elle n'aurait pas écrit la recette à la main, le fait qu'il faut du lard, des échalotes, du céleri, des pommes de terre, du jus de clam, du persil, du thym, des feuilles de laurier, du vin blanc pour le bouillon et 1,5 livre de crevettes « s & d », s & d, SUD, le fait que je viens de demander à Ben ce que « s & d » voulait dire selon lui et il a dit « sale et dégoûtant », le fait que dans la recette il est fait également mention de riz, mais presque toutes les recettes des années soixante-dix sont à base de riz, « Se passer le mot entre fourmis », le fait que je ne la vois pas s'embêter à faire une bisque, basque, baleine, extermination, mais allez savoir jusqu'à quelles extrémités vont les femmes, partout dans le monde, le fait que je sais qu'elle aimait commander de temps à autre un bol de bisque de homard au restaurant, mais aux crevettes, le fait que je ne la vois pas faire des cannelloni non plus, le fait que, si j'en crois sa petite fiche, vous devez d'abord faire vous-même la *pasta*, le fait que vous êtes censé prendre un rectangle de *pasta*, étaler de la ricotta dessus, la rouler en un tube parfait, puis le fermer, et quand vous avez suffisamment de tubes fourrés vous les déposez doucement dans soixante-quinze centilitres d'eau frémissante, le fait qu'elle est très précise sur la quantité d'eau, et le frémissement, mais elle ne précise pas combien de temps ça doit cuire, le fait qu'on doit peut-être juste les blanchir trois ou quatre minutes, le fait qu'ensuite vous les récupérez du mieux que vous pouvez, et vous les mettez au four avec un peu de sauce tomate et du basilic, vous les faites cuire pendant dix minutes, puis vous les servez avec du pecorino, le fait que je vois mal comment on empêche la ricotta de sortir quand ça bout, le fait que Jake a trouvé des granules en plastique, donc il est content, le fait que tant qu'il a des granules ça va, mais privé de granules c'est une autre histoire, le fait qu'il me semble que Maman avait plus important à faire qu'étaler des rectangles de *pasta* pour en faire des tubes, le fait que dix minutes de cuisson ça me semble par ailleurs très insuffisant, *dix minutes*, le fait que, si ça se trouve, c'est ce qu'elle était en train de faire le jour où je suis descendue tout euphorique après ma sieste, des cannelloni maison, le fait que ça expliquerait beaucoup de choses, le fait que je n'ai aucun souvenir de Maman nous préparant des cannelloni, le fait que cette recette est nulle, le fait que je parie qu'elle l'a essayée un jour et qu'elle a renoncé parce que ça ne marchait pas, le fait que je déteste les recettes mal rédigées, le fait qu'ils omettent toujours un truc important, omelettes, ou alors c'est parce que je les lis trop vite, ou bien un peu des deux, le fait que je trouve qu'une recette ne devrait pas laisser la place à l'erreur, le fait que je ne vois pas comment on peut empêcher la ricotta de se débiner par les deux bouts pendant que ça cuit dans l'eau, mais je devrais peut-être essayer avant de décider que ça ne marche pas, mon prof de CP, cours de géo, mon cahier d'exercices de maths avec des pages en plastique transparentes de différentes couleurs, le fait que à quoi ça servait, le fait qu'on a tous trouvé ça *cool* au début, mais après les maths sont devenues plus difficiles et on a arrêté d'aimer ce cahier, moi en tout cas, le fait que c'était juste des maths, même avec des pages en plastique, le fait que je savais que je ne méritais pas un cahier de maths aussi luxueux, parce que j'avais toujours été nulle en maths, le fait que Maman était une femme très dynamique avant de tomber malade, dynamite, le fait qu'elle nous trimballait partout en voiture et qu'elle a ôté les bouts de verre de mon pied et les épines de rose de ma cuisse et dormi à mon chevet à l'hôpital la veille de mon opération du cœur et écrit un livre et donné des cours à la fac et fait cuire des côtes de porc au cognac et à la crème fraîche, alors il est possible qu'elle ait fait des cannelloni à la sauce tomate, le fait qu'elle aurait été capable de faire des cannelloni les mains attachées dans le dos, pêches à la crème, pêches et crème, brisé, le fait qu'on a tous été brisés, Cathy, Stacy, la rampe de l'escalier, le fait que penser à tout ça me rend incroyablement triste, crampe menstruelle, le fait que maintenant il est vraiment tard, et j'ai besoin de beurre, le fait que je dois produire environ une centaine de roulés à la cannelle pour le Country Shoppe d'ici demain matin, « Oh, et il me faut ce truc de chez Chip's », le fait que je viens de comprendre que « s & d » doit vouloir dire « séparé & décortiqué », le fait que c'est la seule explication sensée, le fait que je devrais appeler Cathy, mais c'est gênant, parce que je n'ai pas beaucoup parlé à Cathy depuis qu'elle m'a raconté pour Blanche, et je ne sais toujours pas quoi dire, le fait que c'est juste tellement dingue, mais ça remonte à longtemps et je sais qu'elle n'a pas envie d'en parler tout le temps, le fait que je ne veux pas aborder le sujet et lui faire de la peine, si elle ne s'attend pas à ce qu'on en parle, le fait qu'elle est très courageuse, le fait que Cathy est tellement généreuse, le fait qu'elle est prête à aider n'importe qui n'importe quand, et il lui a fait ça, testostérone, le fait que je suis en nage tout à coup, le fait que je dois penser à autre chose, le fait que le spectacle continue, le fait que Blanche est morte d'une hémorragie, le fait que les blessures par balle au ventre sont extrêmement dangereuses, drapeau confédéré, le fait que les cicatrices sont étranges, le fait que ce sont des espèces de photos de vos blessures, qui restent à jamais sur votre peau, comme une sorte de tatouage raté, cicatrice d'appendicite de Papa, ma cicatrice au niveau du cœur, le fait que je me dis, et si Cathy avait été tuée, le fait que comment on ferait sans elle, comment je ferais, le fait que où les gens trouveraient-ils des steaks hachés et des galettes de pommes de terre, et des boucles d'oreilles faites par des enfants de neuf ans, et des bonnets en laine, Blanche, terra firma, terra incognita, le fait que, et Marcia alors, que lui serait-il arrivé, elle qui n'était qu'une gamine à l'époque, le fait que Marcia a travaillé récemment à mi-temps au rayon boucherie d'un supermarché, histoire d'enrichir un peu son expérience, un morceau de ceci, un morceau de cela, service, servante, mais elle va devoir bientôt travailler à plein temps avec Cathy, BFF, le fait qu'ils sont très entreprenants dans cette famille, et approvisionnent tout le comté de Tuscarawas en ragoût de tripes, le fait que Cathy dit qu'elle va très bien maintenant, le fait qu'elle dit qu'elle a surmonté, le fait que je n'ai toujours aucune nouvelle de Stacy, 18 h 00, le fait que je devrais appeler Annie, voir ce qui se passe, le fait que cette nuit j'ai rêvé que quelqu'un se plaignait de posséder un « Cézanne mineur », pendant que j'arrachais d'une chemise des boutons en forme de cœur, et, et il était aussi question d'un furet, le fait que mes rêves sont devenus plus concrets et moins expansifs, je crois, depuis qu'on gagne moins d'argent, le fait que je devrais danser la gigue mais au lieu de ça je rêve juste que je nettoie le poulailler ou vide le lave-vaisselle, ou perds mon carnet d'adresses, ou trempe le bout de mon peignoir dans les toilettes et le mets dans la machine à laver, ou alors je fais cuire des nouilles pour tout le monde et Leo doit prendre un avion dans une demi-heure et le taxi n'arrive pas, ou je suis à vélo et je porte un énorme carton, le fait que j'ai rêvé un jour que je mangeais un tout petit bout de jambon, et c'est tout, le rêve se résumait à ça, le fait que je ne rêve que de choses qui ne vont pas et ne me souviens que de ce qui ne va pas, quelle andouille, « une vraie idiote », le fait que pourquoi est-ce que je me souviens de cette mercerie amish, mercenaire, et pas de ma *maman*, le fait que parie que les Kinkel sont pleins aux as, le fait qu'ils sont tout le temps en vadrouille, pas pour le travail, pour s'amuser, ou alors c'est pour aller à des enterrements, et retourner dans leurs villes natales par nostalgie, pervers narcissique, le fait qu'il faut avoir quelques centaines de dollars à dépenser pour ne pas lésiner sur les voyages nostalgiques, le fait que Jerry gagne assez, le fait que nous on ne part jamais, le fait qu'on est quand même allés à Fallingwater, grâce à Frank, non, à Leo, qui nous a conduits jusque là-bas, oh mon Dieu, appeler Leo Frank, le fait qu'il faut faire attention toute sa vie, quand on a été mariée une première fois, appeler son mari par le prénom du précédent, le fait que les premiers maris laissent une empreinte dans votre cervelle, voire dans votre bulbe rachidien, là où se passent tous les trucs automatiques, l'amygdale, le fait qu'il vénérait la nature, Frank Lloyd Wright, pas Frank, le fait qu'à la différence de Frank, Frank Lloyd Wright aimait l'harmonie, le fait que Frank Lloyd Wright voulait travailler en harmonie avec la nature, le fait que c'est vraiment dommage que le bâtiment fuit, le fait que je ne crois pas que j'aime autant la nature, le fait qu'Edgar Kaufman a rebaptisé la maison « Royaumoisi », mais « Fallingwater » paraît très adéquat aussi, vu que l'eau ne cesse de dégouliner de partout, le fait que Frank Lloyd Wright n'a touché que 8 000 $ pour ça, le fait que je ne sais pas combien il aurait dû toucher mais c'est vrai que ça semble peu, le fait qu'il y avait quelques maisons construites par Frank Lloyd Wright à Evanston, le fait que l'une d'elles était à une rue de chez nous, le fait qu'elle n'en jetait pas spécialement, mais elle était jolie, le fait qu'on était toujours un peu en admiration, le fait qu'on se croyait obligé d'observer un silence respectueux quand on passait devant, le fait qu'il n'y avait rien à faire pour les enfants là-bas, je veux dire à Fallingwater, à part tomber des rochers ou se noyer dans cette vieille piscine trouble, le fait que Frank Lloyd Wright ne voulait pas de la piscine mais Kaufman a insisté, le fait que j'ai trouvé les plafonds horriblement bas, et le bruit de l'eau résonne partout, le fait que c'est tellement bruyant qu'on peut à peine s'entendre là-dedans, alors je ne crois pas que Frank Lloyd Wright ait pu entendre Edgar Kaufman lui demander de rendre l'endroit plus silencieux, le fait que quand vous décidez de construire votre maison juste au-dessus d'une énorme chute d'eau, comment voulez-vous qu'elle soit silencieuse, chutes de Paterson, Niagara, le fait que les Kaufman n'étaient peut-être pas des gens très bavards, le fait que je crois que j'aurais tout le temps envie d'aller aux toilettes si je devais entendre ce bruit, le fait que c'est nettement mieux à l'extérieur que dedans, pas les toilettes, qui sont mieux à l'intérieur qu'à l'extérieur, le fait qu'on ne voit quasiment pas les chutes quand on est à l'intérieur, alors quel intérêt, Fallingwater, le fait qu'il paraît que les maisons construites au-dessus de l'eau ont un mauvais feng shui, le fait que c'est dans l'autre endroit que s'est passé ce truc moche, le fait que c'est dans la maison de Frank Lloyd Wright, qui s'appelle Taliesin, dans le Wisconsin, le fait qu'un jour leur cuisinier a tué la maîtresse de Frank

Lloyd Wright et ses deux enfants avec une hache, puis il a tué tous les ouvriers, et mis le feu à la maison, mince alors, pourquoi faire ça, le fait que Frank Lloyd Wright n'était pas là quand c'est arrivé, le fait qu'il a fait reconstruire toute la maison, ce qui était courageux de sa part, mais après elle a brûlé de nouveau, et il l'a fait reconstruire, et elle est encore là, hache, jamais deux sans trois, Rathbone, enfants, enfariné, escalope, Birmingham, Alabama, Alabamy, l'Alamo, Bataille de Little Big Horn, bigorneau, le fait que Stacy ne voulait pas nous accompagner à Fallingwater, le fait qu'elle a passé la journée chez Annie, je ne sais pas pourquoi, sans doute pour regarder des vidéos Morning Routine avec elle, plutôt que chacune dans son coin, le fait que comme les petits enfants ne peuvent pas faire la visite complète je suis restée avec Jake et Gillian dans la chambre pour enfants, où Jake a fait des coloriages de Fallingwater, et Gillian a lu des livres pour enfants sur l'architecture, le fait que seuls Ben et Leo ont fait la visite complète, le fait qu'ils sont partis pendant deux heures, le fait que Ben est revenu avec un tee-shirt noir et un yo-yo, et ensuite ils ont tous voulu un tee-shirt et un yo-yo, le fait que la visite coûtait assez cher comme ça, le fait que j'ignore comment a fait Ben pour convaincre Leo de lui acheter ce tee-shirt, le fait qu'on les a éloignés des articles les plus chers, comme le dachshund en peluche que Gillian convoitait clairement, le fait qu'ensuite on a tous pris un hot-dog à la cafétéria, qui ressemblait assez à un dachsund, le hot-dog, pas la cafétéria, et après on a fait le tour de la maison à l'extérieur et Ben a pataugé au milieu d'un cours d'eau et a glissé et son portable a rendu l'âme, le fait qu'il a réagi en rigolant et nous a demandé de lui en racheter un, et j'ai bien vu que l'idée n'enchantait pas Leo, le fait que je n'ai pas su quoi dire, parce que je ne voulais pas gâcher l'ambiance, mais Leo est resté ferme, le fait qu'il a dit non, que ce n'était pas parce que Ben avait oublié qu'il avait son portable sur lui que ça voulait dire qu'on allait lui en racheter un, le fait qu'il a dit que Ben allait devoir faire un peu plus de tâches ménagères dans la maison pour gagner de quoi l'acheter, et se débrouiller sans téléphone en attendant, le fait que j'ai essayé de ne pas pouffer en entendant « un peu plus de tâches ménagères » alors que Ben ne fait quasiment rien dans la maison, à part me lire des articles Wikipédia, le fait qu'aucun des enfants n'en fait, des tâches ménagères, pas des articles Wikipédia, le fait que est-ce que Leo croit vraiment que je les mène à la baguette, « mon beau mâle alpha », le fait que je crois que Ben devrait économiser sur son argent de poche, ou alors je pourrais lui prêter l'argent pour le téléphone et il renoncerait à son argent de poche jusqu'à remboursement complet, mais je n'ai rien dit, le fait que je ne sais pas si c'est une bonne idée de payer les enfants pour qu'ils fassent des tâches domestiques, le fait que, enfin quoi, ils vivent là eux aussi, alors ils devraient aider par amour, pas pour de l'argent, effort collectif, le fait que ce ne sont pas des invités, c'est la famille, le fait que cette histoire de portable a mis Ben de très mauvaise humeur, et c'était dommage après leur chouette visite, le fait que Ben est vite gêné, je crois, tout comme moi, et tomber dans l'eau n'avait rien de drôle, le fait qu'il a essayé de rattraper le coup en riant mais ça n'est pas très bien passé, Papa me courant après dans les escaliers, le fait que la visite l'avait peut-être fatigué, et qu'il était sur les nerfs, le fait que, après ça, les choses se sont un peu arrangées mais plus tard, Ben a sauté sur le banc pour mieux voir, et Leo lui a dit, gentiment, de faire attention à ne pas salir le banc avec ses chaussures sales, mais Ben l'a très mal pris, il a rougi et ôté ses chaussures et s'est enfui en pleurant, le fait que j'ai expliqué à Leo que c'était normal pour un enfant de neuf ans, alors on a ramassé ses chaussures et on l'a suivi partout dans Fallingwater, Fallaitlevoircourir, en essayant de le convaincre de les remettre, tandis que Jake observait ce drame avec de grands yeux, le fait qu'il s'intéresse toujours à ce que fabrique son grand frère, le fait que Gillian était comme absente, le fait qu'elle devait encore penser au dachsund, le fait que vous essayez de leur faire passer une bonne journée et voilà le résultat, le fait que finalement Leo et Ben ont fait la paix, mais pendant le trajet du retour Ben a grommelé « Ce banc était déjà sale », le fait que Peolia a exposé un jour une maquette de Fallingwater, le fait qu'elle était très chouette sauf que toutes les petites figurines humaines étaient tombées, comme Ben, le fait qu'on avait l'impression qu'elles rampaient dans la boue à cause d'un ouragan, ou qu'il y avait eu une fusillade, le fait qu'au retour on a traversé les monts Allegheny, industrie du bois, ce qui était plutôt déprimant, le fait qu'on y chasse beaucoup de nos jours, surtout avec la peur de ce couguar, le fait que je parie qu'il ne reste presque plus de marmottes dans toute la Pennsylvanie, ou alors juste Punxsutawney Phil, le fait que manger de la viande d'ours est une bonne façon d'attraper la trichinose, mais ils n'en mangent sans doute plus, ils se contentent de les tuer, chasse et pêche, peau de l'ours, bonne vieille méthode, le fait que je me demande ce qu'aurait pensé Frank Lloyd Wright de la maison autonettoyante de cette vieille dame, le fait qu'il aurait peut-être dû faire en sorte que Fallingwater soit autonettoyante, le fait que toute cette eau aurait servi à quelque chose, qui fuyait de toute façon, aïe, pagaille, *Highlights*, le fait que Gillian veut qu'on l'abonne à la revue *Highlights*, que je n'ai jamais aimée, et Leo non plus, le fait que Leo la détestait quand il était petit, le fait qu'on nous forçait quasiment à la lire, et les numéros s'accumulaient, s'accumulaient et on ne savait pas quoi en faire ou comment endiguer l'invasion, le fait que c'est chouette d'avoir du courrier, mais il existe d'autres revues pour enfants, le fait que je me sentais coupable de ne pas la lire vraiment, argent gâché, le fait que Phoebe disait toujours que j'étais la gentille, marronnier, « se distraire en s'instruisant », se distraire en s'extrudant, trident, tortue, carpe koï, la piscine des Kaufman, le fait que la seule chose que j'aimais bien c'était le « Dessin caché », le fait que les dessins cachés n'étaient pas très beaux mais c'était la seule chose amusante dans tout le magazine, et la seule chose qui ne se lisait pas, ce qui m'arrangeait bien, le fait que Leo se souvient encore de « Goofus et Gallant », le fait que je lisais peut-être aussi leurs aventures, le fait que maintenant Gillian veut s'infliger cette lecture, le fait que ça s'est peut-être amélioré depuis les années soixante-dix et quatre-vingt, le fait que j'aimais bien la façon dont le salon rougeoyait à Fallingwater, le fait que la lumière tamisée était chouette, tueur à la hache, Lizzie Borden, mais je n'ai pas vu l'endroit en entier, un mètre soixante de large, le fait que Ben veut aller au Boy Scouts Jamboree dans le Michigan cet été mais on pense qu'il n'est pas assez grand, le fait que ça a provoqué une autre crise, parce qu'ils n'organisent de jamboree que tous les quatre ans, et donc il aura treize ans la prochaine fois, ce qui selon lui sera trop vieux, et trop long à attendre, le fait que je croyais que Ben détestait les Boy Scouts, honneur scout, le fait que Goofus et Gallant avaient toujours des ennuis, le fait que Goofus se comportait comme un petit garçon normal et Gallant était le fayot de service, serveur, « bouffe bourguignon », le fait que j'étais bonne au « Dessin caché », des seins cachés, Ben, mon Dieu, le fait qu'ils devraient appeler ça « Motif intuitif », lingua franca, la-la-langue, langue maternelle, le fait que certaines femmes en Chine parlent un langage secret entre elles, ce qui ne semble pas une mauvaise idée, même si je n'aimerais pas devoir parler à la mère de James dans une langue codée, le fait que cette femme me sidère, le fait qu'elle a passé une heure à inspecter notre maison, puis elle a disparu à l'étage et n'est pas redescendue, le fait que je ne savais pas où elle était passée, alors je l'ai suivie là-haut et je l'ai trouvée en train de fouiller dans le tiroir où je range mes petites culottes, le fait que je croyais qu'elle était venue vérifier le taux de poussière, pas voir mes petites culottes, le fait qu'au début j'ai été très gênée à cause de mes vieilles culottes, non, carrément mortifiée, le fait que j'en ai acheté de nouvelles pour les enfants au printemps et que j'ai oublié d'en racheter pour moi, mais je grandis moins vite qu'eux, le fait que j'ai vraiment été choquée, puis je me suis mise en colère, parce que, enfin quoi, pourquoi est-ce que Fresia fouinait dans mon tiroir à petites culottes, le fait que je n'en reviens pas d'avoir eu la présence d'esprit de lui dire que je ne pensais pas que notre chambre était concernée, vu que les enfants n'y joueraient pas, le fait qu'ils allaient jouer essentiellement dans la chambre de Ben, ou dehors, ou manger un morceau dans la cuisine, tout va bien, chaos normal, le fait que j'ai essayé de calmer le jeu en changeant de sujet et en lui demandant quels aliments James pouvait manger, le fait que pendant tout ce temps-là j'essayais de ne pas lui montrer à quel point j'étais furieuse, ou gênée, le fait que j'ai été un peu sèche, campée sur mes positions, mais punaise, le fait que non mais qu'est-ce qu'elle croyait, au juste, le fait que je ne vois pas le rapport entre mes soutien-gorge et mes culottes et le fait que James vienne jouer ici un après-midi, le fait qu'on est dans un pays libre, du moins on l'était, et mes petits culottes sont mes oignons, ma vieille, zut alors, le fait que j'étais très remontée, mais j'essayais de rester calme, le fait que j'aurais compris s'il était allergique comme cet enfant dans l'avion qui ne pouvait pas s'asseoir à côté de quelqu'un ayant mangé même récemment un sandwich au beurre de cacahuète et à la gelée, le fait que tous les passagers à bord de l'avion ont dû se retenir de manger des cacahuètes pendant toute la durée du vol, le fait que bien sûr je ferais tout pour ne pas mettre en danger la vie d'un enfant, mais je ne crois pas que James soit allergique à ce point, le fait qu'il a juste un terrain sensible, et à la poussière, pas aux cacahuètes, le fait que je ne sais même pas s'il a de l'urticaire, le fait que je crois qu'il tousse un peu, peut-être, le fait que je n'ai pas dit grand-chose, en fait, le fait qu'elle ne s'est pas excusée, le fait qu'elle a juste pris la mouche et qu'elle est redescendue, le fait que leur après-midi est un peu à l'eau, aliénée, le fait qu'elle est folle, folle dingue, borderline, le fait que les jeunes bourdons femelles survivent à l'hiver en se terrant dans des petits trous dans le sol, et c'est un peu ce que j'aurais aimé faire après cet épisode, beurk, le fait qu'elles produisent un truc chimique qui les empêche de geler, les bourdons femelles, pas les mères, le fait que le mâle meurt pendant l'hiver, le fait que eux n'ont pas ce produit, le fait que le temps est en train de changer, le fait que le mois de mars est venu et parti comme un fauve, et qu'il y avait un *vrai* fauve, Anniversaires de Célébrités, le fait que Picasso a dessiné une bague vraiment très laide pour Dora Maar après une dispute, le fait que des types ont tiré sur les employés d'un McDo à Warren quand ils ont su qu'il n'y avait plus de Chicken McMuffins, le fait qu'on a du mal à croire qu'ils voulaient à ce point des Chicken McMuffins, franchement, ils ne pouvaient pas juste commander un cheeseburger, le fait qu'ils ont enfin arrêté le tueur aux selfies mangeur de steak, donc l'Ohio est de nouveau à l'abri, de lui en tout cas, les Bengals de Cincinnati, Taj Mahal, le fait qu'ils l'ont trouvé en train de manger des Chicken McNuggets dans sa voiture, le fait que je suppose que tuer des inconnus sans raison doit donner faim, alors il avait commandé vingt McNuggets, ce qui est beaucoup, le fait que je parie que tout le monde lui aurait volontiers offert un stock inépuisable de McNuggets pour qu'il arrête de tuer des handicapés, huit cents milliards de poules par an, le fait que quarante-sept enfants sont victimes de tirs d'armes à feu chaque jour, quarante blessés et sept tués, quarante-sept enfants par jour, le fait que ça fait aussi quarante-sept mères qui doivent endurer ça, le fait que, waouh, peut-être que Fresia voulait savoir si on n'avait pas une arme ici, le fait que je n'avais pas pensé à ça, le fait que beaucoup de femmes rangent leur pistolet parmi leurs petites culottes, chargé qui plus est, coup de crosse, crasse, carcasse, le fait que je préfère un sachet de lavande, le fait que j'aurais tout à fait compris si elle m'avait demandé si j'avais une arme chez moi, le fait que ces choses-là m'inquiètent également, comme tout le monde, mais je lui ai juste permis de vérifier qu'il n'y avait pas d'allergènes dans notre maison, et non des AK-47, le fait que je n'irais jamais fouiller dans le tiroir de petites culottes de quelqu'un, pour vérifier s'il y a une arme, même si j'avais peur, le fait que c'est peut-être lâche de ma part, mais jamais je ne ferais ça, je serais bien trop gênée, le fait que je ne crois pas que c'est ce qu'elle cherchait de toute façon, le fait que j'ignore ce qu'elle cherchait, et je crois que je ne le saurai jamais, elle fouillait, c'est tout, non mais on rêve, le fait qu'apparemment un couguar ça ne suffisait pas, lion rampant, démocrates, le fait que les animaux d'un zoo de Zanesville se sont enfuis, le fait que des centaines de lions et de tigres rôdent en liberté, mangent le bétail et tout, le fait que la police va sans doute devoir les abattre, le fait que les flics sont toujours impatients, et paniquent facilement, ♫ *Courage !* ♫, le fait que pourquoi ils ne se contentent pas de les prendre au piège, et de les endormir, ou le contraire, les animaux je veux dire, pas les flics, le fait qu'ils ont installé des barrières autour de la réserve, avec l'inscription « ATTENTION ANIMAUX EXOTIQUES », le fait que on est censé faire quoi en voyant un tel panneau, Priorité aux baleines blanches, Voie de gauche réservée aux éléphants déchaînés, le fait qu'en matière de conseil on a fait mieux, « ATTENTION ANIMAUX EXOTIQUES », le fait qu'il s'agit peut-être juste de quelques singes, le fait que mais où est passé mon petit singe à moi, Jakey, pas Stacy, cela dit où est Stacy elle aussi, le fait que j'ai vraiment besoin de ce beurre, le fait que j'ai rêvé qu'on était dans un parc à l'heure de la fermeture et que tous les animaux sauvages sortaient des bois, par deux, pour leur promenade quotidienne, jaguars, lions, tigres, couguars, panthères noires et lynx, le fait que dans l'Ohio quatre-vingt-quatorze pour cent des automobilistes ne s'arrêteront pas pour vous aider si vous tombez en panne, mais ça je le savais, alors pourquoi ralentiraient-ils à cause d'animaux exotiques, le fait que c'est pire dans le Maryland, je veux dire l'absence de solidarité sur la route, Marianne et Robin des Bois, le fait que personne dans le Maryland ne vous aidera si vous tombez en panne, personne, même si vous êtes attaqué par un lion rampant ou passant, noms d'animaux, football, Corneilles de Baltimore, Orioles de Baltimore, Panthères de Caroline, Tigres de Detroit, Lions de Detroit, Ours de Chicago, Oursons de Chicago, le fait que si les abeilles dorment dans des trous dans le sol peut-être qu'on les dérange en marchant trop lourdement sur leurs abris, et alors elles s'envolent, le fait que j'espère que je n'ai jamais marché sur le refuge d'une abeille, mais allez savoir, pauvre abeille, le fait qu'on ne saura jamais certaines choses, comme les crimes commis contre les abeilles, le fait qu'elles doivent être en vadrouille pendant la journée, comme nos voisins, à s'activer quelque part, alors on doit pouvoir marcher sur l'herbe sans danger, mères qui travaillent, culpabilité, pain de maïs, essence, Fresia, freezer, anesthésiste, le fait que certaines abeilles bossent si dur qu'elles meurent en butinant, au beau milieu de notre massif de lavande, mais je crois qu'elles meurent heureuses, Jaguars de Jacksonville, Dauphins de Miami, piqûres de moustiques, le fait que les abeilles frottent leurs ailes pour réchauffer leurs bébés, le fait que les abeilles prennent grand soin de leurs enfants, le fait qu'elles semblent infatigables, et bien organisées, le fait que les abeilles n'ont aucune idée de ce que nous faisons ni même du fait que nous existons, à part en tant qu'obstacles à contourner, ou sous la forme de vibrations dans le sol quand nous marchons trop près de leurs trous, et c'est là quelque chose d'admirable chez les abeilles, le fait qu'elles ne nous remarquent pas du tout, le fait que je ne crois pas qu'on leur fasse peur, le fait qu'elles n'ont pas besoin de penser à nous toute l'année, le fait qu'elles ne semblent même pas se remarquer entre elles, apparemment, le fait que les apiculteurs ont perdu quarante-quatre pour cent de leurs abeilles l'an dernier, je ne sais pas trop pourquoi, réchauffement climatique, couloirs d'abeilles, le fait que les abeilles sont solitaires, le fait que peu leur importe d'être dans un champ ou un carré de trèfles à côté de votre maison, ou dans la jardinière surchargée de fleurs d'une banque, le fait que pour elles c'est du pareil au même, le fait que nous ne sommes rien à leurs yeux, le fait que les abeilles font leur miel et basta, et penser à elles est rassurant, un peu comme les marcassins, ou le Système solaire, le fait que le Système solaire continuera de s'occuper de ses rotations quoi qu'on fasse, le fait que l'univers est en expansion, qu'on le veuille ou non, le fait qu'il y a de l'eau sur la lune, le fait que je me demande s'il y a du lait dans les Chicken McNuggets, parce qu'on trouve du lait absolument partout aujourd'hui, le fait que je pense qu'il doit y avoir une montagne de lait quelque part, une montagne de lait en poudre, et un lac de petit-lait, un tumulus de lait caillé, lit de roses, lactose, le fait que je crois qu'ils mettent même des produits laitiers dans la sauce piquante maintenant, shoot de sucre, le fait que les Thin Mints sont les cookies les plus populaires chez les Girl Scouts, et juste après c'est les Samoans, le fait qu'elles raffolent aussi des Trefoils, des Tagalongs et des Toffee-tastics, le fait que les personnes qui se font tirer dessus croient toutes au début qu'il s'agit de pétards, le fait qu'il est plus probable qu'il s'agisse d'armes à feu, mais le déni est plus fort que tout, Aigles de Philadelphie, Philly, le fait qu'ensuite, après la fusillade, tout le monde se hâte de dire que tout va bien, « incroyable » mais ça va, non mais sincèrement, quand deux enfants ont vu leur père abattre leur mère d'une balle dans la tête, tout ne va pas bien, le fait que ah, j'ai enfin retrouvé mon stylo, sur mon oreiller, le fait que comment est-il arrivé là, et voici un petit mot, le fait qu'il est de la main de Stace, le fait que je regrette qu'ils n'apprennent plus à écrire à la main, écriture cursive, curiosité, Kurdistan, analyser une phrase, le fait que, c'est quoi ça, « Chère maman et cher Leo j'ai décidé qu'il serait mieux pour tout le monde que je m'en aille je peux me débrouiller avec mes économies pendant un temps puis trouver peut-être un travail », le fait que qu'est-ce qu'elle raconte, « j'irai peut-être en Arizona ou dans un endroit suffisamment chaud pour dormir dehors j'emporte le grand sac de couchage bises S », oh mon Dieu non, non, elle est partie, « que je m'en aille », le fait que c'est dit avec une telle désinvolture, le fait que je n'arrive pas à y croire, le fait que ce n'est pas possible, comment est-ce possible, le fait que comment peut-elle me faire ça, comment ose-t-elle, l'Arizona non mais franchement, le fait que où est-elle maintenant, le fait que je n'en sais rien, le fait que je n'ai aucune idée de l'endroit où elle peut se trouver en ce moment, veillée aux bougies, lynchages, couguars, viol, Golf Champion, sacs de golf robots, Trump, gros titres, visages d'enfants sur les cartons de lait, montagnes de lait, lacs, lacs remplis de lait, pierres tombales avec des couronnes de fleurs incrustées avec les gros trous, irritations cutanées d'enfant, Fresia dans mes tiroirs, *Maman*, le fait que Maman penserait quoi de tout ça, que dirait-elle, et Abby, l'Arizona non mais franchement, Sally, le fait que Stacy sait que j'ai les iguanes en horreur, « Dude », échiquier ancien, puzzle des Everglades, trépied, le fait qu'elle a écrit ça quand, boire une citronnade sous le porche de Jill avec ses parents, petite voiture rouge à pédales pour enfant, Stacy se blessant à la main quand la poussette se renverse, le fait que comment a-t-elle pu, oh non, Stacy, non, comment as-tu pu partir, sans rien dire à personne, pompiers, *Fahrenheit 451,* le fait que tu sais bien que je t'aime, tu le sais non, le fait que qu'est-ce que je vais faire, qu'est-ce que je vais, bourgeons sur une branche, bubble tea, double messieurs, le fait que je dois mettre les enfants dans la voiture tout de suite et partir à sa recherche, Ben, Jake, qui d'autre, qui, gosses, quatre, le fait que dans la panique je suis incapable de me rappeler les noms de mes propres enfants ni combien j'en ai, Gillian, le fait que Jake est quelque part, sûrement en train de jouer avec des granules en plastique, Ben, Gillian, Jake, Stacy, quatre, le fait qu'ils sont quatre, moins Stacy ça fait trois, oh ma pauvre petite, le fait que je ne savais pas que tu me détestais à ce point, Mississippi, mini miss, Shakespeare, F— Hinn, Maman, édulcorant artificiel, le fait qu'il peut lui arriver n'importe quoi dehors, le fait que c'est quoi son problème, le fait que qu'est-ce que j'ai fait de si grave, pansement, bâton hémostatique, la maison explosée près de l'école, l'incendie, la maison qui flottait et le chat qui nageait, Taliesin, cuisinier, hache, fugue, fumée, voiture volée, Cathy, Blanche allongée morte à côté de la voiture, le fait que Stacy a dû laisser ce mot ce matin et je viens juste de le trouver et maintenant il est, il est, voyons voir, six heures et quelques, le fait que quelle heure est-il, le fait que je viens de me faire mal au pouce avec le téléphone, tapis de sol, la grosse plante couleur jade d'Abby, la police, le fait que je devrais appeler la police, le fait que je *dois* appeler la police, « Allô, ma fille a disparu », « Allô, ma fille a fugué », « fugué », le fait que je ne peux pas, je ne peux pas, le fait qu'on dit quoi quand son enfant disparaît, comment on le dit, le fait que je ne leur fais pas confiance, le fait que la police a tiré sur ce type à cinquante reprises, sans raison, et ils ont également traîné une jeune fille sur le bas-côté de la route et examiné ses parties intimes, juste pour trouver de la marijuana, le fait qu'elle faisait juste une course pour sa mère malade, le fait qu'ils devaient avoir envie de fumer un joint eux aussi, le fait que Stacy pourrait être dans le Missouri à l'heure qu'il est, direction le Sud, ou, ou dans le Kentucky, Kentucky, ou dans le Tennessee, avec son sac de couchage, le fait que je ne me rappelle plus la carte des États-Unis, genre quels États se trouvent entre ici et l'Arizona, mais il y en a plein, je le sais, plein, le fait qu'on avait un puzzle carte des États-Unis avant, pour les enfants, le fait que je devrais appeler Cathy, le fait qu'elle m'aiderait, et Leo bien sûr, oui, appeler Leo, tartes, les tartes, le fait que ce pays entier grouille de fous, de fous, à chaque coin de rue, dans chaque État, chaque comté de chaque État, Sénat, le fait que tout ce pays grouille de fous furieux prêts à tout et n'importe quoi, Nagasaki, Hiroshima, n'importe quoi, empoisonnement au mercure, surtout s'ils croisent de jolies jeunes filles, le fait qu'elle avait l'air d'aller plutôt bien ce matin, pas génial mais bon, le fait qu'elle est déprimée, le fait qu'elle doit l'être, le fait que qui ne l'est pas, le fait qu'il y a l'histoire de cette fille qui est restée enfermée dans une cave pendant vingt ans, oh mon Dieu, le fait que je croyais pouvoir protéger mes enfants, mais maintenant elle est partie et elle pourrait être *n'importe où*, le fait qu'elle pourrait être à Cleveland avec ce type qui a caché trois filles dans sa maison, et qui les a violées pendant des années et a tué leurs bébés, « J'aime le sexe », le fait qu'il y a aussi tous ces incels, qui tuent des femmes qu'ils ne connaissent même pas, parce qu'elles les empêchent de faire l'amour, le fait qu'elle pourrait être à Zanesville avec tous ces lions et ces tigres, et les flics qui tirent sans réfléchir, le fait qu'elle pourrait se trouver face à un *lion* en ce moment même, le fait qu'elle pourrait se faire violer à tout moment par des footballeurs célèbres ou des nageurs olympiques ou des prêtres ou, bon, même le *Président*, le fait que l'Amérique est un endroit dangereux pour une fille, le fait que *personne* n'est en sécurité en Amérique, le fait que où est passée Gillian, Gillian, Jake, Ben, Stacy, *quatre*, quatre, montez dans la voiture, prenez vos manteaux et montez, le fait qu'on va faire un tour et chercher son corps inanimé sur le bas-côté de la route, non, NON, le fait que j'ai peur d'avoir un accident si je conduis, le fait que je tremble comme une feuille, non, même les feuilles ne tremblent pas autant, ou peut-être que si mais alors, oh mais on s'en f—, quelle importance ce que font les feuilles, bon sang, une feuille grise qui se tord dans la brise, le fait que je vais avoir un accident, je le sais, le fait que je vais avoir un accident avec tous les enfants, et nous serons tous morts quand Leo rentrera, ou alors moi je serai morte et les enfants auront survécu et se feront kidnapper ou erreront sur l'autoroute et seront fauchés par une voiture ou dévorés par un lion, *Leo*, appeler Leo, le fait que qu'est-ce qu'il va penser de moi, dans cet état, perdre une fille comme ça, le fait que je dois l'appeler, le fait qu'heureusement je l'ai dans mes numéros préférés sinon j'en serais incapable, le fait que je ne connais même pas par cœur le numéro de téléphone de mon propre mari, le fait que c'est étrange, le fait que, pitié, pitié sois au bureau, Leo, ça sonne, sonne, sonnerie, le fait que je ne me souviens même pas du numéro de mon mari, le fait qu'il est là, « Là, là, allons, du calme », le cheval blessé de Marnie, le fait que Leo me dit de me calmer, de ne pas bouger, et elle va revenir, le fait qu'il dit qu'elle va probablement rentrer, *probablement*, le fait qu'il a vraiment dit ça, « probablement », oh Stacy, oh mon Dieu, oh punaise, le fait que, d'accord, d'accord, Leo dit qu'il arrive et que je dois rester ici, au cas où *elle rentrerait à la maison*, le fait que je n'avais pas pensé à ça, le fait qu'elle va peut-être renoncer et rentrer de son plein gré, désintégrer, ingérer, framboises, le fait que je dois être là, je vais rester ici, le fait qu'il est en route, mais nous perdons un temps précieux, police, viol, meurtre, ours, le fait qu'il y a des chevelus qui vous agressent et d'autres qui vous tirent dessus, qui violent ou battent leur femme, une mer d'agresseurs et je ne peux rien contre ça, le fait que les enfants ne doivent pas voir que je pleure sinon ils vont être effrayés, scarifié, brisé, le fait que ça m'a brisée, le fait que je dois me ressaisir, l'appeler sur son téléphone, le fait que pourquoi je ne l'ai pas fait plus tôt, et joindre ses amies, le fait qu'elle est peut-être chez Annie, tout simplement, le fait que ce mot est peut-être juste un canular, pour me faire peur, une peur bleue, le fait que, non, bon sang, son téléphone ne répond pas, le fait que je devrais essayer ses amies, le fait que je peux au moins faire ça, en attendant, aïe, mer d'Égée, le fait que, oh mais pourquoi je n'ai pas vu venir ce truc, ou découvert son mot plus tôt, le fait que je suis allée dans sa chambre un million de fois aujourd'hui, le fait que je me revois remettre son tapis d'équerre, mais je n'ai pas regardé l'oreiller, le fait que cette erreur pourrait coûter la vie à Stacy, et ça serait ma faute, **15**, non mais quelle andouille, idiote, crétine, Mauvaise mère, mère de James, le fait que j'ai une lampe de chevet horrible, nuisette, le fait que certains hommes se sont fait construire des *donjons*, tout équipés, des tas, le fait qu'ils attendent de capturer des jeunes filles, pauvre Fanny Adams, « Sweet Fanny Adams », le fait qu'ils ont des bébés avec ces filles et ensuite ils tuent les bébés, mes petits-enfants, le fait que des tas d'hommes sont sans pitié, sans cœur, Lanza, Breivik, Trump, Bill Clinton, Lolita Island, esclaves sexuels, trafic, photos porno, EI, décapitations, 11/9, 911, Oprah, Lee Harvey Oswald, ♫ *The Stars and Stripes Forever* ♫, chopez-les par la bannière étoilée, sans raison, sans raison aucune,

*

La vie sauvage est pleine d'imprévus : les ennuis vous guettent à tout moment. La crainte finit par vous user et vous endormir. Désormais, elle était sans cesse fatiguée. Tout à son malheur, elle laissait sa robuste queue traîner derrière elle dans la poussière. La queue laissait comme un sillon dans la boue, et de profondes rigoles sur la berge des rivières. Sa queue ! Comme ses petits l'avaient aimée.

Elle progressait plus vite et plus sûrement de nuit. Le jour, elle était forcée de fuir le bruit des tronçonneuses, qui semblait monter de toutes parts dans la forêt. Mais une nuit, les bois résonnèrent du bruit d'animaux rivaux, les rugissements de carnivores qui s'assemblent pour banqueter.

Elle grimpa vers la source du vacarme, et aperçut une bande de chevaux excités qui couraient en cercles étroits sur le flanc d'une colline, une formation qui rappela à la femelle couguar des cerfs essayant d'éviter la capture. Au sommet de la colline se trouvait une longue suite de granges, autour desquelles erraient des animaux inconnus, furieux et perturbés. L'air était rance et sentait la crotte et le cuir sale, la clôture métallique et le sang. Il n'y avait ni hommes ni femmes en vue.

Il flottait dans l'air un parfum de peur, et de faim. Plusieurs couguars, efflanqués et malades, erraient non loin d'une maison. Ses petits étaient peut-être à l'intérieur – son désir rendait la chose presque possible. D'autres créatures évoluaient également ici, proches des couguars mais en plus imposantes. Effrayés, exaspérés, ou troublés, tous passaient sans la voir. Un tigre, imitation rayée d'un lion, d'allure semblable mais aux mouvements étranges, sortit d'une des granges par un trou et descendit la colline en courant. D'autres bêtes plus grosses remontaient la colline, des animaux perdus, sans territoire. Des ours malades vaquaient librement parmi eux, ainsi que des loups maigres et tremblants, comme s'ils avaient oublié de vivre séparément.

Elle était dégoûtée par leur insouciance, leurs étranges halètements, leur indécision et leur démarche lente. Et, après avoir reniflé un peu partout, elle fut de nouveau déçue de ne pas trouver ses petits. En quête d'une proie décente, elle se dirigea vers un endroit d'où montaient des bruits de débandade, et trouva deux animaux proches du lion, mais d'environ deux fois sa taille, en train d'éviscérer un petit singe aux longs membres, un chimpanzé, dont l'odeur capiteuse était totalement inhabituelle. Elle battit en retraite – les rares proies étaient bien trop convoitées, par toutes sortes de prédateurs patrouillant sur la colline.

Rien ne serait simple ici, et elle ne se sentait pas en sécurité. Se retournant pour partir, elle accula sans le vouloir un loup solitaire, qui grogna et s'éclipsa en la voyant. Derrière lui, un gros tigre blanchâtre trônait dans une mare de sang, et mastiquait la tête d'un homme mort. Les entrailles avaient déjà disparu, son cœur ardent dévoré, prélevé par des animaux plus désespérés qu'elle. Elle s'éloigna, découragée.

Puis survinrent les premières détonations, tout près. Quelques crépitements sporadiques au début, assourdis par l'humidité dans l'air, mais dont la fréquence augmentait régulièrement. La femelle couguar connaissait suffisamment les tueurs et leur puissance de feu pour aller se mettre à couvert. Elle se hâta de descendre la colline pour se cacher dans les arbres.

Depuis les fourrés, dissimulée par l'obscurité, elle vit un gros policier mettre en joue un ours encore plus gros que lui, qui n'essaya pas de s'enfuir. Pourquoi l'aurait-il fait ? Un ours ne fuit pas. L'homme se raidit soudain, et un sifflement fusa au loin, se répercutant dans les collines avoisinantes ; l'ours s'avachit, en grognant. Deux autres policiers descendaient lentement la colline vers un groupe de tigres jaunes qui faisaient des bonds dans les hautes herbes, cherchant une percée dans la clôture. Ils fuyaient les humains. De nouvelles détonations cisaillèrent l'air. Les tigres faisaient de grands bonds et feulaient, créatures encore pleines de puissance. Les hommes levèrent de nouveau leurs armes, d'autres détonations retentirent, puis les tigres restèrent au sol sans bouger. Elle perçut leurs soupirs d'agonie. Ce n'était pas une façon de mourir, comme ça, en pleine nature.

Les hommes poussèrent des petits cris et s'adressèrent des grognements. Cherchant à dominer encore, d'autres proies et davantage de territoire, ils allèrent à la rencontre d'un autre gros animal qui émergeait d'une des plus hautes granges au sommet de la colline. Les hommes ne se lassaient pas de tuer. Ils ne prenaient pas la peine de manger leurs proies, ils passaient simplement à d'autres bêtes effrayées. Ils ne donnaient pas à ces créatures vides et égarées le temps de réfléchir.

La femelle couguar n'était pas l'une d'elles. Elle avait une mission. Elle n'était ni affamée ni souillée d'excréments. C'était une reine. Ces étranges animaux malades ne pouvaient ni ne voulaient fuir les hommes, mais elle, si. En un rien de temps, elle avait parcouru une vingtaine de kilomètres. Son territoire.

*

le fait que j'ai rêvé cette nuit qu'il me restait deux ans à vivre et que j'avais rendez-vous avec un psy pour en parler, délais, décès, le fait qu'ensuite j'ai rêvé qu'Anat me demandait si Leo pouvait lui préparer un martini et je répondais « Peut-être », ce qui est dingue, parce que dans la vraie vie bien sûr qu'il lui ferait un martini, ça va de soi, le fait que je n'avais aucune raison de me montrer hésitante, le fait que ce n'était pas comme si je ne voulais pas qu'elle ait un martini, le fait que je ne savais pas trop si Leo aurait envie de lui en faire un, ferry, naufrage, le fait que c'était un rêve stupide, le fait que les tigres et les chèvres peuvent être amis, le fait qu'un zoo a mis une chèvre dans l'enclos des tigres, pour les nourrir, mais la tigresse n'a pas voulu la manger, le fait qu'elle voulait de la compagnie, chèvre, chair fraîche, cabris, cabrioler, le fait que cabrioler ressemble un peu trop à cambrioler, le fait que les cabris sont de vrais clowns, le fait qu'ils sont une des merveilles de ce monde, le fait que je n'en connais aucun, je les regarde juste parfois sur YouTube, le fait qu'on devrait peut-être en avoir quelques-uns, mais après ils deviendraient des chèvres et les chèvres sont vite envahissantes, mauvaises herbes, mauvaise mère, le fait que je ferais bien une sieste, le fait que je suis très fatiguée, le fait que, bon, ça n'a rien d'étonnant après ce qu'on a vécu, le fait que je me sens physiquement épuisée, comme si j'avais couru un marathon, le fait que j'espère que je n'aurai jamais à revivre tout ça, le fait que ce qu'on vous demande de faire à la fête de l'école c'est l'horreur, pêche aux canards, course avec un œuf, le fait que j'ai rêvé qu'on était toutes les deux dans un motel, Stacy et moi je veux dire, le fait qu'elle devait avoir cinq ans, comme d'habitude, et le gérant du motel jouait avec des ciseaux près d'elle et ça me faisait peur, et je n'arrivais pas à le convaincre d'arrêter, *Persuasion*, alors pour finir je devais lui donner des coups à la poitrine pour qu'il arrête, le fait que je le faisais vraiment, le fait que pour une fois mes efforts semblaient porter leurs fruits, coups, coupe de fruits, le fait que c'était pour ainsi dire gratifiant, même si maintenant je trouve ça juste violent de ma part, Luella, Suella, le fait qu'ensuite j'ai rêvé d'un troupeau de chevaux à moitié engloutis dans un marais, et après il était question d'un édredon grand comme un stade de football, le fait que je crois que j'ai besoin de réconfort, contrefort, le fait que cet édredon était énorme mais qu'il n'était pas en plumes d'oie, il était synthétique, comme ceux pas chers qu'on trouve un peu partout, IKEA, Walmart, le fait que la matière à l'intérieur ressemblait à la bourre des coussins, cousins, moustiques, tiques, le fait que tout le monde pouvait se servir de cet édredon géant, et quand vous vouliez aller dormir il suffisait d'en déchirer un morceau à votre taille, un peu comme de la barbe à papa, puis de le jeter le lendemain, obsolescence, rejet, huile de palme, lait en poudre, le fait que la question des déchets ne m'inquiétait pas, je me demandais juste où ils pouvaient ranger cet énorme édredon pendant la journée, le fait que seul un gymnase aurait été assez grand pour l'accueillir, ou une étable, ou un hangar d'avion, une piscine olympique, et il aurait vraiment fallu forcer pour le fourrer dedans, le fait que je ne sais pas ce que les gens comptaient faire quand on aurait fini de l'utiliser, mais apparemment on aurait droit à un tout neuf, le fait que je n'ai pas encore rêvé de la fugue de Stacy, le fait que je crois que je garde ça pour de futurs cauchemars, le fait qu'au lieu de ça j'ai fait un rêve joyeux et lumineux l'autre nuit, le fait que c'était comme si j'étais revenue dix ans plus tôt, un peu après notre mariage, et que je pouvais rester là tant que je le voulais, le fait que Stacy devait avoir cinq ou six ans, le fait que j'avais l'impression de pouvoir tout recommencer à zéro et faire en sorte que ça se passe bien pour elle cette fois, le fait que je pouvais prendre le temps d'arranger les choses, sachant ce que je sais maintenant de mon incompétence ces dix dernières années, le fait que j'étais tellement heureuse dans ce rêve, de savoir que c'était possible, le fait que c'était un soulagement, une joie, euphorie, le fait que je ne sentais plus ce fardeau et que l'avenir se présentait bien, et tout baignait dans une lumière dorée, le fait qu'apparemment j'étais dans notre chambre, telle qu'elle était à notre arrivée, et je voyais tout comme c'était alors, quand Stacy était petite, et dans le rêve je me disais je peux y arriver, je peux arranger les choses, le fait que j'avais comme une vision, vison, double vue, le fait que je savais comment m'y prendre, et cette fois-ci je comptais bien être plus attentive à Stacy, mais sans négliger Leo non plus, parce que je savais, prescience, conscience, que Leo était vraiment ce qu'il me fallait, qu'il était important, et qu'on avait raison d'être ensemble, le fait que tout baignait dans une lueur chaude, une lumière dorée, le fait que c'était vraiment paisible et rassurant, et je ne doutais pas que les choses allaient bien se passer cette fois, parce que je connaissais toutes les erreurs que j'avais faites la première fois, le fait que j'avais droit à une seconde chance, ce qui n'arrive jamais, le fait que tous les possibles se déployaient, je comprenais par exemple que je pourrais voir Abby davantage, le fait que j'allais me rendre chez elle plus souvent, afin d'être moins triste quand elle ne serait plus là, du moins c'est ce que j'espérais, le fait que j'allais faire ça et que j'avais également d'autres projets, Londres, Ohio, le fait que l'usine Brillo se trouve à London, dans l'Ohio, paille de fer, le fait que la paille de fer est un truc de dingue, le fait qu'ils font de la paille avec du fer pour que les ménagères puissent nettoyer leurs casseroles et leurs poêles, le fait que comment ils ont pensé à ça, mais les tampons Brillo marchent vraiment, syndrome du dépérissement des étoiles de mer, le fait que les étoiles de mer sont toutes en train de mourir et les oursins prennent le dessus et dévorent les macroalgues, vilains petits oursins, le fait qu'ils ne savent donc pas qu'ils sont censés se faire manger par les étoiles de mer, le fait que je me demande si Brillo s'est inspiré de la paille ou s'ils ont juste décidé de l'appeler comme ça au moment de la commercialiser, le fait qu'il y a eu des brosses s'inspirant des queues d'écureuil et de renard, le fait que les queues d'écureuil ressemblent davantage à des plumeaux, le fait qu'ils se servaient autrefois de vraies plumes de paon comme plumeaux, mais je ne crois pas qu'ils en vendent encore, le fait que je suis sûre qu'on peut encore trouver des plumeaux en plumes de dinde, le fait que j'aimerais bien qu'on ait des paons, dans le jardin je veux dire, pas pour faire le ménage, sauf si jamais ils perdaient des plumes de temps en temps, le fait qu'on aurait besoin de paonnes pour leur tenir compagnie bien sûr, le fait qu'il n'y a pas assez de paons dans le monde, même s'ils peuvent être bruyants, bruants, Peolia, opossums, le fait qu'en Caroline du Sud ils arrêtent maintenant les gens qui se font des tresses sans autorisation, licence, le fait que ça c'est la meilleure, meule, mule, petits pains, céleri, le fait que la prochaine fois c'est moi qui me ferai arrêter pour avoir fait des roulés à la cannelle sans autorisation, nourri les poules sans autorisation, pété les plombs sans autorisation, pixellisé, péter un câble, accablée, le fait qu'il y a d'autres choses bizarres qu'on n'a pas le droit de faire, comme faire le tour de la place du village en voiture une centaine de fois, le fait que ce n'est pas autorisé, le fait que je me demande qui a pu faire ça, forcer l'Ohio à promulguer une telle loi, le fait que ça devait être un type sacrément ennuyeux, le fait que dans le Tennessee il est illégal de tirer sur des animaux depuis votre véhicule, sauf si c'est une baleine, le fait qu'ils font une exception pour ça, le fait que le Tennessee n'est même pas sur la côte, alors à moins que des tas de baleines s'échappent de SeaWorld ou de je ne sais où, Orlando, spectacle d'orques, bref, vous avez le droit de leur tirer dessus depuis votre voiture si ça vous chante, pêche à la baleine au Japon, Norvège, rorqual, rêve étincelant, le fait que je viens juste de m'apercevoir que j'aurais dû faire une fanouropita quand on était sans nouvelles de Stacy, ma première-née, le poncho brodé guatémaltèque que j'ai perdu, des chevaux dans un marais, le fait que dans la panique je n'ai pas pensé à faire une fanouropita, mais j'aurais dû, parce que même si vous ne trouvez pas ce que vous cherchez ça vous occupe et ça vous empêche de vous mettre dans tous vos états comme une foldingue, meringue, flingue, le fait que j'ai passé une partie de la soirée à essayer de joindre ses amies, même si je n'ai pas osé appeler trop tard, le fait que 21 h 30 c'est vraiment la limite, mais là c'était une *urgence*, Arizona, Zanesville, des bêtes sauvages partout dans l'Ohio, Wild West, Oscar Wilde, Fanny Trollope, le fait qu'avec tout ça j'ai mangé trois tonnes de roulés à la cannelle, le fait que j'en n'avais pas mangé depuis des années, le fait que je ne pouvais même pas en goûter, et j'espère ne jamais en remanger, le fait qu'on les a tous mangés, le fait que c'était bien pratique, le fait que ça a fait notre repas, alors ils peuvent m'arrêter pour ça aussi s'ils le veulent, ainsi que pour négligence envers mon enfant parce que je ne savais pas où était ma fille, et que je ne la comprends pas, le fait qu'aujourd'hui si vous appelez la police parce que votre enfant a disparu ils commencent par enquêter sur vous, pas sur l'enfant qui a disparu, le fait que, non mais, regardez un peu ce pauvre petit Jim dehors, le fait que ce chien a l'air d'avoir peur de son ombre, et voilà qu'il aboie de nouveau, des petits jappements tristes, sérénade, le fait qu'il ne veut même pas qu'on le caresse, ce pauvre chien, le fait que ça ne sert à rien d'essayer de le rassurer, mais il changera peut-être un jour, se ressaisir, hôtel de luxe pour safari, The Wilds, les Wilde, yourtes en forêt, le fait que Leo pense que la pollution a nui à la matière grise, le fait que cette idée est terrible, le fait qu'on fonctionne tous peut-être à capacité réduite, qu'on est plus bêtes que les générations précédentes, et qu'on va tous être stériles aussi, le fait que, ah ça, je cause pas mal de soucis à Leo, avec ma douzaine d'enfants, quatre, *Les Sept Femmes de Barbe-Rousse*, le fait qu'il a dû tout laisser en plan pour foncer ici, le fait qu'heureusement il avait la voiture, le fait que c'est l'heure d'aller voir les poules, le fait que la police n'a été d'aucune aide, le fait qu'une gamine de quinze ans qui disparaît ne les intéresse pas, le fait que je ne pense pas qu'ils aient alerté des collègues, mais peut-être que tout l'État était trop occupé par les animaux de Zanesville pour s'inquiéter d'une ado en vadrouille, le fait que toutes les connaissances de Stacy savent que je suis nulle comme mère, et leurs mères aussi le savent, le fait que j'ai pleuré au téléphone avec Prissy, le fait que c'était très gênant, si si, Swiffer, serpillière, Brillo, le fait que j'ai été vraiment soulagée quand Leo est arrivé, le fait qu'on n'a pas dormi de la nuit, qu'on a attendu au cas où elle reviendrait, et on a pris la voiture à tour de rôle pour essayer de la retrouver, mais on ne savais pas où chercher, canal Érié, péniches, balourd, gluant, lac Érié, lac Érié et Eastern Railroad, Arizona, Tuscarawas, défense d'entrer, mammouths, et puis le lendemain matin, juste quand il paraissait très improbable qu'elle puisse être encore en vie, la voilà qui arrive, l'œil vif et la queue touffue, bon, en traînant son sac de couchage derrière elle, qui ressemble un peu à une queue touffue, et elle demande un sandwich au fromage, lingettes pour lunettes, le fait que j'étais dans un tel état que je pouvais à peine parler, le fait que bien sûr elle n'a pas voulu qu'on la serre dans nos bras, mais je lui ai un peu tapoté l'épaule, le fait qu'il fallait vraiment que je la touche, mon enfant, ma première-née, le fait que petite c'était un vrai clown, oh, quel soulagement, quel soulagement, le fait que le reste de la matinée est vraiment flou, mais ce qui est sûr c'est qu'on ne lui a pas posé de questions, le fait qu'on avait déjà décidé ça pendant la nuit, que si jamais on la revoyait on ne lui mettrait pas la pression, le fait que c'était presque drôle quand elle a demandé à Leo ce qu'il faisait à la maison un vendredi matin, comme si elle ne savait pas qu'on était dans tous nos états, ou ce qu'elle nous avait fait subir, et qu'il avait sillonné la Pennsylvanie et fouillé tout le comté de Tuscarawas et Coshocton et au-delà, toute la nuit, à cause d'elle, le fait qu'elle n'a pas mentionné le mot qu'elle m'avait laissé, qu'elle ne s'est pas excusée, rien, le fait que tout ce qu'elle a dit c'est qu'elle était très fatiguée, et puis, bizarrement, elle a demandé si les chats allaient bien, le fait qu'on s'en fiche des chats, et nous alors, mais on n'a rien dit, le fait qu'elle semblait suffisamment abattue comme ça sans qu'on ait besoin de faire une séance de débriefing, briefcase, amicus curiae, Atticus Finch, attaque, le fait qu'un jour j'ai fait ma petite valise et me suis enfuie, mais j'avais à peine traversé la rue que Phoebe m'a rattrapée et ramenée à la maison, le fait que dès que Stace est montée dans sa chambre j'ai craqué, et Leo a dû me consoler une fois de plus, le fait qu'il m'a préparé un whiskey soda, à 8 heures du matin, franchement, le fait qu'ensuite il a appelé la police pour leur dire qu'elle était rentrée, et ils ont dit quelque chose du genre qu'ils en étaient sûrs, le fait que c'est alors que Leo s'est énervé, et je l'ai entendu qui criait dans son bureau « Vous vous rendez compte qu'il y a des bêtes sauvages en liberté par ici ? », le fait que le policier a voulu calmer le jeu, affirmant qu'il n'y avait aucune bête sauvage en liberté dans le comté de Tuscarawas, le fait que Leo a demandé alors comment diable ils pouvaient savoir que Stacy était encore dans notre comté, vu qu'ils n'avaient pas pris la peine de la rechercher, et je ne sais pas ce qu'a répondu le policier, le fait qu'il n'avait rien à dire, le fait que personne au monde ne sait où elle a passé la nuit à part elle, bon, jusqu'à ce qu'elle me raconte toute l'histoire un peu plus tard, le fait que quand je lui ai apporté son sandwich elle dormait profondément, le fait que j'ignorais avant ce coup de fil que Leo était inquiet depuis le début à cause des bêtes sauvages à Zanesville, le fait que je les avais oubliées, mais je n'avais pas les idées claires, le fait que j'étais en mode panique, le fait que si j'avais pensé à m'inquiéter qu'elle se fasse attaquer par des tigres en plus de tout le reste je ne sais pas si j'aurais tenu jusqu'au matin, « mes pauvres nerfs », le fait que, Dieu merci, elle ne s'est pas fait attaquer par des lions, des tigres, des ours, ou qui que ce soit, et aucun esclavagiste de Cleveland ne l'a kidnappée et enfermée dans son donjon non plus, « Et comment ! », La Vie Sauvage, sandwich au fromage, le fait qu'il avait une girafe à trois pattes, le type de Zanesville, le fait qu'il la gardait dans sa cave, « Les chats vont bien ? », le fait qu'il a gardé tous ces animaux dans une sorte de zoo pendant des années, et toutes les fermes environnantes devaient être vigilantes, le fait qu'il y avait déjà eu quelques évasions, mais jamais à cette échelle, le fait que cette fois-ci il s'agit de presque tous les animaux, des dizaines et des dizaines, le fait qu'il a fait un an de prison, parce qu'il avait tout un arsenal d'armes illégales, le fait que je ne sais pas en quoi elles étaient illégales mais le fait est qu'elles l'étaient, le fait qu'il a fait un an et un jour de prison, et que des bénévoles ont dû nourrir ses animaux pendant ce temps, le fait que je ne comprends pas où ils ont trouvé l'argent, parce que ces animaux avaient besoin de deux cent cinquante kilos de viande par jour, et où trouvaient-ils la viande tous les jours, le fait qu'ils se la faisaient livrer ou quoi, ou alors est-ce qu'il y avait des tas de congélos sur place, le fait qu'il avait d'autres animaux aussi, comme du bétail, et des chevaux, des singes, que sais-je encore, alors peut-être qu'ils s'en servaient pour nourrir les lions et les tigres, abattoir, Béliers de Los Angeles, le fait que le type avait quelque chose comme soixante animaux dans sa ferme, le fait que comment avait-il les moyens, le fait que ce n'était pas Bill Gates, le fait que c'est peut-être une autre façon de faire des provisions, le fait que c'est bizarre de ne pas avoir le droit de faire une centaine de fois le tour de la place du village en voiture alors qu'on peut maltraiter soixante animaux et même les laisser s'enfuir, le fait que, pour couronner le tout, il a fait *ça*, les laisser tous partir, le fait qu'il devait se douter que ses animaux se feraient abattre, ou alors qu'ils tueraient des gens, ou les deux, quand il les a relâchés, le fait qu'il s'en fichait pas mal, le fait qu'un jour, quand on était petits, Maman a dit à Ethan de mettre son chapeau, et Ethan a dit « JFK ne portait jamais de chapeau », le fait que j'ai dit « Et regarde ce qui lui est arrivé », et tout le monde s'est tourné vers moi, surpris, et a ri, le fait qu'ils ne pensaient pas que je connaissais JFK, mais si, *Je ne sais pas mais eux si*, le fait que ce type était vraiment fou, le type de Zanesville, pas Ethan ou JFK, mobiles, Motif n° 1, le fait qu'ils pensent qu'il voulait peut-être se faire dévorer par ses animaux, suicide par carnivore, et son vœu a peut-être été exaucé, parce que la plupart de ces animaux étaient affamés, et c'est pour ça qu'ils ont été aussi agressifs et qu'il a fallu tous les abattre, le fait que ç'a été un massacre, le fait que la police a abattu cinquante animaux, cinquante, dix-huit tigres, neuf lions, huit lionnes, trois couguars, six ours noirs, deux grizzlys, un gorille, et deux loups, le fait que pour les singes je n'en sais rien, le fait que je ne pense pas que la police ait abattu le babouin, le fait que je crois qu'il s'était déjà fait dévorer par un des animaux quand la police est arrivée, le fait qu'aucun des animaux n'est allé très loin de la ferme, le fait que la police a rapidement « maîtrisé la situation », le fait qu'ils les ont tous massacrés, un par un, décubitus ventral, Lee Harvey Oswald, le fait qu'ils auraient pu juste dire aux gens de rester chez eux pendant qu'ils les rassemblaient, vivants, mais il faut toujours que ça se règle comme ça, règlement de comptes, synchronicité, câbles, le fait que dire aux gens de rester chez eux donne sans doute encore plus envie à certains de sortir voir ce qui se passe, le fait que dès qu'ils ont su qu'un massacre avait lieu des types de LSP ont déboulé tout excités, en criant et en priant pour qu'on les laisse donner un coup de main, ATTENTION ANIMAUX EXOTIQUES, mais ils ont raté le coche, faire mouche, le fait que le temps qu'ils arrivent là-bas la police avait presque déjà tué tout ce qui bougeait, le fait qu'ils disent que les fléchettes anesthésiantes sont trop dangereuses, le fait qu'elles peuvent mettre du temps à agir et pendant ce temps l'animal peut attaquer celui qui a tiré la fléchette, ou une autre personne, le fait que la police a perdu du temps en nous interrogeant, mais ils laissent un type comme ça sortir de prison, I-70, le fait qu'en plus il les gardait dans des toutes petites cages, depuis des années, les animaux, pas les flics, et qu'ils étaient tous dans un état terrible, des cibles faciles pour les tireurs d'élite de la police, tir aux canards, le fait qu'ils étaient tellement amoindris que je crois qu'ils n'ont pas pensé à fuir, le fait que, aussi, peut-être qu'ils faisaient confiance aux humains, après toutes ces années de captivité, syndrome de Stockholm, Stacy qui fugue, mot, sac de couchage, roulés à la cannelle en guise de souper, support, secours, sursis, le fait que plusieurs ours ont réussi à parcourir deux ou trois kilomètres, mais la plupart n'ont pas été assez rapides, le fait qu'ils ont tué également les loups, le fait qu'ils les ont tous tués, jusqu'au dernier, sauf la girafe à trois pattes, et quelques léopards qui étaient en cage dans la maison, *Je commettrai de tels actes… ils répandront la terreur sur la terre*, le fait que les gens pourraient se contenter d'un pit-bull, ou d'un doberman et de quelques iguanes, s'ils veulent vraiment chez eux un animal qui fait peur, ou un danois s'ils veulent un truc énorme, un mastiff, mais non, le fait qu'aujourd'hui tout le monde veut avoir son zoo privé, mais personne ne sait s'en occuper correctement, le fait que maintenant tout le monde reproche le massacre de Zanesville à la mère du type, même si elle est décédée depuis plus d'un an, le fait que la mère d'Adam Lanza a également encore droit à des reproches, comme si elle avait pu prédire ce qu'il ferait, alors que personne n'aurait pu le prédire, le fait que c'était un crime inimaginable, alors comment aurait-elle pu l'imaginer, horrible, horrible, le fait que cette fusillade, et le 11 Septembre, ont changé l'Amérique pour de bon, ou plutôt non, *en mal*, le fait que Builderbeck, Quantrill et Chivington avaient tous des armées derrière eux, alors qu'Adam Lanza n'a eu besoin que de quelques armes de type militaire pour son massacre, le fait que, d'accord, je reconnais qu'apprendre à un enfant bizarre comme lui à manier des armes à feu était plutôt irresponsable, le fait qu'on pourrait se dire qu'emmener Adam Lanza s'entraîner au stand de tir ne devrait pas être une de vos priorités si vous êtes sa maman, mais comment pouvait-elle savoir, le fait que je suis sûre qu'elle n'a jamais pensé qu'il allait massacrer une classe entière de petits enfants, le fait que je crois qu'elle aussi raffolait des armes, jusqu'à ce qu'il la tue, le fait que de toute façon, si elle était aussi anormale, pourquoi des parents apprennent-ils encore à leurs enfants à se servir d'une arme, après Sandy Hook, le fait que la NRA pense que tout le monde devrait savoir se servir d'une arme dès la naissance, avec l'argent qui va droit dans les poches des fabricants d'armes, comme Mr Potter se raccrochant aux 8 000 $, le fait que certaines personnes sont prêtes n'importe quoi pour un dollar, le fait qu'il doit probablement y avoir toute une batterie d'armes de sport pour enfants en vente libre dans les foires aux armes, des mini AR-15 rose pâle ou bleu pâle, décorées avec des étoiles ou des planètes fluo et des décalcomanies de Wolverine, Pokémon, Spiderman, Bob l'Éponge, Applejack et Elsa, et peut-être quelques pubs Coca, le fait qu'une arme avertie en vaut deux, le fait qu'il y a déjà eu quelque chose comme quatre-vingts morts par arme à feu cette année, rien que dans l'Ohio, et on n'est qu'en avril, le fait que ça fait quatre-vingts personnes qui devraient être encore là, le fait que la police en a tué la moitié, le fait qu'ils ont tué ce petit garçon de Cleveland parce qu'il tenait une fausse arme, le fait qu'ils n'ont pas fait de sommation, le fait que c'était juste un petit garçon de douze ans, le fait qu'il n'était pas plus grand que Ben, le fait qu'ils l'ont abattu à trois mètres de distance, parce qu'ils n'aimaient pas sa « posture », le fait que tous les petits garçons qu'on connaît connaissent maintenant les gestes, comment se positionner, comment tenir l'arme, selon l'arme dont il s'agit, et selon qu'on joue un policier, un soldat, un tueur en série, un terroriste, un braqueur, un dealer, ou un gangster, PAN PAN, TRRRR, piou-piou-piou, brrr-r-r-r-r-r, AK-AK-AK-AK-AK, le fait que vous leur filez un pistolet à eau et ils se prennent tout de suite pour des tireurs d'élite, le fait que je ne crois pas que les enfants jouent encore aux gangsters, le fait qu'ils préfèrent sans doute jouer aux kamikazes, le fait que les flics sont tellement excessifs, le fait qu'ils ont l'air hystériques, le fait qu'ils sont formés à ça, le fait qu'ils souffrent sûrement de TSPT, à force de devoir s'occuper de tous ces criminels surarmés en liberté, mais ils se comportent comme si tout le monde en avait après eux, le fait qu'ils sont un peu paranoïaques parfois, le fait qu'on se dit qu'ils pourraient se contenter de balancer des gaz lacrymogènes, quand ils tombent sur des gens vraiment menaçants, pas forcément les tuer, le fait qu'ils pourraient peut-être se calmer un peu, peut-être qu'ils pourraient calmer la « situation », mais c'est comme si c'était trop leur demander, le fait que calmer des suspects au lieu de les tuer prend plus de temps, le fait que je suppose qu'ils n'osent pas faire usage de fléchettes anesthésiantes sur les gens non plus, pour les mêmes raisons qu'ils ont avancées à Zanesville, mais je les trouve trop impatients, feutre, paillettes, le fait que c'est ça qui me chiffonne, le fait qu'un truc qu'on apprend quand on est mère c'est la patience, sinon aucun enfant n'arriverait jusqu'à l'âge adulte, le fait que seules les mères devraient peut-être travailler dans la police, velours rouge, vieux parapluie, collier en or, lumière dorée, le fait qu'au Nouveau-Mexique les chauffeurs de taxi n'ont pas le droit d'attraper des clients dans la rue et de les jeter dans leur véhicule, et en Alaska vous n'êtes pas censé attacher votre chien sur le toit de votre voiture, le fait qu'il faille dire *ça* aux gens, bon sang, McKinley, le fait qu'imaginez attacher un chien sur le toit de votre voiture par moins trente degrés, le fait qu'il mourrait à tous les coups, le fait que les oiseaux peuvent geler parfois, le fait que je n'en sais trop rien, le fait qu'ils ressentent sûrement le froid, à moins que leur métabolisme se mette juste à fonctionner encore plus vite, le fait que c'est comment d'avoir des pattes d'oiseaux, ces petites pattes maigrichonnes toutes raides, le fait que même mes jambes ne sont pas aussi maigrichonnes et raides, roides, froides, effroi, Stacy, le fait qu'un jeune homme vient d'abattre ses parents alors qu'ils venaient le chercher à la fac pour les vacances, le fait que bien sûr la plupart des gens sont prêts à mourir pour leurs enfants, mais pas comme ça, condensation, ensemencement des nuages, mourir pour donner à son enfant le plaisir éphémère de vous abattre, Les Dix Pires Présidents, le fait qu'un père que tout le monde considérait comme un véritable « protecteur » de sa famille vient de les abattre tous, avant de retourner son arme contre lui, parce qu'il n'arrivait pas à payer ses factures et qu'il ne voulait pas que sa famille souffre, je veux dire de pauvreté, le fait que je pense qu'il a peut-être pris un peu trop au sérieux son rôle de « protecteur », le fait que ce pauvre petit bébé avait neuf mois, et la petite fille trois ans, et la femme adorait ses enfants, et maintenant elle ne peut plus s'en occuper parce qu'elle est morte, et eux aussi, tout cet amour dans le ruisseau, le fait qu'elle a fait tellement d'efforts pour exister et faire exister des enfants et maintenant il n'y a plus rien, parti en fumée, ♫ *Fume, fume le petit dragon* ♫, le fait que Stacy est rentrée, touchons du bois, Stacy est rentrée, le fait que je devrais être aux anges, « Du nerf », verre à moitié plein, bracelet porte-bonheur, Ulysses S. Grant, Théâtre de Ford, le fait que la Tombe de Grant est le plus grand mausolée d'Amérique, et Gary Cooper veut vraiment, mais alors vraiment y aller dans *L'Extravagant Mr Deeds*, que je confonds toujours avec *Mr Smith va au Sénat*, qui est bien meilleur, mais Cary Grant ne joue pas dedans, dans *Mr Smith va au Sénat* je veux dire, pas dans *L'Extravagant Mr Deeds*, le fait que Jean Arthur joue dans les deux, noir et blanc, le fait que la seule chose que veut faire Gary Cooper à New York c'est visiter la tombe de Grant, Gary Cooper, Gladys Cooper, le fait que je me demande s'ils sont parents, le fait que Jeff Bezos est l'homme le plus riche de la planète, le fait qu'il a quatre-vingt-dix milliards de dollars, le fait que ça suffit pour résoudre pas mal de problèmes dans ce pays, alors crache l'oseille, mon bonhomme, clavicule intercostale, « Tu l'as dit, bouffi », Budington, hernie lombaire, colombe, columbarium, le fait que je croyais que Poutine possédait deux cents milliards, mais il y a peu de chances pour qu'il résolve les problèmes mondiaux, le fait que pourquoi les gens veulent-ils autant d'argent, le fait que même un gourmet ne peut pas manger plus de tant de repas, le fait que si tout le monde touchait un salaire minimal décent on serait tous heureux, et c'en serait fini de cette litanie de ruine et de souci, mais il s'écoulera encore sûrement plusieurs siècles de malheur avant qu'ils se calment et qu'ils arrêtent de terroriser tout le monde au sujet de l'argent, le fait que si on avait tous une somme d'argent décente dans nos poches on achèterait plus de choses aussi, or c'est ce que je croyais qu'ils voulaient qu'on fasse, « Achetez ! Vendez ! », Acheter américain, nouvelles voitures, économie, le fait que les milliardaires sont tellement heureux que je crois qu'ils ne se rendent pas compte à quel point nous sommes tous en rade, rude, roide, aride, Coolidge, le fait que Gary Cooper n'a pas à s'inquiéter, parce qu'il vient de toucher une fortune, le fait qu'il veut quand même aller voir la Tombe de Grant, et finalement il s'y rend avec Jean Arthur, qu'il prend pour une damoiselle en détresse, le fait que toute sa vie il a attendu une damoiselle en détresse, mais voilà qu'elle se révèle être une journaliste douée et intelligente et elle le trahit en faisant de lui la risée de ses lecteurs, alors Gary Cooper lui fait le coup du Silence Méprisant, le fait qu'il l'applique à tout New York, et il reste comme ça pendant une bonne partie du film, le fait qu'elle le déçoit et ensuite c'est lui qui la déçoit, avec son grand silence, parce que maintenant elle l'aime, le fait que ça doit être la plus grande bouderie du cinéma, Mary Cassatt, « Petite fille dans un fauteuil bleu », le fait que tout le monde le laisse bouder, parce que les gens étaient beaucoup plus civilisés dans les années trente, à part les services de l'immigration avec les bateaux pleins de réfugiés juifs, pas seulement ici mais au Canada et en Angleterre et dans toutes sortes d'endroits, le fait qu'ils se sont fait refouler dans tous les ports, et certains bateaux ont dû retourner en Europe, et la moitié des passagers ont été assassinés dans des camps de concentration, le fait qu'il n'y avait pas que les Allemands qui détestaient les Juifs, et des tas de gens les détestent encore, comme ceux qui ont renversé les pierres tombales à Philadelphie, les pierres tombales juives, le fait que les Français font ça tout le temps, aussi, le fait que rien ne rime avec « monstre », menstrues, trucider, le fait que les girafes ont de la chance que la plupart des gens ne veuillent pas d'elles comme animaux domestiques, ou pas trop, Jim, puces, tardigrades, le fait qu'un zoo danois a démembré publiquement une girafe et l'a donnée à manger aux lions, et un autre zoo danois a tué et disséqué publiquement une lionne de neuf mois, à des fins divertissantes, *pourri au royaume de Danemark*, le fait qu'ils ont prétendu avoir trop de lions dans ce zoo, et qu'ils ne trouvaient aucun autre endroit où les mettre, c'est pour ça qu'ils l'ont tuée, huée, le fait que quand les gens veulent minimiser un meurtre ils disent « éliminer », la torpeur des êtres entravés, le fait que quelqu'un a dit, après avoir donné la girafe en pâture aux lions, que les zoos étaient des prisons, ce qui est un peu exagéré, le fait qu'il y a eu des affiches, manifs, le fait que je ne sais pas pourquoi les gens font ce genre de choses, manifester et tout ça, d'autant que la girafe était déjà morte, le fait que des garçons de douze ans ont mis le feu à un chenil près d'Uhrichsville, par défi, et cinquante chiens ont suffoqué, et notre petit Jim est un des survivants, mon Dieu, le fait que ce qu'il a dû endurer, les horreurs qu'il a vues, horizons, Harrison Ford, nichoir amish, le fait que ces enfants vont sûrement faire vingt ans de prison, le fait qu'ils auront une trentaine d'années quand ils ressortiront, le fait que je crois qu'on a eu raison de céder pour le chien, mais je ne suis pas encore sûre que Jim soit le chien qu'il nous faille, le fait que j'aime bien son long museau blanc, qu'on peut voir de loin, quand il s'aventure dans les broussailles, le fait que Jim se fraie un chemin dans le monde avec ce museau blanc et pointu, et au bout il a cette jolie petite truffe noire et quelques taches noires, noir et blanc, le fait que les marques blanches s'effilent en une bande blanche entre les yeux, saphir, tapir, ténia, tenir, le fait qu'il a un corps noir et des pattes blanches mouchetées de taches noires, et il y a une pointe blanche au bout de sa queue touffue, mais ce que je préfère ce sont les bouclettes sur son poitrail, le fait qu'elles donnent l'impression qu'il porte une chemise blanche à jabots, sous un smoking, le fait qu'il ne remue jamais la queue mais peut-être que ça viendra quand il se calmera, le fait que j'espère que son petit gémissement haut perché s'arrêtera lui aussi, le fait que Trump a toujours des taches pâles autour des yeux, à cause des lunettes pour UV, le fait qu'il ferait peut-être mieux de garder ces lunettes, et d'attendre l'heure du dîner pour sortir de son caisson, le fait que c'est Stacy qui n'a refait surface qu'à l'heure du dîner, le fait que même alors elle ne nous a pas beaucoup parlé de son aventure, le fait que les enfants n'ont pas pipé mot de tout le repas, le fait que d'habitude ils se disputent à propos d'un truc qui a été cassé ou qu'ils ne retrouvent pas, ou font un commentaire sur quelque chose que j'ai mal fait, mais ce soir-là ils étaient complètement silencieux, les yeux écarquillés, sombres, le fait qu'on les avait prévenus de ne pas l'embêter, parce qu'elle serait fatiguée, le fait qu'on a peut-être un peu trop insisté, parce qu'ils avaient l'air morts de trouille, le fait que moi non plus je n'ai pas dit grand-chose, le fait que j'étais abattue, le fait que je crois que c'est Leo qui a fait la conversation, mais je ne me rappelle plus ce qu'il a dit, le fait qu'elle a attendu le lendemain pour vider son sac, avec moi, en privé, et me raconter sa nuit dehors, les chats, lions, tigres, girafes, l'Holocauste, les deniers de l'Holocauste, les deniers de Sandy Hook, le fait que quand elle est partie elle comptait rejoindre une tribu hopi et vivre avec eux dans leur réserve, le fait qu'elle avait entendu Leo parler de la mesa près de chez lui en Arizona, Sévère Sally, et la façon dont vivent les Hopis, les trucs qu'ils mangent et tout, le fait que Leo a dit aussi que les enfants apaches n'avaient pas de chaussures, pour marcher dans la neige, mais je crois que ça n'a pas découragé Stace, le fait que son plan consistait à faire du stop, mais personne n'a voulu la prendre, Dieu merci, le fait que finalement un car scolaire est arrivé, mais il n'allait pas plus loin que Dover, donc pas en Arizona, complètement la mauvaise direction, le fait qu'elle est quand même montée dedans parce qu'elle avait froid, le fait qu'après en être descendue elle a essayé d'aller depuis Dover en Arizona, le fait que je me demande encore pourquoi ce chauffeur de bus n'a pas pensé à avertir la police, le fait que ce n'est pas comme si elle faisait plus que son âge, le fait qu'à mes yeux elle paraît même plus jeune, le fait que personne ne l'a prise en stop sur l'autoroute, et que ça a duré comme ça tout l'après-midi, alors elle a mangé dans un *diner*, quelque part, puis elle a cherché un endroit sûr où dormir, en pleine nature, le fait qu'il fait un froid de canard la nuit, le fait qu'elle aurait pu mourir de froid, le fait qu'elle m'a dit qu'elle était très inquiète parce qu'elle ne voulait pas qu'on la voie dormir dans son sac de couchage, que des *hommes* la voient, plus exactement, le fait que je pense qu'elle n'a même pas pensé à des ours, et qu'elle avait oublié pour le couguar, et qu'elle n'était pas au courant pour les tigres en vadrouille, mon Dieu, le fait que je suis contente qu'elle n'ait pas su pour Zanesville, girafe à trois pattes, le fait qu'elle a trouvé un endroit à l'écart derrière de vieux barils rouillés, sur le bas-côté de la route quelque part, et elle est restée là dans son sac de couchage, incapable de fermer l'œil, le fait qu'il y avait beaucoup de gravier sous elle, et elle n'était pas à l'aise, le fait que vers minuit elle avait déjà décidé de rentrer, plutôt que d'aller en Arizona, le fait que pourquoi ne nous a-t-elle pas téléphoné, le fait que je suis même peut-être passée tout près d'elle, quand je suis partie en voiture à sa recherche, et que je ne m'en suis pas rendu compte, le fait qu'elle dit qu'elle ne voulait pas m'inquiéter en me réveillant au beau milieu de la nuit, Jésus de New Philadelphia, le Grand Canyon, le Désert Peint, Tucson, iguanes, le tee-shirt blanc de Stacy, les courtepointes de Rosie Lee Thompkins, le fait qu'elle dit qu'au moins personne ne l'a embêtée, mais ça ne lui plaisait pas d'être là toute seule la nuit, le fait qu'elle avait trop froid pour dormir, ou trop peur, et qu'il y avait ces petits cailloux, le fait qu'il peut faire froid aussi à Flagstaff, mon déguisement d'oiseau jaune, le fait qu'elle avait « peur » mais moi je suis *traumatisée*, le fait que, enfin quoi, bon sang, votre enfant peut se faire mal ou être tué, fiche sa vie en l'air et la vôtre, à tout moment, à cause d'une mauvaise décision, balançoire, et vous n'y pouvez rien du tout, pique-nique estival annuel du personnel enseignant de l'université Northwestern, le fait qu'après votre vie serait tout simplement finie, Sandy Hook, le fait que c'est difficile à admettre, et je crois que les mères survivent en évitant d'y penser la plupart du temps, sauf quand elles y sont obligées, le fait qu'on dit qu'il ne faut pas s'inquiéter pour des vétilles, mais je pense que ça protège en partie des drames, des impondérables, le fait que j'ai tellement l'habitude de m'inquiéter pour les plus jeunes que je ne pense presque plus à Stace, parce que je sais qu'elle peut se débrouiller, le fait que les trois autres sont toujours en Alerte Rouge, CONELRAD, mais désormais je m'inquiète également pour Stacy, parce qu'elle est tout aussi vulnérable à sa manière, le fait que récemment je me suis détendue vis-à-vis de Jake, et les autres me paraissaient déjà assez grands pour se débrouiller tout seuls de temps en temps, le fait que Gillian a plus ou moins atteint l'âge de raison, le fait que c'est comme ça que je voyais les choses *avant,* avant la fugue de Stacy, le fait que maintenant j'ai la trouille pour les quatre, le fait que je passe encore mon temps à les compter, quatre, pour être sûre qu'ils sont tous là, Stacy, Ben, Gillian, Jake, Stacy, Ben, Gillian, Jake, Ben, Jake, Stace et Gillian, et Leo aussi bien sûr, et Opal et

Frederick et les poules, et les poissons rouges, et maintenant je dois m'inquiéter aussi pour Jim, mon Dieu, le fait que le plus surprenant c'est qu'elle a dit que ça n'avait rien à voir avec moi, le fait que je n'y suis pour rien, le fait que sa fugue n'était pas liée à moi, selon elle, le fait que c'était à cause d'un garçon à l'école qui la menaçait, un certain Willy, le fait que Stace est « sortie » avec lui, ce que j'ignorais, le fait que je n'ai même jamais vu ce garçon, le fait que je ne pense même pas qu'elle l'aimait tant que ça, ou alors si mais maintenant elle le déteste, le fait que récemment il voulait passer aux choses « sérieuses », le fait qu'elle a dit qu'elle ne voulait pas trop « s'engager », guide sexuel, Priape, Osiris, le fait que quand elle lui a dit ça Willy a pété un câble et menacé de tuer son chat, une réaction un peu extrême, le fait qu'il n'a pas précisé quel chat, le fait qu'il ne doit sans doute pas savoir qu'on en a deux, et qu'il doit bien s'en moquer d'ailleurs, le fait que j'ai dit « Ce n'est pas la chose à faire, quand on veut séduire une fille », et Stacy a dit que tous les garçons à l'école étaient pareils, le fait qu'ils peuvent vous en vouloir très vite, et devenir méchants, en un brin d'œil, clin, clin d'œil, le fait qu'elle s'est tellement inquiétée pour les chats qu'elle s'est dit qu'elle devait partir de la maison, pour que les chats ne soient plus en danger, le fait qu'à cause de Willy j'ai failli perdre ma fille, le fait que ce garçon m'a l'air d'une vraie menace, le fait qu'heureusement, maintenant qu'elle est rentrée, elle dit qu'elle est moins inquiète pour les chats, mais elle me paraît un peu inquiète pour eux quand même, vu qu'elle vérifie sans cesse où ils sont, et les fait vite rentrer si elle les voit dehors, le fait que ça semble irréel qu'il ait dit une chose pareille, et bien sûr qu'elle s'est inquiétée, mais elle aurait vraiment dû m'en parler, le fait qu'au moins elle s'est enfin confiée à moi, le fait qu'on se serait cru revenu au bon vieux temps, comme quand elle avait douze ans et qu'on faisait des choses ensemble, le fait qu'on fabriquait des jouets pour les autres enfants, et on faisait cuire des cookies, des choses comme ça, Dix Patrons Gratuits Pour Tricoter Des Poupées, moi et ma petite valise quand j'étais enfant, *Raison et Sensibilité,* le fait que je me suis demandé si on devait signaler à la police les menaces de Willy concernant les chats, ou du moins à Mrs Sherman, le fait qu'il s'agit de violence domestique, si vous voulez mon avis, et de harcèlement aussi, le fait que Stace veut que je n'en parle à personne à part Leo, le fait qu'elle dit qu'elle allait s'en occuper toute seule quand elle retournerait à l'école, le fait qu'elle est furieuse à présent contre Willy, elle dit qu'il a intérêt à faire attention, le fait que je préférerais que la police s'en occupe, mais Stace a peut-être besoin de résoudre ça toute seule, Hopi, campement musical, nager dans la cascade, trousse de soins donnée par Maman, le fait que je ne sais pas trop si elle veut dire qu'elle compte lui parler sur Facebook ou Snapchat ou WhatsApp ou quoi, le fait qu'on ne sait plus, le fait que certaines de ses amies semblent penser qu'un « face à face » avec quelqu'un est quelque chose qu'on fait sur Skype, le fait que je crois que Stace est moins naïve, et qu'elle veut résoudre le problème de façon définitive, le fait que je me demande si elle rêve qu'on la lynche sur les réseaux, le fait que Leo rêve de sa boîte mail tout le temps, le fait que de toute façon Stacy peut remettre ce Willy à sa place, le fait qu'elle a du cran, vraiment, « De la jugeote et de la personnalité, mon ami, de la jugeote et de la personnalité », le fait qu'on dirait qu'elle a grandi pendant la nuit, pendant sa nuit sur la route, le fait qu'elle semble même un peu plus grande, et pleine de magnanimisme, magnanimitude, magnanimité, magma, SMEG, le fait que quand on est passées devant le bureau de Leo après notre conversation elle a dit qu'il était « trop nickel », comme si elle venait de s'en apercevoir, le fait que j'ai trouvé que c'était chouette de sa part de dire ça, à propos du bureau de son beau-père, et c'est vrai qu'il en prend soin, le fait qu'il ne laisse pas traîner des papiers partout comme moi, le fait que c'est un minimaliste, du moins c'est lui qui le dit, mais il n'est pas aussi minimaliste concernant les mails, le fait qu'il les laisse s'entasser, et l'écran de son ordinateur est complètement envahi par des fichiers, dossiers, applis et autres, le fait que ça remplit tout l'écran, le fait que je dois en avoir juste six sur le mien, Recettes, Comptes, Photos, Enfants,

Peolia, avec toutes mes notes de cours dedans, et je ne sais plus quels sont mes autres fichiers, Alice Neel, Nina Simone, le fait que Stace ne se rappelle plus dans quel *diner* elle a mangé, et n'a qu'une vague idée de l'endroit où elle a dormi, dormir à la dure, le fait qu'après une bonne nuit de sommeil on dirait qu'elle a pris conscience de ce qu'elle nous a fait traverser, mon Dieu, le fait qu'elle nous a tous fichu une peur bleue, y compris aux enfants, peut-être même aux chats, le fait qu'on dirait qu'elle veut se faire pardonner, parce qu'elle se comporte tout à coup comme si elle avait changé du tout au tout, toute calme et pondérée, et même joyeuse, même avec ses frères et sœur, le fait qu'elle semble à la fois fière et désolée, le fait qu'elle a affronté le monde réel et survécu, et elle sait qu'on le sait tous, alors peut-être qu'elle est contente, et qu'elle n'aura plus jamais besoin de fuguer, le fait que j'espère bien, le fait qu'elle ne voudrait pas nous faire revivre une chose pareille, Shirley, le fait que je pense que ça couvait depuis un moment, ce besoin de liberté, le fait qu'il ne s'agit pas que de Willy, quoi qu'elle en dise, le fait qu'elle me *déteste*, mais il ne faut pas que je me dise des choses pareilles, le fait qu'elle dit que maintenant elle sait que c'est un « salaud », Willy, et qu'elle ne lui pardonnera jamais, le fait que Willy me fait un peu penser au personnage de *Willoughby*, et que Stacy a toujours un peu ressemblé à Marianne, mais sans la fièvre, touchons du bois, alors je lui ai dit que j'allais l'appeler Willoughby à partir de maintenant, et l'idée semble lui plaire, confit, concombre, le fait que vendredi, une fois Stacy en sécurité à la maison, j'ai dormi comme un loir et rêvé que j'étais dans un *diner* et que quelqu'un prenait mon muffin et me donnait à la place un gros cookie noir et blanc, dont je ne voulais pas, mais je ne disais rien, le fait que samedi on est tous allés à la fourrière chercher Jim, le fait que des psychologues pour enfants diraient sûrement que nous avons récompensé un mauvais comportement, mais nous voulons juste que Stacy soit heureuse, ou du moins plus heureuse, le fait que nous voulons qu'elle ait une raison de vivre, et de rentrer à la maison, le fait qu'un chien pourrait la faire se sentir plus en sécurité, le fait que Jim vivait dans une ferme quand il était chiot, mais il était nul comme chien de berger alors ils l'ont abandonné dans un refuge, qui ensuite a brûlé, brutes, Willoughby, le fait que je pense que c'est à la ferme qu'ils l'ont appelé Jim, le fait que c'est un chien inquiet, le fait que Stace veut le rééduquer, mais pour l'instant il aime juste être dehors avec les poules, le fait qu'il a peur des gens et des autres chiens, mais il semble vraiment bien aimer les poules, le fait que je pense que c'est parce que les poules vous regardent rarement dans les yeux, ou pas de manière frontale, ou alors il y avait des poules dans la ferme où il a grandi, et du coup les poules lui sont familières, le fait qu'il est gentil, il n'est pas agressif, il est très docile et doux, le fait qu'il est juste triste, le fait qu'il se couche dans un coin quand on le fait rentrer, et il reste tapi là, mais il ne grogne pas, le fait qu'à la fourrière ils ont dit qu'il était doux, et c'est pour ça qu'on s'est intéressé à lui, parce que nous ne voulons pas d'un chien qui fasse du mal aux enfants, le fait qu'ils vérifient toujours à la fourrière si un chien peut convenir à des petits enfants, et il a leur bénédiction, le fait que j'ai dû dire aux enfants d'arrêter de le câliner, parce que ça le rend juste anxieux, le fait qu'il semble fragile, et il marche littéralement la queue entre les pattes, mais il a un jappement incroyablement perçant, le fait qu'il peut tenir une note très haute et la garder pendant des heures, le pauvre chou, ce qui l'a sans doute sauvé de l'incendie, parce que les pompiers l'ont entendu et ont fini par le trouver, et l'ont sorti de là et lui ont mis un masque à oxygène pour chien, le fait que la plupart des chiens là-bas n'ont pas eu autant de chance, le fait qu'ils sont en forme de museau, les masques à oxygène pour chien, pas les pompiers, le fait que ses poumons n'ont rien, il a juste besoin d'un peu d'aide, le fait qu'on voit bien que ses poumons n'ont rien vu comment il aboie, le fait que les voisins vont sûrement nous tuer mais ça m'est égal tant que Stacy est heureuse, le fait qu'elle pense que Jim va décourager Willy, du coup elle est moins inquiète pour les chats, maintenant qu'on a Jim, donc c'est bien, le fait qu'il fera peut-être un bon chien de garde, le fait qu'on l'a emmené au parc, en partie pour ne pas rendre fous les voisins, et qu'on lui a lancé une balle pour qu'il coure après, mais en vain, le fait que je ne pense pas qu'il sache comment faire, ou peut-être qu'il se fiche pas mal de courir après une balle, le fait que Stacy pourrait essayer de lui apprendre, à moins qu'ils apprennent en regardant d'autres chiens courir après une balle, le fait que le truc, quand on regarde un chien courir après une balle, je trouve, c'est de regarder le chien, pas la balle, le fait que j'ai regardé faire les autres maîtres et j'ai eu le sentiment qu'ils ne laissaient jamais leur chien faire ce qu'il voulait, le fait qu'ils l'appellent sans arrêt et l'embêtent et le baladent en laisse, le faisant tituber, alors que le chien veut juste jouer, le fait que certaines personnes ne laissent jamais leur animal tranquille, le fait qu'un enfant faisait presque tourner son chien en l'air, par le collier, et ça paraissait cruel, le fait que Jim aimait juste les canards du parc, « Coin-Coin ! », le fait que le pauvre chien semble vraiment avoir des affinités avec la volaille, volonté, infinité, Hannity, immunité, le fait que la dernière fois où on est allés voir les canards c'était l'an dernier après l'alerte aux risques toxiques, le fait que ça nous a découragés d'y aller pendant un temps, le fait que qui a envie de voir des canards toxiques, le fait qu'un type avait déversé une substance toxique dans l'eau, et tous les canards étaient morts, ainsi que les foulques, et les poissons, et les grenouilles, syndrome de dépérissement de l'étoile de mer, le fait qu'ils ont dû en faire venir d'autres de quelque part, le fait que quand c'est arrivé des gens ont pleuré, mais le temps qu'on arrive là-bas tous les animaux morts avaient été retirés et plus personne ne pleurait, mais c'était quand même morne, mare sans canards, *Printemps silencieux*, le fait que l'endroit était juste mort, larmes, pluie, mitti attar, dauphins sabliers, le fait que je ne crois pas que les gens y soient beaucoup allés après ça, mais maintenant ça s'est arrangé, le fait qu'il y avait quelques canards qui se dandinaient sous la promenade au-dessus de l'eau, le fait qu'il n'y a rien de tel qu'un canard pour se dandiner, le fait qu'il y avait une prise de bec entre un cygne et une foulque, et ça sifflait pas mal, le fait que la foulque ne lâchait pas le morceau, le fait qu'elle était absolument déterminée à apporter une nouvelle brindille à son épouse assise dans le nid, mon pauvre œuf de pigeon ramier, le fait qu'elles avaient fait leur nid à découvert, sur une plateforme en bois qui flottait sur l'eau, le fait que je crois que c'est un peu comme un radeau stationnaire, et que c'est à l'écart du pont-promenade, du coup les gens n'y ont pas accès, mais les cygnes si, le fait que les cygnes voulaient juste se poser sur ce radeau, avec leur unique cygnet qui est tout récent et duveteux, douteux, avec des ailes minuscules, et l'air tout endormi, le fait que d'abord il dormait sur le radeau, juste à côté du nid des foulques, mais après l'algarade les parents cygnes sont partis et le cygnet les a suivis, le fait que dès qu'il a sauté à l'eau il s'est rendormi, le fait que les bébés animaux dorment beaucoup, le fait qu'un chien a alors plongé dans l'eau, ce qui a effrayé les canards, les foulques, les cygnes et Jim, le fait qu'il a eu tellement peur qu'il s'est enfui, le fait que je pense qu'il avait peur qu'on l'oblige à aller dans l'eau, le fait qu'on a couru après lui, pour ne pas le perdre, mais il n'est pas allé loin, le fait que de toute façon il n'avait pas l'air de savoir où aller, et il s'est juste tapi au pied de la clôture, le fait qu'il ne joue pas, le fait qu'on a du mal à savoir ce qu'il pense, le fait que c'est peut-être le syndrome post-traumatique, le fait que les foulques ont l'air coriaces, mais je me demande combien de temps elles peuvent tenir dans cet endroit, à pondre et réparer leur nid et repousser les cygnes et les chiens, le fait que le papa foulque a continué d'apporter des brindilles pendant tout le temps où on était là, fièrement, et les brindilles étaient toutes avidement acceptées par la femelle, qui les fourrait dans le nid sans façon, le fait qu'elle semble avoir une conception assez lâche des tâches domestiques, le fait qu'on a vu également un pigeon faire quelques pas à reculons, l'air perdu, le fait que j'ignorais que les pigeons pouvaient reculer, Walter Pigeon, Walter Matthau, le fait que plus tard on a vu un gros canard endormi sur le panneau d'information près de l'étang, nous empêchant de lire les infos sur la faune et la flore, et on aurait dit qu'il l'avait fait exprès, comme s'il ne voulait pas qu'on sache quels autres volatiles il y avait ici, le fait que Jim est peut-être simplement timide, ce que je peux comprendre, le fait que je suis persuadée que Stacy l'a choisi parce que c'était le chien le plus malheureux de la fourrière, même si elle dit que non, Royal Canin, os pour chiens, le fait qu'après avoir été chercher Jim on est allés chez Zyker's pour lui acheter à manger, et c'était amusant, Dad's Pet Care, mauvais père, Keystone XL, puis Ben a cherché sur Internet des infos sur l'éducation des chiens, le fait que les méthodes ont vraiment changé, le fait que maintenant vous êtes censé garder votre chien dans une cage toute la journée, ou une caisse, YouTubers, manger des capsules de lessive, yuppies, le fait que c'est censé leur donner un sentiment de sécurité, et c'est peut-être ça dont Jim a besoin, une caisse où se cacher toute la journée, mais on n'a pas envie d'un chien dans une boîte, le fait qu'on veut un chien qui soit présent et qui participe, le fait que Pepito n'a jamais eu de caisse, le fait que la pire chose qu'il a dû endurer ce sont les séances chez le toiletteur, le fait qu'il détestait également aller chez le véto, chenil, le fait que c'est dans ces endroits-là qu'on met les chiens en cage, et dans les avions, le fait que Pepito aimait courir dans la maison et dans le parc, et avoir des histoires d'amour, comme tous les chiens, le fait que, comme Jim, Pepito n'aimait pas trop nager, le fait qu'on n'a jamais pu le convaincre de faire plus que quelques pas dans le Lac Michigan, le fait que maintenant que j'ai laissé Jim seul avec les poules toute la matinée il s'est calmé, si seulement il pouvait arrêter de japper, gémissement aigu, hurlement, le fait qu'avant je voulais un chien qui hurle, et maintenant on en a un, le fait que c'est vraiment un truc typique des chiens, le fait que Pepito n'a jamais hurlé, et j'espérais toujours qu'il le fasse, mais ce n'était pas son truc, le fait qu'on hurlait parfois devant lui pour l'inciter à le faire, mais il ne nous a jamais imités, le fait que quand on regarde Jim on finit par se demander si les êtres humains sont les seuls animaux qui connaissent la gêne, le fait qu'il a toujours l'air gêné, le fait que les chiens ont souvent l'air gênés quand on leur met des habits ridicules, le fait que je suis sûre que les caniches roses savent qu'ils sont roses, et que ça ne leur plaît pas, le fait qu'ils doivent passer leur temps à se dire « Je suis rose », le fait que Pepito paraissait toujours gêné en sortant du salon de toilettage, le fait qu'il devait se sentir tout nu, et avoir froid, être soudain tondu comme ça, le fait que par la suite on l'a tondu nous-mêmes, et ça ne le dérangeait pas du tout, le fait qu'ils essayaient toujours de lui faire des pompons, ce qui lui donnait l'air bête, mais la moustache lui allait bien, le fait que je crois qu'il aimait bien ça, mais ils en enlevaient beaucoup ailleurs, le fait qu'on demandait le style le plus simple mais ils lui faisaient toujours un pompon au bout de la queue, et aux oreilles, et des pattes bouffantes avec les pieds nus, et une sorte de béret de boucles au sommet du crâne, le fait que c'est peut-être ça qui plaît à Kim Jong-un, le fait qu'il était vraiment adorable, Pepito, pas Kim Jong-un, cockapoo, cocker anglais, coque, crosse, flic, le fait que quand j'ai parlé à Leo des menaces proférées par Willy contre les chats, Leo a outrepassé les ordres de Stacy et appelé les flics, *Car il est de la tribu des félons*, mais ils disent qu'ils ne peuvent rien faire tant que Willy n'a pas *tué un chat*, mon Dieu, Willoughby, pâtes fraîches, Rome, 1978, le fait que ça a vraiment énervé Leo, le fait qu'il est vraiment remonté contre la police ces temps-ci, le fait qu'il n'a jamais aimé les figures d'autorité, autorité, entièreté, énormité, le fait que quand la police a dit on ne peut rien faire Leo a dit « Si, vous allez enquêter sur ce type. Il est violent. Il a proféré des menaces contre ma famille », mais ils ont répété on ne peut rien faire, et ils n'ont pas enquêté sur lui, pour autant qu'on le sache, le fait que je me demande si ce n'est pas dangereux d'appeler les flics, le fait qu'ils ont déjà tué sept cents personnes en Amérique cette année, le fait qu'une femme à Portland ou je ne sais où a appelé les flics parce qu'elle pensait qu'une femme était en train de se faire violer dans la ruelle derrière sa maison, et la police est venue, et la femme est sortie en pyjama et ils l'ont abattue, ils ont abattu la femme qui avait appelé, pas le violeur, « Interdiction d'aller à l'école en pyjama », le fait que c'était peut-être à Seattle, Sacramento, le fait qu'il se passe toujours des choses horribles à Sacramento, le fait que c'est là qu'un agent de police a confisqué l'argent d'un vendeur de hot-dogs parce que ce dernier n'avait pas de licence, le fait qu'il a confisqué les soixante dollars durement gagnés par ce pauvre gars, le fait que le type vendait des hot-dogs au même endroit depuis déjà sept ans, sans qu'on l'ennuie, et qu'il avait besoin de ces soixante dollars, le fait qu'il a une famille à nourrir, le fait que si on passe sa journée à vendre des hot-dogs dans la rue c'est qu'on a besoin d'argent, figures de l'autorité, le fait que les flics hongrois balancent des gaz lacrymogènes sur des enfants, le fait qu'un jour où je dormais chez Patty on a cru voir un OVNI et qu'on a appelé la police, mais c'est toujours difficile de savoir qui appeler dans ces cas-là, et je ne me rappelle plus qui s'en est occupé, ou ce qui s'est passé après, le fait que Patty a appelé quelqu'un, le fait que l'OVNI était une grosse lumière ronde dans le ciel, mais pourquoi un OVNI irait-il à Chicago juste pour briller devant deux gamines, le fait qu'on ne pense pas de façon rationnelle quand on voit un OVNI, le fait que je viens de m'apercevoir que le rouge à lèvres que j'ai mis brillait et que j'avais du brillant partout sur le visage, alors je l'ai jeté, le fait que je ne veux pas que Stacy me l'emprunte et attrape un cancer ou je ne sais quoi à cause de ce brillant, le fait que je pense que mon instinct protecteur est en alerte rouge ces temps-ci, même en cas de molécules brillantes, le fait que peut-être que tous les rouges à lèvres brillent un peu, et je ne m'en suis jamais aperçue, le fait que certains rouges à lèvres sont très brillants, mais celui-ci ne semblait pas l'être quand je l'ai acheté, le fait que qui met ces trucs, le fait qu'une femme a fait un procès à Walgreens parce qu'elle pense que son herpès vient d'un de leurs rouges à lèvres en démonstration, le fait que ce n'est pas juste, le fait que je n'essaie jamais ces bâtons-là, le fait que j'ai toujours cru qu'on était censé en étaler un peu sur la main, juste pour vérifier la couleur sur la peau, le fait qu'ils devraient fournir un mouchoir pour l'ôter mais on n'en trouve jamais, le fait que Geena Davis essaie tous les rouges à lèvres dans le magasin, pendant qu'ils apprennent au chien à rester assis dehors, le fait que j'espère qu'elle n'a pas eu d'herpès à cause de ça, mais l'accessoiriste a sûrement dû acheter plein de bâtons neufs et leur donner un aspect usé, le fait que Walgreens a peut-être un rapport avec Walmart, le fait que CVS s'en sort mieux que Walgreens, mais je trouve qu'ils sont pareils, le fait que William Hurt ne traite pas très bien Geena Davis, le fait qu'un type en Italie a refilé volontairement le sida à une trentaine de femmes, le fait que j'ai du mal à comprendre les virus, le fait qu'ils ne sont même pas vivants, alors pourquoi tiennent-ils à ce point à circuler, le fait que qu'est-ce que le virus de l'herpès y gagne, le fait que pourquoi les virus aiment-ils autant embêter les gens, le fait que, je veux dire, pourquoi veulent-ils même exister, le fait que ça me dépasse, le fait que qu'est-ce qui pousse un rhume à se répandre, le fait qu'il doit y avoir une raison, parce qu'ils mutent en permanence pour mieux se répandre, *C'est tout bon pour mon beurre*, toux, éternuements, ferrailler, ruse, mucus, médicament pour réduire le mucus, excuse, exsude, le fait que j'ai laissé Stacy se reposer une journée à la maison, le fait que je pense qu'elle a besoin de sommeil, surtout avant d'affronter l'autre Willoughby, le fait qu'il est clair que ça la tracasse, le fait qu'elle n'arrête pas de faire rentrer les chats, Will Rogers, Gary Cooper, Harry Carey, le fait que Jim a la bonne taille, alors je crois que sa présence peut être un atout, le fait que c'est ce que je lui ai dit, à Stacy, pas à Jim, le fait que je ne sais pas si c'est un bon chien de garde, le fait qu'il a peur des chats, myrtilles, sauce spaghetti, donc il doit être content qu'ils restent à l'intérieur, Fallingwater, le fait que ça ne gêne pas non plus les chats, non mais franchement regardez-les, qui ronronnent pendant qu'on regarde le film, avec nos chocolats chauds, le fait qu'on peut voir un chat sur YouTube qui panique dès que Trump apparaît à l'écran, le fait qu'il trouve Trump vraiment flippant, le fait que nos chats n'ont pas trop l'air de s'intéresser à la télé, même aux émissions pour chats, le fait qu'ils ont d'autres chats à fouetter, le fait que cette nuit j'ai rêvé que je versais une pleine passoire de feuilles de laitue dans une plus grande passoire, le fait qu'ensuite j'ai rêvé que je trouvais une petite fille recouverte de terre, le fait qu'elle errait dans les buissons près de la gare, le fait que je la faisais monter dans la voiture et que je la ramenais à la maison, qui était un manoir, et il y avait toutes sortes de gens dedans, des domestiques et tout ça, mais je lui donnais moi-même un bain et je la mettais au lit, ou en tout cas je voulais le faire, le fait qu'ensuite c'était le matin et je ne me rappelais pas comment je l'avais lavée ou mise au lit, mais finalement je la retrouvais quelque part dans la maison et on allait chez le médecin pour qu'il l'examine et pour savoir comment contacter les autorités et voir si elle avait de la famille quelque part, le fait que je demandais à l'infirmière quelle était la procédure pour la rendre à sa maman, et l'infirmière m'indiquait un endroit, et je savais comment m'y rendre, le fait qu'elle savait que j'aimais bien cette fillette et elle me disait que je pourrais regarder sa mère derrière un miroir sans tain avant de décider si je voulais la lui rendre, le fait que la justice semblait de mon côté, plus ou moins, si je voulais la garder, le fait que j'avais l'impression d'avoir une seconde chance de réussir à bien élever une fille, le fait que la pauvre Gillian n'était apparemment pas dans le rêve et, bizarrement, la fillette s'appelait Stacy, et Frank était là, et il l'aimait beaucoup lui aussi, le fait que Leo n'était pas dans le rêve, le fait qu'elle était très gentille, une enfant adorable, mais elle passait son temps à errer, et pendant qu'on était dans la salle d'attente du médecin elle s'absentait sans que je m'en rende compte, le fait qu'après elle me téléphonait pour me dire qu'elle ne savait pas comment revenir, alors j'essayais de la guider, Stacy, le fait qu'on n'avait pas de vrais téléphones, le fait qu'on communiquait entre nous en appuyant sur le bouton d'un passage piéton, feu vert, feu rouge, Silence Méprisant, Zoo de Columbus, le fait que je disais que j'irais la chercher si elle m'expliquait où elle était, le fait qu'il y avait des types dans la salle d'attente qui semblaient me trouver à leur goût, le fait qu'un peu plus tôt, quand Frank et moi regardions jouer cette autre « Stacy », il disait qu'elle était très différente maintenant qu'elle avait pris un bain, le fait que je disais qu'elle lui ressemblait beaucoup, ce que je regrettais aussitôt, vu qu'elle ne lui ressemblait pas du tout et je me demandais pourquoi j'avais dit ça, le fait qu'elle ne me ressemblait pas non plus, le fait qu'elle ne ressemblait à aucun de nous deux, le fait que pourquoi on a tout de suite envie d'adopter des petits enfants, quand ils sont seuls au monde je veux dire, le fait que je voulais juste aider cette petite fille, instinct maternel, Maman, le fait qu'une mère suicidaire à Dayton a abattu ses deux gamines, mais elle a survécu, le fait qu'un garçon de douze ans s'est fait abattre dans un Starbucks à Cleveland, le fait que j'en parlerai peut-être en Thérapie Familiale, pas du garçon et de la mère suicidaire, de mon rêve, le fait que la Thérapie Familiale est à l'ordre du jour, juste Stace et moi, personne d'autre, le fait que j'ai peur, mais peut-être que ça va nous aider à communiquer davantage, même si ça se passe bien en ce moment, le fait que la mère dans *Demain est un autre jour* évoque les cours de soutien éducatif auxquels ils ont assisté, mais ces cours devaient être nuls, ou inutiles, ou alors Fred MacMurray et elle n'ont pas fait leurs devoirs, parce qu'ils ont juste laissé leurs enfants les écraser, le fait que c'est qui déjà cette actrice, le fait que j'aurais aimé aller à ces cours de soutien éducatif, si ça existe encore, le fait qu'alors cet épisode avec Stacy ne serait peut-être jamais arrivé, Opal qui s'étire, le fait qu'elle a peut-être trop chaud entre nous, mais les chats aiment la chaleur, ils la supportent bien, Un Raton-Laveur Trop Gourmand, le fait qu'il s'agit de Joan Bennett, le fait que Joan Bennett en a bavé avec son mari, le fait qu'il était horriblement jaloux et un jour il a tiré une balle dans l'entrejambe de l'agent de Joan Bennett parce qu'il croyait qu'ils avaient une liaison, ce qui était faux, le fait qu'ensuite il s'en est remis à la clémence de la justice et s'en est tiré avec quatre mois de prison, le fait que c'est de la sacrée clémence, démence, le fait que son mari était producteur et a pu tout de suite refaire des films, mais la carrière de Joan Bennett ne s'en est jamais remise, le fait qu'il a fait un truc du même genre à Errol Flynn aussi, le fait qu'il était très jaloux d'Errol Flynn, le fait que la plupart des

Américaines étaient amoureuses d'Errol Flynn, ce qui devait lui valoir pas mal d'ennemis, le fait que c'était une sorte de harceleur, le mari de Joan Bennett je veux dire, le fait que je ne sais pas si Errol Flynn harcelait les femmes, Eliza Bennet, Darcy, le fait que Joan Bennett a soutenu des tas de causes progressistes, alors peut-être qu'elle a combattu certaines croisades politiques de Barbara Stanwyck, le fait que Barbara Stanwyck était une ardente républicaine, herpès, le fait qu'elle était fan de McCarthy et de la Commission sur les activités anti-américaines, le fait que c'est drôle qu'elles jouent dans le même film, avec Barbara qui joue un personnage non conformiste et Joan Bennett qui est traditionnelle et toute simple, smog, smegma, le fait que Mickey s'appelait Mortimer à l'origine, le fait que le premier personnage de dessin animé de Walt Disney était Oswald le Lapin Chanceux, le fait que John Wayne trouvait très bien qu'on ait volé l'Amérique aux Indiens, le fait que pourquoi les gens vont-ils à Disneyland, ou à SeaWorld, le fait qu'un embouteillage a duré deux semaines entières en Chine, le fait qu'il faisait cent kilomètres de long et que personne ne pouvait parcourir plus d'un kilomètre et demi à l'heure, le fait que les automobilistes ont dû vivre sur l'autoroute, manger des nouilles instantanées vendues hors de prix par des vendeurs des rues, soixante dollars, hot-dogs, police, mais comment se brossaient-ils les dents, le fait que si ça ne vous décourage pas de conduire, ça, je vois mal ce qui pourrait le faire, le fait que les Chinois se déplaçaient tous à vélo avant, mais maintenant ils ont des voitures, et la calotte polaire a fondu, tout bonnement disparu, le fait que c'est l'Amérique qui a commencé, le fait que les enfants dans *Demain est un autre jour* font vraiment la loi, le fait que quand Fred MacMurray rentre chez lui son fils le fait taire parce qu'il est au téléphone avec sa petite amie, et Fred s'excuse d'avoir ouvert la bouche, le fait que les enfants interrompent sans cesse leurs parents, et Fred et Joan Bennett n'arrivent jamais à se parler, même le jour de l'anniversaire de Joan, le fait que quand il complimente sa fille pour son tutu elle ne l'écoute même pas, le fait que Fred MacMurray passe inaperçu, le fait qu'il appelle sa fille aînée Princesse, et il l'invite à aller voir un spectacle musical avec lui mais Princesse est occupée, le fait que Joan Bennett ne peut pas venir non plus, elle est trop occupée à gâter les enfants, et à se faire harceler dans la vraie vie par son mari, butor, brute, le fait que même la domestique ne veut pas l'accompagner au spectacle, alors Fred se retrouve tout seul dans la cuisine, à manger un goulasch, galoches, à la chaux, dans les choux, le fait que Stacy a aimé que la cafetière déborde pile à l'instant où la sonnette retentit, le fait que Fred a encore la cafetière à la main quand il ouvre la porte et découvre Barbara Stanwyck sur le seuil, son ancienne employée de la fabrique de jouets, le fait que Barbara était clairement très éprise de Frank autrefois, mais maintenant elle a percé dans la mode à New York, le fait que la première chose qu'elle fait c'est l'aider à ôter son petit tablier, puis ils vont ensemble au spectacle, mais Barbara l'a déjà vu à New York, le fait que je ne sais pas comment j'ai fait pour que Stace accepte de regarder un film en noir et blanc, le fait qu'elle a l'air de trouver ça très drôle, surtout parce que Barbara porte un chapeau qui ressemble à un petit voilier en papier journal, le fait que je suppose que c'est censé être du dernier cri, le fait qu'elle veut soudain qu'il lui montre sa petite fabrique de jouets, alors ils s'y rendent le soir même, et ce n'est pas du tout romantique, c'est assez sinistre, le fait que les jouets sont toujours effrayants dans l'obscurité, le fait que Stacy dit que les ours en peluche de Gillian lui filent les jetons, le fait que tous les jouets regardent Fred et Barbara dans la pénombre, et les jouets ont l'air méchants, pas drôles, TOYS "Я" US, mais Barbara Stanwyck dit qu'elle admire cette merveilleuse galerie, et elle s'extasie devant une petite caravane qui ressemble à un Airstream, le fait que ce qu'elle préfère c'est l'orgue de Barbarie qui joue ♫ *Blue Moon* ♫, surtout parce que c'est eux qui l'ont conçue ensemble, il y a longtemps, mais ensuite elle se répand en compliments aussi sur un train électrique, les yeux qui pétillent, le fait que chez lui ses enfants passent leur temps à lui crier dessus, mais ici Fred est dans son élément, il s'amuse avec ses jouets sous le regard des poupées aux yeux perçants et de Barbara Stanwyck, le fait que les poupées sans visage des amish ont l'avantage de ne pas vous fixer la nuit comme ça, le fait qu'elle a démissionné brutalement vingt ans plus tôt, sans raison, le fait que Fred n'a jamais compris pourquoi, Chuck, Zadok Cramer, *Witness*, amour non réciproque, tablier, cafetière, le fait qu'aujourd'hui les choses pourraient tourner autrement, parce que Fred en a marre de sa famille, et sa femme passe son temps à se mettre de la crème pour les mains ou à coudre des robes pour la princesse et l'autre fille, INSTRUCTIONS ET PRÉCAUTIONS, NÉCESSAIRES À RESPECTER POUR NAVIGUER SUR LE MISSISSIPPI, le fait que maintenant il est rentré chez lui auprès de ses enfants et du mobilier colonial et des lits jumeaux avec les courtepointes, pathétique, Frederick, Stacy, le fait que quand Barbara vient dîner chez eux les ados sont grossiers avec elle, le fait qu'ils sont déjà horriblement soupçonneux, mais pas Joan Bennett, le fait qu'elle a confiance en son mari, comme moi, le fait qu'elle ne pense qu'à la salade de crevettes qu'ils vont manger demain, s & d, sale & dégoûtant, *Demain*, le fait que je crois que ça s'appelle *Demain est un autre jour* parce qu'il y a toujours des tâches à faire le lendemain, conséquences, mais Stacy dit que c'est parce qu'il y a toujours une chance pour que ça aille mieux demain, peut-être, bêtise, Bette Davis, « Réveille-toi et sens-moi ça », le fait qu'il n'y a pas toujours de lendemain cela dit, parce qu'on finit tous par y passer un jour ou l'autre, ou votre mari tire dans l'entrejambe de quelqu'un et votre vie est fichue, ou il a une liaison avec un ancien béguin, une républicaine, le fait que Jane Fonda en est à l'Acte III mais je n'en suis qu'à l'Acte II, j'espère, le fait que je dois décongeler de la sauce spaghetti, et sortir les bâtonnets de crabe, oups, désolé Opal, une seconde, le fait que mon sandwich au crabe n'est pas terrible, le fait que je mets trop d'ail cru et de piment et de gingembre et de sel au céleri, le fait qu'il faut mettre du sel au céleri avec le crabe, le fait que je devrais peut-être les vendre, le fait que Stace les aime vraiment, le fait qu'elle en veut deux, le fait que si j'en mangeais un seul je serais trop repue pour cuisiner, pique-nique estival annuel du personnel enseignant de l'université Northwestern, le fait que quand le fils de Fred voit Barbara Stanwyck embrasser Fred sur la joue on sait que ça va barder, le fait que c'est à un de ces pique-niques estivaux annuels du personnel enseignant de l'université Northwestern que je me suis balancée sur cette balançoire effrayante et que je suis montée vraiment, vraiment haut, le fait que c'était grisant, le fait que faire de la balançoire peut vraiment être amusant, le fait que j'étais carrément dans les arbres, à tel point que je me suis fait peur mais je ne voulais pas arrêter, le fait que j'avais aussi un peu la sensation de voler, le fait que personne n'a remarqué à quel point j'allais haut et j'aurais pu sans doute me briser le cou si j'étais montée plus haut et que j'avais décollé depuis cette hauteur, auteure, le fait que les balançoires sont vraiment dangereuses, le fait qu'on se leurre si on prétend le contraire, le fait que les balançoires sont terrifiantes, téméraires, traîtresses, le fait que la seule chose qui vous maintient en vie c'est l'espoir que votre derrière ne va pas glisser de cette fine planche de bois, ou de métal ou de plastique, le fait que vos petits poings serrent les chaînes de toutes leurs forces, le fait que vous savez que si vous lâchez une fois là-haut vous tomberez d'une hauteur de six mètres, comme ça, pont suspendu, le fait que des tas d'enfants ont des accidents de balançoire, le fait que c'est inévitable, le fait que je surveille de près mes enfants quand ils sont sur une balançoire, parce que je sais que c'est de la folie de laisser ses enfants en faire, le fait que j'ai réalisé que je me balançais bien trop haut au pique-nique estival annuel du personnel enseignant de l'université de Northwestern et que j'ai pris peur, mais si vous ralentissez trop vite ou que vous êtes déséquilibré vous risquez de tout secouer, et les secousses peuvent vous éjecter de la balançoire, le fait que je ne suis même pas sûre que mes pieds touchaient le sol sur cette balançoire, alors c'était dur de ralentir, le fait que j'y suis allée très progressivement, mais c'était follement excitant, exaltant, ex-Hillary, exil, le fait qu'au final les jeux de bascule sont sans doute moins dangereux, même si là aussi j'ai failli en tomber, le fait que ce n'est pas évident quand l'autre donne une secousse en touchant le sol et que vous rebondissez tout en haut à l'autre bout, le fait que je déteste être secouée, auto-tamponneuses, rehausseurs, chaises hautes, le fait que c'est une autre raison pour laquelle je n'aime plus la piscine, quand il y a du monde, le fait que si j'étais multimillionnaire j'aurais ma propre piscine, rien que pour moi, WOOT, le fait que les immigrants n'ont pas droit aux examens prénatals, alors ils vont à l'hôpital uniquement quand il y a un problème, et parfois c'est trop tard, obstétricien, gynéco homme, le fait qu'il y a un taux élevé de mortalité fœtale chez les migrants, ce qui est très triste, le fait que voilà une expression glaçante, « les fœtus des migrants », candidose, le fait que Stacy est revenue, elle est revenue, le fait que je dois parfois me pincer pour me rappeler qu'elle va bien, en train de manger son deuxième sandwich au crabe, « Je prends le grand sac de couchage », le fait que le sac de couchage est dans le grenier maintenant, le fait que je devrais peut-être le cacher, le fourrer dans la commode ou je ne sais où, le fait qu'on n'a pas vraiment besoin de sacs de couchage, le fait que Maman et Papa ne nous emmenaient jamais camper et Leo et moi non plus n'allons jamais camper avec les enfants, le fait que des tas d'autres parents semblent faire des choses sympas avec leurs enfants, le fait que Fred MacMurray en faisait, le fait qu'il ne faisait peut-être que ça, quand il n'était pas au travail, conseils éducatifs, le fait qu'une fois que vous êtes parent vous n'êtes plus censé faire ce que vous voulez, des choses pour vous, le fait que tout doit tourner autour des enfants, sinon vous êtes une égoïste, une mauvaise mère, mûres, tarte aux mûres, le fait que John Wayne trouvait que les Indiens étaient « égoïstes » de vouloir garder l'Amérique pour eux, le fait que dès que vous avez des enfants votre vie ne vaut plus un clou, le fait que je suis fatiguée rien que de penser aux choses qu'on est censés faire, les projets de rénovation sur un an, aider les enfants à construire le meilleur kart d'Amérique, échantillons d'eau, trampoline, voile, varape, chasse, pêche, les emmener aux Jeux Olympiques et à Washington, aux entraînements de base-ball, emmener une tripotée d'enfants au cinéma ou à la fête foraine, à Disneyland, à Disney World, au zoo, le fait qu'ensuite vous devez les emmener en Europe ou à Cancun ou Hawaï ou je ne sais où, Reykjavik, sinon vous êtes nul comme parent, le fait que je suppose qu'on est nuls, parce que la seule distraction qu'on propose ici ce sont les poules et une cabane dans l'arbre, que les enfants ont construite eux-mêmes, et maintenant Jim, le fait que Leo a testé sa solidité et leur a fait ajouter quelques supports, étais, écrous, boulons, contreforts, je veux dire à la cabane, pas à Jim, le fait que si c'était égoïste de la part des Indiens de ne pas accueillir les colons, Massacre de Gnadenhutten, pourquoi n'est-ce pas égoïste de la part des Américains de ne pas laisser entrer tous ceux qui veulent venir ici, oh aïe oh, entrants, nouveaux-venus, Newcomerstown, les Indiens de Cleveland, le fait que les Johannson ont demandé à un super concepteur de box-car de construire une super box-car pour Janice, et grâce à ça elle a remporté le Premier Prix à un derby de box-car, ce qui pour moi est de la triche, mais qu'est-ce que j'en sais, vivre et laisser vivre, solitaire, le fait qu'on ne va presque jamais à la Foire de l'Ohio non plus, ♫ *Notre grande fête* ♫, le fait que notre sortie annuelle c'est en général le Longaberger Basket Building et ensuite une glace chez Young's Jersey Dairy et c'est tout, ou le Newark Mound avec un peu de chance, même si je suis la seule à raffoler des tumulus indiens, le fait que Leo reconnaît que ce sont de grands exploits d'ingénierie, exploiter, Ben en train de courir pieds nus à Fallingwater, atterré, larmes, alarme, le fait que les Longaberger ont vendu le Basket Building à présent, et ça n'a plus aucun rapport avec les paniers, enfin je crois, ce qui est un peu bête, vu qu'il s'agit d'un gros bâtiment en forme de panier, le fait que je parie que les employés qui bossent là-dedans se demandent bien pourquoi leur immeuble de bureaux est en forme de panier, ou alors ils ne le remarquent même plus, genre si vous leur demandiez quel effet ça fait de travailler dans ce panier ils vous diraient « Quel panier ? », le fait que la société Longaberger fabrique encore des paniers, et que leurs paniers sont encore populaires, mais ils ont déplacé leur site à Frazeysburg, le fait que je crois qu'Abby avait un panier Longaberger, le fait que c'est peut-être Barry qui l'a maintenant, mais il a dû le jeter, le fait que des tas de gens utilisent des paniers Longaberger comme objets de décoration, pour des fleurs et tout ça, le fait que ce ne sont pas des paniers solides, mais ce sont de jolis paniers, le fait qu'un jour on est allés voir leur nouveau site à Frazeysburg, juste comme ça, et ils ont mis un monument en forme de panier au lieu du Basket Building, le fait que le monument est censé ressembler à un panier de pommes, mais ça n'a rien à voir avec le Basket Building, le fait que bon, c'est plutôt marrant de voir un panier de pommes gigantesque, comme si c'était un panier de pommes appartenant à un géant, le fait qu'au moins ils ont fait un effort, le fait qu'on ne devrait jamais s'attacher aux choses parce qu'elles peuvent changer, ou disparaître, le fait qu'elle a fugué, sac de couchage, Maman, brisée, puzzle du pont de Brooklyn, le fait qu'avant on pouvait aller chez Longaberger et fabriquer son propre panier, le fait qu'on peut encore si ça se trouve, Joan Bennett, Wanger, le fait que son mari jaloux et armé s'appelait Wanger, et c'était un grand producteur, le fait que les paniers Longaberger sont assez rudimentaires comparés aux corbeilles Gullah, ou aux paniers indiens traditionnels, le fait les que Amérindiens savaient tresser des paniers tellement étanches qu'on pouvait faire cuire des légumes dedans, ou préparer un ragoût, Hopi, mesa, le fait que les paniers Longaberger sont jolis avec des pommes ou des chrysanthèmes dedans, ou une des nombreuses plantes d'intérieur d'Abby, le fait qu'elle s'en occupait vraiment bien, des plantes, pas tant des paniers, mais je suppose qu'ils ont survécu et que c'est Barry qui les a maintenant, le fait qu'Abby avait la main verte, le fait qu'on a emmené les enfants au défilé des citrouilles à Circleville cette fois-là, même si je doute que ce soit « Le Plus Grand Spectacle Gratuit Au Monde » comme ils le prétendent, le fait qu'ils devraient peut-être vérifier avec le reste du Monde, le fait que je parie que l'aurore boréale aurait son mot à dire là-dessus, le fait qu'on ne peut pas dire que l'aurore boréale n'y mette pas du sien, même si je ne suis pas sûre que le résultat en vaille la peine, Miss Citrouille, trouille, rouille, *Le Troisième homme*, Acte III, VIDERE NON POSSUM, sceau de Peolia, équipe des Possums, racines d'arbres, le fait que les enfants adorent les fêtes foraines, n'importe quelle attraction, gravité, le fait qu'ils ne sont sans doute pas fans des pointes de flèches indiennes et des barattes à beurre, mais ils adorent les navires de guerre en bâtons de sucettes, et ils peuvent passer des heures à regarder des fossiles d'anges et de fées, ou des fossiles d'empreintes de doigts de Dieu, ou la pomme qu'a croquée Ève, qui a survécu depuis l'aube des temps et refait surface dans l'Ohio, Sherwood Anderson, le fait qu'ils gobent même des histoires de gens qui montaient des tyrannosaures et se baladaient en Amérique sur leur dos, le fait que moi j'ai bien aimé ce petit musée qu'on a découvert un jour avec juste des tas d'étoffes et de vêtements, et quelques courtepointes amish et afro-américaines, le fait que les noms des étoffes font penser à des arbres, taffetas, gingham, tweed, damas, calicot, velours, gingham, *gingham*, le fait que c'est un chouette mot, gingham, haricots de Lima, le fait que les enfants n'aiment pas les haricots de Lima ou le gingham ou le village amish de Schoenbrunn, mais ils aiment les balades en péniche, à cause de la mule, et ils aiment entendre parler des inondations de 1913, canaliser sa peur, « Un homme, un plan, un canal : Panama ! », Lake Havasu City, le fait que Maman et Papa étaient toujours pris par leur travail, le fait qu'elle n'était jamais à ma disposition comme le sont Fred MacMurray et Joan Bennett pour leur famille, le fait que l'expression « à ma disposition » a quelque chose d'un peu effrayant quand on y songe, disposer, revenus disponibles, dispensables, destituables, balançoire, cime des arbres, le fait que je n'aime pas non plus quand les gens disent « un iota », mais ça n'arrive plus trop apparemment, le fait que le mot « iota » sera soit un succès soit un échec, mais probablement un échec, le fait qu'heureusement personne n'a empêché Maman d'écrire son livre, ni moi, ni Phoebe, ni Ethan, ni Papa, ni Papy, ni Pepito, ni les voisins, personne, pas même le pique-nique estival annuel du personnel enseignant de l'université Northwerstern, pas un iota, le fait qu'elle l'a écrit tranquillement pendant qu'on était à l'école, même si on revenait manger notre soupe aux nouilles et notre sandwich au thon tous les midis, le fait que je n'aimerais pas que les enfants rentrent à la maison pour déjeuner, même s'ils seraient sûrement plus en sécurité pendant une heure ici qu'à l'école, et ça serait une compensation, mais ça serait une sacrée corvée de tout laisser tomber pour leur préparer leur repas, fusillades à l'école, le fait que quelle horreur quand cette maison a explosé juste en face de l'école, le fait que cette pauvre femme venait juste de rentrer chez elle et quand elle a allumé tout a explosé, le fait qu'heureusement ça s'est produit de nuit, pas quand tous les enfants étaient à l'école, le fait qu'on a ressenti l'onde de choc jusqu'ici, le fait que tout le monde à Newcomerstown l'a ressentie, et tout le monde a été horrifié pour cette femme, le fait que c'est horrible de disparaître ainsi, sans raison aucune, même si je suppose que la plupart des gens disparaissent ainsi, sans raison aucune, le fait qu'il n'y a pas eu école le lendemain parce que l'école élémentaire et le lycée étaient couverts de débris, et inaccessibles, le fait que dans *La Dame du vendredi* Rosalind Russell dit à Cary Grant « Je n'irai pas couvrir l'incendie de Rome pour toi s'ils venaient juste d'y mettre le feu », mais dans la vraie vie ils étaient amis, le fait que c'est Cary Grant qui a présenté Rosalind à son futur mari, le fait qu'elle est morte assez jeune, ce qui est triste, le fait que Cary Grant a présenté aussi Katharine Hepburn à Howard Hughes, le fait que je crois qu'il était doué pour faire des mariages, pyromanes, le fait que Jim s'est retrouvé dans un chenil en feu, le pauvre, le fait qu'un type à Sinking Spring, Pennsylvanie, a abattu sa femme et leurs trois enfants, puis s'est suicidé, tout ça parce qu'elle le quittait, le fait que six coups ont été tirés, un pour leur chien, oléoducs, Sunoco, vrac, varech, le fait que certaines personnes, le fait que les parents de Sandy Hook reçoivent aujourd'hui des menaces de mort, le fait que et la compassion dans tout ça, le fait qu'elle n'a peut-être jamais vraiment existé, ou qu'on l'a perdue en cours de route, le fait que les Américaines ont seize fois plus de risques d'être abattues que les femmes des autres pays équivalents, ATTENTION ANIMAUX EXOTIQUES, Le Plus Grand Spectacle Gratuit Au Monde, Newtown, Newcomerstown, Sandy Hook, Sand Creek, le fait que Sinking Spring était autrefois un village lenape, le premier peuple, le fait que Cincinnati ressemble à un nom indien mais n'en est pas un, ainsi que je devais sans cesse le rappeler à mes étudiants, Moira, FOOSH, strudel, mardi, le fait que ça vient de Cincinnatus, qui était fermier avant de devenir dictateur, le fait que j'ignore pourquoi on a donné à une grande ville le nom de ce type, vu que tout ce qu'il voulait c'était vivre à la campagne, campagnol, le fait que je me demande si on l'a jamais appelé Cincy, Sin City, FLORENCE Y'ALL, le fait que je crois qu'il a pu retourner vivre dans sa ferme, OshKish B'gosh, Levi's, Hallmark, UPS, FedEx, jogger, le fait que les gens vivent vieux maintenant, et qu'on peut faire des tas de métiers différents au cours d'une vie, le fait que Dorothy Parker a vécu trop longtemps, le fait que je dois avancer un peu dans mes tartes, là, pendant que les roulés cuisent, le fait que c'était quoi cette histoire du jogger et du masque à gaz, le fait que ça veut dire quoi tout ça, le fait que ça veut dire que notre air devient aussi pourri que notre eau, « Préparez-vous ! Préparez-vous ! La fin du monde apprrrroche ! », Colombus, le fait qu'un enfant pourchassait un écureuil derrière lui, le fait que ses parents doivent croire à l'approche hydraulique, ou alors ils veulent juste qu'il soit meilleur à la chasse, chasseur sachant chasser, parce qu'ils ne lui ont jamais rien dit, le tueur aux selfies, Chicken McNuggets, le fait que la maltraitance des animaux est liée à la violence domestique, qui est liée au terrorisme, ou quelque chose comme ça, ♫ *Le fémur est connecté à la hanche* ♫, rayons X, fracture, le fait que c'est pour ça que la police devrait interroger Willy, Willoughby, Willy Wonka, le fait que le type des Chicken McNuggets a d'abord tué sa perruche, pour s'amuser, un oiseau qu'il avait depuis un bout de temps, le fait que je me demande depuis combien de temps il voulait tuer sa perruche, ou alors si c'était juste une pulsion irrésistible comme pour ses autres crimes, le fait que j'espère que Stace n'aura plus jamais affaire à ce type, à Willy je veux dire, le fait que la prochaine fois c'est elle qu'il va menacer, pas juste nos chats, le fait que j'aimerais lui tordre le cou, mais je ne devrais pas dire ça, le fait que la résistance passive est préférable, passif-agressif, passe-moi l'agression, passade, passé, humus, posthume, le fait que j'ignore pourquoi certaines personnes veulent que leur voiture fasse un bruit de moto, le fait que ça fait un tel boucan, le fait que j'en entends encore une qui doit être à des kilomètres d'ici, rêve de camion, le fait que j'ai rêvé d'un bourdon qui portait des lunettes de motard et conduisait une minuscule moto, le fait que la moitié de nos voisins ont des alarmes de voiture maintenant, qui se déclenchent sans raison toute la journée, six détonations, le fait que chaque année dans les aéroports ils confisquent des milliers d'armes que les gens ont dans leur bagage, et la plupart sont chargées, le fait qu'ils ne les interceptent pas toutes, le fait que les gens emportent des couteaux et des grenades à bord aussi, et de la poudre, et sûrement de l'huile de palme aussi, et du petit-lait, le fait qu'en dépit de tout ce qu'ils parviennent à confisquer une partie réussit à se retrouver dans l'avion, bagage à main, briquet en forme de grenade, le fait que c'est pour ça que j'aimerais que Leo soit ici maintenant et ne remonte plus jamais dans un avion dans lequel quelqu'un va lui trancher la gorge avec un couteau dissimulé dans un bâton de rouge à lèvres ou un couteau de lancer d'arts martiaux ou une lame de couteau cachée dans une canne, le fait que j'ai besoin de mitti attar, le fait que c'est censé apaiser, le mitti attar, pas la lame de couteau, blasphème, le fait que parfois au Pakistan ils vous tuent pour avoir blasphémé, le fait qu'un jeune Pakistanais s'est tranché lui-même la main parce qu'il avait blasphémé par mégarde à la mosquée, en levant la main au mauvais moment alors qu'il somnolait pendant un sermon ou quelque chose comme ça, vidéos d'allègement des peines, Pakistan, Kazakhstan, Partition, le fait que c'est un blasphème de se demander si la Partition était une bonne idée, parturition, le fait que les Anglais ont sillonné le globe en démembrant les pays, Inde, Hong Kong, Canada, Gibraltar, Irlande, la BBC, la Saint-Patrick, Chicago, le fait que c'était vraiment gentil de la part de Maman de me laisser rester à la maison quand je faisais semblant d'être malade, le fait qu'un jour elle a pris ma température et j'ai mis en douce le thermomètre sur le radiateur pour être sûre que le mercure monte, et elle n'a jamais rien dit, le fait que le thermomètre devait afficher genre 100°, le fait que je ne sais pas comment elle a fait pour ne pas réagir, le fait que je ne voulais jamais la quitter, c'est tout, le fait que j'aimais ma maman, le fait que je me sentais plus en sécurité à la maison, balançoire, bout de verre dans le pied, épines, chevaux, trampoline, soirées pyjama, accident de voiture, bobo au doigt, le fait que j'ai toujours senti comme une menace quand je quittais la maison, et je n'aime toujours pas quitter la maison, le fait que c'est peut-être pour ça que j'ai eu tous ces enfants, pour être sûre de ne plus jamais devoir quitter le foyer familial, ou presque jamais, même si je dois sortir de la maison pour eux des tas de fois, pour leurs activités extrascolaires, faire les courses et tout ça, le fait que Suzanne déteste tellement sortir qu'elle a démissionné et maintenant elle loue son grenier sur Airbnb, et elle dit que c'est la meilleure chose qui lui soit jamais arrivée, parce qu'elle adore repasser, le fait qu'elle ne fait plus que ça maintenant, repasser des draps, et elle est ravie, le fait que c'est ce qu'elle préfère au monde, repasser des draps, le fait que j'aimerais bien qu'elle vienne repasser les nôtres, tas de linge à repasser, chemises de Leo, nettoyage à sec, le fait que Jane Fonda serait d'accord là-dessus, parce qu'elle dit qu'à la cinquantaine les femmes découvrent leur véritable vocation, par exemple le repassage, le fait que qu'est-ce qui se passe si vous vous occupez d'un grenier Airbnb et que vous découvrez que vous avez des punaises de lit, le fait que vous devez tout jeter et recommencer à zéro, repassage, greniers, couguars, Chuck, vert rouge blanc bleu, le fait que Gillian redoute un peu elle aussi de s'éloigner trop longtemps de la maison, comme moi, le fait qu'elle ne raffole pas des soirées pyjama, le fait que j'aimais bien ça mais ça me rendait toujours un peu nerveuse, le fait que ce sont les mères qui transmettent ce genre d'angoisses, tous vos traits de caractère et vos vices, le fait que Leo est furieux quand les gens écrivent « vice » en parlant de « vis », le fait qu'on enfonce une vis dans le bois, pas un vice, vase, Vale, les Vale de Boston, le fait que les fautes d'orthographe le rendent dingue, le fait qu'il est bien meilleur que moi en grammaire et en orthographe, le fait qu'il se serait bien entendu avec Maman, énormité, le fait que Phoebe et moi on mangeait nos sandwiches au thon dans le coin cuisine, en regardant les boutons-d'or, la balançoire et le mûrier, le fait que tout vous appartient quand vous êtes enfant, mon coin cuisine, mon chien, mon bouton-d'or, « Y a-t-il quoi que ce soit au monde qui ne t'appartienne pas ? », le fait qu'on oublie que tout appartient aux parents, qui peuvent du jour au lendemain revendre ce qu'ils veulent et déménager sans vous demander votre avis, tout comme ils se sont débarrassés de mon tricycle sans mon autorisation, le fait que les parents jettent toujours tous vos trucs, et je fais pareil avec mes enfants, quand je trouve le temps, pauvre Jim, le fait que, il fait quoi, là, ah, il est juste dans son coin, le fait qu'il a juste besoin de calme et ça ira mieux, terpènes, mitti attar, le fait que j'aurais vraiment préféré qu'elle choisisse le petit labrador âgé de dix semaines, mais c'était gentil de sa part d'avoir pitié de Jim, le fait que Pepito aboyait comme un fou et piétinait les gueules-de-loup de Maman, courait après les éboueurs dans l'allée, le fait que ça devait le rendre dingue qu'ils reviennent chaque semaine, malgré tous ses efforts pour les effrayer, le fait qu'un homme souffrant de paralysie cérébrale a disparu depuis mardi, le fait qu'un « père dévoué » de New Philly vient de donner trente coups de couteau à sa femme devant leurs enfants, parce qu'il était jaloux, comme le mari de Joan Bennett, le fait qu'*Othello* est la pièce la plus triste au monde, mais quelle idée aussi de suivre les conseils d'un type comme Iago, ou de tuer sa femme pour une histoire de mouchoir, non mais franchement, le fait qu'après qu'un homme a tué sa femme, les voisins et les gens disent toujours qu'elle était enjouée, et qu'elle aimait jouer au bingo ou chanter à l'église ou aller promener le chien, et combien elle aimait sa famille, et ensuite ils se taisent parce qu'ils sont incapables de la décrire mieux que ça, le fait que tout ce qu'ils font c'est donner l'impression que sa vie était dérisoire, sans intérêt, tous ses efforts résumés en une demi-phrase, bingo, œuvres caritatives, crochet, sablés à la cannelle, le fait qu'on a presque le sentiment qu'ils veulent la faire paraître petite et insignifiante, tout en faisant son éloge et en présentant leurs condoléances et en priant, afin de pouvoir l'écarter et l'oublier le plus vite possible, et tirer un trait sur la peine engendrée par sa disparition, le fait que je sais qu'ils ne pensent pas à mal mais parfois c'est horrible, horribilant, déprimant, le fait que d'ailleurs ce n'est pas vrai, le fait que toute ma vie j'ai pensé à Maman alors même qu'elle a disparu il y a des années, le fait que je penserai toujours à elle, le fait que j'ai ça au moins, même si j'aimerais pouvoir me rappeler davantage de choses, le fait que je suis descendue après ma sieste, tout euphorique, et Maman s'est montrée un peu froide avec moi, Flickr, le fait que finalement on n'est pas allés à Moundsville, en revenant de Fallingwater, le fait qu'on n'avait pas le temps, le fait que Grave Creek est un des plus hauts tumulus, mais il s'est tassé au fil des ans, tumulus tassés, tartes Tatin, ratatinés, le fait que quand ils l'ont mesuré en 1838 il faisait vingt et un mètres de haut, pour un diamètre de quatre-vingt-dix mètres, et maintenant il fait environ dix-huit mètres de haut et soixante-treize mètres de diamètre, le fait qu'il a été érigé entre 300 et 100 av. J.-C., Ptolémée, jaïnisme, et qu'il était autrefois entouré de douves, mais des pelleteuses les ont comblées il y a longtemps, le fait que j'ignore pourquoi, le fait que pourquoi irait-on se débarrasser de douves, le fait qu'il y a sept cents tumulus rien que dans l'Ohio, et certains d'entre eux sont alignés avec les équinoxes et les solstices, le fait que c'est le cas de Serpent Mound, le fait que je comptais expliquer toutes ces choses aux enfants quand on serait là-bas, mais quand j'ai commencé à leur raconter tout ça Ben a dit qu'il voulait juste voir le point le plus élevé de l'Ohio, Campbell Hill à Bellefontaine, qui culmine à quatre cent cinquante-sept mètres, alors j'ai renoncé, le fait que je crois qu'ils sont trop jeunes pour apprécier les tumulus, le fait que Campbell Hill n'est pas un tumulus indien, le fait que je leur en parle peut-être trop, et que ça a fini par les lasser, comme moi avec l'aurore boréale, le fait que l'ancien monde n'a guère d'attrait pour des enfants qui veulent juste de la réalité virtuelle, le fait que le point le plus bas de l'Ohio se trouve dans le coin le plus au sud-ouest, là où l'Ohio River rejoint l'Indiana, le fait que Ben avait lui-même le moral au plus bas ce jour-là, après avoir perdu son téléphone et ses chaussures, le fait que le yo-yo de Fallingwater n'a pas eu l'effet escompté, pendule d'autrefois, le fait que les enfants de Fred MacMurray l'interrompent, John Wayne, le fait que le Traité de Greenville a été signé le 3 août 1795, quatre types de forces fondamentales, gravité, électromagnétique, électrostatique, et nucléaire, trente *cents*, le fait qu'on est allés à la démonstration de chunky, et les enfants en ont eu assez et ont préféré jouer au frisbee, le fait que c'était où déjà, le fait qu'une fois rentrés à la maison ils ont néanmoins ramassé des branches et essayé de jouer au chunky, ce qui m'a fait vraiment plaisir, euphorie, le fait que pour jouer au chunky il faut des cerceaux de pierre, ou des cercles, et de longs bâtons avec des bouts de cuir collés dessus, et il faut qu'une des pointes en cuir atterrisse dans le cercle, « Ce n'est qu'un jeu ! », le fait que les paw-paw sont pollinisés par les mouches et c'est pour ça que leurs fleurs sentent un peu mauvais, le fait que les mouches aiment ce qui sent mauvais, le fait que j'aime bien les graines noires, chat en poche, guerres saintes, crucifix, fleurs violettes, le fait que cet environnement est tout ce que nous avons, le soleil, la lune, et la Terre, et en plus le pape est d'accord pour qu'on le protège, les Lenape, les Hopewell, les Adena, Forêt primitive, le fait que ça me fait toujours penser à des lutins, « Forêt primitive », comme si de toutes petites personne sortaient des arbres, mais ces gens n'étaient pas des lutins, le fait qu'ils faisaient le commerce du cuivre ici il y a des milliers d'années, le fait qu'ils migraient chaque été pour s'installer sur les plages, PARTI À LA PÊCHE, le fait que les Amérindiens ont fait pousser les Trois Sœurs sur des tumulus entourés de soucis, le fait que les soucis protégeaient les récoltes, mais qu'ils sont aussi jolis à voir, le fait qu'il faut des milliers d'années pour y parvenir, pour que tout soit réglé, pour comprendre tout ça, tout en jouant au chunky, et maintenant tout ce qu'ils savaient ou ont fait est oublié ou détruit et on ne connaît plus que les machines et la réalité virtuelle et la force centrifuge et les grenades et les tardigrades et les gâteaux à l'ananas renversés, ou du moins c'est tout ce que moi je connais, plus le mot « hydrangea », mais ça ne je ne le sais pas toujours, le fait que le gâteau à l'ananas renversé présente bien, mais je crois que les gens l'aiment juste parce qu'il est retourné, le fait que j'ai toujours trouvé que « bombe Alaska » était un nom plus épatant, gâteau sismique, le fait que je ne sais pas trop pourquoi ils plantaient des soucis, le fait que je ne suis pas très experte en jardinage, agriculture, horticulture, la Route des Larmes, le fait que Benjamin Franklin a pris la défense de la Confédération iroquoise, la qualifiant de gouvernement exemplaire, le fait que c'est la plus ancienne forme de démocratie au monde, des milliers d'années, Sheffield Lake, 911, le fait qu'on a tué le lac Érié, le fait qu'avant il regorgeait de corégones, de perches, de truites et de brochetons, avant qu'il meure, s'en aille, représailles, vallée de larmes, Miss Vale, Camille, le fait que toute cette zone était autrefois pleine d'ours, de lions, de bisons, de couguars, de dindons, mais c'est fini, le fait que maintenant tout ce qu'on y trouve c'est des joggers et des chauffards, le fait qu'au moins on est à l'abri des grizzlys, le fait que je n'aimerais pas tomber nez à nez avec un grizzly, le fait que quelqu'un a dit à la radio que « le sconse qui se fait rare » est un mets exquis, le fait que, mince alors, s'ils sont si rares, pourquoi est-ce qu'on les mange, le fait qu'on pourrait juste les regarder, noir et blanc, ratons-laveurs, queue rayée, masque de bandit, le fait que ce qu'on a fait aux animaux, le fait que les sconses ont tout compris, comme les punaises, les blaireaux, les putois, ♫ *Je suis un putois solitaire* ♫, « compagne putois », « copine chienne », le fait que ça serait très pratique d'avoir une odeur épouvantable, bombes puantes, le fait que ça empêcherait peut-être Ronny d'approcher, le fait qu'on devrait trimballer un atomiseur qui pue dans son sac, parfumé aux ordures, punaises, le fait qu'une voiture vient de passer et de cracher tellement de fumée noire que j'en suffoque dans la cuisine et la fenêtre n'est même pas ouverte, Plat de Poo-Poo, prout, Ptolémée, le fait que c'est mauvais pour les tartes aussi, le fait qu'on semble menacés de toutes parts, le fait que cela dit tout n'est pas encore détruit, dehors je veux dire, le fait qu'il y a encore des couchers de soleil, et des massifs de boutons-d'or luisants et gras qui brillent comme des néons au soleil, et des choses vertes tout autour, le fait que les abeilles aiment toujours la lavande, le fait que les oiseaux continuent d'aller et venir, et qu'il y a encore des équinoxes et des solstices, le fait qu'il y a encore la fête annuelle du cornouiller, si vous aimez le cornouiller, le festival de la citrouille de Circleville, le fait que certaines de ces citrouilles sont vraiment impressionnantes, elles sont tellement énormes, comme la jolie vert pâle qu'on a vue, le fait qu'il y a des sabots-de-Vénus, chacun avec un pétale protecteur en haut pour que la pluie n'entre pas, le fait qu'il y a quelque chose d'innocent et de prometteur et de sûr de soi chez cette orchidée, le fait qu'elle sait y faire, mais peut-être que toutes les fleurs savent y faire, le fait qu'elles sont bien équipées pour ça, le fait que les fleurs sont d'authentiques survivalistes, « *Molloy*, Jack ? », le fait que j'ai rêvé qu'on me servait une salade de fruits de mer, et dedans il y avait deux petites tortues d'eau douce albinos, d'un vert pâle, vert néon, et j'étais incapable de les manger, alors je les posais sur le rebord de la fenêtre dans la cuisine et elles commençaient à se balader, et j'étais tellement heureuse de ne pas les avoir mangées vivantes, le fait que je voulais les garder comme animaux de compagnie, et je cherchais un bocal ou un aquarium pour les garder, le fait que j'ai également rêvé d'un énorme et sinistre serpent de mer qui n'apparaissait que dans une baie, le fait qu'il avait une grosse tête et pouvait attraper des enfants et il y avait une fillette qui gambadait près de moi, mais je n'osais pas la mettre en garde contre le serpent parce qu'on n'est pas censé parler à des enfants qu'on ne connaît pas, le fait que j'ai rêvé ensuite que j'en avais assez de faire des omelettes pour plein de gens, et on avait une vache et des laveurs de carreaux, le fait que tous les immeubles en Amérique sont très laids, à part les tipis et les grottes en pisé au Nouveau-Mexique, et peut-être les cabanes en rondins, et quelques trucs construits par Frank Lloyd Wright et Sullivan ici et là dans le Middle West, le fait que l'Auditorium Theatre de Chicago a été construit pour accueillir l'opéra, mais juste après ils ont construit le métro aérien et tout le projet est tombé à l'eau, Fanny's Restaurant, salades, Oak Park, Taliesin East, Taliesin West, le fait que Frank Lloyd Wright ne s'est fait que 8 000 $ avec Fallingwater, libérer du liquide, bouteilles d'urine,

*

Une autre détonation, et ce fut à son tour de ramper et de se terrer dans les bois. Elle tituba, une douleur au flanc. Encore un coup de feu, encore une secousse, et de nouveau la douleur, cette fois au fond de l'épaule. Elle s'affaissa mollement sur le sol. Était-elle en train de mourir ?

Elle était sans défense quand les hommes approchèrent. Elle grogna mais son grognement était faible et ne les fit pas reculer. Leur arrogance la mit en colère, mais elle ne pouvait rien faire. Elle essaya de se relever pour les griffer mais fut incapable de remuer ses membres.

Ils la traînèrent par la queue et les pattes arrière à travers les fougères et sur les pierres acérées. Non sans maladresse, ils la jetèrent dans une grotte de métal froide, qui était une voiture ainsi qu'elle le comprit à l'odeur, pour l'instant immobile. Les voitures dormaient souvent. Une forte odeur chimique l'entoura, une fois qu'elle fut enfermée dedans. Mais elle était toujours vivante.

Quand la chose commença à bouger, ce fut la première fois qu'elle entendait une voiture d'aussi près. La chose rugit et ne cessa pas de rugir, sa voix impossible à ignorer. La zone métallique où elle reposait oscillait et cahotait. Elle était secouée par ses tremblements, et outrée par les bruits de ferraille qu'elle faisait. Impuissante, la femelle couguar roulait d'un côté puis de l'autre tandis que le véhicule filait sur la route en faisant des embardées. On l'emmenait quelque part, et elle avait conscience des kilomètres parcourus.

Les mouvements imprévisibles du véhicule lui donnaient le tournis. Elle gratta faiblement les panneaux qui battaient derrière elle, mais c'était comme un rêve : elle ne pouvait y enfoncer ses griffes. Elle ne pouvait pas non plus se raccrocher au sol froid et inégal, alors elle rampa jusqu'au fond et se tapit dans un coin. Elle essaya de ronger la portière arrière, mais ses crocs ne purent rien entamer.

Pour se calmer, elle ronronna. Elle s'endormit et rêva de couguars qui paraissaient horriblement humains : à son grand étonnement, ils avaient de petites oreilles humaines sur les côtés de la tête, et de longs pieds maladroits.

Le conducteur du véhicule s'endormit lui aussi. La voiture se déporta d'abord sur la droite, puis sur la gauche, puis passa par-dessus le fossé de séparation de l'autoroute et coupa la route aux voitures arrivant en sens inverse. L'homme se réveilla juste à temps pour éviter un semi-remorque, mais la manœuvre fit déraper son véhicule qui percuta une barrière métallique et versa dans une ravine boisée, éjectant le conducteur au premier choc. Puis le véhicule bascula et se retourna mais fut arrêté par un jeune arbre.

Suivit un moment de calme. La folle descente du véhicule sur la colline avait fait tournoyer la femelle couguar. Elle était à présent réveillée. Le hayon s'était entrouvert. S'échapper. Un sifflement de train retentit. Elle connaissait ces gros serpents de métal qui brinquebalaient et gémissaient dans la nuit quand elle allait chasser. Elle s'approcha péniblement de l'ouverture au fond du véhicule et sauta.

Elle se cramponna à la terre. Sa terre.

Contusionnée et en sang, étrangement affaiblie, elle traversa sur trois pattes un large pré de saules et de fougères, pressée de s'éloigner des hommes. Peu à peu, ses mouvements devinrent plus agiles. Elle était de nouveau elle-même, seule, avec ses petits à retrouver.

*

le fait que maintenant James ne peut plus être ami avec Ben, parce que nous avons échoué à l'examen de la maison, le fait que de toute façon cette femme ne m'a pas plu, la maman de James, Buttinsky, Lewinsky, non mais, mais non, *mamma mia*, le fait que sa décision est en vérité un soulagement, pour moi en tout cas, peut-être pas pour Ben, le fait que je pense qu'à long terme elle ne serait pas facile à gérer, si jamais elle venait ici, le fait que c'est peut-être ça qui tracasse Ben, même s'il n'a rien dit, le fait qu'il a été morose toute la soirée mais il ne s'est pas plaint ni mis en colère contre moi, le fait que je crois qu'il était pour ainsi dire stupéfié, stupéfié d'être snobé, Snowden, le fait que les enfants sont beaucoup plus difficiles à consoler après huit ans, le fait que tout devient plus compliqué, le fait que j'en veux à mort à cette Fresia pour ce qu'elle a fait à Ben, et maintenant je n'arrive pas à dormir, le fait qu'il est 2 h 47, le fait que les amish se snobent parfois entre eux et que ça semble pire que le Silence Méprisant, le fait qu'ils se comportent comme si vous aviez des poux, pellicules, poils, le fait qu'il se trouve que Leo déteste autant que moi le nouveau papier-toilette, le fait qu'il se désintègre pour ainsi dire à l'usage, le fait que qui a pu inventer et approuver un tel papier-toilette, le fait que je suis traumatisée par le papier-toilette, le fait que je suppose que c'est un peu exagéré, alors que la moitié de la planète n'a pas de toilettes du tout, le fait que vous essayez de voir le bon côté des gens mais avec des gens comme Fresia ce n'est pas évident, le fait qu'elle me tape vraiment sur les nerfs, Nike, Keds, Converse, le fait que 36 000 personnes ont été tuées par balles en 2015, le fait que j'ai acheté ce papier-toilette uniquement parce qu'il n'y avait plus de Charmin, et qu'il n'était pas cher, le fait que je ne l'ai pas aimé, mais que j'ai essayé de m'en accommoder, mais maintenant comme ni l'un ni l'autre n'en pouvons plus nous allons reprendre du Charmin, le fait que je vais garder le pas cher en réserve, jachère, casher, cache-cache, bûcheron, le fait qu'Abby avait toujours du Charmin chez elle, la dispute entre Maman et Abby à propos du sens dans lequel installer le rouleau, comme ci ou comme ça, d'une pierre deux coups, blasphème, le fait que j'ai trop d'oreillers ici, le fait que pourquoi ça m'étonne, le fait que c'est moi qui ai fait le lit, le fait qu'on dirait une montagne de lait, papille, le fait qu'ils mettront bientôt du lait et de l'huile de palme dans le papier-toilette, sensation, draps, repassage, pelage, le fait qu'il y a une blague sur un type qui rêve qu'il mange un énorme marshmallow et à son réveil son oreiller a disparu, tornade de feu, feux de forêt, feux follets, lucioles, le fait que je crois souvent voir des lucioles la nuit mais c'est juste une illusion, le fait que je crois qu'elles sortent surtout au crépuscule et, de toute façon, il est encore trop tôt pour elles, mai, repiquer les capucines, Paul Henreid, *Jalousie*, son violoncelle, le fait que Claude Rains est censé être un grand compositeur, Machinchose, ménage à trois, le fait que c'est Hollenius, le fait que c'est absurde quand Bette tire sur Hollenius, vu que c'est le seul type en Amérique disposé à laisser une chance à son mari, le fait que Bette est trop impatiente, le fait que les gens qui tirent sont impatients, le fait qu'elle veut que ça s'arrange tout de suite, et on a juste envie de lui crier « Dans tes rêves, ma belle ! », demain est un autre jour, laisse couler, attends un peu, vivre et laisser vivre, œil pour œil, « dent pour dentifrice », cendres, bouillie, insomnie, Maman, mais Bette monte dans les tours, tourniquets, tourbillon, « Le Tourbillon de la vie », tourmentée par la menace de Paul Henreid qui a appris pour elle et Hollenius, le fait que franchement ce n'est pas très grave mais ça la ronge, et il lui faut à tout prix régler cette histoire, avec une arme, ce qui transforme soudain le film en polar, le fait que qu'est-ce qu'un pianiste fabrique avec une arme, d'ailleurs, le fait que Hollenius l'a rendue dingue, avec toutes ses insinuations et ses menaces, allusions, illusions, mais la moitié du temps il plaisante, c'est tout, il la taquine, et elle prend la chose trop au sérieux, s'en faire toute une montagne, le fait que taquiner Bette Davis quand elle est amoureuse n'est peut-être pas l'idée du siècle, le fait que c'est comme acculer un lion, je veux dire une lionne, et au final elle n'en peut plus et sort ses griffes, *Pas si simple*, le fait qu'elle n'a rien compris à Hollenius, le fait que, bien sûr, il est jaloux, et un peu déstabilisé par le fait qu'elle se marie aussi soudainement, mais il va s'adapter, si tout le monde veut bien se calmer, le fait qu'il s'était déjà un peu adapté, du moins musicalement, et qu'il a pris Paul Henreid sous son aile, le fait qu'il laisse Paul jouer son tout nouveau concerto pour violoncelle lors de sa première exécution à New York, qui sera diffusée en direct à la radio, *La Garçonnière*, le fait que peu d'hommes en feraient autant pour leur rival, le fait que les gens prenaient la radio plus au sérieux à cette époque aussi, sérieux, le fait que quand Fresia a appelé pour dire que c'était annulé j'ai dit « Sérieusement, Fresia ? », mais c'est tout, et elle n'a pas avancé de raison, le fait qu'au moins je me suis rappelé son stupide prénom pour une fois, le fait que j'aurais dû dire « Ben ça alors, alligator ! », parce qu'elle est vraiment stupide, le fait que le plan de Bette consistant à abattre Hollenius est vraiment très égoïste si on y réfléchit, le fait qu'elle est prête à sacrifier tout et tout le monde, Hollenius, elle-même, et Paul, juste pour qu'il n'apprenne jamais qu'elle avait une liaison, le fait qu'elle a eu une histoire avec Hollenius quand elle croyait que Paul Henreid était mort en camp de concentration, « Je t'ai vu qui gisait là », le fait que c'est vraiment de l'orgueil, de la vanité, et prendre les choses trop à cœur, trop au sérieux, Gribble, se faire toute une montagne d'une taupinière, taupes, tope là, le fait qu'elle a un peu peur de Paul Henreid aussi, à cause de ses crises de jalousie, comme le mari de Joan Bennett, séparation, le fait que pourquoi est-ce qu'on ne peut pas tous se comporter en adultes, le fait que je ne comprends pas pourquoi Fresia n'a pas pu me dire ce qui n'allait pas, le fait que maintenant ça va me turlupiner, et que je me demande aussi pourquoi elle farfouillait dans mes tiroirs, jalousie, envie, regret, le fait qu'elle est peut-être kleptomane, le fait qu'elle est peut-être tri-polaire, ou quadri-polaire, préfixes numéraux, liste de tâches, coups de hache, petits cœurs, I ♥ U, les sept merveilles du monde, le fait qu'on aimerait qu'ils se calment tous, je veux dire Bette et Hollenius et compagnie, jésuites, stylo plumes, Hindoustanis, et tout irait bien, mais il n'y en a pas un pour se calmer, le fait que les meilleurs moments sont au début, quand Paul Henreid et Bette se rencontrent et sont ensemble dans l'appartement, juste amoureux, le fait que Paul Henreid est tellement blessé et mélancolique, brisé, les maux de Davina Beebee, le fait qu'il sort d'un camp de concentration nazi et il est facilement abattu, violoncelle, le fait qu'on a juste envie qu'il aille mieux, et Bette aussi bien sûr, mais tout dérape, idem pour le film, vers la fin, le fait qu'apparemment ils voulaient tous que ça se termine de façon plus ambiguë, mais le Hays Office ou je ne sais qui était contre, le SRC, parce que Bette avait eu de toute évidence une liaison avec Hollenius, et avec Paul, avant la guerre, et le sexe hors mariage n'était pas autorisé, le fait qu'elle décline, le fait que sa vie doit être complètement fichue à la fin du film, tout ça parce qu'elle a eu deux liaisons avant de se marier, le fait qu'elle entraîne tout le monde dans sa chute, le fait qu'elle tue Hollenius et détruit la carrière de soliste de Paul Henreid, son avenir, leur avenir, parce que qui voudra l'engager maintenant, un violoncelliste impliqué dans un scandale, le fait que quel gâchis, parce que Claude Rains est tout excité un peu plus tôt quand il décide de ce qu'ils vont manger au restaurant, « La bécasse ! », mon œuf de pigeon ramier, le fait que c'est juste un vieux gourmet, pas un ogre, le fait qu'il n'y a pas besoin de le tuer, le fait que le Hays Office n'aimait pas la sédition, le clergé tourné en ridicule, les mariages interraciaux, le blasphème, et une centaine d'autres choses, Darwin, les fossiles, le fait que l'Ohio a fait passer une loi en 1913 stipulant que la liberté d'expression ne s'appliquait pas au cinéma, et cette loi a été validée par la Cour Suprême en 1915, le fait qu'ils ont décidé de ne pas étendre le Premier Amendement aux films, et tant pis pour le cinéma, Sunoco, DuPont, fabricants de cigarettes, le fait que même Betty Boop a dû en rabattre un peu, Paul Henreid au violoncelle, le fait que j'aime toujours leur première rencontre, après son concert, avec Bette Davis, pas avec Betty Boop, le fait que ça me fait penser au jour où j'ai revu Leo, après qu'il a quitté Sévère Sally, le fait que l'attente a été dure, *Il y a un endroit en France où des femmes nues dansent*, le fait que j'ai passé toute mon adolescence à être éconduite par des garçons, le fait qu'ils me posaient toujours un lapin, le fait que chaque fois je me disais qu'ils avaient eu un accident de vélo, le fait que les garçons ne vous apprécient pas quand vous êtes jeunes et ensuite, quand vous êtes plus âgée, la seule chose dont les hommes semblent avoir envie de parler c'est des jeunes femmes, bon, pas Leo mais d'autres hommes, les hommes à la télé, le fait qu'il y a quelque chose ici qui cloche, le fait que c'est *Pas si simple*, Alec Balwin marié à une femme beaucoup plus jeune avec un enfant très prenant, Pedro, mais un enfant plutôt chouette, peut-être un peu ADHD, lithium, Ritaline, le fait que la jeune épouse veut d'autres enfants, et qu'elle aussi semble un peu ADHD, « le mari d'Agness Adler ! », le fait qu'Alec reconnaît qu'il est un cliché ambulant, le fait qu'ils vont dans une clinique spécialisée et si ça marche Alec aura dans les soixante-dix-neuf ans quand son gosse passera le bac, le fait qu'il en a assez de cette seconde union et qu'il voudrait vraiment retourner avec son ex, Meryl Streep, qui est drôle et fait des croque-monsieur comme il les aime, le fait que j'aime bien cet Alec Baldwin, le fait qu'il tient beaucoup à Meryl Streep, et il est très convaincant dans le rôle du type qui a compris qu'épouser une femme beaucoup plus jeune n'est pas nécessairement une super idée, et que la vie est plus agréable avec Meryl qu'avec la jeune beauté avec qui il est coincé, le fait qu'Alec Baldwin est plus gentil avec Meryl, le fait que Meryl est vraiment belle, le fait que certaines personnes restent toujours belles, mais on ne devrait pas parler de l'apparence des gens, parce que personne n'est vraiment responsable de son apparence, « Ce qu'il te faut, c'est un lifting du front », le menton de Marilyn Monroe, le fait que dans la vraie vie, juste après avoir joué ce rôle, ou quelques années plus tard, Alec Baldwin a épousé une femme deux fois plus jeune que lui, et il a eu trois enfants avec elle, d'affilée, autodéfense, taekwondo, le fait que c'est comme s'il n'avait rien appris dans ce film, le fait que bon, c'est différent, parce que à part Meryl, qui peut-il rencontrer, le fait que les seules femmes qu'une vedette de cinéma doit rencontrer sont de jeunes beautés, Trump, le fait que en quoi ça me regarde, qui Alec Baldwin rencontre ou de qui il devrait tomber amoureux, oreillers, MYOB, PTA, Am-Sa-Tra, le fait que sa vraie femme est à fond dans le yoga, le fait que c'est quoi mon problème, le fait que, si ça se trouve, la nouvelle épouse d'Alec Baldwin est peut-être comme Meryl Streep et réussit super bien les croque-monsieur, le fait que je crois que Meryl Streep est déjà prise de toute façon, Amour-Santé-Travail, le fait que « Am-Sa-Tra » était le salut préféré de Maman, le fait que je l'ai appris en colo et que je suis revenue avec et qu'elle a commencé à le dire elle aussi, Am-Sa-Tra, « Coin-coin ! » le fait que le truc le plus excitant qu'on ait fait en colo c'est fabriquer des bougies dans la cantine de l'école, au crépuscule, le fait que j'ai bien aimé ça, le fait que je ne m'étais encore jamais demandé comment on faisait les bougies, et donc ça m'a soufflée, le fait que je n'y avais guère réfléchi avant, mais je suis contente de connaître aujourd'hui les rudiments, rutabaga, le fait que la cire brûlante me faisait peur, le fait que je crois que la prof, ou la directrice du club, a versé la cire dans les moules à notre place, le fait qu'on était trop jeunes pour le faire toutes seules, jeux d'échecs, lits de camp, le fait qu'on a pu rapporter nos bougies chez nous, Palmolive, chouette de grange, fume-cigarette, le fait qu'enfant vous croyez que toutes ces activités extrascolaires sont là pour vous occuper, mais peut-être que c'est juste pour que vous quittiez la maison, vous apprendre l'indépendance, pour que les mères se reposent un peu, le fait que les gens essaient toujours de vous éloigner de votre maman, effort collectif, communes, kibboutz, orphelinats, le fait que je n'étais allée à Campfire Girls que pour faire du camping, le fait que je me disais que, vu le nom de la colo, on allait forcément camper, le fait que je ne sais pas à quoi je m'attendais en matière de camping, mais j'étais persuadée que ça allait me plaire, le fait que je n'ai jamais vraiment aimé camper, les rares fois où j'ai fait du camping, le fait que je n'ai peut-être pas vraiment envie de faire partie de la nature, ou du moins pas tant que ça, le fait que l'humidité et les cailloux m'agacent, et m'empêchent d'apprécier le concert des oiseaux et les marshmallows grillés, le fait que c'est quoi ce bruit de grattouille, des ratons-laveurs dans les combles, recoin malsain, ou alors c'est le carillon des Kinkel, bipède, quadrupède, « Quatuor pour la fin du temps », Stalag VIII-A, Carl-Albert Brüll, « Le réveil des oiseaux », le fait que je me demande ce que les oiseaux pensent des carillons, le fait que quand j'étais petite j'aimais bien le bruit des carillons, mais maintenant ça dépend des carillons, le fait que ça m'est égal, je crois, le fait que la seule fois où on devait aller camper avec les filles de la colo j'ai eu une conjonctivite et je n'ai pas pu y aller, le fait que ce truc est tellement contagieux que personne dans la famille ne voulait m'approcher, sauf Maman, le fait que j'avais l'impression d'être une lépreuse, et je devais avoir ma propre serviette de bain et tout ça, le fait que Maman a fait du caramel avec moi pour me remonter le moral, Brüll, mais j'ai raté cette sortie, et il n'y en a jamais eu d'autre, le fait que j'avais fait mon sac et que j'étais prête à partir, le fait qu'on devait toutes se retrouver sur un parking et prendre un car, et je me souviens encore de ce parking, le fait qu'il était à l'écart quelque part, et chaque fois qu'on est passés devant après ça j'ai repensé à cette sortie que j'avais ratée, B009, bâton hémostatique, magnétisme, le fait que la plupart des écoles ferment régulièrement maintenant, et elles doivent expulser en permanence des élèves parce qu'ils profèrent des menaces, le fait que Stacy dit que les enfants ont l'habitude, le fait qu'ils signalent les graffitis qui ont l'air douteux, mais les enfants ne peuvent pas grand-chose contre les fusillades hormis se prendre une balle, le fait qu'elle dit que certaines de ses amies disent qu'elles trouvent que ça serait *cool* de se retrouver dans une fusillade à l'école, tant qu'elles ne se prennent pas une balle, le fait que des petits garçons à Columbus ont regardé des films de vampires à Halloween et ont décidé de tuer des enfants de leur classe et de boire leur sang, mais quelqu'un a eu vent de leur projet et on les a arrêtés à temps, le fait qu'ils avaient leur calice prêt pour le sang et tout, coupe, tranche-pizza, *A-tisket, a-tasket*, basket, saxo, onyx, luxe, lynx, jade, manicotti, cannelloni, le fait que sous les tropiques des fourmis géantes trimballent vos rognures d'ongles, le fait que je trouve ça très utile, le fait que je me demande ce qu'elles en font, des étagères ou je ne sais quoi, le fait que voilà ce dont souffre James Mason dans *Derrière le miroir,* une périartérite noueuse, le fait qu'il possède une échelle de la douleur, noir et blanc, marron et turquoise, le fait que Maman n'aimait pas le bleu et le marron ensemble, et peut-être aussi le bleu et le vert, Carole Lombard, oh, je dois les retourner, ma main sur le torse de Leo, ma douce, le fait que j'aime l'écouter dormir, les poules, le fait que les œufs bio se vendent 8 $ la douzaine et les non-bio environ deux fois moins cher mais ça m'est égal, du moment que les poules sont heureuses, pénurie d'œufs, le fait que les poules arrêtent de pondre l'hiver quand il fait très froid, et ne pondent pas trop non plus s'il fait très chaud, et elles arrêtent de pondre quand elles perdent leurs plumes, mais on a quand même plein d'œufs, dans l'ensemble, le fait que leur mue prend environ six semaines, le fait qu'on a maintenant sept poules de sept ans, six poules de six ans et deux poules de deux ans, ce qui est une sacrée coïncidence, Nabuchodonosor, Wyandottes, Ameraucanas et Orpingtons, et Jim les aime toutes, le fait que j'espère qu'il est bien dehors, le fait que je ne sais pas ce qu'il pense des ratons-laveurs, Jimmy, le fait qu'il est tout excité quand il y a une rencontre à l'école avec les parents, James Mason, pas Jim le chien, et il dit à la déléguée des parents qu'ils sont une race qui enfante des nains moraux, le fait que des tas d'animaux savent grimper aux arbres, le fait que j'ai rêvé que quelqu'un fonçait en fauteuil roulant et effrayait un cheval, qui s'élançait dans les airs au ralenti, un peu comme s'il lévitait, le fait que je trouvais ça très drôle et que je riais trop, et ensuite je comprenais dans le rêve que c'était peut-être un rire nerveux à cause du type en fauteuil roulant, parce que même dans le rêve je savais que les fauteuils roulants m'ont toujours mise mal à l'aise depuis que Maman en a eu un, le fait que je me suis alors réveillée, le fait que je ne crois pas avoir dormi plus de cinq minutes, et maintenant c'est reparti, à me tourner dans tous les sens, le fait qu'ils ont trouvé trop de calcium, de magnésium, de sulfate, de fer, d'arsenic, de bore, de baryum, de cadmium, de chrome et de sélénium dans la nappe phréatique près de la centrale électrique de Conesville au sud de Coshocton, terril, le fait qu'à cause des aurores boréales les baleines s'échouent, donc il n'y a pas que moi, achards, mouchard, 11 Septembre, huîtres grillées au bacon, Wyandottes, Ameraucanas et Orpingtons, *La Famille Addams, The Beverly Hillbillies*, boulettes de pop-corn à la mélasse, mollasson, « Mais c'est faire fi des répercussions des propos de Dahlberg », Watergate, Pussygate, le fait qu'on a peut-être trop regardé *Les Hommes du Président*, le fait que Nixon a volontairement prolongé la guerre du Vietnam de dix ans, afin que la paix ne soit pas portée au crédit de Johnson, le fait que ça doit relever du crime de guerre, le fait que Leo dit que Nixon aurait dû aller en prison, pas juste démissionner, le fait que Chris Christie a obligé des centaines d'enfants à rester bloqués sur un pont, béton armé, dans des bus scolaires, juste pour se venger d'un rival politique, le fait que c'est vraiment horrible, utiliser les enfants des autres pour nuire à quelqu'un, le fait que c'est du kidnapping, ni plus ni moins, le fait que Leo n'aime pas les embouteillages sur les ponts, ponts bloqués, manifs sur les ponts, le fait que Trump va entraîner la Corée du Nord dans une troisième guerre mondiale, le fait que la Russie le fait sûrement chanter, le fait que je me demande ce qu'ils ont sur lui, le fait qu'on ne peut plus lire le *Washington Post* en ligne sans payer, Dustin Hoffman, le fait que Nixon a subi un chantage lui aussi, le fait que vous devriez vraiment démissionner quand ça vous arrive, le fait que vous ne devriez pas rester président, *Le Lauréat*, plastiques, industrie du caoutchouc, le fait qu'ils faisaient comment pour dormir la nuit, les types du Watergate, Ulysses S. Grant, Hayes, le Hayes Office, Garfield, Harrison, McKinley, Taft, Harding, tire d'érable, salade de pommes de terre à l'aneth, lois de l'Ohio sur les simili-drogues, le fait que Nixon prenait des tas de trucs, alors je crois que c'est comme ça qu'il dormait la nuit, bœuf bourguignon, fromage fondu, pétoncles, guacamole, toast à l'avocat, poteau pour accrocher son cheval, bizutage, associations d'étudiants, plantations de coton, esclaves, le fait qu'une arme à feu envoie un projectile par l'action d'un explosif, Travailler Son Corps, Son Esprit, Son Indépendance, ♫ *Ne t'assois pas sous le pommier* ♫, pleurer dans les toilettes à Fort Lauderdale, le fait que Phoebe m'a sauvée, Corée du Nord, *Nevermore*, la ligne Mason-Dixon, Kiskiminetas, Muhulbuctitum, Conewango Creek, Seneca Oil, Sunoco, le fait qu'un couguar peut faire des bonds de neuf ou douze mètres, sur du plat, le fait que j'aimerais voir ça, le fait que si vous faites tomber un œuf sur le plan de travail ou le sol, et qu'il y en a partout, il suffit de mettre du sel dessus et une minute plus tard un coup d'éponge suffit, Edgar Allan Poe, Long Island Reds, le fait que le sel fait partir les odeurs d'oignon et d'ail sur les mains, le sel ou le sucre, et avec le citron ça marche aussi, le fait que le beurre de cacahuète est utile également quand vous avez du chewing-gum dans les cheveux, mais après vous avez du beurre de cacahuète dans les cheveux à la place, Hair & Now, jusqu'aux os, avalé un moucheron, je me demande bien pour quelle raison, le fait que le Coca débouche les tuyaux, parce qu'il contient de l'acide phosphorique, le fait qu'on dit que frotter un mélange de beurre et de cendres peut cacher des traces de verre sur du bois, mais je n'ai jamais essayé, le fait qu'il faut polir vigoureusement en effectuant un mouvement circulaire, le fait que pour masquer l'odeur de l'ail, bye-bye, le fait que j'aime la façon dont Carole Lombard dit « Bye » dans *En avoir ou pas,* non, dans *To Be or Not to Be,* le fait que j'ai rêvé qu'un chien noir et blanc devait rentrer chez lui en traversant les mers arctiques et y arrivait, en nageant six mètres sous les icebergs, en pleine nuit, pauvre chien, le fait qu'ensuite je faisais la plonge dans une foire et donnais au chien les restes dans les assiettes, et son maître parlait à quelqu'un, et c'est comme ça que j'ai entendu parler de l'exploit du chien, et après je me suis réveillée, encore une fois, le fait que l'État de New York a refusé d'accorder des droits humains à un chimpanzé, mais qu'est-ce que l'État de New York connaît aux chimpanzés, le fait qu'ils numérisent tous les livres du monde, et Leo dit qu'on va se retrouver avec des livres incomplets pleins de fautes, que les gens pourront modifier à leur guise, les dirigeants et les gens comme ça, le fait qu'il dit que le monde électronique est un désastre absolu pour l'humanité, le fait qu'on a quatre éditions différentes de *Moby Dick* ici et je ne sais pas pourquoi, une par enfant je suppose, le fait que les gens ne lisent plus trop aujourd'hui, enfin pas des livres en tout cas, le fait que je sais qu'ils lisent des trucs sur leur téléphone et tout ça, le fait que tout le monde regarde la télé et du porno sur Internet, c'est tout, le fait que je fais des cauchemars si je regarde des films violents avant d'aller me coucher, le fait que même les plantes de David Attenborough me font faire des cauchemars parfois, le fait que la semaine dernière, après avoir regardé *Die Hard 2,* j'ai fait deux cauchemars, le fait que dans le premier j'ai rêvé que Jake grandissait de quatre mètres en une nuit, le fait que dans *Cauchemar 2* des gens apportaient en secret du miel à un monstre, le fait que le monstre était sorti d'un marais et voulait à tout prix du miel, pour entretenir ses effrayants pouvoirs surnaturels, et certaines personnes étaient de son côté, le fait qu'il avait une bouche béante très inquiétante de profil, un peu comme un joueur de tennis après avoir marqué un point à Wimbledon, le fait qu'un petit garçon devenait ami avec le monstre, le monstre dans mon rêve, pas celui de Wimbledon, et je devais convaincre le petit garçon de ne pas donner du miel au monstre, ce qui ne ferait que rendre le monstre plus méchant, le fait qu'ensuite je devais trouver à des tas de gens une maison où se cacher, et on était tous terrés dans cette vieille demeure, et les murs tremblaient quand le monstre approchait, le fait qu'ensuite des voisins plutôt louches se préparaient à partir en voyage dans leur décapotable et je leur demandais s'ils avaient du miel dans leur voiture, mais ils ne me répondaient pas, le fait qu'en même temps je devais trouver d'importantes boîtes d'archivage dans ma maison mais, quand je les trouvais, elles étaient toutes vides et abîmées, le fait que j'avais un rôle vraiment central dans le rêve, le fait qu'apparemment je savais tout ce qui se passait dans la maison et que c'était à moi de sauver tout le monde, et je m'agitais dans tous les sens, le fait que c'était à moi de m'occuper du petit garçon, du monstre, du couple dans la décapotable, de la maison où se cacher, et de toute la paperasserie, le fait que quand j'ai raconté mon rêve à Leo il a dit que ça voulait dire qu'il devait m'aider davantage dans la maison, le fait que le moment que j'ai préféré c'est quand je tenais dans mes bras le petit garçon qui gigotait et que j'essayais de le convaincre de ne pas s'allier avec le monstre, parce que ça me rappelait Jake, *La Garçonnière*, le fait qu'il y a des guêtres dans *La Garçonnière*, le fait que je viens de m'en souvenir, le fait que la standardiste oublie ses guêtres, Mr Sheldrake, Mr Kirkeby, Mr Dobisch, fille frivole, « Octobrisme », Conotton Creek, Chippewa Creek, Hoagland Run, Mohawk Creek, Postboy Creek, Opossum Run, Goettge Run, Brandywine Creek, Nimishillin Creek, la Monongahela, Course dans la boue, Oldtown Creek, Buckhorn Creek, Lick Run, Blue Ridge Run, Evans Creek, la Walhonding River, la Muskingum, Moxahala Creek, Soggy Run, rhum, pizza ramollie, couteau à pizza, le fait que des esclaves sexuelles mineures sont achetées et vendues par des hommes puissants, le fait que des gens font ce genre de choses, Sand Creek, Evans Creek, le fait qu'Evans et Chivington étaient amis, le fait que les hommes de Chivington ont mutilé les cadavres des Cheyennes, mais il a toujours défendu le massacre et il a fini par se faire élire dans l'Ohio, Méthodisme, le fait que c'est comment déjà cette chanson, le fait qu'avoir une bonne mémoire ne suffit pas, du moins c'est ce qu'a plus ou moins dit Declan Kiberd, femme de ménage philippine, Arabie Saoudite, Kurz-Kasch, Chilli Willy's, dodo, caca, en rogne, chasse-pierres, Jane Fonda, érection, dysfonctionnement érectile, solutions en polymère extrudé, le fait que les Hackenbracht vendent vingt-cinq mille pommes d'amour par jour, alors que moi je fais une douzaine de tartes Tatin par semaine, j'y crois pas, Jiminy Cricket, jalapeno, jambalaya, les Balbuzards de Seattle, baltringue, fringue, pingre, bastringue, foldingue, Comment Ombrer Vos Paupières, forme de pétale de l'Ohio, eBay, étoiles, patates, airelles, petits pois, types de cancer gênants, *Pauvre Jeoffry ! Pauvre Jeoffry !*,

Thérapie familiale, Adam Lanza, guacamole, Revere Ware, canards, Newburyport, le fait que les mouches ont beau avoir plein d'yeux, elles ne vous évitent pas, le fait que ça veut dire quoi ça, le fait que les gens en ont eu tellement assez du LSP et des autres chasseurs de fauves qu'ils ont offert une récompense de 10 000 $ à qui ramènerait le couguar vivant, mais personne n'y est arrivé, du coup ils ont engagé un vrai pisteur, le fait que tout le monde compte sur lui, le fait qu'il a l'air de savoir ce qu'il fait, le fait qu'il veut la suivre à pied, le fait que c'est une femelle, selon lui, le fait que c'est *une* couguar, le fait que des chasseurs de prime l'ont capturée quelque part mais après ça ils l'ont perdue, le fait que cette chasse au couguar sera soit un succès soit un échec, le fait qu'ils l'avaient attrapée, puis qu'ils l'ont perdue, le fait que la bête s'est échappée, le fait que j'espère que c'est le même animal et pas un nouveau, le fait qu'on n'a pas vraiment besoin d'en avoir une douzaine en liberté, le fait que des chasseurs ou des types du LSP l'ont attrapée et l'un d'eux la conduisait à un zoo, mais son véhicule a eu un accident, le fait qu'au début tout le monde a supposé que le couguar était mort, mais quand ils sont arrivés devant le véhicule accidenté l'animal avait disparu, le fait que quand ces gens se plantent ils le font dans les grandes largeurs, le fait qu'heureusement le conducteur a survécu à l'accident, mais le couguar aussi, et maintenant il est de nouveau dans la nature, le fait qu'ils l'avaient attrapé, ces crétins, et qu'ils l'ont perdu, et maintenant tous les couvre-feux ont repris et on est encore en Alerte Rouge, couguar en liberté, le fait que, enfin quoi, bon sang, sérieux les gars, LSP, FLORENCE Y'ALL, le fait que, le fait que, le fait que pas étonnant que je ne dorme pas,

*

La femelle couguar se reposa près d'un petit cours d'eau pendant plusieurs jours. Elle lécha sa patte blessée, dormit, et lécha encore sa patte. Quand elle eut faim, elle se rapprocha en titubant du ruisseau pour voir s'il y avait des rats d'eau dans les parages – elle n'était pas en état de chasser de plus grosses proies avec une patte blessée.

Dès qu'elle put marcher plus longtemps, elle reprit ses recherches, ne prenant appui que sur trois pattes quand elle le pouvait.

Des chiens enchaînés aboyèrent en la voyant, et montrèrent les crocs. Elle les dépassa en boitant, les narguant. Ils sentirent ses blessures et sa faiblesse et eurent envie de la pourchasser et de la mordre. L'un d'eux aboya si longtemps et si méchamment, tandis qu'elle parcourait la cour en quête de rongeurs, qu'un homme en pyjama apparut sur le seuil de sa tanière. Il la mit en joue. Il y eut une détonation et un éclair, mais la femelle couguar n'eut rien. Elle bondit prestement sur le côté dans les broussailles, pendant que l'homme effrayé se réfugiait vite à l'intérieur, laissant son chien se débrouiller.

Une odeur de volaille l'attira près d'une haute et sombre maison. Derrière la bâtisse, un arbre d'un blanc étincelant la surplombait de toutes ses fleurs. Non loin se trouvait une petite cabane en bois. Elle entendait déjà les poules à l'intérieur, qui gloussaient doucement. Pour les atteindre, elle dut se frayer soigneusement un chemin entre les pots en terre cuite vides, les bêches en plastique, les seaux, les paniers, et la boue. Elle évita une chaise longue en lattes de bois, et un tricycle aux angles saillants. Un vieux panier vapeur, rond et déployé comme une large feuille, l'éblouit brièvement en prenant la lumière qui tombait de la maison par une fenêtre.

Prudemment, la femelle couguar s'avança, mais elle fut surprise par une petite chatte blanche et marron, assise sur les marches au fond. La chatte siffla courageusement en voyant le couguar, avant de filer dans le petit espace étriqué sous la maison. Elle serait trop dure à attraper là-dessous. La lionne renifla sans grand enthousiasme une flaque d'eau, une piscine à oiseau, qui trônait au milieu d'une étendue d'herbe, mais l'eau était croupie.

Ayant atteint le joli poulailler, elle était sur le point de sauter sur le toit pour voir s'il y avait une ouverture par laquelle elle pourrait se glisser quand le jappement aigu d'un chien la fit sursauter. La longue plainte stridente, proche du hurlement d'un lion, la fit bondir en l'air. Elle atterrit maladroitement sur la petite rampe menant au poulailler, qui se brisa sous son poids. Elle se retourna vivement. D'où provenait ce jappement agaçant ?

Les poules s'étaient tues à présent, sentant le danger. Elle se faufila jusqu'au fond de la cour et là, tapi sous un arbre, au bout d'une très longue corde, se tenait un petit chien maigre, noir et blanc. La lionne envisagea de l'attaquer, ne serait-ce que pour mettre fin à ses jappements. Il n'aurait pas fait un repas conséquent, mais il n'aurait pas non plus opposé beaucoup de résistance. Elle comprit alors que ce chien était une bizarrerie : bruyant mais plaintif, pas agressif. Il se ratatina soudain devant elle, comme s'il se résignait à ses coups de patte mortels.

Mais la femelle couguar ne voulait pas d'un animal tremblant comme nourriture. Elle voulait seulement une poule ou deux, et ensuite elle s'en irait. Un nouveau faisceau de lumière vive étincela alors au dernier étage de la maison, à demi caché et clignotant derrière le grand arbre blanc en fleur. À part cela, tout était calme hormis le chien qui s'agitait.

Le chien la regarda disparaître lentement parmi les arbres. Quand il voulut la suivre, il fut stoppé net par son collier. Il grogna de frustration et essaya de ronger sa corde, puis la secoua vigoureusement comme il le faisait avec les lapins à la ferme il y a longtemps. Se débattant avec sa longe, il allait et venait, à quatre pattes, et grattait son cou entravé avec ses pattes. Puis il tenta de s'éloigner à reculons, en rampant. Le collier commença à glisser, et remonta sur ses oreilles. Une secousse sèche, un cri de douleur, et il se libéra.

Il courut après la lionne, en poussant de petits gémissements implorants. Au début, elle l'ignora, un enquiquineur, un bruyant, sans intérêt pour elle. Mais au bout d'une demi-heure de jappements, elle finit par se retourner pour le regarder. Il fit un tour sur lui-même pour qu'elle le voie bien et se roula par terre afin qu'elle comprenne qu'il ne cherchait pas la bagarre.

Il la suivit de loin pendant plusieurs jours, sans rien recevoir en retour. Il lapait de l'eau en chemin, mais n'avait rien à manger.

Ce n'était pas un chasseur. Il restait à vingt pas derrière elle, mais ne la perdait jamais de vue. Elle le toisait avec dédain. Quand il s'approchait trop, elle lui crachait dessus.

Un jour, le chien affamé déterra une carcasse que la femelle couguar venait d'enterrer. Normalement, elle aurait dû être furieuse, assez pour le déchiqueter. Mais elle avait désormais d'autres priorités. De toute façon, elle n'avait que faire de vieilles proies, pas avec cette blessure épuisante à la patte et le besoin de continuer d'avancer pour retrouver ses petits. Alors elle la lui laissa.

Après ça, elle ne vit pas le chien pendant un jour ou deux, puis il réapparut, marchant de nouveau à vingt pas derrière elle. Elle finit par s'habituer à son ombre abjecte et, quand il eut pris modèle sur sa quiétude, elle cessa complètement de penser à lui.

*

le fait que j'ai rêvé ensuite que Leo me disait que les infos avaient parlé d'une grosse explosion, mais j'ai vérifié en me levant et il n'y a eu aucune explosion nulle part, même si on va tous se prendre une bombe nucléaire d'un instant à l'autre, le fait que dans un autre rêve j'ai rêvé que nous mangions tous les deux de la laitue au lit, et dans un autre rêve que la vitesse à Newcomerstown était limitée à quatorze kilomètres heure et que c'était agréable, le fait que c'était comme une amélioration immédiate, le fait qu'ensuite j'ai rêvé d'un appareil pour nettoyer qui éclairait les bactéries en rouge, afin de repérer avec précision les coins à nettoyer, le fait que l'espace derrière notre frigo était tout éclairé, et rougeoyait, et je me préparais à tout nettoyer derrière, et je devrais, je devrais vraiment, le fait que les choses vont de plus en plus mal par ici, même mon inconscient s'en inquiète, le fait que si seulement je pouvais convaincre mon bulbe rachidien de faire le ménage, SCI, purge, semis, le fait que le pourcentage de suicides a augmenté de vingt pour cent en dix ans, 40 %, 80 %, surtout chez les hommes blancs de plus de cinquante ans, film en noir et blanc avec Donald Pleasence, le fait que le film que j'ai vu à l'hôpital après mon opération du cœur était peut-être *Rebecca*, le fait que c'était un peu comme ce truc flou au début, le fait que c'est étrange que Hitchcock ait tourné un tel film, mais il a pris pas mal de trucs chez Daphne du Maurier, le fait que le roman sur Marnie a été écrit par quelqu'un d'autre, un autre écrivain anglais, Leo qui écoute du Messiaen, le fait que le père de Maman donnait tout son pain à la fin de la journée, Donnez-leur de la brioche !, le fait que Maman et Abby ne faisaient pas souvent de pain, le fait que leur père a dû les dégoûter d'en faire pour la vie, le fait que si vous ne supportez pas la chaleur, sortez de la cuisine, le fait que qui marche entre deux pierres brisera le dos de sa mère, le fait que c'est surtout le mien que je risque de casser, le fait que c'est peut-être « brisera le *cou* de sa mère », le fait que Katharine Hepburn a dit à Jane Fonda vos échecs sont plus intéressants que vos succès, mais je ne sais pas, le fait que je ne crois pas que les échecs de la plupart des gens soient si chouettes que ça, le fait que Maman déplorait grandement les problèmes de boulangerie de son père, le fait que la famille dépendait de ses revenus, ce qui explique qu'ils l'avaient mauvaise, je suppose, chaque fois qu'il perdait son travail, démangeaison à l'épaule, petit tintement, le fait que ce n'est pas les verres, le fait que Maman faisait d'excellents cookies aux céréales et aux raisins secs, même si je m'en suis lassée parce que c'était le seul genre de cookies qu'elle faisait, pas de biscuit au lait de poule pour nous, le fait que maintenant j'aimerais en manger de nouveau, des cookies aux céréales et aux raisons secs, pas des biscuits au lait de poule, le fait que je crois que Jake a mangé les derniers raisins secs, le fait que j'aimerais bien avoir cette recette, le fait qu'on la trouve probablement chez Irma, le fait que les cookies aux céréales et aux raisins secs sont les seuls cookies que Maman a faits pendant des années, apparemment, alors que je voulais des cookies aux pépites de chocolat comme ceux que faisaient toutes les autres mères, enfant ingrate, Voix de la Jeunesse américaine, le fait que je reconnais maintenant qu'elle avait bon goût, et que les cookies aux céréales et aux raisins secs sont sûrement plus sains que ceux aux pépites de chocolat, distributeur à l'hôpital, New York, Département de Neurologie, le fait que bien sûr les enfants ne mangeront pas de cookies aux céréales et aux raisins secs, le fait qu'ils sont comme moi, et que eux aussi veulent des cookies aux pépites de chocolat, ou des madeleines nappées de chocolat, ou des brownies, le fait qu'ils parlent toujours de brownies, juste pour m'agacer, le fait que je ne m'inquiète pas, le fait qu'ils peuvent manger des brownies chez les mères des autres, le fait qu'on met du chocolat dans tout maintenant, à cause d'eux, le fait que je parie qu'elles seraient très surprises de me voir maintenant, Maman et Abby, pas les mères des autres, avec mes poules et mes tartes, le fait qu'elles trouveraient ça sûrement bizarre, parce que ni l'une ni l'autre ne cuisinaient beaucoup, côtes de porc, le fait que ça me démange à la poitrine maintenant, FEMEN, le fait que je ne comprends pas trop à quoi rime tout ça, courir les seins à l'air, le fait que tout ce qu'elles portent en fait ce sont des slogans et des tatouages, le fait que la plupart des tatouages sont laids et que c'est pour la vie, le fait que tous nos enfants veulent des tatouages maintenant, le fait que je ne suis pas sûre qu'ils en veuillent vraiment, pas Jake, mince alors, le fait qu'il voudrait peut-être un gros **DIOU** en travers de son joli petit bidon, Dieu nous garde, le fait que je ferais mieux de ne pas lui donner d'idées, le fait que, non, il dit qu'il veut une jeep militaire tatouée sur la main, ou un de ces camions avec une grosse grue dessus, ou alors un papillon, le fait que je ne sais pas s'il veut parler de l'insecte ou d'une tondeuse à papillons, portes papillons, nage papillon, crawl, papillons dans le ventre, farfalle, le fait que Nabokov collectionnait les papillons, « (un pique-nique, la foudre) », le fait que j'ai dit aux enfants que si vraiment ils voulaient des tatouages ils allaient devoir économiser sur leur argent de poche, et j'espère que ça les découragera, parce que je suis sûre que les tatouages coûtent très cher, et mes enfants seraient incapables de faire des économies même pour acheter un économe, pas une seconde, passe-thé, le fait que Ben désespérait tellement de pouvoir économiser pour un nouveau téléphone que j'ai dû lui consentir un prêt, parce que vous avez besoin que vos enfants aient un téléphone, en cas de problème, la nuit passée sur la route par Stacy, *diner*, café, le fait que je me demande quelle est la première personne qui s'est fait tatouer, le fait que ça a dû arriver par accident, et que ça a dû être un choc, mais peu à peu les gens ont décidé que l'idée leur plaisait, et maintenant regardez-nous, avec nos toiles d'araignée aux coudes et des visages de stars partout sur le torse, et des devises en sanskrit pleines de fautes sur nos poignets et nos chevilles, et des revolvers et des flèches et des dagues, et des emblèmes nazis, et des cœurs, le fait qu'un type s'est fait tatouer tout le visage pour qu'il ressemble à un crâne, le fait que je ne sais pas s'il est allé jusqu'au bout et s'est fait un tatouage de squelette sur le corps également, sellette, séquelles, le fait que ça doit coûter une fortune, dollars, *cents*, sens, le fait qu'il n'y a rien de plus glaçant que les tatouages de camp de concentration, le fait qu'ils donnent du tatouage une mauvaise image, le fait qu'un type s'est fait tatouer la photo de son jeune fils sur la moitié de son visage, le visage du père, pas du fils, heureusement, le fait que maintenant ce gosse devra se regarder sur la joue de son père pendant le reste de sa vie, et se voir gigoter et s'étirer chaque fois que son père mord dans un hamburger ou siffle une bière, le fait que le père va peut-être décorer l'autre moitié de son visage avec l'enfant à six ou douze ans, et l'enfant à vingt-deux ans sur le front, et ainsi de suite jusqu'à ce que le corps du pauvre papa ne soit plus qu'un seul et grand album photo de son fils, ou plutôt un tableau d'affichage, je trouve, ou comme notre frigo, le fait qu'il faut que j'en enlève un peu, le fait que c'est un peu surchargé maintenant, le fait que je ne préfère même pas imaginer le mal que ça fait, se faire tatouer je veux dire, pas enlever les vieilles listes de commissions sur le frigo, le fait qu'il va se faire tatouer quand il aura quatre-vingt-quinze ans, un portrait de son fils à soixante-dix ans, pâte papillon, papy, le fait que c'est un sacré engagement, consacrer toute une joue à son fils, et son fils serait vraiment vexé si son père essayait un jour de le faire enlever, ou se laissait pousser la barbe, le fait qu'ils auraient besoin de pas mal de séances de thérapie familiale pour gérer ça, et régler la chose, le fait que si le papa est pingre il peut menacer de se faire ôter le tatouage chaque fois que son fils lui cause des soucis, comme menacer quelqu'un de le déshériter, ce que font souvent les pères, le fait que le père de Hart Crane possédait une chocolaterie à Cleveland, le fait que je perds toujours mes recettes, le fait que j'ai dû perdre un million de recettes de chili au fil des ans, mais je viens de retrouver la meilleure, 1 kg de viande haché, ¼ tasse de piment en poudre, 1 cac de cumin en poudre, 1 cac de cannelle, ¼ cac de quatre épices, ¼ cac de clous de girofle, 1 feuille de laurier, 1 once de chocolat sans sucre, 2 tablettes de bouillon de bœuf, 1 boîte de tomates, 2 cas de vinaigre de cidre, et ¼ cac de cayenne, le fait que les enfants l'aiment peut-être parce qu'il y a du chocolat dedans, le fait que le chocolat est important dans le chili, le fait que sans ça ne va pas, le fait que je préfère un chili sans haricot, le fait que là-dessus je suis d'accord avec LBJ, Lady Bird, enlaidi, lucioles, le fait que je trouve les jeans pour mamans Flexi-Fit déprimants, mais je suppose qu'il en faut, le fait que je suis contente de ne pas en avoir besoin, ou du moins pas encore, le fait que les gens ne savent même plus ce que ça veut dire, LBJ je veux dire, pas Flexi-Fit, VPL, JFK, le fait que des tas de gens n'ont jamais entendu parler du Watergate non plus, le fait que Leo a comparé Lénine à Michael Jackson dans un séminaire, juste pour rire, mais aucun de ses étudiants n'avait entendu parler d'eux, le fait que je parie qu'ils ont tous entendu parler de Poutine entretemps, le fait que ma recette de chili ressemble à celle de Lady Bird Johnson, sauf que la mienne est plus épicée, le fait que je crois que Johnson ne l'aimait pas trop piquant, le fait qu'un jour je l'ai fait trop piquant et on a dû le jeter, le fait que les enfants ne voulaient pas y toucher, le fait qu'elle n'a pas dû préparer ce truc à la Maison-Blanche, le fait que je suis sûre qu'elle demandait au cuisinier de la Maison-Blanche d'en faire quand ils habitaient là, le fait que dans *Manipulations* Jeff Bridges essaie toujours de trouver un aliment qu'ils n'ont pas dans les cuisines de la Maison-Blanche, et il finit par les prendre à défaut, parce qu'ils n'ont pas de munster, le fait que comment la Maison-Blanche peut-elle avoir tout à dispo tout le temps, le fait que tout doit être congelé, le fait que tout ce que Trump aime c'est le steak et les hamburgers, alors il ne doit pas être difficile à contenter, côté nourriture, pas de grosses surprises, le fait que Papa aimait bien courir, le fait que les couguars attaquent parfois des joggers en Californie, le fait que Laine Hanson est une sénatrice de l'Ohio, et qu'elle court beaucoup, le fait que ce n'est pas franchement le moment de faire du jogging dans l'Ohio, avec des femelles couguars dans les parages, le fait que l'Ohio revient souvent dans les films, je trouve, et je me demande bien pourquoi, le fait que je ne me rappelle pas ce qu'est le « Vide fertile » dont parle Jane Fonda, le fait qu'elle me fait penser à Bambi, le fait que c'est peut-être son bon côté, oubliez Barbarella, et les jeunes mariés dans *Pieds nus dans le parc*, quand elle fait la foldingue tout le temps et que Robert Redford en a assez de monter les escaliers, le fait que les poules ne doivent jamais manger d'oignons, de pommes de terre, d'avocats ou de sel, le fait que certaines personnes se font maintenant tatouer des ondes sonores, souvenirs sonores, le fait que le tatouage vous joue quelques notes de musique si vous le scannez avec votre iPhone, le fait qu'une fille s'est fait tatouer la voix de sa grand-mère sur la poitrine, et quelqu'un d'autre s'est fait tatouer un conseil de son père sur le bras, pour pouvoir l'écouter à sa guise, le fait que Polonius aurait aimé ce truc-là, le fait qu'une mère s'est fait tatouer les pleurs de son enfant sur le bras, pleurs de bébé, baleine, haleine, le fait que des tas de gens veulent des souvenirs sonores de leur chien et de leur chat, le fait que ces gens ont peut-être des souvenirs encore plus terribles que moi, le fait que ça fait réfléchir, c'est sûr, le fait que je ne crois pas que j'aimerais me faire tatouer les jappements de ce pauvre Jim sur le bras, ça non, le fait qu'on doit parfois identifier les victimes de fusillade à leurs tatouages, le fait que les balles explosives qu'utilisent les tireurs aujourd'hui font qu'il ne reste plus rien d'une personne, de la victime, rien d'identifiable, le fait que les gens vont finir par louer leur bras à des annonceurs, le fait que Henry Higgins aurait pu se faire faire deux tatouages sonores différents, comme une pub pour ses services, avec la voix originale d'Eliza sur une main, et sa voix d'aristo sur l'autre, « le ciel serein d'Espagne », l'ont piquée, « Et moi j'dis qu'ceux qui l'ont piquée l'ont tuée », Doolittle, Dogood, Dagwood, *Le Discours du roi,* le fait que Stacy en pince encore pour Colin Firth, le fait qu'elle en pinçait autrefois pour *Mozart*, reconversion, exercice de respiration, le fait que j'ai rêvé que Leo et moi étions inscrits de nouveau à la fac, mais ça ne me disait pas trop, retourner sur les bancs à nos âges, le fait que je disais à une amie « Mais j'ai déjà une licence », crêpes, pancakes, donuts, tarte aux cerises aigres, échantillons, tressage, Leslie B. Durst, mais ensuite j'entendais Stacy dire à quelqu'un au téléphone que ses parents se reconvertissaient, le fait qu'elle avait l'air agacée mais fière également, et ça me figeait sur place, dans le rêve en tout cas, le fait que ça ne me donne pas envie de retourner à la fac dans la vraie vie, poisson rouge à la foire, mais dans le rêve l'idée me faisait du bien, et je décidais que j'aimais bien l'idée de « reconversion », le fait qu'ensuite j'ai rêvé de Ronny, sauf qu'il ne ressemblait pas à Ronny dans le rêve, et pourtant je savais que c'était lui, le fait qu'il m'offrait d'énormes poivrons rouges marinés, ronds et mous, ainsi qu'une bouteille de bière au chocolat, ce qui me semble bizarre maintenant, même de la part de Ronny, le fait que les poivrons étaient en vente une seule journée et qu'il voulait vraiment que je les goûte et que j'aille en racheter à Coshocton, le fait qu'il me montrait comment les manger, et j'étais sincèrement impressionnée par le fait qu'ils ne dégoulinaient pas partout sur sa chemise blanche, le fait que j'ai rêvé ensuite qu'un garçon mettait le feu à notre maison et que je devais sauver la vieille pendule, et un des étudiants de Leo essayait de se pendre mais je trouvais quelqu'un pour le maintenir par les jambes pendant que je coupais la corde et le sauvais, le fait que je ne sais pas quel est le problème avec mon ventre, le fait qu'hier soir je coupais une part de tarte pour l'apporter à Leo au lit quand mon ventre a fait un drôle de bruit et j'ai dû foncer aux toilettes, le fait que quand j'en suis sortie une demi-heure plus tard, et que je lui ai apporté sa part, et que j'ai expliqué la raison de mon retard, Leo a été adorable, il s'est inquiété pour moi, le fait que Leo est un ange, le fait que je bois peut-être trop de café, aïe, le fait que j'ai pas mal de soucis gastriques, le fait que depuis la chimio et la radiothérapie je ne peux pas manger de fruits ni de légumes crus, mais de toute façon je n'en mangeais pas vraiment, donc ça n'a pas changé grand-chose, accepter le changement, le fait que je manque de fibres, USDA, le fait que je mange juste quelques rondelles de concombre pelé de temps en temps, en priant pour que tout se passe bien, et je force sur le café, le fait que Maman buvait beaucoup de café elle aussi, le fait que c'est ça qu'elle m'a dit de faire, l'oncologue, pas Maman, tout peler et épépiner, comme les concombres et les tomates, mais ça m'ennuie, le fait que je les pèle mais que je ne les épépine plus, la religieuse qui pelait des tomates et en pinçait pour Papa, le fait que les avocats passent bien, tapioca, mazurka, karatéka, arnica, le fait que je me dis parfois que ça me conviendrait tout à fait de vivre dans un pays chaud et de manger des avocats toute la journée, mais je n'irais sûrement pas bien si je ne mangeais que des avocats, le fait que je me contente parfois d'une tomate ou deux, et d'un café, le fait que c'est peut-être juste ce rêve avec Ronny et les poivrons marinés qui m'a retourné l'estomac, sauf que mon ventre faisait déjà des siennes hier, le fait que je ne peux plus manger de poivrons, enfin je crois, même des doux, même cuits, ni même s'ils sont complètement pulvérisés, purée, le fait que la soupe de poivrons rouges chez Phoebe m'a été fatale, mais comment pouvait-elle savoir que je n'ai pas le droit d'en manger, et comment pouvais-je savoir que Chad avait utilisé genre vingt poivrons rouges pour la faire, le fait qu'avant j'aimais les poivrons rouges grillés, bien brûlés, mais maintenant ils me font peur, même si je les pèle, le fait que bizarrement je peux encore manger du chili, tant qu'il n'y a pas de haricots dedans, le fait que les Kinkel sont sur le départ, partis pour aller chercher la vipérine de cette année, je parie, le fait que dès que le temps change vous découvrez ce qu'ont les gens dans leur penderie, le fait qu'elle a sorti sa veste en plaid avec la capuche à fourrure, le fait que Jerry a un truc à la mode, une veste militaire verte et brillante, le fait qu'on dirait qu'ils se préparent à une autre Guerre Froide, même s'il pleut juste un peu, boîte à rythmes, le fait qu'une boîte a six côtés, ce qu'on a tendance à oublier, le fait que c'est quoi cette histoire de bière au chocolat, le fait que les gouvernements ne pensent qu'à l'argent et à la croissance, mais Paul Machinchose, ou Leon, bref, l'autre type, là, a dit qu'on ne pouvait plus avoir de croissance, le fait qu'il a dit que « la croissance perpétuelle est le crédo des cellules cancéreuses », le fait qu'on a déjà triplé le niveau acceptable de la population mondiale, ou peut-être quadruplé, et il dit que la population optimum est de deux milliards, le fait que là on en est à sept milliards et demi, tous à manger du poulet et à rester bloqués dans les embouteillages, diou, neuf cents milliards de poules, croissance perpétuelle, perpétuation de l'espèce, Machinchose, *La Bombe démographique*, le fait que je dois essayer de ne pas avoir de pensées tristes pendant que je cuisine, le fait que si ton tonton tond ton tonton ton tonton sera tondu, mitti atta, Channing, 4chan, 8chan, le fait qu'on avait tous l'accent anglais quand on est rentrés, le fait que je ne sais pas comment ils réagiraient à Tuscarawas, le fait que tout le monde est très gentil en journée mais le soir chacun s'enferme chez soi et c'est comme si c'était pour de faux, défaut, le fait que les enfants aiment aussi la forêt noire, parce qu'il y a du chocolat dedans, foret, faux rat, Mallrat, le fait que je fais un excellent gâteau au chocolat, le fait que j'en ai fait un pour mon anniversaire une année et qu'ils ont adoré, le fait que mon anniversaire m'est égal à présent, le fait que je m'en suis désintéressée une fois que Maman est tombée malade et qu'il n'y a plus eu de gâteau aux anges, même si ce n'est pas joli-joli de dire ça, parce qu'elle a continué d'essayer de me gâter le jour de mon anniversaire, même après être tombée malade, le fait qu'elle peignait chaque année de très belles cartes d'anniversaire, et qu'elle me commandait toujours un livre ou des habits pour mon anniversaire ou

Noël, le fait qu'elle ne pouvait plus aller faire les courses mais qu'elle faisait vraiment des efforts et je suis vraiment nulle, le fait que « je me déteste », mais bon, le fait est que tout ça me semblait fini, la certitude qu'elle était ma maman, le fait que ça nous a brisés, le fait qu'elle a dessiné cette super carte avec un agneau, et l'agneau était tout bleu, avec des petits pattes frêles, le fait qu'elle avait vraiment sa façon à elle de peindre, le fait que c'était comme son écriture, reconnaissable entre toutes, Campfire Girls, Jim, les géraniums, le fait que où vont-ils chercher ces idées, le fait qu'ils veulent vous rayer des registres d'électeurs si vous n'avez pas voté depuis un bail, le fait que ce n'est pas nous, ça, le fait qu'on vit dans une démocratie, le fait que chaque citoyen est censé voter, le fait que et si vous n'avez pas voté depuis un bail mais que soudain vous avez envie de voter, comme sur le coup d'une impulsion, et que vous allez au bureau de vote et découvrez que votre nom a été rayé du registre, lumière rouge derrière le frigo, le fait que ça peut vous dégoûter de voter si ça vous arrive, le fait que, je ne sais pas pourquoi, moins il y a de votants, plus les républicains obtiennent de voix, Jim, le fait que Stace est ici, saine et sauve, perdue et retrouvée, fanouropita, mais maintenant on a perdu Jim, les toilettes de Channing School, le fait qu'il a juste disparu, parti, le fait que je l'ai laissé garder le poulailler, parce qu'il semble bien aimer cet endroit, le fait qu'on aurait peut-être dû le faire rentrer pour la nuit, même s'il geint, surtout avec un couguar dans les parages, le fait que le couguar a été aperçu près de Coshocton l'autre jour, *la* couguar je veux dire, le fait que si ça se trouve la couguar l'a mangé, le fait que si c'est le cas je ne me le pardonnerai jamais, le fait qu'il n'y avait aucun signe de lutte, ni sang ni rien, le fait qu'il n'y avait pas d'empreintes de couguar dans la boue, le fait que ce gentil toutou aimait vraiment être dehors et je détestais le forcer à rentrer, le fait que c'était un chien de ferme et qu'il n'a jamais aimé être enfermé, le fait qu'on a signalé plusieurs fois la présence d'un couguar dans le comté de Tuscarawas, même si l'hystérie collective semble se calmer un peu, « histoire collective », maintenant que le pisteur cherokee est sur le coup, le fait que je vois mal comment un petit couguar pourrait être dans vingt endroits à la fois, genre partout dans le nord-est de l'Ohio, je dis ça comme ça, hein, le fait que je n'ai jamais vu de couguar par ici et je passe mon temps à regarder par la fenêtre, le fait que c'est un peu nul, le fait que je parle comme ces gens qui ont décidé que la Terre était plate parce qu'ils regardaient par la fenêtre et ne voyaient aucune courbure, le fait qu'ils croyaient que le soleil allait où, la nuit, le fait que si la Terre était comme un disque plat dans l'espace le soleil se poserait à un endroit précis, ou alors ils pensent peut-être que c'est un disque qui tourne, ou encore que le soleil tourne autour de nous, le fait qu'on se dit parfois que les gens ont mieux à faire que de se proclamer experts en astronomie sans jamais avoir pris la peine d'ouvrir un livre d'astronomie, le fait qu'à mon avis ils se disent pourquoi s'embêter, alors qu'il suffit de regarder quelques vidéos sur YouTube faites par des amis convaincus que la Terre est plate, sol droit, droit du sol, le fait qu'ils sont juste dingues, le fait qu'on ne devrait pas passer son temps à traiter les gens de dingues, dites que je suis dingue mais, mêêê, « nous », le fait qu'avant je trouvais que les couples qui disaient tout le temps « nous » étaient arrogants, mais la vérité c'est qu'au bout d'un moment, quand on vit ensemble, qu'on dort ensemble, qu'on mange et qu'on roule ensemble et qu'on a des enfants ensemble, et qu'on parle ensemble des préférences en matière de papier-toilette, et qu'on se coupe les ongles ensemble, ou du moins qu'on écoute l'autre se couper les ongles dans la pièce d'à côté, eh bien, le fait est qu'on est un « nous » et ça ne sert à rien de le nier, le fait que c'est génial qu'on soit d'accord sur la plupart des choses, le fait que c'est comme ça, on n'y peut rien, « nous », you-hou, le concours de you-hou entre Trump et Poutine, les bouteilles pleines de pipi de Howard Hughes, les flacons de miel illuminés de Gillian, le fait qu'aucun blessé n'a été signalé, rapport au couguar je veux dire, sauf cet accident de la route avec le groupe de chasseurs, le fait que leur véhicule a percuté un bus scolaire plein d'enfants mais personne n'a été blessé, heureusement, le fait que les choses se sont arrangées quand ils ont supprimé la prime promise, parce que les gens étaient devenus tarés, le fait qu'ils ont félicité la couguar aux infos parce qu'elle n'avait pas dévoré le conducteur du véhicule qui avait eu l'accident avec elle à son bord, le fait que ce conducteur a eu de la chance, YouTube, smartphone, le fait que c'est bizarre qu'ils l'aient attrapée puis de nouveau perdue, le fait qu'on dirait l'épisode de Laurel et Hardy avec le piano, Jim, et quand on a demandé au conducteur de décrire la couguar il a dit « juste un couguar pour moi », le fait qu'elle ressemblait juste à un couguar, « Là vous m'aidez vraiment », le fait que, mince alors, il y a tous ces gens qui sont à sa poursuite et lui il la voit et il n'a aucune info à donner, le fait que pour les enfants cette couguar est maintenant une sorte de héros populaire, parce qu'elle ne tue jamais personne et échappe toujours à ses ravisseurs, évader, exsuder, captivité, esclavage, réparations, vérité et réconciliation, lois Jim Crow, le fait que et Jim dans tout ça, le fait que nous ne saurons peut-être jamais ce qui lui est arrivé, le fait que c'est horrible de ne pas savoir ce qui est arrivé à votre chien ou votre chat, le fait que vous êtes obligé d'imaginer des choses horribles, le fait que j'ai peur que ça inquiète Stacy, et on n'a vraiment pas besoin de ça en ce moment, alors qu'on vient juste d'établir un peu d'harmonie ici, code rouge, le fait qu'on a tout fait pour le retrouver, Jim je veux dire, le fait qu'on est parti à sa recherche, on l'a appelé, et on a mis des affichettes partout en ville, on a fait une fanouropita, et même informé la police, pour ce que ça sert, le fait que s'ils sont incapables de trouver Stacy, une mineure, et qu'ils refusent de parler à Willy, un délinquant juvénile qui a proféré des menaces de mort contre nos chats, alors qu'est-ce qu'ils vont faire pour un chien qui a disparu, le fait qu'ils ont dit qu'ils allaient s'en occuper, mais nous n'avons guère espoir qu'ils se plient en quatre, pour notre pauvre toutou, touffe, plume, poule, le fait que la nuit où Jim a disparu, le fait que le lendemain matin quand j'ai fait sortir les poules leur échelle était toute cassée et gisait par terre, le fait que je me suis demandé si c'était peut-être Jim qui avait fait ça puis s'était enfui, de honte, mais je ne crois pas qu'il soit assez gros pour faire autant de dégâts, le fait que Leo veut fabriquer une nouvelle échelle, le fait qu'après tout c'est un peu comme un pont, le fait que pour l'instant les poules se servent de ma chaise longue, installée contre le poulailler, pierres, bêche en plastique, le fait qu'elles ont l'air d'avoir une rampe plus large maintenant, rampe pour handicapés, le fait qu'elles se prélassent sur la chaise longue maintenant, le fait que j'ai toujours aimé me dire que Jim venait d'une jolie petite ferme de Pennsylvanie, avant de se retrouver dans ce chenil en feu, et au début, quand il a disparu, j'ai espéré qu'il y soit retourné, peut-être, à la ferme je veux dire, pas au chenil incendié, mais il n'avait pas vraiment l'air d'un chien qui a grandi dans le cadre tranquille d'une jolie petite ferme familiale, plutôt le contraire, le fait que j'ai du mal à croire qu'il ait cherché à y retourner mais on ne sait jamais, le fait que les chiens peuvent être très dévoués, Pepito couché au chevet de Maman, le fait qu'on devrait essayer de savoir où se trouve cette ferme, et les appeler au cas où ils l'auraient vu, le fait que j'ai fini par casser ce bracelet en argent que Maman m'a donné, après l'avoir porté tous les jours pendant des années et des années, le fait que ça me rend triste, brisée, le fait que je peux peut-être le faire réparer, ainsi que l'opale de la bague qu'elle m'a offerte, ou était-ce Mamie, le fait qu'elle est dans une petite boîte depuis des années maintenant, attendant qu'on recolle sa petite pierre si jamais je prends le temps de m'en occuper, pierres, échelle du poulailler cassée, le fait que Stacy a été bouleversée au début, pour Jim, mais elle est parvenue à rester calme devant les autres enfants, le fait qu'elle a sillonné toute la ville pour le retrouver, et appelé tous les gens qu'elle connaît, le fait qu'elle s'est épuisée à le chercher, et maintenant elle semble encore plus abattue que jamais, et toute remontée à propos de Willy et des chats, Willoughby et Marianne Dashwood, le fait que j'aimerais qu'elle lise *Raison et Sensibilité*, histoire qu'elle oublie un peu Jim, mais elle ne le lira sûrement pas vu que c'est moi qui le lui ait conseillé, le fait qu'elle regarde en ce moment *Le Fugitif*, Harrison Ford, combinaison orange, le fait que le type à Sandusky a abattu les enfants un par un devant sa petite amie, et ensuite il l'a tuée elle aussi, tout ça parce qu'il en avait assez que les enfants lui manquent de respect, et que des femmes le fassent arrêter sans cesse sans raison, le fait que « je ne suis qu'un homme », il a dit aux policiers, quand ils l'ont arrêté, le fait qu'il a menotté les cinq enfants à un lit puis il les a abattus, le fait qu'il se trouve qu'il battait sa petite amie tous les jours, jusqu'au jour où elle a fait changer les serrures, et il battait ses anciennes petites amies aussi, le fait que ça lui a pris des heures pour tuer autant de gens, le fait que c'est inexplicable, méprisable, ignoble, dingue, le fait que les hommes s'emportent facilement, crises de rage, Papa, « ogre », le fait que Papa n'a jamais été comme ça, grands dieux, le fait qu'il était soupe au lait, c'est tout, et moi aussi, surtout après une réunion parents-profs, *La Mégère apprivoisée*, le fait que Harrison Ford n'a pas assassiné sa femme, le fait que c'est le manchot qui l'a tuée, accident de train, égout, peine de mort, loi sur l'avortement, le fait que l'Ohio a l'intention d'interdire tous les avortements, même les dilatations et les curetages, D & C, si ça implique un matériau fœtal, comme après une fausse-couche, le fait que je crois que les gens vont juste devoir aller dans un autre État, Interstate, ACLU, D & C, le fait qu'Abby a dû subir plein de D & C, et j'ignore pourquoi, le fait que les femmes en Irlande doivent aller avorter en Angleterre, quand elles en ont les moyens, le fait que les médecins pratiquant dans l'Ohio n'auront même plus le droit de vous sauver la vie, si ça implique d'enlever le fœtus, le fait que quand le bus qui conduit Harrison Ford au Couloir de la Mort dérape et dévale la colline il finit pile sur la voie ferrée, et un train arrive à fond, du coup tout le monde se carapate, laissant Harrison Ford aider le gardien de prison blessé à sortir du bus, le fait que Harrison Ford est également médecin, et donc il essaie toujours de sauver des gens, le fait que Harrison Ford saute juste à temps, juste avant que le train percute le bus et l'entraîne sur les rails, pagaille, parjure, *Le Marchand de Venise*, le fait qu'ensuite la moitié du train se détache de l'autre moitié, et déraille, avec des étincelles qui volent et tout qui prend feu, et la partie qui a déraillé fonce droit sur Harrison Ford, le fait que c'est à ce moment-là que Leo crie toujours « Va à droite ! », ce qui n'avait pas l'air d'être venu à l'esprit de Harrison Ford, le fait que le train semble vraiment lui en vouloir, le fait qu'on dirait un monstre qui le pourchasse dans la forêt, une bête sauvage, le type de Sandusky, le fait que Harrison Ford court devant le train et qu'on a l'impression de voir un épisode de Bip Bip et Coyote pendant une minute, mais bon, c'est quand même prenant, le fait qu'alors, juste à temps, Harrison Ford va à gauche, plutôt qu'à droite, et se jette à plat ventre dans un caniveau, juste avant que le train lui passe dessus et que tout explose, problèmes de caniveaux, remblai, appareil d'appui, ce caniveau sera soit un succès soit un échec, le fait que Harrison Ford fait parfois ses propres cascades mais là je ne crois pas qu'on l'ait autorisé à courir pour de vrai devant un train fou, ou à rester dans un caniveau pendant qu'il y a cette énorme explosion au-dessus de lui, ingénieur ferroviaire, reconversion, déraillement, le fait que je ne crois pas qu'un seul de mes enfants ait envie de devenir ingénieur ferroviaire, heureusement, ou bûcheron, ou soldat, ce qui me va très bien, le fait qu'être enseignant est devenu l'occupation la plus dangereuse en Amérique, le fait qu'ils doivent tous être courageux, et s'attendre à une fusillade à tout moment, prêts à sacrifier leur vie pour leurs élèves, ou alors vivre dans la culpabilité pour le restant de leurs jours, SUPER CRASSEUX FRAGILE RACISTE SEXISTE NAZI POTUS, le fait que dans la vraie vie Harrison Ford est un peu casse-cou, voire dangereux dans les airs, le fait qu'il vole parfois à bord de son petit avion privé trop près des avions de ligne, 11 Septembre, le fait qu'on se demande pourquoi des gens veulent posséder leur propre avion, mais c'est peut-être amusant, le fait qu'après tout il s'agit de voler, mais ce n'est pas pareil qu'être à l'air libre, à battre des ailes, le fait que les avions sont bruyants et artificiels, contrôleurs aériens, le fait que j'aimerais juste battre des ailes et décoller, ou alors faire un vol dans un ballon à air chaud, à condition que ce ne soit pas trop bruyant, parce qu'alors on se retrouve à l'air libre et qu'on n'a pas besoin d'aller trop haut, le fait que j'aurais sûrement encore le vertige, le fait qu'une compagnie aérienne a obligé une femme à mettre son petit chien dans le compartiment au-dessus de son siège, mon Dieu, dans une boîte de transport, la caisse de voyage turquoise de Tiny Tim, et la propriétaire n'a pas voulu qu'on le mette là-dedans mais l'hôtesse a eu le dernier mot, le fait qu'à la fin du vol quand ils ont ouvert le compartiment pour récupérer le chien il était mort, le fait qu'il avait suffoqué, et tout le monde dans l'avion pleurait, le fait qu'une mère a été agressée par un agent de bord, lors d'un autre vol, le fait qu'il ne voulait pas qu'elle emporte sa poussette à deux places à bord, mais c'est ce que quelqu'un au guichet d'enregistrement lui avait dit de faire, le fait qu'elle voyageait seule avec des jumeaux, et ils n'ont pas voulu qu'elle emporte sa poussette, le fait que c'est déjà cruel en soi, sans se faire en plus agresser par un agent de bord, le fait qu'il s'est battu avec elle à propos de la poussette, physiquement battu avec une maman à cause d'un problème de poussette, le fait qu'il faut vraiment être bas du front, le fait que, bon, d'accord, peut-être que le coup de poing qu'il lui a donné était accidentel, le fait que c'est difficile à dire quand on regarde la vidéo, mais bon, il a frappé une mère en public, et presque frappé le bébé qu'elle tenait dans ses bras, et parmi tous ces passagers un seul type a pris la défense de la mère, le fait qu'il a menacé de casser la figure à l'agent de bord, le fait que les choses ont dégénéré, le fait que tout ce qu'a fait l'hôtesse c'est proposer un verre d'eau à la mère, le fait qu'ils croient quoi, qu'un verre d'eau plate et tiède va l'empêcher de leur faire un procès, eh bien ils se mettent le doigt dans l'œil, le fait que Leo dit que c'est tout ce qu'ils savent faire, vous donner de l'eau, le fait qu'il passe son temps à voyager en avion alors il sait, le fait que si vous avez mal au cœur ou le vertige ou que vous paniquez ils vous apportent un verre d'eau, le fait que je devrais essayer avec les enfants, le fait que, au moindre problème, apportez-leur un verre d'eau, fini les madeleines au chocolat les gars, oh, comme c'est méchant, le fait que Maman en a bavé dans les avions quand elle a dû se déplacer en fauteuil roulant, le fait qu'ils faisaient toujours des histoires, le fait qu'elle préférait les compagnies aériennes qui servaient des manhattans, le fait que je parie que personne n'en sert plus aujourd'hui, le fait que Tommy Lee Jones est un U.S. Marshal, et où qu'il aille il y a toujours des hélicos qui tournent dans les airs comme des moucherons, et parfois il est à bord de l'un d'eux, Jim, le fait qu'il détient les pleins pouvoirs policiers, Tommy Lee Jones, pas Jim, alors que Harrison Ford a juste une ambulance volée et la conviction d'avoir raison, le fait que bon, on sait bien que Harrison Ford va gagner, parce que c'est Harrison Ford, et que c'est Hollywood, le fait que dans la vraie vie il n'aurait aucune chance, même s'il prend des risques insensés, le fait que certains détenus portent maintenant des combinaisons jaunes, le fait que ce n'est pas toujours orange, détenu, ex-détenu, confisquer, compartiment supérieur, coucouche panier, « On a chopé un gaufre », le fait que Harrison Ford et Tommy Lee Jones ont une sorte de relation amour-haine, gendarme et voleur, chat et souris, cow-boy, auxiliaires médicaux, le fait qu'ils finissent par bien s'aimer, ou du moins par se respecter, quand Tommy Lee Jones commence à comprendre que Harrison Ford n'est pas un assassin, le fait qu'avant je confondais Tommy Lee Jones avec Billy Bob Thornton, Angelina Jolie, Mia Farrow, le fait que ces stars n'arrêtent pas d'adopter des enfants, Angelina Jolie et Mia Farrow je veux dire, pas Billy Bob Thornton et Tommy Lee Jones, mais si ça se trouve peut-être que Billy Bob et Tommy aiment bien adopter des enfants eux aussi, le fait que Tommy Lee Jones rencontre Harrison Ford pour la première fois dans les égouts du barrage, ou le tuyau d'écoulement d'urgence, bref, le fait que Harrison Ford dit à Tommy Lee Jones qu'il est innocent, et Tommy Lee Jones dit qu'il s'en fiche, mais plus tard il s'en fiche un peu moins, le fait qu'il finit par se poser des questions quand il comprend que Harrison Ford fait tout son possible pour trouver le vrai meurtrier, le fait qu'à la fin il est complètement du côté de Harrison Ford, « Je ne négocie pas », conflits d'intérêt, coupure, le fait que même quand Tommy Lee Jones sait que Harrison Ford est innocent il doit continuer à le pourchasser, parce que c'est toujours un détenu en cavale, Harrison Ford je veux dire, et Billy Bob, je veux dire Tommy Lee Jones, est toujours flic, le fait que ce n'est pas juste un boulot pour lui, c'est plus comme une vocation, le fait qu'il n'arrête jamais, le fait que dans *Tous les espoirs sont permis* c'est juste un mari négligent, mais ici c'est l'équivalent humain du train qui a déraillé et qui fonce droit sur Harrison Ford, le fait que Harrison Ford doit sauter dans le maudit barrage pour lui échapper, le fait que Harrison Ford décide en un quart de seconde qu'il préfère mourir plutôt que de retourner en prison, ou du moins c'est l'impression qu'on a, le fait qu'il survit à la chute, ce qui paraît encore tout droit sorti d'un dessin animé, le fait que seul Bugs Bunny pourrait survivre à ça, le fait que les barrages font vraiment peur, le fait qu'on a du mal à croire qu'un barrage va vraiment tenir, fêlure, « Go East ! », le fait que dans la nouvelle de Thurber toute la ville de Columbus se met à courir parce que les gens pensent que le barrage a cédé, le fait que même le médecin de Thurber crie « Il a cédé ! », Dr H. R. Mallory, l'inondation de 1913, le fait qu'ensuite il dérive sur le fleuve, Harrison Ford, pas le Dr H. R. Mallory, le fait qu'Almanzo est venu chercher Laura en canot, alors même qu'il faisait moins un, parce que « Dieu a horreur des lâches », engelures, barres au caramel salé, le fait qu'il sort de l'eau hors d'haleine et finit par s'endormir, juste sous des feuillages, et qu'il rêve de sa femme morte, le fait que ce qui est étonnant c'est que non seulement il survit à sa chute mais qu'il ne chope même pas de pneumonie en dormant dehors tout trempé et blessé et affamé, camping, cailloux, le fait qu'il est déjà entré en douce dans un hôpital pour se recoudre, et qu'il s'est fait une injection de pénicilline qu'il a volée là-bas, alors c'est peut-être pour ça qu'il est encore en vie, le fait qu'il a peut-être pris des antidouleurs aussi, le fait que sur le monument « VOICI MES BIJOUX » il y a Sherman, Stanton, Grant et, je ne sais plus, quelqu'un d'autre, le fait que le père de Leo connaissait un médecin à Missoula qui a donné des instructions à son chirurgien pendant que ce dernier l'opérait du ventre, en utilisant des miroirs, le fait qu'il avait été éconduit par sa chérie, ce médecin, pas le père de Leo, et qu'il a attendu trente ans jusqu'à ce qu'elle soit veuve, puis il l'a épousée, mais ça n'avait rien à voir avec l'opération du ventre, attitude volontaire, le fait qu'il roulait toujours dans une décapotable jaune en chantant à tue-tête, mais j'ai oublié ce qu'il chantait, le fait qu'il faut que je demande à Leo, le fait que si je n'avais pas rencontré Leo je n'aurais jamais entendu parler de ce médecin qui chantait, conduisait, s'opérait lui-même, se recousait lui-même, attendait son épouse, le fait que parfois quand je n'en peux plus j'essaie d'imaginer ce que c'est que de s'opérer soi-même du ventre, mais ça ne me dit pas trop, là, Sherman, Stanton, Grant, et Sheridan, voilà, Sheridan, « mes bijoux », scalpel, fendre les eaux, le fait que ça aide parfois de faire un nouvel essai, pour retrouver un souvenir je veux dire, pas pour s'opérer soi-même, le fait que j'aime bien que Harrison Ford ne puisse pas s'empêcher de proposer ses services à des gens en chemin, le fait qu'il dit aux auxiliaires médicaux que le gardien de prison a un poumon perforé, et plus tard il signe un papier pour qu'un petit garçon puisse être opéré en urgence des poumons, le fait que Julianne Moore n'apprécie pas trop que Harrison Ford s'occupe d'un de ses patients, le fait qu'il porte un uniforme de concierge ou de portier et qu'elle se méfie quand elle voit qu'il déchiffre la radio du gamin d'un air connaisseur, le fait qu'on se dit que ces deux-là vont finir ensemble à la fin mais on ne revoit jamais Julianne Moore, le fait qu'ils ont complètement oublié Julianne Moore, le fait qu'il aurait pu finir avec Jane Lynch aussi, qui est à fond de son côté depuis le début, mais là non plus ça n'arrive pas, le fait que sa seule passion est pour son épouse décédée, qu'on voit se faire tuer dans des flash-backs, par le manchot, le fait que Harrison Ford n'est pas encore prêt à avoir une autre histoire, le fait qu'il n'est pas passé à autre chose, le fait que dans la vraie vie Harrison Ford a été longtemps marié, avec Diane Machinchose, puis ils se sont séparés et il s'est mis avec Callista Flockhart, une femme plus jeune, Alec Baldwin, le fait que *Le Fugitif* est un peu comme *Les Trente-neuf marches*, le fait que Harrison Ford se cache même dans un défilé, le défilé de la Saint-Patrick à Chicago, le fait que dans *Les Trente-neuf marches* Robert Donat se cache dans un défilé de l'Armée du Salut, et Sean Connery aussi se cache dans un défilé, un défilé de Mardi-Gras quelque part, dans un James Bond, le fait que j'imagine que tout le monde aime se joindre à un défilé, le fait que je me vois mal me joindre au défilé de la citrouille de Circleville, pas plus qu'aux manifs dans Pennsylvania Avenue d'ailleurs, bonnet rose, mon Dieu, le fait qu'il n'y a pas que moi, le fait que Robert Donat doit se battre contre les méchants et la femme suspecte, tout comme Harrison Ford, le fait que c'est Carole Machinchose, non non, Madeleine Carroll, le fait que Harrison Ford doit affronter Julianne Moore, et Cary Grant doit affronter Eva Marie Saint, qui est agent double ou je ne sais quoi, le fait que Madeleine Carroll en pince assez vite pour Robert Donat, et qu'Eva Marie Saint trouve Cary Grant à son goût, mais Julianne Moore ne s'attache jamais à Harrison Ford, le fait que Robert Donat doit improviser un discours lors d'un rassemblement électoral, visé, remarques avisées, McCrocodile, Alligator Mound, le fait que Cary Grant doit faire un petit discours dans la salle des enchères, et se donner en spectacle, afin d'échapper aux sbires de James Mason, « authentique crétin », mais ce n'est pas comme un incroyable discours improvisé, rien à voir avec Robert Donat, le fait que Sean Connery se contente de se joindre au défilé de Mardi-Gras, il ne prend pas la parole en public, mais c'est un agent infiltré, donc parler en public est exclu pour lui, le fait que Cary Grant ne se mêle pas à un défilé, lui, mais il se fond souvent dans la foule, comme à la gare de Grand Central, le fait que c'est comme ça qu'il sort de l'ascenseur, en se cachant dans la foule, le fait que Harrison Ford doit parler en public, lors du grand dîner de gala pour la société pharmaceutique, mais ce n'est pas vraiment un discours, le fait que c'est plutôt assourdi, le fait qu'on croit qu'il rate son coup, le fait qu'il se battent ensuite à mains nues sur le toit, ce qui est davantage dans les cordes de Harrison Ford, j'imagine, le fait que son truc c'est les films d'action, le fait que ce n'était pas le cas de Robert Donat, qui était asthmatique, le fait que je me demande ce que pensent les coiffeurs quand leur client commet un meurtre, le fait que tous les assassins doivent avoir un coiffeur, et ces coiffeurs doivent entendre des histoires sur leurs clients aux infos de temps en temps, le fait qu'ils ont peut-être une télé allumée dans leur salon de coiffure pendant qu'ils bossent, borborygmes, et ils mettent les infos et voient un de leurs clients, avec la coupe de cheveux qu'ils lui ont faite, arrêté pour avoir massacré toute sa famille, ou ses collègues, ou pollué tout l'Ohio, même si ça, ça n'arrivera jamais, le fait qu'ils n'ont jamais arrêté qui que ce soit pour avoir pollué l'Ohio, le fait que je suppose qu'avoir quelques clients criminels fait un bon sujet de conversation pour un coiffeur, en plus du base-ball, « Il a cédé ! », assez, décédé, décidé, sida, asthme, ALA, le fait que les rolliers à longs brins sont probablement monogames, le fait que dans ce film avec Gena Rowlands, *Gloria*, il y a une ado à qui sa mère dit de « dégager », quitter l'appartement, mais elle ne part pas, et du coup elle se fait assassiner par la mafia quelques minutes plus tard, ainsi que le reste de sa famille, le fait que je crois que la morale, c'est que si votre maman vous dit de dégager, vous dégagez, le fait que ce n'est pas le moment de faire sa crise d'ado, le fait que je me demande si Stacy m'écouterait si je lui disais de dégager, le fait que je ne l'imagine pas m'obéir, la pièce de théâtre pour enfants, le fait que je devais avoir six ans et que c'était la première pièce que je voyais, le fait que j'ai adoré les décors, le fait que je ne comprenais pas ce qui se passait mais à mes yeux les décors étaient comme des bijoux, brillants et irréels, le fait que dans *Gloria* Gena Rowlands est une nana de la mafia, brute de décoffrage, qui recueille un petit enfant, le seul survivant de la famille qui s'est fait abattre, le fait qu'au début elle ne sait pas si elle va être à la hauteur, s'occuper d'un petit enfant, mais un mafioso lui explique que toutes les femmes sont des mères, et ça la calme, le fait que Gena pense aussi qu'une tombe en vaut une autre, le fait qu'ils ne peuvent pas aller sur les vraies tombes de la famille, parce que les assassins sont après eux, alors ils vont dans un cimetière au hasard et font comme si c'était la bonne tombe, pour que l'enfant puisse dire au revoir à sa mère et à son père et à sa grande sœur, cran, croire, East Street Cemetery, mégabyte, le fait que Gena Rowlands s'occupe bien ce petit garçon, jusqu'à ce qu'elle se fasse abattre à son tour, le fait qu'elle se sacrifie peut-être pour lui, je ne me rappelle plus, mais bon bref, il survit, ce qui est un soulagement, le fait que le petit garçon dans *Witness* joue super bien, Mardi-Gras, le fait que Gena est un prénom populaire en ce moment, Geena Davis, le fait qu'on dirait le diminutif de quelque chose, Regina peut-être, ou Eugenia, Eustacia, Eugene, Rowena, verveine, terpènes, le fait que j'ignore où est enterrée Cathy, l'amie de Blanche, le fait que la Thérapie familiale est désormais une nouvelle activité extrascolaire dont j'ai la charge, ainsi que la gymnastique de Gillian et les cours de menuiserie de Ben, le fait qu'il a renoncé à fabriquer un planeur, le fait qu'il doit être en train de fabriquer un missile atomique maintenant, Sears, le fait qu'il y a aussi les cours de danse de Jake et les leçons de piano de Gillian, le fait que pour la Thérapie familiale je dois déposer Jake à la danse et conduire Ben et Gillian chez leurs amis respectifs, avec l'accord de diverses personnes pointilleuses, y compris mes propres enfants, toutes ces négociations afin que je puisse payer un inconnu pour m'expliquer à quel point je suis nulle comme mère, le fait que bon Dieu de bon Dieu, ma mère à moi ne passait pas son temps à battre sa coulpe, le fait qu'elle avait un livre à écrire, et des critiques de livres à faire, et des cours à donner à ses étudiants, et des copies à noter, papier, paperasse, échelle de poulailler cassée, le fait que j'ai déjà consacré, ou gaspillé, beaucoup plus de temps à être une mère que ne l'a jamais fait Maman, et ce sans franchement faire d'étincelles, le fait que je ne voulais même pas d'enfants, ils sont arrivés comme ça, c'est tout, le fait que, je veux dire, je les aime bien, je les aime, mais je n'ai jamais prévu d'en avoir autant, et maintenant je suis responsable de tous ces gens, le fait que je crois que mon utérus a pris le dessus, le fait qu'il avait ses propres projets, le fait que je me souviens souvent d'un rêve que j'ai fait il y a des années, sans raison aucune, à propos de portes-fenêtres qui donnaient sur une jolie pelouse verte, le fait que Maman voulait des enfants, elle, le fait qu'elle espérait en avoir quatre, mais au final elle n'a pu en avoir que trois, le fait qu'Abby en voulait plein elle aussi mais n'en a eu qu'un, le fait que c'en est resté là, D & C, le fait que je ne crois pas qu'elle ait fait de fausses-couches, le fait qu'elle faisait de l'hypotension et apparemment ça empêche de retomber enceinte, le fait que j'ai eu quatre grossesses et quatre enfants et que je n'aurais sans doute pas dû en avoir, césariennes, ordres des médecins, cliniques d'avortement, le fait que Maman a été obligée de s'arrêter après moi, enfin, pas obligée, mais son obstétricien pensait qu'il fallait arrêter les césariennes, et qu'une quatrième pourrait être dangereuse, le fait qu'un tiers des naissances américaines se font désormais par césarienne, ce qui semble beaucoup mais qu'est-ce que j'en sais, le fait que je n'ai jamais vu Maman enceinte, sauf en photo, le fait que j'aime bien celle avec moi, juste après ma naissance, pas quand elle était enceinte, le fait qu'elle a l'air contente de moi, voire fière, le fait que j'ai toujours du mal à l'imaginer heureuse avec toutes ces grossesses et toutes ces césariennes, et ensuite mère, à ouvrir des paquets de céréales pendant dix ans, le fait que je ne comprends pas pourquoi elle a voulu subir toutes ces césariennes, ou toutes ces céréales, mais si elle n'avait pas voulu je ne serais pas là, le fait que ça doit être dur d'écrire un livre avec des enfants dans les parages, le fait que c'est presque impossible pour Leo même d'écrire un simple article d'ingénierie ici, même si les enfants ne l'interrompent pas, le fait qu'on a probablement tous besoin d'une Thérapie familiale, vraiment, collecte de données, protection des données, stockage des données, dissémination des données, destruction des données, le fait qu'Ethan est un super papa, très tendre, le fait qu'être parent est quasiment impossible, le fait que la journée m'échappe si facilement, le fait que, par exemple, je ne trouve jamais le temps de nettoyer derrière le frigo, le fait que ce n'est que depuis que Jake va à la garderie que je commence à pouvoir vraiment faire des choses, l'étiquette avec le nom de Jake au-dessus de son portemanteau à la garderie, JAKE, le fait qu'il aime bien le circuit à billes, le fait que j'espère qu'il ne se l'accapare pas, comme le faisaient les garçons quand j'étais à la crèche, le fait que Harrison Ford fabrique un super circuit à billes pour le petit garçon amish dans *Witness*, le fait que je devrais demander à Leo d'en construire un à Jake, le fait que je suis sûre qu'il y arriverait, puzzle avec des arbres en automne, Papa, Reynoldsburg, le fait que je doute que les femmes amish battent leur coulpe toute la journée, le fait qu'elles ne s'en veulent pas d'être mères, le fait que la vie de famille et la vie domestique leur suffisent, avocat commis d'office, le fait que les femmes amish sont heureuses d'accomplir des tâches domestiques, tâches subalternes, parce qu'elles ont leur place dans la communauté, et qu'elles n'essaient pas de prouver quoi que ce soit, ou de faire plusieurs choses en même temps comme la plupart des Américaines, le fait qu'elles n'essaient pas d'être Superwoman, le fait que je ne crois pas qu'elles aient beaucoup d'ambition, et je ne crois pas non plus que ça leur pose problème, parce qu'elles savent qu'elles sont appréciées, du moins je l'espère, le fait que Fanny Trollope a dit que les Américaines étaient « protégées par un bouclier à sept peaux d'insignifiance habituelle », mais les choses se sont améliorées depuis bien sûr, le type de Sandusky, Alec Baldwin, le fait que qu'est-ce que je raconte, là, le fait qu'il faut être croyant pour être amish, ou shaker, donc c'est exclu, le fait qu'il faut être célibataire pour être shaker, le fait qu'on ne peut pas juste faire semblant de croire en Dieu ou la réincarnation ou la Terre plate si ce n'est pas le cas, le fait que qu'est-ce que j'ai aujourd'hui, le fait que je crois que c'est juste Jim qui me rend comme ça, voilà tout, le fait que c'est déroutant de perdre un chien, nichoir à martinets, saint Fanourios, Exxon, Chevron, Shell, Esso BP, Mobil, Paul Ehrlich, le fait que voilà comment il s'appelle, le fait que c'est quoi déjà le titre de son livre, le fait qu'on ne saura jamais quel genre de personne on aurait pu être si on avait lu d'autres livres, le fait que

Leo relit encore Mark Twain, pour les passages sur le Mississippi, le fait que je ne sais pas s'il a lu Zadok Cramer, naviguer, sucrer, eaux étales, le fait que Mark Twain savait ce que c'était que de naviguer de nuit sur le Mississippi, bien avant que le Mississippi ne soit fichu, F— Hinn, orgues à vapeur, le fait que le Mississippi était couvert de bateaux à vapeur autrefois, qui résonnaient tous d'airs connus, le fait que j'aime écouter les orgues à vapeur des vieux bateaux du Mississippi sur YouTube quand je fais des puzzles en ligne, Vieux Tubes, « *Si* mineur n'est pas juste une note, c'est un mode de vie », le fait que la Tuscarawas fait deux cent dix kilomètres de long, le fait que Peekaboo doit toujours me payer vingt-deux tartes et je ne sais pas si je dois continuer à leur en faire tant qu'ils ne m'ont pas payée, le fait qu'ils n'aiment pas trop régler en espèces là-bas, du coup je dois toujours vérifier mon compte en banque pour voir si le virement a été effectué, mais ce n'est jamais le cas, ou rarement, sauf si je le leur rappelle un million de fois, le fait que j'en ai plus qu'assez de vérifier et de le leur rappeler, et de devoir me le rappeler moi-même, le fait que je devrais durcir le ton, « leur envoyer des gars », leur remonter les bretelles, poffertjes, pauvre Jim, le fait qu'on a du mal à croire que Peekaboo cherche à arnaquer une pauvre ménagère, lui piquer sa farine de blé, son blé je veux dire, son oseille, mais on vit dans un pays où les parents d'enfants assassinés reçoivent des menaces de mort, et où un Noir qui se balade tout nu se fait abattre par les flics, « On a cru qu'il était armé », le fait que le pauvre type se trimballait comme ça parce qu'il était fou de chagrin à cause de ses enfants, que sa femme avait tués quelques années plus tôt, le fait que la seule réaction qui est venue à l'idée des flics ça a été de le tuer lui aussi, le fait qu'ils auraient pu juste se servir de leur taser, ou le faire interner, voire le laisser tranquille, bon Dieu, ou lui parler, lui demander ce qui se passait, le fait que quel mal avait-il fait, le fait que son seul crime était d'être nu dans un endroit public, si tant est que ça soit un crime, ce dont je ne suis même pas sûre, le fait que franchement ils n'avaient pas besoin de l'abattre, franchement, un pauvre homme comme ça, en pleine poitrine, poitrail frisé de Jim, et arrête de m'appeler Didon, Netflix, aïe, le fait que j'ai mal à la joue maintenant, allons bon, acné tardive, le fait que j'espère bien que non, le fait que des tas de maladies devaient être effrayantes avant les progrès de la médecine moderne, le fait que si vous chopiez un truc au Moyen Âge vous y passiez à tous les coups, gynéco homme, obstétriciens, le fait que Bizet est mort juste après avoir terminé *Carmen*, ce qui est bien regrettable, le fait que Gounod a porté son cercueil et s'est effondré et n'a pas pu prononcer son éloge funèbre, Mozart, Schubert, le fait qu'eux aussi sont morts jeunes, Peekaboo, le fait qu'il semble que les compositeurs ont toujours eu plus de problèmes d'argent que n'importe qui d'autre, le fait que leurs créanciers réclamaient toujours leur dû, c'était comme du harcèlement quotidien, pour les Schumann aussi, le fait que c'est juste horrible de penser à tout ce temps que Mozart a perdu à cause de ces choses, et Puccini aussi, alors que tout le monde aurait dû les nourrir gratuitement, pour qu'ils puissent se concentrer sur leur musique, dans l'intérêt des générations futures, le fait que Schubert a vraiment manqué de temps pour composer, mort prématurée, bébés prématurés, maman de jumeaux dans l'avion, le fait que Bach se disputait toujours avec des commanditaires avaricieux, Bach, commissions cléricales, ce genre, comités des cathédrales, je ne sais pas, le fait que de toute façon c'était une grosse perte de temps mais impossible de passer outre, le fait que, si ces évêques et autres pontes pensaient qu'ils avaient mieux à faire que d'aider Bach à être Bach, le fait que c'étaient ses contemporains, et qu'ils auraient dû s'occuper de lui, le fait que Messiaen a travaillé comme organiste toute sa vie, à la Sainte-Trinité, salade minute, un vieil homme « buriné mais affable », le fait qu'il faut en général deux siècles au public pour commencer à apprécier les choses, le fait qu'un immeuble vieux de deux cents ans a toujours belle allure, le fait que j'ai rêvé qu'on avait un robot domestique qui vous apprenait des choses puis vous décernait un diplôme, le fait qu'il fallait donner 25 $ au robot pour avoir le diplôme, ce dont je ne m'apercevais que lorsqu'un des bras articulés du robot se tendait pour prélever 25 $ de ma poche, « Un dollar ?! », faire glisser vers la gauche, le fait que le robot était également capable d'élever les enfants, dès la naissance, et une fois que les enfants étaient adultes ils recevaient eux aussi un diplôme, et ensuite ils devaient effectuer un versement de 25 $, ou alors c'était plutôt 250 $ pour les quinze ans de boulot du robot, je ne sais pas, le fait que maintenant je suis en nage, le fait que penser à Peekaboo m'a fait perdre tous mes moyens, le fait que je me suis mise dans tous mes états à propos de ces tartes impayées, moi et mes pauvres tartes, le fait que je me prends pour qui, Bach, Mozart, Aaron Copland, houppelande, le fait que bon, personne n'a envie de faire des tartes gratis, pour que dalle, nada, Pâtisseries artisanales, le fait que c'est gênant, le fait que d'accord, c'est bon, j'arrête, le fait que je ne ferai plus jamais de tartes à ces types tant que je n'aurai pas vu la couleur de leur argent, le fait que je rends mon tablier, Peekaboo, le fait que le nouveau moi se met en grève, bon, disons pendant une semaine, le fait que maintenant je dois boire l'eau glacée qui était destinée à la prochaine fournée, parce que je suis toute retournée, aïe, mon ventre, le fait que maintenant il faut que j'aille aux toilettes, le fait que je pars en vrille, je pars en morceaux, le fait que certaines personnes savent à l'avance qu'elles vont déprimer et parviennent à éviter la chose, mais moi je ne le sais jamais à l'avance, ça arrive et tout à coup je n'ai plus rien envie de faire et tout me semble vain, sans espoir, et je ne suis bonne à rien, nulle, nullipare, partie, Jim, le fait que je peux pleurer pour plusieurs raisons à la fois, enfin bon, j'imagine que c'est le cas de tout le monde, le fait que le gouvernement a enlaidi les billets d'un dollar, le fait que ce n'est pas ça qui me fait pleurer, le fait que je pleure pour le type nu, mais aussi pour tous ces jeunes hommes qui doivent travailler dans cette usine d'implants mammaires, le fait que des jeunes hommes doivent trier des implants mammaires, le fait que ces jeunes hommes ne méritent pas ça, mais les jeunes femmes non plus, et je crois qu'il faut bien que quelqu'un trie tous les implants mammaires, pour une raison que ce documentaire n'explicitait jamais, le fait que les jeunes hommes ne me font plus aussi peur, maintenant que j'ai eu des fils, le fait que maintenant ils m'émeuvent, pour ainsi dire, le fait que pendant longtemps j'ai préféré les hommes plus âgés parce que je croyais qu'ils étaient plus gentils, mais Frank a huit ans de plus que moi, « et regardez ce qui lui est arrivé », le fait que mais où est passé Jim, le fait qu'il y avait un type vraiment odieux au parc ce jour-là, le fait qu'il venait retrouver sa femme et son chien, et au début il semblait vraiment content de voir le chien et il lui a parlé gentiment et l'a même laissé sauter contre lui, le fait qu'il était très poli avec le chien, puis il s'est tourné vers sa femme et il s'est mis à grogner, l'homme, pas le chien, le fait qu'il l'a engueulée à propos du chien, qu'il l'a sermonnée parce qu'elle le laissait sauter sur lui avec des pattes mouillées et salir son pantalon, le fait que c'est vraiment triste que des gens se comportent ainsi, alors qu'elle venait de lui apporter le chien et tout, Chris Christie, Flexi-Fit, le fait que c'était choquant la façon dont ce type a changé en un instant, passant de gentil maître à, quoi, mari violent, cruauté envers les animaux, le fait que les gens abattent souvent des animaux aussi, le fait qu'il n'y a pas que les gens qui se font abattre en permanence, le fait que les vétos doivent soigner beaucoup d'animaux blessés par balles, Jim, le fait que j'espère que personne ne lui a tiré dessus, oh mon Dieu, chaussures de gym, ce pauvre type nu aux enfants morts, le fait que, le fait que je devrais vraiment penser à des choses agréables, le fait qu'au lieu de ça je pars en vrille dans les toilettes, ricoche d'une horreur à l'autre comme une toupie, tourniquet, à pleurnicher dans les toilettes, ♫ *et les femmes pleuraient, pleuraient, pleuraient* ♫, le fait que je devrais élargir mon horizon, avoir une vision plus globale des choses, me moucher aussi peut-être, Peekaboo, lave-toi le visage, le fait qu'en 1991 un type a foncé en pick-up dans une cafétéria du Texas du nom de Luby's et s'est mis à tirer, et quand il a arrêté il avait tué vingt-trois personnes et en avait blessé vingt-sept, le fait qu'ils ont dit qu'il détestait les femmes, le fait qu'ils n'avaient vraiment pas besoin de nous dire ça, le fait que, enfin quoi, ça paraît assez évident, si le type a tué tous ces gens, le fait que si vous avez un tant soit peu d'estime pour les femmes vous ne tirez pas sur leurs fils, ou leurs filles, le fait que vous ne tirez pas non plus sur des mères, vous ne tirez sur personne en fait, le fait que toute personne capable d'une telle chose n'a aucune idée de ce que ça implique d'élever un enfant, le fait que, oh, Jake est derrière la porte, et demande quelque chose, le fait que je n'entends pas ce qu'il dit, le fait que, oh, mon Dieu, il vient de demander, très lentement et d'une voix mal assurée, « Est-ce que ça va, Maman ? », le fait que c'est trop gentil, et ce n'est qu'un petit garçon,

*

Risquant la confrontation avec des humains et la colère des hommes, la femelle couguar appelait maintenant ouvertement ses bébés en errant dans le dédale des banlieues, entre les maisons de rêve à plusieurs niveaux, et s'arrêtait pour écouter les éventuelles réponses de ses petits.

Elle fit le tour d'un lac, scrutant attentivement l'intérieur de chaque maison donnant sur la rive, au cas où ses petits y seraient retenus prisonniers. Des bruits sourds attirèrent son attention. Elle s'approcha d'un grand atelier carré et aperçut par un large trou un homme qui tapait sur une planche en bois avec les mains. Autour de lui se trouvaient de longues et fines formes concaves, des canoës, ces nids dont se servaient les hommes pour flotter sur l'eau. Elle en avait vu sur les lacs et les rivières, en général avec un seul homme dedans, donnant des coups d'aviron dans l'eau.

Le constructeur de canoës se pencha pour gratter le bois avec des gestes semblables à ceux d'un lion contre un tronc, pour lisser la structure. Après l'avoir étudié avec méfiance, la femelle couguar s'éloigna.

Elle tendit l'oreille même si les bruits que pouvaient faire ses petits étaient recouverts par des cris excités et ineptes de liesse humaine, d'arrogance humaine, et bien sûr par le bruit des voitures nauséabondes dans lesquelles ils filaient et poignardaient et blessaient la terre.

Dans ses rêves, les cris de ses bébés étaient étouffés par la pluie et le tonnerre et des inondations imaginaires, car elle pouvait vivre sous l'eau, et observer depuis les profondeurs les bateaux des hommes qui bondissaient à la surface.

Le chien, lui, rêvait d'incendie et de pompiers.

Alors qu'ils se dirigeaient vers un cours d'eau derrière une vaste maison basse, elle entendit une femme pleurer. La femelle couguar envisagea une proie facile, mais elle ne supportait pas les sirènes, ni les lumières qui clignotaient.

Le chien et elle s'enfuirent, affamés, pour gagner des collines moins peuplées.

*

le fait qu'elles sont deux, Caite et Kris, le fait qu'il n'y a que Stacy et moi et elles deux, Kris et Caite, le fait que j'ai évoqué mon rêve de la fillette recouverte de boue, et le fait qu'elle s'appelait Stacy mais n'était pas vraiment Stacy, et que je voulais vraiment l'adopter et m'occuper d'elle, mais que ce n'était pas facile, le fait que j'avais juste dit ça quand Caite a dit qu'elles ne s'intéressaient pas vraiment aux rêves ou à l'inconscient, le fait que je me suis dit, fichtre, nous on est bien obligés, mais bien sûr je n'ai rien dit, le fait qu'ensuite elles ont interrogé Stacy sur Leo et moi, et elle a dit qu'on s'était mariés *sans sa permission*, ce qui m'a tellement choquée, diou, le fait qu'elle avait l'air d'accord depuis le début, et qu'elle aimait bien la petite robe hippie et tout, le fait qu'elle n'avait que cinq ans, le fait que je n'ai jamais entendu parler de parents demandant à leurs enfants la permission de se marier, même quand l'enfant est adulte, le fait que est-ce que ce n'est pas censé être l'inverse, les enfants suppliant leurs parents de les laisser épouser la mauvaise personne, Roméo et Juliette, j'la jette, Bette Davis larguant Elliot, Gladys Cooper, Brave Man Cookies, le fait que de toute façon

Stacy reconnaît plus ou moins qu'elle a gagné un super beau-père dans l'histoire, même si on ne s'y est pas pris comme il fallait, selon elle, le fait que les marâtres des contes de fées n'augurent jamais rien de bon, mais les beaux-pères guère mieux, gâteau rouge velours, le fait que Stacy a dit alors que j'avais donné tous ses jouets quand on s'est installés dans l'Ohio, et que j'avais transformé sa cabane de jeux en poulailler, et j'ai commencé à me sentir très mal à l'aise, la pire mère au monde, le fait que je ne pensais pas qu'elle tenait encore à sa cabane, le fait qu'elle n'y allait jamais, le fait qu'on y entreposait des trucs avant d'avoir les poules, le fait que Caite s'endort pendant nos séances, le fait que je me demande à quoi elle rêve, le fait qu'elle doit sûrement rêver qu'elle va aux Bahamas, grâce à notre argent, le fait que s'endormir pendant des séances de Thérapie familiale doit être très courant, et parfaitement compréhensible aussi, le fait que qui a envie d'écouter les problèmes des autres pendant une heure dans une pièce surchauffée, une famille malheureuse après l'autre, le fait que ça doit vraiment demander de l'énergie, ou une bonne dose d'impassibilité, le fait que somnoler est probablement une façon d'échapper à toute cette souffrance, ou cette monotonie, ma voix, une sorte de soupape de sécurité, le fait que quand même, comme a dit Leo, on paie pour leur temps, le fait que moi aussi je ferais bien un somme maintenant, le fait que j'aimerais savoir à quoi rêve un poirier du Kazakhstan, rêves floraux, rêves légumiers, l'inconscient d'un légume, les rêves d'une carotte qui pousse en secret dans la terre, le fait que je ne crois pas que la Thérapie familiale va me plaire, le fait que je veux aider Stacy et tout, et je sais qu'elle est déprimée, mais le problème c'est que je n'arrive pas à me rappeler les trois quarts des choses dont elle veut parler, et ce n'est pas seulement gênant, ça peut aussi lui faire de la peine, le fait que toute mon existence est une page vierge, le fait qu'à mes yeux je suis innocente, parce que je ne me rappelle pas ce que j'ai pu rater, Papa essayant de me donner une fessée, « Dans ma tête j'ai déjà divorcé », le fait que selon moi le passé est trop insupportable pour qu'on se penche dessus, mais les

Thérapeutes familiaux veulent que vous ressassiez des événements, toutes mes erreurs, le fait que tout semble ma faute, en tant qu'adulte impliquée, le fait que c'est plutôt normal, vu que Stace n'était qu'une gamine, le QG mondial de l'ego, je veux dire moi, pas Stace, le fait que Stace a eu pitié de moi, cela dit, quand j'ai vraiment essayé de me souvenir de quelque chose, j'ai oublié quoi, le fait qu'elle a pris la relève et c'est surtout elle qui a parlé pendant un moment, pendant que je me tortillais, au bord des larmes, le fait que je ne me rappelle pas grand-chose de son enfance sinon qu'elle était adorable, le fait qu'à part le fait que Maman et Papa étaient mourants, j'étais enchantée d'avoir Stacy, et l'élever était un bonheur, le fait que c'était une enfant adorable, et on était si proches, et je croyais que c'était encore le cas, en dépit de tout, mais elle ne semble pas le penser, le fait que si je pouvais remonter le temps et mieux m'y prendre je le ferais, et c'est ce que j'ai dit, pour ce que ça vaut, le fait qu'elle dit qu'elle n'a pas aimé non plus que je donne tous ses livres de Roald Dahl à Gillian, le fait qu'elle a raison, le fait que j'aurais pu au moins lui demander la permission, tricycle, mères, cafés entre mères, gâteaux au café de chez Drake, le fait que j'aimerais être en train de nager dans la piscine du King's Ransome en ce moment avec Stacy et Abby, le grenier d'Abby, CC&G, D & C, Hoag dans son repaire qui regarde le match, tout emmitouflé dans son gros suaire, je veux dire la confortable couverture afghane qu'Abby lui a faite au crochet, le fait que c'était plutôt comme une énorme chaussette, pas très différente d'un sac de couchage, ou d'un sarcophage, housse pour ordi, carnet, tuberculose, Dionysos, hommes en planque, le fait que de toute façon c'était le truc idéal pour Hoag, et il l'adorait, le fait qu'il a dû avoir froid pendant des années, avant qu'elle songe à lui tricoter ce truc, le fait qu'une fois que j'ai eu des enfants, bon, disons Stacy, j'ai continué à descendre au King's Ransome quand on allait voir Abby, pour ne pas la déranger, mais maintenant je me demande si elle n'était pas vexée qu'on ne reste pas chez elle, le fait qu'il n'y avait pas trop la place, juste ce lit-canapé dépliable dans le salon, et le lit une personne dans l'ancienne chambre de Barry, le fait que, bon, peut-être qu'il y avait la place, quand il y avait juste Stacy, mais j'avais peur qu'on la fatigue trop, avoir un petit enfant dans les pattes toute la journée, le fait qu'elle aimait venir nous voir au King's Ransome, pour profiter de la piscine ou prendre le brunch avec nous le dimanche, le fait que Barry est venu un jour avec toute sa famille pour bruncher, le fait qu'il aimait vraiment le brunch qu'ils servaient là-bas, le fait qu'il ne devait pas manger assez chez Abby, et que c'était un peu le genre gourmet aussi, Caite et Kris, le fait que les enfants semblent vraiment perturbés par les divorces et les remariages, même si de nos jours presque tous les enfants ont un beau-père ou une belle-mère, armes cachées, carottes qui poussent sous terre, une courge spaghetti avec un diamant, le fait qu'on ne peut plus se dire qu'un enfant est de la même famille que ses deux parents maintenant, et quelle importance, quand tous rêvent en secret d'avoir été adoptés, *Jane Eyre*, le fait que l'école devrait peut-être donner des cours aux enfants pour qu'ils sachent traverser l'épreuve du divorce, en même temps que les premiers secours, hygiène alimentaire, éducation sexuelle, comment faire des cookies au chocolat, et comment remplir sa déclaration d'impôts, marâtre, beau-père, fille au pair, le fait que j'ai un peu trop gâté Leo quand on s'est mis ensemble, je sais, et je me suis peut-être trop concentrée sur lui, et j'ai laissé Stacy à l'écart, sans que ça soit jamais intentionnel, le fait que tout ce que je voulais c'était qu'on forme une famille et qu'on s'entende bien, le fait que j'étais tellement heureuse, euphorique, complètement gaga de lui, le fait que je me disais juste que Stace allait l'aimer elle aussi et que tout irait bien, et je vois bien aujourd'hui que c'était un peu simpliste comme vision, le fait que Leo est le type le plus attentionné au monde, alors je n'ai jamais pensé que ça serait difficile, et elle l'a aimé tout de suite, mais elle est restée en retrait, le fait que je crois qu'elle espérait encore que Frank revienne, le fait que j'ai pensé que tout irait bien quand elle aurait appris à mieux connaître Leo, fête des Beaux-Pères, et compris combien il était génial, gynéco, le fait que

Ben est arrivé juste après, et peut-être qu'elle s'est sentie encore plus délaissée, même si je sais que Leo a fait tout ce qu'il pouvait pour empêcher ça, le fait qu'on en parlait souvent, Leo et moi, pas Leo, Stacy et moi, nous, le fait que je crois que je planais un peu, le Pays des Rêves, l'inconscient, le fait que rien de tout cela n'est sa faute à lui, c'est certain, le fait qu'il a fait des tas d'efforts pour être un chouette beau-père, le fait qu'il a toujours aimé Stace, le fait que Stacy a dit pendant notre séance que je m'inclinais trop devant lui et que ça la rendait dingue, le fait que je crois que c'est une habitude que j'ai prise, le fait que je ne sais pas d'où je tiens ça, oh si, de ma maman, le fait que je m'inclinais également devant Frank, et que je le dorlotais, le fait que tout ce qu'il me reste de Maman ce sont quelques cendriers, de l'argenterie, ses cartes d'anniversaire peintes à la main, agneau bleu, et cette attitude déférente avec les hommes, lâchée, lâche, le fait que je crois que je n'ai pas fait assez attention à Stacy quand Leo et moi nous nous sommes mis ensemble, et maintenant elle me manque, mon premier enfant, et c'est mon châtiment, le fait qu'elle a été fille unique pendant un temps, mais ce n'est pas bon d'être enfant unique, le fait que les poules qui n'ont qu'un poussin ne le laissent jamais seul, le fait que Fanny Trollope a sauvé toute sa famille, le fait que le pisteur indien insiste pour travailler seul, le fait qu'il a refusé l'aide des autorités jusqu'ici, et qu'il ne veut plus d'hélicos et de pièges et tout ça, parce que ça n'aide pas, braver le lion dans sa tanière, Androclès et le lion, une épine dans la patte, Revival gothique, Arts et Artisanats, plinthe, plafond voûté, le fait que c'est horrible d'être critiquée par votre propre fille qui vous aimait bien autrefois, le fait que presque tout peut mal se passer entre une mère et ses enfants, le fait que peut-être que toutes les filles détestent leur mère, le fait que c'est peut-être normal, naturel, le fait que les ados ont du pain sur la planche, et la Première Étape consiste à détester leurs parents, même si les parents en question ne sont pas si mauvais, le fait que certaines mères se jettent d'un pont en voiture avec tous leurs enfants, et moi au moins je n'ai jamais fait ça, Mark Twain, le fait que, comparée à certaines, je ne me trouve pas si nulle que ça, mais Stacy si, le fait que je suis parfois effrayée quand Stacy m'agresse, le fait que je ne suis peut-être pas aussi patiente que je devrais l'être, ou aussi courageuse, le fait que je supporte mal les critiques, ou la colère, le fait que Caite et Kris disent que je dois tenir bon, parce que c'est elle l'enfant et moi l'adulte, et qu'elle a encore besoin de sa maman, le fait qu'elle ne donne pas cette impression, euphorie, sieste, Maman dans la cuisine, agneau bleu, le fait que peut-être que Papa ne désapprouverait pas que je fasse des tartes après tout, le fait qu'il trouverait peut-être ça génial d'avoir une fille qui sache faire des roulés à la cannelle, roulé-boulé, le fait que j'en doute un peu, cela dit, le fait qu'il aurait plus respecté mes tartes Tatin, mais pas comme métier, mais qu'est-ce que j'en sais, le fait que je connaissais à peine ce type, le fait qu'au début j'ai cru qu'il ne serait pas content que je sois enceinte de Stacy mais en fait il aimait les bébés autant que moi, le fait qu'il aurait sans doute adoré avoir d'autres petits-enfants, s'il avait vécu plus longtemps, le fait qu'il n'a connu que Stace et Smithy, le premier-né d'Ethan, le fait que Smithy est à la fac maintenant, le fait que je crois qu'on est tous gaga avec les bébés dans ma famille, Maman, Papa, Ethan, le fait que j'aurais dû suivre un cours de Conseil éducatif, conseil divorce, le fait que j'étais juste trop jeune quand ma maman et mon papa sont morts, le fait que je suis comme un animal chétif, l'avorton de la portée, remonter Wookie Creek sans rame, le fait que je crois qu'Adam Lanza voyait une sorte de thérapeute, le fait que ça ne joue pas trop en faveur de la thérapie, rapides, barre, coque en V, le fait qu'un type a vu la femelle couguar par la fenêtre de sa grange, un type qui fabrique des canoës, le fait qu'il les sculpte à la main, bordages à clin, habillage en acajou, cockpit, mât de misaine, le fait qu'ils sont superbes sur les photos, le fait que les enfants aimeraient peut-être avoir un canoë, le fait que le type qui les construit a dit qu'il n'avait pas eu peur de la couguar, le fait qu'elle « vaquait juste à ses propres affaires », le fait que la NRA a aussitôt accusé le type de mentir, en partie parce qu'il n'a pas cherché à l'abattre, et aussi parce qu'il existe une théorie du complot comme quoi des gens essaient de repeupler l'Amérique avec des bêtes sauvages dangereuses, et que les lois vont bientôt changer et accorder des droits aux animaux, le fait que ce qui leur déplaît vraiment c'est que si le constructeur de canoës dit vrai, alors toute cette panique nationale et le boom des ventes d'armes sont vaines, champignon atomique, le fait que peut-être que cette couguar n'est pas vraiment une menace, carcasse, bois de cèdre, poupe, canoë, avirons, le fait que nos jolis petits costumes hollandais avaient des rayures de toutes les couleurs, avec un petit jupon dessous, et un petit tablier blanc dessus, Arvo Pärt, le pisteur cherokee, guides indiens, canoës en cerisier, le fait que j'ai rêvé que je faisais du bateau en Italie et qu'il y avait plein de types en chemise blanche qui nageaient à côté du bateau comme des dauphins, le fait qu'ils faisaient ça tous les jours pendant l'heure du déjeuner apparemment, le fait qu'un navire et un bateau ne sont pas la même chose, et que certaines personnes sont sûres de connaître la différence, et d'autres moins, et que je fais partie de ces dernières, je veux dire celles qui sont un peu hésitantes sur le sujet, mal assurée, sur les bateaux, et sur les navires, le fait que les eaux profondes me font peur, le fait que je n'ai pas le pied marin, échouer, épave au fond des mers, mères, le fait qu'accoster n'est pas pareil qu'aborder, saborder, Titanic, poupe, proue, pression, bastion, bâton hémostatique, le fait que je crois que Leo connaît la différence entre bateau et navire mais pas moi, *Et c'est cela qui changea tout*, le fait qu'un vieux pont couvert a complètement brûlé lors d'un incendie de forêt quelque part, Meryl Streep, *Sur la route de Madison*, le fait que Meryl Streep a vraiment l'air d'une Italienne échouée au milieu de nulle part dans ce film, Iowa, le fait qu'un jour Maman a éternué dix-sept fois de suite, le fait que je me souviens de tout ce qu'il ne faut pas, par exemple je me souviens d'un stand au bord de la route dans le Delaware, ou de ce bourdon qui voletait au-dessus du rebord de fenêtre au Bread Loaf, ou d'une pièce de puzzle manquante dans des puzzles qu'on n'a même plus, et de hostas, et de géraniums, de certaines maisons, des éboueurs qu'on a vus défiler, mais je ne me souviens pas de mon papa ou de ma maman, le fait qu'il faut que je feuillette nos vieux albums photo dans le grenier, le fait que j'étais une enfant peureuse, je crois, beaucoup plus peureuse que mes enfants, le fait que je crois avoir passé la plus grande partie de mon enfance engoncée dans l'ignorance, confusion, couverture au crochet de Hoag, et je crois qu'adulte je vais continuer sur cette lancée, le fait que la moitié des trucs dont Stacy a parlé pendant la Thérapie familiale, soit je ne les connaissais pas soit je ne m'en souvenais pas, sincèrement aucun souvenir, le fait que c'est comme si je n'avais pas été là, pendant toute l'enfance de Stacy, pourtant je sais que j'étais là, le fait que je me souviens juste d'autres choses, le fait que ça doit sûrement l'agacer encore plus, mais je n'y peux rien, le fait qu'elle pourrait inventer certaines choses et que je n'en saurais rien, parce que tout est flou pour moi, le fait qu'Anne Tyler aime les gens qui ont une bonne mémoire, et je reconnais que c'est pratique, mais je ne sais pas si c'est une vertu, ou une sorte d'exploit, le fait que j'aimerais me rappeler certaines choses et pas d'autres, le fait que d'accord les filles, j'arrive, braves poulettes, le fait que ce poulailler a besoin d'un bon nettoyage de printemps, voire d'un coup de peinture, fusilli, phulu-pututu, tarawaï, takwara, le fait que les mots pour désigner les instruments à vent font penser à des rongeurs, capybara, degu, jird, le fait que je me souviens de la soupe à l'oignon de Maman, le fait qu'elle aimerait sans doute qu'on se souvienne d'elle pour d'autres hauts faits, mais je suis incapable de penser à autre chose qu'à la cuisine, le fait que je pense en permanence à la nourriture, ocarina, le fait qu'il y a de grandes chances pour qu'on ne retienne de moi que mes roulés à la cannelle, mes tartes Tatin, mes madeleines et ma piètre mémoire, souvenance, oh, et aussi pour avoir gâché l'enfance de Stacy, et m'être mariée sans son consentement, *La Fille de Ryan,* Robert Mitchum, le fait que pendant le ramadan vous avez le droit de faire la cuisine en journée si vous le désirez, avant le coucher du soleil, mais pas de goûter à ce que vous cuisinez, le fait que vous pouvez juste en frotter un peu sur le bout de la langue, mais pas d'avaler, et vous ne pouvez pas boire de la journée, le fait que dans les pays chauds ça doit être dur, quand on a soif, le fait que je ne crois pas que mon orthodontiste était très doué, le fait que Maman en a eu assez de lui elle aussi, toujours à me rajouter des élastiques, rendez-vous chez l'orthodontiste, le fait que Ben dit que les souris épineuses peuvent régénérer complètement leurs tissus abîmés, y compris les poils, mais je n'ai vraiment pas envie de savoir comment ils ont découvert ça, et comment ils l'ont vérifié, rythme circadien, Maman, opération du cœur, cardiologue, le fait que certains pays annoncent qu'ils auront un remède contre le cancer d'ici un an, le fait qu'ils n'ont plus que quelques expériences à faire, le fait que Leo dit que tout est fondé sur une unique expérience impliquant trente souris, et qu'il faut cinq ans pour tester n'importe quel nouveau médicament, le fait qu'il pense que la société pharmaceutique qui a fait cette annonce n'est qu'un ramassis d'escrocs et de fraudeurs impardonnables, donner de l'espoir aux gens, le fait que Gillian doit aller en voir un bientôt, un orthodontiste, pas un escroc, touchons du bois, mon Dieu, le fait qu'il y a un problème dans la façon dont sortent ses canines, canin, K9, Jim, le fait que où est-il passé, ce pauvre chien, le fait que penser à Jim me donne le vertige, le fait qu'il faut que je m'assoie, Quand S'Asseoir Remplace Fumer, le fait que c'est quoi, de la culpabilité ou de la peur, le fait que rester assis est mauvais pour la santé, le fait que vous êtes censé courir en rond dans le salon, passer l'aspirateur comme un dément, le fait que Caite et Kris veulent savoir tout ce qui n'a pas marché entre Frank et moi, le fait que quand j'ai essayé de leur en parler Stacy est restée toute silencieuse, le fait que j'avais peur de la perturber, mais peut-être qu'elle a toujours voulu en savoir plus sur Frank que ce qu'elle a jamais osé demander, flûte à nez, ocarina, ocelot, belette, le fait que certains instruments ont des noms qui ressemblent à des jurons, saquebute, le fait que je crois que Frank lui a menti sur des tas de choses, qu'il lui a fait croire que la rupture était ma faute, le fait que je suis censée dire quoi, nguru, le fait que je n'ai pas envie de dire du mal de lui, gundi, gamelan, le fait qu'un saquebute est un genre de trombone, le fait que le zoo de Cincinnati a un ocelot, pas un saquebute, le fait que le saquebute, je veux dire l'ocelot, fait une sorte de programme de sensibilisation, c'est une sorte d'ambassadeur, le fait qu'il existe un didgeridoo de voyage en forme de spirale, le fait que Stace et moi avons été tellement soulagées quand on est sorties de là, de la séance de thérapie, le fait qu'on a foncé au centre commercial et qu'on s'est bien amusées, le fait que je ne sais plus à quand remonte la dernière fois où j'ai passé une après-midi avec Stace, le fait que j'ai évité de me retrouver seule avec elle, de peur d'avoir droit au Silence Méprisant ou qu'elle me crie dessus, se moque de moi, me gronde, nguru, mais cette fois on a passé un bon moment, juste entre filles, un peu comme quand j'allais au Vieux Verger avec Maman acheter des vêtements pour l'école, Jim, Willoughby, le fait que les premiers cultivateurs de betteraves sucrières en Amérique étaient des abolitionnistes du Massachusetts, non, de Pennsylvanie, La Société des Betteraves sucrières de Philadelphie, le fait qu'ils espéraient réduire le travail forcé dans les plantations de canne à sucre aux Indes Occidentales en promouvant la betterave sucrière, et aussi peut-être le sirop d'érable, sucre inverti, molécules, sel, se mêler de ses oignons, sucrer les fraises, arbres à sucre, le fait que les chaînes brisées autour des pieds de la Statue de la Liberté sont censées représenter la fin de l'esclavage américain, le fait que briser les chaînes ne suffit pas, le fait que c'est dans l'Ohio que j'ai entendu le plus de propos racistes, le fait que Ben dit que Brett traite les Noirs de singes, le fait qu'ils sont passés en voiture devant des gamins noirs et Brett a ri et les a traités de singes, et ses parents ont ri aussi, le fait que c'est dans ces moments-là que je me dis qu'on devrait retourner à New Haven, mais on n'a pas les moyens de déménager où que ce soit, sourcils épilés, le fait que Jake dit qu'il a vu la couguar dans notre jardin depuis la fenêtre de sa chambre, le soir même où Jim a disparu, le fait qu'il est sûr de l'avoir vue, mais après ça Ben lui a parlé de l'Abominable Homme des Neiges, et Jake a changé son histoire, le fait qu'il dit maintenant que l'Abominable Homme des Neiges a emporté Jim, le fait que ça me turlupine quand même, le fait que si Jake a raison et que la couguar est venue ici, et a emporté Jim, et l'a dévoré, oh mon Dieu, eh ça va la vache, le fait qu'on fait quoi, le fait qu'on ne peut rien faire, le fait qu'on ne peut faire de procès à personne, non, quand un fauve dévore votre chien, le fait que est-ce qu'on est assurés pour ça, le fait que je ne crois pas que notre assurance couvre grand-chose, le fait que ça serait génial, non, si tout était assuré au point qu'ils vous dédommagent pour la moindre chose en permanence, dommages et intérêts, sans essayer de vous arnaquer, le fait que ça pourrait faire partie de mes trois vœux, mettre fin à la pollution, passer du temps avec Maman, et avoir une assurance en béton, *Derrière le miroir*, et une piscine, *Les Meilleures années de notre vie*, Teresa Wright, Myrna Loy, le fait que, mince alors, je suis déjà assez triste comme ça pour Jim, alors si en plus il s'est fait dévorer, le fait que si c'est arrivé, si tôt après qu'on l'a ramené du chenil, juste après qu'on est censé l'avoir « sauvé », pauvre toutou, le fait qu'ils ne voudront plus qu'on ait de chiens, le fait que je vais devoir les informer à un moment ou un autre, parce qu'ils font un suivi par mail quand vous adoptez un chien, OVC, AVC, Où Est Votre Chien ?, mon Dieu, structure mentale, le fait qu'on ne saura peut-être jamais ce qui est arrivé à Jim et qu'on devra juste imaginer le pire, chiens d'appât, le fait qu'il n'a pas l'air près de revenir, et il n'avait même pas encore appris à rapporter la balle, le fait qu'il n'a pas son collier, le fait que son collier est encore attaché à la corde sur le poulailler, et qu'une tempête se prépare, le fait qu'il y a une grosse tempête dans *Douze Hommes en colère*, au beau milieu de leurs délibérations, et qui dit tempête dit éclaircie, le fait qu'avec le réchauffement climatique on a droit à nettement plus d'éclaircies que ce qu'on voulait, ou davantage de tempêtes en tout cas, le fait que le revenu moyen des soutiens de Hillary Clinton était de 61 000 $ et pour Trump c'était 70 000 $ ou plus, le fait que je ne sais pas ce qu'ils entendent par « moyen », moyens, le fait que Henry Fonda a une étrange démarche, le fait que je m'inquiète pour lui en permanence, le fait que pauvre Henry Fonda, le fait que je suis sûre qu'il n'y pouvait rien, mais c'est vraiment une démarche bizarre, le fait que Gloria Steinem a eu une sorte de mariage cherokee, je veux dire qu'elle s'est mariée à la façon cherokee, pas avec un Cherokee, pour autant que je sache, le fait que le pisteur qu'ils ont embauché pour attraper le couguar, ou *la* couguar, est cherokee, le fait que j'oublie tout le temps que c'est une femelle, le fait que Jane Fonda aime passer du temps avec Gloria Steinem, le fait que dans la première scène de *Psychose* Janet Leigh est en tenue légère dans une chambre d'hôtel, sous-vêtements, corset, soutien-gorge, petite culotte, cul, culasse, CVR, le fait que je trouve que Rod Steiger est vraiment très convaincant en psychotique, dans *Oklahoma !*, le fait qu'il fait vraiment peur, le fait que Gene Kelly est trop clownesque dans *Un Américain à Paris,* le fait que ce film est complètement absurde, mais les comédies musicales sont souvent absurdes, le fait que j'aime bien *The Music Man*, parce qu'il n'essaie pas d'être autre chose qu'absurde, ocarina, le fait que le type qui a écrit ça a travaillé dessus pendant des années et des années, pour que ça soit parfait, « Il ne connaît pas le territoire », le fait qu'au final les douze hommes en colère se calment et se parlent d'égal à égal, et que ça fait penser à un cercle de parole amérindien, le fait qu'ils deviennent tous raisonnables, au lieu de tout congestionnés et émotifs, le fait qu'ils commencent à examiner les faits calmement et respectueusement, et le résultat c'est que l'accusé s'en sort, l'amour du châtiment, le fait que la police devrait essayer ça, un cercle de parole je veux dire, pas l'amour du châtiment, et tirer sur tout ce qui bouge, le fait que j'ai toujours cru que Stacy ne tenait pas à sa cabane de jeux, mais en fait si, échelle de poulailler brisée, le fait que les journalistes se concentrent désormais sur le pisteur cherokee, le fait qu'ils doivent en avoir assez du mot « couguar », gare au gorille, le fait que le pisteur cherokee n'est qu'à moitié cherokee et a grandi dans le Bronx, le fait qu'on a l'impression qu'ils veulent le discréditer, mais il doit être plus doué que les gens qui ont chassé ce couguar jusqu'ici, et qui ne l'ont pas attrapé, le fait que quand ils l'ont attrapé ils l'ont perdu, le fait que, comme l'a dit quelqu'un, ce n'est pas parce qu'il est à moitié cherokee qu'il va juste attraper un demi-couguar, le fait qu'il a eu des problèmes à la naissance mais maintenant ça va, le fait qu'il a trente-cinq ans donc je suppose qu'il a survécu à ses problèmes néonataux, quels qu'ils soient, le fait que je crois que c'était un truc du genre incompatibilité sanguine avec la mère, le fait qu'ils balancent tous ces trucs aux infos nationales, le fait que franchement ça ne me regarde pas si cet homme a eu une naissance difficile ou pas, même si bien sûr je suis contente qu'il aille bien, le fait qu'il a l'air de trouver amusant que tout le monde l'appelle le « pisteur cherokee », vu qu'il était italien à l'origine et n'a appris qu'adulte qu'il avait du sang cherokee, le fait que je sais que Jake aimerait que le demi-cherokee conduise un semi-remorque, le fait que le pisteur cherokee n'a pas connu son père, le fait que sa mère faisait un excellent risotto milanais, le genre avec du safran, et de la moelle, mais elle était aussi mélancolique, le fait que le pisteur mi-cherokee voulait être agent de police, mais il est devenu garde forestier, le fait qu'il protège les aigles des chasseurs et des fermiers et des braconniers d'œufs, aigles filmés, alors peut-être qu'il a aidé à empêcher la pygargue de l'Ohio de disparaître complètement, sur les rives de la Cuyahoga, vuvuzela, chinoiserie, le fait que les pygargues ont des voix très haut perchées, le fait que Jim aussi, le fait que les chouettes sifflent et ululent aussi, et leurs ululements sont moins forts que les cris, je pense, plutôt comme une voix de basse, le fait que les crocodiles émettent des sortes de gazouillis parfois, le fait qu'il n'y a rien de plus merveilleux qu'un ténor, je ne sais pas pourquoi, Pavarotti, ♫ *Nessun dorma* ♫, Pol Pot, potiron, pot-au-feu, le fait que, je veux dire, mince alors, ils vous bourrent vraiment le crâne d'informations, le fait que je ne sais pas si on a besoin d'en savoir autant sur ce pisteur cherokee, le fait qu'il a une fille quelque part, *pomme de reinette et pomme d'api*, le fait qu'il retrouve aussi les enfants, le fait qu'on aurait peut-être dû lui demander de retrouver Stacy la nuit où elle a fugué, le fait que Pol Pot s'appelait en réalité

Saloth Sar, et qu'il aimait bien Verlaine, le fait qu'un type qui aimait la poésie française a tué un quart de la population cambodgienne, le fait que Leo dit que si l'Amérique n'avait jamais été en guerre avec le Vietnam rien de tout cela ne serait arrivé au Cambodge, le fait que Saloth Sar aurait mieux fait de lire plus de Verlaine au lieu de tuer deux millions de personnes, le fait que les assassins font des choix, et que les choix ont des conséquences, collations, le fait que j'ai toujours essayé de ne pas savoir quels artistes et poètes étaient prisés par les meurtriers de masse, parce que ça vous dégoûte vraiment, le fait que ça vous rend malade, de penser à leurs plaisirs, le fait que Trump n'aime que Fox News et les portraits qu'on fait de lui, Pol Pot, popote, poule au pot, le fait que Hitler aimait Wagner, numéros tatoués, camps de concentration, le fait que cet opéra de Wagner que je suis allée voir était tellement long que j'ai failli mourir, et c'était un des plus courts, le fait que je devrais m'y mettre, mais tous ces cors, ces anneaux en or, et ces calices ou je ne sais quoi et ces dieux, dans le genre dingo, tiens, Brunehilde, le cycle du Ring, potlatch, potelée, le tuba wagnérien, le fait qu'un flûtiste a fait un procès à son orchestre parce qu'un concert de Wagner lui avait ruiné les tympans, le fait qu'il était assis juste devant la section des cors et le bruit a atteint un niveau de décibels équivalent à un moteur d'avion, le fait qu'après ça il n'a plus jamais été le même, choc acoustique, et tout ça à cause de Wagner, le fait que, Jésus Marie Joseph, je ne crois pas qu'il puisse encore jouer de la flûte, le fait que je ne sais pas pourquoi les gens écoutent ce genre de trucs, soupe au poivre,

*

Les choses semblaient ne jamais bien se passer avec les hommes, ces faux oiseaux qui se traînaient sans voler et en rampant sur la terre.

Elle se tenait à l'écart de leurs déprédations avides, et se préparait à affronter la tempête. Alors que le tonnerre et les éclairs se répandaient au loin, elle rêva qu'elle grimpait en haut d'un arbre et feulait jusqu'à l'aube. Ses cris faisaient des cascades pareilles à des chutes d'eau, de grandes nappes d'eau martelant la vallée, la réduisant en pulpe, bouillie, boue. Tellement d'eau qu'elle en formait un lac. Les premiers à se noyer seraient les hommes qui avaient volé les petits des lionnes.

Elle rêva encore qu'elle vivait tout au fond du lac, et continuait de chercher ses petits derrière chaque fronde flottante. Elle arpentait le fond sablonneux, sautait entre les rochers ourlés de sable.

Les hommes saturaient la surface au-dessus, engoncés dans leurs nids flottants. D'un coup de queue, la femelle couguar pouvait déclencher des courants afin que leurs bateaux heurtent les rochers. Une fois qu'elles avaient pris l'eau, les embarcations se retournaient et coulaient en zigzag jusqu'au fond, créant des petits tourbillons. Le choc final quand elles touchaient le fond du lac la faisait presque trébucher.

En hiver, le lac gelait. Confits dans leurs doudounes en plastique, les gens se promenaient ou patinaient avec insouciance sur la glace. Mais elle pouvait réchauffer la croûte de glace et percer sa surface rien qu'en la fixant du regard. La glace craquait, les tueurs s'enfonçaient. Que leurs corps bouffis se déposent au fond. Que les poissons-chats les mangent.

Au réveil, le chien voulait jouer. Elle lui donna une tape amicale, et l'immobilisa un moment en posant une patte sur ses épaules. Puis elle s'étira, comme pour doubler sa taille habituelle, et sortit de la sombre forêt, à l'affût des cris de ses petits. Elle se rapprochait d'eux, elle le savait.

L'avant-pluie imprégnait les poils sur son dos. Elle anticipait une violente tempête, assez bruyante pour l'aider à progresser sans se faire repérer. Elle ne voulait pas laisser de traces. Elle pourrait s'aventurer dans les banlieues la nuit, s'il pleuvait assez pour la dissimuler.

Sauter par-dessus des clôtures avec sa patte blessée était douloureux. Elle essayait de les éviter. Elle vit des arbres étranges aux écorces difficiles à gratter. Leurs branches étaient basses, et formaient d'étroits petits troncs. Elle se méfiait de ces troncs, car derrière eux pouvait se tapir un tueur mince, capable de la repérer avant qu'elle l'aperçoive. Elle recherchait d'épaisses broussailles mais il n'y en avait pas, rien que des étendues d'herbe rase, interrompues par du macadam noir, cette substance collante dont les hommes tartinaient la planète.

Le chien, bien que prompt à sentir les choses, bien sûr, ne savait toujours pas ce qu'elle recherchait. Mais il savait qu'on les suivait.

Pour mieux voir, elle escalada une corniche toute dentelée. Elle alla se poster au sommet et gronda, mettant au défi le ciel de lâcher sa brume et sa pluie. Cela marcha. Des éclairs apparurent haut dans le ciel, étincelant par des trous dans les nuages.

Guettant la pesante mitraille de la pluie, elle s'accroupit et laissa la tempête se déchaîner autour d'elle jusqu'à ce qu'elle soit aveuglée par les éclairs de lumière. La pluie s'abattit sur elle et sur la colline, changeant le sentier en contrebas en un fossé peu profond. Les éclairs roussissaient les arbres. Finalement cernée par le tonnerre, la couguar fit un bond de trois mètres en l'air et rugit à son tour.

Car la vie n'était que ça, bondir et se tapir, se tapir et bondir.

Le chien décrivait des cercles confus. La couguar et l'orage l'intéressaient plus que tout ce qu'il avait connu dans sa vie.

Un homme s'approcha furtivement à travers les éclairs et les ombres. Il avait surmonté une grave maladie à la naissance, des humiliations bureaucratiques, des trahisons professionnelles et des déceptions. Il avait également échappé à quelques chasseurs de fauves ce soir-là, afin de ramener vivante la couguar.

Le vol d'une fléchette tranquillisante résonna malgré le bruissement du vent et de la pluie, et la couguar s'écroula sans un bruit, une fois de plus blessée par un homme. Trempée, assourdie par le tonnerre et abattue par la douleur, elle se détendit lentement puis s'endormit, rêvant qu'elle apercevait ses petits de l'autre côté d'un immense étang brumeux. Les petits nageaient vers elle.

Le chien poussa un gémissement haut perché et fonça, furieux, vers l'inconnu. Mais un regard de l'homme suffit pour que le chien se mette à trembler, s'attendant à des coups. Il se coucha en geignant, à plat ventre, et détourna sa truffe de son ennemi, en désespoir de cause. L'homme se pencha et gratta les boucles blanches de son poitrail.

*

le fait que les hommes font parfois des choses courageuses pour aider les gens, comme Casey Jones, ou ce gentil conducteur de bus, le fait que tous les hommes ne découpent pas en morceaux des petites filles, heureusement, « Sweet Fanny Adams », le fait que Leo aide des gens tous les jours, et qu'il existe des héros qui se jettent sur l'homme armé, le ligotent, et appuient sur les artères de ses victimes en attendant l'arrivée des ambulances, SBLI, TB12, #deflategate, saluts nazis, grosse farce, brutes, brutes partout, petites brutes, le fait qu'il y a des hommes qui tranchent les ailerons des requins et rejettent les requins à l'eau, où ils coulent au fond et suffoquent, le fait que je ne devrais pas y penser, Cathy, marcassins, le fait qu'un type a sauvé un loup entravé par un piège, et ça c'est une belle histoire, et quelque part en Thaïlande il y a un homme qui va tous les jours nourrir une meute de chiens sauvages près de l'autoroute, Yale Co-op, Harvard Coop, chasseurs de lions, sauce tomate Hunt, lettres de remerciements, le fait que les Clovis ont été les premiers habitants de Newcomerstown, le fait que c'étaient les habitants originels des Amériques, le Mayflower, le Wampanoag, le fait que George Washington est allé au cirque à Philadelphie, cerisier, le fait que Newcomerstown a fait plus tard partie de la nation des Delaware, Nachbar, bar de nuit, Oxford Township, le fait que la plupart des premiers colons européens ici étaient surnommés les « nachbar », *the neighbors*, les voisins, le fait que Nicholas Neighbour a racheté deux mille arpents de terre à Oxford Township à Godfrey Haga en 1814, le fait que ce n'est pas eux qui ont appelé cet endroit Newcomerstown, le fait que ça s'appelait déjà ainsi, maïs, pop-corn, porno, tacos, le fait qu'en 1820 cent dix personnes vivaient ici, tous parents de Nicholas Neighbour, le fait qu'il a fait venir toute sa famille depuis le New Jersey, le fait que *Persuasion* a été publié en 1817, mais Jane Austen était déjà décédée, le fait que tout ça s'est déroulé il y a deux cents ans, première, commentaire d'opéra au Met, Ira, Mary Jo, Margaret Juntwait, Caite, le fait que les phtalates provoquent un déséquilibre hormonal, des cancers et des anomalies à la naissance et que, selon Ben, les Américains sont pleins de phtalates, que la nourriture des fast-foods est pleine de phtalates, et qu'on trouve même des phtalates dans les jouets pour enfants, et dans l'encre d'impression, le parfum, la crème hydratante, la laque pour cheveux et le vernis à ongles, les déodorants, les crèmes contre l'érythème fessier, les revêtements en PVC, les colles, les savons et les tubes d'intraveineuse, les matous roux, le fait que les phtalates proviennent de l'acide phtalique, encore un de ces acides auxquels les gens feraient mieux de ne pas toucher, le fait que pourquoi des gens tiennent-ils à mettre des phtalates dans de la crème pour bébés, le fait que c'est à croire qu'ils essaient vraiment de nous tuer, élevage industriel de poules sur trois niveaux, huile de palme, lire les paumes de la main, le fait qu'ils ont trouvé des phtalates dans tous les foyers en Bulgarie, et ce d'après seulement une étude, le fait qu'on s'est tous empoisonnés, le fait que où est Rachel Carson quand on a besoin d'elle, le fait que la mer est la mère de toute vie, le fait que la bonne nouvelle c'est que les phtalates « ne présentent aucune toxicité aiguë », mais les femmes enceintes, les enfants et les adolescents ne devraient vraiment rien manger, apparemment, parce qu'il y a des phtalates dans tout, le fait que je n'arrive même pas à prononcer ce mot, « phtalates », Thalidomide, tétines, le fait qu'il y a peut-être des phtalates dans mes tartes, le fait qu'ils en mettaient également dedans, dans les tétines je veux dire, le fait que ça revient à dire « Hé, petit, crame-toi la cervelle », le fait que ce n'est pas très gentil de leur part, mettre des phtalates partout avant de savoir si c'est bon ou mauvais pour les gens, réserve d'eau, héros ferroviaires, le fait que Nicholas Neighbour devait être sacrément optimiste, embarquer soixante ou soixante-dix colons avec lui dans des chariots depuis la German Valley dans le New Jersey, le fait que les enfants ont dû marcher pendant tout le trajet, pour ne pas fatiguer les chevaux, et en marchant ils chantaient, Jack qui s'égare quand les Ingalls traversent le fleuve, chutes de Paterson, chutes du Niagara, le fait qu'on a des pluies torrentielles ces derniers temps, torrent, torrentiel, torture, tourment, puzzle du Yosemite, Jean Carlton, Fresia, le fait que je ne sais pas si la pluie fait vraiment du bien aux géraniums, le fait qu'il y avait à la fois des esclaves et des abolitionnistes à Newcomerstown, et le Chemin de fer clandestin, le fait que Coshocton était un arrêt important du CFC, ou une gare, le fait que les esclaves en fuite arrivaient à la Temperance Tavern Inn sur le canal, et qu'on peut encore voir les endroits où ils se cachaient, le fait que les gens devaient se cacher pour sauver leur peau, dans *notre ville*, ustensiles de cuisine, Cy Young Room, *Notre Ville*, Thornton Wilder, Thornton, pièces miniatures de Thorne, le fait que j'espère que Blanche ne manque pas trop à Cathy, le fait que comment fait-on quand on vous arrache quelqu'un aussi violemment, Stacy, sac de couchage, Jim, le fait que plus de la moitié des femmes en prison ont été victimes de violences domestiques, le fait que le Canal Erié a été achevé en 1825, et que c'était un énorme exploit d'ingénierie, quatre cent quatre-vingt-quinze kilomètres de long, avec cent quarante-six écluses, cinquante-six verrous d'écluse, quatorze aqueducs, deux immenses réservoirs, et cinquante dalots en bois, Harrison Ford, le manchot, écureuil, taches de rousseur, le fait qu'il était pourvu de six barrages d'alimentation et de huit barrages enjambant des cours d'eau, mais c'étaient des barrages plus petits, le fait que c'est difficile d'aimer un barrage, barré, *Les Filles du Docteur March*, le fait que Louisa May Alcott disait que *Tom Sawyer* pouvait corrompre les enfants, et Mark Twain disait que ce n'était pas un livre pour enfants, le fait que les écluses faisaient vingt-sept mètres de long et quatre mètres cinquante de large, le fait que les parois faisaient un mètre cinquante d'épaisseur à la base, et un mètre vingt à la ligne de flottaison, le fait que les bateaux pouvaient mesurer entre quatre mètres et quatre mètres vingt de large, et jusqu'à vingt-quatre de long, mais un centimètre de plus et ils auraient endommagé les bas-côtés, côtelé, Thornton, le fait que les ouvriers étaient payés 30 ¢ par jour, plus le gîte et la nourriture, mais plus tard c'est passé à 26 $ par mois, plus le gîte, le fait que les gens adorent vous sous-payer, les gens, Peekaboo, Peolia, 15 $ de l'heure, le fait que je crois que c'est fini entre Peekaboo et moi, le fait que mon bras de fer avec eux n'a pas franchement abouti à une victoire, « cessez le travail », le fait que les canaux étaient empruntés par des bateaux de transport de passagers, des cargos, des barges transportant du charbon, et des navettes de maintenance, tous tirés sur les berges par des chevaux, le fait qu'il fallait trois jours et demi pour aller de Cleveland à Portsmouth en bateau, et que les billets coûtaient 1,70 $, repas compris, King's Ransome, biscuits apéritifs d'Abby, le fait que les bateaux transportant des passagers avaient la préséance sur les bateaux de marchandises, et qu'ils pouvaient embarquer jusqu'à soixante passagers, supplice de la planche, ohé du bateau, à bord, poupe, proue, brasses, bière brassée, bateau, navire, pirates, allumettes Ohio Blue Tip, le fait que le canal traversait Peninsula, Canal Fulton, Massillon, Canal Dover, Newcomerstown, Coshocton, Newark et Carroll avant d'arriver à Columbus, « Nous sommes faits ! », et de là il longeait la Scioto River, passait par Circleville, Chillicothe et Waverly, et rejoignait l'Ohio River à Portsmouth, le fait qu'il a presque complètement disparu aujourd'hui, après tout ce travail, culture du déchet, le fait que ça ne concernait pas que les canaux, comme je l'explique aux enfants, le fait qu'il y avait toutes ces auberges censées nourrir les passagers et les bateliers, et des écuries pour les chevaux, tout un mode de vie, le fait que les péniches sont une façon très agréable de voyager, et qu'on ne consomme pas de carburants fossiles, le fait qu'on se sert d'arbres, pour construire les bateaux, et qu'il faut avoir de quoi nourrir les chevaux, et les passagers, mais c'est à peu près tout, le fait qu'on a encore la mangeoire de Tante Sophia, la bassine et le broc en porcelaine, sa marmite noire, le bocal à céréales, le cadran solaire, la lampe à huile, les photos, des daguerréotypes, le journal tenu pendant la guerre de Sécession par l'arrière-arrière-arrière-grand-oncle de Leo, la chaise haute, une montre de gousset à remontoir à clé, et un miroir de barbier sur pied, mais pas le pistolet de capitaine à double canon ni le fusil Springfield Trapdoor de Sophia, le fait que ses longs cheveux ont pris feu, le fait que vous vivez une vie longue et vertueuse pendant quatre-vingts, quatre-vingt-dix ans et un beau jour vos cheveux prennent feu et vous brûlez, conchiglie, perron, véranda, chaise longue, pas dans mon jardin, œufs, « Tu es un œuf merveilleux », le fait que je n'arrivais pas à dormir cette nuit, à force de penser à tous les œufs de poule qui n'ont jamais atteint et n'atteindront jamais la phase de l'éclosion, les œufs d'iguane de Leo qu'il n'a pas mangés, le fait que partout dans le monde il doit y avoir de pauvres petits pigeonneaux tout tremblants, recroquevillés dans leurs coquilles abandonnées, qui ont de plus en plus froid, ennemis, extérieurs et intérieurs, la torpeur des êtres entravés, le fait que ça me rappelle cet arbrisseau que j'ai vu, le fait que c'était une jeune pousse, d'un mètre cinquante de haut, et qu'on avait jeté un sac à crottes de chien sur ses branches, le fait que combien d'années va-t-il rester suspendu là, tandis que l'arbre pousse, et préférerait mourir, le fait que Trump dirait sûrement que tout baigne pour cet arbre, le tee-shirt pro-Trump de Ronny, le tee-shirt POTUS de Stacy, parce qu'un jour cet horrible sac de crottes tombera de l'arbre et fertilisera peut-être le sol et fera pousser cet arbre qui deviendra grand et fort, mur, frontières, rochers du Connecticut, le fait que je ne suis pas sûre que le caca de chien soit bon pour le sol cela dit, parce que les chiens mangent de la viande, le fait que le fumier de cheval est bon pour les roses, C'est La Qualité Qui Compte, mon chien rêve lui aussi, failles de huit kilomètres de profondeur, cancer de l'anus, le fait que de toute façon j'aimerais que les gens jettent les crottes de leur chien dans une poubelle, le fait que personne n'a envie de voir un sac à crottes suspendu à un arbre, même dans les circonstances les plus favorables, pelle à crottes, j'la jette, Juliette, dollars et donuts Prime Pennsylvania Farmland, le fait que des enfants se font mordre par des requins, et que d'autres ont des brûlures au troisième degré, et certains ne reçoivent rien à Noël, le garde-manger, œufs, Cathy, le fait que je ferais mieux de m'habiller, le fait que les habitants de l'Ohio adorent qu'on parle de leur État, ou quiconque vient de l'Ohio, *Winesburg, Ohio*, patio, puits de science, petites pommes fripées, Laine Hanson, le fait que, mince alors, à croire que c'est la seule occupation des gens en Amérique, guetter les personnes qui viennent du même État que vous, état d'esprit, le fait que je me suis toujours sentie étrangère ici, le fait que je ne sais pas si je viens de l'Illinois ou du Connecticut mais en tout cas je ne viens pas de l'Ohio, ça c'est sûr, et j'essaie de rester à l'écart, surtout quand il s'agit de politique, le fait que les hommes politiques ne vendent pas de tartes, même si, réflexion faite, je me suis fait un peu d'argent avec des cookies en forme d'âne et d'éléphant lors des dernières élections, le fait que c'est Cathy qui m'a poussée à en faire toutes les semaines, et ils se sont très bien vendus, à peu près autant de chaque, ce qui a un peu surpris tout le monde, le fait que c'était plutôt absurde, sauf si les gens achetaient les cookies démocrates pour les piétiner ou les jeter sur d'autres gens, ou alors c'est juste que les gens préfèrent le glaçage bleu au rouge, les frères Heller, Hellmann's, No Soap Radio, le fait que le niveau de mercure dans l'Ohio River a augmenté de cinq cents pour cent entre 2007 et 2013, et personne ne sait ce qu'il en est aujourd'hui, sauf peut-être Ben et Mr Bowder, baudet, barbu, le fait que certains hommes se rasent complètement mais laissent les poils pousser sur leur cou, sous le menton, et je ne crois pas que ça soit une bonne idée, mais je ne devrais pas être méchante, le fait que Mr Bowder a le droit de faire ce qu'il veut avec son cou, quand même, le fait que Leo appelle ça une « barbe-cou », et c'est drôle, le fait que Thoreau en avait une, mais celle de Thoreau était fournie, le fait que celle de Mr Bowder est toute fine et clairsemée et, le fait que Bernie Sanders a convaincu tout Burlington, dans le Vermont, de se mettre aux panneaux solaires, le fait que j'ai jeté un coup d'œil un jour dans le bureau de campagne de Bernie Sanders à New Philly, et c'était vraiment un sacré bazar, je dois le dire, mais peut-être que tous les bureaux de campagne sont pareils, le fait que je n'en sais rien, le fait que Bernie n'aurait jamais pu réussir, parce que les démocrates ne l'auraient jamais laissé gagner les primaires, oiseau se posant sur le podium, le fait que l'Amérique a été saccagée par le système bi-partite, selon Leo, le fait que les gens envisagent maintenant d'installer des panneaux solaires au-dessus des parkings, ce qui pourrait être une bonne chose, parce que ça ferait aussi de l'ombre aux voitures, le fait que quand j'ai dit ça à Stacy elle a dit « Des voitures ? Pourquoi on aurait des voitures si on veut sauver la planète ?! Mais de toute façon tu n'essaies pas de sauver la planète, alors tu t'en fiches des panneaux solaires, non ? », ce qui m'a blessée, le fait que je crois qu'elle m'a dégoûtée de l'énergie solaire pour de bon, le fait que j'ai le cœur qui se serre maintenant chaque fois que j'en entends parler, pique, Peekaboo, concerné, concierge, le fait que Stacy n'a pas une haute opinion de moi, et pas juste d'un point de vue écolo, nos fenêtres pourries, le fait que l'eau la plus pure sur Terre n'est pas l'eau de pluie, ni l'eau minérale, le fait que c'est l'eau distillée, mais Leo dit que l'eau distillée n'est pas bonne à boire parce qu'elle ne contient pas d'ions ou quelque chose comme ça, le fait qu'elle n'a pas bon goût, le fait que notre eau courante n'a pas bon goût non plus, le fait que notre frigo est plein de carafes filtrantes à présent, le fait qu'il y a encore des gens qui manifestent à ce sujet, à propos de la qualité de l'eau potable, pas à propos de notre frigo, tripes, pattes d'ours, le fait que je ne sais pas pourquoi les gens manifestent encore, le fait que j'ai toujours peur qu'ils se fassent abattre, soit par la police soit par des suprémacistes blancs ou des types qui croient que la Terre est plate ou des types qui se trimballent armés, le fait qu'on se demande si ça vaut le coup de mourir pour ça, alors qu'il suffit d'aller dans un magasin et d'acheter une bouteille d'eau, ou une carafe filtrante, le fait que les roulés à la cannelle me prennent toute mon énergie, le fait que je laisse la politique aux gens qui n'ont que ça à faire, le fait que la plupart des présidents ne savent sûrement pas faire de roulés à la cannelle, même si Jimmy Carter aimerait peut-être apprendre, le fait que la plupart sont des grincheux, le fait que je ne crois pas que je puisse encore écouter Trump, j'en ai ma claque de lui, le fait que tout ce qu'il dit est absurde, le fait que je crois qu'il épuise tout le monde, balles, arsenal, harcèlement, cyber-harcèlement, cyber-enseignement, ce prof taré, le fait que j'ai failli écrire au principal à propose de ce prof taré mais qui a envie de mettre un pied là-dedans, un vrai sac de nœuds, le fait que je n'ai pas envie que ce type s'en prenne à moi et, et, et vienne me dire que c'est moi qui suis tarée, le fait que j'ai déjà Stace pour ça, hutte d'isolement chaupadi sans fenêtres, nos fenêtres pourries, le fait que Caite et Kris nous ont félicitées, Stace et moi, sur le fait qu'on s'entende si bien, ce qui était surprenant, le fait que je ne m'y attendais pas, parce que, même si on s'entend bien, ça n'a pas empêché Stacy de fuguer, en Arizona non mais franchement, aqueducs, canaux, chaînes, chaînes de télé, MSM, coin-coin, pêche aux canards, passer sous les radars, le fait qu'au Texas il est désormais plus facile d'entrer dans un bâtiment officiel si vous portez une arme que le contraire, parce que si vous dites que vous n'en avez pas vous devez faire la queue devant le détecteur de métaux, alors que si vous leur montrez votre arme ils vous laissent entrer direct, le fait que Davina Beebee m'a dit que sa famille se rendait à Reynoldsburg pour acheter des armes, elle et ses maux, ne pas s'en faire pour un rien, le fait qu'elle ferait quoi Davina Beebee s'il lui arrivait vraiment quelque chose de grave, chance, Blanche, blêmir, de but en blanc, à bout portant, le fait que j'ai passé des heures et des heures à écouter les maux de Davina Beebee et que j'ai à peine l'impression de la connaître, le fait que la dernière chose qui semble possible dans l'Ohio c'est d'apprendre à vraiment connaître quelqu'un, la dernière chose envisageable en Amérique, sauf pour Cathy, et peut-être Anat, camions chargés de troncs, le fait que les gens semblent aller de plus en plus mal, pas le contraire, le fait que plus ils tirent sur des gens plus on dirait qu'ils ont encore plus envie de tirer, le fait qu'un tireur a dit à ses victimes de se mettre en boule, pour qu'il puisse les tuer plus facilement, le fait qu'un policier interrogé à la télé a dit que les fusillades avaient remplacé les bagarres à coups de poing, et que les disputes domestiques se terminaient maintenant par des massacres, et qu'un étudiant attardé ou perturbé était maintenant un tireur fou lâché dans une école, le fait que les flics ne valent guère mieux, le fait que ce qui était autrefois une arrestation ou une mise en garde est désormais une exécution sommaire, le fait que les flics ont abattu cette femme en pyjama, le fait que la police se sert de tasers sur des femmes enceintes, et personne ne sait encore quel effet ça peut avoir sur un fœtus, le fait que ça revient à punir l'enfant pour les péchés de la mère, les maux de Davina, l'encyclopédie des nichons de Ben, croquettes pour chats, grain pour poules, les chaînes de la Statue de la Liberté, Pepto-Bismol, laxatifs, somnifères, calcium, vitamine C, 1817, le fait que les pépins de grenade et de coloquinte servaient à provoquer des avortements dans l'Égypte ancienne ou à Babylone ou je ne sais plus où, le fait que c'est précisé dans l'étrange guide sexuel de Stacy, le fait que quelque part en Afrique, en Somalie peut-être, ou au Soudan, une réfugiée a dû accoucher sur le bas-côté de la route, et des passants se sont moqués d'elle, le fait que c'est une des choses les plus cruelles que j'aie jamais entendue, mais il y a des choses plus cruelles, ailerons de requin, soupe aux ailerons de requin, le fait qu'une foule de Blancs a lynché un Noir sans raison, sans raison aucune, et quand sa femme enceinte de huit mois s'est interposée ils l'ont suspendue par les pieds et l'ont brûlée vivante, le fait qu'elle a eu alors des contractions et qu'ils l'ont éventrée avec un couteau et ils ont jeté le bébé par terre et ils ont laissé ce pauvre petit bébé pousser deux cris avant de lui piétiner le crâne, le fait que c'est ça l'Amérique, le pays où j'ai grandi, le pays que Trump qualifie de « grand », « Je jure allégeance aux États-Unis d'Amérique », le fait que j'essaie de ne jamais penser à cette histoire, jamais, ce bébé, sinon ça donne envie de mourir, cette femme courageuse et son bébé impuissant, « Sweet Fanny Adams », Breivik, les types de l'EI qui sourient pendant qu'ils décapitent un enfant, un enfant, des nazis jetant des bébés contre des murs, ces types au Texas qui ont attaché un Noir à leur pick-up et ont roulé pendant des kilomètres jusqu'à, jusqu'à, toutes les choses horribles, horribles, le fait qu'un jour à New York j'ai entendu une femme seule marcher sous la pluie, tard le soir, et j'ai regardé par la fenêtre de notre hôtel, et elle était là, tellement ivre qu'elle se cognait aux réverbères, le fait qu'au seul bruit de ses talons sur le trottoir je me suis dit qu'il allait lui arriver quelque chose de terrible, le fait que j'avais peur que ce bruit lui attire des ennuis, le fait que j'étais quasiment sûre que ça allait arriver, et j'aurais dû me précipiter dehors et l'aider, la faire entrer dans l'hôtel ou quelque chose comme ça, mais j'étais trop lâche ou timide ou trop polie ou trop facilement gênée, le fait que je me suis dit qu'elle me repousserait et que je serais gênée, vexée, viol, œufs pochés au Washington Square Diner, la femelle couguar, le fait qu'un type dans le Kentucky a soulagé une milliardaire de sa fortune, puis l'a abattue, le fait qu'ils étaient fiancés, le fait qu'on continue tous à faire comme si ça allait, à espérer que tout aille bien, même si tout va mal et que nous le savons, peu importe le nombre de veillées aux bougies qu'on organise, le fait que tout ça est complètement stupide si vous voulez mon avis, stupides nos meubles, stupide mon système avec le lave-vaisselle, stupides mes Tupperware, stupide notre voiture, stupide notre jardin négligé, stupide notre maison rongée par les termites, stupides nos fenêtres pourries, stupide la Reine d'Angleterre, stupide le savon qui manque, stupide le vieux Woodrow Wilson, stupides dix mille soldats, non, vingt mille, et stupides leurs fusils, stupides les petites culottes à prix cassé, stupides les réductions, stupides les coupons, stupide la vie sociale, stupide ma pub pour gâteaux, stupides les gâteaux, stupides les tartes, stupide, stupides les roulés à la cannelle, stupides les cookies aux pépites de chocolat, stupides les sandwiches au surimi, stupide notre ordinateur qui ne marche pas, stupide notre compte en banque vide, stupide la table de la cuisine où il n'y a pas de place pour s'asseoir, stupide ce tabouret qui me fait mal au dos, stupide la chaise haute, stupides les hot-dogs et les burgers tous les soirs, stupides les portions individuelles, stupides les canapés, stupide Irma Rombauer, stupide Amy Adams, stupides stupides les fusillades sans raison, le fait que tout est tellement stupide, stupides les lois sur le droit de porter des armes, stupides les lois sur le droit d'acheter des armes sans qu'on étudie vos antécédents, stupide le Deuxième Amendement, stupides les mauvais pères, stupide le vin que j'achète et que je bois, stupide le fait de jeter par mégarde des fruits et des légumes en parfait état, stupides les madeleines en trop, vraiment stupides les moelleux au citron, stupides les mélanges apéro, stupides les bars pour célibataires, stupide la banque de données historiques de l'Ohio, stupides les carillons, stupide la vieille couverture moisie et mangée aux mites sur notre lit, stupide Barry qui refuse de me donner la couette d'Abby, stupides mes tentatives pour tenir une comptabilité, stupide l'égocentrisme, stupide le mucus nasal, stupides les démangeaisons, stupides les rougeurs, rongeurs, songeurs, stupide le gynéco homme, stupides mes rêves, stupide mon sourire, le fait que j'ai rêvé que Chuck était encore beau, et que ses beaux cheveux roux avaient à peine perdu de leur éclat, et que son corps m'attendait toujours, mais ça aussi c'est stupide parce qu'il ne doit pas rêver de moi, parce que ça serait stupide, le fait qu'il n'y a pas de place dans ce monde pour moi, pas de place, le fait que je suis brisée, brisée, le fait qu'il n'y a pas de place dans tout l'Ohio pour mes besoins, mes désirs, mes dilemmes, mes tragédies, mes pneus crevés, ma maman, Maman, le fait que je veux ma maman,

*

Elle était enfermée dans un petit espace, entouré d'une clôture métallique – une cellule carrée avec un seul mur solide, ouverte sur les trois autres côtés. Les mouches entraient et sortaient, et la mince clôture donnaient l'illusion de la fuite. Elle évalua le motif répété des trous en diagonale entre les fils de métal, mais les espaces étaient trop petits pour qu'elle puisse les saisir et les déchirer, ou les agrandir avec ses crocs.

Elle arpentait sa cellule sans relâche, en quête d'une faille dans le grillage métallique, une ouverture fragile qu'elle pourrait tordre ou agrandir. Elle marchait sur le sol de béton dur et rêche pour y trouver un sillon susceptible d'être agrandi, ou une faille entre le sol et le grillage qu'elle pourrait gratter, mais la terre résistait, ne lâchait rien. C'était comme de la pierre – ses griffes n'arrivaient à rien. Impossible d'agrandir la jointure entre sol et grillage.

Elle estima la hauteur à laquelle elle devrait bondir pour sauter par-dessus le grillage, mais le même type de paroi métallique était tendu au-dessus d'elle sur toute la superficie. Elle grimpa et chercha un moyen de forcer la structure d'un coup de tête ou en la rongeant. N'en trouvant aucun, elle se laissa retomber sur le sol.

Elle était prise au piège, fichue. Sa quête avait été brusquement stoppée, et l'inaction lui pesait. Ses petits risquaient de mourir maintenant, sans protection et sans défense. Inquiète et enragée, elle crachait quand les mouches l'approchaient trop.

À l'aube, elle cessa ses allées et venues et chercha un coin où dormir, n'importe quel endroit ombragé dans son espace carré susceptible de lui offrir une forme minimale de camouflage. Mais l'invisibilité lui était refusée, aucune protection, seul le sol nu et bosselé sous ses pieds. Elle s'accroupit, en ronronnant légèrement, puis s'endormit, sa tête inconfortablement proche d'un bol métallique rempli d'eau dans lequel elle avait marché de nombreuses fois par mégarde pendant ses tours dans cette prison abrasive.

Le jour levé, elle observa les gens qui vaquaient à leurs occupations, bien trop près d'elle, qui passaient sans cesse devant elle, démontrant ainsi qu'ils n'avaient pas peur. Comment osaient-ils se tenir aussi près ?

Vers midi, elle était encore accroupie, à moitié endormie, son museau pressé contre le sol. Des hommes derrière le grillage s'approchèrent tellement qu'en temps normal elle aurait dû ressentir le besoin d'attaquer. Elle resta immobile, prête à bondir. Elle les fixa par en dessous et se mit à gronder, du fond de sa gorge. Elle les détestait de tout son corps, sachant qu'ils étaient ses ravisseurs, et des voleurs d'enfants. Elle se disait qu'ils allaient bientôt l'attaquer avec leurs armes. Il y aurait encore de la douleur, d'autres plaies à lécher, peut-être la fin. Mais elle se battrait, pour vivre – car, si elle mourait, ses petits mourraient.

Mais à son grand étonnement les tueurs ne braquèrent pas d'armes sur elle. Au lieu de ça, ils détachèrent une petite portion du grillage et, par cette ouverture, balancèrent des morceaux de viande qui atterrirent lourdement sur le sol. Ils partageaient leur nourriture avec elle. Elle l'ignora. Elle tuait sa pitance par ses propres moyens depuis l'âge de cinq mois. Et, de toute façon, les hommes avaient gardé pour eux les meilleurs morceaux, l'intérieur. Elle se demanda combien de temps elle allait encore devoir vivre dans cette cage métallique puante au sol bosselé, à manger les mauvais morceaux.

Les hommes n'essayèrent pas de s'approcher davantage ce jour-là, une chance pour eux, car elle aurait prestement arraché leurs membres empotés de leur torse et se serait repue de leurs entrailles.

Hormis la femme en pleurs qu'elle avait reniflée dans l'arbre, la femelle couguar n'avait jamais vraiment étudié de près ses ennemis. Leurs formes vertigineuses la perturbaient. Ils se tenaient sur deux pattes, mais ils ne volaient pas. Des muscles ramollis, des dos qui ne pliaient pas, des pattes avant qui pendaient sur les côtés. Leurs petits yeux ne cessaient de remuer, et ne s'ouvraient jamais en grand. Des poils épars saillaient au sommet de leur crâne mais nulle part ailleurs. Les femelles avaient davantage de poils sur la tête ; chez certaines, ils tombaient, longs et emmêlés, pareils à des herbes. Dotés d'une vue et d'une ouïe médiocres, de membres faibles, la partie la plus animée de leur anatomie semblait leur bouche molle, humide, et toute frétillante, d'où s'écoulait une incessante variété de gargouillis, de cris et d'appels.

L'odeur chimique qui les entourait lui rappelait celle des déchets dans les clairières. Même quand il n'y avait qu'un seul homme à l'extérieur de sa cage, son odeur pénétrait sa cellule d'isolement. Elle était dérangée par le bruit de sa respiration.

Les humains n'étaient pas enjoués. C'étaient des créatures maladroites, méthodiques, répétitives, disgracieuses et brutales – et empreintes d'une indifférence exaspérante.

Elle aurait voulu leur montrer qui régnait réellement sur le monde.

*

le fait que le cours d'eau grouille à présent de petits insectes qui forment des colonnes, des vagues et des murs dans l'air, le fait que j'aime les regarder, le fait que c'est un peu comme le murmure des étourneaux, le fait qu'on ne sait pas s'ils font ça par plaisir, pour se protéger, ou je ne sais quoi, les insectes, je veux dire, mais c'est valable aussi pour les étourneaux, bancs, essaims, troupeaux, euphorie, le fait que les murmures d'étourneaux respirent la joie, mais quelqu'un a dit que c'est juste une façon d'éviter les faucons, *Ils disent*, et ça me les a un peu gâchés, le fait que c'est moins agréable de penser que cette danse qu'on aime tous beaucoup est en réalité une tentative désespérée pour survivre, pas juste un ballet collectif, euphorie collective, commune, le bien commun, roulement, le fait que tout ne doit pas tourner autour de l'individu, sauf si vous êtes timide, le fait que je n'étais pas timide quand j'avais quatre ans et que je courais autour de cette cabane avec tous mes camarades de classe, imaginant qu'on était des oiseaux, le fait que ce n'était pas le murmure le plus élégant, mais c'était très amusant, le fait qu'on ne me surprendrait jamais à participer à un truc pareil aujourd'hui, même si j'étais un étourneau, murmure en muumuu, phulu-pututu, le fait que les gens font souvent des choses en groupe, hypnose collective, hystérie collective, ♫ *Gaffe, ça va barder !* ♫, pendaisons en public, le fait que se mettre d'accord sur un but commun n'est pas forcément une mauvaise chose, le fait que les gens s'accordent sur des tas de choses, coutumes, conventions, méthodes d'organisation, ♫ *Tradition !* ♫, comment faire cuire une patate ou soigner un rhume, s'arrêter aux stops, rouler sur la voie de droite, changement d'heure, virements bancaires, matelas, lessive le lundi, linge sale, en famille, frigos, pop-corn, barbe à papa, manèges, thermostats, statistiques, fisc, barrières douanières, prisons, police, pêle-mêle, mail, lunettes protectrices pour éclipse, ascenseurs, « Singin' in the Rain », toilettes et papier-toilette, aspirine, jus d'orange, ciseaux, biseaux, anniversaires, Noël, Nouvel An, bassins relaxants, baskets, clés, vitrage, dire « Gesundheit » quand quelqu'un éternue, aller à l'école, démocratie, ne pas associer rayures et pois, le fait que les Italiens ont des jours fixes pour certains plats, et qu'ils s'y tiennent, par exemple tout le monde mange des gnocchis le mercredi et je ne sais pas quoi les autres jours, mais ils savent tous à quoi s'attendre, le fait que le poisson du vendredi est assez universel, tapisserie, point de croix, paniers en osier, Abby, moins on en parle mieux on se porte, petit pot de beurre, vite fait bien fait, une lumière au bout du tunnel, après la pluie le beau temps, tirer son épingle du jeu, qu'elle était verte ma vallée, les hommes se rasent le visage et les femmes se rasent les jambes et les aisselles, les boutons c'est laid, le fait qu'autrefois tous les hommes portaient un chapeau mais plus maintenant, le fait que certaines traditions sont courageuses, le fait que Julia Child a porté les couleurs de la cuisine française traditionnelle, le fait qu'il faut du courage pour faire ça, surtout quand on sait la quantité de beurre que ça nécessite, ajouter et soustraire, savon et eau, lait solaire, les Beatles, brownies, frapper des gens à terre, pélicans, flamants roses, le fait que des voitures ont été précipitées dans l'Ohio River lors de la grande tempête et que des tas de choses ont été emportées, mais heureusement personne n'a été blessé, *Miracle sur la 34e Rue*, Natalie Wood, le fait que Natalie Wood a toujours eu peur de l'eau, et qu'elle s'est noyée, ce qui est horrible, et plutôt flippant, le fait qu'on ne sait pas comment, en pleine tempête, ils ont capturé ce couguar, *cette* couguar, le fait qu'elle gambadait sur Alligator Mound, le fait qu'ils l'ont capturée vivante et maintenant elle est au zoo de Columbus, où ils l'examinent, le fait qu'on n'a plus à craindre de se faire attaquer par cette couguar, enfin j'espère, le fait que Papa est né sur une table de bibliothèque pendant une tempête, le fait que je n'ai jamais compris où se trouvait cette table, le fait que j'ai longtemps cru qu'elle était au milieu d'une bibliothèque publique, avec les usagers penchés sur leurs livres qui levaient la tête et faisaient « Chhhhut ! » à Mamie, ou gardaient la tête baissée, essayant de lire pendant qu'elle hurlait, le fait que je crois que ça n'aurait pas du tout gêné Mamie d'accoucher dans une bibliothèque, le fait qu'elle a toujours eu un petit côté « drama queen », NOUS VOUS PARDONNONS, table en verre pleine de cuillers, verres bullés, le fait que les poèmes de Mamie étaient épouvantables, les Abominables Poèmes des Neiges, le fait que je me suis dit récemment que cette table de bibliothèque était peut-être juste une table qu'ils avaient chez eux, le genre de table qu'on mettrait dans sa bibliothèque personnelle, si on en avait une, Mrs Peacock dans la Bibliothèque avec un stylo, le fait que je me demande si la table se trouvait dans le bureau de Papy, le fait qu'à Detroit il avait un bureau avec tous ses livres de droit, rangés dans une imposante vitrine, et c'est Ethan qui l'a aujourd'hui je crois, alors peut-être qu'ils appelaient cette pièce la Bibliothèque, le fait que ça ne m'étonnerait pas que ces deux-là aient un peu fait mousser les choses, et s'il y avait une table dans leur « Bibliothèque » ils ont très bien pu décider de l'appeler la « Table de bibliothèque », le fait que qu'est-ce que fait ma poêle préférée près de la fenêtre, le fait que, où que soit cette table, c'était une table, et Mamie s'en servait pour accoucher, ou du moins s'en est servi une fois, pour Papa, et c'est étrange, le fait que ça s'est passé comment, elle a eu des contractions avant de pouvoir monter s'allonger à l'étage, ou d'aller à la clinique, ou alors elle a choisi d'accoucher sur une table, pour une raison que j'ignore, de son plein gré, bière, sacs en plastique, le fait que je parie que Papy tapotait avec impatience sur la table de bibliothèque avec son marteau de juge pendant tout ce temps, en se disant « Cette naissance sera soit un succès soit un échec », le fait qu'il faudra que je demande à Ethan pour cette histoire de table, ou à Phoebe, ou peut-être aux deux, accoucher, couchette, accotement, élancement, le fait qu'ils semblent si loin maintenant, Phoebe et Ethan, le fait que quand on grandissait ensemble on se voyait tous les jours, et maintenant on ne se voit presque plus, le fait qu'ils ne savent même pas ce qui est arrivé à Stacy, ou à Cathy, ou les dénouements de la crise du couguar, le fait que je n'aime pas les déranger, le fait que les profs n'ont pas le temps de répondre aux emails perso pendant l'année universitaire, le fait que je sais ce que c'est, le fait que c'est quasiment impossible, le fait que c'est pareil pour Leo, le fait qu'ils ont pu entendre parler du pisteur cherokee, parce qu'on en a parlé partout, même aux infos nationales, le fait que tous les enfants ici sont dingues du pisteur cherokee, ou moitié cherokee, naissance difficile, incompatibilité sanguine, le Bronx, safran, gnocchi, le fait que Stacy est née pendant une tempête, mais pas sur une table, et pas dans une petite piscine, brassards, le fait qu'il faisait très chaud et qu'il a fait de plus en plus sombre dans la chambre de la clinique et, juste quand l'orage a éclaté, Stace est apparue, et je l'ai serrée contre moi et j'ai dit « Salut, toi », le fait que peut-être que le tonnerre et les éclairs favorisent la dilatation du col, mitti attar, envie de jus de cerise, tarte aux cerises aigres, raisins aigres, le fait qu'il existe des pluies de grenouilles ou de poissons, et des pluies rouges, des pluies de boue, des pluies acides, le fait que cette tempête qu'on vient d'essuyer a été si violente qu'ils ont donné des conseils de premiers soins en cas d'inondation, ce qui était flippant, sauf qu'on vit en haut d'une colline donc on n'était pas trop inquiets, le fait que c'était une liste très détaillée, le fait qu'ils vous demandaient d'avoir de l'eau, à manger, des médicaments, une trousse de secours, des produits pour bébé si vous aviez un bébé, de l'eau oxygénée et du sérum phy, allez savoir pourquoi, des couvertures en mylar, des couvertures normales, des sacs de couchage, Stacy, des lunettes de protection pour les yeux, des vêtements de rechange, des trousses de toilettes, des lingettes, des serviettes, un seau en plastique, des bâches en plastique, une tente de survie, des sacs à dos, des masques anti-poussière, des jerricans, je ricane, canards, « Coin-Coin ! », des gants de travail, une lampe-torche et des piles, des allumettes, des bougies, des bâtons lumineux, des ciseaux, des couteaux, un canif genre couteau-suisse multifonctions, une clé Allen, des tenailles, de la corde ou du fil, du ruban adhésif, le fait que petite je croyais que c'était « ruban décisif », ouvre-boîte, ustensiles de cuisine, extincteur, boussole, stylo et papier, radio, portables et chargeurs, sifflets, talkie-walkie, miroir de survie, guide de secours et plan, pièces d'identité, cartes, appareil photo, jeux et livres, jeux de clés, liquide, monnaie, une lettre ou un mot d'amour et d'espoir, écrit par qui et adressé à qui ça je l'ignore, et un canoë, le fait que, oui, toujours utile d'avoir un canoë, le fait que je ne sors jamais de la maison sans en emporter un, le fait que ça ne vaut pas la liste survivaliste de Cathy, le fait qu'elle n'aurait même pas à faire ses bagages, le fait que tout ça et davantage doit déjà être prêt, mais pas le canoë, le fait qu'elle n'a jamais mentionné de canoë, le fait qu'elle a peut-être un radeau gonflable, en cas d'inondation, chambre à air, le fait qu'heureusement ils n'ont pas eu d'inondation en plus, pendant cet orage, le fait que les toasts brûlés me rappellent toujours notre année passée à Highgate, je ne sais pas pourquoi, savon de l'école, Channing, le fait que le pisteur a retrouvé la femelle couguar sur Alligator Mound, ainsi qu'un chien qui la suivait, le fait qu'elle bondissait dans tous les sens, désorientée par l'orage, le fait que ce sont les aboiements du chien qui les ont fait repérer, le fait que les enfants ont adoré cette histoire, le fait que c'est peut-être la première fois que quelque chose les intéresse aux infos, le fait que le pisteur cherokee savait déjà qu'il y avait un chien avec elle, parce qu'il avait suivi des traces laissées par la queue et les pattes de la couguar, et il avait remarqué des empreintes de pattes de chien au bout d'un moment, le fait qu'il savait également qu'elle était blessée et boitait, le fait qu'il le voyait à ses empreintes, le fait qu'il savait qu'elle avait besoin de soins, le fait que bon, quand il l'a trouvée, elle faisait de grands bonds en l'air, comme une ballerine, a dit le pisteur cherokee, et personne ne sait pourquoi elle se comportait ainsi, le fait que les couguars peuvent faire des bonds de dix ou douze mètres, le fait qu'ils devraient participer aux JO, Triple Crown, le fait que Gillian s'est mise à faire le danse du couguar devant nous, le fait qu'elle a été perturbée par la tempête et que c'est comme ça qu'il a pu l'atteindre avec une fléchette tranquillisante, la femelle couguar, pas Gillian, grands dieux, le fait que le pisteur dit qu'il a eu de la chance et que la fléchette a vite opéré, le fait que sinon il aurait peut-être dû l'abattre, le fait qu'au lieu de ça il l'a emmenée vivante au zoo, comme il l'avait promis, le fait que ça a surpris apparemment tout le monde, surtout les chasseurs, le fait qu'on a tellement l'habitude que tout soit tué tout le temps, Pour Votre Confort, tarte aux myrtilles, le chien qui accompagnait la couguar, le fait que personne ne sait encore combien de chiens ces chasseurs ont abattus « juste au cas où » ça serait le couguar, sûrement des dizaines, « Faisons la fête ! », le fait que depuis le massacre de Zanesville les gens disent que les fléchettes tranquillisantes ne marchent pas parce qu'elles ne font pas effet assez vite sur les gros animaux, mais peut-être qu'il faut juste un peu de patience, du risotto et une naissance traumatisante, comme le pisteur, Type O, table de bibliothèque, le fait que, la patience est d'or, mais plus personne n'en a, tout le monde veut juste du drame, le fait que Dieu nous préserve d'avoir un peu de stabilité ou de paix ou de calme, Mahatma Gandhi, MLK, motos, lance-missiles, clavier, le fait que la police a toujours hâte d'en finir, pyjamas, le fait qu'on dirait que les flics en ont assez d'essayer de comprendre les gens, ♫ *À quoi bon les comprendre* ♫, le fait que les gens ne se comprennent peut-être plus, quand on y pense, le fait que peut-être que mon propre mari et mes enfants sont pour moi un mystère absolu, non pas des *inconnus* mais des mystères, le fait que *tout le monde* est un mystère pour moi, le fait que « je ne comprends même pas comment marche l'ouvre-boîte », le fait que de nombreux « promis » sont indéchiffrables, incompréhensibles, et qu'ils se révèlent des escrocs et des assassins, le fait que le pisteur semble vraiment gentil, quand il parle de la femelle couguar, le fait qu'il semble doux, courtois, et il avait l'air vraiment désolé qu'elle soit blessée, à la patte, le fait qu'il suppose que ça remonte à la précédente tentative avortée pour la capturer, quand ils l'ont attrapée et qu'ils ont eu l'accident de voiture et qu'ils l'ont de nouveau perdue, le fait que Ben dit que le zoo était vraiment content de l'avoir vivante, le fait qu'ils ne s'y attendaient pas, le fait qu'ils ont aidé le pisteur depuis le début, et maintenant, grâce à lui, la femelle couguar est là-bas, ce qui vaut mieux pour tout le monde, pour elle comme pour nous, le fait que je ne voulais pas que les enfants restent enfermés à la maison à vie, le fait qu'en hommage au pisteur le zoo lui a proposé de la baptiser, et il a tout de suite avancé un nom, pas Lola le Lion, ou Patty la Panthère, mais *Mishipeshu*, un mot ojibwé qui veut dire panthère sous-marine, à cause je crois de sa drôle de danse de la pluie pendant l'orage, le fait que c'est plutôt bizarre, donner un nom à un animal sauvage, le fait que ça fait une drôle d'impression, le fait que toute sa vie la femelle couguar a été seule et libre et anonyme, et maintenant elle a un nom et elle n'est plus libre, et c'est un peu flippant, ou est-ce juste à cause de la vie qu'elle menait avant, toute seule et retirée du monde, le fait que ça me fait peur, le fait que je suis moi-même souvent toute seule et retirée du monde, mais pas comme la femelle couguar, le fait que personne ne sait même d'où elle vient, le fait que les couguars n'ont pas de boîte noire comme les avions, le fait qu'ils sont en train de procéder à des examens génétiques sur elle en ce moment, le fait que le pisteur cherokee dit qu'il y a eu pas mal de désaccords entre la police et lui pendant la traque, le fait que, d'une part, il aime chasser seul, et qu'ils ont promis de ne pas interférer, et de ne pas abattre la couguar à moins d'y être contraints, mais secrètement ils avaient tous l'ordre de l'abattre à vue, « dans l'intérêt de la sécurité publique », et le pisteur cherokee a fini par l'apprendre et a fait tout un foin, le fait qu'on dirait que le pisteur cherokee était obligé de rappeler quotidiennement aux flics leur promesse de ne pas l'abattre, traité, traités rompus, pour qu'il puisse l'attraper vivante comme ils le lui avaient demandé, le fait qu'il devait sans cesse supplier la police de lui donner plus de temps, le fait qu'il a avancé l'extinction et la conservation comme les deux grandes raisons de ne pas l'abattre, parce que s'il s'agit bel et bien d'un « couguar oriental », alors ce doit être le dernier de son espèce, le fait que la plupart des gens croyaient que le couguar oriental avait déjà disparu, disparu, et les couguars sont des lions des montagnes, le fait que la raison pour laquelle elle a survécu si longtemps, selon lui, malgré tous les chasseurs surexcités, c'est qu'elle excellait à rester cachée, le fait que, vu qu'au cours de son périple elle s'est vraiment approchée de zones à forte densité de population, il est incroyable qu'on ne l'ait pas aperçue davantage, le fait qu'elle a traversé des villages, des banlieues, elle est passée d'un État à l'autre, et tout ce temps elle n'a fait *aucun mal*, pas une seule fois, malgré l'hystérie, les couvre-feux, les pillages et les joggers, le fait qu'elle a juste décrit des cercles de plus en plus étroits autour de Columbus, ce qui était assez pratique pour le pisteur cherokee quand il a fallu l'emmener au zoo, le fait que c'est le meilleur zoo pour elle étant donné leur programme spécial félins, le fait que le pisteur a dessiné une carte représentant son parcours éventuel, et on dirait une carte du Chemin de fer clandestin, le fait que quoi qu'il en soit, peut-être que maintenant le zoo peut la faire se reproduire et sauver l'espèce, puis repeupler le nord-est avec des couguars orientaux, pour limiter le nombre de cerfs, même si ça ne plaira pas au LSP, le fait que le zoo a l'intention de faire se reproduire des tigres de Sumatra aussi, parce qu'il ne reste plus beaucoup de tigres de Sumatra sur la planète, le fait qu'il n'en reste environ que quatre cents en liberté, alors ils ont intérêt à ne pas traîner, le fait qu'il en va de même pour le couguar oriental, mais je crois que cette femelle pourrait s'accoupler avec des couguars occidentaux ou des couguars de Floride et ça marcherait quand même, perpétuation des espèces, le fait qu'ils peuvent peut-être encore sauver les pandas mais je ne sais pas, le fait que je crois que les pandas sont juste là pour la galerie, le mauvais genre de bambous, le fait que techniquement ils ont peut-être déjà disparu, tigre de Sumatra, le fait que je ne sais même pas où se trouve Sumatra, question à soixante-quatre mille dollars, île de Manus, centre de détention australien, Papouasie Nouvelle-Guinée, Jennifer, les forêts tropicales de Bornéo, orang-outang, tortues de terre, tortues de mer albinos, le fait qu'une des dernières tortues du Yangtsé à carapace molle est morte des suites d'une insémination artificielle, le fait qu'il y a quelques bébés couguars orphelins en ce moment au zoo de Columbus, ainsi que l'ocelot qu'ils ont sorti de sa cage et promené en laisse pour les visiteurs, ortolan, orang-outang, ocarina, plumeau, le fait que les habitants du Vermont sont les plus fervents partisans du port d'armes de ce pays, le fait qu'autrefois j'aimais bien ce nom, Vermont, bourdon au Bread Loaf, milk-shakes à la vanille, mais maintenant je ne sais plus trop, le fait que, parlez-leur du contrôle des armes à feu, Vermont Country Store, Marques du Passé, vieux standards, et ils se mettront dans tous leurs états, Vermont Country Stress, Vermont Country Stock de Munitions, Vermont Country Massacre, le fait que maintenant les enfants veulent tous aller voir des lions et des tigres au zoo, le fait que tout le monde à l'école parle du pisteur indien, le fait que ça les obsède, « Shane ! Shane ! », le fait que c'est leur héros national numéro un, parce qu'il a sauvé la couguar de tous ces chasseurs de trophées, ce qui est assez incroyable, le fait que les vétos du zoo ont trouvé une petite plaie à une patte, en partie guérie, le fait que si ç'avait été un cheval de course ils l'auraient abattu, mais ils ont l'air de penser que ça guérira tout seul et qu'elle se portera comme un charme, pluie du matin n'arrête pas le pèlerin, Mishipeshu, le fait que peut-être qu'après le massacre de Zanesville, et l'histoire du dentiste qui a abattu Cecil, plus personne n'a le courage d'entendre parler de fauves abattus, Blanche, le fait qu'ils disent qu'à part ça la femelle couguar est en bonne santé, juste un peu « ronchon », le fait que comment ils peuvent le savoir, Lion Poltron, *Ils disent que la poule pond*, le fait que les enfants à l'école pensent que le pisteur cherokee devrait recevoir la Médaille d'Honneur du Congrès, mais Trump ne la donnera jamais à quelqu'un qui a sauvé un couguar, le fait qu'il donnera une médaille à un type qui a *tué* un couguar, dix *cents* par jour, faire sauter la banque, brisé, ou de préférence toute une meute, troupe, comique troupier, le fait que la famille Trump adore la chasse au gros gibier, toute la tribu Trump, troupeau, bande, le fait qu'ils se font toujours photographier en Afrique, en train de brandir la queue tranchée d'un animal mort, Bobbitt, le fait que la seule chose que l'administration Trump doit aimer dans cette histoire de couguar c'est que ça détourne les gens de cette affaire russe, « Shane ! Shane ! », le fait que Leo déteste *L'Homme des vallées perdues*, le fait qu'il a toujours détesté les westerns, et moi aussi, enfin la plupart, mais j'ai toujours fait une exception pour *L'Homme des vallées perdues*, le fait que je n'ai peut-être pas compris ce film quand j'étais petite mais j'ai bien aimé, le fait qu'on était censé savoir de quoi ça parlait, comme les poèmes de Robert Frost, mais bien sûr je ne savais pas, et c'est toujours le cas et je me pose encore des questions au sujet de *L'Homme des vallées perdues*, de quoi ça parle vraiment, mais Leo dit que ça ne parle de rien, c'est juste un mauvais film, le fait que je crois qu'il est jaloux parce que j'aime bien Alan Ladd, mais surtout j'aimais bien le petit garçon qui joue dedans, « Shane ! Shane ! », parce que les enfants aiment les films qui parlent d'enfants, tout comme les hommes aiment les films qui parlent d'hommes et les femmes aiment les films qui parlent de femmes, et les chats les films sur les chats, enfin c'est ce qu'on dit, et les poulets aiment les films de flics, le fait que Jean Arthur joue dedans elle aussi, mais ce n'est pas un vrai rôle, le fait que tout ce qu'elle fait c'est faire la cuisine et le ménage et rester assise sur le chariot sans dire un mot, je veux dire quand ils vont en ville, le fait que je ne veux pas dire qu'elle reste assise sur le chariot pour bouder ou quoi, « petit évier à fleurs », le fait qu'Alan Ladd était complexé par sa taille, le fait qu'il a souvent tourné avec Veronica Lake, parce qu'elle était toute petite, le fait que quand il avait une vingtaine d'années sa mère lui a demandé de l'argent et s'en est servi pour acheter de l'arsenic et s'est suicidée, le fait que maintenant ils passent un nouveau reportage sur le pisteur, avec des images de sa maison et de sa petite amie, le fait que je n'avais pas encore entendu parler d'elle, et le voilà dans son jardin qui se fait encore interviewer et, oh, ben *ça alors*, le fait que c'est *Jim*, le fait qu'il a un chien avec lui qui ressemble à Jim, avec des poils blancs sur le poitrail, le fait que c'est forcément Jim, le fait que le pisteur dit que c'est le chien qui traînait avec la femelle couguar, ça alors, mince, pas possible, le fait qu'il dit que si son maître ne se présente pas il va le garder, le fait que je ne sais pas quoi faire, le fait que les enfants vont vouloir qu'on reprenne Jim, mais regardez-le, il a l'air tellement heureux avec le pisteur, le fait qu'il s'appuie volontairement contre sa jambe, le fait que Jim est en extase, le fait que peut-être que Jake avait raison, quand il a dit qu'il a vu un couguar dans le jardin, le fait que la femelle couguar a peut-être vraiment traversé notre jardin et volé Jim, mais pas pour le manger, juste comme compagnon, compagnons de route, ça alors, diou, échelle pour les poules, le fait que sans ses poils blancs je ne l'aurais pas reconnu, le fait qu'il a l'air transformé, le fait qu'il s'est animé, le fait que c'est vraiment horrible quand Anne apprend que Frederick Wentworth a dit qu'il ne l'aurait pas reconnue après ces huit années, mais peu à peu elle s'anime elle aussi, le fait que les enfants ne verront peut-être pas ce truc à la télé, ou alors, s'ils le voient, peut-être qu'ils ne reconnaîtront pas Jim, parce qu'il a beaucoup changé, le fait que ça pourrait ne pas être Jim, non, le fait que non, c'est bien lui, le fait qu'il a juste l'air heureux, mais c'est Jim, j'en suis sûre, oh pauvre petit Jim, « Shane ! Shane ! », le fait que si on pense à tout ce qu'a enduré ce petit chien, une ferme, un incendie, un couguar, le fait que j'espère qu'il n'a pas souffert, à voyager comme ça avec un couguar, je veux dire j'espère qu'il a eu assez à manger et tout, mais il a l'air d'aller bien, le fait que le pisteur caresse les poils blancs de Jim si affectueusement, et Jim a l'air aux anges, sieste, euphorie, le fait que les chiens savent être heureux, même Jim, en fin de compte, mais il n'avait vraiment pas l'air doué pour ça avant, le fait que je n'ai jamais entendu de jappements aussi tristes, le fait que, vite, éteindre la télé avant que quelqu'un n'arrive, le fait que je ne veux pas qu'ils voient ça et qu'ils aient de nouveau de l'espoir, ne pas réveiller le lion qui dort, ni le chien, le fait que, zut alors, si votre chien est malheureux au point de préférer vivre avec un couguar, le moment est sans doute venu de prendre un nouveau chien, le fait qu'on pourrait prendre un des chiots de Cathy, le fait que Junie va bientôt avoir une portée, le fait que Art s'inquiète pour les finances du Country Shoppe, pas à cause des chiots de Junie, juste en général, le fait qu'il leur faut d'autres tartes et vite, et maintenant il veut que je fasse aussi un chili, genre une fois par semaine, le fait que c'est dur de suivre le rythme avec ces deux-là, surtout Cathy, le fait qu'elle est tellement dynamique, une vraie tornade, un derviche tourneur, un cyclone, une dynamo, à l'étape épate-la,

*

Un sommeil sans rêve, dont elle s'arracha lentement, pour retrouver autour d'elle l'odeur du métal, et la puanteur de l'urine et des fèces, la sienne et celle d'autres animaux apeurés, confinés dans les cellules grillagées adjacentes. Elle discerna également les odeurs de ses propres plaies soignées à l'iode et celle de la javel dont ils se servaient pour nettoyer les cages vides, qu'ils rinçaient avec d'épais jets d'eau pareils à une cascade cinglant l'air en diagonale.

Ces odeurs infectes rivalisaient avec d'autres moins familières, celle des chameaux et des zèbres, et les effluves menaçants d'un grizzly solitaire, quelque part hors de sa vue.

Les bruits du zoo l'offensaient davantage. Le jacassement des gens, et un mélange de bruits mécaniques, recouvraient les grognements mystérieux de créatures inconnues et les cris des singes – les paroles indistinctes d'animaux en manque de quelque chose, les gémissements d'animaux n'ayant pas le droit de jouer ou de manger ou de s'accoupler à leur gré.

Ces animaux se voyaient refuser le droit d'exister pour eux-mêmes. Ils servaient maintenant de spectacles, et les exigences humaines ponctuaient méthodiquement leurs journées.

Certains humains portaient des lunettes de soleil, qui masquaient leurs yeux, leur donnant l'air d'être aveugles et faibles. Mais les vitres, les barreaux et les grillages les protégeaient de déconvenues.

La femelle couguar avait rejoint ce désastre, pour l'instant, et elle savait qu'elle n'était pas en sécurité. Elle ne serait jamais en sécurité ici. Mais l'attention des badauds, leurs petits cris et leurs moqueries, ne la décontenançaient pas : elle était dans son monde à elle, un empire qu'elle avait créé et emporté avec elle. En public ou dans la nature, elle était seule.

*

le fait que j'ai rêvé que le Michelin ne décernait plus d'étoiles, trois étoiles au Michelin, le fait qu'ils donnaient un truc commençant par « pro » mais je ne me rappelle plus quoi, le fait que c'était quelque chose comme provisions, ou protections, ou promotions, Prohibition, prolepse, prolapsus, prolétaires, « trois prolétaires », non, le fait que je ne crois pas que le Michelin s'intéresse beaucoup à eux, ou alors c'était des promesses, proliférations, la plus vieille profession du monde, procréer, propager, propitiatoire, propane, le fait que je ne le retrouverai jamais, provende, problème, « trois protrusions », extruder, extrusions, le fait que je suis incapable de me rappeler ce mot, IED, le fait que pourquoi les gens aiment ce genre de cuisine, le fait que ça me tue, le fait que c'est débourser une fortune pour un chouïa de ceci, un bout de cela, avec plein de coulures zinzin autour de l'assiette, le fait qu'on dirait la gamelle des poules après qu'elles ont mangé, le fait que des tas de restaurants ne veulent même pas d'étoile au Michelin, parce que ça attire une clientèle qu'ils n'aiment pas, des clients qui veulent des *mises en bouche*, le fait qu'André Allard n'avait pas d'étoile au Michelin et que c'est le meilleur restaurant où j'ai jamais été, le fait que je ne crois pas qu'il y ait un seul restaurant étoilé sur tout le territoire, convalescence en cryo-chambre, membrane, tissus, valves, trachées, le fait que La Maisonnette à Cincinnati a été pendant très longtemps le restaurant le plus célèbre d'Amérique, le fait que j'en avais entendu parler, et que j'ai regretté qu'il ferme avant que j'emménage ici, le fait que Leo n'y est jamais allé non plus, le fait que personne ne sait pourquoi il a fermé mais bon, même eux n'ont jamais eu d'étoile au Michelin, le fait que peut-être que les gens du Michelin n'aiment pas le Middle West, école primaire, le fait qu'ils pensent probablement qu'on n'y mange que des hamburgers et des Sloppy Joes et des bundt cakes, mon pneu à plat, le fait qu'ils devraient peut-être s'en tenir aux pneus et arrêter d'embêter tout le monde avec leurs drôles de goûts culinaires, pieds de porc, aligot, Paul Bocuse, Julia Child, le fait que les enfants aimeraient peut-être l'aligot, si j'en faisais avec de la patate douce, le fait que j'ai également rêvé que Stacy avait six ans et qu'on se trouvait elle et moi dans un endroit rural, montagneux, comme le Colorado, le fait que les montagnes étaient très vertes, avec des collines escarpées, et on pouvait voir d'autres flancs de montagnes similaires en face, et regarder les gens et les moutons aller et venir, le fait que les montagnes étaient si perpendiculaires que ça me rendait nerveuse, pas juste à cause du vertige mais parce que c'était clairement dangereux, très pentu, le fait que rien que pour rester sur la corniche pas plus large qu'une voiture où on se trouvait il fallait sans cesse rester le dos collé à la montagne, le fait que c'était davantage comme une paroi de falaise, mais très verte et très belle, et la montagne en face était d'un vert tirant sur le bleu, le fait que Stacy et moi aimions être là, le fait que c'était le genre d'endroit où j'avais toujours voulu aller, le fait que des gens habitaient ici, un peu comme au Tyrol, le fait que leur mode de vie paraissait très calme, désuet, le fait que c'était des fermes et du bétail, avec des maisons en bois sombre éparses, Maria von Trapp, adepte, partisan, le fait qu'on ne savait pas où on était censées loger pendant notre séjour, qui devait durer genre une semaine, est-ce qu'on devait aller à l'hôtel, et on hésitait devant la voiture, puis des gens passaient, le fait que j'interrogeais une jeune femme à propos de l'hôtel, et elle me donnait une petite tape très gentille sur l'épaule en m'expliquant où aller, le fait qu'ils étaient tous si gentils que ça ne me gênait pas de laisser Stacy avec eux un moment, le temps de faire demi-tour avec la voiture, ce qui n'était pas facile sur cette corniche étroite, le fait que je comptais aller me garer près de l'endroit où ils se tenaient tous, mais je finissais par rouler seule et me rendre à la ville la plus proche, le fait que je passais devant un petit centre commercial à l'ancienne, et je décidais d'y faire un tour, vu que ça devait être le seul endroit où on trouvait à manger, mais il y avait une longue file d'attente à la cafétéria, le fait que j'étais embêtée de faire attendre Stacy, là-bas sur la montagne, mais je me disais qu'il fallait que je nous trouve quelque chose à manger, alors je faisais la queue et, quand on me demandait ce que je voulais, je disais deux sandwiches tomate fromage, le fait qu'ils m'expliquaient poliment que je ne pouvais avoir que l'un ou l'autre, soit un sandwich tomate, soit un sandwich fromage, alors je disais donnez-moi un de chaque, en pensant les combiner plus tard, parce que Stacy et moi aimions les sandwiches tomate fromage, dans le rêve en tout cas, le fait que je ne sais pas si Stacy aime les sandwiches tomate fromage, le fait que j'étais surprise qu'il y ait autant d'attente dans un endroit aussi reculé, mais allez savoir, règles, règlements, propitiatoire, étoiles, le fait que je devais alors m'asseoir et attendre pendant qu'on préparait les sandwiches, et pendant que j'attendais la cuisinière m'apportait un gros bol épais plein d'eau très chaude, dans lequel elle avait déposé une espèce de soupe de tomate concentrée, le fait que j'étais censée remuer moi-même pour qu'elle se dissolve, le fait que ce n'était vraiment pas facile de garder le bol sur mes genoux, et il n'y avait aucun autre endroit où le mettre, et je ne voulais pas de cette horrible soupe mais j'essayais d'être polie, le fait que la femme s'excusait pour la soupe mais c'était tout ce qu'ils avaient, le fait que le sandwich à la tomate et le sandwich au fromage n'arrivaient toujours pas, et je m'inquiétais pour Stacy, vu que je pensais m'absenter juste un moment, le fait que cette soupe bien intentionnée mais horrible me retardait, le fait qu'un type arrivait alors, un clodo que tout le monde avait l'air de beaucoup apprécier, et il disait qu'il connaissait le secret de la vie, le fait qu'il disait que ça impliquait trois choses, si vous vouliez être heureux dans la vie, et c'était 1, faire un héritage, et 2, aller à Tanger, et 3, bon, j'ai oublié le troisième truc, ce qui est dommage parce que qui sait, ça aurait pu être utile, genre peut-être que mon inconscient essayait vraiment de me dire quelque chose et j'ai oublié, tout comme j'ai oublié le mot dans le rêve d'étoiles au Michelin dans l'autre rêve, mince alors, le fait que le clodo ne cessait de répéter ces trois choses, alors on pourrait penser que je les aurais mémorisées, et il disait qu'on pouvait les faire dans l'ordre qu'on voulait, ça n'avait pas d'importance, par exemple on pouvait aller d'abord à Tanger, puis toucher l'héritage, et faire l'autre chose, ou on pouvait toucher l'héritage puis aller à Tanger, et ensuite faire l'autre chose, ou on pouvait commencer par faire l'autre chose, puis hériter, puis aller à Tanger, ou faire l'autre chose et aller à Tanger et hériter, le fait que pour un pauvre hère coincé sur une montagne en Autriche ou dans le Colorado ou je ne sais où il en pinçait pour Tanger, le fait que ça le branchait tellement qu'on se demandait pourquoi il en était revenu, si jamais il y était allé, le fait qu'il n'avait pas franchement l'air d'avoir déjà touché son héritage, mais peut-être qu'il avait tout dépensé, en allant à Tanger, et en faisant l'autre chose, le fait qu'alors la femme à la caisse me demandait de payer, mais en monnaie étrangère, juste pour rire, le fait que c'est ce qu'elle disait, le fait que comme j'avais l'air d'une étrangère à ses yeux elle pensait que je devais avoir sur moi une devise étrangère, et elle avait plus envie de voir une monnaie étrangère que d'être vraiment payée, le fait que je voyais bien que la monnaie étrangère l'intéressait beaucoup, mais je me disais qu'il lui fallait du vrai argent, je veux dire la monnaie adéquate, le fait que ça m'aurait gênée de lui donner de l'argent inutilisable, même si j'en avais eu, ce qui n'était pas le cas, le fait que je m'apercevais soudain que cet endroit était très isolé, et qu'ils essayaient tous de combattre l'ennui de façon étrange, le fait que je ne voyais pas trop ce qu'il y avait d'ennuyeux à essayer de ne pas dévaler le flanc de la montagne toute la journée et toute la nuit, le fait que je me disais que ça devait vous maintenir en éveil en permanence, mais ils y étaient tous habitués, le fait que ça me faisait un peu penser au Bread Loaf, sauf que le Bread Loaf n'était pas aussi escarpé et périlleux, périr, parier, parade, protoplasme, profus, profit, « trois profits », prophètes, le fait que je n'arrivais toujours pas à comprendre comment faisaient ces gens pour vivre sur ces flancs de montagnes perpendiculaires, et à un moment je voyais une carte et bien sûr, comme je m'en étais doutée, les routes et les voies principales étaient toutes horizontales et étroites, disons un mètre cinquante de large maximum, et elles étaient reliées à d'autres par des chemins encore plus étroits qui sillonnaient entre les montagnes en zigzaguant, le fait que je me disais qu'on devait s'habituer à toute cette gymnastique quand on habitait ici, comme des chèvres de montagne, le fait que ce qui était super c'est qu'on pouvait voir très loin de partout et tout était beau et vert bleu et vert foncé, vert émeraude, propice, protagoniste, et il n'y avait presque pas de bâtiments, juste la belle montagne vert foncé sur laquelle on était, qui s'étendait derrière nous, et des collines vertes partout autour de nous, le fait que c'est un tel soulagement de savoir qu'on a capturé ce couguar, le fait qu'on s'était habitué à ne jamais se sentir en sécurité dehors, le fait que même Gillian avait peur de jouer dehors parce qu'elle ne voulait pas se faire dévorer par un fauve, mais de toute façon je ne les laissais pas jouer dehors, et maintenant ils peuvent, le fait que c'est peut-être le couguar, finalement, qui a cassé l'échelle des poules, même si je n'ai jamais vu la moindre empreinte de pattes, papattes, pause, cause toujours, Tanger, le fait que cet homme impliqué dans l'accident de bateau sur l'Ohio River était vraiment apprécié de tous, le fait qu'un petit enfant à Mechanicsburg est mort après que le petit ami de sa mère lui a fait des prises de lutte, religieuse secouant Maman, le fait qu'un père de seize ans a étouffé son propre bébé volontairement à

Marietta, le fait que trois marques de friandises pour chiens ont été rappelées parce qu'elles rendaient les chiens malades, le fait qu'un ado du Kentucky a été arrêté suite à une fusillade, le fait qu'un type au Texas a pêché un requin marteau de quatre mètres de long, le fait qu'un type s'est fait abattre dans une camionnette alors qu'il faisait l'amour, le fait qu'une femme à Milwaukee échangeait des faveurs sexuelles contre des moccha latte, le fait qu'une femme a poussé son mari du haut d'un gratte-ciel quelque part, le fait qu'un couple s'est jeté du haut d'une falaise en voiture avec tous leurs enfants, parce que les services sociaux venaient voir comment allaient les enfants, le fait qu'un homme ayant sauvé une petite fille de la noyade dans la Great Miami River a dit que c'est Dieu qui avait voulu qu'il soit là, le fait que quelqu'un a dit que ça lui ressemblait bien d'avoir sauvé la fillette et que c'était un vrai boute-en-train, le fait qu'un autre homme ne voulait pas vivre, mais trois petits garçons l'ont empêché de se pendre à un pont, le fait qu'ils ont tenu bon jusqu'à ce que les secours arrivent, le fait que « il ne voulait pas vivre », vivre, le fait qu'une femme d'East Palestine qui ne savait pas qu'elle était enceinte a accouché sur un trottoir d'East Palestine, dans l'Ohio, pas au Moyen Orient, le fait que les femmes violées ne se déplacent plus jamais aussi librement que les autres femmes, le fait que quelqu'un a dit qu'on pouvait reconnaître une femme violée rien qu'à sa façon de marcher, et aux yeux, le fait que les yeux des femmes violées sont morts, femmes aux yeux tristes, le fait qu'une femme de Painesville a été condamnée pour avoir mis des amphètes dans quelque chose, enfer, James Mason, femmes aux yeux tristes, Les Lanceurs de Marteau, « il ne voulait pas vivre », le fait que la science peut vous dire combien pèse ou mesure une pierre, mais elle ne peut pas vous dire si elle est belle, le fait qu'un garçon qui a été tué par un coup de marteau lors d'un concours de lancer de marteau « ne faisait pas attention », pont tournant, puzzle de Sophia Loren mangeant des spaghetti bolognaise, le fait que parfois, quand je vois des hommes dans des concours de lancer de marteau, ou montrer comment on fait la posture de la grenouille sur YouTube, je me demande s'ils ne pourraient pas occuper leur temps à quelque chose de plus utile, je veux dire au lieu de tourner sur eux-mêmes, tout ça, ou de « tenir » la posture de la grenouille, Sandusky American Crayon Co., posture de la grenouille, gymnastique, le fait que je crois que certaines personnes aiment quand les femmes ont l'air fatiguées, le fait que c'en est tellement prévisible que c'en est ridicule, le fait que c'est quand je suis rétamée que j'ai le droit à des tas de compliments, le fait que j'ai un truc dans l'œil, le fait que j'ai besoin de vaseline, ♫ *Qui a mis du poivre dans la vaseline* ? ♫, le fait que les enfants viennent de rentrer de l'école et qu'ils sont encore à fond sur ce pisteur cherokee, le fait qu'il a dit que trouver ce couguar était comme trouver une épingle dans une meule de foin, sous-bois, motif en spirale, le fait que Stace est un peu dingo elle aussi du couguar, et du pisteur cherokee, Tanger, le fait que la seule façon de les calmer est de leur faire faire des cookies en forme de couguar, qu'on a dessinés en s'inspirant de Frederick quand il est vraiment détendu et qu'il étale ses quatre pattes dans des directions différentes, le fait que ça faisait une forme de cookie plus facile que si le chat avait été debout, le fait que Stacy l'a dessiné et qu'elle a fabriqué un patron avec du carton, le fait qu'elle lui a ajouté une super longue queue, plus longue et plus épaisse que celle de Frederick, parce que les couguars ont de très longues queues, et je crois qu'elle s'est dit qu'une queue fine se casserait trop facilement, le fait que les couguars ont besoin d'avoir une queue longue et forte pour rester d'aplomb quand ils bondissent, selon Ben, le fait que Stacy a recourbé la queue en une sorte de spirale, le fait que Gillian vient d'annoncer que son anniversaire était dans cinq jours et que ça sortait de nulle part, comme si j'allais oublier l'anniversaire de mes propres enfants, ô vous hommes de peu de foi, le fait que j'ai l'air un peu à côté de mes pompes mais pas à ce point, le fait qu'il faut surveiller des enfants qui manient de la pâte, le fait qu'avec un stylo, quelques couteaux émoussés, et plein de papier sulfurisé, ils semblent tous très bien se débrouiller, le fait qu'ils se prêtent le stylo sans faire d'histoires, le fait qu'on a déjà fait une ou deux fournées de cookies couguars, plus ou moins intacts, le fait que les cookies s'étalent un peu pendant la cuisson, le fait que, ça alors, on dirait Alligator Mound, à cause de la queue recourbée, même si on a perdu quelques queues ici et là, le fait que le vrai alligator est difficile à reconnaître aujourd'hui, le fait qu'on a plein de petits Alligator Mound, un petit monceau de morceaux amoncelés, qui scintillent de grains de sucre colorés rouges et verts, le fait que je devrais racheter ces sucres colorés, le fait qu'on a besoin d'autres couleurs, le fait que ça leur donne un aspect un peu trop fête de Noël, avec juste du rouge et du vert, mais ça n'a pas l'air de gêner les enfants, le fait que je veux en faire un tout vert, ensuite, le fait qu'en vert foncé il ressemblera encore plus à Alligator Mound, et oh, tiens donc, on sonne à la porte, le fait que je parie que c'est Ronny, qui ne fait que passer, juste quand je suis toute couverte de farine comme d'habitude, le fait qu'il a dû sentir les cookies depuis Coshocton et se précipiter ici, le fait que comment je vais faire avec lui ici et tous les enfants à la maison, le fait que Stacy ne le supporte pas, le fait que je dois trouver le moyen de me débarrasser de lui, AÏE, oh, oh, zut, je crois que je viens d'écraser le petit bulldozer jaune de Jake, ouille, Ronny, mer d'Égée, le fait que, ben voyons, le voici le voilà, le fait que bon, je vais aller voir ce qu'il veut et lui dire que je suis occupée, le fait que ce n'est pas un mauvais bougre, le fait que, bon, je n'ai jamais, le fait que j'ai essayé d'être gentille et tout, mais ferme, et le voilà qui retourne à sa voiture tout vexé, sans même dire au revoir, et zut, le fait qu'il avait l'air bizarre, le fait que c'est vraiment un type étrange, le fait que Jake est en train de gémir dans la cuisine pour une raison ou une autre, le fait que soit il a vu son petit bulldozer écrasé soit il s'est brûlé, les enfants et les fours, troisième degré, ouf, plus de peur que de mal, le fait que Jake va bien, le fait que c'est juste son cookie qui s'est cassé alors qu'il allait le poser sur la plaque de cuisson, le fait que je vais le réparer, regarde un peu, Jake, le fait qu'alors que j'étais en train de l'aider j'ai vu l'expression dégoûtée de Stacy, et j'ai pensé qu'est-ce qu'elle a encore, le fait qu'elle avait l'air contente il y a tout juste une minute, le fait qu'elle regarde par-dessus mon épaule, et je me retourne, et je vois Ronny dans la cuisine, sur le seuil, qui débarque comme ça, non mais quel toupet, le fait que tiens c'est drôle il a apporté son arme avec lui, le fait que est-ce qu'il veut la montrer aux enfants ou quoi, le fait que tout à coup je ne veux plus être une mère au foyer ou une femme d'intérieur, le fait que je ne veux pas mourir comme cette femme dans *Fargo*, battue à mort avec un sac sur la tête puis hachée menu dans un broyeur à bois près d'un lac gelé, et je ne veux pas non plus être une *Femme de Stepford* et qu'on me siphonne le cerveau et qu'on le remplace par un cerveau robot, et je ne veux pas être Lucille Ball et devoir me ridiculiser chaque semaine à la télé pour gagner ma croûte, et je ne veux pas être l'héroïne de *Jinny de mes rêves* et devoir vivre dans une bouteille, vêtue d'un soutif orné de pierreries et d'un pantalon de harem à attendre que Larry Hagman ait envie de me voir, et je ne veux pas que mes enfants épousent sept frères, et je ne veux pas être enceinte sans chauffage pendant la journée comme la fille Chaplin dans *Le Docteur Jivago*, ou me faire décapiter quand le mariage bat de l'aile comme c'est arrivé à cette femme à Londres, ou devoir tresser des brandons et m'enfoncer toujours plus dans l'Ouest sauvage comme la mère de Laura Ingalls Wilder chaque fois que son mari a la bougeotte, ou finir comme Madame Bovary qui en gros voulait juste assister à d'autres fêtes et au lieu de ça elle finit en pleine cambrousse dans des odeurs de charogne perpétuelle,

*

La femelle couguar se réveilla, une fois de plus, parmi la foule des damnés et des condamnés. Impossible de se tapir et bondir, bondir et se tapir, ici. Elle ne pouvait pas tuer ses geôliers, lesquels ne risquaient rien, protégés d'elle par un grillage. Elle pouvait à peine faire quelques pas dans une direction sans devoir faire demi-tour et sa queue la gênait toujours.

Son seul espoir était de creuser ou de mordre pour s'évader. Elle était en train de ronger et griffer le grillage de sa cage le jour où les gardiens du zoo installèrent ses petits perdus depuis si longtemps dans l'enclos voisin.

Les petits avaient été séparés de leur mère pendant deux mois entiers. Ils avaient été manipulés et touchés par des hommes contre leur gré. Ils avaient eu peur, on les avait lavés, effrayés, pesés, ils avaient été malades, nourris, enchaînés, vaccinés – et ils avaient langui, inutilement, douloureusement, incompréhensiblement.

Mais ils avaient été ensemble pour se conforter, et avaient appris entretemps à s'organiser en trio sur la fine couverture qu'on leur avait laissée pour dormir. Celui du haut se reposait le plus, tout en guettant d'éventuels dangers.

Quand ils aperçurent leur mère, ils bondirent de joie vers elle. Réveillée par leurs glapissements, elle les rejoignit avec curiosité devant la grille. Quand elle les reconnut – malgré leur changement de taille – elle frotta avec exubérance son long corps contre le grillage qui les séparait.

Puis, submergée par l'espoir, elle s'allongea, les invitant à téter. Ils hésitèrent, contrariés par la grille, et poussèrent des petits cris frustrés. Ils ne pouvaient pas la toucher, à cause du fossé de trente centimètres qui séparait les enclos. Quand elle se releva pour se frotter de nouveau contre la grille, la double épaisseur de la clôture les tenait encore à distance.

Elle les caressa avec la patte à travers les trous du grillage puis, plus frénétiquement que jamais, elle gratta le sol. Sa langue se tendit pour lécher ses petits, mais ne saisit que de l'air. C'était exaspérant, car elle ne pouvait pas les toucher, mais un grand soulagement l'emplit néanmoins. Ses petits étaient vivants. Son plaisir de les voir l'emportait sur sa rage, et sur sa réserve, ses habitudes défensives tout en silence et solitude. Malgré la présence de spectateurs humains, elle rugit.

Au cours des jours suivants, elle regarda de loin ses petits qui gambadaient, exploraient leur nouvelle cage. La femelle couguar céda soudain à une pulsion dont son corps avait presque perdu le souvenir : elle se détendit, pour la première fois depuis des mois. Elle haletait dans sa cellule, en regardant ses petits dans la leur, qui mâchaient les morceaux de viande que les gardiens leur présentaient à heure fixe. Elle grignotait même ses propres repas insipides sans ressentiment, maintenant que ses petits étaient là.

Mais, par intermittence, elle passait encore une grande partie de son temps à donner des coups de patte au grillage qui les séparait. Elle eut peur le jour où un homme entra dans l'enclos des petits. Son grognement d'avertissement fit se rassembler dans un coin ses petits pendant que l'homme s'avançait. Elle ne pouvait pas les protéger correctement si elle ne pouvait pas les toucher. Nerveuse, elle arpentait son carré de béton.

Quand elle était épuisée par ses vains efforts pour abattre le mur de fils métalliques qui la séparait de ses petits, la femelle couguar s'allongeait sur le sol et s'étirait de nouveau contre la grille. Les petits s'installaient de l'autre côté, essayant de sentir sa chaleur par-delà le fossé, rassurés par son énorme ronron.

Personne au zoo ne remarqua que les petits s'étaient aussitôt précipités vers elle, la première fois qu'ils l'avaient revue. Personne ne savait que jamais ils ne se seraient rués de la sorte vers une autre couguar adulte. Personne ne perçut la dévotion avec laquelle leur mère les observait.

Néanmoins, après quelques jours passés à observer les manières tendres et fières de la femelle à l'égard des petits, et suite aux visites de plusieurs experts en félins réputés, il fut décidé que l'heure était venue de « présenter » la femelle aux petits, dans l'espoir de favoriser une adoption. Au rythme d'un petit par heure, ils furent prudemment transférés dans son enclos.

Des hommes se tenaient non loin, un fusil à la main, prêts à abattre la mère – les trois petits étant l'acquisition la plus précieuse. Mais même les tireurs du zoo savaient faire la différence entre mordre et lécher. Tandis que les fonctionnaires se félicitaient entre eux pour cette adoption prometteuse, d'une aisance inhabituelle, la femelle léchait ses petits partout, encore et encore.

Car sa joie l'emportait sur son inquiétude face à la situation, et atténuait même son dégoût des hommes. Elle avait retrouvé ses petits et les lécherait et les aimerait et ne les laisserait jamais partir. Désormais, elle n'écouterait que les petits cris de ses enfants. Elle ne regarderait qu'eux, leur beauté, leurs rayures et leur museau blanc, et leurs queues qui avaient tellement grandi au cours de la séparation.

Elle les aimerait et les sauverait et les nourrirait et les éduquerait et ne les laisserait jamais partir. Elle lécherait ses petits et les aimerait et ne les laisserait jamais partir.

*

le fait qu'ils ont dû sauver un des aiglons de DC parce qu'il s'était pris la patte dans des brindilles à l'extérieur du nid, le fait qu'il est resté coincé là pendant des jours avant qu'ils décident d'intervenir, le fait que je crois qu'ils espéraient au début qu'il se dégagerait tout seul, mais ensuite ils ont eu peur qu'il meure de faim, en direct devant les caméras, alors un garde-forestier a grimpé tout en haut de l'arbre et a descendu l'aiglon et ils l'ont mis sous observation pendant une journée mais il allait bien, rien de cassé, alors ils l'ont remonté en haut du tulipier et l'ont remis dans le nid, le fait que le garde-forestier qui l'a remonté là-haut a embrassé l'aiglon sur la tête avant de le déposer, ce qui n'était pas très professionnel mais bon sang, c'était mignon, bonsaï, le fait que j'ai eu peur que ses parents M. le Président et la Première Dame le rejettent, à cause de l'odeur du garde-forestier sur lui, mais ils ont paru accepter tout ça sans sourciller, son absence et son retour, et tout est revenu à la normale à présent, avec de la chair crue et rose au petit déjeuner, au déjeuner et au dîner, le fait que les aigles bâillent, le fait qu'ils ont un sens de l'équilibre parfait, le fait que les pygargues ont l'air d'avoir sans cesse le front plissé, le fait que Leo dit que c'est une adaptation anatomique pour ne pas avoir le soleil dans les yeux, le fait que je ne sais pas trop, parce que les balbuzards n'ont pas l'air de plisser les yeux, et ils ont sûrement autant besoin de protection que les pygargues, le fait que les yeux des balbuzards sont beaucoup plus ronds que ceux des aigles, le fait que les balbuzards ont vraiment de beaux yeux, le fait que les oiseaux ne s'en veulent jamais d'avoir peur, le fait que ça ne les gêne pas d'être vigilants, le fait qu'ils *croient* à la prudence et, vu combien tout les effraie, ils sont vraiment très courageux, le fait que les oiseaux vivent au bord, au bord du désastre, le fait que les oisillons n'ont peut-être pas assez peur, ce qui les met en danger, aiglons, marcassins, « le lâche meurt mille fois », le fait que je ne sais pas pourquoi les gens s'en veulent d'essayer d'éviter les dangers, « Dieu a horreur des lâches », le fait que, personnellement, je trouve que nous sous-estimons les dangers, le fait qu'on est peut-être obligés, parce que ce n'est pas pratique d'y penser en permanence, mais ça ne veut pas dire qu'il n'y en a pas, c'est juste que la peur fait obstacle quand vous devez faire des choses, quand vous vivez au bord, comme au bord d'une faille de huit mille mètres de profondeur par exemple, contrefort vert, les Choses de la Vie, et nous disparaîtrons tous, à un moment, ce qui fait que la vie est de toute façon dangereuse, alors pourquoi ne ferions-nous pas attention, le fait qu'il me semble que ça serait stupide de ne pas être prudent, ou du moins aussi prudent que le sont les oiseaux, disons au moins être sur le qui-vive, garder les yeux grands ouverts, le fait que les pygargues sont toujours sur le qui-vive, le distributeur de bonbons à l'hôpital à New York, l'opération du cerveau de Maman, le fait que Phoebe et moi avons dû dormir dans le débarras d'amis à New York quelque part, resserre, chambre d'ami, chambre d'ami servant de débarras, et ressemblant un peu trop à notre grenier, le fait que je ne sais pas où dormait Papa, le fait qu'il est peut-être descendu à l'hôtel, ou alors ils l'ont laissé dormir à l'hôpital, dans la chambre de Maman, le fait que je n'ai jamais voulu que ma mère subisse une opération du cerveau, non non non, le fait qu'entre l'aiglon blessé et le cinoche de Ronny j'ai officiellement perdu les pédales, les sangles des camisoles, le fait que bigre, bigorneau, Ronny, je suis juste rétamée, le fait que je n'arrête pas de m'assoupir chaque fois que je m'assois, le fait que je dors mal ces temps-ci, le fait que je pique du nez puis je me réveille en sursaut, en pensant à Ronny dans la maison, le fait que je n'arrête pas de me dire que j'aurais dû être plus gentille avec ce type, puis je me rappelle qu'il me faisait toujours flipper et que je ne voulais pas trop qu'il s'attarde, le fait que si j'avais été plus sympa avec lui il se serait peut-être attardé encore plus ici, le fait qu'il m'a accusée de l'encourager, de le faire marcher, de « l'allumer », à l'eau, échantillons d'eau, le fait qu'il a dit ça, devant les enfants, le fait que quand l'ai-je jamais aguiché, le fait que je n'ai jamais rien dit à ce type qui soit susceptible de l'aguicher, le fait que pourquoi aurais-je fait ça, un type pareil, avec ses théories sur « Odrama » et le clignotant à gauche, et la Reine, « la 'tite Reine, hein ? », le fait qu'au contraire j'ai essayé de garder mes distances, aussi poliment que je le pouvais, parce que je devais sentir confusément que ça pouvait déraper, et bon sang, c'est ce qui s'est passé, le fait qu'il m'a traitée d'allumeuse, le culot de ce type, alors que tout ce que j'ai fait c'est essayer de me débarrasser de lui, prêts, en joue, feu, le fait que si les gens confondent froideur et coquetterie où va-t-on, aspartam, le fait que Papa est né sur une table de bibliothèque, le fait que Maman et lui sont allés faire du bateau ensemble, et qu'ils ont écrit leurs thèses, et qu'ils se sont enfuis à Paris, mais pas tout ça le même jour, Fresh Pond, acte de foi, bon Dieu, bondir, couguar bondissant en pleine tempête, temps sidéral, Louisa Mulgrove sautant du Cobb à Lyme, Old Lyme, colibris, aboiement de Jim, le fait que je ne crois pas que je pourrais supporter cet aboiement maintenant, je suis trop sur les nerfs, même si ça fait deux semaines, bref, le fait que je sursaute encore au moindre truc, bondir, le fait que je regrette de ne pas avoir fermé la porte à clé ce jour-là, stupide, mais je ne m'attendais pas à ce qu'il se passe une telle chose, le fait que je ne m'attendais pas à ce qu'il déboule comme ça, le fait que je croyais qu'il allait juste remonter dans sa voiture et rentrer à Coshocton, vexé pour une raison quelconque, et puis soudain il était dans notre cuisine, avec ce fusil, pas son Browning, un truc encore plus effrayant, le fait qu'au début j'ai juste pensé tiens c'est bizarre, entrer chez nous sans y être convié et agiter devant mes enfants une mitraillette, le fait que la police a dit que c'était un semi-automatique, le fait que j'ai pensé pourquoi quelqu'un ferait une chose pareille, le fait que pendant un moment j'ai pensé bêtement qu'il voulait juste faire une démonstration aux enfants du fonctionnement de son arme de prédilection, et les mesures de sécurité à prendre, parler de la législation sur les armes, tout ça, mais il s'est mis soudain à me traiter de tous les noms et ça ne ressemblait plus du tout à un exposé, le fait que je n'avais rien vu venir, le fait que je ne l'ai jamais beaucoup apprécié mais je croyais qu'il m'avait à la bonne, je veux dire j'ai toujours été polie avec lui, le fait que, bon sang, ce type avait des choses à dire, même derrière une porte grillagée, le fait qu'il refusait de partir, moustiques, ♫ *À ma porte il a ta-po-té* ♫, le fait que ça n'en finissait pas, bla bla bla, et moi je restais là à faire comme si ça m'intéressait, le fait qu'Amelia lui avait dit d'aller voir ailleurs la première fois qu'il lui avait fait le coup, le fait qu'au bout d'un moment j'ai eu mal aux pieds, à force de rester debout à attendre qu'il parte, le fait que comment quelqu'un a-t-il bien pu épouser ce type, le fait qu'il a dû lui prendre la tête, qu'on leur coupe la tête, décapitation, bond, « Shane ! Shane ! », le fait que pour me débarrasser de lui la seule chose que je trouvais à dire d'habitude c'était « Bon, j'ai peur que mes tartes brûlent », mais ça ne faisait peut-être que jeter de l'huile sur le feu, ou du beurre, beurre au caramel salé, tressage, jaune d'œuf au pinceau, « Voici une noisette », le fait que le plus flippant c'est quand il a parlé de toutes les fois où il nous avait espionnés, et suivis en voiture, le fait que ça fait vraiment peur, le fait que dans tout ça, alors qu'il me tenait en joue, tout ce que je pensais, moi, c'était, si tu avais le temps de jouer aux espions tu aurais pu t'occuper des livraisons, livrer mes tartes et te rendre utile, une nouvelle rime pour Budington, en faire des tonnes, mais apparemment Ronny n'avait aucune envie de se rendre utile, le fait que les sacs de graines c'était juste un stratagème, le fait que même quand il nous a sauvés des inondations il avait une motivation secrète, une raison spéciale, quelque chose entre le viol et le vol de tarte, le fait que je ne crois pas que lui-même sache lequel, poubelles, poules, tabouret de cuisine, bus scolaire, Leo, chat qui nage, le fait que je n'aime pas trop l'idée de Ronny en train de nous épier en permanence, le fait que depuis quand il faisait ça, des mois peut-être, le fait que c'est très contrariant, bus londoniens, bonbon au maïs, pommes d'amour, carottes, oignons, céleri, tomates, mayo, tomates à la crème, parce qu'on est souvent seuls ici, sans Leo, le fait que je ferais mieux de ne pas y penser, le fait qu'il était là, sur le seuil de la cuisine, avec son arme à la main, à me demander pourquoi je ne lui avais jamais proposé d'entrer, le fait que qui aurait pu deviner qu'il se mettrait dans un tel état pour une part de tarte et un café, mince alors, le fait qu'il n'avait qu'à le dire et je lui en aurais proposé, à contrecœur, bien sûr, mais je l'aurais fait quand même, et s'il n'avait pas été dans notre cuisine avec son arme, armada, maraude, marasme, je lui aurais peut-être dit d'entrer, mais j'étais tétanisée, le fait que si j'avais pu parler, et parler franchement, témoignage des victimes, programme de protection des témoins, j'aurais répondu « Primo, Ronny, je suis timide. Ensuite, je suis occupée, les enfants sont là et on est en train de faire des cookies. Et enfin, je ne vous connais même pas, et vous me foutez les boules espèce de maboul ! », tressage, Saints des Derniers Jours, mais quand est-ce qu'on dit ce qu'on a vraiment envie de dire, et de toute façon je n'ai rien dit parce que j'en étais incapable, le truc du lapin dans les phares, faramineux, les jambes de Papa éclairées par les phares de la voiture, Oliver, « S'il vous plaît, m'dame, j'peux avoir de la tarte ? », le fait qu'il a alors relevé son arme et j'ai cru que c'en était fini de nous, mais il l'a juste coincée sous son bras, il est passé devant moi et s'est dirigé vers le saladier, salle des contrôles du capitaine Nemo, le fait qu'il a pris ma daguette en bois, mon ustensile de cuisine préféré, et il a commencé à enfourner des cuillerées de pâte à cookies dans sa grosse bouche carrée, ce qui était presque amusant parce que la daguette a un bout carré, le fait qu'on aurait dit un distributeur d'argent, mais un distributeur d'argent qui inhale l'argent, au lieu de l'exhaler, exsuder, extruder, le fait qu'il s'empiffrait de pâte à cookies tout en ressassant entre deux bouchées que je l'avais toujours mis mal à l'aise, le fait que, non mais pincez-moi, c'est moi qui le mettais mal à l'aise, MAGA, saga, saxo, silure, le fait que c'est lui qui m'a mise mal à l'aise un million de fois, le fait que ça voulait dire quoi toutes ces remarques sur mon visage plein de farine, enfariné, ou la taille de mon tablier, le fait qu'il voulait peut-être que je porte une petite tenue de soubrette, et que j'attende qu'il déboule, photos porno, le fait qu'il avait, lui, davantage que de la farine sur le visage, le fait qu'il était couvert de pâte à cookie, le fait qu'il ressemblait à un silure, un énorme silure recouvert de pâte à cookie, retournant sa mâchoire et extrudant sa langue, anguille de vase, « Spiegel im Spiegel », le fait que je n'arrivais pas à suivre ce qu'il disait, parce que mon cerveau était paralysé, le fait que pour une fois Ronny avait vraiment toute mon attention, qu'il cherchait apparemment à attirer depuis longtemps, le fait que j'étais en alerte maximale, mais je ne savais toujours pas quoi faire, le fait qu'on aurait dit que tout se passait au ralenti, le fait qu'on ne s'attend jamais à ce que ces choses-là vous arrivent, le fait que statistiquement vous avez plus de chances d'être frappé par la foudre ou de tomber du lit, le fait que j'étais incapable de penser à autre chose qu'à son arme, mais j'essayais de ne pas la regarder, de peur que ça le pousse à s'en servir, ♫ *Courage !* ♫, cookies Brave Man, l'arme de Ronny, semi-automatique, semi-remorque, tracteur, semis, séminaires, le fait que quand je pense à mes enfants obligés d'écouter Ronny parler à leur maman de cette façon, me dire qu'il était « excité » et tout ça, le fait qu'ils ont dû entendre tous ces mots, le fait que ça me rend encore malade, le fait que pendant une semaine après ça cette seule idée me faisait littéralement vomir, mais maintenant ça me donne juste *envie* de vomir, le fait que la vie est solitaire, pauvre, moche, brutale, et brève, et Ronny est pauvre, moche, une brute solitaire, mais pas bref, le fait que personne ne bougeait, pas même le pauvre Jake, ce qui lui a peut-être sauvé la vie, agnelet, agneau bleu de Maman, le fait qu'il s'est mis à pleurer, mais il s'est calmé tout seul, le pauvre petit, et il était là, ce tout petit enfant, à fixer cet énorme bonhomme qui se gavait de pâte à cookie à tire-larigot, le fait que le temps semblait s'être arrêté, puis la minuterie du four s'est déclenchée, pour les cookies, et Ronny a tiré dessus, le fait que Ronny a tiré sur la minuterie de mon four, sans raison, à bout portant, le fait que je crois que ça l'a surpris, et c'est bizarre mais je me rappelle avoir pensé que ce genre de minuteur est très difficile à trouver, le fait qu'il m'a accusé de jouer les sainte-nitouche, synthèse, santé, le fait que tout se brouille dans ma tête, *La Garçonnière*, le fait que ce que Ronny n'a pas l'air de comprendre c'est qu'il faut être « un mensch, un être humain », le fait qu'un jour Jack Lemmon s'est tiré une balle dans le genou par accident, à cause d'une fille, je veux dire dans le film, pas dans la vraie vie, le fait qu'il ne devrait vraiment pas avoir d'arme chez lui si des femmes suicidaires comptent dormir chez lui, le fait que comment peut-on vouloir se tirer une balle dans la tête, mais des tas de gens le font, le fait que quand Ronny a tiré sur le minuteur tout ce qui était sur le plan de travail de la cuisine s'est envolé, le fait que c'est à ce moment que Frederick s'est enfui, le fait que Opal s'était carapatée depuis longtemps, je parie, parce qu'elle n'a jamais pu sentir Ronny, le fait que je n'ai toujours pas retrouvé certaines choses qu'on a perdues ce jour-là dans la pagaille, par exemple où est ma cuiller à chocolat préférée qui vient de la chocolaterie Walter Baker & Co's à Dorchester, Mass., le père de Hart Crane, dame servant un chocolat chaud sur un petit plateau, daguette, le fait que cette fille qui sert du chocolat vient d'un tableau de Liotard qui s'appelle « Nannerl », le fait que j'ai toujours aimé cette cuiller, le fait que c'est une des rares cuillers que j'aimais dans la collection de Mamie, et elle a fini par m'échoir, le fait que Phoebe a tout le reste, ou presque, le fait qu'on en a aussi avec des roses sur le manche, cardinal, le fait que le surnom de la sœur de Mozart était Nannerl, et cette fille qui sert du chocolat pourrait être dans un opéra de Mozart, le fait qu'elle pourrait jouer une servante qui apporte du chocolat chaud, récitatif, Ira Siff, bel canto, James Levine, le fait que le Massachusetts était autrefois plein d'immenses usines et de jeunes ouvrières désespérées essayant de sauver leur famille de la misère noire, le fait que les patrons les exploitaient en les sous-payant, et que les contremaîtres séduisaient les plus jolies et parfois elles finissaient sur le trottoir, trop tard, minuteur, le fait que quand Ronny a tiré sur mon minuteur, ça m'a un peu secouée, le fait que je me suis dit que je devais vraiment faire quelque chose, le fait qu'on vous dit tout le temps qu'il faut parler aux gens qui vous agressent, alors j'ai essayé, le fait que j'ai commencé à lui parler de rendez-vous chez l'orthodontiste et que les enfants avaient besoin de se faire couper les cheveux et que le coiffeur de Cambridge nous attendait, le fait que je crois que j'ai dit que si nous ne partions pas très vite il s'inquiéterait pour nous, comme si Ronny allait être contrarié par la possibilité que quelqu'un dans un salon de coiffure à Cambridge constate qu'on était en retard, un type avec de la pâte à cookie partout sur le menton et une mitraillette sous le bras et probablement ma cuiller à chocolat sous le pied, le fait qu'il n'y croyait pas, à mon histoire de coiffeur, le fait que mon seul plan B était de rassembler les enfants et de sortir de là sans me retourner, et de prier pour que tout se passe bien, prier pour que nous abattre tous dans le dos ne soit pas vraiment le truc de Ronny, le fait qu'entretemps Jake s'était caché sous le tabouret, je crois qu'il s'était réfugié là quand Ronny avait tiré sur le minuteur, et je n'étais pas sûre de pouvoir l'extraire de là assez vite, « le mouvement fluide de l'acier trempé qui glisse hors du — », et si je n'y arrivais pas, et que Jake et moi nous faisions abattre, je ne savais pas si les autres auraient le courage de fuir, le fait qu'il y avait de grandes chances pour que mon plan B soit un échec total, Plan A, Plan B, le fait qu'on dirait que j'envisage une guerre nucléaire, dissuasion, Traité de non-prolifération, le NPT, ONU, le fait qu'ensuite j'ai essayé d'intéresser Ronny à l'anniversaire de Gillian, comme quoi je devais à tout prix lui trouver un cadeau aujourd'hui, sinon il serait trop tard, parce que le magasin était fermé le lendemain, le fait que je disais n'importe quoi, et que ça ne tenait pas la route, je crois, le fait que je ne crois pas que j'espérais vraiment que l'anniversaire de Gillian ferait vibrer une corde dans le cœur de Ronny, le fait que c'était un message codé à l'intention de Gillian, CIA, KGB, SS, le fait que ce que je pensais c'est que si on se faisait tous abattre au moins Gillian saurait avant de mourir que je pensais à son anniversaire, parce qu'elle avait un peu l'air d'en douter le matin, le fait que, en attendant, pendant que je parlais, j'essayais d'imaginer une façon de nous tirer d'affaire, le fait que je me demandais si je pouvais faire à Ronny le coup éculé du truc inquiétant qui se passe dehors, et alors on pourrait foncer vers la porte du couloir, mais je n'étais pas sûre que les enfants décolleraient quand je dirais « Courez ! », et où est-ce qu'on irait, assez vite pour échapper à Ronny, un Ronny assoiffé de vengeance, et si jamais ils restaient figés sur place comme moi, quand il s'agirait de foncer vers la porte, et si, et si, « Shane ! Shane ! », le fait que les familles devraient s'entraîner à ça, en fait, le fait que les gens devraient avoir des cours de survie chez eux, pas juste à l'école, « notre foyer éternel », le fait qu'on devrait apprendre aux gens à faire le mort, à tous les habitants de ce pays, je veux dire, le fait que tout le monde devrait avoir des caméras de surveillance et des portiques électroniques et des gardes du corps, pour ceux qui en ont les moyens, la totale, parce que sinon ce genre de choses peut arriver, à tout moment, sans raison aucune, festival de la fraise, le fait que mais alors qui protégerait les gardes du corps, le fait que c'est comme les nourrices, le fait que qui allaite le bébé de la nourrice, ça m'a toujours intriguée, le fait qu'il faut peut-être sevrer son enfant avant de devenir nourrice, mais je crois que l'enfant de la nourrice est sans doute sacrifié dans l'histoire, comme les veaux dans l'industrie laitière, le fait que le lait maternel s'adapte au bébé qui grandit, mais je ne sais pas s'il peut s'adapter en passant d'un jeune enfant à un nouveau-né, comme ça, d'un claquement de doigts, le fait que je parie que les nourrices n'étaient pas beaucoup payées non plus, mais ça suffisait quand même à leur faire renoncer à leur propre bébé, dans l'intérêt des finances familiales, le fait que Ronny en a alors remis une couche, et au lieu de disserter sur les sentiments qu'il avait pour moi il a commencé à s'apitoyer sur lui-même, le fait qu'il a dit qu'il avait toujours été sympa avec moi, à m'apporter le grain pour les poules, qu'il n'était pas un si mauvais bougre et qu'il avait toujours voulu être serviable, silure en approche, courses de caisses à savon, cure-dents, le fait que j'étais censée dire quoi, le fait que je les payais ces graines, et lui était payé pour les livrer, le fait que ce n'était pas juste une faveur personnelle, le fait que pendant ce temps les cookies cramaient, et la cuisine était enfumée, le fait qu'on aurait peut-être dû avoir un système d'extinction automatique, le fait que ça aurait peut-être refroidi ses ardeurs, pièce sécurisée, le fait que tout le monde devrait avoir une pièce sécurisée aussi, le fait que j'ai commencé à prier pour que les cookies brûlés enfument encore plus la cuisine, pour qu'on puisse s'éclipser sans se faire remarquer, le fait que mon autre plan était encore plus stupide, le fait que j'espérais vraiment que ça marche, vu qu'il avait avalé environ l'équivalent en poids de trente couguars de pâte à cookies crue, peut-être qu'il aurait la nausée et qu'il devrait foncer aux toilettes, mais bien sûr ça n'est pas arrivé, une chance sur un million, mille milliards de poules, le fait qu'avec la chance que j'ai il allait être défoncé au sucre et avoir encore plus d'énergie pour nous descendre tous, sel, radiateur, tortues d'eau, fente à pièce, le fait qu'il a tiré ensuite sur les grandes portes coulissantes donnant sur la véranda, et ça a fait un vacarme épouvantable quand le verre s'est brisé, bond, le fait que toutes les voitures et les maisons devraient avoir des vitres à l'épreuve des balles, et qu'on devrait tous porter des gilets pare-balles, mais alors peut-être que les balles ricocheraient partout dans la pièce jusqu'à ce qu'elles atteignent l'un d'entre nous à la tête, projectiles, le fait que Ronny a tiré chez moi, le fait qu'après avoir tiré sur la baie vitrée il s'est tourné vers moi, en souriant, juste pour vérifier qu'il m'avait effrayée, et oui, c'était réussi, le fait que mon sang s'est glacé dans mes veines, le fait que maintenant je sais ce que les gens veulent dire par là, le fait que vous sentez votre sang devenir glacé et arrêter de couler dans vos veines, un long hiver, le fait que je crois que c'est à ce moment que j'ai fait pipi dans ma culotte, le fait qu'ensuite Ronny a décidé de flinguer le frigo, RAT-A-TAT-TAT, et le frigo a dû sentir son sang se figer lui aussi, liquide réfrigérant, graphique, à tort et à travers, diagramme de diffusion, diagramme de causes et effets, le fait que j'ai prié pour que flinguer le frigo le calme, mais j'en doutais, le fait qu'à ce moment-là j'espérais juste que Jake s'en sorte, s'il restait sagement sous le tabouret, le fait que, quant aux trois autres recroquevillés contre le mur, tous alignés et prêts à se faire descendre, bien espacés aussi, eh bien, mon Dieu quelle horreur, le fait que cette seule idée m'a fait pleurer, mais je devrais arrêter de pleurer, le fait que ce n'est pas bien que les enfants me voient ainsi, le fait qu'il faut toujours avoir l'air forte devant vos enfants, mais je ne suis pas vraiment forte, ça non, le fait que je suis une ratée, brisée, brisée, le fait que tout à coup ça m'a paru absurde, stupide, le fait qu'on aurait dit que Ronny n'avait pas besoin de nous si tout ce qu'il voulait c'était flinguer des meubles et tout ça, alors pourquoi ne pas partir, mais il s'est arrêté alors pour recharger, ce qu'il sait faire très vite, et j'ai su, j'ai su alors, c'est fini, on est fichus, le fait que ce type passe la moitié de son temps à jouer avec des armes, et qu'il m'a dit un jour qu'il était « en pleine forme », le fait qu'il a détourné un instant le regard, pour s'occuper de son arme, et c'est alors que Stacy l'a frappé de toutes ses forces avec cette lampe que j'ai toujours détestée, le fait que maintenant j'adore cette lampe, même si elle ne marche plus, le fait que l'avantage c'est qu'elle est si grande qu'elle a pu l'atteindre depuis l'autre bout de la pièce, la longueur de la lampe plus la longueur du bras de Stacy, le fait que ça l'a atteint à l'épaule, pas sur son crâne d'abruti malheureusement, mais l'impact a fait tomber l'arme par terre, et quand Ronny s'est penché pour la ramasser Stacy a sauté sur son dos et enfoncé ses doigts dans sa gorge, et elle l'a mordu au bras, et il s'est mis à brailler, le fait qu'elle dit qu'elle a appris ce truc à la gorge dans le manuel d'autodéfense, mais qu'elle ne l'avait encore jamais testé avant, parce que Ben ne voulait pas qu'elle s'entraîne sur lui, le fait que je ne sais pas pourquoi elle a repensé à ce coup de la morsure, le fait que c'était peut-être juste instinctif, Suisse, chocolat, Nannerl, le fait que Ronny s'est débattu et a grogné comme s'il s'étranglait et il a essayé de la repousser mais Stacy n'a pas lâché et elle a continué d'enfoncer ses doigts dans sa gorge, le fait qu'il s'est relevé avec elle encore accrochée sur son dos, et il a essayé de la désarçonner, le fait qu'il est très costaud, tous ces sacs de graines, mais elle a réussi à se cramponner, juste à la force de ses mains, ses jambes battant l'air, le fait que je crois qu'elle l'a tenu par les oreilles à un moment, le fait que Ronny titubait dans la cuisine comme un gros ours, en gueulant et crachant, essayant toujours d'attraper son arme, mais je crois que Ben l'avait déjà cachée dans la pile de linge à repasser, le fait que l'entêtement de Stacy a fini par me secouer, et j'ai enfin fait quelque chose, tu parle d'une mère, Mère Courage, quelle rempart, le fait que bref je me suis ressaisie et j'ai attrapé le gros sac de farine à moitié vide et je l'ai frappé au ventre aussi fort que j'ai pu, en essayant d'éviter de frapper Stacy, qui était toujours sur son dos, le fait que je l'ai atteint en plein ventre, et il a vacillé puis s'est écroulé, mais je ne crois pas que ça soit à cause de moi, le fait que je crois que c'est Stace, qui a réussi à passer sa jambe sur une des siennes et à le faire trébucher, le fait qu'il est tombé à plat ventre et Stacy s'est mise à cheval sur ses épaules et lui a donné un coup dans le nez et a enfoncé son pouce sous son menton par-derrière comme il est indiqué dans le manuel, le fait qu'elle a vraiment appris des choses dans ce livre et, bon sang, pour marcher ça marchait, le fait que j'ai vraiment commencé à me dire qu'on allait pouvoir avoir le dessus sur lui, et j'ai avisé mes casseroles Revere Ware sur la gazinière, alors je me suis mise à frapper Ronny sur la tête avec l'une d'elles, la plus grosse, la casserole Revere Ware la plus lourde que je possède, le fait que je crois que c'est la plus grande qui se vend dans le commerce, le fait que je l'ai frappé avec de toutes mes forces, et elle a résonné à chaque coup, phulu-pututu, phulu-pututu, sans doute du fait du revêtement en cuivre au fond, au fond de la casserole, pas de Ronny, et elle n'est même pas cabossée, le fait que j'aurais aimé que Maman sache que ses Revere Ware seraient aussi utiles un jour, le fait que, c'est dingue, si elle ne m'avait pas laissé ses Revere Ware on n'aurait peut-être pas maîtrisé Ronny, héritage, Tanger, contreforts vert foncé, le fait qu'une fois qu'il a été bien sonné et assommé tout ce qu'on a eu à faire c'est de le ligoter avec les chemises à manches longues de Leo qui étaient sur la pile du repassage, le fait que c'est Gillian qui a eu cette brillante idée, bon anniversaire Gillian, le fait qu'elle a vraiment le sens pratique, pour une si petite enfant, le fait que Ronny se comportait encore comme King Kong, à se tortiller dans tous les sens, mais il n'arrivait pas à se relever, et Stacy et moi avons réussi à lui tordre les bras dans le dos et à les attacher au niveau des poignets avec d'autres chemises et on a fait pareil avec ses pieds, le fait qu'il donnait des coups de pied comme un fou, mais Ben en a attrapé un courageusement et j'ai coincé l'autre, juste le temps que Stacy les ligote avec une chemise ou deux, le fait que Ben a aidé à faire les nœuds, le fait qu'ils les ont très bien réussis, le fait que les jambes de Ronny étaient bien serrées et qu'il se débattait comme un phoque, un éléphant de mer, le fait que les chemises en coton sont solides, celles qui se boutonnent, les tee-shirts je ne sais pas, NAZI POTUS, le fait qu'elles font vraiment de bonnes cordes, le fait qu'alors, histoire de marquer le coup, Ben est allé chercher de vieux annuaires dans le placard et les a laissés tomber sur la tête de Ronny, un par un, le fait que ce n'est qu'à ce moment que j'ai pensé à vérifier comment allait Jakey sous son tabouret, mais il n'était pas là, le fait que j'ai eu soudain une vision de lui allongé et blessé par une balle perdue, mais quand je l'ai appelé il est sorti de derrière le comptoir, le fait qu'il avait fait le tour par l'autre côté, pour éviter de ramper sur Ronny, le fait que c'était un tel soulagement de le voir, mais alors il a trébuché sur la lampe qui gisait par terre, le fait qu'il est tombé sur les genoux d'un coup, et pendant une seconde on s'est tous figés, s'attendant à ce qu'il pleure, mais il a juste ri et dit « C'est bon les gars, ça va aller », ce qui nous a vraiment fait du bien à tous, le fait que c'est Jake qui a eu alors la bonne idée de balancer des pommes sur Ronny, le fait qu'il a donné le signal, et bientôt on s'est tous mis à lui lancer des pommes, le fait qu'il se trouve que les pommes sont un bon exutoire à la colère, mais peut-être que je le savais déjà, et que c'est pour ça que je fais toutes ces tartes Tatin, le fait que, finalement, quel beau travail d'équipe, quel savoir-faire américain, quel entrain, quelles bonnes pommes américaines aussi, bon, sud-américaines, le fait qu'on avait gagné, et Ronny était juste étalé là à remuer les pieds et à grogner chaque fois qu'une pomme l'atteignait, son visage tout collant de sueur et de pâte à cookie, le fait que c'était un peu répugnant, et c'est sûrement pour ça que Gillian a jeté une couverture sur lui, le fait qu'il était plus supportable ainsi, complètement recouvert, tumulus Ronny, et ses protestations et ses grognements se faisaient moins entendre, le fait que j'avais envie de le frapper, vraiment, mais en un sens Ronny n'avait plus d'importance, le fait qu'on avait battu un type qui était armé, Mishipeshu, Mishawaka, le fait que sans Stacy, et ses tactiques d'autodéfense, ça se serait sûrement passé autrement, le fait que c'est peut-être pour ça qu'on a des enfants, pour qu'avec un peu de chance quelqu'un dans votre famille soit utile en cas d'urgence, par exemple si jamais le type qui vous livre vos sacs de graines pour volailles est complètement fêlé, taré, un individu d'une santé mentale plus que douteuse, et présentant un danger certain, le fait que mes quatre enfants se sont révélés extra dans cette situation, vraiment, mais pas moi, le fait qu'ils ont tous fait instinctivement ce qu'il fallait, le fait que c'est comme quand Powell a attaqué les Seward, sauf que presque tous les Seward ont été blessés, et nous non, personne, Davina Beebee, le fait que les Seward ont tous survécu, sauf Mrs Seward, qui est morte du choc par la suite, la pauvre, le fait qu'elle a peut-être ressenti la même chose que moi, le fait qu'elle a dû sentir son sang se glacer elle aussi, le fait que mes enfants sont des perles, des étoiles, quatre étoiles, Michelin, le fait que je pourrais vraiment me vanter si je ne prenais pas garde, surtout Stace, le fait que sans elle je ne suis pas sûre qu'on serait encore ici, le fait que ma petite poulette, Stacy à six ans, mon Dieu, cette petite boudeuse, râleuse, avec son Silence Méprisant, nous a sauvé la vie, le fait que j'ai toujours su que j'étais pleutre, le fait que j'espérais ne jamais être mise à l'épreuve, le fait que j'ai toujours su que je me figerais ou que je tournerais de l'œil, Lion Poltron, mais pas elle, donc au moins ce n'est pas héréditaire, le fait que s'il y a une chose que cette expérience m'a apprise c'est qu'il faut toujours avoir des pommes sous la main, parce qu'on ne sait jamais quand on en aura besoin pour bombarder quelqu'un, même si des oignons et des pommes de terre feraient aussi l'affaire, peut-être pas des carottes, le fait que, non, les oignons peuvent être glissants, le fait qu'on devrait garder un gros sac de farine à portée de main en permanence, pour le balancer sur le ventre d'un maraudeur, et ça peut aider aussi d'avoir un fils qui sait faire un nœud bien solide, grâce à son expérience de pirate, et un mari patient prêt à attendre des semaines avant qu'on repasse ses chemises, le fait que je crois que ce n'est que quand Jake s'est mis à promener son petit tracteur jaune sur le tumulus Ronny que j'ai réalisé qu'on était tous à moitié fous, mais vivants, et soudain j'ai ressenti plein de colère, le fait que j'aurais pu imaginer des tas de châtiments pour Ronny pires que des petits tracteurs jaunes, par exemple un vrai rouleau compresseur, grandeur nature, le fait qu'une fois de plus c'est Stace avec son sang-froid qui a déclaré que le premier principe de l'autodéfense c'est de fuir quand votre maison est envahie, alors, pendant que les enfants prenaient leurs chaussures, j'ai éteint le four et vérifié les brûleurs, parce qu'il faut toujours vérifier que c'est bien éteint avant de quitter la maison, même si vous avez failli être assassiné, sauf si vous avez un de ces trucs qui s'éteignent tout seuls, mais jamais je n'en aurai parce que je crois que c'est mauvais pour les personnes qui ont des pacemakers, et on ne sait jamais quand peut débarquer quelqu'un avec un pacemaker, sauf que je n'ai pas envie que quelqu'un « débarque », jamais plus, Anne Tyler, chaises, le fait que si vous avez un appareil dans ce genre, et que le maraudeur a un pacemaker, alors vous pouvez peut-être le neutraliser en l'activant, le fait que, franchement, ça peut le perturber, pas vraiment l'électrocuter ou griller ses circuits, le fait que je ne sais pas si c'est aussi puissant, ce système, pas les maraudeurs, je veux dire, le fait que bizarrement les cookies avaient arrêté de fumer, ayant déjà été réduits en cendres, le fait qu'il ne restait plus rien de notre fournée de couguars, alors on est sortis en courant et en laissant Ronny vautré là tel un morse à l'agonie, le fait qu'on a traversé notre jardin, sauté par-dessus les géraniums et par-dessus le mur et on a foncé jusque chez les Kinkel, essai transformé, le fait qu'heureusement ils étaient là, le fait que je n'ai jamais été aussi soulagée de voir quelqu'un de ma vie, le fait que ça paraissait miraculeux qu'eux aussi soient en vie, et Doreen a été adorable et tout, le fait qu'ils ont été adorables, le fait que c'est alors que j'ai commencé à sangloter, et à ne plus pouvoir parler, et c'est Stacy qui a tout expliqué, pendant que les enfants suivaient le mouvement, le fait que Doreen s'est mise elle aussi à pleurer quand elle a appris ce qui s'était passé, le fait qu'elle a alors serré tout le monde contre elle, le fait que même Ben a accepté qu'on le serre contre lui ce jour-là, le fait que, bon, je me trompais complètement au sujet de Doreen, le fait que c'est vraiment quelqu'un de bien, le fait que ce sont tous les deux de bons voisins, le fait que tant pis si elle aime les vipérines, le fait que personne n'est parfait, « Je suis juste humain », le fait que je n'oublierai jamais comment ils nous ont recueillis, le fait qu'on était dans tous nos états, le fait que c'était comme à Londres pendant le Blitz, le fait que Ronny est un voisin lui aussi, Ronald Voisin Cité Comme Suspect Dans Une Affaire D'Effraction, le fait que Stacy a même pensé à appeler la police, le fait qu'elle était déjà au téléphone, cellulaire, cellule, en se rendant chez les Kinkel, le fait que Jerry Kinkel les a appelés aussi, une fois qu'il a compris ce qui se passait, le fait que, mince alors, qu'est-ce que Stacy a gardé la tête froide tout ce temps, le fait que ce n'est que plus tard, quand elle a raconté à Leo au téléphone ce qui s'était passé, qu'elle a finalement craqué et que j'ai dû prendre le téléphone, le fait que je tremblais déjà tellement que ma tasse tressautait sur la jolie petite soucoupe des Kinkel, le fait qu'ils nous ont servi du thé dans leur beau service à thé, le fait que c'est un miracle qu'il ait survécu à notre visite, ce service en porcelaine, pas le couple Kinkel, le fait que ce qui est surprenant c'est que, même si ce genre de choses est devenue banale, la nouvelle norme anormale, énormité, les deux policiers sont arrivés très vite, et ils n'ont abattu personne, loin de là, ils ont même été très rassurants en fait, surtout quand ils ont su que des enfants étaient impliqués, le fait que je bégaie quand je parle à des policiers, depuis toujours, le fait que je n'y peux rien, ils me rendent nerveuse, le fait que j'étais incapable de me rappeler correctement notre adresse quand ils me l'ont demandée, le fait que je n'arrêtais pas de montrer notre maison, genre « Allez-y, vous », le fait qu'ils ont dû croire que j'étais cinglée, et une mauvaise mère, et ils ont sans doute raison, le fait que je suis nulle comme mère, sinon une telle chose n'arriverait jamais, *Kramer contre Kramer*, le fait que ce film a dû faire culpabiliser toutes les mères, le fait que Meryl Streep et Dustin Hoffman ne se sont pas bien entendus, dans la vraie vie je veux dire, quand ils ont tourné ce film, le fait qu'ils étaient fâchés aussi bien dans le film que pendant le tournage, parce qu'il la maltraitait, voire la frappait, 3:33, le fait que qui est le meilleur acteur des deux, cela dit, le fait qu'en dépit de sa méthode d'acteur et tout ça Dustin Hoffman joue toujours de la même façon dans tous les films, alors que Meryl Streep sait vraiment se transformer, le fait que c'est comme si on avait du mal à croire que c'est la même personne, comme dans *Sur la route de Madison*, et *Julie & Julia*, et *Pas si simple,* le fait que *Le Lauréat* est le meilleur film de Dustin Hoffman, et que ça date, le fait qu'après qu'on a dit à la police à quel point Stacy avait été héroïque les policiers l'ont félicitée, le fait que ça a aidé qu'elle soit aussi pertinente, lucide, et jolie aussi, le fait qu'elle resplendissait, et les agents avaient l'air sous le charme, mais ensuite ils se sont rendus sur les lieux pour aller voir Ronny, le fait qu'ils se sont approchés de la maison avec prudence, l'arme au poing, au cas où il se serait dégagé des chemises et qu'il aurait piégé toute la maison ou je ne sais quoi, ou qu'il se serait barricadé à l'intérieur, s'apprêtant à un long siège tout en cherchant partout des tartes gratuites, Un Tueur Mange Des Tartes Lors D'Un Siège De 48 Heures, le fait qu'heureusement il gisait toujours par terre dans la cuisine, où ils l'ont trouvé, sous la couverture, entouré de pommes et d'annuaires, le fait qu'ils ont trouvé également l'arme, ce qui est une bonne chose parce que je ne voulais pas retourner dans notre maison tant qu'ils ne l'avaient pas récupérée, le fait qu'on est restés chez les Kinkel et qu'on a regardé les policiers escorter Ronny avec des menottes en plastique jusqu'à la voiture de police, le fait que les menottes en plastique ressemblent à des liens pour empêcher les branches de tomber, pas pour maîtriser les assassins, mais je crois qu'elles sont efficaces et faciles à utiliser, par rapport à celles en métal, ou à des chemises, le fait que je crois que les policiers savent que les menottes en plastique ont l'air ridicules, et c'est pour ça qu'ils les aiment bien, le fait qu'elles donnent tout de suite au suspect un air idiot, boutons de manchette, caleçons, Interlochen, le fait qu'ils ont passé un moment à inspecter la voiture de Ronny et le saccage dans la cuisine, et à relever des empreintes dans notre maison des horreurs, puis ils sont revenus interroger Stace, le fait que Stace leur a tellement bien expliqué les choses que je l'ai laissée faire, le fait qu'elle leur a dit également où se trouvait l'arme, ou non, c'est Ben qui le leur a dit, parce que c'est lui qui l'avait glissée sous la pile de linge, le fait qu'on a de la chance que Stace ait fait tomber son arme avant qu'il puisse la recharger, sinon Ben aurait risqué sa vie en poussant l'arme par terre avec son pied, le fait que la seule idée de Ben obligé de toucher cette chose m'effraie encore, mais quel petit garçon intelligent, simulant ballistique, gélatine, trajectoire d'une balle dans le cerveau d'un bébé, verres à shot à l'épreuve des balles, à bout portant, appareil ergonomique en forme d'arme, AFID, le fait que j'espère que maintenant il ne va pas aller raconter à tous les enfants de l'école qu'il a manié une arme semi-automatique, parce qu'après ils en voudront tous une, le fait que je lui ai dit de garder ça pour lui, le fait qu'autrefois c'était des pistolets à bouchon et maintenant ça, Sandy Hook, le fait que le minuteur a eu son compte, mais le frigo n'est que légèrement blessé, le fait que les impacts sont impressionnants, à première vue en tout cas, comme la contrebasse de Jack Lemmon dans *Certains l'aiment chaud*, « Mais d'où viennent donc ces trous ? », « Des souris ? », le fait que Ronny n'a pas réussi à le tuer, le fait qu'il ne donne plus trop de glaçons, c'est tout, le fait que maintenant il ne donne plus que de la bouillie, fouillis, cendres, dépouille, fouille, face à face, foyer éternel, le fait qu'on est passé aux infos nationales, même s'il n'y a pas eu de mort, le fait que c'était étonnant, de passer à la télé, je veux dire, le fait qu'il n'a pas dû se passer grand-chose ce jour-là, mais tout le monde a envie de savoir comment les enfants sont intervenus, surtout Stacy, le fait qu'elle fait une héroïne très photogénique, le fait qu'elle est célèbre maintenant, le fait qu'on dirait la nouvelle mascotte nationale, le fait que bientôt elle aura son propre fan club comme les filles de Morning Routine, le fait que ce gentil Colin je-ne-sais-quoi lui a dédié un match de basket à Columbus, avec les pom-pom girls et tout, le fait que Leo l'a emmenée là-bas, le fait qu'on lui a passé une ceinture comme si elle était Miss Monde, et les pom-pom girls ont fait une danse spéciale pour Stace, le fait qu'on l'a vue ensuite sur son téléphone, le fait qu'ils ont organisé toute une cérémonie à l'école aussi, avec du punch hawaïen et des cookies, et des brownies bien sûr, le fait qu'elle n'a pas pris la grosse tête, le fait que, bon, on est tous trop traumatisés pour ça, trop secoués, le fait que, bon sang, on sursaute à chaque bruit, par exemple quand le nouveau minuteur se déclenche, et les sonneries de réveil, les portières qui claquent dans la rue, les chiens qui aboient, les poules qui piaillent, le fait que, mince alors, on sursaute chaque fois que quelqu'un éternue, le fait que Maman pouvait éternuer dix-sept fois de suite, Maman, poules, poissons rouges, PTSD, insomnie, Jésus de New Philadelphia, le fait que je doute que Gillian ait eu son plus bel anniversaire dans tout ça, mais au moins elle a survécu jusqu'à son anniversaire, et elle a eu un gâteau spécial en forme de **8**, le fait qu'heureusement je sais faire un gâteau d'anniversaire même les yeux fermés, et un gâteau en forme de huit n'est pas compliqué, le fait que vous mettez côte à côte deux gâteaux avec un trou au milieu, en ôtant un petit bout de celui du dessus, à la jonction, vous les nappez de glaçage au chocolat et le tour est joué, le fait que c'est comme si vous aviez réalisé la fission de l'atome, arôme, ou fertilisé un œuf, double jaune, division des cellules, ruban de Möbius, double hélice, spirale, ADN, le fait que j'ai préféré une déco abstraite, Hoag, Art, Ronny, Leo, le fait que Gillian a atteint l'âge de huit ans, le fait que les flics ont tassé, *tasé*, quelqu'un qui avait refilé un faux billet de 20 $, ECW, EMD, NMI, aiguillon à bétail, le fait que c'était un jeune Noir, le fait que lui-même n'avait pas l'air d'avoir vingt ans, le fait qu'ils l'ont traité comme si c'était un meurtrier, le fait qu'ils l'ont tabassé là, dans l'épicerie, devant tous ces Blancs qui n'ont pas bougé, le fait qu'ils sont restés à faire la queue à la caisse pendant que tout ça se passait, le fait que c'est assez incroyable, cette indifférence, « Qu'ils mangent de la brioche », le fait qu'une cliente se recoiffait pendant que les trois flics sautaient sur le type juste à ses pieds, le fait que Ronny, lui, ne s'est jamais pris un coup de taser, alors qu'il a menacé toute une famille à bout portant, et qu'il est entré par effraction, et qu'il a volé de la pâte à cookie et détruit des biens, mon joli petit minuteur, le fait que ça pourrait être considéré comme un kidnapping, détenir des gens dans une pièce comme ça, contre leur gré, le fait que je crois que oui, le fait que j'aurais aimé être seule quand Ronny est venu, le fait que j'aurais aimé que les enfants n'apprennent pas tout de suite à quel point ce monde est une horreur, « taré », le fait qu'il en est sorti au moins une chose positive, le fait qu'on était tous réunis à parler de ça ce soir-là, en mangeant les cookies couguars qui avaient survécu, et Gillian a dit « Au moins Jim n'a pas eu à assister à ça », le fait qu'on a tous reconnu que ça n'aurait fait qu'aggraver sa timidité, puis Ben a dit « Il est mieux là où il est », le fait que j'ai failli m'étrangler et que j'ai demandé d'une voix hésitante « Et il est où ? » et Ben a dit « Avec le pisteur cherokee ! », comme si tout le monde était au courant, le fait que je ne sais pas à quel moment ils ont compris que le chien du pisteur était Jim, mais il semblerait qu'ils soient au courant depuis longtemps déjà et ils ont approuvé le projet d'adoption du pisteur, le fait qu'ils ont tous estimé qu'il valait mieux ne pas m'en parler, pour que je n'aie pas envie d'aller le réclamer, le fait que Gillian a dit « On sait combien tu étais attachée à ce chien », le fait que même Leo a ri alors, et il n'a pas beaucoup ri ces derniers jours, le fait qu'il connaît mes véritables sentiments à l'égard du jappement de soprano de Jim, écorce de cannelle, pire que sa morsure, le fait que, bref, tout le monde a reconnu que Jim était plus heureux là où il était, ce qui est pour moi un grand soulagement, le fait qu'on a tous été impressionnés que Jim ait copiné avec une couguar, le fait que Jake a bien résumé la situation en disant « Jim est top », le fait que tout le monde a éclaté de rire quand il a dit ça, le fait que personne ne savait que Jake était à fond pour, le fait que je pense qu'ils envient tous un peu ce chien, parce qu'il a une vie mouvementée, se faire virer de la ferme, être sauvé d'un chenil en feu, s'acoquiner avec un fauve, et maintenant il va vivre avec un pisteur cherokee, leur type préféré au monde, le fait que Ben n'arrêtait pas de répéter entre ses dents « Il est heureux avec le pisteur cherokee, il est heureux avec le pisteur », le fait qu'ils seraient peut-être tous plus heureux avec le pisteur cherokee, au lieu de vivre avec leur mère timide, faillible et poltronne dans cette maison des horreurs, ou disons maison d'*une* horreur, terreur, terrorisme, 11 Septembre, McVeigh, Breivik, Adam Lanza, le fait qu'au moins je n'ai plus à me faire du souci pour Jim, je dois juste m'en faire pour tout le reste, patte d'aiglon coincée dans des brindilles, bâton hémostatique, à quel point j'ai été nulle dans cette situation, le fait qu'on aurait pu si facilement tous y passer, mourir, Terre de Chasse Abondante, parce que, hein, sans Stacy, le fait qu'au final nous mourons tous, et ça me semble nettement plus réel maintenant et c'est insupportable, phulupututu, gémissements de Ronny, enfants qui meurent, billet de

20 $, manuel d'autodéfense, pattes d'éph', éléphants, défenses coupées, coupe au bol, le fait que je ne veux pas penser à tout ça, le fait qu'il vaut mieux juste penser à Stacy, à quel point elle a été courageuse, le fait qu'elle a été si courageuse, le fait que c'est ça qui me tue, le fait qu'elle est comme Superwoman, pom-pom girls, le fait qu'elle a su exactement quoi faire, et qu'elle a attendu le bon moment pour intervenir, le fait qu'elle n'a pas hésité une seule seconde et, quand elle s'est décidée, elle savait qu'elle jouait son va-tout, le fait que si elle avait échoué c'était fichu, le fait que je n'ai vraiment pas envie de penser à ce qui aurait pu se passer si elle l'avait raté avec cette lampe, le fait que je ne crois pas qu'aucun de nous s'en serait sorti vivant, ces doigts dans la gorge seront soit un succès soit un échec, le fait qu'elle a ce côté volontaire, ce côté Forces spéciales, mais en moins sanguinaire, groupe d'intervention tactique, SWAT, CONSTRUIMUS, BATUIMUS, le fait qu'elle a risqué sa vie, pour nous, le fait qu'elle a bondi sur lui, elle s'est mise en danger, pendant que je restais figée, le fait que je ne sers à rien dans une telle situation, inutile, brisée, fauchée, le fait que je n'ai jamais pensé que la tristesse et les épreuves pouvaient endurcir quelqu'un, le fait que ça m'a encore plus affaiblie, le fait que les vieux et les malades ne peuvent rien attendre de moi, inutile en cas d'urgence, ♫ *Courage !* ♫, le fait que j'aurais dit à la Gestapo tout ce qu'elle voulait savoir, avant même qu'ils m'attachent et m'arrachent des dents, ou me fixent des électrodes aux pieds, ou m'arrachent les ongles, tout, je leur aurais dit tout ce qu'ils voulaient entendre, que ça soit la vérité ou pas, le fait que d'où est-ce que Stacy tire tout ce courage, cookies Brave Man, le fait que j'ai du mal à croire que ça vienne de Frank, le fait qu'elle est Mocchi la guerrière et moi juste un fiasco ambulant, non, un fiasco figé, même quand la vie de mes enfants est en jeu, brûler des sorcières sur le bûcher, steak de Trump, le fait qu'à quoi ça sert d'être figée en cas d'urgence, bon sang, sauf si on parle d'un steak, le fait que en quoi ça sert le processus d'évolution, le fait qu'on n'a même pas eu l'occasion de faire le mort, le fait que j'aurais peut-être su le faire,

le fait que c'est vraiment gênant mais, bon, là encore, à quoi sert la gêne du point de vue de l'évolution, mon rêve où je cours dans le hall d'un hôtel irlandais en petite culotte, le coupe-ongles de Leo, le fait que des enfants suffoquent et meurent, en s'enfermant dans de vieux frigos, le fait que je devrais avoir des pensées positives sinon je vais m'effondrer, compter sur soi, compter les moutons, et vite, le fait que le côté positif c'est que, bon, on a tous survécu, le fait que ça ne fait aucun doute, le fait qu'on s'en est tous sortis indemnes, sortis de la situation je veux dire, parce qu'on doit tous continuer à vivre dans cette maison des horreurs, et je ne sais pas si c'est une bonne chose pour nous, le fait qu'on devrait peut-être déménager, ♫ *Somewhere, over the rainbow* ♫, le fait que de toute façon nous avons toute la vie devant nous et que personne ne nous l'a prise, le fait que, touchons du bois, il n'y a pas d'enterrement à l'horizon, pas de veillées aux bougies, cordons du poêle, le fait que je sais que les veillées aux bougies sont une bonne chose, mais en entendre parler fait toujours froid dans le dos, le fait qu'on n'a pas envie que ça soit en votre hommage à vous, si possible, positiver, le fait que toute cette histoire a dopé Stace, sentiment d'accomplissement, de puissance même, et pourquoi pas, parce qu'elle est bel et bien puissante, le fait qu'elle a sauvé toute sa famille et maintenant on parle d'elle dans les journaux, Une Ado De Tuscarawas Neutralise Un Homme Armé Et Sauve Sa Famille, le fait que Gillian découpe tous les articles pour nous, le fait que ça a dopé également Gillian, de voir ce dont était capable sa grande sœur, même si ça place peut-être la barre un peu haut, positiver, le fait que c'est bien que Ginnie, je veux dire Gillian, ne voie pas encore le côté négatif de tout ça, le fait que j'espère qu'on n'aura pas besoin d'un incident de ce genre pour booster chaque enfant, le fait que, positivons, allez quoi, marcassins, gâteau **8** ans, le fait que du coup Stacy a revu Willoughby, ou Willy, devant chez Zyker's, pendant que j'étais à l'intérieur en train de faire les courses, le fait qu'aucun d'entre nous n'aime sortir seul maintenant, alors elle m'avait accompagnée, le fait que j'aurais bien aimé voir à quoi il ressemble, le fait que je ne l'ai encore jamais vu, le fait qu'elle dit qu'il paraissait de nouveau s'intéresser à elle, tout ça parce qu'on a parlé d'elle aux infos, son nouveau statut d'héroïne, le fait qu'il ne lui lâchait pas la jambe, et il lui posait des tas de questions sur l'incident, sur ce qui était arrivé, ce qui était *arrivé*, le fait qu'elle lui a à peine répondu, le fait qu'il lui a dit qu'il voulait qu'ils se remettent ensemble, et il a essayé de l'embrasser, et elle a dit « Fais encore un pas et tu connaîtras le même sort que lui », ou quelque chose dans ce genre, mais il est resté là, alors elle lui a fait le coup du Silence Méprisant jusqu'à ce qu'il s'éloigne la queue basse, le fait que cette fille a vraiment du cran, Stacy est top, et je suis tellement heureuse pour elle, le fait que c'est vraiment génial pour elle, le fait qu'aucun de nous n'oubliera jamais que Stacy nous a sauvé la vie et que ça change tout, je crois, peu importe ce qui nous arrivera par la suite, le fait qu'il y aura toujours ça, le fait que Ronny a essayé de nous tuer et que Stace nous a sauvés, le fait que Ronny a essayé de nous tuer, Ronny a essayé de nous tuer, le fait que Jim est heureux avec le pisteur cherokee, le fait que, le fait que je devrais repiquer mes capucines, le fait que « repiquer » fait beaucoup plus pro que « planter », tout comme grain pour volaille fait plus fermier qu'aliments pour poules, jargon, bonbon, le fait que je veux des flamencos, le fait que c'est des flamencos que je veux, flamenco la fleur, pas flamenco la danse, le temps où je dansais est fini, le fait que ça a des « pétales grésillants » et que ça attire les papillons, cramé, très animé, le fait que je pourrais aussi prendre des orchidées, des sabots-de-Vénus, Pueblo, si j'arrive à savoir quel genre de sol il leur faut, paillis, moisi, poussière, bouillie, le fait que, bon sang, je fais tellement mon âge, comme dirait Stacy, le fait que je commence vraiment à aimer le jardinage, et les oiseaux, et les arbres et la cuisine et tout ça, mais ce que je pense c'est qu'on n'a qu'une vie, alors tant qu'à faire autant avoir des fleurs à regarder, et peut-être un martinet à gorge violette, le fait que je devrais peut-être avoir un nichoir à martinets, un joli petit nichoir en hauteur où les oiseaux peuvent élever leurs enfants en paix, un foyer sûr, mais notre jardin ne convient pas, dimensions, dioxyde, docile, Dionysos, le fait que je crois qu'à cause de Ronny j'ai pris vingt ans de plus, vieux os, zoo, damoiseau, oiseau, mezzo, furioso, lionceau, sursaut, ruisseau, infos, sac à dos, sac de survie, le fait que des tas d'infos concernant Ronny sont désormais connues, le fait qu'il a été viré de l'armée, et que les gens virés de l'armée ne sont pas censés avoir des armes, Génie, gynéco, le fait qu'il a été marié, Ronny, pas le gynéco, le fait que je suis sûr que mon gynéco a été marié un million de fois, toujours en quête, en quête d'une autre, bon, passons, l'Encyclopédie des Seins, le fait que Ronny et sa femme se sont séparés parce qu'il la battait, le fait que c'est un mari violent et un mauvais père, le fait qu'il a deux enfants quelque part, le fait qu'il n'en a jamais parlé, le fait qu'ils disent que Ronny n'a quasiment rien, *Ils disent*, je veux dire suite à l'Incident, le fait que tous les journaux signalent que nous non plus nous n'avons rien, « pas le moindre mal », maux, Davina Beebee, et c'est tout simplement faux, sinon pourquoi mon seul loisir serait de dormir et pleurer, et sursauter, le fait que je pleure pour ce qu'on était avant et ce qu'on est maintenant, et n'importe quoi peut me faire pleurer, n'importe quoi, le fait que tout semble me rappeler qu'on est différents maintenant, par rapport à avant, moins peut-être, même si je ne devrais pas le dire, le fait qu'on paraît tous inhibés maintenant, intimidés, gênés, bref, le fait que, enfin quoi, grands dieux, rien que de remarquer les bleus que m'ont laissés cette journée me donne des tremblements, ou retrouver un des soldats japonais de Jake cassé dans la pagaille, brisé, le fait que rien que de regarder ce nouveau minuteur suffit, parce que toutes ces choses me rappellent qu'on aurait pu se faire tuer, je crois, sans raison aucune, sauf si on appelle « raison » le fait que Ronny avait besoin d'un peu d'affection et d'une part de tarte, le fait que la seule raison pour laquelle il a fait ça, je crois, c'est que ce type aime jouer avec des armes, et « La situation a dérapé », tout ça parce qu'il est, disons, taré, le fait que Ben et Jake se désintéressent des armes à présent, même des pistolets à eau ou à bouchon, alors Jake se fiche sûrement de ce qui est arrivé à ses soldats japonais, le fait que ça ne veut pas dire qu'il ne pense plus aux armes, le fait qu'il a fait une sorte de danse de saint-guy ce matin et que je l'ai attrapé et je l'ai mis sur mes genoux et je lui ai demandé ce qui se passait, parce que j'avais peur qu'il craque, le fait qu'au début je me suis dit qu'il avait une crise, mais il a dit qu'il s'entraînait juste à éviter les balles, BLAM BLAM, oh mon Dieu, le fait que même lui a l'air de savoir qu'on l'a échappé belle, le fait que sans ce vieux manuel d'autodéfense, qui sait ce qui aurait pu arriver, haillons, chiffons, poupées de chiffon, Barbie et Ken, Goofus et Gallant, deux hommes agressant une fille par-derrière, magazine pour la jeunesse, le fait que je n'arrive pas à chasser cette image, mon pauvre petit Jake caché sous ce tabouret, le fait qu'aucun enfant ne devrait jamais avoir à faire ça, chez lui, le fait que la seule constante ici, le seul truc positif, et maintenant c'est presque une consolation pour moi, c'est que j'ai encore mal aux dents, le fait que ça ne me dérange plus, parce que ça me rappelle les jours d'avant l'Incident, le fait que cette dentiste peut me détartrer les dents quand elle veut maintenant, je suis partante, le fait qu'il y a quelque chose de rassurant à s'allonger sur un fauteuil de dentiste et à se faire détartrer les dents, le fait que pourquoi irais-je me plaindre, le fait que le détartrage m'indiffère maintenant que je suis une victime des armes à feu, je veux dire une survivante, Oprah, le fait qu'on n'est pas censé dire « victime », le fait qu'être une victime est déprimant, alors qu'être une survivante c'est le contraire, le fait qu'il nous faudra sans doute à tous des années de thérapie pour nous remettre, mais pas la Thérapie familiale, pas Caite et Kris, le fait qu'il faut qu'on trouve la bonne personne cette fois, le fait qu'on a eu des propositions, plein de propositions, le fait que tout le monde semble connaître un super thérapeute, ou un hypno-thérapeute, le fait que Leo dit que les assurances vont en prendre une partie en charge, le fait qu'il fait pipi au lit toutes les nuits maintenant et qu'il suce son pouce, Jake, pas Leo, même si Leo n'est plus lui-même non plus, serviette, le fait qu'on a déjà trouvé une psy pour Ben, le fait qu'elle dit qu'elle va juste l'emmener au parc et ne jamais mentionner l'Incident sauf si c'est lui qui en parle, ce qui nous semble une bonne chose, le fait qu'au début Ben a dit qu'il n'avait pas besoin de psy, mais voilà qu'un jour il a déclaré tout à trac qu'il ne voulait plus vivre, et il a ajouté « Je suis mort à l'intérieur », le pauvre petit, le fait qu'il a dit ensuite que c'était pour rire, mais il n'avait encore jamais parlé comme ça, le fait qu'il n'y a pas que Ben, le fait que c'est Gillian qui se pose des questions sur le sens de la vie, pas Ben, le fait que je me demande ce qu'elle pense maintenant, des Choses de la Vie, soldats japonais, chouchous, laisser un mot avant de se suicider, évaluation des dégâts, le fait qu'on vient de le recevoir par la poste, notre Numéro d'Incident, pas un mot avant de se suicider, le fait que nous sommes l'« Incident n° 1897642/crim », le fait que Phoebe veut venir nous voir, même si elle est très prise, mais je lui ait que ce n'était pas la peine, et pourtant regardez-moi, en larmes dans les toilettes une fois de plus, chouchou, bâton hémostatique, le fait que c'est justement maintenant que j'ai besoin de Phoebe, quand je pleure dans les toilettes, Jake sous le tabouret, le fait que je ne peux pas rester longtemps là-dedans, le fait que je n'aime pas laisser les enfants seuls ici dans notre maison des horreurs, le fait que j'aime vérifier ce qu'ils font toutes les deux minutes, Une Famille Terrorisée Par Un Tireur Fou, Une Fille Courageuse, cookies cramés, dent cariée, le fait que Ronny a intérêt à aller en prison pour ça, le fait qu'il est possible qu'il s'en tire avec une peine avec sursis, parce qu'il a juste détruit un minuteur de cuisine, cassé quelques vitres, et abîmé un frigo, le fait que j'ignore s'ils peuvent l'inculper pour son arsenal illégal, munitions, tirs d'artillerie, poo-poo, le fait que c'est pour Leo que je m'inquiète vraiment parfois, le fait qu'il a l'air triste en permanence, ♫ *Our state fair* ♫, le fait que, comme si ça ne suffisait pas, voilà que Frank veut voir Stace maintenant, vendredi ou dimanche, le fait qu'il se comporte comme si on ne savait pas s'occuper d'elle correctement, tout ça à cause de l'Incident, le fait qu'il a peut-être raison après tout, je veux dire quel genre de mère suis-je, mais bon, et lui alors, le fait qu'il n'a jamais été à la hauteur, le fait que, bref, Frank devra d'abord me tuer, avant que je le laisse emmener Stacy, le fait que je le tuerai s'il tente quoi que ce soit, le fait que, non mais écoutez-moi, quelle chose horrible à dire, le fait que c'est son papa, le fait qu'elle n'a pas besoin que sa mère tue son père, le fait que tout est la faute de Ronny, le fait qu'il a corrompu mon esprit, le fait qu'il a fait de moi une folle furieuse en passe de menacer l'humanité, le fait que Ronny a une mauvaise influence, le fait que Frank est juste intrigué par la nouvelle aura de Stace, prestige, charisme, l'aura de l'élue, Laura Ingalls Wilder, le fait que comment on appelle ça quand les gens sont attirés par la célébrité, le fait que comment ose-t-il, mais comment ose-t-il, le fait que je vais me procurer une arme, pour de vrai, des balles, un moule à balles, le fait que je regrette de ne pas voir gardé les vieilles armes de Tante Sophia finalement, le fait qu'on ne sait jamais quand on aura besoin de tuer quelqu'un, le fait que, mon Dieu, qu'est-ce qui m'arrive, le fait que je dois me reprendre, marcassins, pensées positives, mer d'Égée, Petit pot de beurre, le fait que c'est dingue de la part de Frank, d'être aussi, aussi brutal, en pleine crise, alors qu'on essaie tous juste de se remettre d'aplomb, brute, brute épaisse, le Roi Canute, le fait qu'il pourrait juste être gentil, montrer de la compassion, je ne sais pas, le fait que pourquoi ne se comporte-t-il pas juste en *mensch*, en être humain, comme un père, disons, pour une fois, humble, attentionné, en souvenir du passé, « Du passé faisons table rase », le fait que Frank Capra met des chansons dans tous ses films, « Auld Lang Syne », ou quasi, le fait que la plupart des Américains croient que « Auld Lang Syne » est une chanson des Beatles, le fait que même une once de compassion, est-ce que ça serait trop demander, ♫ *We'll tak' a cup o' kindness yet, yeah, yeah, yeah* ♫, mais non, le fait qu'il veut me voler ma fille, après toutes ces années à s'être désintéressé de sa garde, quatorze années sans jamais venir quand c'était prévu, mais maintenant qu'elle est célèbre c'est une autre affaire, pauvre Stace, le fait que j'espère que ça ne va pas poser de problème, le fait que si jamais c'est le cas elle s'en occupera, le fait que si elle peut s'occuper de Ronny, et de ce Willy, elle peut s'occuper de

Frank, et si elle ne peut pas, eh bien, j'aurai envie de le tuer mais je n'en ferai rien, bien sûr, mais j'espère qu'il comprend que je dépenserai jusqu'à mon dernier *cent* pour l'en empêcher, même si ça doit me tuer, le fait qu'elle devra passer sur mon cadavre pour aller vivre avec Frank, cadavre, enterrée en chien de fusil, mais bien sûr elle a failli le faire, parce que si Ronny m'avait tuée Frank aurait insisté pour la prendre, et il aurait peut-être obtenu gain de cause, bain de boue, le fait que je crois que Leo se serait battu pour la garder ici, chez elle, mais il est impossible de prévoir la décision d'un juge, le fait que Leo sait quel genre de père est Frank, tir en rafale, rafle, le fait que cette nuit j'ai rêvé que je vivais seule dans une cave avec des barreaux aux fenêtres, et deux hommes essayaient d'entrer pour me tuer, puis j'ai rêvé que Gillian était triste à cause d'un chaton qui avait disparu, elle rapetissait et devenait un chaton de substitution mais elle était si petite à la fin qu'elle glissait le long de la tige d'une fleur et que je n'arrivais pas à la retrouver, le fait que, bon sang, je vois tout sous l'angle de la vie et de la mort maintenant, noir et blanc, le fait que tout semble une lutte à mort, et qu'il n'est question que d'armes et de tueurs ou de chatons, le fait que voilà comment je pense à présent, se balancer haut dans les arbres au pique-nique estival annuel du personnel enseignant de l'université Northwestern, déguisement d'oiseau, le fait que je ne semble m'intéresser qu'aux infos impliquant des armes à feu maintenant, surtout si elles ont des points communs avec notre Incident, et partout où je vais je n'ai qu'une chose en tête, le fait que je regarde autour de moi pour voir qui est armé, OC, CC, OCD, DC, D et C, ACDC, et où me cacher s'ils décident de se mettre à tirer, genre est-ce qu'on va derrière le comptoir ou dans les toilettes ou dans la cave ou quoi, le fait que je n'arrive pas à me concentrer sur autre chose, et que j'oublie pourquoi je suis dans ce magasin, Zyker's, Kurz-Kasch, Playzir, euphorie, Maman, mais je ne peux pas voir de films s'il y a des armes dedans, le fait que je n'ai pas encore la sérénité de Cathy, le fait que, mince alors, elle adore lire des polars, plus c'est violent mieux c'est, le fait qu'elle a elle-même fait partie des statistiques sur la criminalité, et maintenant c'est mon tour, bienvenue au club, le fait que nous avons toutes les deux frôlé la mort, mortel, morbide, et qu'elle a été adorable dans cette histoire, c'est vrai, franchement, m'apporter un plat tout fait le lendemain, et organiser des roulements pour accompagner les enfants à l'école et aller les chercher la semaine suivante, parce qu'ils ne se sentent pas de prendre le bus scolaire, diou, harnais sans latex, le fait que j'ai toujours essayé d'être polie et respectueuse avec Ronny, mais maintenant je me dis à quoi bon, le fait que à quoi ça sert d'être poli avec un cinglé, un type qui bat sa femme, qui terrorise ses enfants, un terroriste en chambre, fusil, fusillade, fusiller, le fait que pourquoi est-ce que je supporterais ça, bon sang, le fait qu'il a terrorisé ma famille et que je déteste ce type pour ça, le fait que je ne lui pardonne pas, et que je ne lui pardonnerai jamais, le fait que quand je repense au combat dans la cuisine je regrette parfois de ne pas l'avoir étranglé pendant que c'était possible, quand il était ligoté par terre, comme ça je serais sûre qu'il ne puisse jamais recommencer, avec nous ou qui que ce soit, autodéfense, légitime défense, le droit de se défendre, loi SYG, « une limite à ne pas », le fait que l'Ohio n'a pas de loi SYG, et c'est tant mieux, SOTU, sauf si l'agresseur est dans votre voiture, scénarios horribles, le fait que j'aurais pu finir en prison si je l'avais étranglé, mon Dieu, et il n'en vaut pas la peine, le fait que ça me rend dingue, tous ces et si ceci, et si cela, n'importe quoi, 3:33, Maman, le fait que je me demande ce qu'elle penserait de ce qui nous est arrivé, le fait que je ne sais pas pourquoi je ne l'ai pas cogné au moins une fois, par exemple la première fois qu'il m'a reluquée derrière la porte grillagée ou qu'il a fait un commentaire sur mon visage enfariné, le fait que j'aurais dû le cogner, le fait qu'il avait une façon de regarder mes, bref, ma poitrine, que j'ai essayé d'ignorer, le fait qu'on essaie tous d'être poli en permanence mais certaines personnes méritent vraiment qu'on leur balance le poing dans la figure, un bon coup dans les gencives, le fait que pourquoi est-ce que j'essayais toujours d'être polie avec lui, le fait que c'était comme avec la dentiste après qu'elle m'a bousillé les dents, le fait que j'aurais dû l'envoyer au tapis et appeler la police, et c'est valable pour ceux de Peolia aussi, le fait que j'aurais dû les signaler à la police, pas juste à cause de mon poignet cassé mais parce qu'ils arnaquent les étudiants, le fait que j'aurais dû dire que c'était criminel, car ça l'est, le fait que j'aimerais voir Moira avec des menottes, « Je suis désolée pour votre poignet », le fait qu'il faudrait vraiment les enfermer, la plupart en tout cas, pas Julie Shriver, le fait qu'elle ça allait, le fait que frapper Ronny à la mâchoire la première fois qu'il m'a reluquée n'aurait de toute façon pas marché, parce que j'aurais dû ouvrir la porte grillagée pour le frapper, le fait que ma stratégie consistait à essayer de l'ignorer, pour avoir la paix, et continuer de me faire livrer des sacs de grain, sciatique, Robin McKenzie, lordose lombaire, ♫ *Il est venu frapper à mon dos* ♫, arthrite, rhumatisme, le fait que Rachel a dû se faire installer deux nouvelles hanches, le fait qu'Abby a dû se faire remplacer les deux genoux, à cause de l'arthrite, et après ça elle a eu la scoliose, grains de sucre rouges et verts, arbres à sucre, cookies sucrés, cookies couguars, Alligator Mound, le fait que le sucre chasse l'odeur de l'oignon sur vos mains, le fait qu'on peut faire partir les étiquettes autocollantes avec un morceau d'orange, essence d'écorce d'orange, huile de palme, le fait qu'il aimait vraiment les tartes, je crois, se mettre dans les souliers de quelqu'un d'autre, le fait que si j'avais parcouru un kilomètre dans les chaussures de Ronny ça n'aurait intéressé personne dans le quartier, Neighbour, Nachbar, Ronald Neighbour Arrêté Pour Tentative De Meurtre, La Fille Ne S'Est Pas Laissé Faire, le fait que si j'avais fait un kilomètre dans ses chaussures, le fait que si j'avais fait un kilomètre dans ses chaussures je n'aurais pas eu le temps de vivre ma vie, ma vie à moi, le fait que la faim et la soif étaient mes seules armes contre ce type, parce qu'il est costaud et je me disais que si je ne le nourrissais pas il irait ailleurs quand il aurait faim, le fait que certaines personnes le trouvaient sympathique, non, le fait que je ne crois pas que quiconque ait jamais dit ça, le fait que plusieurs personnes interviewées ont dit qu'il était solitaire, mais je ne crois pas que ce soit à cause de la solitude qu'il a fait une fixation sur moi, le fait que je crois qu'il en avait après moi, « Vite ! », qu'il voulait ma peau, appeau, appas, parce que ça le rendait dingue que je m'en sorte ainsi, en restant chez moi et en faisant des tartes, le fait que ça l'exaspérait, ou alors il était juste attiré par ma vulnérabilité, femme seule, quartier calme, fenêtres pourries, grands tabliers, le fait que notre frigo fuit, le fait que c'est peut-être pire que de l'eau, genre un truc cancérigène, le fait que les gens croient parfois qu'ils ont le nez qui coule alors qu'en fait c'est du liquide cérébrospinal, ou une tumeur au cerveau ou quelque chose comme ça, opération du cerveau, remède contre le mucus, le fait que je n'ai jamais envisagé ça, concernant les frigos, je veux dire, le fait qu'ils sont pourtant pleins de gaz, le fait que les vieux aliments qu'on trouve dedans c'est déjà pas terrible mais alors en plus, des produits chimiques, Pepito, le fait que je ne sais pas du tout ce qu'il y a dedans en ce moment, le fait que j'ai complètement décroché ici, le fait que je me sens déconnectée de cette maison, comme si je n'étais pas vraiment là, ou qu'elle n'existait pas vraiment, le fait qu'on n'a pas les moyens de racheter un frigo neuf, le fait que les assurances, peut-être, le fait que, bon, il faut vraiment que je me ressaisisse, le fait que les gens créent tout le temps des sites pour aider financièrement les personnes qui ont été victimes de fusillades, mais je ne crois pas qu'ils le feraient pour nous parce que personne n'est mort cette fois-ci, Dieu merci, touchons du bois, croisons les doigts, croix de bois croix de fer, fer à cheval, un os à ronger, le fait que de toute façon les gens ont besoin d'économiser au cas où eux-mêmes seraient victimes d'une fusillade, Ronny Mound, Alligator Mound, Serpent Mound, le fait qu'on n'aurait pas dû en arriver là, ça non, Didon, le fait qu'il m'a dit un jour que sa tarte préférée était la tarte au citron meringuée, le fait que je le revois me dire ça, et j'ai tout de suite répondu que je n'en faisais pas, gâteau avec des tranches de citron bouillies trois fois, Moyen-Orient, citrons verts, thym, lait concentré non sucré, le fait que je regrette aujourd'hui de ne pas lui avoir fait une tarte au citron meringuée chaque fois qu'il m'apportait des sacs car alors rien de tout cela ne serait peut-être arrivé, le fait que ça n'aurait pas été la mer à boire, le fait que ça aurait peut-être fait ses affaires, calmé ses ardeurs, le fait que c'est juste une tarte, le fait que quelle andouille je suis, mais je ne savais pas, le fait que je ne savais jamais non plus à quel moment il allait débouler, alors comment j'aurais pu avoir de la tarte au citron meringuée prête pour lui, le fait que je regrette de ne pas en avoir eu sous la main ce jour-là, pour la lui balancer dans sa sale gueule, mais je ne devrais pas dire ça, je sais, « Coin-coin ! », le fait qu'un jour il s'est lancé dans l'énumération de toutes les tartes qu'il avait mangées dans sa vie et j'ai dit que je devais aller chercher Jake à la garderie, alors qu'en fait c'était Mariella ou je ne sais plus qui qui allait le chercher ce jour-là, mitaines tricotées à la main, porte-manteau avec son nom dessus, JAKE, le fait que je suis même montée dans la voiture et que je suis allée jusqu'en ville pour prouver que je devais y aller, et je me suis demandé s'il n'allait pas me suivre, le fait qu'un jour on sortait de l'allée et j'ai vu la voiture de Ronny garée dans la rue, le fait que je me suis dit qu'il devait livrer quelque chose à quelqu'un, même si je ne connaissais personne dans le quartier qui avait des poules, ou d'autres animaux, maux, mais maintenant je m'interroge, le fait que je parie qu'il traînait pas mal dans les parages, pour nous épier, le fait que ce type avait trop de temps à tuer, le fait qu'il en aura encore plus en prison, jus de raisin Welch, raisins aigres, dent cariée, si ceci si cela, victimes, traumas, sentiment de culpabilité, colère, déni, Dieu, diou, le fait que tous ces moments avec Ronny paraissent étrangement marquants, comme peints en couleurs vives, Désert peint, dessert, uchronie, Yukon, delta de fleuve, Incident n° 1897642/crim, le fait que Jake veut que je lui lise Babar et tout de suite, le fait que tout ça m'a tellement secouée que je n'ai pas mis les enfants à l'école et que j'ai entassé nos pauvres poules dans la cave, ce qui ne doit pas leur plaire, j'en suis sûre, le fait que je sais qu'elles sont sans doute en sécurité dehors mais pas moi, alors je les ai fait rentrer, le fait que les enfants jouent un peu avec elles, poules dans un panier, le fait que je me comporte comme quand le couguar était en liberté, mais je n'ai vraiment pas envie qu'on mette le nez dehors pendant un certain temps, sauf Leo, le fait que Leo doit travailler, le fait que c'est passager, cet état de panique, le fait que je suis sûre que j'irai mieux bientôt, le fait qu'on empêche également les chats de sortir, le fait qu'ils ne se sont pas encore remis, le fait qu'ils ne cessent d'aller et venir dans la cuisine en reniflant tout et en faisant des bonds, le fait que je ne sais pas trop ce qu'ils ont vu, parce qu'ils ont décampé, mais ils savent tous deux qu'il s'est passé un truc grave, alors ils ont peur, le fait que pas la peine d'avoir des feux d'artifice, des accidents de voiture ou des couguars quand on a un type comme Ronny dans les parages, le fait que le type des fenêtres est venu réparer nos fenêtres cassées immédiatement, dès que Leo l'a appelé, et il va revenir s'occuper de tous les encadrements pourris la semaine prochaine, enfin, le fait que tout le monde a l'air de vouloir être gentil, bon, tout le monde sauf Ronny, oh, et Frank bien sûr, fenêtres à réparer, robinets qui fuient, frigo qui fuit, le fait que je préfère de loin des fenêtres pourries à ce qu'on a vécu, mais je crois finalement que les faire réparer est une compensation, le fait qu'on a besoin de fenêtres sûres maintenant, qu'on puisse fermer, le fait que Leo dit que maintenant que Jim est parti pour de bon on a peut-être besoin d'un chien de garde, chenil, chien de chasse, sangliers, laies, loups des plaines, le fait que, beurk, c'était dégoûtant, le visage de Ronny tout couvert de pâte à cookies, le fait que ça vous dégoûterait à vie des cookies, franchement, et c'est peut-être le cas, le fait que j'ai remarqué qu'aucun des enfants n'a parlé de cookies depuis ce jour, le fait que j'ai dû congeler les cookies couguars qui restaient parce que plus personne n'avait envie d'en manger, et j'ai dû jeter ma jolie daguette, et elle me manque, mais on ne pouvait pas garder ce truc, pas après qu'il l'a mise dans cette bouche, le fait que je n'ai jamais eu l'occasion de faire ma blague à Leo à propos de la daguette, le fait que je redoutais la venue du type des fenêtres mais il s'est montré très compréhensif, c'est un peu comme avoir un gros chien de thérapie ici, quelqu'un de gentil en cas de crise, le fait qu'il fait penser à ces types qui murmurent à l'oreille des chevaux, à l'oreille des femmes au foyer, le fait que s'il avait fait preuve d'encore plus de compassion je me serais mise à pleurer, mais pourquoi devrait-on me témoigner de la compassion, le fait que je n'arrive pas à croire que j'ai laissé ce type entrer chez nous, pas le type des fenêtres, Ronny, même si je ne l'ai pas *vraiment* laissé entrer, pas consciemment en tout cas, « On ne s'occupe pas de l'inconscient », maison des horreurs, *La Maison d'Âpre-Vent*, le fait qu'Esther attrape la variole, marcassins, le fait que Maman et Papa se sont rencontrés au Copley Plaza, le fait qu'elle a su qu'elle l'aimait quand elle a vu ses jambes éclairées par les phares, cadenas d'amour, Paris, France, danse, le fait qu'ils sont partis se marier en douce à Paris et qu'elle n'a pas compris un mot de la cérémonie, shikse, squaw, Howard Keel, NOUS VOUS PARDONNONS, le fait que j'ai décroché une mention Honorable à un concours de bébé, enterré en chien de fusil, enterré allongé, le fait que je crois avoir entendu Ronny s'excuser sous la couverture quand on le bombardait avec les pommes, mais nous n'avons pas accepté ses excuses, le fait que de toute façon il disait ça juste parce qu'on avait gagné, le fait que si on n'avait pas eu le dessus il nous aurait tiré dessus, sans dessus dessous, ou il nous aurait pris en otage, et maintenant on serait tous morts et enterrés, et lui serait en train d'exulter, exsuder, extruder, exécrable, le fait que parfois, pas souvent mais quand même, je trouve que les hommes sont de vrais bébés, même si je sais que je ne devrais pas dire ça, le fait que c'est injuste de généraliser, mais les hommes sont faibles, faibles, bon, pas tous, je suppose, pas Leo, ni mes garçons, pauvre Leo, le fait qu'il est vraiment secoué, brisé, notre Incident l'a brisé, alors il n'a sûrement pas besoin de généralités castratrices, banalité du mal, MLF, politique identitaire, dentiste, le fait que le sentiment de culpabilité le ronge déjà assez comme ça, le fait qu'il est comme Rathbone après l'assassinat de Lincoln, il est rongé de remords, Othello, Killing Fields, Howard Keel, le fait que Leo ne devrait pas s'en vouloir, parce que, d'une part, aucun d'entre nous n'a été tué, et deuxièmement, ce n'était pas sa faute, le fait que si c'est la faute de quelqu'un c'est bien moi, parce que je n'ai pas fermé à clé la porte d'entrée, bon, et la faute de Ronny, le fait que Leo aurait fait quoi, Plan A, Plan B, le fait qu'il était à Philly en train de faire ce qu'il était censé faire, travailler pour payer les factures, le fait qu'il ne peut pas rester là toute la journée au cas où un taré comme Ronny pèterait les plombs, disjoncter, injonction, le fait que Rathbone s'est senti tellement coupable qu'il a perdu la tête et essayé de tuer ses enfants, mais il n'y est pas arrivé, et ensuite il a tué sa femme, cette dispute sera soit un succès soit un échec, le fait que Leo ne ferait jamais ça, c'est sûr, le fait qu'il n'y a pas une once de violence en lui, « et arrête de m'appeler Didon », sauf le jour où il a donné un coup de poing à ce type au lycée, son poing dans la figure, mais le type l'avait cherché, je ne sais plus comment, armes, SMG, GSW, serviette, le fait que la bonne nouvelle c'est qu'il dit qu'il va moins voyager, ne pas en rajouter, ragoût, cher Leo, parce qu'il ne veut plus nous laisser seuls aussi souvent, chien de garde, chien de thérapie, incendies de forêts, fusillades à l'école, Rathbone, le fait que c'est la seule chose qui me redonne espoir, pas Rathbone, avoir Leo plus souvent ici, le fait que ça me rend heureuse, même si on va manquer d'argent, le fait que j'essaierai de faire davantage de tartes, et Leo pourra me faire la lecture, le fait que j'ai rêvé que je blessais accidentellement un serpent et que ça me rendait triste, le fait que j'avais essayé de l'aider à sortir d'un endroit étroit, mais je le blessais en le sortant de là, le fait que j'aimerais qu'Abby soit encore là, le fait que chaque cellule du corps humain aspire à la sécurité après une chose pareille, nos maux, le fait qu'Ethan s'inquiète pour moi, et Nanya a appelé, le fait qu'elle a appris la nouvelle aux infos, le fait que je m'en suis voulu de ne pas lui avoir parlé moi-même, le fait que je croyais qu'elle en avait assez de moi et de mes gâteaux et des enfants mais maintenant elle veut venir nous voir et faire un portrait de Stace, le fait que ça serait génial d'avoir un portrait de Stace, surtout maintenant, à son heure de gloire, « Shane ! Shane ! », et Nanya le pense aussi, le fait qu'elle a lu tout ce qu'elle a pu trouver sur l'héroïsme de Stacy, le fait qu'elle ne s'était jamais autant intéressée à elle avant mais maintenant elle dit « Non mais quelle fille tu as », femmes repoussant deux agresseurs sous un pont, pattes d'éph', clés dans le nez, le fait que ça m'a remplie de fierté, et aussi d'assurance, je crois, parce que c'est la première fois que Nanya reconnaît que j'ai eu raison d'avoir tous ces enfants, le fait qu'on n'a pas abordé le fait que j'avais été incapable de les protéger moi-même, et que c'est ça qui me fiche vraiment les jetons, le fait que, je veux dire, n'importe quel type peut entrer ici à tout moment et nous faire sauter la cervelle, et je ne peux absolument rien y faire, le fait que je l'ai prouvé, le fait que si Stacy n'avait pas été là je ne sais pas ce qu'il serait advenu de nous, et ça me donne envie de me rouler en boule et de me cacher dans la pile de linge à repasser, mais l'arme s'y trouvait elle aussi, et j'ai été incapable ne serait-ce que de m'approcher de ce tas de linge, le fait que je n'ai pas envie non plus de faire des tartes, le fait que toute la cuisine a l'air polluée et, avec le frigo qui répand des substances toxiques, elle doit sûrement l'être, le fait que cette pièce paraît malsaine, le fait qu'on est tellement célèbres que la NRA a fait une petite déclaration suite à notre expérience de mort imminente, en disant que si on avait eu une arme à nous il ne nous serait rien arrivé, le fait que Leo a voulu faire une contre-déclaration, pour dire que si on débarrassait tous les foyers américains de leurs armes tout le monde s'en porterait mieux, mais la police lui a dit de ne pas provoquer la NRA, parce qu'après on reçoit des menaces de mort, et que ça suffit comme ça, le fait que la police pense qu'on va être pas mal critiqués, en tout état de cause, pour ne pas avoir eu d'arme chez nous, le fait que les réactions auraient été pires si l'un d'entre nous avait été tué, le fait que c'est dingue, le fait que les gens ont perdu la tête ou quoi, le fait que vous perdez un membre de votre famille dans une fusillade et tous les autres tireurs du pays déboulent et vous menacent de mort, le fait que tout le monde vous *déteste*, juste parce que vous dites que vous avez perdu un être cher, et pour ne pas avoir aussitôt descendu son assassin, le fait qu'on a l'impression d'être en guerre, le fait que tout le monde a l'air d'en vouloir à quelqu'un au point d'être prêt à tuer et mourir pour se venger, le fait que où est passée la gentillesse, la bonté, le fait qu'il ne faut pas voir la vie comme ça, en noir et blanc, tarte au citron meringuée, éboulement, déchets radioactifs, fusillade d'Aurora, aurore boréale, Littleton, Orlando, night-club Pulse, Fort Hood, Texas, Carthage, Virginia Tech, Incident Numéro, le fait que c'est Galilée qui a découvert les aurores boréales, ou leur a donné un nom en tout cas, le fait que nous ne serons plus jamais les mêmes, et que ça me rend triste, Dogwood Bonanza, poirier du Kazakhstan, le fait que quand Leo est rentré ce soir-là et a eu droit au récit complet il s'est juste recouvert la tête d'une serviette et il a pleuré, le fait qu'il est resté comme ça pendant des heures, à s'essuyer le visage avec cette serviette, le fait que Stacy a fini par se lever et mettre sa main sur son épaule, et il l'a gardée là un moment puis il s'est remis à s'essuyer la tête avec la serviette, le fait que je crois qu'elle l'aime bien finalement, ce qui est une bonne chose, parce que si nous étions morts elle serait restée seule avec Leo, ou alors Frank l'aurait embarquée, le fait que d'une certaine façon voir toute sa famille disparaître doit être comme un rêve d'ado qui se réalise, je veux dire non pas décimée violemment, ou emportée par un accident de voiture, mais comme si elle avait la bonne idée de se fondre dans le décor, le fait que n'est-ce pas cela que les ados espèrent tous, se retrouver tranquillement orphelin, félin, lumière dorée, le Silence Méprisant, DNR, syndrome du dépérissement de l'étoile de mer, le fait que n'est-ce pas pour ça qu'elle se plaint du moindre de mes actes, ou s'en plaignait en tout cas, avant qu'elle devienne notre protectrice, le fait qu'elle nous sortait encore à mots couverts des menaces comme quoi elle allait encore fuguer, le fait que je m'interroge encore là-dessus parfois, quand je n'arrive pas à dormir, 3:33, est-ce qu'elle aurait préféré que je disparaisse, mère, guerre, tombe, bombe, sang, sein, mais à chaque fois je me dis que ça ne serait pas une bonne chose pour elle si nous étions tous morts d'une façon aussi horrible, ou même juste moi, le fait que je ne crois pas qu'on puisse rester indemne après une perte pareille, la perte de votre mère ou de toute votre famille sous vos yeux, le fait qu'elle serait peut-être débarrassée de nous et tout ça, libre de faire ce qu'elle veut sans qu'on l'embête, mais elle ne serait plus jamais une personne *entière*, tout comme je n'ai plus jamais été une personne entière après que Maman est tombée malade, et ça ne s'est même pas fait dans la violence, sauf si on tient compte de la maladresse du neurochirurgien, « Tu es un raté ! », le fait que ça a été brutal et tout, un grand choc, et un grand changement définitif, mais personne n'a blessé personne, il n'y a pas eu d'agresseur, et puis Maman a survécu, plus ou moins, alors que si on s'était tous fait assassiner et que Stacy avait survécu elle serait probablement restée une sorte d'éternelle ado, choquée, figée dans le temps et incapable de passer à autre chose, le fait qu'elle dormirait probablement encore avec toutes ses peluches, et celles de Jake et de Gillian aussi, et qu'elle traînerait dans tous les endroits nuls où on allait ensemble, comme le centre commercial ou le marché, ou Young's Jersey Dairy et Cy Young Park, le fait qu'elle n'aurait pas envie de faire autre chose, et elle garderait ses goûts d'ado en matière de nourriture et de vêtements et d'émissions télé, et elle penserait avec nostalgie à mes poffertjes, et vieillirait en regardant les filles de Morning Routine, qui vieilliraient elles aussi, juste parce que c'est ce qu'elle avait l'habitude de faire quand nous étions tous en vie, le fait qu'elle serait sûrement gaga devant les dessins animés et les jeux vidéos qu'aimaient ses frères et sœurs, et qu'elle changerait même d'avis sur les comédies musicales qu'elle et moi regardions les mois précédant ma disparition, cadavre, le fait qu'elle serait hermétique à tout ce qui lui arriverait, le fait que même les taches de lumière passant à travers les feuillages jusqu'à elle la laisseraient de marbre, toutes les bonnes choses de ce monde qu'on veut offrir à ses enfants, ♫ *Wonderful, wonderful day* ♫, le fait qu'elle se sentirait loin de tout et de tous, et que les inconnus lui feraient peur, surtout les hommes qui ressemblent à Ronny, le fait qu'elle essaierait d'occulter le drame, GAD, mais ce faisant elle occulterait presque le monde entier et tout commencerait à lui paraître irréel, le fait qu'elle serait peut-être atteinte au point de ne plus jamais pouvoir aimer, de ne jamais en voir l'intérêt, de ne jamais vouloir tomber amoureuse, cœurs de la Saint-Valentin, I ♥ U, et peut-être qu'elle finirait par haïr tous les enfants, parce qu'ils lui rappelleraient ses frères et ses sœurs mortes et sa propre enfance disparue, et elle ne voudrait jamais avoir d'enfants, le fait que, mon Dieu, avec tout ça à occulter, elle aurait sûrement une mémoire encore plus mauvaise que moi, le fait que ça n'est pas arrivé, nous ne sommes pas morts, le fait qu'elle ne l'a pas permis, le fait que nous sommes officiellement catalogués « indemnes », donc sa vie n'a pas été définitivement détruite, ou pas trop, interdiction des microplastiques, Willoughby, automates, le fait que je suis toujours là, sa mère imparfaite qui empiète sur sa vie, le fait que j'ai également son numéro, le fait qu'elle ne peut plus m'avoir avec ses sarcasmes, le fait que maintenant je sais que, même si elle n'aime rien de ce que je fais ou dis, elle n'a pas voulu nous perdre, elle n'a pas voulu qu'on se fasse abattre sous ses yeux, macrophages, tardigrades, nanoparticules, le fait que, au lieu de ça, elle a sauvé toute sa famille, et s'est épargné de tristes décennies de culpabilité et de regrets et de doutes et d'abrutissement et de solitude, la torpeur des êtres entravés, le fait que Stacy a fait ses preuves à ses propres yeux, ainsi qu'à ceux du monde entier, et elle peut désormais se reposer sur ses lauriers et s'aimer, plus que ne le font la plupart des ados, le fait qu'elle n'a aucune excuse pour ne pas le faire maintenant, le fait qu'elle devrait vraiment être fière d'elle, le fait que ça doit vous ravigoter, « ma petite ravigote », le fait que déjà elle ne ressemble plus à la fille qui voulait vivre comme une recluse en Arizona, le fait qu'elle semble presque enjouée, et même calme, le fait qu'au début nous avons tous été heureux, ça oui, comme on était heureux, le fait qu'on a été quasi euphoriques pendant un temps, comme chez les Kinkel et encore un ou deux jours après, presque hystériques, pas Leo mais nous autres, le fait qu'on était tellement soulagés, tellement contents d'être en vie, le fait que c'est un sentiment incroyable, un peu comme lâcher prise, sursis, liberté, le fait que ça ressemble presque à du vrai bonheur, tant que vous oubliez que c'est lié au fait de vivre dans un pays plein d'armes, de voitures, de glucides, d'acides gras trans, de vidéos Morning Routine, d'accolades, de prières, de bénédictions, de veillées aux bougies, tête dans le sable, baisser la garde, s'endormir au volant, conduire en état d'ivresse, passagers à l'arrière, paniers en osier, assistance policière, petites filles en pantalon moulant doré, loups dans la bergerie, *Mais sachant qu'une chose en amène une autre je doutais de jamais pouvoir revenir*, donner le change, sortir du bois, fermer les yeux, entre le marteau et l'enclume, Daniel Webster, Rachel Carson, tourner autour du pot, « Toutes les jolies femmes se valent », étouffer dans l'œuf, d'une pierre deux coups, de première bourre, à hue et à dia, Doolally Alley, banana splits, rester au jus, idée derrière la tête, massacre des innocents, dernier des Mohicans, Pocahontas, seins, marcassins, cochonnerie, goitres, rhinoplastie, effets indésirables, mon lit de malade, Pepito, Bathsheba, point de non-retour, « Waltzing Matilda », *Highlights for Children,* crumble, crème, photos porno, promotion canapé, graines de paw-paw, puzzles en ligne, une batterie d'ennuis, idiots, ♫ *Bless your beautiful hide* ♫, tubes de margarine vides recouverts de toiles d'araignées, toiles d'araignées tatouées sur le coude, punaise, East Elementary School, East Street Cemetery, ligne Mason-Dixon, Ulysses S. Grant, *Alors ils lui ont fichu un coup de pieds au fesses, et le pantalon qu'il portait coûtait un dollar quatre-vingt-quatorze*, marronnier, mitraille, oreille, boulette, inepte, camé, (((FALAISE DANGEREUSE))) NE PAS DESCENDRE EN RAPPEL, tête baissée, têtière, Spinbrush, Whirlpool, serpent à sonnette, serpentin, Crooked Creek, crétin, mauvais père, chutes de Cuyahoga, rivières alluviales, rus, deltas, la première pluie s'infiltre dans les failles, chat qui nage pour survivre, River Roost, Rocky Ridge Farm, argent colloïdal, plus grand-chose en réserve, nitrate d'ammonium, porc salé, Salt Fork Park, De Smet, ALS, essai transformé, transport, colère, Smeg, Kenmore, Whirlpool, Exxon, Zyker's, 1897642/crim, Target, Chef Boyardee Beefaroni,

SpaghettiO, Spaghetti & Boulettes, mobilier funéraire, pipes anciennes, hausse-col, pipes indiennes, cuivre, galène, Hopewell, Fort Ancient, Adena, Woodland, cimetière des éléphants, pattes d'éph', 15 000 perles d'eau douce, mer de diamants, Foire de Licking County, Sentier des Marronniers, Grotte de Hosak, tangara écarlate, mergule, huart, rainette faux-grillon, rainette crucifère, « le hadrosaure, une espèce de kangourou, de six mètres de long », appendicite, Chief Newcomer, Netawatwes, du clan de la Tortue, tortues déformées, Club de lecture, 16 h 30 à 17 h 30, Edison Tower, Philly, Cincy, tueurs en série, alluvions, roche mère, tillite glaciaire, végétation sous canopée, mûres, chênes, caryers et noix, Peolia, Elyria, délire, Kenyon, Purdue, Notre Dame, Northwestern, NYU, sous-circulaire, lune rousse, Grand-Mère Lune, Fruit of the Loom, Land O'Lakes, Terre de Liberté, KFC, tipi, PT, PTA, recourbe-cils, bâton hémostatique, Loi Magnitsky, Loi Miranda, TXT MOI, chutes de Paterson, Sears, Swiffer, *Oliver !*, Esther, variole, Sophia Loren, Raquel Welch, Emma Woodhouse, Anne Elliott, Anne Shirley, analyser une phrase, Halloween, pêches à la crème, Builderbeck, Mikado, Shredded Wheat, Assurance Vie, 3:33, Sonny et Cher, Exposition universelle de Chicago, roue de fromage, bouchées au fromage, boule de neige, poffertjes, muumuu, phulu-pututu, bourbon, homicide par négligence, bus VW en plastique, concours d'orthographe, vieille pendule, biscuits apéro, pastels, concours de dessin, Beethoven, Philly Dip, grain à moudre, assis, rampant, naissant, armé, ramage, Mayonnaise Hellmann, levure Fleischmann, zoo de Fleishhacker, pont de Brooklyn, Sentinelles silencieuses, Silence Méprisant, lambris, vendeurs de hot-dogs, fermes-usines, urne funéraire, Tevye, faire feu de tout bois, pont en bois, pont défectueux, nuit et jour, noir et blanc, mâle et femelle, jeune et vieux, chaud et froid, dedans dehors, en haut en bas, le fait que j'ai rêvé que des gens marchaient dans l'air, au-dessus de nos têtes, une grande manif, et tout ce qu'il fallait faire c'était avaler beaucoup d'hélium et vous pouviez rester en l'air un bon moment, le fait que pour descendre il suffisait de manger un cookie, le fait qu'à aucun moment je ne comprenais pourquoi ils manifestaient, le fait que les gens ont été adorables, les voisins et tout, le fait qu'ils nous apporté des peluches et de la nougatine, le fait que la maison déborde de popcorn, zoom, vroom, boom, room, playmate, plaisanterie, plaid, plat, portail, ssssuper, soute, voûte, les éveillés, Premier Dessin du Jour, à l'abri du besoin, encore un bambin, loup dans la bergerie, le fait que l'autre jour j'ai surpris Jake en train de torturer des billes en plastique, *Je commettrai de tels actes, – lesquels, je l'ignore encore ; mais ils répandront la terreur sur la terre*, le fait que quand le voyant rouge signalant que le réservoir d'essence est presque vide s'allume onze pour cent des Américains continuent de rouler, le fait que le massacre de Gnadenhutten a été « perpétré délibérément », le fait que vous avez le droit de garder le silence, ne pas réveiller le chien qui dort, port d'arme, se trémousser, amasser, armes cachées, hauts et bas, brouhaha, arme à gauche, droit dans ses bottes, hop, au dodo, debout, le fait qu'être parent est tragique, mais je fais encore des rêves, le fait que j'ai rêvé que j'apprenais à siffler, Rêveurs, le fait que suite à tout cela Leo et moi sommes devenus des parents conciliants, dans un pays survolé, survolté, le fait que les enfants peuvent avoir des bonbons quand ils veulent maintenant, et Leo a même acheté des billets pour aller voir l'éclipse solaire au Refuge des Éléphants, le fait que nous allons tous aller voir l'éclipse, bananes radioactives, bandanas, le fait que Leo a accepté de se mêler à tous les autres « gogos » sur l'autoroute, la route ou la déroute, ♫ *Nous sommes de pauvres agnelets* ♫, barrettes perdues, alignement solaire, obsidienne, découpe en mica, sassafras, liquidambars, gommier, gomme à mâcher, houx, andromède, trèfle, épinette rouge, pin rigide, sirop de glucose, fécule de maïs, frites, Nibelungen, Piketon, ♫ *Vivo !* ♫, sirop d'érable, le fait que c'est comment déjà, Rodolfo, non, Alfredo, bref, le personnage principal dans *La Bohème*, le fait que je ne sais jamais, le fait que Stacy n'a même pas fait d'objection quand on a parlé de l'éclipse solaire, le fait qu'elle est partante pour tout, le fait que j'espère que son esprit rebelle n'a pas été complètement étouffé par le traumatisme, ou par son nouveau rôle de sauveuse de la famille, grande responsabilité, *Demain est un autre jour*, sucré salé, films en noir et blanc, guêtres, le fait qu'on va laisser Gillian participer à la Course dans la boue indienne, et en attendant, juste pour nous remonter le moral, on va aller voir la femelle couguar au zoo ce week-end, le fait que Stacy semble éprouver comme un lien de complicité avec cette pauvre créature, le fait que est-ce parce qu'elle se sent libre et féroce, ou enfermée et effrayée, mieux vaut ne pas se poser la question.

FIN

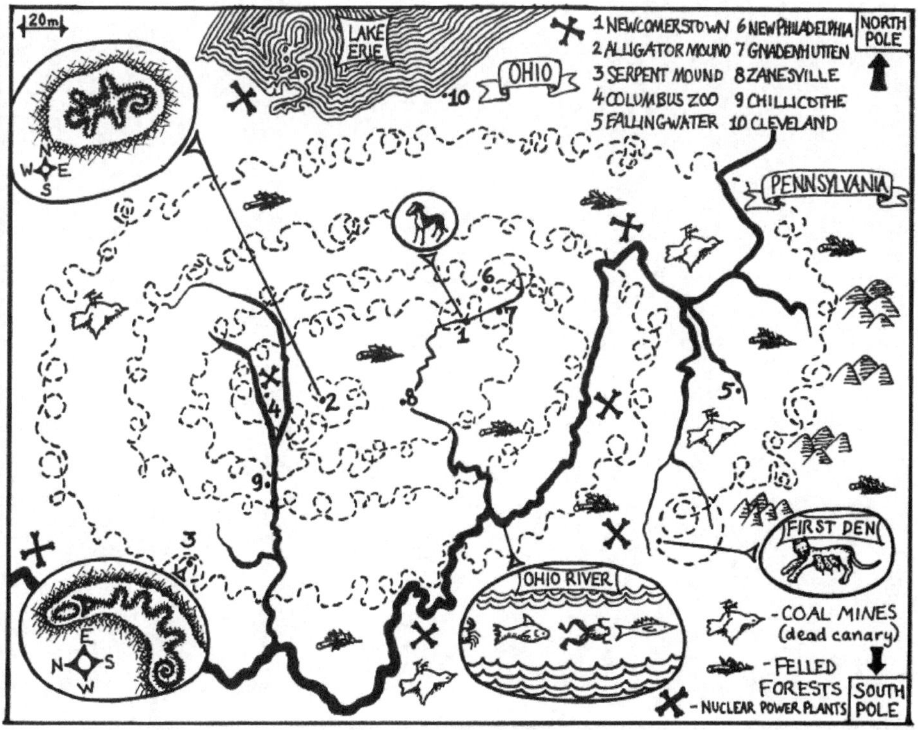
20m
LAKE ERIE
OHIO
PENNSYLVANIA
1 NEWCOMERSTOWN
2 ALLIGATOR MOUND
3 SERPENT MOUND
4 COLUMBUS ZOO
5 FALLINGWATER
6 NEW PHILADELPHIA
7 GNADENHUTTEN
8 ZANESVILLE
9 CHILLICOTHE
10 CLEVELAND
NORTH POLE
SOUTH POLE
FIRST DEN
OHIO RIVER
- COAL MINES (dead canary)
- FELLED FORESTS
- NUCLEAR POWER PLANTS

GLOSSAIRE

Un tour d'horizon des abréviations, aseptisées pour votre confort

2A – Second Amendement
AA – Afro-américain
AAA – Association américaine des automobilistes, ou Triple A (assistance routière)
AAA – Lutte antiaérienne (mitrailleuses)
AALC – Syndicat ouvrier afro-américain
AAR – Armed American Radio (branche media de l'USCC)
AARP – Association américaine des personnes retraitées
AASHTO – Organisme non gouvernemental en charge du réseau routier
AAUW – Association américaine des femmes diplômées
ABA – Observatoire des oiseaux récréatifs
ABC – Construction accélérée des ponts
ABC – Société d'ingénierie des ponts
ABP – Planification de la construction accélérée des ponts
ABR – Réhabilitation des ponts construits en accéléré
AC – Climatisation
ACA – Affordable Care Act (l'"Obamacare")
ACA – Alley Cat Allies (organisme de protection des chats)
ACI – Observatoire du béton
ACLU – Union américaine pour les libertés civiles
ACP – Collège des physiciens américains
.380 ACP – Pistolet automatique
ACS – Société contre la cruauté
ACT – Test d'admission à l'université
ADAPT – Organisation de défense des droits des personnes handicapées
ADN – Acide désoxyribonucléique
ADL – Organisation de soutien des juifs contre l'antisémitisme
ADOS – Descendants américains de l'esclavagisme
ADT – Trafic journalier moyen annuel des voitures

ADTT – Trafic journalier moyen annuel des camions
ADU – Suite parentale
AEA – Observatoire des politiques énergétiques
AEC – Commission de l'énergie atomique
AED – Défibrillateurs automatiques
AEDPA – Loi prônant la peine de mort immédiate pour les actes terroristes
AEP – Un des plus grands producteurs d'électricité aux États-Unis
AES – Idem
AF1 – Air Force One (l'avion présidentiel)
AFA – Organisation fondamentaliste protestante
AFA – Association d'avocats pour la défense des animaux
AFFIRM – Association médicale pour la réduction des blessures par armes à feu
AFID – Identification anti-élément hostile
AFL-CIO – Principal regroupement syndical
AFT – Syndicat d'enseignants
AG – Attorney General (procureur général)
AHCA – American Health Care Act (projet de loi anti-Obamacare)
AHPA – Association de l'industrie des produits à base de plantes
AI – Amnesty International
AIC – Groupe de défense des immigrants
AIDA – Conscience, Intérêt, Désir, Action (outil publicitaire)
AIDC – Identification automatique et capture des données
AILA – Barreau bénévole enseignant le droit de l'immigration
AIM – Mouvement pour le droit civique des Natifs américains
AIPAC – Lobby en faveur d'Israël
AISC – Association américaine pour l'utilisation de l'acier
AJ – La chaîne Al Jazeera
AK-47 – Kalachnikov (arme d'assaut)
ALA – Association pour la prévention des maladies pulmonaires
ALDF – Association de défense des animaux
ALI – Limite d'absorption de radiation par le corps
ALMA – Grand réseau d'antennes millimétriques
ALSC – Association des bibliothèques pour enfants
ALWH – Organisation artistique contre les violences faites aux femmes
AM-15 – Anderson Manufacturing (fabricant d'armes semi-automatiques)
AMA – Contre avis médial
AMI – American Media, Inc. (éditeur américain, en particulier de tabloïds)
AMPA – Procédés de fabrication par ajout de matière
ANA – Organisation pour la protection des infirmières

AOW – Toute arme de catégorie 2
AP – Cours avancés pour l'entrée à l'université
AP – Associated Press
APA – Association américaine de psychologie
APEC – Coopération économique pour l'Asie-Pacifique
APHA – Organisation pour les professionnels de la santé publique
APHIS – Service d'inspection sanitaire pour les animaux et les plantes
APP – Association parents-professeurs
APPS – Prévention de la violence pour les jeunes de Columbus
APT – Piratage informatique furtif
ARC – Commission régionale des Appalaches
AREMA – Association américaine d'ingénierie et d'entretien des voies de chemin de fer
ARFID – Phobie alimentaire
ARS – Organisation soutenant le contrôle des armes à feu
AR5 – Cinquième rapport d'évaluation (sur les changements climatiques)
AR-15 – ArmaLite Rifle (fusil d'assaut)
ARU – Syndicat des chemins de fer
ASAP – Fabricant de véhicules tout-terrain
ASAP – As Soon As Possible (« dès que possible »)
ASCE – Organisation d'ingénieurs civils
ASD – Active Shooter Drill (formation contre la menace d'attaques armées)
ASD – Trouble du spectre de l'autisme
ASF – Fondation Adrienne Shelly
ASMR – Réponse autonome sensorielle culminante
ASPCA – Équivalent de la SPA
ASPE – Association pour le développement de l'ingénierie de plomberie
ASS – Attaque armée dans un lieu public
ATEP – Politique de reconduction des migrants à la frontière
ATF – Service fédéral chargé de la mise en application de la loi sur les armes, les explosifs, le tabac et l'alcool
ATM – Distributeur automatique de billets de banque
ATSDR – Agence de santé publique contre les substances toxiques
AT&T – American Telephone and Telegraph (leader des télécommunications)
ATV – Véhicule tout-terrain
AUMF – Autorisation de l'usage de la force militaire
AVAR – Association des vétérinaires pour les droits des animaux
AVfM – Association militant pour les droits des hommes
AVS – Contrôle bancaire relatif aux possesseurs de cartes de crédit
AWB – Loi contre les armes d'assaut

AWI – Organisme caritatif contre la maltraitance animale

AWSA – Association de défense du vote des femmes

AYP – Contrôle des réussites en milieu scolaire

BA – Buy American (« achetez américain »)

B of A – Bank of America

BASF SE – Badische Anilin- und Soda-Fabrik (Fabrique d'aniline et de soude de Bade)

BBQ – Barbecue

BCRA – Loi républicaine visant à remplacer l'Obamacare

BDS – Boycott, cession, sanctions (mouvement propalestinien)

BED – Dose équivalente de base

BENM – Monument national de Bear Ears

BFA – Association pro-armes dans l'Ohio

BFF – Étroite amitié

BHP – Broken Hill Proprietary Company Limited (entreprise minière)

BIA – Bureau des affaires indiennes

BIRM – Guide de référence pour la construction des ponts

BLM – Black Lives Matter

BLM – Agence de gestion des terrains publics

BLT – Bacon, laitue et tomate (sandwich)

BMAA – Beta-Methylamino-L-alanine (acide aminé non protéique neurotoxique)

.50 BMG – Browning Machine Gun (mitraillette)

B&O – Baltimore et Ohio (chemin de fer)

BOB – Bug Out Bag (sac de survie)

BOP – Suppression

B-O-T – Build Operate Transfer (financement de projets de ponts)

BP – Contrôle des frontières

BPA – Bisphénol A

BPOE – Fraternité à actions sociales

BPW – Organisation militant pour l'égalité salariale hommes-femmes

Bq – Becquerel (unité de radioactivité)

BRM – Blue Ridge Mountains (chaîne de montagnes à l'est des États-Unis)

BSA – Boy Scout Association

BSEE – Bureau de la sécurité et de la protection de l'environnement

Bt Cry1Ab – Bactérie utilisée pour ses propriétés insecticides

BTW – By The Way (« au fait »)

BWDL – Ligue de défense des femmes noires

BYH – Plateforme dédiée aux chasseurs

BYOB – Bring Your Own Bottle (« Apportez votre propre bouteille »)

BzBP – Phtalate de benzyle et de butyle

CAA – Organisme supervisant l'aviation civile au Royaume-Uni

CAA – Loi anti-pollution de l'air

CAAT – Organisation contre le commerce des armes

CAC – Groupe de réflexion pour l'avancement de la Constituton
CAF – Association masculiniste
CAFF – Campagne contre l'élevage intensif
CAFF – Lieu d'alimentation animale intensive
CAFO – Opération d'alimentation animale intensive
CAFTA – Accord de libre-échange d'Amérique centrale
CAO – Conception assistée par ordinateur
CAP – Think-tank américain de tendance progressiste
CAP – Loi rendant responsables les adultes laissant des armes à portée des enfants
CAP – Programme de contrôle des migrants
CAR – Colt Automatic Rifle
CAT – Protection des félins sauvages dans leur habitat
CATF – Organisation de lutte contre la pollution
CAWC – Association pour la prévention des violences faites aux femmes
CBC – Construction de ponts conventionnels
CBD – Convention pour la diversité biologique
CBP – Services des douanes et de la protection des frontières
CBPP – Groupe de réflexion progressiste sur l'impact des politiques budgétaires
CC – Entreprise promouvant l'artisanat dans un but d'aide sociale
CC&G – Canadian Club and Ginger ale (cocktail)
CCA – Corrections Corporation of America (deuxième plus grosse entreprise américaine du secteur carcéral)
CofC – Association regroupant les descendants des confédérés
CofCC – Organisation suprématiste
CCD – Syndrome d'effondrement des colonies d'abeilles
CCR – Organisation de défense juridique progressiste
CCR – Loi sur le port d'arme autorisé
CCRKBA – Comité citoyen pour la défense du droit de port d'arme
CCSS – Niveau requis de connaissances (scolaires)
CCW – Port d'arme cachée
CDC – Centres pour le contrôle et la prévention des maladies
CDP – Organisation anglaise aidant les entreprises et les villes à divulguer l'impact environnemental des grandes entreprises
CDR – Élimination du dioxyde de carbone
CDT – Fuseau horaire central d'Amérique du Nord
CE – Actes jugés sans impact significatif sur l'environnement
CELDF – Mouvement de protection environnementale
CEO – P-DG

CERCLA – Loi fédérale visant à nettoyer les sites souillés par des déchets dangereux
CERCLIS – Programme du CERCLA
CERHAS – Centre pour la reconstruction électronique des sites archéologiques et historiques
CETA – Accord économique et commercial global
CF – Association pour la protection des couguars
CFC – Chlorofluorocarbures
CFPB – Bureau américain de protection des consommateurs
CFR – Code des règlements fédéraux
CFS – Centre militant en faveur d'une alimentation bio
CGI – ONG contre la pauvreté en Afrique, le paludisme et le SIDA
CGI – Imagerie assistée par ordinateur
CGL – Coastal GasLink (gazoduc)
CHIP – Programme d'assurance maladie pour enfants
CHL – Droit de porter une arme cachée
CHP – Permis de porter une arme cachée
CIA – Central Intelligence Agency
CIAK9 – Chien de détection pour la CIA (pour les explosifs)
CIEL – Cabinet juridique en faveur de l'environnement
CIP – Béton coulé sur place (dans la construction de ponts)
CIR – Comité d'enquête sur la Fédération de Russie
CIR – Observatoire des ingrédients utilisés en dermopharmacie
CIWF – Organisation de défense des animaux
CLARC – Calcul des niveaux et risques de nettoyage des sites (État de Washington)
CMNH – Musée d'Histoire naturelle de Cleveland
CNS – Programme d'échange sur le nucléaire
CO_2 – Dioxyde de carbone
COA – Plan d'action (militaire)
COBRA – Loi sur la continuité de la couverture médicale
COD – Paiement à livraison
COEHHA – Bureau de l'évaluation des risques pour la santé liés à l'environnement
CONELRAD – Contrôle des radiations électromagnétiques (système de communication pendant la guerre froide)
COO – Directeur des opérations
COP22 – Conférence sur le changement climatique des Nations unies
CoR – Club de Rome
CORE – Congrès pour l'égalité raciale
CPAC – Réunion annuelle des conservateurs américains
CPC – Centre de prévision climatique
CPC – Campagne de protection climatique

CPD – Campagne pour la Paix et la Démocratie
CPM – Chemin critique
CPPCG – Convention sur la prévention et le châtiment des crimes de génocides
CPSC – Agence de protection des consommateurs
CPSIA – Loi sur l'amélioration de la sécurité des produits de consommation
CQC – Combat au corps-à-corps
CrVI – Chrome hexavalent (chromium-6)
CRA – Authentification défi-réponse
CREW – Organisme de surveillance de l'éthique à Washington
CRF – Association pour la réintroduction des couguars
CRLP – Groupe d'intérêt en faveur du droit à l'avortement
CRM – Mouvement des droits civils
Cry9C – Maïs transgénique
CS_2 – Disulfure de carbone
CS-137 – Cesium-137
CSA – États confédérés d'Amérique (pays imaginaire)
CSAPR – Décision de justice visant à réduire les émissions de polluants atmosphériques
CSB – Commission d'enquête sur la sécurité et les risques liés aux produits chimiques
CSCU – Universités du Connecticut
CSE – Exploitation sexuelle des enfants
CSE – Magnat industriel de la construction
CSGV – Coalition pour mettre fin à la violence par les armes
CSIS – Cercle de réflexion sur la politique étrangère des États-Unis
C-SPAN – Réseau câblé de diffusion des programmes concernant les affaires publiques
CSS – Agence du Département de la Défense au service de la NSA
CSXT – Chessie-Seaboard Merger Transportation (compagnie de chemin de fer)
CT – Connecticut
CTP – Choupinette
CVR – Cockpit Voice Recorder (boîte noire)
CWA – Loi sur la protection de l'eau
C8 – Acide perfluorooctanoïque (PFOA)
DA – District Attorney (procureur)
DACA – Dispositif de politique migratoire permettant à certains immigrants illégaux de bénéficier d'un moratoire de deux ans sur leur expulsion
DAK – Double Action Kellerman (arme)
DAM – Drive-Around Mom (mère en déplacement)
DAO – Double action stricte (arme)
DAPA – Politique d'immigration (cf. DACA)
DAPL – Projet de pipeline dans les Dakota

DAR – Daughters of the American Revolution

DARVO – Nier, Attaquer, Renverser le rapport Victime-Agresseur (stratégie de l'auteur d'un crime)

D-B-F-O-M – Conception Construction Financement Exploitation et Maintenance (ponts)

DBIA – Design Build Institute of America

D-B-O – Conception Construction Exploitation (ponts)

DBTT – Température de transition fragile-ductile (une influence sur les coques fêlées des liberty-ships)

DCCC – Comité de campagne du congrès démocrate

DCHP – Phtalate de dicyclohexyle

DCMU – Diuron

DD – Daniel Defense (fabricant d'armes)

DD – Engin destructeur

DD – Dishonorable Discharge (radiation de l'armée)

DDD – Dichlorodiphényldichloroétahne

DDE – Dichlorodiphényldichloroéthylène

DDoS – Attaque cybernétique par défi de service

DDT – Dichlorodiphényltrichloroéthane

DE – Ingénieur domestique (femme au foyer)

DEA – Drug Enforcement Administration (service de répression du trafic de drogue)

DEC – Agence chargée de la gestion des ressources environnementales

DED – Moratoire sur les expulsions d'immigrants illégaux

DEET – N, N-diéthyl-3-méthylbenzamide

DEFCON – Niveau d'alerte des forces armées (en cas de guerre nucléaire)

DEHP – Phtalate de bis

DEM – Parti démocrate

DEP – Département de la protection environnementale

DEP – Phtalate de diéthyle (utilisé dans les cosmétiques)

DEQ – Département de la qualité de l'environnement

DGA – Sel de diglycolamine

DH – Designated Hitter (batteur désigné au base-ball)

DHS – Département de la sécurité intérieure

DHSS – Département de la santé et des services sociaux

DIA – Loi sur l'intégration des handicapés

DiDP – Phtalate de diisodécyle

DiNP – Phtalate de diisononyle

DIY – Do It Yourself

DJT – Donald John Trump

DMA – Sel de diméthylamine

DMP – Phtalate de dyméthyle (utilisé dans les laques pour cheveux)

DMV – Organisme chargé de l'immatriculation des véhicules

DMZ – Zone démilitarisée

DNC – Comité national démocrate

DNDO – Bureau national de détection nucléaire
DnOP – Phtalate de dinoctyle
DNR – Département des Ressources naturelles
DNR – Ne pas réanimer
DOA – Mort à son arrivée
DoD – Département de la Défense
DOE – Département de l'Énergie
DoITPoMS – Technologie de l'information au service de la science des matériaux
DOJ – Département de la Justice
DOP – Phtalate de dinoctyle
DoS – Déni de service (cyberattaque)
DOS – Descendant d'esclave
DPB – Phtalate de dybutile (utilisé dans le vernis à ongles)
DPL – Dayton Power and Light Company
DPRK – Corée du Nord
DQ – Dairy Queen
DR – Association œuvrant pour l'amélioration des conditions de vie et de santé des personnes pauvres
DRF – Force nationale d'intervention
DRO – Opérations d'arrestation et de déportation des étrangers représentant un risque pour la sécurité nationale
DSA – Socialistes démocrates d'Amérique
DSM – Manuel diagnostique et statistique
DUI – Conduite en état d'ivresse
DV – Violence domestique
DVBD – Leader international dans la recherche et la prévention des virus et bactéries
2,4-D – Acid 2,4 dichlorophénoxyacétique
DWEL – Niveau d'équivalence pour l'eau potable
DWN – Battre, vaincre, posséder
DWP – Droit de posséder des armes dangereuses
EAA – Organisation de défense de l'environnement
EACH – Égalité de la prise en charge des soins pour les avortements
EAS – Système d'alerte d'urgence (a remplacé l'EBS)
EBS – Système de communication d'urgence (a remplacé le CONELRAD)
ECF – Fondation pour la conservation des couguars orientaux
ECW – Electronic Control Weapon (Taser)
EDC – Ensemble des objets d'un survivaliste
EDC – Association gouvernementale contre l'absentéisme en milieu scolaire
EDM – La dance music
EDT – Heure avancée de l'Est
EDTA – Acide éthylènediaminetétraacétique
EGSAF – Organisation pour le contrôle des armes
EHL – Agence pour la protection de l'environnement en Californie du Sud

EI – État islamique en Irak et en Syrie (organisation terroriste, militaire et politique)
EIA – ONG écologiste
EIA – Agence d'information sur l'énergie
EIS – Déclaration d'impact sur l'environnement
EJI – Organisation offrant une assistante juridique aux prisonniers peut-être condamnés à tort
EMD – Développement technique et de la production
EMP – Impulsion électromagnétique (attaque)
EMS – Services d'urgence médicale
EMS – Agence de contrôle de l'environnement
ENDA – Loi sur la non-discrimination dans l'emploi
EOB – Explication des avantages
EOC – Document sur la couverture sociale
EPA – Agence de protection de l'environnement
EPCRA – Loi sur la planification et le droit à l'information
EPIC – Centre d'information sur la protection de la vie privée
EPPP – Produits pharmaceutiques polluants
EPSDT – Composante du programme d'assurance-maladie pour les mineurs nécessiteux
ER – Salle des urgences
ERA – Organisation de défense des droits des femmes
ERPO – Loi sur le contrôle des armes à feu
ESA – Loi sur la protection des espèces
ESEA – Loi sur l'enseignement primaire et secondaire
ETC – Encéphalopathie traumatique chronique
ETHS – Lycée d'Evanston Township
EWA – Association de protection de l'environnement dans le New Jersey
EWG – Groupe d'activistes pour les subventions agricoles
4-F – Fuel, Food, Forage and Feed (plantes)
F4J – Fathers for Justice (groupe masculiniste)
FAQ – Frequently Asked Questions (« foire aux questions »)
FBA – Feared Bloody Aftermath (craintes de répercussions sanglantes – gros titre dans *Certains l'aiment chaud*)
FBI – Federal Bureau of Investigation
FCJF – Frank's Cherry Juice Failure (échec du jus de cerise de Frank)
FCM – Élément dont l'anomalie est critique (ponts)
FDA – Food and Drug Administration (administration des denrées alimentaires et des médicaments)
FDB – Le picage (automutilation des plumes chez les oiseaux)
FDR – Franklin Delano Roosevelt

FEA – Organisation créée en 1970 pour lutter contre la crise énergétique
FEL – Godet (pour tracteur)
FEMA – Agence fédérale des situations d'urgence
FEP – Pour une famille réussie
FERC – Agence fédérale pour l'énergie
FF15 – Se battre pour 15 $ (salaire minimum)
FFA – Future Farmers of America
FFD – Courants descendants de flancs avant et arrière (climatologie)
FFL – Permis de fabriquer, importer ou vendre des armes à feu
FGM – Mutilation génitale des femmes
FHWA – Agence responsable des autoroutes
FID – Balistique judiciaire
FIFRA – Loi fédérale sur les insecticides, les fongicides et les raticides
FISA – Loi sur la surveillance physique et électronique
FMCSA – Agence réglementant l'industrie du camionnage
FMI – International Monetary Fund
FMLA – Loi sur le congé familial et médical
FoE – Les Amis de la Terre
FOIA – Loi sur la liberté de l'information
FOID – Fiche d'identification sur les porteurs d'arme
FOOSH – Fall On an Outstretched Hand (tomber en se recevant sur les mains)
FOP – Ordre fraternel de la police
FOPA – Loi sur les armes à feu
FOS – Capteurs à fibre optique
FPLA – Loi sur la réglementation des étiquettes de produits
FRA – Agence du ministère des Transports
FRAC – Centre de recherche sur la malnutrition aux États-Unis
FRC – Groupe fondamentaliste chrétien
FRP – Plastique de fibre et polymère renforcé (béton)
FSIS – Organisme de réglementation de la santé publique
FSL – Loi statuant sur les modalités de capture des esclaves échappés (1850)
FTM – Full-Time Mom (« mère à plein temps »)
FUO – Organisation antiesclavagiste
FVEY – The Five Eyes (coalition de renseignement anglophone)
FWPCA – Loi sur la pollution des eaux
FWW – Observatoire sur l'alimentation (eau et denrées)
FYI – For Your Information (« pour info »)
G20 – Groupe des Vingt
G26 – Glock 26 (arme)
G4S – Solutions de sécurité
GAG – Gays Against Guns

GAO – Organisme d'audit des finances publiques
GAR – Grande Armée de la République
GATJ – Alliance mondiale pour la justice fiscale
GAW – Système de surveillance de l'atmosphère terrestre
GBR – Récif de la Grande Barrière
GD – Durée la plus grande (éclipse)
GE – Manipulation génétique
GEOINT – Intelligence géospatiale
GFC – Coalition mondiale des forêts
GHG – Gaz à effet de serre
GM – General Motors
GMO – Organisme génétiquement modifié
GOA – Deuxième organisation pro-armes après la NRA
GOP – Grand Old Party (républicains)
GOTV – Incitation à voter
GPA – Note (scolaire)
GPG – Bien public mondial
GPS – Global Positioning System
GSMNP – Great Smoky Mountains National Park
GSW – Blessure par balle
GTMO – Camp de détention de Guantanamo Bay
GV – Violence genrée
GVA – Groupe de recherche sur les violences par arme à feu
GVP – Prévention des violences par arme à feu
GW – Réchauffement climatique
GWS – Campagne pour la reconnaissance de la valeur des femmes
4-H – Head, Heart, Hands and Health (club)
HAA5 – Acide haloacétique
HAZMAT – Matières dangereuses
HB – Dureté et noirceur (échelle de mesure du graphite)
HBCD – Hexabromocyclododécane
HBCU – Universités historiquement noires
HCB – Hexachlorobenzène
HCM – Étude sur la capacité des infrastructures de transport routier
HCN – Cyanure d'hydrogène (acide prussique)
HE – Économiste domestique (femme au foyer)
HELLP – Hémolyse, élévation des enzymes hépatiques et diminution du nombre de plaquettes (syndrome lié à la grossesse)
HEMP – Champ électromagnétique causé par une explosion atomique
HEUMF – Centre de stockage de l'uranium enrichi
HEW – Complexe nucléaire de Hanford
HGTV – Chaîne de télé spécialisée dans la déco et le jardin
HH – House Husband (« homme au foyer »)
HHIN – Association de citoyens ayant rendu publics des rapports sur les effets sanitaires du complexe nucléaire de Hanford
HIAS – Société d'aide aux immigrants juifs

HIPAA – Loi sur l'assurance-maladie (1996)

HLF – Home Life Facilitator (« soutien domestique »)

HM – Home-Maker (« personne au foyer »)

HMO – Groupe d'assurance médicale

H_2O – Eau

HOB – Height Of Burst (Angle vertical entre la base d'une cible et le point d'explosion d'un feu d'artillerie)

HOCU – Parc national de la culture Hopewell

HPS – Acier super performant

HPV – Virus du papillome humain

HR – Résistance aux herbicides (plantes)

HR676 – Loi élargie et améliorée sur l'assurance-maladie (2003)

HRA – Administration des ressources humaines

HRC – Groupe de défense pour les droits des personnes LGBT

HRS – Système de gestion des risques pour les sites de déchets

HRT – Traitement hormonal substitutif (cachets communément prescrits pour la ménopause)

HSA – Compte d'épargne-santé

HSCOBS – Comité des Ponts et Chaussées

HSDB – Base de données sur les substances dangereuses

HSI – Société pour la protection animale

HSUS – Société américaine pour la protection animale

HUAC – Commission parlementaire sur les activités anti-américaines

HVAC – Chauffage, ventilation et climatisation

HW – Housewife (« femme au foyer »)

H5N1 – Hémagglutinine Type 5 et neuraminidase Type 1 (grippe aviaire)

I&A – Agence de renseignement du département de la sécurité intérieure

IACIYAD – It's A Crime If You're A Democrat (« C'est un crime si vous êtes démocrate »)

IACLEA – Association internationale de l'administration des campus

IAEA – Agence internationale de l'énergie atomique

IAQ – Pollution intérieure

IARC – Agence internationale pour la recherche sur le cancer

IBA – Aires de biodiversité aviaire

IBM – International Business Machines (société)

ICAN – Campagne internationale pour l'abolition des armes nucléaires

ICBM – Missile balistique intercontinental

ICE – Agence de police douanière et de contrôle des frontières

ICG – ONG (prévention des conflits meurtriers)

ICU – Unité de soins intensifs

ICYMI – In Case You Missed It (« au cas où vous l'auriez raté »)
IDK – I Don't Know (but they know) (« Je ne sais pas mais eux si »)
IED – Engin explosif artisanal
IER – Institut de recherches sur la réglementation des marchés de l'énergie
IFAW – Fonds international pour la protection des animaux
IFF – Système d'identification chiffré (télécommunications)
IGA – Chaîne de supermarchés indépendants
IGSD – Groupe de recherche sur le climat
IHOP – International House of Pancakes (chaîne de restaurants)
IIRIRA – Loi sur la réforme de l'immigration clandestine (1996)
IIWYC – If It Was Your Child (« Si c'était votre enfant »)
IKR – N'est-ce pas ?
IL – Illinois
IMC – Indice de masse corporelle
IMDb – Internet Movie Database
IME – D'après mon expérience
IMO – À mon avis
IMR – Indian Mud Run (course d'obstacle annuelle)
IN – Indiana
INA – Loi ayant aboli les quotas basés sur la nationalité (1965)
IOKIYAR – It's OK If You're A Republican (« C'est pas grave si vous êtes républicain »)
IP – Indice de protection (commission électrotechnique)
IPA – Site naturel à la végétation exceptionnelle
IPA – Sels d'isopropylame
IPEN – Réseau d'ONG
IPP – Producteur d'électricité indépendant
IPPC – Groupe d'experts intergouvernemental sur l'évolution du climat (GIEC)
IPPNW – Association des médecins pour la prévention de la guerre nucléaire
IPV – Violence interpersonnelle
IRA – Loi sur la déportation des Indiens (1830)
IRAP – Conseil juridique aux réfugiés
IRBM – Missile balistique à portée intermédiaire
IRIS – Base de données sur les effets sur la santé des produits chimiques
IRS – Le Fisc américain
ISS – Exclusion ou isolement (milieu scolaire)
ISS – Colle (milieu scolaire)
ISS – Station spatiale internationale
ITMFA – Impeach The M***** F***** Already (Dé-trumpez-le !)
IUCN – Union internationale pour la conservation de la nature
IVRCP – Logiciel pour repérer les personnes ayant voté dans deux États différents

IWW – Industrial Workers of the World (syndicat ouvrier international)
J&J – Johnson & Johnson
JFK – John Fitzgerald Kennedy
JNFUSA – Jewish National Fund USA (organisation sioniste)
JROTC – Organisation militaire chargée de l'entraînement des officiers de réserve
KBA – Sites contribuant au maintien de la biodiversité
KE – Énergie cinétique
KIND – Protection des droits des enfants immigrés
KISS – Keep It Simple Stupid (« Ne complique pas les choses »)
KFC – Kentucky Fried Chicken
KKK – Ku Klux Klan
KY – Kentucky
K9 – Chien
LBJ – Lyndon Baines Johnson
LCCA – Coût cumulé d'un produit (pont)
LCM – Chargeur à haute capacité (munition)
LCP – Pistolet semi-automatique léger (Ruger)
LCV – Groupe de défense de l'environnement
LCV – Véhicule utilitaire léger
LDCA – Limite dérivée de concentration dans l'air
LEA – Agence de police
LEO – Policier
LES – Neige à effet de lac (climatologie)
LES – Lower East Side (New York)
LLL – Association de soutien à l'allaitement (La Leche League)
LNT – Ne jetez rien (réglementation parc national)
LOAEL – Dose minimale avec effet nocif observé (toxicologie)
LOEL – Dose sans effet observable (idem)
LRFR – Évaluation de la charge et de la résistance
LRM – Missile à longue portée
LTCF – Permis de port d'arme
LTSS – Soutien médical à long terme (pour les personnes handicapées)
LWS – Lower West Side (New York)
LWV – Ligue des électrices
M4 – Fusil semi-automatique
M4A – Medicare For All
M4BL – Groupes d'intérêt en faveur des communautés noires
M-16 – Fusil Model 16
MAD – Destruction mutuelle assurée (guerre nucléaire)
MAGA – Make America Great Again
MAIG – Maires contre les armes illégales
MATS – Réglementation sur le mercure et les polluants atmosphériques
MCA – Lobby de l'industrie chimique
MCLG – Critères concernant la qualité de l'eau potable
MCP – Type d'assurance-santé

MCS – Système convectif de méso-échelle (orages)
MD – Médecin
MDA – Agence de défense antimissile
MDA – Mères activistes contre la violence par les armes
ME – Maine
MEE – Grande extinction (écologie)
MFA – Medicare pour tous
MFOL – March For Our Lives (mouvement pour le contrôle des armes)
MGTOW – Men Going Their Own Way (club de la manosphère)
MHB – Mueller Honey Bee (société)
MI – Michigan
MIA – Porté disparu
MLB – Major Baseball League
MLF – Fondation pour la protection des couguars
MLM – Marketing relationnel
M&M's – Mars and Murrie (bonbon)
MMA – Arts martiaux mixtes
MMIW – Meurtres et disparitions de femmes autochtones (Canada)
MMM – Homme, matériaux, machineries (ponts)
MMM / 3M – Minnesota Mining & Manufacturing Company
MMMMM (ou 5ME) – Main-d'œuvre, matériaux, machines, méthodes et argent (formule d'efficacité)
MMWP – Rapport hebdomadaire sur la morbidité et la mortalité
MO – Missouri
MOM – Milieu du mois
MOM – [Un] moment (langage informatique)
MP5 – Pistolet-mitrailleur
MPAA – Association de studios hollywoodiens
MPP – Movement for a People's Party (coalition de gauche)
MPPDA – Producteurs et distributeurs de films
MPT – Sécurité routière
MRA – Membre du mouvement pour les droits des hommes
MRI – Imagerie par résonance magnétique (technique médicale)
MRL – Niveau maximal de pesticide (alimentation)
MRM – Mouvement pour les droits des hommes
MRSA – Staphylococcus aureus résistant à la méthicilline
MS – Mississippi
MS-13 – Mara Salvatrucha (gang criminel)
MSE – Terre stabilisée mécaniquement (ponts)
MSF – Médecins sans frontières
MSM – Média grand public
MSS – Système d'échafaudage mobile (ponts)
MTBE – Méthyl tert-butyl éther
MTCA – Loi sur la décontamination des sites (État de Washington)
MV – Automobile

MVP – Meilleur joueur
MW – Mégawatts
MYOB – Mind Your Own Business (« Occupe-toi de tes oignons »)
NA – Not Applicable (« N'est pas applicable »)
NAACP – Organisation de défense des droits civiques
NABTU – Syndicat des métiers de la construction
NACC – cf. NCAA
NACW – Association nationale des femmes de couleur
NAFTA – Accord de libre-échange nord-américain
NAN – Organisation de défense des droits civils
NAOWS – Association nationale contre le vote des femmes
NAP – Fabricant d'articles pour le tir à l'arc
NARAL – Organisation pro-choix
NARF – Organisation de défense des droits des Amérindiens
NASA – National Aeronautics and Space Administration
NASCAR – Organisme régissant les courses de stock-car
NAWSA – Association de défense du droit de vote des femmes
NBF – New Best Friend (« Meilleur.e nouvel.le ami.e »)
NBI – Service de l'inspection des ponts
NBI – Service de l'inventaire des ponts
NBIS – Critères relatifs à l'inspection des ponts
NBL – Ligue nationale de basket
NCA – Association nationale des artisans
NCAA – Association sportive américaine
NCAI – Congrès national des Amérindiens
NCAR – Centre national pour la recherche atmosphérique
NCBI – Centre national pour l'information biotechnologique
NCDC – Centre de collecte des données météorologiques
NCEI – Centres nationaux d'information sur l'environnement
NCEZID – Centre national sur les maladies infectieuses émergentes et zoonotiques
NCHRP – Programme de recherche coopérative sur les autoroutes
NCI – Institut de recherche sur le cancer
NCLB – Loi de soutien aux enfants défavorisés
NCM – Organisation masculiniste
NCO – Ordonnance restrictive (protection de la victime)
NCOBRA – Association nationale des Noirs pour les réparations en Amérique
NCPS – Système de protection nationale en matière de cyber-sécurité
NCSD – Département national de cyber-sécurité
NDA – Accords de confidentialité (protection de l'agresseur)
NDAA – Loi de défense nationale

NDT – Contrôle non destructif (ponts)
NDT – Température de transition fragile-ductile
NECC / NECCO – New England Confectionary Company
NEMP – Impulsion électromagnétique nucléaire
NEVS – Newcomerstown Exempted Village Schools
NFA – Loi sur les armes à feu (1934)
NFL – National Football League
NGA – Agence du renseignement géospatial
NHANES – Programme d'étude sanitaire et nutritionnel
NHC – Centre de prévisions météorologiques
NHFTHR – No Hope For The Human Race (« Aucun espoir pour la race humaine »)
NHS – Département de la santé britannique
NICS – Agences vérifiant que les acheteurs d'armes ou d'explosifs sont majeurs
NIF – New Israel Fund
NILC – Centre d'aide juridique aux migrants
NJ – New Jersey
NMAADC – Comité de défense des Mexicains-Américains
NMAH – National Museum of American History (Washington, DC)
NMNW – No Means No Worldwide (organisation de prévention contre le viol)
NMSQT – Test d'évaluation scolaire
NNSA – Agence fédérale chargée de la sécurité nationale (science nucléaire)
NNU – Syndicat des infirmi.ers.ères
NO – Monoxyde d'azote
NOAA – Agence d'observation océanique et atmosphérique
NOAEL – Dose sans effet toxique observable (estimation des risques)
NOH8 – Non à la Haine (campagne)
NOM – Organisation pour le mariage (hétérosexuel)
NOW – Organisation féministe
NPAYEIOB – Never Put All Your Eggs In One Basket (« Ne mettez jamais tous vos œufs dans le même panier »)
NPDES – Système de permis sur le traitement des eaux usées
NPIC – Centre d'information sur les pesticides
NPIN – Réseau de données sur les plantes amérindiennes
NPL – Liste des priorités nationales
NPR – Radio de service public
NPS – Service des parcs nationaux
NPS – Nouvelles substances psychoactives
NRA – National Rifle Association
NRATV – National Rifle Association Television
NRC – Commission de réglementation nucléaire
NRDC – Protection de l'environnement
NSA – National Security Agency

NSC – Conseil de sécurité nationale
NSFU – Contenu inapproprié
NSIDC – Centre d'information sur la recherche polaire et cryosphérique
NSM – Organisation néonazie américaine
NSPCC – Organisation caritative pour la protection de l'enfance
NSSF – Association de fabricants d'armes
NSSL – Laboratoire de recherche sur les orages violents
NTAS – Système national d'alerte terroriste
NTSB – Conseil national de la sécurité des transports
NUL – Ligue urbaine nationale
NVRA – Loi sur l'enregistrement des électeurs (1993)
NWCL – Regroupement d'organisations de soutien aux femmes
NWLC – Centre de défense juridique des femmes
NWRS – Réseau de protection des habitats naturels
NY – New York (État)
NYC – New York (ville)
O_2 – Oxygène
O_3 – Ozone
OACHE – Ohio Appalachian Center for Higher Education
OAQDA – Autorité de contrôle de la qualité de l'air dans l'Ohio
OAS – Organisation des États américains
OBR – Campagne contre la violence sexuelle
OCA – Groupe de défense des droits de l'industrie de l'agriculture biologique
OCAGV – Coalition contre la violence par les armes (Ohio)
OCC – Conseil des consommateurs de l'Ohio
OCDO – Port d'armes en public (site web pro-armes)
OCRWC – Championnat mondial de course d'obstacles
ODE – Département de l'Éducation de l'Ohio
ODMHC – Département du Système de santé de l'Ohio
ODNR – Département des Ressources naturelles de l'Ohio
ODOT – Département des Transports de l'Ohio
ODPS – Département de la Santé publique de l'Ohio
OEC – Commission des élections de l'Ohio
OEHHA – Bureau de l'évaluation des risques pour la santé liés à l'environnement
OEMA – Agence de gestion des urgences de l'Ohio
OGE – Bureau de la déontologie gouvernementale
OH – Ohio
OHCR – Réseau ferroviaire central de l'Ohio
OHCRN – Réseau des communautés de l'Ohio
OHS – Société historique de l'Ohio
OIS – Fusillade impliquant un policier

OLE – Huile essentielle d'eucalyptus citronné
OMA – Association des fabricants de l'Ohio
OMG – Oh My God
OMVI – Conduite en état d'ivresse ou sous toute autre influence toxique
ONG – Organisation non gouvernementale
ONU – Organisation des Nations unies
OoJ – Entrave à l'exercice de la justice
OPCW – Organisation pour l'interdiction des armes chimiques
OP – Organophosphorés
OS – Système d'exploitation
OS – Satisfaction client
OSA – Apnée du sommeil
OSBA – Association de barreaux bénévoles (Ohio)
OSCE – Organisation pour la sécurité et la coopération en Europe
OSH – Santé et sécurité au travail
OSHA – Agence pour la prévention des accidents de travail
OSS – Exclusion du campus
OSTPA – Association de tractor pulling de l'Ohio
OSU – Ohio State University
OTC – De gré à gré (lexique boursier)
OTD – C'est arrivé à cette date
OVEC – Société d'électricité de l'Ohio
OVNI – Objet volant non identifié
OWDA – Agence de gestion des eaux de l'Ohio
PA – Pennsylvanie
PA – Assistant.e personnel.le
PAC – Comité d'action politique
PANNA – Réseau d'ONG contre les pesticides
PAWS – Équivalent de la SPA
PBB – Byphéniles polybromés
PBES – Systèmes et éléments des ponts préfabriqués
PBJS – Peanut Butter and Jelly Sandwich
PBS – Réseau de télévision publique
PBT – Substance persistante, bioaccumulative et toxique
PC – Politiquement correct
PC – Cause probable
PCA – Accord de Paris sur le climat
PCB – Byphénilespolychlorinés
PCGTW – Organisation altermondialiste (défense des consommateurs)
PCP – Médecin généraliste
PDA – Type d'autisme
PDA – Démonstration d'affection en public
PDC – Maladie de Parkinson
PDF – Portable Document Format
PDQ – Pretty Darn Quick (« au plus vite »)
PDT – Heure du Pacifique
PeCB – Pentachlorobenzène
PEL – Limite d'exposition autorisée (pour des employés)
PFA – Pennsylvania Family Institute
PFA – Protection contre la maltraitance (injonction)
PFAS – Perfluoroalkyles
PFAW – Groupe de défense libéral

PFE – Compagnie de location de wagons frigorifiques
PFLAG – Parents et amis des lesbiennes et gays
PFOA (ou C8) – Acide perfluorooctanoïque
PFOS – Acide perfluorooctanesulfonique
PFP – Usine de finissage au plutonium
PGA – Please Go Away (« Partez svp »)
PGE – Pennsylvania General Energy
PG&E – Pacific Gas and Electric Company
P&G – Procter & Gamble
PhD – Docteur en philosophie
PHMSA – Organisme assurant la gestion et la sécurité des pipelines et des matériaux dangereux
PIO – Bureau d'information publique
PIRG – Groupe de recherches d'intérêt public
PLCAA – Loi sur la protection du commerce légal d'armes
PMT – Tension prémenstruelle
PND – Dépression post-partum
PoC – Personnes de couleur
PODR – Animaux dans le couloir de la mort
POE – Prépondérance de la preuve
POEA – Polyoxyéthylène amine
POP – Produits chimiques toxiques
PORP – Parti de la raison et du progrès
POT – Endroit d'où l'on peut voir l'éclipse solaire totale
POTUS – Personne Obnubilée par la Terreur, l'Usurpation et la Stupidité
ppb – Partie par milliard
PPO – Fournisseur préféré en prestations sociales
PPTK – Promesse faite aux enfants (d'œuvrer contre les armes à feu)
PSA – Annonce de service public
PSAT – Test scolaire
PSI – Livre par pouce carré
PT – Partido dos Trabalhadores (parti ouvrier, Brésil)
PTC – Permis de port d'arme
PTFE – Polytétrafluoroéthylène
PTO – Organisation parents-professeurs
PTO – Congés payés
PTO – Voir au verso
PUCO – Bureau exécutif de l'Ohio (gaz et électricité)
PUREX – Usine d'extraction de l'uranium et du plutonium
PwD – Personne avec handicap
QLCS – Ligne de grain (météorologie)
QTPoC – Programme LGBT
RA – Administrateur résidentiel (femme au foyer)
RACDHR – Ingénieur de recherche dans le développement de l'enfant et les relations humaines (maman)
RAICES – Centre d'éducation et de services juridiques pour réfugiés et immigrants
RAINN – Réseau national contre les agressions sexuelles

RAN – Réseau d'action pour la forêt tropicale
RCMP – Police montée canadienne
RCUSA – Conseil des réfugiés
RDD – Bombes « sales »
REDARS – Risques causés par des séismes au système autoroutier
RfD – Dose de référence (pesticides)
RFD – Courants descendants (météorologie)
RFI – Demande d'information
RFID – Radio-identification (étiquette)
RFRA – Loi de 1993 sur la restauration de la liberté religieuse (Indiana)
RGGI – Initiative régionale visant à réduire les émissions de gaz à effet de serre
RH – Ressources humaines
RICO – Loi punissant les actes d'une organisation criminelle
RINO – Membres républicains soupçonnés de « libéralisme »
RIP – Rest In Peace (« Repose en paix »)
RKBA – Droit de porter des armes (vs. RLLPH)
RLLPH – Droit à la vie, à la liberté et à la poursuite du bonheur (vs. RKBA)
RNC – Comité national républicain
RNRN – Syndicat des infirmi.ers.ères
ROI – Retour sur investissement
RP – Relations publiques
RSF – Reporters sans frontières
RSI – Blessure de tension répétitive
RV – Véhicule de loisir
RWP – Permis de travail dans un environnement radioactif
RWU – Groupe de résistance féministe
SAG – Syndicat des acteurs de cinéma et de télévision
SAHM – Stay-At-Home Mom (« mère au foyer »)
SARS – Coronavirus du syndrome respiratoire aigu sévère
SAS – Stars and Stripes (le drapeau américain)
SASA – Personnes anonymes ayant survécu à une agression sexuelle
SAT – Test scolaire
SAVE – Mettre fin aux environnements de maltraitance et de violence
SB4 – Loi texane contre la protection des migrants
SBA List – Organisation pro-life
SBD – Silencieux mais mortel (arme)
SBLE – Police à l'école
SBLI – Super Bowl 2017
SBP – Suicide par policier interposé
SBR – Fusil à canon court
SBU – Domaine d'activité stratégique
SCAAP – Financement aux États ayant procédé à des incarcérations de sans-papiers
SCL – Société britannique spécialisée dans la recherche comportementale (scandale)
SCS – Service de la conservation des sols

SCS – Safety Comes Second (la sécurité passe après)
SDWA – Loi sur la salubrité de l'eau potable
SEAoO – Association d'ingénieurs des structures dans l'Ohio
SEC – Organisme de contrôle et de réglementation des marchés financiers
SEI – Institut d'ingénierie des structures
SEMS – Base de données sur les sites à risque
SF – Smoker Friendly (« Ici on peut fumer »)
SGBV – Violence à teneur sexuelle ou genrée
SHTF – S*** Hit The Fan (« Les emmerdes pleuvent »)
SHIPA – Loi sur la préservation des autoroutes et des infrastructures
SHM – Mouvement harmonique simple (physique, ingénierie)
SI&A – Évaluation et inventaire des structures (ponts)
SICF – Système d'information à compartiments sensibles
SIU – Southern Illinois University
SJW – Guerrier de la justice sociale
SLA – Sclérose latérale amyotrophique
SLC – Salt Lake City
SM – Soccer Mom (mère qui encourage son enfant à jouer au football anglais)
SMDC – Commandement chargé de la défense anti-missile
SMDH – Shaking My Damn Head (« tss-tss »)
SMEE – Sixième extinction de masse
SMG – Pistolet-mitrailleur
SNAP – Progamme fournissant une aide alimentaire mensuelle (coupons)
SNCC – Comité de coordination des étudiants pacifistes
SNL – Saturday Night Live (émission de télévision)
SOB – [mauvaise personne]
SOFJO – Protection des femmes journalistes
SOG – Groupe d'opérations spéciales (CIA)
SOP – Syndrome des ovaires polykystiques
SOP – Procédure opérationnelle permanente
SOS – Save Our Species (« Au secours »)
SOTU – Discours sur l'état de l'Union
SPCA – SPA
SPLC – Observatoire pour la tolérance et contre l'exclusion
SPMT – Remorque modulaire autopropulsée
SRC – Bureau de censure Hays
SRM – Gestion du rayonnement solaire
SRO – Vigile armé en milieu scolaire
SRS – Symptôme de dépersonnalisation
SSC – Groupe d'experts progressistes
SSFAC – Services sociaux pour la communauté arabe (Toledo)

SSS – Stratégie pour sauver Stacy
SSSS – Procédure de sûreté dans les aéroports
SST – Mépris silencieux (cf. Stacy)
ST – Silence méprisant
STEM – Science, Technologie, Ingénierie, et Mathématiques
STI – MST
SUV – 4 × 4
SWAG – Estimation basée sur l'intuition
SWAT – Unité spécialisée de la police
SYG – Stand Your Ground (loi sur la légitime défense)
T2D – Diabète de type 2
TASIN – Alliance tribale des nations indiennes souveraines
TATP – Péroxyde d'acétone (explosif)
TBHQ – Butylhydroquinone tertiaire
TBq – Térabecquerel
TCE – Trichloroéthylène
TCP – Phosphate de tricrésyle
TCPL – Bibliothèque du comté de Tuscarawas
TCRA – Organisation de défense des droits civils
TDAH – Trouble du déficit de l'attention avec ou sans hyperactivité
TED – Conférences en ligne
TEOTWAWKI – La fin du monde tel que nous le connaissons
TEPCO – Tokyo Electric Power Company
TERF – Féministes transphobes
TFW – Entraînement pour guerriers (programme d'exercices)
THAAD-ER – Système de missiles antibalistiques
TLB – Tracteur Chargeur Rétrocaveuse
TNP – Mouvement chrétien pacifiste
TNR – Gestion des chats domestiques en liberté
TOC – Trouble obsessionnel compulsif
TOCP – Phosphate de triorthocrésyle
TOMP – Micropolluants organiques toxiques
TPL – Toba Pulp Lestari (fabricant de papier indonésien)
TPP – Accord de partenariat transpacifique
TPS – Statut de protection temporaire (immigration)
TRB – Conseil technique de la présidence
TRI – Base de données sur les produits toxiques répandus
TRSOYF – The Real Source Of Your Fatigue (« La vraie cause de votre fatigue »)
TSA – Agence nationale de sécurité dans les transports
TSCA – Loi réglementant l'introduction des produits chimiques
TSE – Éclipse solaire totale
TS&L – Type, taille et emplacement (ponts)
TSPT – Trouble de stress post-traumatique

TTAG – La vérité sur les armes (blog pro-arme)
TTHM – Trihalométhanes
TTTS – Syndrome de transfusion de jumeau à jumeau
TV – Télévision
TWC – Tasing Without Cause (« Utilisation abusive du taser »)
TWD – Deux roues motrices (véhicules)
TWS – Refuge pour félins sauvages à Sandstone
UBI – Revenu de base universel
UCMR – Base de données des agents contaminants
UDC – Les Filles Unies de la Confédération (commémoration)
UES – Upper East Side (New York)
UGRR – Underground Railway (Chemin de fer clandestin)
UGW – Poids cible
UNEP – Progamme des Nations unies pour l'environnement
UNFCCC – Convention-cadre des Nations unies sur les changements climatiques
UNFPA – Fonds des Nations unies pour la population
UNGA – Assemblée générale des Nations unies
UNHCR – Haut-Commissariat des Nations unies pour les réfugiés
UNSCOM – Commission spéciale des Nations unies
UPC – Organisation de défense des animaux (volailles)
UPF – Installation de traitement de l'uranium
UPS – Entreprise postale
USA – United States of America
USACE – Corps du génie de l'armée de terre
USCC – Organisation pro-arme promouvant l'autodéfense
USCG – Garde-côtes américains
USCIS – Services de citoyenneté et d'émigration
USDA – Département de l'agriculture
USFWS – Organisme spécialisé dans la gestion et la préservation de la faune
USGS – Institut d'études géologiques
USIC – Communauté du renseignement
USPS – Service postal gouvernemental
USRTK – Droit de savoir (aux États-Unis)
USWB – Services météorologiques des États-Unis
UWS – Upper West Side (New York)
UWW – Coopérative caritative
VA – Vanguard America (nazis nord-américains)
VA – Département des Anciens Combattants
VA – Virginie
VAWA – Loi sur les violences faites aux femmes (1994)
VCC – Velsicol Chemical Corporation (société chimique dans l'Illinois)
VE – Analyse de valeur

VHF – Fièvre hémorragique virale
VMS – Panneaux à message variable (sur les autoroutes)
VOC – Composé organique volatil
VP – Vice-président
VSH – Fissuration verticale
VVS – Sommet des électeurs sur les valeurs
VX – Agent innervant
WaPo – Le *Washington Post*
WBE – Société où les femmes sont majoritaires à 51 % au moins
WCEL – Commission mondiale sur les lois environnementales
WCFA – Regroupement d'organisations œuvrant en faveur de l'environnement
WCPA – Commission mondiale des aires protégées
WCS – Organisation pour la préservation de la nature
WCT – Refroidissement éolien
WD4C – Organisation dressant des chiens pour préserver la nature
WEC – World Environment Center
WEDO – ONG prônant l'égalité des femmes dans les politiques mondiales
WH – White House (la Maison-Blanche)
WHO – Organisation mondiale de la santé
WIC – Financement des institutions en vue de l'amélioration de la nutrition chez les enfants
WILPF – Ligue internationale des femmes pour la liberté et la paix
WITW – Plateforme de journalistes dédiée à la cause des femmes
WM – Working Mom (« mère qui travaille »)
WMD – Armes de destruction massive
WMO – Organisation météorologique mondiale
WOC – Femmes de couleur
WODC – Groupe de réflexion sur l'application des drones
Wo-He-Lo – Travail Santé Amour (slogan des Campfire Girls)
WOMS – World On My Shoulders (« Le monde sur mes épaules »)
WPM – Words Per Minute (« Mots par minute »)
WROL – Sans État de droit
WSP – Groupe de militantes pour la paix
WTC – World Trade Center
WTO – Organisation mondiale du commerce
WV – Virginie-Occidentale
WWF – World Wildlife Fund
WWJD – What Would Jesus [López Pérez] Do (« Que ferait Jésus »)
WWRJD – What Would Republican Jesus [López Pérez] Do (« Que ferait Jésus s'il était républicain »)
WWTP – Usine de traitement des eaux usées
WWW – What Women Want (« Ce que veulent les femmes »)

WYD – What You Doing ? (« Qu'est-ce que tu fabriques ? »)

Y-12 – Centre de recherche nucléaire (armes)

YA – Young Adult (catégorie de livres)

YT – YouTube

YTA – Organisation œuvrant pour l'implication philanthropique de la jeunesse

ZPG – Croissance démographique nulle

APPENDICE

Car il se roule après folâtrer pour le bien faire entrer en lui.
…
Car ayant considéré Dieu et s'étant considéré lui-même il décide de considérer son prochain.
…
Car il est de la tribu du Tigre.
…
Car l'esprit divin entre dans son corps pour en faire un chat complet.
…
Car en le caressant j'ai découvert l'électricité.
…
Car il sait nager pour survivre.
Car il sait ramper.

Christopher Smart

Le bison avait déjà disparu, bien qu'on en ait encore tué quelques-uns dans l'est de l'Ohio en 1800. L'élan, lui aussi, avait disparu… Il arrivait qu'on aperçoive ou entende encore des panthères, bien que ces dernières fussent peu nombreuses, car certains des chasseurs les prisaient comme trophées. Elles ont disparu peu d'années après l'installation des premiers colons. Les ours abondaient et ils ont tenu plus longtemps, on en a même vu un qui errait en 1845. On a trouvé des loups en grand nombre, et ils ont causé pas mal d'ennuis aux colons. […] Les premiers pionniers ne les appréciaient pas et ne perdaient pas une occasion de les tirer, d'abord pour sauver les cochons, les moutons et les veaux ; ensuite pour bénéficier de la prime versée par l'État, en reconnaissance de leur mérite. Quiconque tuait un loup, en présentant son scalp, et en faisant une déclaration devant un employé du tribunal, dans les vingt jours qui suivaient, en spécifiant l'âge et le sexe, et que le déclarant l'avait tué dans le comté, recevait un billet émis par le Trésor. Entre 1808 et 1843, quatre cents affidavits furent ainsi enregistrés, après quoi la loi sur les scalps cessa. Des primes furent encore versées quelques années pour les scalps de panthères, de chats sauvages, ou de pumas…

ANONYME

Cette rivière [la Monongahela], comme la plupart des rivières de ce pays, est flanquée d'imposantes collines de chaque côté, qui parfois s'approchent assez près des rives, puis de nouveau s'éloignent, laissant de riches et spacieuses vallées, dans lesquelles on trouve souvent de vastes forêts d'érables, chaque érable produisant, s'il est bien entretenu pendant la saison, quatre livres d'excellent sucre, proche du muscovado, surtout s'il a eu le temps de mûrir avant usage ; et chaque livre vaut 13 *cents* ; ainsi, une forêt d'érables comptant 500 arbres produit 2 000 livres de sucre, soit 260 dollars […] les fermiers auraient donc tout intérêt à prendre un soin particulier de leurs érables et, plutôt que de détruire un bosquet de 50 arbres, de planter un verger de 1000.

ZADOK CRAMER

Le 4 juillet, le cœur des gens semble se réveiller d'un sommeil de trois cent soixante-quatre jours ; ils paraissent pleins d'entrain, gais, animés, chaleureux, généreux, ou du moins prodigues à ce qu'il paraît ; s'ils se retenaient de cracher en ce jour béni, ma foi, au moins le 4 juillet, ils passeraient pour des gens aimables. Il est vrai que les femmes ont fort peu à voir avec la pompe, la splendeur ou la gaieté du jour ; mais, ce défaut mis de côté, ce fut bel et bien un superbe spectacle que d'assister à un jubilé aussi sincère…

FANNY TROLLOPE

Soyez prêts ! Soyez prêts ! La fin du monde a-p-p-proche !

JAMES THURBER

Les pays les plus heureux, comme les femmes les plus heureuses, n'ont pas d'histoire… Savez-vous ce qui fait l'histoire ? La douleur – et la honte – et la révolte – et le sang versé – et les chagrins. […] demandez-vous combien de cœurs se sont serrés – et brisés – pour écrire ces pages écarlates et violettes de l'histoire que vous trouvez si passionnantes. Je vous ai conté l'autre jour l'histoire de Léonidas et de ses soldats. Ils avaient des mères, des sœurs et des promises. S'ils avaient dû se battre aux urnes sans verser le sang, cela n'aurait-il pas été préférable – et moins tragique ?

LUCY MAUD MONTGOMERY

L'expédition avait été délibérément planifiée, et le massacre perpétré délibérément, non dans la fougue et le feu de l'action, car les Indiens confiants et candides n'opposèrent aucune résistance, mais leur soumission s'accompagna de circonstances si exténuantes, appelant la compassion et la tolérance, que seule une disposition bien assise et sanguinaire a pu pousser ces hommes à accomplir cette terrible tragédie.

ANONYME

J'ai refusé de tirer et juré que seul un lâche le ferait. Car alors des centaines de femmes et d'enfants se dirigeaient vers nous et s'agenouillaient pour implorer notre pitié. [...] Quand les Indiens découvrirent que c'était sans espoir pour eux, ils allèrent à la Rivière et se cachèrent là-bas, certains des plus jeunes prenant leurs arcs et quelques fusils et se défendant du mieux qu'ils pouvaient. [...] Le massacre dura six ou huit heures, et nombre d'Indiens s'échappèrent. Je te le dis, Ned, ce fut dur de voir de petits enfants à genoux se faire exploser le crâne par des hommes s'estimant civilisés. Une squaw était blessée, un type prit une hachette pour l'achever ; elle leva les bras pour se protéger, et il lui coupa un bras, et tint l'autre avec une main puis enfonça la hachette dans son crâne. Une squaw et ses deux enfants étaient à genoux, suppliant une douzaine de soldats qu'ils les épargnent, lesquels, à trois mètres de distance, firent feu – quand l'un réussit à blesser la squaw à la cuisse, elle prit un couteau et trancha la gorge de ses deux enfants puis se suicida. Une vieille squaw se pendit dans la loge – elle n'avait pas assez de place pour se pendre et dut relever ses genoux et s'étrangler. Certains tentèrent de fuir dans la Prairie, mais la plupart étaient piétinés par les cavaliers. Je vis deux Indiens se tenir la main, pourchassés jusqu'à l'épuisement, puis s'agenouiller, et se serrer dans les bras l'un de l'autre alors qu'on les abattait. Ils furent tous scalpés, et les prises allèrent parfois jusqu'à six scalps par tête. Tous étaient horriblement mutilés. Une femme fut éventrée et son bébé arraché et scalpé. [...] Les chattes des squaws furent découpées pour servir de trophées.

SILAS SOULE

Les seules personnes qui devraient avoir le droit de gouverner des pays dotés d'armes nucléaires sont les mères, celles qui allaitent encore leurs bébés.

TSUTOMU YAMAGUCHI

L'idée même d'un pont est un acte de foi.

HART CRANE

Il semble que quelque chose nous échappe dans les puissances, les échecs, les inégalités de la mémoire, plus encore que dans tous ceux de notre entendement. La mémoire est tantôt fidèle, obligeante, obéissante, tantôt déroutée et faible – et parfois ô combien despotique et rebelle !

JANE AUSTEN

Je n'avais d'autre interlocutrice que moi-même, et il est absurde de coucher par écrit ce que l'on se dit à soi.

EDITH WHARTON

Je trouve quasiment impossible *glace gratis* d'écrire quoi que ce soit *Jeepaxle* sur mon travail.

ROBERT RAUSCHENBERG

Ne dénoyautez jamais les quetsches.

TAMASIN DAY-LEWIS

MERCI À —

Alexandra Pringle d'avoir fondé la joyeuse équipe.

David Godwin pour son cran, son enthousiasme et ses talents arithmétiques.

Eloise Millar et Sam Jordison d'être si futés, et si courageux.

Dan Wells et John Metcalf pour leur détermination et leur agilité irrésistibles.

Patricia McEwen pour son étude détaillée et passionnée de l'histoire du comté de Tuscarawas.

Miroslava Pospisil Lane pour ses renseignements sur l'art de faire des gâteaux de manière lucrative.

Wendy Mack Chatfield pour ses descriptions de l'élevage de volailles à domicile.

Joseph McElroy pour ses réflexions sur notre avidité d'expérience.

Steinvör Árnadóttir pour sa réaction à l'élection de Trump à la présidence.

Teresa Hayter de s'opposer à toutes les frontières.

Gunnie Moberg et Tam MacPhail pour leur esprit et leur imagination.

Suzy Romer d'avoir lu entre les lignes.

Kairen Zonena et Lynn Russell pour leur constance.

Steff et Erwin Ellmann pour leur compagnie.

Idem, tous les Cohen ; et Ralph Evans, Cohen honorifique.

Edward pour son courage ; Patch pour ses bonds ; Delilah pour son panache ; Sushi pour sa dévotion ; Beanie pour sa mollesse ; Bartholemew d'avoir été le premier ; Annie de m'avoir donné un coup de pied (à juste titre).

Le Royal Literary Fund Fellowship Scheme de m'avoir permis de terminer ce roman.

Idem, Arthur DeBoer, Molly Ludlum, Robin McKenzie, Chris Sale, Catriona McLean et le système d'assurance-maladie britannique.

Le conseil municipal d'Édimbourg pour ma carte de transports en commun Saltire, un chouette coup de pouce aux impécunieux.

Ellen Hair et Graham Smith d'avoir à plusieurs reprises abrité le manuscrit.

Katty Byrnes pour son secours.

Phil Kiggell d'avoir été la funette originelle.

Maud Ellmann et Steve Ellmann pour tout et plus encore qu'ils ne savent.

Sarindar Dhaliwal, Carol Dunbar, Ilsa Colsell, Barbara Ellmann, Teresa Delcorso, Malcolm McEachern, Nathan Milstein et Paul Violi pour la béatitude.

Mary Ellmann et Emily Gasquoine d'exister.

Todd McEwen de m'avoir donné toute la place dans le ciel.

RÉALISATION : NORD COMPO À VILLENEUVE-D'ASCQ
IMPRESSION : NORMANDIE ROTO IMPRESSION S.A.S. À LONRAI
DÉPÔT LÉGAL : AOÛT 2020. N° 143483 (2002611)
Imprimé en France